Für Jane

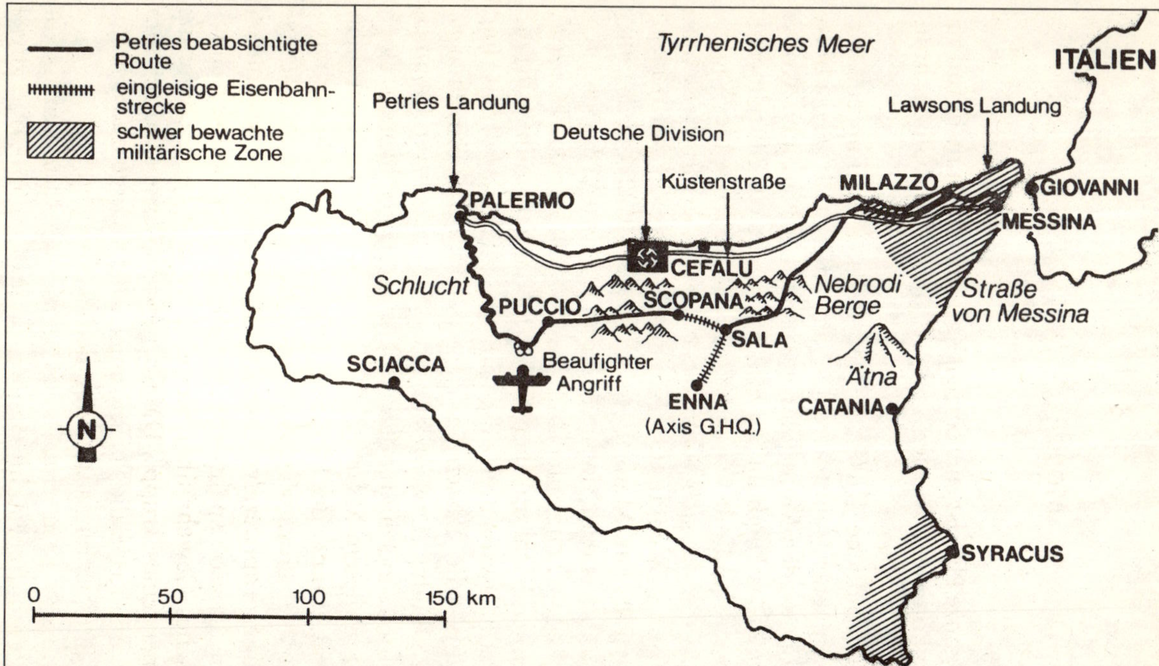

Sizilien, Juli 1943 (24 Stunden vor der Invasion der Alliierten)

1

Montag, 5. Juli 1943

»Der ganze Plan ist eine einzige Katastrophe – um lebend zurückzukommen, werdet ihr verdammt viel Glück brauchen …«

Die feindliche Küste, in der Dunkelheit nur ein verschwommener Gebirgsstreifen, lag vor ihnen. Im Geist hörte Lawson wieder Major James Petries eindringliche Worte, während das Flugboot auf die Oberfläche des Mittelmeeres herabsank und mit seinen Schwimmern sprühende Wasserfontänen hinter sich herzog. Die Maschine verlor rasch an Fahrt und schwenkte etwa eine halbe Meile vor der Küste auf Parallelkurs ein. Major Lawson hockte geduckt in der offenen Tür hinter dem Marine-Piloten und starrte in das schwarze Wasser, das dicht unter ihm vorbeischoß. Als das Flugzeug schließlich leicht auf den Wellen schaukelnd zum Stillstand kam, zog Lawson drei Schlauchboote durch die Öffnung und ließ sie auf die Wasseroberfläche fallen. Sanft dümpelten sie in der Dünung. Lawson sandte ein Stoßgebet zum Himmel, der Mond möge hinter den Wolken verborgen bleiben. Doch genau in diesem Moment ergoß er sein silbernes Licht über die acht Männer des Landungskommandos, die hinter Lawson in die schwankenden Boote kletterten, kaum daß die Zwillingspropeller des Flugzeugs zum Stillstand gekommen waren. Lawson spähte zur Küste hinüber, schob sein automatisches Gewehr über die Schulter und beobachtete die Männer seines Trupps. Die warnenden Worte schossen ihm durch den Kopf, die Petrie immer wieder vorgebracht hatte, obwohl es schon zu spät war, den Plan zu ändern.

»Dawnay hätte einer solch verrückten Idee niemals zustimmen dürfen. Acht Männer – mit dir neun – sind zuviel für ein solches Unternehmen, Bill. Sie werden über ihre eigenen Beine stolpern ...«

Einer der Männer, der hastig aus der Maschine kletterte, stolperte tatsächlich über die Beine seines Vordermannes. Nur Lawsons rasches Zupacken rettete ihn vor einem kühlen Bad. Ein Glück, daß Petrie in Tunis saß und ungeduldig auf Nachrichten über den weiteren Ablauf des Stoßtruppunternehmens wartete, dachte Lawson grimmig.

Punkt 22.00 Uhr stießen die neun Soldaten, als Bauern verkleidet, ihre Boote vom Flugzeug ab und paddelten auf das von den Achsenmächten besetzte Sizilien zu. Es war eine nervenzermürbende Fahrt über die im Mondlicht silbern schimmernde unheimliche See. Hinter ihnen rollte das Flugboot mit Lieutenant David Gilbey im Cockpit träge in der Dünung. Die Motoren waren abgestellt. Gilbey sollte so lange mit dem Start warten, bis der schwerbewaffnete Stoßtrupp die Küste erreicht hatte.

Lawson hockte im ersten Boot. Er tauchte mechanisch sein Paddel ins Wasser und beobachtete scharf das verlassene Ufer und den Bahndamm etwas weiter landeinwärts, während das Boot die Wellenkämme auf und ab glitt. Rasch warf er einen Blick zurück zum Flugboot, das sie von Tunis hierher zur sizilianischen Küste gebracht hatte. Wenigstens hatte sich Petrie bezüglich ihres Transportmittels geirrt.

»Für eine solche Operation ist ein Flugboot einfach zu laut«, hatte er bei der letzten Einsatzbesprechung gewarnt. Doch seine Einwände waren bei Brigadier Dawnay und seinem Stab auf taube Ohren gestoßen.

»Der Feind wird seinen Anflug bemerken – weil es in nächster Nähe der sizilianischen Küste wassern und die Schlauchboote aussetzen muß. Die Küste bei Messina wimmelt nur so von feindlichen Truppen«, hatte Petrie argumentiert.

Ja, es schien ganz so, als ob Petrie sich in diesem Punkt geirrt hätte – und vielleicht auch in den anderen. Doch diese

Hoffnung konnte Lawsons Befürchtungen kaum beschwichtigen. Denn Petrie, ein alter Haudegen, der schon zehn Einsätze hinter den feindlichen Linien erfolgreich zu Ende geführt hatte, irrte sich in solchen Dingen kaum. Brigadier Dawnay dagegen – Petrie nannte ihn ironisch den Mann aus Eisen, doch nur vom Nacken an aufwärts – war erst vor knapp sechs Wochen aus London herübergekommen.

Sie näherten sich dem einsamen Strand. Alles war ruhig, nur das Platschen der Wellen gegen die Boote und das leise Glucksen der Paddel im Wasser war zu hören. Ein Mann räusperte sich nervös. Lawson blickte über die Schulter zurück. Das Flugboot schlingerte leicht hin und her. Lawson konnte Gilbeys schattenhafte Gestalt vor dem schwachen Schimmer der Kontrollinstrumente gerade noch erkennen. Im Boot rechts neben ihm erkannte er Corporal Carpenters geduckte Gestalt. Er trug den Sender, ein ziemlich unförmiges Ding, auf dem Rücken. Bei seinem Anblick fiel Lawson wieder eine Bemerkung von Petrie ein.

»Um Himmels willen, Bill, wirf den Sender in den Bach. Wenn ihr auffliegt und euch durchschlagen müßt, wird euch Carpenter mit diesem Monstrum nur aufhalten. Du kannst jederzeit das Funkgerät der Widerstandsbewegung benutzen, mit dem Gambari direkt aus Messina sendet...«

Doch Dawnay hatte auf den Sender ebenso bestanden wie auf eine umfangreiche Ausrüstung und die Benutzung eines Flugbootes.

»Vor der holländischen Küste haben wir fast jeden Tag solche Unternehmen durchgeführt«, hatte er behauptet.

Das Ufer lag greifbar nah vor ihnen. In weniger als einer Minute würden sie festen Boden unter den Füßen haben, über den schmalen grauen Sandstreifen auf die erste Deckung, den Bahndamm, zulaufen, der sich hinter der Küstenstraße, die Messina im Osten mit dem weit entfernten Palermo im Westen verband, erhob. Lawson ließ das Paddel ruhen und gab den anderen ein Zeichen. Die Boote zogen sich auseinander, um im Fall eines überraschenden Angriffs möglichst wenig Zielfläche zu bieten. Im Flüsterton erteilte der Major dem britischen Sergeant, der mit unbewegter Miene hinter ihm stand, einen Befehl.

»Ich möchte vor den anderen am Bahndamm sein. Also ein bißchen Tempo, Briggs! Das gilt auch für die anderen beiden.«

»Wir bleiben dicht hinter Ihnen, Sir.«

Es war nur eine Kleinigkeit, von der aber unter Umständen ihr Leben abhängen konnte. Lawson wollte mit seinem Trupp vom Bahndamm aus den Besatzungen der anderen Boote Feuerschutz geben, sollte eine feindliche Streife gerade im falschen Moment auftauchen. Er wandte den Kopf, als hinter ihm die Motoren des Flugboots starteten und ihr nervtötendes Brummen die nächtliche Stille über der silbernen See zerriß. Doch sofort lenkte er seine Aufmerksamkeit der unübersichtlichen Landschaft zu, suchte nach dem leisesten Anzeichen einer Bewegung. Vor ihm ragte der Berghang empor, nirgends war ein Haus zu sehen. Die öde Bucht, in der sie gelandet waren, wurde an beiden Enden von zerklüfteten Felsen begrenzt. Sie war zu klein, um eine größere Landeaktion durchzuführen. Es gab auch keine Drahtsperren, die auf eine Verminung hindeuten hätten können.

Eine Woge hob das Boot und schob es auf den Strand. Lawson sprang heraus, dicht gefolgt von den anderen. Der letzte zog das Boot ein Stück weiter hinauf. Geduckt lief der Major durch den Sand, überquerte das verlassene Asphaltband der Straße und kroch den bewachsenen Bahndamm empor. Oben preßte er sich flach auf den Boden und spähte zu dem Berghang hoch, hinter dessen Buckeln und Felserhebungen sich leicht eine ganze feindliche Armee verbergen konnte.

Plötzlich tauchte aus dem Nichts heraus eine Messerschmitt auf und röhrte mit donnernden Motoren dem Punkt entgegen, wo das Flugboot gerade zum Start ansetzte. Lawson verbiß einen Fluch zwischen den Zähnen. Petrie hatte also doch noch recht behalten. Sie hatten ungefähr fünfzehn Minuten gebraucht, um vom Flugboot aus die Küste zu erreichen, lange genug, um per Funk vom nächsten Feldflughafen eine Kampfmaschine in die Luft zu bringen. Lawson gab den folgenden Männern, die gerade den Bahndamm erreichten und sich auf den Boden warfen, ein Zeichen. Drei Mann sprangen auf und liefen zurück, um die Boote weiter landeinwärts in Deckung zu ziehen. Sie erst jetzt zu bergen, schien eine völlig sinnlose Maßnahme zu sein, und doch bestand die Möglichkeit, daß der Kampfflieger sich nur auf einer Patrouille befunden hatte und dabei das feindliche Flugzeug auf der Wasseroberfläche entdeckte.

Es gab immer noch ein Quentchen Hoffnung, daß dem Feind das Landeunternehmen entgangen war, daß der Messerschmitt-Pilot, sein Opfer im Visier, als er aus großer Höhe zum Anflug ansetzte, die winzigen Gestalten nicht bemerkt hatte, die die Boote über den Strand in den Schutz des Bahndammes zerrten.

»Wir sollten machen, daß wir weiterkommen, Sir«, mahnte Sergeant Briggs.

Die Motoren von Gilbeys Maschine drehten nun mit beständigem Röhren, doch das Flugboot hatte noch nicht den nötigen Schub zum Start, als die Messerschmitt ihren mörderischen Anflug beendete und mit aufheulendem Motor zum Sturzflug überging.

Lawson ignorierte das Geschehen auf See und starrte unverwandt zu den zahllosen Klippen und Felsvorsprüngen des Berges empor.

Zwischen dem Bahndamm und der nächsten Klippe lag ein Stück freies Gelände von etwa hundert Meter Breite, in dem es keinerlei Deckungsmöglichkeiten gab.

Wenn da oben Soldaten im Hinterhalt lagen, konnten sie die Männer des Landungstrupps beim Überqueren dieses Streifens wie die Hasen abschießen.

Corporal Carpenter hatte wie befohlen Stellung am äußersten linken Flügel des Trupps bezogen. Er war für die Flankensicherung des im Moment am wenigsten gefährdeten Abschnittes verantwortlich. Er beobachtete, was sich draußen auf See abspielte. Das Flugboot kam in Fahrt, zog mit seinen Schwimmern Gischtfontänen über das Wasser, und das Brummen der Motoren verstärkte sich, als es seine Nase zum Start von der Küste abdrehte. Mit ohnmächtiger Wut sah Carpenter den Feind auf sein Opfer herabstürzen und hörte das Rattern der Bordwaffen, als er über den Schwanz des Wasserflugzeuges hinwegtauchte. Das Flugboot zog Qualmfahnen hinter sich her, eine riesige Flammenzunge leckte am Rumpf entlang.

Gilbey hatte die Maschine gerade hochgezogen, als er die Treffer erhielt. Er verlor die Kontrolle über das Flugzeug. Der Gegner zog seine Maschine kerzengerade in den Himmel. Das Flugboot taumelte durch die Luft, der rechte Flügel streifte die Wasseroberfläche und wirbelte den Rumpf um fast hundertachtzig Grad um seine Längsachse. Carpenter hörte deutlich den harten Aufschlag, dicht gefolgt von einer dumpfen Explosion. Eine dunkle Rauchwolke rollte träge über die Wogen, noch ein leichtes Krachen – und dann war Stille. Der Feind war nicht mehr zu hören.

Lawson verfolgte das Unglück, ohne hinzuschauen. Wieder vernahm er Petries prophetische Worte:

»Ein Flugboot macht zuviel Lärm …«

Er verbannte die Erinnerung aus seinen Gedanken und gab unverzüglich den Befehl zum Vorgehen. Die acht Männer folgten ihm in seitlich versetztem Abstand den Hang hinauf. Die Automatik-Gewehre hielten sie schußbereit vor der Brust. Die Taschen ihrer Mäntel waren gefüllt mit Reservemagazinen und Granaten. Zwei Männer schleppten besonders schwer. Jeder führte dreißig Pfund hochexplosiven Sprengstoff mit sich für den Sabotageakt, den sie hier durchführen sollten. Sie hielten noch größeren Abstand zu den anderen, um ihre Kameraden nicht zu gefährden.

Carpenter, der vorher genaue Instruktionen erhalten hatte, lag immer noch am Bahndamm in Deckung. Er lockerte ein wenig die Last auf seinen Schultern und bereitete sich darauf vor, den anderen zu folgen. In Gedanken versuchte er, Lawsons Taktik zu ergründen, während er die immer kleiner werdende Gestalt seines kommandierenden Offiziers beobachtete und auf sein Handzeichen wartete.

Plötzlich hallten Schüsse durch die Nacht, aus Gewehren und automatischen Handfeuerwaffen schlug den Männern des Landungstrupps konzentriertes Feuer entgegen. Lawsons Leute schossen zurück, versuchten vergeblich, den Feind hinter seiner Deckung auszumachen. Einige stürmten vorwärts, andere rannten zurück in dem erfolglosen Bemühen, die Dekkung des Bahndammes zu erreichen.

Doch der feindliche Kommandeur hatte den Zeitpunkt für den Feuerüberfall bestens gewählt. Die Männer des Landungskommandos befanden sich genau im freien Schußfeld, rollten einer nach dem anderen in den Sand und blieben regungslos liegen.

Lawson spürte einen fürchterlichen Schlag in der Brust, doch gelang es ihm noch, einen kurzen Feuerstoß abzugeben, ehe er zu Boden stürzte. Er versuchte, sich auf die Seite zu wälzen und sich aufzurichten, schaffte es aber nicht. Mehrere Kugeln streckten ihn nieder.

Nach kaum einer Minute rührte sich nichts mehr auf dem freien Geländestreifen. Vorsichtig kamen die feindlichen Soldaten aus ihrer Deckung.

Kaum eine Minute war verstrichen – doch in dieser kurzen Zeit hatte Carpenter den Sender vom Rücken gestreift, rasch die Klappe geöffnet und die Teleskopantenne herausgezogen.

Carpenter war ein waschechter Londoner Cockney, zu Friedenszeiten hatte er seinen Unterhalt als Taxifahrer verdient. Trotz des grausigen Geschehens, dessen Zeuge er eben geworden war, erfüllte er auch jetzt phlegmatisch seine

Pflicht. Er verschwendete keinen Blick mehr an die Vorgänge jenseits des Bahndammes, sondern sendete methodisch seine wichtige Botschaft in den Äther.

»Feind durch Flugboot alarmiert. Landetrupp Orpheus ausgelöscht …«

Er gab seine Warnung immer wieder durch, bis ein Gewehrschuß ihm mit grausamer Wucht den Hinterkopf zerriß.

Mitten im Satz brach die Botschaft ab.

Zwei Stunden später hielt Major Petrie die traurige Nachricht in Händen.

2

Mittwochnacht, 7. Juli

Zwei uniformierte Gestalten strebten durch die Dunkelheit der afrikanischen Nacht auf ein großes rechteckiges Zelt zu, dessen Wände der Sandsturm peitschte. In einer Entfernung von etwa zwanzig Metern hatten bewaffnete Posten Stellung bezogen und sorgten dafür, daß kein Unbefugter dem Zelt zu nahe kam. Für 22.00 Uhr war eine dringende Besprechung anberaumt worden. Major James Petrie ging als erster und öffnete seinem Vorgesetzten, Colonel Arthur Parridge, den Eingang.

Mit einem kurzen Blick zum Himmel registrierte Parridge, daß sich der Sturm verstärkte, und trat dann in das Besprechungszelt, dessen einzige Möblierung aus einem langen Tisch und einer Reihe von Stühlen bestand. Eine dünne Schicht Sand bedeckte die Karte, die auf dem Tisch ausgebreitet war. Parridge blieb stehen, klopfte sich den Sand von der Khakiuniform und musterte dabei den öden Raum. Die Flammen der Öllaternen, die an Drähten über dem Tisch baumelten, flackerten unruhig und warfen ruhelose Schatten auf die Zeltwände. Parridge wandte sich an Petrie:

»Halten Sie diesmal gefälligst Ihr verdammtes Maul, Jim!«

»Sie verlangen da sehr viel von mir, Sir – unter den gegebenen Umständen.«

Petrie blickte dem Colonel gerade in die Augen, um seinen Mund lag ein verbitterter Zug. Parridge, schon vorzeitig ergraut, obwohl er erst Ende Vierzig war, brummte unwillig. Unter den gegebenen Umständen! Es stimmte, Lawsons Kommando war ein einziges unsinniges Blutbad gewesen, ein Himmelfahrtskommando, und der Colonel verzichtete darauf, seinen als Bitte gemeinten Rat in einen Befehl umzuwandeln. Statt dessen sagte er: »Denken Sie daran, morgen früh gehen Sie nach Algier.« – »Zumindest befreit mich das von Dawnays Gegenwart. Das Kommando war ein blutiges Fiasko. Neun gute Männer sind dabei draufgegangen – und wofür? Für nichts ...«

»Genau davon sprach ich, als ich Sie bat, sich zurückzuhalten«, antwortete Parridge.

Er durchquerte das Zelt und setzte sich auf den Stuhl, der von Brigadier Dawnays gewohntem Platz am weitesten entfernt war.

»Sie sitzen neben mir!«

Der Colonel deutete auf den Stuhl neben sich, er war offensichtlich bestrebt, Petrie soweit wie möglich vom Brigadier fernzuhalten.

James Petrie war neunundzwanzig Jahre alt, in Friedenszeiten ein Bergwerksingenieur, der für die Dauer des Krieges in die Armee eingetreten war. Seit er Parridges Felucca Boat Squadron im Mittelmeerraum zugeteilt worden war, hatte er zehn Einsätze hinter den feindlichen Linien erfolgreich durchgeführt, eine Aufgabe, bei der die Verlustrate so hoch war, daß nur wenige Offiziere länger als ein paar Monate mit dem Leben davonkamen. Petrie dagegen, seit zwei Jahren bei Parridges Einheit, hatte überlebt, war zum Experten für Aufgaben im Feindesland avanciert. Erst kürzlich war er von Sizilien zurückgekommen, wo er als Verbindungsoffizier den Kontakt zum sizilianischen Untergrund gehalten hatte, einer Bande gefährlicher Mörder und Halsabschneider, wie man sie im gesamten Mittelmeerraum kein zweites Mal fand. Zwei Monate lang hatte er sich auf der Insel darum gekümmert, daß die Sizilianer auch die Informationen, die für einen Invasionsplan der Alliierten von unschätzbarem Wert waren, beschafften und unverzüglich an das Alliierte Hauptquartier weiterleiteten. Bei seiner Rückkehr nach Tunis hatte er seine Meinung über die Sizilianer klar und unmißverständlich zum Ausdruck gebracht:

»Die Deutschen waren es nicht, die mir in Sizilien das Leben schwermachten – unsere sogenannten Verbündeten haben mir ein ums andere Mal den Angstschweiß auf die Stirn getrieben.«

Seltsam, dachte Parridge, daß einige dieser Burschen, die den Krieg verabscheuten, ihn im Grunde ihrer Seele haßten, weil er ihnen ihre besten Jahre raubte, sich bei ihren gefährlichen Aufträgen bestens bewährten und besonders auszeichneten. Vielleicht, weil sie noch frisch und unverdorben waren und ihre Aufgaben mit Elan und klarem Verstand bewältigten, den geistloser militärischer Drill noch nicht abgestumpft hatte – wie etwa den von Draufgänger Dawnay.

Parridge schob den Gedanken an den cholerischen Brigadier sofort beiseite. Schlimm genug, daß dieser Bastard ihn jedesmal, wenn er das Zelt betrat, geflissentlich übersah. Das größte Problem war Petrie. Es würde schwierig werden, ihn am Reden zu hindern. Dunkelhaarig und glatt rasiert, das Gesicht von der afrikanischen Sonne tief gebräunt, zählte Petrie zu jenen seltenen Individuen, denen sich beim Betreten eines Raumes die Aufmerksamkeit aller zuwendete. Das kräftige Kinn, der strenge Mund, die leicht gebogene Nase und die forschenden Augen, denen anscheinend nichts verborgen blieb, unterstrichen nur den Eindruck eines Menschen mit einer starken Persönlichkeit. Dabei war man leicht geneigt, die ironischen Falten am Mundwinkel zu übersehen, die von seinem Zynismus zeugten.

»Hören Sie, Jim«, sagte Parridge, »ich wollte zwar noch nicht darüber sprechen, bis es ganz offiziell ist, aber ich habe Sie zur Beförderung vorgeschlagen. Wenn Sie von Algier zurückkommen, sind Sie wahrscheinlich schon Oberstleutnant.«

»Vielen Dank, Sir.«

Die gute Nachricht schien Petrie nicht besonders zu beeindrucken. Ein kräftiger Schlag auf den Rücken ließ ihn zusammenzucken. Captain Edward Johnson von der US Army, der gerade das Zelt betreten hatte, ließ sich auf den Stuhl neben ihm nieder.

»Ich dachte, du seist schon auf dem Weg zu den Fleischtöpfen von Algier.«

»Morgen früh, Ed, Schlag sechs. Dies hier ist nun endgültig meine Abschiedsvorstellung.«

»Wie schön für dich! Gib nur acht, daß du bei deiner Jagd nach den verschleierten Mädchen in der Kasbah nicht verlorengehst.«

Captain Johnson, zwei Jahre jünger als Petrie, zündete sich eine Zigarette an. Parridge grinste mürrisch vor sich hin. Brigadier Dawnay war ein eingefleischter Nichtraucher, der erwartete, daß die anderen, besonders die niedrigeren Dienstgrade, seine Tugend teilten. Es würde sicher interessant werden zu beobachten, wie der Brigadier diese Schwierigkeit im anglo-amerikanischen Bündnis zu beheben dachte.

Weitere Offiziere betraten das Zelt und ließen sich am Tisch nieder. Einer deutete auf die Karte und seufzte hörbar. »Großer Gott, Sizilien! Bestimmt steht uns wieder ein Lawson-Kommando bevor!«

Während Petrie sich mit Johnson unterhielt, beobachtete Parridge den Amerikaner. Er gefiel ihm gut. Der dunkelhaarige Mann, der wie Petrie fließend Italienisch sprach, wirkte nach außen hin gutmütig und oberflächlich, war ein Mensch, der gerne und oft lachte. Doch der erste Eindruck täuschte, wie Petrie feststellen konnte, als man ihm Ed für seinen Auftrag in Sizilien zugeteilt hatte. Johnson wußte genau, was er wollte. In Friedenszeiten hatte der Amerikaner beim US-Grenzschutz gedient, einer Regierungseinheit, die gegen Schmuggler und andere unerwünschte Elemente eingesetzt wurde. Er hatte seinen Dienst an Amerikas heißer Grenze nach Mexiko versehen, an der ein Messer in der Regel zu anderen Dingen als zum Schneiden von Speckwürfeln benutzt wurde. In wenigen Monaten würde Johnson ein erstklassiger Landungstrupp-Führer sein.

Das Stimmengewirr ringsum verstummte plötzlich. Die warnende Stille konnte nur eines bedeuten: Brigadier Frederick Dawnay war im Anmarsch. Parridges Haltung versteifte sich. Petrie beendete seine Unterhaltung mit Johnson, lehnte sich in seinem Stuhl zurück und starrte zum Zeltdach empor, an dem der Wind zerrte, vielleicht als Vorzeichen dessen, was auf sie zukam. Captain Stoneham, einer der britischen Planungsoffiziere, die auch das Lawson-Unternehmen zu verantworten hatten, betrat das Zelt und setzte sich auf einen Stuhl dicht am oberen Ende des Tisches. Sekundenlang trafen sich seine und Petries Blicke, dann schaute er rasch beiseite. Wenig später erschien Colonel Lemuel Benson, Johnsons direkter Vorgesetzter. Der Amerikaner nahm bei einer Gruppe gleichrangiger Offiziere Platz, die sich schon um den Tisch versammelt hatten. Ähnlich vielen anderen Operationen hatte diese hier einen bilateralen anglo-amerikanischen Charakter, und bei dieser Konferenz besaß Benson den gleichen dienstrangmäßigen Status wie Dawnay.

Im Zelt wurde es jetzt unerträglich warm, einige Männer wischten sich schon den Schweiß von der Stirn. In diesem Moment wurde der Eingang grob beiseite gerissen und ein kleiner, untersetzter Offizier in einer Uniform mit roten Kragenspiegeln betrat das Zelt. Den Stab in seiner Hand knallte er temperamentvoll auf die Tischplatte. Sofort wußten alle Anwesenden, daß Brigadier Dawnay nicht gerade bester Laune war.

»Behalten Sie Platz, Gentlemen«, brummte er. »Für Zeremonien haben wir heute abend keine Zeit.«

Doch gnade Gott dem Mann, der sich bei seinem Eintritt nicht erhoben hätte, dachte Petrie sarkastisch, als er sich wieder setzte.

»Für die, die bei der letzten Besprechung nicht anwesend waren, will ich nochmals kurz die Lage skizzieren«, fuhr Dawnay fort. »Wir stehen vor einem Problem von großer Dringlichkeit. Die deutsch-italienischen Streitkräfte haben wir aus Afrika hinausgeworfen und bereiten jetzt den ersten Angriff auf das europäische Festland vor...«

Er hielt inne und schnupperte pedantisch. »Hier raucht doch jemand!«

Johnson drückte seine Zigarette aus, und Benson räumte mit langem Gesicht seine Zigarrenkiste vom Tisch.

»Lawsons Unternehmen war ein Reinfall«, bellte der Brigadier, »doch möchte ich denen, die es vergessen haben sollten, nochmals ins Gedächtnis rufen, daß wir einen Krieg führen, und da passieren solche Dinge nun mal. Es gilt, diese Schlappe wettzumachen – und das verdammt schnell. Noch vor wenigen Monaten verfügte der Feind über sechs große Eisenbahnfähren im Pendelverkehr zwischen dem italienischen Festland und Sizilien. Mit diesen Fähren konnte er riesige Kontingente Mannschaften und Waffen zur Insel transportieren. Fünf Fähren wurden inzwischen durch Luftangriffe zerstört und sind gesunken. Doch seitdem haben die Deutschen bei Messina starke Streitkräfte zusammengezogen. Wir wissen zum Beispiel, daß über siebenhundert Kanonen die Meerenge sichern. Unsere Kollegen von der Fliegerei behaupten, für sie sei es unmöglich, diesen Riegel zu knacken. Die sechste und letzte Fähre, die ›Carridi‹, schippert immer noch unter dem Feuerschutz der Deutschen auf ihrer Route hin und her und transportiert stetig Mannschaften und Kriegsgerät nach Sizilien.«

Wieder machte er eine Pause.

»Lawson hatte den Auftrag, die ›Carridi‹ zu versenken. Das Unternehmen schlug fehl. Die Fähre muß aber versenkt werden, sonst kostet sie uns möglicherweise den Sieg. Uns bleiben exakt achtundvierzig Stunden, um mit diesem Problem fertig zu werden.«

»Wird diese Sache nicht ein wenig zu dramatisch dargestellt, Sir?« wandte Johnson skeptisch ein.

Dawnay starrte ihn ungläubig an, dann wandte er seinen kurzgeschorenen Kopf Colonel Benson zu. Doch dieser zeigte keine Reaktion. Dawnay nickte und schaute wieder zu Johnson hinüber.

»Es ist verdammt wichtig, daß gerade Sie den Ernst der Lage begreifen«, sagte er barsch. »Denn möglicherweise wird man das nächste Kommando unter Ihrer Führung losschikken, um das Schiff in die Luft zu jagen. Man hat alles mögliche eingesetzt, es zu versenken – Bomber, Torpedoboote und was sonst noch. Noch vor wenigen Stunden hat eine Staffel Torpedo-Bomber versucht, die Fähre zu erwischen. Es ging schief. Unter den Opfern ist auch Staffelführer Weston.«

Petrie zuckte zusammen. Er übersah Parridges warnendes Stirnrunzeln.

»Sir, wollen Sie damit sagen, Weston sei tot?« fragte er.

»Es wurde gemeldet, daß seine Maschine in der Luft explodierte. Die Navy wagt sich wegen der Küstenbatterien und der vielen Schnellboote nicht an die Meerenge, und die R. A. F. kann aus denselben Gründen nicht im Tiefflug an das Zielobjekt heran, wenn es im Hafen von Messina seine Ladung löscht.«

Dawnay ließ seine Blicke grimmig über die braungebrannten Gesichter schweifen.

»Also muß die Armee wieder die Drecksarbeit tun.«

Er hieb mit der Faust krachend auf den Tisch.

»Wir müssen einen zweiten Sabotagetrupp losschicken, und diesmal muß es klappen. Die Männer müssen sich nach Messina durchschlagen und ins Hafengelände einschleichen, das von Nazi-Elitetruppen scharf bewacht wird. Mehr noch, sie müssen an Bord der Eisenbahnfähre gehen, den Sprengstoff in ihrem Bauch anbringen und sie auf den Grund der verdammten Meerenge schicken.«

»Sie sagten, wir hätten achtundvierzig Stunden Zeit, Sir«, unterbrach ihn Parridge. »Wann genau muß alles gelaufen sein?«

»Am Freitag, den 9. Juli, Punkt Mitternacht.«

Einige Offiziere pfiffen verbissen durch die Zähne. Parridge beugte sich vor. Seine Stimme klang rauh und fordernd:

»Dann hat das Sabotage-Team also maximal vierundzwanzig Stunden zur Durchführung seines Auftrages, denn einen Tag und eine Nacht benötigt man für die Vorbereitungen – wenn man damit hinkommt.«

»Daß die Angelegenheit äußerst dringlich sei, erwähnte ich eben bereits.«

»Gibt es Neuigkeiten von Gambari, unserem italienischen Agenten in Messina?«

In Parridges Stimme schwang ein verzweifelter Unterton mit. Zum ersten Mal wurde ihm die Ausweglosigkeit der ganzen Situation richtig bewußt.

»Nur, daß die ›Carridi‹ immer noch schwimmt«, antwortete Dawnay steif. »Und nun möchte ich zu Captain Johnsons besserem Verständnis erklären, warum ich die Situation nicht überdramatisiert habe.

Das Alliierte Hauptquartier hat ausgerechnet, daß wir bei einer Invasion Siziliens den Feind in seiner momentanen Stärke mit unseren Landungstruppen schlagen können. Ich betone, den Feind in seiner momentanen Stärke. Doch liegen uns Meldungen unserer Nachrichtendienste vor, nach denen die 29. Panzerdivision in die Nähe von Neapel verlegt worden ist und jeden Augenblick nach Süden zur Meerenge in Marsch gesetzt werden kann. Wenn die ›Carridi‹ die 29. Panzerdivision auf die Insel übersetzt, nachdem wir gelandet sind, verlieren wir unter Umständen diese Schlacht.«

»Aber doch nicht den ganzen Krieg«, warf Johnson unbeirrt ein.

Colonel Benson ergriff das Wort. »Ed, der Brigadier will doch gerade erklären, wie genau dies geschehen kann.«

»Wenn unser erster Landungsversuch in Europa fehlschlägt«, fuhr Dawnay fort, »werden die Deutschen die freigewordenen Kräfte im Mittelmeerraum an die russische Front werfen. Sie könnten dort den Vormarsch der Roten Armee stoppen und sie weit zurückwerfen. Ganz extrem ausgedrückt, bedeutete dies den Untergang der Roten Armee –

und das nur, weil eine einzige Eisenbahnfähre nicht versenkt werden konnte. Die ›Carridi‹ ist das einzige Schiff, mit dem die Deutschen rechtzeitig genügend Truppen und Waffen über die Meerenge transportieren können, um uns zu schlagen.«

»Das leuchtet mir ein«, sagte Benson lakonisch. »Der Brigadier übertreibt nicht, Ed.«

»Es war auch nur eine Frage, Sir«, erwiderte Johnson ebenso lakonisch. »Zusammengefaßt bedeutet das also: Die Eisenbahnfähre muß versenkt werden.«

»Bis Freitag nacht 0.00 Uhr«, wiederholte Dawnay.

Und damit, dachte Petrie, hätten wir auch den genauen Termin für die Invasion auf Sizilien – irgendwann in den frühen Morgenstunden am Samstag, dem 10. Juli.

»Fragt sich nur, wie wir diesmal die Sache angehen«, brummte Benson.

»Captain Stoneham hat einen Plan entwickelt, den ich persönlich voll und ganz billige«, informierte Dawnay seine Zuhörer. Zwar gab es in der Runde keine hörbaren Mißfallensäußerungen, doch die Mienen der Offiziere waren gespannt. Parridge warf Petrie einen warnenden Blick zu. Petrie verschränkte die Arme vor der Brust und ließ keinen Blick von Dawnay, während Stoneham seinen Plan entwickelte: Absetzen des Trupps mit Fallschirmen … sehr nahe bei Messina … die schwerbewaffneten Männer müßten sich ihren Weg gegen jeden Widerstand freischießen …

Bei diesem Punkt nickte Dawnay heftig. Seiner Auffassung nach spielte sich der Krieg nur nach den Regeln eines Hundekampfes ab.

Ein entsprechend großer Trupp müßte abgesetzt werden, um Ausfälle aufzufangen … wenigstens neun Mann … mit einem Sender …

O nein! Petrie hielt sich nur mit Mühe zurück. Die ganze Sache stank, stank noch schlimmer als der Lawson-Plan. Es war eine offene Einladung zum Selbstmord. Parridge mußte die Gedanken Petries gespürt haben, denn er griff nach seinem Arm, warnte vor einer Einmischung. Petrie nickte nur, was alles mögliche bedeuten konnte, während Stoneham fortfuhr.

»An der Nordküste Siziliens wimmelt es nur so vor italienischen MAS-Patrouillenbooten ... also keine Möglichkeit, von See aus zu landen ... Fallschirmabsprung ist die einzige Möglichkeit ... Ihr könntet sie ebensogut ohne Fallschirm abwerfen, dachte Petrie bitter. Auf diese Weise ginge das Abschlachten schneller.

Um den Tisch saßen zwanzig Offiziere versammelt, die zur Hälfte zum Stab gehörten. Doch die anderen zehn, die besonders grimmig dreinblickten, schauten immer wieder zu Petrie hinüber, der wie versteinert auf seinem Stuhl hockte. Sie warteten darauf, daß er sprach. Parridge spürte es ganz deutlich. Sie erwarteten, daß sich jemand erhob und dem Brigadier sagte, daß dieser Plan reiner Selbstmord, der pure Wahnsinn war. Und sie hatten Petrie, den dienstältesten überlebenden Stoßtrupp-Führer, dazu ausersehen.

»Soweit meine Ausführungen zu diesem Unternehmen, meine Herren«, beendete Stoneham seine Erläuterungen.

»Irgendwelche Fragen? Aber fassen Sie sich bitte kurz«, sagte Dawnay. »Keine? Dann werden wir jetzt das Team zusammenstellen ...« Er nahm einen Bogen Papier zur Hand, doch irgend etwas in der überhitzten Atmosphäre ließ ihn wieder den Kopf heben. Alle Anwesenden schauten zum Ende des Tisches, wo sich Petrie erhoben hatte. Er lächelte entschuldigend zu Parridge hinüber. Als er Dawnay anblickte, verschwand das Lächeln. Mit ruhiger Stimme bat er um Sprecherlaubnis.

»Fassen Sie sich bitte kurz. Der Vollzugszeitpunkt erlaubt uns keine langen Diskussionen«, sagte Dawnay schroff.

»Ich gebe zu bedenken, daß die Zeitspanne auch für einen weiteren Fehlschlag zu knapp ist, Sir. Wir müssen ...«

»Was zum Teufel wollen Sie damit sagen?«

Der Klang von Petries Stimme war ebenso unschuldig wie sein Gesichtsausdruck.

»Ich war der Ansicht, Sir, daß Sie den Lawson-Plan selbst als völligen Fehlschlag bezeichnet hätten.«

»Sie sprachen von einem ›weiteren‹ Fehlschlag.«

»Stimmt. Ich bezog mich dabei auf Captain Stonehams neuen Plan. Ein Sabotage-Team genau über Messina mit dem Fallschirm abzusetzen, hieße meiner Meinung nach, Männer auf ein Stachelschwein mit Stahlstacheln abzuwerfen. Die Gegend um Messina ist die am stärksten verteidigte auf der ganzen Insel...«

»Dieses Risiko müssen wir eingehen. Bis zur Stunde Null haben wir kaum noch achtundvierzig Stunden Zeit.«

»Um so weniger können wir uns jetzt einen Fehler erlauben, nicht wahr, Sir?«

In genialer Manier hatte Petrie den Brigadier in die Enge getrieben.

»Dieses zweite Team muß unter allen Umständen erfolgreich sein – oder es ist zu spät. Zu spät auch für einen weiteren Versuch. Diesmal müssen wir es schaffen. Die Idee, die Leute abspringen zu lassen, ist ohnehin völlig sinnlos – zum Scheitern verurteilt...«

»Wieso?« schnarrte Dawnay.

»Wegen der Stunde Null, von der dauernd die Rede ist. Die Männer könnten nur bei Nacht abgesetzt werden, und im Mondlicht sind sie leicht auszumachen. Die wichtigste Voraussetzung ist erstens, das Team auf Sizilien abzusetzen, ohne daß der Feind es merkt. Zweitens werden Fallschirmspringer meist weit auseinandergetrieben. Bis sich der Trupp wieder gesammelt hätte, würde wertvolle Zeit verlorengehen. Und auf Sizilien kann man sich ohnehin leicht aus den Augen verlieren. Das Absetzen mit Fallschirm ist also indiskutabel.«

»Sonst noch irgendwelche Einwände?«

Dawnay machte nicht den geringsten Versuch, den beißenden Spott in seiner Stimme zu unterdrücken. Er warf einen Blick auf seine Uhr, als wolle er die Dauer der Unterbrechung festhalten.

»Noch viele, Sir. Ehrlich gesagt gefällt mir Captain Stonehams Plan ganz und gar nicht. Er hat mindestens neun Männer für den Einsatz vorgesehen – viel zu viele. Selbst als Bauern verkleidet, erweckt eine solch große Gruppe immer Verdacht, und im Ernstfall behindern die Männer sich gegenseitig. Außerdem dürfte es schwierig werden, in so kurzer Zeit genügend Leute zu finden, die fließend Italienisch sprechen ...«

»Wir müssen halt Ausfälle einkalkulieren«, schnappte Dawnay.

»Wenn nur ein einziger Mann ausfällt, bedeutet dies, das Unternehmen ist entdeckt und damit zum Scheitern verurteilt.«

»Was soll dieser Unsinn, daß alle die italienische Sprache fließend beherrschen müßten?«

»Als Einheimische verkleidet, könnten die Männer sich freier bewegen – und somit schneller. All dies kann entscheidend sein zur Einhaltung der Stunde Null, deren Zeitpunkt Sie selbst vorgegeben haben.«

»Wie groß dürfte denn das Team Ihrer Meinung nach sein, Major Petrie?«

Dawnay beugte sich vor. Die Atmosphäre im Zelt war gespannt. Niemand wagte sich zu rühren, teils um sich kein Wort entgehen zu lassen, teils um nicht in das Duell, das sich zwischen den beiden ungleichen Männern entwickelte, hineingezogen zu werden.

»Ich würde nur zwei Männer vorschicken.«

»Ganze zwei Männer!«

Dawnay schien förmlich zu explodieren.

»Auf keinen Fall mehr, Sir. Und noch etwas: Captain Stoneham hat die Ausrüstung aufgelistet, die für ein solches Unternehmen notwendig sei. Das ist viel zuviel. Es handelt sich hier um ein Sabotage- und kein Angriffs-Unternehmen.

Das Team muß heimlich durch die feindlichen Linien schlüpfen und an Bord der ›Carridi‹ gehen, ehe die Deutschen überhaupt merken, was gespielt wird ...«

Petrie unterbrach sich mitten im Satz, als Dawnay auf seinem Stuhl herumfuhr, auf die Füße sprang und vor dem Mann salutierte, der gerade das Zelt betreten hatte. Alle Anwesenden erhoben sich und salutierten ebenfalls. Der Mann war klein, aber untersetzt und besaß einen drahtigen, durchtrainierten Körper. Seine Uniform zierten die gekreuzten Schwerter eines Generalleutnants. Auf seinem Kopf trug er das Barett des Panzerkorps.

»Ich übernehme, Dawnay«, sagte er knapp. »Nehmen Sie Platz, meine Herren, damit wir fortfahren können. Wie weit sind Sie, Dawnay?«

Der kleine Mann beherrschte die Runde sofort durch seine Persönlichkeit mindestens ebenso wie durch seinen hohen Rang. Petrie verglich ihn insgeheim mit einer gespannten Feder – voll geballter Energie –, wie er so neben Dawnay saß und konzentriert dessen Ausführungen lauschte. General Sir Bernard Strickland hatte die Leitung der Konferenz übernommen.

Mit einer ungeduldigen Handbewegung forderte er jetzt von Captain Stoneham den schriftlich fixierten Plan. Rasch überflog er die Notizen, während er Dawnay zuhörte. Einen Augenblick lang starrte er gedankenverloren zu Boden. Parridge rutschte unruhig auf seinem Stuhl hin und her. Ihm wurde klar, wieso auch Petrie an der Besprechung teilnehmen mußte. General Strickland hatte seine Anwesenheit gewünscht und seinen Namen auf die Teilnehmerliste gesetzt. Der kleine Mann erhob sich, zerknüllte das Blatt Papier langsam in seiner Hand und warf es dann auf den Tisch.

»Das nächste Mal bringen Sie gefälligst einen Papierkorb mit, Captain Stoneham – der einzig richtige Ort für einen solchen Schwachsinn. Ihr Plan ist ein kompletter Mist.«

»Jawohl, Sir!«

Stoneham wurde sichtlich nervös.

»Melden Sie sich morgen früh Punkt acht Uhr in meinem Wohnwagen. Das gilt auch für Sie, Dawnay. Major Petrie, erzählen Sie uns jetzt bitte, wie Sie die ›Carridi‹ versenken würden.«

Petrie trug seinen Plan vor, unentdeckt auf die Insel zu kommen. Der General war quer durch das Zelt zu ihm herübergekommen und lauschte mit hinter dem Rücken verschränkten Händen Petries Erläuterungen. Kein einziges Mal wandte er den Blick vom Gesicht seines Offiziers.

»Wie viele Männer würden Sie für das Unternehmen vorschlagen?« fragte er.

Er lispelte leicht, doch schien dieser Sprachfehler seine fordernde Frage nur zu unterstreichen. Petrie zögerte in Gedanken an Dawnays Reaktion.

»Nun reden Sie schon!« befahl Strickland. »Wenn ich in Sizilien lande, schlage ich den Feind, wo ich ihn finde, doch dazu brauche ich Ihre Hilfe. Denn bis zu meiner Landung muß diese Fähre tief auf Grund liegen.«

»Drei Leute würden genügen«, antwortete Petrie ruhig. »Mehr würden nur den Erfolg des ganzen Unternehmens gefährden.«

»Und Sie meinen, das wären genug?«

»Ich bin sicher. Nummer eins ist der Kommandeur der ganzen Sache. Er muß fließend Italienisch sprechen. Nummer zwei ist der Sprengstoffspezialist – und der ist schon auf Sizilien. Ich spreche von Sergeant Len Fielding, dem Funker, mit dem ich zusammengearbeitet habe, als ich drüben war. Er ist zufällig auch Sprengstoffexperte – und er spricht ausgezeichnet Italienisch. Der dritte im Bunde ist der Stellvertreter des Kommandeurs, und auch er muß die Landessprache gut beherrschen. Einer der beiden Offiziere muß sich ebenfalls im Umgang mit Sprengstoffen auskennen, um die Bomben anzubringen, falls Fielding etwas zustoßen sollte.«

»Ausrüstung?«

»Ein Gewehr für jeden – eines, das man leicht verbergen kann. Dann noch Messer und sechzig Pfund Sprengstoff. Das wär's. Das Team muß im Ernstfall laufen können wie die Hasen, sich blitzschnell verstecken können und darf dabei nicht durch einen Haufen Blech behindert werden.«

»Ein Sender wäre also ein überflüssiger Blechhaufen?«

»Definitiv ja. Für alle Fälle hat unser Agent Gambari in Messina noch seinen Sender zur Verfügung. Sollten wir eine Nachricht absetzen müssen, könnten wir dieses Gerät benutzen.«

»Und wo geht das Team an Land?«

»In Palermo.«

Ein Seufzen ging durch die Reihen der Anwesenden, als Petrie mit dem Finger die sizilianische Stadt auf der Karte markierte. Zum ersten Mal runzelte Strickland die Stirn.

»Sie liegt über hundert Meilen westlich von Messina.«

»Der Feind wird dort eine Landung nie vermuten – dies ist die eine Voraussetzung für den Plan. Es gibt noch eine zweite«, erklärte Petrie. »Erstens also: dort unbemerkt an Land gehen, wo der Feind es nicht erwartet. – In Messina und der ganzen Umgebung wimmelt es nur so von feindlichen Truppen, Italienern und Deutschen. Seit Lawsons Landeunternehmen ist der Feind an der Nordküste gewarnt und doppelt wachsam. Eine Landung in Messina kommt also nicht in Frage. Außerdem habe ich in Palermo Kontakte, was ebenfalls für eine Landung dort spricht. Doch schwerer wiegt die Tatsache, daß wir von dort aus mit einem Fahrzeug die Insel schnell überqueren können.«

»Auf der Küstenstraße von Palermo nach Messina?«

»Nein, das ist zu gefährlich. Nach unseren Meldungen ist eine halbe Division westlich von Cefalù in Stellung gegangen. Schauen Sie, Sir, man müßte hier diese Route durch das Landesinnere fahren ...«

Petries Finger folgte auf der Karte einer gewundenen Linie quer über die Insel. »Dort gibt es nur wenige feindliche Truppen, so daß man sicher schnell vorankäme. Außerdem könnte sich Gambari auf halbem Wege mit dem Team treffen – hier in Scopana. Gambari ist für das Unternehmen sehr wichtig – er kennt den genauen Fahrplan der ›Carridi‹.«

»Hört sich gut an.«

Strickland beugte sich über die Karte. Parridge warf einen Blick auf seine Uhr. Es war jetzt 22.30 Uhr. Der General unterzog sich normalerweise einem strikten Zeitschema: Morgens um sechs Uhr stand er auf und ging am Abend spätestens um 21.30 Uhr schlafen. Der Bruch mit dieser Gewohnheit unterstrich die große Bedeutung, die er dieser Operation beimaß. Strickland brummte zustimmend und blickte zu Petrie hinüber. »Sie erwähnten, daß es von Palermo aus eine Transportmöglichkeit gäbe. Wie steht es damit?«

»Ein weiterer Grund, in Palermo an Land zu gehen. Wir brauchen bei dieser Aktion Hilfe.«

Petrie schwieg einen Moment.

»Die Mafia wird uns helfen.«

Strickland rieb sich bedächtig das Kinn. Petrie hatte ihm einen Schock versetzt, doch suchte er dies vor den Anwesenden zu verbergen.

»Sie sprechen von Ihren sizilianischen Freunden im Untergrund?« fragte er.

»Wenn es die einzigen Freunde sind, sollte man sich besser welche beim Feind suchen«, antwortete Petrie.

»Und doch sind Sie der Meinung, wir könnten sie für unseren Zweck einsetzen?«

»Das amerikanische Hauptquartier hat sie monatelang eingesetzt, um an Informationen über die Feindbewegungen auf der Insel zu kommen. Ich selbst habe acht Wochen lang auf Sizilien ihre Aktivitäten koordiniert. Die Amerikaner schickten ihre eigenen Agenten, um mit der Mafia Kontakt aufzunehmen. Sie haben sogar Mafiabosse aus den Staaten aus dem Zuchthaus entlassen, damit sie ihnen behilflich sind.* Mir persönlich gefällt diese Vorstellung auch nicht, doch auf dieser Insel bildet die Mafia das Rückgrat des Widerstandes – eigentlich nur, weil Mussolinis Polizei sie schon vor dem Krieg in den Untergrund getrieben hat. Tatsächlich ist die Ehrenwerte Familie unsere einzige Stütze auf der Insel.«

Colonel Benson meldete sich zu Wort. Strickland wandte dem Amerikaner den Kopf zu.

»Petries Informationen stimmen. Wir haben tatsächlich Leute auf die Insel geschickt, denn wir brauchen dringend die Hilfe einiger Mafiosi bei der späteren Errichtung einer Militärregierung. Sie sprechen den einheimischen Dialekt und sind in der Lage, ihre Leute unter Kontrolle zu halten, wenn wir die Insel als Basis für weitere Operationen benötigen.«

»Das weiß ich alles!« Der General winkte ungeduldig ab. »Major Petrie, ich hatte Sie gefragt, wo Sie in Palermo ein Fahrzeug herbekommen wollen.«

»Von der Mafia. Einen Gemüsetransporter oder einen Pkw. Damit kommen unsere Leute quer über die Insel schnell nach Messina. Ein weiterer Grund spricht für Palermo als Landungsort. Unsere Leute brauchen einen Führer, einen verläßlichen Sizilianer, der dafür sorgt, daß sie nicht verlorengehen.«

»So was gibt es?« wollte Strickland wissen. »Einen verläßlichen Sizilianer? Sie sind eine Bande von Gaunern. Oder sind Sie in Palermo einem begegnet, dem Sie auch nur halbwegs trauen konnten?«

»Ich glaube schon. Nur ein einziger Mann schafft es, das Sabotage-Team in kürzester Zeit über die Insel zu bringen.«

* Tatsächlich quartierte man Lucky Luciano, einen notorischen Verbrecher, aus einem Zuchthaus in der Umgebung von New York in ein City-Apartment um. Von dort erteilte er der New Yorker Dock- und Hafenmafia seine Anweisungen. Innerhalb eines Monats war das ganze Gebiet frei von deutschen Saboteuren – durch die Mafia.

Wieder schwieg Petrie, fragte sich insgeheim, wie Strickland diesmal reagieren mochte.

»Ich spreche von Vito Scelba.«

»Dieser Schurke?« Strickland schien nicht gerade erfreut. »Er ist der größte Halsabschneider im ganzen Mittelmeerraum.«

»Sie unterschätzen Scelba, Sir«, erwiderte Petrie sanft. »Er ist der größte Halsabschneider nördlich des Äquators, schlimmer als jeder kommunistische Widerstandskämpfer, dem ich in Griechenland begegnete. Hauptsächlich seinetwegen habe ich Palermo gewählt. Er ist nicht nur der Boß der Untergrund-Mafia, sondern kontrolliert auch die Hafenmafia in jedem Hafen von Sizilien – einschließlich Messina.«

Petrie schwieg, um seine Worte wirken zu lassen.

»Sie denken dabei an die Docks?«

»Genau daran, Sir. Scelba kann mit Hilfe seiner Leute das Sabotage-Team dort einschleusen – obwohl es mit Sicherheit die am schärfsten bewachte Gegend Europas ist.«

»Und Sie glauben, daß Scelba das alles für uns erledigt?«

»Zur vollsten Zufriedenheit, wenn man seinen Preis bezahlt – der einzige Weg, sich seiner Loyalität zu versichern.«

»Welchen Preis?«

»Ich weiß, daß er ein Amt in der Militärregierung haben möchte, wenn wir Sizilien übernehmen. Er ist ganz versessen darauf. Er wird das Amt des Präfekten über die Provinz Palermo fordern, sich aber auch mit der Position des Bürgermeisters von Palermo zufriedengeben.«

»Das würden dann die Herren mit den Melonenhüten zu entscheiden haben. Haben Sie sich etwa schon mit dem Gedanken angefreundet, ihn für eine solche Position zu empfehlen, als Sie drüben waren?«

Petrie machte mit einer Handbewegung deutlich, daß das nicht mehr seine Sache war.

»Ich würde ihn, wenn es nach mir ginge, nicht einmal als Straßenfeger vorschlagen wollen. Ich glaube, es ist vielleicht ein großer Fehler, die Mafia in unsere Pläne einzubeziehen. Auf lange Sicht könnte sich herausstellen, daß wir besser auf die Hilfe dieser Kreise verzichtet hätten. Doch wenn wir dieses Unternehmen durchziehen wollen, brauchen wir Scelba.«

»Das alles ist höhere Politik«, brummte Strickland mißvergnügt. »Mein Job ist es, den Krieg zu gewinnen. Das Sabotage-Team muß morgen nacht an Land gehen. Ich kann dem Sizilianer ja versprechen, daß er Bürgermeister wird, und mir später darüber Gedanken machen. Also bleibt nur noch die Frage, wer geht. Die Voraussetzungen, die der Kommandeur des Trupps erfüllen muß, haben Sie ja schon genannt.«

Strickland zählte sie an seinen Fingern auf.

»Erstens – er muß fließend Italienisch sprechen. Zweitens – er muß sich in Sizilien auskennen. Drittens – er muß etwas von Sprengstoffen verstehen. Und die vierte Voraussetzung haben Sie noch nicht erwähnt, Major. Er muß in der Lage sein, diesen Schurken Scelba zur Zusammenarbeit zu bewegen. Sehe ich das alles richtig?«

»Jawohl, Sir.

»Ist Ihnen bewußt, Major Petrie, daß nur ein einziger Mann in dieser Runde alle diese Voraussetzungen erfüllt – nämlich Sie?«

»Ich habe mir so etwas schon gedacht«, antwortete Petrie ohne Begeisterung.

Parridge beugte sich vor, damit der General ihn sehen konnte.

»Sie wurden zweifellos noch nicht darüber informiert, Sir, daß Major Petrie beim Morgengrauen seinen längst überfälligen Urlaub antreten soll.«

»Verstehe!«

Strickland musterte Petrie kritisch.

»Dann sollte er sich jetzt schnellstens entscheiden, ob er dringend Urlaub braucht oder sich noch fit genug fühlt, für uns die ›Carridi‹ zu versenken!«

»Ich denke, ich kann den Job erledigen«, antwortete Petrie ruhig. »Ich denke, ich werde Captain Johnson als meinen Stellvertreter mitnehmen.«

»Ihr Denken allein genügt mir nicht!«

Strickland stemmte die Hände in die Seite und blickte dem Offizier hart in die Augen.

»Der Erfolg meiner Invasion kann von der Versenkung der Fähre abhängen.«

»Ich erledige den Auftrag – aber nur nach meinem Plan.«

»Genehmigt. Und jetzt gehe ich schlafen!«

Der General ging zum Ausgang, doch bei Petries Frage wandte er sich noch einmal um.

»Die 29. Panzerdivision, Sir – wie lauten die letzten Positionsmeldungen?«

»Eine gute Frage. Nach dem letzten Bericht liegt sie immer noch bei Neapel.« Strickland runzelte die Stirn. »Doch das war gestern. Mit Luftaufklärern haben wir den Raum regelmäßig fotografiert, doch seit den letzten vierundzwanzig Stunden liegt eine dichte Wolkendecke darüber. Wir vermuten aber, daß die Einheit inzwischen nicht verlegt worden ist.«

Kaum hatte der General das Zelt verlassen, begannen sich die Männer am Tisch leise zu unterhalten. Petrie hatte keinen Blick für sie, er wußte, was ihre Mienen ausdrückten: Sympathie – und Erleichterung darüber, daß sie selbst nicht in die Höhle des Löwen steigen mußten.

Im deutschen Hauptquartier, Abschnitt Europa Süd, saß ein rundgesichtiger, wohlgenährter Mann auf dem Balkon seines neapolitanischen Palazzo und wartete auf das Klingeln des Telefons im Zimmer. Feldmarschall Albert Kesselring war einer der fähigsten Kommandeure der Achsenmächte – vielleicht, weil er sich eine ziemliche Unabhängigkeit bewahrt hatte und weil er, soweit er es verantworten konnte, die dogmatischen Befehle aus dem Führerhauptquartier in Ostpreußen ignorierte. Gerade war er wieder einmal dabei, seine eigene Entscheidung zu treffen, eine Entscheidung, die er auf Grund der Geheimdienstberichte für dringend notwendig hielt. Die nordafrikanischen Häfen quollen über von Kriegsschiffen und Truppentransportern, und von Alexandria aus waren schon starke alliierte Marineeinheiten in See gegangen. In Gibraltar rechnete man stündlich mit dem Auftauchen eines riesigen Konvois direkt aus den USA. Es wurde Zeit zu handeln und Vorkehrungen zu treffen.

Kesselring wartete geduldig in der Dunkelheit der Nacht. Es war etwa 22.00 Uhr. Eine dichte Wolkendecke verbarg den Mond am Himmel, und der Deutsche betete, sie möge noch eine Weile vorhalten. Endlich läutete das Telefon, das Geräusch mischte sich in den Gleichschritt der Posten vor dem Haus. Kesselring eilte hinein und griff zum Hörer.

»Sind Sie das, Klaus? Wie weit seid ihr?«

»Bereit, Herr Feldmarschall.«

General Rheinhardt, der Kommandeur der 29. Panzergrenadierdivision, machte nie mehr Worte als nötig. Von seinem Zelt aus schaute er auf den Schatten eines Mark-IV-Panzers. Die Mannschaft saß in voller Ausrüstung daneben auf dem Boden bereit.

»Klaus, Sie müssen sofort nach Süden vorrücken. Ich weiß, die Brücken sind zerstört, und Sie werden weite Umwege machen müssen, doch beeilen Sie sich um Himmels willen. Gehen Sie so schnell wie möglich auf Position B vor.«

»Sind sie gelandet?«

»Noch nicht, doch sie kommen – bald. Ich habe keine Zweifel daran, wo die Entscheidung fällt, und dann will ich dort sein. Keine Panikstimmung bei euch?«

»Alles normal. Ist das alles, Herr Feldmarschall?«

»Im Moment ja. Auf Wiedersehen, Klaus.«

Am anderen Ende wurde aufgelegt. Kesselring lauschte noch eine Weile den atmosphärischen Störungen in der Leitung. Ob die Gestapo ihn wieder abhörte? Egal – er war vorsichtig genug gewesen, seinen Plan für sich zu behalten, und Klaus würde unverzüglich reagieren.

Mit dieser Vermutung hatte Kesselring völlig recht. Kaum eine Minute nach dem Anruf hatte Rheinhardt seine Befehle erteilt.

Innerhalb von dreißig Minuten wälzte sich eine kontrollierte Flut gepanzerter Fahrzeuge im Schutz der Dunkelheit und dichter Bewölkung nach Süden in Richtung Kalabrien auf das Ostufer der Straße von Messina zu.

3

Donnerstag, 8. Juli, kurz vor Mitternacht

Das Barometer fiel schnell, die See brodelte. Riesige Wellengebirge türmten sich vor dem italienischen Patrouillenboot auf, das sich seinen Weg durch die Wasserwüste kämpfte. In den Wellentälern erstarb das Heulen des Sturmes, um dann auf dem nächsten Wogenkamm mit ohrenbetäubendem Lärm über die Männer an Bord herzufallen. Sie waren naß bis auf die Haut, ihre Körper von blauen Flecken übersät, äußere Male ihres Kampfes gegen den Hexentanz des Schiffes auf seinem Kurs zur Nordküste von Sizilien.

»Reichlich ungemütlich«, schrie Petrie dem Kapitänleutnant zur See Vosper am Steuer zu.

»Es kommt noch dicker – schauen Sie mal aufs Barometer«, schrie Vosper zurück.

»Und dabei hätten wir uns gemütlich mit dem Fallschirm absetzen lassen können«, gab Johnson seinen Kommentar dazu.

Der Amerikaner, der wie Petrie auf der Brücke Schutz vor den tobenden Wassermassen gesucht hatte, war von der Aussicht, an Fallschirmleinen baumelnd Siziliens gebirgiger Oberfläche entgegenzuschweben, noch nie sonderlich angetan gewesen. Doch beim Anblick der stürmischen See erschien ihm nun diese Möglichkeit wie ein Sonntagsspaziergang.

Petrie blieb ihm die Antwort schuldig. Er kämpfte eisern gegen den Wunsch an, sich tief hinter die Brückenschanz zu ducken, als ein gläserner Wasserberg den Bug des Schiffes untertauchte und über die Brücke hinwegrollte.

Keiner der Männer an Bord des gegnerischen Patrouillenbootes, das den Alliierten in Tunis in die Hände fiel, war korrekt gekleidet. Die britische Crew unter Vospers Kommando trug italienische Marineuniformen. Petrie und Johnson waren in die ärmliche Kleidung von sizilianischen Bauern geschlüpft und trugen abgewetzte Jacken und Hosen unter noch schäbigeren Mänteln. Sie waren unrasiert. In den Manteltaschen steckten die unvermeidlichen Baskenmützen, die sizilianische Bauern tagaus, tagein bei jedem Wetter trugen. Wahrscheinlich wären sie weniger durchnäßt gewesen, hätten sie sich nicht von Zeit zu Zeit auf das Vordeck hinausgewagt, um ja nicht den ersten Blick auf die sizilianische Küste zu versäumen. Vosper hatte sie davor gewarnt, als der Amerikaner dabei beinahe über Bord gegangen wäre.

»Ich habe mir das Boot schließlich nicht für diesen Trip ausgesucht«, sagte er trocken.

Petrie hatte es ausgewählt. Unzählige Schiffe genau dieses Typs patrouillierten vor der sizilianischen Küste, an der der Feind überhaupt nicht mit einer Invasion rechnete, weil sie von den alliierten afrikanischen Stützpunkten am weitesten entfernt lag. Neben Vosper spähte Petrie in den Sturm hinaus. Er schickte ein Stoßgebet zum Himmel, daß ihnen kein anderes Patrouillen-Boot begegnete. Wenn man sie entdeckte, müßten sie das Code-Signal geben, das der italienische Hafenkommandant von Palermo alle vierundzwanzig Stunden änderte. Wenn man sie erwischte…

»Die Persenning geht baden…«

Johnson hatte die Warnung gerufen und war schon draußen, ehe Petrie ihn daran hindern konnte. Er tanzte über das schlüpfrige Deck zum Heck, wo unter einer riesigen Segeltuchplane ein kleines sizilianisches Fischerboot festgezurrt lag. Die Brecher hatten eine Ecke der Plane losgerissen. Das Schiff erklomm einen Wellenkamm und begann gerade seine Talfahrt, als Johnson das lose Ende des Spannseils packte und es mehrmals um einen Poller wickelte, während er sich mit dem Rücken gegen die Brückenschanz stemmte. Er war kaum damit fertig, als das Boot einen neuen Wellenberg emporglitt. Er taumelte vorwärts und wäre beinahe über Bord gegangen. Gerade noch rechtzeitig umfaßte er den Poller und fühlte, wie sich Petries Hand um seinen Unterarm klammerte.

Seltsam verrenkt hingen beide so sekundenlang auf dem schlüpfrigen Deck, während das Schiff im steilen Winkel den Wasserberg emporschoß. Johnson war überzeugt, daß jetzt alles zu Ende sei. Vosper hatte sich verschätzt, das Schiff mußte jeden Moment kentern, sich rückwärts überschlagen und kieloben absaufen. Er hob den Blick, sah über sich dunkle wirbelnde Wassermassen, sah Petries maskenhaftes Gesicht über sich … und verlor den Halt an dem glitschigen Poller. Nur noch Petries Hand hielt ihn auf dem Schiff fest, dessen Anstieg kein Ende zu nehmen schien. Es war ein Alptraum: Petries linker Arm, mit dem er sich am Handlauf der Brücke festklammerte, wurde unter der Last von zwei Männern rasch taub und verlor schon das Gefühl. Endlich legte sich das Boot waagrecht, Petrie zerrte und schob Johnson in das Brückenhaus. Der Amerikaner sank am Boden zusammen und rang um Atem.

»Fischerboot … beinahe über Bord …«

Petrie sank neben ihm nieder und zog aus seiner Manteltasche eine Flasche mit billigem italienischem Weinbrand hervor. Er öffnete sie und reichte sie dem Amerikaner, der einen tiefen Schluck daraus nahm, das Gesicht verzog und sie zurückgab. Er wischte sich über den Mund und grinste schief. »Der reinste Fusel – nicht gerade französischer Cognac.« Der Schnaps schmeckt wirklich wie pures Gift, dachte Petrie, nachdem auch er einen Schluck getrunken hatte. Er reichte Vosper die Flasche. Der schüttelte den Kopf, schrie, er trinke niemals im Dienst, und nahm einen tiefen Schluck. »Gut gemacht, Ed«, brüllte Petrie dem Freund ins Ohr und schraubte die Flasche wieder zu.

Wie alles, was sie bei sich trugen, war auch die Flasche Brandy in Sizilien erhältlich. Sollte man sie nach ihrer Landung kontrollieren – falls sie jemals die Küste erreichten –, würde man nichts bei ihnen finden, das sie als alliiertes Kommando enttarnen konnte. Einige Dinge würden sie zwar verdächtig machen, doch kaum verdächtiger als gewöhnliche Sizilianer, die alles stahlen, was ihnen zwischen die Finger geriet. Ihre Waffen waren deutscher oder italienischer Herkunft, die aus den Waffendepots des Feindes auf der Insel entwendet worden sein konnten. Sie stammten aus den erbeuteten Beständen der Armee der Achsenmächte, die sich in Tunis den Alliierten ergeben hatte. Selbst die sechzig Pfund Sprengstoff, die in einem Sack verstaut auf der Brücke lagen, waren deutscher Herkunft, und die vier Zeitzünder gehörten zur Standardausrüstung der Wehrmacht.

Obwohl der Sturm mit unverminderter Stärke über sie herfiel und die Wogen von allen Seiten über das Schiff peitschten, wurden die Wellenkämme flacher – und ab und zu brach der Mond durch die Wolkendecke. Das Barometer stieg langsam wieder. Vor ihnen lag die Küste Siziliens als dunkler Streifen. Johnson erhob sich und trat neben Petrie vor das Ruderhaus. Vosper korrigierte den Kurs um einige Grad Steuerbord.

»Da drüben.«

Petrie deutete in die Richtung.

»Sieht aus wie eine flache Wolkendecke, doch ich glaube ...«

»Das ist Sizilien. In knapp einer Stunde sind wir da. Pünktlich auf die Minute zur Verabredung mit euren Freunden – wenn sie in einer solchen Nacht überhaupt kommen«, rief Vosper.

»Der Wetterbericht behauptete, der Sturm würde vor der sizilianischen Küste abdrehen«, erinnerte ihn Johnson. »Wenn ich es auch im Moment selbst noch nicht glauben kann.«

In dem unsteten Auf und Ab, aus dem die Welt ringsum zu bestehen schien, hielt Petrie Ausschau nach dem Feind, doch sie hatten das Tyrrhenische Meer mit seinen tanzenden Wogen ganz für sich. Als Vosper das Ruder einem Matrosen übergab und zu ihnen heraustrat, flüchtete sich Johnson in den Eingang des Ruderhauses. Sie hatten die Ausläufer des Sturmtiefs erreicht, das Wetter war trügerisch. Der Wind konnte hier völlig abflauen, um dann plötzlich wieder mit wuchtigen Böen über sie herzufallen.

»Bei diesem Wetter läuft die Fangflotte der Fischer niemals aus«, rief Johnson Petrie zu.

»Kommt ganz darauf an, wie es in Küstennähe aussieht. Vielleicht bläst der Sturm dort nicht so heftig«, schrie Petrie zurück. Dabei beobachtete er mit verkniffenen Augen weiter die See. Vosper wollte gerade ins Ruderhaus zurückkehren, als Petrie ihn am Arm packte und westwärts deutete.

»Was ist das da drüben?«

»Wo? Ich sehe nichts.«

Vospers Stimme klang rauh. Er spähte in die angedeutete Richtung.

»Ich habe einen Schatten gesehen. Da war – da ist es wieder!«

»Ein Schnellboot!«

Vosper stemmte sich gegen den Türrahmen, hob sein Nachtglas an die Augen und spähte sekundenlang in die Finsternis.

»Ja, eine Patrouille. Sie halten genau auf uns zu. Ich glaube, sie haben uns gesichtet. Ihr beiden in eurer Zivilkleidung macht euch jetzt besser unsichtbar.«

Er betrat das Ruderhaus und erteilte seine Befehle durchs Sprachrohr. Schnellboot steuerbord voraus … Geschütze bemannen … Maschinen auf voller Fahrt halten …

Das Patrouillenboot wimmelte plötzlich von Männern. Matrosen in italienischen Uniformen nahmen ihre Posten ein, besetzten auch das 13,2-mm-Maschinengewehr, um den Anschein zu erwecken, das Boot befinde sich auf einer normalen Streife.

Vom hinteren Teil der Brücke aus spähten Petrie und Johnson zu der verschwommenen Silhouette des feindlichen Schiffes hinüber, das gerade wieder in einem Wellental verschwand. Es näherte sich rasch quer zum eigenen Kurs von Steuerbord.

Die Spannung wurde fast unerträglich. Nur Vosper schien davon unberührt. Er nahm ruhig die Signallampe aus ihrer Halterung und öffnete das Fenster.

Petrie betrachtete die Laterne mit gemischten Gefühlen. Dies war genau die Situation, die sie am meisten gefürchtet hatten. Hier lag die Schwachstelle des gesamten Unternehmens. Zu vieles konnte schiefgehen. Die Schiffsgeschütze waren feuerbereit, die zwei 45-cm-Torpedos scharfgemacht, und die britische Besatzung wußte sicherlich ihre Waffen gut zu gebrauchen. Bei einem normalen Seegefecht hätte Vosper unter diesen Umständen eine gute Figur gemacht. Doch hier ging es um mehr als um die Versenkung eines feindlichen Schiffes. Sie durften sich keinen Schnitzer erlauben, nichts durfte geschehen, was den feindlichen Funker veranlassen könnte, eine Warnmeldung an das Marinehauptquartier in Palermo durchzuticken. Selbst wenn sie das feindliche Schiff so schnell versenkten, daß es keinen Funkspruch mehr absetzen konnte, wären die Explosionen an der Küste mit Sicherheit zu hören. Die Operation wäre entdeckt und damit gescheitert. Ihr Rendezvous vor Palermo konnten Petrie und Johnson dann vergessen.

Vosper wartete geduldig am Fenster auf das Erkennungssignal des anderen Schiffes.

»Glaubst du, daß wir es schaffen?« fragte Johnson, als er sich mit Petrie in die Deckung der Brückenschanz duckte.

»Wenn Scelba uns wirklich die für diese Nacht gültige Parole genannt hat, müßte es klappen.« Petrie wandte keinen Blick von Vosper. »Er hat einen guten Mann im italienischen Marinestab sitzen. Die Italiener ändern ihren Signal-Code in der Regel nur alle vierundzwanzig Stunden.«

»In der Regel?«

Johnson schien sich mit dieser Antwort nicht zufriedengeben zu wollen. Vosper gab ihm die genauere Erklärung, während er das gegnerische Schiff nicht aus den Augen ließ.

»Im Normalfall wechselt der Code alle vierundzwanzig Stunden. Doch in schwierigen Situationen wird er auch schon mal als zusätzliche Sicherheitsmaßnahme völlig unerwartet geändert. Unsere Leute machen das auch so.«

»Und jetzt ist eine solch schwierige Situation«, ergänzte Petrie Vospers Worte. »Der Feind weiß, daß die Invasion dicht bevorsteht, daß unsere Truppentransporte schon in See gegangen sind. Ich würde also nicht unbedingt drauf wetten, daß die Parole noch stimmt.«

»Also stecke ich besser mein Geld wieder ein.«

Für Petrie und Johnson, die von ihrem Platz im hinteren Teil des Steuerhauses das weitere Geschehen nicht verfolgen konnten, wurde die Anspannung fast unerträglich. Sie konnten nur Vospers Gesicht beobachten, das aber nach wie vor ausdruckslos blieb und nichts verriet. Jetzt straffte sich seine Gestalt, er gab dem Rudergänger Befehl, den Kurs zu halten. Das feindliche Schnellboot war kaum eine Viertelmeile entfernt, als drüben ein Lichtschein aufblitzte und das Erkennungssignal herübergemorst wurde. Vosper hielt seine Lampe antwortbereit und konzentrierte sich. Für Petrie und Johnson war es wie eine Erlösung, als Vosper ihnen schließlich erklärte, was draußen vorging. An einer Kleinigkeit aber merkte Petrie, daß etwas nicht stimmte. Auf Vospers Stirn zeigte sich plötzlich ein feiner Schweißfilm. Das konnte nur eines bedeuten: das Lichtsignal des Gegners war ihm unbekannt. Seit Scelbas Nachricht mußte das Marinehauptquartier in Palermo den Code geändert haben. Vosper würde nicht wissen, welche Parole er zurückmorsen mußte.

Petrie warf einen Blick zu Johnson hinüber. Auch er schien, nach seinem Gesichtsausdruck zu schließen, das Debakel zu ahnen. In diesem Moment begann Vosper, die Antwort hinüberzusignalisieren. Danach verharrte er unbeweglich an seinem Platz.

»Alles okay?« rief Johnson leise.

»Bis jetzt lief alles programmgemäß. Doch haben sie vielleicht nur das Antwort-Signal geändert. Dann dürften sie uns aber gleich das Ruderhaus unter dem Hintern wegschießen.«

»Na, dann wünsche ich allseits eine gute Himmelfahrt«, brummte der Amerikaner.

Das Warten schien kein Ende zu nehmen. Die Sekunden dehnten sich zur Ewigkeit. Plötzlich drehten die Motoren des Feindschiffes auf.

»In Ordnung«, rief Vosper erleichtert, »sie drehen ab.«

Seine Stimme war brüchig, als er sich an den Rudergänger wandte. »Nach Palermo. Volle Kraft voraus!«

Der meteorologische Offizier in Tunis hatte mit seiner Wettervorhersage recht behalten. Als das Patrouillenboot unter der bergigen Küste auf Parallelkurs ging, hatte sich das Meer beruhigt. Sanft rollten die Wogen im silbernen Schimmer des Mondes, der durch die Wolkendecke gebrochen war. Petrie stand mit Johnson an Deck und schaute zu einem Berg hinüber, der abseits von den anderen Gipfeln aufragte.

»Das ist der Monte Pellegrino, du kennst ihn sicher noch von deinem letzten Aufenthalt in Sizilien.«

»Ich denke, ich suche mir mal meine Siebensachen zusammen. Palermo liegt gleich östlich davon. He, was sind denn das für Lichter da drüben?«

»Scelba ließ uns wissen, daß die Fangflotte vor dem Hafen von Palermo liegt. Sie fischen hier nachts. Die Lampen am Bug sollen die Fische in ihre Netze locken. Gott gebe, daß Guido dabei ist.«

Beide schwiegen und hingen ihren Gedanken nach. Vosper drosselte die Fahrt, jede Umdrehung der Schrauben brachte sie der Küste näher. Die Silhouette des Berges wuchs stetig, die schwankenden Lichter kamen langsam näher. Die Nerven der beiden Männer auf Deck waren zum Zerreißen gespannt. Vor ihnen lag die gefährlichste Phase eines jeden Landeunternehmens, wenn man sich kaum eine Meile unter der feindlichen Küste entlangschlich und sich der Abstand von Minute zu Minute verringerte. Petrie und Johnson gingen vor dem Ruderhaus in die Hocke, damit man ihre schattenhaften Gestalten nicht sah. Die schwankenden Laternen der Fangflotte trieben langsam auf sie zu, orangefarbene Lichter, die im bleichen Mondlicht seltsam festlich wirkten.

»So weit, so gut!«

Johnson murmelte diese Worte vor sich hin und wischte sich gleichzeitig mit dem Mantelärmel den Schweiß von der Stirn, der ihm schon in die Augen tropfte. Es war kalt an Deck, doch die beiden Männer waren in Schweiß gebadet. Sie waren zwar nur eine Fracht, die Vosper an einem verabredeten Treffpunkt der Mafia zu übergeben hatte, doch trotzdem...

Petrie erwiderte nichts auf Johnsons hoffnungsvolle Bemerkung. Seine Blicke suchten das Meer nach weiteren Patrouillenbooten ab. Wurden sie zum zweiten Male aufgebracht, konnte das ins Auge gehen. Der Gegner konnte sie in dem ruhigeren Küstengewässer näher unter die Lupe nehmen, und die Chance, ihn nochmals zu täuschen, war sehr gering. Es war diese Zeitspanne zwischen dem Erreichen der Küste und der Annäherung an die Fangflotte, die Petrie am meisten gefürchtet hatte. Vosper drosselte die Maschine noch weiter und steuerte das Boot auf die Flotte zu. Dabei bemerkte er einen Kutter, der anscheinend schon seine Netze gefüllt hatte und langsam nach Palermo zurückfuhr.

Keiner der Fischer schien von der Annäherung des Schnellbootes die geringste Notiz zu nehmen, das wie bei einer Routine-Patrouille langsam auf die Fangflotte zulief. Petrie wartete ungeduldig auf das verabredete Signal. Guido sollte mit der orangefarbenen Schiffslaterne vier Blinkzeichen geben, um ihnen die Position seines Schiffes zu markieren. Doch nichts tat sich. Vosper lehnte sich aus dem Fenster des Ruderhauses und rief Petrie leise auf italienisch zu:

»Kein Willkommenszeichen bis jetzt!«

»Es läuft eben nicht immer alles erwartungsgemäß«, antwortete Petrie und gab Johnson einen Wink. Der Amerikaner folgte ihm zum Heck.

»Wir werden unterhalb des Hafens von Bord gehen.«

Beide arbeiteten rasch und konzentriert. Sie lösten die Taue, mit der die Plane über dem kleinen Fischerboot festgezurrt war. Das Tuckern der Schiffsmaschinen und das Platschen der Wellen gegen den Rumpf wurden übertönt vom Gesang der Fischer, die beim Einholen der Netze ein trauriges Seemannslied angestimmt hatten. Alle Fischer gehörten, wie Petrie wußte, zu Scelbas Cosca, der Mafia-Familie, die trotz vergeblicher Versuche der Carabinieri, sie zu zerschlagen, die Fischerei vor der gesamten sizilianischen Küste kontrollierte. Unter der Leitung von Moro* hatten die Carabinieri sie schon vor dem Krieg in den Untergrund gedrängt, doch wie die Fangarme eines Kraken spann die Ehrenwerte Familie unter der Oberfläche ihre Verbindungen weiter und versuchte ihre Machtstellung bei der hiesigen Bevölkerung zu festigen. Vosper beneidete Petrie keineswegs um seine Aufgabe, mit solchen Leuten zusammenzuarbeiten.

Das Beiboot hing schon im Davit, und auf Vospers Befehl tauchten sofort einige Leute auf, die es ausschwenkten und unter Petries Aufsicht an der dem Hafen abgewandten Seite zur Wasseroberfläche abließen. Es war kein leichtes Unternehmen, denn das Schnellboot machte immer noch leichte Fahrt für den Fall, daß ein feindliches Schiff auftauchte, das Aussetzen des Bootes beobachtete und Palermo über Funk

* Polizeichef Moro war von Mussolini, mit besonderen Vollmachten ausgestattet, nach Sizilien entsandt worden, um die Mafia zu zerschlagen.

alarmierte. In diesem Fall hätte man das Landeunternehmen abbrechen müssen.

Das kleine Fischerboot glitt sanft ins Wasser, man löste alle Taue außer einem, und Vosper änderte den Kurs, um das Boot näher an die Fangflotte heranzuschleppen. Für einen Augenblick übergab er das Ruder einem Matrosen, trat zu den beiden Männern hinaus und klopfte Petrie aufmunternd auf den Rücken. Johnson warf sich den Sack mit dem Sprengstoff und ihrer sonstigen Ausrüstung über die Schulter.

»Viel Glück, Jim. Bis jetzt hat sich Guido noch nicht gerührt. Aber ich denke, ihr werdet es auch so schaffen.«

»Diesmal muß es einfach klappen«, antwortete Petrie ruhig.

»Vielen Dank für die Überfahrt…«

Er folgte dem Amerikaner in das schwankende Fischerboot, wo Johnson schon den Sack verstaut hatte und an den Schaltern herumhantierte, um den Motor anzulassen. Vosper gab einem Matrosen das Zeichen, die letzte Leine zu lösen. Petrie holte sie ein und wickelte sie locker um die orangefarbene Laterne am Bug. Vorsichtig steuerte Johnson das Boot aus dem schützenden Schatten des Schnellbootes heraus.

Der nächste sizilianische Kutter lag nicht einmal hundert Meter entfernt. Männer beugten sich weit über die Bordwand und holten die Netze ein. Das Boot legte sich unter dem Gewicht des Fanges weit zur Seite, die Laterne am Bug schaukelte bedenklich. Vosper hatte seinen Kurs so gewählt, daß es aussah, als sei er zwischen den zwei Fischerbooten hindurchgefahren. Jetzt erhöhte er die Geschwindigkeit und rauschte mit im Mondlicht silbrig schimmernder Bugwelle davon. Die beiden Männer waren allein, völlig auf sich gestellt – eine halbe Meile vor der feindlichen Küste.

Sie schlossen sich der Ostflanke der Fangflotte an.

»Fahr langsamer, Ed«, flüsterte Petrie auf italienisch. »Wir sollten nicht zu nahe herangehen, ehe Guido nicht mit uns Kontakt aufgenommen hat.«

»Wenn er überhaupt kommt.« – »Er kommt ganz bestimmt, verlaß dich drauf!«

Petrie schwieg und verfolgte das Treiben auf dem nächsten Boot. Die Männer dort mit ihren dunkelhäutigen, knochigen Gesichtern waren sicher nicht die angenehmsten Zeitgenossen, jederzeit bereit, jemandem für weniger als eine Mahlzeit ein Messer in den Rücken zu jagen.

Petrie machte sich Sorgen, daß Guido geschnappt worden war. Ein Geräusch ließ ihn herumfahren. Johnsons Gestalt versteifte sich.

»Was ist los?«

»Wir bekommen Besuch – im falschen Augenblick!«

Das plötzliche Aufheulen von Vospers Schiffsmotoren hatte ihn gewarnt. Der Kommandant des Schnellbootes hielt es anscheinend für notwendig, so rasch wie möglich zu verschwinden. Er drehte eine weite Kurve und hielt Kurs nach Norden, weg von Palermo. Der Grund seiner plötzlichen Eile offenbarte sich im nächsten Moment: Von Osten her näherte sich ein Torpedo-Boot in voller Fahrt der Fangflotte. Petrie beobachtete mit verkniffenen Augen ein Fischerboot, das gerade in diesem Moment auf sie zuhielt. Wenn das Guido war, hatte er den Zeitpunkt für ein Treffen zu spät gewählt.

»Ed, gib mir das Schnellfeuer-Gewehr«, zischte er und ließ das Fischerboot keinen Moment aus den Augen. Johnson hielt mit einer Hand das Ruder, zog mit der anderen die Waffe aus dem Sack und reichte sie Petrie. Das Torpedo-Boot brauste genau auf sie zu.

Das deutsche Schnellfeuer-Gewehr – eine Mauser 7,63-mm-Automatik – ist eine tödliche Waffe, die als Handfeuerwaffe wie als automatische Maschinenpistole benutzt werden kann. Es besitzt ein Zwanziger-Rundmagazin und wird bei Verwendung als Handwaffe in einem hölzernen Holster getragen. Diese seltsame Materialwahl bei einer Pistolentasche hat ihren Grund: Für flächendeckenden weiträumigen Einsatz wird dieses Holster hinten in den Pistolenlauf eingeschoben und bildet so einen Schaft, den der Benutzer der Waffe gegen die Schulter preßt. So kann er jederzeit ein bestimmtes Areal mit mörderischem Feuer belegen. Mit ein wenig Glück und Geschick könnte man damit auch die Besatzung eines Torpedo-Bootes dezimieren.

Petrie sandte ein Stoßgebet zum Himmel, daß ihm ein solcher Einsatz dicht vor der feindlichen Küste erspart bleiben möge.

Das Motorengeräusch des Torpedo-Bootes schwoll an. Zwei Fischerboote trieben langsam auf sie zu. Auf Anweisung von Petrie änderte Johnson ihren Kurs und lenkte das Boot zwischen den beiden Fischerbooten hindurch mitten in die Fangflotte hinein.

Etwas Hartes klapperte gegen ihr Dollbord. Petrie packte die Waffe unter dem Mantel fester, starrte erst auf den Bootshaken zu seinen Füßen und dann auf den Mann, der kaum zwei Meter entfernt die Leine hielt. Die heisere Stimme des Sizilianers klang drängend.

»Ist der Fang heute nacht gut?« fragte er auf italienisch.

»Für Juli ist der Fang ganz miserabel. Feindliche Unterseeboote machen die Gewässer unsicher«, beantwortete Petrie die Erkennungsparole.

»Ich bin Guido. Kein Wort zur Besatzung des Torpedo-Bootes...«

Petrie mußte das Zeichen übersehen haben, doch plötzlich wimmelte es um sie herum von Fischerbooten. Zwei Männer auf Guidos Boot warfen ein Fischernetz zu ihnen herüber.

Johnson hatte den Motor gestoppt und packte sofort zu. Gemeinsam mit Petrie zog er es ins Boot. Das Torpedo-Boot glitt langsam zwischen den Fischkuttern auf sie zu. Hoch ragte sein Bug vor ihnen auf.

Mit einem Megaphon in der Hand trat der Kommandant auf die Brücke. Die Fischer knurrten ärgerlich über die Störung. Petries Hand fuhr wieder unter den Mantel. Die Sache sah nicht gut für sie aus. Das Maschinengewehr auf dem Kriegsschiff war besetzt, und die Matrosen an Deck trugen alle Gewehre. Was zum Teufel hatte den Kommandanten argwöhnisch gemacht?

Der Italiener hob das Megaphon.

»Seid ihr heute nacht einem britischen Schnellboot begegnet?«

»Nein, nur einem anderen Patrouillenboot«, rief Guido zurück und fuhr fort: »Sie vertreiben uns die Fischschwärme.«

»Und ihr fischt zu weit draußen. Das ist zur Zeit verboten, wie ihr genau wißt.«

»Wir fischen dort, wo die Fische sind. Schließlich wollen Sie ja auch etwas auf den Teller bekommen«, gab Guido verärgert zurück.

»Ich werde diesen Verstoß der Hafenwacht melden«, fauchte der italienische Kommandant.

Die Schrauben drehten auf, und das Kriegsschiff stieß rückwärts aus der Fangflotte, drehte nach Westen ab und schoß auf die offene See hinaus. Petrie entspannte sich ein wenig. Guido hatte also die vorgeschriebene Fangzone verlassen, um sich mit ihnen zu treffen. Dieses kleine Entgegenkommen von Scelba war begrüßenswert.

Der Motor im Boot des Sizilianers sprang an, und Guido deutete zur Küste hinüber. Sie würden jetzt unverzüglich auf Palermo zuhalten. Dort wartete die nächste gefährliche Hürde – ihre Einfahrt in den schwerbewachten Hafen.

Petrie schob die Gedanken daran beiseite, als Johnson die Maschine startete und dem Boot des Sizilianers folgte.

Aus irgendeinem Grund hatte der Kutter, den Vosper nach Palermo fahren sah, dicht unter der Küste die Maschine gedrosselt. Als sich Guidos Boot jetzt nach Süden wandte, nahm auch dieser Kutter wieder Fahrt auf, dicht gefolgt von einer kleinen Flottille anderer Fischerboote. Petrie merkte, daß hier nach einem genauen Plan vorgegangen wurde, einem Plan, der sicherlich Scelbas zwielichtigem Verstand entsprungen war. Die Sizilianer sangen wieder, ihre getragenen Stimmen hallten über die ruhige, ölige See, die jetzt wieder so still und glatt dalag wie eine Weide. Johnson konnte kaum glauben, daß sie noch vor kurzem im heftigen Sturm um ihr Leben kämpfen mußten.

Petrie hatte sich vorne im Bug hingehockt. Sie näherten sich der Hafenmauer. Eine lange, hohe Mole schob sich ostwärts weit ins Meer vor. Wenig später konnte Petrie deutlich die Geschützstellung mit ihrer Sandsackbarriere erkennen, sah die behelmten Gestalten der Soldaten und einen bewaffneten Posten mit geschultertem Gewehr. Johnson folgte Guidos Beispiel und verringerte merklich die Geschwindigkeit. Langsam trieben sie im Schatten der Hafenmauer, die sich hoch über ihnen auftürmte, dahin. Der Amerikaner ließ keinen Blick von dem Sizilianer im Boot vor ihm. Gab es Ärger, würde Guidos Reaktion sie Sekunden vorher warnen.

Petrie verließ seinen Platz am Bug und trat neben Johnson. Um durch die Hafeneinfahrt zu gelangen, mußten sie an einer zweiten, kürzeren Mole weiter landwärts entlangfahren, die sich mit der äußeren Hafenmauer ein wenig überlappte. Es war sehr still, während die Boote an dieser Steinrampe entlangtuckerten. Der Gesang war abrupt verstummt. Vor ihnen stand Guido steif in seinem Boot, als warte er auf etwas Unvorhergesehenes.

»Der Ärger mit dem Burschen ist, daß er anscheinend nie gelernt hat, sich zu entspannen«, flüsterte Petrie.

»Sich entspannen, in einer solchen Situation?«

Johnson fehlten die Worte. Als plötzlich ein schwaches Kreischen über das Wasser zu ihnen herüberdrang, packte er ungewollt das Steuerrad fester.

Langsam schwangen die Hafentore auf, um die Fangflotte einzulassen. Als sie das Ende der äußeren Mauer umrundeten, entdeckte Petrie über sich das lange Rohr einer Flak, das himmelwärts ragte. Sekunden später lag der Hafen vor ihnen, er sah die verdunkelten Kaianlagen und die alten Dächer der Stadt darüber. Der Schlepper, der das Hafentor geöffnet hatte, stieß fauchend Rauchwolken in die Mondnacht.

Langsam folgten sie Guidos Boot und dem anderen Kutter vor ihm. Johnson ging die ganze Sache einfach zu glatt, er wagte nicht, sich zu entspannen aus Furcht, er könne dadurch Unheil heraufbeschwören.

Im nächsten Augenblick flammte ein starker Scheinwerfer auf und tauchte die Hafeneinfahrt in gleißendes Licht. Petrie fluchte lautlos und packte die Mauser fester. Man hatte den Scheinwerfer auf der Spitze der inneren Mole installiert, so daß jedes Boot seinen starken Lichtstrahl passieren mußte.

Und ich möchte wetten, daß die Burschen zählen können, dachte Petrie grimmig. Sie werden schnell feststellen, daß jetzt ein Boot mehr hereinschwimmt, als sie hinausgelassen haben. Vielleicht konnten sie sogar im hellen Scheinwerferlicht die Besatzung der Boote identifizieren.

Das führende Boot vor Guidos Kutter machte kaum Fahrt. Plötzlich durchschaute Petrie das Manöver. Das Führungsboot wartete auf Guido und sie, um als Pulk den Scheinwerfer zu passieren. Er warf einen Blick zurück. Die anderen Boote folgten dichtauf.

Auch bei Johnson war der Groschen gefallen.

»Soll ich ein wenig aufdrehen?«

»Tempo halten«, erwiderte Petrie knapp.

Eine Beschleunigung der Fahrt würde nur unnötig die Aufmerksamkeit auf sie lenken. Petrie ließ seine Blicke über die vertraute Silhouette des Hafens schweifen, suchte nach Kriegsschiffen, nach Truppenstellungen bei den Docks, doch alles schien so, wie er es in Erinnerung hatte. Als ihr Boot neben das Boot des Mafioso glitt, murmelte er leise:

»Hinter dem Scheinwerfer ist eine Maschinengewehr-Stellung. Sollten sie das Feuer eröffnen, halte sofort auf den Kai zu. Ich kümmere mich derweil um den Scheinwerfer... Langsam krochen sie vorwärts. Hinter ihnen erhöhten zwei Boote ihre Fahrt und passierten sie an Steuerbord. Vor Guidos Boot schwenkten sie ein und trieben in das Scheinwerferlicht. Deutlich waren die Männer an Bord zu erkennen, wie Petrie grimmig feststellte.

Sie schwammen gerade aus dem Lichtkreis heraus, als etwas geschah, das wieder nur Scelba geplant haben konnte. Mit lautem Krachen kollidierten die beiden Boote, und die Sizilianer stimmten ein lautes, wütendes Geschrei an, als ob sie miteinander in ein Handgemenge geraten seien.

Der Mann am Scheinwerfer richtete instinktiv den Lichtstrahl nach links auf die kollidierten Boote. Währenddessen glitten Guido und Johnson mit einem Pulk anderer Boote am Ende der Mole vorbei. Dem Italiener wurde klar, daß er die anderen Boote verpaßte, und er schwenkte den Scheinwerfer rasch zurück. Sekundenlang tauchte der starke Strahl Petries Boot in gleißendes Licht, sprang dann aber zum nächsten Kutter hinüber. Und wahrscheinlich haben sie eines der Fischerboote weiter unterhalb der Küste vor Anker gehen lassen, so daß die Zahl stimmt, dachte Petrie. Scelba war ein Mann, der nichts dem Zufall überließ.

»Wir sind am Ziel«, sagte er zu Johnson, als sie in Guidos Kielwasser auf einen verlassenen Pier zuhielten. Johnson brummte nur. Sie befanden sich schließlich immer noch im schwerbewachten Hafengebiet.

Sie hatten den Pier fast erreicht. Das Wasser stank nach Öl und fauligem Fisch. Petrie wußte, was der Amerikaner dachte.

»Ich kenne diesen Pier, Ed. Von ihm aus führt ein unterirdischer Gang aus dem Hafengelände heraus.«

Mit einem unsanften Stoß legte Guidos Kutter am Pier an. Johnson stellte den Motor ab. Sanft stieß das Boot gegen den Rumpf des Kutters.

Sie waren vom Feind unbemerkt auf Sizilien gelandet. Innerhalb einer Stunde würden sie in der Untergrund-Zentrale der Mafia sein, wo dann das Tauziehen mit Vito Scelba begann. Petrie verzog angewidert das Gesicht.

4

Freitag, 9. Juli – kurz vor Morgengrauen

Don Vito Scelba, die Schlüsselfigur der ganzen Operation, nach Petries Ansicht der einzige Mann auf Sizilien, der die massierten deutsch-italienischen Streitkräfte überlisten konnte, der als einziger – wenn er wollte – ein Sabotage-Team quer über die Insel in die zur Festung verwandelte Stadt Messina einschleusen konnte, wußte innerhalb von fünf Minuten, daß die zwei alliierten Agenten in Palermo angekommen waren. Die telefonische Botschaft eines seiner Leute, der von einem Haus am Hafen das gesamte Gelände beobachten konnte, war kurz und geheimnisvoll.

»Das Korn wurde geliefert.«

»Danke, Nicolo. Bleib auf deinem Posten.«

Scelba legte den Hörer nieder. Nicolo würde wie befohlen sofort das Haus verlassen. Man durfte kein unnötiges Risiko eingehen. Die Carabinieri hatten die Telefone der halben Stadt angezapft, um der Mafia auf die Schliche zu kommen. Scelba zündete sich hinter vorgehaltener Hand eine dunkle Zigarre an und stand dann regungslos in dem großen, unmöblierten Raum. Bis vor drei Tagen hatten in diesem Palazzo, der jetzt vorübergehend sein Hauptquartier war, die Gonzagos, eine der reichsten Familien Siziliens, gewohnt. Sie waren wie viele andere aus der Oberschicht vor den immer zahlreicher vom Himmel regnenden alliierten Bomben auf das italienische Festland geflohen.

Scelba befand sich jedoch nicht allein in dem weitläufigen Zimmer. An den hohen Fenstern beobachteten mit Schrotflinten bewaffnete Mafiosi den Innenhof. Die kleinen, dunkelhäutigen Männer waren jeder mit der wohl teuflischsten Waffe ausgerüstet, die es gab, der Lupara. Der Name stand für drei Dinge: die Munition, das Gewehr – und die Todesart. Selbst in Sizilien war es streng verboten, Blei zu zerhakken, es in Patronen zu füllen und die Gewehre damit zu laden. Doch diese Waffe gehörte zur Standardausrüstung der Untergrundmafia. Viele Menschen waren schon an der ›Lupara-Krankheit‹ gestorben, einer Krankheit, von der es keine Heilung gab.

Die Gestalten an den Fenstern verharrten ebenso reglos wie der in Gedanken versunkene Scelba. Dies konnte der entscheidende Moment in seiner langen Karriere sein, der Wendepunkt, auf den er so lange, bittere Jahre gewartet hatte. Petrie war zurückgekehrt.

Signor Scelba kannte mehr Einzelheiten aus der militärischen Laufbahn des Majors James Petrie, als der kriegsverpflichtete Soldat ahnte. Er wußte beispielsweise, daß man Petrie normalerweise auf die Zerstörung lebenswichtiger Einrichtungen ansetzte. Sein letzter achtwöchiger Aufenthalt auf der Insel als Verbindungsoffizier zwischen dem Alliierten Hauptquartier und der Mafia fiel gänzlich aus dem gewohnten Rahmen. Scelba vermutete richtig, daß Petrie diesmal wieder einen Sabotage-Auftrag hatte. Das bestätigte auch die dringende Bitte über Funk um Bereitstellung eines vollgetankten Wagens, was auf eine längere Fahrt von Palermo aus schließen ließ. Als Ziel kamen nur zwei Orte und Objekte in Frage: der Marinestützpunkt Syracus mit seinen Kanonen oder die Eisenbahnfähre ›Carridi‹ in Messina. Seine Agenten auf der ganzen Insel hielten Vito Scelba ständig auf dem laufenden, und so hatte er auch von den verzweifelten, aber bis dato vergeblichen Versuchen der Alliierten, die einzige noch verkehrende Eisenbahnfähre zu versenken, Wind bekommen. Ganz sicher, Petrie wollte in eine dieser beiden Städte – nach Syracus oder Messina. In der Botschaft aus dem Alliierten Hauptquartier, von Petrie selbst unterzeichnet, hatte man um Scelbas persönliche Anwesenheit bei der Ankunft der beiden Agenten aus Tunis gebeten. Die Situation war interessant und versprach enormen Gewinn.

In seiner Kindheit hatte Scelba, kaum des Lesens und Schreibens mächtig, Schafe gehütet. Als Jugendlicher begann er, sich durch Mord und Intrigen in der Mafia hochzuarbeiten. Mit fünfundzwanzig Jahren war er schließlich Capo, Chef einer geheimen Organisation, die noch die Ärmsten der Armen auf Sizilien auspreßte, während sie vorgab, sie zu beschützen. Als Verwalter eines Großgrundbesitzers kontrollierte Scelba die Arbeiter und half denen, die mit ihm kooperierten, wenn sie in Schwierigkeiten kamen. Die anderen, die sich gegen ihn stellten, starben meist an einem Messer im Rücken, an einem Schluck vergifteten Weines oder an einem Kopfschuß.

Dann war Mussolini an die Macht gekommen, der Faschismus duldete keine andere Machtgröße neben sich. Schlagartig änderten sich die Zeiten für die Mafia. Ende der dreißiger Jahre war Moro mit seiner unbestechlichen Polizei auf der Insel aufgetaucht, einer Einheit, die speziell für den Kampf gegen das organisierte Verbrechen ausgebildet war. Scelba mußte untertauchen.

Er war ein vorausschauender Mann, der genau wußte, daß über kurz oder lang die Alliierten siegen würden, siegen mußten, denn ständig verfolgt von einer faschistischen Polizei, hätte die Mafia keine Zukunft. Scelba sah im Sieg der Alliierten ungeahnte Möglichkeiten – riesigen Machtgewinn für die Mafia, für Vito Scelba. Man konnte die Verbindungen nach Neapel oder Marseille ausbauen – und auch nach New York.

Vito Scelba hatte einen Traum. Er träumte von der Errichtung einer weitverzweigten internationalen Organisation, mächtig genug, Regierungen in den Sattel zu heben oder zu stürzen, ganze Völker durch straff organisierte Verbrecher-Syndikate zu beherrschen. Das Wort ›Verbrechen‹ fehlte natürlich in seinem Sprachschatz. Für Scelba war alles nur Geschäft. Die Tatsache, daß ihm bei der Verwirklichung seiner Ambitionen ein alliierter Offizier helfen würde, entbehrte nicht einer gewissen Ironie. Der Sizilianer wußte genau, daß Petrie ihm nicht über den Weg traute.

Beim Gedanken an den Offizier lächelte er grimmig. Es wurde Zeit, daß er sich in den engen Keller begab. Doch er bekam dort unten immer Platzangst.

Scelba warf einen Blick auf seine Uhr. Er rechnete mit Petries Ankunft gegen Mitternacht. Unwillig trat er seine Zigarre unter dem Absatz aus, bückte sich, hob den Stummel auf und steckte ihn in die Tasche. In diesem Raum durften keine Spuren ihrer Anwesenheit zurückbleiben.

Ehe er in den Keller stieg, ließ er seine Blicke nochmals über die von Fresken verzierte Decke, die hohen Spiegel an den Wänden und den kostbaren Marmorfußboden schweifen. Luxus bedeutete Vito Scelba nichts. Sein Lebensstil war bescheiden, und nur zum Schlafen benötigte er ein Dach über dem Kopf.

In scharfem Ton erteilte er jetzt seinen Leuten einen Befehl und stieg dann in den Keller hinab. Der Mafiaboß, der die Unterwelt von Palermo kontrollierte, traf erste Vorbereitungen für einen Anschlag – seinen Anschlag auf die Nachkriegswelt.

»Da drinnen soll er sein? Sind Sie sicher?«

Petrie packte Guido am Arm und zog ihn von der verlassenen Straße in einen dunklen Eingang, während Johnson sich wachsam umschaute. Sie hatten auf vielen Wegen den Hafen verlassen und das Albergheria-Viertel durchquert. Zweimal waren sie beinahe starken Carabinieri-Streifen in die Arme gelaufen. Die ganze Zeit begleitete sie das Motorengebrumm von Armeefahrzeugen.

Petrie starrte auf den Palazzo, eines der größten Häuser in Palermo. Hinter den Einfassungsmauern schwang sich eine elegante Treppenflucht zu einer Terrasse empor, von der eine weitere Treppe zu einer zweiten Terrasse führte. Die Wände des Hauptgebäudes säumten Statuen, verschwommene Figuren, die Petrie im ersten Moment für Wachtposten gehalten hatte.

»Guido«, sagte er jetzt im scharfen Ton, »Scelba kann unmöglich da drin sein.«

Der Sizilianer zuckte bei der lauten Nennung seines Namens erschrocken zusammen.

»Er ist ganz bestimmt hier, Signore. Dies ist die Villa Conzago. Die Familie ist vor einigen Tagen nach Neapel geflohen. Seitdem steht die Villa leer. Kommen Sie, wir dürfen nicht stehenbleiben. Hier entlang, Signore!«

Guido hatte es sehr eilig, von der Straße zu verschwinden, und Petrie konnte es ihm nicht verdenken. Sie folgten dem Sizilianer über einen Innenhof durch ein zweites Tor zur Rückseite des Palazzo. Man sah in der Finsternis nicht die Hand vor Augen. Guido wühlte in seinen Taschen, zog einen Schlüssel hervor und öffnete eine kleine, hölzerne Pforte. Dahinter flammte eine starke Taschenlampe auf. In ihrem Schein erkannte Petrie eine Schrotflinte, deren Mündung genau auf Guidos Hals zielte. Es folgten ein paar Worte auf sizilianisch, einem Dialekt, der so sehr vom Italienischen abwich, daß Petrie nur hier und da ein Wort verstand. Der Sizilianer mit dem Gewehr ließ sich von Guido den Schlüssel aushändigen und verriegelte die Pforte im Licht der Taschenlampe, die ein zweiter Mafioso hielt, von innen. Mit einem Handzeichen befahl er den Ankömmlingen, ihm zu folgen, und geleitete sie zu einer Treppenflucht, die in die Tiefe führte.

»Willkommen in Palermo, Major Petrie. Schön, Sie wieder mal bei uns zu sehen.«

»Draußen tut sich einiges, Signor Scelba«, sagte Petrie rasch, während sie sich die Hände schüttelten.

»Was ist los?«

Sie standen sich etwa neunzig Meter unter der Stadt in einem katakombenartigen Weinkeller gegenüber, der von einigen Öllampen am Deckengewölbe spärlich erhellt wurde. Der Geruch von saurem Wein stach Petrie in die Nase, er fühlte die Feuchtigkeit des Gewölbes auf der Haut.

Höflich geleitete ihn der Mafia-Boß zu einem leeren Holztisch in der Mitte des Kellers.

»Sie haben sich für Ihre Ankunft einen gefährlichen Zeitpunkt ausgesucht«, antwortete Scelba. »General Bergoni hält eine Nachtübung ab und hat über die Stadt Ausgangssperre verhängt. Doch das ist nur ein Vorwand für eine Säuberungsaktion in einem bestimmten Viertel. Man holt die Menschen mitten in der Nacht aus den Betten und durchwühlt ihre Häuser vom Keller bis zum Dachboden. Sie sehen, man ist immer noch hinter uns her.«

»Welches Viertel?«

»San Pietro, soviel ich weiß.«

»Nicht die Albergheria?«

»Nein, es sei denn, sie hätten aus Sicherheitsgründen im letzten Moment ihre Pläne geändert.«

Scelba beobachtete seinen Gast amüsiert. Petrie argwöhnte, daß der Capo nur das Risiko seiner Zusammenarbeit mit den Alliierten besonders unterstreichen wollte.

»Trinken wir erst mal ein Glas Wein«, fuhr Scelba fort. »Wie Sie sich vorstellen können, gibt es hier ja genug davon...«

Petrie machte Johnson mit dem Mafioso bekannt. Der Amerikaner ließ sich am Tisch nieder und lauschte dem Gespräch der beiden Männer. Bei seinen früheren Einsätzen war er dem Mafia-Boß nie begegnet, denn Scelba vermied nach Möglichkeit jeden persönlichen Kontakt mit alliierten Agenten.

Johnson betrachtete die anderen Anwesenden. Er konnte sich kaum vorstellen, in einer gemütlichen Runde mit ihnen zu sitzen. Die fünf Sizilianer, die lässig ringsum an den Säulen des Gewölbes lehnten, waren im spärlichen Licht kaum zu erkennen. Doch gehörten sie, wie Johnson an ihren Galgenvogel-Gesichtern ablas, zum Abschaum von Palermo, waren sorgfältig ausgewählt, den Mafia-Boß in seinem Schlupfwinkel zu schützen. Sicher hatte jeder von ihnen schon einige Morde auf dem Gewissen.

Sie standen regungslos im Halbdunkel und hielten die Schrotflinten schußbereit in der Armbeuge. Nur ein Einäugiger vertrieb sich die Zeit damit, mit der Spitze eines breiten Messers in seinen Zähnen herumzustochern. Bei seinem Dienst an der mexikanischen Grenze hatte Johnson so manch gefährlichen Zeitgenossen verhaftet, doch verglichen mit diesem Mob hier waren das die reinsten Heiligen gewesen.

»Auf Ihre Gesundheit – und auf den Erfolg Ihres Unternehmens, Captain Johnson.« Scelba prostete ihm zu.

»Auf Ihre Gesundheit!«

Der Amerikaner hob das Glas und nahm einen vorsichtigen Schluck. Scelba hatte am Kopfende des Tisches Platz genommen. Zum ersten Mal konnte ihn Johnson deutlich erkennen. Der Capo von Palermo, der auf die Sechzig zuging, war auch in Hemdsärmeln und Hosenträgern eine beeindruckende Gestalt mit willensstarkem Kinn und hinter getönten Brillengläsern kaum erkennbaren Augen. Er besaß einen untersetzten, breitschultrigen Körper, war aber einen halben Kopf kleiner als Petrie. Seine ruhige Selbstbeherrschung in einer für ihn so gefährlichen Nacht wie dieser weckte Johnsons Bewunderung. Der Capo hatte die Hände auf die Tischplatte gelegt und zog genüßlich an der dicken Zigarre zwischen seinen wulstigen Lippen. Die Augen hinter den dunklen Gläsern schienen Johnson zu durchleuchten, schienen nach Schwachstellen des Amerikaners zu suchen. Petrie setzte sein Glas ab und sagte mit einem bezeichnenden Blick auf die Mafiosi an den Kellerwänden: »Wir dürfen keine Zeit verlieren, kommen wir zur Sache.«

Scelba sagte ein paar rasche Worte, und die Mafiosi verschwanden über die Treppe, die hinter dem Platz des Capo nach oben führte. Er wartete, bis oben die Tür geschlossen wurde, und schaute dann zu Petrie hinüber.

»Ist es eine wichtige Sache, die Sie so schnell wieder nach Sizilien geführt hat?«

Seine Stimme klang sanft.

»Wie kommen Sie darauf?«

»Die Bitte um ein Fahrzeug…«

»Steht der Wagen bereit?«

Petrie ging ganz bewußt nicht auf die Frage des Sizilianers ein. Er wollte möglichst viele Informationen aus dem Mafioso herausholen, ehe dieser mit seiner umständlichen Feilscherei begann.

»Nein, es hat eine Panne gegeben.«

»Großer Gott! Die Vereinbarung besagte doch, daß ein vollgetanktes Fahrzeug bereitstehen soll.«

»Die Vereinbarung?« Scelba lehnte sich zurück und sprach mit der Zigarre im Mund weiter: »Bis jetzt gibt es noch keine Vereinbarung. Der Funkspruch enthielt die Bitte um ein Fahrzeug. Ich aber habe nur den Erhalt der Nachricht bestätigt. Einen Wagen wollen Sie also – und auch noch mit vollem Tank!«

Die spürbare Ironie in seinen Worten irritierte Johnson, doch Petrie schien davon unbeeindruckt. Ihr Gastgeber fuhr fort: »Wissen eure Kommandeure denn nicht, daß Benzin auf Sizilien streng rationiert ist?«

»Dann besorgen Sie es auf dem Schwarzmarkt!« sagte Petrie brüsk. »Zufällig wissen wir ja genau, wer ihn in Palermo kontrolliert.«

Johnson, der befürchtete, daß Petrie zu weit ging, unterbrach ihn rasch. »Wir müssen Palermo sofort auf dem schnellsten Weg verlassen.«

Der Sizilianer schien erst jetzt wieder seine Anwesenheit zu bemerken. Seine Stimme klang aufgebracht, als er antwortete.

»Captain Johnson, vor knapp fünf Stunden stand ein Fahrzeug für Sie bereit. Doch die Carabinieri stürmten die Garage und konfiszierten den Wagen für ihre Zwecke.«

»Sicher haben Sie einen anderen für uns aufgetrieben«, sagte Petrie bewußt zuversichtlich.

»Sie haben ja sehr großes Vertrauen zu mir – unter den gegebenen Umständen hier. Ich hoffe, das Alliierte Hauptquartier ist sich darüber im klaren, daß wir jede Minute, die wir mit ihm zusammenarbeiten, unser Leben riskieren, daß die Behörden ihre Bemühungen verstärken, uns zur Strecke zu bringen, daß unsere Familien in ständiger Bedrohung leben…«

Etwas im Tonfall des Sizilianers ließ Petrie aufhorchen.

»Wie geht es eigentlich Signora Scelba?« fragte er.

»Sie hat Palermo verlassen. Ich habe sie mit meinem Sohn nach Catania geschickt.«

Mit einem bedeutungsschweren Schweigen versuchte Scelba, die Schwierigkeit der Lage auf Sizilien noch zu unterstreichen. Doch Petrie ließ nicht locker. Ihn beschäftigte die Frage, ob und wieviel der Sizilianer von ihrem Plan wußte oder ahnte. Hatte er seine Familie weggeschickt, um sie während seiner Abwesenheit in Sicherheit zu wissen?

Die nächsten Worte des Capo machten ihm wieder Mut.

»Mein eigener Wagen steht zu Ihrer Verfügung…«

»Sofort?«

»Sobald er repariert ist. Meine Leute arbeiten schon die ganze Nacht daran…«

»Die ganze Nacht? Wann zum Teufel werden sie damit fertig? Wir wollen Palermo innerhalb der nächsten Stunde verlassen.« Petries Stimme klang ungehalten.

»Unmöglich, bis zur Dämmerung ist da nichts zu machen. Der Wagen wird an einer Kreuzung vor der Stadt auf uns warten. Durch die Stadt zu fahren ist zu gefährlich.«

»Das ist zu spät, viel zu spät…«

»Ich fürchte, Sie werden sich damit abfinden müssen, Major Petrie, denn der Wagen wird nicht früher fertig. Haben Sie damit eine längere Fahrt vor?«

»Wie kommen Sie darauf?«

»Weil der Tank voll sein soll.«

Scelba hob entschuldigend die Hände.

»Bedauerlicherweise habe ich noch eine schlimme Nachricht für Sie. Der Funker, Sergeant Fielding, wurde heute morgen auf seinem Weg zum Geheimsender von den Carabinieri erschossen.«

Scelba bemerkte, wie sich Johnsons Augen vor Schreck weiteten.

»Keine Sorge, Captain, er trug Bauernkleidung wie Sie und hatte nichts bei sich, das ihn verraten konnte.«

Das war eine böse Überraschung. Petrie zündete sich eine Zigarette an und dachte nach. Er würde also selbst die Bomben im Innern der Fähre anbringen müssen. Und die Verzögerung ihrer Abfahrt aus Palermo kam fast einer Katastrophe gleich. Die Zeit bis zur vorgegebenen Stunde Null wurde dadurch verdammt knapp. Ihnen blieben insgesamt gerade noch neunzehn Stunden, um von Palermo nach Messina zu fahren, in die streng bewachte Sperrzone einzudringen und an Bord der Fähre zu gelangen. Das bedeutete wiederum, daß Scelba sie begleiten mußte, um sie in Rekordzeit über die Insel zu schaffen.

Petrie beendete mit einer Handbewegung ihr verbales Versteckspiel und kam zur Sache.

»Signor Scelba, wir sind auf ein wichtiges Zielobjekt in Messina angesetzt. Ich möchte, daß Sie uns selbst hinüberfahren – oder uns zumindest als Führer begleiten. Wir fahren über die Inlandroute – über Scopana.«

»Unmöglich!« Scelba tat erstaunt. »Messina liegt am anderen Ende der Insel. Die Inlandstrecke ist schwierig zu fahren. Ich könnte Ihnen höchstens einen meiner Männer als Führer mitgeben...«

»Nein!«

Mit einer heftigen Bewegung stellte Petrie sein leeres Glas auf der Tischplatte ab.

»Nicht einer Ihrer Leute – Sie! Sie sind meiner Meinung nach der einzige Mann auf Sizilien, der uns heil hinüberbringen kann.«

»Das ist völlig unmöglich!« wiederholte Scelba. »Ich muß hier alles für die alliierte Invasion vorbereiten.«

»Das haben Sie schon getan.«

Petries Stimme klang hart.

»Der größte Dienst, den Sie uns jetzt erweisen können, ist der, uns sicher nach Messina zu bringen. Die gleiche Meinung vertritt auch das Alliierte Oberkommando. Wir müssen morgen vor Mitternacht in den Docks sein.«

Mit unverhohlenem Sarkasmus brummte Scelba: »Das ist ja auch nur die am schärfsten gesicherte Zone auf der Insel.«

Er deutete mit dem Zigarrenstummel auf Petrie.

»Dort liegen nur deutsche Streitkräfte – und die lassen sich nicht so einfach überlisten. Euch dort hindurchzuschleusen, ist schlichtweg unmöglich.«

»Auch für jemanden, der die Hafenmafia kontrolliert?« fragte Petrie ruhig.

»Sie verlangen von mir, mein Leben aufs Spiel zu setzen...«

»Das tun Sie schon, seitdem Sie uns Informationen über feindliche Truppenbewegungen zuspielen.«

»Aber nicht für einen solchen Wahnwitz! Über die Inlandroute sind es mehrere hundert Kilometer nach Messina. Jeder Kilometer kann unser Ende, jede Kreuzung eine tödliche Falle sein.«

»Sie werden uns trotzdem begleiten?«

»Nein!«

Scelba schwieg einen Moment und fixierte Petrie über das Ende seiner Zigarre hinweg.

»Selbst dann nicht, wenn Sie mich nach der alliierten Landung zum Präfekten der Provinz Palermo machen würden.«

Da war es! Das Tauschobjekt lag auf dem Tisch. Aus Vorsicht schwieg Petrie, während der Sizilianer ihre Gläser neu füllte. Der Capo hatte ein wenig seine Trumpfkarte gelüftet: Als Gegenleistung für die Präfektur würde er sie – wenn auch nur zögernd – nach Messina bringen. Aber erst nach einem höllischen Tauziehen.

Da das Hauptquartier niemals für dieses Versprechen einstehen würde – was auch Scelba wußte –, war es jetzt Petries Aufgabe, ihm den niedrigeren Bürgermeisterposten in Palermo schmackhaft zu machen. Trotz seiner diesbezüglichen Behauptung bei der letzten Einsatzbesprechung in Tunis war sich der Major keineswegs sicher, ob der Capo sich damit zufriedengeben würde.

»Daß meine Leute Ihnen jemals die Präfektur anbieten würden, ist völlig unmöglich«, sagte er brutal. »Wenn es das ist, was Sie haben wollen, vergessen Sie es.«

»Dann können Sie Ihren Auftrag vergessen.«

»Bei Gott, ich werde auch ohne Sie dorthin kommen«, rief Petrie in gespieltem Zorn. »Geben Sie uns das Auto und das Benzin, dann werden wir es schon schaffen.«

»Jedenfalls nicht vor Mitternacht. Sie kennen den Weg nicht …«

»Ich habe eine Karte«, erwiderte Petrie grob. »Schließlich haben wir mit der Möglichkeit gerechnet, daß Sie nicht mitspielen.«

»Er hat eine Karte!«

Scelba schüttelte sich vor Vergnügen. Mit der Hand hieb er mehrmals auf den Tisch.

»Man sollte Sie tatsächlich versuchen lassen, die Feldwege zu finden, die man im Landesinnern als Straßen bezeichnet. Es würde keine zwei Stunden dauern, dann hätten Sie sich hilflos verirrt …«

Er unterbrach seine Worte und beobachtete mit der Zigarre im Mund Petrie, der jetzt seinen Stuhl zurückstieß und aufsprang. Grimmig schaute er auf den Capo hinab.

»Soll ich, sobald ich zurück bin, dem Alliierten Oberkommando melden, daß Sie nicht mit uns kooperiert haben?«

»Vielleicht sollten Sie besser ›wenn‹ anstatt ›sobald‹ sagen«, erwiderte Scelba dunkel.

»Soll ich melden, daß Sie uns jegliche Hilfe verweigert haben?« wiederholte Petrie unbeirrt.

»Das könnten Sie wohl kaum, wenn ich Ihnen den Wagen und das Benzin beschaffe.«

»Wir brauchen auch Sie selbst – das haben Sie eben zugegeben.«

Petrie schwieg einen Moment.

»Soweit ich das beurteilen kann, haben Sie gerade Ihre Hoffnungen auf einen Posten in einer alliierten Administration auf Sizilien begraben, nicht wahr?«

Johnson wand sich innerlich bei dieser Bemerkung. Von seinen Erfahrungen mit der Mafia an der mexikanischen Grenze wußte er, daß die Organisation bei Verhandlungen großen Wert auf etwas legte, das sie mit dem Wort ›Höflichkeit‹ umschrieb. Petrie hatte bis jetzt diesem Begriff in keiner Weise Rechnung getragen, und Johnson fragte sich langsam, wie groß ihre Chancen waren, den Weinkeller lebend zu verlassen.

Scelba beobachtete sie nachdenklich über seine Zigarre hinweg, zeigte sich aber durch Petries Drohung nicht im mindesten beleidigt.

»Es ist immerhin möglich, daß die Deutschen euch ins Meer zurückwerfen«, sagte er mit dem Anflug eines Lächelns. »Und wo bleibe ich dann?«

»Nirgendwo!«

Petrie war in der Wahl seiner Worte nicht gerade zimperlich. »Die Carabinieri suchen Sie fieberhaft. Wenn wir verlieren, Scelba, sind Sie ein toter Mann. Siegen wir, bleiben Sie unserer schönen Welt erhalten. Aus meiner Sicht der Dinge haben Sie keine Wahl – doch das ist Ihre Entscheidung.«

»Das hört sich alles recht gut an, doch Sie haben mir nichts anzubieten.«

»Das habe ich nicht gesagt.« – »Wirklich nicht?«

Scelba stemmte seinen Ellbogen auf die Tischplatte, die dunklen Brillengläser gaben ihm ein drohendes Aussehen. Sie kamen jetzt zum Kern der Sache, doch Petrie wußte, daß er genau den richtigen Zeitpunkt für sein Angebot abwarten mußte, um den Sizilianer tatsächlich davon zu überzeugen, daß er seinen Preis nicht höher treiben konnte.

Das schwach erhellte Gewölbe besaß seitliche Alkoven, in die der Schein der Öllaternen nicht hineinreichte. Dort konnten durchaus einige Mafiosi verborgen sein für den Fall, daß der Capo das gesamte Geschäft mit einer Salve aus den Schrotflinten zu beenden wünschte. Es war zwar unwahrscheinlich, doch eine Organisation wie diese war absolut unberechenbar. Petrie glaubte auf einem Pulverfaß zu sitzen, dessen Lunte schon brannte.

»Sie wollen mir ein endgültiges Angebot machen?« fragte der Capo nach langem Schweigen.

»Ja.«

»Und wenn ich Ihnen jemanden mitgebe, auf den Sie sich völlig verlassen können?«

»Nein, dann können wir die ganze Sache vergessen. Wir würden es dann auf eigene Faust versuchen.«

»Sie erpressen mich«, sagte der Sizilianer betrübt. »Ich habe euch wichtige Informationen beschafft, auf denen eure Invasionspläne basieren …«

»Andere Agenten haben aus den übrigen Teilen der Insel ebenfalls wichtige Informationen geliefert.«

»Ich hatte bisher stets den Eindruck, ich sei mehr als nur ein Agent …«

»Ob dies so bleibt, hängt jetzt nur von Ihrem Verhalten ab.«

»Sie sind ein harter Mann, Major Petrie. Ich verstehe nun, warum man Sie nach Sizilien geschickt hat …«

»Man wußte, daß ich mit Ihnen zu tun haben würde.«

Petrie lächelte zum ersten Mal, seit sie das Gewölbe betreten hatten. Auch über das Gesicht des Capo huschte der Schatten eines Lächelns.

»Bis jetzt habe ich noch kein Angebot gehört.«

»Sie werden Bürgermeister von Palermo, sobald die Alliierten Westsizilien kontrollieren.«

»Das ist gar nichts.«

Petrie explodierte.

»Sie wissen verdammt genau, Scelba, daß das ein Top-Angebot ist. Es gibt Ihnen die Macht in Ihrer Heimatstadt. Es gibt Ihnen die Kontrolle über Palermo ...«

»Die habe ich schon. Mir gehört Palermo.«

»Dann fahren Sie uns gefälligst auch mit dem Auto aus Palermo hinaus, anstatt es zu irgendwelchen obskuren Kreuzungen zu beordern.«

Scelba beobachtete Petrie unablässig, der wieder eine freundliche Miene zeigte. Jetzt war der Zeitpunkt, die Atmosphäre ein wenig zu entspannen, die Diskussion wieder freundlicher zu gestalten, denn Stolz war in der Organisation ein heiliges Wort. Petrie spürte, daß er sein Spiel mit dem Gangsterboß nicht zu weit treiben durfte.

Er änderte seine Taktik.

»Sie haben doch jetzt bekommen, was Sie schon haben wollten, als wir das erste Mal nach Sizilien kamen«, fuhr er fort. »Sie haben mit hohem Einsatz gespielt – und gewonnen. Ich persönlich würde mich eher zerreißen lassen, als Ihnen dieses Amt zu geben, Vito, egal wie dringend wir Ihre Hilfe brauchen.«

»Sieh da, ein Geheimagent mit einem Gewissen!«

Der Capo ließ seinen rauhen Humor aufblitzen.

»Ihr Angebot ist wirklich kaum der Rede wert, aber um meine Verbundenheit mit den Alliierten zu unterstreichen, nehme ich es an ...«

»Bedingung ist, daß Sie uns persönlich nach Messina bringen.« – »Ich werde mein Bestes tun.«

Dann wurde Scelbas Ton wieder hart und geschäftsmäßig.

»Zwei Stunden vor Sonnenaufgang müssen wir aufbrechen, um rechtzeitig zur Kreuzung zu kommen. Doch jetzt sollten Sie zuerst etwas essen. Es gibt zwar nur Pasta und Wein, doch das füllt den Magen.«

Aus einem anliegenden Gewölbe brachte eine Bäuerin das Essen, und Petrie, schon daran gewöhnt, während seiner Einsätze häufiger bei den Mahlzeiten gestört zu werden, aß rasch. Johnson ließ sich Zeit, zumal die Rückkehr von Scelbas Mafiosi seinen Appetit nicht gerade steigerte. In dem Amerikaner verstärkte sich immer mehr das Gefühl des Gefangenseins in diesen Katakomben tief unter Palermo, der Verdacht, in der Falle zu sitzen, und die dunklen Mördervisagen um sich herum waren nicht gerade dazu angetan, seine Laune zu bessern, während er in der schlecht angerichteten Pasta herumstocherte.

Er hatte seinen Teller erst halb leergegessen, als Carlo, Scelbas Neffe, auftauchte, um sie zu warnen.

Carlo, ein großer Mann in Bauernkleidern, eilte auf seinen Onkel zu. Seine Augen besaßen einen hungrigen, tückischen Glanz, und Petrie mißtraute ihm vom ersten Moment an. Ohne lange Vorrede sprudelte Carlo seine Botschaft hervor. Scelba runzelte die Stirn.

»Signore, die Carabinieri sind im Anmarsch – ganze Hundertschaften. Sie gehen mit Panzern und bewaffneten Fahrzeugen vor. Die Albergheria ist umstellt, sie durchsuchen jedes Haus.«

»Wann hat der Einsatz begonnen?« fragte der Capo ruhig.

»Vor über einer Stunde.«

»Und so lange hast du gebraucht, um herzukommen?«

Der Mafia-Boß nahm einen Schluck aus seinem Glas. Etwas in seinem Verhalten machte Petrie klar, daß er eine starke Abneigung gegen seinen Neffen hegte. Es war nichts Greifbares, denn Scelba hatte sich eisern in der Gewalt. Die gefährliche Nachricht von Carlo schien ihn nicht im mindesten zu beunruhigen. Doch während seines letzten achtwöchigen Aufenthaltes auf der Insel hatte Petrie den Capo sehr gut kennengelernt. Jetzt fragte er sich, ob Scelba seinem Neffen überhaupt glaubte.

»Es war sehr schwierig, Don Scelba«, stieß Carlo hervor. »Beinahe hätte man mich geschnappt. Sie sind sehr zahlreich. Noch nie habe ich so viele Truppen in der Stadt gesehen. Sie haben einen engen Ring um die Albergheria gezogen, durch den niemand entkommen kann.«

»Dann sollten wir es auch nicht versuchen. Wir warten hier, bis sie oben vorbei sind.«

Petrie hatte den Eindruck, daß Carlo mit dieser Entwicklung ganz und gar nicht einverstanden war. Er zerknüllte die Mütze in seinen Händen und warf einen zögernden Blick auf die beiden Fremden, die bei Scelba am Tisch saßen. Petrie, der Carlo scharf beobachtete, wunderte sich über dessen Nervosität, die sich auch auf die anderen Mafiosi zu übertragen schien. Sie schauten Scelba an, als erwarteten sie seine Anweisung zur Räumung des Gewölbes. Wenn wir nicht acht geben, dachte Petrie grimmig, gibt es hier noch eine Panik.

Carlos Körper straffte sich.

»Sie durchsuchen jeden Winkel. In einer halben Stunde sind sie hier, wahrscheinlich sogar früher. Conte Lucillos Palazzo wird schon durchsucht. Also werden sie auch hierher kommen.«

»Beruhige dich, mein Sohn. Ich wundere mich, dich in einer solchen Verfassung zu sehen.«

Scelba schwieg einen Moment. Nachdenklich betrachtete er durch die dunkle Brille seinen Neffen, der unbehaglich von einem Bein auf das andere trat.

»Wirklich, so aufgeregt habe ich dich noch nie gesehen. Bedrückt dich sonst noch etwas, Carlo?« fragte er sanft.

»Was sollte sonst sein, Signore?«

»Das frage ich dich.«

»Ich bin nur um Ihre Sicherheit besorgt, Don Scelba. Wenn Sie hier bleiben, wird man Sie finden.«

»Also hast du deine Freunde mitgebracht, um mich zu beschützen?«

Im Gang hinter Scelba rührte sich etwas. Petrie setzte sich unwillkürlich, als er zwei Dinge gleichzeitig bemerkte. Scelbas rechte Hand tauchte über dem Tischrand auf. Sie hielt einen schweren Revolver. Im gleichen Moment erschienen hinter ihm im Gang einige Sizilianer. Sie hielten Gewehre in ihren Händen. Die Situation wurde brenzlig. Petrie verdeckte mit einer Hand den Mund und flüsterte Johnson zu:

»Wenn's hier losgeht, Ed, sofort unter den Tisch...«

Der Neffe packte seine Mütze fester.

»Sie haben mich begleitet, damit ich Sie auch tatsächlich erreiche, um Sie zu warnen...«

»Ich finde deine Sorge um mein Wohlergehen wirklich rührend. Du bleibst doch ein wenig, Carlo, oder?« fragte Scelba freundlich.

»Ich muß nach Hause. Meine Frau... verstehen Sie?«

»Natürlich, Carlo. Nett von dir, mich zu warnen.«

Scelba war die Liebenswürdigkeit in Person, als er sich jetzt erhob, um seinem Neffen die Hand zu schütteln. Den Revolver hatte er auf den Stuhl gelegt und wiederholte nochmals, daß er im Gewölbe bleiben würde, bis der Alarm vorüber sei. Carlo warf noch einen Blick auf die Fremden, lehnte dankend ein Glas Wein ab und verschwand mit seinen Leuten in dem dunklen Gang. Die Mafiosi im Keller entspannten sich, ließen die Waffen, deren Läufe sie wie zufällig auf den Gang gerichtet hatten, sinken und warteten auf Scelbas Befehle.

»Gehört Ihr Neffe auch zur Organisation?« fragte Petrie schnell.

»Natürlich.«

Scelba war die Ruhe selbst. Genüßlich leerte er sein Glas.

»Also, wir brechen sofort auf zur Kreuzung. Wir müssen

sehr vorsichtig sein, daß wir nicht den Suchkommandos in die Arme laufen. Sind Sie fertig?«

Er schaute auf Johnsons halbvollen Teller.

»Irgendwie habe ich heute keinen Hunger«, sagte der Amerikaner leichthin. »Ich bin soweit.«

»Gehen wir durch die Katakomben?« fragte Petrie und erhob sich, während Scelba seinen Revolver einsteckte.

»Nein, die Carabinieri werden sie durchkämmen. Aber keine Sorge. Wir steigen über die Dächer. Dann sind wir rechtzeitig bei Sonnenaufgang an der Kreuzung.«

5

Freitag, 5.00 Uhr bis 9.30 Uhr

Die Kreuzung war der Knotenpunkt mehrerer Straßen, kaum mehr als Maultierpfade, die zwischen niedrigen Mauern aus unbehauenen Felsen sanft zu dem Knoten abfielen und sich auf der anderen Seite wieder die Hänge emporwanden. Petrie beleuchtete mit seiner Taschenlampe den altersschwachen Wegweiser, der schief an seinem Sockel hing. Südöstlich wies er nach Petralia und Scopana, die Richtung, in die sie fahren mußten, nordwestlich ging es nach Palermo, von wo sie kamen, nordöstlich nach Cefalù, das westlich von der Bucht lag, in der Lawson bei seinem Landungsversuch mit seinen Männern den Tod gefunden hatte. Im Südwesten lag Sciacca an der Südküste Siziliens.

Wo zum Teufel blieb Scelbas Wagen? Petrie löschte die Lampe und lauschte mit schräg gelegtem Kopf. Hinter ihm kam Scelba die Straße herab. Kein Geräusch störte die morgendliche Stille, nicht einmal das Zwitschern eines Vogels war zu hören. Die Wildnis im Innern der Insel bot den gefiederten Sängern kaum genügend Nahrung. Petrie war es fast zu still.

»Das hiesige Taxi-Unternehmen ist wohl in den Streik getreten«, witzelte Johnson leise.

»Der Wagen muß hier irgendwo sein«, knurrte Scelba und schaute sich um. Seinen Revolver hielt er schußbereit in der Hand.

Er zeigt es zwar nicht, doch er ist nervös, dachte Petrie. Der Wagen sollte von der Kreuzung aus zu sehen sein. Ein paar Meter oberhalb der Kreuzung wies die Steinmauer ein breites Loch auf. Dort war die einzige Möglichkeit, ein Fahrzeug zu verstecken. Petrie raunte den anderen zu, er wolle sich etwas umschauen. Scelba folgte ihm auf den Fersen. Ihre schweren Stiefel wirbelten Staub auf der sandigen Straße auf. Petrie näherte sich vorsichtig der Mauerlücke und spähte um die Ecke. Etwas weiter weg, dicht an der Innenseite der Mauer, bemerkte er die dunkle Silhouette eines kleinen Wagens, eines Fiats. Soviel Petrie erkennen konnte, war er leer.

»Vorsicht!« flüsterte Scelba ihm ins Ohr. »Einer meiner Leute sollte beim Wagen auf uns warten.«

»Da ist niemand.«

»Dann äußerste Vorsicht!«

Etwa zwanzig Meter hinter der Mauerlücke stieg der Hang hinter einem Geländeeinschnitt, einer kleinen Schlucht, steil an. Nirgends bemerkte Petrie ein Lebenszeichen, doch im trügerischen Zwielicht der Dämmerung konnte man sich auf seine Augen kaum verlassen. Er bedeutete dem Sizilianer durch eine Handbewegung, sich absolut ruhig zu verhalten, und lauschte wieder. Hier stimmte etwas nicht, das fühlte er ganz deutlich. Der geparkte Wagen diente anscheinend als Köder.

»Warten Sie hier«, flüsterte er dem Capo zu, schob sich durch die Lücke und kroch geduckt an der Mauer entlang. Verkrüppelte Sträucher behinderten sein Vorwärtskommen, verzweifelt bemühte er sich, kein Geräusch zu machen, während er sich dem scheinbar verlassenen Wagen näherte.

Er erreichte den Fiat und zwängte sich in den Spalt zwischen Wagen und Mauer. Langsam richtete er sich auf und schaute durch die Scheiben ins Wageninnere. Der Wagen war leer. Oberflächlich betrachtet war alles in Ordnung. Sie hatten ein Auto, brauchten bloß einzusteigen, den Motor zu starten und die Straße nach Scopana zu nehmen.

Das Ganze war einfach. Eine Spur zu einfach.

Petrie kroch zu Scelba zurück, der sich auf der Straße hinter die Mauer geduckt hatte.

»Haben Sie einen grauen Fiat? Okay, dann ist es der Wagen. Doch der Bursche, der auf uns warten sollte, ist verschwunden. Könnte er sich vielleicht aus Furcht davongemacht haben? Ist ja schließlich nicht gerade gemütlich hier.«

»Pietro hätte auf uns gewartet. Hier ist etwas faul.«

»Sie könnten recht haben. Also stellen wir fest, was los ist.«

Zusammen mit Scelba untersuchte er die Umgebung des Wagens, doch sie fanden nichts. Sogar in Sizilien war es zu dieser Morgenstunde bitter kalt. Petrie fühlte, wie die Kälte in die Kleider kroch. Sie näherten sich jetzt der dunklen Schlucht. Sie war etwa zehn Meter breit und tiefer als erwartet. An einer Stelle stürzte sie etwa neunzig Meter tief fast senkrecht zu einem ausgetrockneten Flußbett ab. Petrie kroch an dem Absturz entlang und spähte immer wieder in die Tiefe hinab.

Langsam schälten sich die entfernten Berggipfel aus der Dunkelheit, ihre scharf gezackten Grate nahmen Konturen an. Die einsetzende Dämmerung erhellte auch die Schlucht.

Petrie war zu dem Felsabsturz zurückgekehrt. Jetzt winkte er Scelba heran.

»Sehen Sie da unten diese dunkle Erhebung? Es könnte der Körper eines Mannes sein.«

»Wir sollten verschwinden«, mahnte Scelba. »Erst kürzlich sind auf dieser Straße eine Menge Militärfahrzeuge von Palermo nach Cefalù gerollt.«

»Das weiß ich aus Ihren letzten Meldungen. Doch ich mag keine Geheimnisse. Etwas weiter unterhalb können wir einigermaßen leicht hinuntersteigen.«

Schon kletterten sie einen steilen, gewundenen Pfad hinab, der selbst eine Bergziege hätte abschrecken können. Doch der schwergewichtige Mafia-Boß sprang mit einer Behendigkeit von einem Felsvorsprung zum anderen, die einem wesentlich jüngeren Mann alle Ehre gemacht hätte. Schon bei ihrem waghalsigen Spaziergang über die Dächer von Palermo, einem Ausflug, den nur ein Mann mit überdurchschnittlichen Reflexen bewältigen konnte, hatte Petrie über die Wendigkeit des Sizilianers gestaunt.

Gemeinsam erreichten sie den Grund der Schlucht. Petrie fürchtete noch immer einen Hinterhalt und zog die Mauser. Langsam ging er vor. An einer Felsnase blieb er stehen und lauschte, dann spähte er um die Ecke. Wenige Schritte vor ihm lag der Körper eines Mannes in Bauernkleidern. Blicklos starrten die gebrochenen Augen in den Himmel. Der Mann war tot, kein Wunder beim Aufprall auf nackten Fels aus solcher Höhe. Petrie trat beiseite. Scelba beugte sich mit verkniffenen Lippen zu dem Leichnam hinab.

»Ja, es ist Pietro. Er hat den Wagen gebracht. Er kannte diese Gegend hier wie seine Westentasche, kann also unmöglich aus Versehen abgestürzt sein.«

Petrie bückte sich und drehte die Leiche auf den Bauch. Dicht unterhalb des Schulterblattes ragte der Griff eines breiten Messers aus dem Rücken.

»Deshalb ist er abgestürzt«, sagte Petrie leise. »Oder man hat ihn nachher über die Klippe geworfen. Kann Ihr Neffe Carlo gut mit Messern umgehen?«

»Carlo?«

Scelba schaute Petrie scharf an. »Wie kommen Sie auf Carlo?«

»Weil ich immerhin schon mal acht Wochen hier verbracht habe und dabei ein wenig die Mentalität Ihrer Landsleute studieren konnte. Wie alt ist Ihr Sohn, den Sie mit der Mutter nach Catania geschickt haben?«

»Siebzehn. Aber ich verstehe nicht…«

»Ich dafür um so besser. Und Sie auch! Carlo ist jetzt schätzungsweise vierundzwanzig Jahre alt, nicht wahr? Und er tauchte im Keller mit seiner eigenen Bande auf. Er rechnete damit, Sie allein vorzufinden. Es hätte einen kleinen Unfall gegeben, dessen Opfer Sie sein sollten. Doch Sie waren nicht allein. Also versuchte er, Sie zur Flucht vor den Carabinieri zu bewegen. Auf der Straße wären Sie den Streifen geradewegs in die Arme gelaufen. Meiner Meinung nach ist dies eine für die Mafia typische Situation. Carlo will Ihren Platz und versucht deshalb, Sie aus dem Weg zu räumen. Da ich Sie kenne, kann er mir nur leid tun. Worauf warten Sie eigentlich noch, Scelba? Auf eine günstige Gelegenheit, ihn zu beseitigen?«

»Vielleicht gebe ich Ihnen später einmal eine Antwort darauf.«

Der Capo erhob sich und schaute zum Himmel empor, der sich langsam grau färbte.

»Doch jetzt sollten wir schleunigst von hier verschwinden.«

Sie machten sich auf den Rückweg. Als sie aus der Schlucht herauskamen, war es hellichter Tag. Johnson richtete sich aus seiner Deckung hinter der Mauer auf, als er ihre Schritte hörte, und pfiff bei Petries Bericht lautlos durch die Zähne. Nachdenklich schulterte er den Sack mit ihrer Ausrüstung und folgte Petrie zum Wagen, während Scelba an der Mauerlücke die Straße im Auge behielt.

»Jemand bringt den Posten um die Ecke, überläßt uns aber freundlicherweise den Wagen, damit wir einsteigen und losfahren können«, überlegte der Amerikaner laut. »Macht eigentlich wenig Sinn, wenn man bedenkt, daß unser Menschenfreund ohne Mühe auch den Wagen über die Steilwand rollen lassen konnte.«

»Kluges Kerlchen«, brummte Petrie. »Du hast den gleichen Gedanken wie ich. Ich an deiner Stelle würde den Wagen nicht starten, Ed.«

Während Johnson den Sack im Fond verstaute, untersuchte Petrie die Motorhaube gründlich nach verräterischen Spuren. Als er nichts fand, kroch er unter den Wagen und leuchtete das Chassis mit seiner Taschenlampe ab. Er hatte keine Zeit für eine genauere Untersuchung, sie lagen nun schon fast vier volle Stunden hinter ihrem Zeitplan zurück. Brigadier Dawnay stände mit Sicherheit schon der Schaum vorm Mund, könnte er jetzt sehen, was sich hier abspielte. Doch genau diese umständliche Vorsicht war es, die Petrie die letzten drei Jahre am Leben erhalten hatte. Auch diesmal wich er nicht von seiner Gewohnheit ab. Als er unter dem Wagen hervorkroch, schüttelte er auf Johnsons unausgesprochene Frage nur den Kopf, packte den Griff der Motorhaube und drehte ihn langsam. Die Suche nach Sprengkörpern war immer eine Nervenzerreißprobe. Man mußte ständig damit rechnen, daß irgendeinem Witzbold eine neue Art eingefallen war, jemanden in den Himmel zu blasen, eine Technik, die man erst begriff, wenn man schon auf dem Weg zu seinen Vätern war.

Als Petrie vorsichtig die Motorhaube hob, hätte er beinahe laut aufgelacht, doch sicher nicht aus Belustigung. Sie hatten den ältesten Trick aus dem Lehrbuch für dieses Geschäft angewendet. Die Bombe war mit dem Zündmechanismus des Wagens gekoppelt. Hätten sie den Wagen ohne vorherige Kontrolle gestartet, wären sie jetzt schon tot.

»Ed, gib mir mal eine Flachzange aus dem Werkzeugkasten unter dem Fahrersitz. Dann bring mir Scelba her. Er dürfte uns einiges zu sagen haben, ehe wir hier verschwinden.«

Johnson warf einen kurzen Blick auf den tödlichen Sprengstoffbehälter unter der Haube und machte sich dann auf die Suche nach dem Capo. »Hier leben aber freundliche Zeitgenossen«, brummte er.

Petrie kappte die Verbindungsdrähte, hob den Behälter vorsichtig heraus und deponierte ihn in einiger Entfernung vom Wagen in einem Graben. Das gelatinierte Dynamit ›schwitzte‹ schon, was auf seine beginnende Instabilität schließen ließ. Als Scelba herankam und den Sprengsatz durch seine getönte Brille betrachtete, fragte Petrie zynisch:

»Ein Geburtstagsgruß von Carlo? Oder gibt es sonst noch jemanden, der Sie lieber drei Meter unter der Erde sähe? Vergessen Sie nicht, diese Aufmerksamkeit da befand sich in

Ihrem Wagen und hätte beim Starten ein nettes Feuerwerk entfacht.«

»Ich fürchte, Carlo macht mit den Carabinieri gemeinsame Sache«, erklärte der Capo mit leiser Stimme. »Er weiß nicht, daß ich darüber informiert bin. Ich habe ihm bis jetzt sein Leben gelassen, weil ein enttarnter Verräter auch nützlich sein kann. Über ihn kann man dem Gegner ganz gezielte Informationen zuspielen …«

Als Petrie ihn mitten im Satz stehen ließ und zum Wagen ging, schwieg er verblüfft. Der alte Bastard lügt das blaue vom Himmel herunter, dachte der Major grimmig. Er will bloß interne Zwistigkeiten in der Organisation vor Außenstehenden kaschieren.

Es war eines der obersten Gebote im Mafia-Kodex, der omertà, daß die Ehrenwerte Gesellschaft der Außenwelt keinen Einblick in interne Vorgänge gewährte, welche Vendetta die Mitglieder auch gerade untereinander austragen mochten.

Als Petrie sich hinter das Steuer klemmte, nahm Scelba ruhig neben ihm Platz. Wenigstens ist der alte Gauner nicht feige oder furchtsam, dachte der Major, während er den Wagen startete und ihn rückwärts durch die Mauerlücke stieß. Aber er hätte gerne gewußt, wie viele Leute Carlo im Ernstfall aufbieten konnte. Aus dieser Richtung drohte momentan keine unmittelbare Gefahr. Schließlich konnten sie von der Kreuzung aus in drei verschiedene Richtungen gefahren sein.

Er hielt an, ließ Johnson hinter sich einsteigen und fuhr dann zur Kreuzung.

Der Morgennebel begann sich zu heben, als die Sonne hinter den Bergen aufging. Petrie überquerte die Kreuzung, schaltete in den niedrigeren Gang und folgte der gewundenen Straße einen steilen Hügel empor in Richtung Scopana. Auch diese Straße wurde beidseitig von hohen Steinwällen begrenzt.

Zur Hölle mit der Mafia! Die Organisation war in vielen

Dingen recht altmodisch. Sogar enge Verwandte waren jederzeit bereit, sich aus purer Machtgier gegenseitig umzubringen.

Johnson saß mit der Waffe in der Hand im Fond des Wagens. Neben ihm lag der Sack mit dem Sprengstoff. Er blickte nach links zum Fenster hinaus. Sie näherten sich gerade wieder einer Lücke in der hohen Steineinfriedung. Die aufgeschichteten Felsen waren nach hinten weggerollt. Der Amerikaner schaute hinüber, um einen Blick auf die Landschaft dahinter zu erhaschen. Er erkannte weiter unten die einsame Kreuzung. Plötzlich setzte er sich auf. Hinter der Mauer an der Straße nach Cefalù entdeckte er einen Reiter auf einem Pferd, der dem Wagen nachschaute. Im nächsten Moment riß er sein Pferd herum und ritt in höchster Eile davon.

»Man hat uns beobachtet«, rief Johnson erregt. »Ein Bauer auf einem Pferd – er ist wie der Teufel in Richtung Cefalù geritten.«

»Das erklärt einiges«, sagte Petrie und warf Scelba einen scharfen Blick zu. »Sie wissen jetzt, wohin wir fahren. Also machen Sie jetzt endlich den Mund auf – wenn Sie unseren gemeinsamen Ausflug überleben wollen.«

»Wir müssen mit einigen unangenehmen Überraschungen rechnen«, murmelte der Capo. »Carlo hat Freunde. Sie könnten irgendwo auf der Strecke einen Hinterhalt legen.«

Er zog seinen Revolver aus der Manteltasche.

»Natürlich ist er nur hinter mir her, um mich zu töten, aber da ihr nun mal dabei seid, wird er auch euch umzubringen versuchen. Ich sollte mich doch wohl besser um diesen kleinen Familienstreit kümmern, bevor ich nach Palermo zurückkehre.

»Wie viele Freunde?« fragte Petrie knapp.

»Nur eine Handvoll…« Scelba machte mit der Zigarre, die er gerade aus der Schachtel gezogen hatte, eine unbestimmte Bewegung.

»Stört es Sie, wenn ich rauche, meine Herren?«

Petrie blieb die Antwort schuldig. Sie näherten sich der Kuppel des langgestreckten Hügels. Ihm gingen die Worte des Capo über die Fahrt quer durch Sizilien nicht aus dem Sinn:

»Jeder Kilometer kann der letzte sein, jede Kreuzung eine tödliche Falle ...«

Die Sonne kletterte über den Horizont, als sie die Straßengabelung am Fuße des Hügels erreichten. Links ging es nach Scopana, rechts nach Sciacca an der Südküste. Petrie bog links ein. Einen Moment lang blendete ihn die aufgehende Sonne, sein alter Feind, den er respektierte und fürchtete. Auf Kreta, doch vor allem in der libyschen Wüste, wo er die erste Zeit bei der Infanterie diente, hatte er lernen müssen, daß die Sonne der ärgste Todfeind des Menschen sein kann. Jeden Tag aufs neue schraubte sich der Glutball am Himmel empor, verbrannte die gepeinigte Landschaft mit seinen sengenden Strahlen, zog auch noch die letzte Spur Feuchtigkeit aus dem verdorrten Boden, der aufbrach und zu Staub zerkrümelte.

»Was ist, Scelba, wenn wir von den Carabinieri angehalten werden? Wird man Sie erkennen?« fragte Petrie.

»Das glaube ich kaum. Wir sind jetzt schon eine halbe Stunde gefahren, haben die Provinz Palermo verlassen und befinden uns in einer anderen Militärzone.«

»Wenn wir angehalten werden, übernehmen Sie das Reden. Wie wollen Sie unsere Anwesenheit begründen?«

»Das ist einfach. Ich bringe euch zu meinem Vetter nach Scopana. Er hat euch als Arbeiter angeworben. Was für Papiere habt ihr?«

»Den Ausweisen nach kommen wir vom Festland – aus Taranto. Das erklärt auch, warum wir kein Sizilianisch verstehen. Die Ausweise wurden von einem Experten gefälscht und dürften jede Kontrolle anstandslos passieren. Also machen Sie sich deswegen keine Gedanken. Wir sind Maurer von Beruf, und der Sack enthält unser Werkzeug.«

»Hoffen wir, daß sie keinen Blick hineinwerfen wollen. Der Beruf paßt ausgezeichnet. Seit der Bombardierung gibt es hier für Maurer viel Arbeit.«

»Deshalb haben wir ihn auch gewählt. Die verdammte Straße wird immer schlechter.«

»Das ist noch gar nichts«, sagte Scelba tröstend. »Sie werden sich noch wundern. Sie sollten sich langsam mit dem Gedanken vertraut machen, daß wir eine sehr lange Fahrt vor uns haben ...«

Sie fuhren jetzt durch eine weite Ebene, die in der Ferne von verschwommenen Hügeln gesäumt wurde. Es wurde spürbar warm im Wagen. Scelba hatte als einziger schon beim Einsteigen den Mantel ausgezogen. Auch die beiden anderen Männer entledigten sich jetzt ihrer Jacken. Es war zwar noch nicht sehr heiß, aber im Gegensatz zu Nordafrika besaß die Luft hier einen hohen Feuchtigkeitsgehalt. Petrie ertappte sich dabei, wie er sich mit der Zunge fortwährend die Lippen leckte. An der Kopfbewegung des Sizilianers erkannte er, daß der Capo ihn beobachtete.

Schon bald zeigten sich also die ersten Beschwernisse ihrer Fahrt. Sie befanden sich nun auf der Hochebene. Das Land vor ihnen war karg und felsig, nur vereinzelt von verkrüppelten Büschen bewachsen. Eine öde Landschaft ohne Wasservorkommen. Die Straße, fast nur noch ein Pfad, wand sich zwischen riesigen Felsbuckeln hindurch, so daß Petrie alle seine Fahrkünste aufbieten mußte, um den Wagen vorm Absturz über einen Steilhang zu bewahren.

Noch schlimmer war der Staub. Er erwies sich als unlösbares Problem, machte die Fahrt zur Tortur. Er bedeckte die verdammte Straße in solch dicken Schichten, daß die Vorderräder – bei ihrer niedrigen Umdrehung – Wolken des gräulichen Puders aufwirbelten, der sich schließlich auf der Windschutzscheibe ablagerte und dem Fahrer die Sicht nahm. Einmal konnte Petrie den Wagen gerade noch im letzten Moment vor einem fast senkrechten Felsabsturz zum Stehen bringen.

Keinen Kilometer vor ihnen wirbelte eine Horde Reiter eine neue Staubwolke auf. Sie ritten nach Osten, in die Richtung, in die Petrie fuhr.

Der Capo legte seine Hand fest um den Griff des Revolvers.

»Hast du sie gesehen, Ed?«

»Rechts reiten auch welche«, antwortete Johnson.

Südlich vor sich, ebenfalls etwa einen knappen Kilometer entfernt, entdeckte Petrie noch mehr Reiter, die einen Parallelkurs zur anderen Gruppe einhielten. Sie kamen viel schneller voran als die drei Männer mit ihrem Wagen, der nur im Schrittempo die scharfen Kurven der Straße nehmen konnte. Die Gefahr war offensichtlich und entnervend.

Petrie zweifelte nicht daran, daß die Reiter zu Carlos Freunden zählten und jetzt vorausritten, um sich irgendwo zum Angriff auf den Fiat zu vereinigen. Der Überfall war nur noch eine Frage der Zeit, und man konnte sich ausrechnen, daß er am Ende der Hochebene stattfinden würde.

Weniger als eine halbe Meile voraus stieg die Straße an, wand sich unter einer Reihe seltsam gezackter Felsen, deren Spitzen hoch in die vor Hitze flimmernde Luft ragten, und an riesigen, gelbbraunen Klippen vorbei. Irgendwo in dieser Wildnis würde die Falle zuschnappen.

»Ed, hol die Feldflasche aus dem Sack heraus. Wir rationieren unseren Wasservorrat. Jeder darf nur einen Schluck trinken. Diese Reiter sind Carlos Leute, nicht wahr, Scelba?«

»Sieht ganz so aus.«

Der Capo hatte die Brille abgenommen und putzte sie mit einem schmutzigen Taschentuch.

»Doch ich bin sicher, Sie finden einen Weg, um mit dem Problem fertig zu werden.«

»Sie haben nur von einigen wenigen Freunden gesprochen«, fauchte Johnson auf dem Rücksitz. »Bei zwanzig habe ich aufgehört zu zählen.«

»Sie haben doch das deutsche Automatik-Gewehr, Major Petrie«, sagte Scelba unbekümmert. »Die Männer da sind nur mit Schrotflinten, Revolvern und Messern bewaffnet.

Petrie warf ihm einen schrägen Blick zu.

»Und deshalb sollte uns die Tatsache, daß gegen einen von

uns sieben Angreifer stehen, nicht stören? Gibt es da vorne einen günstigen Ort für den Angriff?«

»Ja. Dicht bei den Klippen steigt die Straße steil an und mündet dann in eine Schlucht. Ich an Carlos Stelle würde den Hinterhalt an das Ende der Schlucht legen.«

»Wie lang ist die Schlucht?«

»Etwa knapp zwei Kilometer.«

»Umgehungsmöglichkeiten?«

»Keine.«

Sehr schön, dachte Petrie wütend. Er war darauf vorbereitet gewesen, den Deutschen und Italienern ein Schnippchen zu schlagen, doch hier hatten sie es zuerst einmal mit einer Bande Mafiosi zu tun. Eine verdrehte Welt war das. Scelba hatte ihnen helfen sollen. Jetzt mußten sie zuerst Scelba helfen, wollten sie mit dem Leben davonkommen und ihren Auftrag durchführen. Er nahm die Flasche, die Johnson ihm reichte, trank einen Schluck und gab sie an Scelba weiter. Das Wasser schmeckte abgestanden.

Nach einer knappen Viertelstunde stieg die Straße merklich an. Vor ihnen ragten sandfarbene Klippen empor. Durch die offenen Fenster drangen dichte Staubwolken ins Wageninnere, bedeckten die Sitze und vermengten sich mit dem Schweiß auf Händen und Gesichtern. Johnson schmeckte den Staub schon auf der Zunge, seine Lippen waren trocken und spröde. Angestrengt spähte er zu den Klippen empor und entdeckte als erster den großen Reiter, einen hochgewachsenen Sizilianer mit der unvermeidlichen Baskenmütze auf dem Kopf. Regungslos verharrte der Mann am Klippenrand.

»Jim, da oben ist einer!«

»Das ist Carlo«, sagte Scelba ruhig. »Also gut, Carlo, nur noch ein wenig Geduld. Wir kommen.«

Als sie in die Schlucht einfuhren, verschwand die Sonne hoch über ihnen hinter den Felsen. Die Reiter, mit Gewehren und Schrotflinten bewaffnet, verfolgten von den Graten, wie der

Fiat fast vierzig Meter unter ihnen seinen Weg durch die Felswildnis suchte. Acht Männer begleiteten den Wagen auf der Nordseite der Schlucht, über ein Dutzend auf der anderen.

»Carlo hat aber viele Freunde«, stellte Petrie zynisch fest.

»Sie sind alle dort oben«, antwortete der Capo geringschätzig. »Allein in den Docks von Messina habe ich mehr Männer zur Verfügung.«

»Gut zu wissen. Wir werden sie später noch brauchen.«

»Schön, daß jemand noch an ein ›Später‹ glaubt«, warf Johnson in einem Anflug von Pessimismus ein.

Verwundert beobachtete er das Verhalten ihrer Verfolger.

»Warum zum Teufel formieren sie sich wie eine Beerdigungs-Prozession?«

»Das ist Carlos Art, eine Exekution vorzubereiten. Er zollt mir seinen Respekt.« Scelba hob seinen Revolver. »Wenn er nahe genug herankommt, werde ich ihm meinen erweisen.«

Die Schlucht schien kein Ende zu nehmen. Über ihnen eskortierten die Reiter in gleichmäßigem Trab den Wagen. Petrie war überzeugt, daß der Überfall am Ende der Schlucht stattfinden würde, wo die Klippen zur Straße hin abflachten, wie die Karte zeigte. Carlo konnte dort von beiden Seiten angreifen.

Petrie blickte immer häufiger zu dem Streifen Himmel über den schroffen Felswänden empor. Verbreiterte er sich, näherten sie sich dem Ausgang der Schlucht. Er warf einen Blick auf den Kilometerzähler. Sie hatten jetzt schon über einen Kilometer zurückgelegt und mußten den Ausgang bald erreichen. In einer Kurve sah er, daß sich die Reiterkette auf der Südklippe auseinandergezogen hatte. Einige Männer mußten schon vorausgeritten sein. Er steckte den Kopf aus dem Fenster und schaute die Felswand empor. Auch auf der Nordklippe waren ein paar Männer verschwunden.

»Ed, ich halte jetzt gleich an und steige aus. Du übernimmst das Steuer. Ich gehe zu Fuß voraus und stelle fest, welches Süppchen sie für uns kochen. Wir müssen wissen, was sie vorhaben, ehe es passiert.«

»Sie werden dich entdecken ...«

»Vielleicht auch nicht.«

Petrie hielt den Wagen an und ließ den Motor laufen.

»Gib mir die Mauser, Ed. Ich lasse dir den Glisenti-Revolver hier. Ein paar Reiter sind verschwunden. Ich will nur die anderen davon überzeugen, daß sie besser dem Beispiel ihrer Kumpane folgen. Sobald ich ausgestiegen bin, fährst du mit der gleichen Geschwindigkeit weiter. Fertig?«

Er stieg aus dem Wagen und richtete die Mauser auf einen der Reiter hoch über sich. Er hörte einen entfernten Warnruf, dann waren sie verschwunden. Er schwang herum und zielte auf die Südseite der Schlucht, doch auch da war kein Verfolger mehr zu sehen.

Johnson kletterte rasch nach vorn hinters Lenkrad. Petrie lief auf die nördliche Klippe zu und huschte dicht unter der Felswand entlang vorwärts. In der Mitte der Schlucht steuerte Johnson den Wagen langsam um die Felsbrocken und über das Geröll, das die Straße bedeckte. Nach Petries Plan sollte das Motorengeräusch des Fiat die Mafiosi in dem Glauben lassen, daß er wieder den Wagen bestiegen habe. Der Engländer versuchte, schneller voranzukommen, doch lose Steinbrocken und Felsvorsprünge behinderten seinen Lauf.

Mein Gott! Ed hängte ihn ab und merkte es vielleicht nicht, da die aufwirbelnden Staubwolken seine Sicht erheblich einschränkten. Petrie sprang über eine kleine Felserhebung im Boden. Erleichtert hörte er, wie ein anderer Gang eingelegt wurde und der Fiat rückwärts die Strecke zurückstieß, die er vorher genommen hatte. Johnsons Manöver wirkte. Als er wieder vorwärts fuhr, befand sich Petrie vor ihm. Sein Herz schlug wild, vom anstrengenden Lauf bekam er Seitenstechen, doch als er um eine Felsnase spähte, sah er, daß die Klippen sich zu beiden Seiten in Steilabbrüchen zur

Straße absenkten und sich dabei stetig zusammenschoben, so daß der Ausgang der Schlucht sich zu einem Trichter von kaum neun Metern Breite verengte. Durch das lichte Dreieck, dessen Schenkel sich nach oben hin weiteten, schimmerte der blaue Himmel hindurch. Sekunden später sah und roch Petrie den Rauch, träge quoll er durch den Ausgang in die Schlucht. Der Engländer kletterte eine Felsleiste empor. Er befand sich jetzt über dem Schluchtausgang, der von oben wie ein Trichter wirkte, und konnte das Gelände davor überblicken.

Ein undurchdringlicher Vorhang aus fettem schwarzem Rauch lag dicht vor dem Flaschenhals. Dahinter erstreckte sich eine weite Hügellandschaft. Vereinzelte größere Felsbrocken säumten die Straße direkt vor der Schlucht. Durch ein Loch in dem Rauchvorhang entdeckte Petrie für einen Moment die Verfolger, die abgestiegen waren und ihre Pferde weiter unterhalb an einigen Sträuchern festgebunden hatten. Dann nahm ihm der dichte Rauch wieder die Sicht.

Es war ein kluger Plan, den sich ihre Gegner da ausgedacht hatten. Die Qualmwand sollte den Wagen zum Halten zwingen, die Insassen würden nachschauen, was da los war, und konnten dann von den Mafiosi aus ihrer Deckung heraus erledigt werden. Doch ließ sich diese Strategie, wenn man sie kannte, auch gegen sie verwenden.

Petrie hastete die Felsleiste hinunter und erreichte den Wagen dicht vor dem engen Schluchtausgang. Johnson hielt an und schob den Kopf aus dem Fenster.

»Jim, was ist los?«

»Geh nach hinten. Ich fahre. Ich weiß, wie wir durchkommen.«

Er schwang sich hinter das Steuer und reichte Johnson die Mauser nach hinten. Schweratmend fuhr er fort:

»Sie warten dort vorne auf uns... verbrennen irgendwas, um die Straße einzunebeln. Sie rechnen damit, daß wir anhalten. Aber den Gefallen tun wir ihnen nicht. Ed, gib mir die Flasche mit dem Chianti ...«

Rasch faltete Petrie sein Taschentuch, tränkte es mit dem Wein und band es sich als provisorische Maske über Mund und Nase. Nur die Augen blieben frei.

»Macht's genau wie ich, sonst ersticken wir im Qualm. Wir müssen mit offenen Fenstern fahren, um ungehindert schießen zu können. Sind Sie bereit, Scelba?«

Statt einer Antwort zog der Mafia-Boß eine Handvoll Patronen aus der Manteltasche und ließ sie in seiner Hand hin und her rollen.

»Auf welcher Straßenseite sind sie?« fragte er nur.

»Auf beiden. Sie nehmen die rechte, du die linke, Ed – mit der Mauser.«

»Damit schaffe ich auch beide Seiten«, brummte der Amerikaner, zog einige Reservemagazine aus dem Sack und legte sie griffbereit neben sich auf den Sitz. Er hatte sich schon sein Taschentuch umgebunden und reichte die Flasche an Scelba weiter.

»Und die Straße ist frei – durch nichts blockiert?«

»Da liegt schon einiges im Weg herum, zum Beispiel Felsbrocken von der Größe eines Hauses. Aber die Straße verläuft schnurgerade. Ich denke, wir werden den Durchbruch schaffen.«

»Trotz des Qualms?«

»Das macht die Sache nur etwas schwieriger.«

Mit einem Seitenblick überzeugte sich Petrie, daß auch Scelba sich seine Maske umgebunden hatte.

»Also los, zeigen wir's ihnen!«

Der Fiat kroch durch den Trichter des Schluchtausganges, als sei der Fahrer sich unschlüssig, ob er stoppen oder weiterfahren solle. Aufgrund des Motorengeräusches konnten die Mafiosi nur vermuten, was der Gegner machte. Dichte schwarze Qualmwolken wälzten sich durch den Flaschenhals und stiegen an den Wänden der Schlucht hoch. Jetzt war der Wagen nur noch hundert Meter von den beißenden Schwaden entfernt, noch fünfundsiebzig Meter …

Petrie stieß den Fuß aufs Gaspedal, der Motor röhrte auf, und der Wagen schoß vorwärts. Wenige Sekunden später verschluckte ihn die Rauchwand.

Unverzüglich griffen die Mafiosi an. Am Fenster auf Scelbas Seite tauchte ein Sizilianer mit angelegter Schrotflinte aus dem Qualm auf. Scelba jagte eine Serie von Schüssen hinaus, feuerte auf einen weiteren Schatten, bis das Magazin leer war. Rasch lud er die Pistole wieder und erledigte einen weiteren Mafioso mit rußgeschwärztem Gesicht. Der Wagen raste durch den schwarzen Vorhang, und Petrie packte das Steuer fester. Hinter ihm feuerte Johnson unablässig. Nach Paraffin stinkender Qualm biß in Petries Augen. Er duckte sich, und während er das Lenkrad starr in der gleichen Lage hielt, schickte er ein Stoßgebet zum Himmel, daß er auch tatsächlich genau geradeaus fuhr. Wenn der Wagen bei dieser Geschwindigkeit gegen einen der massiven Felsen prallte, die hinter dem dichten Rauchvorhang nicht auszumachen waren, wäre er nur noch Schrott. Und sie alle wahrscheinlich tot.

Petries Augen brannten höllisch, er stemmte die Arme in die Seiten, drückte das Rückgrat durch und fing mit verkrampften Schultern die Stöße des Lenkrades auf, die sie, hervorgerufen durch das Hüpfen und Springen der Vorderräder, aus dem geraden Kurs zu werfen und an einem Felsen zu zerschmettern drohten. Jeden Moment rechnete Petrie mit dem todbringenden Aufprall.

Das ununterbrochene Rattern der Mauser, der trockene Knall der Schüsse aus Scelbas Revolver, das Dröhnen des Motors und die gellenden Schreie der Mafiosi zerrten an seinen Nerven.

Scelba schoß in rascher Folge, lud seine Waffe im Eiltempo und feuerte sofort, sobald er im Rauch den Schatten eines Mannes auftauchen sah. Schrotkugeln aus den Waffen der

Mafiosi prallten gegen die Karosserie, eine Salve hatte hinter Johnson, der tief geduckt auf dem Rücksitz kauerte und nach beiden Seiten feuerte, das Rückfenster des Wagens zerschmettert. Doch bis jetzt funktionierte Petries Plan und stiftete Verwirrung unter den Angreifern. Sie hatten erwartet, den Gegner spielend in die Tasche zu stecken. Statt dessen raste der Wagen mit höllischer Fahrt mitten durch ihre Reihen, und die Insassen überschütteten sie mit mörderischem Feuer.

Neben Johnson, kaum eine Armlänge vom Trittbrett des Wagens entfernt, tauchte ein dicker Sizilianer auf. Das Gewehr hielt er schußbereit im Anschlag. Mit einer Salve aus der Mauser durchlöcherte Johnson ihm den Hals. Der Mafioso wankte, griff sich mit einer müden Bewegung an die Kehle – und versank hinter dem Fiat in dichtem Qualm.

Um das höllische Inferno noch zu verstärken, preßte Petrie die Hand auf die Hupe, lockerte den Druck und betätigte sie erneut, als sie an dem Platz vorbeischossen, wo seiner Schätzung nach die Mafiosi ihre Pferde angebunden hatten. Der Gestank im Wagen wurde immer schlimmer. Die Augen der drei Männer tränten vom beißenden Qualm. Petrie stemmte den Fuß noch fester gegen das Gaspedal und wußte dabei genau, daß sie dieses höllische Tempo nicht mehr lange beibehalten konnten.

Plötzlich bremste er hart, der Wagen verlor rasch an Geschwindigkeit. Links vor sich sah der Engländer die schattenhaften Umrisse eines Felsens. Er änderte ein wenig die Fahrtrichtung und lenkte den Wagen um den Felsen herum auf den alten Kurs.

Auf dieses Manöver hatte einer der Sizilianer, ein großer, scharfgesichtiger Mann, gewartet. Mit gezogenem Revolver sprang er an Scelbas Seite auf das Trittbrett des langsamer dahinrollenden Fahrzeugs.

Carlo!

Scelba schoß ihm zwei Kugeln mitten ins Gesicht. Im nächsten Moment war sein Neffe verschwunden. – Petrie erhöhte wieder das Tempo und preßte seine Finger auf die Hupe. Der Mafia-Boß auf dem Nebensitz hatte gerade seinen kleinen Familienstreit bereinigt.

Einen zweiten Sizilianer, der Carlo gefolgt war, erfaßte der Wagen mit dem Kotflügel und schleuderte ihn beiseite. Im Fond schoß Johnson unablässig auf die schattenhaften Gestalten.

Im nächsten Moment lichtete sich der Rauch. Sie hatten den Hinterhalt durchbrochen. Vor ihnen stoben herrenlose Pferde in alle Himmelsrichtungen davon.

Petrie zog das Tuch vom Gesicht und warf es aus dem Fenster. Mit hohem Tempo steuerte er den Wagen in das Hügelland hinab. Rasch warf er einen Blick auf seine Uhr. 9.30 Uhr. Ihnen blieben kaum noch fünfzehn Stunden, um nach Messina zu gelangen. Und sie hatten nicht einmal die Hälfte der Insel überquert.

Genau um 9.30 Uhr dankte im nördlichen Kalabrien auf dem italienischen Festland General Rheinhardt Gott für die dichte Wolkenbank, die immer noch auf den Berggipfeln lag. Sie hielt die alliierten Bomberverbände fern. Er stand auf einer Bodenwelle über einem Fluß und hatte den Hörer eines Feldtelefons in seiner Hand, während er zuschaute, wie seine Leute eine Notbrücke über den Wasserlauf schlugen. Dieser Zeitverlust war zwar verdammt ärgerlich, doch bald würden sie wieder auf dem Vormarsch sein. Er warf einen Blick zurück auf die Straße, wo sich eine deutsche Panzerkolonne staute. Die Besatzungen saßen am Straßenrand und aßen.

Die Gestalt des Generals versteifte sich, als die Stimme von Kesselring durch den Draht kam.

»Warum geht's nicht vorwärts?«

Die Stimme des Feldmarschalls klang scharf.

»Die Brücke ist in die Luft geflogen. Zeitzünderbomben, wahrscheinlich von alliierten Saboteuren gelegt. Wir hatten

Glück. Die Bomben gingen nur wenige Minuten vor Ankunft der Kolonnenspitze hoch.«

»Wie lange wird der Vormarsch dadurch verzögert?«

»In zwei Stunden, vielleicht auch schon etwas früher, sind wir über den Fluß.«

»Um 21 Uhr ist die 29. Panzerdivision an der Straße von Messina!«

»Das wird kaum möglich sein, Herr Feldmarschall.«

»Um 21 Uhr, keine Minute später!«

Kesselring legte auf.

Rheinhardt fluchte leise. Er würde genau um 21 Uhr dort sein.

6

Freitag, 9.30 Uhr bis 12.30 Uhr

Zwei Stunden später stand die Sonne hoch am Himmel und röstete die drei Männer im Wagen, während sie am Rand eines Hochplateaus entlangfuhren, wo sich ihnen ein weiter, grandioser Ausblick über die niedriger gelegenen Teile der Insel bot. Der Anblick verschlug den Männern die Sprache. Die Landschaft ringsum sah aus, als sei sie durch eine gigantische Erdverschiebung geformt worden, die mit ihren ungeheuren Gewalten bizarre Berge mit nadelspitzen Gipfeln aus der Erdoberfläche nach oben geschoben hatte, während in anderen Teilen tiefe Schluchten und steile Felsabstürze entstanden waren. Wohin Petrie auch seinen Blick lenkte, die Felslandschaft war ein einziger Horrorgarten – mit Abgründen, Erdrutschen, Gipfeln und Felstürmen. Er konnte sich nicht erinnern, jemals eine solch wilde Landschaft gesehen zu haben – auch nicht während seiner Arbeit als Bergwerksingenieur. Eine ganze Armee konnte hier verschwinden, ihre Soldaten am Durst krepieren, ohne daß man je wieder eine Spur von ihnen fand. Petrie lenkte den Wagen mit einer Hand und vertrieb mit der anderen eine lästige Fliege. Wenig später fuhren sie am verwesenden Kadaver eines Maultieres vorbei, und plötzlich war das Wageninnere voller Fliegen. Fluchend versuchten die Männer, die lästigen Insekten mit den Händen zu vertreiben.

»Wäre es nicht langsam mal wieder Zeit, unsere Kehlen anzufeuchten?« schlug Scelba vor.*

»Später. Erst vor einer Stunde haben wir jeder unsere Ration Wasser getrunken«, entschied Petrie.

* Eine übliche Redensart der Mafia, nebenbei auch Zeichen der Freundschaft, zumindest einer zeitweiligen Freundschaft.

»Wie weit sind wir denn gekommen?« fragte Johnson rauh.

Petrie warf einen Blick aufs Armaturenbrett und stellte eine kurze Berechnung an. Doch Scelba kam ihm mit der Antwort zuvor.

»Wir sind jetzt etwa achtzig Kilometer gefahren. Ich glaube, ich sollte euch vorwarnen. Bis Scopana wird die Straße noch schlechter.«

»Haben Sie sonst noch irgendwelche netten Überraschungen auf Lager?« fragte Johnson sarkastisch.

Scelba wandte sich auf seinem Sitz um und starrte Johnson durch seine getönten Augengläser an.

»Ich bin nur der Meinung, Sie sollten wissen, was uns noch bevorsteht. Im Moment ist es noch nicht sehr heiß. Warten Sie einmal bis Mittag, dann werden wir in einem Glutofen sitzen. Sie sehen, Sizilien ist in Europa einzigartig. Die Sonne scheint, der eisenharte Boden und die Felsen nehmen die Hitze auf und reflektieren sie, so daß ...«

»Sehr interessant«, unterbrach ihn Johnson aufgebracht. »Doch vielleicht könnten Sie Ihren Anschauungsunterricht in Heimatkunde bis nächste Woche verschieben, wenn ich ein eiskaltes Bier vor mir stehen habe ...«

Er schwieg abrupt. Die Vorstellung des kühlen Getränks war so intensiv, daß er den Geschmack auf der Zunge zu spüren glaubte. Innerlich verfluchte er Scelba. Der Capo zuckte die Schultern und schaute wieder nach vorn. Petrie wiederholte seine Antwort.

»Achtzig Kilometer also bis jetzt, Ed. Wir machen gleich eine Pause und trinken einen Schluck.«

Bis Scopana hatten sie noch ein gutes Stück zu fahren. Dort sollten sie sich mit Gambari treffen, dem italienischen Agenten, der den Untergrundsender in Messina betrieb. Petrie hatte den Agenten bisher nie persönlich kennengelernt. Bis Messina hatten sie dann weitere zweihundert Kilometer zu fahren. Knapp dreizehn Stunden blieben ihnen noch, um die Hafenstadt an der Meerenge zu erreichen. Und jede Stunde entfernten sie sich mehr und mehr von ihrem vorgegebenen Zeitplan, denn auf diesem teuflischen Pfad, den die Sizilianer hochtrabend als Straße bezeichneten, kamen sie nur im Schneckentempo voran.

Ihr unfreiwillig langer Zwischenstopp in Palermo, hervorgerufen durch die Konfiszierung des bereitgestellten Wagens durch die Carabinieri, hatte alles durcheinandergebracht.

Hinter Scopana würden sie die Küstenstraße nach Norden nehmen, überlegte Petrie. Vielleicht konnten sie so ein wenig von der verlorenen Zeit aufholen. Hinter Scopana …

Aber wie viele quälend lange Stunden waren es noch bis zu ihrem Treffen mit Gambari?

Scelba rutschte unruhig auf seinem Sitz hin und her.

»Wenn Sie Messina noch vor Mitternacht erreichen wollen, müssen wir uns beeilen.«

»Auf dieser Straße, bei dieser Hitze!«

Johnson kochte vor hilflosem Zorn. Scelba warf ihm einen langen Blick zu. Dann wandte er sich an Petrie und machte ihn auf eine Abkürzung aufmerksam. Weit vor ihnen umrundete die Straße eine große Klippe und gabelte sich unterhalb in Richtung Petralia und Scopana. Von diesem Punkt führte eine Nebenstrecke nach Norden zu einem kleinen Dorf namens Puccio. Eine gut ausgebaute Straße verband dieses Dorf mit Scopana.

»Wir sparen Kilometer und Zeit, wenn wir diese Strecke nehmen«, behauptete Scelba.

Petrie zog mit einer Hand eine auf Seide gedruckte Karte von Sizilien aus seiner Tasche und breitete sie auf seinen Oberschenkeln aus. Scelbas Vorschlag war gut: Von der Küste führte eine Überlandstraße dicht an Puccio und Petralia vorbei nach Scopana.

»Glauben Sie, die Nebenstrecke an der Gabelung ist mit dem Fiat befahrbar?« fragte er.

Über seine Schulter hinweg warf Johnson einen Blick auf die Karte – und schauderte. Eine durchgehende Linie markierte auf der Karte die sogenannte Landstraße zweiter Ordnung, auf der sie gerade fuhren. Die Nebenstrecke war aber nur ein Gestückel einzelner Striche. Was dies unter hiesigen Verhältnissen bedeuten mochte, wagte er sich nicht vorzustellen.

»Ich bin diese Strecke nur einmal mit einem Maultier geritten«, gestand Scelba. »Doch ein guter Fahrer wie Sie müßte es schaffen.«

»Okay, an der Gabelung sehen wir weiter«, entschied Petrie.

Schweigend fuhren sie durch das öde, sonnendurchglühte Land. Die einzigen Geräusche waren das einschläfernde Dröhnen des Motors, das lästige Summen der Fliegen und das Knarren der heißen Ledersitze, wenn einer der drei Männer sich bewegte. Unterhalb der Hochebene war die Hitze noch schlimmer, die bizarre Landschaft tanzte in flirrendem Dunst.

Sie aßen lustlos ein wenig von ihrem Reiseproviant – eine Scheibe fettiger Salami, etwas Käse und einige Korinthen – und spülten die Bissen mit dem Rest aus der Chiantiflasche, die während des Überfalls einen Treffer erhalten hatte, hinunter. Nach dem Essen genehmigte Petrie jedem zwei Schluck Wasser, doch zu seinem Erstaunen nahm Scelba nur einen Schluck und reichte die Feldflasche weiter.

»Ich bin dieses Klima hier gewöhnt. Vielleicht werden wir das Wasser noch dringend brauchen«, erklärte er auf Petries erstaunten Blick.

Er hatte vorher also nur nach dem Wasser gefragt, weil er dachte, seine Begleiter wurden vom Durst geplagt. Der Mafia-Boß tat dies bestimmt nicht aus reiner Menschenfreundlichkeit. Er wollte nur sichergehen, daß die beiden Männer Messina erreichten, damit er später auch wirklich Bürgermeister von Palermo wurde.

Ich hatte recht mit meiner Einschätzung, dachte Petrie grimmig. Er ist der einzige, der uns weiterhelfen kann.

Fünf Minuten nach ihrem kärglichen Mahl entdeckten sie das erste Anzeichen einer drohenden Gefahr. Die Straße hatte die Hochebene verlassen und führte nun über einen Paß, der sich immer noch verengte. Zu beiden Seiten stürzten die Hänge steil ab.

Plötzlich war Johnson hellwach. Er hielt seine Hand über die Augen, um sie vor dem grellen Sonnenlicht zu schützen, und spähte angestrengt nach Süden.

»Jim, da draußen ist ein Reiter!« rief er warnend.

Petrie widerstand den Versuchung, den Blick von der Straße zu wenden, und stoppte den Wagen. Den Motor ließ er laufen. Fluchend wandte er sich um.

»Da drüben – auf dem großen Felsen!«

Der Amerikaner wies ihm die Richtung. Petrie konnte nichts entdecken. Vorsichtig kletterte er aus dem Wagen. Dicht vor ihm stürzte die Wand Hunderte von Metern fast senkrecht ins Nichts, er hatte gerade genügend Platz zum Stehen. Der Amerikaner stellte sich zu ihm und deutete über die Motorhaube hinweg.

Ja, er hatte sich nicht getäuscht. In der flimmernden Hitze tanzte tatsächlich eine Reitersilhouette auf dem Buckel eines massiven Felsens. Wie zum Teufel hatte der Kerl das Pferd da hinaufbekommen?

Auch Petrie hielt seine Hände über die Augen und starrte angestrengt zu dem Reiter hinüber, einem Mann in Armeeuniform, kaum ein paar hundert Meter von ihnen entfernt.

Sekunden später war er plötzlich verschwunden, vergangen wie ein Spuk. Ohne Zweifel hatte er den Fiat gesehen.

»Wer zum Teufel war das?«

Johnson wischte sich den Schweiß aus dem Nacken.

»Ein italienischer Soldat. Er hat uns gesehen.«

»Nur einer – hier draußen allein?«

»Genau das macht mir Sorgen. Ich glaube nicht, daß er allein ist.«

Der Reiter war südlich der Straße aufgetaucht. Petrie ließ

seine Blicke über die trostlose Landschaft ringsum schweifen, eine Wildnis ohne Wasser, ohne Bäume, ohne Leben. Er entdeckte sie schließlich im Nordosten, wo ferne Berggipfel im Glanz der Sonne verschwammen. Eine Kolonne uniformierter Gestalten wanderte zu Fuß über einen anderen Grat. Sie führte einige Maultiere mit, auf deren Rücken Zylinder festgezurrt waren, die wie Mörserrohre aussahen.

Petrie deutete kurz hinüber.

»Ein paar Dutzend – mindestens. Meiner Meinung nach gehören sie zu einer Einheit italienischer Gebirgsjäger.«

»Himmel, und wir fahren extra diesen Weg, um keinen Soldaten zu begegnen.«

»Nur wenigen Soldaten«, korrigierte ihn Petrie. »Diese Einheit macht sicher nur eine Feldübung. Man rechnet bestimmt nicht mit Saboteuren. Was gäbe es hier auch schon zu sabotieren?«

»Glaubst du, wir werden ihnen begegnen?«

»Schon möglich. Sie haben Leute auf beiden Seiten der Straße. Wir werden versuchen, zwischen ihnen hindurchzuschlüpfen.«

Das war nur ein schwacher Trost, wie sich Petrie insgeheim eingestand, während er sich wieder hinters Steuer schwang. Der Reiter im Süden, die Fußtruppe im Norden konnten Anzeichen dafür sein, daß über das Gebiet Truppen verteilt waren, möglicherweise auch auf der Straße vor ihnen marschierten. Er löste die Handbremse und fuhr langsam weiter. Die Straße stieg jetzt steil an, unter den Rädern spritzte lockeres Gestein zur Seite und verschwand über die Steilwände in der Tiefe. Scelba warf hin und wieder einen Blick durch das Seitenfenster und verzog jedesmal das Gesicht beim Anblick der senkrecht in die Tiefe stürzenden Wände. Johnson ließ keinen Blick von dem immer schmaler werdenden Band der Straße vor ihnen.

Sie hatten gerade die Steigung überwunden und rollten wieder bergab, als Petrie hart auf die Bremse trat. Ein primitives Gatter, ein Querbaum auf hölzernen Dreibeinen, versperrte ihnen den Weg.

»Was zum Teufel hat das nun wieder zu bedeuten?« fragte er irritiert.

Der Capo zuckte die Schultern. Hier wurde sicher nicht die Straße ausgebessert. Johnson zündete sich eine Zigarette an.

Petrie stieg aus, um die Sache aus der Nähe in Augenschein zu nehmen. Irgend etwas an dem Gatter hatte seine Aufmerksamkeit erregt. Der Engländer warf einen Blick in den Abgrund auf der Nordseite, packte dann den Querbaum und die Dreifüße und stieß sie über den Straßenrand in die Tiefe.

»Da stand etwas auf einem unleserlichen Schild«, sagte er, als er zurückkam. »Ich konnte den Text nicht entziffern. Wir fahren einfach weiter.«

Kaum hundert Meter weiter sollten sie erfahren, warum die Straße gesperrt worden war. Sie rumpelten über die verrottete Fahrbahn durch unzählige Schlaglöcher, als sie eine Explosion vernahmen, deren Knall als rollendes Echo durch die Wildnis hallte. Petrie trat sofort auf die Bremse. Ein Schauer von Felssplittern und Geröll prasselte auf den Fiat herab. Vor ihnen wallte eine dichte sandfarbene Staubwolke empor und nahm ihnen jegliche Sicht. Erst als der Staub langsam zu beiden Seiten in die Tiefe sank, erkannten sie das ganze Ausmaß der Katastrophe. Die Straße wurde wieder sichtbar – zumindest das, was noch davon übrig war. Fast die Hälfte des schmalen Grates war in der Tiefe verschwunden.

»Mein Gott, was war das?« rief Johnson bestürzt.

»Eine Landmine!«

Petrie wischte sich seine verschwitzten Hände an der Hose ab und musterte die Straße. Sie hatte sich ein wenig verbreitert, seit sie die Sperre passiert hatten, doch das Stück, das die Explosion überstanden hatte, war verdammt schmal.

»Die Gebirgsjäger haben dieses Stück hier vermint. Wahrscheinlich enthielt das Schild an der Sperre eine Warnung. Das war verdammt knapp, Gentlemen. Unsere Situation ist, um es deutlich auszudrücken, beschissen. Wir können nicht umkehren und, zumindest theoretisch, auch nicht weiterfahren. Wir stecken ganz schön in der Klemme!«

Petrie untersuchte das restliche Stück der Straße, setzte vorsichtig Fuß vor Fuß. Er spürte wieder das Kribbeln in den Fußsohlen, die zuerst die fürchterliche Wucht der Explosion zu spüren bekamen, sollte eine Mine unter ihnen detonieren. Es war für ihn ein altvertrautes Gefühl. Links neben ihm lauerte der tiefe Abgrund, doch Petrie hielt seinen Blick starr auf den Boden vor sich gerichtet, untersuchte ihn nach Spuren, die darauf deuteten, daß das Straßenstück vor ihnen auch vermint worden war. Seine Knie schienen ihn kaum zu tragen, seine Nerven waren zum Zerreißen gespannt. Sein Verstand befahl ihm umzukehren. Jeden Augenblick konnte die Wucht einer gewaltigen Explosion seinen Körper zerreißen. Die Angst, nicht die glühende Sonne, trieb ihm den Schweiß aus den Poren. Er ging noch ein paar Schritte weiter und kehrte dann, keineswegs weniger vorsichtig, um. Mit kantigen Gesichtern schauten ihm seine beiden Gefährten entgegen.

Petrie stieg in den Wagen und löste die Handbremse.

»Wir müssen es riskieren.«

»Du bist dir doch im klaren, daß dein Spaziergang keine Garantieerklärung ist?« sagte Johnson leise.

»Ich habe nichts entdeckt, was auf weitere Minen schließen läßt, Ed.«

»Die Dinger, die ganze Felswände aus den Angeln heben, sind ja auch nicht für menschliche Leichtgewichte bestimmt«, beharrte der Amerikaner.

»Nun hör schon mit deiner Unkerei auf. Ich möchte mich auf die Straße konzentrieren.«

Der Amerikaner hatte genau den Punkt angesprochen, der unter Umständen tödliche Folgen haben konnte. Das Gewicht eines Menschen ließ kleine Minen hochgehen, die zur Zerstörung von Fahrzeugen bestimmt waren. Panzerbrechende Minen, die ein leichtes Fahrzeug wie den Fiat pulverisieren konnten. Doch ihnen blieb nur die Flucht nach vorn, nach vorn über das verwitterte Straßenstück, dessen Erschütterung durch die Stöße des sich nähernden Wagens schon eine Mine zur Detonation gebracht hatte.

Petrie fuhr so langsam wie möglich, ohne dabei den Motor abzuwürgen. Als sie sich dem gesprengten Straßenstück näherten, schätzte er rasch seine Breite. Es schien gerade breit genug für den Wagen – wenn ihnen nicht noch ein Stück bei der Überfahrt unter den Rädern wegbrach. Langsam krochen sie voran. Scelba preßte seinen schweren Körper fest in den Sitz, hinten war Johnson in die Mitte gerutscht, um die Balance des Fahrzeugs nicht zu gefährden. Petrie steuerte den Wagen ein wenig näher an den Abgrund auf Scelbas Seite heran, um die abbröckelnde Felskante auf seiner Seite möglichst wenig zu belasten.

Vieles konnte jetzt geschehen, dachte Petrie. Die Detonation einer Mine würde den Wagen in den Abgrund schleudern, doch wären sie dann schon tot. Der schmale Grat, über den sie fuhren, konnte weiter einbrechen und sie mit in die Tiefe reißen. Oder er verfehlte mit den Vorderrädern den tragenden Untergrund um wenige Zentimeter und steuerte sie alle drei in die Ewigkeit. Die Tiefe der Schlucht neben der Straße schätzte Petrie auf etwa dreihundert Meter.

Der Motor röhrte, sonst war es entsetzlich still im Wagen. Nur einmal knarrte das Sitzpolster, als Scelba sich bewegte.

Fast gleichzeitig hörten die Männer im Wagen das entfernte Brummen von Flugzeugmotoren. Petrie steckte den Kopf aus dem Wagenfenster, sah unter sich das Trittbrett über die Abbruchkante der Straße schweben, hob den Blick und entdeckte einige Flugzeuge auf Parallelkurs zum Paß. Beaufighters, alliierte Jagdflieger auf der Suche nach Opfern, die auf alles schossen, was sich bewegte. Rasch schaltete er die Zündung aus und brachte den Wagen zum Stehen. Die Flieger drehten nach Osten ab und verschwanden im Dunst.

»Unsere Freunde«, sagte Petrie über die Schulter nach hinten. »Jagdflieger ...«

»Ich wäre jetzt auch lieber da oben als hier unten«, knurrte Johnson.

Petrie startete den Wagen und ließ ihn vorwärts kriechen. Die Straße stieg wieder steiler an, der Wagen hüpfte leicht.

Und da geschah es! Das rechte Vorderrad sackte weg. Petries Körper versteifte sich. Großer Gott, der Wagen rutschte weg ...

Mit einem harten Schlag setzte das Chassis auf, der Wagen kam zum Stehen. Das Vorderrad war in ein tiefes Schlagloch geraten. Petrie legte den Rückwärtsgang ein und gab vorsichtig Gas. Die Räder rutschten ein wenig auf dem Geröll, faßten dann und zogen den Wagen aus dem Schlagloch.

Petrie schaltete. Er mußte den Wagen beschleunigen, um ihn mit etwas mehr Tempo über das Loch zu manövrieren – mit kaum ein paar Zentimetern Abstand zum Abgrund auf beiden Seiten. Der Wagen rollte vor, das Vorderrad sackte in das Loch und kam wieder hoch. Petrie drehte das Steuerrad eine Spur nach links, weil der Wagen nach rechts driftete, und zwang ihn sofort durch erneutes leichtes Gegensteuern in die ursprüngliche Fahrtrichtung zurück. Scelba hatte während des Manövers seine ungerauchte Zigarre zwischen den Fingern zerkrümelt, und Johnson starrte unverwandt auf das sich verbreiternde Straßenstück vor ihnen, als könne er den Wagen mit seinem Blick auf dem schmalen Grat festhalten.

Wenig später hatten sie wieder sicheren Grund unter den Rädern, und Petrie erhöhte das Tempo. Sie hatten das verminte Gebiet hinter sich gelassen.

Johnson machte als erster den Mund auf.

»Diese Jäger haben mir den Rest gegeben. Ich dachte, sie würden uns angreifen.«

»Was mit Sicherheit auch passiert wäre, wenn nicht der Staub in der Schlucht den Wagen mit einer solch dicken

Schicht überzogen hätte. Sie wirkte wie eine Tarnschicht, die Jäger haben uns nicht gesehen.«

Sie fuhren eine Weile schweigend weiter, bis Scelba erklärte, daß die Paßstraße bald auf eine Hochebene hinunterführen würde.

»Dort können Sie dann wieder schneller fahren«, sagte er mit unbewegtem Gesicht.

Petrie umfuhr zwei vorspringende Klippen und folgte der Straße über einen sanft abfallenden Hang in eine Talmulde, die ein wasserloses Flußbett in zwei Hälften teilte.

Das trockene Flußbett war nicht leer. Ein Zug von zwanzig oder mehr italienischen Gebirgsjägern kampierte zu beiden Seiten der Straße. Die Soldaten saßen auf dem Boden und aßen oder lagen faul herum. Hinter ihnen, halb verborgen unter einer Zeltplane, stand ein abgeprotzter Mörser.

Petrie fuhr mit gleichbleibender Geschwindigkeit auf die Soldaten zu. Mit einer Hand schützte er die Augen vor den Lichtreflexen der Sonne, die jetzt direkt von vorn auf die Windschutzscheibe fiel. Hastig kamen einige Soldaten, an ihrer Spitze ein Unteroffizier, auf den Wagen zugelaufen. Der Anführer zog beim Laufen seine Pistole und fuchtelte wild damit herum. Petrie ließ den Wagen ausrollen und bremste ihn vor dem Mann ab.

»Ihr verdammten Idioten, seid ihr wahnsinnig geworden?«

Der Unteroffizier war völlig außer Atem und brachte die Worte nur stoßweise hervor. Er zielte mit der Pistole auf Petrie.

»Da oben kurven feindliche Maschinen herum. Die Lichtreflexe auf eurer Scheibe sind meilenweit zu sehen. Ihr habt dadurch meine Leute in Gefahr gebracht. Sie könnten jetzt alle tot sein. Bei Gott, ich werde euch unter Arrest stellen für die Dauer der Übung. Ihr seid festgenommen – alle!«

Sie waren ausgestiegen und standen in der prallen Sonne beim Wagen, während der Unteroffizier ihre Papiere studierte. Die drei Soldaten hinter ihm ließen sie nicht aus den Augen. Ihre Gewehre hielten sie schußbereit im Anschlag. Der Anführer war offensichtlich mit ihren Ausweisen nicht zufrieden. Mißtrauisch blätterte er darin herum. Scelba musterte inzwischen die Soldaten in der Nähe, als suche er unter ihnen nach einem vertrauten Gesicht. Die Situation war brenzlig. Petrie gab sich keinen Illusionen hin. Der Unteroffizier war so wütend, weil die Lichtreflexe der Scheibe beinahe die alliierten Flieger angelockt hatten. Dafür wollte er sie festnehmen.

»Auch finde ich es merkwürdig, daß ihr über den Grat gefahren seid, obwohl ein Teil der Straße gesprengt worden war. Zudem seid ihr unbefugt in militärisches Sperrgebiet eingedrungen, habt einfach die Straßensperre nicht beachtet. Dies allein ist schon ein schweres Vergehen.«

»Wir wären bei lebendigem Leib da oben auf dem Kamm geröstet worden«, protestierte Petrie.

»Immerhin noch besser als von den Minen in den Himmel geblasen zu werden«, gab der Unteroffizier grob zurück.

»Ich verstehe Ihren Ärger«, meldete sich der Capo zu Wort. »Sie kennen meinen Namen und wissen, wer ich bin.

Ich habe Verbindungen in Messina ...«

»Zur Hölle mit Ihren Verbindungen. Sie behaupten, ich kenne Ihren Namen. Das wundert mich. Woher soll ich wissen, daß diese Papiere nicht gefälscht sind, können Sie mir das sagen?«

Er wedelte mit den Ausweisen vor Scelbas Nase hin und her.

»Mir gefallen eure Gesichter nicht – und eure Papiere auch nicht.«

»Sie machen da einen schweren Fehler«, sagte Scelba. »Als Sizilianer habe ich das Recht, auf der Insel umherzureisen ...«

»Hören Sie eigentlich keine Nachrichten, Mann?«

»Und was sagen die?«

»Daß britische Soldaten heute morgen in dieser Gegend mit dem Fallschirm abgesetzt worden sind. Also – ihr steht alle unter Arrest, bis eure Identität überprüft worden ist. In ein paar Stunden bringt euch ein Lastwagen nach Enna, wo die Abwehr euch sicher ein paar Fragen stellen wird.«

Scelba machte eine wegwerfende Handbewegung.

»Diese Meldungen kursieren doch ständig in ganz Sizilien Und nie war etwas Konkretes dahinter. Hier grassiert im Moment das Spionage-Fieber.«

»Ihr seid verhaftet!« bellte der Unteroffizier.

»Sind in Ihrer Einheit Sizilianer?« fragte Scelba.

»Natürlich, doch jetzt haben wir genug Zeit mit unnützem Gerede verschwendet. Mitkommen!«

Petrie warf Johnson einen warnenden Blick zu, als sie hinter dem wütenden Unteroffizier den Hang hinunterstolperten. Dicht hinter ihnen folgten die drei Soldaten. Weiteres Argumentieren war hier sinnlos. Daß diese Gerüchte gerade jetzt wieder hochkochten, war verdammtes Pech. Doch zeigten sie, welch extreme Spannung die gesamte Insel erfaßt hatte. Als hinter ihm der Motor des Fiat ansprang, wagte er einen Blick über die Schulter. Ein weiterer Soldat steuerte den Wagen den Abhang hinunter. In seinem Zorn hatte der Unteroffizier vergessen, das Fahrzeug zu durchsuchen, doch würde er dieses Versehen sicher bald bemerken. Auf dem Boden vor den Rücksitzen lag immer noch der Sack mit dem Sprengstoff.

Die Soldaten in der Talmulde warfen ihnen feindselige Blicke zu. Einer entsicherte sogar sein Gewehr, doch auf den scharfen Befehl des Unteroffiziers legte er es wieder zur Seite. Die Sonnenreflexe auf der Windschutzscheibe haben uns hier keinerlei Sympathie eingetragen, dachte Petrie sarkastisch. Sie gingen auf eine Höhle unter einem großen Felsüberhang zu, vor der ein Posten aufgestellt war.

Plötzlich blieb Scelba stehen und schaute einen Mann an, der beim Anblick des Capo seine Mahlzeit unterbrach. Einer der Soldaten drückte dem Capo die Spitze des Bajonetts in den Rücken, doch Scelba rührte sich nicht von der Stelle und warf dem Mann einen solch drohenden Blick zu, daß dieser unsicher zurückwich. Der Capo winkte den Unteroffizier zu sich heran.

»Dieser Mann da kennt mich, Herr Unteroffizier. Er hat meine Papiere nicht gesehen – fragen Sie ihn also, wer ich bin. Vielleicht kann Sie das vor einem sehr schweren Fehler bewahren!«

»Wir werden eure Identität in Enna ...«

»Fragen Sie ihn bitte!«

Der Unteroffizier zögerte. Etwas im Verhalten des Capo schien ihn einzuschüchtern. Petrie hielt den Atem an. Alles hing jetzt von der Reaktion dieses Mannes ab, von der Stärke des Zweifels, den Scelba in ihm geweckt hatte. Mit einer ungeduldigen Handbewegung fragte der Unteroffizier den Soldaten, der aufgesprungen war und Haltung annahm: »Sie kennen diesen Mann?«

»Das ist Vito Scelba.«

»Wer ist das?«

»Ich habe für ihn im Hafen von Messina gearbeitet. Er ist ein bedeutender Mann mit weitreichenden Beziehungen.«

Scelba änderte seine Taktik.

»Ich will Ihnen doch nur unnötigen Ärger ersparen, Unteroffizier. Sie tun Ihre Pflicht, was ich durchaus billige. Auch ich tue nur meine Pflicht, wenn auch auf andere Art. Sie haben nun den klaren Beweis für die Echtheit meiner Identität, und für diese beiden Männer da kann ich persönlich bürgen.«

»Sie haben es eilig?«

Der Unteroffizier wurde unsicher. Er haßte es, gegebene Befehle zurückzunehmen, doch seine Furcht vor einflußreichen Leuten war größer. Außerdem hatte Scelba ihm mit seinen Worten den Rückzug erleichtert.

»Da wir jetzt einen Beweis für Ihre Identität haben, sieht die Sache natürlich anders aus ...«

»Ich möchte nur so schnell wie möglich weiterfahren. In den Docks von Messina warten dringende Reparaturen auf uns«, erklärte der Capo freundlich. »Klugerweise hat Ihr Gefreiter meinen Wagen hierher gebracht. Mit Ihrer Erlaubnis werden wir jetzt einsteigen und unsere Fahrt fortsetzen.«

Innerhalb von zwei Minuten hatten sie ihre Papiere zurück und fuhren aus der Mulde. Johnson hatte beim Einsteigen den Sack mit dem Sprengstoff zwischen seine Füße genommen und ihn mit den Beinen gegen die Sicht von außen geschützt.

»In der italienischen Armee dienen viele Sizilianer«, sagte Scelba, als das Lager der Soldaten hinter ihnen verschwand.

»Trotzdem haben wir unwahrscheinliches Glück gehabt. Sie hätten mit Sicherheit den Wagen durchsucht.«

»Daran hatte ich auch schon gedacht«, antwortete Petrie trocken und konzentrierte sich ganz aufs Fahren.

Weit vor sich sahen sie die große Klippe, die Scelba in Zusammenhang mit der Abkürzung von Puccio aus erwähnt hatte.

Mit stetiger Geschwindigkeit rollten sie über die schlechte Straße, und hin und wieder reflektierte die Windschutzscheibe die Sonnenstrahlen. Während Petrie wieder mit der einen Hand die Augen schützte, überdachte er Scelbas Vorschlag. Sie würden eine Menge Kilometer sparen, wenn sie die Abkürzung über diesen Maultierpfad nahmen.

Wenig später näherten sie sich der Klippe, als Petrie hoch über sich ein schrilles Heulen vernahm. Er schaute aus dem Fenster, zog rasch den Kopf zurück, brachte den Wagen zum Stehen und drehte die Zündung aus.

»Raus hier, geht in Deckung! Ed, schnapp' dir den Sack!«

Er nahm seine Jacke, beugte sich über die Sitzlehne nach hinten und zerrte die Mauser aus dem Wagen. Johnson war schon draußen. Etwas hämmerte in die Wagentür auf Petries Seite. Der Engländer kroch über den Beifahrersitz ins Freie und eilte geduckt hinter den beiden Gefährten her, die von der Straße weg auf einige Felsen zuliefen. Das Heulen des herabstürzenden Flugzeugmotors wurde immer lauter.

Im letzten Moment erreichten die Männer die Deckung der Felsen und warfen sich dahinter flach auf den Bauch. Petrie hob den Kopf und spähte zur Straße hinüber. Im Tiefflug donnerte das Flugzeug heran, deutlich war das RAF-Emblem am Rumpf zu erkennen. Aus allen Bordwaffen eröffnete der Jäger das Feuer. Das Heulen des Motors, das Rattern des Maschinengewehrs und die dumpfen Explosionen der Abschüsse aus der Bordkanone vereinten sich zu einem ohrenbetäubenden, höllischen Crescendo. Gesteinssplitter prasselten gegen die Felsen und schossen als Querschläger durch die Luft. Die Einschläge der Bordwaffen liefen in einer fast schnurgeraden Linie die Straße entlang auf den Fiat zu. Kugeln durchsiebten das Dach und ließen die Windschutzscheibe zerplatzen. Die drei Männer machten sich so klein wie möglich und behielten die Köpfe unten.

Im nächsten Moment war's vorbei, und das Brummen des Flugzeugs verebbte in der Ferne. Petrie richtete den Oberkörper auf. Johnson schüttelte benommen den Kopf. Scelba hielt sich seine linke Hand. Aus einer Wunde tropfte Blut.

»Bleibt weg vom Wagen!« warnte Petrie. »Er brennt.«

»Verdammte Bastarde!«

Johnson starrte dem Flugzeug nach. Er war außer sich vor Wut.

»Und so was gehört zum gleichen Verein!«

»Es war der Wagen. Mit seiner dicken Staubschicht sah er aus wie ein getarntes Feindfahrzeug«, versuchte Petrie ihn zu beruhigen.

Er war aufgestanden und schaute dem Flugzeug nach. Plötzlich runzelte er die Stirn. Der Motor hustete ein paarmal und setzte dann völlig aus. Die plötzliche Stille war erdrückend. Sekundenlang stand die Maschine still in der Luft, dann bewegte sie sich wieder – in rasender Fahrt abwärts.

»Was machen die denn?« fragte Johnson, der neben Petrie stand und den Sturzflug der Maschine verfolgte.

»Motorschaden!«

»Du meinst...?«

»Sie schmieren ab!«

Am Himmel erschienen plötzlich zwei weiße Punkte und blähten sich zu Halbkugeln. Zwei dunkle Schatten baumelten an Fallschirmen der Erde entgegen. Mit einem herzhaften Fluch wandte sich Petrie zu Scelba um, der sich den Staub von den Kleidern klopfte.

»Scelba, kommen diese zwei Flieger irgendwo in der Nähe von Puccio herunter?«

Scelba nahm die Hände über die Augen und beobachtete eine Weile die Fallschirme. Aus dem Fiat schlugen Flammen hoch.

»Ja, irgendwo bei Puccio«, nickte der Capo.

Petrie fluchte noch heftiger. Johnson schaute ihn erstaunt an.

»Du hast dich doch nicht so aufgeregt, als sie den Fiat zersiebten. Was ist nun schon wieder los?«

»Die zwei da mit ihren weithin sichtbaren Fallschirmen könnten uns Ärger machen. Vergiß nicht, ohne den Wagen müssen wir zu Fuß nach Puccio laufen.«

Petrie drehte sich zu Scelba um.

»Gibt es in diesem Nest ein Telefon? Na, wenigstens etwas. Also Ed, wir müssen so schnell wie möglich nach Puccio. Von dort aus kann ich Gambari in Scopana anrufen. Die Nummer, unter der er dort erreichbar ist, hat er uns nach Tunis durchgegeben. Ich hoffe, daß er uns in Puccio abholen kann.«

»Klingt vernünftig.«

»Doch diese beiden Flieger da können uns ganz schön in die Suppe spucken und uns den einzigen Vorteil, den wir haben, zunichte machen. Bis jetzt weiß der Feind immer noch nichts von unserer Anwesenheit.«

»Verstehe. Sie würden uns zum zweiten Male empfindlich treffen. Beim ersten Mal war's der Wagen.«

»Sieht ganz danach aus.«

Petrie schaute Scelba zu, der sich das Blut von der verletzten Hand schüttelte. Die Verletzung war nur leicht. Petrie hatte für alle Fälle einen kleinen italienischen Verbandskasten mitgenommen und versorgte die Wunde.

»Sie hatten verdammtes Glück, Scelba, der Splitter hat das Handgelenk nur gestreift. Ein paar Zentimeter tiefer, und er hätte die Hand sauber abgetrennt.

Der Capo streifte ihn mit einem ausdruckslosen Blick und wischte sich den Schweiß von der Stirn.

»Ich habe Freunde in Puccio.«

»Von jetzt an werden wir auch Freunde dringend nötig haben – alle, die wir kriegen können.«

Petrie warf einen Blick auf seine Uhr. 12.30 Uhr. Die Sonne stand hoch im Zenit und verbrannte Sizilien mit ihrer mörderischen Glut. Und in dieser Hitze mußten sie nach Puccio laufen.

Hinter sich vernahm der Engländer eine leichte Detonation. Der Tank war explodiert, eine schwarze Qualmwolke stieg wie ein Signal senkrecht in den Himmel und verriet dem Feind deutlich ihren Standort.

»Wir müssen verschwinden«, stieß Petrie hervor. »Denn hier dürfte es bald von Carabinieri nur so wimmeln.«

7

Freitag, 14.00 Uhr bis 15.30 Uhr

Um 14.00 Uhr, gerade noch zehn Stunden bis zur Stunde Null, stolperten drei Männer einen Hügel empor. Sie verschnauften oben einen Augenblick und sahen hinab. Etwa dreihundert Meter unter ihnen lag das kleine Dorf Puccio. Die Häuser standen auf einer niedrigen Hügelkuppe, aus ihrer Mitte ragte wie ein Monument die Kirchturmspitze in den Himmel. Nicht weit von den drei Männern ritt ein schwarzgekleideter Priester auf einem Esel auf das Dorf zu. Sonst war weit und breit keine Menschenseele zu sehen.

Erschöpft sanken die drei Wanderer zu Boden, mit ihren Blicken verfolgten sie die kleiner werdende Gestalt des Geistlichen, des einzigen sich bewegenden Objekts in einer sonst toten Welt. Eineinhalb Stunden lang hatten sie die Sonne bei ihrem Marsch über das Land ertragen müssen. Ihre Strahlen brannten auf ihre schweißnassen Rücken, und der Boden reflektierte die Hitze.

Petrie hatte sich als Schrittmacher betätigt. Die beiden anderen waren ihm mit schmerzenden Beinen und schleppenden Schritten gefolgt. Nur ihrem eisernen Willen hatten sie es zu verdanken, daß sie schließlich die Hügelkuppe über dem Dorf erreichten. Ihre Zungen klebten am Gaumen, ihre Körper schienen völlig ausgedorrt. Nur das monotone Knirschen von Geröll unter ihren Stiefeln war noch bis zu ihrem Verstand vorgedrungen. Es war eine solch gnadenlose Tortur, daß Scelba sogar seine unvermeidliche Zigarre weggeworfen hatte.

»Das muß die Straße nach Scopana sein«, krächzte Johnson nach längerem Schweigen.

Er deutete auf ein schmales blasses Band, das etwa einen

halben Kilometer unterhalb von Puccio in östlicher Richtung verlief.

»Mir gefällt das Dorf nicht, es ist mir zu ruhig. Warum marschieren wir nicht gleich zur Straße und halten einen Wagen an?«

»Weil vielleicht keiner kommt.«

Petrie beobachtete die verlassene Straße.

»Ich gehe allein ins Dorf«, sagte er und fuhr sich mit der Zunge über die aufgesprungenen Lippen.

»Du bist verrückt!«

»Allein, Ed! Dies ist unsere einzige Chance. Das Dorf wirkt recht verlassen. Zu dritt würden wir soviel Aufsehen erregen wie eine Gesandtschaft des Völkerbundes.«

»Bald werden die Carabinieri nach den Fallschirmspringern suchen ...«

»Sie können auch schon da sein«, warnte Scelba. »Von hier aus können wir den Marktplatz nicht einsehen.«

»Da hat ein einzelner Mann erst recht größere Chancen, ihnen zu entkommen«, entgegnete Petrie. »Seht ihr den kleinen Hügel hier auf unserer Straßenseite? In genau einer Stunde treffen wir uns dort. Wenn ich nicht da bin, wartet nicht auf mich. Beschafft euch ein Fahrzeug – mit Waffengewalt, wenn nötig, und fahrt nach Scopana. Ed, du hast Gambaris Telefonnummer im Kopf. Ruft ihn an, sobald ihr angekommen seid. Das ganze Unternehmen steht und fällt dann mit dir, Ed.«

»Was ist, wenn du es nicht rechtzeitig schaffst? Angenommen, wir sind dann schon weg?«

Petrie lächelte matt.

»Dann versuche ich, euch nachzukommen. Hör zu, Ed. Bis jetzt haben wir schon geschafft, was der arme Lawson nicht überlebt hat. Wir sind auf Sizilien. Uns bleibt noch ein wenig Zeit, Messina zu erreichen. Und der wichtigste Punkt: Keiner weiß, daß wir hier sind. Das sind die Fakten. Und darauf sollten wir aufbauen. Solange ich über Gambari eine

Transportmöglichkeit auftreiben kann, sind wir noch im Geschäft. Allerdings, mit einem gestohlenen Wagen können wir Ärger kriegen.«

»Ist der Mann, dieser Gambari, Italiener?« fragte Scelba.

»Italo-Amerikaner«, log Petrie. »Ich mache mich jetzt auf den Weg. Wer sind Ihre Freunde in Puccio?«

Der Capo zog einen schweren Siegelring vom Finger und gab ihn Petrie. Er brauchte dafür ein paar Minuten, denn seine Finger waren von der Hitze geschwollen.

»Tragen Sie ihn, er könnte Ihnen nützlich sein. Meine Freunde werden ihn erkennen und wissen, daß wir einander eng verbunden sind. Ach ja, meine Freunde: der Kolonialwarenhändler, der Sattler, der Leichenbestatter ...« Der Capo machte eine vage Handbewegung. Johnson lächelte säuerlich. Der Leichenbestatter. Das paßte: Scelba, der für Leichen sorgte, und der Bestatter, der sie begrub. Eine perfekte Partnerschaft.

Mit seinem feuchten Taschentuch wischte sich der Amerikaner den Schweiß aus dem Nacken. Petrie erhob sich und tauschte mit ihm die Mauser gegen den Glisenti-Revolver. Bei dieser Hitze wäre es verdächtig gewesen, die Jacke zu tragen, um die Mauser zu verbergen. Man sollte das Mißtrauen der Leute nicht grundlos schüren.

»Gib auf dich acht, Jim«, sagte Johnson. »Das Nest ist mir etwas zu friedlich.«

»Ich passe schon auf. Wir treffen uns in einer Stunde.«

Während er mit der Jacke überm Arm den Hang hinunterging, bemerkte Petrie, daß das Dorf ähnlich vielen anderen Dörfern auf Sizilien in einem desolaten Zustand war. Die Häuser waren verfallen, die Schindeln teilweise von den Dächern gerutscht. Das Dorf machte den Anschein, als sei es erst kürzlich Ziel eines schweren Luftangriffs gewesen, doch Petrie bezweifelte, daß hier auch nur eine einzige Bombe heruntergekommen war. Armut war die Visitenkarte dieser trostlosen Insel, und man tat gut daran, überall sonst auf der

Welt geboren zu werden als in diesem von der Mafia beherrschten Höllenloch.

Die Häuser schienen noch enger zusammenzurücken, je näher er dem Ort kam. Das Dorf machte den Eindruck eines Weilers, in dem man nie jemanden sehen kann, aber selbst ständig das Gefühl hat, beobachtet zu werden.

Selbst bei Nacht hätte Petrie sofort bemerkt, daß er sich einem sizilianischen Dorf näherte. Der Gestank von Tierdung und häuslichem Unrat war unverkennbar. Ganze Fliegenschwärme fielen über ihn her, mit müden Handbewegungen versuchte er, sie zu verscheuchen. Mit der rechten Hand umklammerte er den Griff des Revolvers in der Jackentasche.

Im Dorf verengte sich die Hauptstraße zu einer schmalen, ansteigenden Gasse, deren Decke aus festgetretener Erde bestand. Zwischen den Häusern waren Leinen gespannt, auf denen Wäsche trocknete. Petrie kam an einem Haus vorbei, dessen Eingang weit offen stand. Auf dem Steinboden lagen Sättel und Zugtier-Geschirre. Hier wohnte also der Sattler, einer von Scelbas Freunden. Petrie ging weiter. Er hatte an dem Haus des Sattlers keine Telefonzuleitung entdecken können.

Petrie verlangsamte seine Schritte und betrachtete den kleinen Marktplatz von Puccio, der am Ende der Gasse auf der Hügelkuppe sichtbar wurde. Wie das ganze Dorf wirkte er zur Mittagszeit öde und verlassen. Nur ein paar Maultiere waren im Schatten einer Mauer angebunden.

Die Tiere wandten die Köpfe und äugten zu ihm herüber. Nichts rührte sich. Petries Blick blieb an einer Telefonleitung hängen, die auf eine kleine Taverne links von ihm zulief. Der Lebensmittelladen war geschlossen, doch die Tür der Bar stand einladend weit offen. Petrie wischte sich die schweißnassen Hände an der Hose ab, umfaßte mit festem Griff den Knauf der Pistole in der Jackentasche und ging entschlossen auf den Eingang der Taverne zu.

»Bei Mario.«

Die ausgebleichten Buchstaben über einem offenen Fenster mit schmutzigen Vorhängen konnte man gerade noch entziffern. Petrie trat durch die offene Tür. Der Anblick der Flaschen hinter dem Bartresen, einer grob geschnittenen Holzbohle, die den hinteren Bereich des Raumes abteilte, machte seinen Durst fast unerträglich. Die Taverne war klein und niedrig, es roch nach saurem Wein, die Luft war trotz der geöffneten Fenster stickig.

Die Maultiere schienen ihn neugierig zu beobachten, jede seiner Bewegungen zu verfolgen. Ein Dutzend Tische waren vor der Theke aufgestellt. An einigen saßen ein paar Sizilianer und würfelten. Sonnengebräunte Gesichter unter Baskenmützen hoben sich bei seinem Eintritt, scharfe Augen musterten Petrie, dann wandte sich die Aufmerksamkeit der Gäste wieder ihrem Spiel und ihrem Wein zu. Petrie ging zum Tresen und bestellte bei dem dunkelhaarigen jungen Mädchen dahinter einen Wein.

»Einen Wein, und eine Flasche Mineralwasser.«

Das Mädchen besaß flinke, kluge Augen, die Petrie rasch musterten. Einen Augenblick lang blieben sie an Scelbas Ring hängen, als Petrie beiläufig seine rechte Hand auf den Tresen legte. Sie zögerte, nahm eine Flasche und entkorkte sie. Ihre Blicke begegneten sich für den Bruchteil einer Sekunde, dann rief sie mit scharfer Stimme einen Namen.

»Arturo!«

Einer der Spieler erhob sich und schlenderte heran. Die Hände hatte er in die Taschen geschoben. Mit einer heftigen Bewegung stellte das Mädchen die Flasche neben Petries rechte Hand mit dem Ring. Der Bauer wartete gleichmütig, bis das Mädchen ein zweites Glas füllte und es ihm zuschob.

Petrie bezähmte seine erwachende Ungeduld und hob sein Glas.

Das Telefon, ein uraltes Monstrum, hing dicht neben ihm an der Wand, von der der Verputz abblätterte. Der Engländer wartete erst einmal die Entwicklung der Dinge ab, ehe er sich an das umständliche Zeremoniell wagte, ohne das kein Telefongespräch auf Sizilien zustande kam.

Der Bauer, ein kleiner, untersetzter Mann mit einem Galgenvogelgesicht, hob ebenfalls sein Glas.

»Salute!«

Mit diesem einen Wort gab er Petrie, ehe er zu seinem Tisch zurückkehrte, zu verstehen, daß er den Ring gesehen hatte. Petrie ließ nochmals seine Blicke durch den Schankraum schweifen und reichte dann dem Mädchen einen Fünfzig-Lire-Schein.

»Ich hätte gerne eine Telefonverbindung mit Scopana«, sagte er mit gedämpfter Stimme. »Behalten Sie den Rest, bis Sie wissen, was es kostet.«

Er nannte die Nummer, die er sich eingeprägt hatte, und trank ein zweites Glas Wein. Das Mädchen drehte an der Kurbel des Telefons und wartete, wobei sie die Hand in die Hüfte stützte. Ja, es würde ein umständliches Zeremoniell werden. Zu den vielen Dingen, die Petrie während seiner Dienstzeit bei der Felucca Boat Squadron gelernt hatte, gehörte die Erfahrung, daß man sich im Feindesland nie länger als unbedingt nötig unter fremden Dächern aufhalten sollte. Aus einem unerfindlichen Grund gefiel ihm die Atmosphäre in der Taverne nicht. Das Klicken der Würfel, die Bauern, die gemächlich ihren Wein tranken und gelegentlich mit einer Handbewegung die Fliegen verscheuchten – all dies erschien ihm seltsam unwirklich. Und doch war dies das wirkliche, echte Sizilien, in dem Tag um Tag auf die gleiche Weise verrann. Abgesehen von der Rationierung merkten diese Menschen hier kaum, daß da ein Krieg geführt wurde.

»Es dauert nicht lange«, versicherte ihm das Mädchen und wechselte ein paar Worte mit den anderen Gästen in ihrem eigenen Dialekt. Nicht lange – das konnte auf dieser Insel eine Ewigkeit bedeuten, dachte Petrie:

Das monotone Klicken der Würfel ging weiter. Das Geräusch ließ Petries ohnehin angespannte Nerven vibrieren. Er unterdrückte das Verlangen, die Taverne sofort zu verlassen und aus dem Dorf zu verschwinden. Statt dessen beobachtete er die Männer an den Tischen. Arturo und drei oder vier andere Bauern waren ganz in ihr Spiel vertieft, der Sizilianer hatte Petries Anwesenheit anscheinend völlig vergessen. Dafür musterte ihn der Mann am Nebentisch, ein schlanker Einheimischer mit einigen Narben im Gesicht, um so intensiver. Für einen Sekundenbruchteil kreuzten sich ihre Blicke. Sofort senkte der Mann den Kopf und beschäftigte sich wieder mit den Würfeln.

In Petries Innerem schrillten die Alarmglocken. Der Ausdruck im Gesicht des Mannes gefiel ihm ganz und gar nicht. Petrie zwang sich zur Ruhe und versuchte, seine Gedanken zu ordnen. Ich sehe fast wie ein Einheimischer aus, überlegte er, was also hat des Mannes Aufmerksamkeit erregt? Das Verhalten von Arturo, als er neben ihm stand?

Als Petrie zufällig den Blick zur Theke wandte, entdeckte er, wonach er schon seit dem Betreten der Taverne Ausschau gehalten hatte: den Hinterausgang in dem kleinen Zimmer hinter dem Tresen. Die Tür stand halb offen. Im Ernstfall hatte er also einen zweiten Fluchtweg. Er nahm noch einen Schluck Wein. Im gleichen Augenblick hob das Mädchen eine Augenbraue.

»Die Verbindung!«

Sie drehte wild an der Kurbel und hob einen Finger.

»Ah ja, Scopana!«

Mit einem schwachen Lächeln hielt sie ihm den Hörer hin. Petrie nahm ihn und lehnte sich mit dem Rücken gegen die Wand, so daß er die Gaststube überblicken konnte. Das Ganze entwickelte sich zu einer verdammt verzwickten Angelegenheit.

»Ich möchte gerne Signor Gambari sprechen«, sagte er mit leiser Stimme. »Es ist dringend.«

»Es tut mir leid, aber er ist nicht hier. Wer spricht da?«

Es war eine sonor klingende, beherrschte Männerstimme,

die Petrie die schlechteste Nachricht mitteilte, die es in seiner Situation gab. Einer der Bauern an Arturos Tisch stand auf und verließ die Taverne. Petrie überlegte einen Moment, ob die Stimme am anderen Ende der Leitung tatsächlich bei der Antwort gezögert hatte.

»Wer ist denn da?«

Der Tonfall der Stimme klang schärfer.

Petrie holte tief Atem. Er mußte es einfach riskieren!

»Ich bringe die Ladung Orangen aus Palermo.«

Das war die Erkennungsparole. Diesmal zögerte der Mann am anderen Ende tatsächlich mit der Antwort.

»Der Preis ist zur Zeit nicht sehr hoch. Wie groß ist die Ladung?«

Petrie versuchte, sich seine Erleichterung nicht anmerken zu lassen. Der Mann hatte die vereinbarte Antwort gegeben, also sprach er mit Gambari.

»Neunzig Kilo, Signore. Leider haben wir Probleme, sie nach Scopana zu schaffen.«

»Wo ist die Ladung jetzt?«

»In Puccio, einem Dorf am ...«

»Ich kenne den Ort. Ich könnte hinüberfahren und die Ladung abholen. Das Problem wäre also nur der Wagen. Habe ich das richtig verstanden?« Gambaris Worte waren knapp und präzise. Er sagte nur das Nötigste. Eine Welle der Erleichterung erfaßte Petrie.

»Ja, wir haben keinen. Doch sollten Sie mich und meine beiden Begleiter besser außerhalb des Dorfes einsteigen lassen ...«

»Auf der Straße nach Scopana?« fragte Gambari.

»Nicht zu weit vom Ort entfernt jedenfalls.«

»In einer Stunde bin ich da. Ich fahre einen grauen Mercedes. Das amtliche Kennzeichen ist ML 4820. Ich komme allein. Wir treffen uns an der Abzweigung nach Cefalù. Wenn Sie von Puccio kommen, ist es die Straße links. Geradeaus geht es nach Scopana. Alles klar?«

»Ja, vielen Dank. Wie weit ist...« – »Die Abzweigung liegt etwa einen Kilometer östlich von Puccio«, sagte Gambari. Seine folgende Bemerkung klang beiläufig. »Sie sind spät dran mit der Lieferung, Signore.«

Sehr vorsichtig, der Signor Gambari, dachte Petrie. Ja, sie waren verdammt spät dran. Laut Plan hätten sie schon um zehn Uhr morgens in Scopana sein sollen.

»Etwas mehr als vier Stunden, Signore.«

»Ich werde an der Abzweigung auf euch warten.«

Die Leitung war tot. Keine überflüssigen Worte, nur das bedeutsame Klicken am anderen Ende. Petrie reichte dem Mädchen den Hörer. In diesem Augenblick betraten drei Männer den Schankraum und nahmen am Tisch direkt neben der Tür Platz. Der eine hatte am Tisch neben Arturo gesessen, der andere trug eine mehlbestäubte Lederschürze. Der Kolonialwaren-Händler. Scelbas Freunde sammelten sich, um sich den Mann näher anzusehen, der den Ring des Mafia-Bosses trug.

Petrie steckte sein Wechselgeld ein und ging auf die Tür zu. Plötzlich blieb er wie angewurzelt stehen.

Draußen zerrissen das Knattern von Motorrädern und das tiefe Brummen von Lastwagen-Motoren die Stille. Bremsen kreischten auf der Piazza, schwere Schritte näherten sich im Laufschritt dem Eingang. Petrie wich zurück und wollte sich gerade am Tresen vorbeidrücken, um durch die Hintertür zu verschwinden, als eine Handvoll Carabinieri mit aufgepflanztem Bajonett in die Schenke stürmte. Ein Unteroffizier befahl mit barscher Stimme allen Anwesenden, sich nicht vom Fleck zu rühren. Geistesgegenwärtig füllte das Mädchen Petries Glas nach. Der Engländer lehnte sich ruhig gegen den Tresen, nahm einen Schluck und wartete ab.

Die Uniformierten stellten sich in einer Reihe entlang der Seitenwand auf und richteten ihre Gewehre auf die Anwesenden. Der Unteroffizier sah Petrie allein an der Bar stehen und fuhr ihn grob an:

»Du da, setz sich zu den anderen! Los, beweg dich!«

Petrie ging langsam durch den Raum und setzte sich an Arturos Nebentisch. Er wählte seinen Platz bewußt so, daß er dem Sizilianer zwei Tische weiter, der ihn zuvor so aufdringlich gemustert hatte, genau gegenüber saß.

Der Unteroffizier schien gern seine eigene Stimme zu hören, denn er stieß wilde Drohungen aus gegen jeden, der sich zu rühren wagte. Plötzlich nahm er Haltung an und salutierte stramm. Ein Offizier in gutsitzender Uniform hatte die Schenke betreten.

»Dies ist Hauptmann Soldano«, verkündete der Unteroffizier. »Und jetzt haltet gefälligst die Klappe, Herrschaften!«

Niemand hatte etwas gesagt. Der barsche Nachsatz war völlig überflüssig.

Petrie beobachtete den narbengesichtigen Sizilianer scharf. Der Mann schien einen inneren Kampf mit sich auszufechten. Er hatte sich schon halb erhoben, als wolle er etwas sagen, setzte sich aber rasch wieder, als er Arturos drohenden Blick bemerkte. Im gleichen Moment sagte Hauptmann Soldano, ein Italiener vom Festland: »In der Nähe von Puccio wurden zwei britische Spione gesichtet. Sie könnten sich im Dorf versteckt haben. Sind euch in den letzten zwei Stunden irgendwelche Fremden begegnet? Leute, die ihr noch nie in Puccio gesehen habt?«

Erwartungsvoll musterte der Offizier jeden einzelnen der Männer in der Taverne. Sein Blick blieb einen Moment lang an dem narbengesichtigen Sizilianer hängen, ehe er weiterwanderte. Die Bauern an den Tischen sahen sich ausdruckslos an und zuckten die Schultern. Petrie fiel auf, daß keiner von ihnen in seine Richtung schaute. Er war der einzige, der allein am Tisch saß, und obwohl er sich auf Anweisung des Unteroffiziers dorthin gesetzt hatte, fühlte er sich wie auf dem Präsentierteller. Das Mädchen hinter dem Tresen polierte mechanisch die Gläser, schaute dabei zur Decke, aus dem Fenster, zu den Soldaten hinüber – aber nicht zu ihm.

»Für ihre Ergreifung wird es vielleicht eine Belohnung geben«, sagte Soldano und rieb unmißverständlich Daumen und Zeigefinger gegeneinander. Wieder musterte er die Männer. Petrie fluchte innerlich auf das zweifache Mißgeschick, verursacht durch das Auftauchen der Jagdflieger. Zwei britische Spione! Soldano meinte ohne Zweifel die zwei Flieger, die mit dem Fallschirm abgesprungen waren. Die Bauern schüttelten nur die Köpfe. Die Spannung im Raum war fast greifbar. Jeder der Zivilisten in der Schenke wußte, daß er hier fremd war. Trotzdem gab es nur einen, dessen Reaktion sich Petrie nicht sicher war: der Sizilianer mit dem Narbengesicht. Die Art, wie Soldano den Mann ansah, überzeugte Petrie davon, daß der Sizilianer ein gekaufter Informant, ein Verräter war – genau das, was Scelba fälschlicherweise von seinem Neffen Carlo behauptet hatte. Der Engländer war sicher, daß nur die Anwesenheit von Arturo und seinen Mafiosi dem Mann den Mund verschloß. Doch es konnte nur eine Frage der Zeit sein, bis das im Moment ungleich stärkere Argument der schußbereiten Gewehre der Soldaten dem Mann seine Sprache wiedergeben würde.

»Nun, da also keiner etwas weiß und da wir gerade hier sind, sollten wir wenigstens etwas trinken«, entschied Soldano weise.

Das war Musik in den Ohren der Soldaten. Sie drängten sich zum Tresen, machten aber respektvoll Platz, als der Hauptmann herantrat und mit vollendeter Höflichkeit seine Mütze vor dem Mädchen zog, das ihm sofort mit ausdruckslosem Gesicht ein Glas Wein einschenkte.

Die Spannung unter der Oberfläche wuchs. Der Eingang wurde von Posten bewacht, und keiner der Zivilisten machte Anstalten, die Taverne zu verlassen. Das Mädchen ging herum und versorgte die Carabinieri mit Getränken. Petrie nippte ab und zu an seinem Glas und ließ den Sizilianer nicht aus den Augen. Der Mann erhob sich, um zum Tresen zu gehen. Das Manöver war leicht zu durchschauen, von Soldano so geplant, um dem Bauern die Möglichkeit zu bieten, sich ihm zu nähern und ihm seine Information zuzuflüstern. Und diese Information würde Petrie betreffen, würde ihn innerhalb weniger Minuten zum Gefangenen der Carabinieri machen.

Arturo raunte einem Mann an seinem Tisch ein paar Worte zu. Der Mann stand auf und prallte mit dem Narbengesicht zusammen. Er nahm ihm das Glas aus der Hand und sagte etwas auf sizilianisch. Dann wandte er sich ab und ging zum Tresen, ehe der Verräter etwas erwidern konnte. Zögernd setzte sich das Narbengesicht wieder auf seinen Stuhl. Petrie rieb sich über sein stoppliges Kinn. Das war gerade noch mal gutgegangen, dachte er erleichtert. Doch für wie lange?

Eine Hand berührte ihn an der Schulter und deutete zur Bar hinüber, wo das Mädchen ihm mit der Flasche zuwinkte.

Was zum Teufel hatten sie vor?

Er erhob sich und bahnte sich zwischen den laut redenden Soldaten einen Weg zum Tresen. Dort nahm Arturos Freund gerade zwei gefüllte Gläser entgegen und trug sie zum Tisch zurück. Der leutselige Soldano wandte sich um und wunderte sich, daß sein Informant noch immer am Tisch saß. Petrie preßte seine Jacke gegen den Körper und versuchte, den Soldaten aus dem Weg zu gehen aus Furcht, jemand könnte die versteckte Waffe in der Jackentasche fühlen. Das Mädchen deutete mit einem Kopfnicken zum Ende des Tresens. Vorsichtig arbeitete Petrie sich dorthin vor.

Das Versteckspiel näherte sich seinem Ende. Soldano wurde die Sache zu dumm. Er ging auf den Tisch des Sizilianers zu. Wenn der Berg nicht zum Propheten kam…

Petrie nahm das Glas, das ihm das Mädchen reichte, und lehnte sich an die Wand neben dem Telefon. Arturos Freund reichte dem Sizilianer das gefüllte Glas. Doch der Bauer war vorsichtig. Mit einer raschen Bewegung nahm er dem Mann das andere Glas aus der Hand und prostete ihm damit zu. Salute!

Soldano unterhielt sich mit dem Kolonialwarenhändler. Petrie lief der Schweiß in Strömen den Rücken hinab. Auch diesmal hatte er die Taktik des Carabinieri-Hauptmannes rasch durchschaut. Der Italiener hatte schon mehrere Bauern angesprochen. Wenn er also auch mit dem Narbengesicht ein paar Worte wechselte, konnte niemand daraus schließen, daß der Mann ein Informant war. Jetzt erhob sich der Bauer, der mit dem Lebensmittelhändler an einem Tisch saß, beugte sich vor und berührte das Narbengesicht an der Schulter. Nervös wandte sich der Sizilianer um und lauschte den Worten des Händlers. Blitzschnell schob sich Arturo vor und kippte den Inhalt einer Phiole in das Glas des Sizilianers.

Petrie warf dem Mädchen einen Blick zu. Mit einer versteckten Drehung des Kopfes deutete sie auf die Hintertür. Doch noch war nicht der richtige Zeitpunkt für seine Flucht. Etwas mußte geschehen, etwas, das die Aufmerksamkeit der anderen von ihm ablenkte. Vielleicht sorgte gar der Sizilianer für diese Ablenkung, wenn er die K.-o.-Tropfen in seinem Wein schluckte.

»Du gehst immer noch mit Maria?« fragte das Mädchen leichthin.

Es versuchte, den Engländer in ein Gespräch zu verwikkeln. Vielleicht dachte es, es könne dem Hauptmann auffallen, daß er die ganze Zeit mit niemandem sprach.

»Natürlich.«

Petrie nahm einen Schluck und beobachtete über den Glasrand hinweg das Narbengesicht. »Sie ist das hübscheste Mädchen in Puccio.«

»Und du wirst Maria heiraten?«

»Ich denke schon.«

Narbengesicht wurde ungeduldig oder nervös. Er stand auf und ging mit dem Glas in der Hand auf Soldano zu.

»Es ist noch viel zu früh, um jetzt schon ans Heiraten zu denken.«

»Das sagen die Männer immer!« rief das Mädchen. »Die Kerle sind alle Schufte!«

Sie polierte immer noch das Glas mit ihrem Tuch und vermied es bewußt, in Arturos Richtung zu schauen.

Der Plan ging nicht auf. Narbengesicht trank nicht, sondern wollte offensichtlich erst mit Soldano sprechen. Der Hauptmann stand wenige Meter von Petrie entfernt und unterhielt sich mit einem Bauern. Ein stämmiger Soldat mit geschultertem Gewehr lehnte neben Petrie am Tresen und spielte mit seinem Glas.

Du hast es versucht, Arturo, doch es nützt nichts, dachte Petrie. Von den Mafiosi war keine Hilfe zu erwarten, wenn er mit den Carabinieri in einen Schußwechsel geriet. Petrie bat das Mädchen um einen Weinbrand und hielt das Glas in der Hand, um seinen Inhalt dem Soldaten neben ihm sofort ins Gesicht und in die Augen zu schütten, sollten sich die Ereignisse zuspitzen.

Das Narbengesicht stand jetzt vor Soldano. Der Offizier hob sein Glas und trank dem Sizilianer zu.

»Salute.«

Das Narbengesicht hob automatisch sein Glas und nahm einen großen Schluck. Im nächsten Moment schrie er gellend auf und faßte sich mit der Hand an die Kehle. Der Schrei verebbte in einem schrecklichen Gurgeln. Der Bauer taumelte gegen Soldano, krümmte sich und sank vor der Bar zu Boden. Der Körper zuckte noch einige Male, dann rührte er sich nicht mehr. Die Lippen im Gesicht des Mannes hatten sich purpurn verfärbt.

Einen Augenblick war es totenstill in der Bar, dann brach ein höllischer Tumult los. Die Bauern sprangen auf und schrien wild durcheinander.

»Dottore, dottore!«

Der Lebensmittelhändler stürzte an dem wie zu Stein erstarrten Posten vorbei ins Freie. Die Soldaten brüllten laute Kommandos, versuchten die Ordnung wiederherzustellen und erhöhten das Durcheinander nur noch. Der stämmige Soldat und der Hauptmann beugten sich über den leblosen Körper des Sizilianers. Petrie blickte sich noch einmal hastig um und schlüpfte dann um den Tresen. Niemand beachtete ihn. Rasch eilte er an dem Mädchen vorbei zur Hintertür und drückte sie von außen leise ins Schloß. Er huschte durch einen engen Gang, dessen Steinboden mit Stroh bedeckt war, und öffnete vorsichtig die Tür am anderen Ende. Sonnenstrahlen fielen auf Pflastersteine, Petrie fühlte die Hitze auf seinem Gesicht. Er überquerte einen umfriedeten Platz und kletterte über die niedrige Mauer. Dahinter erstreckte sich offenes Land, ein nackter Hügelrücken fiel sanft zu einem ausgetrockneten Flußbett ab. In der Ferne konnte Petrie den abgeflachten Hügel erkennen, wo er sich mit Scelba und Johnson verabredet hatte.

Zuerst stolperte er unbeholfen den Hang hinunter, doch bald ließ seine innere Anspannung nach, und seine Muskeln lockerten sich. Als er sich nach einer Weile umschaute, lagen die Häuser von Puccio schon über einen halben Kilometer hinter ihm, und nichts rührte sich dort. Er eilte weiter, um eine Deckung zu erreichen, ehe die Carabinieri auftauchten. Der Anblick des zusammengesunkenen Sizilianers ging ihm nicht aus dem Sinn. Arturo hatte ihm keine K.-o.-Tropfen in den Wein gekippt, sondern Blausäure, eine scheußliche Flüssigkeit, die die inneren Organe des Informanten in Sekundenschnelle lahmgelegt hatte. Und die Aktion war reibungslos über die Bühne gegangen. Wenn die Mafia, von der faschistischen Polizei gejagt, selbst aus dem Untergrund heraus noch so mächtig und zu solchen Aktionen fähig war, was mochte dann erst geschehen, wenn man dieses Monstrum aus seinem Zwinger befreite?

Die motorisierte Einheit der Wehrmacht rollte, eine riesige Staubwolke nach sich ziehend, in Richtung Westen auf Puccio zu, als ein grauer Mercedes sich von Osten her der Abzweigung nach Celafù näherte. Petrie und Scelba hielten sich etwa fünfzig Meter über der Straßenbiegung in einer Schäferhütte verborgen. Das Dach der Hütte fehlte völlig, ein Loch in der hinteren Mauer diente als Eingang. Wie bei den Begrenzungsmauern der Straßen hatte man auch hier unbehauene Felsbrocken lose aufeinandergeschichtet. Große Zwischenräume gewährten einen ungehinderten Blick auf die Straße und auf das Gelände ringsum, das etwa einen Kilometer jenseits der Überlandstraße langsam zu einem Vorgebirge anstieg. Auch die Abzweigung nach Cefalù und zur Küste war von hier aus gut einzusehen. Die Straßengabelung war ein idealer Treffpunkt, einsam und unbeobachtet. Seit die deutsche Einheit verschwunden war, hatte sich nichts mehr gerührt.

Der Wagen näherte sich in rascher Fahrt. Petrie versuchte, das Nummernschild zu entziffern, doch der Mercedes fuhr zu schnell, hielt mit unverändertem Tempo auf die Abzweigung zu.

»Das ist nicht Gambari«, flüsterte der Engländer dem Capo zu, der mit ihm in der verfallenen Hütte auf die Ankunft des Agenten wartete.

»Dann verspätet er sich«, murmelte Scelba, und an seinem Tonfall merkte Petrie, daß der Mafioso einen Grund suchte, an dem Italiener, der für die Alliierten arbeitete, herumzumäkeln.

»Er wird schon noch kommen. Gambari ist nicht dumm und sehr zuverlässig. Und da wir gerade beim Thema sind, Scelba – ich wünsche keine Auseinandersetzung zwischen euch beiden. Denken Sie daran, wir ziehen alle an einem Strang, arbeiten für das gleiche Ziel.«

»Kummer gehört halt zu unserem Leben«, antwortete der Mafia-Boß zweideutig.

Petrie sparte sich die Antwort und beobachtete durch eine andere Mauerlücke die Straße. Sein Gesichtsausdruck verriet deutlich seine Enttäuschung, als der Wagen mit unverminderter Geschwindigkeit an der Abzweigung vorbeifuhr.

Doch hundert Meter weiter trat der Fahrer plötzlich hart auf die Bremse, der schwere Wagen kam mit blockierenden Rädern zum Stehen. Der Fahrer, der allein im Wagen saß, drehte sich um und fuhr rückwärts bis zur Abzweigung zurück. Dort schob er den Kopf aus dem Fenster, schaute sich unauffällig um, lehnte sich im Sitz zurück und warf einen Blick auf seine Straßenkarte.

Die Autonummer des Wagens war ML 4820.

»Kennen Sie diesen Gambari?« wandte sich Scelba an sie.

»Ich habe ihn noch nie gesehen.«

»Dann müssen wir sehr vorsichtig sein.«

Der Sizilianer, der geduckt hinter der Mauer hockte, überprüfte seinen Revolver und wischte sich mit dem Taschentuch vorsorglich den Schweiß von der Stirn, damit er ihm nicht im falschen Moment in die Augen lief. Der erhöhte Standort erlaubte Petrie einen ungehinderten Blick ins Wageninnere, das außer dem Fahrer, einem glatzköpfigen Mann in einem dunklen Geschäftsanzug, leer war. War dies tatsächlich Gambari? Der Wagen trug die genannte Zulassungsnummer. Auch war der Fahrer allein, doch bewies sein seltsames Fahrverhalten eindeutig, daß er die Gegend hier nicht sehr gut kannte. Oder sollte dies nur ein Täuschungsmanöver für ungebetene Beobachter gewesen sein?

»Wir werden uns die Sache mal aus der Nähe betrachten«, entschied Petrie. »Halten Sie sich dicht hinter mir, und achten Sie darauf, daß er Ihre Waffe nicht sieht.«

Petrie schob die Mauser, die er schußbereit in der Hand gehalten hatte, in das Holster an seiner Hüfte, schlüpfte in seine Jacke und zwängte sich durch den Eingang ins Freie. Der Fahrer des Wagens reagierte sofort, als er die Männer den steilen Hügelhang herunterkommen sah. Er stieg aus dem Wagen, schützte seine Augen mit der Hand vor der Sonne und schaute ihnen entgegen. Dann öffnete er die Fondtür des Wagens.

Dieses sorglose Verhalten machte Petrie mißtrauisch. Der Mann war unvorsichtig. Er sollte drei Männer an der Gabelung aufnehmen, doch nur zwei stiegen jetzt zum Wagen hinunter. Wenn er diese Sache schon so nachlässig anging, war er auch in anderen Dingen zu unvorsichtig – zum Beispiel bei seiner Abfahrt in Scopana?

Petrie unterdrückte seinen Unmut und sein Mißtrauen. Er blieb stehen und schaute in die Richtung, aus der der Mann gekommen war. Doch weit und breit war keine Menschenseele zu sehen. Die Sonne brannte ihm auf den Rücken. Petrie setzte sich wieder in Bewegung. Er hielt sich mit einer Hand am Gestrüpp und am Felsen fest, um bei dem steilen Abstieg nicht das Gleichgewicht zu verlieren. Plötzlich blieb er erneut stehen.

Der Mann unten auf der Straße hatte sich nun ganz zu ihnen herumgedreht. Seine Hände waren nicht mehr leer, als er ihnen jetzt auf italienisch einen scharfen Befehl zurief.

»Keinen Schritt weiter! Bleibt beide schön, wo ihr seid!«

In den Händen hielt er eine deutsche Maschinenpistole. Ihre Mündung deutete genau auf sie.

»Wir hofften, Sie könnten uns ein Stück mitnehmen«, rief Petrie rasch.

»Hebt die Hände über den Kopf. Du da vorne – komm herunter, aber allein!«

Petrie hielt die Hände brav in Schulterhöhe, während er vorsichtig das letzte Hangstück zur Straße hinabstieg. Scelba blieb ruhig an seinem Platz stehen. Der Fahrer des Mercedes war Anfang Vierzig, etwa einen Meter siebzig groß und breitschultrig. Die dichten Augenbrauen unter der hohen Stirn und die dunklen Haaransätze über den Ohren verliehen ihm nicht gerade ein engelhaftes Aussehen. Und doch strahlte der Mann mit der leicht gekrümmten Nase und den flinken Augen unter den schweren Lidern Vitalität und Tatkraft aus, auch einen Hauch von Kälte und Erbarmungslosigkeit. Der schwarze Schnurrbart war sauber gestutzt, der dunkle Geschäftsanzug maßgeschneidert und teuer. Neben ihm kam sich Petrie wie ein heruntergekommener Landstreicher vor. Ein schwaches, kaltes Lächeln umspielte die Lippen des Italieners, als er mit der Maschinenpistole auf Petries Brust zielte.

»Sind Sie der Überbringer der Ladung Orangen aus Palermo?« stellte er leise die Erkennungsfrage.

»Ja, aber der Preis ist zur Zeit nicht sehr hoch ...«

»Ich bin Angelo Gambari.«

»James Petrie.«

Der Engländer ließ die Hände sinken, doch die Mündung der Maschinenpistole zeigte unverändert auf seine Brust. Rasch nahm Petrie die Hände wieder hoch.

»Major Petrie, ich habe da nur noch ein kleines Problem. Ich erwartete drei Männer, sehe aber nur zwei. Wo ist der dritte?«

»Direkt hinter Ihnen.«

Petrie sprach jetzt lauter.

»Und ich an Ihrer Stelle wäre hübsch vorsichtig mit der Spritze da, Angelo, denn er hat Sie schon seit Ihrer Ankunft im Visier.«

Hinter einem Felsen auf der anderen Staßenseite erhob sich Johnson und kam heran. Sein Revolver zielte auf den Rücken des Italieners. Gambari warf einen kurzen Blick über die Schulter, lächelte wieder und legte die Maschinenpistole auf den Kotflügel des Mercedes.

»So, so, Sie treffen also auch Ihre Vorkehrungen? Das ist beruhigend.«

Er wischte sich mit einem Seidentaschentuch über die Stirn und schaute zum Hang hinauf, wo Scelba mit erhobenen Händen wartete.

»Und der da ist sicher Don Vito Scelba, fürchte ich. Ich hoffe nur, Sie werden es nicht bereuen müssen, bei dieser Operation die Hilfe des Mafia-Bastards in Anspruch genommen zu haben.«

»Ohne ihn wären wir nie bis hierher gekommen«, erwiderte Petrie knapp. Dann machte er Johnson mit dem Agenten bekannt und winkte Scelba heran. »Und wir brauchen seine Hilfe dringend, um in den Hafen von Messina zu gelangen«, erinnerte er Gambari.

»Schon gut. Aber verlangen Sie nicht von mir, ihm die Hand zu schütteln. Außerdem möchte ich mit Ihnen kurz unter vier Augen reden.«

Seine Sorge erwies sich als überflüssig. Als Scelba zu ihnen trat und Petrie ihm den Italiener vorstellte, nickte er nur und begann umständlich, seine Brillengläser zu putzen.

Sie haben sich nie gesehen, überlegte Petrie, und doch merkte man sofort an ihrem Verhalten, daß sie sich zutiefst verabscheuten. Zweifellos befürchtete Scelba durch das Auftauchen des Agenten eine Schmälerung seiner Verdienste am Gelingen der Operation. Und was Gambari betraf, hatte Parridge Petrie schon in Tunis gewarnt, daß der Agent die Mafia im Grunde seiner Seele haßte. Es war vielleicht ganz gut, sich mal anzuhören, was der Mann aus Messina zu sagen hatte.

»Die Zeit läuft uns davon«, sagte er nur und zog den Italiener mit sich zur anderen Straßenseite hinüber. Johnson und Scelba kletterten in den Fond des Mercedes. Den Sack mit dem Sprengstoff deponierte der Amerikaner auf dem Wagenboden zwischen seinen Füßen.

Außer Hörweite des Wagens blieb Petrie stehen. Der Italiener legte seine Waffe in den Graben am Straßenrand.

»Zufällige Beobachter in vorbeifahrenden Autos könnten sich darüber wundern, wenn ich sie in der Hand behalte«, erklärte er lächelnd. Dann wurde er unvermittelt ernst.

»Es hat da eine Panne gegeben. Ich glaube, Sie sollten das wissen.«

»Was für eine Panne?«

»Wir haben jegliche Verbindung nach Afrika verloren. Die Deutschen ließen vor acht Stunden meinen Sender und meine Agenten hochgehen. Sie haben ein Funkgerät mit?«

»Nein, ich habe mit eurem Gerät gerechnet. Wie zum Teufel konnte das geschehen?«

»Ich weiß es nicht. Meine Leute haben während des Funkbetriebs immer ganz besonders auf feindliche Peilwagen in der Umgebung geachtet. Ich frage mich ernsthaft, ob der Feind inzwischen nach einer neuen Taktik vorgeht.«

Gambari bot Petrie eine Zigarette an.

»Doch viel mehr Sorgen macht mir, daß Scelba mit von der Partie ist.«

»Wir brauchen seine Beziehungen.«

»Ein Vetter von mir ist ein Mafioso«, sagte Gambari heftig. »Ich zeige ihm meine Abneigung nur aus dem Grunde nicht, weil er mir manchmal nützlich sein kann. In diesem Verein sammelt sich der schlimmste Abschaum der Menschheit.«

»Wir brauchen Scelba«, wiederholte Petrie barsch.

»Es kann lebensgefährlich sein, sich mit dem Mafia-Boß einzulassen.« Gambari ließ nicht locker. »Ich habe gehört, die Alliierten hätten ihm nach ihrer Landung in Sizilien ein offizielles Regierungsamt versprochen. Das wäre der pure Wahnsinn. Mit den damit verbundenen Vollmachten würde er nur ...«

»Angelo!«

Petries Stimme klang gefährlich ruhig.

»Meine Aufgabe ist es, diese verdammte Eisenbahnfähre zu versenken. Solange sie schwimmt, kann sie jede Menge Truppen und Nachschub auf die Insel schaffen. Das könnte Tausenden unserer Jungs das Leben kosten. Noch eins: Nur Scelba verdanken wir es, daß wir es überhaupt bis hierher geschafft haben. Und nur er kann uns in den Hafen von Messina einschleusen. Die Kooperation mit der Mafia behagt mir ebensowenig wie Ihnen, doch Scelba ist für unsere Operation eminent wichtig. Er kommt mit, und damit Schluß! Von jetzt an werden Sie nur für ein Ziel leben, atmen und denken – die ›Carridi‹ zu versenken! Habe ich mich klar und deutlich ausgedrückt?«

»Ich unterstehe Ihrem Kommando«, sagte der Italiener ruhig. »Gehen Sie jetzt noch nicht zum Wagen. Das könnte uns verdächtig machen. Warten Sie, bis der andere Wagen vorbei ist.«

»Ein Volkswagen!«

»Ich weiß, deshalb meine Bitte um Vorsicht.«

Der Volkswagen näherte sich in rascher Fahrt der Abzweigung.

Angelo zog eine Straßenkarte aus der Tasche, entfaltete sie und tat so, als studiere er sie eingehend.

Sie standen beide in der prallen Nachmittagssonne. Petrie fühlte sich entsetzlich müde.

Aus den Augenwinkeln beobachtete er den näherkommenden Wagen.

Auf der tief gebräunten Stirn des Italieners standen dicke Schweißtropfen, doch sonst schien ihm die Hitze nichts auszumachen. Er warf einen raschen Blick auf die Maschinenpistole im Graben.

Der Volkswagen verlangsamte die Fahrt.

Petrie erriet die Gedanken des Italieners. Mit leiser Stimme warnte er den Agenten:

»Keinerlei Mätzchen, wenn sie anhalten. Ich will keinen Ärger. Wenn wir durchkommen wollen, darf der Feind nichts von unserer Anwesenheit erfahren.«

»Das kommt immer noch darauf an, wie gefährlich unsere Gegner sind«, bemerkte Angelo abfällig. »Der Wagen hält. Überlassen Sie das Reden mir, denn die Deutschen haben für die Bauern hier nur Verachtung übrig.«

Petrie warf einen Blick auf seine Uhr.

Fast 15.30 Uhr.

Ihnen blieben kaum neun Stunden, um Messina zu erreichen. Und jetzt stand ihnen eine weitere Verzögerung bevor.

Der Volkswagen rollte langsam heran, der Mann auf dem Beifahrersitz schaute interessiert aus dem Fenster. Hinter dem Mercedes kam der Wagen zum Stehen.

Petrie fühlte sein Herz rascher schlagen. Angelo hatte sich gründlich verschätzt – zumindest, was die Gefährlichkeit dieser Gegner betraf.

Die beiden Insassen des Wagens trugen schwarze Uniformen, und der Mann auf dem Beifahrersitz war Offizier. Er öffnete den Schlag und sagte etwas über die Schulter zu dem Fahrer. Dann stieg er aus, streckte sich und hakte die Daumen hinter sein Koppel. Dabei fixierte er Angelo und Petrie scharf.

Sie hatten Gesellschaft bekommen – von der SS.

8

Freitag, 15.30 Uhr bis 19.30 Uhr

Der SS-Offizier war großgewachsen und breitschultrig. Seine Uniform saß wie angegossen. Sein Gesicht und die Haut seiner Hände waren noch blaß. Petrie vermutete daher, daß er erst in den letzten Tagen auf der Insel eingetroffen war. Wahrscheinlich war er bisher nördlich der Alpen im Einsatz gewesen.

Offensichtlich war der Mann auch ein ausgefuchster Taktiker. Er hatte kaum den Wagen verlassen, als der Fahrer, ebenfalls ein SS-Soldat, ausstieg, seine Maschinenpistole im Anschlag. Die Waffe war das gleiche Modell wie Angelos Maschinenpistole im Graben. Wie zufällig lehnte sich der Soldat gegen den Kotflügel des Volkswagens. Die Mündung seiner Waffe zielte auf die Rücken der im Fond des Mercedes sitzenden Männer.

Der Offizier hatte die Klappe seiner Pistolentasche geöffnet, seine rechte Hand hielt er dicht daneben in das Koppel gehakt.

»Wie heißen Sie?« rief er auf italienisch zu Angelo hinüber.

»Wen interessiert das?« fragte der Italiener zurück.

Der Deutsche starrte Angelo verblüfft an, dann zog er aus der Hosentasche ein Päckchen Zigaretten hervor, steckte sich eine zwischen die schmalen Lippen und schob die Packung in die Tasche zurück. Als die Hand wieder hochkam, hielt sie die Pistole, deren Mündung auf einen Punkt zwischen den beiden Männern deutete. Ein paar heftige Fingerbewegungen, und wir wären jetzt beide tot, dachte Petrie wütend. Das Täuschungsmanöver ließ auf einen Experten schließen, war so gekonnt und blitzschnell durchgeführt worden, wie Petrie es noch nie erlebt hatte.

»Leutnant Hauptmann von der Wehrmacht wüßte ihn gern«, entgegnete der SS-Offizier sanft. »Und Sie haben genau zehn Sekunden Zeit, meine Frage zu beantworten.«

»Ich heiße Angelo Gambari. Man merkt, daß Sie noch fremd sind auf Sizilien ...«

»Ist das Ihr Wagen?« unterbrach ihn der Deutsche grob.

Angelo hatte sich wieder in seine Karte vertieft, hob erst nach einer Weile langsam den Kopf und tat erstaunt, als wundere er sich, daß der Offizier immer noch da war. Dabei schaute er den Deutschen so unfreundlich an, daß dieser die Pistole eine Spur herumschwenkte und auf Gambaris Brust zielte. Um Gottes willen, Angelo, dachte Petrie, sei bloß vorsichtig. Vielleicht kam dieser junge Bursche geradewegs aus Rußland, wo die Deutschen zuerst schossen und dann nach dem Namen fragten. Angelos Antwort konnte ihn kaum beruhigen.

»Warum?« fragte der Italiener gedehnt.

Hauptmann schien sich nur schwer beherrschen zu können. Er warf einen Blick über die Schulter zum Mercedes. Johnson hatte den Kopf gedreht und beobachtete ihn durch die Rückscheibe. Von Scelba war nur der Nacken zu sehen.

Der Deutsche schaute wieder zu Angelo hinüber.

»Ich hatte Sie etwas gefragt!«

»Ich Sie auch!«

Angelo stand lässig mit der aufgeschlagenen Karte da und starrte Hauptmann an, als habe er bei einer Gerichtsverhandlung einen Zeugen der Gegenpartei im Kreuzverhör. Seine Überlegenheit und sein beinahe arrogantes Selbstvertrauen verschlugen Petrie fast den Atem. Die Spannung steigerte sich ins Unerträgliche. Der Deutsche betrachtete abschätzend sein Gegenüber, der fast zwanzig Zentimeter kleiner war als er. Petrie ahnte, daß ihr Leben nur noch an einem seidenen Faden hing, daß der Finger am Abzug schon gespannt war. Was zur Hölle bezweckte Angelo eigentlich mit seinem Spielchen?

»Es ist ein deutscher Wagen«, sagte Hauptmann lauernd.

»Gut beobachtet!«

Ohne Vorwarnung war der Italiener in die deutsche Sprache übergewechselt, die er anscheinend fließend beherrschte. Sein Ton klang aufreizend. Hauptmanns glattes Gesicht zeigte Verblüffung und den Schatten eines Zweifels.

»Sie sprechen Deutsch?« fragte er scharf.

»Sie haben eine schnelle Auffassungsgabe«, lobte Angelo und fuhr in der Muttersprache des Offiziers fort: »Vielleicht haben Sie auch außerdem schon festgestellt, daß der Wagen ein italienisches Kennzeichen trägt.«

Angelo ließ seine Karte fallen. Sie landete genau auf der Maschinenpistole im Graben. Er bückte sich, als wolle er sie aufheben, ließ sie aber dann doch liegen. Petrie war klar, daß sich der Italiener, wenn er sich das nächste Mal bückte, mit der Waffe in der Hand aufrichten würde. Was ihnen nichts mehr nutzte, denn Hauptmann hätte sie beide schon erschossen, ehe Angelo überhaupt die Pistole in Anschlag brachte. Und sein Fahrer würde nicht zögern, Johnson und Scelba noch im Wagen zu erledigen.

Angelo hatte über sechs Monate als Spion hinter den feindlichen Linien überlebt, doch jetzt schienen seine Nerven in einem solch zerrüttetem Zustand, daß er selbstmörderische Risiken einging. Der Italiener hatte den Bogen zweifellos überspannt.

»Was ist mit den Nummernschildern?« wollte Hauptmann wissen.

»Es mag spaßig klingen«, fuhr Angelo in Deutsch fort, »aber manchmal überwinden wir Italiener tatsächlich unseren Nationalstolz und kaufen ausländische Wagen. Sie sollten froh darüber sein, denn als ich den Wagen kaufte, brauchte Deutschland dringend Geld.«

Hauptmanns blasses Gesicht wurde eine Spur dunkler, als er auf Angelo und Petrie zuging. Wenn er noch näher kam, mußte er die Maschinenpistole entdecken, die von der Karte nur zur Hälfte verdeckt wurde. Angelo machte eine rasche Kopfbewegung und schaute zu seinem Wagen hinüber. Der SS-Offizier fuhr herum und folgte seinem Blick. Die beiden Insassen saßen immer noch regungslos im Fond.

»Was gibt's da zu sehen?« schnappte der Deutsche.

»Eine Eidechse«, erklärte Angelo unschuldig. »Eine Seltenheit hierzulande. Sie lief unter den Wagen. Was sagten Sie eben?«

Die kurze Ablenkung tat ihre Wirkung. Der Deutsche war stehengeblieben und musterte Petrie lange, ehe er sich wieder Angelo zuwandte.

»Ich möchte Sie nur daran erinnern, daß Krieg ist. Sizilien ist einer der Hauptschauplätze. Hier in der Gegend sind zwei englische Agenten abgesetzt worden. Wo sind die Wagenpapiere?«

»Im Handschuhfach des Mercedes.«

Hauptmann wollte seinem Fahrer gerade über die Schulter einen Befehl zurufen, doch Angelo unterbrach ihn.

»Einen Augenblick! Um Ihnen zu beweisen, daß ich der Besitzer bin, könnte ich selbst die Papiere holen. Doch warum sollte ich das? Sie überschreiten eindeutig Ihre Befugnisse. Weiterhin...«

»Meine Befugnisse!«

Hauptmann konnte seinen Zorn nicht länger verbergen. Die Situation wurde kritisch. Petrie war auf der Hut, verstohlen tastete er nach der Mauser unter seiner Jacke. Er registrierte die kleinsten Einzelheiten: das Beben von Hauptmanns Nasenflügeln, die angespannte Haltung seines Fahrers, der seine Waffe fester packte, den roten Punkt auf Hauptmanns Kragen, der von Rotwein oder von Blut herrühren mochte.

»Hol die beiden da aus dem Wagen«, rief der Deutsche seinem Fahrer zu. »Sie sollen sich lang auf den Boden legen. Dann durchsuchst du den Wagen!«

Petrie überlegte, ob er schnell genug die Mauser aus dem

Holster ziehen konnte, um den Offizier zu erschießen. Doch Hauptmann hielt sie mit seiner Pistole in Schach, während der Fahrer auf den Mercedes zuging und den Insassen auf deutsch etwas sagte. Gleich mußte er den Sack mit dem Sprengstoff finden, den Ed auf dem Boden zwischen den Sitzen verstaut hatte.

Angelo hob bedauernd die Hände:

»Keiner dieser beiden Männer versteht auch nur ein Wort Deutsch – und sollte Ihr Fahrer einen von ihnen behelligen, werde ich den Vorfall General Guzzoni melden.«

»Hans, laß sie in Ruhe. Sie verstehen kein Deutsch.«

»So ist's schon besser.« Angelo nickte zufrieden mit dem Kopf.

»Ich fürchte, man wird Sie innerhalb von vierundzwanzig Stunden wieder an die russische Front schicken, wenn ich über Ihre Eigenmächtigkeit Bericht erstatte.«

»Sie unverschämter Bastard!«

Hauptmann hob die Pistole und zielte genau auf Angelos Herz. Der Italiener breitete zum Zeichen seiner Wehrlosigkeit weit die Arme aus.

»Das war eine Drohung gegen einen Offizier der Wehrmacht. Ist Ihnen das klar?«

»Das war nur eine Warnung. Die Meldung geht über den Schreibtisch von General Hübner.«

»Sie kennen ihn?«

»Sie haben zwar nach meinem Namen gefragt, aber nicht nach meinem Beruf. Ich bin Rechtsanwalt. Ihre eigenen Leute haben schon häufiger meine Dienste in Anspruch genommen. General Hübner ist einer meiner Klienten. Ich habe für ihn einen kleinen Rechtsstreit bezüglich einer Einquartierung erledigt, und seitdem kennen wir uns recht gut.«

Hauptmanns Verhalten änderte sich umgehend, doch konnte man ihm seine Verärgerung und sein Mißtrauen gegenüber Gambari immer noch deutlich anmerken. Er suchte sich ein anderes Ziel – Petrie.

»He du, was hast du da in der Hand?« fuhr er ihn auf italienisch an.

»Nur das!«

Petrie hielt ihm ein Päckchen Zigaretten entgegen und grinste einfältig. »Sie möchten eine Zigarette, Signore?«

Zwei italienische Wagen näherten sich, fuhren aber mit unverminderter Geschwindigkeit an ihnen vorbei.

»Pietro! Der Herr Offizier raucht keine Zigaretten aus Stroh. Halt deinen Mund und misch dich nicht in unser Gespräch.«

Angelo wählte seine Worte so, als spräche er mit einem Idioten ...

»Warum fährt ein Mann Ihres Standes mit Bauern durch die Gegend?« fragte Hauptmann. Sein Mißtrauen hatte sich verstärkt.

»Ich brauche Arbeiter, die meine Büros in Messina wieder instandsetzen. Die Engländer haben ein paar Bomben darauf abgeladen.« Angelos Stimme klang aufgebracht.

»Und jetzt kommen Sie daher, haben keinerlei Vorstellung über die Zustände hier, schwingen aber große Reden und machen alles noch schwieriger. Die Bombenangriffe der Alliierten haben halb Messina in Schutt und Asche gelegt, und seitdem sind Arbeiter dort Mangelware. Wir müssen sie uns schon vom Land holen und ihnen Wahnsinnslöhne zahlen.« Er wurde immer lauter. »Aber Sie wissen natürlich von nichts, weil Sie hier neu sind. Sonst hätten Sie es nicht seltsam gefunden, daß ein Italiener einen deutschen Wagen fährt. Und jetzt will ich Ihnen noch eine strikte Order Ihres Generalstabs in Enna unter die Nase reiben.« Angelo tobte. »Die Wehrmacht ist gehalten, im guten Einvernehmen mit den italienischen Verbündeten zu kooperieren. Im guten Einvernehmen bedeutet meiner Meinung nach aber nicht mit vorgehaltener Pistole.«

Hauptmann ließ die Waffe sinken, steckte sie aber nicht weg. »Mir kam es seltsam vor, daß Sie da so in der prallen Sonne herumstehen. Was tun Sie eigentlich hier?«

»Ich habe mich verfahren und versuche mich zu orientieren. Was meinen Sie, warum zum Teufel ich sonst meine Karte studiere? Hier steht nirgendwo ein Wegweiser.«

»Wohin wollen Sie?«

»Nach Scopana.«

»Dort komme ich gerade her.«

Des Deutschen Haltung war zwar immer noch steif und wachsam, doch weniger aggressiv.

»Es liegt in dieser Richtung. Doch sollten Sie wissen, daß wir befugt sind, jeden zu überprüfen, wenn uns in der Gegend Spione gemeldet worden sind.«

»Das kann man auch auf andere Art«, fauchte Angelo.

Er bückte sich schnell, hob die Karte auf und ging auf den Mercedes zu. Auf italienisch forderte er Petrie auf, sich zu beeilen. Aus den Augenwinkeln beobachtete der Engländer den SS-Offizier. Hauptmann hatte sich nicht von der Stelle gerührt. Dabei hätte er nur zwei, drei Schritte nach vorn tun müssen, um die deutsche Maschinenpistole im Graben zu sehen.

Angelo setzte sich hinters Steuer und winkte Petrie ungeduldig zu. Der Major schob sich auf den Beifahrersitz. Angelo schloß die Tür, zog gleichzeitig einen kleinen Werkzeugkasten unter dem Sitz hervor und hob ihn auf Petries Schoß.

»Vielleicht brauchen wir das noch«, brummte er und wartete ungeduldig, bis ein Lastwagen mit italienischen Soldaten sie in Richtung Puccio passiert hatte. Petrie lüftete den Deckel des Kastens ein wenig – und schloß ihn gleich wieder. In dem Werkzeugkasten lagen drei deutsche Stielhandgranaten.

»Sie warten«, murmelte er nur, als der Italiener den Mercedes in Richtung Scopana wendete. »Der Fahrer ist schon eingestiegen.«

»Ich wünschte, daß sie in den nächsten Abgrund stürzten«, brummte Angelo und erhöhte das Tempo. »Ihr beiden da hinten – nicht umdrehen!«

Petrie warf einen Blick auf seine Uhr. Sie fuhren jetzt durch eine karge Ebene. Es war genau 15.45 Uhr. Nur acht Stunden noch bis Mitternacht, bis zur Stunde Null.

»Fahren Sie schneller«, drängte der Engländer.

Wieder donnerte ein italienischer Lastwagen in Richtung Puccio an ihnen vorbei.

»Auf der Straße ist verdammt viel Verkehr.

»Stimmt, das ist ungewöhnlich. Sonst begegnet man hier selbst jetzt im Krieg meilenweit keinem Fahrzeug. In den beiden Wagen, die an uns vorbeifuhren, als wir mit Hauptmann dort standen, saßen Offiziere. Da ist irgend etwas im Gange.«

»Hinter uns auch«, warnte sie Johnson vom Rücksitz: »Unsere Freunde folgen uns.«

Petrie fuhr herum und sah in einiger Entfernung hinter ihnen einen Volkswagen. Er schützte mit seiner Hand die Augen gegen das grelle Licht, konnte aber die Insassen nicht erkennen.

»Bist du sicher, daß es Hauptmann ist?«

»Hundertprozentig. Ich sah, wie sie auf der Straße wendeten. Sie fahren uns nach!«

Sie waren etwa vierzehn Kilometer von der Abzweigung nach Cefalù in östlicher Richtung gefahren. Rechts und links dehnte sich die völlig unbewohnte Ebene zu beiden Seiten der endlosen Straße wie ein sandiges, ockerfarbenes Meer.

»Wir nennen die Landschaft hier die Staubschüssel«, klärte Angelo sie auf und warf einen Blick in den Rückspiegel.

»Früher gab es hier mal Höfe und Felder. Doch die Sizilianer sind schlechte Bauern – sie pflanzen keine Bäume. Den Rest erledigt die Sonne. Da draußen, wo die Knochen von verendeten Mulis in der Sonne bleichen, hat sich die Natur selbst beerdigt. – Sie folgen uns immer noch. Ich beginne mich ernsthaft zu fragen, was Hauptmann vorhat.«

»Ihr Auftreten hat ihn verunsichert«, vermutete Petrie. »Doch er ist ein intelligenter Bursche – und ganz besonders vorsichtig, weil er neu hier ist. Meiner Ansicht nach wartet er nur darauf, bis wir einem Wehrmachtskonvoi begegnen, um einen neuen Versuch zu starten. Oder er folgt uns, um zu sehen, wohin wir ihn führen.«

»Beides wäre gleich schlimm«, bemerkte Angelo nachdenklich.

Wieder stob ein italienischer Laster an ihnen vorbei. »Mein Gott, ist das heute ein Verkehr hier!«

Die Straße vor ihnen war leer.

»Will er sich denn tatsächlich bis Scopana an unsere Hinterreifen klemmen?«

»Von da kam er jedenfalls. Ich glaube, in dem Dorf liegt seine Einheit. Dort kann er sich auch bei seinen Vorgesetzten die nötige Rückendeckung holen.«

»Wir verlangsamen die Fahrt, lassen sie näher herankommen und erschießen sie«, schlug Scelba vor.

»Das dürfte nicht funktionieren«, sagte Petrie. »Dafür ist er zu schlau. Außerdem müssen wir Messina erreichen, ohne einen Großalarm auszulösen.«

»Wir töten sie und lassen sie einfach liegen«, beharrte Scelba.

»Was, hier im freien Gelände? Damit der Fahrer des nächsten Armeewagens sie findet und Alarm schlägt? Nein, hier ist einfach zuviel Verkehr.«

»In Scopana kann Hauptmann uns erledigen«, sagte Angelo. »Da hat er genügend Leute.«

»Ich weiß.«

Petrie deutete mit der Hand aus dem Fenster in die Einöde. »Bleibt die Gegend noch lange so?«

Nicht einmal einen toten Hund konnte man hier verstecken viel weniger die Leichen von zwei ausgewachsenen Männern. In gleichmäßigem Abstand folgte ihnen der Volkswagen.

»Ja, noch kilometerweit.«

»Fahren Sie mal etwas langsamer, Angelo. Vielleicht wollen sie nur nach Scopana zurück und fahren vorbei.«

»Wollen wir wetten?« fragte Johnson.

Die Hitze im Wagen war unerträglich, doch verschwendete keiner der Insassen auch nur einen Gedanken daran, als Angelo das Tempo drosselte und Petrie sich umdrehte, um zu sehen, was die Verfolger taten. Der Volkswagen kam rasch näher, und Petrie überlegte, ob er vielleicht doch einen Fehler begangen hatte. Würden die SS-Männer nur überholen und sie dann wieder anhalten? Er warf einen Blick durch die Windschutzscheibe. Die Straße vor ihnen war immer noch leer. Der Volkswagen verringerte seine Geschwindigkeit und fuhr im gleichen Tempo hinter dem Mercedes her. »Unsere Freunde wollen uns anscheinend noch ein Stück begleiten. Sie können wieder aufdrehen, Angelo«, sagte Petrie rauh.

»Wir sitzen also in der Falle«, bemerkte der Italiener. »Wir können sie nicht beseitigen, weil es hier kein Versteck für ihre Leichen gibt. Sie auf der Straße zu erledigen, ist wegen des Verkehrs zu gefährlich. Fahren wir aber weiter, werden wir bald noch mehr Deutschen begegnen, und dann schlägt Herr Hauptmann zu.«

»Ja, wir sitzen in der Falle«, pflichtete Petrie bei. »Wir sollten uns etwas einfallen lassen.«

Angelo erhöhte die Geschwindigkeit.

»Dabei ist das Problem verdammt einfach. Wir müssen die beiden hinter uns still und unauffällig töten und dann die Leichen und den Wagen so verstecken, daß man sie mindestens acht Stunden lang nicht findet. Sie müssen sich in Luft auflösen. Hat jemand eine Idee?«

Das Schweigen im Wagen war fast spürbar, während sie weiter durch die weite Öde auf Scopana zurollten, wo sich die SS-Leute hinter ihnen Verstärkung holen konnten. Der Volkswagen folgte ihnen im gleichbleibenden Abstand. Hin und wieder begegneten sie italienischen Lastwagen, die in entgegengesetzter Richtung fuhren und die Männer im Mercedes davon abhielten, sich hier auf der Straße ihrer Verfolger zu entledigen. Mit jeder Umdrehung der schnell rotierenden Räder schrumpfte die Entfernung nach Scopana.

»Da gibt es ein verlassenes Gehöft etwas abseits von der Straße«, meldete sich Scelba wenig später zu Wort. »Es liegt von der Straße weit genug entfernt, um unser kleines Geschäft unbemerkt erledigen zu können.«

»Und dort wohnt wirklich niemand mehr?« fragte Petrie.

»Es liegt mitten in dieser Einöde. Seit Generationen steht es leer. Die Gebäude sind verfallen. Dort kommt kaum jemand hin.«

»Wie weit ist es von der Straße entfernt?«

»Einen Kilometer.«

»Und die Zufahrtsstraße – wohin geht die?«

»Sie geht nur bis zu dem Gehöft und endet dort.«

»Sie meinen, es gibt keinen anderen Weg zurück?« fragte Angelo. »Eine Sackgasse in der Wildnis also?«

»Ja. Und buchstäblich auch eine Sackgasse für unsere beiden Freunde da – sollten sie uns folgen.«

Angelo konnte sich für diesen Plan nicht erwärmen.

»Das ist zu gefährlich. Wenn die beiden SS-Leute einfach auf der Straße warten, bis deutsche Soldaten vorbeikommen, sitzen wir in der Patsche.«

»Der SS-Offizier ist noch neu auf der Insel«, erklärte Scelba geduldig. »Er dürfte die Gegend hier kaum kennen. Sie selbst sind schon länger auf Sizilien und wußten auch nichts von der Existenz dieses Hofes.«

»Mir gefällt die Sache trotzdem nicht.«

Angelo versuchte nicht, seine Abneigung gegen den Capo zu verbergen. »Das Risiko ist viel zu groß...«

»Schluß jetzt! Wir haben den Auftrag, die Deutschen zu bekämpfen. Also hört mit den Kindereien auf. Wie weit ist es noch bis zu dieser Nebenstraße, Scelba?«

»Sie müßte gleich kommen. In etwa fünf Minuten.«

»Und wo verstecken wir den Volkswagen, wenn der Hof

wirklich verlassen ist? Er darf auf keinen Fall vor Ablauf von acht Stunden gefunden werden.«

»Der Hof hat auch eine alte Scheune. Dort könnten wir den Volkswagen unterstellen.«

Johnson drehte sich um. Die Verfolger waren etwa zweihundert Meter hinter ihnen.

»Ich hoffe, die beiden sind nicht auf einer regulären Streifenfahrt«, brummte er.

»Und wenn doch?«

»Dann erwartet man sie um eine bestimmte Zeit am Standort zurück. Sind sie überfällig, wird man Suchkommandos losschicken. Und sehr viele Stellen, wo man suchen könnte, gibt es hier nicht.«

»Ed hat recht«, sagte Petrie. »Kann man den Hof von der Straße aus sehen?«

»Ja. Im weiten Umkreis ist das Land hier völlig eben. Der Hof liegt nur einen Kilometer von der Straße entfernt.«

»Und wäre somit der erste Ort, wo man suchen würde«, ergänzte Johnson Scelbas Antwort trocken. »Ich stimme mit Angelo – die Sache ist verdammt gefährlich.«

»Wir stimmen aber nicht ab, denn hier gibt's nichts zu wählen«, wies Petrie ihn zurecht. »Wir kämpfen zwar für die Demokratie, doch bei diesem Unternehmen treffe ich die Entscheidungen. Sagen Sie mir rechtzeitig vor der Abbiegung Bescheid, Scelba.«

»Sie werden selbst den Hof früh genug sehen können.«

Bleiben also gerade drei Minuten, dachte Petrie. Drei Minuten, um eine Entscheidung zu treffen, die sich in jeder Hinsicht fatal auswirken konnte. Es würde eine Todesfalle für sie sein, wenn die SS-Leute tatsächlich auf der Straße warteten, bis ein Lastwagen mit Soldaten vorbeikam. Doch auch Scelbas Plan hatte etwas für sich. Woher sollte Hauptmann wissen, daß zum Hof nur eine Stichstraße führte? Es sei denn, er besaß eine genaue Karte von der Gegend. Petrie zog seine Karte hervor und studierte sie eingehend. Dann reichte er sie Scelba über die Schulter nach hinten.

»Hier ist kein Weg, kein Hof eingetragen. Schauen Sie nochmals genau nach!«

Wenig später bestätigte Scelba Petries Worte.

»Das ist kaum verwunderlich«, sagte er. »Die Farm ist seit über dreißig Jahren verlassen. Sie können sie dort drüben schon sehen.«

Im Süden zeigte sich eine verschwommene Silhouette, die inmitten der braunen Öde ebensogut ein Steinhaufen wie ein Haus sein konnte, verwittert und verfallen wie ein altersschwaches Mausoleum. Durch den Hitzedunst spähte Petrie hinüber, suchte nach einem Anzeichen von Leben. Angelo verlangsamte die Fahrt und hielt nach der Einmündung der Stichstraße Ausschau. Offensichtlich wartete er auf Petries Entscheidung. Bogen sie ab, würde Hauptmann sofort wissen, daß da etwas nicht stimmte. Sein Verdacht hätte sich bestätigt, denn in dieser Richtung kamen sie nicht nach Scopana, das Angelo als Ziel angegeben hatte.

Wie würde der SS-Mann reagieren? Würde er auf der Straße warten oder ihnen in der Gewißheit folgen, daß sich sein Verdacht bestätigt hatte?

Petrie wußte keine Antwort auf diese Fragen. Und zwei der vier Männer im Wagen waren davon überzeugt, daß er einen fatalen Fehler beging, wenn er von der Hauptstraße abbog. Petrie war sich immer noch unschlüssig, als in der Ferne wieder ein Lastwagen auftauchte. Wenn das ein deutsches Fahrzeug war …

»Da vorn ist die Abzweigung«, brummte Angelo. »Soll ich abbiegen oder geradeaus weiterfahren?«

»Fahren Sie langsamer. Ich möchte sehen, ob das da vorn ein deutsches Fahrzeug ist.«

»Die Farm ist zu gut einzusehen«, sagte Johnson.

Angelos Worte klangen fast flehend. »Wenn wir jetzt abbiegen, kommen wir nie nach Messina.«

Scelba schwieg und schaute zum Hof hinüber. Der Lastwagen rumpelte auf sie zu. Der Volkswagen hatte ebenfalls die Fahrt verlangsamt, wie Johnson von hinten meldete. Sie hatten fast die Einmündung der Seitenstraße erreicht. Der Staub begrub sie beinahe unter sich. Der Lastwagen donnerte an ihnen vorbei. Es waren Italiener.

»Abbiegen«, rief Petrie. »Wir versuchen es!«

»Hauptmann hat an der Abzweigung angehalten«, rief Johnson erregt. »Er fährt nicht hinter uns her.«

Angelos Lippen wurden schmal. Er warf Petrie einen langen Blick zu. Der Engländer schwieg. Sie fuhren durch die Staubschüssel – und bekamen auch die Auswirkungen zu spüren. Die Räder des Mercedes wirbelten eine meterhohe Staubwolke auf, ein dichter Film legte sich über Motorhaube und Windschutzscheibe und verdunkelte die Nachmittagssonne. Der Wagen holperte über die mit Schlaglöchern übersäte Straße und schaukelte so wild, daß Angelo den Motor abwürgte. Während er den Anlasser betätigte, warf Petrie einen Blick zurück – und sah nichts als Staub. Der Motor sprang wieder an. Wenig später beschrieb die Straße einen Bogen, und an der Staubwolke vorbei konnte Petrie die Hauptstraße einsehen. Hauptmann bog gerade auf den Seitenweg ab. Eine Staubwolke verschluckte den Volkswagen.

»Es hat geklappt«, rief Petrie erleichtert. »Sie folgen uns. Wir müssen uns schnell überlegen, wie wir vorgehen sollen. Es darf auf keinen Fall geschossen werden, man könnte die Schüsse auf der Straße hören. Wir dürfen nur die Messer und unsere Hände benutzen. Gebt acht, daß keiner verletzt wird.«

»Außer den Krauts!« unterbrach ihn Johnson.

»Halt's Maul, Ed, und hör mir zu. Wir müssen diesen Job hier lautlos erledigen. Keiner von euch sollte dabei ein unnötiges Risiko eingehen. Ich mag keine Helden auf unserem Ausflug. Also denkt daran – der Fahrer hat eine Maschinenpistole, und Hauptmann ist verdammt flink mit seiner Waffe.

Ich möchte sie nach Möglichkeit einzeln erledigen. Jeweils zwei von uns übernehmen einen von ihnen.«

»Das dürfte schwierig werden«, wandte Scelba ein. »Die Farm ist ziemlich klein.«

»Die ganze Operation ist verdammt schwierig. Das solltet ihr euch stets vor Augen halten. Also los. Ich will rechtzeitig vor ihnen auf dem Hof sein.«

Der Mercedes rumpelte durch die Schlaglöcher vorwärts. Wenig später konnte Petrie durch den Staub schon die Gebäude ausmachen. Der Dachstock des Hauses war zur Hälfte eingestürzt und verlieh dem Gebäude das Aussehen eines Kadavers, dem Geier säuberlich das Fleisch von den Knochen gerissen hatten.

Eine hohe Mauer aus aufgeschichteten Felsen umgab das ganze Anwesen. Darüber ragte das unbeschädigte Dach einer langgestreckten Scheune auf.

Johnson zog ein Messer hervor, Scelba warf einen kalten Zigarrenstummel aus dem Fenster. Niemand sprach ein Wort.

Sie fuhren durch eine Einfahrt auf den weiten Hof und hielten vor dem Wohnhaus. Die Mitte des Hofes markierte ein rechteckiger Brunnen. Die Gebäude waren zu Ruinen verfallen. Die Außenwand der Scheune war zur Hälfte eingestürzt und gab den Blick auf die Staubschüssel frei. Sie eignete sich kaum als Versteck für den Mercedes.

»Fahren Sie den Wagen hinter das Haus, damit man ihn nicht gleich sieht«, wandte sich Petrie an Angelo.

Der Italiener fuhr an der zerstörten Scheune vorbei um das Farmhaus herum, dessen Wände noch standen.

»Dies ist nicht der richtige Ort für unser Vorhaben«, begann er.

Petrie unterbrach ihn. »Uns bleibt jetzt keine andere Wahl mehr. Stellen Sie den Motor ab, vergessen Sie nicht, die Schlüssel mitzunehmen. Nun kommen Sie schon! Ed, versteck dich mit Scelba in der Scheune.«

Petrie lief um das Haus herum zur Vorderseite und ließ seine Blicke suchend über den Hof schweifen. Außer einem Mauerstreifen gab es nirgends ein Versteck, und dort würde Hauptmann zuerst nachschauen. Während Angelo ihm folgte, kam Scelba aus der Scheune gelaufen.

»Der Brunnen ...«, rief der Capo.

»Zum Teufel, Sie sollen in der Scheune bleiben!« fauchte Petrie.

Der Sizilianer verschwand. Petrie lief zu dem Brunnen und leuchtete kurz mit der Taschenlampe hinein. Der Brunnen bestand aus einem gut zwanzig Meter tiefen ausgemauerten zylindrischen Schacht. Kein Lichtreflex schimmerte von unten herauf. Der Brunnen war so trocken wie ein verdörrter Knochen und kam als Versteck nicht in Frage, weil er keine Mauervorsprünge besaß, unter denen sich jemand verbergen konnte. Das Motorgeräusch des Volkswagens näherte sich – ein Umstand, für den Petrie Gott dankte. Hauptmann folgte ihnen immer noch.

»Das Farmhaus, Angelo ...«

Es war der einzige Ort, wo sie sich verstecken konnten. Petrie rannte hinüber. Die Haustür war verschlossen, doch als Petrie dagegenstieß, löste sie sich aus ihren verrosteten Angeln und krachte auf die Steinfliesen des Fußbodens. Petrie ließ seine Taschenlampe aufflammen. Draußen hörte er den Volkswagen an der Mauer entlangkeuchen.

Die Luft im Haus roch dumpf und abgestanden, es roch nach Verfall. Die Möbel waren alle verschwunden, ebenso die Türen. Das Haus war leer, nur noch eine tote Hülle. In einem der Hinterzimmer fand Petrie das Skelett eines großen Vogels – und eine Hintertür, die noch intakt war. Er öffnete sie. Draußen stand der Mercedes verlassen im Sonnenschein. Petrie ließ die Tür weit offen, um den Wagen im Blick behalten zu können. Wenn die Deutschen den Mercedes unbrauchbar machten, waren sie geliefert.

Jetzt konnten sie nur noch warten, warten und darauf zählen, daß sich die Augen der beiden SS-Leute, sollten sie das Haus betreten, erst an das Halbdunkel gewöhnen mußten.

»Halt an, Hans. Mir gefällt die Sache nicht.«

Der Fahrer hielt den Wagen kurz vor der Maueröffnung an und stellte den Motor ab. Hauptmann steckte den Kopf aus dem Fenster und lauschte. Nichts, kein Motorengeräusch. Sie mußten irgendwo in der Nähe der Farm angehalten haben. Er öffnete leise die Beifahrertür, zog seine Pistole und stieg aus. Durch eine Handbewegung deutete er dem Fahrer an, ebenfalls auf der Beifahrerseite auszusteigen.

Der SS-Offizier ließ seine Blicke über die Mauer wandern. Nirgends eine Bewegung. Der Italiener hatte gelogen, als er als Ziel Scopana genannt hatte. Statt dessen fuhr er auf irgendwelchen Nebenstrecken in südlicher Richtung statt nach Osten. Oder war diese verlassene Farm hier etwa ein Treffpunkt für Spione?

»Soll ich mal die Mauer entlangschleichen?« fragte Hans und packte seine Maschinenpistole fester.

»Bist du wahnsinnig? Wir bleiben zusammen. Halte dich etwa fünf Schritte seitlich von mir. Wir gehen bis zur Mauer vor.«

Sie gingen geduckt auf die Hofeinfahrt zu. Hauptmann war mißtrauisch. Die Mauer eignete sich bestens für einen Hinterhalt. Er hob einen Stein und schleuderte ihn in hohem Bogen in den Innenhof. Der Stein prallte genau in dem Moment gegen den Brunnen, als der Deutsche um die Mauer herum in den Hof spähte. Das riesige Loch in der Scheunenwand und der leere Hauseingang gähnten ihm entgegen.

»Hier sind sie nicht«, flüsterte Hans.

Einen Augenblick lang war Hauptmann geneigt, ihm beizupflichten: Die Farm wirkte so verlassen und öde. Hauptmann erkannte, daß die Straße hier endete. Er machte eine Handbewegung. Gemeinsam huschten sie an der Außenmauer entlang. Wenig später fanden sie den verlassenen Mercedes. Hauptmann nickte.

»Als sie merkten, daß wir ihnen folgten, gerieten sie in Panik. Schau mal in der Scheune nach, und komm dann zum Haus hinüber. Sie hocken sicher zitternd vor Furcht in irgendeinem Winkel.«

Hauptmann überzeugte sich davon, daß der Wagen leer war, und betrat durch die offene Hintertür das Haus. Er blieb einen Moment lang stehen, damit sich seine Augen an das Halbdunkel gewöhnen konnten, und durchsuchte dann systematisch die Räume im Erdgeschoß. Sie waren leer. Nur das Skelett des toten Vogels lag auf dem Boden.

Hauptmann war vorsichtig. Er würde warten, bis Hans die Scheune überprüft hatte. Der Fahrer konnte ihm dann Rückendeckung geben.

Der SS-Offizier trat wieder vor das Haus. Ihm kamen Zweifel. Seit ihrer Ankunft hatte sich hier nichts gerührt. Vielleicht war diesen Italienern der Schreck doch tiefer in die Glieder gefahren, als er es für möglich gehalten hatte, und sie versuchten jetzt, zu Fuß in die Wildnis hinter der Farm zu entkommen. Langsam ging er um das Haus herum. Seine Gestalt warf einen langen Schatten in den Staub. Mit gezogener Pistole näherte er sich wieder dem Mercedes. Den Blick hielt er dabei starr auf eines der Fenster im Obergeschoß gerichtet. An der Ecke des Gebäudes fühlte Hauptmann im Rükken plötzlich einen stechenden Schmerz. Petrie sprang ihn von vorne an und schmetterte den Lauf seiner Mauser brutal gegen die rechte Hand des Deutschen. Die Pistole entglitt den tauben Fingern des Offiziers. Doch der SS-Mann war schnell. Er jagte seinem Angreifer die linke Faust ins Gesicht und umklammerte Petrie, der zurücktaumelte, mit seinen langen Armen. Er hatte einen Fuß hinter Petries Ferse gestellt. Petrie stolperte und stürzte zu Boden. Der Deutsche ließ sich mit seinem ganzen Gewicht auf ihn fallen. Zum zweiten Mal traf seine Faust Petries Gesicht. Der Engländer versuchte, seine Benommenheit abzuschütteln, und umklammerte den Hals seines Gegners. Hauptmann rang immer noch mit Petrie, als Angelo sich über ihn beugte, mit seinem Stilett kurz ausholte und es dem Deutschen schräg nach oben bis zum Heft in den Rücken jagte.

Der Körper des Deutschen erschlaffte. Mühsam kroch Petrie unter der Leiche hervor und richtete sich auf. Angelo starrte verwundert auf den toten Deutschen.

»Er hatte doch schon mein Messer im Rücken.«

»Es sind schon Männer mit einem Messer im Rücken noch Hunderte von Metern gelaufen«, sagte Petrie schwer atmend. »Los, schnell zur Scheune!«

Als sie das verlassene Gebäude betraten, lag der Fahrer mit ausgestreckten Armen auf dem Boden. In seinem Nacken steckte ein Messer.

»Wir sind hier oben«, rief Johnson. »Ich wollte mich auf ihn werfen, doch Scelba war schneller.«

Die zwei Männer hockten auf einem Heuboden. Johnson kletterte die Leiter herunter.

»Scelba hat ihn mit einem Wurf erledigt – und das aus einer Entfernung von fast fünf Metern.«

»Er hätte auf den Rücken zielen sollen«, sagte Petrie nur. »Wir hatten eben Glück.«

»Hauptmann ist auch tot. Wir müssen die Leichen verstecken.«

»Der Brunnen! Das wollte ich Ihnen doch vorhin schon sagen«, erklärte Scelba, während er die Leiter herabstieg. »Dort wird sie niemand finden. Ich kümmere mich um die Leichen, während ihr den Wagen versteckt.

»Hier drinnen?« fragte Johnson zweifelnd.

»Nein, ich habe eine bessere Idee«, sagte Petrie. »Die Suchtrupps sollen weder die Leichen noch den Wagen finden. Schnell, Ed, fahr den Volkswagen auf den Hof.«

Scelba kümmerte sich derweil um die Beseitigung der Toten. Er packte die Leichen bei den Beinen und schleifte sie über den Hof zum Brunnenrand. Hans fiel als erster in den zwanzig Meter tiefen Schacht. Mit der Leiche des Offiziers hatte der Capo mehr Schwierigkeiten. Mit seinen breiten Schultern blieb der Körper in der engen Brunnenöffnung stecken. Scelba schob und drückte den verkrümmten Leichnam tiefer, der Schweiß lief ihm in Strömen übers Gesicht. Laut fluchend ging er schließlich zur Mauer hinüber, holte sich einen schweren Felsbrocken, hob ihn hoch über seinen Kopf und schleuderte ihn mit aller Kraft in den Brunnen. Der Brocken traf das Hindernis mit großer Wucht und riß es mit sich in die Tiefe. Scelba schleppte unermüdlich Felsen von der Mauer heran und warf sie hinunter, bis sie den Grund des Schachtes mit den beiden Leichen völlig bedeckten. Wer auch immer jetzt in den Brunnen schaute, er sah nur Steine.

Als der Capo sein grausiges Werk vollendet hatte, war auch der Volkswagen verschwunden. Johnson hatte den Wagen auf den Hof gefahren und ihn gemäß Petries Anweisungen dicht unter der baufälligen Begrenzungsmauer abgestellt. Angelo holte den Wagenheber aus dem Mercedes und benutzte ihn als Brechstange, indem er den Hebearm in eine Spalte am unteren Rand schob und ihn hochdrehte, bis die Mauer einstürzte und mit lautem Krachen den Wagen unter ihren Trümmern begrub. Zehn Minuten lang arbeiteten die drei Männer wie verrückt und schichteten Felsen über die noch sichtbaren Wagenteile, bis das Fahrzeug völlig unter den Trümmern begraben war und alles so aussah, als sei die Mauer im Lauf der Zeit von selbst eingestürzt.

»Wir haben uns zu lange mit der Beseitigung der Spuren aufgehalten« sagte der Italiener, während er sich die schmutzigen Hände mit dem Taschentuch abwischte und ihre Arbeit begutachtete.

»Da irren Sie sich«, erwiderte Petrie. »Bis jetzt sind die beiden Toten und der Wagen die einzigen Beweise für unsere Anwesenheit auf der Insel. Sollte man sie tatsächlich finden, wird ganz Mittelsizilien in Alarmbereitschaft versetzt. Doch glaube ich kaum, daß man sie so schnell finden wird.«

Die Hauptstraße war verlassen, als sie von dem Seitenweg auf sie einbogen. Erst jetzt, während sie wieder in östlicher Richtung rollten, gestattete Petrie sich ein schwaches Gefühl der Erleichterung. Er warf noch einmal einen langen Blick zurück auf die verlassene Farm. Acht Stunden Vorsprung brauchten sie, ehe man die toten Deutschen finden durfte. Doch eher würden acht Jahre vergehen, dachte er, bis jemand das makabre Geheimnis der Staubschüssel lüftete.

Feldmarschall Kesselring kaute schlechtgelaunt auf einer Orangenscheibe herum und schaute durch das offene Fenster auf den vom Sonnenlicht beschienenen Innenhof herab. Den Hörer des Feldtelefons hielt er ans Ohr gepreßt. Die Wolkendecke über Neapel hatte sich aufgelöst, und sicherlich waren die alliierten Aufklärer schon in der Luft. In der Leitung knackte es. Kesselring preßte den Hörer fester ans Ohr. Am anderen Ende meldete sich der Kommandeur des Luftwaffenstützpunktes.

»Sie wollen die genaue Position der 29. Panzerdivision wissen, Herr Feldmarschall?«

»Ja, ich bekomme keine Verbindung zu General Rheinhardt. Konnten Ihre Flieger Kontakt aufnehmen?«

»Jawohl, ungefähr vor einer halben Stunde. Einer meiner Jäger entdeckte die Panzerkolonne südlich von Formio.«

»Soll das heißen, die Wolkendecke hat sich auch bei euch aufgelöst?« fragte Kesselring nervös.

»Nein, der Pilot sah sie nur zufällig durch ein Wolkenloch, das sich sofort wieder schloß. Ich glaube kaum, daß Feindaufklärer die Kolonne entdecken werden.«

»Wie ist die Wettervorhersage für dieses Gebiet?«

»Bis zum Abend dichte Bewölkung. Wünschen Sie benachrichtigt zu werden, wenn wir Rheinhardt nochmals sehen?«

»Ja, Honneger. Halten Sie mich auf dem laufenden. Formio, sagten Sie?«

»Ja, ein kleines Dorf im südlichen Kalabrien.«

»Ich kenne es. Wiedersehen!«

Kesselring hängte ein, trat zum Kartentisch und studierte die Karte. Ja, Formio lag weit unten im Süden, wo er es auch vermutet hatte. Die gesprengte Brücke mußte in Rekordzeit repariert worden sein. Wieder einmal schien Klaus Rheinhardt seinen Ruf als der am schnellsten vorrückende Divisionskommandeur der Wehrmacht bestätigen zu wollen.

Doch diesmal hatte er sich selbst übertroffen. Bei diesem Marschtempo konnte die 29. Panzerdivision die Meerenge gegen zwanzig Uhr erreicht haben. Blieb nur noch die Frage, ob er Klaus sofort nach Einbruch der Dunkelheit nach Messina übersetzen lassen sollte.

In Gedanken versunken, wanderte Kesselring durch den weitläufigen Raum. Er war davon überzeugt, daß das nächste Angriffsziel der Alliierten Sizilien hieß, was immer diese Schlafmützen im Führerhauptquartier in Ostpreußen denken mochten. Am liebsten hätte er sofort Order gegeben, daß die ›Carridi‹ von Messina nach Giovanni, dem Festlandhafen, auslief, um dort auf Rheinhardt zu warten und ihn aufzunehmen. Doch das konnte gefährlich sein. Wenn die Gestapo dahinterkam, was sich dort unten tat, meldete sie es sofort dem Führerhauptquartier. Nein, er würde noch ein paar Stunden warten, bis Rheinhardt fast an die Meerenge vorgerückt war. Bis 19.30 Uhr also.

»Das Zielobjekt wartet immer noch in Messina auf Sie«, beantwortete Angelo Petries Frage. »Mit ganzen viertausend Bruttoregistertonnen. Wie Sie ja wissen, haben Ihre Bomber fünf unserer sechs Eisenbahnfähren versenkt, ehe die Deutschen zur Verteidigung der Meerenge siebenhundert Flak- und Geschützstellen errichteten. Jetzt käme dort nicht einmal ein Vogel mehr unentdeckt hindurch.«

»Aber wir«, behauptete Petrie zuversichtlich. Nach dem nervtötenden Dahinkriechen in Scelbas Fiat und dem Fußmarsch durch die Sonnenglut nach Puccio war es ein gutes Gefühl, auf der gut ausgebauten Straße in rascher Fahrt das Land zu durchqueren. Zwischen Angelo und Scelba herrschte Waffenstillstand. Der Mafia-Boß saß in sich gekehrt auf dem Rücksitz des Mercedes und rauchte seine unvermeidliche Zigarre. Johnson neben ihm war erschöpft in einen Halbschlaf versunken. Der Wagen rollte unablässig weiter ostwärts. Auch die Eintönigkeit der Landschaft und das gleichmäßige Brummen des Motors lullten die Sinne des Amerikaners ein. Doch schon veränderte sich in der Ferne die Szenerie.

Weit vor ihnen ragten die hohen Gipfel des Nebrodi-Gebirges in den Sonnenglast, ihre gezackten Grate schwammen wie Inseln in einer dampfenden See.

»Major Petrie!«

Scelba beugte sich vor. Das Lederpolster unter seinem massigen Körper knarrte. Angelo verzog unmerklich das Gesicht. Johnson, der gerade in den Schlaf hinübergedämmert war, öffnete mühsam die Augen.

»Ich müßte mal dringend telefonieren. Vielleicht könnten wir in Scopana kurz anhalten.«

»Keine Telefonate!« Angelos Stimme klang ruhig. »Wir dürfen bis Messina mit niemandem mehr Kontakt aufnehmen.«

»Und der Sprit?« fragte Johnson. »Mit dem Rest im Tank kommen wir doch nie bis nach Messina.«

»Ich weiß. Nach Major Petries Anruf bin ich sofort losgefahren, ohne zu tanken. Doch das ist kein Problem. Ich weiß, wo ich Benzin herkriege. Wir können in Scopana nachtanken.«

»Dann könnte ich doch in der Zeit meinen Anruf erledigen«, meinte Scelba gleichmütig.

»Ich sagte doch schon – keine Anrufe. Es ist ein offenes

Geheimnis, daß die Carabinieri die Leitungen anzapfen. Der Anruf von Puccio aus war notwendig – und auch der einzige!«

Petrie lauschte dem Wortgefecht der beiden, ohne einzugreifen. Sollten sie doch ruhig etwas Dampf ablassen, solange keiner von beiden zu weit ging. Aber er wußte, daß der Ursprung der gegenseitigen Abneigung tiefer saß. So trugen auch Scelbas weitere Worte gewiß nicht zu einer Entkrampfung der angespannten Situation bei.

»Sie scheinen sich ja recht sicher zu sein, unsere Freunde hier allein in den Hafen von Messina einschleusen zu können«, bemerkte der Capo spitz.

»Alles ist dafür bereit.«

»Sicher auf der Basis, daß nur die Carabinieri die Zugänge zur Anlegestelle der ›Carridi‹ bewachen?«

»Das trifft ja auch zu«, fauchte Angelo. »Die ›Carridi‹ ist ein italienisches Schiff, und die einheimischen Behörden werden den Deutschen nicht gestatten, sich in ihre Aufgabenbereiche einzumischen. Kommandant Baade hat dies einmal versucht und sich dabei eine kalte Dusche geholt.«

»Von Stunde zu Stunde wird die Lage kritischer«, sagte Scelba hartnäckig. »Jeden Moment könnte der Notstand ausgerufen werden. Die Deutschen werden dann sofort die Sicherheitskräfte im Hafen verstärken.«

»Das erfahren wir, sobald wir da sind«, gab Angelo stur zurück. »Und jetzt benutzen Sie Ihren Mund besser zum Rauchen Ihrer Zigarre. Ich möchte mich aufs Fahren konzentrieren.«

»Vielleicht ist es bei unserer Ankunft schon zu spät...«

»Major Petrie!«

Angelo wandte sich auf englisch an den Major, damit der Capo seine Worte nicht verstand.

»Ich glaube, es wäre sehr unklug, diesen Mann telefonieren zu lassen.«

»Vielleicht sollten wir ihn erst einmal fragen, wen er anrufen möchte und weshalb«, schlug der Engländer auf italienisch vor.

»Scelba, was haben Sie vor?«

»Es wird eine gefährliche Sache werden, Sie zu dem Pier zu bringen, an dem die ›Carridi‹ liegt«, begann der Capo wieder, seinen Anteil am Gelingen des ganzen Planes herauszustreichen. »Ihr liegt schon Stunden hinter eurem Zeitplan zurück. Deshalb muß bei eurer Ankunft alles vorbereitet sein, es darf keine weiteren Verzögerungen mehr geben. Ist das soweit alles richtig?«

»Ja«, bestätigte Petrie.

»Also muß ich unbedingt einen meiner Leute anrufen, damit er die nötigen Maßnahmen trifft.«

»Welche Maßnahmen?«

»Es gäbe drei Möglichkeiten, wie man da vorgehen könnte«, erklärte Scelba unbestimmt. »Doch nur meine Leute in Messina kennen die momentane Lage. Sie sollten daher entscheiden können, wie es weitergehen muß.«

»Das ist doch alles Blödsinn!« brummte Angelo aufgebracht, während er das Tempo drosselte, um einen Eselskarren zu überholen.

»Augenblick!« rief Petrie scharf. »Ich werde darüber nachdenken und meine Entscheidung treffen, wenn wir Scopana erreichen. Eines ist richtig, Angelo. In Messina können wir uns nicht den geringsten Schnitzer, nicht mehr den geringsten Zeitverlust leisten.«

Damit ließ er die Sache vorläufig auf sich beruhen. Es lag auf der Hand, daß Scelba bestrebt war, seine Verdienste am Gelingen der Operation zu vergrößern. Doch Petrie konnte, wollte er keine unnötigen Risiken eingehen, auf die Hilfe des Capo nicht verzichten. Andererseits war es ebenso offensichtlich, daß Angelo dem Mafioso von Grund auf mißtraute und ihn am liebsten sofort aus dem Wagen geworfen hätte. Um seinen Ärger loszuwerden, drückte der Italiener den Fuß aufs Gaspedal. Die Tachometernadel stieg zitternd an. Auf dem Rücksitz wunderte sich Johnson, als eine lange Felswand wie ein Schleier an dem Seitenfenster vorbeiflog. Petrie wischte die feuchten Hände an seiner Jacke trocken, was wenig nutzte, wenn Angelo dieses mörderische Tempo beibehielt.

»Dieser Vetter, den Sie vorhin erwähnten, lebt nicht zufällig in Scopana?« wandte er sich an Angelo.

Er wählte seine Worte bewußt vorsichtig, damit Scelba nicht merkte, daß er von einem Mafioso sprach.

»Doch. Von ihm bekomme ich das Benzin. Macht Ihnen das Kopfzerbrechen?«

»Hat Ihr Vetter noch mehr Freunde in Scopana?« fragte Petrie.

»Ja, ein paar.«

Angelo sprach wieder englisch. »Der Ort ist die Mafia-Zentrale für die Provinz. Ist das wichtig?«

»Hoffentlich nicht.«

Es konnte schon wichtig sein. Petrie dachte angestrengt nach, versuchte, den nächsten Gefahrenpunkt schon vorauszuahnen. Es war diese Eigenschaft an Petrie, die Colonel Parridge vor langer Zeit sofort erkannt hatte, eine Eigenart, die ihn aus der Gruppe der anderen Offiziere in der Felucca Boat Squadron hervorhob – die Fähigkeit, aus dem einen Auge die Gegenwart nicht zu verlieren und mit dem anderen schon in die unmittelbare Zukunft zu schauen. Aus dem, was Scelba ihm in Palermo erzählt hatte, schloß der Engländer, daß die Fahndung nach Mitgliedern der Mafia im Untergrund verschärft wurde, und da Scopana als eine der Schaltzentralen der Mafia galt, würden die Carabinieri den Ort ganz besonders scharf beobachten. Trotzdem – sie brauchten Sprit, und den bekamen sie nur in dem Ort. Petrie faltete seine farbige Karte auseinander, breitete sie über seinen Knien aus und studierte sie eine Weile. Dann fragte er Angelo:

»Was ist das für eine Eisenbahnlinie da in den Bergen unterhalb von Scopana?«

»Das ist nur eine eingleisige, selbst für sizilianische Verhältnisse sehr alte Bahn.«

Angelo runzelte die Stirn und starrte durch die Windschutzscheibe auf etwas weit vor ihnen. »Sie geht über Sala bis nach Enna, wo sich das deutsche Hauptquartier befindet. In Sala liegt eine große deutsche Transporteinheit mit einem riesigen Wagenpark. All diese Fakten habe ich nach Tunis gemeldet.«

»Wir haben die Bahn bombardiert?«

»Nein, sie verkehrt noch. Die Deutschen verlegen damit ununterbrochen Truppen von Enna in das Gebiet von Scopana. Auch das habe ich gemeldet, doch anscheinend waren eure Flieger zu beschäftigt. Der Wagen da vor uns ist ein deutscher Kommandowagen.«

»Mit einer Motorrad-Eskorte.«

Mit einem Schlag schien alle Müdigkeit von den Männern im Wagen gewichen. Johnson überprüfte seinen Revolver, Petrie langte nach dem Werkzeugkasten unter seinem Sitz und zog eine Stielhandgranate heraus. Dann reichte er Johnson die Mauser nach hinten.

»Nimm die erst mal, Ed, wenn du aus dem Rückfenster schießen mußt. Zuerst die Männer auf den Motorrädern, dann den Wagenfahrer.«

Er wandte den Kopf, um seinen Worten Nachdruck zu verleihen.

»Doch vergiß nicht – nur im äußersten Notfall schießen! Wir wollen jedes Aufsehen möglichst vermeiden.«

»Verstanden!« Johnson überprüfte auch das Magazin der Mauser. »Vielleicht sollten wir einfach hinter den Deutschen bleiben.«

»Ed, die Zeit wird knapp. Wir müssen so schnell wie möglich vorwärtskommen.«

Petrie schaute wieder nach vorn.

»Okay, Angelo – überholen!«

Sie hatten sich dem Kommandowagen inzwischen auf etwa hundert Meter genähert. Zu beiden Seiten flankierten

Motorradfahrer das Fahrzeug. Der Konvoi beanspruchte die ganze Breite der Straße für sich. Einer der Motorradfahrer hatte anscheinend den schnellen Wagen hinter sich bemerkt, drehte den Kopf und winkte den Mercedes zurück.

»Zum Teufel mit ihm«, rief Petrie. »Die Hupe, Angelo!«

Angelo bremste den Wagen ab und drückte in regelmäßigen Intervallen auf die Hupe. Der Motorradfahrer schaute sich nochmals um, zeigte auf den Kommandowagen und bedeutete ihnen durch heftige Armbewegungen, zurückzubleiben.

»Halten Sie den Daumen drauf, Angelo! Sie müssen uns Platz machen.«

Angelo warf Petrie einen zweifelnden Blick zu, folgte aber seiner Anweisung. Kein Mensch würde in einem Wagen, der mit gehender Hupe einem deutschen Kommandowagen hinterherfuhr, ausgerechnet ein alliiertes Sabotageteam vermuten. Außerdem waren sie verdammt spät dran.

Die Motorradfahrer und der Militärwagen wichen keinen Zentimeter zur Seite, und Angelo hielt den Finger auf der Hupe. So rasten die Fahrzeuge eine ganze Weile hintereinander her. Petrie kniff die Augen zu schmalen Schlitzen zusammen, als der Motorradfahrer auf der linken Seite mit einer Hand seine Pistolentasche öffnete. Doch im nächsten Moment tauchte aus dem Wagenfenster neben ihm eine Hand auf und machte eine kurze Bewegung.

Petrie fragte sich, wer wohl in dem Wagen saß. Der Motorradfahrer erhöhte sein Tempo und gab die linke Straßenhälfte frei. Die Hand aus dem Kommandowagen gab Winkzeichen. Endlich! Sie sollten überholen. Angelo fuhr sich mit dem Handrücken über die Stirn und begann den Überholvorgang. Zentimeter für Zentimeter schob sich der Mercedes neben das Feindfahrzeug.

Was war das? Der Fond war leer, neben dem Fahrer saß ein deutscher Offizier in Uniform, der bei ihrem Anblick salutierte. Angelo erwiderte automatisch den Gruß. Petrie fragte mit verkniffenen Lippen: »Was soll das?«

»Das ist General Ganzl, Chef des deutschen Stabes in Enna. Er ist der Kopf der gesamten Inselverteidigung.«

Petrie berührte den Stiel der Handgranate in seinem Schoß. Nur eine kleine Armbewegung…

»Weiter!« sagte er mit zusammengebissenen Zähnen.

Der Mercedes überholte den Motorradfahrer und zog auf der leeren Straße davon. Im Fond spannte sich Johnsons Hand um den Schaft der Mauser, die Muskeln seines Körpers zitterten vor Anspannung.

»Solch eine Chance bekommen wir nie wieder«, rief er.

Petrie gab keine Antwort. Bei der Erwähnung des Namens Ganzl hatte es auch ihn in den Fingern gejuckt, doch nur für den Bruchteil einer Sekunde. Sie waren nach Sizilien gekommen, um eine Eisenbahnfähre zu versenken, nicht, um einen General zu töten.

»Höflicher Bursche.« Er drehte sich kurz um. Der Kommandowagen verschwand im Dunst hinter ihnen. »Er wußte sicher von dem Befehl aus Enna, die Verbündeten freundlich zu behandeln.«

»Wir sitzen in einem deutschen Wagen«, erinnerte ihn Angelo.

»Mit italienischen Nummernschildern. Und Ganzl ist ein smarter Bursche. Er registriert solche Details.«

Sie fuhren noch eine ganze Weile. Dann zwang eine Armeekolonne sie zum Anhalten. Schon von weitem sahen sie sie über die gesamte Straßenbreite auf sich zurollen, eine endlose Schlange von Panzern, Kanonen und Lastwagen. Nur durch Angelos schnelle Reaktion vermieden sie einen direkten Kontakt. In einer Bodenwelle riß er das Lenkrad herum und rollte von der Straße weg in ein ausgetrocknetes Flußbett. Ein kleiner Hügel schützte sie gegen die Sicht von der Straße. Dort warteten sie eine ganze Weile schweigend in der brütenden Hitze, in der keiner die nötige Energie für ein Gespräch aufbrachte.

Endlich verklangen die Motorengeräusche der Kolonne in

der Ferne. Petrie ging zur Straße hinauf. Sie war leer. Wenig später fuhren sie mit hohem Tempo weiter nach Osten.

Sie näherten sich Scopana. Petrie studierte nachdenklich seine Karte, als Angelo in ein langgestrecktes Tal hinunterfuhr. An beiden Seiten wurde es von steilen Bergen gesäumt, auf deren Wipfeln und Graten kleine Dörfer so dicht am Fels klebten, daß man sich fragen mußte, wie man je dorthin kommen sollte. Petrie hatte keinen Blick für die melancholische Schönheit der Landschaft. »Transportiert diese eingleisige Bahn auch Truppen von Scopana nach Enna?« fragte er.

»Nein, sie fährt leer zurück.«

»Ganz sicher?«

»Ja, man transportiert Truppen nur aus Richtung Enna. Noch vor wenigen Stunden habe ich mit meinem Vetter in Scopana über die Bahn gesprochen.«

Der Mercedes schoß an zwei Ziegenhirten vorbei, die mit ihrer kleinen Herde an der Straße entlangwanderten. Ihnen schien die Hitze nichts auszumachen. Petrie hörte das leise Bimmeln der Glocken an den Hälsen der Tiere.

»Bei der Rückfahrt nach Sala und Enna ist also nur das Zugpersonal an Bord?«

»Nur ein einziger Mann. Der Lokomotivführer. Im Krieg macht er auch gleichzeitig den Heizer.«

Angelo warf seinem Nachbarn einen kurzen Seitenblick zu. »Warum interessiert Sie die Bahn so sehr?«

Petrie überhörte seine Frage. »Wie oft verkehrt der Zug?«

»Einmal in der Stunde. Man hat einen Pendelverkehr eingerichtet, der auch nachts aufrechterhalten wird. Sie haben zwei Züge auf der Strecke. Der Zug von Scopana wartet auf einem Ausweichgleis auf halber Strecke nach Enna, bis der andere durch ist. Warum interessieren sie sich so für die Bahn, wenn wir doch in Scopana tanken und dann bis Messina durchfahren können?«

»Ich denke nur etwas weiter.«

Petrie gab sich zugeknöpft. Wenig später bequemte er sich aber dann doch zu ein paar Einzelheiten.

»Zum ersten könnten sich in Scopana Probleme ergeben, wo doch die Behörden auf der Suche nach Ihren Freunden sind. Und was ist, wenn der Gegner einen Ihrer gefangenen Agenten im Verhör zum Reden bringt, und er verrät Einzelheiten über Sie und diesen Wagen? Halten Sie mal kurz an, Angelo, ich möchte etwas nachprüfen.«

Als der Wagen neben einem verdorrten Baum hielt, deutete Petrie mit dem Finger auf einen Punkt der Karte.

»Mit dem restlichen Sprit kämen wir jedenfalls noch bis dorthin, stimmt's?«

»Sie meinen die Scopana-Blockstelle, den Endpunkt der Bahnlinie. Wir haben doch den Wagen. Ich denke…«

»Beantworten Sie meine Frage, Angelo. Vielleicht können wir tatsächlich mit dem Mercedes weiterfahren. Doch ich habe so ein Gefühl, daß wir bald in Schwierigkeiten geraten.«

»Bis zur Blockstelle reicht der Sprit. Ihnen geht die deutsche Transporteinheit in Sala nicht aus dem Kopf, nicht wahr?«

»So ähnlich.«

Johnson beugte sich vor, um einen Blick auf die Karte zu werfen.

»Du willst tatsächlich ein deutsches Militärfahrzeug klauen?«

»Also gut, Ed.« Petrie drehte sich zu den beiden Männern im Fond um. »Wir liegen verdammt weit hinter unserem Zeitplan zurück, so daß wir sehr wahrscheinlich doch den direkten Weg über die Küstenstraße nehmen müssen. Ich weiß, das ist sehr gefährlich, aber nur so können wir ein wenig Zeit aufholen. Jetzt fahren wir erst mal nach Scopana.«

»In zehn Minuten sind wir dort«, bemerkte Angelo und startete den Motor.

In einem kleinen Dorf mit dem Namen Pollaza hielten sie

kurz an. In einer Bar telefonierte Scelba mit Messina. Angelo trommelte mit seinen Fingern ungeduldig gegen das Lenkrad, während sie auf den Capo warteten.

»Wir verlieren kostbare Zeit«, knurrte er. »Sie hätten mich wenigstens mitschicken sollen, um zu hören, was er alles sagt.«

»Und ihm damit gleichzeitig gezeigt, daß wir ihm nicht trauen.«

»Ich traue ihm auch nicht! Er ist der mächtigste Mafioso auf der Insel.«

»Genau aus diesem Grund habe ich ihn ausgewählt, weil er der einzige ist, der uns weiterhelfen kann«, erklärte Petrie geduldig. »Still, da kommt er!«

Der Capo stieg in den Wagen. Er mied absichtlich Angelos Blick, als er ihnen mitteilte, daß in Messina alles bereit sein würde.

Angelo brummelte vor sich hin, legte den Gang ein und jagte mit aufheulendem Motor aus Pollaza. Wenig später verließen sie das Tal.

Vor ihnen lag Scopana, ein größerer Ort, in halber Höhe an einem Berghang. Sie hatten ihr Ziel fast erreicht, als Petrie sich plötzlich vorbeugte. Angelo ging sofort mit der Geschwindigkeit herab. Seine Hände krampften sich um das Lenkrad.

Das Ende einer langen Carabinieri-Kolonne verschwand gerade auf einer Seitenstraße, die von der Schnellstraße abzweigte. Petrie zögerte keinen Moment.

»Fahren Sie weiter – zur Scopana-Blockstelle!«

9

Freitag, 19.30 Uhr bis 20.30 Uhr

Die Dämmerung senkte sich über die Insel, warmes, purpurdunkles Zwielicht umhüllte die Konturen der Landschaft. Wie ein übergroßer Glühwurm kroch der kleine Zug durch die einsetzende Dämmerung. Die Lokomotive keuchte schwer und stieß dicke, schwarze Rauchwolken in die Luft.

Aus ihrer Deckung hinter einigen Felsen, wo sie den Mercedes versteckt hatten, sahen sie den Zug schon von weitem den Hügel herunterrollen. Das Gleis führte in eine Schlucht, wo es in einem Lokomotiv-Schuppen endete. Der ganze Zug bestand aus zwei kleinen Personenwagen, die die Lokomotive hinter sich herzog, und einer langen offenen Lore davor. Die Personenwagen waren hell erleuchtet – im Krieg eine verdammt gefährliche Nachlässigkeit – und vollgestopft mit Carabinieri. Petrie vermutete, daß auf der offenen Lore noch mehr Männer saßen, konnte das aber im schwindenden Licht nicht genau erkennen.

Die Lokomotive hatte ihre besten Tage schon hinter sich. Sie besaß einen schmalen, hohen Schornstein. Von seinem erhöhten Standpunkt aus konnte Petrie den Schatten des Lokführers vor der Feuerung des Kessels erkennen, als der Zug unter ihnen vorbeirollte und dicht vor dem Schuppen mit kreischenden Rädern und einer beeindruckenden Dampfwolke zum Stehen kam.

Plötzlich versteifte sich die Haltung des Engländers.

»Das erste Problem«, flüsterte er Johnson zu. »Diesmal ist ein Heizer dabei.«

Türen flogen auf, und Männer in Uniform verließen die Waggons, kletterten von der Lore, nahmen ihr Gepäck auf und stellten sich unter den lauten Kommandos ihrer Anführer in Marschformationen auf. Innerhalb weniger Minuten marschierten sie in langen Kolonnen mit umgehängtem Gewehr auf einen Hohlweg zu.

»Die Schlucht führt zu ihrem Feldlager außerhalb von Scopana«, flüsterte Angelo. »Am besten warten wir, bis sie verschwunden sind. Hoffentlich spielt der Lokführer mit.«

»Und der Heizer. Haben Sie den zweiten Mann auf dem Führerstand nicht bemerkt?« fragte Petrie.

Johnson meldete sich zu Wort.

»Wenn die beiden nicht mitspielen, könnte ich dieses kleine Monstrum da unten auch selbst fahren.«

»Soll das ein Witz sein?« Petries Stimme klang scharf.

»Durchaus nicht. Während meiner Tätigkeit bei der Grenzpolizei habe ich manchmal einen meiner Kollegen von der anderen Seite in Mexiko besucht. Sie hatten da einen kleinen Zug, der dicht an der Grenze entlangfuhr. Ich habe ihn manchmal gefahren, wenn wir gemeinsam die Grenzübergänge kontrollierten. Von meinem mexikanischen Freund habe ich gelernt, wie man so ein Feuerroß bedienen muß.« Johnson lächelte in der Dunkelheit. »Doch ein Diplom als perfekter Lokführer habe ich nie erhalten.«

Ungeduldig warteten sie hinter ihrer Deckung darauf, daß die letzten Carabinieri in der Schlucht verschwanden. Es wäre Wahnsinn gewesen, etwas zu unternehmen, ehe die Kolonne außer Hörweite war. Petrie betete, daß das Zugpersonal nicht nach Sala abfuhr, ehe sie sich aus ihrer Deckung herauswagen konnten.

Der Heizer war im Lokschuppen verschwunden, doch der Lokführer stand unter ihnen und wischte sich mit einem Taschentuch den Schweiß von Stirn und Händen. Er hatte keinen Dampf vom Kessel abgelassen, offensichtlich legte er vor der Rückfahrt nur eine kurze Pause ein. Der Glutschein der Feuerung beleuchtete jede seiner Bewegungen. Der Mann stampfte mehrmals heftig mit den Füßen auf, putzte sich die Nase und streckte sich genüßlich.

»Ich steige mal besser hinunter und kaufe ihn mir«, schlug Johnson vor. »Er wird jeden Moment losfahren, das fühle ich.«

»Wir gehen zusammen«, entschied Petrie. »Was auch immer passiert – es darf kein Schuß fallen. An solch einem Abend trägt die Luft den Hall eines Schusses meilenweit.«

»Laßt mich vorgehen«, sagte Angelo. »Ihr tragt Bauernkleidung. Vielleicht mag der Lokführer keine Bauern. Hier ist es ziemlich einsam. In meinem Anzug wirke ich vertrauenerweckender.

Unerwartet meldete sich Scelba zu Wort.

»Ich gehe mit Gambari, denn einer muß den Heizer übernehmen. Ich spreche ihre Sprache.«

Er langte in seine Jackentasche, holte ein Messer in einer Scheide hervor, entfernte den Schutz und ließ die Waffe mit der kurzen Klinge im Ärmel verschwinden.

»In Ordnung, gehen wir«, sagte Angelo knapp.

»Was werden Sie ihm sagen?« fragte Petrie.

»Die Wahrheit – zumindest teilweise. Meistens wirkt sie am überzeugendsten. Ich bin ein Anwalt aus Messina, dem in Scopana der Sprit ausgegangen ist. Deshalb hoffte ich hier einen Zug nach Enna zu kriegen, wo ich einen dringenden Termin wahrnehmen muß. Würden Sie mir Ihren Revolver borgen, Captain Johnson? Er ist kleiner als meine Luger. Ich lasse sie Ihnen da. Vielen Dank!«

»Wir brauchen die beiden noch«, mahnte Petrie. »Also behandelt sie dementsprechend.«

»Wenn es sich machen läßt«, entgegnete Angelo. »Ich hoffe nur, daß kein Soldat etwas im Zug vergessen hat und zurückkommt.«

»Wir geben euch von hier oben Deckung. Viel Glück!«

Der Italiener zuckte die Achseln. »Es sind doch nur zwei Mann.«

Mit Scelba im Schlepptau kletterte er vorsichtig den steilen Abhang hinunter. Dabei achtete er darauf, daß sie ständig in Deckung größerer Felsen blieben.

Unten spazierte der sizilianische Lokführer rauchend am Zug auf und ab. Angelo vermutete, daß er den Heizer rufen und die Rückfahrt nach Sala antreten würde, sobald er seine Zigarette aufgeraucht hatte.

Die beiden ungleichen Männer erreichten den flacheren Teil des Abhanges. In dem unwirklichen Dämmerlicht schienen die Hügel zu leuchten. Sich ständig daran erinnernd, wie weit Geräusche in dieser Abendluft fortgetragen wurden, setzten der Italiener und der Capo behutsam Fuß vor Fuß. Nur das Zirpen von Zikaden durchdrang die laue Nacht.

Als sie das Gleis erreichten, zog Scelba Angelo am Ärmel und flüsterte: »Ich gehe auf der anderen Seite des Zuges entlang zum Lokschuppen und hole mir den Heizer.«

Angelo nickte nur. Der Mafia-Boß verschwand. Jetzt wurde die Sache knifflig.

Dummerweise hatte der Lokführer in den Waggons die Beleuchtung brennen lassen, die die Soldaten eingeschaltet hatten, um sich während der langwierigen Fahrt die Zeit mit Kartenspielen zu vertreiben. Typisch sizilianische Sorglosigkeit, dachte Angelo. Er spürte das beruhigende Gewicht des Glisenti-Revolvers in seiner Tasche. Leise ging er am Gleis entlang. Er hatte den Lokführer fast erreicht, als dieser sich umwandte und ihn entdeckte. Er trat seine Zigarette auf dem Boden aus und setzte den Fuß auf die erste Leitersprosse zum Führerstand. Angelo sprach ihn an. »Einen Augenblick, bitte.«

Der Sizilianer zog mit einer Hand ein schweres Brecheisen vom Führerstand. Vor der Feuerung des Kessels tanzten Funken in der lauen Luft. Angelo blieb wenige Schritte vor dem Mann stehen.

»Das da brauchen Sie nicht«, sagte er rasch. »Ich muß dringend nach Enna. Kann ich mit Ihnen fahren? Ich zahle natürlich das Fahrgeld.«

Das der Lokführer mit Sicherheit in die eigene Tasche stekken würde, dachte der Italiener. Doch der Sizilianer, ein gedrungener Mann mit einem unfreundlichen Gesicht, schüttelte den Kopf und packte die Brechstange fester.

»Dieser Zug darf laut Order des deutschen Hauptquartiers in Enna nur von Militärs benutzt werden. Außerdem fahre ich nur bis Sala.«

»Sala wäre mir auch recht«, sagte Angelo. »Vielleicht nimmt mich von dort ein Wagen mit nach Enna. Es ist wirklich sehr dringend, verstehen Sie? Mein Wagen hat in Scopana den Geist aufgegeben, und man sagte mir, ich solle hier bei Ihnen mein Glück versuchen.

»Da hat man Ihnen was Falsches gesagt.«

»Ein leerer Zug mit einem einzigen Fahrgast. Sicher…« Angelo zog seine Geldbörse aus der linken Tasche.

»Stecken Sie sich Ihr Geld sonstwohin«, brummte der Lokführer unwirsch. »Sie können nicht mitfahren. Der Zug ist nur für Militärtransporte bestimmt. Und jetzt werde ich losfahren.«

Er wandte sich ab, um auf den Führerstand zu klettern, und rief mit lauter Stimme zum Lokschuppen hinüber: »Enrico!«

Es war zwecklos. Der Mann hatte gemerkt, daß Angelo kein Einheimischer war. Viele Sizilianer verabscheuten die Italiener vom Festland. Angelo zog den Revolver aus der Tasche. Der Sizilianer sah aus den Augenwinkeln diese Bewegung, sprang zu Boden und schwang das Brecheisen. Angelo wich zurück, packte den Revolver am Lauf und traf den Sizilianer mit dem Kolben am Kinn. Der Mann ließ das Brecheisen fallen und stürzte rückwärts zu Boden. Dabei schlug er mit dem Hinterkopf hart gegen die Leiter.

Zu spät hörte Angelo das Schleifen von Stiefelsohlen auf Metall. Er sah gerade in dem Moment hoch, als der Heizer auf dem Lokstand gerade die Kohlenschaufel hob, um sie ihm auf den Kopf zu schmettern. Ein schreckliches Gurgeln drang aus dem Mund des Mannes, er schwankte, als sei er nicht sicher, ob er sein Vorhaben ausführen solle oder nicht, dann sank er plötzlich in sich zusammen. Die Schaufel polterte harmlos auf das Gleis. Hinter dem Toten tauchte Scelba auf, kniete nieder und zog mit beiden Händen sein Messer aus dem Rücken des Mannes. Er wischte das Blatt an Enricos Jacke sauber und schob die Waffe wieder in die Scheide.

»Was ist mit dem Lokführer? Lebt er noch?«

Angelo beugte sich über den reglosen Körper neben der Lok, fühlte den Puls und schüttelte den Kopf. Dann erhob er sich und winkte vor dem rötlich glühenden Hintergrund der Feuerung den beiden anderen auf dem Hügel zu. Doch sie waren schon unterwegs.

»Es tut mir sehr leid«, sagte Angelo, gab Johnson den Revolver zurück und nahm die Luger wieder an sich. »Wir haben beide getötet. Sie waren dumm genug, mich anzugreifen.«

»Wir haben es gesehen«, entgegnete Petrie. »Hauptsache, ihr habt keinen Lärm gemacht.«

Er schaute Johnson an.

»Jetzt bist du dran, Ed. Wenigstens steht der Kessel unter Dampf. Also sieh zu, wie du das Monstrum zum Laufen bringst. Scelba, würden Sie bitte zusammen mit Angelo die Leichen in den Schuppen schaffen? Ich werfe mal einen Blick in die Waggons.«

Johnson war schon auf den Führerstand geturnt und betrachtete nachdenklich die Armaturen. Petrie wanderte langsam am Zug entlang. Die zwei Personenwagen waren uralt. Sie besaßen an den Enden Aussichtsplattformen mit Metallgeländern. Petrie kletterte auf die hintere Plattform des zweiten Wagens, stieß die Tür auf und trat ins hellerleuchtete Innere. Er fühlte sich wie auf dem Präsentierteller. Trotzdem widerstand er der Regung, die Beleuchtung auszuschalten. Vielleicht konnten die abmarschierenden Soldaten die Lichter der Waggons noch sehen.

Ein schmaler Mittelgang trennte jeweils zwei Sitze auf beiden Fensterseiten. In der Mitte des ersten Waggons, die für die erste Klasse reserviert war, entdeckte Petrie einen kleinen Waschraum. Als er auf die vordere Aussichtsplattform hinter dem Kohlentender hinaustrat, setzte sich der Zug plötzlich in Bewegung, rollte ein paar Meter vorwärts und kam dann mit einem heftigen Ruck zum Stehen. Petrie wäre beinahe von der Plattform gestürzt.

Das konnte ja heiter werden! Ein vielversprechender Anfang: Ed freundete sich mit der Maschine an. Petrie sprang auf den Bahndamm und ging wortlos am Führerstand vorbei.

»Was zum Teufel hast du denn erwartet? Ich bin schließlich nicht Casey Jones!« rief Ed hinter ihm her.

Die Lore hinter der Lokomotive besaß hohe Seitenwände. Petrie kletterte auf einen Puffer und schaute hinein. Der Boden war bedeckt mit Kohlenstaub. Stellenweise schimmerte ihm etwas Weißes entgegen. Wahrscheinlich Zementstaub, dachte der Engländer. Das erklärte auch, warum einige der Soldaten sich ihre Uniformen abgeklopft hatten, ehe sie sich in die Formation einreihten. Als er wieder zu Boden sprang, eilten Angelo und Scelba vom Lokschuppen herüber.

»Ich hörte doch eben die Lokomotive losfahren!« rief der Italiener aus.

»Stimmt, leider aber in die falsche Richtung.«

Petrie stieg auf den Lokstand, wo Johnson an den Armaturen herumhantierte.

»Ich will mich zwar nicht selbst loben, Jim, aber ich glaube, ich komme mit diesem Ding hier klar. Das hier ist der Regulator und da das Dampfablaß-Ventil. Diese Maschine hier ähnelt in vielem dem mexikanischen Klapperkasten, den ich mal gefahren habe.«

»Stammt vielleicht von der selben Firma – der Museumsstücke AG.«

Mit der Schaufel grub Petrie eine Kuhle in den Kohlenberg, legte den Sack mit dem Sprengstoff hinein und bedeckte ihn mit Kohle. Denn ohne den Sack hätten sie gleich zu Hause bleiben können. Der Werkzeugkasten mit den deutschen Stielhandgranaten stand immer noch neben den Gleisen, wo Johnson ihn abgesetzt hatte. Angelo nahm ihn mit.

Petrie erteilte seine Anweisungen. »Ed, wir fahren jetzt sofort los!«

Er lehnte sich aus dem Führerstand und rief den beiden anderen zu:

»Einsteigen, meine Herren! Der Santa-Fé-Spezial fährt sofort ab. Diesmal könnt ihr nach Belieben wählen – von der ersten bis zur dritten Klasse. Bauern reisen in der Lore hinter der Lok!«

Wie er vermutet hatte, zeigte sich der Mafia-Boß, sich seiner Macht völlig bewußt, keineswegs beleidigt. Doch Angelo zuckte unter seinen Worten zusammen.

»Ich reise nur erster Klasse – als Geschäftsmann!«

Die beiden Männer bestiegen eilig den ersten Wagen vor der Lok. Angelo kam auf die Plattform hinaus.

»Was soll diese verdammte Festbeleuchtung? Für die Jagdflieger sind wir ein gefundenes Fressen. Der Zug ist meilenweit zu sehen.«

»Laßt sie brennen, bis Ed euch mit der Dampfpfeife ein Zeichen gibt. Dann löscht das Licht in jedem Wagen. Die Carabinieri könnten oberhalb des Hohlweges einen Posten aufgestellt haben, der vielleicht Verdacht schöpft, wenn der Zug nicht hell erleuchtet zurückfährt. Alles in Ordnung?«

»Wollen es hoffen.«

Angelo verschwand im Wagen. Die Tür fiel hinter ihm ins Schloß.

Petrie beobachtete Johnson.

»Ich nehme an, du weißt inzwischen, daß wir rückwärts fahren müssen. Schaffst du das?«

Johnson warf ihm einen belustigten Blick zu und betätigte wortlos einige Hebel. Der Zug setzte sich rückwärts in Bewegung, auf Sala zu, rollte etwa hundert Meter und kam dann mit kreischenden Rädern zum Stehen. Petrie wurde gegen die Seitenwand des Führerstandes geschleudert.

Johnson winkte ihm fröhlich zu. »Tut mir leid, mein Freund. Ich habe nur mal die Bremsen getestet.«

Der Zug setzte sich wieder rückwärts in Bewegung, vor der Lokomotive die beiden Reisewagen, dahinter die Lore. Petrie lehnte sich aus dem Führerstand und ließ die warme Nachtluft über sein Gesicht streifen. Hinter sich sah er den großen Lokschuppen, jetzt für kurze Zeit Grabstätte des Zugpersonals, in der Dunkelheit verschwinden. Mit ihm versanken Palermo, Puccio, Scopana und all die Ängste und Gefahren, die hinter ihnen lagen, in der Nacht.

Petrie warf einen Blick auf seine Uhr. Genau 19.30 Uhr. Noch viereinhalb Stunden bis zur Stunde Null. Und sie hatten gerade die Hälfte der Strecke bis nach Messina geschafft.

Um 19.30 Uhr wurde Oberst Ernst-Günther Baade der verschlüsselte Funkspruch von Feldmarschall Kesselring aus dem Hauptquartier in Neapel übergeben. Baade war Kommandeur der gesamten Militärzone an der Straße von Messina. Der hochtrabende Titel besagte eigentlich nur, daß dem Deutschen alle militärischen Anlagen in dieser Region unterstanden – mit Ausnahme des ›Carridi‹-Piers. Und diese Ausnahmeregelung ließ ihn die Stirn runzeln, als er in seinem Büro die Nachricht entschlüsselte und anschließend gedankenverloren durch das breite Fenster auf die Meerenge hinausblickte, über der starke Scheinwerfer den nächtlichen Himmel absuchten.

»›Carridi‹ sofort zum Ablegen klarmachen. Bei Erhalt des nächsten Funkspruches umgehend nach Giovanni auslaufen lassen. Wenn nötig, bei Generalstab in Enna Befehlserlaubnis anfordern. Erbitte Bestätigung nach Eingang des Funkspruchs. Kesselring.«

Die Glut der Feuerung tauchte Petries Rücken in rötliches Licht, als er sich aus dem Führerstand beugte. Vor ihm war nichts als Finsternis, nur die Schatten der erleuchteten Waggons tanzten neben dem Gleis her. Am Himmel glitzerten die ersten Sterne. Bald würde der Mond aufgehen, doch das löste sein Problem auch nicht. War der Schienenstrang vor ihnen durch irgend etwas blockiert oder der Bahndamm durch einen Erdrutsch beschädigt, würden sie dies erst merken, wenn der erste Waggon entgleiste. Es war ein großes Risiko, den Zug blind durch die Nacht zu steuern, ohne die Strecke zu kennen, doch das nahm Petrie gern für das Gefühl in Kauf, mit jeder Radumdrehung dem Ziel im Osten näher zu kommen.

Das Gleis war uneben – oder die Federung der Waggons ausgeschlagen –, jedenfalls schwankte der Zug von einer Seite zur anderen, als Johnson jetzt das Tempo erhöhte. Die Räder hämmerten gegen die Schienen, die Wagenkupplungen ächzten, der hohe Schornstein der Lokomotive stieß dicke schwarze Wolken in die Nacht. Etwa zwei Kilometer vom Schuppen entfernt gab Petrie dem Amerikaner ein Zeichen. Johnson betätigte die Dampfpfeife. Ihr schriller Ton hallte klagend durch das Dunkel. Nach und nach erloschen die tanzenden beleuchteten Rechtecke auf dem Bahndamm, als die beiden ›Fahrgäste‹ in den Waggons das Licht ausschalteten. Nur das orangefarbene Glühen der Feuerung warf seinen Schimmer in die Landschaft und auf Johnsons Gesicht, der sich mit einer Hand auf dem schwankenden Führerstand festhielt und mit der anderen die Hebel und Armaturen bediente.

Die Fahrt in der Lok wurde langsam unbequem. Der Boden vibrierte unter den Füßen, jeder unerwartete Stoß der schwankenden Maschine gegen die Puffer der beiden geschobenen Waggons drohte die Männer von den Beinen zu heben. Mal röstete sie die Gluthitze der Feuerung, mal froren sie im kühlen Fahrtwind.

Johnson deutete auf den Kohlenberg. Das Feuer unterm Kessel brauchte Nahrung. Petrie griff zur Schaufel und begann, mit gespreizten Beinen genau in der Mitte zwischen Feuerung und Tender stehend, den glühenden Schlund mit Bergen von Kohlen zu füttern. Schließlich stoppte ihn Johnson, der nicht wußte, bei welcher Hitze der Kessel bersten konnte. »Wir wollen doch nicht gleich bis Messina durchfahren«, rief er laut.

»Schade, ich würde am liebsten damit gleich an Bord der Fähre dampfen.«

Sie waren eine Zeitlang bergab gerollt. Jetzt stieg das Gelände wieder an, und der Zug wurde langsamer. Sie schoben sich mühsam ins Gebirge hinauf. Zu beiden Seiten rückten steile Abhänge und Felsgipfel näher an den Schienenstrang heran. Die Lokomotive ächzte aus allen Fugen. Inzwischen war der Mond aufgegangen, eine schmale Sichel, die ihren bleichen Schimmer auf schroffe Gipfel, Bergsättel und Grate ergoß. Bis in die Täler und Schluchten reichte das fade Licht nicht. Petrie beugte sich wieder aus dem Führerstand. Hinter der Lore verschwand der Bahnkörper im Dunkeln, vor den beiden Waggons sah er, wie das Gleis einen Felsvorsprung umfuhr. Er zog seinen Kopf zurück und studierte im Schein der Feuerung seine zerknitterte Karte.

»Vor Sala kommt keine Station mehr, und die deutsche Transporteinheit liegt auf dieser Seite der Stadt«, sagte er.

»Wie bequem!«

»Das wurde auch langsam mal Zeit. Doch fürchte ich, sie haben nicht das, was wir brauchen.«

»Trotzdem, wir können doch nicht einfach mit diesem Ungetüm hier weiterfahren, bis wir im deutschen Hauptquartier in Enna landen. Ich dachte, du hättest es auf einen deutschen Lastwagen abgesehen.«

»Ehrlich gesagt wäre mir ein italienischer lieber. Die Italiener sind die Eigentümer dieser Insel, und sie können anhalten, wen sie wollen. Ihre Verbundenheit mit der Wehrmacht ist so groß, daß sie gerne deutsche Lastwagen anhalten und überprüfen, um den Verbündeten zu zeigen, wer hier Herr im Haus ist. Jedenfalls habe ich das gehört. Ihre eigenen Fahrzeuge dagegen kontrollieren sie nur gelegentlich. Ja, ein italienischer wäre besser«, schloß Petrie. »Aber Bettler haben keine Wahl.«

»Genauso sehen wir auch bald aus.«

Johnson drehte sich um und schaute den Berghang empor. »Wir nähern uns einem Tunnel.«

»Wo?«

Petrie steckte die Karte weg und schaute hinaus. Etwa einen halben Kilometer oberhalb der Bahnlinie entdeckte er das dunkle Loch des Tunnels, einen flachen Bogen unter einer fast senkrechten, Hunderte von Metern aufragenden Wand, bis zu deren Fuß das Mondlicht nicht vordrang. Petrie wies Johnson an, mit der Geschwindigkeit herunterzugehen. Johnson protestierte, sie führen ohnehin nur noch mit halber Kraft. Petrie wiederholte seinen Befehl.

»Ich überlege, was uns auf der anderen Seite erwarten mag. Entlang des Bahndammes könnte ohne weiteres eine ganze Division Gebirgsjäger biwakieren.«

Der Zug verlangsamte das Tempo, rückwärts stieß die Lokomotive auf den Tunneleingang zu.

»Halt kurz vorm Tunnelende an. Ich werde dann zu Fuß mal die Lage sondieren.«

Die Steigung verflachte, langsam rollten die Waggons aus dem Mondlicht in den Schatten der hohen Felswand. Vor ihnen ragte drohend der dunkle Tunnelschlund auf. Petrie sah vorne auf der Plattform des ersten Wagens einen Kopf auftauchen, sich in beide Richtungen wenden und wieder verschwinden. Angelo schien sich zu wundern, warum sie so langsam fuhren. Die Lok schnaufte rückwärts in das Loch hinein. Dunkelheit umgab die beiden Männer auf dem Führerstand, sie wurde nur schwach erhellt von der Glut der Feuerung.

»Wir müssen mehr Fahrt haben, wenn wir am anderen Ende herauskommen«, rief Johnson gereizt.

Es war ein langer Tunnel mit vielen Windungen. Das langsame Hämmern der Kolbenstangen dröhnte den Männern in den Ohren, und die niedrige Tunnelwölbung drückte den Dampf in den Führerstand.

»Ich kann den Ausgang sehen!« rief Petrie nach einer Weile. »Fahr weiter, bis ich meine Hand senke.«

Der Zug kam fast ohne Rucken etwa zwanzig Meter vorm Ausgang zum Stehen. Petrie sprang auf den Bahndamm und zog die Mauser aus dem Holster. Auf der der Lok zugewandten Plattform tauchte Angelo auf. Er hielt die Luger schußbereit in der Hand.

»Sie kommen besser mit«, rief Petrie ihm zu.

Sie gingen an den dunklen Waggons vorbei. Von Scelba war nichts zu sehen. Petrie fragte nach dem Mafia-Boß.

»Er sitzt auf der anderen Seite. Wir pokern, und ich glaube, er zinkt gerade die Karten für das nächste Spiel.«

Petrie grinste in das Dunkel. Unter seinen Stiefeln kollerte loses Gestein. Noch vor einer Stunde im Mercedes hätte Angelo den Capo am liebsten erwürgt, doch hatte er schnell begriffen, daß bei ihrer Operation jeder Mann zählte. Besonders ein Mann von Scelbas Kaliber. Sicher mochte es auch ein wenig damit zu tun haben, daß Scelba ihm das Leben gerettet hatte, als die Eisenbahner ihn angriffen.

»Ihr werdet noch dicke Freunde«, scherzte Petrie.

»Mit einem Mafioso – nie! Doch in diesen Zeiten muß man sich manchmal auch solcher Elemente bedienen.«

»Das versuchte ich Ihnen schon die ganze Zeit beizubringen.«

Sie spähten am Tunnelausgang ins Freie und gingen dann noch ein Stück über das Gleis. Nichts deutete darauf hin, daß hier jemals Menschen gelebt hatten. Nur eine schmale Straße, die weiter unten die Bahnlinie kreuzte, ließ vermuten, daß tatsächlich manchmal Menschen durch diese öde Wildnis reisten.

Der Gleiskörper beschrieb dicht hinter dem Tunnel eine

langgezogene Kurve und fiel stetig ab, verschwand hier und da in einer Schlucht, wurde weiter unten wieder sichtbar und überquerte auf einer Bockbrücke einen ausgetrockneten Fluß im Tal. Von hier oben sah die Brücke winzig aus, wie ein Spielzeug, doch hatte sie in Wirklichkeit eine beachtliche Länge. In einem sanft geschwungenen Bogen führte sie das Gleis über das Tal und endete auf der anderen Seite an einem ansteigenden Berghang.

»Wir sollten den anderen Zug nicht vergessen, der uns von Enna entgegenkommt«, erinnerte Petrie den Italiener. »Haben Sie eine Ahnung, wo die Ausweichstelle ist, an der wir ihn abwarten müssen?«

»Mein Vetter sagte, sie sei auf dieser Seite von Sala.« Angel machte ein vage Handbewegung. »Ich habe nicht so genau hingehört, weil es mir nicht wichtig erschien.«

»Jetzt ist es verdammt wichtig, wenn wir einen Zusammenstoß vermeiden wollen«, brummte Petrie. »Hat er sonst noch etwas gesagt?«

»Ja, er erwähnte einen See.« Angelo schabte mit dem Daumennagel über die dunklen Bartstoppeln an seinem Kinn. »Ja, ich erinnere mich. Die Ausweichstelle liegt in der Nähe eines Sees. Es gibt nicht viele Seen auf Sizilien. Wir müßten sie rechtzeitig bemerken.«

»Das sagen Sie! Steigen wir wieder ein. Ed soll das letzte aus dem alten Stahlroß herausholen, damit wir rechtzeitig die Ausweichstelle erreichen.«

Die Erwähnung des anderen Zuges, die Furcht vor einer Kollision wirkte auf Johnson wie eine Ernüchterung – obwohl man die Art, wie er weiterfuhr, keineswegs als nüchtern bezeichnen konnte. Sie verließen den Tunnel in langsamer Fahrt, doch als sie die lange Abfahrt unter die Räder nahmen, begann der Amerikaner wild an den Armaturen herumzuhantieren. Bald donnerte der Zug rumpelnd und von einer Seite auf die andere schaukelnd über das Gleis, die Räder der Wagen ratterten, stießen und sprangen bei der immer schneller werdenden Fahrt. Das Gefälle der Strecke war sehr stark. Petrie vermutete, daß ein echter Lokführer hier besonders vorsichtig fuhr, doch die Zeit arbeitete gegen sie, und sie erreichten das unvermeidliche Stadium einer Operation, das ihm so sehr vertraut war – das Stadium, in dem man bereitwillig immer größere Risiken auf sich nahm.

Petrie ging auf die andere Seite des Führerstandes. Unter sich erhaschte er einen Blick auf die hölzerne Brückenkonstruktion. Sie war viel höher, als er geglaubt hatte. Sekunden später verschwand sie hinter einer Bergflanke. Petrie hangelte sich auf der schwankenden Plattform an die Seite des Amerikaners, um sicher zu sein, daß Johnson ihn auch verstand.

»Ed, wenn wir zur Brücke kommen, mußt du mit dem Tempo herunter. Ich werde dich rechtzeitig warnen.«

Johnson nickte und beobachtete die Kontrollinstrumente, deren Zeiger unsicher auf und ab tanzten. Bei dieser Geschwindigkeit mußten sie von der Brücke stürzen, daran gab's keinen Zweifel.

Der Zug setzte seine stürmische Abfahrt fort, donnerte durch eine tiefe Schlucht, deren hohe Wände das Mondlicht ausschlossen und das Stampfen der Räder als ohrenbetäubendes Echo zurückwarfen. Sekunden später schossen sie wieder in den Mondschein hinaus.

Jetzt war die Brücke deutlich zu sehen, eine riesige Balkenkonstruktion, viel höher und länger als erwartet. Ihre schlanken Stützen reckten sich weit über das trockene Flußbett hinauf, in dem riesige Felsen von der Größe eines Wohnhauses herumlagen.

»Bremsen, Ed!« rief Petrie, so laut er konnte.

Die Brücke kam rasch näher. Sie fuhren immer noch zu schnell, viel zu schnell, als Petrie eine Bewegung am Himmel mehr ahnte als sah. Er riß den Kopf hoch und erkannte die silbrigen Silhouetten im Mondschein.

Einer der Bomber scherte aus der Rotte aus, der Pilot

drückte die Nase nach unten und begann seinen Anflug. Die Maschine wurde sehr rasch größer. Ein amerikanischer B 17-Bomber beim Zielanflug! Sein Ziel war die Bockbrücke. Wieder einmal wurde ihr Unternehmen nicht vom Feind, sondern von den eigenen Luftstreitkräften attackiert. Angelos letzte Meldung nach Tunis hatte also doch bei den Taktikern am grünen Tisch Beachtung gefunden. Die Brücke mußte zerstört werden, um die feindlichen Truppenbewegungen zu unterbinden.

»Halt das verdammte Ding an!« schrie Petrie.

Johnson zögerte einen Moment und verstärkte dann den Bremsdruck. Mit schrillem Kreischen und stiebenden Funken kamen die Räder zum Stehen. Puffer donnerten gegeneinander, stießen sich voneinander ab und prallten wieder zusammen. Als die erste Bombe fiel, stand der Zug.

Der Zug war halb in einer Schlucht zum Stehen gekommen. Nur der vordere Teil der Lok und die Lore standen noch in freiem Gelände. Das Heulen der ersten Fliegerbombe zerrte an den Nerven der beiden Männer auf dem Lokstand. Sie detonierte mit dumpfem Knall, dem das Aufheulen der Flugzeugmotoren folgte, als der Bomber wieder Höhe gewann. Kurze Zeit war nur das Brummen der Flugzeuge hoch oben am Himmel zu hören.

»Wir verziehen uns besser tiefer in die Schlucht«, rief Petrie und sprang auf den Schienenstrang herab.

Im gleichen Moment tauchten Scelba und Angelo auf der Wagenplattform auf. Petrie führte sie zwischen dem Zug und der Felswand weiter in die Schlucht hinein. Gegenüber dem zweiten Waggon waren Buchten in die Felswand gesprengt, in denen verrostetes Werkzeug für Gleisbauarbeiten herumlag. Die Männer duckten sich in die Buchten.

»Wenn sie die Lok treffen, geht auch der Sprengstoff hoch«, bemerkte Petrie mit verkniffenem Mund.

»Und wir gleich mit!« murmelte Johnson.

Er wußte nicht, welches der beiden Gefühle – seine Furcht oder seine Wut – größer war.

Seine Bemerkung war nur zu wahr, das wußte Petrie. Die Druckwelle in der engen Schlucht würde sie zerreißen. Vielleicht konnten die Felsbuchten sie schützen, doch er glaubte nicht daran. Angelo und Scelba teilten sich den nächsten Alkoven miteinander. Petrie sah die Stiefelspitzen des Capo aus der Deckung hervorragen.

Über ihnen ertönte wieder dieses fürchterliche Heulen, ein Laut, an den man sich niemals gewöhnen konnte, wie oft man ihn auch gehört haben mochte. Und wie immer schien die Bombe geradewegs auf die Männer herabzustürzen, mitten hinein in die Schlucht. Unbewußt hoben sie ihre Köpfe dem todbringenden Geräusch entgegen. Sein Heulen wurde immer schriller, Hunderte Pfund Sprengkraft in einer dünnen Metallhülle fielen waagerecht aus dem Bombentrichter des Flugzeugs, drehten sich langsam in die Vertikale und sausten mit unglaublicher Geschwindigkeit auf das Ziel herab. Muskeln verkrampften sich, die Bombe detonierte, die Nerven flatterten und entspannten sich wenig. Dieses Mal noch nicht!

»Jetzt sind es deine Freunde, mein Freund«, sagte Petrie zu Johnson. »B 17-Bomber, insgesamt vier.«

»Wie nett!« Johnson fluchte ausgiebig. »Und der Feind hat noch keinen einzigen Schuß auf uns abgegeben ...«

»Wie wir es auch geplant haben.«

»Dafür schmeißt uns unsere eigene Airforce schon zum zweiten Mal die Brocken aufs Haupt. Das war bestimmt nicht eingeplant, oder?«

»Sie haben es auf die Brücke abgesehen«, antwortete Petrie ruhig.

»Aber sie haben uns doch gesehen!«

»Natürlich haben sie uns gesehen. Doch dürften sie uns wohl kaum vorrangig behandeln.«

»Sie dürften ...«

Der Amerikaner war vor Zorn über die Bombardierung durch seine eigenen Leute außer sich.

»Deinen frommen Glauben möchte ich haben«, rief er rauh und preßte seinen Körper tiefer in den Alkoven, als er die dritte Bombe fallen hörte, preßte sich gegen den Felsen, als wolle er sich in ihm verkriechen. Dieses Mal war die Detonation ohrenbetäubend, ihr donnerndes Grollen schien die Trommelfelle zu sprengen. Eine Wolke von Gesteinssplittern regnete auf die Waggons herab.

Petrie preßte die Hand gegen sein Ohr, um die Taubheit loszuwerden. Dieses Ei war verdammt nahe heruntergekommen.

»Sie bombardieren den Zug«, sagte Johnson laut und schüttelte sich den Staub aus dem Haar.

Petrie war anderer Meinung. Sie würden zuerst die Brücke zerstören und den Zug nur mit den restlichen Eiern bepflastern, die dann noch übrig waren. Die letzte Bombe war mit Sicherheit ein Fehlwurf, doch befanden sich die vier Männer ziemlich dicht bei der Brücke und somit mitten im Zielgebiet. Kein schöner Gedanke, nicht gerade rosige Aussichten für sie. Inzwischen kamen die nächsten Bomben herunter, Flugzeugmotoren dröhnten über sie hinweg. Insgesamt zählte Petrie zwanzig Detonationen, und einmal donnerte eine B 17 so dicht über sie hinweg, daß der Engländer deutlich den fünfzackigen Stern am Rumpf erkennen konnte.

Dann war es plötzlich sehr still. Die Männer lauschten eine Weile, ehe Petrie aus seiner Deckung heraustrat und an den Schienen entlang auf die Brücke zuging. Die anderen folgten ihm.

Der Schreck fuhr ihnen noch nachträglich in die Glieder, als sie sahen, wie nah die Brücke wirklich war. Weniger als hundert Meter hinter der Schlucht führte der Gleisstrang auf die hölzerne Konstruktion hinaus.

»Sie steht noch!« rief Johnson erleichtert. »Diese Vollidioten würden nicht mal das Weiße Haus treffen, wenn sie direkt davor stünden.«

Und einen Moment später fügte er hinzu: »Gott sei Dank!«

»Wartet hier«, befahl Petrie. »ich werde mal ein Stück auf die Brücke hinausgehen. Angelo, bleiben Sie bitte bei der Lokomotive. Unter den Kohlen liegt der Sack mit dem Sprengstoff.«

»Ich komme mit«, sagte Johnson entschieden. »Wenn dir schwindlig wird, kann ich dich wenigstens bei der Hand nehmen.«

Der Spaziergang über die Brücke war nicht gerade ein Sonntagsausflug. Der tiefe Abgrund zu beiden Seiten des Schienenstranges lockte verführerisch im Mondlicht, zog Petrie mit magnetischer Anziehungskraft auf sich zu. Der Engländer schaute starr geradeaus, doch die vor ihm liegende Linkskurve wirkte gleichermaßen beunruhigend auf ihn. Er konnte sich nicht schlüssig werden, ob die Konstruktion unter ihm leicht schwankte oder nicht, als er langsam weiterging.

»Mir gefällt das da unten nicht«, sagte Johnson hinter ihm und deutete in die Schlucht.

Ein tiefer Krater hatte das Flußbett in der Nähe eines Stützpfeilers ausgehöhlt. Petrie konnte nicht begreifen, warum der Pfeiler selbst nichts abbekommen hatte. Er fror, als er sich jetzt bückte, um besser hinabschauen zu können, denn in Sizilien sanken in der Nacht sogar im Sommer die Temperaturen drastisch. Doch seine Hände waren feucht von Schweiß, er versuchte etwas zu erkennen, gab es aber bald auf. Man konnte nicht einmal sicher sein, daß der Pfeiler nicht doch beschädigt worden war.

»Wir kehren um«, sagte er leise.

Scelba erwartete sie am Eingang der Schlucht. Mit gespannter Miene stellte er die Frage, die ihn anscheinend stark beschäftigte.

»Trägt sie den Zug?«

»Das wissen wir erst, wenn wir es ausprobieren«, antwortete Petrie ausweichend.

Keiner sagte ein Wort, während sie den Zug bestiegen. Der Amerikaner wischte sich sorgfältig die Hände ab, ehe er die Armaturen berührte.

»Also hübsch langsam und vorsichtig?« fragte er überflüssigerweise.

Petrie nickte und postierte sich neben dem Ausstieg.

Zögernd setzte sich die Lok in Bewegung, blieb aber gleich wieder stehen, als weigere sie sich, auf die Brücke hinauszurollen. Johnson fluchte ausgiebig und startete einen neuen Versuch. Der Zug setzte sich in Bewegung und dampfte aus der Schlucht. Im Schneckentempo kroch er die letzten hundert Meter hinunter zur Brücke. Johnson ertappte sich dabei, wie er auf den felsigen Boden neben den Schienen starrte, als wolle er sich diesen Anblick für alle Ewigkeit einprägen. Petrie lehnte auf der linken Seite am Einstieg, von wo er die linksgezogene Gleiskurve vor dem Zug gut überblicken konnte. Im Erster-Klasse-Waggon steckten Angelo und Scelba die Köpfe aus dem Fenster.

Das Rollen der Räder klang plötzlich hohl. Sie fuhren auf die Brücke hinaus.

Die beiden Männer in dem Waggon schauten nach unten in den tiefen Abgrund. Scelba bekreuzigte sich. Es ist das erste Mal, dachte Petrie, daß der Capo seine Furcht offen zeigt. Der Engländer wunderte sich über seine eigenen Empfindungen. Seine Beinmuskeln waren hart vor Anspannung, seine Knie aber weich wie Pudding. Dieses seltsame Empfinden verstärkte sich noch, als der Zug in seiner ganzen Länge auf die Brücke hinausrollte. Sofort begann die zerbrechlich wirkende Konstruktion zu zittern und zu beben. Die Vibration war im Lokstand wie in den Waggons deutlich unter den Fußsohlen zu spüren. Das Zittern verstärkte sich, je weiter sie auf den Brückenbogen hinausdampften. Der Zug kroch langsam in die Kurve hinein und näherte sich der Stelle, an der Johnson Petrie auf den Bombentrichter im Flußbett aufmerksam gemacht hatte. Dies war der kritische Augenblick.

Wenn eine der Bomben nahe genug detoniert war, um den Pfeiler zu beschädigen, dann bedurfte es nur noch eines bestimmten Drucks, um die Stütze wie ein Streichholz zu knikken. Und der Zug war, weiß Gott, schwer genug. Die beiden Männer vorne im Wagen starrten wie hypnotisiert in die Tiefe. Zitternd und stoßend rollte der Zug vorwärts.

Vielleicht ist diese Vibration ganz natürlich, versuchte sich Petrie zu beruhigen. Vor dem Krieg war er einmal in der Schweiz mit der Bahn über eine ähnliche Brücke gefahren. Auch diese Konstruktion hatte unter dem Gewicht des Zuges stark vibriert. Doch das Können der Schweizer Ingenieure durfte man mit Sicherheit höher einstufen als das von Sizilianern.

»Wie sieht's aus?« Johnson räusperte sich umständlich. »Wie weit sind wir schon?«

Seine Stimme klang gewollt zuversichtlich.

»Ein Viertel der Brücke haben wir hinter uns«, erklärte Petrie.

Er brauchte Johnson nicht anzuschauen, um seine Enttäuschung zu bemerken. Der Amerikaner hatte gedacht, daß sie den Brückenbogen mindestens schon zur Hälfte passiert hätten. Das Beben unter ihren Füßen verstärkte sich. Sie mußten genau über dem riesigen Bombentrichter sein. Ein solches Fahrgefühl wie jetzt war Petrie völlig neu. Anstatt von Seite zu Seite zu schwanken, tanzte der Zug auf den Schienen auf und ab, als habe er keinen ebenen Gleisstrang unter den Rädern. Sie näherten sich unendlich langsam der Mitte der Brücke. Der Blick zum Flußbett weitete sich. Es war kein schöner Blick für Petrie.

Im Mondlicht warfen die Stützpfeiler lange Schatten, die im schrägen Winkel abfielen, als böge sich die Brücke unter der Last des Zuges, ehe sie zusammenstürzte. Und dann entdeckte Petrie etwas, das ihm sofort den Schweiß über das Gesicht strömen ließ. Er fuhr sich mit der Handfläche über die Stirn. In der zweiten Brückenhälfte war ein Teil des Bauwerks unter dem Gleisstrang in die Tiefe gestürzt, als sei es von einem Geschoß weggerissen worden. Petrie wußte genau, was diese Beschädigung verursacht hatte. Die Bombe mußte unten im Flußbett dicht bei einem der Stützpfeiler liegen. Er hatte zwanzig Detonationen gezählt, doch woher sollte er wissen, ob ihre alliierten Fliegerfreunde nicht einundzwanzig oder fünfundzwanzig abgeworfen hatten. Die Furcht konnte einem da beim Zählen schon einen bösen Streich spielen. Doch zumindest eine Bombe lag da unten, Petrie konnte sie sehen, das Mondlicht spiegelte sich auf ihrer Metallhülle. Trotz der unheimlichen Drohung und Gefahr, die von ihr ausging, wirkte sie irgendwie jungfräulich. Vielleicht war es ein Blindgänger, vielleicht aber besaß sie auch einen Zeitzünder, der jeden Moment auf Null springen konnte.

Petrie fuhr sich mit der Zunge über die Lippen und drehte sich um. Johnson beobachtete ihn. Wortlos winkte der Amerikaner ihm zu und wandte sich ab.

Die Bombe lag dicht bei der Brücke. Detonierte sie, würde sie mindestens zwei der Stützpfeiler, eher aber drei oder vier, mit ihrer ungeheuren Explosivkraft wegpusten. Verwunderlicherweise hatten Angelo und Scelba die Bombe nicht einmal entdeckt. Wahrscheinlich konnten sie von da vorne das Flußbett nicht mehr einsehen. Vielleicht aber hatte auch die Furcht ihre Beobachtungsgabe getrübt.

Langsam schob sich der Zug vorwärts, aus dem Schornstein quollen kleine Rauchwolken. Wie hypnotisiert starrte Petrie auf die Bombe. Der erste Waggon mußte jetzt über dem Stützpfeiler herrollen, in dessen nächster Nähe sie aufgeschlagen war. Es war zwar nicht sehr wahrscheinlich, doch technisch durchaus möglich: Die Vibration der Räder konnte sich auf den Stützpfeiler übertragen, der sie wiederum an den felsigen Untergrund weitergab, auf dem er ruhte, und so den Zündmechanismus des bis dahin defekten Sprengkörpers auslösen – wenn es wirklich nur ein Blindgänger und keine Zeitbombe war. Petrie beobachtete, wie das wurstförmige

Stahlgebilde unter ihnen vorbeiglitt, und als er kurz den Blick hob, bemerkte er, daß Angelo und Scelba zu ihm herüberschauten. Auch sie hatten die Bombe entdeckt! Nur Johnson fuhr bis jetzt noch in gesegneter Ahnungslosigkeit über das Teufelsei, das ihnen zum Verhängnis werden konnte.

Der Zug rollte langsam voran, die Sekunden erschienen ihnen wie Stunden. Erst nach einer kleinen Ewigkeit klang das Rollen der Räder nicht mehr so hohl. Sie hatten die Brücke hinter sich und wieder festen Grund unter den Schienen.

Petrie schwenkte mehrmals seinen Arm, der infolge der Anspannung eingeschlafen war. Er holte tief Luft und rief Johnson erleichtert zu:

»Mach dem alten Roß Feuer unterm Hintern, Ed. Vor uns liegt eine lange Steigung. Wenn wir nicht rechtzeitig vor dem anderen Zug zur Ausweichstelle kommen, sind wir bald so platt wie Sardinen in der Dose.«

Der Zug rumpelte die Steigung empor. Petrie hielt nach dem See Ausschau, der ihnen die Nähe der Ausweichstelle verraten sollte. Er vermutete ihn hinter der Bergkehre, auf die der Zug zurollte. Seine Landkarte zeigte dahinter eine kleine Hochebene unterhalb einer hohen Bergkette. Doch ein See oder gar die Ausweichstelle waren nicht eingezeichnet.

Die Zeit lief ihnen davon. Petrie befürchtete, daß sie nicht rechtzeitig die Ausweichstelle erreichen würden. Die Bombardierung in der Schlucht vor der Brücke hatte sie mehr Zeit gekostet, als sie durch die rasende Abfahrt vom Tunnel gewonnen hatten. Sie mußten unbedingt die verlorene Zeit gutmachen, sonst kam ihnen der Zug von Enna auf der eingleisigen Strecke entgegen.

Die langsame Fahrt bergauf führte durch unberührte mondbeschienene Wildnis, die so weit vom Kriegsgeschehen entfernt schien, daß man beinahe geneigt war, die Bombardierung der Brücke als bösen Traum abzutun. Auch wurde es immer kälter, je höher sie kamen. Die Jacken der Männer waren kaum geeignet, sie zu wärmen. Die Mäntel, die sie im Mercedes zurückgelassen hatten, hätten ihnen jetzt gute Dienste getan.

Wenig später merkte Petrie, daß die Steigung verflachte. Die Lok fuhr schneller, der steile Abhang zu ihrer Rechten blieb zurück. Es fiel schwer zu glauben, daß sie durch ein Hochtal fuhren, so eben war das Land ringsum. Der Zug rumpelte über ein felsenübersätes Plateau – und hier ging Petrie ein kalkuliertes Risiko ein. Ihre hohe Geschwindigkeit würde sie in einem Minimum an Zeit zur Ausweichstelle bringen, doch wuchs auch damit die Gefahr, daß sie an dieser so wichtigen Stelle vorbeidonnerten und so den See und das Ausweichgleis in ihrem Übereifer verpaßten.

Die Felsen blieben zurück, gaben den Blick frei auf eine weite, von der Sonne hartgebackene Lehmpfanne – und plötzlich sah Petrie das verdorrte Schilf. Großer Gott! Dies war der See! Die Sonne hatte das Wasser verdunstet.

»Fahr langsamer«, rief er Johnson zu.

Sekunden später entdeckte er den Weichenbock.

»Stopp!« schrie er.

Und während Johnson den Bremshebel herunterriß, sprang er ab und lief zu der Weiche zurück. In der Ferne erscholl ein langgezogener Pfiff. Der Gegenzug! Petrie zog an dem Weichenhebel. Das Ding rührte sich nicht. Seine Hände waren feucht, in seinen Muskeln spürte er kaum noch Kraft. Wieder ertönte der Pfiff, diesmal schon viel näher. Petrie packte den Weichengriff, stemmte die Füße in den Boden und zog mit aller Kraft daran. Der Hebel gab nach, und Petrie zog ihn auf sich zu, bis er sich nicht mehr weiterbewegen ließ.

»Fahr zurück, Ed!«

Der Zug hatte sich schon in entgegengesetzter Richtung in Bewegung gesetzt, schob die Lore und zog die beiden Waggons vom Hauptgleis weg auf das Ausweichgleis. Kaum war der zweite Waggon vom Hauptgleis gerollt, warf sich Petrie mit aller Kraft gegen den Weichenhebel. Diesmal ging es leichter, die Weichenzunge glitt in ihre ursprüngliche Position. Petrie hastete an den Schienen entlang zum ersten Waggon. Dicht hinter ihm ertönte jetzt der klagende Pfiff des Gegenzuges. Rasch zog sich der Engländer auf die Aussichtsplattform hoch, stieß die Tür auf und fiel fast ins Wageninnere. Mit den Füßen stieß er die Tür zu, öffnete sie jedoch wieder ein paar Zentimeter und spähte schwer atmend hinaus.

Mit hoher Geschwindigkeit schoß der Gegenzug aus einer Kurve vor der Ausweichstelle heraus, eine lange Rauchfahne hinter sich herziehend. Auf dem Lokstand bückte sich Johnson zur Feuerung hinab, um nicht gesehen zu werden. Doch erwies sich seine Vorsicht als überflüssig, denn der andere Zug mit seinen vier verdunkelten Waggons brauste mit unverminderter Geschwindigkeit an ihnen vorbei. Das Stoßen seiner Räder ließ die Wagen des wartenden Zuges erzittern. Als er sich wiederaufrichtete, sah Johnson gerade noch den Schatten des letzten Wagens im Dunkel verschwinden.

Petrie war schon zur Weiche gelaufen und legte sie um. Johnson bot ihm eine Zigarette an, als er wieder auf den Führerstand kletterte, doch der Engländer schüttelte den Kopf, während er sich keuchend an den Einstieg lehnte. Das war verdammt knapp gewesen.

»Ed, du hast jetzt freie Fahrt. Also los, nach Sala, zu der Transporteinheit. Aber mit Volldampf!«

10

Freitag, 20.30 Uhr bis 21.00 Uhr

Die Waggons zerrten aneinander, ein Beben durchlief den Zug, als Johnson ihn auf Petries Anweisung auf einem verlassenen Bahnübergang stoppte. Die Straße, die hier den Schienenstrang kreuzte, führte zum Standort der Transporteinheit. Zehn kostbare Minuten hatten sie schon in einer kleinen Schlucht in der Nähe des Überganges darauf gewartet, daß ein einzelner Armeelastwagen vom etwa vierhundert Meter entfernten Standort herüberfuhr. Doch statt dessen kam ein anderes Fahrzeug.

Von der Aussichtsplattform des ersten Waggons schaute Petrie auf einen Wehrmachts-LKW, der seine Nase an einem Felsen nahe der Eisenbahnlinie plattgedrückt hatte.

»Der arme Hund muß ins Schleudern geraten sein. Der Fahrer ist voll gegen die Windschutzscheibe gesegelt. Also – wenn außer dieser Ambulanz kein Wagen kommt...«

Der italienische Sanka fuhr mit mäßigem Tempo auf den Übergang zu. Der Fahrer erwartete offensichtlich, daß der Zug sich wieder in Bewegung setzte, ehe er auf die Bremse treten mußte. Das Fahrzeug war immer noch ein gutes Stück entfernt. Auf seinem hellen Anstrich reflektierte das Mondlicht. Die Sirene des Wagens war abgeschaltet. Also konnte es die Besatzung nicht allzu eilig haben.

Petrie erteilte rasch seine Anweisungen. Scelba beorderte er hinter die stehenden Waggons, Angelo befahl er, sich weiter oberhalb der Straße hinter einer Felsnase zu verstecken. Ed schickte er zu dem verunglückten Lastwagen hinüber, doch der Amerikaner protestierte.

»Die Ambulanz könnte Verletzte transportieren, Opfer eines Luftangriffs...«

»Okay, Ed, wenn wirklich welche drin sind, lassen wir sie weiterfahren. Doch ich glaube nicht daran. Die Sirene ist nicht eingeschaltet. Sollten sie wirklich Verwundete transportieren, tun wir so, als seien wir Banditen und hinter ihrem Geld her. Dann lassen wir sie fahren. Wir sehen ohnehin wie Strolche aus.«

»Und wenn keine drin sind?«

»Dann nehmen wir uns den Wagen.«

Johnson schüttelte ablehnend den Kopf.

»Hör zu, Ed. Während der Fahrt hierher habe ich mal überlegt, was wir brauchen, um nach Messina zu gelangen. Wir brauchen ein schnelles Fahrzeug, das uns sicher durch alle Sperren auf dieser verdammten Küstenstraße bringt.

»Dieses Vorhaben ist ein schwerer Verstoß gegen geltendes Kriegsrecht!« beharrte Johnson.

Petries Haltung versteifte sich.

»Auch die Versenkung eines Hospitalschiffes mit verwundeten Soldaten an Bord verstößt gegen das Kriegsrecht. Trotzdem haben die Deutschen in Griechenland das Schiff mit ihren Stukas angegriffen. Glaub mir, ich weiß, wovon ich rede, denn ich war dabei, habe es mit eigenen Augen gesehen. Außerdem brauchen wir diesen Wagen doch nur dazu, um durch den Gürtel zu schlüpfen, den die Deutschen um Messina gelegt haben. Wir benutzen die Ambulanz sozusagen als Taxi.«

Er schaute zu Scelba hinüber.

»Und es wird auf keinen Fall geschossen, wenn es nicht unbedingt nötig ist.«

»Sie sind sicher nicht einmal bewaffnet«, zischte Johnson.

»Also wird es auch keine Schießerei geben«, wiederholte Petrie. »Doch sieh dich vor, Ed, vielleicht ist dieser Sanka doch nicht so harmlos, wie er aussieht.«

Der Fahrer der Ambulanz schien sich jetzt nicht mehr so sicher, daß das Hindernis rechtzeitig aus dem Weg rollen würde. Etwa zweihundert Meter vor dem Bahnübergang bemerkte er den zertrümmerten Armeelastwagen, verlangsamte die Fahrt, lenkte den Wagen auf das Wrack zu, kehrte dann aber doch auf die Straße zurück. Petrie beobachtete diese plötzliche Richtungsänderung mit zusammengekniffenen Augen, schaute nach links, wo Scelba sich hinter den Zug geduckt hatte, und dann zu Johnson hinter dem beschädigten Lastwagen hinüber.

Der Unfall wirkte irgendwie gestellt, als gäbe es da einen Zusammenhang zwischen dem haltenden Zug und dem Wrack. Petrie konnte sich die Verwunderung des Sanka-Fahrers vorstellen. Trotzdem war eine solche Reaktion recht seltsam.

Die Ambulanz rollte langsam auf den Übergang zu, das Scheinwerferlicht fiel durch die Fenster in die leeren Waggons. Etwa zwanzig Meter vor dem Zug hielt der Wagen mit laufendem Motor, was Petrie überhaupt nicht gefiel. Wenn der Fahrer jetzt wendete und denselben Weg zurückfuhr, waren sie gezwungen zu schießen. Petrie bemerkte aus seiner Deckung hinter der Aussichtsplattform, daß die Ambulanz auf dem Dach einen sehr großen Ventilator besaß, neben dem eine Antenne emporragte. Irgend etwas war seltsam an dem Fahrzeug.

Der Fahrer im weißen Kittel wendete den Kopf nach hinten und sprach mit jemandem im Inneren. Sie mußten abwarten, bis er ausstieg, um sich das verunglückte Fahrzeug näher zu betrachten. Wenn er überhaupt ausstieg!

Minuten verrannen, und Petrie fühlte ganz deutlich, daß da etwas nicht stimmte... Von seinem Platz aus konnte der Fahrer den verunglückten Armeelaster gut erkennen. Es wäre nur normal gewesen, wenn er sofort ausgestiegen wäre und den Unfallort näher inspiziert hätte.

Das ungute Gefühl in ihm wuchs, und Petrie beglückwünschte sich insgeheim, daß er den Überfall wie eine militärische Operation geplant hatte. Neben ihm legte Scelba seinen Revolver auf den Boden, wischte sich die Hände an seiner Hose trocken und nahm die Waffe wieder auf. Das Gesicht des Sizilianers blieb selbst in diesem Augenblick höchster Spannung völlig ausdruckslos – wie das Gesicht eines professionellen Killers, der schon häufig solche Situationen erlebt hatte. Petrie zuckte leicht zusammen, als der Fahrer der Ambulanz die Wagentür öffnete, ausstieg und vorsichtig auf das Wrack zuging. Dabei hielt er seinen Blick über die Schulter auf den scheinbar leeren Zug gerichtet.

An einem Punkt, von dem aus er in das Führerhaus sehen konnte, wo der Körper des Fahrers zusammengekrümmt über dem Lenkrad hing, blieb er stehen. Wieder eine falsche Reaktion! Jeder echte Sanitäter wäre beim Anblick des regungslosen Fahrers sofort losgelaufen. Doch diesem kleinen, gedrungenen Mann in der Uniform des italienischen Sanitätskorps schien der leere Zug mehr Kopfzerbrechen zu bereiten. Schon wieder warf er einen Blick zu den Waggons hinüber.

Petrie erhob sich und ging um die Plattform herum nach vorne. Die Mauser hielt er schußbereit in der Hand. Der Fahrer wirbelte herum, seine Hand fuhr unter den Kittel, doch als er die Waffe in Petries Hand sah, zog er sie rasch wieder hervor.

»Habt ihr Geld in dem Krankenwagen«, rief Petrie ihm auf deutsch zu.

»Nein ...«

Der Fahrer unterbrach sich rasch. Er war Petrie in die Falle getappt, hatte auf deutsch geantwortet. Petrie hielt den Mann mit der Mauser in Schach. Plötzlich wurde die hintere Tür des Krankenwagens aufgestoßen, und ein Zivilist in einem Trenchcoat, auf dem Kopf einen weichen Hut, kletterte heraus. Mit beiden Händen hielt er eine Maschinenpistole umklammert und feuerte auf Petrie. Die Kugeln schlugen wenige Zentimeter neben dem Engländer in den Boden. Scelba zog zweimal den Abzug durch. Der Zivilist ließ die Waffe fallen und brach zusammen. Angelo kam die Straße heruntergelaufen, bückte sich blitzschnell nach der Waffe und richtete den Lauf ins Wageninnere, ohne jedoch zu schießen.

Hinter dem Fahrer tauchte Johnson auf, zog eine Luger unter dem Kittel des Mannes hervor und tastete ihn nach weiteren verborgenen Waffen ab.

»Das wäre es dann«, rief er Petrie zu. »Dieser Bursche hier ist der lebensgefährlichste Doktor, der mir je untergekommen ist. Was hat dich stutzig gemacht, Jim?«

»Sie kamen aus der Richtung des Standortes, was nichts besagen muß. Doch der Kerl da verhielt sich ziemlich seltsam. Und jetzt wollen wir uns diesen merkwürdigen Krankenwagen mal ein wenig näher anschauen. Scelba, behalten Sie diesen schießenden Medizinmann im Auge.«

Der Zivilist war tot. Petrie schenkte dem Leichnam keine Beachtung. Angelo deutete mit einer Bewegung des Pistolenlaufs in das Wageninnere. Ein kräftig aussehender Jüngling saß an einem schmalen Tisch zwischen den Liegen und hielt die Hände über dem Kopf, während er ihnen mißmutig entgegenschaute. Auch er trug die Uniform des italienischen Sanitätskorps. Auf dem Tisch lag ein Kopfhörer, daneben stand ein rechteckiges Gerät, das wie ein Funkgerät aussah. Es gehörte sicher nicht zur Standardausrüstung einer italienischen Ambulanz. Als Petrie ihn auf deutsch ansprach, schüttelte er den Kopf und sagte, er verstehe nur Italienisch.

»Na schön«, fuhr Petrie unbeirrt auf deutsch fort, »ich nehme an, dieses Gerät da vor dir ist der neueste Blutplasma-Spender, nicht wahr? Steig aus – oder wir schießen!«

Eine solche Sprache verstand der Deutsche plötzlich sehr gut, denn er kletterte hastig aus dem Wagen. Angelo ließ keinen Blick von ihm. Petrie bückte sich und zog eine Brieftasche aus der Jacke des toten Zivilisten. Die Ausweispapiere überraschten ihn nicht sonderlich. Wortlos reichte er sie an Johnson weiter.

Der Amerikaner warf einen Blick darauf und las dann laut:

»Oskar Schliemann, Beamter der Geheimen Staatspolizei. Was zum Teufel hat das zu bedeuten?«

»Bestimmt etwas, für das sich das Alliierte Oberkommando sicher sehr interessieren wird. Schauen wir uns doch mal dieses neueste Krankenwagen-Modell näher an.«

Er bückte sich und kletterte hinein, gefolgt von Johnson. An einer Wand, wo man es vom Tisch aus bequem erreichen konnte, befand sich ein kleines Kontrollpult. Der Motor des Wagens lief immer noch im Leerlauf. Petrie spielte an den Schaltern herum. Über ihnen ertönte plötzlich ein sirrendes Geräusch. Petrie schaute nach oben. Unter dem Dach war ein großer Metallkasten angebracht. Aus diesem Kasten kam das Geräusch. Der Engländer kroch an Johnson vorbei aus dem Wagen.

Angelo zitterte vor Wut. Blitzschnell drehte er seine Waffe um und zog dem Deutschen den Kolben über den Kopf. Der Mann brach bewußtlos zusammen.

»Diese verdammten Schweine!« Der Stimme des Italieners war deutlich seine Befriedigung anzuhören.

»Was hat er denn?« fragte Johnson erstaunt und folgte Petrie.

Der Engländer deutete auf das Dach des Wagens. Der Motor unter dem Wagendach hatte den ›Ventilator‹ zu einer Metallsäule mit zwei Flügeln ausgefahren, die wie Peilantennen aussahen.

»Eine teuflische Idee«, bemerkte Petrie. »Das ist ein Funkpeilwagen, getarnt als italienische Ambulanz. Und ich bin fast sicher, daß die Italiener nichts davon wissen. Begreifst du den Zweck?«

»Nicht ganz«, gab Johnson zögernd zu.

Angelo klärte ihn auf. In seiner Stimme schwang ein bitterer Unterton mit. »Ich dafür um so besser, Major. Auf diese Weise durften die Deutschen auch meinen Sender Orange entdeckt haben. Einer meiner Leute, der in der Nähe unseres Versteckes wohnt, erzählte mir, daß er am Tag, bevor wir aufflogen, eine italienische Ambulanz in der Nähe gesehen hat. Und ich Trottel habe mir nichts dabei gedacht. Auch ich bin Ihrer Ansicht, daß die italienische Armee nichts von dieser Sache weiß …«

»Und selbst, wenn sie es wüßte, könnte sie nichts dagegen tun, stimmt's?« Petrie deutete auf den Wagen.

»Das Ding da auf dem Tisch ist ein Peilgerät. Ich glaube, wir können dieses Fahrzeug unbesorgt als Taxi benutzen.«

Er kletterte wieder hinein und legte einen Schalter auf dem Kontrollpult um. Die Detektor-Säule versank wieder unter der Ventilator-Kappe. Mit dem Messer durchtrennte Petrie die Kabel und verbarg das Horchgerät und die Kopfhörer in einem Schrank. Auch den zusammenklappbaren Tisch ließ er in einem Fach der Seitenwand verschwinden. Mit den zwei Ledertragen an beiden Wänden sah der Wagen jetzt wieder aus wie jede Ambulanz, die Verletzte transportieren soll – und Verletzte konnte es noch geben bei ihrer Operation.

Hastig folgten die Männer Petries Anweisungen und zogen den zwei bewußtlosen Deutschen die Uniformen vom Körper. Angelo bereute schon seine Unbeherrschtheit. Einem Bewußtlosen die Kleider auszuziehen war viel mühsamer, als wenn der Mann sich selbst auszog. Mit Heftpflaster, das sie in einem der Wandschränke fanden, fesselten sie die beiden Gefangenen. Mit Watte verstopften sie ihnen die Ohren, um zu verhindern, daß die Deutschen, sobald sie ihr Bewußtsein wiedererlangten, ihre Gespräche belauschten. Sie hatten die zwei Gefangenen und den Toten in den Wagen gelegt für den Fall, daß sie schnell verschwinden mußten, und während sie die Deutschen ›versorgten‹, war Johnson auf den Lokstand gestiegen und holte den Sack mit dem Sprengstoff unter den Kohlen hervor. Als er zurückkam, schlüpften Petrie und Angelo gerade in die Uniformen des Sanitätskorps. Angelo paßte die Uniform des Fahrers wie angegossen, doch Petrie hatte Probleme. Die Jacke saß einigermaßen, doch die Hose war zu kurz.

»Wenn ich auf diese Weise meinen Lebensunterhalt in Friedenszeiten verdienen sollte, würde ich mich freiwillig zur Armee melden«, maulte Johnson und ließ den Sack auf den Wagenboden fallen. Er warf einen angeekelten Blick auf den Gestapo-Beamten.

»Brauchen Sie Herrn Schliemann eigentlich noch? Mir behagt seine Gesellschaft absolut nicht.«

»Er bleibt im Moment, wo er ist, Ed«, knurrte Petrie ungehalten, während er seinen Kittel zuknöpfte. »Der leere Zug wird den Deutschen sicherlich einige Rätsel aufgeben, sobald wir verschwunden sind. Der Armeelastwagen ist ganz offensichtlich verunglückt, und das Zugpersonal könnte aus Furcht, für den Unfall verantwortlich gemacht zu werden, davongelaufen sein.«

Johnson musterte Petrie kritisch. »Haben Sanitäter immer einen zwei Tage alten Bart?« fragte er.

»Sicher, wenn sie achtzehn Stunden durchgehend Dienst tun müssen. Die Italiener sind dafür bekannt, mit ihren Soldaten nicht gerade zimperlich umzuspringen. Jedenfalls gibt uns das einen guten Vorwand, schnell die Sperren zu passieren – wir wollen möglichst rasch zurück ins Depot.«

»Verlieren wir die Kerle unterwegs irgendwo?« Scelba deutete auf die Gefangenen. »Vielleicht mit einem Loch im Kopf. Dann können sie uns nicht mehr verraten.«

Sein Vorschlag schien keine Begeisterung auszulösen, und als er die Mienen der anderen sah, ließ der Capo das Thema schnell fallen und zuckte die Schultern. Petrie kletterte hinter das Steuer, Angelo in seiner gutsitzenden Uniform rutschte auf den Beifahrersitz. Der Tank war voll. Sicherlich war der Wagen im Wehrmacht-Transportdepot gerade aufgetankt worden.

»Ich fahre«, erklärte Petrie dem Italiener. »Sollten wir angehalten werden und jemand muß aussteigen, dann wirkt Ihre elegante Uniform besser als meine. Mit anderen Worten – Sie steigen aus und besorgen das Reden.«

»Das ist sinnvoll«, nickte Angelo. »Sie sind der Fahrer und müssen hinterm Steuer bleiben.«

»Es sei denn, es gibt wirklich irgendwo Verletzte zu versorgen. Dann müssen wir beide aussteigen.«

Petrie startete den Motor, den er kurz zuvor abgestellt hatte. Vor ihnen stand der leere Zug verlassen auf dem Bahnübergang. Petrie hatte das seltsame Gefühl, daß er da noch stehen würde, wenn die Alliierten anrückten – sollten sie je bis zu diesem Ort kommen. Was nicht zuletzt von den vier Männern in der italienischen Ambulanz abhing.

Der Engländer schaute auf seine Uhr. Genau 21 Uhr. Wie gut, daß Farridge nicht wußte, wo sie waren. Er vermutete sie sicher schon am Ziel – in Messina.

Petrie wendete den Wagen und fuhr in Richtung Norden.

»Theoretisch sind wir schon viel zu spät dran. Sobald wir zur Küste kommen, brauchen wir jede Menge Glück«, sagte er zu Angelo.

Der Schmiß auf der rechten Wange, das Überbleibsel eines Duells aus General Klaus Rheinhardts Mitgliedszeit in einer schlagenden Verbindung, war deutlich zu sehen im Schein der Öllampe in seinem Zelt, als er sich vorbeugte, um einen Blick auf seine Armbanduhr zu werfen.

Es war genau 20.30 Uhr. Durch einen Spalt des Zelteingangs konnte er auf der gegenüberliegenden Seite der im Mondlicht silbern schimmernden Meerenge von Messina das Küstengebirge der Insel erkennen. Dort lag das Ziel – Sizilien.

Der Vormarsch war im Gange. Vor dem Zelt rollte seine gewaltige Einheit durch die Olivenhaine Kalabriens zur Küste: Zwei Panzer-Regimenter mit zusammen über dreihundert Mark-IV-Panzern, ein Grenadier-Regiment mit drei motorisierten Bataillonen, eine Motorrad-Einheit, ein Artillerie-Regiment mit vierundzwanzig Geschützen, ein Panzerabwehr-Bataillon und ein Pionier-Bataillon.

Der General hörte das Rattern der Panzerketten auf dem

hartgebackenen Boden, hörte die Befehle der Unteroffiziere, die die Kolonnen einwiesen. Gott sei Dank war Kesselring seinem Rat gefolgt und hatte den Befehl gegeben: sofort übersetzen nach Sizilien!

»Was gibt's, Wengel?«

Oberst Wengel nahm vor dem Zelteingang Haltung an und salutierte. »Der Munitionszug ist gerade in Giovanni eingetroffen, Herr General.«

»Einschiffen lassen, sobald die Fähre angelegt hat! Ich werde auch an Bord gehen.«

Wengel salutierte und verschwand. Der Blick auf die Wasserstraße war wieder frei. Und diese Aussicht interessierte Rheinhardt ganz besonders. Denn von diesem Punkt aus, etwa zweihundertfünfzig Meter oberhalb der Meerenge gelegen, konnte er die ›Carridi‹ aus dem Hafen von Messina auslaufen sehen. Erst dann wollte er nach Giovanni aufbrechen.

11

Freitag, 21.00 Uhr bis 22.30 Uhr

Die Scheinwerfer tasteten sich durch das nächtliche Dunkel. Petrie drückte den Fuß aufs Gaspedal, überquerte einen Paß und jagte einen langgezogenen Berghang hinunter. Rechts und links reckten sich die mondbeschienenen Gipfel majestätisch in den nachtdunklen Himmel. Auf der Paßhöhe hatten sie einen Moment lang in der Ferne das Meer sehen können, das wie Quecksilber glänzte, dann versperrte eine Felswand den Blick.

Die Straße vor ihnen verlief über eine lange Strecke völlig eben und führte mitten zwischen zwei parallel verlaufenden Bergketten hindurch. In anderen europäischen Ländern hätte man sie als Landstraße dritter Ordnung eingestuft, doch bei den hiesigen Verhältnissen war sie die beste Straße, die Petrie und seine Leute auf dieser Insel bis jetzt unter die Räder bekommen hatten. Petrie riskierte es und jagte mit Höchstgeschwindigkeit auf die Küste zu.

Neben ihm auf dem Beifahrersitz war Angelo in Schlaf gesunken, das Kinn ruhte auf seiner Brust. Durch das kleine Rückfenster des Führerhauses warf Petrie einen Blick ins Wageninnere. Johnson saß dicht hinter ihm. Scelba hatte sich auf einer der Tragen ausgestreckt und schlief ebenfalls. Sonst gab es keine Mitfahrer mehr. Die zwei deutschen Gefangenen und den toten Gestapo-Beamten hatten sie in einer leeren Scheune an der Straße zurückgelassen.

»Nimm auch eine Mütze voll Schlaf, Ed«, sagte Petrie zu Johnson. »Du wirst später kaum noch Gelegenheit dazu haben.«

»Und was ist mit dir? Du fährst jetzt schon fast den halben Tag. Ich könnte dich doch am Steuer ablösen – auch ohne

Uniform, denn hier begegnen wir ohnehin keiner Menschenseele.«

»Das kommt schneller, als uns lieb ist«, versicherte ihm Petrie. »Wie du selbst schon erwähntest, trägst du nicht das richtige Kostüm für die Rolle. Es geht schon, ich bin hellwach und bleibe auf meinem Platz, bis die Operation durchgeführt ist.«

»Du glaubst, wir schaffen es noch. Es ist schon verdammt spät.«

»Ja, solange Kesselring nicht die 29. Panzerdivision herüberschickt. Und das wird er kaum, bis man ihm alliierte Fallschirmspringer über Sizilien meldet.«

»Und wann sollen die abgesetzt werden?«

»Wenn überhaupt in dieser Nacht, dann gegen Mitternacht – bevor der Mond untergeht. Kesselring wird diese Meldung erst eine gute Stunde später in Händen halten.«

»Und wann erreichen wir Messina, wenn wir Glück haben und gut durchkommen?«

»Kurz vor Mitternacht, schätze ich.«

»Das wird verdammt knapp«, brummte Johnson.

»Ich hoffe, nicht zu knapp.«

Dieser niederdrückende Gedanke beschäftigte Petrie schon die ganze Zeit, während sie den Abhang zwischen hohen Feigendistelhecken hinabjagten. Sie erinnerten Johnson an Neu-Mexiko. Der Amerikaner streckte sich auf der zweiten Trage aus, lauschte eine Zeitlang Scelbas gleichmäßigem Schnarchen und schlief dann selbst ein.

Petrie spürte keine Müdigkeit. Er hatte sein Schlafbedürfnis überwunden. In dieser entscheidenden Phase des Unternehmens waren seine Nerven so angespannt, daß er wohl kaum Schlaf gefunden hätte. Irgendwann, wenn der Auftrag erledigt war und er alle Kraftreserven ausgeschöpft hatte, würde er zusammenklappen und dann mindestens sechsunddreißig Stunden durchschlafen. Aber erst, wenn der Auftrag ausgeführt war.

Wenig später öffnete Angelo die Augen. Um sein Gedächtnis aufzufrischen, befragte ihn Petrie ausführlich über die Eisenbahnfähre.

»... sie lief vor elf Jahren in Genua vom Stapel«, erzählte der Italiener. »Sie hat eine Ladekapazität von über viertausend Tonnen und ist die größte verkehrende Eisenbahnfähre in ganz Westeuropa. Sie ist etwa hundertzwanzig Meter lang und wird von drei Achtzylinder-Burmeister & Wain-Dieselmotoren angetrieben ...«

»Geschwindigkeit?«

»Sie macht Spitze 17 Knoten, doch läuft sie meistens nur mit 15,5 Knoten.«

»Wie lange braucht sie für die Überfahrt von Messina zum Festland nach Giovanni – nur für den Fall, daß wir unseren Job nicht schaffen, solange sie im Hafen liegt?«

»Die Entfernung beträgt etwa acht Kilometer. Ohne An- und Ablegezeiten braucht sie fünfundzwanzig bis dreißig Minuten.«

»Dreißig Minuten sind ziemlich wenig«, überlegte Petrie.

Das Wetter schien sich zu ändern, es wurde anscheinend schlechter. Schwere Wolkenbänke zogen von Nordwesten heran, und es kam Wind auf.

»Könnten wir es schaffen, solange die Fähre im Hafen liegt?«

»Schon möglich.« Angelo hob die Schultern.

»Doch sind während der Fahrt weniger Wachen an Bord als im Hafen am Pier.«

»Also müssen wir's erledigen, wenn sie auf See ist. Dort sinkt sie auch tiefer.

Petrie steuerte den Krankenwagen über eine alte Brücke, die ein wasserloses Flußbett überspannte. Danach lief die Straße wieder schnurgerade zwischen den Feigendistelhekken dahin. Im Mondlicht wirkten die Kakteenarme wie verschlungene Hände, die sich zum Himmel reckten.

Hinter Petrie knallten Stiefel hart auf den Wagenboden, als

Scelba sich aufsetzte, sich genüßlich reckte und dann den Ellbogen auf den Rand des offenen Schiebefensters zum Führerhaus stützte. Seine sarkastische Frage bewies, daß er die ganze Zeit ihrem Gespräch zugehört hatte.

»Und wenn der Job erledigt ist, wollt ihr sicher nach Hause schwimmen, wie? Das Wasser hat eine ganz nette Strömung in der Meerenge, Signor Gambari.«

»So weit haben wir auch schon gedacht«, fauchte Angelo. »Einer meiner zuverlässigsten Leute wird uns mit seinem Boot folgen, sobald die Fähre ablegt, und uns aus dem Wasser fischen.«

»Wir müssen etwas haben, womit wir ihm ein Zeichen geben können.«

»Ich habe eine Signalpistole in meiner Wohnung.«

»Und wohin bringt uns Ihr Mann?«

»Durch die Straße nach Malta hinüber. Doch werden wir dafür eine gute Portion Glück brauchen, denn die Meerenge wird von deutschen Schnellbooten bewacht.«

Hinter ihnen zündete Scelba ein Streichholz an und steckte seine neue Zigarre damit an. Er machte ein paar heftige Züge und fragte dann ganz beiläufig:

»Welche Farbe hat das vereinbarte Signal?«

»Grün.«

Angelo drehte sich um und schaute den Mafia-Boß scharf an.

»Warum wollen Sie das so genau wissen?«

»Weil ich meinerseits schon Vorkehrungen getroffen habe, um euch drei sicher aus der Gefahrenzone zu bringen, sobald ihr euren Job erledigt habt.«

Scelbas Miene blieb ausdruckslos. »Genauer gesagt veranlaßt Giacomo für mich alles Notwendige ...«

»Wer ist Giacomo?« wollte Petrie wissen.

»Einer meiner Leute, dem ich vorhin eine Botschaft übermitteln ließ.«

»Wir brauchen ihn nicht«, sagte Angelo heftig. »Ich habe

jeden einzelnen Schritt – das Eindringen in den Hafen, die Versenkung der Fähre und die anschließende Flucht – bestens…«

»Trotzdem möchte ich auch Scelbas Plan hören«, fiel ihm Petrie ins Wort. »Damit hätten wir eine Ausweichmöglichkeit, sollte Ihrem Mann etwas zustoßen, Angelo. Ist ein Spionagering erst einmal durchlöchert, kann der Gegner eine Menge Informationen sammeln.«

»Das ist wahr«, gab Angelo zu.

»Wie ist das, Scelba, können Sie uns auch mitten in der Meerenge von der Fähre holen?«

»Natürlich, sogar auf ähnliche Weise wie Angelo. Giacomo macht für alle Fälle ein Boot zum Auslaufen klar – einen Schwertfisch-Fänger.«

»Was ist das?« fragte Petrie.

»Die Schwertfisch-Angler an der Meerenge sind meine Freunde«, begann Scelba. »Sie benutzen für ihre Arbeit einen besonderen Bootstyp. Eines dieser Boote ist ein wenig frisiert und kann ein hohes Tempo laufen. Es hat den neuesten deutschen Außenbord-Motor…«

»Woher habt ihr ihn?«

»Die Docks in Messina sind vollgestopft mit Nachschubgütern vom Festland – alles mit der ›Carridi‹ transportiert. Ich habe im Hafen viele Freunde, und da erfährt man schon mal dies und das…« Der Mafia-Boß zuckte bedeutungsvoll die Schultern.

»Wenn es soweit ist, werde ich Giacomo mit dem Schwertfisch-Fänger hinausschicken. Er wird eine Lampe am Topmast anbringen, um sich in der Dunkelheit zu identifizieren. Eine rote Lampe. Leider ist Giacomo, der Mann, der euch nach Malta bringen soll, taubstumm. Ich hoffe, daß Sie ihn wohlbehalten zurückbringen werden.«

»Unversehrt, soweit das möglich ist«, sagte Petrie kurz.

Taubstumm! Die Vorsicht des Sizilianers war schon fast teuflisch. Man konnte Giacomo später nicht ausfragen und aus ihm Informationen über die Mafia herausholen. Dieser Hundesohn hinter ihm war wirklich mit allen Wassern gewaschen. Er nötigte Petrie, wenn auch widerstrebend, Bewunderung ab.

»Da ist ein Problem, das Sie nicht bedacht haben, Angelo«, wandte er sich an den Agenten. »Ich muß, damit auch nicht das geringste schiefläuft, in den Maschinenraum der Fähre. Wir hatten Ihnen das auch von Tunis aus durchgegeben. Ist das machbar?«

»Es ist schwierig, aber nicht unmöglich. Um an genaue Informationen über die ›Carridi‹ zu kommen, sozusagen aus erster Hand, bin ich in den letzten drei Wochen bestimmt achtmal mit der Fähre hin- und hergefahren.«

»Und niemand hat Verdacht geschöpft?« fragte Petrie scharf.

»Kein Mensch! Ich bin Rechtsanwalt, habe hüben und drüben Klienten. Jedenfalls habe ich ihnen das weisgemacht. Auch im Krieg kämpfen noch Leute nach den Buchstaben des Gesetzes vor Gericht gegeneinander. Während der Überfahrten habe ich mich ein wenig mit dem Chefingenieur angefreundet, einem zwielichtigen Burschen namens Volpe.«

»Zwielichtig?«

»Ja, er ist ein großer Frauenheld, der gern mit seinen Eroberungen prahlt – und Angelo Gambari ist ein angenehmer Zuhörer.« Der Italiener grinste. »Volpe hat zwei Schwächen: Frauen und Motoren. Auch trinkt er gerne einen guten Weinbrand, und durch einen Zufall, auf den ich nicht näher eingehen möchte, bin ich in den Besitz einiger Flaschen französischen Cognacs gekommen.«

»Er läßt Sie so einfach in den Maschinenraum?«

»Eher meine Flasche. Doch da ich ihm schon einige zugesteckt habe, darf ich während der Überfahrt zu ihm hinunter.«

Angelo strich sich über die Stirn. Er dachte offensichtlich angestrengt nach.

»Ja, jetzt habe ich's. Ich weiß, wie ich Sie und Johnson mitnehmen kann. Ihr müßt nur sagen, ihr hättet schon immer

Maschinisten wie Volpe werden wollen. Nur seien eure Familien zu arm gewesen, um die Ausbildung bezahlen zu können. Trotzdem würden euch Maschinen faszinieren ... Volpe hört sich selbst sehr gerne reden, am liebsten vor möglichst vielen Leuten.«

Sie überquerten wieder eine Brücke und fuhren einen steilen Hügel empor. In einer Reihe aufeinanderfolgender Kurven mußten sie das Tempo erheblich drosseln. Bis jetzt war ihnen auf dieser Straße, die durch eine der ödesten Landstriche Siziliens führte, kein einziges Fahrzeug begegnet. Bald mußten sie auf die Straße stoßen, die Petrie zuerst von Scopana aus nehmen wollte. Er hatte diese Stecke nach intensivem Studium der Luftaufklärer-Berichte ausgewählt. Danach wurde die Straße kaum benutzt. Der Hauptverkehr rollte weiter östlich und westlich von ihr, wo zwei Überlandstraßen die Insel durchquerten.

»Und wie wollen Sie uns zum ›Carridi‹-Pier durchschleusen?« fragte der Engländer.

»Wir gehen ganz normal zum Anleger, wie die anderen Bauern.«

»Einfach so – in einem von Truppen abgeriegelten Bereich?«

Petrie warf Angelo einen kritischen Blick zu. Angelo wurde ärgerlich. Er unterstrich seine Worte mit heftigen Armbewegungen.

»Sie kennen die Umstände hier nicht. Seit Jahren benutzen die Einheimischen diese Fähren wie Autobusse. Bei jeder meiner kürzlichen Überfahrten waren auch einfache Leute, die ihr Leben lang auf dem Feld arbeiten, an Bord. Man braucht nur ein Ticket. Und Ausweispapiere natürlich. Die haben Sie!«

»Und die Deutschen lassen das zu?«

»Ihnen bleibt nichts anderes übrig.« Angelo ereiferte sich immer mehr. »Die ›Carridi‹ ist ein italienisches Schiff. Offensichtlich wissen Sie nichts über die Einstellung der Italiener zu den Deutschen. Sie mögen es seltsam finden, aber die Sizilianer haben nun mal ihre eigene Art zu leben, und um sie zu ändern, bedarf es mehr als ein paar hergelaufener Deutscher.«

»Schon gut, Angelo.«

Petries Stimme klang besänftigend. »Ich habe schon verstanden. Wir gehen also zusammen mit den anderen Bauern an Bord. Nur den Carabinieri sollten wir also möglichst aus dem Weg gehen.«

Wenig später kamen sie zu einer Abzweigung. Die Straße, die links in die Berge führte, war mit einem Wegweiser ausgeschildert: Scopana/Petralia. Das war die Straße, die Petrie ursprünglich nehmen wollte, als er in Tunis ihre Route ausgearbeitet hatte. Jetzt kannte er sich wieder aus. Sie hatten etwa dreiviertel des Nebrodi-Gebirges durchquert, und auf der mondhellen Straße waren ihnen bislang nur ein paar Eselskarren begegnet. Petrie machte sich keine Illusionen, daß dies so bleiben würde. Bald würden sie auf die strategisch wichtige Küstenstraße einbiegen, die Palermo mit Messina verband. Dort waren Straßensperren und Kontrollen – und die Deutschen.

Petrie warf einen Blick über die Schulter, als Johnson erwachte, sich gähnend reckte und ihm zuwinkte. Seine drei Begleiter zeigten deutliche Spuren von Erschöpfung. Zu wenig Nahrung und Schlaf sowie die ständige Anspannung hatten ihre Spuren in die stoppelbärtigen Gesichter gegraben. Sie sahen aus wie Soldaten, die nach schweren Gefechten in der vordersten Linie dringend eine Ruhepause brauchten. Doch leider hatten sie die schwierigsten Stunden noch vor sich. Wenn sie in Messina ankamen, würden sie ihre Kraftreserven zum größten Teil aufgebraucht haben – was nicht gerade für einen Erfolg ihrer Aktion sprach.

»Ich könnte jetzt einen Schluck vertragen«, schlug der Amerikaner vor.

Petrie nickte nur, und sie leerten gemeinsam die Flasche Mineralwasser, die er in Puccio gekauft hatte. Wenig später spürte der Engländer, daß Angelo ihn beobachtete, und aus seinem Gesichtsausdruck entnahm Petrie, daß es mit seinem eigenen körperlichen und geistigen Zustand nicht zum besten stand. Ich sehe bestimmt nicht anders aus als die anderen, dachte er grimmig. Johnson hatte Scelbas Platz an dem kleinen Schiebefenster eingenommen und fächelte sich Luft zu, um schneller munter zu werden.

»Sieht so aus, als gebe es Sturm«, brummte er.

»Das geschieht um diese Jahreszeit manchmal sehr schnell ohne jede Vorwarnung«, klärte ihn Angelo auf. »Eben war die See noch spiegelglatt, und im nächsten Moment fragt man sich schon, ob man den Sturm heil überstehen wird.«

»Wieviel Ladung kann die ›Carridi‹ bei einer Überfahrt transportieren?« fragte der Amerikaner.

»Einen kompletten Expresszug. Die Lokomotive und zehn Waggons. Oder fünfundzwanzig große Güterwagen. Und eintausendvierhundert Passagiere.«

»Eintausendvierhundert!«

Johnson pfiff lautlos durch die Zähne. Wenn man sie ein wenig zusammenpferchte, konnten bei einer Überfahrt fast doppelt so viele Menschen, also fast dreitausend Soldaten, übergesetzt werden. Mit ein paar Fahrten ließ sich schnell eine komplette Division vom Festland auf die Insel verlegen. Kein Wunder, daß die großen Tiere im Alliierten Hauptquartier so scharf darauf waren, die Fähre zu versenken.

Der Krankenwagen jagte weiter durch die Nacht. Langsam blieben die Berge zurück, sie näherten sich der Küste. Ganz plötzlich brach der Sturm los. Gerade noch fuhren sie durch die stille, kühle Nacht, doch dann versteifte sich die Brise zum Sturm, der sich mit heftigen Windböen gegen das Fahrzeug warf. Über ihnen türmten sich drohende Wolkengebirge auf und verdeckten den Mond. Im Nu hatten die Windböen eine Geschwindigkeit von fast siebzig Stundenkilometern erreicht.

Die Landschaft schien ihr Gesicht zu verändern, wenn vereinzelte Mondstrahlen zwischen den Wolkenbänken sie erhellten. Der Wind brauste immer stärker, vor den Scheinwerfern tanzten dichte Staubwirbel auf und ab. Durch eine Lücke in den Feigendistelhecken erhaschte Johnson einen Blick auf ein paar Schafe, die verängstigt in einem Pferch Schutz suchten. Ein Reiter trieb sie eilig vor sich her. Wenn die alliierte Invasion in dieser Nacht anlaufen sollte, hatten die Fallschirmspringer mit diesem Sturm sicher ihre arge Not, ganz zu schweigen von den Landungsbooten, die bei immer stärker werdendem Seegang Truppen an Land setzen sollten.

Sie näherten sich der gefährlichen Küstenstraße. Die Anspannung wuchs. Die Männer saßen kerzengerade, überprüften zum wiederholten Male ihre Waffen oder starrten angestrengt durch die Windschutzscheibe nach vorn.

Petrie fuhr langsamer. Sie mußten jetzt schon dicht bei der Küste sein, denn die Sturmböen, die vom Tyrrhenischen Meer hereinbliesen, trugen den Geruch nach Salz und Tang mit sich.

Petrie hielt an, stellte den Motor ab und steckte den Kopf aus dem Seitenfenster. Ja, sie waren am Meer. Der Salzgeruch war unverkennbar. Petrie verharrte einige Sekunden in dieser Stellung und lauschte auf Motorengeräusche von der Küstenstraße. Der kalte Wind biß auf der Haut, doch Petrie empfand seine Kühle nach der unerträglichen Hitze am Tag als angenehm. Außer dem Rauschen von Seegras, dem Heulen des Windes und dem Donnern der aufgepeitschten Wassermassen gegen die Steilfelsen der Küste hörte er keinen Laut.

»Scheint so, als wären wir immer noch allein auf der Welt«, raunte Johnson ihm zu.

»Schon möglich.« Petries Stimme klang zweifelnd. »Trotzdem müssen wir von jetzt an jeden Moment mit Problemen rechnen – schließlich befahren wir eine der Hauptnachschublinien in Sizilien.«

»Ich protestiere!«

Feldmarschall Kesselrings Stimme überschlug sich, er konnte seinen Zorn nicht länger verhehlen. »Es wäre ein ungeheurer strategischer Fehler, die 29. Panzerdivision auf dem Festland zurückzuhalten.«

Seine Hand umklammerte den Telefonhörer, als sei es Generaloberst Jodls Hals. Der hohe Offizier bat ihn, einen Moment in der Leitung zu bleiben. Die Tischuhr unter der Lampe auf Kesselrings Schreibtisch zeigte 21.15 Uhr. Der Anruf aus dem Führerhauptquartier in Ostpreußen hätte kaum zu einem ungünstigeren Zeitpunkt kommen können. Die Nachricht an Oberst Baade in Messina, unverzüglich die ›Carridi‹ zum Festland hinüberzuschicken, lag auf Kesselrings Schreibtisch, und in Giovanni wartete Rheinhardt auf die Verschiffung seiner Division. Trotzdem war es sicher klug gewesen, die Fähre nicht schon früher in Marsch zu setzen, dachte Kesselring, denn dann hätten ihm die Schreibtischstrategen im obersten Hauptquartier sicher ein paar peinliche Fragen gestellt.

Die Gestapo hatte also tatsächlich seine Leitung angezapft und das Führerhauptquartier am anderen Ende von Europa über seine Pläne informiert.

Jodls Stimme drang wieder über den Draht, kalt, unpersönlich und präzise wie immer.

»Rheinhardt bleibt in Süditalien, bis wir genau wissen, wo die Invasion stattfinden soll.«

»In Sizilien, nur in Sizilien! Strickland geht immer schrittweise vor, und der nächste Schritt von Afrika aus ist Sizilien. Dann kommt Italien. Wenn wir diesmal die Alliierten schlagen und in die See zurückwerfen, brauchen sie mindestens sechs Monate, um einen erneuten Versuch zu starten.«

»Das wissen wir alles.«

Jodls Stimme blieb ruhig.

»Eben deshalb müssen wir erst genau wissen, wo sie landen wollen.«

»Etwas genau wissen bedeutet im Krieg immer, es zu spät wissen«, schrie Kesselring ins Telefon.

Er konnte seine Wut nicht mehr zügeln. Der verdammte Gefreite mit dem Oberlippenbärtchen stand bestimmt neben Jodl und hörte das Gespräch mit, doch kam der Hund nie selbst an den Apparat. Kesselring holte tief Luft. Er war nicht bereit nachzugeben. Dieses Mal nicht!

»Ich möchte mit dem Führer persönlich sprechen, ehe ich diesen Befehl akzeptiere.«

»Eine Sekunde – hier geht's im Moment drunter und drüber.«

Also war der kleine Gefreite anwesend. Doch würde Jodl niemals zugeben, daß er Handlangerdienste leistete und die wahnsinnigen Befehle seines Führers nur weitergab. Während der Wartezeit überlegte sich Kesselring den nächsten Zug. Er durfte diesmal nicht der Verlierer sein. Rheinhardt mußte unbedingt nach Sizilien übersetzen, mochten die Verrückten in Ostpreußen befehlen, was sie wollten. Vom anderen Ende Europas hörte Kesselring, wie der Generaloberst hüstelte. Das tat er immer, wenn er aufgeregt war.

»Kesselring, der Führer ist im Moment unabkömmlich. Der Befehl bleibt bestehen. Die ›Carridi‹ ist noch in Messina, wie ich vermute?«

»Ja. Das heißt also, daß Rheinhardt unter keinen Umständen übersetzen soll?« fragte Kesselring listig. »Auch wenn definitive Meldungen vorliegen, daß der Gegner Fallschirmspringer absetzt?«

Wieder folgte ein längeres Schweigen. Kesselring grinste vor sich hin. Nun, wie schmeckt dir diese Zutat zu deinem Vegetarier-Süppchen? dachte er sarkastisch. Er hatte die hohen Herren in der Zwickmühle, das bewies die lange Pause. Wieder räusperte sich Jodl, ehe er sich meldete.

»Rheinhardt darf übersetzen, sobald Meldungen vorliegen, daß der Gegner von See her Truppen in Sizilien an Land setzt. Aber nur dann! Haben Sie verstanden?«

»Definitive Meldungen über Fallschirmspringer-Einsatz ...« Kesselring dehnte absichtlich seine Worte.

»Nur von See her!« Jodls Stimme klang scharf. »Ich wiederhole, nur bei einer Landung gegnerischer Streitkräfte von See her! Ich hoffe, Sie haben mich genau verstanden.« »Jawohl.« Kesselring vermied es absichtlich, Jodls Worte zu wiederholen. »Da sind sehr starke Störungen in der Leitung«, fügte er maliziös hinzu und läutete das Gespräch ab.

Zwischen den beiden Arten, Truppen anzulanden, konnte es kaum einen größeren Unterschied geben. Der erste feindliche Angriff erfolgte aus der Luft, wahrscheinlich kurz vor Mitternacht, solange der Mond am Himmel stand. Die Anlandung von See her war erst Stunden später zu erwarten. Durch sein kleines Manöver hatte Kesselring zumindest ein paar Stunden herausgeschunden. Wenn seine Ahnung ihn nicht trog und noch vor Mitternacht Fallschirmspringer gemeldet wurden, konnte die ›Carridi‹ sofort auslaufen. Er bestellte sich telefonisch Kaffee und begann seinen Befehl an Oberst Baade in Messina umzuformulieren. Es würde eine lange Nacht werden.

Es war ziemlich dunkel, als Petrie den Motor anließ und langsam weiterfuhr. Sobald sie die Küste erreichten, wurde es kritisch. Er lenkte den Wagen durch eine Kurve und gab an der folgenden Steigung mehr Gas, um das Tempo zu halten.

Doch kaum hatte er die Hügelkette erreicht, bremste er ab. Der Sturm fiel mit voller Wucht über den Wagen her. Den Männern im Fahrzeug bot sich ein dramatisches Bild. Der Blick weitete sich nach drei Richtungen, als das Licht des Mondes durch die niedrigen Wolken brach. Im Osten lief die Küstenstraße als schmales Band neben der eingleisigen Bahnspur von Palermo nach Messina, verschwand zeitweilig hinter einigen Hügeln und tauchte in der Ferne bei Milazzo wieder auf. Nach Westen zu führte sie nach Palermo. Vor ihnen im Norden lag die offene See, eine dunkle, unruhige Fläche mit weißen Schaumkronen, die gegen die verlassene Küste anstürmten und mit heftigem Donnern an dem Felsen zerrannen.

Petrie atmete tief durch. Ihre Furcht vor Militärkolonnen, Panzern und Truppen erwies sich als grundlos. Nichts und niemand war zu sehen, die tobende See schien das einzig Lebende in dieser toten Landschaft zu sein.

»Wir sind die reinsten Sonntagskinder.«

Johnson sagte diese Worte halblaut zu sich selbst. Dann bemerkte er, daß Petrie geduckt hinter dem Lenkrad saß und die Ambulanz im Schneckentempo den Abhang zur Einmündung der Seitenstraße auf die Küstenstraße hinuntersteuerte. Was zum Teufel hatte der Engländer jetzt schon wieder?

Im Schrittempo rollte der Wagen auf die Einmündung zu. Petrie hielt seinen Blick nach rechts gerichtet, wo der Hügel ein Stück der Küstenstraße verbarg. Unterhalb der Straße dehnte sich eine Bucht mit einem Kiesstrand, der an einem vorspringenden Hochplateau endete. Nirgendwo eine Spur von Drahtgeflechten, die auf eine Verminung schließen ließen. Nur einige Fischerboote lagen sicher vor den Wellen weit oberhalb der Wasserlinie auf dem Strand.

Petrie überquerte einen Bahnübergang und fuhr auf die Küstenstraße. Er wollte gerade nach rechts einbiegen, als er das Straßenstück, das der Hügel bis jetzt vor seinen Blicken verborgen hatte, einsehen konnte. In einem Sekundenbruchteil, wie vom Blitz einer Kamera erhellt, nahm er die Szenerie dort unten in sich auf – die Schlange ineinander verkeilter Armeelastwagen, die anscheinend zu schnell und zu dicht aufgefahren waren, die blockierte Straße, den Krankenwagen mit weit geöffneten Rücktüren …

Petrie überquerte die Schnellstraße mit aufheulendem Motor und lenkte den Wagen auf den Kiesstrand zwischen dem Kap und der Bucht zu. Das Krachen der Federung dröhnte ihm in den Ohren. Angelo starrte ihn nur überrascht an.

Johnson sprach als erster. »Was soll das, Jim?«

»Ich versuche nur, Ärger aus dem Weg zu gehen. Ein paar

hundert Meter weiter unterhalb der Einmündung hat es einen Unfall gegeben. Die Straße ist blockiert, auch ein Krankenwagen ist schon da. Kannst du mir sagen, wie wir da vorbeikommen sollen – in einer Ambulanz? Da unten standen auch deutsche Lastwagen.«

»Und du willst hier abwarten, bis der ganze Spuk vorbei ist?«

Johnsons Stimme klang nicht gerade glücklich. Ungläubig beobachtete er Petrie, der ungerührt auf dem schmalen Strandstreifen unterhalb der Tafelebene weiterfuhr, wo die ausrollenden Wogen nach den Rädern des Wagens zu greifen schienen.

»Wir warten nirgendwo«, sagte Petrie schroff. »Dafür haben wir keine Zeit mehr. Wir fahren jetzt genau die Route, die ich ausgetüftelt habe. Vor unserer Abfahrt aus Tunis hatte ich mir die Luftaufnahmen dieses Küstenstrichs genau angesehen. An dieses Tafelland kann ich mich erinnern. Es ragt etwa achthundert Meter in die See vor und weicht dann genau unterhalb der Unfallstelle wieder bis hinter die Küstenstraße zurück ...«

»Du willst doch nicht etwa um dieses Kap herumfahren?« fuhr Johnson auf.

»Genau das habe ich vor. Die Luftaufnahmen zeigten einen durchgehenden Strandstreifen rund um das Kap. Also, Herrschaften, betet mal schön, daß ich die Fotos richtig gedeutet habe.«

Der Sturm wurde immer stärker, türmte riesige Wogen auf und jagte sie mit enormer Wucht gegen das Kap. Der Strandstreifen zwischen dem Tafelland und der Wasserlinie war sehr schmal, kaum breiter als die Spur ihres Krankenwagens, und vor ihnen rollten die Brecher an einigen Stellen bis zum Fuß der Felskuppen. Es war nicht einfach, den Wagen hier entlangzusteuern. Häufig rutschten lockere Steine unter den Rädern weg und brachten den Wagen aus der Spur. Der Abstand zwischen dem rechten Kotflügel und der Felswand betrug oft nur Zentimeter. Wenn jetzt noch eine Stelle kommt, dachte Johnson, wo die Wogen den Kiesstreifen überspült haben, können wir zu Fuß weitergehen.

Der gleiche Gedanke war auch Petrie schon gekommen, doch die Zeit drängte jetzt so sehr, daß sie jedes Risiko in Kauf nehmen mußten. Erreichten sie Messina nicht rechtzeitig, und die Deutschen brachten neue Truppen über die Meerenge, hätten sie sich all die Mühen und Gefahren sparen können. Dann wäre alles vergebens gewesen. Es würde schwierig, die Ambulanz um das Kap zu fahren, denn eines hatten die Luftaufnahmen, aufgenommen an einem Tag mit ruhigem Wetter, nicht berücksichtigen können: den Auslauf der Brecher einer vom starken Sturm gepeitschten See.

Auf den Fotografien war der Strand nur ein schmaler Streifen gewesen, der sich am Kap stark verengte. Petrie vermutete, daß sie einen Teil der Strecke durchs Wasser fahren mußten. Einen Punkt hatte er bewußt vor seinen Gefährten zu verbergen versucht. Was war, wenn der Strand plötzlich in ein tiefes Wasserloch absackte, das man durch die anrollenden Brecher nicht sehen konnte?

Petrie schob den Gedanken beiseite und konzentrierte sich wieder aufs Fahren. Wenig später verengte sich der Strand noch weiter, rechts schimmerte die senkrechte Felswand, naß von der Gischt, im Mondlicht, links tosten die Wellenberge, deren Schaumkronen immer höher wogten, heran, brachen sich an dem Felssockel unter der Wasseroberfläche und schoben einen schäumenden Teppich unter den Wagen.

Das Grollen und Donnern der riesigen Wasserberge, die unablässig gegen das Kap anstürmten, war nervenzermürbend. Petrie fühlte etwas Feuchtes leicht gegen seine Wange klatschen und langsam hinabrinnen. Die Brandungslinie rückte immer näher, der Wind trieb die Gischt heran.

»Ed, behalte durch das Rückfenster die Schnellstraße im Auge.«

Petrie befürchtete, daß sich von Westen ein anderer Wagen

näherte. Der Fahrer könnte sie sehen und annehmen, sie wollten Selbstmord begehen. Doch war die Straße nach beiden Richtungen verlassen gewesen, als sie sie überquerten. Wenn nichts dazwischenkam, konnten sie es schaffen. Der Sturm trieb die Gischt der Wellen gegen die Windschutzscheibe. Petrie schaltete die Scheibenwischer ein. Einen Augenblick später beugte er sich vor und starrte stirnrunzelnd hinaus.

Ein Stück weiter oberhalb schien die See den Strandstreifen verschluckt zu haben, die Wogen brandeten gegen den Fuß des Kaps. Doch konnte dies bei dem diffusen Licht durchaus eine optische Täuschung sein.

Er hörte, wie Scelba sich hinter ihm räusperte, und warf rasch einen Blick zu Angelo hinüber, der sich eine Zigarette angezündet hatte und mit zusammengekniffenen Augen auf das Meer hinausschaute, als rechne er sich ihre Überlebenschancen aus. Hinter ihm sagte Johnson mit ruhiger Stimme: »Jim, ich steige aus und gehe vor dem Wagen her. Es hält uns zwar etwas auf, doch wir sollten wissen, was da vorne auf uns wartet, ehe es zu spät ist. Scelba kann die Straße im Auge behalten.«

»Gut, Ed. Schau dir den Strand in Wassernähe besonders genau an. Er könnte weggespült sein.«

Der Amerikaner öffnete die Rücktür und stieg aus. Sofort packte ihn der Wind mit enormer Wucht und schleuderte ihn fast gegen die Steilwand. Johnson zwängte sich zwischen dem Wagen und der Wand nach vorn. Seine Füße rutschten über nasses Gestein, taumelnd stemmte er sich gegen den tosenden Sturm, der sich noch zu verstärken schien. Die Gischt der Brandung näßte sein Gesicht und seine Kleider.

Trotz des Heulens des Sturmes vernahm er vor sich ein Geräusch, das keineswegs verheißungsvoll klang. Dort donnerten die riesigen Wellenberge direkt gegen die Felsen, als wollten sie das Kap zermalmen. Vornübergebeugt taumelte, stolperte und rutschte der Amerikaner vorwärts und hob nur gelegentlich den Kopf, um den weiteren Verlauf des Strandes zu erkunden. Wenig später watete er knietief in der schäumenden Brandung, um sich zu vergewissern, daß auch genügend fester Untergrund für den Wagen vorhanden war. An einigen Stellen würde Petrie eben mit den Außenrädern durchs Wasser fahren müssen.

Als er sich der Spitze des Tafellandes näherte, veränderte das Kap seine Form. Die Steilwand wich zurück und öffnete sich zu schmalen Schluchten, die sich tief in den Fels fraßen und statt mit Kies mit Sand angefüllt waren. Sie endeten jeweils unter einer Felswand.

Das Donnern der Brandung vor der Landzunge schwoll an. Johnson hörte es deutlich über dem Brausen des Sturmes und dem Motorengeräusch des Krankenwagens, der ihm in etwa zwanzig Meter Abstand folgte. Er fragte sich, ob letztendlich die Natur mit ihrem verrückten Spiel doch Sieger über sie bleiben sollte. Immer noch stand der Mond am Himmel und schickte seine Strahlen durch ein Loch in der niedrigen Wolkendecke. In seinem bleichen Licht sah Johnson, wie sich vor ihm die Brecher an riesigen Felsen zerschlugen und eine Wolke von Gischt hoch in die Luft sprühten, die der Sturmwind zerriß und gegen die Klippen blies.

Der Amerikaner blieb stehen, um sich das Wasser vom Gesicht zu wischen. Er drehte sich um und sah hinter sich die Scheinwerfer des Wagens in einer Wolke sprühender Wassertröpfchen verschwimmen.

Sie würden nie an der Landzunge des Tafellandes vorbeikommen. Petrie mußte einen Fehler bei der Deutung der Luftaufnahmen gemacht haben, als er annahm, daß der Strandstreifen um die Landzunge herumführte. Es war auch völlig unwahrscheinlich. Ein Kap, das so weit in die See hinausragt, hatte in der Regel keinen Strand.

Johnson hob die Hand und winkte die Ambulanz näher an die Felswand heran, dann wandte er sich wieder um und stolperte vorwärts.

Die Stimmung im Wagen war gedrückt, die Insassen fühlten sich wie in einer engen Zelle gefangen. Es war kalt, doch die Männer schwitzten vor Furcht. Der Wagen schwankte, wenn die Räder über lockeres Gestein glitten, das von der auslaufenden Brandung hin und her geschoben wurde. Petrie hielt das Lenkrad fest gepackt und steuerte den Wagen mal zur Wasserseite, mal auf die Felswand zu, um sein Schwanken auszugleichen. Gerade passierte er wieder eine dieser seltsamen Sandschluchten, und Angelo warf einen sehnsüchtigen Blick in diesen Einschnitt im Fels, der zumindest Schutz von den tobenden Elementen versprach... Petrie schaute konzentriert geradeaus und versuchte, das Inselchen vor der Spitze der Landzunge auszumachen, das er auf einer der Aufnahmen gesehen hatte. Doch sie befanden sich schon in unmittelbarer Nähe der Kapspitze, und nirgends war eine Insel zu erkennen. Hatte er etwa einen Schatten auf dem Bild falsch interpretiert? Dann war es aus mit ihrem Plan, das Kap auf dem Strand zu umfahren. Er schaute nach links aus dem geöffneten Fenster. Sein Jackenärmel war schon von der Gischt völlig durchnäßt. Erschrocken blinzelte er, als er sah, was da auf sie zukam.

Eine riesige graue Wasserwand rollte heran, brach in sich zusammen und baute sich wieder auf, jagte, sich immer höher schraubend, auf den Wagen zu und drohte ihn unter sich zu begraben. Petrie stoppte und begann in höchster Eile das Fenster hochzudrehen. Angelo duckte sich instinktiv gegen die andere Tür. Die Woge würde sie zerschmettern, und der kräftige Sog eines solchen Brechers konnte den Wagen mit Leichtigkeit umwerfen und in die See spülen. Die Wand fiel erneut in sich zusammen, hüfthoch schossen ihre Ausläufer auf den Wagen zu und donnerten dagegen. Die Männer fühlten die Wucht des Stoßes, fühlten, wie der Wagen schwankte. Wasser quirlte auf allen Seiten um sie herum, lief zurück und brach sich an der nächsten anrollenden Welle. Hoch spritzte die Gischt in die Luft. Petrie versuchte, den Motor wieder zu starten. Er kam nicht. Eine Sekunde später bemerkte er, daß Johnson verschwunden war.

Johnson hatte den Brecher herandonnern sehen und sich eiligst in der letzten kleinen Schlucht in Sicherheit gebracht, einem breiten sandigen Einschnitt, der nach etwa dreißig Metern abknickte und verschwand. Das Wasser rollte hinter ihm hinein, überschwemmte den Sandboden und schwappte wieder zurück. Johnson folgte dem Wasser und verließ den Felseinschnitt. Er gab Petrie ein Zeichen, hörte das Starten des Motors, hörte, wie er erstarb. Ein eisiger Schreck durchfuhr ihn. In die Maschine war Wasser eingedrungen.

Wieder wurde der Motor gestartet, doch erst beim dritten Versuch sprang er an, und die Ambulanz rollte weiter. Wolken verdeckten den Mond, die Scheinwerfer tasteten sich wie Lichtfinger durch das Dunkel.

Zögernd verließ Johnson den sicheren Sanduntergrund und ging weiter auf die Landspitze zu. Seine Stiefel schlitterten über nasses Gestein. Ja, Petrie hatte sich geirrt. Er konnte jetzt deutlich die riesigen Felsbrocken vor der Spitze des Kaps erkennen. Wasser umspülte sie, gegen die äußeren Felsen tobte die Brandung mit voller Wucht. Es gab keinen Strandstreifen mehr. Riesige Felsen blockierten ihren Weg.

Johnson schaute zurück – und erstarrte. Der Wagen hatte jetzt den sich stark verengenden Strandstreifen erreicht, und die äußeren Räder befanden sich bis zur halben Höhe schon im Wasser.

Die Schieflage des Wagens war es, was Johnson so erschreckte. Die Ambulanz neigte sich stark zur See hin, wo der Strand steil zur Wasserlinie hin abfiel. Nur noch ein paar Grad weiter von der Felswand weg, und der Wagen mußte seitlich umkippen. Für ein paar lange Sekunden vergaß Johnson das Donnern der Brecher, das Heulen des Windes, sogar die Tatsache, daß riesige Felsen ihnen den Weg versperrten. Er sah nur noch die gefährliche Neigung des Wagens, sah, daß Petrie nicht aufgab und den Wagen über eine trügerische Sandbank steuerte, daß die Scheinwerfer gefährlich hin- und herschwankten. Sie kamen näher, richteten sich wieder in die Waagerechte, als die Ambulanz über einen ebenen Felskeil rollte und sich der Sandschlucht näherte, in der Johnson Schutz vor der herantosenden Flutwelle gefunden hatte.

Erst jetzt ging der Amerikaner weiter auf die Landspitze zu. Dabei hoffte er inbrünstig, daß seine Augen ihm einen Streich gespielt hatten, daß es einen durchlaufenden Strand um das Kap gab. Er erreichte den ersten großen Felsen, die Gischt der Brecher sprühte über ihn hinweg und durchnäßte ihn. Das Tosen der Wassermassen war ohrenbetäubend.

Johnson gab Petrie ein Zeichen zu warten und kletterte auf den schlüpfrigen Felsen, um zu sehen, ob sie wenigstens zu Fuß weiterkamen. Etwa zwanzig Meter oberhalb der Stelle, wo der Wagen wartete, weitete sich der Blick. Johnson sah über die Landzunge hinweg auf das offene Meer hinaus – und erkannte den vertrauten Umriß eines italienischen Schnellbootes, das auf das Kap zuhielt. Kaum dreihundert Meter vor der Landspitze, im bleichen Mondlicht deutlich zu erkennen, wendete es, um den Küstenstreifen auf dieser Seite abzusuchen.

Der Amerikaner sprang die Felsen hinunter, stolperte über gefährliche Kanten und wäre beinahe auf dem schlüpfrigen Gestein gestürzt. Er lief auf den Wagen zu und deutete dabei mit den Armen immer wieder auf die Sandschlucht. Doch entweder sahen ihn seine Gefährten nicht, oder sie konnten seine Gesten nicht deuten. Der Wagen rollte weiter auf ihn zu und war schon fast am Eingang der Schlucht vorbei. Johnson, der wie durch ein Wunder nicht stürzte, rannte weiter voran, blieb wieder stehen und winkte erneut.

Der Krankenwagen drehte in die Schlucht ab und verschwand hinter der vorspringenden Felsnase. Johnson spurtete wieder los, versuchte verzweifelt, den Schluchteingang zu erreichen, ehe das Patrouillenboot um die Landzunge bog.

Einmal glitt er auf nassem Geröll aus und fiel hart auf die Knie. Vom Schmerz betäubt, blieb er einen Moment in dieser gebeugten Haltung, dann rollte eine hohe Woge über ihn hinweg und brachte ihn zur Besinnung. Er zog sich auf die Füße und taumelte weiter. Seine Mütze, seine Jacke und seine Hosen trieften vor Nässe. Endlich spürte er den weichen Sand unter den Stiefeln und begann schwerfällig zu laufen.

Die Ambulanz war hinter der Kehre der Schlucht verschwunden. Die Reifenspuren am Schluchteingang hatte das hereinströmende Wasser fast verwischt. Johnson hastete vorwärts, frierend, mit triefenden Kleidern. Jeden Augenblick glaubte er das Tuckern des Bootsmotors hinter sich zu hören. Aus irgendeinem Grund suchten die verdammten Hunde die Landspitze mit ihren starken Scheinwerfern ab, und Johnson befürchtete, noch in der Schlucht vom Lichtstrahl erfaßt zu werden.

Hielten sie etwa Ausschau nach Landungstruppen? Er wußte es nicht. Endlich erreichte er die Felsnase, hinter der die Schlucht abknickte. Petrie war ihm entgegengeeilt und zog ihn am Arm hinter die schützende Deckung.

»Bist du okay, Ed? Was ist los?«

Johnson blieb ihm die Antwort schuldig, er war völlig außer Atem. Statt dessen deutete er zurück zum Strand. Vorsichtig spähte Petrie um den Felsvorsprung. Im gleichen Moment tauchte das Patrouillenboot um die Landspitze auf und nahm Kurs auf die offene See. An Bord blitzte in Abständen eine Morselampe auf.

Petrie erschrak. Im ersten Augenblick dachte er, man übermittelte ihre Entdeckung an eine Streife auf der Küstenstraße. Doch rasch erkannte er, daß sich das Boot nur bei einer Station der Küstenwacht oben auf dem Tafelland identifizierte.

»Alles in Ordnung, Ed«, beruhigte er den Amerikaner. »Es hat uns nicht entdeckt und nimmt Kurs auf die offene See.«

»Patrouillenboot...« Johnson rang nach Luft.

»Suchten mit Scheinwerfern die Küste ab... können nicht

weiter ... große Felsen im Weg ...« – »Mach dir keine Sorgen. Es war nur ein Erkennungssignal – wahrscheinlich an die Wachstation da oben. Komm erst mal zu Atem. Du hast unsere Haut gerettet. Zieh die nassen Klamotten vom Leib, und wickle dich in eine Decke. In den Schränken im Wagen gibt's genug davon.«

Er führte Johnson zum Wagen, der ohne Licht einige Meter entfernt stand. Scelba öffnete die Türen an der Rückseite, half dem Amerikaner hinauf und nickte Petrie zu, der zum Führerhaus ging. Als er sich hinter das Steuer schwang, ging der Mond unter. In der Schlucht herrschte jetzt völlige Dunkelheit.

Der Amerikaner wollte mit Petrie sprechen, ehe er sich umzog. Er beugte sich durch das Schiebefenster.

»Jim, wir können das Kap nicht umfahren. Da liegen riesige Felsbrocken im Weg. Der Strand hört hier auf.«

Angelo drehte sich um und gab ihm eine Zigarette. Beim Aufflammen des Streichholzes sah ihn der Amerikaner lächeln. Diese Reaktion überraschte ihn.

»Es ist alles bestens, Ed«, beruhigte ihn Petrie. »Ich war mir ziemlich sicher, daß ich auf der Luftaufnahme eine kleine Insel vor der Kapspitze gesehen hatte, und doch konnten wir sie nicht entdecken. Das da ist die Insel.«

Er deutete nach links aus dem Fenster.

»Was wir immer für die Landzunge gehalten haben, ist die Insel. Sie ist vom Tafelland nur durch diese Schlucht getrennt, die zum Strand auf der anderen Seite führt. Von dort kommen wir wieder auf die Straße.«

»Du machst wohl Witze«, krächzte Johnson.

»Ich habe mich eben davon überzeugt. Wir folgen dieser Kurve, und nach ein paar Metern sind wir auf der anderen Seite des Tafellandes. Wir warten ein paar Minuten, bis das Patrouillenboot weg ist, dann können wir fahren. Ich will vorher nur noch mal den Strand und die Straße überprüfen.«

»Und was ist mit der Wachstation da oben?«

»Sie liegt mitten auf dem Hochplateau, genau zwischen uns und der Straße. Ich weiß das noch von der Luftaufnahme. Wir fahren wie bisher dicht unterhalb der Steilwand entlang, dann können sie uns nicht entdecken.«

Sie warteten einige Minuten. Petrie überzeugte sich, daß die Luft rein war, dann fuhren sie durch die Schlucht auf den Kiesstrand auf der anderen Seite hinaus. Der Uferstreifen war hier breiter, weil das Kap ihn vor dem starken Wind schützte. Auch die See tobte hier weit weniger heftig.

Als der Wagen sich der Böschung der Straße näherte, hielt Petrie an und stieg aus. Er mußte eine höchstgefährliche Frage klären: Konnte man diesen Punkt der Straße, an dem sie sich jetzt befanden, vom Unfallort aus einsehen?

Vorsichtig kletterte Petrie den sandigen Hang hinauf. Hätte er es doch riskieren und einfach auf die Straße hinausfahren sollen? Jedenfalls mußte die mitten auf dem Strand geparkte Ambulanz auf jeden vorbeikommenden Fahrer seltsam wirken.

Petrie erreichte die Straße und richtete sich auf. Verlassen breitete sich ihr Band in westlicher Richtung aus und verschwand in dem Tal, wo die Unfallstelle lag. Petrie rannte zur Ambulanz zurück, fuhr den Hang hinauf und lenkte den Wagen auf der Straße in Richtung Osten. Rasch warf er einen Blick auf seine Uhr. 22.25 Uhr. Noch fünfundneunzig Minuten bis zur Stunde Null. Er drückte seinen Fuß auf das Gaspedal.

12

Freitag, 22.30 Uhr bis 23.30 Uhr

Mit hundert Stundenkilometern jagte die Ambulanz über die Schnellstraße an der nordsizilianischen Küste entlang. Die Scheinwerfer schossen durch die Dunkelheit. Die Tachonadel zitterte. Der Wind drückte heftig gegen den Wagen.

Scelba hielt sich krampfhaft am Sitz fest, um sein Gleichgewicht zu bewahren, als der Wagen in eine langgezogene Kurve schoß. Johnson lehnte den Körper gegen die Wagenwand. Sie näherten sich Messina. Es war genau 23 Uhr. Drei Straßensperren hatten sie schon unbehelligt passiert. Wenn Petrie mit dieser Geschwindigkeit weiterfuhr, würden sie in einer Viertelstunde die Meerenge erreichen.

»Da ist schon wieder eine Sperre«, sagte Angelo knapp.

»Wir werden sie ebenso passieren wie die anderen«, bemerkte Petrie optimistisch.

»Irgendwann kommen wir damit nicht mehr durch«, unkte Johnson durch das Verbindungsfenster.

Die roten Lichter in der Ferne signalisierten schon weithin, daß sie sich einer Kontrollstelle näherten. Der Schlagbaum oder die Posten waren im Scheinwerferlicht noch nicht zu erkennen. Petrie schaltete die Sirene ein. Ein unheimlicher, Todesgefahr andeutender Heulton drang in die Nacht hinaus, warnte die Posten an der Sperre, daß dieser Wagen nicht anhalten würde, veranlaßte sie zum Öffnen des Schlagbaumes. Die Scheinwerfer erfaßten die Sperre, erfaßten Männer in Carabinieri-Uniformen, die hastig den Baum hoben und zur Seite sprangen. Der Krankenwagen schoß durch die Sperre. Angelo sah die weißen Gesichter der Posten schemenhaft vorbeihuschen. Dann stachen die Scheinwerfer wieder ins Dunkel, schwenkten in eine Kurve, ließen kurz die Schienen zu ihrer Rechten aufblitzen, zwei bedeutungslose Stahlstränge, die nach nirgendwo führten, da hier keine Züge mehr verkehrten. Zu ihrer Linken schimmerte die unruhige See silbern auf, als der Mond wieder hinter einigen Wolken hervorkam. Immer noch tobte der Sturm und trieb die Wolken wie eine dunkle Geisterflotte am Himmel vor sich her.

Doch bei der hohen Geschwindigkeit schien die Wasseroberfläche nur leicht gekräuselt, ein Tanz von silbernen Wogenkämmen, die sich an der leeren, einsamen Küste totliefen.

Die vier Männer jagten an Buchten, Schluchten und Klippen vorbei, und häufig bemerkten sie draußen auf See die dunklen Umrisse von Patrouillenbooten, die die heimischen Gewässer nach feindlichen Eindringlingen absuchten – während der Feind kaum einen Kilometer südlich von ihnen in einem Ambulanzwagen auf Messina zujagte.

»In der Nähe der Stadt haben auch die Deutschen einige Sperren errichtet«, warnte Angelo.

»Halten sie auch italienische Armeefahrzeuge an?« fragte Petrie.

»Nur selten, aber es kommt vor.«

Und im Moment, vor einer drohenden Invasion, dürften sie besonders mißtrauisch sein, dachte der Engländer und steuerte den Wagen in das Peloritanische Gebirge hinauf.

Die See wich nach Norden zurück. Die Bahnlinie wechselte über eine Brücke auf die linke Straßenseite hinüber und führte auf einer eigenen Spur durch die Berge hindurch in östlicher Richtung nach Messina. Die Straße kletterte immer höher hinauf, die Temperatur sank um einige Grade. Zum ersten Mal seit ihrer Landung auf der Insel fuhren die vier Männer durch bewaldetes Gebiet, sahen Bäume an den Berghängen.

Vor ihnen in der Nacht tauchten wieder die Lichter eines Kontrollpunktes auf. Petrie betätigte erneut die Sirene und beschleunigte.

»Seien Sie vorsichtig!« warnte ihn Angelo.

Im Mondlicht war das Rohr der Panzerabwehr-Kanone

deutlich zu erkennen, die Mündung deutete drohend in ihre Richtung. Deutsche Uniformen wurden sichtbar, über ein Dutzend Soldaten standen am Schlagbaum. Unter ein paar Bäumen auf der anderen Straßenseite hatten zwei Motorradfahrer einen italienischen Lastwagen gestoppt und prüften die Papiere. Um den Lastwagen herum vertraten sich ein paar italienische Soldaten die Beine.

Der Schlagbaum blieb unten. Petrie packte das Lenkrad fester. Seine Augen wurden schmal, als er sich der Sperre näherte. Und dann geschah etwas, das alle überraschte. Es begann zu regnen.

»Ich halte an«, sagte Petrie warnend und trat auf die Bremse. Wenige Meter vor dem Schlagbaum brachte er den Wagen zum Stehen. Für einen Durchbruch standen ihre Chancen zu schlecht. Die Kanone mit ihrer gefährlichen Reichweite wie auch die Motorradfahrer, die innerhalb von Sekunden die Verfolgung aufnehmen konnten, machten das Risiko zu groß.

Als das Motorgeräusch des Sanka zu einem gleichmäßigen Brummen erstarb, hörten die vier Männer den Regen laut gegen das Blech der Karosserie trommeln. Durch das geöffnete Seitenfenster sah Petrie einen deutschen Unteroffizier auf die Ambulanz zukommen. Die Maschinenpistole hielt er in der Hand. Völlig durchnäßt erreichte er den italienischen Sanka.

»Sie wollten wohl nicht anhalten, wie?«

Innerlich verfluchte Petrie das fließende Italienisch des Deutschen, doch schaute er dem Unteroffizier nur verwundert ins Gesicht.

»Wir sind auf dem Weg ins Hospital. Ein dringender Notfall.«

»Kein Grund, am Schlagbaum nicht zu halten. Sehen Sie die Kanone da?«

Der Deutsche wischte sich die Regentropfen vom Gesicht und deutete mit einer Hand zu dem Geschütz hinüber. Die andere hielt die Maschinenpistole schußbereit.

»Ihr Patient könnte jetzt schon ein toter Mann sein – und Sie auch!«

Der Deutsche mochte Ende Zwanzig sein. Er war ein kräftiger, etwa 1,85 Meter großer Mann, ein arroganter Bursche, ein typisches Produkt des Nazi-Regimes.

»Ihre Papiere!« bellte er und zielte mit der Pistole auf Petries Kopf.

Er war glatt rasiert, hatte wohl gerade seinen Dienst angetreten, und der Regen schien ihm nichts auszumachen. Hinter ihm waren mehrere italienische Soldaten unter den Bäumen hervorgekommen und blieben am Straßenrand stehen. Sie hatten sich offensichtlich vor dem strömenden Regen in Sicherheit gebracht, der rasch die Mulde füllte, in der die Bäume wuchsen. Dem Sanka am nächsten stand ein Unteroffizier, ein kleiner, entschlossen aussehender Mann, der die Szene neugierig beobachtete.

»Papiere!« schnarrte der Deutsche nochmals.

Irgend etwas in Petrie rastete aus. Sie waren jetzt seit fast vierundzwanzig Stunden unterwegs, hatten den Mafia-Überfall, den Jagdflieger-Angriff, die Fahrt durch die Wildnis, die Verfolgung durch die Carabinieri, die Bombardierung durch das B 17-Geschwader und einige andere Gefahren heil überstanden. Und dann wollte so ein bulliges Schwein von einem Deutschen sie kurz vorm Ziel, wo Messina schon greifbar vor ihnen lag, aufhalten?

Der Engländer sprang in den strömenden Regen hinaus, warf die Tür hinter sich heftig ins Schloß, stemmte die Arme in die Hüften und baute sich vor den Deutschen auf.

»Sie hätten tatsächlich eine italienische Ambulanz unter Feuer genommen?«

Absichtlich hatte er seine Stimme erhoben, um das Rauschen des Regens zu übertönen. Der italienische Unteroffizier trat einen Schritt näher, seine Soldaten hoben die Köpfe.

»Dies hier ist eine Straßensperre«, bellte der Deutsche. »An einer Sperre habt ihr zu halten, verdammt noch mal!«

»Und mir juckt's verdammt in den Fingern, wenn ich so etwas wie dich sehe, Freundchen. Du denkst wohl, euch gehört hier die ganze Insel, was? Wir Italiener haben hier wohl gar nichts mehr zu sagen, sind nur Dreck, wie?«

Der italienische Unteroffizier kam auf die beiden zu, blieb aber dann wieder stehen. Unmerklich schlug die Stimmung um. Auf der einen Seite der Straße sammelten sich die italienischen Infanteristen. Sie hatten die Gewehre in die Hand genommen und schauten an der Ambulanz vorbei zu der Geschützstellung, wo die deutschen Soldaten standen. Dann lenkten sie ihre Aufmerksamkeit wieder auf die beiden Akteure auf der Straße. Der deutsche Unteroffizier musterte Petrie argwöhnisch.

»Was ist mit Ihrer Uniform los?« fauchte er. »Außerdem haben Sie sich seit mindestens zwei Tagen nicht mehr rasiert. Sie sehen aus wie ein Strolch.«

Petrie deutete provokativ auf die Wehrmacht-Uniform seines Gegenübers. Zu den Italienern gewandt rief er:

»So, so, weil wir also keine hübschen neuen Uniformen haben wie dieser Angeber hier, sind wir gleich Strolche. Jetzt wissen wir, wie unsere netten Verbündeten über uns denken. Strolche hat er uns genannt. Ich helfe Verletzten, beschmiere dabei meine Uniform mit Blut und leihe mir eine andere, um weiterhelfen zu können – und dann bin ich unvorschriftsmäßig gekleidet. Zweiundzwanzig Stunden Dienst ohne Pause, und dann ist es ein Verbrechen, daß ich unrasiert bin. Ich wünschte, ich hätte es so gut wie der Herr General hier, dessen Haut so glatt ist wie der Arsch eines Chorknaben!«

Voller Absicht spuckte Petrie dem Deutschen dicht vor die Füße.

Im Wagen setzte sich Angelo vor Schreck kerzengerade auf. Seiner Meinung nach war Petrie zu weit gegangen. Auch der Deutsche versteifte sich. Unbeherrscht hob er die Waffe, um ihren Kolben Petrie über den Schädel zu ziehen. Der italienische Unteroffizier sprang vor und packte die Waffe.

Einige Augenblicke rangen die beiden Verbündeten miteinander.

Unablässig strömte der Regen herab und verwandelte den Boden neben der Straße in einen schlammigen Morast. Die italienischen Soldaten sahen ihrem Anführer im Handgemenge mit dem Deutschen an der Geschützstellung zu. Ein Wehrmachtsgefreiter gab einen scharfen Befehl, und alle deutschen Soldaten außer den beiden am Geschütz verteilten sich am Straßenrand.

Mein Gott, dachte Angelo, und wir sitzen mitten im Kreuzfeuer. So etwas hatte es schon einmal gegeben bei einer Auseinandersetzung zwischen Italienern und Deutschen in der Nähe von Catania. Der Vorfall wurde sorgfältig vertuscht und die beiden Einheiten an entgegengesetzte Enden der Insel verlegt.

Der Italiener stemmte seinen Stiefel hinter dem Bein des Deutschen in den Boden. Der Deutsche taumelte und löste den Griff um die Waffe. Mit einem Ruck riß der Italiener sie ihm aus der Hand, senkte sofort die Mündung und rief seinen Leuten über die Schulter zu: »Sofort die Gewehre herunter, ihr Idioten!«

Seine Männer folgten unverzüglich seinem Befehl. Der Unteroffizier fuhr schnell herum und zischte dem Deutschen zu: »Ich werde diesen Vorfall sofort bei meiner Ablösung melden.«

»Ihre Leute hätten beinahe auf meine Kameraden das Feuer eröffnet«, tobte der Deutsche.

»Dann schauen Sie mal kurz zu ihnen hinüber«, sagte der Unteroffizier.

Die Deutschen hielten noch ihre Gewehre schußbereit.

Der Italiener drehte sich um und ging ruhig davon, die Waffe des Deutschen nahm er mit. Der Mann konnte ihm nichts anhaben, er hatte nur den Angriff auf einen italienischen Sanitäter verhindert.

Der Nazisoldat fluchte laut hinter ihm her, dann schickte

er seine Leute zum Geschütz zurück. Dabei vermieden es die Männer, zu ihren Verbündeten auf der anderen Straßenseite hinüberzuschauen.

Der Italiener drehte sich noch einmal um und rief dem Deutschen zu:

»Von nun an kontrollieren wir allein die italienischen Fahrzeuge.«

»Auch ich werde den Vorfall melden«, gab der Deutsche zurück.

»Das steht Ihnen frei. Vergessen Sie aber nicht zu erwähnen, daß Sie auf eine italienische Ambulanz schießen wollten.«

»Das ist eine verdammte Lüge ...«

»Ich habe ganz deutlich gehört, wie Sie zu dem Fahrer sagten, er und sein Patient könnten jetzt schon tot sein.«

Der Unteroffizier ging zu Petrie hinüber, der abwartend im strömenden Regen stehengeblieben war. »Ihr Patient ist schwer krank?« fragte er.

»Er könnte sterben, wenn ich ihn nicht bald ins Krankenhaus nach Messina schaffe. Er ist Unteroffizier bei einer technischen Einheit, die Bunker baut. Ein Zementmischer ist auf ihn gestürzt. Er hat eine Chance zu überleben, wenn er bald in ärztliche Behandlung kommt. Deshalb habe ich auch die Sirene eingeschaltet. Das ist jetzt schon das zweite Mal innerhalb einer halben Stunde, daß die ›tedesci‹ uns anhalten.«

Petrie benutzte absichtlich den italienischen Ausdruck für die deutschen Alliierten. »Wenn ich noch einmal anhalten muß, kann das den Tod des Patienten bedeuten.«

Er warf einen bezeichnenden Blick zu den beiden Motorradfahrern hinüber, die auf den Sätteln ihrer Maschinen saßen.

»Sie meinen ...?«

Der Unteroffizier zögerte, und Petrie drängte ihn nicht.

»Er schwebt tatsächlich in Lebensgefahr?«

»Ja. Er muß dringend operiert werden. Das ist aber nur in Messina möglich. Das Operationsteam wartet schon auf uns.«

»Sie befürchten, daß Ihnen so etwas wie eben noch einmal passiert?« fragte der Unteroffizier mit leiser Stimme.

»Es gibt zu viele Deutsche in Sizilien.«

Der Unteroffizier, der eine gewisse Ähnlichkeit mit Angelo hatte, zögerte immer noch. Der Regen prasselte nun stärker auf die Straße, und diese Tatsache schien seinen Entschluß zu beschleunigen.

»Ich gebe Ihnen die Motorrad-Streifen als Eskorte mit«, sagte er rasch. »Sie bringen Sie ohne Verzögerung durch alle Sperren. Um so schneller sind sie dann zurück.«

»Sagen Sie ihnen, sie sollen uns bis zur letzten Sperre begleiten, dann können sie sofort umkehren. Der Bursche da drinnen wird's Ihnen danken. Ich werde ihm alles nach der Operation erzählen.«

»Ich hoffe, sie verläuft gut.«

Der Unteroffizier ging schnell zu den Motorrad-Streifen hinüber. Petrie bestieg wieder die Ambulanz. Er war völlig durchnäßt. Mit dem Taschentuch trocknete er sich das Gesicht und rieb sich die Nässe aus dem Haar, während er darauf wartete, daß der Schlagbaum hochging. Im Wagen war es plötzlich sehr still, nur der Motor brummte leise, der Regen trommelte aufs Dach, und die Scheibenwischer tickten gleichmäßig hin und her.

»Es hört gleich auf zu regnen«, sagte Angelo schließlich. »Und beinahe hätten Sie wirklich einen Patienten im Wagen gehabt. Mich! Mit einem Schock, hervorgerufen durch Überstrapazierung meiner Nerven.«

Der Schlagbaum ging hoch. Einer der Motorradfahrer fuhr voraus in die Nacht, der zweite brauste neben der Ambulanz her. Sie fuhren ständig bergauf in das Peloritanische Gebirge, und die Eskorte brachte sie ohne weiteren Aufenthalt durch die restlichen Sperren. Der Fahrer vor ihnen sorgte dafür, daß die Schlagbäume oben waren, sobald die Ambulanz sich der Sperre näherte.

Wenig später hörte der Regen auf, die Wolkendecke riß

auf, und der Mond ergoß sein Licht auf baumbewachsene Berghänge.

An der letzten Sperre vor dem Gipfel drehten die Motorradfahrer, salutierten kurz und verschwanden in der Nacht. Angelo wischte sich mit seinem seidenen Taschentuch den Schweiß vom Gesicht. Sie waren nun wieder auf sich selbst angewiesen. Johnson schob seinen Kopf durch das Verbindungsfenster.

»Großer Gott, Jim, du hast uns einen schönen Schrecken eingejagt. Sind wir durch?«

»Wir haben eben die letzte Sperre passiert«, antwortete Petrie knapp.

Seine Nerven waren immer noch zum Zerreißen gespannt. Während der Auseinandersetzung mit dem Deutschen war er eiskalt geblieben und hatte jede Kleinigkeit, die ihnen dienlich sein konnte, ausgenutzt. Doch wie die Dinge nun lagen, blieb keine Zeit, sich zu entspannen. Sie hatten noch viele Schwierigkeiten vor sich.

Als sie den Paß erreichten, wurde der Verkehr auf der Straße lebhafter. Deutsche Lastwagen kamen ihnen entgegen und rollten auf einer Nebenstraße nach Norden. Wenig später mußte Petrie das Tempo drosseln, weil vor ihnen ein Militärkonvoi in die gleiche Richtung fuhr. Ein Motorradfahrer donnerte auf seiner Maschine nach Westen an ihnen vorbei, gefolgt von einer Kolonne Panzerfahrzeugen. Ehe die vier Männer richtig begriffen, was los war, fuhr die Ambulanz inmitten eines Pulks von Wehrmachtsfahrzeugen, und die Nacht war voller Motorengebrumm. Das alles sah verdammt nach Mobilmachung aus.

Petrie bemerkte die Anspannung, mit der die Deutschen hinter ihren Lenkrädern saßen. Sie starrten stur geradeaus. Mein Gott, war die Invasion schon angelaufen? Die Konvois fuhren alle mit hoher Geschwindigkeit, viel zu schnell in einer solchen Nacht. Petrie betete, daß es keinen Unfall gab, denn dann hätte man die Ambulanz mit Sicherheit zur Hilfeleistung angehalten. Er fuhr nun mitten in einer Wehrmachtskolonne, vor sich einen Lastwagen, dicht hinter sich ein Panzerfahrzeug. Jemand brauchte nur überraschend zu bremsen, dann gab es eine Massenkarambolage wie in dem Tal vor der Landzunge, nur in viel größerem Ausmaß.

Sie rollten den Kamm des Passes entlang. Um sie herum dröhnten die Motoren der Wehrmachtsfahrzeuge, es schien fast, als habe der Gegner alle seine Divisionen auf Sizilien in Marsch gesetzt.

»Der Hafen!«

Angelo sagte nur diese beiden Worte. Weit unter ihnen lag Messina im Schimmer des untergehenden Mondes – der Stadtkern, der sichelförmige Hafen, die Meerenge in nördlicher und südlicher Richtung und dahinter, als dunkle Linie, die Berge Kalabriens auf dem Festland, wo der deutsche Nachschub lag. Während Petrie den Wagen zur Stadt hinuntersteuerte, rollte ein Luftangriff über die Meerenge. Lichtstrahler tasteten sich von beiden Küsten in den Himmel, und deutlich war das Grollen der Flak zu hören.

Sie hatten den ganzen Weg von Palermo bis hierher zurückgelegt, und der Feind wußte immer noch nichts von ihrer Anwesenheit. Es war genau 23.30 Uhr, als die vier Männer in der Ambulanz die Außenbezirke von Messina erreichten.

13

Freitag, 23.30 Uhr bis 23.55 Uhr

Inmitten eines Wehrmachtskonvois rollten sie in die Stadt mit den soliden, dreistöckigen Gebäuden. Am Fuße des Abhanges bogen sie in eine breite Straße ein. Hier war ein Donnern der Flak an der Meerenge deutlicher zu hören, ihre hohlen Abschüsse vermischten sich mit dem Heulen der fallenden Fliegerbomben. Die alliierten Luftstreitkräfte bombardierten pausenlos die Küstenstreifen.

Petrie rieb sich mit der Hand über die feuchte Stirn.

»Angelo, ich möchte aus dieser Kolonne heraus. Wenn da was passiert, stecken wir mittendrin.«

»Biegen Sie die nächste Straße rechts ab.«

Petrie verlangsamte die Geschwindigkeit und vergrößerte so den Abstand zu dem vor ihm fahrenden Lastwagen. Dann betätigte er den Blinker und bog in die Straße, die Angelo ihm zeigte. Die Seitenstraße war leer, allein fuhren sie zwischen den aufragenden Häusern hindurch. Nirgendwo war ein Licht zu sehen. Es war zwar schon spät, doch Petrie wunderte sich über die absolute Verdunkelung. Hatten die alliierten Bomben die Stromversorgung der Stadt lahmgelegt? Auf Angelos Anweisung bog er nach links wieder auf eine breite Straße ein, doch auch diese war verlassen. Keine Menschenseele war zu sehen, die Häuser zu beiden Seiten erinnerten Petrie stark an die Bürogebäude in seiner Heimat. Scelba, der durch das Rückfenster schaute, wandte sich um und berührte den Engländer sanft an der Schulter.

»Halten Sie bitte an der nächsten Kreuzung an. Ich muß Sie hier leider verlassen.«

»Sie bleiben bei uns, bis wir am Pier sind!«

Es war Angelo, der antwortete, und seiner Stimme war

deutlich sein Mißtrauen anzuhören. Petrie trat auf die Bremse und hielt an.

»Wir sollten zusammenbleiben!« rief der Italiener. »Wir müssen nur kurz bei meiner Wohnung halten, dann fahren wir sofort zum Pier hinunter ...«

»Was haben Sie vor, Scelba?« fragte Petrie und musterte gleichzeitig intensiv die Umgebung. Niemand war zu sehen.

An der Ecke der nächsten Kreuzung war ein Café mit einer verschlossenen Garage.

Der Gefechtslärm über der Stadt verebbte einen Moment, so daß die Männer in der Ambulanz leise miteinander reden konnten. Das Brummen des Motors tönte in der Stille ungewohnt laut. Der Capo warf Angelo einen gleichmütigen Blick zu. Dann sagte er zu Petrie:

»In der Garage da steht ein Wagen. Ich muß zur Küste hinunter, Giacomo Bescheid sagen, daß Sie kommen, und mich davon überzeugen, daß alles bereit ist. Ihre Wohnung liegt in der Nähe, Signor Gambari? Das ist gut.«

Er reichte Petrie einen gefalteten Stadtplan mit einigen eingezeichneten Markierungen.

»Kommen Sie zu diesem Punkt an der Küste. Gambari kennt den Weg. Es ist nicht weit von hier. Ich warte an dieser Kreuzung auf euch.«

Petrie reichte die Karte an den Italiener weiter.

»Wie lange brauchen wir bis dorthin, Angelo?«

»Mit der Ambulanz?«

»Nein, zu Fuß. Wir müssen den Wagen loswerden, sonst fallen wir noch auf. In Ihrer Wohnung könnte ich meine alten Kleider wieder anziehen.«

»Etwa fünf Minuten. Ich wohne in der Nähe des ›Carridi‹-Piers.«

»Wir treffen Sie dann etwa um 23.50 Uhr, Scelba«, sagte Petrie nach einem Blick auf seine Uhr.

Jede Minute war jetzt kostbar, doch er war vorsichtig genug, seine Ungeduld zu verbergen, als Scelba unbeholfen aus der Rücktür stieg und dann rasch auf die Garage zuschritt. Gemäß Angelos Anweisung bog Petrie nach links in die nächste Straße. Angelo bat ihn zu halten.

»Warum hier?« fragte der Engländer und steuerte den Wagen an den Straßenrand.

Angelo sprang hinaus und rannte zur Kreuzung zurück.

Johnson steckte den Kopf durch das Zwischenfenster.

»Etwas unheimlich hier. Angelo könnte nicht doch recht haben mit seinem Verdacht gegen Scelba?«

»Nein.« Petries Stimme klang bestimmt. Er warf nochmals einen Blick auf seine Uhr. »Er scheint zu vergessen, daß Scelba uns den ganzen Weg von Palermo bis hierher begleitet hat. Er wird uns jetzt bestimmt nicht mehr aufs Kreuz legen. Angelo weiß ja nicht, daß wir den Capo mit dem Bürgermeisteramt von Palermo geködert haben ...«

»Warum läßt du dann Angelo zurücklaufen, wo wir doch ohnehin schon viel zu spät dran sind?«

»Nur um absolut sicherzugehen.«

Hinter ihnen wurde Motorengeräusch laut, und ein Wagen rollte über die Kreuzung. Wenig später kam Angelo zurückgelaufen und sprang in die Ambulanz.

»In diese Seitenstraße da und dann geradeaus bis zum Ende«, stieß der Italiener keuchend hervor. »Mir kam das Ganze etwas merkwürdig vor«, fuhr er wenig später fort. »Scelba hielt den Garagenschlüssel schon in der Hand, als er ausstieg. Das paßte alles zu gut.«

»Er hat eben ausgezeichnete Verbindungen«, antwortete Petrie und fuhr in eine Gasse hinein, die so eng war, daß die Ambulanz beinahe an den Häuserwänden entlangschrammte. Der ihnen bekannte Gestank nach faulendem Abfall drang durch das offene Wagenfenster. Die Straße vor ihnen war eine stockfinstere Häuserschlucht.

»Also – er stieg in den Wagen und fuhr davon. Richtig?«

»Ja, er verlor keine Sekunde. Ich fand es merkwürdig, daß da ein Wagen für ihn bereitstand.«

Der Italiener zögerte immer noch, sein Mißtrauen gegen den Mafia-Boß aufzugeben.

»Er kontrolliert die Hafenarbeiter hier«, erklärte Petrie. »Dadurch kommt er sicher von Zeit zu Zeit hierher.«

Gemäß Angelos Anweisung bog er nach rechts und dann nach links. Sie befanden sich jetzt wieder auf derselben Straße ein Stück unterhalb der Ecke, an der Scelba ausgestiegen war.

»Wir werden so weit wie möglich die Hauptstraßen meiden«, sagte Angelo und lauschte dem Geschützdonner an der Küste. Ganz schwach glaubte er auch das Brummen der Bomber zu hören.

Petrie bemerkte, daß Johnson schon seit einiger Zeit durch das Rückfenster hinausschaute. Der Amerikaner kam zum Zwischenfenster. »Ich glaube, wir kriegen Ärger. Ein deutscher Panzerspähwagen folgt uns schon die ganze Zeit im gleichen Abstand.«

»Kannst du erkennen, wie viele Männer drin sitzen?«

»Nur undeutlich. Ich glaube, es sind vier.«

»Angelo, wie weit ist es noch bis zu Ihrer Wohnung?« fragte Petrie schnell.

»Wir sind gleich da.«

Petrie fluchte laut. Im letzten Moment hatte man sie also doch noch entdeckt. Er stellte seinen Rückspiegel so ein, daß er die Scheinwerferschlitze des Spähwagens sehen konnte.

Sie näherten sich einer Kreuzung. Petrie mußte feststellen, ob die Deutschen ihnen nur zufällig bei ihrer Patrouillenfahrt durch Messina folgten. Nach dreimaligem Abbiegen würde er mehr wissen – wenn der Spähwagen dann immer noch an ihren Hinterrädern klebte. Doch es kam anders.

Mit zusammengekniffenen Augen sah Petrie, daß die Scheinwerfer hinter ihnen sich plötzlich rasch näherten. Entweder würde man sie anhalten oder nur die Ambulanz überholen.

Der Spähwagen rollte rechts neben die Ambulanz. Der Beifahrer gab Petrie mit der Hand ein Zeichen.

Kurz vor einer Ecke mit einem geschlossenen Café, dessen Tische und Stühle noch im Freien standen, stoppte Petrie den Krankenwagen. Der Fahrer des Spähwagens rief ihm auf deutsch durch Angelos geöffnetes Seitenfenster zu:

»Stellen Sie den Motor ab. Wir möchten mal einen Blick ins Wageninnere werfen.«

»Wir sind auf dem Weg zum Krankenhaus. Ich spreche nur Italienisch«, gab Petrie zurück.

Es war zwecklos, das bewies schon die Forderung der Deutschen, das Wageninnere zu kontrollieren. Die ehemalige Besatzung der Ambulanz, die sie gefesselt in der Scheune zurückgelassen hatten, war sicher gefunden worden und hatte das Kennzeichen des Wagens weitergeleitet. Dies war die einzige Erklärung.

Der Fahrer des Spähwagens wiederholte seinen Befehl, doch diesmal in gebrochenem Italienisch.

»Ich sagte, Sie sollen den Motor abstellen. Und Sie beide steigen aus!«

Petrie nickte, ließ die Bremse los und fuhr an. Wie er erwartet hatte, blieb der Spähwagen neben ihm, doch kam die Ambulanz schneller auf Touren. Petrie nutzte diesen Zeitvorteil, preßte den Fuß aufs Gaspedal und schoß an dem Spähwagen vorbei auf die Kreuzung zu. Mit einer heftigen Drehung schlug er das Lenkrad nach rechts ein und blockierte das Fahrzeug der Deutschen.

Es kam, was kommen mußte. Angelo konnte es genau verfolgen. Der deutsche Fahrer versuchte dem Zusammenstoß auszuweichen und verriß das Lenkrad. Der Spähwagen fuhr den Bordstein hinauf, prallte gegen die Tische und krachte in das Schaufenster des Cafés. Glas klirrte, und ein Tisch fiel an den Vorderrädern der Ambulanz vorbei, die Petrie mit Vollgas die Seitenstraße hinablenkte. Johnson hatte am Rückfenster Stellung bezogen und rief jetzt: »Sie stoßen zurück – sie folgen uns.«

Ohne auf Angelos Anweisung zu warten, riß Petrie den

Wagen nach links und bog aus der Seitenstraße auf eine breite, leere Allee. Die Flakgeschütze feuerten wieder, der Mond war verschwunden, doch die Lichtstrahlen der Suchscheinwerfer erhellten sekundenlang überhängende Dächer, Balkone und den Schatten einer großen Kirche.

Die Ambulanz raste die Allee hinunter. Johnson rief von hinten: »Sie sind dicht hinter uns.«

Petrie schrie, er solle sich flach auf den Boden werfen, und erhöhte das Tempo. Jede Sekunde erwartete er das tödliche Rattern der Maschinenpistole, die der deutsche Beifahrer in der Hand gehalten hatte. Der Geschützdonner steigerte sich zu einem unaufhörlichen Grollen, das über das Röhren des Motors hinweg ihre Trommelfelle beben ließ. Die Scheinwerfer tanzten nur noch gelegentlich über den Himmel. In der Ferne sah Petrie nach einer Detonation Flammen auflodern. Sie hielten genau auf dieses Inferno zu, und weiter unten erkannte der Engländer im Mündungsfeuer der Flak gerade noch rechtzeitig eine Kolonne von Lastwagen quer zu seiner Fahrtrichtung. Er bog links ein und folgte der Seitenstraße parallel zu der Allee, auf der sie nach Messina hereingefahren waren. Wieder riß er das Steuer nach links, nahm die Kurve mit hartem Bremsen und quietschenden Reifen.

Für Angelo kam dieses Manöver überraschend, und er fiel gegen Petrie. Sie erreichten einen großen Platz mit Bäumen in der Mitte und hatten ihn zur Hälfte überquert, als der Spähwagen aus einer anderen Seitenstraße herausschoß und ihnen den Weg abschnitt. Petrie umrundete die Bauminsel und fuhr auf die Straße zu, aus der sie gekommen waren. Zumindest hatte es in diesem Teil der Stadt keinen Verkehr gegeben.

Sie hörten das Heulen der Bombe. Wenige Sekunden lang lähmte es die Nerven der Männer, dann ließ eine ohrenbetäubende Detonation die Erde erbeben. Ein Gebäude am Rand des Platzes schien sich plötzlich in die Luft heben zu wollen, dann senkten sich die Mauern nach außen, brachen auseinander und stürzten mit tödlicher Wucht über dem Panzerspähwagen zusammen, der gerade gewendet hatte. Petrie hielt an und schaute zu der Staubwolke und dem Trümmerhaufen hinüber, unter dem der Spähwagen begraben lag.

»Wie weit ist es noch zur Wohnung?« fragte er schließlich mit rauher Stimme.

Angelo schüttelte benommen den Kopf, und Petrie mußte seine Frage wiederholen, ehe der Italiener antwortete.

»Drüben, hinter dem Platz – kaum eine Minute von hier«, murmelte er.

»Wir nehmen unsere alten Kleider mit und ziehen uns dort um. Ed, vergiß den Sack nicht. Also los! Wir steigen hier aus.«

An seinem Schreibtisch im Stabsquartier in Enna legte General Guzzoni, der italienische Oberkommandierende in Sizilien, den Telefonhörer nieder und schaute Kesselring an, der gerade von Neapel herübergeflogen war.

»Es gibt unbestätigte, aber glaubhafte Meldungen, daß der Feind starke Fallschirmjäger-Kontingente in der Nähe von Piano Lupo und Syracus abgesetzt hat.« Er erhob sich, nahm einen Zeigestock von seinem Schreibtisch und deutete auf zwei Punkte der großen Wandkarte. »Hier und dort...«

»Geben Sie der ›Carridi‹ den Befehl zum sofortigen Auslaufen nach Giovanni. Ich hole Rheinhardt herüber.«

»Sie wollen nicht auf die Bestätigung warten?«

»Nein. Geben Sie die Order zum Auslaufen per Funk an Baade durch«, ordnete Kesselring an und tat so, als studiere er intensiv die Karte, um Guzzoni von weiteren Fragen abzuhalten. Er konnte es niemandem erklären, aber seit er erfahren hatte, daß Strickland die britischen Streitkräfte befehligte, wußte er, daß sein Gegenspieler als nächstes Sizilien angreifen würde. Jetzt hatte er endlich Gewißheit, jetzt konnte er die 29. Panzerdivision herüberbringen. Der Gegner hatte Fallschirmjäger abgesetzt. Die Bestätigung kam zwar erst später, doch er hatte jetzt endlich handfeste Beweise, um die Herren vom Generalstab einmal kleinlaut werden zu lassen. Was sicher auch ohne sein Zutun geschehen würde, denn nichts konnte die hohen Herrschaften in Ostpreußen mehr mundtot machen als eine richtige Entscheidung, mit der ein kleiner Armeekommandeur ihnen zuvorgekommen war. Er warf einen Blick auf die Wanduhr über der Karte. Es war 23.52 Uhr.

Angelos Wohnung lag im ersten Stock eines verdunkelten Hauses. Im Lichtkegel von Petries Taschenlampe stolperten sie die Treppe nach oben. Der Italiener zog seinen Schlüssel hervor und schloß auf. Während Petrie und Johnson draußen mit gezogenen Waffen warteten, überprüfte er rasch die zwei Zimmer und zog die Verdunkelungsvorhänge zu.

»Es ist alles in Ordnung!«

Das elektrische Licht funktionierte nicht. Die Männer handelten rasch und konzentriert, ohne Zeit zu vergeuden. Angelo entledigte sich seiner Uniform und holte eine Flasche französischen Cognac. Petrie zog seine Bauernkleidung über.

Im Licht der Taschenlampe wählte der Italiener die Nummer des Mannes, der sie mit seinem Boot aus dem Wasser fischen sollte.

»Ist da Alfredo?«

Petrie bemerkte, wie sich der Italiener starr aufrichtete und sofort den Hörer auf die Gabel legte.

»Da war ein Mann am Apparat, der Italienisch mit deutschem Akzent sprach.«

»Dann muß uns Scelba von der Eisenbahnfähre holen, oder wir gehen mit ihr hoch«, rief Petrie. »Machen wir, daß wir hier wegkommen.«

Er warf sich den Sack mit dem Sprengstoff über die Schulter. Rasch verließen sie das Haus. Angelo führte sie an zerstörten Gebäuden vorbei in eine dunkle Gasse, in der immer noch ein Rest der Tageshitze und der typische Geruch sizilianischer Seitenstraßen hing. An ihrem Ende blieb Angelo stehen, spähte um die Ecke und gab den beiden Gefährten ein Zeichen, ihm zu folgen. Petrie trat auf einen großen Platz – und verzog das Gesicht, als er mehrere Geschützstellungen mit 88-mm-Kanonen in der Grünanlage inmitten des Platzes entdeckte. Im Mündungsfeuer der Schüsse sah er eine Menge Soldaten bei den Geschützen.

»Wie weit ist es noch?« zischte er Angelo zu.

»Wir sind in einer Minute da.«

»Das glauben Sie!« keuchte Johnson außer Atem.

Das Donnern der Geschütze schwieg einen Augenblick, und deutlich waren hinter den drei Männern die raschen Schritte einer Fußstreife zu hören. Kaum eine Minute bis zum Kai, und dann werden wir angehalten, dachte Petrie grimmig. Mit einer Hand tastete er nach der Mauser unter seiner Jacke, in der anderen hielt er den Sack. Sie konnten sich hier keine Schießerei erlauben. Die Wehrmachtssoldaten waren nur ein paar Meter entfernt.

Die Fußschritte hinter ihnen wurden lauter, doch Angelo, der immer noch vorausging, behielt seinen ruhigen Schritt bei.

Der große Platz hatte noch keinen Bombentreffer abbekommen, die Steinhäuser waren unversehrt. Nur die Äste der Bäume in der Platzmitte hatte man abgesägt, um Raum für die Geschützbatterie zu schaffen.

Die Uniformierten schauten interessiert zu den Zivilisten hinüber. Die drei Männer hatten den Platz fast überquert, als über ihnen wieder das Dröhnen anfliegender Bomber ertönte. Hinter ihnen rief jemand auf deutsch einen scharfen Befehl. Im gleichen Moment erwachte der Platz aus seiner Schläfrigkeit. Drei Suchscheinwerfer flammten auf und schweiften über den Himmel, schälten ein Flugzeug aus der Nacht und bissen sich an ihm fest. Die Geschütze begannen zu feuern.

»Laufen!« schrie Petrie, der sofort ihre Chance erkannte.

Jetzt hatten sie zumindest eine gute Entschuldigung für ihr Weglaufen, sollte die Fußstreife sie doch noch stellen. Angelo lief in eine Seitenstraße und durch mehrere Gassen. Die beiden anderen hätten ihn beinahe umgerannt, als er schließlich schwer atmend stehenblieb. Sie waren im Hafen.

»Wir haben sie abgehängt. Es gibt sechs verschiedene Wege aus diesem Gassengewirr. Da wären wir.«

»Und was haben wir da Schönes?«

Grimmig deutete Petrie nach vorn.

Das Hafengebiet erstreckte sich über eine weite, freie Fläche. Im Widerschein des Geschützfeuers reckten Löschkräne ihre Ausleger in den Nachthimmel. Eine Menschenschlange schob sich langsam auf ein Tor vor einem Lagerhaus zu, über dessen Dach ein schlanker Schiffsschornstein aufragte. Es waren sizilianische Bauern, die an Bord gehen wollten, Männer mit Baskenmützen und Frauen mit dunklen Kopftüchern. Bei ihrer Flucht aus der schwer bombardierten Stadt schleppten sie ihre armselige Habe in Taschen und Tragen mit sich. Weil sie auf dem Festland etwas mehr Ruhe zu finden hofften, gaben sie sich in dem offenen Hafengelände schutzlos den alliierten Bomberverbänden preis.

»Ist das die ›Carridi‹?« fragte Petrie.

Angelo nickte.

»Sie wird wohl bald nach Giovanni auslaufen. Irgendwie haben die Leute davon Wind bekommen – wie immer.«

»Allem Anschein nach können wir heute nacht nicht so einfach durch das Tor an Bord spazieren.«

Da die Italiener ihren Verbündeten nicht den gesamten Pier überlassen wollten, sicherten die Deutschen die Anlegestelle mit eigenen Einheiten. In Linie standen Wehrmachtssoldaten entlang der Menschenschlange aufgereiht, und auf halbem Weg zum Tor kontrollierten drei SS-Offiziere die Papiere. Der Sizilianer am Haupttor dagegen warf nur hin und wieder einen Blick darauf, er schien eher eifrig bemüht, die Leute so schnell wie möglich durchzuwinken. Dafür prüfte die SS die Papiere um so genauer. Nicht alle Wartenden würden an Bord gehen können, ehe das Schiff ablegte, schätzte Petrie. Doch das kümmerte die SS-Leute kaum.

Aus dem Schornstein der Fähre quoll Rauch empor. Petrie wandte sich an Angelo.

»Wir müssen Scelba finden – schnell!«

»Hier entlang. Wenn ich nicht irre, wartet unser Gangster-Freund schon auf uns.«

Sie liefen an den Häusern entlang und blieben kurz vor einer Toreinfahrt stehen, in der ein massiger Mann vor den niedergehenden Bomben Deckung gesucht hatte.

Am Himmel drehten die Flugzeuge riesige Schleifen, kippten seitlich weg oder drehten sich im Steilflug nach oben in dem verzweifelten Versuch, dem heftigen Sperrfeuer, das ihnen von den Küstenstreifen diesseits und jenseits der Meerenge entgegenschlug, zu entgehen. Schwieg eine Batterie beim Nachladen, feuerte sofort eine andere. Durch dieses massierte Feuer gab es für keinen der alliierten Bomber ein Durchkommen.

Scelba trat erschöpft unter dem Torbogen hervor. Um den Gefechtslärm zu übertönen, ging er zu Petrie und schrie ihm ins Ohr:

»Sie können nicht durch die Hauptsperre an Bord. Aus irgendeinem Grund wird jeder scharf kontrolliert. Folgen Sie mir ...« Der Mafia-Boß führte sie etwa hundert Meter unterhalb der Menschenschlange zum Hafenbecken hinunter. Trotz des schweren Luftangriffs verlud einer der Kräne große Kisten vom Pier aufs Schiff. Scelba schaute sich rasch nach allen Seiten um, öffnete den linken Flügel eines Doppeltores einen Spalt und ließ die Männer hindurchschlüpfen, ehe er das Tor hinter sich sorgfältig verriegelte. Sie befanden sich auf einem verlassenen hölzernen Pier. Petrie rief ihm zu:

»Ist das schon der ›Carridi‹-Pier?«

»Bei Gott – nein!« Scelbas Stimme klang mürrisch. »Dieser Pier hier wird nicht mehr benutzt, man hat ihn vom Hauptkai abgetrennt.«

»Was zum Teufel wollen …« – »Kommen Sie. Das Schiff wird gleich ablegen.«

Der Capo ging vor ihnen her durch einen langen Schuppen zum Kai auf der anderen Seite, und plötzlich wimmelte es um sie herum von Männern in Arbeitskleidung. Jeder war mit einer Schrotflinte bewaffnet.

Es roch stark nach faulendem Fisch. Das Holzgerüst des Piers war morsch und verfallen.

»Halten Sie sich im Hintergrund«, warnte Scelba, dann traten sie aus dem Schuppen ins Freie hinaus.

Von der Meerenge wehte eine steife Brise herein. Das Geschützfeuer erstarb und machte einer lastenden Stille Platz. Sie hörten Wasser gegen das Stützgerüst des Piers schwappen, hörten das Brummen der abdrehenden Flugzeuge.

Am Ende des Piers unterhielten sich einige Sizilianer bei zwei großen Kisten. Sie schwiegen, als der Capo auf sie zuging. Scelba zog eine Taschenlampe hervor und schaute nach oben. »Ihr werdet in diesen Kisten an Bord gehen«, sagte er rasch zu Petrie. Dabei ließ er die Kabine des Krans auf dem nächsten Kai nicht aus dem Auge.

»Seid ihr bereit? Zwei von euch steigen in die größere Kiste, einer hier in die kleinere. An Bord wird einer meiner Männer dreimal gegen den Deckel klopfen. Dann ist die Luft rein, und ihr könnt heraus …«

»Und wie? Liegt der Deckel nur lose auf?«

»Nein, Sie müssen nur den Schnäpper von innen öffnen.«

Scelba hob den Deckel und zeigte Petrie, wie die Verriegelung funktionierte.

»Giacomo folgt euch mit dem Boot auf die Meerenge hinaus. Alles ist bereit. Vergessen Sie nicht – er hat eine rote Laterne am Mast. Sie schießen eine grüne Leuchtkugel ab, sobald Sie von Bord gehen. Das stimmt doch, oder?«

»Ja.«

Petrie ließ sich von der nervösen Eile des Capo anstecken und fuhr ebenso schnell fort: »Doch sind jetzt Zivilisten mit an Bord, so daß ich den Sprengstoff vielleicht erst bei der Rückfahrt anbringen kann. Wird Giacomo uns dann auch folgen? Er muß es, denn Angelos Mann ist aufgeflogen.«

»Er wird so oft hin- und herfahren, bis er Sie aufgefischt hat.«

Der Capo ließ die Lampe viermal kurz aufblitzen. Sofort schwenkte das Seil vom Schiff herüber.

»Sie müssen jetzt in die Kisten steigen – wer reist allein?«

Angelo kletterte in die kleinere Kiste und zog den Deckel zu.

Scelba nahm Petrie ein Stück zur Seite.

»Sie werden hoffentlich dem Alliierten Oberkommando von unserer Abmachung berichten?«

»Wird gemacht, keine Sorge. Und vielen Dank fürs Herbringen.«

Er schaute nach oben, wo das Rattern des Krans sich verstärkte. Hinter der hohen Mauer, die den aufgelassenen Pier vom ›Carridi‹-Dock trennte, ertönte plötzlich eine dumpfe Explosion.

»Verdammt, was war das?« fragte Petrie scharf.

»Ein kleines Manöver, um die Aufmerksamkeit der Wachen da drüben ein wenig abzulenken.«

Scelba deutete auf einen seiner Männer, der im Schuppen am Telefon saß.

»Als ich dem Kranführer das Zeichen gab, hat er meine Leute im ›Carridi‹-Dock in Aktion treten lassen.«

Hoch über ihren Köpfen schwenkte der Kranausleger über die Mauer des verlassenen Piers, und das Seil senkte sich herab.

»Steigen Sie rasch hinein«, rief Scelba hastig. »Die beiden Kisten werden gleichzeitig an Bord gehoben.«

Petrie kletterte zu Johnson. Ehe er den Deckel schloß, sah er den großen Haken dicht über den Kisten schweben – und hörte eine zweite Explosion jenseits der Mauer.

Großer Gott, war diese Bande gut organisiert, dachte er

mit widerwilliger Bewunderung und verriegelte den Deckel von innen.

Von draußen klangen dumpf die eiligen Schritte der Männer und die gedämpfte Stimme des Capo in ihr Versteck. »Beeilt euch!«

Scelba beobachtete ungeduldig, wie seine Leute geschickt Angelos Kiste näher zum Kranhaken schoben, den einige andere schon in den Tragring an Petries Kiste eingehängt hatten. Scelba gab dem Kranführer ein Lichtzeichen, der Kran hob die größere Kiste einen halben Meter an, und Scelbas Männer hängten Angelos Kiste an einen Haken an der Unterseite des größeren Behälters. Wieder gab Scelba ein Lichtzeichen, und beide Kisten mit den drei Männern schwebten am Kranhaken in die Dunkelheit. Die ganze Operation hatte kaum zwei Minuten gedauert.

Für zwei ausgewachsene Männer wie Johnson und Petrie bot die große Kiste sehr wenig Platz. Petrie hockte zusammengekrümmt auf seinen Fersen. Der Deckel drückte gegen seinen Hinterkopf. Über sich hörte er das Quietschen der Kranräder und fühlte sich plötzlich emporgehoben. Johnson hatte sich so klein wie möglich gemacht. Er kniete auf dem Sack mit dem Sprengstoff. Ihre Körperwärme ließ die Temperatur in ihrem Versteck rasch ansteigen. Das Kranseil hob sie immer höher in die Luft. Die Kisten schwankten bedenklich hin und her. »Meine Güte, bin ich froh, daß Scelba uns davon nicht schon früher erzählt hat«, murmelte Johnson.

Infolge seiner gekrümmten Haltung, seiner beißenden Furcht, der bis zur Unerträglichkeit steigenden Temperatur in der Kiste und der aufkeimenden Übelkeit durch ihr ständiges Schaukeln produzierten seine Drüsen Bäche von Schweiß.

Petrie war noch schlechter dran. Er kämpfte gegen die Erschöpfung an, die ihn in dieser engen Holzzelle plötzlich zu übermannen drohte. Er war müde, unsäglich müde. Die Lider fielen ihm zu. Ein heftiger Schmerz rumorte plötzlich hinter seiner Stirn. Er merkte, daß er die Besinnung verlor. Er grub die Fingernägel in seine bärtige Haut und bohrte sie tief ins Fleisch. Der heftige Schmerz vertrieb die Erschöpfung und machte ihn wieder etwas munter.

Die Aufwärtsbewegung stoppte, der Kran schwenkte die Kisten mit ihrer lebenden Ladung seitwärts zu der unsichtbaren Eisenbahnfähre hinüber.

Petrie hatte diese Bewegungsänderung gerade registriert, als die Kiste mit einem heftigen Ruck zur Seite kippte.

Da hingen sie nun in einer Schräglage von dreißig Grad. Ihr ganzes Gewicht lastete auf dem Schnäpper am Deckel. Entweder brach der Haltering auf der Kiste aus seiner Halterung, oder der Schnäpper verbog sich – jede Sekunde mußten sie in die Tiefe stürzen, auf das Deck der ›Carridi‹, auf den Pier aufschlagen, auf den Grund der Meerenge sinken …

Den Männern in der Kiste stand das nackte Entsetzen im Gesicht geschrieben, eine Angst, die das Herz hätte stillstehen lassen können. Zum Glück war es dunkel.

»Der Riegel hält unser Gewicht nicht aus«, preßte Johnson zwischen den Zähnen hervor. Die Furcht verstärkte seinen Brechreiz noch, schüttelte seinen Körper, kroch wie eisige Kälte in die Glieder.

»Ganz ruhig, Ed«, sagte Petrie. »Gleich geht's abwärts.«

Der Amerikaner glaubte, an seinen eigenen Worten zu ersticken. »Genau das macht mir verdammt Sorgen.«

Petries rechter Arm schlief ein, doch der Engländer rührte sich nicht aus Furcht, jede Bewegung könne die Kiste zum Abstürzen bringen.

»In dreißig Sekunden sind wir heil wieder unten«, versuchte er seinen Gefährten zu beruhigen. »Fang an zu zählen.« Johnson begann zu zählen, als das Kranseil sie herabsenkte. Petrie zählte leise mit. Ihre Körper waren so steif, als ob sie in einem Starrkrampf lägen. Doch ohne ein Wort der Verständigung wußten beide Männer, daß selbst die geringste Bewegung fatale Folgen haben konnte.

Der Kranfahrer behielt die Nerven. Sehr langsam und mit

größter Vorsicht ließ er das Kranseil ablaufen. Seine Hand am Hebel war ebenso feucht wie die Hände der Männer in den Kisten, die langsam Zentimeter für Zentimeter auf das Deck der ›Carridi‹ herabsanken.

Johnson und Petrie hatten bis fünfzehn gezählt, als die Kiste ein wenig tiefer sackte – mit einem kleinen Ruck, der beiden Männern fast das Blut in den Adern gerinnen ließ. Der Tragring war wieder ein Stück weiter aus seiner Halterung gebrochen. Oder der Riegel.

Petrie verbannte die Frage nach der Ursache aus seinen Gedanken. Einen Augenblick lang wußte er nicht mehr, wie weit sie beim Zählen gekommen waren.

»Sechzehn...« fuhr er mit trockenen Lippen fort, und Johnson zählte mit.

Das Herunterleiern der Zahlen gab ihnen etwas Mut und Sicherheit. Langsam wurde der Sauerstoff knapp.

Der Stoß kam bei vierundzwanzig, als Angelos Kiste das Deck berührte und die größere Kiste darüberkippte. Hände packten zu und stellten die Kisten wieder aufrecht. Irgend etwas Hartes hämmerte dreimal auf den Deckel. Petrie öffnete den Riegel und tastete mit den Fingern nach dem Haltehaken. Sekundenlang blieben die Männer unbeweglich liegen, als der Deckel endlich aufschwang und kalte Nachtluft hereinströmte. Endlich richtete sich Petrie auf, zwang seine Beine, den Körper zu tragen, zwang seine Arme, ihn zu stützen, zwang sich, aus der Kiste zu klettern.

Eine Reihe von Kisten und Behältern um sie herum schützte sie gegen zufällige Beobachter. Nur Scelbas Mann hielt sich als einziger in der Nähe auf, als Petrie den Kopf aus der Kiste hob. Der Sizilianer führte ihn zu einem Stapel mit Säcken und half Johnson gerade aus seinem Gefängnis, als auch Angelos Kopf aus der kleineren Kiste auftauchte. Petrie warf einen Blick auf seine Uhr. Das verdammte Ding mußte den Geist aufgegeben haben. Sie zeigte eine Minute vor Mitternacht.

14

Freitag, 0.00 Uhr

Der Kran hatte das Frachtgut am Kopfende des Eisenbahndecks gestapelt, das auf dem Kai auflag. Über den Köpfen der Männer dehnte sich der mondhelle Nachthimmel. Petrie schaute sich um. Dies war der ideale Ort, den Sack mit dem Sprengstoff zu verstecken.

»Ed, du bleibst hier. Angelo und ich werden uns ein wenig umschauen ...«

Er zwängte sich zwischen der Ladung und dem Schott hindurch, warf einen Blick in die Runde und winkte den Italiener heran. Der hohe Bug des Schiffes war hochgefahren, von der Landseite führte eine Rampe mit einem einzelnen Gleis zum Anleger und verband es mit dem Schienenstrang auf der Fähre. Die riesige Halle im Bauch des Schiffes wurde nur spärlich von blauen Notlichtern erhellt. Sie war leer, auf dieser Fahrt wurden keine Waggons übergesetzt.

Das Eisenbahndeck besaß drei Gleise, die sich hinter einer Weiche am Bug teilten und durch das ganze Schiff bis zum Heck liefen.

Petrie lehnte sich an das Schott und zündete sich eine Zigarette an, wobei er vorsichtig die Zündholzflamme mit der hohlen Hand abschirmte.

»Kann man von hier in den Maschinenraum?« fragte er.

»Nein, wir müssen zum nächsten Deck hinauf.«

»Noch eine Minute. Ich will mich hier erst mal umschauen.« Auch wenn die Zeit drängte, mußte er sich eine grobe Übersicht über den Aufbau des Schiffes verschaffen. Solche Kenntnisse konnten später einmal ausschlaggebend sein für den Erfolg oder Mißerfolg ihres Unternehmens.

Er schaute zur Brücke des Schiffes hinauf. Aus dem schlanken Schornstein hinter ihr quoll dicker Rauch. Die ›Carridi‹ machte Dampf zum Auslaufen.

Petrie ging auf das Waggondeck hinaus. Er kam sich vor wie in einer großen schwimmenden Wagenhalle. Unter seinen Füßen vibrierte der Boden vom Stampfen der kraftvollen Schiffsmaschinen. Er blieb einen Moment stehen, um seine Augen an das diffuse Licht zu gewöhnen. Erst jetzt bemerkte er, daß sich eine große Anzahl Menschen in der Wagenhalle drängte. Sie hatten sich auf und entlang den Gleisen niedergelassen. Viele von ihnen waren vor Erschöpfung eingeschlafen. Die unerwartet große Zahl von Menschen zwang Petrie zu einer Entscheidung. Die Sprengsätze durften erst auf der Rückfahrt hochgehen, wenn diese armen Geschöpfe von Bord waren.

Als er sich dem Bug zuwendete, sah er zwei Zivilisten den Kai entlanglaufen. Ruhig ging er zu Angelo zurück, der in der Nähe der aufgestapelten Ladung wartete. Er lehnte sich neben ihn an eine Kiste.

»Sehen Sie, wer da kommt?«

»Gestapo!«

Es stand diesen Hunden im Gesicht geschrieben. Die Standarduniform aus gegurtetem Ledermantel und weichem Schlapphut verriet sie. Einer von ihnen war lang und dünn, der andere klein und dick.

»Laurel und Hardy«, murmelte Petrie, ehe ihm klar wurde, daß der Italiener sicher nicht wußte, was er meinte.

Die beiden Männer liefen die Rampe hinauf, blieben in der Nähe von Petrie stehen und schauten auf das Eisenbahndeck. Der eine holte eine Taschenlampe hervor und betrat die Halle. Der Lichtkegel der Lampe tanzte über die ausgemergelten Gesichter von Männern und Frauen, die sich auf dem Boden ausgebreitet hatten, verweilte bei jedem Passagier einige Sekunden lang und wanderte dann weiter.

Schließlich blieb der Lichtstrahl an Petrie hängen. Der Engländer nahm gelassen einen Zug aus seiner Zigarette und blinzelte in die Lampe. Der Gestapo-Mann ging weiter. Am

Kai hatte die SS jeden Passagier kontrolliert. An Bord machte die Gestapo eine zweite Kontrolle.

Aus dem Mundwinkel flüsterte Petrie Angelo zu: »Gehen Sie rasch zu Ed und sagen Sie ihm, er soll sich in der größeren Kiste verkriechen, bis wir zurückkommen. Wir klopfen viermal – mit zwei kurzen und zwei langen Pausen.«

Während Angelo verschwand, beobachtete Petrie den kleinen dicken Gestapo-Mann bei seiner Kontrolle. Mit diesen zwei Spürhunden an Bord wurde die ganze Sache natürlich komplizierter.

Als der Italiener zurückkam, machte Petrie ihn auf eine weitere unangenehme Überraschung aufmerksam.

»Wir kriegen noch mehr nette Gesellschaft – die Sie auch nicht unbedingt zum Essen einladen würden. Schauen Sie!«

Vier SS-Männer liefen die Rampe zum Deck hinauf und stiegen hinter Petrie die Treppe zum Oberdeck empor.

»Das ist höchst ungewöhnlich«, murmelte Angelo besorgt. »Auf meinen Überfahrten war das nie der Fall.«

»Dann wird's diesmal eine besondere Fahrt. Wo ist der Maschinenraum?«

Sie stiegen die Treppe zum Oberdeck unter der Brücke hinauf, die auch die SS-Leute genommen hatten. Das Schiff schwankte auf den Wogen, als der Wind auffrischte und in der Meerenge eine schwere Dünung hervorrief. Das offene Oberdeck lag parallel zur hohen Steinmauer des Hafens, die im Norden zur Hafenausfahrt abknickte.

Der Italiener öffnete eine Metalltür unter der Brücke und betrat, gefolgt von Petrie, einen Kabinengang. Der lange Korridor lag verlassen, die Kabinentüren auf der linken Seite waren alle geschlossen.

Vor der dritten Kabine blieb Angelo stehen, öffnete die Tür und schaltete das Licht ein. »Das ist die Kabine des Zweiten Ingenieurs. Hier könnten wir uns einquartieren. Ich weiß von Volpe, daß sein Stellvertreter zu Verwandten gefahren ist. Hier wird uns also niemand stören.«

Petrie trat ein. Angelo verriegelte hinter ihm die Tür. Die Einzelkabine war sehr schmal. An der einen Längswand befand sich die Schlafkoje, in der Ecke gegenüber war ein kleines Waschbecken installiert. In dem Wandschrank der Kabine entdeckte Petrie die Uniform des Zweiten Ingenieurs mit Goldknöpfen und Litzen. Mütze, Jacke und Hose, alles war da.

»Wie groß ist der Mann?« fragte er Angelo.

»Er hat etwa meine Figur. Warum?«

»Ich wollte es nur wissen. Ist das der Türschlüssel?«

Petrie deutete auf den Schlüssel an einem Haken über dem Waschbecken.

»Ja, wir können die Kabine abschließen, wenn wir hinausgehen.«

»Seltsam, daß der Mann sie nicht verschlossen hat, als er von Bord ging.«

»Er ist eben Sizilianer.« Angelo zuckte die Schultern. »Kommen Sie, ich zeige Ihnen den Maschinenraum.«

»Sagen Sie mir nur, wie ich dahinkomme«, antwortete Petrie drängend. »Sie gehen zum Eisenbahndeck zurück und bringen Ed und den Sack hierher, ehe die Gestapo überall herumschnüffelt. Werden diese Hunde Verdacht schöpfen, wenn die Tür hier abgeschlossen ist?«

»Wieso sollten sie? Bei meinen früheren Fahrten war nie jemand von diesem Verein an Bord.«

Rasch verließen sie die Kabine. Angelo zeigte Petrie den Kabinengang eine Treppe weiter unten, der zum Unterdeck hinunterführte.

»Unten müssen Sie sich rechts halten. Nach ein paar Metern sehen Sie dann schon die Tür zum Maschinenraum. Ich zeige Ihnen den Weg...«

»Nein. Holen Sie Ed. Wir treffen uns dann in der Kabine. Ich klopfe viermal, zweimal lang, zweimal kurz...«

Vorsichtig stieg Petrie die steile Treppe hinab, blieb auf der letzten Stufe einen Augenblick lang stehen und spähte rechts um die Ecke. Vor ihm lag ein weiterer Gang, doch der war nicht leer. Ein italienischer Posten mit einem Gewehr lehnte weiter unten an der Wand.

Petrie betrat den Gang und ging auf den Posten zu. Die Luft war hier stickiger, das Stampfen der Maschinen lauter und rhythmischer.

Der Posten stand neben einem geöffneten Schott. Das Dröhnen der Maschinen wurde sehr laut. Der Soldat warf Petrie einen gelangweilten Blick zu und ließ ihn vorbei. Offensichtlich behagte ihm das Wacheschieben um diese Uhrzeit nicht besonders. Der kurze Blick von der Seite, den Petrie durch das Schott in den Maschinenraum werfen konnte, war nicht sehr aufschlußreich. Er sah das Auf und Ab der riesigen Kolben, sah Männer in fleckigen weißen Overalls unterhalb eines Metallpodestes dicht hinter dem Schott.

Petrie verzichtete darauf, dem Gang bis zum Ende zu folgen, und stieg die nächste Treppe zum Kabinengang empor.

Wieder begegnete ihm keine Menschenseele. Als er durch die Tür auf das offene Achterdeck hinaustrat, wurde das Schwanken des Schiffes stärker. Wahrscheinlich war ein neuer Sturm im Anzug.

Unter sich auf dem Eisenbahndeck sah Petrie die Dächer von Lastwagen. Der heftige Wind ließ seine Augen tränen, und beinahe hätte er hinter der Hafenmauer etwas übersehen, das lebenswichtig für sie war. Ein einzelnes Boot mit einer roten Lampe am Mast kämpfte sich in die Meerenge hinaus. Giacomo würde also zur Stelle sein, wenn sie über Bord sprangen.

Auf der Steuerbordseite des Schiffes ging Petrie zurück. Auch hier zeigte sich niemand. Angelo hatte recht. Das Schiff war kaum bewacht. Seine Verteidigungseinrichtungen, hauptsächlich gegen Luftangriffe, bestanden aus jeweils einer zwanzig Millimeter-Vierlingsflak am Bug und am Heck sowie einigen kleineren Geschützen hinter der Brücke. Petrie wollte seinen Rundgang gerade fortsetzen, als sich neben ihm eine Tür öffnete und ein Carabiniere hinaustrat. Seine Taschenlampe flammte auf und blendete Petrie. Dann verlosch sie wieder.

»Was tun Sie hier oben?«

»Ich bin wohl die falsche Treppe hinaufgestiegen. Jetzt suche ich den Weg zum Eisenbahndeck.«

»Den Gang geradeaus und die Treppe hinab.«

Der Soldat verschwand wieder in seiner Kabine, und der Geruch nach Zigarettenrauch und Wein verwehte im Wind.

Petrie ging weiter. Er erreichte den Treppenabgang – und blieb wie angewurzelt stehen.

Laurel und Hardy kamen von unten herauf. Unter der breiten Hutkrempe starrte Petrie das brutale Gesicht des kleinen Dicken entgegen.

Die kleinen Schweinsaugen über der verknorpelten Nase und der schmale Spitzmund verliehen dem Mann ein unangenehmes, tückisches Aussehen. Er zwängte sich an Petrie vorbei, ohne ihn weiter zu beachten, blieb aber hinter ihm plötzlich stehen.

»Papiere!«

Entgegen allen Verhaltensregeln im Krieg schaltete er auf dem offenen Deck die Taschenlampe ein und ließ sie langsam über Petries Gesicht wandern. Sein hagerer Begleiter war mit verschränkten Armen vor dem Engländer stehengeblieben. Vor dem kleinen Dicken mußte man sich hüten, dachte Petrie. Er beherrschte sein Geschäft, kannte die Tricks, mit denen man Menschen überrumpelte.

Petrie zog mit der linken Hand seinen Ausweis aus der Brusttasche seiner Jacke. Die rechte behielt er in der Nähe der Mauser.

Der dicke Gestapo-Mann öffnete provozierend langsam den Ausweis und blätterte darin herum.

Aus den Augenwinkeln beobachtete Petrie seinen dünnen Begleiter. Der Mann schaute über die Reling zur Hafenmauer hinüber. Er hatte ein blutleeres Gesicht und tote Augen. Er war genau der Typ des kaltblütigen Mörders, einer der Handlanger des Dritten Reiches, die unbequeme und störende Zeitgenossen ohne Skrupel beseitigten, egal, ob sie ehrenhafte Patrioten oder Regimegegner waren, die sich weigerten, mit den Wölfen zu heulen.

Ein hübsches Gespann hatten sie sich da als Reisebegleitung ausgesucht. Dabei war der Knochige der gefährlichere der beiden. Wie Petrie ihn einschätzte, würde er pausenlos durch das Schiff streifen, sich die Leute ansehen und die Papiere wie auch die Kabinen überprüfen.

Wortlos gab ihm der Dicke seine Papiere zurück und ging mit dem Dünnen im Schlepptau den Gang hinunter.

Als Petrie die Treppe hinabsprang, legte die ›Carridi‹ gerade ab. Über ihm am Kai löste ein Mann das Haltetau vom Poller. Die Vibration der Motoren wurde stärker, das Schiff schwankte heftig.

Petrie durchquerte das Waggondeck und stieg wieder die Treppe zum Oberdeck hinauf, um festzustellen, ob der Feind nicht in letzter Minute noch Verstärkung an Bord brachte.

Die Taue klatschten ins Wasser, der Bug sank herab und verankerte sich in schmalen Schlitzen zwischen den Schienen. Langsam entfernte sich die Fähre vom Kai und steuerte rückwärts die Hafenausfahrt an.

Vom Zugdeck kamen einige Sizilianer herauf und beobachteten das Auslaufmanöver.

Eine Frage war noch offen. Wo war Giacomo jetzt?

Petrie entdeckte das rote Positionslicht steuerbord voraus auf der offenen See, als die Fähre die Hafenausfahrt erreichte. Das große Monument auf der Steinmauer schwebte wie ein dunkler Schatten vorbei und blieb hinter dem Schiff zurück.

Als die Fähre den Bug um 180 Grad nordöstlich auf Giovanni zudrehte und auf das Festland zuhielt, war Petrie schon wieder in der Kabine.

Für drei ausgewachsene Männer war die kleine Kabine viel zu eng.

»Ist ja fast schon so wie in der verdammten Kiste«, murrte Johnson.

»Wann legen wir endlich los?«

»Sofort«, antwortete Petrie und leerte den Sack auf der Koje aus.

Johnson und Angelo nahmen sich jeder eine Luger und einige Reservemagazine. Petrie untersuchte rasch den Sprengstoff, eine weiche kittartige Masse in zylindrischer Form, betrachtete sich flüchtig die vier Zeitzünder, wickelte sie wieder in das Zeitungspapier und legte alles in den Sack zurück.

»Das ganze Zeugs hier muß ich also mit mir herumschleppen. Es ist verdammt schwer.«

Er schaute zu Angelo hinüber.

»Was sagen wir Volpe, wenn wir damit im Maschinenraum auftauchen?«

»Sie sind von Beruf Steinmetz, und in dem Sack befindet sich Ihr Werkzeug«, schlug der Italiener vor. »Bei der momentanen Rationierung ist es fast unmöglich, an neue Werkzeuge heranzukommen. Volpe dürfte sich deshalb kaum wundern, daß Sie sie ständig mit sich herumtragen. Wahrscheinlich aber wird er sich keine Gedanken darüber machen. Er ist ein sehr oberflächlicher, egoistischer Mensch.«

Er nahm eine große Pistole aus der Koje.

»Die hier ist zwar lebenswichtig, um Giacomo ein Zeichen zu geben, doch können wir sie nicht mitnehmen. Ich schlage vor, wir lassen sie erst einmal hier.«

»In Ordnung«, stimmte Petrie zu. »Diese Kabine dient uns ab sofort als Operationsbasis. Sie liegt dicht beim Oberdeck, so daß man jederzeit die Signalpistole schnell holen kann. Angelo, wie lange dauert es normalerweise, bis Passagiere und Ladung an Land sind? Wie schnell kann die Fähre in Giovanni wieder auslaufen?«

»Gewöhnlich dauert das etwa eine halbe Stunde. Doch so genau läßt sich das nie sagen.«

»Dann müssen wir es eben auf gut Glück versuchen, denn ich weiß nicht, wieviel Zeit ich zum Legen der Sprengsätze brauchen werde.«

Petrie nahm den Sack und schob ihn sich vorsichtig unter den Arm.

»Unglücklicherweise hat man eine italienische Wache vor dem Maschinenraum postiert.«

Angelo fuhr hoch.

»Das ist ebenfalls neu. Doch vielleicht wirkt mein französischer Cognac auch hier Wunder.«

Er sprach von dem Schnaps, als sei es seine Geheimwaffe.

»Wir sollten wirklich jeden Ärger vermeiden, bis Sie die Sprengsätze gelegt haben.«

»Wenn's menschenmöglich ist«, unterstrich Petrie die Worte des Italieners. »Sie gehen besser voraus. Man könnte Verdacht schöpfen, wenn man zwei sizilianische Bauern aus dieser Kabine herauskommen sieht.«

Der Italiener löschte das Licht und trat auf den Gang hinaus. Er erstarrte, als er am anderen Ende die Uniform eines SS-Mannes entdeckte. Der Deutsche öffnete die Tür zum Achterdeck und verschwand nach draußen. Angelo wartete einen Moment, ob er zurückkam, und gab den anderen ein Zeichen. Rasch verschloß er die Kabinentür und ging vor ihnen her.

Am Fuß der Treppe zum Unterdeck spähte er um die Ecke und schaute dann verwundert zu Petrie empor.

»Da ist kein Posten.«

Petrie stieg zu Angelo hinab. Der Kajütgang war tatsächlich leer, das Schott zum Maschinenraum stand offen.

»Schnell, bevor er zurückkommt«, zischte der Engländer den anderen zu.

Der Gang kam ihm diesmal viel länger vor. Jeden Moment konnten auf einer der beiden Treppen die Gestapo-Leute auftauchen.

Seine Füße waren schwer wie Blei, und der Sack mit dem

Sprengstoff schien ihn fast zu erdrücken. Die Luft war stikkig und roch nach Öl, es war warm auf dem Gang. Wie heiß mochte es erst unten im Maschinenraum sein?

Als der Italiener warnend die Hand hob, blieben die beiden Männer sofort stehen. Angelo stand vor dem ovalen Schott. Das Dröhnen der Schiffsmotoren hallte tausendfach in Petries Kopf wider.

»Ich möchte zu Chefingenieur Volpe«, rief der Agent laut.

Der Posten stand auf der Plattform über dem Maschinenraum. »Hier darf niemand hinein«, antwortete der Soldat müde.

»Aber ich bin ein Freund des Ingenieurs.«

»Laut Befehl darf außer dem Personal niemand den Maschinenraum betreten.«

Mit einer trägen Bewegung richtete der Soldat das Gewehr auf Angelo. Jedes Aufsehen vermeiden, hatte Petrie gesagt. Angelo holte die Flasche Cognac aus seiner Tasche und schwenkte sie über dem Kopf hin und her, als er Volpe unten erkannte. Der Chefingenieur kam näher zur Plattform und versuchte, mit seiner Stimme den Maschinenlärm zu übertönen. Der Soldat verstand ihn nicht. Mit wütenden Gesten machte ihm Volpe klar, daß Angelo herunterkommen durfte. Der Soldat seufzte, schaute verblüfft die beiden anderen Männer an, die Angelo auf dessen Zeichen auf die Plattform folgten, und stieg über die Schwelle des Schotts auf den Gang hinaus, um Platz zu machen.

Wenn der Chefingenieur die Männer kannte, war alles in Ordnung. Was kümmerte es ihn? Er konnte sich vor Müdigkeit ohnehin kaum auf den Beinen halten.

Angelo stieg als erster die Eisenleiter zum Maschinenraum hinab. Petrie hielt sich am Handlauf fest und betrachtete das Herz des Schiffes tief unter sich, ein Gewirr von stampfenden Kurbeln und Hebeln. Dazwischen arbeiteten Männer mit nacktem Oberkörper.

Jeder Kolbenhub brachte sie Giovanni näher. Die Hitze

traf den Engländer wie ein Schlag, eine feuchte Schwüle, die alles übertraf, was er an Strapazen bei ihrer Fahrt über die Insel ertragen hatte.

Angelo winkte ihnen vom Fuß der Leiter zu und ging zwischen den Maschinen hindurch zu Volpe hinüber, der ihnen den Rücken zuwandte und gerade mit einem seiner Leute sprach. Petrie schob sich den Sack unter den Arm, drehte sich um und begann die Leiter hinunterzuklettern.

Es war ein Alptraum.

Alle drei Männer hatten ihre letzten Reserven mobilisiert.

Petrie hatte sich am meisten verausgaben müssen. Seit vierundzwanzig Stunden ohne Schlaf, war er bei brütender Hitze quer durch Sizilien gefahren und hatte von dem Bahnübergang, wo sie den kleinen Zug verließen, den Krankenwagen nach Messina gesteuert. Gar nicht zu reden von ihrer Eisenbahnfahrt und dem langen Fußmarsch nach Puccio, nachdem die eigenen Jagdflieger den Fiat des Mafia-Bosses in Brand schossen.

Gegessen hatte er kaum etwas, und seine Nerven vibrierten unter der übermäßigen Anspannung. Er besaß kaum noch Kraft, als er jetzt die Leiter hinunterkletterte, unter einem Arm den Sack, unter sich gut sechs Meter Leere bis zum Deck des Maschinenraums.

Er hatte Schwierigkeiten, kaum daß er den Fuß auf die Leiter setzte. Die starke Hitze trieb ihm den Schweiß aus den Poren und ließ die eine Hand feucht werden, mit der er sich an den Metallsprossen festhalten mußte. Der Sack versperrte ihm den Blick nach unten, er konnte nicht sehen, wohin er seine Füße setzte, und so tastete er sich abwärts.

Er hatte gerade drei Sprossen geschafft, als ihn die Erschöpfung zu überwältigen drohte. Er fühlte sich schwindlig, die Beine wollten ihn nicht mehr tragen. Petrie biß die Zähne zusammen. Schweiß strömte ihm in die Augen, als er nach oben schaute, wo Johnson von der Plattform aus besorgt seinen Abstieg verfolgte. Diese Leiter war das reinste

Folterinstrument. Petrie blieb stehen und holte tief Luft – schwüle, feuchte Luft. Danach ging es ihm eher noch schlechter, und er beschloß, langsam und gleichmäßig weiterzumachen, egal, was kam.

Da er sich nur mit einer Hand festhalten konnte, mußte er bei jeder Sprosse einen kurzen Moment seinen Halt loslassen, um mit der verschwitzten Hand die nächsttiefere Sprosse zu packen. Bruchteile von Sekunden konnte er sich nur auf seine Füße stützen, und in diesem Moment war die Gefahr am größten, daß er den Halt verlieren und auf den Metallboden des Maschinendecks stürzen könnte.

Langsam wurden seine Finger taub von der übermäßigen Kraftanstrengung. Auch seine Beine wollten nicht mehr. Senkte er einen Fuß zur nächsten Sprosse, dehnten sich die Muskeln im anderen Bein unter seinem Körpergewicht so stark, als wollten sie jeden Moment reißen. Auch der Sack wurde unerträglich schwer, als sei er mit Blei gefüllt. Petrie merkte, daß er seiner gefühllosen Hand entgleiten würde, wenn er nicht bald den Boden erreichte. Er senkte wieder einen Fuß, ließ die Sprosse los, an der er sich festgehalten hatte, und packte die nächste.

Um seine Balance zu halten und jegliches Pendeln seines Körpers zu vermeiden, mußte er den Haltearm ganz ausstrecken. Seine Unterarmmuskeln schmerzten höllisch, und er konnte schon den beginnenden Krampf spüren, als er wieder einen Fuß senkte und nach der nächsten Sprosse griff.

Großer Gott, er verfehlte sie.

Sein Körper gab nach. Der rechte Fuß stieß gegen etwas Flaches. Sein Herz schien auszusetzen vor Schreck. Erst langsam dämmerte ihm, daß er auf dem Deck stand. Er war unten.

Die Beine zitterten vor Anstrengung, als Petrie den Sack mit beiden Händen umfaßte. Er wartete, bis Johnson unten war, und ließ den Amerikaner vorausgehen.

Johnson bahnte sich vorsichtig seinen Weg durch die Maschinen und konzentrierte sich darauf, wohin er seine Hände legte. Das Dröhnen der Schiffsmotoren war ohrenbetäubend, war ein hämmernder Angriff auf seine erschöpften Nerven. Das Deck vibrierte heftig unter den Stößen der Kolben. Johnson umrundete einen hohen Metallbock und rannte gegen Angelo. Laut schreiend machte der Italiener ihn mit einem großen dicken Mann bekannt. Der Mittvierziger trug dunkle Hosen und eine fleckige Weste. Chefingenieur Volpe hatte ein fleischiges Gesicht mit der Andeutung eines Schnurrbartes unter der Nase und gierigen kleinen Augen.

»Dies ist mein Vetter Paolo«, schrie Angelo, plötzlich sehr redefreudig. »Er wollte schon als kleines Kind Ingenieur werden, doch fehlte seiner Familie das nötige Geld…«

»Wir hier unten fahren das Schiff«, begann Volpe mit einer weit ausholenden Handbewegung unverzüglich seine Erklärungen. »Die da oben auf der Brücke meinen zwar, sie steuern die ›Carridi‹, doch die Passage dauert nur dreißig Minuten. Was kann da schon schiefgehen? Hier unten dagegen haben wir nicht Augen genug, um auf alles zu achten. Sehen Sie den Anzeiger da…?«

»Und das ist Petrie, noch ein Vetter…«

Volpe streifte Petrie nur mit einem flüchtigen Blick und ließ sich weiter über die Probleme eines Chefingenieurs an Bord eines solchen Schiffes aus.

Johnson bemerkte sofort, daß Petrie den Sack nicht mehr mit sich herumtrug. Wahrscheinlich hatte er ihn schon irgendwo gut versteckt.

Angelo öffnete die Flasche Cognac und reichte sie Volpe, der sofort einen langen Schluck auf ihre Gesundheit nahm. Johnson produzierte gespielte Bewunderung auf sein Gesicht. Als der Ingenieur ihnen kurz den Rücken zuwandte, blinzelte Petrie dem Amerikaner zu. Volpe wendete sich wieder seinen Besuchern zu.

Petrie hielt sich mit der Hand den Kopf und tat so, als würde die Hitze zu viel für ihn. Johnson rief sofort:

»Petrie ist ein wenig seekrank, doch das geht bald vorbei.«

Volpe zuckte die Schultern, bekundete damit seine Verachtung für alle Weichlinge dieser Welt und erklärte ihnen weiter die Wunder im Bauch seines Schiffes. Er unterbrach sich nur, um gelegentlich einem seiner Leute einen Befehl zuzurufen.

Bei ihrem Rundgang zählte der Amerikaner sechs andere Männer im Maschinenraum. Mit so vielen Leuten hatten sie nicht gerechnet. Es würde eine verdammt schwierige Sache für Petrie werden, unter ihren Augen die Sprengsätze zu legen. Mindestens zwei arbeiteten ständig in der Nähe der Kolbenschächte. Johnson wußte, daß Petrie es hauptsächlich auf sie abgesehen hatte.

Wenig später bemerkte der Amerikaner zwei Dinge. Petrie war verschwunden, und oben auf der Plattform stand der Soldat und schaute in den Maschinenraum hinunter.

Johnson verschränkte die Arme vor der Brust und wanderte hinter Volpe und Angelo her in einen anderen Teil des Maschinenraums. Dabei warf er rasch einen Blick auf die Uhr. Großer Gott – nur noch acht Minuten bis Giovanni. In dieser Zeit konnte Petrie unmöglich die Sprengsätze legen und den Maschinenraum verlassen, bevor sie anlegten, zumal der Posten ihn jede Sekunde entdecken konnte.

Johnson schwitzte Blut und Wasser, während er so tat, als lausche er interessiert den Ausführungen des Ingenieurs, in Wirklichkeit aber zu dem Posten hochschielte.

Um Himmels willen, Mann, verschwinde endlich! Am besten direkt über Bord!

»Noch einen Schluck Cognac?« fragte Angelo den Maschinisten, und Johnson vertiefte sich sofort in die Anzeigeskala an einem Maschinenteil.

Volpe nahm wieder drei große Schlucke. Der Chefingenieur hatte seine Aufgaben wohl auf seine Leute verteilt. Die Männer überwachten die Kontrollinstrumente und riefen sich kurze Anweisungen zu.

Johnson spähte wieder zur Plattform hinauf. Sein Stoßgebet war erhört worden. Der Soldat war verschwunden.

»Wir befördern bei den nächsten Fahrten eine sehr wichtige Fracht, Angelo«, erzählte Volpe großspurig. »Damit dürften wir Stunden beschäftigt sein. Wir transportieren Deutsche.«

»Tatsächlich?«

Angelo tat nicht sonderlich beeindruckt und rief laut über das Stampfen der Kolben hinweg: »Ich dachte, die Deutschen benutzten ständig die Fähre.«

»Doch diesmal ist es ihre starke Panzereinheit…« gab Volpe laut zurück – und unterbrach sich mitten im Satz, als habe er schon zu viel verraten.

»Ich mag Ihren Cognac«, schwenkte er zu einem anderen Thema über. »An diesem Anzeiger hier kann man ablesen…«

Johnson blieb äußerlich völlig ruhig. Sein Gesicht zeigte den gleichen interessierten Ausdruck wie zuvor, verriet nichts von dem Schock, den ihm die Mitteilung des Maschinisten versetzt hatte.

Ihre starke Panzereinheit…

Die 29. Panzergrenadier-Division wurde nach Sizilien übergesetzt. Also mußten die Alliierten Fallschirmspringer-Einheiten auf der Insel abgesetzt haben. Kesselring reagierte sofort und ließ die 29. Panzerdivision über die Meerenge bringen. Und die ›Carridi‹ schwamm immer noch, stampfte durch die rauhe See nach Giovanni, um dort die Deutschen an Bord zu nehmen.

Der Amerikaner bemerkte schon, wie das Schiff Fahrt verlor und die Maschinen langsamer arbeiteten. Er kämpfte gegen seine aufsteigende Übelkeit an. Petrie konnte unmöglich in dieser kurzen Zeit die Sprengsätze angebracht haben.

Volpe gab Angelo die halbleere Flasche zurück. Der Agent schraubte den Verschluß zu und steckte sie wieder in die

Tasche. Er wußte, daß sie jetzt den Maschinenraum verlassen sollten.

»Wenn wir in Giovanni keine Fahrgelegenheit auftreiben, fahren wir vielleicht wieder mit Ihnen zurück«, sagte er freundlich.

Volpe kratzte sich bei dem Gedanken an die halbvolle Flasche enttäuscht am Hinterkopf. »Es tut mir leid, aber Zivilisten dürfen ab sofort nicht mehr an Bord…«

Unvermittelt begann er, seinen Leuten mit lauter Stimme Anweisungen zu geben.

Verunsichert drehte sich Angelo nach Johnson um. Die Maschinen liefen nur noch auf halber Kraft. Der Amerikaner ging auf die Leiter zu. Er wußte, was Petrie vorhatte. Der Engländer hatte erkannt, daß es wegen der Mannschaft keine Möglichkeit gab, die Sprengsätze während der Überfahrt zu legen. Deshalb hielt er sich irgendwo versteckt in der Hoffnung, daß sich der Maschinenraum vor der Rückfahrt nach Messina für eine Zeitlang leerte. Dieser Entschluß war wieder typisch für Petrie, obwohl er genau wissen mußte, daß er dann völlig auf sich selbst gestellt war.

Johnson vermied es daher, sich nach ihm umzuschauen, als er vor Angelo die Leiter emporstieg. Außerdem gab es da noch ein Problem. Der Posten hatte drei Männer in den Maschinenraum steigen sehen, doch nur zwei kamen zurück. Als der Amerikaner durch das Schott auf den Gang trat, lehnte der Soldat mit geschlossenen Augen daneben. Erst als Angelo an ihm vorbeiging, öffnete er die Augen und schaute sich blinzelnd um.

»He, wo ist der dritte Mann?«

Johnson ging zurück und schaute ihn scharf an.

»Er war vor uns. Sie müssen ihn doch gesehen haben.«

»Ja, richtig. Jetzt fällt es mir wieder ein«, log der Posten eingeschüchtert.

Sie gingen den gleichen Weg zurück – den Gang entlang die Treppe nach oben zum Kabinentrakt. Johnson schlenderte an ihrer Kabine vorbei nach draußen auf das offene Deck. Es war leer.

Nach der Hitze im Maschinenraum empfand er die Morgenkälte besonders stark. Der Wind pfiff durch seine schäbigen Kleider und ließ ihn frösteln. Im Schatten der Brücke wagte der Amerikaner einen Blick in die Tiefe. Der Anblick, der sich ihm bot, jagte ihm einen heftigen Schrecken ein.

Unten auf dem Eisenbahndeck hatten sich die Passagiere am Bug versammelt, um möglichst rasch vom Schiff herunterzukommen. Die Fähre passierte gerade die Hafeneinfahrt von Giovanni. Sie stampfte nicht mehr so stark und glitt langsam auf den Kai zu, wo unter abgedunkelten Laternen die Wehrmacht wartete: Last- und Tankwagen, dahinter in ordentlichen Formationen Soldaten in ihren typischen Panzeruniformen, ein Zug mit zahlreichen Waggons, anscheinend ein Güterzug. Die Vorhut der 29. Panzerdivision stand zur Einschiffung bereit. Für den Amerikaner ein entsetzlicher Anblick. Hier hatte er die Ursache für das Scheitern einer Invasion vor Augen. Einer alliierten Invasion.

Das Schiff stieß gegen den Kai und kam schaukelnd zum Stillstand. Taue flogen herüber, und der Bug hob sich langsam. Alles deutete darauf hin, daß die Fähre im Eiltempo geräumt und wieder beladen wurde.

»Das macht die ganze Sache wesentlich schwieriger, nicht wahr?« flüsterte Angelo hinter ihm.

Johnson drehte sich um und ging mit dem Agenten zur Kabine zurück, verriegelte sie von innen und schaltete das Licht ein.

»Jim kann die Eier nicht legen, solange die Maschinisten ständig unten herumhängen«, sagte Johnson verzweifelt.

»Sie gehen immer nach oben«, versuchte Angelo ihn zu beruhigen. »Ich habe es selbst gesehen, als ich bei meiner letzten Fahrt mit Volpe noch einen Drink nahm. Sie glauben doch wohl nicht, daß die Männer freiwillig stundenlang da unten in der Hitze bleiben, wenn sie zwischendurch im Hafen mal frische Luft schnappen können.«

»Wenn Petrie nicht innerhalb von einer halben Stunde zurück ist, machen wir noch einmal einen Ausflug in den Maschinenraum. Was dann aber nicht so leicht werden dürfte!«

Johnson schob die Zigarette wieder in die zerknüllte Pakkung zurück. Er lechzte nach dem Tabakrauch auf seiner Zunge, doch die Luft in der Kabine war schon schlecht genug.

»Und das aus verschiedenen Gründen«, fuhr er fort und schaute dem Italiener hart in die Augen. »Auf dem Schiff sind dann viel mehr Menschen. Volpe erwähnte, daß keine Zivilisten mitfahren dürfen. Wir fliegen also sofort auf, wenn uns jemand sieht. Außerdem werden Sicherheitskräfte verstärkt werden.«

»Sonst noch etwas?« fragte Angelo ironisch.

»Das dürfte reichen, um uns aus dem Verkehr zu ziehen.« Johnson zog die drei Stielgranaten hervor, die sie unter dem Kopfkissen in der Koje versteckt hatten, und wickelte sie säuberlich in eine Decke. Etwas hatte er Angelo verschwiegen. Wenn Petrie seine Sprengpakete gelegt hatte, mußte er nur die Zeitzünder einstellen, und der ganze teuflische Mechanismus tickte dann auf Null herunter. Johnson war überzeugt, daß die Güterwaggons auf dem Kai unten Munition transportierten. Die Deutschen waren dabei, die ›Carridi‹ in ein schwimmendes Pulverfaß zu verwandeln.

Vierzig Minuten später war es ihnen immer noch nicht gelungen, die Kabine zu verlassen. Ständig stampften schwere Stiefel draußen über den Gang. Sie saßen im Dunkeln, und die Zeit schien sich zu Stunden zu dehnen. Unter sich hörten sie das metallische Stoßen der Puffer, als eine Lokomotive den Munitionszug die Rampe hinauf auf das Waggon-Deck schob. Deutsche Stimmen brüllten Befehle. Es dauerte eine kleine Ewigkeit, bis die Schritte der deutschen Panzersoldaten draußen nicht mehr so häufig zu hören waren.

Zum drittenmal faßte eine unbekannte Hand von außen an den Türgriff und drückte ihn nieder, doch diesmal war ihr Besitzer hartnäckiger. Er rüttelte an der Tür, lehnte sich mit seinem ganzen Gewicht dagegen und versuchte sie aufzustoßen.

Angelo, der auf der Koje neben Johnson saß, hatte das Messer gezogen. Sein Herz schlug in rasendem Takt. Das Türschloß war nicht besonders stabil, und mit genügend Druck konnte man es leicht sprengen. Auch Johnson hielt sein Messer in der Hand. Wenn jetzt Schüsse fielen, wenn jetzt der Feind Alarm auslöste, wo Petrie unten im Maschinenraum saß, war alles aus.

Die Klinke bewegte sich wieder, die Tür erbebte unter stärkerem Druck. Irgendein Bastard, der erster Klasse reisen möchte, dachte der Amerikaner. Nun, erster Klasse reisen auf dieser Fahrt hieß mit einem Messer im Bauch reisen.

Das heftige Rütteln an der Tür brach plötzlich ab. Die beiden Männer auf der Koje waren schweißgebadet. Und noch ein anderer Geruch hing deutlich in der Luft: der Geruch von Angst.

Draußen entfernten sich Schritte. Die Schiffsmotoren sangen lauter, deutlich klang das Summen der Hydraulik in die Kabine, als der Bug herabgelassen wurde. Sekunden später setzte sich das Schiff in Bewegung und stieß rückwärts aus dem Hafen von Giovanni.

»Wir holen ihn jetzt«, sagte Johnson rauh.

Angelo tastete nach dem Lichtschalter und blinzelte in der plötzlichen Helle.

»In Ihrer Bauernkleidung können Sie mich unmöglich begleiten. Das ist zu gefährlich. In dieser Uniform wird man mich kaum beachten.«

Der Italiener erhob sich und musterte sich kurz im Spiegel über dem Waschbecken. Die Uniform des Zweiten Ingenieurs paßte ihm wie angegossen. Tatsächlich gefiel er sich in dieser Aufmachung recht gut. Er nahm die Mütze, die Johnson ihm reichte, und setzte sie auf.

»Ein wenig zu klein, doch es muß genügen. Wir müssen es auf diese Weise versuchen. An Land schenkt kaum jemand dem Postboten Beachtung. Die Leute akzeptieren ihn einfach. An Bord ist es ebenso – ein Mann in Marineuniform ist unsichtbar, besser gesagt, unauffällig. Ich muß mich vergewissern, wie die Lage ist.«

»In Ordnung, doch kommen Sie um Gottes willen in fünf Minuten zurück. Wir müssen Jim aus dem Maschinenraum holen, ehe der Sprengstoff hochgeht.«

Johnson steckte das Messer weg und wischte sich mit dem Taschentuch über Gesicht und Stirn.

Angelo löschte das Licht und öffnete die Tür. Er schaute sich nach beiden Seiten um. Der Gang war leer. Er trat hinaus und schloß die Tür hinter sich. Im gleichen Augenblick kam der fette Gestapo-Mann, dem Petrie den Spitznamen Hardy gegeben hatte, aus einer Nische unter der Brücke heraus. Er schaute den Italiener scharf an und kam näher. Er mußte gesehen haben, wie Angelo aus der Kabine kam. Aus dem Stirnrunzeln des Deutschen schloß Angelo, daß es nur Sekunden dauern konnte, bis der Gestapo-Mann ihn erkannte. Die Marine-Uniform schien ihn zu irritieren. Glücklicherweise war der Deutsche allein.

»Sie habe ich doch schon früher auf dem Schiff gesehen«, bellte er. »Was ist in dieser Kabine?«

»Schmutzige Overalls und Arbeitskleidung«, antwortete Angelo dreist. »Nichts, was Leute Ihres Schlages und Ihres Berufes interessieren könnte.«

Er hatte die Stimme erhoben, damit Johnson ihn hörte, und antwortete in möglichst provokativem Ton. Der Gestapo-Mann musterte ihn nochmals, ohne ihn zu erkennen, murmelte eine Verwünschung und griff nach der Klinke.

Drinnen blieb Johnson keine Zeit mehr, sein Messer zu ziehen, und er änderte blitzschnell seine Taktik.

Die Tür flog auf. Von draußen fiel ein rechteckiges Lichtfeld in das Dunkel. Der Deutsche trat ein. Johnson umklammerte mit beiden Händen den Hals des Gestapo-Mannes und zerrte ihn tiefer in die Kabine. Angelo drückte von hinten mit der Schulter nach, zwängte sich durch die Tür und warf sie hinter sich ins Schloß. Dann schaltete er das Licht ein. Johnson hatte den Deutschen auf die Koje geworfen, lag halb über ihm und hielt immer noch seinen dicken Hals umschlungen, preßte die Daumen hart gegen seine Luftröhre.

Der Deutsche erholte sich schnell von seiner Überraschung und setzte sich heftig zur Wehr. Mit der linken Faust schlug er nach dem Gesicht des Amerikaners und schob gleichzeitig seine rechte Hand unter den Mantel. Angelo packte sie, entriß ihr mit einer heftigen Drehung die Luger und griff nach der anderen Hand des Deutschen. Langsam zog er sie nach oben über den Kopf des sich heftig sträubenden Mannes und hielt sie dort fest. Johnson versuchte, den Druck seiner Hände zu verstärken. Der Deutsche öffnete den Mund und versuchte zu schreien, doch er brachte nur ein gurgelndes Keuchen heraus.

Es konnte verdammt schwer sein, einen Menschen zu töten, und der Deutsche besaß erstaunlich viel Körperkraft. Er riß seine rechte Hand aus Angelos Griff, streckte zwei Finger aus und stieß sie nach Johnsons Augen. Der Amerikaner beugte den Kopf weit zurück und hielt den Hals des Gegners eisern umklammert. Angelo packte das Gelenk der freien Hand und zwang den Arm wieder auf die Koje. Mit den Fersen hämmerte der Gestapo-Mann unaufhörlich gegen die Wand. Johnson legte all seine restliche Kraft in den Druck seiner Hände. Der Deutsche bäumte sich unter ihm auf, noch einmal zuckte er heftig mit den Beinen und lag dann still.

Erst Sekunden später löste Johnson seinen Griff und wischte sich mit der Hand über die schweißnasse Stirn. Blutverschmiert zog er sie zurück. Die Kratzer an Wange und Hals, die ihm der Deutsche mit den Fingernägeln gerissen hatte, brannten höllisch.

»Mein Gott, das war hart.«

»Wir müssen ihn hier herausschaffen«, keuchte Angelo. »Ihn über Bord werfen... es ist nicht weit...«

Johnson überlegte fieberhaft und schüttelte dann den Kopf. »Zu gefährlich – uns könnte jemand begegnen. Wir lassen ihn hier. Schauen Sie sich mal draußen um. Aber beeilen Sie sich. Und lassen Sie mir den Schlüssel hier, damit ich mich einschließen kann. Viermal klopfen, wenn Sie zurückkommen, zweimal lang, zweimal kurz...«

Angelo verließ die Kabine, hörte das Schloß einrasten und ging trotz Johnsons Aufforderung, sich zu beeilen, ohne Hast den leeren Gang hinunter. Leute, die es eilig hatten, waren immer auffällig. Er stieg sachte die Treppe zum unteren Deck hinab und spähte um die Ecke zum Maschinenraum hinüber. Man hatte den italienischen Posten durch einen deutschen Soldaten ersetzt, der eine Maschinenpistole über der Schulter trug. Wie Johnson vorausgesehen hatte, wurde die Situation immer schwieriger und gefährlicher.

Der Italiener zog sein Messer heraus, schob es hinter das Schweißband seiner Schirmmütze und ging ruhig auf den Posten zu. Dabei wedelte er mit der Mütze, als wolle er sich Kühlung zufächeln. Ihm war klar, daß innerhalb von Minuten Alarm ausgelöst werden würde – sobald er mit dem Posten fertig war. Er mußte schnell sein, verdammt schnell. Und der erste Stoß mußte sitzen.

Der Soldat beobachtete ihn gelangweilt. Wie Angelo vermutet hatte, machte ihn die Uniform völlig unverdächtig. Doch vielleicht war da noch ein zweiter Posten auf der Plattform?

Als er sich dem Schott zum Maschinenraum näherte, drehte der Posten den Kopf und schaute hinunter. Erst als Angelo bei ihm stehenblieb und ihn auf italienisch ansprach, widmete der Mann ihm wieder seine Aufmerksamkeit.

»Ich glaube, Ingenieur Volpe ist da unten. Es gibt ein paar Fragen wegen neuer Landebestimmungen für Messina. Ich möchte ihn sprechen.«

Angelo sprach sehr abgehackt und schnell, doch der Deutsche verstand kein Italienisch. Als er die Hände hob, um sein Nichtverstehen deutlich zu machen, ließ Angelo seine Mütze fallen, griff nach dem Messer und rammte es dem Mann in die Brust. Der Soldat röchelte kurz und sackte zusammen. Angelo fing ihn auf und versuchte, ihn vom Gang zu ziehen, doch der Mann war schwer, und sein Fuß verhakte sich an der Schwelle des Schotts. Angelo hievte den Leichnam halb über seine Schulter und zerrte ihn auf die Plattform. Dort ließ er ihn zu Boden gleiten und zog ihm das Messer aus der Brust. Gleichzeitig warf er einen Blick in die Tiefe.

Volpe stand mit dem Rücken zu ihm und beobachtete seine Leute, die gerade den Bug des Schiffes um 180 Grad auf Messina zudrehten. Aus der Deckung eines Maschinenblocks erhob sich Petrie, huschte zum Fuß der Leiter und kletterte hastig hinauf.

»Sprengsätze gelegt, die ganzen Eier«, stieß er hervor, als er oben ankam. »Die Mannschaft ging an Deck, kaum daß das Schiff angelegt hatte. Ich war gerade fertig, als die Männer zurückkamen.«

Petrie schwitzte stark, er sah erschöpft aus, seine Augen lagen tief in ihren Höhlen. Unten im Maschinenraum drehte Volpe sich um, schaute verblüfft zu ihnen hoch und eilte zum Sprechrohr. Petrie zog die Mauser. Rückwärts ging der Ingenieur langsam zu seinem alten Platz zurück. Jetzt wurden auch seine Leute aufmerksam und schauten in ihre Richtung.

Volpe wird die Brücke alarmieren, sobald wir hier raus sind, dachte Petrie grimmig.

»Werfen Sie ihn herunter«, sagte er zu Angelo.

Der Italiener gab der Leiche einen leichten Stoß, und Sekundenbruchteile später schlug sie sieben Meter tiefer auf den Metallboden auf.

»Wir müssen uns beeilen«, rief Petrie und trat auf den Gang. »Wo ist Ed?«

»In der Kabine.«

»Gehen Sie vor – Sie sind in Uniform. Wenn es Probleme gibt, nehmen Sie die Mütze ab. Dann weiß ich Bescheid.«

Angelo bückte sich nach der Mütze und setzte sie auf. Rasch ging er zur Treppe und stieg, dicht gefolgt von Petrie, nach oben. Dort blieb er kurz stehen, nahm die Mütze ab und hastete den gegenüberliegenden Treppenaufgang empor.

Petrie sah das Warnsignal. Irgend jemand war da auf dem Kabinengang. Er schaute um die Ecke und sah kurz vor ihrer Kabine einen SS-Mann, der ein Knie gebeugt hatte und sich seinen Schnürstiefel zuband, eine Beschäftigung, die seine ganze Aufmerksamkeit beanspruchte.

Petrie huschte über den Gang und folgte Angelo. Der Italiener stieß die Tür zum Oberdeck auf. Der kalte Wind fuhr durch seine Kleider. Ringsum war nur Finsternis, denn der Mond war, wie von den Meteorologen im Hauptquartier vorausgesagt, in dieser Nacht um 0.30 Uhr untergegangen.

Angelo wartete auf Petrie und versuchte, seine Augen an die undurchdringliche Finsternis zu gewöhnen. In der hohen Dünung heftig stampfend, vollendete das Schiff seine Drehung. »Wir gehen über dieses Deck, dann die Treppe hinunter zur Brücke«, flüsterte Angelo dem Engländer zu. »Gehen Sie vor – und halten Sie die Augen offen!«

Angelo ging zum Bug vor. Das Schiff nahm Fahrt auf. In Richtung Messina. Es war so dunkel, daß der Italiener den Mann in dem offenen Türgang erst bemerkte, als er schon vorbei war. Er nahm rasch die Mütze ab und betete zu Gott, daß Petrie die warnende Geste sah. Der Mann im Türgang war der dünne Gestapo-Mensch, den Petrie Laurel getauft hatte. Vielleicht suchte er seinen Gefährten Hardy.

»Sie da – einen Augenblick! Kommen Sie her!«

Sein fließendes Italienisch überraschte Angelo, aber er fing sich schnell. Er drehte sich auf dem Absatz herum, machte einen großen Schritt auf den Mann zu, der auf das Deck hinausgetreten war, und rammte ihm das Messer tief in den Bauch. Gleichzeitig, als hätten sie sich abgesprochen, stieß

Petrie dem Gestapo-Mann sein Messer in den Rücken. Aufstöhnend brach der Deutsche zusammen. »Über Bord mit ihm«, zischte Petrie. »Niemand darf ihn jetzt finden.«

Sie schleiften den leblosen Körper zwischen sich zur Reling und warfen ihn hinüber. Das Aufklatschen der Leiche ging im Rauschen der Wellen unter, die gegen den Schiffsleib brandeten. Sie trieb zum Heck auf die rotierenden Zwillingsschrauben des Schiffes zu. Angelo beugte sich über die Reling, doch außer der wogenden See war nichts zu erkennen.

»Hackfleisch für die Fische«, brummte er kalt und ging weiter.

Der Zwischenfall hatte sie keine zwanzig Sekunden lang aufgehalten.

In der Nähe der Treppe verlangsamte der Italiener seine Schritte und blieb schließlich stehen. Vom Deck neben der Brücke drangen Gesprächsfetzen zu ihm herauf. Da unten sprachen Leute auf deutsch miteinander. Auf Zehenspitzen schlich der Italiener zur Reling. Über ein halbes Dutzend Panzersoldaten hatte sich neben der Brücke eingefunden und vertrieb sich die Zeit mit einem Schwätzchen.

Angelo ging zu Petrie zurück. »Deutsche Soldaten direkt unter der Brücke. Wir können da nicht hinunter. Sie stehen in der Nähe unserer Kabine.«

»Wir nehmen die andere Treppe. Haben Sie das da draußen schon gesehen? Giacomo ist Gott sei Dank zur Stelle.« Sie gingen über das Deck zurück. Steuerbord in einiger Entfernung tanzte ein rotes Licht in der Nacht. Der Mafioso hielt sein Boot auf Parallelkurs zur ›Carridi‹. Es waren auch Positionslichter anderer Boote zu sehen, so daß Giacomo nur durch sein rotes Licht auffiel.

Angelo setzte seine Mütze wieder auf und stieg die Treppe zum Kabinengang hinunter. Zu seiner Erleichterung war der Gang leer.

»Laufen!« flüsterte Petrie ihm zu.

Gemeinsam huschten sie den Gang hinunter und erreichten unbemerkt ihre Kabine. Angelo gab leise das vereinbarte Klopfzeichen und betete, daß die Panzersoldaten es nicht hörten. Sofort drehte sich der Schlüssel im Schloß, die Tür flog auf, und der Amerikaner stand mit gezücktem Messer vor ihnen. Angelo schob ihn beiseite, ging zur Koje und zog die Signalpistole unter dem Kopfkissen hervor, auf dem Hardys Kopf ruhte.

Johnson griff sich die Decke mit den Granaten. Petrie sah über seine Schulter hinweg den toten Gestapo-Mann, verlor jedoch keine Zeit mit unnützen Fragen.

»Inzwischen dürfte Volpe Alarm geschlagen haben, Ed. Also mach dich auf Ärger gefaßt – eine Menge Ärger ...« Bei diesen Worten löste Petrie das hölzerne Holster von seiner Hüfte, schob es in den Schaft der Mauser und stellte die Waffe auf Dauerfeuer ein. Sperrfeuer.

Johnson zog eine der Stielhandgranaten aus seiner Decke und schob sie sich unter den Gürtel. Er steckte den Kopf aus der Tür, schaute in beide Richtungen und lief durch den Gang zum Heck. Sie mußten die Treppe hinauf zum Achterdeck, wo sie über Bord springen wollten, sobald Angelo die Signalpistole abgefeuert hatte.

Petrie war fast bei der Treppe, als zwei SS-Männer mit gezückten Pistolen auf ihn zustürmten. Im Laufen feuerte der Engländer eine kurze Salve. Die Deutschen stürzten zu Boden und rührten sich nicht mehr. Petrie erreichte die Treppe. Er betrat gerade die unterste Stufe, als oben die Tür aufflog und zwei weitere SS-Soldaten auftauchten. Petrie feuerte hinauf, sah die beiden fallen und gab zur Abschreckung noch eine Salve ab.

Eine Gestalt zeigte sich über ihm, sprang aber sofort zurück, als Petrie die Waffe hob.

»Zwecklos«, flüsterte der Mann seinen Gefährten zu, stieg über die verkrümmten Körper der beiden SS-Leute und rannte, so schnell er konnte, zum Heck.

Die Situation für Petrie und seine Kameraden wurde zusehends schwieriger. Sie hätten schon längst vom Schiff sein sollen, als der Alarm gegeben wurde.

Der Engländer lief zum Ende des Kabinenganges und stieß mit der Pistolenmündung die Tür auf. Auf dem Oberdeck hörte er Schritte von rechts in seine Richtung laufen. An dieser Stelle des Schiffes konnten sie nicht mehr über Bord springen. Man würde sie wie die Hasen abknallen.

Petrie nahm den einzigen Weg, der noch offen war – die Treppe hinab zum Eisenbahndeck. Angelo folgte ihm dichtauf, und Johnson sicherte nach hinten ihren Rückzug.

Als sie sich der Tür zur Treppe näherten, warf der Amerikaner einen Blick zurück. Am anderen Ende des Ganges hob ein Soldat gerade sein Gewehr und zielte in aller Ruhe wie auf dem Schießstand, denn das Ziel war in dem engen Gang überhaupt nicht zu verfehlen.

Mit der aufgerollten Decke unterm Arm fuhr der Amerikaner herum und zog den Stecher der Luger einmal durch. Er hatte schon etliche Preise beim Schießen auf bewegliche Ziele gewonnen. Diesmal war es der umgekehrte Vorgang: der Schütze schoß aus der Bewegung auf ein bewegungsloses Ziel.

Der Soldat taumelte nach vorn. Johnson drehte sich um und hechtete durch die Tür. Als sie hinter ihm zurückschwang, ließ eine Kugel die Holzfüllung splittern. Johnson sprang, drei Stufen auf einmal nehmend, die Treppe zum Eisenbahndeck hinunter.

Auf allen drei Gleisen standen die Güterwaggons des Munitionszuges.

»Hier entlang!«

Petrie hatte den Amerikaner noch rechtzeitig in der anderen Waggonreihe gesehen. Johnson kletterte über die Puffer zu den beiden hinüber und folgte ihnen in einen schmalen Durchlaß entlang der Wagen, der nur spärlich von den blauen Notlichtern erhellt wurde.

Im Laufen hatte Petrie ein neues Magazin eingeschoben und hielt die Mauser schußbereit in beiden Händen, während er nach Gegnern Ausschau hielt.

Es mußte doch Wachtposten hier unten geben, zum Teufel. Dies waren doch Wehrmachts-Truppen!

Seine Müdigkeit war verflogen, seine Sinne wach und angespannt, und seine Augen hatten sich rasch an das Zwielicht hier unten gewöhnt. Mit ruhigen, gleichmäßigen Schritten ging er vor den anderen her. Irgendwo über ihnen hörte er lautes Geschrei, doch auf dem Eisenbahndeck war es überraschend ruhig, so still, daß er das Wasser gegen die Bordwände des Schiffes schwappen hörte.

Ihnen blieb nur eine Möglichkeit, das Schiff lebend zu verlassen. Sie mußten weiter nach vorn zum Bug, wo die Suchkommandos sie nicht vermuten würden.

Petrie ging gerade an einem Waggon mit halbgeöffneter Tür vorbei, als ein Uniformierter ihm in den Weg trat und ihn auf deutsch ansprach. Der Mann ahnte offensichtlich nichts Böses, und Petrie wollte jeglichen Lärm vermeiden. Der Soldat machte einen Schritt auf ihn zu. Blitzschnell hob Petrie den Pistolenlauf und zog ihn dem Deutschen über den Kopf. Sein Arm schmerzte von der Wucht des Schlages.

Lautlos brach der Deutsche zusammen. Petrie stieg über ihn hinweg, passierte drei weitere Waggons und war fast am Bug, als er trampelnde Schritte eine Treppe herunterkommen hörte. Eine laute Stimme erteilte auf deutsch Befehle.

»Hans, nimm dir ein paar Männer und such mit ihnen das Deck ab. Schaut zwischen und unter jeden Wagen. Leuchtet mit den Lampen die Dächer ab …«

Petrie machte kehrt und schob seine beiden Gefährten vor sich her den Weg zurück zu dem Waggon mit der offenen Tür. Dort deutete er nach oben, und sie kletterten geräuschlos hinein. Viel Platz hatten sie nicht gerade – dieser Trip schien für sie immer nur Räumlichkeiten mit verdammt wenig Platz wie Kisten oder Einmann-Kabinen bereitzuhalten.

Petrie fluchte lautlos. Jetzt sollte er auch noch das fast Unmögliche möglich machen: die Tür geräuschlos schließen.

Sein Herz schlug so laut, daß er glaubte, die anderen müßten es hören, als er die Tür Millimeter für Millimeter ins Schloß schob.

Er vernahm das harte Klappern der Stiefel auf dem Metallboden, während die Panzersoldaten das Eisenbahndeck absuchten.

Auf ihrer gut geölten Schiene glitt die Tür geräuschlos zu. Die vielgepriesene deutsche Gründlichkeit!

Petrie schaltete seine Taschenlampe ein und ließ vorsichtig den Verriegelungsbügel einrasten. Dann schaute er sich die Kisten näher an, die, jeweils drei aufeinandergestapelt, den Waggon bis unters Dach füllten. Auf einer Kiste konnte er die Aufschrift 7,5-cm-LK 70 PK 41 entziffern.

Es war also tatsächlich ein Munitionszug.

»Wie lange wollen die denn noch suchen?« flüsterte Johnson nervös.

Keiner wußte eine Antwort.

Sie hockten in ihrem Versteck und lauschten auf die Schritte der Suchtrupps, die jeden einzelnen Waggon absuchten und an den Türen rüttelten.

Die Suche war schneller beendet, als Petrie erwartete. Nachdem sich die Schritte der Soldaten von ihrem Waggon entfernt hatten, wartete er noch einen Augenblick und öffnete dann die Tür einen Spalt. Er hörte noch schwache Geräusche wie Stimmen, das Klirren von Metall gegen Metall und das Flatschen der Wellen gegen den Schiffsleib.

Sie durften auf keinen Fall noch länger an Bord bleiben. Jeden Moment konnten die Sprengsätze hochgehen.

Der Engländer sprang aus dem Güterwagen und schaute sich um. Niemand war zu sehen. Er winkte den beiden anderen und ging auf den Bug zu. In diesem Teil des Schiffes durften sie sich jetzt eigentlich sicher fühlen, denn er war gerade durchsucht worden.

Der Schiffsbug hob sich als dunkle Silhouette gegen den Sternenhimmel ab. Hier standen mehrere Tanklastzüge, die man hinter dem Zug aufs Schiff gefahren hatte, dicht nebeneinander.

Stufe um Stufe nahm Petrie die Treppe zum Oberdeck. Als er unter der Brücke an die Reling trat, sah er in einiger Entfernung ein schwankendes rotes Licht in der Nacht.

Giacomo war also zur Stelle und lief auf Parallelkurs zur Fähre, die sich rasch Sizilien näherte. Die beiden Gefährten traten hinter ihn.

Plötzlich zuckte Petrie zusammen. Hatte sich da eine schattenhafte Gestalt bewegt, oder spielten ihm seine Nerven einen Streich?

»Gib das Signal!« flüsterte er.

Angelo beugte sich vor, hob die Signalpistole über seinen Kopf und feuerte sie ab.

Hoch über der Meerenge leuchtete plötzlich ein grellgrünes Licht auf.

»Los, springt – beide!« stieß Petrie hervor. »Haltet auf das rote Licht zu!«

Ein deutscher Soldat kam aus dem Schatten der Treppe gerannt, blieb mit gespreizten Beinen stehen und legte das Gewehr an.

Petrie gab einen kurzen Feuerstoß ab. Als der Deutsche zusammensank, sprang Angelo. Über ihm brach die Hölle los.

Von See her näherte sich das Geräusch eines mit voller Kraft laufenden Schiffsmotors.

Johnson ließ die Decke fallen und entrollte sie.

»Hier – Granaten!«

Petrie fluchte laut.

»Spring endlich, verdammt noch mal!«

Johnson balancierte gerade auf der Reling, als der Zauber

losging. Schüsse peitschten auf, Kugeln klatschten gegen Metall und Holz und jaulten als Querschläger davon.

Ein Holzsplitter traf den Amerikaner an der Stirn. Johnson stürzte in die Tiefe.

Petrie riß den Abzug der Mauser durch und gab Sperrfeuer. Dabei schwenkte er die Mündung der Waffe leicht von Seite zu Seite. Er glaubte das dumpfe Fallen von Körpern zu hören und lud rasch seine Waffe nach. Dann ergriff er eine der Stielhandgranaten, die Johnson ihm zugeschoben hatte, schlich sich zum Kajütgang neben der Brücke und warf den Sprengkörper mit aller Kraft ins Dunkle.

Diese Aktion dürfte ihm einige Zeit den Rücken freihalten. Das Röhren des Schiffsmotors kam näher, wurde immer lauter, bis es dem Engländer in den Ohren dröhnte. Ein Scheinwerfer flammte auf, blendete ihn für den Bruchteil einer Sekunde und sank dann zur Wasseroberfläche hinab.

Ein Patrouillenboot kam, angelockt durch die grüne Leuchtkugel, längsseits und fuhr dicht neben der Fähre her. Der Scheinwerfer tanzte über die Wellen, glitt über Angelos Kopf hinweg, kehrte zurück und hielt ihn fest.

Das Maschinengewehr ratterte los.

Der Italiener holte tief Luft und tauchte weg. Petrie lief zur Reling, schätzte die Entfernung, schleuderte die zweite Granate und warf sich flach zu Boden. Dicht neben ihm lag die letzte Granate.

Der Engländer konnte nicht sehen, was geschah. Der Sprengkörper landete mitten auf dem Schiff und detonierte, ehe die Besatzung überhaupt wußte, was los war.

Die Explosion zerriß die Treibstoff-Tanks, die mit dumpfem Knall in die Luft gingen. Sofort stand das Boot in Flammen, Splitter und Metallteile prasselten auf das Deck der ›Carridi‹ nieder. Etwas Heißes streifte Petries Nacken. Dann herrschte Stille.

Deutlich hörte der Engländer das Poltern von Stiefeln auf der Treppe, die vom Eisenbahndeck nach oben führte. Petrie lag immer noch flach auf dem Boden, als er an der Treppe eine schattenhafte Gestalt auftauchen sah. Er zog die Granate ab, rollte sie auf den Mann zu und preßte den Kopf hart gegen das Deck.

Krachend detonierte der Sprengkörper, und als Petrie den Kopf hob, war die Treppe leer.

Der Geruch von Feuer drang ihm in die Nase. Petrie sprang auf und feuerte aufs Geratewohl ein ganzes Magazin über das Deck. Wenn er über Bord sprang, durfte niemand der Reling zu nahe kommen, sonst wäre sein Leben keinen Pfifferling mehr wert.

Der Engländer schwang ein Bein auf die Reling, stemmte sich mit dem anderen vom Boden ab und sprang. Ein dunkler Wellenberg kam ihm entgegen, Wasser spritzte auf und schlug über ihm zusammen.

Petrie tauchte auf und schwamm schnell von der Fähre weg, um dem Sog der Zwillingsschrauben zu entgehen. Das eiskalte Wasser war ein Schock. Die Stiefel behinderten Petrie beim Schwimmen, ringsum war es entsetzlich dunkel, und die Wellen rollten in einer langen Dünung.

Einmal glaubte der Engländer Schüsse zu hören, doch als eine Welle ihn hochhob, sah er nur das Heck der Fähre, die mit voller Kraft auf Sizilien zulief und Petrie durch ihre eigene Vorwärtsbewegung aus der Schußlinie brachte.

Er sah auch das rote Licht, doch ständig schien es seine Position zu ändern. Petrie hoffte, daß Giacomo nicht auf den Gedanken verfiel, die See nach ihnen abzusuchen. Der Sizilianer brauchte nur an Ort und Stelle auf sie zu warten, und sie würden kommen. Mit Glück und genügend Kraft, um das Boot zu erreichen!

Die Wellen klatschten gegen sein Gesicht, schaukelten ihn, und ihm schien es, als schwimme er auf einem Meer aus Gummi. Er empfand ein seltsam leichtes, schwebendes Gefühl im Kopf. Es war alles nur Einbildung, das wußte er, dieses Tanzen und Taumeln auf den Wogen, dieses herrliche

Schweben. Daß er dabei war, das Bewußtsein zu verlieren, war keine Einbildung.

Das Tuckern der ›Carridi‹ verklang in der Ferne, und er hörte nur noch das Glucksen der Wellen, wenn er seine müden Arme und Beine zu gleichmäßigen Schwimmbewegungen eintauchte – auf das rote Licht zu, das jetzt nicht mehr wanderte.

Seine Kleider sogen sich voll Wasser, ihr Gewicht zog seinen Körper tiefer hinunter.

Mit quälender Langsamkeit näherte er sich dem roten Licht. Petries Schwindelgefühl wurde stärker, und plötzlich zerrte eine heftige Strömung an ihm, wollte seinen erschöpften Körper von der roten Lampe wegtragen, die in der Dunkelheit einen tröstlichen Schein verbreitete.

Petrie lehnte sich noch einmal gegen seinen letzten Feind, die Strömung, auf, atmete die kalte Nachtluft tief ein und warf sich mit aller Kraft gegen den Sog der Wogen.

Irgend etwas streifte seine Schulter und verfing sich in seinen nassen Kleidern, zerkratzte die Haut unter seinem Hemd.

Er hing an einem Bootshaken, der sein Gewicht nur hielt, weil seine Kleider durchnäßt waren und nicht rissen. Giacomo zog ihn sanft ans Boot heran. Petrie fühlte Hände, die ihn packten, ins Boot zogen und auf den Boden legten. Johnson und Angelo beugten sich über ihn.

»Bist du in Ordnung?« fragte der Amerikaner besorgt.

»Ich fühle mich wunderbar«, stieß der Engländer keuchend hervor und schaute in ihre Gesichter, ins Licht der roten Lampe und zu den Sternen empor.

Die Ohnmacht drohte ihn wieder zu übermannen.

»Setzt mich aufrecht ...«

Sie trugen ihn zum Mast, einem großen Baum mit seitlichen Sprossen, und lehnten seinen Oberkörper dagegen.

Irgendwo hatte Petrie schon einmal etwas über diese seltsamen Boote gehört: der Bootsführer stieg auf den Sprossen zur Mastspitze empor und lenkte von diesem erhöhten Standpunkt aus die Fangoperation, sobald er einen Schwertfisch ausgemacht hatte.

Petrie wandte sich an Giacomo.

»Vielen Dank!« sagte er, dann fiel ihm ein, daß der Mann taubstumm war.

Der Sizilianer war klein und gedrungen und besaß einen beachtlichen Bauch. Er deutete auf die rote Lampe am Mast, nahm eine Schrotflinte und winkte ihnen, die Köpfe herunterzunehmen. Dann zielte er kurz, die Schrotflinte bellte trocken auf, und die Lampe zersplitterte in tausend Stücke. Glas regnete herab. Giacomo hatte nur auf die am schnellsten wirksame Weise die rote Lampe gelöscht, die weithin ihre Position verriet.

»Was ist mit den Sprengsätzen?« rief Johnson mit rauher Stimme vom Außenbordmotor am Heck herüber. »Hast du sie auch an den richtigen Stellen angebracht?«

»Genau da, wo sie hingehören – alle«, versicherte Petrie. »Zwei Zehnpfünder in die Schraubentunnel. Sie gehen gleichzeitig hoch. Den großen Brocken – den Vierzigpfünder – habe ich in einem Treibstoff-Tank an der Steuerbordseite angebracht.«

»Und sie gehen alle gleichzeitig hoch?«

»So habe ich jedenfalls die Zeitzünder eingestellt. Möglich, daß trotzdem vierzig oder fünfzig Sekunden zwischen den einzelnen Detonationen liegen.«

»Was passiert, wenn sie hochgehen?«

Johnson legte seine nackten Füße auf eine Taurolle und tupfte sich mit einem Lappen, den der taubstumme Giacomo ihm reichte, das Blut von der Stirn.

»Vermutlich wird der Maschinenraum innerhalb von dreißig Sekunden unter Wasser stehen. Ich denke, die Fähre wird bereits fünf Minuten nach der ersten Explosion sinken.«

»Die Deutschen werden den ganzen Maschinenraum auf den Kopf stellen.«

»Sicherlich. Eigentlich müßten die Sprengsätze auch schon

längst hochgegangen sein. Doch keine Sorge, der Maschinenraum ist sehr unübersichtlich, dort werden sie so leicht nichts finden.«

Giacomo ging zum Heck und bat Johnson durch eine Geste, zur Seite zu rücken.

Der Sizilianer beugte sich zum Motor und zog den Startzug. Grollend erwachte der Motor zum Leben. Besorgt schaute Petrie sich um. Nirgendwo war ein anderes Boot zu sehen, doch in der Meerenge wimmelte es von Patrouillenbooten. Er hoffte, daß die Explosionen auf der Fähre die feindlichen Schiffe von ihnen ablenken würden.

Der Motor brummte lauter, und das Boot nahm Kurs nach Süden auf Malta zu.

Vier Augenpaare starrten angestrengt in die Richtung, in der die Fähre in der Dunkelheit verschwunden war.

Und dann hörten sie, worauf sie warteten.

Die erste Detonation hallte als rollender Donner über die See zu ihnen herüber, als hätte jemand einen einzigen Schlag auf eine gigantische Trommel getan. Kein Blitz zuckte auf, auch war kein Rauch zu sehen, als drei Patrouillenboote die Fähre ansteuerten und sie mit ihren Suchscheinwerfern in gleißendes Licht tauchten.

Die Detonation schien die Fahrt des Schiffes in keiner Weise zu beeinträchtigen. Doch Petrie merkte sofort, als Schornstein und Aufbauten plötzlich kleiner wurden, daß die Fähre beigedreht hatte.

»Sie ändert den Kurs«, rief er laut.

»Sie läuft auf die Paradies-Bucht zu«, sagte Angelo.

»Ihre Ruderanlage ist beschädigt.« Petrie blinzelte, um besser sehen zu können. »Das nächste Ei wird ihr den Rest geben.«

Die Scheinwerfer der Schnellboote wanderten mit der Fähre auf ihrem Kreiskurs. Ihre Ruderanlage mußte schwer angeschlagen sein. Weitere Patrouillenboote schossen auf das manövrierunfähige Schiff zu.

Der zweite Sprengsatz, der Vierzigpfünder, übertraf den ersten bei weitem. Die Meerenge schien bei seiner Detonation zu erbeben, der Donner rollte über das Wasser und hallte in den Bergen wider.

In Messina und Giovanni mußten sie glauben, eine ganze Batterie von 15-cm-Schiffsgeschützen habe gleichzeitig das Feuer eröffnet.

Sekundenbruchteile später zuckte ein riesiger Blitz auf, der die Nacht taghell erleuchtete. Kurz hintereinander erfolgten weitere Detonationen.

Vom Heck des Bootes beobachtete Johnson voller Ehrfurcht das Schauspiel. Der Munitionszug flog in die Luft. Die Explosivkraft der Ladung auf dem Zugdeck war unvorstellbar.

Wieder erklang eine schwere Detonation, gefolgt von zwei weiteren. Die vier Männer fühlten ihre Druckwellen.

Die Fähre brannte.

Johnson hatte ein solches Flammenmeer nie zuvor gesehen. Riesige Flammenzungen schossen aus dem Wrack empor und erhellten die Meerenge, ließen die graugrünen Wogen rötlich aufglühen.

Die nächste Explosion, deren Donnerschlag klang, als sprenge ein kleiner Ätna seine Kuppe in den Himmel, verwandelte die Fähre in eine lodernde Fackel.

Dicke schwarze Rauchwolken, aus denen hellrot die Flammenzungen emporschossen, hüllten das Schiff völlig ein. Es brannte bis zur Wasserlinie. Treibstoff floß über die Decks, Menschen und Ladung verbrannten in der höllischen Glut dieses Infernos.

Patrouillenboote rasten wie aufgescheuchte Hühner hin und her, wagten sich aber nicht zu nahe an die Feuerhölle heran.

Einer nach dem anderen explodierten die Munitionswaggons auf dem Zugdeck und schleuderten Trümmer durch die Luft. Ein Teil der Schiffsaufbauten war verschwunden, und man konnte vor dem Hintergrund der Flammen die Silhouette der Fähre deutlich erkennen – das jetzt völlig offene Eisenbahndeck, einen Tanklastwagen, die zerstörte Brücke und den intakten Schornstein dahinter.

Der Tankwagen verschwand in einer heftigen Explosion, die auch die Reste der Brücke und den Schornstein mit sich riß.

Weißglühende Metalltrümmer flogen weit durch die Luft und prasselten auf die Patrouillenboote nieder, die panikartig das Weite suchten.

Langsam sackte das Heck der Fähre ab, der Bug richtete sich kerzengerade in den Himmel. Seine Metallteile leuchteten rot, und trotz der Entfernung glaubte Petrie, das leise Zischen zu hören, als das glühendheiße Wrack in der Tiefe versank.

Keiner der Männer sprach ein Wort, sie waren wie betäubt von den Ereignissen, deren Zeugen sie eben geworden waren.

Schließlich erhob sich Petrie und ging zum Bug, um die erste Wache zu übernehmen.

Dort fand ihn Johnson eine Stunde später, während sie stetig durch die Meerenge nach Süden fuhren.

Der Engländer lag zusammengerollt auf dem Boden und schlief fest.

»Daran soll er noch lange denken, dafür werde ich schon sorgen«, sagte der Amerikaner mit müdem Grinsen zu Angelo. »Auf Wache einfach zu schlafen …«

Als am Morgen die glühende Sonne über den östlichen Horizont kletterte, um Sizilien aufs neue in ihren Strahlen zu rösten, trieb das Boot ohne Treibstoff geräuschlos weitab von jeder Küste auf der langen Dünung der blaßblauen See, die silbrig im Sonnenlicht aufschimmerte.

Nur Johnson und Giacomo waren wach. Und natürlich war es der Amerikaner, der den Mast des Bootes hochkletterte und wie verrückt sein Hemd schwenkte.

Natürlich deshalb, weil vom Heck des Torpedobootes, das durch die friedliche See auf sie zuhielt, deutlich sichtbar die amerikanische Flagge wehte.

Das Boot würde sie aufnehmen und sicher nach Malta bringen, weit weg von der sizilianischen Küste, wo alliierte Truppen in den Buchten landeten und ins Innere der Insel vorstießen – der Insel, die sie in dreiunddreißig Tagen erobern sollten.

Epilog

Manchmal gewinnen Dinge, die jetzt geschehen, erst viel später an Bedeutung.

Nach der Invasion erhielt Don Vito Scelba tatsächlich aufgrund des knappen, aber genauen Berichtes, den Petrie dem Alliierten Oberkommando gab, seine Belohnung.

Er wurde zwar nicht Bürgermeister von Palermo, aber man gab ihm statt dessen einen viel einflußreicheren und lukrativeren Posten in der alliierten Administration der eroberten Insel.

Scelba benutzte sein Amt, um seinen Einflußbereich zu erweitern, und organisierte im stillen großangelegte Raubüberfälle auf alliierte Nachschubdepots.

Die Beute warf er auf den schwarzen Markt, der erst auf Sizilien und später in ganz Italien florierte.

Eins führte zum andern. Die riesigen Gewinne seiner Schwarzmarkt-Aktivitäten halfen dem Capo entscheidend dabei, seine politische Macht auszubauen.

Gegen Kriegsende hatte er sich mit der neapolitanischen Mafia verbündet und pflegte enge Kontakte mit der Unterwelt von Marseille sowie mit der mächtigsten der fünf Familien, die die New Yorker Mafia kontrollierten.

Durch ihn erwachte die internationale Mafia wieder zu neuem Leben. Nach und nach weitete sie ihre Aktivitäten, zu denen auch Prostitution und Devisenschmuggel gehörten, über den halben Globus aus. Wenig später kam der Drogenhandel dazu.

Und speziell diese Organisation, die Scelba aufgebaut hatte, kontrollierte in der Folgezeit den Drogenhandel, der noch heute die Vitalität mancher westlicher Nationen untergräbt.

Eine Organisation, die nur ins Leben gerufen werden konnte, weil die Alliierten im Krieg die Hilfe der Mafia in Anspruch genommen hatten.

Der Anschlag gegen fast die halbe westliche Welt wurde also schon im Jahr 1943 vorbereitet.

Der Tod von Don Vito Scelba war eine Ironie des Schicksals. Er starb an der gefürchteten Lupara-Krankheit.

Der alte Mann, der wie immer in Hemdsärmeln und Hosenträgern durch Sizilien zu reisen pflegte und die Welt durch seine getönten Brillengläser betrachtete, trat an einem heißen Julimorgen aus einem Hotel in Palermo und hielt vergeblich nach seinem Wagen Ausschau.

Zehn Jahre zuvor hätte diese Tatsache ihn noch argwöhnisch gemacht, doch Scelba war nicht mehr der Mafioso, der einmal den Heizer an der Blockstelle in Scopana erstach. Ahnungslos blieb er an der Ecke stehen und wunderte sich, wo der Wagen blieb.

Ein Wagen mit vier jungen Männern, die alle Sonnenbrillen trugen, raste auf ihn zu. Aus ihren Schrotflinten eröffneten sie im Vorbeifahren das Feuer auf ihn.

Niemand eilte dem Capo zu Hilfe, als er mitten auf der Straße zusammenbrach.

Don Vito Scelbas Zeit war abgelaufen.

Anmerkung des Autors

Diese Geschichte basiert auf wahren Begebenheiten. Die Personen im Roman sind frei erfunden. Im Jahr 1943 faßte die amerikanische Regierung auf ihrer Suche nach Verbündeten hinter den feindlichen Linien einen höchst seltsamen Entschluß. Sie bat die Mafia um Hilfe.

Colin Forbes

COSSACK

Deutsch von Andreas Brandhorst

Für Jane

Prolog

Das Breckland. Auf drei Seiten von dichten Tannen- und Kiefernwäldern gesäumt. Das Bluebell Pub erschien den sieben Dorfbewohnern, die sich darin eingefunden hatten, wie ein Zufluchtsort, wie ein Refugium, das Schutz bot vor dem Wüten des Aprilsturms. Die Nacht kam einem dunklen Mantel gleich, der das alte, zweistöckige Gebäude umhüllte und von der Außenwelt trennte. Der Wind zerrte an den knarrenden hölzernen Läden, und Regentropfen prasselten an die beschlagenen Scheiben. Ein Ziegel löste sich vom Dach, und die sieben Personen im Wirtshaus sahen erschrocken auf, als sie das jähe Klappern vernahmen. Plötzlich herrschte Totenstille im Raum. Obgleich den Anwesenden nichts ferner lag, als an den Tod zu denken.

Die fernen Häuser von Cockley Ford – nur vage Konturen in der Finsternis. Nirgends schimmerte Licht in dem kleinen Ort Norfolks. Es war acht Uhr abends.

Der Landarbeiter Ted Jarvis – er trug ein kariertes Hemd, eine Kordhose, die er dicht über den Fußknöcheln mit Bindfäden zusammengeschnürt hätte, und einen alten Anorak – räusperte sich und brach das Schweigen.

»Ich glaube, das wär's soweit. Wir sind uns doch einig, nicht wahr? Wir haben nichts mit dem verrückten Fremden und seinem irren Plan zu tun. Geld bedeutet nicht alles …«

»Nein, Edward, es geht um mehr«, erklang die laute und rauhe Stimme der Postmeisterin Mrs. Rout. Sie griff nach ihrem Glas Portwein und ließ sich auf ihrem Lieblingsplatz nieder, dem Holzstuhl direkt neben der Theke. »Das habgierige Pack aus dem Dorf… wir müssen den Leuten Bescheid geben. Ihnen muß klarwerden, auf was sie sich eingelassen hätten. Und es darf zu keinem Streit kommen. Ohne uns können sie überhaupt nichts machen. Punktum!«

Alle nickten, auch Joel, der Wirt. Mrs. Rout hatte gesprochen, und damit war die Sache erledigt. Sie trank einen Schluck Portwein. Die anderen vier Männer – der Traktorfahrer Ben, der Lebensmittelhändler George, William, der Entwässerungsgräben anlegte, und Eric, der nicht ganz richtig im Kopf war – nickten erneut. Mrs Rout ließ keinen Zweifel an ihrem Standpunkt.

»Dann gibt es da noch das Problem mit dem neuen Doktor, Portch. Der Kerl gefällt mir überhaupt nicht. Niemand kennt ihn. Und diejenigen, die einen Arzt brauchen, wenden sich an Ransome in Cockley Cley ...«

Die aus massivem Holz bestehende Tür öffnete sich mit einem Ruck. Eine sonderbare Gestalt stand auf der Schwelle. Mrs. Rout versteifte sich unwillkürlich. Sie öffnete den Mund, brachte jedoch nur ein heiseres und entsetztes Krächzen hervor. Sie hatte vermutet, die Tür sei von einer besonders starken Bö aufgestoßen worden ...

Die Gestalt trug eine Wollmütze mit Ohrenklappen, zur Hälfte bedeckt von der Kapuze einer Öljacke. Regentropfen perlten auf dem gelben Kunststoff, und auf dem gescheuerten Holzboden bildeten sich rasch einige Lachen. In den Händen hielt der Mann eine kurzläufige Maschinenpistole.

Er stand völlig reglos, und der Blick seiner kalt glänzenden Augen schweifte durch den Raum, vorbei an den rauchgeschwärzten Balken, die die Decke stützten. Nacheinander musterte er die sieben Dorfbewohner, die sich vor Schreck nicht von der Stelle rührten. Dann krümmte sich sein Finger um den Abzug der Waffe. Es ratterte mehrmals. Der Mann schwang den Lauf der Maschinenpistole herum, und todbringende Geschosse rasten durch den Raum.

Der Sturm zerrte an der Jacke des Mannes, doch er blieb weiterhin in der Tür stehen und feuerte. Mrs. Rout sank auf ihrem Stuhl zusammen, und mit der einen Hand stieß sie das

Glas Portwein um. Die rote Flüssigkeit vermischte sich mit dem Blut, das aus dem leblos zur Seite hängenden Kopf auf den Boden tropfte. Das Gebiß der Postmeisterin war halb aus dem Mund gerutscht. Der Wirt Joel versuchte, hinter der Theke in Deckung zu gehen. Die Aufprallwucht einiger Kugeln schleuderte ihn an die Regale hinter dem Tresen. Glas klirrte, und einige Flaschen fielen auf seinen Leichnam. Für einige wenige Sekunden verstummte das tödliche Hämmern. Der Lauf der Waffe schwang erneut herum und verharrte kurz, als er auf den dummen Eric zeigte, der den Mann mit der Wollmütze überhaupt nicht beachtete und aus weitaufgerissenen Augen auf den hin und her baumelnden Kopf Mrs. Routs starrte. Ted Jarvis sprang auf, und die Maschinenpistole spie heißes Blei. Der Landarbeiter fiel auf den Stuhl zurück, die Rückenlehne brach, und er blieb auf den Dielenbrettern liegen. Der Traktorfahrer Ben, ein sehr kräftig gebauter Mann, griff nach einer fast vollen Bierflasche, holte aus und zielte auf das Gesicht des Mörders. Doch als ihn die Kugeln trafen, klappte er einfach zusammen und ließ die Flasche fallen. Sie rollte über den Boden, und für kurze Zeit war nur das leise Gluckern des herausfließenden Biers zu hören. Zwei weitere Male löste der Mann mit der Wollmütze seine Waffe aus. George und William starben; sie hatten ebensowenig eine Chance wie ihre Freunde.

Innerhalb von zwanzig Sekunden war alles vorbei. Fünf blutige Leichen lagen in verschiedenen Haltungen im Zimmer, die sechste hinter dem Tresen. Der Mann mit der Wollmütze trat ein, und ihm folgte eine zweite Gestalt: Sie trug einen schwarzen Hut mit breiter Krempe und einen dunklen, völlig durchnäßten Mantel. Auf der hakenförmigen Nase ruhte ein kleiner Zwicker.

Wollmütze betätigte einen winzigen Hebel und justierte die Maschinenpistole damit auf Einzelschuß. Anschließend blieb er neben jedem Leichnam stehen, hielt den Lauf dicht an den Kopf und drückte ab. Er ging gerade um die Theke herum, als der andere Mann Regenwasser von seinem Hut klopfte und fragte:

»Muß das unbedingt sein?«

»Ich mache nur meine Arbeit«, erwiderte Wollmütze lakonisch und mit einem leichten amerikanischen Akzent. Er bückte sich hinter dem Tresen, und ein letzter Schuß knallte. Der Mann mit dem Zwicker führte eine schwarze Tasche bei sich. Er stellte sie auf einen nahen Tisch, sah auf Mrs. Rout herab und schürzte die Lippen.

»Es dauert eine Weile, die Kugeln aus den Köpfen herauszuoperieren«, beschwerte er sich.

»Jeder von uns hat seine Aufgabe, Dr. Portch«, meinte Wollmütze schlicht. Er drehte sich um, als noch jemand hereinkam: ein breitschultriger Mann, der an schwere körperliche Arbeit gewöhnt zu sein schien. Aufgrund des auffallend kantigen Gesichts wirkte er ein wenig grobschlächtig. »Wollen Sie uns dabei helfen, hier Ordnung zu schaffen, Grimes?«

»Die anderen warten draußen«, sagte Portch. »Wir sollten ihnen noch einige Minuten Zeit geben, damit sie sich auf das hier vorbereiten können. Ich bin in vielen Leichenschauhäusern gewesen, aber hier sieht's eher aus wie in einem Schlachthof.« Er blickte sich um. »Wo ist der dumme Eric?« fragte er.

»Er rannte gerade an mir vorbei«, antwortete Grimes. »Lief in Richtung des Dorfes, so schnell, als sei der Teufel höchstpersönlich hinter ihm her. Himmel! Was ist das denn?«

Wollmütze erstarrte kurz – seine erste Reaktion, seit er das Pub betreten hatte. In der Ferne, gedämpft vom Rauschen des strömenden Regens, schlugen Glocken. Ein disharmonisches Geläut. Portch erholte sich als erster von seiner Überraschung und wandte sich an den erblaßten Grimes.

»Ned, es ist der Schwachsinnige. Eric. Sorgen Sie dafür, daß er aufhört. Wir brauchen noch etwas Zeit, um saubereumachen und die Leichen verschwinden zu lassen ...«

Grimes eilte nach draußen. Vor dem Pub standen einige Dorfbewohner in Zweierreihen, gekleidet in Öljacken und Regenmäntel. Jedes Paar hielt sowohl eine improvisierte Bahre als auch einen Eimer samt Wischlappen bereit. Portch winkte den Leuten zu, und über die Schulter hinweg sagte er zu Wollmütze:

»Machen Sie sich keine Sorgen. Ich habe ihnen Valium gegeben, um ihre Nerven zu schonen.«

Grimes lief los und folgte dem Verlauf der kurvenreichen Straße. Er senkte den Kopf, spürte den Regen, der ihm ins Gesicht klatschte, und das Herz pochte ihm bis zum Hals. Er war froh über die Gelegenheit, den Ort des gräßlichen Blutbades verlassen zu können, und er hielt nicht inne, als er die ersten kleinen Häuser am Rande des dreieckigen Dorfangers erreichte.

Sein Ziel war die Kapelle, die man auf einem kleinen Hügel errichtet hatte, etwas abseits des Ortes. Ihre Wände bestanden aus Feuerstein. An der westlichen Flanke des kleinen Gebäudes erhob sich ein runder Glockenturm. Das Geläut dauerte an, klang jetzt wesentlich lauter. Mit zitternden Händen schob Grimes das in der Schutzmauer eingelassene Gittertor auf und wankte über den moosbewachsenen Pfad, der zur Eingangstür hinaufführte. Dort verharrte er kurz, drehte den eisernen Knauf und trat ein.

Eric stand links von ihm im Zugang des Glockenturms und zog mit beiden Händen an einem langen Seil. In regelmäßigen Abständen führte der Strick durch einige schlaufenartige Ösen, und erneut vernahm Grimes das düstere und unheilvolle Läuten. Die Glocke war nicht zu sehen: Sie hing an einem Träger über der geschlossenen Falltür in der Decke, zu der eine Leiter aus Metall emporführte.

»Was machst du da, zum Teufel?« fragte Grimes.

»Ich läute für die Toten. Ich läute für die Toten ...«

Eric grinste albern – doch dieses Grinsen verschwand aus seinem Gesicht, als ihn die Faust Grimes' am Kinn traf. Der

Schlag war so heftig, daß der Schwachsinnige an die gewölbte Wand taumelte und zu Boden sank. Benommen und verwirrt sah er zu dem breitschultrigen Mann auf.

»Es ist niemand gestorben«, sagte Grimes so eindringlich, als spreche er zu einem Kind. »Verstehst du? Heute abend ist niemand gestorben. Den Leuten ging es nicht gut. Sie litten an einer schweren Krankheit. Und sie starben. Vor einigen Wochen. Dr. Portch war fort. Als er zurückkehrte, konnte er ihnen nicht mehr helfen. Man beerdigte die Toten. Um Himmels willen, *verstehst* du mich?« Er packte Eric am Kragen und schüttelte ihn mehrmals. Speichel trat ihm auf die Lippen, als er sich zu dem Schwachsinnigen herabbeugte. »Ich habe gefragt, ob du mich *verstanden* hast!«

»Aaarrgh!«

Eric keuchte und schnappte verzweifelt nach Luft. Grimes begriff, daß sich seine Hand so fest wie ein Schraubstock um den Hals des Jungen geschlossen hatte, daß er dabei war, ihn zu erwürgen – eine unwillkürliche Reaktion auf die entsetzliche Vorstellung, ins Bluebell zurückkehren zu müssen. Er ließ Eric los, und mit wachsender Besorgnis versetzte er ihm einige Ohrfeigen.

Eric *durfte* nicht sterben. Panik regte sich in Grimes, als er daran dachte und sich an das Gespräch der vergangenen Tage erinnerte. Dr. Portch hatte darauf hingewiesen, daß der geistig zurückgebliebene Junge mögliche Besucher verschrecken und vom Dorf fernhalten konnte. Es spielte nicht einmal eine Rolle, ob er bei der Ermordung der sechs Widersacher zugegen war. Niemand würde ihm glauben, wenn er irgend etwas ausplauderte. Außerdem verließ er Cockley Ford nie. Er trug damit zu der von Dr. Portch geschaffenen Atmosphäre einer geschlossenen und von der Außenwelt isolierten Gemeinschaft bei. Nur Grimes verließ dann und wann das Dorf, um Vorräte aus Thetford zu holen.

Grimes war überaus erleichtert, als der Junge zwinkerte und sich aufrichtete.

»Sie waren krank«, wiederholte er mit fast hypnotisch klingender Stimme. »Sie starben vor einigen Wochen. Und sie wurden bereits begraben. Heute abend kam niemand ums Leben.«

»Heute abend kam niemand ums Leben«, sagte Eric, wie ein Papagei …

Draußen im Kirchhof, hinter der Kapelle, prasselte der Regen auf sechs Kanevasplanen über frisch ausgehobenen Gräbern. Auf der windabgewandten Seite der Kirchenmauer, vor den Böen geschützt, hockte ein alter Mann und starrte in die Nacht. In der einen Hand hielt er eine mit nassem Lehm verschmierte Schaufel. Er trug eine alte Matrosenjacke und hatte sich die Kapuze tief in die Stirn gezogen. Der Mann mußte noch eine Zeitlang warten. Aber das machte ihm nichts aus, denn ein Totengräber lernte rasch, sich in Geduld zu fassen.

Vermutlich hätte kein Außenstehender von dem Massaker in Cockley Ford erfahren – wenn es nicht zu einem seltsamen Ereignis gekommen wäre: Ein Mann namens Tweed entschied, endlich einmal auszuspannen.

Über ein Jahr später.

ERSTER TEIL

Massaker

1

»Ich halte Ihren Beschluß, Urlaub zu machen, für eine gute Idee«, sagte Monica. »Seit der Sintflut haben Sie keine Ferien mehr gemacht ...«

»Ich hasse Ferien«, brummte Tweed mürrisch und schlenderte durch sein Büro in Park Crescent. »Schon nach drei Tagen langweile ich mich zu Tode.« Er verzog das Gesicht, als er aus dem Fenster blickte und die Bäume des Regent's Park beobachtete, die sich im Wind hin und her neigten. »Sehen Sie sich das an. Und es regnet auch noch. Mai! Schauderhaft ...«

»Die Vorhersage für heute nachmittag lautet: ›Heiter bis wolkig‹«, erwiderte seine Assistentin fröhlich. »Selbst der stellvertretende Leiter des Geheimdienstes braucht ab und zu ein wenig Abwechslung. Außerdem hat Ihnen Bob Newman seinen Mercedes 280 E geliehen. Amüsieren Sie sich. Hauen Sie einmal richtig auf die Pauke.«

»Es ist bereits Nachmittag«, stellte Tweed voller Verdruß fest, griff nach einem Taschentuch und reinigte die Gläser seiner Brille. »Wer glaubt heute noch an die Wettervorhersage?« Er warf einen kurzen Blick in Richtung Telefon, das auf seinem leergeräumten Schreibtisch stand – und er wünschte sich, es hätte geklingelt.

Die Tür öffnete sich, und Howard kam herein, wie immer tadellos gekleidet. Diesmal trug er einen dunkelblauen Anzug von Harrods, und er bewegte sich so, als trete er bei einer Modenschau auf. Er zupfte an seinen blütenweißen Manschetten und sah sich lächelnd um. Aus der Perspektive Tweeds betrachtet, war sein Chef in der denkbar schlechtesten Stimmung: Gerade jetzt konnte er niemanden ertragen, der das Glück selbst zu sein schien. Howard deutete auf den Aktenkoffer Tweeds.

»Sie stehen bereits in den Startlöchern, was? Prächtig. Lassen Sie sich nicht länger aufhalten. Wir sorgen dafür, daß hier der Laden läuft. Am besten, Sie vergessen uns einfach für eine Weile.«

Vermutlich geht hier bald alles drunter und drüber, dachte Tweed. Dennoch nahm er sich vor, den Rat zu beherzigen. Howard schob die eine Hand in die Hosentasche und ließ einige lose Münzen klimpern. Das war eine weitere Angewohnheit, die Tweed nervös machte. Sein Vorgesetzter bückte sich, um imaginären Staub vom Hosenbein zu streifen.

»Was haben Sie denn für einen Urlaubsort gewählt? Barbados?«

»Clacton«, erwiderte Tweed. »Um Seeluft zu schnuppern.«

»Nun, manche Leute brauchen so was.« Howard betrachtete die manikürten Fingernägel seiner linken Hand. »Tja, ich mache mich jetzt besser wieder an die Arbeit. Ich wollte nur kurz vorbeischauen, um Ihnen eine gute Reise zu wünschen. Allerdings planen Sie wohl nur einen kleinen Ausflug. Clacton ... Hoffen Sie, dort braun zu werden?« Er warf einen vielsagenden Blick aus dem Fenster.

»Keine Ahnung.« Tweed nahm hinter seinem Schreibtisch Platz, und Monica runzelte die Stirn. Sie wartete, bis Howard das Zimmer verlassen hatte, und dann deutete sie mit dem Zeigefinger auf ihren Chef.

»Verlieren Sie nicht noch mehr Zeit. Los, ab mit Ihnen.« Sie zögerte. »Sie wollen doch nicht wirklich nach Clacton, oder?«

Bevor Tweed Antwort geben konnte, klingelte das Telefon. Monica nahm rasch den Hörer des zweiten Apparats ab. Sie meldete sich, lauschte einige Sekunden lang und schnitt eine Grimasse.

»Er tritt gerade seinen Urlaub an. Es tut mir leid, aber…«

»Wer möchte mich sprechen?« fragte Tweed.

»Paula Grey«, entgegnete Monica und legte die Hand auf die Muschel. »Sie ruft von Norfolk an und scheint ziemlich geladen zu sein. Ich werde schon mit ihr fertig. Ich sage ihr, Sie hätten das Büro gerade verlassen…«

»Von wegen«, erwiderte Tweed fest und nahm seinen eigenen Hörer ab. »Ich bin noch da, Paula. Wie geht's? Was haben Sie auf dem Herzen?«

Er hörte zu, machte nur wenige Bemerkungen, brummte ab und zu und stellte einige knappe Fragen. Kurz darauf öffnete er eine der Schubladen, tastete mit der linken Hand nach mehreren Straßenkarten und zog eine hervor. Er entfaltete sie, während er weiterhin Paula zuhörte.

»Ich hab's«, sagte er schließlich und tippte mit dem Finger auf einen bestimmten Abschnitt der Karte. »Wohnen Sie noch immer in Blakeney? Ja, ich erinnere mich an die Adresse. Vielleicht statte ich Ihnen morgen oder übermorgen einen Besuch ab. Eine seltsame Sache, da bin ich ganz Ihrer Meinung.« Er fügte hinzu: »Und noch etwas, Paula: Halten Sie sich von Cockley Ford fern. Zumindest solange, bis ich bei Ihnen gewesen bin. Versprochen? Braves Mädchen…«

Tweed legte auf, faltete die Karte wieder zusammen und steckte sie ein. Dann erhob er sich, trat an den Kleiderständer heran und griff nach seinem Burberry. Monica beobachtete ihn argwöhnisch, als er den Mantel überzog und den Aktenkoffer an sich nahm.

»Was ist denn so seltsam, wenn ich fragen darf?« erkundigte sie sich.

»Sie dürfen durchaus fragen. Aber ich brauche Ihnen nicht zu antworten.« Tweed wechselte das Thema, um seiner Antwort die Schärfe zu nehmen. »Howard war mir ein bißchen zu munter – auf diese Weise verhält er sich immer dann, wenn er was vor mir verbergen will.«

»Es geht um Cynthia, seine Frau. Es heißt, sie wolle ihn

verlassen…« Monica brach ab, wurde blaß und hätte sich am liebsten die Zunge aus dem Mund geschnitten. Tweeds Ehefrau hatte sich vor einigen Jahren aus dem Staub gemacht und lebte nun mit einem reichen griechischen Reeder zusammen. Den Gerüchten zufolge wohnten sie in einer Luxusvilla, irgendwo in Südamerika.

Tweeds Gesicht war völlig ausdruckslos, und gelassen erwiderte er den betretenen Blick seiner Sekretärin. Die damalige Trennung war ein großer Schock für ihn gewesen, und er sprach nie darüber. Monica – eine alleinstehende Frau von unbestimmbarem Alter, die bereits seit mehreren Jahren für Tweed arbeitete – räusperte sich verlegen und fügte rasch hinzu:

»Es ist nur Büroklatsch – sicher steckt nicht mehr dahinter. Einige Leute brauchen etwas, über das sie in der Kantine schwatzen können. Nun, was Paula angeht… Irgend etwas ist geschehen. Plötzlich haben Sie es ganz eilig, das Büro zu verlassen. Vor ein paar Minuten erschienen Sie mir noch wie jemand, der die Orientierung verloren hat, und jetzt…«

»Vielleicht habe ich sie wiedergefunden…«

»Blakeney liegt an der Küste, nicht wahr?«

»Frische Seeluft, wie ich vorhin schon sagte. Wind, der über die Nordsee weht… eine kühle Brise… so etwas tut gut…«

»Sie haben doch hoffentlich nicht vor, zum Verhörzentrum nach Wisbech zu fahren, oder?«

»Nein, ganz und gar nicht. Halten Sie hier die Stellung, solange ich fort bin. Vielleicht ist es wirklich eine gute Idee, Urlaub zu machen.«

»Bestimmt. Und noch besser wäre es, wenn Sie ihn bei Paula verbringen würden. Immerhin ist sie an niemanden mehr gebunden…«

»Kupplerinnen sind besonders gefährliche Frauen. Das hätte mir klar sein müssen, als ich Sie einstellte.«

Rasch verließ Tweed das Zimmer, bevor sich Monica eine passende Antwort einfallen lassen konnte.

Tweed saß hinter dem Steuer des im Crescent geparkten Mercedes und blätterte im Handbuch, das Newman – Auslandskorrespondent, Freund und Vertrauter – im Wagen zurückgelasssen hatte. Alles funktionierte automatisch: Man betätigte irgendwelche Knöpfe und Schalter, um das Schiebedach zu öffnen, die Fenster hoch- und herunterzudrehen und die Antenne des Autoradios auszufahren. Außerdem verfügte das Fahrzeug über ein Zentralverriegelungs-System.

Tweed ließ London hinter sich zurück und fuhr in Richtung Bedfordshire. Nach wie vor regnete es in Strömen. Er steuerte den Wagen durch die Vororte, und als der Abend dämmerte, erstreckte sich eine weite und offene Landschaft vor ihm. Der Himmel war eine niedrige Decke aus bleigrauen und nur langsam dahinziehenden Wolken. In Woburn machte Tweed Halt und trank im Bedford Arms einen späten Tee. Kurz darauf setzte er die Fahrt fort und folgte dem Verlauf der geraden Straße, die an der schier endlosen Begrenzungsmauer der Woburn Abbey entlangführte. Inzwischen herrschte fast völlige Finsternis.

Auf dem Beifahrersitz lag die aufgeschlagene Karte Ostenglands. Tweed hatte die Route mit einem Filzstift markiert und sein Ziel mit einem großen Kreis gekennzeichnet. An der entsprechenden Stelle stand nur ein Wort:

Breckland.

2

Das Dorf Mundfort lag bereits hinter Tweed. Die nach Cockley Cley führende Abzweigung von der A 1065 mußte sich einige Meilen voraus auf der linken Seite befinden. Seltsam, dachte er, als er im Licht der Scheinwerferkegel die Straße beobachtete, daß zwei Ortschaften in unmittelbarer Nähe ähnlich klingende Namen tragen. Cockley Cley – und Cockley Ford. Rechts von ihm reichte der schwarze Kiefernwald des Brecklands fast bis an den Asphalt. Tweed nahm Gas weg, als aus dem strömenden Regen ein wahrer Wolkenbruch wurde.

Die Scheibenwischer kämpften vergeblich gegen die vom Himmel herabflutenden Wassermassen an. Teiche und kleine Seen traten über ihre flachen Grasufer, und manchmal fiel es Tweed schwer zu erkennen, wo die Straße weiterführte. Weit und breit gab es keine Häuser, und schon seit vielen Meilen war ihm kein anderes Fahrzeug entgegengekommen, als er schließlich den schmalen und geteerten Weg erreichte, der nach rechts führte. Er sah die Angaben bestätigt, die ihm Paula Grey am Telefon gemacht hatte: Es fehlte ein Schild mit dem Hinweis auf einen nahen Ort.

Angesichts der Servolenkung fiel es ihm ganz leicht, das Steuer zu drehen. Der 280 E war ein Traum von einem Wagen. Tweed fuhr auf die Straße, die für den Mercedes gerade breit genug war, schaltete das Fernlicht ein und fluchte leise, als er feststellte, daß er im Regen kaum etwas sehen konnte. Er hoffe inständig, daß sich ihm jetzt kein Fahrzeug aus der Gegenrichtung näherte.

Der Wind wurde zu einem regelrechten Sturm. Die Böen fauchten und zischten an der einen Seite des Wagens entlang, schienen bestrebt zu sein, die anderthalb Tonnen aus Metall und Kunststoff vom Weg zu schieben. Es existierten keine Gräben. Das Wasser konnte nicht abfließen, und als Tweed beschleunigte, entstand hinter ihm eine hohe Mauer von sprühender Gischt.

Er fürchtete, daß die Nässe in den Zündverteiler geriet und der Motor aussetzte. Und um dieser Gefahr zu begegnen, trat er das Gaspedal nieder. Plötzlich versteifte er sich und riß die Augen auf: In der Ferne blitzte ein helles Licht. Es kam ihm *tatsächlich* ein Fahrzeug entgegen, ein Wagen, der mit hoher Geschwindigkeit heranraste. Tweed blendete ab, und als er voraus eine Zufahrt sah, die zu einem nahen Feld führte, lenkte er den Mercedes auf knirschenden Kies und wartete ab. Das andere Auto sauste wie ein Geschoß heran, und das Gleißen der Scheinwerfer wurde immer greller.

»Schalt endlich das Fernlicht aus, du Idiot«, brummte Tweed.

Es war ein Porsche, ein roter Porsche. Tweed zwinkerte geblendet und hob die eine Hand, um die Augen abzuschirmen. Der Sportwagen wurde etwas langsamer, als er an dem zur Seite gerollten Mercedes vorbeidonnerte, und für einen Sekundenbruchteil konnte er den Fahrer sehen. Ein gut fünfzig Jahre alter Mann, mit dichtem, weißem Haar und deutlich hervorstehenden Jochbeinen. Gleich darauf wurde der Porsche von Nacht und Regen verschluckt und verschwand in Richtung Hauptstraße. Tweed starrte ihm ungläubig und fassungslos nach.

Lee Foley. Amerikaner. Leiter der CIDA: Continental International Detective Agency.

Hier? Mitten in Norfolk? Vielleicht irrte er sich – immerhin hatte er den Fahrer nur ganz kurz gesehen. Er preßte die Lippen zusammen und erinnerte sich an das Telefongespräch mit Paula Grey. *Ich fuhr über die Landstraße … Ich bin ganz sicher, der Fahrer des Wagens war Lee Foley … High hat ihn mir in einem Restaurant New Yorks gezeigt … Meinte, Lee sei ein echt-gefährlicher Typ... Verdammt, er hätte mich mit seinem blöden roten Porsche fast in den Graben gedrängt...*

Tweed war sicher gewesen, daß sie sich getäuscht hatte. Aus diesem Grund entschied er unmittelbar nach ihrem Anruf, sich jenes kleine Kaff selbst anzusehen und Paula anschließend zu besuchen, um sie zu beruhigen. Tweed schüttelte langsam den Kopf: Nein, er war nicht ganz ehrlich zu sich selbst. In erster Linie ging es ihm darum, Paula wiederzusehen.

Regentropfen pochten auf das Dach des Mercedes; Tweed starrte in die Finsternis und entsann sich an seine letzte Begegnung mit Foley, vor zwei Jahren in Bern. Der Amerikaner hatte drei Männer erschossen und war dann nach Paris geflohen. Es lag keine eindeutige Identifizierung vor. Mit anderen Worten: Es konnte keine Anklage erhoben werden.

Tweed seufzte und überlegte, ob der Weg breit genug war, um zu wenden und in Richtung Hauptstraße zurückzukehren. Dann aber kam er zu dem Schluß, daß der Wagen zu groß war. Es blieb ihm nichts anderes übrig, als sich an seinen ursprünglichen Plan zu halten und weiterzufahren. Außerdem: Cockley Ford mochte sich als interessant erweisen...

Das breite und aus fünf dicken Gitterstäben bestehende Tor stand offen. Es war an einem Pfeiler aus Beton befestigt, und aus irgendeinem Grund hielt Tweed an, als er es sah. Er senkte die Scheibe auf der Fahrerseite, schenkte dem Regen keine Beachtung und beobachtete die kleine Glasfläche, die in dem Pfosten eingelassen war. Nach einer Weile schloß er das Fenster und betätigte eine andere Taste, woraufhin die Scheibe der Beifahrertür heruntersurrte. Durch den strömenden Regen sah er im Pfeiler auf der anderen Seite eine weitere kleine Linse aus trübem Glas.

Photozellen. Normalerweise wurde das Tor mit Hilfe einer Fernbedienung geöffnet oder geschlossen. Offenbar hatte der

Wolkenbruch zu einem Kurzschluß im Kontrollsystem geführt. Tweed fuhr weiter, brachte eine weite Kurve hinter sich und sah ein altes, zweistöckiges Gebäude, das ein wenig abseits der Straße stand, dicht am Waldrand. Das Bluebell – einziges Pub von Cockley Ford. Etwas weiter entfernt machte er zu beiden Seiten der Straße die Konturen mehrerer Häuser aus.

Tweed lenkte den Wagen auf den freien Platz vor der Schenke, wendete um hundertachtzig Grad, hielt an und zog den Schlüssel ab. Ein instinktives Manöver – der Kühler des Wagens deutete nun in die Richtung, aus der er gekommen war. Einige Sekunden lang blieb er ruhig sitzen, und aus den Augenwinkeln nahm er einen kurzen Lichtschein wahr: Hinter einem der niedrigen Fenster bewegte sich die Gardine. Jemand beobachtete ihn.

Dann gab er sich einen Ruck, stieg aus, schloß ab und trat auf die Eingangstür des Pubs zu. Sie wies einen eisernen Ring auf; Tweed drehte ihn und gelangte in ein rechteckiges Zimmer. Fünf oder sechs vierschrötig wirkende Männer saßen an den Tischen; sie drehten sich um und musterten den Fremden. Der Wirt wischte gerade den Tresen ab, hielt jedoch inne, als Tweed hereinkam. Niemand rührte sich. Alle waren wie erstarrt.

»Scheußlicher Abend«, sagte Tweed und klopfte seinen Hut ab. Regenwasser tropfte auf die Matte.

»Wie sind Sie am Tor vorbeigekommen?«

Die Frage stammte von einem breitschultrigen Mann, der an der Theke hockte. Er trug eine marineblaue Matrosenjacke mit glänzenden Messingknöpfen und eine knittrige, graue Hose. Auf den ersten Blick betrachtet, wirkte die Kleidung eher schäbig, doch Tweed wußte, daß sie recht teuer war. Die Lederstiefel hätten durchaus von Gucci sein können. Der Mann war gut vierzig und hatte ein wettergegerbtes Gesicht mit rötlichen Wangen und einem kantigen Unterkiefer. Die glitzernden blauen Augen blickten kalt. Er sprach mit einem leichten Norfolk-Akzent, doch sein Tonfall war unfreundlich und mißtrauisch.

»Es stand offen, und deshalb bin ich einfach durchgefahren. Ist dies hier Cockley Cley?«

»Nein. Da müssen Sie auf die Hauptstraße zurück und noch einige Meilen weiterfahren, in Richtung Swaffham. Die linke Abzweigung führt nach Cley.«

Der Mann stand auf, wandte Tweed den Rücken zu, stützte die Ellenbogen auf den Tresen und bestellte sich einen Scotch. Tweed trat neben ihn und wurde sich dabei der Feindseligkeit der Anwesenden bewußt – einer ihm geltenden Ablehnung, die er noch niemals zuvor in einem Dorf Norfolks gespürt hatte. Er schaltete auf stur und wartete geduldig, während Matrosenjacke seinen Whisky erhielt. Das Gesicht des Wirts war leer und ausdruckslos, sein Kopf fast quadratisch, wie aus einem Holzblock geschnitzt.

»Ich möchte ebenfalls einen Scotch«, sagte Tweed höflich. »Und bitte auch ein Glas Wasser.«

Der Wirt blickte über die Schulter. Tweed drehte sich um und bemerkte das bestätigende Nicken des Mannes mit der Matrosenjacke. Als er seine Aufmerksamkeit wieder auf die Theke richtete, sah er, wie der Wirt nach einer noch ungeöffneten Flasche griff.

»Nein, nicht davon«, sagte Tweed rasch. »Ich würde gern von dem Scotch probieren, den Ihr Freund hier bekam.«

Er betrachtete die Rückwand: Die Holzvertäfelung schien neu lackiert worden zu sein, und das beeinträchtigte den rustikalen Eindruck, den der Rest des Raumes erweckte. An einigen Stellen deuteten hellere Flächen auf ausgetauschte Paneele hin. Die Fußleiste hingegen hatte man nicht ersetzt. Der Wirt schob ein Glas über den Tresen und vergaß das Wasser. Er schüttelte den Kopf, als Tweed bezahlen wollte.

»Geht auf die Rechnung des Hauses. Ich schätze, Sie wollen sich gleich wieder auf den Weg machen, nicht wahr? Wir schließen bald.«

So früh? dachte Tweed. Laut sagte er: »Nein, danke. Ich bestehe darauf zu zahlen.«

Er legte einen Schein auf die Theke. Erneut warf der Wirt dem breitschultrigen Mann in der Matrosenjacke einen kurzen Blick zu, der daraufhin zweimal nickte. Tweed war ein wenig ungeschickt mit dem Wechselgeld und ließ eine Münze fallen. Als er sich bückte, um sie aufzuheben, sah er eine kleine Öffnung in der Fußleiste, dort, wo sie an den Tresen stieß. Man hätte meinen können, das Loch stamme von einer Kugel. Er kam wieder in die Höhe, drehte den Kopf und wandte sich an Matrosenjacke.

»Entschuldigen Sie meine Unhöflichkeit. Mein Name ist Tweed ...«

»Ned Grimes«, stellte sich Matrosenjacke vor und preßte dann die Lippen aufeinander, so als habe er zu schnell Antwort gegeben.

»Prost!« Tweed lehnte sich an die Theke, hob das Glas und trank einen Schluck. Sein Blick ruhte weiterhin auf Grimes. »Offenbar habe ich die falsche Abzweigung genommen. Wie heißt dieser Ort eigentlich? An der Nebenstraße stand kein Wegweiser.«

»Cockley Ford«, erwiderte Grimes knapp. »Es gibt hier einen Vogelpark – und einen kleinen Privatzoo. Deshalb das Tor, wissen Sie. In der Regel kommen keine fremden Besucher hierher.«

»Ach?« Tweed gab sich betont aufgeräumt, und aus den Augenwinkeln musterte er die anderen Männer an den Tischen. Sie saßen stocksteif, hatten seit seiner Ankunft nicht ein einziges Wort gewechselt. »Komisch. Eigentlich sollte man meinen, daß sich auch Leute von außerhalb für Ihren Vogelpark interessieren.«

»Wie ich schon sagte: Er ist privat und für die Öffentlichkeit nicht zugänglich.«

»Aber das Dorf schon, oder?«

Grimes bekam keine Gelegenheit, ihm auf diese Frage zu

antworten. Ein geistlos ins Leere starrender junger Bursche stand auf und gab ein irres Kichern von sich. Tweed stellte fest, daß er am linken Handgelenk eine Rolex mit goldenem Armband trug, eine teure Uhr, die nicht nur die Zeit angab, sondern auch die Mondphasen und andere Dinge. Grimes schwang auf seinem Hocker herum, doch bevor er eingreifen konnte, begann der Junge zu sprechen. In einem sonderbaren Singsang intonierte er:

»Niemand ist gestorben. Heute abend kam niemand ums Leben. Niemand wurde begraben …«

Grimes wandte sich dem närrisch grinsenden Jungen zu. Er sprang auf, griff nach seinem Arm und zerrte ihn in Richtung Tür. Inzwischen regnete es nicht mehr, und der Sturm war abgeflaut. Grimes zog die schwere Holztür auf, packte den jungen Burschen an den Schultern und stieß ihn in die Nacht.

»Er ist nicht ganz richtig im Kopf«, sagte Grimes zu Tweed, als er sich wieder setzte und einen großen Schluck von seinem Whisky nahm. »Wir nennen ihn den dummen Eric!«

»Jedes Dorf hat seinen Trottel«, meinte Tweed schlicht.

Er hörte das dumpfe Brummen eines Motors: Ein Wagen fuhr langsam am Bluebell vorbei und näherte sich der Ortschaft. Erneut ließ Tweed seinen Blick durch den Raum schweifen, und erst jetzt bemerkte er eine Frau in mittleren Jahren: Ihr scharfgeschnittenes Gesicht wirkte sonderbar steinern, und das graue Haar hatte sie sich zu einem altmodischen Knoten zusammengesteckt. Sie strickte und beobachtete Tweed, und für eine Weile war nur das leise Klappern ihrer Nadeln zu hören. *Les triocoteuses.* Warum erinnerte er sich ausgerechnet jetzt an die Frauen, die während der französischen Revolution neben der Guillotine gesessen und zugesehen hatten, wie die Köpfe rollten? Ein absurder Gedanke. Grimes folgte seinem Blick.

»Mrs. Sporne, unsere Postmeisterin«, sagte er.

»Guten Abend«, grüßte Tweed die Frau.

Sie senkte den Kopf, zählte ihre Maschen und gab keine Antwort. Zwei der anwesenden Männer begannen sich flüsternd zu unterhalten, ohne Tweed aus den Augen zu lassen. Er glaubte plötzlich etwas wahrzunehmen, das sich unter der anfänglichen Feindseligkeit der Dorfbewohner verbarg: *Furcht*.

Tweed trank sein Glas aus und wollte gerade gehen, als etwas geschah, was die anderen Männer entsetzt erstarren ließ: In der Ferne schlug wie klagend eine Glocke. Das Läuten dauerte an, und die Miene Grimes' verdüsterte sich. Als er den Blick Tweeds auf sich ruhen spürte, lächelte er nervös.

»Jene Kirche kann nicht allzuweit entfernt sein«, sagte Tweed. »Ich interessiere mich für alte Kapellen.« Er lauschte dem Geläut und ging auf die Tür zu. Neben dem Hocker Grimes' blieb er kurz stehen. »Oh, da fällt mir ein: Es könnten jeden Augenblick zwei Freunde von mir eintreffen. SAS-Leute. Sie sind mir mit ihrem Wagen von London aus gefolgt, und in Thetford haben wir uns verloren, ich beschrieb ihnen den Weg nach Cockley Cley, den ich selbst genommen habe – und der mich hierherbrachte. Nun, sicher bleibt mir noch Zeit genug für eine Besichtigung Ihrer Kirche ...«

»Wenn Sie unbedingt wollen ... Kommen Sie, ich zeige sie Ihnen.«

Draußen war es völlig finster. Regenwasser tropfte von den Zweigen einer nahen Kiefer, die wie ein gewaltiger und massiver Schatten neben dem Pub in die Höhe ragte. Tweed nahm die große Taschenlampe an sich, die Newman im Wagen zurückgelassen hatte – eine Lampe, die sich auch als Keule verwenden ließ. Dann schritt er den dunklen Häusern entgegen.

Grimes hielt sich dicht neben ihm, und seine ledernen Stiefel knarrten und quietschten leise auf dem nassen Teer. Im Licht der Lampe überquerte Tweed einen schmalen Steg, der über einen rauschenden Fluß hinwegführte. Ganz in der Nähe endete der asphaltierte Weg an einer Furt. Hinter einigen Fenstern schimmerte mattes Licht, und Tweed beobachtete, wie jemand eine Gardine beiseite schob. Für einige Sekunden sah er das Gesicht eines Mannes, und unmittelbar darauf wurde der Vorhang wieder zugezogen. Der Weg beschrieb eine weite Kurve und führte an einem Hang empor; auf der Anhöhe erkannte Tweed die Silhouette der Kirche. Er schaltete die Lampe aus, damit sich seine Augen an die Dunkelheit der Nacht gewöhnen konnten. Nach einigen weiteren Metern blieb er stehen.

»Stimmt was nicht?« fragte Grimes.

»Die Kapelle hat einen runden Glockenturm. Bisher habe ich solche Türme noch nie so weit im Inland gesehen, nur an der Küste, in Orten wie Brancaster.«

»Ist nur eine Kirche. Sind Sie jetzt zufrieden?«

Tweed gab keine Antwort. Er hielt auf das Tor in der Feuersteinmauer zu, drückte es auf und wanderte über den moosbewachsenen Pfad, der zur Kapelle hochführte. Ihre Wände bestanden ebenfalls aus Feuerstein, und er schätzte ihr Alter auf mindestens hundert Jahre. Das Geläut war jetzt sehr laut. Grimes schloß hastig zu ihm auf.

»Drinnen gibt's nichts Interessantes zu sehen. Und außerdem dürften bald die beiden Männer eintreffen, von denen Sie vorhin sprachen. SAS – was bedeutet das?«

»Special Air Service. Eine Elitetruppe zur Terroristenbekämpfung. Harte Typen. Meine Freunde gehören zu ihnen.« Tweed improvisierte aus dem Stegreif. »Sie haben für einige Tage freibekommen. Machen Urlaub.«

Er betrat die Kirche.

Tweed sah den dummen Eric, der immer wieder an dem langen Seil zog. Oben, jenseits der Falltür in der hölzernen Decke, schlug laut die Glocke. Schweiß perlte auf der Stirn des jungen Mannes. Mit beiden Händen umfaßte er den Strick, und der rechte Hemdsärmel war bis zum Ellenbogen heruntergerutscht. Tweed konnte deutlich erkennen, daß es sich bei der Uhr Erics tatsächlich um eine Rolex handelte. An der einen Seite des Glockenturms baumelte eine Vierzig-Watt-Glühbirne; ihr trüber Schein ließ unstete Schatten über die steinernen Wände tanzen. Grimes stieß Tweed beiseite und fluchte wütend:

»... verdammter Idiot. Hör endlich auf!«

»Ich läute für die Toten, läute für die Toten, läute für die ...«

Eric schien in Trance zu sein, wiederholte ständig die unheilvoll klingende Litanei. Er ließ das Seil los, als sich die linke Hand Grimes' fest um seine Schulter schloß und ihm die rechte einen heftigen Schlag ins Gesicht versetzte. Der junge Bursche ächzte und zwinkerte überrascht. Große Schweißflecken zeigten sich auf seinem Hemd.

»Immer mit der Ruhe«, sagte Tweed.

»Verschwinde!« grollte Grimes zornig. »Geh nach Hause. Oder soll ich dich windelweich schlagen?«

Tweed drehte den Kopf und beobachtete das Innere der kleinen Kapelle. Zu beiden Seiten des Mittelganges erstreckten sich sieben Sitzreihen, und die hölzernen Bänke wirkten recht abgenutzt. Verwundert runzelte er die Stirn, als er den Altar sah: Ein Tuch aus schwarzem Samt bedeckte ihn. Eric lief in die Nacht hinaus, und Grimes warf die Tür hinter ihm zu, wandte sich um und bemerkte den Blick Tweeds.

»Verrückter Kerl«, brummte er. »Am besten, Sie gehen bereits nach draußen, während ich hier das Licht lösche. Warten Sie am Tor auf mich.«

Tweed verließ die Kirche. Doch er kehrte nicht etwa zur Mauer zurück, sondern schritt durchs nasse Gras um den Glockenturm herum. Hinter der Kirche blieb er stehen und betrachtete den Friedhof, der von einer hohen Wand aus Feuerstein begrenzt wurde. Unbehagen regte sich in Tweed, aber er setzte den Weg fort. Kurz darauf gelangte er an ein hohes Gitter, hinter dem einige Stufen zu einem großen Mausoleum führten. Er schaltete die Taschenlampe ein, und ihr Licht fiel auf ein nagelneues Vorhängeschloß am Zugangstor. Tweed ging weiter und beobachtete die Grabsteine: Die meisten ragten schief aus dem Boden, doch sechs von ihnen standen kerzengerade und dicht nebeneinander. Er hob die Lampe ein wenig und las die eingemeißelten Inschriften.

Edward Jarvis. Gestorben im April 1986. Ruhe in Frieden. Er richtete den Lichtkegel auf den nächsten Grabstein. *Bertha Rout. Gestorben im April 1986 … Joel Couzens. Gestorben im April 1986 … Benjamin Sadler. Gestorben im April 1986 …*

Insgesamt sechs Personen waren im gleichen Jahr gestorben, sogar im gleichen Monat. Tweed hatte sich gerade den letzten Grabstein angesehen, als Grimes herbeieilte. Er war völlig außer Atem und schnappte keuchend nach Luft. Tweed konnte ihn kaum verstehen, als der Dorfbewohner schnaufend hervorbrachte:

»Zum Teufel auch, was haben Sie hier zu suchen?«

Und eine andere Stimme sagte: »Was ist denn los, Ned?«

Eine hochgewachsene Gestalt trat am Glockenturm vorbei. Tweed schwang die Taschenlampe herum und musterte den Mann. In seinem Gesicht fiel ihm eine hakenförmige Nase mit einem altertümlichen Zwicker auf. Im Licht der Lampe wirkten die Augen merkwürdig trüb, und der Fremde zwinkerte nicht. Er trug einen dunklen Hut mit breiter Krempe und einen langen, schwarzen Regenmantel. Für einige Sekunden glaubte Tweed, es mit einem Priester zu tun zu haben. Als er die Lampe sinken ließ, sagte der Mann:

»Ich bin Dr. Portch. Ich habe das Geläut gehört, und kurz darauf stürmte Eric völlig außer sich an mir vorbei. Hatte er einen seiner epileptischen Anfälle? Übrigens: Ned, wie wär's, wenn Sie mir Ihren Begleiter vorstellen würden?«

Eine sanft, fast suggestiv klingende Stimme. Tweed vermutete, daß sich Dr. Portch auf den Umgang mit Menschen verstand.

Grimes räusperte sich. »Mr. … Tja, ich konnte Namen noch nie gut behalten …«

»Sneed«, sagte Tweed.

»Ja, richtig. Das ist Mr. Sneed, Doktor. Er erwartet zwei Freunde vom SOS.«

»SOS?«

»Er meint SAS«, verbesserte Tweed. »Uns verbinden gemeinsame Interessen: Wir möchten die Vögel in dieser Gegend beobachten. Ich nahm die falsche Abzweigung – eigentlich wollte ich nach Cockley Cley. Aber es freut mich, daß ich die Gelegenheit bekam, mir Ihre alte Kirche anzusehen. Solche Glockentürme sind in Norfolk ziemlich selten.«

»Interessieren Sie sich außerdem für Grabsteine, Mr. Sneed?«

Tweed versuchte, den eigentümlichen Akzent des Arztes zu deuten. Er sprach in dem Dialekt, der in Norfolk üblich war, aber gleichzeitig ließ sich in seiner Stimme ein seltsames Vibrieren vernehmen, das auf eine völlig andere Mundart hindeutete. Die braunen Augen hinter den Gläsern des Zwickers beobachteten Tweed aufmerksam und versuchten offenbar, ihn einzuschätzen.

»Ich wurde neugierig, als ich feststellte, daß sechs Personen im gleichen Monat gestorben sind«, erwiderte Tweed. »Das sind recht viele, wenn man an die geringe Einwohnerzahl Cockley Fords denkt.«

»Meningitis. Leider war ich bereits seit einigen Tagen fort, als die Leute erkrankten. Und später konnte ich nichts mehr für sie tun. Eine echte Tragödie. Der dumme Eric wurde als erster angesteckt – und er ist der einzige Überlebende. Ein schwacher Geist, aber ein starker Körper. Nun, so etwas kommt ja häufiger vor, Mr. Sneed. Ist das Ihr Mercedes, der vor dem Bluebell parkt?«

»Ja.« Tweed schaltete die Taschenlampe wieder ein und richtete den Lichtkegel auf das Mausoleum. »Ein eindrucksvoller Bau. Sicher schon ein paar Jahre alt, nicht wahr?«

»Oh, ja. Die letzte Ruhestätte Sir John Leinsters. Und unglücklicherweise hatte er keinen Sohn, der seinen Namen bewahren konnte. Er starb vor vierzig Jahren. So, Mr. Sneed, sicher wollen Sie jetzt Ihre Reise fortsetzen. Ned, bitte begleiten Sie unseren Besucher sicher zu seinem Wagen zurück. Wissen Sie, Mr. Sneed, der Aufenthalt im Breckland ist nicht ungefährlich. Man kann sich leicht in den Wäldern verirren, und dort streifen Wildkatzen umher.« Portch schnurrte fast so wie eine der Katzen, die er gerade erwähnt hatte. Als sich Tweed umdrehte, fügte er hinzu:

»Ihre beiden Freunde… Wenn sie tatsächlich bei uns auftauchen – sollen wir ihnen dann mitteilen, daß Sie nach Cockley Cley weitergefahren sind?«

»Ja, das wäre nett«, entgegnete Tweed. Und um glaubhafter zu klingen: »Sie sind in einem blauen Peugeot unterwegs.«

Er ging los – und wäre fast gestolpert, als er mit dem einen Fuß in ein Loch trat. Er blieb weiterhin in Bewegung, blickte jedoch zu Boden und entdeckte zwei tiefe Furchen im Gras. Offenbar war irgendwann ein recht schweres Fahrzeug auf den Kirchhof gefahren. Tweed öffnete die linke Hälfte des aus zwei Flügeln bestehenden Tors und schritt rasch aus, um zu dem Mercedes zurückzukehren. Grimes mußte sich beeilen, um nicht den Anschluß zu verlieren.

Sie kamen an einer großen Fichte vorbei, deren Zweige über die Straße reichten, und Tweed sah nach rechts. Fast verborgen im Unterholz jenseits des hohen Baums stand ein roter Wagen: der Porsche, der ihm auf dem Weg nach Cockley Ford entgegengekommen war.

»Ich verabschiede mich hier von Ihnen«, sagte Grimes. »Sie finden sicher allein zum Bluebell zurück…«

Er schob ein Gartentor auf und hastete über den sich daran anschließenden Pfad auf das nahe Haus zu. Tweed hörte noch, wie eine Tür ins Schloß fiel, und dann herrschte wieder Stille. Er ging ruhig weiter, überquerte den Steg und hielt die Taschenlampe fest in der Hand.

Als er den Mercedes erreichte, holte er den Schlüssel hervor und schob ihn ins Schloß. Irgendwo hinter ihm erklang das dumpfe Pochen eiliger Schritte. Tweed nahm hinter dem Steuer Platz, schaltete die Zündung ein und ließ den Motor an. Die Scheinwerfer flammten auf, und als er den Stift auf der linken Seite herunterdrückte, waren alle Türen verriegelt.

Im Rückspiegel sah er den dummen Eric, der auf den Wagen zulief. Grimes folgte ihm dicht auf den Fersen, bekam den Jungen zu fassen, holte mit einem langen Riemen aus und schlug mehrmals zu. Tweed legte den Rückwärtsgang ein, löste die Handbremse und setzte den Wagen zurück, in Richtung der beiden miteinander ringenden Gestalten. Er beobachtete, wie Grimes kurz zögernd den Kopf hob, als sich ihm der Mercedes näherte. Eric nutzte seine Chance, riß sich los, stürmte davon und verschwand im dunklen Wald hinter dem Pub. Grimes sprang zur Seite, schloß die Hand um den Griff der hinteren Tür und zerrte wütend daran.

Tweed schaltete in den ersten Gang und gab Gas. Die Beschleunigung war enorm. Der Rückspiegel zeigte Grimes, der das Gleichgewicht verlor und auf die Straße fiel. Tweed fuhr durch das offene Tor, trat das Gaspedal noch weiter herunter und raste über die gerade Straße. Immer wieder warf er einen Blick in den Spiegel und rechnete damit, das Scheinwerferlicht des Porsche zu sehen. Doch hinter ihm blieb alles dunkel.

Kurz darauf erreichte er die Hauptstraße, lenkte den Wagen nach rechts und erhöhte die Geschwindigkeit. Schon nach wenigen Minuten entdeckte er einen nach links deutenden Wegweiser, auf dem ›Cockley Cley‹ stand. Tweed bog nicht ab und fuhr weiter, in Richtung Swaffham. Er verließ den Wald, in dem angeblich Wildkatzen umherstreiften, in dem ein sonderbarer Arzt ein ganzes Dorf zu beherrschen schien.

Das Breckland blieb hinter ihm zurück.

Spät abends erreichte er die Norfolkküste und näherte sich Blakeney Quay, der neuen Heimat Paula Greys.

3

»Was für eine merkwürdige Geschichte, Tweed«, sagte Paula. Sie deutete auf seinen Teller. »Essen Sie ruhig weiter, während ich mit Ihnen plaudere. Oder mögen Sie den Schinken nicht? Wäre Ihnen ein leckeres Schweineschnitzel lieber?«

»Ihr Schinken ist eine Delikatesse, Paula – nicht gut fürs Gewicht, aber prächtig für den Gaumen.«

Von ihrem kleinen Haus hatte man einen guten Blick auf den Hafen Blakeneys, der sich direkt auf der anderen Straßenseite befand – und der eigentlich kaum mehr darstellte als nur einen schlichten Kai am Ufer eines schmalen Flusses. Paula Grey war dreißig Jahre alt, schlank und gut gebaut. Das pechschwarze Haar fiel ihr bis auf die Schultern und umrahmte ein ovales Gesicht mit feinen Zügen. Gekleidet war sie in eine blaue Bluse mit hohem Kragen und einen cremefarbenen, plissierten Rock. Sie saß auf einem Stuhl aus geschweiftem Holz, schlug die langen Beine übereinander und fragte: »Wäre es nicht besser, die Polizei zu verständigen?«

»Was hatte ich ihr denn sagen sollen? Niemand griff mich an. Ich habe nur gespürt, daß die Leute am liebsten über mich hergefallen wären. Ein seltsamer Ort. Am besten, wir vergessen ihn einfach und halten uns von ihm fern.«

»Ich glaube, es steckt noch mehr dahinter. Jemand hat mich hier überprüft – zeigte im Ort ein Foto von mir herum und fragte, wo ich wohne.«

»Was?« Tweed sah sie groß an und vergaß die Serviette, mit der er sich den Mund hatte abwischen wollen. »Davon haben Sie mir am Telefon nichts gesagt.«

»Ich wollte nicht so sehr ins Detail gehen«, erklärte Paula. »Schließlich kündigten Sie Ihren Besuch an.«

»Jetzt bin ich sicher«, sagte Tweed. »Erzählen Sie mir alles, von Anfang an. Lassen Sie nichts aus.«

»Möchten Sie noch etwas Kaffee? Nun, von Anfang an. Vor ein paar Tagen saß ich in meinem Wagen vor dem Haus – ich hatte mich zu einer Fahrt ins Blaue entschlossen, ohne ein bestimmtes Ziel. Um ein bißchen auszuspannen und nicht immer nur an meinen Keramikladen zu denken. Apropos: Inzwischen spiele ich mit dem Gedanken, ihn zu verkaufen. Wie dem auch sei: Ich konnte die Docks sehen, wo ein Kutter gerade Sojabohnen entlud. Man lagerte es in dem großen Speicher weiter drüben an der Straße. Mir fiel ein weißhaariger Mann auf – er war sehr groß und kräftig gebaut –, der über die Laufplanke ging und einen Aktenkoffer bei sich trug. Und ich wurde neugierig.

»Wieso?«

»Normalerweise befördern die Küstenschiffe nur Fracht. Und außerdem glaubte ich, den Mann irgendwoher zu kennen.« Paula beugte sich vor, die schmalen Hände über den Knien gefaltet. »Darüber hinaus: Ein komischer kleiner Mann brachte ihm einen roten Porsche. Das schien keinen Sinn zu ergeben: Einerseits war der Mann mit einem Frachtkutter gekommen und andererseits der teure Wagen... Da ich nichts Besseres zu tun hatte, beschloß ich, ihm zu folgen, festzustellen, wohin er fuhr.«

»Bestimmt ist er schon nach kurzer Zeit auf Sie aufmerksam geworden, nicht wahr?«

»Das glaube ich nicht; in diesem Teil der Welt ist derartiges Mißtrauen fehl am Platze. Die Straßen hier sind alle sehr schmal. Ich habe es oft selbst erlebt, bei den Fahrten zum Laden in Wisbech: Irgendein Wagen folgt mir über viele Meilen hinweg, bis er endlich eine Möglichkeit zum Überholen hat. Verstehen Sie?«

Tweed nickte, trank Kaffee und machte sich an den Fruchtsalat, den Paula für ihn zubereitet hatte.

»Wir fuhren nach Fakenham, und dort bog der weißhaarige Mann auf die A 1065 nach Swaffham. Auch nach jenem Ort blieb er auf dieser Straße, bis nach Mundford. Inzwischen befanden wir uns bereits im Breckland. Und ganz plötzlich bremste er – der Mistkerl wählte genau den richtigen Zeitpunkt.«

»Was geschah dann?«

»Ich mußte dicht hinter ihm halten – ein großer Lastwagen kam uns entgegen. Als ich anschließend an ihm vorbeifuhr, war ich dementsprechend langsam. Ich blickte kurz zur Seite – und fast hätte mich der Schlag getroffen. Er zielte mit irgendeinem Ding auf mich, das wie eine Pistole aussah.«

Paula schauderte, als sie sich daran erinnerte, und sie schenkte Kaffee nach. »Ich konnte ihn ganz deutlich sehen, und ich bin sicher, es war Foley. Später begriff ich, daß er vermutlich eine Art Kamera auf mich gerichtet hatte, um mich zu filmen.«

»Wahrscheinlich ein Modell mit Pistolengriff.«

»Ja, genau. Kurz darauf überholte er mich und fuhr neben mir her. Ich trat aufs Gas, aber mit seinem Porsche fiel es ihm natürlich nicht schwer, an der Seite meiner Kiste zu bleiben. Dann steuerte der verdammte Kerl seinen Wagen noch näher an meinen heran und versuchte, mich von der Straße zu drängen.«

»Üble Sache. Und weiter?«

»Ich habe so etwas oft in Filmen gesehen und mich immer wieder gefragt, warum die Verfolgten nicht auf die einzig richtige Art und Weise reagieren. Ich trat jäh auf die Bremse – so fest wie möglich. Der Porsche raste weiter, und ich blieb zurück.«

»Und dann?«

»Ich kochte. Sie wissen schon: Macho-Mädchen ist sauer und will ein chauvinistisches Schwein nicht so einfach davonkommen lassen. Ich fuhr weiter. Und ich folgte ihm auch, als der Typ die Abzweigung nach Cockley Ford nahm. Bald darauf aber verlor ich ihn aus den Augen. Das kühlte mein

Temperament ein wenig ab. Ich wurde wieder vernünftig. Als ich eine Feldzufahrt erreichte, drehte ich und kehrte um. Das Breckland kommt mir unheimlich vor, und außerdem erzählt man sich seltsame Dinge über das Dorf.«

»Was für Dinge? Übrigens: Dieser Fruchtsalat ist einfach köstlich.«

»Wir sollten mal nach Cockley Cley fahren, dem anderen Ort. Vorausgesetzt, Sie bleiben einige Tage hier. Dort wohnt eine Bekannte von mir, Mrs. Massingham. Sie kennt die ganzen Geschichten.«

»Gibt es hier in Blakeney ein Hotel?«

»Hotel! Ich habe ein Gästezimmer. Ist zwar nur eine winzige Bude, aber groß genug für ein Bett.«

»Ein verlockendes Angebot...« Tweed zögerte.

»Das Sie selbstverständlich annehmen werden.« Paula lächelte. »Es freut mich, daß Sie gekommen sind.« Sie seufzte. »So, jetzt habe ich Ihnen alles erzählt, von Anfang an.«

»Nein, ein Teil der Geschichte fehlt noch. Es ging dabei um jemanden, der ein Foto von Ihnen herumzeigte und sich danach erkundigte, wo Sie wohnen.«

»Ach, das war gestern. Unheimlich – wie das Breckland. Eine Freundin aus der Nachbarschaft wies mich darauf hin. Der Typ erzählte ihr irgendeinen Blödsinn von einer Kusine, die er besuchen wolle, deren Adresse er jedoch verloren habe. Er zeigte ihr ein Bild von mir. Sie erteilte ihm eine Abfuhr, aber der Kerl wandte sich an Mrs. Piggott. Und die ist ein altes Schwatzmaul.«

»Gibt es eine Beschreibung von dem Mann?«

»Ja, und sogar eine ziemlich genaue. Er war recht klein und untersetzt, gut vierzig Jahre alt. Trug eine dunkle Brille, die ihn angeblich unheilvoll wirken ließ. Das Gesicht wie aufgequollener Teig. Pausbäckig. Ungepflegtes Äußeres – schlechte und noch dazu unsaubere Kleidung. Sprach mit einem ausländischen Akzent. Cathy tippt auf einen Mitteleuropäer.«

»Cathy scheint eine wirklich gute Beobachterin zu sein…«

»In der Tat. Oh, und noch etwas: Die Beschreibung erinnert mich an den Mann, der Foley den Porsche brachte.«

»*Wenn* es wirklich Lee Foley war. Beschränken wir uns auf die Fakten.« Wie beiläufig fügte Tweed hinzu: »Und da wir gerade bei Fakten sind: Sie wollten doch unserem Verein beitreten, und die entsprechende Untersuchung wurde inzwischen abgeschlossen. Das Ergebnis ist ausgezeichnet. Wenn Sie also noch immer interessiert sind…«

»Wunderbar!« Die graublauen Augen Paulas funkelten. »Ich kann den Laden jederzeit zu einem guten Preis verkaufen. Ich habe damit nur gewartet, bis die Untersuchung abgeschlossen ist.«

»Überstürzen Sie nichts«, riet ihr Tweed. »Ich möchte noch ein bißchen darüber nachdenken. Der Umstand, daß Sie aus einer Familie mit militärischer Tradition stammen, hat sich als nützlich erwiesen.«

»Das klingt nicht gerade wie ein Lob.«

»Oh, machen Sie sich keine Sorgen. Das war nur der Hintergrund. Heutzutage halten wir nach anderen Leuten Ausschau. Zum Beispiel nach Personen, die hervorragende Sprachkenntnisse haben. Den Ausschlag gab die Tatsache, daß Sie fehlerfrei und ohne jeden Akzent Französisch, Deutsch und Italienisch sprechen. Nun, am besten, wir überschlafen die Sache. Morgen sieht sicher alles anders aus, und dann können wir unser Gespräch fortsetzen.«

»Gute Nacht…«

Aber es war keine sonderlich gute Nacht für Tweed. Stundenlang lag er wach und starrte an die Decke der kleinen Kammer, von der aus man einen guten Blick auf den Hafen hatte. Irgendwann nach Mitternacht hörte er ein lautes Rauschen: Die Ebbe setzte ein. In diesem Zusammenhang erinnerte er sich an die Bemerkung eines Restaurantbesitzers, mit dem er sich in Brancaster unterhalten hatte, einem Ort in der Nähe von King's Lynn. *Man könnte meinen, als werde ein Stöpsel herausgezogen – das Meer verschwindet praktisch von einem Augenblick zum anderen. Und zurück bleiben nur Schlamm und einige kleine Priele.*

Kurz darauf verklang das dumpfe Brausen, und Tweed dachte an den Mitteleuropäer, der nach der Adresse Paulas gefragt hatte. Aus welchem Grund wollten sie wissen, wo die junge Frau wohnte – wer auch immer *sie* sein mochten? Ihr Interesse verhieß nichts Gutes. Und das Foto... Es stammte natürlich von dem Film, den der Fahrer des Porsche, Foley, mit seiner Kamera aufgenommen hatte.

Spät in der Nacht fiel Tweed in einen unruhigen Schlaf. Nur wenig später erwachte er und fuhr ruckartig in die Höhe. Helles Tageslicht fiel durchs Fenster. Er warf einen raschen Blick auf seine Uhr: sieben Uhr morgens. Benommen schüttelte er den Kopf und lächelte schief. Im Erdgeschoß hörte er das Geräusch von Schritten: Paula war bereits auf den Beinen.

Tweed stand auf, trat ans Fenster heran und zog die Gardine beiseite. Dunkle Wolken am Himmel. Auf der anderen Seite der Straße führte ein schmaler Wasserlauf nach Westen, in Richtung Nordsee. Jenseits des Kanals beobachtete er einige Priele, die sich an grasbewachsenen Sandbänken entlangwanden. Während des Hochwassers im März waren die kleinen Anhöhen sicher ganz überflutet.

Er suchte das im rückwärtigen Teil des Hauses gelegene Badezimmer auf und wusch und rasierte sich. Nach ein paar Minuten öffnete sich die Tür einen Spaltbreit, und eine schmale Frauenhand stellte eine Tasse aufs Wandbrett.

»Room service«, sagte Paula munter und in einem sachlichen Tonfall. »Die erste Tasse Kaffee. Ohne Milch und Zucker. Richtig getroffen?«

»Genau ins Schwarze...«

Tweed zog sich schnell an und freute sich aufs Frühstück. Er ging gerade die Treppe herunter, als Paula aus der Küche kam. Sie bedachte ihn mit einem freundlichen Lächeln und hielt auf die Vordertür zu.

»Ich habe ganz vergessen, frische Milch zu besorgen. So was passiert eben, wenn man nicht daran gewöhnt ist, einen Mann im Haus zu haben. He, was ist das denn?«

Paula öffnete die Tür in dem Augenblick, als Tweed das untere Ende der Treppe erreichte. Einige Sekunden lang blieb sie ruhig stehen und starrte zu Boden. Dann bückte sie sich und rief über die Schulter:

»Offenbar habe ich einen unbekannten Verehrer. Jemand hat ein Geschenk für mich hinterlassen...«

»Um Himmels willen, rühr es nicht an!«

Neugierig streckte Paula die Hand nach einem großen Plastikbeutel aus, der auf der Schwelle lag. Tweed stürmte durch den Flur, packte sie an den Schultern, riß sie zurück und zerrte sie durch den Korridor.

»In die Küche, durch die Hintertür nach draußen.«

Sie reagierte, ohne eine einzige Frage zu stellen. Tweed starrte auf den Beutel, aus dem die Blätter einer Zimmerpflanze herausragten. An der einen Seite hing eine Karte, auf die jemand einige Worte geschrieben hatte. Weiter rechts stand eine Flasche Milch. Vorsichtig schloß Tweed die Tür und eilte in die Küche. Paula öffnete gerade die Hintertür, in der einen Hand hielt sie ihre Tasche. Sie winkte kurz damit, als sie nach draußen trat.

»Ich nehme nur meinen Paß mit...«

»Hat dieser Hinterhof einen Ausgang?« fragte Tweed.

»Ja, ein Tor, durch das man die Seitenstraße erreichen kann...«

»Los! Es kommt darauf an, die anderen Leute zu warnen. Das ganze Viertel muß geräumt werden. Ich glaube, der Beutel enthält eine Bombe.«

Während der nächsten halben Stunde herrschten Panik und Verwirrung in Blakeney. Tweed gab Paula den Auftrag, die

Nachbarschaft auf die mögliche Gefahr hinzuweisen und eine allgemeine Evakuierung zu veranlassen. Anschließend schritt er an der gegenüberliegenden Seite der Hafenstraße am Kanal entlang, vorbei am Haus Paulas, vor dessen Tür noch immer der Plastikbeutel lag. Er wandte sich an die Leute, die mit einem großen Kran einen Frachtkutter entluden.

Einige der Männer liefen durch eine Nebenstraße davon und warnten weitere Bewohner Blakeneys. Die anderen flohen ins nahe Moor. Tweed fragte herum, betrat ein Haus, in dem es ein Telefon gab, und rief die Bombenspezialisten von Heathrow an.

Zunächst reagierte man mit Argwohn und Skepsis – bis Jim Corcoran, der verantwortliche Sicherheitsoffizier des Flughafens, seine Identität bestätigte. Daraufhin sprach Tweed mit Captain Nicholls, dem Leiter der Einsatzgruppe, und gab ihm einige knappe Anweisungen.

»Haben Sie verstanden? Sie nehmen einen Helikopter und fliegen mit Ihren Leuten zu dem privaten Flugplatz bei Langham. Dort stehen zwei Wagen für Sie bereit. Langham ist nur ein paar Meilen von hier entfernt ...«

»Alles klar. Wir sind bereits unterwegs ...«

Tweed drückte die Gabel nieder, wählte eine neue Nummer und rief die amerikanische Luftwaffenbasis von Lakenheath in Suffolk an.

Seine Geduld wurde erneut auf eine harte Probe gestellt, denn der Sergeant am anderen Ende der Leitung hielt den Anruf offenbar für einen dummen Scherz.

Schließlich verlor Tweed die Beherrschung und begann zu brüllen.

»Verbinden Sie mich sofort mit Ihrem vorgesetzten Offizier, wenn Sie nicht mit der nächsten Maschine in die Staaten zurückgeschickt werden wollen! Ich gehöre zu einer Sonderabteilung, die man mit Ihrem FBI vergleichen könnte ...«

Der Kommandant der amerikanischen Basis erwies sich als

ebenso mißtrauisch. Tweed entschloß sich zu einer anderen Taktik und sprach mit kühlem Nachdruck. Nach einigen Minuten war der Offizier zumindest bereit, eine Überprüfung vorzunehmen.

»Zunächst muß ich mit Hilfe der Telefonnummer, die Sie mir gaben, Ihre Identität kontrollieren. Erst dann kann ich ...«

»Führen Sie die Kontrolle durch, verdammt. Aber schicken Sie zuerst Ihre Bombenspezialisten los.«

»Es gibt Vorschriften ...«

»Vergessen Sie sie. Hier kann jeden Augenblick die Hölle losbrechen.« Tweed zögerte einige Sekunden lang. »Wenn es sich wirklich um eine Bombe handelt, wenn sie explodiert und dadurch Menschen ums Leben kommen... Stellen Sie sich vor, welche Auswirkungen das auf die anglo-amerikanischen Beziehungen hätte. Ich möchte dann nicht in Ihrer Haut stecken ...«

Tweed knallte den Hörer auf die Gabel und bestand darauf, die verblüffte Frau zu bezahlen, der das Haus gehörte. Er dankte ihr und lief nach draußen zurück, um festzustellen, ob die Gefahrenzone inzwischen abgeriegelt worden war.

Er wurde nicht enttäuscht.

Paula hatte die Polizei Blakeneys alarmiert, und die Beamten reagierten rasch und errichteten improvisierte Absperrungen. Lange Seile spannten sich zu beiden Seiten über die Hafenstraße. Männer in Uniformen standen in sicherer Entfernung von den Barrieren und achteten darauf, daß niemand zu nahe kam. Eine Frau eilte aus einem Haus an der Hauptstraße.

»Sind Sie Tweed? Suchen Sie Paula?«

»Die Antwort lautet zweimal Ja ...«

»Sie wartet drüben auf dem Parkplatz, wo Sie Ihren Mercedes zurückließen. Hat tatsächlich jemand eine Bombe gelegt?«

»Könnte durchaus sein ...«

»Verfluchte Terroristenschweine. Man sollte sie alle kastrieren.«

Die Frau hastete ins Haus zurück, und Tweed wußte, daß sie nun ihre Bekannten anrufen und ihnen die Neuigkeit mitteilen würde. Was ihm nur recht war. Er drehte sich um und blickte über die Hafenstraße, die sonderbar leer und verlassen wirkte.

Eine schwarzköpfige Möwe segelte ruhig über dem Kai und flog dann in Richtung Moor davon, so als spürte sie, daß die ungewöhnliche Stille weiter unten auf eine Gefahr hindeutete.

Tweed dachte kurz daran, daß diese Vögel im Gegensatz zu denen mit weißen Köpfen nur selten ein nervenzermürbendes Krächzen von sich gaben.

Er schritt auf den Wagen zu, der dort stand, wo die Straße an einem Hang emporführte. Paula trat hinter dem 280 E hervor und lief ihm entgegen.

»Ist alles in Ordnung mit Ihnen?«

»Ich bin in Schweiß gebadet. Sie haben ausgezeichnete Arbeit geleistet. Wirklich gut! Der Beutel neben dem Wagen ...«

»Gehört mir. Besser gesagt: der Frau, mit der Sie vorhin sprachen. Ist eine Freundin von mir. Sie haben das Frühstück verpaßt. Was halten Sie von einer Thermoskanne mit heißem Kaffee und einigen Schinkenbroten? Extra für Sie – eine nette alte Dame, was?«

»Für uns beide. Kommen Sie, setzen wir uns in den Fond des Wagens. Jetzt können wir ohnehin nur noch warten.«

»Worauf?« Paula nahm auf dem Rücksitz Platz und biß heißhungrig von einem Sandwich ab, das Tweed ihr gab.

»Auf die Bombenspezialisten. Sie müssen diese Straße nehmen, um Ihr Haus zu erreichen. Und sie kommen entweder von Lakenheath oder von Heathrow.«

Paula trank Kaffee. »Ich habe vielleicht einen Durst ...«

»Dehydrierung. Schock mit verzögerter Wirkung.« Tweed griff nach dem Porzellanbecher, den Paula ihm reichte. »Mir geht's ebenso. Bin völlig ausgedörrt; meine Kehle ist so trocken wie die Sahara. Dieses Frühstück … War es die Idee der Frau?«

»Eigentlich nicht. Ich bat sie darum.«

»Sie sind sehr praktisch veranlagt«, meinte Tweed. »Und mir ist aufgefallen, daß Sie im Haus ganz kühl blieben und nicht die Nerven verloren. Respekt.«

»Haben Sie gelesen, was auf der Karte an dem Plastikbeutel vor meiner Tür geschrieben stand?«

»Nein.«

»*Für Paula. In Liebe*. Und die Handschrift war sehr merkwürdig.«

4

Die Bombenspezialisten von Heathrow trafen als erste ein. Tweed hatte dafür gesorgt, daß zwei Polizeiwagen zum Flugplatz von Langham geschickt wurden, und als er sie sah, sprang er aus dem Mercedes und lief ihnen nach. Die beiden Fahrzeuge hielten vor der Absperrung, und ein Offizier stieg aus und klemmte sich einen großen Koffer unter den Arm. Ein Sergeant und ein Corporal folgten ihm.

»Captain Nicholls?« schnaufte Tweed.

Der hochgewachsene Offizier drehte sich um. Sein Gesicht wirkte ernst, und aus wachsam blickenden grauen Augen musterte er Tweed von Kopf bis Fuß. »Ja«, erwiderte er fast barsch. »Was ist denn?«

»Ich bin Tweed.« Er zeigte ihm seinen Ausweis, der aus der Dokumentenabteilung im Keller des Park Crescent stammte. »Wir haben kurz am Telefon miteinander gesprochen. Ich führe Sie hin ...«

»Können Sie Angaben darüber machen, wie lange das Ding schon vor der Tür liegt?«

»Nein. Wir sind gestern abend gegen zehn zu Bett gegangen. Der oder die Unbekannten hatten also die ganze Nacht Zeit, um die Bombe zu plazieren. Wenn wir es wirklich mit einem Sprengkörper zu tun haben. Es handelt sich um einen großen Plastikbeutel. Die Blätter einer Pflanze ragen daraus hervor.« Sie gingen Seite an Seite, und als sie das Seil erreichten, griff der Captain nach dem Arm Tweeds.

»Sie brauchen uns nicht zu begleiten, Sir. Bitte sagen Sie uns nur, wo sich der Beutel befindet ...«

»Gehen Sie in Richtung auf das andere Seil weiter.« Tweed streckte die Hand aus. »Dort drüben, das Haus gegenüber der Lampe. Die andern Gebäude in der Nähe sind bereits geräumt.«

»Danke. Kehren Sie jetzt zu Ihrem Wagen zurück, Sir. Wir kümmern uns um die Sache.«

»Bitte berichten Sie mir anschließend, was Sie gefunden haben.« Nach kurzem Zögern fügte Tweed hinzu: »Viel Glück.«

Nicholls starrte ihn überrascht an, und ein dünnes Lächeln umspielte seine Lippen. »Sie scheinen sich in solchen Dingen auszukennen. Glück spielt *tatsächlich* eine Rolle. Bis später, Sir.« Nach dieser optimistischen Bemerkung wandte er sich an seine Leute. »Also los, Jungs. An die Arbeit.«

Tweed schritt zum Parkplatz zurück. Paula machte sich bestimmt Sorgen, und es war wichtig zu beobachten, wie sie auf Streß reagierte. Als er die Tür öffnete, sah er, daß sie einen Block hervorgeholt hatte und mit einem Filzstift darauf herummalte. »Auf diese Weise entwerfe ich neue Muster für meine Töpferwaren«, sagte sie, ohne zu ihm aufzusehen. »Block und Stift begleiten mich überallhin.«

Tweed nahm Platz, sah auf die Armbanduhr und trank den letzten Kaffee. Zehn Minuten später warf er einen neuerlichen Blick auf die Uhr. Paula legte ihren Block beiseite, berührte ihn am Arm und meinte: »Irgend etwas beunruhigt Sie, nicht wahr?«

»Ja. Ich glaube, ich sollte Sie warnen. Die Polizei wird Ihnen bald einige Fragen stellen. Vielleicht kommen auch Terroristenfahnder aus London. Solchen Typen kann man so leicht nichts vormachen. Überlegen Sie sich Ihre Antworten gut. Erwähnen Sie nicht, daß Sie einem Mann gefolgt sind, den Sie für Lee Foley halten. Beginnen Sie Ihre Geschichte damit, daß Sie zur Tür gegangen sind, als ich klingelte. Ich bin auf Urlaub, und Sie ließen mich bei Ihnen übernachten. Dann machen Sie einen Sprung zum heutigen Morgen. Erzählen Sie ihnen, wie es geschehen ist. Wie ich Sie von der Tür zurückriß und so weiter. Halten Sie Ihren Bericht möglichst einfach.«

»Vielleicht erscheint es den Leuten seltsam, daß Sie die Nacht in meinem Haus verbrachten.«

»Wen kümmert's?« Tweed überlegte kurz und fügte hinzu: »Meinen Sie, Ihr Ruf im Ort könnte darunter leiden?«

»Das wäre mir völlig schnurz. Seien Sie unbesorgt: Ich halte mich an Ihren Rat. Und jetzt beantworten Sie die Frage, die ich Ihnen vorhin stellte – und der Sie bisher ausgewichen sind.«

»Welche meinen Sie?«

»Irgend etwas *anderes* beunruhigt Sie. Dauernd starren Sie auf die Uhr, und Sie haben bereits zum drittenmal die Lippen zusammengepreßt.«

»Na schön. Nicholls und seine beiden Begleiter sind bereits seit einer halben Stunde drüben. Wenn der Beutel nichts anderes enthalten hätte als nur eine harmlose Pflanze, wären sie längst zurück. Wir haben es also wirklich mit einer Bombe zu tun.«

Drei Stunden später trat Captain Nicholls allein an das Absperrseil heran. Er duckte sich darunter hinweg, wanderte in Richtung Parkplatz, bedachte Paula mit einem kurzen Blick und runzelte die Stirn, als er Tweed ansah. Tweed stieg aus, beugte sich vor und richtete noch einige Worte an Paula, bevor er die Wagentür schloß.

»Es wird nicht lange dauern. Ich glaube, der Captain möchte mich allein sprechen.«

»Lassen Sie sich ruhig Zeit ...« Nicholls schlenderte von dem Mercedes fort, und Tweed begleitete ihn. Der Captain zündete sich eine Zigarette an, starrte nachdenklich auf die Packung und schob sie in die Tasche zurück. »Eigentlich wollte ich mir das Rauchen abgewöhnen. Aber jetzt brauche ich eine.«

»Es war eine Bombe, nicht wahr?«

»Dreißig Pfund TNT. Hätten das Haus in einen Schutthaufen verwandelt. Und auch die anderen Gebäude in der

Nähe. Von den Leuten darin wäre nicht einmal genug für eine Beerdigung übriggeblieben. Meine Jungs bringen das Zeug ins Moor, um es dort hochgehen zu lassen. Die armen Kerle – müssen einige Meilen weit laufen. Naturschutzgebiet und so.«

»Und wenn die Frau, die dort wohnt, den Beutel hochgehoben hätte…«

»Bumm«, machte Nicholls und nickte ernst. »Sie wäre zerfetzt worden. Verzwickte Sache; deshalb brauchten wir länger als üblich. Das Ding wies einige komplizierte Schutzvorrichtungen auf.« Er räusperte sich. »Sagten Sie nicht, Sie gehören zu einer Sonderabteilung?«

Schweigend reichte ihm Tweed seinen Ausweis, und diesmal prüfte Nicholls das Dokument sehr sorgfältig. Eingehend betrachtete er das Foto, verglich es mit den Zügen des vor ihm stehenden Mannes und reichte die Karte dann zurück.

»Stellte die Bombe so etwas Spezielles dar, daß Sie es für angebracht halten, meine Identität gleich zweimal zu kontrollieren?«

»Soll ich Ihnen die Einzelheiten nennen?« Nicholls nahm einen langen Zug von der Zigarette.

»Bitte sagen Sie mir alles.«

»Erstens: Der Sprengkörper wies einen Stahlmantel samt Bleiverschalung auf, die in Richtung Kai zeigte. Das bedeutet, die Druckwelle der Explosion hätte in erster Linie dem Haus gegolten.«

»Die Hafenanlagen wären nicht beschädigt worden?«

»Wohl kaum. Zweitens – und diese Information ist besonders vertraulich: Die Bombe stammte *ganz sicher nicht* von irgendeiner terroristischen Gruppe. Das ist völlig ausgeschlossen.«

»Weshalb sind Sie da so sicher?«

»Weil es sich um einen neuen und sehr komplizierten Mechanismus handelte. Wurde erst vor gut einem Jahr entwikkelt. Normalerweise wäre natürlich kein TNT verwendet worden – aber in Hinsicht auf das Haus hätte Trinitrotoluol durchaus seinen Zweck erfüllt. Nun, meiner Meinung nach könnte nur eine Komponente des Sprengkörpers verbessert werden – der Zeitzünder.«

Nicholls hatte einen schmalen Oberlippenbart, und mit der Kuppe des Zeigefingers strich er darüber hinweg. Abgesehen von der Zigarette deutete nichts auf die enorme Anspannung hin, mit der der Offizier hatte fertig werden müssen. Nun war er ganz Profi und Fachmann, und in seinem Tonfall kam eine gewisse Bewunderung zum Ausdruck, als er fortfuhr:

»Teuflisch raffiniertes Ding. Eine echte Kriegswaffe – bestimmt für Saboteure, die damit im Ernstfall feindliche Schiffe angreifen würden.«

»Stahl und Blei«, wiederholte Tweed nachdenklich. »Hört sich ziemlich schwer an. Hätte man so einen Apparat in einer Plastiktüte herumtragen können?«

»Oh, die Typen, die die Bombe legten, waren recht gewitzt. Im Innern des Beutels befand sich ein weiterer. Bestand aus hartem Leder und verfügte über einen Griff. Sie haben recht: Niemand hätte die Bombe weiter als nur einige wenige Meter tragen können. Wahrscheinlich wurde sie mit einem Wagen transportiert. Vielleicht parkten die Unbekannten das Auto in unmittelbarer Nähe des Hauses, und anschließend schleppten sie das Ding bis zur Tür.«

»Oder sie brachten es mit einem Boot hierher. Der Kanal erstreckt sich auf der anderen Straßenseite, und an der Mauer bemerkte ich eine Metalleiter.«

»An diese Möglichkeit habe ich noch gar nicht gedacht. Ja, das wäre durchaus denkbar. Ich schätze, diese Sache wird die Lamettaträger ganz nett rotieren lassen.«

»Wieso?«

»Nun, als ich losging, wünschten Sie mir Glück – und wir hatten *wirklich* Glück. Wenn nicht der Marinenachrichtendienst gewesen wäre, hätte man Blakeney von der Landkarte streichen können. Vor einigen Monaten gelang es den Jungs, ein Exemplar des neuen Mechanismus zu erbeuten, und sie stellten es uns für eine Analyse zur Verfügung. Meine Kollegen aus dem Labor nahmen den Apparat auseinander – unter der Leitung eines Commanders von der Marine –, und nur deshalb wußten wir, worauf es hier ankam.«

»Jener Commander … Könnten Sie mir seinen Namen nennen?«

»Tja …« Nicholls kaute nachdenklich auf der Unterlippe, und nach einigen Sekunden lächelte er. »Nun, eigentlich fällt diese Sache in Ihren Zuständigkeitsbereich; immerhin befassen Sie sich mit Problemen der inneren Sicherheit. Aber es ist mir nach wie vor ein Rätsel, warum wir ausgerechnet hier ein solches Ding fanden: Es wurde als Seemine konzipiert. Wie dem auch sei: Ihr Mann heißt Commander Bellenger. Meine Aufgabe besteht jetzt darin, den Stahlmantel und den Mechanismus zur Admiralität zu bringen. Noch weitere Fragen?«

»Offenbar haben wir es mit einer völlig neuen Situation zu tun. Sie meinten eben, die Bombe könne nicht von irgendwelchen Terroristen gelegt worden sein. Wo wurde das verdammte Ding denn hergestellt?«

»In Moskau, mein Lieber. Mit besten Grüßen aus der Sowjetunion …«

5

Die schlechten Nachrichten kamen mit einem Telefonanruf. Wie so oft, dachte Tweed.

In Blakeney war wieder Ruhe eingekehrt. Die Seilabsperrungen waren verschwunden, und es patrouillierten auch keine Polizisten mehr in den Straßen. Die amerikanischen Bombenspezialisten von Lakenheath trafen ein und fuhren wieder ab, erleichtert darüber, daß jemand anders die Dreckarbeit erledigt hatte. Die Hafenarbeiter kehrten zum Kutter am Kai zurück und machten sich wieder daran, Sojabohnenmehl zu entladen.

Tweed stand am Fenster und blickte nach draußen. Ebbe. Kleine Boote lagen im Schlamm an den Ufern der Priele, und ihre dünnen Masten deuteten in verschiedenen Winkeln zum grauen Himmel empor. Ein älterer Mann wanderte an der Mole entlang. Eine dicke Jacke mit hochgeschlagenem Kragen schützte ihn vor dem kalten Wind, und eine Jagdmütze bedeckte seinen Kopf. Am Hals baumelte ein Feldstecher. Jemand, der sich die Zeit damit vertrieb, die Vögel zu beobachten, dachte Tweed.

»Paula«, begann er, »wenn Sie noch immer den Job bei mir wollen.«

»Klar«, erwiderte sie ruhig. »Ich packe gleich meine Sachen zusammen. Und rufe den Mann an, der sich für meinen Keramikladen interessiert. Es dauert bestimmt nicht lange, mit ihm einig zu werden ...«

»Vielleicht sollten Sie damit noch ein wenig warten«, sagte Tweed. »Sie werden auf Probe eingestellt. Für sechs Monate. So lauten die Vorschriften ...«

»Ich gehe das Risiko ein. Inzwischen ist der Laden bekannt

und eingeführt. Himmel, ich weiß gar nicht mehr genau, wie viele Ornamentmuster ich im Verlauf der letzten Jahre für den kalifornischen Markt entwickelt habe. Jetzt ist keine Kreativität mehr gefragt, sondern nur noch geschäftliche Expansion.« Sie schüttelte den Kopf. »Ich brauche eine andere Aufgabe, eine neue Herausforderung.«

»Monica könnte sich als ein Problem erweisen«, warnte Tweed. »Vielleicht sieht sie eine Rivalin in Ihnen. Sie arbeitet schon seit einer Ewigkeit für mich.«

»Ich habe am Telefon mit ihr gesprochen. Sie klang recht nett. Außerdem: Es ist mein Problem. Irgendwie werde ich schon damit fertig.«

»Und das Haus?«

»Ich behalte es. Wenn ich Ruhe brauche, kann ich mich hierher zurückziehen.«

Das Telefon klingelte. »Das dürfte der Kaufinteressent sein«, sagte Paula. »Ist wahrscheinlich ganz wild darauf, die Sache unter Dach und Fach zu bringen. Während der letzten drei Jahre habe ich ansehnliche Gewinne erzielt. Da fällt mir gerade ein: Vergessen Sie nicht, daß wir Mrs. Massingham in Cockley Cley einen Besuch abstatten müssen. Sie weiß alles über Cokley Ford, was Sie erfahren sollten...«

Sie ging in den schmalen Flur und nahm den Hörer ab. Tweed blieb am Fenster stehen, starrte aufs Moor und überlegte, weshalb er bereit war, Paula einzustellen. Dafür gab es zwei Gründe. Erstens: die ruhige und beherrschte Gefaßtheit, mit der sie auf die Bombe reagiert und die lange Wartezeit hinter sich gebracht hatte. Zweitens (und dieser Gesichtspunkt mußte naturgemäß eine untergeordnete Rolle spielen): Er mochte sie.

»Es ist für Sie!« rief Paula. »Monica. Sie sagt, es sei sehr wichtig.«

»Mist!«

»Ich dachte eigentlich, hier sei ich sicher«, sagte Tweed, nachdem er den Hörer entgegengenommen hatte.

»Es tut mir schrecklich leid...« Monica schien ziemlich nervös zu sein. »Aber sie erwähnten ja, daß Sie Paula besuchen wollten. Hier ist es zu einer Krise gekommen. Zu einer ernsten noch dazu. Es geht dabei um einen neuen Versicherungsvertrag. Als die Leute feststellten, daß Sie gerade Urlaub machen, gerieten sie völlig außer sich.«

»Wer sind ›die Leute‹?«

»Topmanagement. Und Howard weiß überhaupt nicht mehr, wo ihm der Kopf steht.«

Monica wußte natürlich, daß die Leitung nicht gesichert war, und aus diesem Grund benutzte sie einen speziellen Mitteilungscode. Im Klartext bedeutete ihre Botschaft: Die Premierministerin will Sie sprechen. Howard sitzt in der Klemme und hat den Tatterich. Die Lage ist außerordentlich angespannt.«

»In Ordnung.« Tweed seufzte laut. »Ich bin bis heute abend zurück. War ein verdammt kurzer Urlaub.«

»Wenn ich mich recht erinnere, wollten Sie überhaupt nicht weg«, entgegnete Monica spitz.

»Bis später«, sagte Tweed. »Übrigens: ich bringe einen neuen Rekruten mit.«

Er legte auf, bevor seine Sekretärin Antwort geben konnte – und bedauerte es sofort. Monica machte nur ihre Arbeit. Er eilte nach oben und betrat das Schlafzimmer, wo Paula gerade ihre Sachen packte.

»Eine ernste Krise im Bunker. Ich habe versprochen, bis heute abend zurück zu sein. Sieht ganz danach aus, als müßten Sie sofort ins kalte Wasser springen.«

»Die beste Möglichkeit, schwimmen zu lernen«, erwiderte Paula, griff rasch nach einigen weiteren Kleidern und verstaute sie in einem Koffer. »Bleibt uns noch Zeit genug, um einen Abstecher nach Cockley Cley zu machen?«

»Ja. Ich bin bereits auf das Gespräch mit Mrs. Massingham gespannt. Die Sache in Cockley Ford kam mir sehr seltsam vor. Und vielleicht gibt es eine Verbindung zu der Bombe.«

»Ich verstehe nicht ganz...« – »Der Fahrer des Porsches filmte Sie. Teiggesicht zeigte im Ort Ihr Foto herum und stellte fest, wo Sie wohnen. Und dann die Plastiktüte vor der Tür.«

»Oh«, machte Paula und wirkte plötzlich sehr nachdenklich.

Cockley Cley unterschied sich kaum von Cockley Ford. Der gleiche dreieckige Dorfanger, die gleichen kleinen Häuser zu beiden Seiten einer schmalen Straße. Aber es gab kein Tor, das die Zufahrt absperrte, weder ein Pub noch einen Fluß.

Während Paula sprach, schwieg Tweed und musterte Mrs. Massingham. Sie mochte fast achtzig Jahre alt sein – eine große und schlanke Frau mit grauem Haar und einem adlerartigen Gesicht. Ihre Beine waren so dünn wie Stelzen, doch sie wirkte ausgesprochen selbstbewußt und aufmerksam, schien einen messerscharfen Verstand zu haben. Es überraschte ihn nicht, als er hörte, daß sie einmal Sergeant der Zivilverteidigung gewesen war.

Paula stellte eine weitere Frage, und Mrs. Massingham nickte bestätigend. »Ja, es geht die Rede, daß in Cockley Ford Satanismus betrieben wird. Ich glaube kein Wort davon, aber die Einheimischen sind recht abergläubisch. Außerdem kann man fast täglich in den Zeitungen lesen, daß der esoterische Unfug immer neue Anhänger gewinnt. Noch etwas Tee, Mr. Tweed? Kamille aus meinem Garten.«

»Ja, danke«, sagte Tweed – obgleich er Kamillentee haßte.

Mrs. Massingham saß in einem alten Chintzsessel, hielt sich sehr gerade und plauderte lebhaft weiter. Sie mochte Dr. Portch nicht. Er war erst vor anderthalb Jahren eingetroffen. Ja, sie hatte von der Krankheit gehört, der sechs Dorfbewohner zum Opfer fielen. Seltsam, meinte sie. Nein, sie wußte nicht, woher Dr. Portch stammte. Man bekam ihn nur selten zu Gesicht. Und das träfe auch auf die anderen Leute aus Cockley Ford zu. Einmal hatte Portch einen Urlaub für die meisten Bewohner des Ortes organisiert: Ferien auf irgendeiner der Westindischen Inseln.

»Teure Angelegenheit«, brummte Tweed.

Mrs. Massingham pflichtete ihm bei und wies darauf hin, daß es auf jenen Inseln ausgeprägte Voodoo-Traditionen gab. Die Eingeborenen seien selbstverständlich ein wenig einfältig – noch einfältiger als die Dorfbewohner, um ganz genau zu sein. Dann erwähnte sie den Privatzoo Portchs. Käfige mit Raubkatzen und giftigen Schlangen. Das schreckte Touristen und andere ungebetene Gäste ab, hielt sie vom Ort fern.

»Wir sollten uns jetzt wieder auf den Weg machen«, sagte Tweed nach einer Weile und stand auf. »Ich bin Revisor und arbeite für eine große Versicherungsgesellschaft. Einer der Bewohner Cockley Fords schloß kurz vor seinem Tod eine hohe Lebensversicherung ab. Der Anspruchsberechtigte kehrte erst kürzlich von einer langen Reise zurück, und deshalb bekam ich den Auftrag, Nachforschungen anzustellen.«

»Oh, ich wunderte mich schon.« In den Adleraugen Mrs. Massinghams blitzte es kurz auf. »Ich meine, ich habe mich gefragt, weshalb Sie sich so für Cockley Ford interessieren.«

»Dr. Portch scheint in dem Ort eine Stellung zu genießen, die man mit der eines Lehensherrn vergleichen könnte«, sagte Tweed vorsichtig.

»Ja, da haben Sie vermutlich recht. Ein sonderbarer Vergleich, aber durchaus zutreffend.« Einige Falten bildeten sich auf ihrer hohen Stirn. »Sehr merkwürdig …«

Sie fuhren durch das grüne Hügelland Bedfordshires und waren nach Woburn unterwegs. Tweed steuerte den Wagen. Paula saß neben ihm, hatte ihren Block hervorgeholt und zeichnete. Offenbar war sie nicht geneigt, ein längeres Gespräch zu führen, und das kam Tweed nur gelegen. Er brauchte Zeit und Ruhe, um darüber nachzudenken, was es jetzt zu unternehmen galt.

Er schnitt dieses Thema an, als sie in Woburn Halt machten und im Bedfords Arms zu Mittag aßen. Außer ihnen hielt sich niemand in der Gaststätte auf, und deshalb konnten sie sich ungestört unterhalten.

»Ich sollte Ihnen besser Bescheid geben«, sagte Tweed. »Während Sie Ihre Sachen packten, habe ich einen Freund angerufen, Bob Newman...«

»Robert Newman? Meinen Sie den Auslandskorrespondenten? Den Autor des Bestsellers *Kruger: Der Fehler eines Computers?*«

»Genau den. Der Erfolg des Buches machte ihn finanziell unabhängig. Er ist als freier Mitarbeiter für uns tätig, nimmt nur die Aufträge an, die ihn interessieren. Er hat eine Wohnung in Beresforde Road, South Ken, und ist bereit, Sie dort für einige Tage unterzubringen – bis wir bei uns eine Unterkunft für Sie finden.«

»Ich möchte ihm nicht zur Last fallen.«

»Machen Sie sich keine Sorgen: Er wird nicht zugegen sein. Ich habe ihn darum gebeten, sich in Cockley Ford umzusehen. In Park Crescent wartet irgendein dickes Ding auf mich, und das bedeutet, daß ich mich nicht selbst um diese Sache kümmern kann. Bob war einverstanden. Da wir gerade dabei sind: Vor einigen Jahren wurde er ebenso überprüft wie Sie. Mit ähnlichem Ergebnis.«

»Weiß er, daß er sich möglicherweise in Gefahr befindet? Wenn zwischen der Bombe und dem Dorf irgendein Zusammenhang besteht...«

Tweed lächelte. »Er wird bestimmt damit fertig. Bob ist ein ehemaliger SAS-Mann. Er schrieb einen Artikel über die Einsätze jener Spezialeinheit, und er brachte den vollständigen Ausbildungskurs hinter sich. Darüber hinaus gebe ich ihm einen meiner Leute mit – was er noch nicht weiß. Wird eine nette Überraschung für ihn sein.«

»Offenbar rechnen Sie damit, daß er davon nicht begeistert sein wird.«

»Volltreffer. Bob ist der Typ Einzelkämpfer...« – »Fahren wir deshalb schon jetzt nach London zurück?« fragte Paula. »Immerhin sagten Sie Monica, wir kämen erst gegen Abend.«

»Erneut richtig getippt. Es müssen noch einige Vorbereitungen getroffen werden, bevor wir uns in Park Crescent blicken lassen. Unsere erste Anlaufstelle nach dem Essen ist Newmans Wohnung.«

»Vergessen Sie Ihren Anruf«, sagte Newman. »Fangen Sie noch einmal ganz von vorn an.«

Sie saßen in dem saalartigen Wohnzimmer Newmans, und die Erkerfenster gestatteten einen prächtigen Blick auf die St. Mark's Church. Bei der Gestaltung des Raums hatte der Innenarchitekt den Stuck an der hohen Decke bewahrt, und dadurch wirkte das Zimmer noch viktorianischer.

Newman war ein gut vierzig Jahre alter und kräftig gebauter Mann mit aschblondem Haar. Er zündete sich eine Zigarette an und beobachtete Tweed, der auf dem anderen Sofa Platz genommen hatte. Dann und wann funkelte es humorvoll in seinen blauen Augen, doch die dünnen Lippen und der kantige Unterkiefer verliehen seinen Zügen etwas Energisches. Tweed wußte, daß Newman seit seinen Erlebnissen hinter dem Eisernen Vorhang wesentlich härter geworden war.

Paula befand sich im großen Schlafzimmer und packte ihren Koffer aus. Sie ließ sich Zeit dabei, um den beiden Männern Gelegenheit zu geben, in aller Ruhe miteinander zu sprechen. Tweed brauchte nur fünf Minuten, um seinem Freund von Cockley Ford und den Ereignissen in Blakeney zu berichten. Als er an dem Kaffee nippte, den Paula für sie gekocht hatte, stand Newman auf und wanderte in dem großen Zimmer auf und ab.

»Es ergibt keinen Sinn«, sagte er schließlich. »Die ganze Sache ist ein einziges Rätsel. Zwischen den beiden seltsamen

Ereignissen scheint *tatsächlich* eine Verbindung zu existieren. Das Foto, das Teiggesicht in Blakeney herumzeigte, um die Adresse Paulas in Erfahrung zu bringen, muß von dem Film stammen, den der Fahrer des Porsche aufnahm. Außerdem haben Sie an dem Abend, als sie in Cockley Ford eintrafen, einen roten Porsche gesehen. Paula beobachtete, wie Foley von Bord des Kutters ging, in einem Porsche fortfuhr und später das Dorf erreichte. Stimmt's?«

»Soweit ist alles klar.«

»Das bedeutet, an dem verhinderten Bombenanschlag auf Paula war auch ein *Amerikaner* beteiligt. Andererseits: Jener Nicholls sagte Ihnen später, die Bombe sei *russischen* Ursprungs – und darüber hinaus eine völlige Neuentwicklung. So ein Ding bietet der Kreml sicher nicht auf dem freien Markt an. Ganz im Gegenteil: Derartige Apparate unterliegen strengster Geheimhaltung. Okay?«

Tweed nickte.

»Das meinte ich eben, als ich sagte, die Sache ergebe keinen Sinn«, brummte Newman. »Weshalb sollten die Sowjets mit den Amerikanern zusammenarbeiten und ihre neueste Waffe – nach den Angaben Nicholls eine Kriegswaffe – einsetzen, um eine junge Frau umzubringen? Eine Frau, die zu jenem Zeitpunkt nicht einmal dem britischen Geheimdienst angehörte.«

»Ausgesprochen rätselhaft«, bemerkte Tweed und nickte erneut.

»Und es wird noch mysteriöser. Selbst wenn Paula bereits Ihre Mitarbeiterin gewesen wäre: Warum sollte sowohl dem Kreml als auch Washington daran gelegen sein, sie ins Jenseits zu schicken? Die Antwort lautet: Dafür gibt es nicht den geringsten Grund. Also: Was zum Teufel ist eigentlich los?«

»Genau das sollen Sie herausfinden…«

»Herzlichen Dank. Zufälligerweise erinnert mich der Name Portch an etwas. An irgendeinen Zeitungsartikel, den ich vor rund anderthalb Jahren las, an eine kurze Notiz auf der letzten Seite…«

»Vor achtzehn Monaten tauchte Portch wie aus dem Nichts in Norfolk auf. Mrs. Massingham meinte, niemand habe eine Ahnung, woher er kam – und die alte Dame weiß, wovon sie redet. Sie ist nicht auf den Kopf gefallen.«

»Bevor ich nach Norfolk fahre, statte ich dem Britischen Museum einen Besuch ab, durchstöbere das Archiv und suche den Artikel, den ich vorhin erwähnte.«

»Wie Sie meinen. Es ist jetzt Ihr Fall.« Tweed stand auf. »Ich bin Ihnen sehr dankbar ...«

»Und ich bin gespannt, was mich in Cockley Ford erwartet.«

»Da wäre noch etwas«, fügte Tweed behutsam hinzu. »Ich habe einen meiner Leute angewiesen, Sie zu begleiten ...«

»Kommt nicht in Frage. Ich arbeite allein. Das *wissen* Sie doch.«

Die beiden Männer starrten sich an wie zwei Terrier, die jeden Augenblick aufeinander losgehen konnten. Tweed preßte die Lippen zusammen. Und Newman – er trug ein Polohemd und eine weite und knittrige Hose – schüttelte hartnäckig den Kopf.

»Es ist unerläßlich«, beharrte Tweed. »Es wurde bereits alles vorbereitet. Ich habe den Dorfbewohnern von zwei SAS-Männern erzählt, mit denen ich mich treffen wollte. Das gibt Ihnen einen hervorragenden Vorwand, um sich in dem sonderbaren Ort umzusehen.«

»Und an wen dachten Sie, wenn ich fragen darf?«

»An Harry Butler«, erwiderte Tweed sofort. »Sie sind beim SAS gewesen. Harry hat genau die richtige Statur. Sicher versteht ihr euch prächtig. Sie sind der Boß. Und Sie kennen Harry ja – er wird sich mit einer untergeordneten Rolle abfinden. Er ist umsichtig und einfallsreich; Sie können sich hundertprozentig auf ihn verlassen.« Tweed zögerte kurz. »Wenn Sie allerdings kein Vertrauen zu ihm haben ...«

»Unsinn! Harry ist in jedem Fall okay. Mir geht es um

etwas anderes: Nennen Sie mir nur einen vernünftigen Grund, warum ich mein Einverständnis geben sollte.«

»Die Bombe. Sie wurde in der Sowjetunion hergestellt. Das beunruhigt meine Truppe. Und mich ebenfalls. Außerdem wartet im Bunker sicher ein ganzer Berg von Problemen auf mich. Ich weiß noch nicht, was die neue Krise ausgelöst hat, worin sie besteht – aber sie ist so bedeutend, daß man mich aus dem ersten Urlaub seit Jahren zurückbeorderte. Ich brauche Ihre Hilfe, Bob.«

»Das klingt schon besser.« Newman lächelte dünn und verschränkte die Arme. »Also gut: Ich übernehme den Auftrag. Aus einem einzigen Grund.«

»Und der wäre?«

»Die Sache stinkt. Ich glaube, es bahnt sich Unheil an.«

6

Die nächsten Stunden vergingen für Tweed wie im Flug. Von einem Augenblick zum anderen schien sich alles um ihn herum in einen Hexenkessel zu verwandeln. Er wurde ganz ruhig und verarbeitete Unmengen an Informationen. Es begann, als er sein im ersten Stock von Park Crescent gelegenes Büro betrat. Paula hatte er in der Wohnung Newmans zurückgelassen.

»Kommen Sie später, wenn sich die Wogen ein wenig geglättet haben. Ich rufe Sie an...«

Monica saß an ihrem Schreibtisch, und Howard schritt nervös auf und ab. Er wirkte überaus erleichtert, als er Tweed hereinkommen sah.

»Gott sei Dank, daß Sie endlich da sind. Die ganze Welt ist explodiert.«

»Ich habe den Knall nicht gehört. Und ich wäre Ihnen sehr dankbar, wenn ich zuerst den Regenmantel ablegen könnte.« Tweed hängte ihn an den Kleiderständer, nahm in seinem Sessel Platz und faltete die Hände im Schoß. »So, jetzt bin ich bereit.«

»Es treffen ständig neue Berichte aus allen Teilen des Kontinents ein. Man warnt uns vor neuen und umfangreichen terroristischen Aktionen.«

»Benachrichtigen Sie die Sondereinheiten zur Terroristenbekämpfung«, erwiderte Tweed schlicht. »So etwas fällt in ihren Zuständigkeitsbereich...«

»In diesem Fall ist die PM anderer Ansicht«, warf Monica ein, bevor Howard zu einem neuen Wortschwall ansetzen konnte. »Falls Sie rechtzeitig eintreffen, sollen Sie um fünf Uhr zu ihr kommen. Ich rufe an und bestätige den Termin.« Sie griff nach dem Telefon.

»Zuerst würde ich gern erfahren, was eigentlich geschehen ist«, sagte Tweed. »Was liegt an? Warum wandte man sich ausgerechnet an uns?«

»Weil die meisten Möglichkeiten ausgeklammert werden konnten«, erklärte Howard. »Es ist nicht die IRA. Es sind auch keine schiitischen Fanatiker. Die Rote Armee Fraktion kann ebenfalls ausgeschlossen werden. Alle unsere Kontakte bestätigen das ...«

»Andere Überbleibsel der Baader-Meinhof-Gruppe?« fragte Tweed.

»Nein. Das versuche ich gerade, Ihnen klarzumachen. Es handelt sich um keine der bekannten Gruppen. Niemand kann uns irgendeinen Hinweis geben. Die Kollegen in Paris sind perplex. Und die in Bonn ebenfalls ...«

»Warum dann das ganze Theater?«

»Die Russen machen sich Sorgen. Und auch die Yankee-Typen jenseits des großen Teichs. Der stellvertretende Leiter des CIA erwägt die Möglichkeit, hierherzufliegen. Gott steh uns bei! Bitte empfangen Sie ihn, wenn er sich tatsächlich dazu entschließt.«

»Sie haben Cord Dillon noch nie gemocht, oder?« Tweed lächelte liebenswürdig.

»Ich kann ihn nicht ausstehen. Der Kerl ist unmöglich. Ich frage mich, welcher Idiot ihn auf den Direktorensessel gesetzt hat ...«

»Er ist tüchtig, geschickt und gibt niemals auf. Wenn nötig, geht er mit dem Kopf durch die Wand. Und das ist genau die Art von Aggressivität, die Ihnen so sehr liegt.«

»Vielleicht liegt sie *Ihnen*«, erwiderte Howard scharf. »Ich kann darauf verzichten.« Offenbar war er entschlossen, um jeden Preis eine Begegnung mit dem Amerikaner zu vermeiden. Er zog das Ziertuch aus der Brusttasche der Jacke, strich damit irgend etwas von seiner tadellos gebügelten Hose und steckte es dann wieder ein.

»Wir haben Zuwachs bekommen«, sagte Tweed ruhig,

froh darüber, nicht mit Monica allein zu sein. »Paula Grey. Sie kommt etwas später. Sie wissen ja: Ihre Überprüfung erbrachte ein erstklassiges Ergebnis.«

»Prächtig!« Howard strahlte übers ganze Gesicht – eine recht ungewöhnliche Reaktion. »Eine willkommene Erweiterung unserer kleinen Familie.« Tweed zuckte innerlich zusammen: Er sah in Howard nicht gerade einen Vater. »Ich kenne sie ziemlich gut – noch von der Schule her. Und eine zusätzliche Mitarbeiterin kann ich gut gebrauchen.«

»Sie kennen Sie nur flüchtig – wenn überhaupt«, stellte Tweed richtig. Aus den Augenwinkeln musterte er Monica, die ganz und gar nicht begeistert zu sein schien. »Und da ich die Vorarbeit geleistet habe, bringe ich sie in meinem Büro unter. Hier gibt's eine Menge Platz.«

»Wenn Sie darauf bestehen... Manchmal frage ich mich, wer diesen Laden leitet. Außerdem: Ich hätte mich längst auf den Weg machen können, um mit der PM zu sprechen...«

»Allerdings hat die Premierministerin ausdrücklich Tweed zu sich gebeten«, stellte Monica taktlos fest, um ihrer Empörung über die Einstellung einer anderen Frau Luft zu machen.

»Wie üblich. Nun, schicken Sie Paula wenigstens zu mir, wenn sie eingetroffen ist – damit sie den Chef des SAS kennenlernt.« Mit dieser anzüglichen Bemerkung stolzierte Howard aus dem Zimmer.

»Gibt es in diesem Gebäude denn sonst niemanden, für den Paula arbeiten könnte?« fragte Monica. »Hier ist es schon jetzt viel zu eng.«

»Zu eng!« Tweed hob die Augenbrauen und sah sich in dem großen und fast leeren Zimmer um. »Sie war Ihnen doch sympathisch.«

»Als sie noch in Norfolk wohnte. Wenn sie hier ihr Lager aufschlägt, sieht die Sache ganz anders aus. Es wird nie wieder so sein wie bisher. Wir können nicht mehr frei und ungestört über die Arbeit sprechen, und...«

»Bestimmt ist sie nicht ständig bei uns«, hielt ihr Tweed mürrisch entgegen. »Außerdem ist die Entscheidung bereits gefallen. Und ich habe bereits genug um die Ohren, als daß ich mich auch noch um häusliche Probleme kümmern konnte. Meinen Sie nicht auch?«

Monica warf einen Blick auf ihre Uhr. »Sie sollten sich jetzt auf den Weg zur Downing Street 10 machen, wenn Sie nicht zu spät kommen wollen.«

Tweed stand auf, trat schweigend an den Kleiderschrank heran und streifte sich seinen Burberry über die Schultern. Monica drehte einen Kugelschreiber hin und her und malte Strichmännchen auf einen Block. Ihre Stimme klang sanft und versöhnlich, als sie sagte:

»Ich frage mich, was all die alarmierenden Berichte zu bedeuten haben...«

»Vielleicht finde ich das bald heraus«, sagte Tweed und verließ das Büro.

Tweed hatte seinen Kollegen noch von Beresforde Road aus angerufen, und pünktlich um sechs Uhr abends klingelte Harry Butler an der Wohnungstür Newmans. Bob war gleichzeitig überrascht und verärgert, als er feststellte, daß Harry von einem zweiten Mann begleitet wurde.

»Pete Nield, Sie kennen ihn sicher«, sagte Butler. »Tweed meinte am Telefon, niemand wisse genau, was in Cockley Ford gespielt wird. Deshalb könnten wir Verstärkung gebrauchen. Pete ist mit seinem Wagen hier. Hat sogar einen Parkplatz gefunden, eine halbe Meile entfernt.«

»Wir beide wären auch allein zurechtgekommen«, erwiderte Newman knapp.

»Das gefällt mir«, warf Nield ein. »Ein überaus freundlicher Empfang, der einen sofort den Teamgeist spüren läßt.« Er grinste.

Newman stand im Wohnzimmer und musterte die beiden Männer. Butler mochte gut dreißig Jahre alt sein, hatte seine

Statur und etwa das gleiche Gewicht. Er wirkte gepflegt und gelassen, trug eine alte, karierte Sportjacke und Jeans. In der Armbeuge hielt er einen Anorak. Genau die Ausstattung, die ein SAS-Angehöriger auf Urlaub wählen würde. Mit der linken Hand strich er sich das dunkle Haar glatt, und er wich dem Blick Newmans nicht aus.

Pete Nield unterschied sich auffallend von ihm. Er war einige Jahre jünger als Butler, schlanker gebaut und nicht ganz so schwer. Sein schwarzes Haar schien gerade gekämmt worden zu sein, und ein schmaler Bart zierte die Oberlippe. Darüber hinaus war er eleganter gekleidet: in einen marineblauen Anzug und ein gestreiftes, blaues Hemd. Seine Krawatte wies ein schlichtes Punktmuster auf. Er schien ruhig und entspannt zu sein, und er bewegte sich flinker als der etwas schwerfällige Butler. Newman spürte instinktiv, daß sie als Gruppe gut zusammenarbeiten würden.

»Willkommen an Bord, meine Herren«, sagte er und sah Nield an. »Was halten Sie von einem Drink? Anschließend machen wir uns gleich an die Planung.« Er deutete auf eine Karte Ostenglands, die auf einem im Regence-Stil gehaltenen Tisch lag. »Heute abend fahren wir nach King's Lynn. Dort habe ich im Duke's Head zwei Zimmer für uns gebucht. Ich sollte besser anrufen und ein drittes reservieren lassen.«

Die beiden anderen Männer nahmen die Gläser entgegen, die Newman ihnen reichte, und Butler wandte sich der Karte zu. »King's Lynn? Entschuldigen Sie, wenn ich mich einmische – immerhin sind Sie der Boß. Aber ein Hotel in Blakeney gäbe doch einen besseren Stützpunkt ab, oder?«

»Nein.« Newman schüttelte den Kopf. »Dort wurde die Bombe gelegt. Wer auch immer dafür verantwortlich war: Vielleicht befindet er sich noch im Ort und hält die Augen offen. Im King's Lynn hingegen fallen wir nicht weiter auf...«

»Himmel! Warum habe ich nicht daran gedacht?« Butler

senkte verlegen den Kopf. »Man könnte meinen, Sie verstünden unsere Arbeit besser als wir. Hoffentlich halten Sie uns jetzt nicht für Amateure.«

»Das bestimmt nicht«, entgegnete Newman und hob sein Glas. »Prost! Auf eine erfolgreiche Zusammenarbeit.« Er zögerte kurz und fügte hinzu: »Ich frage mich, was uns in Cockley Ford erwarten mag...«

»Irgend etwas ist entschieden nicht in Ordnung. Da bin ich ganz sicher...«

Monica bereute ihr vorheriges Verhalten und beobachtete Tweed, als er seinen Regenmantel auf einen Bügel hängte. Er zwinkerte ihr zu, trat um seinen Schreibtisch herum und nahm in dem Sessel dahinter Platz.

»Ich bin nur froh, daß andere Leute meinen Gesichtsausdruck nicht ebenso leicht deuten können wie Sie – eigentlich sollte meine Mimik nichts verraten.«

»Ich kenne Sie schon seit vielen Jahren. Was ist passiert? Dürfen Sie darüber sprechen? Möchten Sie einen Kaffee?«

»Es *ist* etwas passiert. Und ich kann darüber sprechen, ja – aber nur mit Ihnen. Es handelt sich um eine streng vertrauliche Sache. Den Kaffee verschieben wir auf später. Die PM hat mich verblüfft. Ich bin nicht sicher, ob sie eine gute Idee hatte. Und Paula – sie ist hierher unterwegs. Rief mich von einer Telefonzelle an...«

»Was für eine Idee?«

»Sie werden es nicht glauben.«

»Vielleicht doch...«

»Die Premierministerin«, sagte Tweed langsam und mit bedeutungsvoll klingender Stimme, »hat mich angewiesen, zu einem geheimen Treffen mit General Wasili Lysenko zu fliegen. Und der gute Lysenko leitet die sowjetische Spionageabwehr, den GRU.«

»Herr im Himmel! Soll das ein Witz sein?«

»Wohl kaum. Die PM meinte es ernst. Sehr sogar. Sie hatte

gerade mit Gorbatschow gesprochen. Er war es, der das Treffen vorschlug.«

»Aber warum denn?«

»Keine Ahnung.« Tweed zuckte mit den Schultern. »Offenbar macht sich der Kreml Sorgen in Hinsicht auf eine neue Welle terroristischer Anschläge – eine regelrechte Offensive, die alle bisherigen Greueltaten weit in den Schatten stellt.«

»Normalerweise würden sich die Russen zufrieden die Hände reiben. Ihr Verhalten erscheint mir sonderbar. Nein, ich glaube kein Wort davon. Ist die PM sicher, an der Sache sei etwas dran?«

»Der Generalsekretär der KPdSU berichtete ihr ausführlich, bat sie jedoch darum, nichts verlauten zu lassen. Sie ist gewillt, das Versprechen zu halten, weigerte sich sogar, mich einzuweihen. Ich erfahre erst dann Einzelheiten, wenn ich Lysenko begegne.«

»Und wo findet das Treffen statt? Es könnte eine Falle sein …«

»Wohl kaum.« Tweed drehte sich um und blickte auf die große Karte Europas, die an der Wand hinter ihm hing. »Man einigte sich auf Zürich. Die Schweizer wissen bereits Bescheid. Derzeit sind sie damit beschäftigt, die nötigen Sicherheitsmaßnahmen zu ergreifen. Um uns zu schützen. Um dafür zu sorgen, daß alles geheim bleibt. In dieser Hinsicht haben sie echt was drauf.«

»Ich begreife noch immer nicht, was die ganze Aufregung soll. Wann fliegen Sie?«

»Morgen. Lysenko kommt direkt aus Moskau. Haben Sie einen Flugplan? Es kommt nur Swissair in Frage …«

»Die erste Maschine geht um 8.30 Uhr von Heathrow, die nächsten beiden um 9.50 Uhr und 13.50 Uhr. Die Flüge von British Airways habe ich dabei nicht berücksichtigt.«

»Die Swissair ist anonymer. Ich benutze den Namen Johnson. Lysenko wird um drei Uhr nachmittags – lokale

Zeit von Zürich – am Flughafen von Kloten erwartet. Ich nehme die Maschine um 9.50 Uhr; auf diese Weise bin ich eher da.«

»Ich buche Ihnen einen Platz. Und was ist mit dem eigentlichen Treffpunkt? Ich meine den Ort, an dem Sie mit ihm sprechen.«

»Steht noch nicht fest. Die Entscheidung überließ man den Schweizern. Sie finden bestimmt ein ruhiges Plätzchen für uns, vermutlich nicht allzuweit vom Flugplatz entfernt.« Tweed schürzte kurz die Lippen. »Entzückend. Zum ersten Mal trete ich meinem alten Gegner von Angesicht zu Angesicht gegenüber – ich weiß nicht einmal, was auf der Tagesordnung steht.«

»Machen Sie sich keine Sorgen. Oder haben Sie Angst vor dem russischen Bären?«

»Nur vor seinen Klauen«, erwiderte Tweed und lächelte schief.

»Wahrscheinlich soll Paula nicht davon erfahren, oder?«

»Sie kann ruhig wissen, daß ich nach Zürich fliege. Mehr aber nicht.« Er sah auf die Uhr. »Sie müßte übrigens bald eintreffen. Wie ich sehe, haben Sie bereits einen Schreibtisch samt Stuhl besorgt. Sehr zuvorkommend von Ihnen. Nehmen Sie sie unter Ihre Fittiche. Sie ist auf Probe eingestellt. Für ein halbes Jahr.«

Monica betrachtete kurz den dritten Schreibtisch an der Wand: Er stand so, daß die neue Mitarbeiterin sowohl Tweed als auch seine Sekretärin ansehen konnte, wenn sie dahinter Platz genommen hatte.

»Ich verspreche Ihnen, sie mit offenen Armen zu empfangen. Vielleicht braucht sie ein wenig Hilfe bei ihrem Aufmarsch.«

»Liegt ganz bei Ihnen«, sagte Tweed. »Angesichts der Sache in Zürich ist der Zeitpunkt nicht besonders günstig.«

»Hat es bei uns jemals so etwas wie einen günstigen Zeitpunkt gegeben?« entgegnete Monica.

Paula kam ins Büro, schloß die Tür und blieb stehen. Tweed stellte sie Monica vor, und aus den Augenwinkeln bemerkte er, daß seine Assistentin die junge Frau von Kopf bis Fuß musterte, als er Paula zu ihrem Arbeitsplatz führte.

Sie hatte sich auf angemessene Weise für ihre Feuertaufe gekleidet, trug ein ernst wirkendes, dunkelblaues Kostüm, eine Bluse mit hohem Kragen und schlichte, beigefarbene Nylonstrümpfe – ohne die schwarzen Verzierungen, die sie so liebte. Sie nahm Platz.

»Ich mache uns Kaffee«, sagte Monica, die gerade mit Heathrow telefoniert und den Flug für Tweed gebucht hatte.

»Bitte überlassen Sie das mir«, sagte Paula und erhob sich rasch. »Ich bin hier der Proband. Zeigen Sie mir nur, wo die Sachen liegen.«

Für einen Sekundenbruchteil wirkte Monica fast verlegen. »In der obersten Schublade des Aktenschranks«, sagte sie dann. »Leider haben wir hier nur löslichen Kaffee. Milch und Zucker finden Sie neben den Aktenordnern.«

»Wie möchten Sie ihn?« Als Paula die Tüte zur Hand nahm, öffnete sich die andere Tür, und Howard kam ohne anzuklopfen herein. Sein Blick fiel auf Paula, und ruckartig blieb er stehen, rückte sich die Krawatte zurecht und lächelte betont herzlich.

»Der Unterricht hat wohl gerade begonnen, wie? Prächtig. Ich bin Howard.«

»Der Direktor«, flüsterte Monica.

»Es freut mich, Sie kennenzulernen, Mr. Howard«, erwiderte Paula ruhig und streckte ihre schmale Hand aus.

»Darf ich Sie Paula nennen? Ich halte nichts von Förmlichkeiten. Solange ordentlich gearbeitet wird.«

Lieber Himmel, dachte Tweed. Er versucht, charmant zu sein. Und gibt sich gleichzeitig gönnerhaft. Howard hielt Paulas Hand einen Sekundenbruchteil zu lang und wandte sich dann an Tweed.

»Wären Sie so nett, für einige Minuten auf Paula zu verzichten – damit wir uns besser kennenlernen können?«

»Ich komme gleich zu Ihnen, Mr. Howard«, antwortete Paula rasch. »Zuerst muß ich noch etwas erledigen.«

»Lassen Sie sich Zeit, meine Liebe. Lassen Sie sich ruhig Zeit...«

Howard ging wieder, und Paula stellte drei Tassen auf ein Tablett. Monica sagte ihr, wo das Kochgerät stand, und als sie das Zimmer verlassen hatte, drehte sie sich zu Tweed um.

»Sie mag Howard nicht«, stellte sie fest und lächelte zufrieden. »Er liegt auf der Lauer, und das spürt sie. Er hat noch immer nicht verwunden, daß ihn Cynthia verließ – und er ist ständig auf neue Eroberungen und Abenteuer aus, um sich von seinem verletzten Stolz abzulenken. Meine Güte, er hat bereits ein Auge auf sie geworfen. Und Paula erteilte ihm die erste Abfuhr, indem sie es vorzog, Kaffee für uns zu kochen und erst später zu ihm zu gehen.«

»Hm«, brummte Tweed und blätterte in einigen Unterlagen. Monica hatte die neue Mitarbeiterin bereits akzeptiert, und es überraschte ihn, wie schnell und mit welchem Geschick Paula derartige Probleme zu lösen verstand. Jetzt konnte er sich auf Zürich konzentrieren – und das noch unbekannte Schreckgespenst, das die Geheimdienste mehrerer Staaten in Aufregung versetzt hatte.

7

Als sich die Boeing 737 Zürich näherte, blickte Tweed aus dem Fenster und genoß die spektakuläre Aussicht. Der Himmel war wolkenlos, und im Süden erstreckte sich das weite Panorama des Berner Oberlandes. Selbst im Mai lag Schnee auf den berühmten Gipfeln. Ihre Silhouetten zeichneten sich vor dem blauen Himmel ab, und hell glitzerte das Licht der Sonne auf dem Weiß an den Hängen. Die Jungfrau überragte alle anderen Massive – eine Königin aus Granit.

Das Flugzeug ging tiefer und näherte sich Kloten. Tweed versuchte, sich zu entspannen. Er wußte nicht, wer ihn in Empfang nehmen würde. »Ein Schweizer, der Sie zweifellos erkennen wird«, hatte man ihm gesagt. Eine ausgesprochen informative Mitteilung.

Als er die Treppe herunterging, sah er sich um und beobachtete kurz die Tannenwälder am Rande Klotens. Dieser Flugplatz gefiel ihm besonders gut – ruhig und friedlich, bestens organisiert. Nun, immerhin war dies die Schweiz. Eine vertraut wirkende Gestalt wartete unten auf ihn, ein pausbäckiger Mann mit rötlichen Wangen und einem flinken Gebaren, gekleidet in einen hellblauen Anzug: Arthur Beck, Chef der Kantonspolizei.

»Willkommen«, sagte Beck, ohne den Namen Tweeds zu nennen. Er griff nach seinem Arm und führte ihn zu einer schwarzen Limousine, einem Mercedes mit getönten Fenstern, der neben dem Hauptgebäude stand. »Ich hoffe, Sie hatten einen angenehmen Flug.«

»Ja. Es freut mich, Sie wiederzusehen, Beck. Was ist los?«

»Sofort zur Sache, wie? Sie haben sich nicht verändert.« Beck blickte zurück und stellte fest, daß sie inzwischen außer Hörweite der anderen Passagiere waren, die die Maschine verließen. »Ich habe uns einen Wagen besorgt – die schwarze Kiste dort drüben –, und ich fahre Sie persönlich zum Treffpunkt.«

Er öffnete die Beifahrertür, schloß sie wieder, nachdem Tweed Platz genommen hatte, verstaute die Aktentasche des Engländers im Kofferraum und setzte sich ans Steuer.

»Wir bringen die Strecke auf die gleiche Weise hinter uns wie der Mann, der bereits vor einer Weile eintraf: General Lysenko. Keine Motorradeskorte, die nur Aufsehen erregen könnte, ganz allein ...«

»Lysenkos Flugzeug ist bereits in Zürich gelandet? Ich dachte, er käme erst heute nachmittag.«

Beck nickte, und in seinen grauen Augen unter den buschigen Brauen blitzte es kurz auf. »Davon gingen wir ebenfalls aus. Wir erfuhren erst dreißig Minuten vorher, daß er an Bord einer ganz normalen Linienmaschine von Aeroflot unterwegs war. Nun, mir genügte die Zeit, um mich vorzubereiten, und ich wartete in Kloten auf ihn. Bin gestern von Bern hierhergefahren. Schließlich kenne ich die Russen ...«

»Wo findet die Begegnung statt?«

»Ganz in der Nähe. In einer kleinen Stadt namens Nürensdorf. Ich habe jenen Ort gewählt, weil er ruhig und nicht weit von hier entfernt ist. Dort besteht nicht die Gefahr, daß irgendwelche Reporter auf Sie oder den General aufmerksam werden. Sie treffen Lysenko in einem alten und gemütlichen Hotel, dem Gasthof zum Bären. Eine Bekannte von mir, Rosa Tschudi, wird für Ihr leibliches Wohl sorgen. Sie ist eine ausgezeichnete Köchin. Wenn sich eine Gelegenheit ergibt, hierherzukommen, lasse ich mich gern von ihr verwöhnen.«

»Wie viele Leibwächter begleiten Lysenko?«

»Nicht ein einziger. Er war allein unterwegs, als gewöhnlicher Passagier.«

»Haben Sie bereits mit ihm gesprochen?« fragte Tweed.

»Ja, mit Hilfe seines Dolmetschers. Wo ist Ihrer?«

»Ich brauche keinen mehr. Sagen Sie's nicht weiter: Ich hab' Russisch gelernt.«

»Im Ernst?« Beck sah ihn überrascht an. »Sie scheinen wirklich talentiert zu sein, mein Freund. Nun, bestimmt fragen Sie sich, in welcher Stimmung unser Gast aus dem Osten ist, nicht wahr? Dachte ich's mir doch. Er scheint beunruhigt zu sein. Ja, ich glaube, er machte sich große Sorgen ...«

Sie schwiegen, bis sie eine kleine und hübsche Ortschaft erreichten. Der Gasthof war ein dreistöckiges Gebäude und wies ein stark geneigtes Dach und rote Fensterläden auf. Beck hielt auf dem Parkplatz daneben und blieb noch einige Sekunden lang sitzen.

»Offiziell heißt es, in dem Hotel fände eine Tagung statt. Die einzigen Leute, die sich in dem Gasthof aufhalten – abgesehen von Rosa, die keine Ahnung hat, um wen es sich bei ihren Gästen handelt –, gehören zu meiner Abteilung. Sowohl Männer als auch Frauen. So, und jetzt holen Sie noch einmal tief Luft. Wenn Sie bereit sind, gehen wir hinein.«

»Alles klar«, sagte Tweed. »Los geht's.«

8

Ein großes Zimmer im vorderen Teil des Hotels, ausgestattet mit breiten Schränken aus dickem Kiefernholz. In der Mitte standen ein langer Tisch mit vier Holzstühlen, am Fenster zwei Lehnsessel. Ein dicker Vorhang verwehrte den Blick nach draußen. Auf der einen Seite eine Anrichte mit Flaschen und Gläsern. Tweed hatte sich unten einen Kaffee bestellt.

Der in einen schlichten Anzug gekleidete General Wasili Lysenko stand an einem Ende des Tisches, die Hände auf den Rücken gelegt – ein stämmiger Mann mit breitem, slawischem Gesicht, sorgfältig rasiert, das graue Haar *en brosse* geschnitten. Seine dichten Brauen trafen sich über der Nasenwurzel, und wachsam beobachtete er seinen alten Gegner. Es war eine seltsame Begegnung, und beide Männer wirkten angespannt.

Einige Schritte hinter dem General wartete ein dritter und jüngerer Mann. Er hatte ein schmales Gesicht und schien ein wenig nervös zu sein. Lysenko hob kurz die dickfingrige rechte Hand, deutete auf seinen Begleiter und sagte auf russisch: »Mein Dolmetscher. Haben Sie keinen?«

»Ich glaube, wir können auf seine Dienste verzichten«, erwiderte Tweed in der Muttersprache Lysenkos.

Lysenko konnte nicht verhindern, daß sich in seinen Zügen Überraschung zeigte. Er lächelte frostig. »Offenbar sind unsere Unterlagen nicht mehr auf dem neuesten Stand. Ich dachte, ich wüßte alles über Sie ...«

»Willkommen in der Schweiz.« Tweed übernahm die Initiative und streckte die Hand aus. Lysenko ergriff sie mit seiner Pranke und musterte Tweed eingehend. »Sie sind jünger, als ich glaubte. Hier, ein Geschenk aus Moskau ...«

Er hob eine große Porzellandose vom Tisch, reichte sie Tweed und bedeutete dem Dolmetscher, das Zimmer zu verlassen. »Weißstörkaviar. Wir wissen, daß Sie ihn mögen – das *steht* in unseren Akten.«

»Vielen Dank.« Tweed wartete, als eine der jungen Frauen Becks hereinkam – sie trug ein taubengraues Kostüm –, das Tablett mit seinem Kaffee auf den Tisch stellte und wieder ging. Er hielt die Dose in beiden Händen und wandte den Blick nicht von Lysenko ab, als er sagte:

»Ich hoffe, das ist keine getarnte Bombe, oder?«

Tweed dachte bei diesen Worten an die Bombe vor der Haustür Paulas, aber offenbar verstand Lysenko die Anspielung nicht. Erneut zeigte sich ein überraschtes Funkeln in den schiefergrauen Augen des Generals, und dann lächelte er breit und offenbarte bleifarbene Zahnplomben.

»Das werden Sie sicher feststellen, wenn Sie den Kaviar probieren. Können wir jetzt beginnen?«

»Gern.« Tweed nickte. »Ich bin gekommen, um zuzuhören.« Sie nahmen zu beiden Seiten des Tisches Platz. Mit einer gewissen Genugtuung beobachtete Tweed, wie sich der Russe ein Glas Wodka einschenkte. Zwar wirkte der Leiter des GRU wie ein Bollwerk, aber er konnte seine Unruhe nicht ganz verbergen.

»Wir haben es mit einer möglichen Katastrophe zu tun«, sagte Lysenko.

»Wer ist ›wir‹?«

»Sie und ich. All das, worüber wir unter diesem Dach sprechen, muß unter allen Umständen geheim bleiben. Niemand darf davon erfahren, abgesehen von Ihrer Premierministerin und Ihren Vorgesetzten – vorausgesetzt, sie sind über jeden Zweifel erhaben. Auf keinen Fall darf etwas zu den Amerikanern durchsickern. Einverstanden?«

»Auf diese Frage kann ich Ihnen erst dann Antwort geben, wenn ich weiß, worum es geht. Sie müssen sich auf meine Diskretion verlassen …«

Lysenko brummte und runzelte die Stirn. »Gehen die üblichen Spielereien schon wieder los? Das gefällt mir überhaupt nicht.«

»Trotzdem: Zunächst möchte ich erfahren, was eigentlich los ist.«

»Sie waren schon immer verdammt stur, Tweed...« Lysenko sprach den Namen wie *Twäd* aus. »Nun gut. Meine Anweisungen stammen von ganz oben. Wir hatten eine Art Genie in unserer Abteilung. Igor Zarow. Aber wir nennen ihn einfach nur Zarow.«

»Ist das sein wirklicher Name?«

»Ja. Er stammt aus dem Süden. Der Vater Georgier, die Mutter Armenierin. Wie eine Mischung aus Wodka und Brandy. Ein temperamentvoller, selbstbewußter und skrupelloser Georgier, hartnäckig und zielstrebig. Und gleichzeitig das kluge Geschick eines Armeniers. Eine außerordentliche Kombination von Eigenschaften. Zarow ist nur vierunddreißig Jahre alt. Und er könnte ganz Westeuropa verheeren. Ein einzelner Mann, Tweed...«

»Das dürfte wohl übertrieben sein.«

»Warten Sie!« Lysenko hob die Hand, und mit einem dikken Zeigefinger deutete er auf die Brust des Engländers. Tweed erinnerte sich daran, daß ihm ein Überläufer diese für den General typische Geste beschrieben hatte. »Zarow hat eine umfassende Ausbildung hinter sich und kennt alle Aspekte meiner Arbeit. Er erhielt mehrere Auszeichnungen und war für Beförderungen vorgesehen. Vielleicht wäre er eines Tages sogar zu meinem Nachfolger geworden. Aber er konnte nicht warten. Er ist macht- und habgierig. Er will Geld – viel Geld. Nun, vor zwei Jahren hielt sich Zarow in der DDR auf. Und verschwand spurlos.« Lysenko legte eine kurze Pause ein. »Man hat mich aufgefordert, offen zu Ihnen zu sein. Zarow setzte sich während eines Einsatzes in der Bundesrepublik ab. Zuerst dachten wir, er sei zu den Amerikanern übergelaufen – aber so etwas hätte überhaupt nicht seinem Charakter entsprochen. Heute wissen wir, daß er sich nicht einmal mit den Yankees in Verbindung setzte.«

»Aus welchem Grund sind Sie da so sicher?«

Lysenko trank einen Schluck Wodka und bedachte Tweed mit einem durchdringenden Blick. »Sie erwarten doch nicht von mir, daß ich Ihnen die Namen unserer Kontaktleute in Washington nenne, oder? Vertrauen Sie auf mein Wort. Ich hätte mich wohl kaum hierherbegeben, wenn wir nicht absolut sicher wären.«

»Da haben Sie vermutlich recht.« Tweeds Gesicht blieb ausdruckslos, doch inzwischen war sein Interesse erwacht. »Fahren Sie fort.«

»Irgendwo im Westen befindet sich ein ehemaliger Mitarbeiter von uns, ein sehr gefährlicher Mann, der irgendeine drastische Aktion plant, um innerhalb kurzer Zeit ein Vermögen zu machen. Man hat einige Gerüchte an uns herangetragen. Wenn Zarow nach der Katastrophe gefaßt wird, nutzen die Amerikaner die gute Gelegenheit bestimmt dazu, um Propaganda gegen die Sowjetunion zu machen. Und das ausgerechnet jetzt, während der Generalsekretär Himmel und Erde für eine neue Entspannungspolitik in Bewegung setzt.«

»Sie haben das Wort ›Katastrophe‹ nun schon zum zweitenmal benutzt. Warum ist jener Zarow so gefährlich?« Tweed sah das Zögern Lysenkos, und sofort hakte er nach: »Ich muß weit mehr über ihn erfahren. Aus welchem Grund arbeitete er in der Bundesrepublik? Welche besonderen Fähigkeiten sind es, die Ihnen solche Sorgen machen?«

»Zunächst einmal: Er hat eine ungewöhnliche Sprachbegabung – ein armenisches Talent. Er spricht fließend Deutsch, Französisch, Italienisch, Englisch und Amerikanisch. Sie wissen ja, daß es zwischen den beiden letztgenannten Sprachen nicht unerhebliche Unterschiede gibt. Ganz gleich, womit sich Zarow auch befaßt: Seine Leistungen waren in jedem Fall enorm.«

»Zum Beispiel? Sie müssen konkreter werden, wenn ich ihn finden soll. Und darum möchten Sie mich doch bitten, nicht wahr?«

»Ich bitte Sie nicht darum – ich *flehe* Sie an.«

Tweed ahnte allmählich, daß Lysenko nicht übertrieb, daß er es ernst meinte. Er trank Kaffee, und das Unbehagen in ihm verstärkte sich.

»Wenn es um einen anderen Mann ginge, könnte man vermuten, er sei ums Leben gekommen«, sagte Lysenko dumpf. »Bei seiner Tätigkeit in der BRD benutzte er gefälschte Papiere. Ein simpler Autounfall vielleicht... Aber wir *wissen*, daß Zarow nicht tot ist...

Er wurde vor vier Wochen in Genf gesehen...«

Tweed war verblüfft, doch äußerlich ließ er sich nichts anmerken. Inzwischen benutzten Lysenko und er die gleiche Sprache – wozu sicher auch der Wodkakonsum des Generals beitrug –, und die zu Anfang gespannte Atmosphäre zwischen den beiden Männern hatte sich gelockert. Tweed blieb nach wie vor wachsam, als er erwiderte:

»Wer sah ihn?«

»Yuri Sabarin, Angehöriger der UN-Delegation in Genf. Zufälligerweise hat Sabarin früher einmal eng mit Zarow zusammengearbeitet. Er ist aufmerksam und vorsichtig – und er zweifelt nicht daran, daß er wirklich Zarow gesehen hat. Ich kenne Sabarin, und deshalb habe ich keinen Grund, seine Angaben zu bezweifeln. Hier ist seine Telefonnummer.« Lysenko holte seine Brieftasche hervor, entnahm ihr eine weiße Karte und reichte sie Tweed. Darauf waren nur einige Zahlen angegeben, keine Adresse.

»Sabarin wurde angewiesen, Sie zu treffen und Ihnen zu erzählen, was geschah. Sie brauchen ihn nur anzurufen...«

»Vielleicht mache ich das.« Tweed steckte die Karte ein, trank erneut einen Schluck Kaffee und beobachtete Lysenko. Der Russe trug eine khakifarbene Sportjacke, die aus einem groben Stoff bestand. Mit seinem Haarschnitt und den regelrechten Büscheln, die ihm aus der kurzen Nase ragten, erinnerte er Tweed an einen wilden Eber. Und wilde Eber, dachte er, sind nicht nur gefährlich, sondern auch gerissen.

»Zarow lebt also – und hält sich irgendwo in Europa auf«, fuhr Lysenko fort. »Ich bin sicher, er plant derzeit eine Katastrophe, die ihn zu einem reichen Mann machen soll. Er ist ein Einzelgänger – und er glaubte schlicht, bei uns hätte er zu viele Jahre auf einen hohen Posten warten müssen.«

»Schon wieder benutzen Sie dieses Wort: Katastrophe. Warum?«

»Na schön.« Lysenko räusperte sich. »Man hat mich beauftragt, Ihnen gewisse Dinge zu berichten, von denen ich persönlich meine, sie sollten geheim bleiben. Wie dem auch sei ...« Er zuckte mit den Schultern. »Ich gehöre zur alten Schule – meiner Ansicht nach hat Geheimhaltung absolute Priorität. Der Westen darf nichts erfahren. Rein gar nichts. Andererseits finden seit einiger Zeit erhebliche Veränderungen in der Parteihierarchie statt, und es weht ein neuer Wind. Gorbatschow hat mit einigen Traditionen gebrochen, die seit der Oktoberrevolution als ehern galten. Nun, Zarow war der beste Schüler unserer Planungsabteilung. Er entwickelte besonders eindrucksvolle globale Strategien und Taktiken – und ließ sich gleichzeitig Maßnahmen einfallen, die den Gegner von unseren eigentlichen Zielen ablenken sollten. Er schloß das Studium mit Auszeichnung ab. Wie üblich. Ein hervorragender Organisator.«

»Vorhin sagten Sie, er beherrsche mehrere Fremdsprachen«, warf Tweed ein. »Ist er so gut, daß man ihn für einen Deutschen, Franzosen oder Amerikaner halten könnte?«

»Das dürfte für ihn überhaupt kein Problem sein. Er ist der geborene Schauspieler. Und wenn Sie das interessiert: Er versteht sich bestens auf den Umgang mit Frauen. Vermutlich halten sie ihn für unwiderstehlich.«

»Ich verstehe noch immer nicht, warum er eine derartige Gefahr darstellen soll. Was hat es mit der angeblich bevorstehenden Katastrophe auf sich?«

»Zarows Theorie war folgende: Um ein wichtiges Unternehmen mit einiger Aussicht auf Erfolg durchzuführen, sei es notwendig, dem Feind einen großen Schock zu versetzen, den Gegner mit einer gewaltigen Katastrophe abzulenken, ihn zu entsetzen, so daß er nicht rechtzeitig zu reagieren vermag. ›Terror ist eine endgültige Waffe‹, lautete sein Motto.«

Tweed schüttelte den Kopf. »Sie verschweigen mir irgend etwas. Wenn Zarow allein wäre, brauchten wir uns wohl kaum Sorgen zu machen.«

»Sie haben recht.« Lysenko zögerte erneut. Alte Angewohnheiten halten sich lange, dachte Tweed. »Während seiner Aufenthalte im Westen bestand ein Teil seiner Aufgabe darin, Kontakte zu verschiedenen kriminellen Organisationen herzustellen, zur Mafia und anderen. Seine Gesprächspartner wußten natürlich nichts von seiner echten Identität...«

Tweed kniff die Augen zusammen und nickte langsam. Er begann zu verstehen. »Was Zarows Reisen in den Westen angeht... Wann hielt er sich wo auf?«

»Ich weiß nicht, ob ich autorisiert bin, Ihnen das mitzuteilen...«

»Ich brauche diese Informationen«, erwiderte Tweed scharf. »Und wenn ich sie nicht bekomme, können wir die ganze Sache vergessen. Ich benötige irgendeinen Ansatzpunkt – wenn meine Vorgesetzten entscheiden, nach jenem... Phantom zu fahnden.«

»Sie werden feststellen, daß er genau das ist: ein Phantom«, sagte Lysenko düster, griff nach seiner Brieftasche und holte ein hellgrünes Dokument daraus hervor. Er entfaltete es und las mit monotoner Stimme vor: »Brüssel, 1982 – mit einigen kurzen Abstechern nach Luxemburg, um dort die EG-Repräsentanten zu beobachten. Paris, 1983. Bonn im

Jahre 1984...« Der General sah auf. »Machen Sie sich keine Notizen?«

»Ich glaube, das ist nicht nötig.«

»Ah! Ihr phänomenal gutes Gedächtnis!« Lysenko sah wieder auf das Papier. »1984 die UN in New York. 1985 flog er nach London. Im gleichen Jahr kehrte er nach Moskau zurück und wurde anschließend inoffiziell in die BRD geschickt. Dort verschwand er. Und blieb verschwunden, bis ihn Sabarin in Genf sah...«

»Sie haben etwas ausgelassen.«

»Was meinen Sie damit?«

»Die Schweiz. Wann war er hier, bevor er untertauchte?«

»1983«, gestand Lysenko ein.

Tweed explodierte fast. »Hören Sie, General: Wenn Sie mir nicht alles sagen, können wir uns gleich verabschieden. Was hat es mit der sogenannten ›inoffiziellen‹ Mission von 1985 in Westdeutschland auf sich?«

»Das ist geheim. Ich bin nicht befugt...«

»Na schön. Gehen wir es anders an. Zarows offizielle Reise nach Brüssel, Bonn, Paris, London und so weiter. Stand er dabei in irgendeiner Beziehung zu den jeweiligen Sowjetbotschaften? Und bitte: Verschwenden Sie meine Zeit nicht mit weiteren Ausflüchten.«

»Ja. Er erhielt seine Anweisungen von unseren Vertretungen.«

»Und war er unter seinem richtigen Namen unterwegs?«

»Ich habe das Gefühl, Sie verhören mich...«

»Und da täuschen Sie sich nicht. Sie zwingen mich dazu. Lieber Himmel: Fällt es Ihnen denn so schwer, mir offen und ehrlich Auskunft zu geben?«

Als wolle man einen Stein zum Reden bringen, brummte er leise – gerade laut geaug, daß Lysenko ihn verstand. Es blitzte in den Augen des Generals, und die beiden Männer starrten sich zornig an. Erneut trat das berufsmäßige Mißtrauen zwischen ihnen zu Tage, eine unüberwindliche Feindseligkeit.

»Ich bin in einer sehr schwierigen Position«, brummte der Russe und blickte wieder auf die Liste.

»Für mich ist es auch nicht gerade ein Honigschlecken – ich soll nach einem Mann suchen, den Sie verloren haben. Ohne irgendeinen Anhaltspunkt. Beantworten Sie jetzt meine Frage. Bitte.«

»Nein, er benutzte nicht seinen richtigen Namen, wenn er eine unserer Botschaften aufsuchte.«

»Dann nennen Sie mir die Namen, die er benutzte ...«

»Das ist geheim.«

»Wenn das alles ist, kann – und will – ich nichts unternehmen.«

»Ich habe noch eine andere Information für Sie – eine, die mir überhaupt nicht gefällt.« Lysenko hatte sich wieder beruhigt, faltete die Liste zusammen und legte sie in die Brieftasche zurück. Dann faltete er die Hände auf dem Tisch und wirkte plötzlich noch ernster als zuvor.

»Zarow wurde in Sewastopol auf der Krim geboren, und während einer gewissen Zeit war er dort für die Sicherheit eines Militärdepots verantwortlich. Bevor er in die BRD reiste – wo er anschließend untertauchte –, bekam er einige Tage Urlaub und kehrte nach Sewastopol zurück. In dem Depot werden moderne Gerätschaften gelagert, und dazu gehörten auch einige neue und sehr leistungsfähige Explosivwaffen ...«

Tweed spürte, wie sich in seiner Magengrube etwas zusammenkrampfte, als Lysenko innehielt und sich – fernab vom kritischen Auge Moskaus – ein weiteres Glas Wodka genehmigte. Offenbar kam der General jetzt auf den Kern der ganzen Angelegenheit zu sprechen. Tweed wartete und versuchte, ruhig zu bleiben.

»Während des Aufenthaltes Zarows in Sewastopol verschwand eine ganze Lieferung Seeminen und Bomben aus dem Lager. Eines Abends fuhr ein Lastwagen vor, und der Fahrer zeigte den Soldaten eine abgestempelte und unterschriebene Transportanweisung. Vielleicht sollte ich an dieser Stelle erwähnen, daß Zarow auch einmal in der Dokumentensektion gearbeitet hat. Auch dabei bewies er erstaunliches Geschick. Ein außerordentlich begabter Mensch – er hätte es sicher weit gebracht.« Lysenko klang ein wenig schwermütig bei diesen Worten und offenbarte damit einen Aspekt seines Charakters, der Tweed überraschte. Offenbar hatte er Zarow einmal sehr gemocht.

»Ich vermute, er ist außerdem auch Sprengstoffexperte, oder?«

Tweed glaubte, irgend etwas schnüre ihm den Hals zu, als er auf die Antwort wartete.

»Und ob! Zarow versteht sich nicht nur auf den Umgang mit Explosivwaffen, sondern kennt sich auch mit Waffen aller Art aus. Der beste Schüler, den ich jemals hatte.«

»Was geschah mit dem Lastwagen?« fragte Tweed. »Sagen Sie jetzt bloß nicht, das sei geheim.«

»Man fuhr ihn zur türkischen Grenze am Schwarzen Meer, und ich brauche wohl nicht zu betonen, daß der Marschbefehl in Ordnung war: Niemand konnte die Transportpapiere als Fälschung erkennen. Zwei Tage später, gegen Mitternacht, überwand der Fahrer die Grenze an einer nur ungenügend geschützten Stelle und verschwand in der Türkei. Der Wagen beförderte übrigens nicht nur Explosivstoffe, sondern auch elektronische Ausrüstungsteile.«

»Zum Beispiel?«

»Technische Details kann ich Ihnen nicht nennen. Das verstehen Sie sicher. Es handelte sich um Gerätschaften, die es erlauben, die Seeminen und Bomben aus größerer Entfernung zu zünden ...«

»Aus welcher Distanz? Wie groß ist die Reichweite?«

»Dreißig oder vierzig Kilometer.«

»Hm«, machte Tweed, und diesmal fiel es ihm sehr schwer, äußerlich gelassen zu bleiben. »Bestimmt haben Sie mit Hilfe Ihrer Kontakte in der Türkei Nachforschungen angestellt«, preßte er hervor. »Ich meine damit insbesondere den Verbleib des Lastwagens...«

»Ohne Ergebnis. Die Osttürkei ist ziemlich unwegsam und nur dünn besiedelt. Die einzige größere Stadt ist Erzurum, und ich zweifle nicht daran, daß der LKW in jene Richtung fuhr.«

»Was ist mit Istanbul? Dem dortigen Hafen?«

»Diese Möglichkeit haben wir ebenfalls überprüft«, bestätigte Lysenko. »Wir überlegten, wie lange der Fahrer gebraucht hätte, um Istanbul zu erreichen. Etwa zu jenem Zeitpunkt legte ein griechischer Frachter ab, die *Lesbos,* und nahm Kurs auf Marseille. Doch dort kam das Schiff nie an. Man könnte meinen, unterwegs hätte es sich einfach in Luft aufgelöst. Die Sache hatte übrigens noch ein unangenehmes Nachspiel – wodurch Istanbul endgültig ins Zentrum unserer Aufmerksamkeit rückte.« Lysenko holte tief Luft. »All dies muß unter uns bleiben, verstehen Sie?«

»Ich glaube, diesen Punkt haben wir bereits besprochen.«

»Der Fahrer des Lastwagens war ein Armenier namens Dakoyan. Inzwischen glauben wir, es handelte sich bei ihm um einen Dissidenten, einen der verdammten Banditen aus der Bewegung für ein freies Armenien. Zarow ist schlau. Vermutlich hat er Dakoyan eingeredet, der Sprengstoff sei für die Dissidenten bestimmt – und auf diese Weise brachte er ihn dazu, den Laster zu fahren.«

»Was wurde aus ihm?«

»Kurz nachdem die *Lesbos* in See stach, wurde Dakoyan von der türkischen Polizei aus dem Bosporus gefischt. Irgend jemand hat ihm den Hals von einem Ohr zum anderen aufgeschnitten.

»Unangenehm, genau wie Sie sagten...«

»Zarow ist nicht nur hochbegabt, sondern auch skrupellos.«

»Wie viele Seeminen und Bomben stahl er aus dem Depot von Sewastopol?«

Lysenko zögerte einmal mehr, und Tweed glaubte fast, die Gedanken des Generals lesen zu können. *Darf ich es wagen, ihm auch darüber Auskunft zu geben? Oder sollte ich besser schweigen?*

»Es handelt sich um ganz besondere Explosivstoffe.« Lysenko wog die einzelnen Worte sorgfältig ab. »Die enorme Sprengkraft steht in keinem direkten Zusammenhang mit der Größe – oder dem Gewicht – der Minen und Bomben.«

»Wie viele?« wiederholte Tweed hartnäckig.

»Dreißig Seeminen und fünfundzwanzig Bomben. Es war ein recht großer Lastwagen.«

»Geben Sie mir irgendeine Vorstellung davon, was damit angerichtet werden könnte – damit ich mir ein Bild vom Ausmaß der Gefahr machen kann.«

»Mit einer solchen Menge Sprengstoff könnte man eine Stadt von der Größe Hamburgs dem Erdboden gleichmachen.«

9

Damit wußte Tweed, womit sie es zu tun hatten. In seinem Innern brodelte es, doch er gab sich weiterhin gelassen. Er begriff nun, warum Lysenko von einer drohenden ›Katastrophe‹ gesprochen hatte, und mit erzwungener Ruhe bat er den Leiter des GRU um ein Foto Igor Zarows. Als der General daraufhin den Kopf schüttelte, verlor Tweed die Beherrschung und sprang wütend auf.

»Ach, kommen Sie, bestimmt haben Sie Hunderte von Fotografien, und die eine oder andere sollten Sie wohl entbehren können …«

»Ich *hatte* welche. Ich glaube, ich erwähnte es bereits: Zarow arbeitete einmal in unserer Dokumentensektion, und wie kaum ein anderer verstand er sich auf den Umgang mit Papieren und diversen Unterlagen …« Tweed wußte, was Lysenko damit meinte: falsche Pässe und Ausweise für Agenten, die für ihre Tätigkeit im Westen eine neue Identität brauchten. Führerscheine, Krankenversicherungskarten – der ganze bürokratische Ballast des modernen Lebens.

»Bevor er sich auf den Weg in die Bundesrepublik machte«, führte Lysenko aus, »entfernte er alle seine Fotos aus den Akten. Er löschte sogar die entsprechenden elektronischen Bilder aus dem Zentralcomputer – und ersetzte sie durch Aufnahmen, die einen anderen Mann zeigten.«

»Erstklassige Arbeit«, brummte Tweed anerkennend.

»Kurz vor meinem Flug in die Schweiz ließ ich das hier anfertigen.« Lysenko holte ein Blatt Papier hervor. »Dieses Bild wurde mit Hilfe der drei Personen gezeichnet, die mit Zarow zusammenarbeiteten und ihn deshalb gut kannten. Rötliche Wangen, wie sein Vater.« Er reichte Tweed das

Blatt. »Etwas Besseres kann ich Ihnen leider nicht zur Verfügung stellen...«

Tweed betrachtete das Gesicht und die Schultern des dargestellten Mannes. Offenbar handelte es sich um eine Kohlezeichnung, und er hielt nicht das Original in den Händen, sondern eine Fotokopie. Die Konturen und Einzelheiten waren verschwommen, doch die Züge wirkten sehr eindrucksvoll und deuteten auf einen energischen Charakter hin.

Dichtes, dunkles Haar, eine hohe Stirn, fast hypnotisch blickende Augen unter buschigen Brauen, eine lange Nase, ausgeprägte Jochbeine, ein schmallippiger Mund, hervortretendes Kinn. Breite Schultern – die eines Athleten. Doch Tweeds Aufmerksamkeit galt in erster Linie den Augen Zarows. Er glaubte, ein Hauch von Ironie in ihnen zu erkennen, so als nehme Zarow der Welt gegenüber einen zynischen Standpunkt ein.

»Wenn Sie mir nicht mehr anbieten können...« sagte Tweed schließlich.

»Das Bild hat eine große Ähnlichkeit mit ihm – das kann ich Ihnen garantieren.«

»Nun, angenommen, meine Vorgesetzten sind zu einer Zusammenarbeit mit Ihnen bereit: Was erwarten Sie von uns?«

»Finden Sie ihn. Treiben Sie ihn in die Enge. Und erledigen Sie ihn. Bevor er die Katastrophe herbeiführen kann, die er plant – und für die wir verantwortlich gemacht würden. Insbesondere von den Amerikanern.«

»Als Sie erfuhren, daß Zarow noch lebt, haben Sie wahrscheinlich versucht, ihn ohne fremde Hilfe aus dem Verkehr zu ziehen, nicht wahr?«

»Ohne Erfolg.« Lysenko beugte sich vor, und seine Stimme klang beinahe beschwörend, als er fortfuhr: »Begreifen Sie denn nicht, wie schwierig unsere Lage ist? Zarow weiß genau, wie wir operieren, wo er sich nicht sehen lassen darf, welche Leute er meiden muß. Verstehen Sie?«

Tweed verstand ihn nur zu gut. Zarow kannte nicht nur

die sowjetischen Agenten im Westen, sondern auch ihre geheimen Kontakte, jene Männer und Frauen, die Moskau gegen Bezahlung Informationen übermittelten – und die keine feststellbaren Verbindungen zum Osten hatten.

»Wir halten Ihren Geheimdienst für den besten der Welt«, fügte Lysenko hinzu. »Und was besonders nützlich ist: Zarow hat keine Ahnung, wie Sie arbeiten …«

»Weil Sie es selbst nicht wissen?« hielt ihm Tweed lächelnd entgegen.

»Kein Kommentar. Sind Sie bereit, uns zu helfen? Es liegt in Ihrem eigenen Interesse: Die Gerüchte weisen auf eine völlig neue Organisation hin, die derzeit in Europa entsteht. Wir glauben, Zarow ist der Drahtzieher. Allerdings konnten wir niemanden finden, der in der Lage gewesen wäre, uns irgend etwas Konkretes mitzuteilen. Irgendwo in Europa bahnt sich eine enorme Gefahr an – denken Sie an die Minen und Bomben aus dem speziellen Sprengstoff.«

Tweed schob seinen Stuhl vom Tisch zurück. »Ist das alles?«

»Ich gebe Ihnen noch eine zweite Karte mit. Darauf steht eine Telefonnummer Moskaus, unter der Sie mich ständig erreichen können. Wenn sich etwas ergeben sollte … Der Vermittler wird Sie sofort mit mir verbinden. Ich erwarte natürlich von Ihnen, daß Sie mich auf dem laufenden halten.«

»Dann muß ich Sie gleich enttäuschen.« Tweed stand auf. »So etwas entspricht nicht meiner Arbeitsweise. Vorausgesetzt, ich werde überhaupt aktiv. Und das ist nicht meine Entscheidung, sondern die meiner Vorgesetzten.«

»Tweed!« Lysenko erhob sich ebenfalls. »Versuchen Sie nicht, mir etwas vorzumachen. Wenn Sie bereit sind, nach Zarow zu suchen, wird Ihnen niemand Steine in den Weg legen.« Seine heisere Stimme vibrierte vor Aufregung. Tweed musterte ihn verwundert und fragte sich, ob der General ein noch besserer Schauspieler war, als er bisher angenommen hatte. »Gorbatschow höchstpersönlich hat Ihre Akte gelesen, und anschließend meinte er, Sie seien der einzige Mann in ganz Europa, der Zarow finden und mit ihm fertig werden könnte.«

»Ich wiederhole: Warten wir die Entscheidung meiner Vorgesetzten ab.«

Damit beendete Tweed das Gespräch – und beobachtete gleich darauf etwas Außergewöhnliches. Lysenko füllte sein Glas bis zum Rand mit Wodka, leerte es in einem Zug und schleuderte es an die Wand, wo es mit einem lauten Klirren zerbrach.

»Auf Ihren Erfolg, mein Freund.«

Am späten Nachmittag flog Tweed nach London zurück Nachdem Lysenko fortgefahren war, hatte er den Speisesaal des Gasthofes aufgesucht und sich dort von Rosa Tschudi eine ausgesprochen köstliche Mahlzeit zubereiten lassen. Mit vollem Magen saß er nun im Flugzeug und dachte über die Begegnung mit dem General nach.

Verschiedene Bilder glitten an seinem inneren Auge vorbei. Er sah die ein wenig undeutliche Zeichnung Zarows, blickte in die brennenden Augen jenes Mannes. Er beobachtete einen großen Lastwagen, der in Armenien über die sowjetisch-türkische Grenze donnerte. Er betrachtete die Leiche Dakoyans, die im grünblauen Wasser des Bosporus schwamm, den Hals vom einen Ohr zum anderen aufgeschlitzt. Und sein Blick folgte dem griechischen Frachter *Lesbos,* der von einem Kai im Hafen Istanbuls ablegte – und irgendwo im Mittelmeer spurlos verschwand.

Konnte er diesen Informationen vertrauen? Der Chef des GRU war dafür bekannt, daß er sich dann und wann die merkwürdigsten Dinge einfallen ließ – das wußte Tweed natürlich. Wenn das auch diesmal zutraf, so hatte er sich selbst übertroffen. Aber was bezweckte er damit? Bisher war in Park Crescent nicht einmal die Existenz eines Mannes namens Igor Zarow bekannt gewesen. Gab es ihn überhaupt?

Und wenn ja: Hatte ihn Yuri Sabarin wirklich erst vor einigen Wochen in Genf gesehen? Lysenko mochte noch so überzeugend gewirkt haben – Tweed vergaß nicht eine Sekunde lang, daß der General das Lügen zu seinem Lebensinhalt gemacht hatte.

Am liebsten würde ich die ganze verdammte Sache vergessen, dachte er. Und wenn es sich wirklich um ein Täuschungsmanöver handelte: Wovon sollte es ablenken? Zum erstenmal seit vielen Jahren war Tweed völlig durcheinander. Er wußte nicht einmal, wie er das Treffen mit Lysenko bewerten sollte. Ärger stieg in ihm empor. Vielleicht, fuhr es ihm durch den Sinn, geschieht bald etwas, das uns Aufschluß gibt.

Doch er glaubte nicht so recht daran.

10

Es war Nachmittag in Marseilles, und ein Mann namens Klein stand im Schatten des Eingangs einer alten Kirche. Notre Dame de la Garde erhebt sich hoch über der Stadt, wie eine Festung, die über den großen Hafen tief unten wacht. Eine breite, steinerne Terrasse erstreckt sich im Westen des Zugangs, gesäumt von einer langen und niedrigen Mauer. Lara Seagrave nahm darauf Platz, hob die mit einem Teleobjektiv ausgestattete Leica-Kamera und machte einige weitere Aufnahmen vom Hafen und den angrenzenden Bereichen. Sie war allein; niemand hielt sich in ihrer Nähe auf.

Jenseits der Mauer ging es steil hinab, und weit unten schimmerten die Dächer im fast grellen Licht. Die Sonne hatte ihren höchsten Stand erreicht und brannte heiß vom Himmel. Die Temperatur betrug mindestens dreißig Grad im Schatten. Lara ließ die Kamera wieder sinken und sah sich um.

Der spröde Kalkstein, aus dem die Häuser Marseilles erbaut worden waren, glänzte weiß an den Hängen der öde wirkenden, baumlosen Anhöhen und auf den Klippen am Rande der Stadt. Die heiße Luft flimmerte über den Felsen, und das Mittelmeer war eine blitzende, blaue Fläche, die bis zum südlichen Horizont reichte. Die Inseln, unter ihnen auch das berühmte Chateau d'If, zeichneten sich als vage Silhouetten vor dem hellen Hintergrund ab.

Lara liebte die Wärme, saugte sie geradezu in sich hinein. Sie war einundzwanzig, Stieftochter Lady Windermeres, und sie genoß ihre Freiheit, die Aufregung des Abenteuers. Sie legte den Kopf in den Nacken, als sich ihr Klein näherte – ein hochgewachsener und schmalgesichtiger Mann, gekleidet in einen leichten Anzug. Wie beiläufig schlenderte er an die Mauer heran, auf der die junge Frau saß, und durch einen Feldstecher beobachtete er die Stadt.

»Was halten Sie davon?« fragte er in fehlerfreiem Englisch. Er blickte aufs Meer hinaus, gab eventuellen Beobachtern nicht den geringsten Hinweis darauf, daß er Lara kannte.

»Scheint sich nicht sonderlich für die Entführung eines Schiffes zu eignen«, erwiderte die junge Frau.

»Und warum nicht?«

»Die Zufahrtsrinne des Hafens ist zu schmal, windet sich wie eine Schlange hin und her. Und wenn irgend etwas schiefgeht: Die Flucht landeinwärts dürfte ebenfalls nicht einfach sein. Die alten Häuser stehen dicht an dicht, und auf den breiteren Straßen stockt dauernd der Verkehr. Nein, ich glaube, Sie sollten sich für eine andere Hafenstadt entscheiden.«

Lara sprach fast völlig akzentfreies Englisch der britischen Oberklasse, und sie bewegte ihre Lippen kaum und sah ebenfalls in Richtung Küste. Sie versuchte, ruhig und kühl zu bleiben, obgleich die Nähe dieses Mannes sie erregte. Laß dir nichts anmerken, dachte sie. Er könnte falsche Schlüsse daraus ziehen...

»Vermutlich haben Sie recht«, sagte Klein. »Sehen wir uns also den nächsten Hafen auf der Liste an. Le Havre.« Seine Stimme war ruhig, fast monoton, und das blasse Gesicht bildete einen auffallenden Kontrast zur sonnengebräunten Haut Laras. Wahrscheinlich ist sie überall so braun, dachte er. Sie liebte es, sich nackt zu sonnen – ein Aspekt ihrer Sinnlichkeit.

»Soll ich mich gleich heute abend auf den Weg machen?« fragte sie.

»Nein. Morgen. Und Sie fahren mit dem Zug. Von Gare St. Charles aus. Ich traue Flughäfen nicht. Dort kann man die Reisenden zu leicht kontrollieren. Sie reisen nach Paris. Dort habe ich bereits ein Zimmer für Sie gebucht, im Ritz. Später setzen Sie die Fahrt mit einem anderen Zug nach Le

Havre fort. Wir treffen uns in fünf Tagen. Am Freitag, im Restaurant des Ritz. Reicht das Geld?«

»Es sind über dreitausend Pfund übriggeblieben. Mehr als genug…«

»In Ordnung. Bis dann.«

»Was ist mit den Fotos? Ich hatte eigentlich nicht erwartet, Ihnen hier zu begegnen.«

»Vernichten Sie sie. Nachdem ich gegangen bin, warten Sie fünf Minuten, bevor Sie zurückkehren…«

Er verschwand wie ein Phantom. Lara dachte an Paris, und trotz der Hitze schauderte sie erwartungsvoll. Klein… seine Augen, seine Stimme… *Ich hatte eigentlich nicht erwartet, Ihnen hier zu begegnen*… Er verblüffte sie immer wieder. Sie hatten sich bei einer Party kennengelernt, in irgendeiner Wohnung in der Nähe von Harrods, und seitdem hielt er ständig neue Überraschungen für sie parat. Lara blickte zum Hafen hinab, doch vor ihrem inneren Auge sah sie den Klein von damals, der auf der anderen Seite des Zimmers stand und sie beobachtete. Als er sich ihr näherte, reagierte sie zunächst mit skeptischem Argwohn. Die anderen Partygäste waren langweilig und uninteressant, und sie vermutete, daß diese Beschreibung auch auf ihn zutraf. Aber wie sich herausstellte, sah Klein nicht nur gut aus, sondern erwies sich auch als intelligent und humorvoll. Er brachte sie sogar zum Lachen.

»Ich bin Reinhard Klein und arbeite als Berater für einen deutschen Waffenhersteller. Eine Tätigkeit, bei der man des öftern mit Verschlußsachen zu tun bekommt…«

»Sie sprechen wie ein Engländer«, sagte Lara.

»Wer behauptet denn, ich sei keiner?« Klein lächelte, und Lara warf ihre vorsichtige Zurückhaltung über Bord. Dieser Mann war so charmant und liebenswürdig, daß sie wie Schnee in der Sonne schmolz. »Man kann leichter mit den Deutschen verhandeln, wenn sie glauben, es mit einem Landsmann zu tun zu haben…«

»Sie meinen…«

»Ich meine, ich würde Sie gern zum Essen einladen. Und ich verspreche Ihnen, Sie nach Hause zu bringen, wenn Sie genug haben …« So fing alles an. Lara erfuhr praktisch nichts über Klein, und die geheimnisvolle Aura, in die sie ihn gehüllt glaubte, faszinierte sie immer mehr. Er hingegen kannte nach jenem Abend ihre ganze Lebensgeschichte.

Lara hatte die Art von Erziehung genossen, wie sie für die obere Mittelschicht üblich war. Nach der Vorbereitungsschule besuchte sie das Roedean. Es fiel ihr überhaupt nicht schwer, die Prüfungen zu bestehen, und obwohl sie das Examen mit Auszeichnung abschloß, empfand sie die ganze Angelegenheit als kindisch und überflüssig und konnte es nicht abwarten, das kennenzulernen, was sie als ›richtiges Leben‹ bezeichnete.

»Besonders gut war ich in Fremdsprachen«, erzählte sie Klein. »Man schickte mich in ein langweiliges Internat in Gstaad, Schweiz. Um mir die Zeit zu vertreiben, lernte ich fließend Französisch und Deutsch, während die anderen Mädchen irgendwelchen Männern nachliefen.«

»Halten Sie nichts von Männern?« fragte Klein.

»Jedenfalls nichts von jenen jungen Typen, den Twens. Sie sind mir zu oberflächlich. Reden nur von Motorrädern, Autos und ihren neuesten Eroberungen. Nein, ich ziehe ältere Männer vor. Und ich möchte eine Menge Geld machen, solange ich noch jung genug bin, um den Reichtum zu genießen …«

Bei dieser Bemerkung deutete Klein ein Nicken an. Und besonderes Interesse zeigte er an Laras fremdsprachlichen Fähigkeiten. Er stellte sie auf die Probe, sprach auf Deutsch und Französisch. Sie erzählte, ihre Mutter sei bei einem Autounfall ums Leben gekommen, und anschließend habe ihr Vater, ein Börsenmakler, Lady Windermere geheiratet.

»Von Frauen hat er nicht annähernd soviel Ahnung wie von Aktien und Wertpapieren«, führte Lara aus. »Ich mochte meine neue Mutter nicht. Sie legte größten Wert auf Kontakte zur sogenannten High Society. Was mich persönlich betraf, erwies sich meine Stiefmutter als eine echte Katastrophe. Offenbar empfand sie mich als Belastung und wollte mich irgendwie loswerden.« Lara ahmte ihren Tonfall nach. »Teuerste, die Pflicht eines hübschen Mädchens in deiner Position besteht darin, einen vielversprechenden jungen Mann zu finden, der genug Geld hat, um dir ein standesgemäßes Leben zu ermöglichen. Liebe spielt dabei keine Rolle. Nach solchen Dingen kannst du später Ausschau halten. Wenn es unbedingt sein muß...«

»Schlimmer konnte es mich nicht treffen«, fuhr Lara fort.

»Ich hatte bereits einige Schulen hinter mir, aber meine verdammte Stiefmutter schickte mich zum St. James Secretarial College in South Ken. Dort begegnete ich den üblichen hohlköpfigen Leuten. Wieder war ich die Beste meines Jahrgangs, und man erwartete von mir, daß ich irgendeinen Posten als Sekretärin annahm, vorzugsweise bei einem Bachelor. Ich weigerte mich...«

»Sind Sie politisch interessiert?« fragte Klein.

»Das soll wohl ein Witz sein.« Sie zog an ihrer Zigarette, neigte den Kopf nach hinten und blies den Rauch an die Decke. »Es gibt nichts Langweiligeres als Politik. Irgendwelche egoistischen und zweitklassigen Typen, die dauernd bestrebt sind, sich bei den Wählern einzuschmeicheln – und bei den Leuten, die ihnen zu einer Karriere verhelfen könnten. Mein Großvater hatte recht.«

»Ihr Großvater?«

»Väterlicherseits. Nach ihm starb in unserer Familie die Intelligenz aus. Ab und zu nahm er mich zur Seite und riet mir leise: ›Lara, konzentrier dich darauf, Geld zu verdienen. Heirate deswegen keinen reichen Mann. Auf diese Weise ruinierst du dein Leben. Finde deine Talente heraus, sei unorthodox, reise viel und sieh dich in der Welt außerhalb unserer kleinen Insel um. Irgendwann ergibt sich bestimmt eine

Chance für dich. Es kommt nur darauf an, sie zu erkennen und wahrzunehmen.‹«

»Ihr Großvater scheint ein kluger Mann gewesen zu sein«, bestätigte Klein. »Vielleicht biete ich Ihnen eines Tages jene Chance. Wir bleiben in Verbindung. So, und jetzt wird's Zeit, daß ich Sie nach Hause bringe...«

Lara fragte, wo sie ihn erreichen könne, doch Klein wich dieser Frage aus. Er meinte, anders herum sei es ihm lieber: Er wolle sich bei ihr melden. Der Mann beeindruckte sie sehr, und sie nannte ihm sowohl ihre Adresse in Eaton Square als auch ihre Telefonnummer. Klein gab ihr einen Kuß auf die Wange, bevor sie ausstieg. Er unternahm keine weiteren Annäherungsversuche.

Lara beendete ihr Studium am College, und die ganze Zeit über verabscheute sie das leere Gerede ihrer Kommilitonen. Zu Laras Entsetzen bestand Lady Windermere auf einer großen Abschlußparty.

»Bei dieser Gelegenheit«, meinte ihre hochgewachsene und recht attraktive Stiefmutter, »könntest du den richtigen Mann für dich finden. Halt dich nicht zurück. Mach die Gäste auf dich aufmerksam.«

»Wenn es unbedingt sein muß...«

Aber natürlich stand Robin – Lady Windermeres Sohn, der aus ihrer ersten Ehe mit Lord Windermere stammte und später bei einem Autounfall starb – im Mittelpunkt des Geschehens. Er galt als Erbe Lord Windermeres, und seine Mutter hatte große Pläne mit ihm. »Mit ein wenig Glück und einer wohlüberlegten Verführung zum richtigen Zeitpunkt könnte er in eine reiche amerikanische Familie einheiraten.«

Lieber Himmel, dachte Lara, als sie diese Worte vernahm. Der arme Kerl ist ja noch übler dran als ich. Sie zog sich in ihr Schlafzimmer zurück und betrachtete sich eine Zeitlang im Spiegel. Dort sah sie eine schlanke junge Frau, knapp eins siebzig groß, mit guter Figur, langen Beinen und einem wallenden Schleier aus schulterlangem, kastanienfarbenem

Haar. Eine Frau, die sich betont gerade hielt und ein wenig aggressiv wirkte. Was hält *meine* Zukunft für mich bereit? dachte sie.

Das Magazin *The Tatler* brachte Fotos von ihr, die sie auf Partys zeigten, fast immer begleitet von irgendeinem dumm grinsenden Idioten. Lady Windermere strahlte jedesmal. »Du wirst bekannt. Jetzt dauert es bestimmt nicht mehr lange ...«

Du willst mich bloß loswerden, fuhr es Lara durch den Sinn. Um den letzten Strang zu durchtrennen, der meinen törichten Vater mit seiner Vergangenheit verbindet. Meine Anwesenheit stört dich – weil ich in jeder Hinsicht besser bin als Robin. Himmel, ich muß fort von hier, bevor ich an soviel Arroganz ersticke.

Klein rief sie gelegentlich an. »Ich bin in Brüssel«, sagte er einmal. »Ich habe Ihr Bild in der Zeitung gesehen ...« Er plauderte weiter und beendete das Gespräch fast immer mit der Bemerkung: »Morgen abend reise ich weiter. Fragen Sie nicht, wohin ich unterwegs bin. Ich melde mich wieder ...«

Zwei Jahre vergingen seit ihrer ersten Begegnung mit Klein. Lara verließ Eaton Square und arbeitete als Sekretärin in Deutschland und in der Schweiz. Als ihr Großvater starb, hinterließ er ihr eine kleine Erbschaft, die ihr eine gewisse finanzielle Unabhängigkeit gewährte. Doch Lara hoffte noch immer auf das große Geld, das es ihr ermöglichen würde, endgültig von Eaton Square Abschied zu nehmen. Dann setzte sich Klein erneut mit ihr in Verbindung und schickte ihr einen eingeschriebenen Brief, der ein Flugticket nach Paris und einige Banknoten für ihre Auslagen enthielt. Am Telefon stellte er ihr eine Frage, die sie regelrecht elektrisierte:

»Was halten Sie von der Möglichkeit, zweihundertfünfzigtausend Pfund zu verdienen?«

Im Hotel Crillon in Paris erklärte ihr Klein, worum es ging. Er brauchte die Hilfe einer reisewilligen jungen Frau. Sein

Plan bestand darin, ein Schiff zu entführen. Niemand würde dabei zu Schaden kommen, betonte er. Die Mannschaft sollte mit Tränengas außer Gefecht gesetzt werden.

»Diese Informationen genügen zuerst«, sagte er und reichte ihr einen Umschlag. »Darin finden Sie viertausend Pfund in französischen Francs. Für Ihre Spesen. Die Summe wird Ihnen nicht von der in Aussicht gestellten Viertelmillion abgezogen.«

Während des Essens sprach er auf Französisch. Klein prüfte Laras linguistisches Geschick, bevor er ihr die ersten Anweisungen gab – und es beeindruckte ihn festzustellen, wie gut sie die Fremdsprache beherrschte.

»Zweihundertfünfzigtausend Pfund – das ist eine Menge Geld«, sagte Lara ruhig, fast so, als handele es sich um eine alltägliche Sache. »Was soll ich dafür tun?«

»Fahren Sie nach Marseille. Mit dem Zug. Kaufen Sie eine Kamera und machen Sie einige Aufnahmen vom Hafen. Überprüfen Sie die dortigen Sicherheitseinrichtungen.« Klein fügte hinzu: »Sie machen sich morgen auf den Weg und wohnen im Sofitel. Ich melde mich bei Ihnen …«

Nach dem Essen schlug er vor, sie sollten sich in sein Zimmer begeben. Lara dachte nicht einen Augenblick lang daran, das Angebot abzulehnen. Sie blieb die ganze Nacht bei ihm. Und am nächsten Morgen war Klein sicher, daß ihm die junge Frau völlig ergeben war.

An all diese Dinge dachte Lara zurück, während sie in der brütenden Hitze auf der breiten Terrasse des Notre Dame de la Garde wartete. Fünf Minuten lang geduldete sie sich, um Klein Zeit genug zu geben, den Bereich der alten Kirche zu verlassen.

Sie beobachtete ein großes und modernes Linienschiff, das auf die Anlegestelle jenseits des Fischereihafens zuhielt. Einer der großen Kähne von Oran in Algerien – eins der Passagierschiffe, die regelmäßig zwischen Marseilles und Nordafrika verkehrten.

Um sich die Zeit zu vertreiben, hob Lara die Kamera, stellte die richtige Brennweite ein und fotografierte das große und weißglänzende Schiff. Nach einer Weile stellte sie fest, daß der Film zu Ende war, und sie warf einen Blick auf die Uhr und ließ die Kamera wieder sinken. Sie hing an einem Riemen, den sie sich um den Hals geschlungen hatte, ebenso wie der Feldstecher, den sie bei sich führte. Die fünf Minuten waren um; Lara verließ die Terrasse.

Leon Valmy trat aus dem Schatten neben der Kirche und folgte der jungen Frau langsam. Der Franzose war klein und hager, und seine Nase sah aus wie ein Papageienschnabel. Das hatte ihm den entsprechenden Spitznamen eingebracht: Seine Kollegen nannten ihn ›Papagei‹, wenn er nicht zugegen war.

Lara folgte dem Verlauf der langen und steilen Straße, die zur Stadt hinunterführte, und auf dem Kopfsteinpflaster schritt sie besonders vorsichtig aus. Ein verstauchter Fuß hätte ihr jetzt gerade noch gefehlt. Heiße Luft flirrte über der Straße, und es kam ihr niemand entgegen, als sie den Weg fortsetzte. Marseille schien langsam zu ihr emporzuwachsen – eine gewaltige Masse aus schäbig wirkenden und mit roten Ziegeln gedeckten Dächern.

Sie kam an einem alten Panzer vorbei, der dort stand, wo sich die Straße verbreiterte. Das lange Rohr des Geschützes sah aus wie ein Finger aus Stahl. Ein Denkmal, das an die im Jahre 1944 erfolgte Landung der Amerikaner in Südfrankreich erinnerte. Lara achtete nicht darauf und wanderte weiter, ohne die Gedenktafel zu lesen. Der Papagei folgte ihr im Abstand von hundert Metern; er trug Schuhe mit Gummisohlen, die nicht das geringste Geräusch verursachten.

Als Lara schließlich den Hafen erreichte, schritt sie an den Landungsbrücken entlang, hinter denen sich ein ganzer Wald aus Masten erhob. Sie stieg die Treppe zum Betonklotz des Sofitel hoch und holte ihre Zimmerschlüssel. Auf dem Weg zum Lift blieb sie kurz stehen und betrachtete einen großen Kaktus, der in einem breiten Topf wuchs.

Einige Dutzend Schritte hinter ihr zog der Papagei seine kleinere Kamera aus der Tasche, richtete das winzige Objektiv auf die junge Frau und betätigte dreimal den Auslöser. Für den Fall, daß sie aus den Augenwinkeln auf ihn aufmerksam geworden war, drehte er sich halb um und fotografierte einige andere Pflanzen. Als er wieder in ihre Richtung blickte, hatte Lara bereits die Liftkabine betreten. Rasch trat er an die geschlossene Tür heran und beobachtete die Anzeige darüber. Zweiter Stock. Leon Valmy nickte knapp, näherte sich dem Empfang und sprach das Mädchen hinter dem Tresen an.

»Ich möchte den Direktor sprechen. Es ist sehr wichtig...«

»Kann ich Ihnen nicht weiterhelfen? Er ruht sich gerade ein wenig aus, macht wahrscheinlich ein Nickerchen.«

»Wie ich schon sagte: Es geht um eine wichtige Angelegenheit. Wecken Sie ihn. Los, beeilen Sie sich!«

Beleidigt starrte die junge Frau den kleinen Mann an, der eine dunkle Sonnenbrille trug. Sein ernster Gesichtsausdruck verunsicherte sie. Nach kurzem Zögern nahm sie den Hörer des Telefons ab, sprach einige leise Worte, die Valmy nicht verstand, und legte wieder auf.

»Er wird gleich hier sein.«

Ein untersetzter und in einen Anzug aus Leinen gekleideter Mann kam durch eine nahe Tür und strich sich mit der einen Hand das Haar glatt. Das Mädchen hinter dem Tresen deutete auf Valmy.

»Was ist denn?« fragte der Direktor.

»DST.« Der Papagei zeigte ihm seinen Ausweis. *Direction de la Surveillance du Territoire*. Gegenspionage. »Bei Ihnen wohnt eine junge Frau. Etwa zwanzig Jahre alt. Kastanienfarbenes Haar. Hat ein Zimmer im zweiten Stock. Bitte zeigen Sie mir ihr Anmeldeformular.«

»Sie meinen Miß Lara Seagrave«, sagte das Mädchen. »Sie ist Engländerin.«

»Überlassen Sie das mir«, erwiderte der Direktor scharf.

»Trinken Sie einen Kaffee. Und kommen Sie in fünf Minuten zurück ...«

Er öffnete einen Karteikasten, blätterte darin, zog eine Karte hervor und reichte sie dem Papagei, der die Angaben darauf las und sich Notizen machte. Kurz darauf gab er das Formular zurück und sah den Direktor an.

»Ich bin nie hiergewesen. Warnen Sie Ihre Angestellte. Wenn sie irgend etwas ausplaudert, muß sie mit einer Anzeige wegen Gefährdung der Staatssicherheit rechnen.«

Der Papagei kehrte nach draußen zurück, schritt am Hafen entlang und wanderte durch die berühmt-berüchtigte Canebiére – die Straße, in der man tags zuvor eine deutsche Touristin überfallen und ihr dreißigtausend Francs gestohlen hatte. Fünf Uhr nachmittags – in der Stadt war es so heiß wie in einem Backofen.

Der Papagei hatte sich aus reinem Zufall in der Nähe von Notre Dame de la Garde aufgehalten. Es gab Gerüchte über eine Terroristengruppe, die plante, ein Schiff zu entführen. Und Miß Lara Seagrave war ihm aufgefallen, da sie vom besten Aussichtspunkt in ganz Marseille den Hafen fotografiert und ihn mit einem Fernglas aufmerksam beobachtet hatte.

Auf dem Weg zu seinem Hotel dachte er darüber nach. Wenigstens handelt es sich um etwas, über das er der Rue des Saussaies in Paris berichten konnte. Seine Vorgesetzten mochten Berichte, denn sie bewiesen, daß die Einsatzagenten nicht auf der faulen Haut lagen. Anschließend würde man sie zur Seite legen – und einfach vergessen.

Nach dem Essen – es dauerte eine Ewigkeit, bis es ihm serviert wurde — ging Valmy zu Bett. Auch in der Nacht kühlte es nicht ab, und der Papagei fand kaum Ruhe, wälzte sich dauernd hin und her und war in Schweiß gebadet. Immer wieder kehrten seine Gedanken zu der jungen Engländerin zurück. Warum?

Am nächsten Morgen rief er den Direktor des Sofitel an, und es meldete sich der Mann, mit dem er bereits am Vortag gesprochen hatte. Zwar vermutete Valmy nach wie vor, daß er nur seine Zeit vergeudete, aber er wollte ganz sichergehen.

»Bitte geben Sie mir Bescheid, wenn Lara Seagrave abreist. Hier ist meine Telefonnummer ...«

»Die brauche ich gar nicht. Miß Seagrave wird uns heute morgen verlassen. Sie hat gerade um die Rechnung gebeten.«

»Danke.«

Der Papagei legte auf und griff nach seiner Tasche, die er bereits gepackt hatte. Er begab sich in die Empfangshalle, bezahlte sein Zimmer, eilte aus dem Hotel und setzte sich ans Steuer des gemieteten Deux-Chevaux. So früh am Morgen herrschte noch nicht das für Marseille typische Verkehrschaos, und zehn Minuten später hielt er in der Zufahrt des Sofitel. Er traf gerade rechtzeitig ein. Lara Seagrave kam mit ihrem Koffer die Treppe herunter. Ein Taxi wartete auf sie, und Valmy folgte dem Wagen.

Die Engländerin stieg an der Gare St. Charles-Station aus. Der Papagei ging ihr nach, als sie sich dem Fahrkartenschalter näherte, und er reihte sich hinter ihr in die Schlange ein. Er trug jetzt einen leichten, hellblauen Anzug und hatte auf seine Sonnenbrille verzichtet. Lara bezahlte ein Ticket nach Paris, wandte sich um und hielt auf den Bahnsteig zu.

Valmy war vorsichtig. Der Schnellzug nach Paris fuhr erst in einer Viertelstunde ab. Er kaufte ebenfalls eine Fahrkarte und entschied sich dabei für die erste Stadt, die ihm einfiel: Aix-en-Provence. Dann schlenderte er in Richtung der Geleise und blieb in der Nähe einer Frau stehen, die mit einem Kind sprach.

Lara schob die Fahrkarte in ihre Handtasche, sah sich wie beiläufig um und beobachtete die anderen Passagiere. Eine aus drei Personen bestehende Familie, ein Pärchen mit Kind, verschiedene Männer, die Aktentaschen bei sich führten, vier allein reisende Frauen. Kein bekanntes Gesicht.

Der Schnellzug fuhr ein, und die Waggontüren öffneten

sich. Lara wartete, sah auf ihre Uhr und blickte sich noch einmal um. Sie konnte Valmy nicht erkennen, denn er stand hinter einer Wand und beobachtete sie durch ein staubiges Fenster. Kurz bevor sich der Zug in Bewegung setzte, stieg Lara rasch ein und ließ hinter sich die Tür ins Schloß fallen. Seltsam.

Der Papagei machte sich auf den Rückweg zu seinem Wagen, und als er unterwegs eine Telefonzelle sah, verharrte er und traf eine schnelle Entscheidung. Er rief die Rue des Saussaies an, und nachdem er sich identifiziert hatte, verband ihn ein gelangweilt klingender Vermittler mit einem anderen Apparat. Kurz darauf vernahm Valmy eine wesentlich energischere Stimme. René Lassalle, Leiter der DST.

»Wer spricht dort?«

»Leon Valmy... Eigentlich wollte ich mich gar nicht an Sie wenden, sondern an...«

»Aber jetzt bin ich am Apparat. Worum geht's?«

Valmy erklärte die Angelegenheit mit möglichst knappen Worten. Lasalle konnte Schwätzer nicht ausstehen. Er war es gewohnt, innerhalb weniger Sekunden wichtige Entscheidungen zu treffen, und er vertrat die Ansicht, Worte seien in erster Linie dazu da, um Informationen zu übermitteln. Er hörte dem Einsatzagenten zu und hielt den Bericht für recht vage.

»Was veranlaßte Sie dazu, bei uns anzurufen?« fragte er.

»Eine Ahnung, weiter nichts, Chef«, erwiderte Valmy entschuldigend – und verdammte seine Voreiligkeit.

Ahnung. Sofort erwachte das Interesse Lasalles. Und er erinnerte sich daran, daß er seinen derzeitigen Posten einer Ahnung Valmys zu verdanken hatte. Er nahm einen Fahrplan zur Hand, forderte den Agenten auf, sich einige Sekunden lang zu gedulden, und prüfte die Routen und Zeitangaben.

»Der Schnellzug trifft um 16.50 Uhr in Paris ein. Wenn die Engländerin nicht vorher umsteigt...«

»Sie hat bis Paris bezahlt...«

»Das bedeutet weiter nichts. Aber was soll's – versuchen wir's. Fahren Sie sofort nach Marignane und buchen Sie dort einen Flug nach Paris. Sie müßten es eigentlich schaffen, vor ihr dort zu sein. Ich sorge dafür, daß am Flughafen ein Wagen für Sie bereitsteht, der sie zum Gare de Lyon bringt – damit Sie rechtzeitig zur Stelle sind, um die Engländerin zu identifizieren ...«

»Ich sollte mich besser beeilen.«

»In der Tat.

11

An jenem Tag stand Klein ebenfalls früh auf. Er hatte im Hotel Roi René in Aix-en-Provence übernachtet. Bleib niemals länger als vierundzwanzig Stunden am gleichen Ort – so lautete sein Motto. Auf diese Weise überlistete er das französische System der Hotelregistrierung: Während der Nacht holte die Polizei Kopien der Anmeldeformulare ab und überprüfte sie, doch wenn ein Verdächtiger am nächsten Morgen schon wieder unterwegs war, konnte sie kaum etwas unternehmen.

Um sechs Uhr fuhr Klein los, um einen vereinbarten Termin in Cassis wahrzunehmen, einem kleinen Ferienort östlich von Marseille. Um halb acht hielt er vor dem eisernen Gitter an, das die Zufahrt zu einer luxuriösen Villa versperrte, von der aus man einen prächtigen Blick aufs Meer hatte. Ein Wächter überprüfte seinen Paß und betätigte dann einen Schalter, woraufhin das Tor aufschwang. Wer hätte geahnt, daß der Boß der hiesigen Union Corse* in einem solchen Domizil lebte?

Emilio Perugini erwartete ihn bereits. Er saß in einem bequemen Lehnsessel, am Rande des obligatorischen Statussymbols – eines großen Swimming-pools. Ein Schäferhund schwamm im Wasser und schnappte nach einem Gummiball, den ihm der dicke Mann zugeworfen hatte.

»Nehmen Sie Platz, Mr. Klein. Was kann ich für Sie tun?«

»Ich brauche einen Spezialisten mit einigen besonderen Qualifikationen. Selbstverständlich bin ich bereit, dafür zu bezahlen.«

* Union Corse: eine französische Verbrecherorganisation. Anmerkung des Übersetzers.

Klein holte einen dicken Umschlag hervor, der zweihunderttausend französische Francs enthielt. Der fette und braunhaarige Mann nahm ihn entgegen; sein breites und aufgequollen wirkendes Gesicht wirkte wie eine Maske. Perugini öffnete das Kuvert, blickte kurz auf die Banknoten und ließ den Umschlag dann achtlos auf den Tisch fallen.

»Was für Qualifikationen meinen Sie, Mr. Klein?«

»Ich benötige jemanden, den Sie für einige Monate entbehren können. Einen Experten im Umgang mit Pistolen, automatischen Waffen und Messern.« Klein zögerte kurz und fügte hinzu: »Außerdem sollte er auch ein erfahrener Gerätetaucher sein.«

»Sie verlangen nicht gerade wenig.«

»Ich zahle eine Menge. Nun, seit unserer letzten Begegnung ist einige Zeit vergangen, aber ich bin sicher, Sie haben den Mann, den ich brauche.«

»Pistolen, automatische Waffen, Messer. Wollen Sie einen Krieg führen?«

Perugini trug ein weißes, offenes Hemd und Shorts. Er griff nach einer Flasche Rotwein, und als Klein den Kopf schüttelte, schenkte er nur sein eigenes Glas voll. Zufrieden strich er mit der einen Hand über seinen sich weit vorwölbenden Bauch und streckte die kurzen und dicken Beine unter den Tisch. Der große Schäferhund trottete heran und ließ den Ball fallen.

Das Tier starrte Klein an, bleckte die Zähne und knurrte dumpf. Klein drehte den Kopf, blickte dem Hund in die Augen und schob seinen Stuhl einige Zentimeter zurück. »César mag Sie nicht«, bemerkte Perugini. Der Schäferhund duckte sich, als Klein aufstand, jaulte und sprang fort.

»Einen Krieg?« wiederholte der Besucher Peruginis, als er sich wieder setzte. »Vielleicht. Erwähnte ich bereits, daß der Betreffende auch wissen sollte, wie man mit Sprengstoff umgeht?«

Perugini legte den Kopf in den Nacken und lachte verächtlich – eine seltsame Mischung aus Krächzen und Kichern. »Und das alles für zweihunderttausend Francs! Dafür soll ich für einige Monate auf meinen Mann verzichten? Sie scherzen wohl…«

Klein zog einen zweiten Umschlag aus der Tasche, warf ihn auf den Tisch und wartete. Perugini betrachtete das Kuvert einige Sekunden lang, nahm es jedoch nicht zur Hand. Er trank einen Schluck Rotwein und fragte ruhig:

»Wieviel?«

»Noch einmal zweihunderttausend.«

»Wenn Sie die Summe verdoppeln, werden wir uns vielleicht einig.«

»Schluß mit dem Unfug.«

Kleins Stimme war eisig. Er griff unter den niedrigen Tisch, zerrte etwas los, das an der Unterseite klebte, und holte einen winzigen Recorder hervor. Er entnahm dem kleinen Gerät die Kassette, wandte sich dem Hund zu, schnalzte kurz mit der Zunge und warf den kleinen Gegenstand in den Pool. César sprang sofort ins Wasser und schnappte nach der Kassette. Plastik brach.

»Das hätten Sie nicht tun sollen«, sagte Perugini scharf. »Ich brauche nur mit den Fingern zu schnippen, um meinen Jungs in der Villa dort drüben Bescheid zu geben.« Er deutete in Richtung Strand. »Das Meer ist groß und tief. Eine mit Gewichten beschwerte Leiche bliebe für immer verschwunden…«

»Allerdings hätte keiner von uns Gelegenheit, so etwas zu erleben.«

»Was soll das heißen?« fragte Perugini und kniff die Augen zusammen.

»Sehen Sie die bewaldeten Hügel dort drüben, hinter Ihrem hübschen Anwesen?« Klein hob kurz die Hand. »Dort warten vier Männer, und seit ich hier eintraf, beobachten uns zwei von ihnen mit Feldstechern. Die anderen beiden sind mit Raketenwerfern ausgerüstet. Damit könnten sie hier alles in Schutt und Asche legen.«

»Sie bluffen.« Unsicher beobachtete Perugini das Gehölz.

»Wollen Sie es darauf ankommen lassen?«

»In Ordnung.« Perugini war vor allen Dingen deshalb zum Boß der Union Corse geworden, weil er es verstand, rasche Entscheidungen zu treffen und unnötige Risiken zu vermeiden. »Sie bekommen den Mann, den Sie brauchen – für die Summe, die auf dem Tisch liegt. Louis Chabot. Wohnt in Marseille. Hier ist seine Adresse.« Er zog einen zerknitterten Block aus der hinteren Tasche der Shorts, kritzelte einige Worte darauf, riß das Blatt ab und reichte es dem Besucher. Er hatte es plötzlich sehr eilig, Klein loszuwerden. Sein durchdringender Blick... Er weckte Unbehagen bei ihm. Perugini nahm den zweiten Umschlag zur Hand, prüfte kurz den Inhalt und legte ihn auf den Tisch zurück.

»Gibt es sonst noch etwas, Mr. Klein?«

»Ja. Ich habe nicht nur für den Mann bezahlt, sondern auch Ihr Schweigen. Sehen Sie den Felsen, der dort aus dem Meer ragt?«

Klein stand auf, hob den Arm und ließ ihn ruckartig sinken. Irgend etwas machte Wusch!, und ein lauter Knall folgte. Krachend platzte der Felsen auseinander. Steinsplitter jagten davon.

Perugini riß die Augen auf.

»Drohen Sie mir nie wieder«, sagte Klein leise und ging.

Klein betrat ein altes Mietshaus und nahm einen muffigen Gestank wahr, als er die ausgetretenen Stufen einer steinernen Treppe hochstieg. Der Putz bröckelte von den Wänden und knirschte unter seinen Schuhen. Vor einer Holztür mit der Nummer elf blieb er stehen und horchte. Alles blieb still.

Er hatte Chabot angerufen und seinen Besuch für 11.30 Uhr angekündigt. Doch es war erst elf Uhr – Klein zog es vor, immer ein wenig früher zu kommen. Manchmal konnte man wichtige Dinge in Erfahrung bringen, wenn man neue Leute auf diese Weise überraschte. Laut klopfte er an die Tür.

»Zum Teufel, wer ist da?« rief eine männliche Stimme auf französisch.

»Ich habe mit Ihnen telefoniert...«

»Sie sind verdammt früh dran.« Die Tür öffnete sich einen Spaltbreit, und eine Sicherungskette rasselte. Kleins Blick fiel auf das dunkelhäutige Gesicht eines Mannes mit auffallend breitem Kinn. Nackt bis zur Taille, der Gürtel der Hose offen. Chabot drehte den Kopf und sagte zu jemandem im Zimmer. »Zieh dich an und verschwinde.«

»Keinen Namen«, warnte Klein, als der Mann die Kette löste und ihn hereinbat. »Sind Sie Louis Chabot?«

»Ja.«

»Dann wissen Sie sicher, wer mir Ihre Adresse nannte.« Klein reichte ihm den kleinen Zettel und sah sich um. Chabot schloß die Tür.

»Das kleine Zeichen am unteren Rand genügt mir als Hinweis.« Er wandte sich der jungen Frau zu, die offenbar erst vor wenigen Sekunden aus dem Bett gekrochen war und nun an der Wand stand. Sie zog gerade den Reißverschluß ihres Rocks zu, doch ihr Oberkörper war ebenso nackt wie der Chabots. Sie hatte feste und runde Brüste, und sie bedachte Klein mit einem doppeldeutigen Blick, als sie nach einem leichten Pullover griff und ihn über den Kopf zog.

»Das ist Cecile, meine neue Flamme«, sagte Chabot.

Ihre Anwesenheit störte Klein: Bestimmt würde sie ihn wiedererkennen. Aber er schwieg. Abgesehen von dem Bett, dessen Laken Cecile hastig glattstrich, wirkte das Zimmer überraschend ordentlich und aufgeräumt.

Chabot zog sich ein sauberes, gestreiftes Hemd an und knöpfte es bis zum Hals zu. Anschließend griff er nach einer leichten Leinenjacke, die an der Rückenlehne eines Stuhls hing. Auf seine Anweisung hin brachte Cecile zwei fleckige Gläser in die Küche und wusch sie. Die junge Frau hatte dunkelblondes Haar und ein hübsches, keck wirkendes Gesicht. Wenn sie im Zimmer war, musterte sie Klein aus den Augenwinkeln.

Er kehrte ihr den Rücken zu und sah aus dem Fenster. Eine schmale Straße führte an dem Mietshaus vorbei, und auf der anderen Seite erstreckte sich ein komplexes Durcheinander aus alten Dächern. Hier und dort spannten sich Wäscheleinen, an denen Hemden, Hosen und gestopfte Strümpfe im warmen Sonnenschein trockneten. Klein schwieg und wartete darauf, daß Cecile die Wohnung verließ.

»Bis später, Schatz«, rief Chabot ihr nach. »Unternimm nichts, was ich nicht ebenfalls machen würde.«

»Dann habe ich sicher viel Spaß.«

Das Geräusch ihrer Schritte verklang im Flur. Als Chabot die Tür schloß, drehte sich Klein um und musterte den Franzosen. Er war um die Dreißig, hatte dichtes, braunes Haar, geschwungene Brauen, eine hakenförmige Nase und blaue Augen. Er wich dem prüfenden Blick seines Besuchers nicht aus. Das breite Kinn war Klein bereits zuvor aufgefallen, und nun bemerkte er auch die langen Beine und Arme Chabots. Eine kräftige Statur – und trotzdem bewegte er sich leichtfüßig, fast so elegant wie ein Tänzer. Die Hände waren groß und breit – die eines Würgers, dachte Klein.

»Genug gesehen?« fragte Chabot. »Was zu trinken?«

»Kaffee.« Klein folgte dem Franzosen in die Küchennische. »Die junge Frau – wer ist sie?«

»Cecile Lamont. Hält sich meistens in der Bar auf der anderen Straßenseite auf. Im *Le Loup*.« Er gab Kaffeepulver in einen Filter. Weder Milch noch Zucker, teilte ihm Klein mit. »Wir sind erst seit einer Woche zusammen.« Chabot drehte kurz den Kopf. »Wenn Sie jetzt an das denken, was ich glaube ... Ja, sie ist ziemlich gut im Bett. Aber nur dann, wenn sie einen mag. Sie gefallen ihr. Nun, sind Sie soweit mit mir zufrieden? Habe ich die Prüfung bestanden? Seit Sie hier sind, versuchen Sie, sich ein Bild von mir zu machen, nicht wahr?«

»Was wissen Sie von Sprengstoff?«

»Alles. Man muß vorsichtig damit umgehen, sollte dem Zeug nicht trauen.«

»Woher stammen Ihre Kenntnisse?«

»Ich habe sie mir während der Arbeit in einem Steinbruch angeeignet. Meine Aufgabe bestand darin, Felsen in die Luft zu jagen. Ich wurde nicht etwa dadurch zu einem Spezialisten, indem ich mit irgendwelchen krummen Dingern Erfahrungen sammelte. Keine Sorge: Für die Polizei bin ich ein unbeschriebenes Blatt.«

»Haben Sie jemals gesessen?«

»Nein. Der Kaffee ist fertig. Gehen wir ins Wohnzimmer, dort ist es gemütlicher...«

Zehn Minuten lang verhörte Klein den Franzosen. Im Anschluß daran war er überzeugt, daß ihm Perugini nichts vorgemacht hatte: Chabot besaß all die Qualifikationen, auf die es ihm ankam. Klein nickte und neigte den Kopf ein wenig zur Seite.

»Okay, Sie haben den Job. Unter einer Bedingung...«

»Immer mit der Ruhe. Was erwarten Sie? Soll ich einige Leute umlegen?«

»Vielleicht sogar eine ganze Menge...«

»Im Ernst?«

Darauf gab Klein keine Antwort. Er trug noch immer die weißen Baumwollhandschuhe, die er selbst während der Fahrt von Aix-en-Provence nach Marseille nicht abgelegt hatte, und damit holte er einen Umschlag hervor und ließ ihn in den Schoß Chabots fallen. »Zehntausend Franc. Das ist nur ein Anfang. Für die Spesen.«

»Und was kommt später?« Der Franzose zählte das Geld.

»Zweihunderttausend. Selbstverständlich in gebrauchten Scheinen.«

»Worin besteht mein Auftrag?«

»Wenn Sie das Geld wollen, sollten Sie nicht so neugierig sein. Sie bekommen erst dann weitere Informationen, wenn es nötig ist. Derzeit kann ich Ihnen nur soviel sagen: Wir arbeiten in einzelnen Gruppen, die aus nicht mehr als drei Personen bestehen. Es wird eine ganze Anzahl solcher Einsatzeinheiten geben. Dabei handelt es sich um eine Sicherheitsmaßnahme, die auch Sie schützt.«

»Das ist mir durchaus recht. Sie scheinen gut organisiert zu sein.«

Aus dieser Bemerkung schloß Klein, daß Chabot angebissen hatte. Der dunkelhäutige Mann runzelte nachdenklich die Stirn und stellte noch eine weitere Frage. »Ich hoffe, es geht um nichts Politisches?«

Klein lächelte dünn – ein Lächeln, das die kalt blickenden Augen aussparte. Er schüttelte den Kopf und antwortete:

»Ich erwähnte vorhin eine Bedingung: Sie verschwinden. Aus Marseille, meine ich. Ohne sich von Ihren Freunden zu verabschieden ...«

»Ich habe keine. Und wenn Sie in diesem Zusammenhang an Perugini denken – ich bin als freier Mitarbeiter für ihn tätig. Ab und zu nimmt er meine Dienste als Leibwächter in Anspruch. Es gibt mindestens sechs Personen, die auf seinen Posten scharf sind – und sie wissen, daß sie seine Nachfolge nur dann antreten können, nachdem er zu Grabe getragen wurde. Hat er Ihnen mitgeteilt, daß ich unabhängig bin?«

Klein nickte. Der Mistkerl Perugini hatte ihn sogar extra darauf hingewiesen – um den Preis in die Höhe zu treiben. Klein forderte Chabot auf, mit dem Packen zu beginnen, während er ihm weitere Anweisungen gab. Der Franzose öffnete den Schrank, holte einen Koffer hervor und verstaute seine Sachen darin.

Unterdessen sagte Klein: »Sie fahren noch heute mit dem Zug nach Luxemburg. In der zweiten Klasse. Nehmen Sie die Route über Lyon. In Mulhouse steigen Sie in den Schnellzug nach Luxemburg um.« Er warf Chabot einen weiteren Umschlag zu, und der Franzose fing ihn geschickt auf und wartete darauf, daß sein Besucher fortfuhr. »Das Kuvert enthält genaue Angaben über die Strecke. Und eine Telefonnummer.

Rufen Sie dort an, wenn Sie in Mulhouse sind. Fragen Sie nach Bernard. Teilen Sie ihm mit, wann der Zug in Luxemburg eintrifft. Sonst nichts. Wenn Sie jene Nummer wählen, meldet sich das Hotel Alsac. Bernard wird den Mann benachrichtigen, der Sie an Ihrem Reiseziel erwartet. Außerdem finden Sie in dem Umschlag auch noch ein Etikett. Darauf habe ich die beiden Worte ›Brüssels Midi‹ geschrieben und zweimal unterstrichen. Kleben Sie das Etikett erst dann auf den Koffer, wenn Sie Mulhouse erreicht haben und in den Schnellzug umsteigen. Es ist das Zeichen, an dem Sie der Mann in Luxemburg erkennt.«

»Ginge es nicht schneller, wenn ich über Genf und Basel fahre?«

»Das schon. Aber die Polizei der Schweiz versteht ihre Arbeit. Wir sollten besser kein Risiko eingehen. Die von mir bestimmte Route führt ausschließlich durch Staaten der Europäischen Gemeinschaft. Mit anderen Worten: Es finden keine Kontrollen statt.«

»Wie heißt der Mann, der in Luxemburg auf mich wartet?«

»Er wird sich Ihnen vorstellen.« Klein blickte auf die Uhr. »Es bleiben Ihnen noch dreißig Minuten, um den Zug nach Lyon zu erreichen. Das wär's soweit. Ich hoffe, Sie haben keine weiteren Fragen ...«

»Nur noch eine.« Chabot schloß den Koffer und ließ die Verschlüsse zuschnappen – ein Mann, der keine Zeit verlor. »Reine Neugier«, sagte er. »Warum tragen Sie bei dieser Hitze Handschuhe?«

»Weil ich Ausschlag habe. Und ich mag es nicht, verunstaltete Hände zu zeigen.« Klein legte eine kurze Pause ein und fügte ein wenig schärfer hinzu: »Bei diesem Spielchen könnte zu große Neugier zum Tod führen.«

»Wie Sie meinen.« Chabot musterte Klein, betrachtete sein steinern wirkendes Gesicht und wandte den Blick ab. »Ich werde daran denken. Bis bald ...«

Ohne ein weiteres Wort verließ Klein die Wohnung. Ganz offensichtlich hatte Perugini Chabot nichts von den Handschuhen gesagt. Der Boß der Union Corse wußte natürlich, warum Klein sie trug: um keine Fingerabdrücke auf den Umschlägen zu hinterlassen. Das unterschied ihn eben von Chabot. Aus diesem Grund wohnte Perugini in einer Luxusvilla – und sein freier Mitarbeiter in einem armseligen Mietshaus.

Klein kehrte zu seinem Wagen zurück und fuhr langsam durch die Straße, bis er am *Le Loup* vorbeikam, der Bar, in der Cecile auf Freier wartete. Bevor er Marseille verlassen konnte, wartete noch eine Aufgabe auf ihn.

Elf Uhr abends. Schon seit Stunden war es dunkel. Klein trat an den Perlenvorhang am Zugang und blickte ins *Le Loup*. Er sah seine Vermutung bestätigt: Fast alle Tische waren besetzt. Cecile Lamont saß auf einem Hocker am Tresen und plauderte mit einem Mann. Klein wandte sich um, näherte sich seinem Wagen, der einige Meter entfernt parkte, nahm auf dem Fahrersitz Platz und übte sich in Geduld.

Zwar haßte er das Warten, doch daran hatte er sich inzwischen gewöhnt. Eine halbe Stunde später trat Cecile auf die Straße. Sie schwankte ein wenig – und war allein. Klein atmete erleichtert auf, startete den Motor, fuhr los und hielt neben der Freundin Chabots an.

»Wie wär's mit einem gemeinsamen Abendessen, Cecile? Und anschließend könnten wir ein wenig Spaß haben. Na, was sagen Sie dazu?«

Er beugte den Kopf aus dem Seitenfenster, und die junge Frau erkannte ihn sofort – was einmal mehr bewies, daß es richtig war, nichts dem Zufall zu überlassen. Cecile stieg ein und schloß die Tür – und Klein gab Gas, bevor sie seine Kleidung bemerkte.

»Warum tragen Sie einen weißen Kittel?«

»Ich saß in einer Bar, und irgendein Trottel schüttete eine halbe Flasche Rotwein auf meinen besten Anzug. Sah schrecklich aus. Der Wirt war so nett, mir diesen Mantel zu leihen, damit ich halbwegs anständig gekleidet bin, ich ziehe mich in meinem Apartment um, und anschließend suchen wir uns ein hübsches Restaurant.«

»Wo wohnen Sie?«

Cecile zündete sich eine Zigarette an, und Klein schüttelte den Kopf, als sie ihm das Päckchen anbot. Sie kamen am Hafen vorbei und fuhren den Hügel hoch, der sich an die Kais anschloß. Cecile sah den Mann am Steuer fragend an. Ein sehr attraktiver Typ, dachte sie bewundernd.

»In der Nähe von Cassis«, sagte Klein schließlich. »Ich nehme eine Abkürzung. Und nachher gehen wir essen ...«

»Ich habe noch keinen Appetit – von mir aus können wir ruhig bei Ihnen bleiben.«

»Mal sehen.«

Er bog ab und setzte die Fahrt über eine Nebenstraße fort, die er sich vor einigen Stunden angesehen hatte. Der Wagen rumpelte über den rissigen Asphalt, und ab und zu knirschten die Räder auf losem Kies. Nach einer Weile erreichten sie einen alten Steinbruch, in dem schon seit Jahren nicht mehr gearbeitet wurde. Dort hielt Klein an.

»Da fällt mir gerade ein: Im Kofferraum habe ich etwas für Sie.«

Blumen, dachte Cecile. Er ist ein Gentleman, der weiß, wie man Frauen behandelt. Nicht so wie Louis. Sie folgte ihm in die stille Nacht und sah sich um. Alles war dunkel; die Lichter Marseilles schienen meilenweit entfernt zu sein. Klein öffnete den Kofferraum, und die junge Frau beugte sich vor, um zu sehen, was er ihr mitgebracht hatte. Klein bückte sich, zog ein Messer aus der Socke, packte Cecile an der Schulter und schlitzte ihr von links nach rechts den Hals auf. Sie gab ein gurgelndes Geräusch von sich, und Blut spritzte auf den Ärmel des hinter ihr stehenden Mannes. Klein spürte, wie sie erschlaffte. Er hob den Leichnam an und legte ihn auf die im Kofferraum bereitliegende Plane.

Dreißig Minuten später ließ er das Kanevasbündel ins Meer fallen und warf den blutverschmierten Metzgerkittel hinterher. Drei Stunden hatte er gebraucht, um einen Laden zu finden, der solche Overalls anbot. Er kehrte nach Marseille zurück, nahm die Umgehungsstraße und fuhr weiter, in Richtung Genf. Klein seufzte zufrieden. Das Problem namens Cecile war gelöst. Er hatte es sich zum Prinzip gemacht, niemals irgendwelche Spuren zu hinterlassen.

12

Gare de Lyon. Der Leiter des DST sah auf die Uhr: Der Schnellzug aus Marseille wurde um 22.50 Uhr in Paris erwartet. Lasalle stand in der Nähe des Ausgangs und wartete – ein hochgewachsener, stämmiger und gut vierzig Jahre alter Mann mit buschigen Brauen. Die Augen hinter der Hornbrille waren halb geschlossen. Ein Kamelhaarmantel schützte ihn vor der Kälte der Nacht, und ein weicher Filzhut bedeckte seinen Kopf. Lasalle hatte die Hände tief in die Taschen geschoben und bewegte sich kaum. Angesichts seiner Statur wirkte der Papagei neben ihm noch kleiner. Er trug einen Sturzhelm samt Schutzbrille, und das Licht der nahen Lampen spiegelte sich matt auf seiner dicken schwarzen Lederjacke wider.

»Es überrascht mich, daß Sie selbst gekommen sind, Chef...«

»Die Art und Weise, wie Sie Lara Seagrave beschrieben, hat mich aufmerksam gemacht. Das sonderbare Verhalten der Engländerin... Inzwischen haben wir von London Informationen bekommen. Sie ist die Tochter Lady Windermeres. Alter Adel.«

»Klingt gar nicht nach einer Terroristin«, brummte der Papagei.

»Es gibt Gerüchte über eine völlig neue Organisation, die in Europa entsteht. Das gefällt mir gar nicht. Und unsere Kontaktleute konnten uns bisher nicht die geringsten Hinweise geben. Vielleicht gehört Seagrave zu einer neuen Generation von Terroristen. Da kommt der Zug...«

Langsam fuhr der Schnellzug ein und hielt an. Die Türen öffneten sich, und ungeduldige Passagiere stiegen aus den Waggons. Lasalle hatte zwei andere Männer weiter hinten postiert; er selbst wich langsam zurück, beobachtete die Fahrgäste und zwinkerte, als er eine junge Frau mit einem Koffer sah. Sie war dunkel gekleidet und entsprach der Beschreibung Valmys. Lasalle warf dem Papagei einen kurzen Blick zu, der daraufhin nickte und nach draußen eilte, dorthin, wo er sein Motorrad abgestellt hatte.

Der Chef des DST zog eine Zeitung aus der Manteltasche, entfaltete sie und trat an die beiden anderen Agenten heran. Er sprach mit ihnen und deutete dabei auf einen Artikel in der Zeitung. Aus den Augenwinkeln musterte er Lara Seagrave. Eine attraktive junge Frau. Sie ging aufrecht, obgleich sie sicher müde war, verließ den Bahnhof und hielt auf den Taxistand zu.

»Rue des Saussaies«, sagte Lasalle knapp. »Dann warten wir. Auf den Bericht Valmys...«

Luxemburg, Hauptbahnhof. Der Schnellzug aus Basel, der über Mulhouse unterwegs war, kam ungefähr zur gleichen Zeit an, um 23.00 Uhr. Unter den aussteigenden Passagieren befand sich auch Louis Chabot; er trug einen Koffer bei sich, an dem ein bestimmtes Etikett klebte. Darauf hatte jemand die beiden Worte *Brüssels Midi* geschrieben und zweimal unterstrichen.

Chabot schritt langsam über den Bahnsteig und folgte den anderen Fahrgästen. Ohne sich etwas anmerken zu lassen, blickte er sich immer wieder um und hielt nach der Person Ausschau, die ihn abholen sollte. Klein war so verdammt vorsichtig – der Franzose wußte nicht einmal, ob es sich um einen Mann oder eine Frau handelte. Andererseits: Solche Sicherheitsmaßnahmen schützten auch ihn.

»Mr. Louis Chabot?«

Die merkwürdige Gestalt war wie aus dem Nichts aufgetaucht. Chabot beobachtete den seltsamen Mann, als sie Seite an Seite auf den Ausgang zuhielten: klein, sorgfältig rasiert, die Haut gelbweiß, wie Schmalz; ein ausdrucksloses und fleischiges Gesicht, unauffällige Kleidung. Der dicke Zwerg trug einen grauen, knittrigen Anzug und ließ die breiten Schultern hängen.

»Ja, der bin ich.«

»Unser gemeinsamer Freund, Mr. Klein, hat mich beauftragt, Sie hier zu empfangen. Draußen steht ein Wagen für uns bereit. Wir fahren aufs Land, in ein ruhiges kleines Dorf.«

»In Dörfern fallen Fremde leicht auf. Übrigens: Wie heißen Sie?«

Sie unterhielten sich auf französisch, doch der kleine Mann sprach mit einem seltsamen Akzent. Chabot mochte ihn nicht. Er hatte mit jemand anders gerechnet: Dieser Kerl wirkte wie ein Niemand, wie jemand, der nur Befehle entgegennahm.

»Mein Name ist Hipper«, antwortete der Dicke. »Wir werden eng zusammenarbeiten.« Er hob die Hand. »Der Lift dort drüben. Und machen Sie sich keine Sorgen: Niemand wird erfahren, daß Sie in Larochette sind.«

»Wo?«

»Das Dorf. Fünfundzwanzig Kilometer nördlich von Luxemburg.« Sie betraten den Aufzug, und als sich die Tür geschlossen hatte, fügte Hipper hinzu: »Ich kümmere mich um alles. Sie bleiben im Verborgenen, bis das Unternehmen beginnt.«

»Was für ein Unternehmen?«

»Das weiß nur Mr. Klein. Sie sind Sprengstoffexperte?«

»Ja. Und Sie sind kein Franzose.« Es war keine Frage, sondern eine Feststellung.

»Ich bin Luxemburger.«

Lieber Himmel, dachte Chabot, wie lange muß ich diesen Typen ertragen? Hipper hatte die Angewohnheit, dem Franzosen immer wieder kurze Blicke zuzuwerfen, ohne ihn direkt anzusehen. Luxemburger. Eine Mischung zweier Völker – alle schlechten Eigenschaften der Deutschen und Franzosen, aber keine einzige ihrer Tugenden.

Der Lift hielt an, und bevor sich die Tür öffnete, sagte Hipper rasch: »Sie wissen also, wie man mit Sprengstoff umgeht. Nun gut. Wenn die Zünder eintreffen, bekommen Sie ausreichend Gelegenheit, Ihr Geschick zu beweisen.«

»Valmy...« meldete sich der Papagei am Telefon.

»Ja?« Lasalle lehnte sich auf dem Drehstuhl in seinem Büro zurück, runzelte die Stirn und bedachte die beiden Beamten, die vor dem Schreibtisch standen, mit einem finsteren Blick. Sofort schwiegen sie.

»Die Engländerin ist jetzt im Ritz. Zimmer sechshundertvierzehn. Sie meldete sich an und ging sofort zu Bett. Auf dem Formular wird als Adresse Eaton Square in London genannt...«

»Darüber weiß ich bereits Bescheid. Hat sie nach ihrer Ankunft ein Telefongespräch geführt?«

»Nein«, erwiderte der Papagei. »Ich habe extra nachgefragt. Was nun?«

»Bleiben Sie da. Wenn sie während der Nacht das Hotel verläßt, folgen Sie ihr...«

»Das Zimmer wurde für sechs Tage gebucht. Im voraus.«

Überrascht beugte sich Lasalle vor. »Von ihr selbst? Haben Sie das überprüft?«

»Der Empfangschef, der die telefonische Buchung vornahm, meint, er habe mit einem Mann gesprochen. Aber er ist sich nicht ganz sicher. Seit jenem Abend hat er viele Anrufe entgegengenommen.« Der Papagei zögerte kurz. »Ich brauche Verstärkung. Das Ritz hat zwei Ausgänge.«

»Ich schicke Ihnen jemanden. Und bis morgen früh werden Sie abgelöst...«

Lasalle legte auf, schürzte die dicken Lippen und dachte nach. Er sah die beiden Beamten an, die ganz offensichtlich darauf warteten, endlich Feierabend machen zu können. Es war fast Mitternacht.

»Lara Seagrave wohnt im Ritz«, sagte er schließlich. »Das

Zimmer wurde für sechs Tage im voraus gebucht. Vermutlich von einem Mann. Wichtig ist folgendes: Nach ihrer Ankunft im Hotel hat sie mit niemandem telefoniert. Das bedeutet, sie erwartet jemanden. Und in Marseille, auf der Terrasse des Notre Dame de la Garde, hat einige Minuten lang ein Mann neben ihr gestanden. Der Papagei fotografierte die Engländerin, doch von dem Unbekannten konnte er keine Aufnahme machen. Er hatte das Gefühl, der Mann würde ihn bemerken. Interessant, nicht wahr? Vielleicht können wir feststellen, um wen es sich handelt, wenn er im Ritz eintrifft.«

Einer der beiden Beamten lachte leise. »Hört sich ganz nach einem Verhältnis an. Ein verheirateter Mann, der sich heimlich mit Lara Seagrave trifft. Mehr steckt wohl kaum dahinter.«

»Sie scheinen das ja sehr lustig zu finden«, sagte Lasalle süffisant. »Was halten Sie davon, zum Ritz zu fahren? Jetzt sofort. Ihnen steht ebenfalls ein Treffen bevor. Aber nicht mit einer hübschen jungen Frau, sondern mit dem Papagei ...«

Chabot biß die Zähne zusammen und war bemüht, sich seine Furcht nicht anmerken zu lassen. Hipper fuhr den großen Volvo wie ein Irrer. Sie verließen Luxemburg, bogen von der Hauptstraße ab und rasten durch einen dichten Wald. Eine scharfe Kurve folgte der anderen, und die Tachonadel zeigte hundert Stundenkilometer an. Mehrmals schlitterte der Kombi, und auf den unbefestigten Seitenstreifen drehten dann und wann die Räder durch.

Rechts ragten große Felsen in die Höhe, und Chabot schätzte, daß die Tür auf seiner Seite nur wenige Millimeter von dem scharfkantigen Granit entfernt war. Es herrschte völlige Finsternis, und das Licht der aufgeblendeten Scheinwerfer fiel auf weißen Kalkstein, als sie durch eine weitere Haarnadelkurve schleuderten. Zum Glück war ihnen kein anderes Fahrzeug entgegengekommen, seit sie die Autobahn verlassen hatten, doch Chabot rechnete jeden Augenblick damit, daß es weiter vorn hell aufblitzte.

Hipper beugte sich so weit vor, daß seine Brust fast das Steuer berührte, und seine breiten Hände schlossen sich krampfartig fest um den oberen Rand des Lenkrads. Die Straße neigte sich nach unten, und kurz darauf kamen sie an einer halb verfallenen Steinhütte vorbei. Hipper brummte halblaut.

»Larochette…«

Inzwischen war der Mond aufgegangen, und sein perlmuttener Glanz erhellte die Ruinen eines alten Schlosses, Mauern und Türme, die sich auf der Kuppe eines Hügels erhoben. Die Löcher in den düster wirkenden Wänden sahen aus wie leere Augenhöhlen. Zu beiden Seiten der Straße sah Chabot die vagen Konturen von Häusern. Nirgends schimmerte Licht. Weit und breit keine Menschenseele. Unbehagen regte sich in dem Franzosen, und er verglich das Dorf mit einer mittelalterlichen Siedlung, deren Bewohner von der Pest dahingerafft worden waren.

»Da sind wir. Das Hotel de la Montagne.«

Etwas abseits der Straße stand ein burgartiges Gebäude; eine breite Zufahrt führte zum Eingang empor. Chabot runzelte die Stirn. Die Fensterläden waren geschlossen, und hier und dort sah er Holzverschalungen. Auf dem Boden der Zufahrt wuchs Moos.

»Was soll das bedeuten, verdammt?« brachte er hervor.

»Das Hotel ist wegen Renovierungsarbeiten geschlossen. Steht völlig leer. Hier sind wir ganz unter uns. Tagsüber bleiben Sie drin. Wenn Sie unbedingt einen Spaziergang machen wollen, so müssen Sie bis zehn Uhr abends warten. So lauten die Anweisungen Kleins…«

»Und wie lange muß ich den Einsiedler spielen?«

»Keine Ahnung. Wenn die Apparate eintreffen, haben Sie genug zu tun. Die modernsten und kompliziertesten Zünder der Welt.« Hipper lenkte den Volvo am Hotel vorbei und in einen offenen Schuppen. Als er den Schlüssel umdrehte, herrschte von einem Augenblick zum anderen völlige Stille.

Klein fuhr durch die Nacht, und die Autobahn lag bereits weit hinter ihm. Er war in Richtung Grenoble unterwegs und plante, die Stadt noch vor Morgengrauen zu erreichen. In Annecy wollte er seinen gemieteten Renault bei der örtlichen Niederlassung des Autoverleihs zurücklassen. Er hielt es nicht für ratsam, die Grenze zur Schweiz mit dem Wagen zu passieren.

Statt dessen hatte er vor, von Annecy aus die Reise im Zug fortzusetzen, bis zu einem kleinen Ort in der Schweiz namens Eaux-Vives, südlich von Genf. Die Grenzpolizei achtete kaum auf Reisende, die mit der Bahn unterwegs waren. Und außerdem handelte es sich bei Eaux-Vives um ein winziges Provinznest.

Als sich Klein einem Rastplatz näherte, blickte er noch einmal in den Rückspiegel. Die Straße hinter ihm war ein leeres, schwarzes Band. Er nahm Gas weg, steuerte den Renault auf die Parkfläche und hielt an. Dann nahm er einen Notizblock zur Hand, legte ein Stück Pappe unter das Papier und begann zu schreiben. Der Karton verhinderte, daß auf dem zweiten Blatt ein Abdruck zurückblieb.

Zünder. Taucher. Scharfschütze. Lara. Sprengstoff. Bank.

Wie die meisten Einzelgänger hatte Klein die Angewohnheit, Selbstgespräche zu führen – allerdings nur dann, wenn er allein war. In dieser Hinsicht verlor er niemals die Kontrolle über sich. Es half ihm, sich zu konzentrieren, wenn er seine Gedanken laut formulierte.

»Zünder«, sagte er. »Hoffentlich ist Gaston Blanc inzwischen mit der Arbeit fertig. Ein echtes Genie, wenn es um die Herstellung winziger Mechanismen geht. Das Problem ist nur: Was soll ich mit ihm machen, wenn er mir die Lieferung übergeben hat? Niemals Spuren hinterlassen … Taucher. In

Luxemburg wimmelt es von solchen Leuten. Scharfschütze? Paris. Der Engländer wäre ideal. Lara ...«

Lara mußte weiterhin beschäftigt bleiben, bis der richtige Zeitpunkt für sie kam, die Rolle zu spielen, die er ihr zugedacht hatte – und von der sie, glücklicherweise, nichts ahnte. Eine Angehörige des alten britischen Adels. Sie war ideal. Klein entschied, ihr einen weiteren Auftrag zu geben, sie erneut Hirngespinsten nachjagen zu lassen.

Die letzten beiden Punkte auf seiner Liste konnten bereits als erledigt gelten. Es erforderte eine Menge Geld, um bestimmte Personen zu bewegen, an einem ihnen unbekannten Projekt teilzunehmen – viel Geld. Nun, ihm stand genug zur Verfügung.

Klein zweifelte nicht daran, daß er die einzelnen Summen gut abgeschätzt hatte. Viertausend für Lara. Mit der Aussicht auf eine Viertelmillion Pfund. Die Anzahlung genügte, um sie bei der Stange zu halten. Sie würde bestimmt keinen Rückzieher machen – zweihundertfünfzigtausend Pfund stellten einen ausgezeichneten Köder dar.

Mit Louis Chabot sah es anders aus. Er war Profi. Zehntausend Francs, für die Spesen. Und zweihunderttausend als Honorar, als Summe, die 20 000 Pfund entsprach. Mehr Geld, als Chabot jemals zuvor verdient hatte. Nicht zuviel und nicht zu wenig – darauf kam es an.

Habgier. Das war der Schlüssel. Wenn man es verstand, die Habsucht von Männern – oder Frauen – richtig einzuschätzen, so hatte man sie fest in der Hand. Dann konnte man sie nach Belieben für eigene Zwecke benutzen, wie Marionetten. Sprengstoff. Vorhanden. Bank. Alles vorbereitet.

Noch einmal ging Klein die Einzelheiten seines Plans durch, und wieder kam er dabei zu dem Schluß, nichts übersehen zu haben. Die Gerüchte über eine bevorstehende Schiffsentführung zogen bereits weite Kreise. Das notwendige Ablenkungsmanöver. Es war unmöglich, eine ganze Reihe von Spezialisten zu einer neuen Organisation zu-

»Vor rund zweieinhalb Jahren. In Moskau.« Das bestätigt die Angaben Lysenkos, dachte Tweed. *Vor zwei Jahren hielt er sich in der DDR auf, reiste von dort aus in die Bundesrepublik – und verschwand spurlos.* So lautete die Mitteilung des Generals.

Unterdessen fuhr Sabarin redselig fort:

»Ich kannte ihn gut. Wissen Sie, eine Zeitlang haben wir in einer gewissen Abteilung zusammengearbeitet. Abends gingen wir des öfteren los, um etwas zu trinken. Er war ein sonderbarer Kollege.«

»Was und wieviel trank er?«

»Wodka, wie ich. Und immer nur ein Glas. Er meinte einmal, er wolle keinen Alkohol mehr anrühren. Um immer einen klaren Kopf zu haben.«

»Sie meinten eben, er sei sonderbar – in welcher Hinsicht?«

»Erstens: Er ist eine echte Kapazität, ein Genie, wenn Sie so wollen. Das wußten wir alle. Zweitens: Er hat einen recht eigenartigen Charakter. Er übt eine große Ausstrahlungskraft auf Frauen aus.« Bei diesen Worten sah Sabarin Paula an. »Er hätte Sie sicher fasziniert. Andererseits aber kann er manchmal so kalt wie Eis sein. Wenn er in jener Stimmung war, machte er uns allen angst. Wenn wir irgendeine Behinderung für ihn gewesen wären, so fürchteten wir damals, hätte er uns ohne Erbarmen aus dem Weg geräumt, uns einfach erledigt. Dieser Aspekt seines Wesens kennt keine moralischen Bedenken.«

»Als er an diesem Fenster vorbeischritt …« sagte Tweed langsam. »Wäre es möglich, daß er *Sie* gesehen hat?«

»Nein, absolut nicht. Er ging wie in Trance, schien über irgend etwas nachzudenken …«

»Ging er schnell?« Eine Person, die am Fenster vorbeieilte, war nur für einen Sekundenbruchteil zu sehen.

»Nein, er schlenderte eher, hielt sich sehr gerade und starrte nach vorn …«

»Ich würde gern ein kleines Experiment machen. Warten Sie hier. Ich schlendere selbst einmal am Fenster vorbei. Kam er von dort?« Tweed streckte die Hand aus.

»Ja. Er ging auf mich zu, in Richtung Rue du Mont Blanc.« Tweed verließ das Restaurant durch den Ausgang, der direkt auf die Straße führte. Eine Zeitlang blieb er neben der Tür stehen, bis eine elegant gekleidete Frau an ihm und den Fenstern vorbeischritt. Sie trug ein cremefarbenes Kostüm und hielt eine Pelzstola in der Armbeuge. An ihrem wohlgeformten Hals hing eine Perlenkette. Tweed folgte ihr.

Als er das Fenster erreichte, drehte er den Kopf und sah zu dem Tisch, an dem Sabarin und Paula saßen. Selbst wenn man ganz langsam ging, fiel es schwer, im Innern des Restaurants Einzelheiten zu erkennen. Durch den Hoteleingang kehrte er ins Restaurant zurück und nahm wieder Platz.

»Eben kam jemand vor mir an diesem Fenster vorbei. Sagen Sie mir, wie die Person aussah und wie sie gekleidet war.«

»Eine hübsche Brünette. Trug ein cremefarbenes Kostüm. An ihrem Hals hing eine Perlenkette. Und noch etwas: In der rechten Armbeuge hielt sie eine Zobelstola.«

»Woher wissen Sie, daß es ein Zobel war?«

»Ich bitte Sie!« Sabarin verzog kurz das Gesicht und grinste. »Ich bin Russe und habe an den Pelzauktionen in Moskau teilgenommen. Ich erkenne einen Zobel, wenn ich ihn sehe!«

Zum erstenmal meldete sich Paula zu Wort. Sie bedachte Sabarin mit einem strahlenden Lächeln und stellte eine rasche Frage: »Nahmen Sie gerade eine Mahlzeit ein, als der Mann am Fenster vorbeikam?«

»Nein. Ich hatte mir einen Kaffee bestellt. Warum?«

»Reine Neugier«, erwiderte Paula und lehnte sich zurück.

»Das wär's fast«, brummte Tweed. ›Ich habe nur noch eine Frage. Übrigens: Ihr Englisch ist wirklich gut...« Er legte seine Aktentasche auf den Tisch und entnahm ihr einen Umschlag. Die Spezialisten im Labor von Park Crescent hatten ausgezeichnete Arbeit geleistet, sowohl die Fotografen als auch ihre Kollegen, die Phantombilder herstellten – eine Bezeichnung, dachte Tweed ironisch, die in diesem Zusammenhang besonders zutreffend war.

»Danke für das Kompliment«, sagte Sabarin. »Ich habe einige Zeit in London verbracht. Dort besuchte ich dann und wann einen Pub, trank ein Pint und hörte den Leuten zu – um zu erfahren, wie die Engländer verschiedener Klassen sprechen. Was ist das?« Er beugte sich interessiert vor.

»Vier verschiedene Identikit-Bilder.« Tweed sah sich in dem leeren Restaurant um. Die Kellnerin stand abseits und säuberte den Tresen. Er reichte Sabarin den Umschlag. »Bitte sagen Sie mir, ob eins davon auch nur eine entfernte Ähnlichkeit mit Zarow aufweist.«

Der Russe zog vier große Fotokopien aus dem Kuvert. Man hatte das gleiche Papier verwendet, und drei der dargestellten Personen existierten nur in der Fantasie der Phantomzeichner. Sabarin legte die vierte beiseite und schob die drei anderen in den Umschlag zurück.

»Das ist er.«

Er hatte das Bild gewählt, das von Lysenko stammte. Tweed blickte auf die Zeichnung. Aus irgendeinem Grund wirkten die Augen überaus lebendig; fast schien es, als wölbten sie sich aus dem Papier heraus.

»Eine hervorragende Darstellung«, meinte Sabarin. »Seltsamerweise sogar noch besser als eine Fotografie. Sie bringt seine Persönlichkeit zum Ausdruck. Vielleicht verstehen Sie jetzt, warum er uns einen solchen Schrecken einjagte, wenn er üble Laune hatte und eisig war. Er ist völlig skrupellos, so gefährlich wie ein wilder Eber. Wo er jetzt wohl sein mag?«

»Nun, glauben Sie ihm?« fragte Tweed, als sie über die Fußgängerbrücke gingen. Unter ihnen gurgelte das Wasser der Rhone.

»Ja«, sagte Paula und hielt mit der einen Hand ihren Rock fest. Vom Genfer See im Osten wehte ein steifer Wind. »Vielleicht ist dieser Zarow mehr als nur ein Phantom…«

»Ich weiß noch immer nicht so recht, was ich davon halten soll. Möglicherweise hatte Sabarin Gelegenheit, sich auf die Begegnung mit mir vorzubereiten. Und wenn das der Fall ist, so konnte er sich bestimmt denken, welche Fragen ich ihm stellen würde. Da fällt mir ein: Warum haben Sie sich danach erkundigt, ob er zu dem Zeitpunkt, als er Zarow sah – wie er behauptet –, eine Mahlzeit einnahm?«

»Weil jemand beim Mittagessen wohl kaum darauf achtet, was draußen auf der Straße geschieht.«

»Stimmt. Sie haben sich im Restaurant so verhalten, wie ich es mir von Ihnen erhoffte.«

»Ist das der Grund, warum Sie mir ein wenig mehr von der ganzen Sache erzählen?«

»Ja«, gestand Tweed ein. »Der Mann, dem wir jetzt einen Besuch abstatten, heißt Alain Charvet, Ex-Polizist und ein alter Bekannter von mir. Hüten Sie sich davor, in Park Crescent seinen Namen zu erwähnen. Alain nutzt seine Kontakte zur Polizei und handelt mit Informationen. Er weiß eine Menge darüber, was im Untergrund Westeuropas geschieht.

»Was ist mit dem anderen Mann, Beck, der Sie in Ihrem Hotelzimmer zu erreichen versuchte, während wir im Restaurant saßen? Wollen Sie später mit ihm sprechen?«

»Sein Anruf gefällt mir gar nicht«, brummte Tweed. Sie erreichten das andere Ende der Brücke und gingen am Flußufer entlang. »Arthur Beck, Chef der Kantonspolizei. Ist nicht auf den Kopf gefallen. Ich frage mich, was er von mir will – und woher er überhaupt weiß, daß ich in der Schweiz bin.«

»Als wir am Flughafen durch die Einreisekontrolle kamen, fiel mir auf, daß einer der Beamten Ihren Paß besonders sorgfältig prüfte und mit einer Namensliste verglich, bevor er ihn zurückgab.«

»Beck kann warten. Außerdem bin ich in einem Punkt völlig sicher. Er wird sich erneut bei uns melden. Derzeit haben wir wichtigere Dinge zu tun. Alain Charvet.«

»Wo treffen wir ihn?«

»Dort, wo er sich am liebsten aufhält: in der Brasserie Hollandaise am Place de la Poste. Eine auf alt getrimmte Kneipe, recht nett. Überlassen Sie das Reden mir.«

Um vier Uhr nachmittags war die Brasserie Hollandaise fast leer. Paula sah sich in dem großen Raum um, der tatsächlich sehr niederländisch wirkte: ein mit Bruchsteinfliesen ausgelegter Boden, dicke Spitzengardinen vor den Fenstern, an den Wänden lederbezogene Sitzbänke, mit dicken Messingstangen geschmückt. Von der Decke hingen matt glühende Kugellampen herab. Tweed hielt auf eine Eckbank zu und begrüßte einen schmalgesichtigen und gut vierzig Jahre alten Mann, der an einem Bier nippte.

»Alain Charvet«, stellte er vor. »Das ist meine neue Assistentin, Paula Grey.«

Charvet stand auf, reichte ihr höflich die Hand und musterte sie eingehend. Ja, dachte Paula, Sie werden mich wiedererkennen, wenn wir uns erneut begegnen. Sie nahmen Platz. Tweed bestellte zweimal Kaffee und reichte Charvet ein Kuvert, das eine 1000-Francs-Note enthielt.

»Rührt sich derzeit irgend etwas? Sie können offen sprechen. Paula genießt mein volles Vertrauen.«

»Worum geht es Ihnen?« erwiderte Charvet. »Eigentlich ist es untypisch für Sie, vage Fragen zu stellen. Ich brauche konkretere Hinweise.«

»Die kann ich Ihnen nicht geben«, gestand Tweed ein, und in Gedanken verfluchte er einmal mehr seinen Nachforschungsauftrag. Hirngespinste, dachte er, weiter nichts. »Selbst Gerüchte könnten mir weiterhelfen«, fügte er hinzu.

»Und ich kann Ihnen auch nur Gerüchte anbieten. Sie wissen ja, daß ich Kontakte zu meinen Freunden in Frankreich unterhalte. Sie haben mir mehrmals berichtet, daß man in gewissen Kreisen von einem bevorstehenden großen Unternehmen munkelt. Manchmal geht die Rede von der geplanten Entführung eines Schiffes. Lieber Himmel!« Charvet verzog das Gesicht und schüttelte den Kopf. »Des öfteren wurde ein Mann mit dem Spitznamen ›Rekrutieren‹ erwähnt. Alles nur dummes Zeug.«

Er sprach auf französisch, und Paula war von seiner besonderen Ausdrucksweise fasziniert. Sie unterschied sich völlig von der, die man in Paris hört. Die junge Frau erinnerte sich daran, daß es hieß, das perfekteste Französisch werde von den Bewohnern Genfs gesprochen. Charvet gestikulierte knapp, als er fortfuhr:

»Was die Schweiz betrifft: Vor zwei Monaten kam es in Basel zu einem großen Goldraub. In einer Nacht wurden gleich zwei Banken leergeräumt. Die Kerle entkamen mit zwölf Millionen Francs in Gold.«

Zwölf Millionen. Paula rechnete rasch: Über vier Millionen Pfund. Sie spürte das erwachende Interesse Tweeds, als er sich zu Charvet vorbeugte.

»Zwei Banken«, wiederholte er. »Beide in Basel?«

»Ja. Sie kennen die Stadt. Beide Niederlassungen befinden sich in der Nähe der Straßenbahnhaltestelle Bankverein, in Richtung Bahnhof. Niemand hat eine Ahnung, wie die Jungs das Gold transportiert haben. Die Polizei ermittelt noch immer und bezeichnet die Gruppe als ›russische Bande‹.«

Tweed trank seinen Kaffee und verarbeitete die Informationen. Sein Blick ging in die Ferne, und Monica hätte seinen Gesichtsausdruck sicher zu deuten gewußt: Er versuchte, die neuen Anhaltspunkte mit den wenigen Daten in Verbindung zu bringen, über die er bereits verfügte.

»Warum ausgerechnet ›russische Bande‹?« fragte er nach einer Weile.

»Die UTS-Gruppe steckt dahinter, was mir sehr seltsam erscheint – ein Haufen Spinner.«

»Sie meinen die Bewegung für eine freie Ukraine?« warf Paula ein. »Sie besteht aus einigen politischen Wirrköpfen, die in der Ukraine geboren wurden und in den Westen flohen. Sie glauben noch immer, daß sie eines Tages eine sogenannte freie Ukraine gründen können – einen von der Sowjetunion unabhängigen Staat. Der Hauptsitz ihrer Bewegung ist in München, und von dort aus versuchen sie alles, um ihren Traum wirklich werden zu lassen.«

»Ja.« Charvet schien überrascht zu sein und wandte sich an Tweed. »Miß Grey ist ziemlich gut informiert. Die meisten Leute haben noch nie etwas von den UTS-Typen gehört.«

»Woher weiß die Polizei, wer für den Goldraub verantwortlich ist?« fragte Tweed.

»Kurz nach dem Überfall auf die beiden Banken wurde ein Toter aus dem Rhein gefischt – der Hals von einem Ohr bis zum anderen aufgeschlitzt. Arthur Beck versuchte, ihn anhand der Papiere zu identifizieren, die er bei sich trug; und dabei fand er eine Spur, die nach München führte. Vermutlich haben die UTS-Heinis den Goldraub organisiert, um ihre Aktivitäten zu finanzieren.«

»Wahrscheinlich ...« Tweed schwieg und starrte erneut ins Leere. »Ich glaube, diese Angelegenheit steht in keinem Zusammenhang mit meinen gegenwärtigen Nachforschungen«, sagte er schließlich.

Charvet sah ihn aufmerksam an und nickte langsam. »Ich berichte nur von den jüngsten Ereignissen. Ich weiß, daß ich Ihnen keine große Hilfe bin.«

»Der Mann, den Ihre französischen Freunde ›Rekrutierer‹ nennen ... Warum hat man ihm einen solchen Spitznamen gegeben?«

»Oh, es heißt, er bezahlt große Summen, um eine neue Verbrecherorganisation aufzubauen – der nur erstklassige Spezialisten angehören. Niemand konnte mir genauere Angaben machen. Einige meiner Informanten ziehen es vor, die merkwürdigsten Gerüchte weiterzutragen, anstatt zuzugeben, daß sie nichts wissen.«

»Und das ist alles?«

»Ich fürchte ja.« Charvet blickte in den Umschlag, den er von Tweed erhalten hatte. »So viel Geld für dummes Geschwätz?«

»Behalten Sie's«, sagte Tweed und stand auf. »Als Anzahlung für eine spätere Gelegenheit.«

»Es tut mir leid«, entschuldigte sich Paula, als sie über die Fußgängerbrücke zurückkehrten. Es wurde bereits dunkel. »Sicher habe ich den Eindruck erweckt, mich brüsten zu wollen, als ich von der UTS sprach.«

»Ganz im Gegenteil. Charvet war beeindruckt. Und das ist gut so. Vielleicht schicke ich Sie eines Tages zu ihm – wenn ich selbst verhindert bin. Und dann ist er bestimmt bereit, sich mit Ihnen zu unterhalten. Außerdem wird er niemandem Ihren Namen verraten.«

»Glauben Sie, wir haben nur unsere Zeit verschwendet?«

»Ja. Charvet verdient sich seinen Lebensunterhalt, indem er mit *Fakten* handelt. Er hat einen Ruf zu wahren. Deshalb betonte er mehrmals, daß er uns nur von Gerüchten erzählte.«

»Und die beiden Banküberfälle in Basel? Sie wirkten sehr interessiert, als er davon berichtete. Der erste Goldraub, von dem ich hörte …«

»Mir geht es nicht anders. Aber bestimmt würden die Schweizer so etwas nicht allgemein bekanntmachen. Immerhin gelten ihre Banken als die sichersten der ganzen Welt. Eine Sache wundert mich allerdings … Brr, ist das kalt! Lassen Sie uns ins Hotel zurückkehren.«

»Was wundert Sie?«

»Daß so eine verrückte Gruppe wie die UST nicht nur einen, sondern gleich zwei erfolgreiche Banküberfälle durchführen konnte. Und das auch noch in der Schweiz!«

»Was halten Sie davon?«

»Keine Ahnung.« Tweed seufzte. »Da wären wir. Hinein ins Warme. Kommen Sie in mein Zimmer, wenn Sie fertig sind. Wir sollten unser Gespräch fortsetzen.«

Tweed zog seinen leichten Burberry aus und wünschte sich dabei, einen dickeren Mantel mitgenommen zu haben. Nachdem er sich ein wenig erfrischt hatte, entschied er, Charvet in seiner Wohnung anzurufen.

»Alain, hier ist Tweed. Jener Mann, der Rekrutierer – hat er auch einen richtigen Namen?«

»Es scheint sich bei ihm eher um eine Art Phantom zu handeln. Mir sind nur Gerüchte zu Ohren gekommen, wie ich bereits sagte.«

»Aber wie heißt er? Es ist doch ein Mann, oder?«

»Das wird behauptet. Und damit hat es sich auch schon: Mehr weiß man nicht über ihn. Was Ihre Frage betrifft: Ja, einige Leute haben tatsächlich einen Namen genannt. Er benutzt ihn in mehreren Ländern. Der Rekrutierer heißt Klein.«

16

Klein war der erste Fahrgast, der in Basel aus dem Zug stieg. Sofort suchte er die französische Sektion auf, die einen Teil des Hauptbahnhofs bildet. Basel ist eine ganz besondere Stadt: Dort treffen die Grenzen dreier Staaten aufeinander: Schweiz, Frankreich und Deutschland. Einige wenige Minuten mit dem Zug, und man erreicht den Bahnhof Basel Bad, die deutsche Station. Mit französischem Geld kaufte er eine Fahrkarte nach Brüssel, für die erste Klasse. Der Schnellzug stand schon bereit, und Klein nahm in einem leeren Abteil Platz. Als sich die Waggons kurz darauf in Bewegung setzten, ging er in Gedanken eine Liste erledigter Dinge durch.

Zünder. Sie waren mit dem Nestlé-Laster unterwegs nach Larochette. Indem er mit dem Zug fuhr, konnte Klein sicher sein, daß er vor dem Laster eintraf. Gaston Blanc stellte keine Gefahr mehr dar. Und niemand konnte Klein mit dem Tod des Schweizers in Zusammenhang bringen. In Genf hatte er eine einfache Fahrkarte nach Basel gelöst, und mit einer weiteren war er nun nach Brüssel unterwegs. Auf diese Weise unterbrach er seine Verbindung zu gewissen Ereignissen in der Schweiz.

Doch die Tagesarbeit war noch nicht ganz bewältigt. Nach wie vor galt es, das Problem des türkischen Fahrers zu lösen, der die Zünder nach Luxemburg brachte. Bald, dachte Klein kühl, kann auch dieser Punkt abgehakt werden. Er lehnte sich zurück und schloß die Augen. Hinter seiner Stirn existierte ein mentaler Wecker, der dafür sorgte, daß er kurz vor Erreichen des Reiseziels erwachte …

Fünfzehn Minuten vor der Ankunft in der Stadt Luxemburg öffnete Klein die Augen wieder und sah auf die Uhr.

Dann entnahm er seinem Koffer eine kleine, schwarze Tasche, steckte sie ein und machte sich auf den Weg zur Toilette. Neuerdings scheine ich ziemlich viel Zeit in irgendwelchen Waschräumen zu verbringen, dachte er ironisch, als er die Tür der kleinen Kammer abschloß und die Tasche aufklappte.

Sie enthielt mehrere mit dunklem Samt ausgelegte Fächer, und Klein holte einige bestimmte Dinge hervor: eine Tube mit Tagescreme, eine winzige Dose mit hellem Puder, Baumwolltupfer und einen Hautpinsel. Er ging rasch und mit geübtem Geschick zu Werke, strich sich Creme auf die Wangen, trug Puder auf und benutzte den Pinsel, um es gleichmäßig zu verteilen. Anschließend prüfte er sein neues Erscheinungsbild im Spiegel.

Eine Maskenbildnerin in Gorki hatte ihn mit ihrer Kunst vertraut gemacht. Deutlich erinnerte er sich an ihre Worte: »Die meisten Leute wissen nicht, daß die Hautfarbe eines Mannes – insbesondere dann, wenn es sich um einen rötlichen Ton handelt, wie in Ihrem Fall – eins der auffälligsten Erkennungsmerkmale darstellt.« Er war ihr für die Tips dankbar, und später hatte er ihr ebenfalls einige Dinge beigebracht – auf einer bequemen Ledercouch.

Der Spiegel zeigte ihm ein kalkweißes Gesicht, das irgendwie unheilvoll und einschüchternd wirkte. Zufrieden schloß Klein die schwarze Tasche, entleerte seine Blase und kehrte ins Abteil zurück.

Als der Schnellzug in Luxemburg hielt, stieg Klein erneut als erster aus. Vor dem Bahnhof stand der große Volvo bereit. Hipper hatte ihn dort geparkt und war mit einem Taxi nach Larochette zurückgekehrt.

Klein schloß auf, nahm am Steuer Platz, schob den Schlüssel ins Zündschloß und fuhr los. Als er von der Hauptstraße abbog, gab er Gas. Noch schneller als Hipper raste er an den Felsen entlang, die zu beiden Seiten des Weges aus dem Boden ragten. Louis Chabot wäre vermutlich einem Herzinfarkt nahe gewesen...

Kurz vor Mitternacht kehrte Louis Chabot von seinem Spaziergang durch das verlassene Dorf zurück. Er war auch an der engen Schlucht entlanggewandert, in der es nach Auskunft Hippers eine alte und längst stillgelegte Eisenbahnstrecke gab. Er empfand es als große Erleichterung, wenigstens zeitweise das Hotel de la Montagne zu verlassen, das ihm wie ein Mausoleum erschien. Dutzende von Zimmern, deren Möbel sich unter weißen Laken verbargen… Nur die moderne Küche wurde benutzt.

Als er einen Wagen kommen hörte, der sich dem Dorf näherte, trat er rasch hinter eine Mauer. Der Volvo bremste jäh und schleuderte durch die zum Hotel führende Zufahrt. Die Räder drehten durch und wirbelten Kieselsteine in die Höhe.

»Manche Leute hätten nie einen Führerschein bekommen dürfen«, knurrte Chabot.

Er blieb hinter der Mauer im Verborgenen, als der Fahrer die Scheinwerfer ausschaltete und ausstieg. Mit langen Schriften hielt der Mann auf den rückwärtigen Eingang des Hotels zu, in der Finsternis kaum mehr als ein vager Schemen. Chabot zündete sich eine Zigarette an und beschloß zu warten. Er hatte gelernt, sich in Geduld zu fassen. Manchmal mußte er stundenlang auf eine gute Gelegenheit warten, um einen Mordauftrag durchzuführen.

Vielleicht konnte er einige interessante Dinge in Erfahrung bringen. Hipper weigerte sich hartnäckig, seine Fragen zu beantworten; man hätte meinen können, ihm sei die Zunge am Gaumen festgewachsen. Eine halbe Stunde später traf der Nestlé-Lastwagen ein und hielt vor dem Hotel. Chabot rührte sich nicht von der Stelle und erinnerte sich plötzlich an die Worte seines Auftraggebers: *Bei diesem Spielchen könnte zu große Neugier zum Tod führen…*

Klein nahm den Koffer mit den Zündern entgegen und gab sich von seiner liebenswürdigen Seite. Er führte den türkischen Fahrer in die Küche, schenkte ihm ein Glas Rotwein ein und plauderte freundlich mit ihm.

»Soweit ich weiß, sind Sie nach Brüssel unterwegs, nicht wahr?«

»Ja ...«

Der Türke hatte fettiges Haar und eine auffallend dunkle Haut. Er beherrschte die französische Sprache nicht besonders gut, und deshalb drückte sich Klein möglichst einfach aus.

»Auf dem direkten Weg dorthin ist es zu einem Erdrutsch gekommen. Ich bringe Sie nach Clervaux.« Er holte eine Karte hervor, die bereits so zusammengefaltet war, daß sie den entsprechenden Abschnitt zeigte. »Von dort aus können Sie nach Brüssel weiterfahren. Ich bezweifle sehr, ob Sie sich ohne Hilfe zurechtfänden – nachts kann man sich in den Ardennen leicht verirren.«

»Aber dann säßen Sie in Clervaux fest.«

»Keineswegs. Mein Freund hier folgt uns in seinem Wagen. Er bringt mich hierher zurück, nachdem wir die Autobahn erreicht haben.«

»Muß ich dafür etwas bezahlen?«

»Lieber Himmel, nein! Ich bin Ihnen dankbar dafür, daß Sie mir eine wichtige Drogenlieferung gebracht haben. Deshalb möchte ich Ihnen helfen.«

Ein intelligenterer Mann hätte sich bestimmt gefragt, warum man ihm derart gefährliche Informationen zukommen ließ. Aber Klein hatte den Lastwagenfahrer richtig eingeschätzt. Die Arbeitsgenehmigung des Türken lief in zwei Monaten ab, und das bedeutete, daß er die Schweiz bald verlassen mußte. Er bedauerte es nicht, freute sich darauf, zu seiner Frau zurückkehren zu können, zu seiner Familie, die in einem kleinen Dorf in der Nähe Ankaras lebte.

Er hatte eine Menge Geld gespart und in die Heimat geschickt. Doch noch niemals zuvor war ihm für eine einfache Arbeit eine derartige Summe angeboten worden – tausend

Francs. Ein kleines Vermögen für ihn … Er zögerte nicht, das Angebot Kleins anzunehmen, stand auf und machte Anstalten, sein Glas auszutrinken. Klein rutschte von der Tischkante herunter und stieß gegen ihn, wodurch der Türke Wein verschüttete. Rote Flecken bildeten sich auf seinem Hemd.

»Oh, das tut mir leid …«

»Macht weiter nichts. Brechen wir gleich auf?«

Klein ging voraus, stieg ins Führerhaus und setzte sich ans Steuer. Der Türke blieb unschlüssig und verwirrt neben dem Lastwagen stehen. Unterdessen eilte Hipper zum Volvo.

»Nehmen Sie auf dem Beifahrersitz Platz«, wandte sich Klein an den Fahrer. »Ich kenne den Weg. Und diesseits von Clervaux gibt es nur wenige Hinweisschilder.«

Der Türke zuckte mit den Schultern, ging um das große Fahrzeug herum und setzte sich neben Klein. Als der Laster, gefolgt vom Volvo Hippers, die Zufahrt hinunterfuhr und auf die nach Luxemburg führende Straße bog, trat Chabot hinter der Mauer hervor.

Er wußte nicht, was er von den jüngsten Ereignissen halten sollte. Hatte der Nestlé-Transporter die Zünder gebracht? Er starrte in die Nacht, sah in der Ferne die roten Rücklichter des Volvo und beobachtete, wie sich Hipper nach links wandte, nach Norden. Er zögerte noch einige Sekunden, bevor er ins La Montagne zurückkehrte.

In der Küche bemerkte er die geöffnete Flasche Rotwein, schenkte sich ein Glas ein, trank es aus und nahm eine Taschenlampe zur Hand. Sie stammte aus seinem Koffer, der nach wie vor gepackt war – für den Fall, daß ein rasches Verlassen des Hotels notwendig wurde. Er durchsuchte alle drei Stockwerke des Gebäudes, doch von den Zündern fand er nicht die geringste Spur.

Es herrschte noch immer völlige Finsternis, als Klein den Lastwagen anhielt. Er hatte die Hauptstraße verlassen und den Lkw in einen Seitenweg gelenkt: Das Scheinwerferlicht erhellte ein Gehölz aus Kiefern und Fichten. Als er einen kurzen Blick in den Außenspiegel warf, stellte er fest, daß der Volvo Hippers einige Meter hinter dem Laster wartete.

»Was ist denn los?«

»Ich muß eine Stange Wasser in die Ecke stellen«, antwortete Klein dem Türken und grinste. »Jetzt können Sie das Steuer übernehmen. Kehren Sie zur Autobahn zurück und setzen Sie von dort aus die Fahrt nach Norden fort. Wir sind bereits ganz in der Nähe von Clervaux. Und gleich gebe ich Ihnen den Rest des Geldes …«

Noch mehr Geld? Der Türke versuchte, sich seine Überraschung nicht anmerken zu lassen. Er hatte sein Honorar bereits in Vevey erhalten – tausend Francs. Wußte dieser Mann nicht, daß er schon bezahlt worden war? Bei der Vorstellung, eine zweite 1000-Francs-Note zu erhalten, entstand freudige Aufregung in ihm, und er nahm sich vor, seiner Frau ein Geschenk zu kaufen …

»Da bin ich wieder.«

Mit einem plötzlichen Ruck öffnete Klein die Tür und nahm auf dem Beifahrersitz Platz. In der linken Hand hielt er einen Umschlag. Mit der rechten griff er nach dem langen Haar des Türken und zog seinen Kopf jäh zurück. Der Lastwagenfahrer war sicher, daß die Finger Kleins an seiner schlüpfrigen Mähne abglitten, und beugte sich vor – genau die Reaktion, mit der Klein gerechnet hatte. Er ließ den Kopf des Türken los und gab ihm einen kräftigen Stoß. Ein dumpfes Knacken und Knirschen ertönte, als die Stirn des Fahrers aufs Lenkrad stieß. Der Mann erschlaffte. Klein tastete nach der Halsschlagader. Nichts, kein Puls. Er nickte Hipper zu, der draußen wartete und einen kleinen Plastikkanister bereithielt.

»Tot«, sagte Klein, als er zu Boden sprang. Er ließ die Tür offen, näherte sich dem Gehölz, das er sich bereits vor einer Woche angesehen hatte, und suchte nach der richtigen Stelle. Jenseits der kleinen Fichten und Kiefern ging es steil in die Tiefe.

»Bringen wir die Sache hinter uns. Wir müssen zum La Montagne zurück, bevor Chabot irgendwelche Dummheiten macht. Seine langen Wanderungen gefallen mir gar nicht.«

Hipper trat an die Fahrerseite des Lasters heran und beobachtete kurz den Türken, der am Steuer zusammengesunken war – er würde Ankara und seine Familie nie wiedersehen. Hipper beugte sich ins Führerhaus, griff nach dem Schlüssel und schaltete die Zündung ein. In Paris hatte Klein eine geradezu absurde Summe für einen winzigen Beutel mit Kokain bezahlt: Er riß ihn nun auf und streute den Inhalt auf die Sitze. Wenn genug von dem weißen Pulver übrigblieb, mochte es bei den engstirnigen Typen von der Gerichtsmedizin zum gewünschten Aha-Effekt kommen.

Hipper hob den Plastikkanister und wartete, während Klein den Behälter überprüfte. Eine Zündschnur ragte daraus hervor. Es ging nun darum, so rasch wie möglich zu handeln. Klein holte sein Feuerzeug hervor und nickte Hipper zu, der noch immer auf dem Trittbrett stand und ihn fragend ansah.

Der Luxemburger legte den Gang ein, sprang zu Boden und hielt die Handbremse fest. Klein nickte zum drittenmal, als er die Zündschnur ansteckte. Hipper ließ die Handbremse los und drückte die Tür zu, und Klein warf den Kanister durch das geöffnete Fenster auf der Beifahrerseite. Der Laster hatte sich bereits in Bewegung gesetzt und rollte auf die Schlucht zu.

Irgend etwas machte Wusch, und Flammen leckten durchs Führerhaus. Der Lkw rumpelte weiter, und Klein folgte ihm. Das große Fahrzeug rollte an den kleinen Fichten und Kiefern vorbei, neigte sich nach vorn und stürzte in die Tiefe. Klein und Hipper eilten an den Rand des Abgrundes heran. Der Laster fiel an der steilen Felswand entlang, und dreißig Meter weiter unten prallte er mit einem donnernden Krachen auf den Boden. Für einige wenige Sekunden schloß sich eine fast unheimlich anmutende Stille an. Dann folgte der laute

Knall einer Explosion. Feuer gleißte. Qualm wallte an der steinernen Front der Schlucht empor. Klein rümpfte die Nase. Es stank nach Benzin und verbranntem Fleisch.

In Hinsicht auf den Türken brauchte er sich gewiß keine Sorgen mehr zu machen: Sicher blieb von der Leiche kaum mehr als eine verkohlte Masse übrig.

»Das wäre erledigt«, sagte Klein zufrieden. »Ein weiterer Punkt, den wir abhaken können.« Er deutete auf den Volvo. »Ich fahre.«

Tweed und Paula waren Nachtschwärmer: Wenn andere Leute zu Bett gingen, wurden sie erst richtig wach. Im Restaurant Le Pavillon nahmen sie in aller Ruhe ein spätes Abendessen ein und sprachen dabei über Alain Charvet und den Stand ihrer Nachforschungen.

»Es scheint, als könnten wir nichts Konkretes in Erfahrung bringen«, klagte Tweed. »Dauernd hören wir nur irgendwelche Gerüchte.« Er trank einen Schluck Kaffee, bat um die Rechnung und zeichnete sie ab.

»Warum haben Sie Charvet nicht das Bild Zarows gezeigt?« fragte Paula.

»Je weniger Leute es sehen, desto besser. Das heißt: bis wir irgendeine Spur gefunden haben.« Nachdenklich fügte er hinzu: »Seltsam: Ich habe mehrmals das Wort ›Phantom‹ benutzt, und das beweist, daß ich eigentlich gar nicht an die Existenz jenes Mannes glaube. Als ich Charvet anrief und mich bei ihm nach dem Namen des sogenannten Rekrutierers erkundigte, benutzte er den gleichen Ausdruck. Verstehen Sie?«

»Was soll ich verstehen?«

»Phantom. Geist. Keiner von uns ist wirklich davon überzeugt, daß ein mysteriöses Verbrechergenie namens Zarow irgendeine Katastrophe plant.«

»Angenommen, er ist wirklich so fähig, wie man behauptet: Vielleicht liegt es in seiner Absicht, daß wir genau zu diesem Schluß gelangen.«

Bevor Tweed eine Antwort geben konnte, trat der Empfangschef des Hotels an ihn heran und flüsterte ihm etwas zu. »Danke«, sagte Tweed. »Sagen Sie ihm, wir kommen gleich.« Er wartete, bis sie wieder allein waren. »Das hat mir gerade noch gefehlt!«

»Was ist denn nun schon wieder?«

»Arthur Beck, Leiter der Kantonspolizei. Er wartet in der Eingangshalle. Um diese Zeit... Wir sollten ihn wohl besser in mein Zimmer begleiten. Ich frage mich, was er von mir will...«

Paula nahm auf der Couch im Zimmer Tweeds Platz und musterte Beck. Sie fand, daß er gar nicht wie ein Polizeichef aussah. Er trug einen grauen Anzug, ein gestreiftes Hemd und eine blaue Krawatte mit dem Symbol eines Eisvogels. Beck wirkte eher wie ein erfolgreicher Geschäftsmann, ein Bankier vielleicht. In seinem pausbäckigen Gesicht fielen besonders die wachsam blickenden grauen Augen auf. Die dichten Brauen darüber waren ebenso dunkel wie sein Haar. Paula schätzte ihn auf Mitte Vierzig, und er hatte die Hautfarbe eines Mannes, der sich oft im Freien aufhielt.

Seine Bewegungen deuteten auf Selbstsicherheit hin, und er spielte mit einem silbernen Kugelschreiber, während er Tweed beobachtete, der ihn bereits seiner Assistentin vorgestellt hatte. Beck schien kaum überrascht zu sein, als Tweed sagte:

»Ich sollte Sie darauf hinweisen, daß ich inzwischen einer Spezialeinheit zur Terroristenbekämpfung zugeteilt wurde und dort den Rang eines Commanders einnehme. Hier ist mein Ausweis.«

»Ich kann es kaum glauben.« Beck starrte auf die Karte und reichte sie zurück. »Soll das heißen, Sie arbeiten nicht mehr für den Geheimdienst?«

»Die Sache ist ein wenig komplizierter.« Tweed lächelte dünn: Es war ihm also doch gelungen, Beck zu verblüffen. »Ich habe meine alte Stellung keineswegs aufgegeben und ermittle derzeit in einer seltsamen Angelegenheit. In diesem Zusammenhang: Ich würde gern wissen, warum Sie sich die Mühe machten, extra von Bern hierherzufliegen. Und woher Sie wußten, daß ich in der Schweiz bin.«

»Was Ihre erste Frage angeht: ich bin bereits seit gestern in der Stadt und leite die Untersuchungen bei einem Mordfall. Recht scheußliche Angelegenheit.« Er bedachte Paula mit einem kurzen Blick. »Und um Ihre zweite Frage zu beantworten: Als der Beamte von der Paßkontrolle Cointrins Ihren Namen las, wurde er argwöhnisch, sah auf einer bestimmten Liste nach und gab mir Bescheid.«

»Um was für einen Mordfall handelt es sich?« hakte Tweed nach. »Soweit ich weiß, kommt es hier nur selten zu solchen Verbrechen...«

»Nun...« Beck lächelte schief. »Da Sie jetzt auch für Scotland Yard arbeiten, kann ich wohl ganz offen sein.« Erneut ein kurzer Blick in Richtung Paula.

»Sie sprachen von einer ›scheußlichen Angelegenheit‹«, sagte sie. »Seien Sie unbesorgt. Ich bin an einiges gewöhnt.«

»Komische Sache. Der Tote wurde in einem Zug entdeckt, im Bahnhof Cornavin. Einer Putzfrau fiel auf, daß die Tür einer Waggontoilette nach wie vor von innen abgeschlossen war. Sie benachrichtigte den Schaffner. Der Mann schloß auf – und fand die Leiche eines kleinen und dicken Mannes. Der Kopf zur einen Seite geneigt, die Augen weit aufgerissen, der Mund geöffnet...« Beck sah Paula an. »Sein Hemd war blutbesudelt: Jemand hat ihm den Hals von einem Ohr bis zum anderen aufgeschlitzt.«

»Muß ausgesehen haben wie ein geschlachtetes Schwein«, erwiderte Paula und wich dem Blick Becks nicht aus. »Möchten Sie noch etwas zu trinken? Ein zweites Glas kann Ihnen bestimmt nicht schaden...«

»Warum ausgerechnet Champagner?« fragte Beck.

»Zu Ehren eines so netten Gastes«, sagte Paula und musterte ihn lächelnd, als sie einschenkte.

Lieber Himmel, dachte Tweed, sie ist dabei, ihn um den Finger zu wickeln. Arthur Beck! Er beobachtete, wie der Schweizer Anstalten machte, die eine Hand zu heben, sie dann aber wieder sinken ließ. Offenbar hatte er sich die Krawatte zurechtrücken wollen und war sich erst im letzten Augenblick seiner Reaktion bewußt geworden.

»Konnte der Tote identifiziert werden?« fragte Tweed.

»Oh, ja. Aber das hilft uns nicht weiter. Der Mann war Leiter der Entwicklungsabteilung bei Montres Ribaud, einem der renommiertesten Uhrenhersteller in La-Chaux-de-Fonds. Er galt als der beste Uhren-Designer in der ganzen Schweiz – damit meine ich die Feinmechanik. Ein großer Verlust.«

»Haben sich irgendwelche Anhaltspunkte ergeben?«

»Noch nicht. Die Leiche wurde erst gestern entdeckt. In der Tasche fanden wir eine einfache Fahrkarte von Vevey nach Genf. Allein das ist schon seltsam. Wir haben im Werk nachgefragt: Niemand konnte uns sagen, was den Ermordeten nach Vevey führte. Dort gibt es nur die zentrale Niederlassung der Nestlé-Gruppe. Nun, vielleicht erfahren wir morgen mehr.«

»Wie meinen Sie das?«

»Er hatte einen privaten Safe in seinem Büro. Niemand sonst kennt die Kombination. Einer meiner Kollegen arbeitet daran.«

»Sind Sie in bezug auf die russische Bande weitergekommen?« erkundigte sich Tweed wie beiläufig.

»Zum Teufel auch! Woher wissen Sie davon? Wir haben extra dafür gesorgt, daß nicht darüber berichtet wurde.«

»Ein Bekannter ließ mir einige Informationen zukommen. Sie verstehen sicher, daß ich seinen Namen nicht nennen kann. Wie ich hörte, steckt der UTS-Haufen dahinter. Erscheint mir sonderbar. Was halten Sie davon?«

»Das gleiche wie Sie«, erwiderte Beck. »Das Unternehmen wurde bestens vorbereitet, und eigentlich bezweifle ich, ob irgendein UTS-Spinner in der Lage wäre, einen derart perfekten Plan zu entwickeln. Die Kerle haben doch nicht alle Tassen im Schrank – eine freie Ukraine, meine Güte! Wäre natürlich nicht übel – würde die Macht der Sowjetunion erheblich beschneiden. Aber wird natürlich nur ein Traum bleiben. Übrigens wies der Goldraub noch einen anderen interessanten Aspekt auf. Die Verbrecher benutzten einen besonderen Sprengstoff, um sich Zugang in die Tresorkammer zu verschaffen.«

»Was für einen?«

»Keine Ahnung. Eine der beiden überfallenen Niederlassungen war die Züricher Kreditbank – und sie steht in dem Ruf, die sichersten Tresore der ganzen Schweiz zu haben. Ein dem Militär angehöriger Sprengstoffexperte untersucht den Fall, ein Colonel der Reserve – und zufälligerweise der Direktor der betroffenen Bank. Morgen fliege ich mit dem Hubschrauber nach Basel, um seinen Bericht entgegenzunehmen. Möchten Sie mich begleiten?«

»Nein, danke, nicht in einem Helikopter.« Tweed verzog das Gesicht. »Kann die Dinger nicht ausstehen. Ich ziehe es vor, mit dem Zug zu fahren. Wir treffen uns später in Basel.«

»Einverstanden. Wo kann ich Sie erreichen?«

»Im Hotel Drei Könige. Wann?«

»Am späten Nachmittag, wenn Ihnen das recht ist«, erwiderte Beck. »Ich hoffe, bis dahin ist es gelungen, den Safe Blancs zu öffnen. Gaston Blanc, der Tote im Zug. Vielleicht enthält er irgend etwas, das uns weiterbringt.« Er trank sein zweites Glas Champagner aus, stand auf, dankte Paula überschwenglich und schüttelte ihre Hand. Sie lächelte strahlend.

»Warum sind Sie hier?« wandte er sich dann an Tweed. »Um was geht es bei Ihren Nachforschungen?«

»Um Gerüchte über eine neue kriminelle Organisation, die in Westeuropa entsteht und angeblich irgendeinen enormen Coup plant.«

»Im Ernst?« Beck sah ihn überrascht an. »Alles nur dummes Zeug. Es wundert mich, daß man jemandem wie Ihnen den Auftrag gibt, solchen Hirngespinsten nachzujagen.«

Tweed schnitt eine Grimasse. »Mich ebenfalls«, gestand er ein.

»Oh, noch eine letzte Frage: Als Sie eben das Hotel Drei Könige in Basel erwähnten, klang das so, als hätten Sie bereits ein Zimmer gebucht.«

»Das stimmt auch. Der Goldraub hat mein Interesse geweckt.«

Tweed folgte Beck zum Lift und begleitete ihn bis auf die Straße. Der Schweizer drehte sich noch einmal zu ihm um, als der Fahrer eines bereitstehenden Wagens die Tür öffnete.

»Ihre neue Assistentin gefällt mir.« Beck zwinkerte kurz. »In ihrer Gegenwart fällt es Ihnen bestimmt nicht leicht, sich auf die Arbeit zu konzentrieren.«

»Unsere Beziehung ist rein beruflicher Natur«, sagte Tweed.

»Ach, tatsächlich? Das ist ja ganz was Neues.« Er gab Tweed einen sanften Stoß in die Rippen und meinte, bis zu seinem Abflug sei er im Genfer Polizeipräsidium zu erreichen. Dann stieg er ein.

Sprengstoff. Gruppe. Finanzierung. Tweed reichte Paula den Zettel mit der kleinen Liste. »Was schließen Sie daraus?«

»Nichts«, sagte sie, nachdem sie die drei Worte gelesen hatte. »Wollen Sie mich auf den Arm nehmen?«

Tweed schüttelte den Kopf und lehnte sich in dem bequemen Sessel zurück. »Nehmen wir einmal an, die Gerüchte haben Hand und Fuß. Der erste Punkt... Sprengstoff...« Er ließ Lysenko unerwähnt, als er Paula von dem mit Seeminen und Bomben beladenen Laster erzählte, der in der Türkei verschwunden war, von dem griechischen Frachter *Lesbos,* der sich irgendwo im Mittelmeer in Luft aufgelöst, von dem Armenier, den man aus dem Bosporus gefischt hatte.

»Ich sehe noch immer keinen Zusammenhang zwischen jenen Vorfällen«, sagte Paula schließlich. »Wahrscheinlich bin ich einfach zu blöd …«

»Wohl kaum. Stellen Sie sich vor, Ihre Absicht bestünde darin, ein großes Unternehmen zu planen. Den benötigten Sprengstoff haben Sie bereits. Aber Sie brauchen auch eine Gruppe – einige Halsabschneider, Profis. Solche Leute kosten *Geld*. Auf welche Weise könnten Sie Ihr Vorhaben finanzieren?«

»Mit einem Goldraub?«

»Wäre durchaus möglich. Als Hypothese nicht schlecht, oder?«

»Und wie soll der unbekannte Drahtzieher die erbeuteten Goldbarren zu Geld machen – um seine Leute zu bezahlen?«

»Keine Ahnung«, gestand Tweed ein. »Nun, dann hätten wir noch den Toten, jenen Gaston Blanc. Der Hals von einem Ohr bis zum anderen aufgeschlitzt … Auf diese Weise starb auch der Armenier, der den mit Sprengstoff beladenen Laster in die Türkei fuhr. Von Charvet haben wir erfahren, daß ein Mitglied der UTS aus dem Rhein gezogen wurde – ebenfalls mit aufgeschnittener Kehle.«

»Könnte reiner Zufall sein.«

»Oder auch nicht.« Tweed griff nach einer Streichholzschachtel, zündete den Zettel an und ließ die Reste in einen Aschenbecher fallen, den er anschließend in der Toilette entleerte. Als er zurückkehrte, hob Paula die leere Champagner-Flasche.

»In meinem Kopf sieht's ähnlich aus«, stöhnte Tweed. »Alles leer. Um ganz offen zu sein: Ich tappe völlig im dunkeln und überprüfe einfach nur das, was mir seltsam erscheint.« Er seufzte. »Ich glaube, wir sollten jetzt schlafen gehen. Vielleicht sieht morgen alles anders aus.«

Überraschenderweise bekamen sie am nächsten Morgen Besuch – von einem ziemlich ernst dreinblickenden Arthur Beck. Tweed und Paula hatten gerade ihr Frühstück beendet und begleiteten ihn in Tweeds Zimmer. Beck legte den Aktenkoffer auf den Tisch, gab Paula seinen Mantel und nickte nur, als sie ihm einen Kaffee anbot.

»Sie erraten nie, was wir im Safe Gaston Blancs gefunden haben – und was sich nun in dieser Aktentasche hier befindet.«

»Dann versuche ich's erst gar nicht«, erwiderte Tweed ruhig.

»Für was halten Sie das? Paula, Sie können es sich ebenfalls ansehen.«

Er holte sechs Fotokopien hervor und breitete sie auf dem Tisch aus, nachdem er sie entfaltet hatte. Paula bedeckte sie mit einer Zeitung, als ein Kellner vom Room Service kam und den Kaffee brachte. Als sie wieder allein waren, betrachtete Tweed die Diagramme aufmerksam, hob dann den Kopf und bedachte Paula mit einem fragenden Blick.

»Von solchen Sachen verstehe ich nichts«, sagte er. »Scheint sich um irgendwelche technischen Unterlagen zu handeln.« Er wandte sich an Beck. »Ich gebe auf.«

»Und ich habe ebenfalls das Handtuch geworfen. Aber glücklicherweise war im Polizeipräsidium ein Inspektor zugegen, der etwas von Sprengkörpern versteht. Er meinte, es seien Konstruktionspläne für ausgesprochen komplizierte Bombenzünder.« Er nahm zwei Blätter zur Hand. »Diese Zeichnungen hier betreffen angeblich gewisse Kontrollvorrichtungen. Heute nachmittag sehe ich Colonel Romer. Ich bin gespannt, was er davon hält.«

»Colonel Romer?«

»Der Bankdirektor, den ich gestern abend erwähnte. Seit dem Goldraub sind inzwischen zwei Monate vergangen, und er hat jetzt den Untersuchungsbericht über den speziellen Sprengstoff fertiggestellt. Ich glaube, ich wies bereits darauf hin, daß er sich mit solchen Dingen auskennt. Hat echt was drauf.«

»Basel könnte sich als interessant erweisen«, warf Tweed leise ein.

»Vielleicht sogar als *besonders* interessant. Ich habe eben mit dem dortigen Polizeichef telefoniert. Man hat gerade eine zweite Leiche aus dem Rhein gefischt – einen weiteren Angehörigen der Russischen Bande. Wurde an einem seltsamen Ort gefunden – am nördlichen Ufer, vor dem Frachtkahnhafen.«

»Woher wissen Ihre Kollegen, um wen es sich handelt? Nach acht Wochen im Wasser müßte der Verwesungsprozeß bereits weit fortgeschritten sein. Glauben Sie, der Leichnam wurde vom Hafen aus in den Rhein geworfen?«

»Nein. Wir gehen davon aus, daß ihn die Strömung herantrieb. Und was die Identität des Toten betrifft... Er trug Papiere bei sich, in einer wasserdichten Tasche. Wir haben in München nachgefragt, und dort wurde der Name bestätigt. Falls das noch nicht genügen sollte: Sein Hals war...«

»Von einem Ohr bis zum anderen aufgeschlitzt«, beendete Tweed den Satz.

»Glauben Sie, es wird klappen?« fragte Klein.

»Selbstverständlich«, erwiderte Chabot. »Ich verstehe meine Arbeit.«

Bisher war Klein immer ganz ruhig und beherrscht gewesen, doch seine Frage deutete zumindest auf eine gewisse Nervosität hin. Nein, verbesserte sich Chabot in Gedanken. Es ist keine Nervosität, sondern Aufregung, eine Art unruhige Erwartung. Diese Reaktion weckte dumpfes Unbehagen in dem Franzosen.

Die beiden Männer saßen in der Küche des Hotels de la Montagne, an einem Tisch, den Chabot sorgfältig abgeschrubbt hatte, bevor er mit der Arbeit begann. Einer der montierten Zünder lag in seinem weißen Metallgehäuse. Chabot hatte eine Uhrmacherlupe verwendet – er führte ständig eine bei sich –, um die winzigen Komponenten des komplexen Mechanismus gemäß den Anweisungen der Konstruktionsunterlagen zusammenzusetzen, die von Klein stammten.

Fasziniert beobachtete Klein, welches Geschick die dicklichen Finger Chabots offenbarten, als er mit den kleinen Teilen hantierte. Das einzige Objekt, das jetzt noch fehlte, war der Detonator.

Er dachte kurz zurück an die Auseinandersetzung über den Ort, an dem die Montagearbeit stattfinden sollte. Unmittelbar nach seiner Rückkehr hatte Klein den Franzosen in den Weinkeller unter dem Hotel geführt, in ein Labyrinth aus dunklen und muffig riechenden Gängen. Chabot rümpfte die Nase, trat nach einer Ratte, die sich zu nahe an ihn heranwagte, und schüttelte entschieden den Kopf. Er war nicht bereit, unter solchen Bedingungen zu arbeiten. Außerdem, so fügte er hinzu, brauche er mehr Licht. Nur die Küche käme in Frage.

»Dort könnte man Sie beim Zusammenbau der Zünder beobachten«, gab Klein zu bedenken.

»Das ist doch völliger Unsinn!« entfuhr es Chabot aufgebracht. »Sehen Sie aus dem Fenster. Dieses Zimmer befindet sich mehr als drei Meter über dem Boden. Und direkt gegenüber ragt eine steile Felswand empor. Wer soll mich beobachten? Ich arbeite hier, und damit hat sich's.«

Jetzt warteten sie auf den Abschluß eines wichtigen Experiments. Hipper hatte eine der Kontrollvorrichtungen genommen und war mit dem Volvo losgefahren. In einer Entfernung von rund zehn Kilometern sollte er an einer abgelegenen Stelle anhalten, die Steuerungseinheit zur Hand nehmen und eine ganz bestimmte Taste betätigen.

»Er ist schon seit einer ganzen Weile unterwegs«, brummte Klein. »Meine Güte, hoffentlich hatte er keinen Unfall…«

Wäre durchaus möglich, dachte Chabot und erinnerte sich an den waghalsigen Fahrstil Hippers. Er zündete sich eine Zigarette an und lehnte sich entspannt zurück. Trotz seiner wachsenden Ungeduld bemerkte Klein die Selbstsicherheit des Franzosen – eine Tugend für jemanden, der es bald mit einem ganzen Berg hochexplosiven Sprengstoffs zu tun bekommen würde.

Klick!

Klein zuckte unwillkürlich zusammen, und Chabot sah auf die Uhr. Er hatte sie mit der Hippers verglichen, bevor sich der Luxemburger auf den Weg machte. Es kam darauf an festzustellen, ob der Auslösezeitpunkt übereinstimmte. Nur auf diese Weise konnten sie sicher sein, daß eine unmittelbare Zündung erfolgte.

»Es funktioniert!« sagte Klein, und seine Stimme überschlug sich fast dabei.

»Hatten Sie etwas anderes erwartet?« Chabot nahm einen neuerlichen Zug von der Zigarette und trank einen Schluck Bier. »Jetzt brauche ich nur noch neunundfünfzig weitere Zünder zu montieren. Das dauert eine Weile. Wieviel Zeit habe ich?«

»Genug. Machen Sie sich sofort an die Arbeit. Und beschränken Sie Ihre nächtlichen Spaziergänge auf ein Minimum. Hipper sorgt dafür, daß Sie genug zu essen und zu trinken bekommen.«

»Vergessen Sie nicht, mir den Kellerschlüssel zu überlassen. Zwar montiere ich die Dinger hier in der Küche, aber der Koffer bleibt unten. Und noch etwas: Ich möchte Hipper nicht jedesmal um Erlaubnis fragen müssen, wenn ich pinkeln gehen will. Verstehen Sie?«

Aber Klein hatte die Küche bereits verlassen und ging nach oben, um sich umzuziehen und seine Sachen zu packen. In Gedanken beschäftigte er sich schon mit der nächsten Phase seines Plans. Er beabsichtigte, so schnell wie möglich nach Paris zu reisen. Dort warteten zwei wichtige Aufgaben auf ihn.

Erstens: Lara Seagrave mußte einen weiteren Auftrag erhalten, der sie beschäftigte. Und zweitens: Es galt, den besten Scharfschützen Westeuropas zu verpflichten.

17

»Lassen Sie uns mit der Straßenbahn fahren«, schlug Tweed vor, als er zusammen mit Paula den Bahnhof Basels verließ und in den Sonnenschein trat. »Wenn ich mich recht erinnere, ist die Linie acht richtig. Sie hält direkt vor dem Hotel Drei Könige.«

»Ich mag Straßenbahnen, aber… warum?« erwiderte Paula. »Ich nehme an, Sie haben einen bestimmten Grund dafür. Sie scheinen sich in Basel gut auszukennen.«

»Ich hatte einmal Gelegenheit, hier einen ganzen Monat zu verbringen. Dort drüben…« Tweed deutete auf eine nahe Haltestelle. »Und ja: Es gibt einen guten Grund. Die Strecke der Linie acht führt am Bankverein vorbei. Ich möchte mir den Ort ansehen, wo der Goldraub stattfand.«

Sie warteten auf einer schmalen Verkehrsinsel, die kaum hundert Meter vom alten und prunkvoll aussehenden Bahnhof entfernt war. Als die nächste Tram eintraf, ließ sich Tweed vom Fahrer die Route bestätigen, bevor sie einstiegen. Die Straßenbahn rollte los, und Tweed wählte einen Platz auf der rechten Seite.

Die grünen Wagen rumpelten über die im Asphalt eingelassenen Gleise, vorbei an altehrwürdigen Gebäuden. Tweed wies darauf hin, daß die meisten Häuser bereits sieben- bis achthundert Jahre alt waren. Durch die Lautsprecher wurde jeweils die nächste Haltestelle angekündigt. Nach einigen Minuten erklang erneut die Stimme des Fahrers. *Bankverein.* Die Tram wurde langsamer, und Tweed blickte aus dem Fenster.

»Dort ist die Züricher Kreditbank«, flüsterte er Paula zu. Er sah sich um, während Passagiere ein- und ausstiegen. Auf den Straßen herrschte ziemlich dichter Verkehr. Kurz darauf ging die Fahrt weiter.

»Seltsam«, sagte er.

»Was meinen Sie?«

»Goldbarren im Werte von zwölf Millionen Francs. Ich frage mich, wie sie fortgebracht wurden. Wir sind hier im Stadtzentrum.« Er überlegte. »Vielleicht fand der Überfall am Sonntag statt. Dann sind die Straßen leer ...«

Nach einigen weiteren Haltestellen sah Paula das Hotel Drei Könige, ein ebenfalls sehr altes Gebäude. Als sie über die Straße gingen, deutete Tweed auf den Rhein. Eine andere Tram fuhr gerade über eine Brücke, die den breiten Fluß überspannte. Im Gegensatz zu Genf, wo man ständig mit einer gewissen Aufregung konfrontiert wurde, wirkte Basel trotz des lebhaften Verkehrs eher ruhig und friedlich.

Im Hotel Drei Könige wartete bereits eine Nachricht auf Tweed und Paula.

»Was für eine nette Überraschung«, brummte Tweed, als Paula nach zehn Minuten zu ihm kam. Er deutete auf einen Blumenstrauß und die Karte daneben. »Für Sie. Offenbar glaubt Beck, wir teilten uns ein Zimmer.«

»Vielleicht hält er das für angemessen«, sagte Paula lächelnd und griff nach der Karte. *Willkommen in Basel, Paula. Tweed, rufen Sie mich unter dieser Nummer an ... Arthur Beck.* »Die Blumen sind wirklich hübsch. Sehr aufmerksam von ihm, nicht wahr?« Sie hob den Kopf. »Oh, Sie haben den gleichen herrlichen Ausblick wie ich.«

Sie trat an die Glastür heran, durch die man auf den Balkon gelangen konnte. Unmittelbar jenseits eines schmalen Bürgersteigs floß der Rhein. Erneut rollte eine Straßenbahn über die nahe Brücke, unter der gerade ein langer Kahn dahintuckerte. Eine große Kanevasplane bedeckte die Frachtluken; das Ruderhaus befand sich am Heck.

»Einmal habe ich mit einem Freund Urlaub auf einem solchen Schiff gemacht«, sagte Paula verträumt. »Es war nicht ganz so groß, aber … Nun, vom belgischen Dinant aus nahmen wir den Canal de l'Est, und durch den Canal de la Marne au Rhin fuhren wir nach Frankreich. Südlich von hier erreichten wir den Rhein.« Sie drehte sich um. »Wann wollen Sie sich mit Beck in Verbindung setzen?«

»Das habe ich bereits.« Tweed blieb neben ihr stehen und beobachtete den Frachtkahn, ohne ihn wirklich wahrzunehmen. »Er müßte jeden Augenblick hier sein. Und er bringt Colonel Romer mit – den Direktor der Züricher Kreditbank, die bei dem Überfall das meiste Gold verlor.«

»Soll ich mich verdünnisieren, wenn sie …«

Das Telefon klingelte. Tweed schüttelte den Kopf, als er nach dem Hörer griff. »Bleiben Sie ruhig hier. Vielleicht fällt Ihnen etwas auf, was ich übersehe.« Er nahm ab, sprach einige Worte auf deutsch und legte wieder auf. »Sie sind bereits auf dem Weg hierher.«

Kurz darauf kam Beck in Begleitung eines kräftig gebauten und in einen marineblauen Anzug gekleideten Mannes herein. Er trug einen gepflegten Bart, und sein Haar war ebenso grau wie die Brauen. Er hielt sich betont gerade, bewegte sich mit militärischer Präzision. Beck übernahm die Vorstellung. »Commander Tweed … Seine Assistentin, Miß Paula Grey …«

Romer musterte sie beide und fand sie offenbar seines Vertrauens würdig. Er verlor keine Zeit und kam sofort auf den Kern der Sache zu sprechen. »Sie wissen sicher, daß uns Gold im Wert von zwölf Millionen Francs gestohlen wurde. Sowohl meiner Bank als auch einer anderen. Die hiesige Polizei kommt mit ihren Ermittlungen nicht weiter. Was ist mit Ihnen?«

»Wann fand der Überfall statt?« fragte Tweed.

»Am Sonntag. Mitten in der Nacht.« Colonel Romer legte seine Aktentasche auf den Tisch.

»Wie konnten die Verbrecher mit einer so schweren Beute entkommen?«

»Das ist es ja gerade«, erwiderte Romer knapp und setzte sich, als ihm Tweed einen Platz anbot. »Zunächst nahm die Polizei an, die Gangster hätten sich mit einem Flugzeug abgesetzt. Sonntagnacht startete eine Fokker, genau zum richtigen Zeitpunkt, wie es schien. Ich meine, ein Laster mit dem geraubten Gold hätte den Flugplatz rechtzeitig erreichen können. Nun, zunächst ging man von einer solchen Annahme aus ...«

»Und jetzt?«

»Es schien alles zu passen«, fuhr Romer fort. »Der Flugplan sah als Ziel Paris vor, Orly. Aber dort kam die Maschine nie an. Daraufhin wurden die Unterlagen geprüft, und man stellte fest, daß es sich um Fälschungen handelte. Tja, die Fokker verschwand einfach.«

»Hätte sie so viele Goldbarren transportieren können?«

»Damit treffen Sie erneut ins Schwarze«, sagte Romer anerkennend. Der hinter ihm sitzende Beck nickte Paula zu: Der Colonel ließ sich nicht so leicht beeindrucken. »Diesen Punkt habe ich selbst überprüft«, fügte er hinzu. »Nein, mit einer Fokker wären die Verbrecher nicht in der Lage gewesen, das gesamte Gold fortzubringen. Ich glaube, es war nur ein Ablenkungsmanöver – um uns auf eine falsche Fährte zu lokken.«

»Sie sind Bankier«, sagte Tweed. »Welche Möglichkeiten haben die Täter, ihre Beute zu Geld zu machen?«

»Gute Frage. Ich habe sie mir selbst schon mehrfach gestellt. Mir fällt nur eine Antwort ein: mit Hilfe eines korrupten Bankiers oder eines Fachmanns, der sich im Goldgeschäft auskennt. Übrigens: Sie bekämen natürlich nicht den vollen Gegenwert. Acht Millionen – wenn sie Glück und die richtigen Kontakte haben. Vermutlich werden die Barren auf dem Schwarzmarkt in Luxemburg oder Brüssel angeboten. Vielleicht auch in London. Ich gebe Ihnen eine Adresse.«

Er zog eine weiße Karte aus seiner Brieftasche, schrieb einige Worte darauf und reichte sie Tweed. »Nennen Sie meinen Namen. Aus offensichtlichen Gründen habe ich ihn nicht notiert. Der Herr wird mich zurückrufen und um eine Bestätigung bitten, und anschließend ist er bestimmt bereit, mit Ihnen zu sprechen.«

»Wer käme als Käufer für das gestohlene Gold in Frage? Ich meine die Endabnehmer...«

»Rußland«, erwiderte Romer sofort. »Ganz oben auf der Liste. Ich habe wahrscheinlich übertrieben, als ich vorhin sagte, die Mistkerle bekämen acht Millionen. Eher nur sechs. Die Zwischenhändler wollen auch ihren Anteil. Und dann schließlich die Sowjetunion. Wenn sie das Gold weiterverkauft, bekommt sie vier oder fünf Millionen praktisch geschenkt. Und noch dazu in harten Devisen.«

»Ich bin nur in groben Zügen über den Handel mit solchen Barren informiert«, sagte Tweed. »Soweit ich weiß, bekommt jeder einen Ursprungsstempel, nicht wahr?«

»Sie haben recht. Der Zwischenhändler schmilzt das Gold ein, entfernt auf diese Weise die Markierungen und gießt anschließend neue Barren. Später kann man nicht mehr feststellen, woher das Zeug kommt. Natürlich braucht man dazu umfangreiche gerätetechnische Anlagen. Der Mann in London kann Ihnen Näheres mitteilen.« Romer öffnete seine Aktentasche. »Nun, Beck sagte mir, Sie wünschen Informationen über den verwendeten Sprengstoff.«

»Das würde mir vermutlich weiterhelfen.«

Der Colonel schürzte skeptisch die Lippen. »Da bin ich gar nicht sicher.« Er reichte Tweed einige mit Schreibmaschine beschriebene Blätter. »In Englisch – für Ihre Fachleute. Eins steht fest: Es handelt sich um eine neue Art von Sprengstoff. Es wurde eine chemische Analyse durchgeführt, aber mit den Daten kann ich nichts anfangen. Unsere Jungs mußten sich bei ihrer Untersuchung mit einigen wenigen Flecken an den Wänden der Tresorkammer begnügen. Oh, ehe ich's vergesse: Die Bombe war recht schlau konstruiert. Sie verfügte über eine besondere Bleiverschalung...«

»Die für eine genaue Ausrichtung der Druckwelle sorgte...« Tweed warf Paula einen kurzen Blick zu. Die junge Frau wirkte plötzlich sehr blaß.

»Neunzig Prozent der Tresortür wurden vollständig zerstört«, fuhr Romer fort. »Und sie bestand aus massivem, neun Zentimeter dickem Stahl...« Er entnahm seinem Aktenkoffer eine kleine Tasche und reichte sie Tweed mitsamt einem Schlüssel.

»Sie enthält einen Plastikbeutel mit einigen Resten, die unsere Spezialisten vom Boden der Tresorkammer kratzten. Vielleicht können Ihre Leute irgend etwas damit anfangen; angesichts der vielen IRA-Anschläge mangelt es ihnen sicher nicht an Erfahrung. So, ich glaube, das wär's.«

Beck holte einen Umschlag hervor und gab ihn Tweed. »Kopien der Blaupausen, die in Gaston Blancs Bürosafe gefunden wurden. Colonel Romer meint, es handele sich um Konstruktionsunterlagen für Zünder und Kontrollvorrichtungen. Nehmen Sie sie ebenfalls mit. Mehr können wir Ihnen leider nicht zur Verfügung stellen.«

»Da ist noch eine Sache«, sagte Tweed. »Ich würde mir gern den Frachthafen am Rhein ansehen, die Stelle, wo man die zweite Leiche entdeckte...«

»Also los«, sagte Romer. »Wir können meinen Wagen nehmen.« Er wandte sich an Beck. »Ihr Freund Tweed gefällt mir. Er hat jenen Blick...«

»Was für einen Blick?«

»Wie ein Bluthund. Wie jemand, der niemals aufgibt.«

Romer ging voraus, und Tweed und Paula folgten ihm. Beck bildete den Abschluß, als sie über Dutzende von Geleisen hinwegschritten. Eine kleine Halbinsel schirmte den eigentlichen Frachthafen vom Rhein ab. Tweed sah mehrere große Silos, hinter denen riesige Öltanks wie weiße Kuchen emporragten.

Am Flußufer lagen Schiffe in Dreierreihen vor Anker. Der

Wind wehte ihnen einen für Hafenviertel typischen Geruch entgegen: Es stank nach Öl, Teer und Harz. Nach einer Weile blieb Romer stehen und forderte Paula auf, an seine Seite zu treten. »Sie haben auch auf den Colonel Eindruck gemacht«, flüsterte Tweed ihr zu.

Die junge Frau lächelte keck, und Romer ergriff sie am Arm. In der anderen hielt er einen Stab, mit dem er über den ölig glänzenden und träge dahinströmenden Fluß deutete. »Das dort ist die französische Seite«, sagte er und zeigte aufs andere Ufer.

»Und dort drüben?« Paula sah nach Osten. »Deutschland?«

»Sie haben's erfaßt. Wie ich sehe, ist der Bagger noch bei der Arbeit...«

Tweed und Beck kamen ebenfalls heran und blieben am Ende der Halbinsel stehen. Auf der anderen Seite der Hafenzufahrt wuchsen Zypressen vor einem Industriekomplex. Arbeiter in fleckigen Overalls schlenderten umher.

»Meinen Sie den Bagger, der die zweite Leiche aus dem Wasser holte?« fragte Paula.

»Genau den«, bestätigte Romer.

Er beobachtete Tweed, der die Hände tief in die Taschen geschoben hatte und auf die große Maschine starrte. Die Schleppschaufel zog Felsen aus den graubraunen Fluten. Der Kahn daneben hatte Schlagseite, und ein Teil des Bugs befand sich unterhalb der Wasserlinie. Einige Männer waren damit beschäftigt, weitere Taue an dem Schiff zu befestigen.

»Wird regelmäßig Schlick aus dem Hafenbecken entfernt?« fragte Tweed. »Die Zufahrt ist ziemlich schmal – und der Rhein fließt daran vorbei.«

»Lieber Himmel, nein!« erwiderte Beck. »Der mit den Felsen beladene Kahn dort drüben ist gekentert. Deshalb der Bagger – um die Fracht zu bergen und eine Blockierung der Fahrtrinne zu verhindern. Es war reiner Zufall, daß die Schleppschaufel zuerst die Leiche hervorholte. Bot einen ziemlich üblen Anblick nach der langen Zeit im Wasser.«

»Normalerweise braucht der Hafen nicht ausgebaggert zu werden?« fragte Tweed erneut.

»Nein. Sehen Sie sich die Strömung an. Führt direkt an der Zufahrt vorbei, wie Sie eben selbst bemerkten. Deshalb sammelt sich hier kein Schlamm an.«

»Wie soll dann die Leiche angetrieben worden sein?«

Langes Schweigen folgte, bevor Beck zu einer Antwort ansetzte. Paula stellte fest, daß Romer Tweed noch einmal eingehend musterte und dabei an seinem Bart zupfte. Dadurch wirkte er noch nachdenklicher.

»Das ist nur eine Vermutung«, erwiderte Beck schließlich. »Sie wurde auch im Polizeibericht erwähnt...«

»Und wo fand man die erste Leiche?«

»Beim Rheinfall von Schaffhausen. Ein ganzes Stück stromaufwärts. Deshalb gingen wir davon aus, daß die zweite Leiche dort ebenfalls in den Fluß geworfen und von der Strömung hierhergetrieben wurde. Beide Männer gehörten zur UTS und führten Straßenkarten Basels bei sich, auf denen zwei Banken gekennzeichnet waren.«

»Die hier entdeckte Leiche konnte aufgrund der Papiere in einer wasserdichten Brieftasche identifiziert werden. Was ist mit dem anderen Toten, den man bei Schaffhausen aus dem Rhein fischte?«

»Er hatte ebenfalls eine neue und wasserdichte Brieftasche bei sich...«

»Eine *neue?*«

»Ja. In München gekauft. Es ist uns sogar gelungen, das Geschäft ausfindig zu machen.«

»Kommt Ihnen das nicht seltsam vor?« fragte Tweed. »Daß der Mörder so deutliche Spuren hinterließ? Er hätte seinen Opfern ganz einfach die Papiere abnehmen können –

und dann wäre es nicht möglich gewesen, eine Verbindung zur UTS herzustellen.«

»Komische Sache«, gestand Beck ein. »Wir haben noch keine Erklärung dafür …«

»Es gibt nur eine: Bei einer Entdeckung der Leichen sollte Ihr Verdacht auf die UTS gelenkt werden. Ganz offensichtlich bestand die Absicht des Mörders darin, Sie auf eine falsche Fährte zu locken, um von dem eigentlichen Motiv für den Goldraub abzulenken.«

»Das ist nichts weiter als eine Annahme«, sagte Beck.

»Aber eine, die mir durchaus plausibel erscheint«, warf Romer ein.

»Wo genau wurde die Leiche entdeckt?« fragte Tweed.

»Auf der Leeseite des Hafenbereichs dort drüben. Als die Schleppschaufel des Baggers zum erstenmal ins Wasser gelassen wurde, holte sie sowohl den Toten als auch einen großen Felsen nach oben. Wir hatten Glück: Die Schaufel muß zuerst den Felsen und dann die Leiche angehoben haben. Andernfalls wäre der Körper von dem großen Stein zu Brei zerquetscht und vielleicht nicht einmal bemerkt worden. Wie Sie sehen, werden die Felsen in den Frachtkahn neben dem Bagger verladen.«

Paula wandte sich um und gab sich den Anschein, als beobachte sie die inneren Hafensektionen. Sie stellte sich eine stark aufgeblähte Leiche vor, einen tonnenschweren Stein, der auf den Körper rollte und ihn zermalmte. Die junge Frau schluckte und atmete tief durch. Als sie sich wieder umdrehte, kam Beck auf einen anderen Punkt zu sprechen.

»Möglicherweise hat es in diesem Zusammenhang nichts weiter zu bedeuten, aber … Nun, in einem Schließfach von Cornavin Gare wurde ein blutbesudelter Mantel gefunden. Wahrscheinlich trug ihn der Mann, der Gaston Blanc umbrachte. Auf dieser Grundlage haben die Experten von der Gerichtsmedizin die vermutliche Größe und das Gewicht des

Täters ermittelt. Muß ein wahrer Riese gewesen sein. Hier sind die Einzelheiten.«

Er holte ein zusammengefaltetes Blatt hervor, und Tweed steckte es ein, ohne einen Blick darauf zu werfen. »Ich glaube, wir können jetzt zurückkehren«, sagte er und beobachtete noch immer den Bagger.

»Wir haben alles gesehen, was es zu sehen gibt«, bestätigte Beck. Während des Rückwegs unterhielt sich Paula leise mit Colonel Romer, und der Leiter der Kantonspolizei wandte sich an Tweed. »Da wäre noch etwas. Der Wagen Gaston Blancs stand am Rande einer Straße, die nach Broc führt – die Stadt, in der sich das Nestlé-Werk befindet. Ein weiteres Rätsel.«

»Interessant«, meinte Tweed.

»Meinen Sie? Oh, ehe ich es vergesse: Ich habe noch einen weiteren Leckerbissen für Sie. Mein Assistent, der alle Berichte durchgeht, bevor er sie an mich weitergibt, macht gerade Urlaub. Derzeit muß ich mich mit einem Mädchen begnügen, das mir alles auf den Schreibtisch kübelt. Worauf ich hinauswill? Ein Nestlé-Transporter verschwand kürzlich auf dem Weg nach Brüssel. Sowohl von dem Laster als auch von dem türkischen Fahrer fehlt jede Spur. Dicker Hund, was?«

»Wir sollten morgen nach London zurückfliegen«, schlug Tweed vor, nahm in einem Sessel Platz und streckte die Beine von sich. Sie hatten zu Abend gegessen, und Paula leistete ihm in seinem Zimmer Gesellschaft.

»Glauben Sie noch immer, wir jagen Geistern und Phantomen nach?« fragte die junge Frau.

»Inzwischen nehme ich einen neutraleren Standpunkt ein. Es gibt da einige Dinge, die mich sehr nachdenklich machen.«

»Zum Beispiel?«

»Die Anzahl der Toten mit aufgeschnittener Kehle ist auf vier angewachsen. Dikoyan, der Armenier, der den mit Seeminen und Bomben beladenen Lkw in die Türkei fuhr. Dann die beiden Angehörigen der UTS, die aus dem Rhein gefischt wurden. Sie starben auf die gleiche Weise. Und wurden ebenfalls ins Wasser geworfen. Schließlich Gaston Blanc – der Zünder und Kontrollvorrichtungen herstellte ...«

»Das wissen wir nicht genau. Vielleicht hatte er zum Zeitpunkt seines Todes noch nicht mit der Arbeit daran begonnen.«

»Möglich. Aber warum wurde er ermordet, wenn er seinen Auftrag noch nicht erledigt hatte?«

»Ist das alles?« fragte Paula.

»Nein. Der Sprengstoff, mit dem die Tresorkammern aufgesprengt wurden. Ich habe Ihre Reaktion bemerkt, als Romer von einer besonderen Bleiverschalung sprach. Sie erinnerten sich an Blakeney, nicht wahr?«

»Das lag auf der Hand. Aber es ist eine ganz schöne Strecke von Basel bis nach Blakeney.« Paula zögerte kurz. »Ich frage mich, ob Bob Newman bereits irgend etwas herausgefunden hat ...«

»Er wird sich mit uns in Verbindung setzen, wenn er etwas entdeckt«, erwiderte Tweed. »Nun, eine Frage beschäftigt mich mehr als alle anderen. Und die Antwort könnte uns vermutlich Aufschluß darüber geben, was es mit der Verschwörung auf sich hat – wenn es überhaupt eine gibt.«

»Was meinen Sie?«

»Vielleicht wissen wir mehr, nachdem Bellenger die Proben untersucht hat, die Romer mir zur Verfügung stellte ...«

»Sie können einem auf die Nerven gehen. Wie lautet die Frage?«

»Wie wurde das geraubte Gold fortgebracht – und für wen war es bestimmt?«

Während Paula die Tickets für den Rückflug nach Heathrow besorgte, saß Tweed am Fenster, ließ seinen Blick über die glänzende Wasserfläche des Rheins schweifen und beobachtete die vorbeituckernden Kähne. Als die junge Frau zurückkehrte, griff er zum Telefon, wählte die Nummer der Züricher Kreditbank und bat darum, mit Colonel Romer verbunden zu werden.

»Colonel? Hier ist Tweed. Ich habe noch eine letzte Frage. Sie scheinen über alle Maßnahmen informiert zu sein, die die Polizei unmittelbar nach dem Goldraub ergriff. Ich nehme an, es wurden Straßensperren errichtet?«

»Sofort nach dem Alarm. Die Verbrecher schalteten zwar das Sicherheitssystem aus, aber dabei übersahen sie eine Komponente – ausgerechnet die, die einen Defekt aufwies. Die Polizei wurde erst nach einer halben Stunde benachrichtigt. Die Spezialisten untersuchten den Schaltkasten später, mit dem gleichen Ergebnis: Als das Ding ausgelöst wurde, dauerte es eine halbe Stunde, bis es reagierte.«

»Und die Straßensperren?«

»Wie ich schon sagte: sofort nach dem Alarm. Später fand man einen großen Laster am Flugplatz, mit Goldspuren auf der Ladefläche. Deshalb vermutete man zunächst, die Beute sei mit der Fokker fortgebracht worden.«

»Ich würde gern wissen, in welcher Entfernung vom Tatort die Kontrollen durchgeführt wurden.«

»Oh, am Stadtrand. Ich schätze, zehn bis fünfzehn Kilometer von den überfallenen Banken entfernt...«

»Und in den inneren Bezirken wurden keine Sperren errichtet? In der Stadtmitte, zum Beispiel?«

»Nein. Das schien keinen Sinn zu haben. Es war Sonntagnacht, und es herrschte kein nennenswerter Verkehr. Außerdem hatten die Gangster dreißig Minuten Vorsprung.«

»Danke.«

Tweed legte wieder auf und berichtete Paula von dem Gespräch, als sie ihm sein Ticket reichte. Sie hörte ruhig zu und runzelte dann die Stirn.

»Ich verstehe nicht, was es mit Ihrer Frage auf sich hat...«

»Seltsam«, erwiderte Tweed und starrte ins Leere. »Ich

denke wieder wie ein Kriminalkommissar, der eine Ermittlung leitet, und ich erinnere mich an Dinge, die ich längst vergessen glaubte. Meine Ausbildung, die Erfahrungen, die ich damals bei Scotland Yard sammelte – es scheint erst gestern gewesen zu sein. Ein eigentümliches Gefühl …«

»Das ist keine Antwort auf meine Frage«, stellte Paula fest.

»Wohl nicht. Ich komme mir vor wie jemand, der durch dichten Nebel irrt und nur vage Schemen sieht, ohne zu wissen, was sie darstellen …«

»Manchmal ist es wirklich nicht leicht, mit Ihnen zusammenzuarbeiten.«

»Da würde Ihnen Monica zustimmen. So, auf geht's, nach London …«

18

Um elf Uhr abends kehrte Klein zum Hotel de la Montagne zurück. Hipper saß in der Küche und sah überrascht auf. Er hatte angenommen, Klein bliebe einige Tage fort. Andererseits war ein solches Verhalten typisch für ihn: Man konnte nie wissen, was der sonderbare Mann im Schilde führte.

»Wie läuft's?« fragte Klein.

Chabot ließ die Uhrmacherlupe sinken und hob den Kopf. Auf dem Tisch lagen Dutzende von Komponenten jener Präzisionsinstrumente, die Gaston Blanc in seiner Werkstatt hergestellt hatte.

»Zehn Geräte sind bereits fertig«, sagte der Franzose.

»Sie arbeiten schneller, als ich erwartet habe. Noch fünfzig weitere, und Sie sind fertig.«

»Inzwischen kenne ich den Mechanismus. Deshalb komme ich schneller voran. Ich schätze, für den Rest brauche ich noch etwa drei Tage.«

»Ich verstaue sie in dem besonderen Koffer«, warf Hipper ein. »Jeweils fünf auf einmal...«

»Und sind alle getestet, so wie das erste Exemplar?« fragte Klein.

Im Licht der Neonlampe waren seine Wangen noch bleicher. Die kalkweißen Züge wirkten starr, wie die einer Maske. Er beugte sich über den Tisch, als Hipper antwortete.

»Ja, natürlich. Wir testen immer fünf gleichzeitig. Abends, wenn es dunkel geworden ist. Die Einheimischen haben sich bereits daran gewöhnt, daß ich umherstreife. Und sie mögen mich nicht, halten sich von mir fern. Was uns nur recht sein kann.«

»Ich würde Ihnen gern eine Frage stellen«, sagte Chabot

und zündete sich eine Zigarette an. »Ich habe nachgedacht…«

»Eine gefährliche Angewohnheit«, erwiderte Klein, und seine Stimme war dabei kaum mehr als ein leises Zischen.

»Eine Frage«, wiederholte der Franzose ruhig. »Und ich möchte eine Antwort, bevor ich die restlichen Apparate montiere. Fünf Kontrollvorrichtungen und eine nicht unerhebliche Anzahl an Zündern – das deutet auf eine große Menge Sprengstoff hin. Vergessen Sie nicht: Ich bin Fachmann auf diesem Gebiet. Was haben Sie vor? Wie viele Leute sind an dem von Ihnen geplanten Unternehmen beteiligt? Bevor ich die Arbeit fortsetze, will ich wissen, um was es geht.«

Klein musterte Chabot, der seinem Blick nicht auswich, keine Anzeichen von Furcht offenbarte. Ein ziemlich schwieriger Fall, dachte Klein. Aber andererseits genau der Mann, den wir brauchen. Jemand, der keinen Rückzieher macht, wenn es hart auf hart geht. Er sollte zumindest etwas erfahren.

»Wir sind nach dem Zellenprinzip organisiert«, sagte Klein und machte einen letzten Versuch, Chabot hinzuhalten. »Nur jeweils drei Personen kennen sich. Dieses Sicherheitssystem ist unverzichtbar und dient zu unserem Schutz. Der Erfolg des geplanten Unternehmens hängt davon ab.«

»Um was für ein Unternehmen handelt es sich?« beharrte Chabot.

»Insgesamt gehören dreißig Personen zu unserer Organisation«, fuhr Klein fort. »Sie warten bereits auf die Einsatzorder. Nur zwei fehlen noch. Und die werde ich in Kürze für unsere Sache verpflichten.«

»Welche Sache?« fragte Chabot.

»Wir blockieren das Tor Europas und drohen damit, einen ganzen Kontinent zu isolieren…« Kleins Stimme überschlug sich fast, und er unterstrich seine Worte mit ruckartigen Bewegungen der rechten Hand. »Wir demonstrieren der ganzen Welt die Zerstörungskraft des uns zur Verfügung stehenden Sprengstoffs. Es wird Tote und Verletzte geben – als

Beweis dafür, daß wir nicht bluffen. Wir fordern Geld, viel Geld. Und werden es auch bekommen. Mehr, als Sie sich vorstellen können. Ein Vermögen. Es wartet bereits auf uns; wir brauchen nur die Hände danach auszustrecken.« Er lachte kurz auf. »Für manche Leute wird es bald ein böses Erwachen geben. So, genug damit! Konzentrieren Sie sich wieder auf Ihre Arbeit. In drei Tagen hole ich die Zünder ab, und anschließend bringt sie jemand zum Ziel. Auf Wiedersehen!«

Klein bedeutete Hipper, ihm zu folgen, und dann verließ er das Zimmer. Chabot starrte einige Minuten lang auf den Tisch und überlegte. Er glaubte sich daran zu erinnern, daß die Augen Kleins während seines Vortrages fast hypnotisch glitzerten und ihre Farbe verändert hatten. Verwundert schüttelte er den Kopf. Wahrscheinlich lag es am Licht der Neonlampe, dachte der Franzose.

Die leidenschaftliche Vehemenz, die in den Worten Kleins zum Ausdruck gekommen war, verblüffte ihn ebenso wie die Einzelheiten des Plans. Nach einer Weile zuckte Chabot mit den Schultern. Er bekam zweihunderttausend Francs für seine Arbeit, und alles andere ließ ihn kalt. Eins aber stand fest: Wenn Klein seinen Plan in die Tat umsetzte, würde in Europa bald die Hölle losbrechen. Chabot lächelte zufrieden, als er an seinen Beschluß dachte, für immer aus Frankreich zu verschwinden, nachdem er das Geld bekommen hatte. Er wollte sich in Quebec niederlassen. Und dort würde ihn niemand finden.

»Die luxemburgischen Taucher, mit denen wir Kontakt aufgenommen haben, warten jetzt in Holland«, beantwortete Klein eine Frage Hippers. »Die Polizei Ihres kleinen Landes sollte uns dankbar sein: Wir haben dafür gesorgt, daß praktisch alle Verbrecher dieses winzigen Staates anderweitig beschäftigt sind.«

»Holland?« wiederholte Hipper. »Befindet sich das Ziel dort?«

»Sie sollten eigentlich wissen, daß ich nichts von solchen Fragen halte. Holland gibt eine geeignete Zwischenstation ab.«

»Zehn Ausländer lassen sich nicht so ohne weiteres verstecken. Befürchten Sie nicht, sie könnten auffallen?«

»Wir haben einen ganzen Campingplatz gemietet. Unsere Leute sind in Wohnwagen untergebracht. Nur die beiden, die Flämisch sprechen, suchen ab und zu den nahe gelegenen Ort auf, um Vorräte zu kaufen. Nein, in diesem Punkt brauchen wir uns keine Sorgen zu machen.«

Klein verschwieg, daß sich auf dem Campingplatz mehr als nur zehn Personen aufhielten. Er spürte, daß Hipper unruhig geworden war – ein Problem, mit dem er bereits gerechnet hatte. Es kam darauf an, alle Mitglieder der Organisation beschäftigt zu halten, bis die große Aktion begann.

»Was ist mit Chabot?« fragte er. »Als ich zum letztenmal mit Ihnen telefonierte und Sie auf die bevorstehende Lieferung der Zünder hinwies, sagten Sie, er sei nervös. Das gefällt mir gar nicht…«

»Derzeit geht er ganz in seiner Arbeit auf. Solange er die Möglichkeit hat, nächtliche Spaziergänge zu machen und an der Schlucht mit der alten Bahnlinie entlangzuwandern, komme ich gut mit ihm zurecht. Wie lange dauert es noch, bis wir aktiv werden?«

»Nicht mehr allzu lange …«

19

»Endlich geht es los«, sagte Pete Nield, der auf dem Rücksitz des Mercedes 280 E saß. Newman bog von der Hauptstraße ab, fuhr auf den Parkplatz in der Nähe des Hafens von Blakeney und zog den Zündschlüssel ab. Er wußte nicht, daß er dort parkte, wo Tweed gewartet hatte, während Captain Nicholls und seine beiden Kollegen die Bombe vor der Haustür Paulas entschärften.

Eine steife Brise wehte vom Meer, und die kleine Stadt wirkte wie ausgestorben. Harry Butler, der auf dem Beifahrersitz Platz genommen hatte, drehte sich zu Nield um.

»Wie ich Ihnen schon sagte: Bei diesem Job kommt es in erster Linie darauf an, nicht die Geduld zu verlieren. Newman weiß, was er macht.«

»Das bestreite ich nicht. Es ging mir einfach nur auf die Nerven, dauernd in King's Lynn herumzuhängen.«

»Ließ sich leider nicht vermeiden«, meinte Newman und hob den Feldstecher, der an seinem Hals hing. »Ich mußte erst nach Brighton, um Nachforschungen in Hinsicht auf Dr. Portch anzustellen. Dort wohnte er, bevor er die Praxis in Cockley Ford kaufte. Heute abend fahren wir dorthin und sehen uns im Dorf um.« Er deutete auf ein Schiff, das am nahen Kai festgemacht hatte. »Zunächst möchte ich mit dem Kapitän des Kutters dort sprechen. Statten Sie der Bar einen Besuch ab, und genehmigen Sie sich ein Bier. Man sollte uns nicht zusammen sehen...« Der Kutter entlud Sojabohnenmehl, und seine Fracht verschwand in einem hohen Silo. Der Dockkran schwang hin und her, und Newman sah grauweißes Pulver, das in die riesigen Behälter rieselte. Am vergangenen Tag hatte er sich ebenfalls in Blakeney aufgehalten und bei einem Gespräch mit dem Wirt des Hafenpubs einige interessante Dinge in Erfahrung gebracht.

Seine Kleidung bestand aus einer Jagdmütze, einem Anorak und einer Kordhose, die in kniehohen Stiefeln endete – die übliche Aufmachung für jemanden, der Vögel beobachten wollte.

Der Kapitän des Kutters, ein gewisser Caleb Fox, lehnte gelassen an der Reling und trank gerade einen Schluck aus einer kleinen Flasche. Er schob sie rasch in die Tasche, als Newman herankam.

»Ziemlich windig, was?« meinte Newman. »Hält sich das Wetter?«

»Heut nachmittag regnet's bestimmt. Hoffentlich haben wir bis dahin alles entladen.«

»Bob Newman.« Er streckte die Hand aus.

Die Finger des Kapitäns fühlten sich so kalt und glitschig an wie die Schuppen eines Fisches. Sein Atem roch nach billigem Brandy.

»Caleb Fox«, erwiderte der Skipper, nachdem er Newman kurz gemustert hatte. Fox. Der Name paßte zu ihm. Ein kleiner und breitschultriger Mann, der den Oberkörper ständig nach vorn geneigt hielt – jemand, der daran gewöhnt war, sich auf Deck dem Wind entgegenzustemmen. Seine Augen ähnelten denen eines Fuchses. »Scheint 'n ziemlich gutes Fernglas zu sein«, meinte er und deutete auf den Feldstecher Newmans. »Hat bestimmt 'ne Stange Geld gekostet, was? Ebenso wie die Kamera.«

»Man braucht eine gute Ausrüstung, um Vögel zu beobachten. Transportieren Sie hauptsächlich Sojabohnenmehl?«

»Kann das Zeug nicht mehr riechen. Wir sind im Pendelverkehr unterwegs. Fahren rüber nach Europort, Rotterdam, nehmen von einem der großen Containerschiffe aus Afrika Fracht auf und tuckern anschließend hierher zurück.«

»Klingt nicht besonders interessant.«

»Eine verdammt langweilige Sache. Aber wenn man über fünfzig is' und es mit der Schiffahrt dauernd bergab geht, muß man nehmen, was man kriegen kann. Früher war ich mit einem Zehntausend-Tonnen-Frachter unterwegs. Tja, das war'n Zeiten! Heute hingegen …«

»Wie groß ist dieser Kutter?«

»Siebenhundert Tonnen.« Fox spuckte aus. »Eine Nußschale im Vergleich zu den großen Pötten von damals. Man braucht Geld, eine Menge Geld, um in diesem Jammertal ein anständiges Leben zu führen.«

»Sie leben allein?«

»Woher wissen Sie das?«

Plötzlich schöpfte der Kapitän Verdacht und wurde mißtrauisch. Er kniff die fuchsartigen Augen zu schmalen Schlitzen zusammen, starrte Newman einige Sekunden lang an und wandte dann den Blick von ihm ab.

»War nur eine Vermutung.«

Newman gewann den Eindruck, daß der Brandy dem Kapitän die Zunge löste, daß er sonst kein Wort gesagt hätte. Und jetzt fragte er sich vermutlich, ob es nicht besser gewesen wäre, den Mund zu halten. Befürchtete er, irgend etwas zu verraten?

Die rechte Hand Fox' tastete nach seiner Hüfte, kam dann wieder in die Höhe und verharrte auf der Reling.

Seltsam, dachte Newman.

Man braucht Geld, eine Menge Geld … Newman war sicher, daß sich das Gesicht Fox' bei diesen Worten für einige Sekunden erhellt hatte.

Seine Antwort beruhigte den Skipper offenbar, denn kurz darauf begann er erneut über sein Lieblingsthema zu sprechen – über sich selbst.

»Sie haben recht – ich leb' allein. Hab' ein kleines Haus in Brancaster, drüben, in der Nähe von King's Lynn. Und wenn Sie mir die Bemerkung gestatten, Mister: Ihnen scheint's recht gut zu gehen.«

Fox bedachte den Mann an seiner Seite mit einem neugierigen Blick und sah dann wieder auf den Kai.

»Ich bin Schriftsteller«, erwiderte Newman vorsichtig. »Hatte Erfolg mit meinem letzten Buch. Bekomme regelmäßig Tantiemen.« Er wechselte das Thema. »Was ist das für ein seltsames Knattern?«

Fox rückte sich die fleckige Pudelmütze zurecht. »Der Wind zerrt an der Takelage des Bootes dort drüben auf dem Strand. Komische Dinger – Spielzeuge der Reichen. Sin' eigen'lich gar keine richtigen Boote.«

»Tja, ich glaube, es hat wohl keinen Sinn, einen Streifzug durchs Moor zu machen«, sagte Newman. »Die heranziehenden Wolken deuten auf einen Sturm hin.«

»Hab's ihnen ja gesagt. Bald regnet's ...«

Newman verabschiedete sich von dem Skipper, kehrte auf den Kai zurück und betrat das Pub.

Butler und Nield saßen harmlos an einem Fenstertisch und tranken Bier.

Newman ging an den Tresen heran, bestellte sich einen kleinen Scotch, leerte das Glas und gab den beiden Männern ein unauffälliges Zeichen, bevor er sich auf den Weg zum Mercedes machte.

Fünf Minuten später schlenderten Butler und Nield auf den Parkplatz und stiegen ein. Nield nahm wieder auf dem Rücksitz Platz und beugte sich vor, als Newman den Motor anließ.

»Wir haben uns mit dem Wirt unterhalten und dabei etwas Interessantes herausgefunden. Der Kapitän, mit dem Sie eben sprachen... Er ist ein Kumpel von Dr. Portch aus Cockley Ford.«

»Ich weiß«, sagte Newman und steuerte den Wagen auf die Straße. Kurze Zeit später lag Blakeney Quay hinter ihnen. »Der Wirt erzählte auch mir davon, als ich gestern hier war. Abgesehen von Caleb Fox scheint niemand viel von Dr. Portch zu halten ...«

»Warum sind Sie gestern nach Blakeney gefahren?« fragte Harry Butler.

»Um mich dort umzusehen. Die Ereignisse, von denen mir Tweed berichtete, betreffen zwei Orte: Blakeney und Cockley Ford. Außerdem: Der Wirt meinte, heute treffe der Kutter ein, der in Rotterdam eine neue Ladung Sojabohnenmehl aufnahm. Der Umstand, daß der Kapitän Dr. Portch kennt, machte mich stutzig. Deshalb beschloß ich, Caleb Fox kennenzulernen.«

»Und was haben Sie jetzt vor?«

»Wie ich schon sagte: Heute abend fahren wir nach Cockley Ford. Harry, wir beiden sollten uns zurechtmachen, bevor wir dem Dorf einen Besuch abstatten. Jeans und Anoraks. Wir geben uns als zwei SAS-Angehörige aus, als die beiden Männer, die Tweed erfand, um sich abzusichern.«

»Ihnen fällt es bestimmt nicht schwer, in eine solche Rolle zu schlüpfen«, sagte Butler. »Sie nahmen an einem SAS-Ausbildungskurs teil, als Sie die Artikelserie verfaßten. Aber was ist mit mir?«

Newman bedachte den Mann auf dem Beifahrersitz mit einem kurzen Blick. Butler war hochgewachsen und recht kräftig gebaut.

»Keine Sorge: Sie sehen so aus, wie man sich einen typischen SAS-Agenten vorstellt. Wir bilden bestimmt ein gutes Team. Überlassen Sie das Reden mir. Sie spielen den schweigsamen Partner.«

»Und was mache ich?« fragte Nield.

»Sie sind gewissermaßen die Einsatzreserve. Sie folgen uns mit dem Cortina Tweeds, der in Tuesday Market bereitsteht. Geben Sie mir eins der kleinen Walkie-talkies, die Sie mitgebracht haben, und schalten Sie ein anderes auf Empfang. Während Butler und ich in Cockley Ford sind, warten Sie an der Nebenstraße, die zum Dorf führt, auf halbem Wege. Wenn ich mich bei Ihnen melde, kommen Sie wie der Blitz, klar? Zeigen Sie den Leuten im Dorf einfach den falschen

Ausweis in Ihrer Brieftasche. Sie sind Polizist und gehören zu einer Sonderabteilung.«

»Das hört sich so an, als rechneten Sie mit Schwierigkeiten«, meinte Nield hoffnungsvoll.

»Ich habe keine Ahnung, was Harry und mich in Cockley Ford erwartet. Als Tweed den Namen Dr. Portch erwähnte, erinnerte ich mich an etwas. Im Lesezimmer des Britischen Museums sah ich zwei Jahre alte Zeitungen durch. Und wie Sie wissen, bin ich anschließend nach Brighton gefahren, wo Portch früher wohnte. Dort wurden meine Vermutungen bestätigt. Außerdem hat Caleb Fox einen Fehler gemacht.«

»Was denn für einen?«

»Einen jener Fehler, für die Tweed einen besonderen Riecher entwickelt hat. Er hat etwas *unterlassen.* Während unserer Unterhaltung erwähnte er kein einziges Mal die Bombe, die jemand vor die Haustür Paulas legte. Komisch, nicht wahr? Die Leute im Pub sprachen über nichts anderes.«

»Und Dr. Portch?« warf Nield ein. »Was hat es mit Ihren bestätigten Vermutungen auf sich?«

»Vielleicht haben wir es mit einem zweifachen Mörder zu tun – der in beiden Fällen ungeschoren davonkam.«

Newman fuhr über die Küstenstraße, die A 149, in Richtung King's Lynn zurück. Nield betrachtete die Karte von Norfolk und meinte, sie erreichten ihr Ziel eher, wenn sie die Abkürzung über Fakenham nähmen.

»Ich weiß«, sagte Newman und nickte. »Aber ich möchte mir den Wohnort von Caleb Fox ansehen: Brancaster.«

Der Wind frischte auf, und die Böen fauchten an der einen Seite des Mercedes entlang. Dunkle Sturmwolken zogen vom Meer heran; es wurde rasch finster.

Ein diffuses, grauschwarzes Zwielicht herrschte, als es zu regnen begann.

Newman bog nach links ab und setzte die Fahrt über eine schmale und kurvenreiche Nebenstraße fort.

Sie führte durch einen ebenen Küstenbereich, in dem Schilf und hohes Riedgras wuchsen. Jenseits davon erstreckte sich eine weite Bucht: Weiße Gischt schäumte und sprühte auf hohen Wellen.

Unterwegs begegneten sie keinem anderen Fahrzeug, und nach einer knappen Viertelstunde erreichten sie einen improvisiert wirkenden Parkplatz. Der nicht asphaltierte Boden war bereits schlammig geworden.

Newman hielt an und nickte in Richtung eines zweistöckigen Gebäudes in unmittelbarer Nähe des Ufers. Zwei Männer mit über die Schultern geschlungenen Golftaschen eilten auf das Haus zu.

»Bevor ich es vergesse...«, sagte Newman. »Eine kleine Änderung des Plans für heute abend. Nield, Sie nehmen den Mercedes. Mir ist eben gerade eingefallen, daß Tweed mit diesem Wagen nach Cockley Ford fuhr. Vielleicht schöpfen die Dorfbewohner Verdacht, wenn wir mit dem gleichen Fahrzeug kommen. Deshalb fahren wir mit dem Cortina. So, und jetzt ziehen wir besser die Regenmäntel an, Harry. Wird Zeit, daß wir uns die Beine vertreten. Pete, Sie bleiben hier im Trockenen und warten auf uns.«

»Soll mir recht sein. Bestimmt bleibt Ihnen kein trockener Faden am Leib.«

Wie recht er hatte, dachte Newman, als er zusammen mit Butler auf das Gebäude zustapfte und gegen den Wind ankämpfen mußte. Der Himmel schien alle Schleusen geöffnet zu haben.

»Was machen wir hier eigentlich?« fragte Butler. »Der Wolkenbruch stört mich zwar nicht weiter, aber...«

»Ich möchte mit jemandem sprechen, der Caleb Fox kennt und mir Auskunft über ihn geben kann. Offenbar gehört das Gebäude dem hiesigen Golfclub, und wir haben eben zwei Männer gesehen, die das Haus betraten...«

Ganz plötzlich hörte es auf zu regnen, doch der Wind ließ nicht nach. Sie mußten sich weiterhin den Böen entgegenstemmen, als sie einen schmalen Plankenweg erreichten, der am Hang neben dem Clubhaus entlangführte. Weiter unten bildeten Dutzende von Prielen ein komplexes Netzwerk.

»Das Meer ist ziemlich weit draußen!« rief Butler, um das Heulen des Sturms zu übertönen.

»Und an Ihrer Stelle würde ich mich ihm nicht nähern«, ertönte eine andere Stimme.

Ein hochgewachsener und vornehm aussehender Mann trat hinter dem Clubhaus hervor. Er hatte einen weißen Bart, trug einen breiten Hut aus Kunststoff und einen wasserdichten Regenmantel. Sein Gesicht wirkte wettergegerbt; er hob einen Spazierstock und zeigte damit auf das Gebäude.

»Was halten Sie von einem Schwätzchen? Dort drüben sind wir von dem Wind geschützt.«

Sie gesellten sich zu ihm, und als Newman die Mütze vom Kopf nahm und abklopfte, starrte ihn der große Mann erstaunt an.

»Sie haben bemerkenswerte Ähnlichkeit mit Robert Newman, dem Autor des Bestsellers *Kruger: Der Fehler eines Computers*?«

»Der bin ich«, gestand Newman widerstrebend ein.

»Tolles Buch. Hab's geradezu verschlungen. War enorm interessant. Hätte nie gedacht, daß ich die Möglichkeit bekomme, Ihnen meine Anerkennung auszusprechen.«

»Freut mich, daß es Ihnen gefiel.«

»Was meine Bemerkung von vorhin angeht ...« Er hob den Gehstock und deutete damit aufs Meer. »Es ist ziemlich gefährlich, jetzt durchs Watt zu gehen. Sehen Sie das Schild dort drüben?«

Es stand etwas weiter unten, dicht neben dem Plankenweg: *Gehen Sie nicht zu den Wracks – die Flut kommt sehr schnell.*

Newman beobachtete den breiten und aus grobem Kies bestehenden Küstenstreifen.

Priele wanden sich an hohen Sandbänken vorbei und verschwanden in der Ferne.

Sie erinnerten ihn an Blakeney, doch hier war das Watt bei Ebbe wesentlich breiter. Am Horizont machte er zwei undeutliche Buckel aus: die Wracks.

»Ich heiße Timms«, fuhr der hochgewachsene Mann fort. »Bin Ex-Inspektor der Küstenwache.«

Er holte seine Brieftasche hervor, entnahm ihr eine Karte und reichte sie Newman. Darauf stand der Name Ronald Timms, gefolgt von einer Adresse in Brancaster und einer Telefonnummer. »Besuchen Sie mich doch, wenn Sie mal eine halbe Stunde erübrigen können. Sie sind mir jederzeit willkommen.«

»Sehr nett von Ihnen.«

Newman steckte die Karte ein und nahm sich vor, sie später wegzuwerfen. Er hielt nichts von solchen Einladungen. Unterdessen sprach Timms weiter und gestikulierte mit seinem Spazierstock.

»Die beiden Wracks dort drüben sind eine Art Touristenattraktion – und besonders für Kinder gefährlich. Wenn man wie jetzt bei Ebbe losgeht, kann man leicht von der Flut überrascht werden. Die Priele füllen sich mit Wasser und schneiden einem den Weg ab. Und wenn man merkt, daß man festsitzt, ist es meistens schon zu spät.«

»Danke für den Hinweis.«

»Sehen Sie den zweiten Schiffsrumpf hinter dem ersten?« fuhr Timms fort. »Eigenartige Sache. Strandete während einer stürmischen Nacht. Einige Wochen später ging ich los, um mir das Wrack genauer anzusehen. Nahm die Kamera mit. Ich bin Amateurfotograf, wissen Sie. In meinem Alter braucht man irgendein Hobby, um sich die Zeit zu vertreiben. Nun, wie ich feststellte, hatte jemand den Namen des Schiffes geändert. Wurde darauf aufmerksam, als ich die Bilder entwickelte. Verdächtige Angelegenheit. Tja, ich dachte mir: Die Versicherung hat den Schadensfall bestimmt schon geregelt; also laß es dabei bewenden. Die Schreibtischhengste mögen es gar nicht, wenn ein bereits abgeschlossener Fall neu untersucht wird.

Wenn sich dabei dann herausstellt, daß irgend etwas übersehen wurde, könnte man leicht behaupten, daß sie bei der ersten Ermittlung nicht die nötige Sorgfalt walten ließen. So ist das eben mit der Bürokratie.«

»Ich hätte da eine Frage«, sagte Newman rasch, bevor Timms seinen Monolog fortsetzen konnte. »Ich suche einen gewissen Caleb Fox, der in Brancaster wohnt. Er ist Kapitän eines Kutters, der zwischen Rotterdam und Blakeney verkehrt...«

»Rotterdam. Europort. Ein beeindruckender Hafen – der größte der Welt. Umschlagplatz für fünfzig Prozent der Waren, die Europa braucht. Nahrungsmittel, Öl und so weiter...«

»Caleb Fox«, wiederholte Newman.

»Höre den Namen jetzt zum erstenmal. Brancaster besteht nicht nur aus drei Häusern und einer Kirche. Tut mir leid, daß ich Ihnen nicht weiterhelfen kann...«

»Wir sollten jetzt besser zum Wagen zurückkehren«, sagte Newman und blickte zum Himmel hoch. »Ich glaube, es steht ein neuer Schauer bevor.«

»Tja, freut mich, Sie kennengelernt zu haben. Denken Sie an die Einladung...«

»Ich verspreche es Ihnen. Nochmals besten Dank. Auf Wiedersehen.«

Es begann erneut zu regnen, als sie sich auf den Rückweg machten.

Die restlichen Meter liefen sie. Der Wind war so stark, daß Newman Mühe hatte, die Tür auf der Fahrerseite des Mercedes zu öffnen.

Er warf seinen Regenmantel neben Nield auf den Rücksitz und setzte sich rasch hinters Steuer.

Butler nahm neben ihm Platz.

»Ich habe Sie gewarnt«, sagte Nield. »War es die Mühe wert?«

»Eigentlich nicht«, erwiderte Newman. »Wir sind einem Rentner begegnet, der nur schwieg, um Luft zu holen.«

»Ich dachte schon, der Kerl würde bis zum Jüngsten Tag weiterreden«, brummte Butler.

»Das macht die Einsamkeit«, sagte Newman, als er den Motor anließ. »Er meinte, er müsse sich irgendwie die Zeit vertreiben. Zum Glück hat er mir keine weiteren Fragen in bezug auf mein Buch gestellt. Ich weiß nie, wie ich reagieren soll, wenn man mich darauf anspricht. So, jetzt fahren wir direkt zum Duke's Head, nehmen dort eine ordentliche Mahlzeit ein und hauen uns für ein paar Stunden aufs Ohr. Heute abend schlagen wir zu und beginnen unseren SAS-Angriff auf Cockley Ford.«

Ein dünnes Lächeln umspielte seine Lippen. »Ich bin gespannt, was uns dort erwartet...«

ZWEITER TEIL

Die lange Jagd

20

Als Tweed am Morgen nach Park Crescent zurückkehrte, entfaltete er sofort hektische Aktivität. Monica hatte Grippe, und deshalb forderte er Paula auf, sie zu vertreten. Er entschied, sie in all das einzuweihen, was in der Schweiz geschehen war, und er berichtete ihr auch von seiner Begegnung mit General Lysenko.

Paula saß an ihrem Schreibtisch – sie lehnte es ab, an Monicas Platz zu sitzen – und hörte aufmerksam und konzentriert zu. Ab und zu runzelte sie wie nachdenklich die Stirn. Tweed wies sie darauf hin, daß sie nichts aufschreiben durfte, abgesehen von der Telefonnummer, die Lysenko ihm genannt hatte. Mit Erleichterung reagierte er auf die Nachricht, daß Howard nicht zugegen war – er lag ebenfalls mit Grippe im Bett – und die Premierministerin gerade irgendeinen Staatsbesuch machte. Das bedeutete, daß er keine Zeit mit unnötigen Erklärungen verlieren würde. Er reichte Paula das zusammengefaltete Blatt, das er von Beck erhalten hatte und einige Angaben der gerichtsmedizinischen Experten aus Genf enthielt. In erster Linie ging es dabei um Größe und Gewicht des Mörders von Gaston Blanc.

»Rechnen Sie die Zahlen in Fuß, Zoll, Stone und Pfund um. Mit dem dezimalen System bin ich noch nie gut zurechtgekommen ...«

»Hundertneunzig Zentimeter«, las Paula vor. »Gewicht hundertzehn Kilogramm. Muß ein beeindruckender Bursche sein. Ich gebe Ihnen gleich die anderen Werte ...«

»Nehmen Sie das hier«, fuhr Tweed fort und entnahm seinem Aktenkoffer sowohl einige Papiere als auch einen kleinen Plastikbeutel. »Sie erinnern sich bestimmt daran, daß Colonel Romer uns die Ergebnisse einer chemischen Analyse des Sprengstoffs zur Verfügung stellte, mit dem die Tresorkammern aufgesprengt wurden. Der Beutel enthält einige entsprechende Proben. Sorgen Sie dafür, daß diese Dinge so schnell wie möglich zu Commander Bellenger vom Marinenachrichtendienst gelangen. Seine Telefonnummer finden Sie in dem roten Karteikasten Monicas, in der obersten rechten Schublade. Hier ist der Zweitschlüssel. Sagen Sie Bellenger nicht, woher das Zeug stammt. Ich möchte nur von ihm wissen, was es mit dem Sprengstoff auf sich hat.«

»Wird erledigt ...«

»Anschließend rufen Sie Jacob Rubinstein an, den Typ, der sich im Goldgeschäft auskennt. Nennen Sie ihm den Namen Colonel Romers. Vereinbaren Sie einen Termin mit ihm. Ich möchte ihn noch heute sprechen. Sagen Sie ihm, ich gehöre zu einer Sonderabteilung. Geben Sie ihm meine Telefonnummer, falls er ganz sichergehen und zurückrufen will. Und wenn er meint, sein Terminkalender sei bereits voll – fünfzehn Minuten genügen mir. Oh, und noch etwas: Bitten Sie Bellenger darum, die Unterlagen von einem Kurier abholen zu lassen. Sie sind streng geheim.«

Tweed zögerte. Er hatte seiner Assistentin innerhalb weniger Sekunden so viele Anweisungen gegeben, daß es ihr schwerfallen mußte, nicht die Übersicht zu verlieren. Das pechschwarze Haar Paulas reichte bis zum Schreibtisch herab, als sie sich rasch einige Notizen machte.

»Entschuldigen Sie«, sagte Tweed. »Ich glaube, ich übertreibe es ein wenig.«

»Meinen Sie?« Die junge Frau sah kurz auf und lächelte. »Sie haben vergessen, daß ich einen eigenen Laden hatte, ein Töpferwarengeschäft. Häufig mußte ich zwei Telefongespräche zur gleichen Zeit führen: das eine mit einem Kunden in San Francisco, der unverzügliche Lieferung wünschte, und das andere mit dem Werk in Wisbech, um wichtige Informationen sofort weiterzugeben. So etwas gefällt den Amerikanern.«

»Wenn Sie glauben, damit fertig zu werden ...«

Paula hatte die ganze Zeit über weitergeschrieben und hob nun den Kopf. »Ich bin jetzt mit der Umrechnung fertig. Wie Beck schon sagte: Der Mörder muß ein wahrer Riese gewesen sein. Größe: sechs Fuß und drei Zoll. Gewicht: siebzehn Stone.«

»Klingt gar nicht nach Zarow. Ich rufe in Moskau an. Nein, überlassen Sie das ruhig mir. Kümmern Sie sich um den Rest ...«

Die Vermittlerin bat ihn darum, sich ein wenig zu gedulden, nachdem er ihr die Nummer genannt hatte. Und Tweed war überrascht, als sich nach etwa einer halben Minute Lysenko meldete.

»Ich brauche einige weitere Informationen über Zarow«, sagte Tweed. »Angaben über Größe und Gewicht.«

»Tut mir leid, daß ich nicht gleich daran gedacht habe. Ich sehe rasch in der Akte nach.«

Tweed legte die Hand auf die Sprechmuschel und wandte sich an Paula. »Der Bär ist freundlich. Weil er etwas will. Besser gesagt: Er ist bestrebt, den Eindruck zu erwecken, etwas von mir zu wollen ...«

Er ließ die Hand sinken, als er erneut die Stimme Lysenkos vernahm. »Hallo, sind Sie noch da? Gewicht: achtundsiebzig Kilogramm. Größe: hundertdreiundachtzig Zentimeter. Haben Sie bereits irgend etwas herausgefunden?«

»Nein, überhaupt nichts. Ich hätte noch eine weitere Frage: Sind Ihre Leute noch immer auf der Suche nach ihm?«

»Selbstverständlich. Aber ohne große Erfolgsaussichten. Ich sagte es Ihnen ja schon, Tweed: Zarow kennt unsere Organisation und weiß, welche Personen und Orte er meiden muß. Wie ich hörte, haben Sie mit Yuri Sabarin gesprochen. Sie sind recht aktiv gewesen. Konnte er Ihnen weiterhelfen?«

»Er gab sich zumindest Mühe. Aber seine Auskünfte nützten mir kaum etwas. Danke für die Informationen. Jetzt kann ich mir eine bessere Vorstellung von Zarow machen. Ich setze die Suche nach ihm fort, aber um ganz ehrlich zu sein: Ich bezweifle, ob er überhaupt noch lebt.«

»Uns sind einige weitere besorgniserregende Gerüchte zu Ohren gekommen. Es heißt, die Amerikaner stecken hinter der geplanten Katastrophe...«

»Was für ein Unsinn! Offenbar wollte sich irgend jemand aufspielen. Woher stammt der Bericht?«

»Aus Paris«, erwiderte Lysenko nach kurzem Zögern. »Versprechen Sie mir, mich auf dem laufenden zu halten?«

»Nein. Sie wissen ja, daß ich auf meine eigene Art und Weise arbeite. Sie haben die Sache mir überlassen, und ich gehe so vor, wie ich es für richtig halte. Auf Wiederhören.«

Tweed legte auf, bevor Lysenko eine Antwort geben konnte. Paula beobachtete ihn. Er hatte sich auf russisch mit dem General unterhalten, und diese Sprache beherrschte sie nicht. Tweed lehnte sich zurück und faltete die Hände hinterm Kopf.

»Zarow ist hundertdreiundachtzig Zentimeter groß und wiegt achtundsiebzig Kilogramm. Übersetzen Sie das bitte für mich.«

Paula schrieb einige Zahlen auf ihren Block. »Größe: sechs Fuß. Gewicht: zwölf Stone. Was sich von den Angaben Becks unterscheidet.«

»Ziemlich sogar.« Tweed nickte. »Ich dachte, wir könnten davon ausgehen, daß alle vier Personen von dem gleichen Mann umgebracht wurden: Dikoyan, der Armenier, den man im Bosporus fand, die beiden UTS-Typen, die man aus dem Rhein fischte – und schließlich Gaston Blanc. Aber das scheint nicht der Fall zu sein. Mit anderen Worten: Wir sind wieder ganz am Anfang.«

»Meinen Sie?« Nachdenklich drehte Paula ihren Stift hin und her. »Die Leute Becks haben den blutbefleckten Mantel untersucht, den man in einem Schließfach des Bahnhofs Cornavin in Genf fand. Auf dieser Grundlage schätzten sie die Statur des mutmaßlichen Mörders ein.«

»Ja. Und?«

Paula kritzelte auf ihrem Block herum, als sie fortfuhr: »Der Mann, der Gaston Blanc im Zug ermordete, war nicht nur dreist, sondern auch klug und sehr gut vorbereitet. Stimmen Sie mir in diesem Punkt zu? Gut. Offenbar führte er eine Art Reisetasche bei sich, in der er unmittelbar nach der Tat, als er sich noch in der Waggontoilette befand, den Mantel verstaute.«

»Vermutlich«, erwiderte Tweed nachdenklich und wandte den Blick nicht von seiner Assistentin ab.

»Und als der Täter die Tasche mit dem blutbesudelten Mantel im Schließfach unterbrachte, wußte er, daß die Polizei sie irgendwann finden würde. Wahrscheinlich entdeckte Beck sie schneller, als der Unbekannte glaubte.«

»Fahren Sie fort ...«

»Wir sind uns also einig: Der Mörder hat jeden seiner Schritte gut überlegt. Ihm muß klargewesen sein, daß die gerichtsmedizinischen Experten der Schweizer Polizei auf der Grundlage des Mantels auf sein Gewicht und seine Größe schließen würden. Vielleicht wählte er deshalb einen, der ihm einige Nummern zu groß war. Vielleicht mißt der Täter sechs Fuß. Und möglicherweise beträgt sein Gewicht zwölf Stone – und nicht etwa siebzehn. Damit wäre Igor Zarow wieder im Spiel.«

»Damit könnten Sie durchaus recht haben.« Tweed musterte Paula anerkennend. »Wie schade, daß ich damals bei Scotland Yard nicht auf Ihre Hilfe zurückgreifen konnte. Sie denken wie eine Kriminalistin.«

»Ich sollte jetzt besser Ihre Aufträge erledigen. Zuerst rufe ich Rubinstein an, dann Bellenger.«

Paula wollte gerade den Hörer abnehmen, als das Telefon klingelte. Ruhig sprach sie einige knappe Worte und deutete dann auf den Apparat Tweeds. »Es ist Bob Newman.«

»Ich habe einen kurzen Bericht für Sie, Tweed«, sagte Newman. »Butler und ich fahren heute abend nach Cockley Ford. Ich habe einige ...«

»Von wo rufen Sie an?« unterbrach ihn Tweed.

»Von einer öffentlichen Telefonzelle, das ist doch klar.« Tweed konnte förmlich zusehen, wie Newman das Gesicht verzog. »Glauben Sie, ich hätte nicht mehr alle Tassen im Schrank?«

»Entschuldigen Sie. Ich habe derzeit eine Menge um die Ohren ...«

»Wir sind auch nicht ganz untätig geblieben. Wie ich eben sagen wollte: Was den persönlichen Hintergrund von Dr. Portch angeht, habe ich einige interessante Dinge in Erfahrung gebracht. Nach meiner Rückkehr informiere ich Sie darüber.«

»Seien Sie vorsichtig in Cockley Ford. Irgend etwas geht dort nicht mit rechten Dingen zu.« Tweed fügte hinzu: »Wann treffen wir uns?«

»Morgen. Wahrscheinlich am frühen Nachmittag.«

»Gut. Ich fliege nach Paris, und ich möchte, daß Sie mich begleiten. In Ordnung?«

»Klar. Bis dann.«

»Paris?« wiederholte Paula und notierte sich einige Telefonnummern. »Darf ich nach dem Grund der Reise fragen? Oder ist er geheim?«

»Keineswegs. Ich fliege nach Paris, um mich dort mit einem Kontaktmann in Verbindung zu setzen. Seinen Namen kann ich Ihnen nicht nennen – nicht einmal Monica kennt ihn. Während der vergangenen Jahre habe ich mir viele solcher Kontakte geschaffen. Erweisen sich dann und wann als recht nützlich. Die betreffenden Personen erwarten natürlich von mir, daß ich nichts über sie ausplaudere. Ich wohne im France et Choiseul, in der Rue St. Honoré ...«

»Soll ich zwei Zimmer reservieren? Für Sie und Bob ... Wie lange bleiben Sie dort?«

»Zwei Tage, das dürfte genügen. Nähere Angaben über das Hotel finden Sie in einer Akte Monicas. Liegt in der untersten rechten Schublade. Vielleicht reise ich anschließend nach Antwerpen weiter – um dort ebenfalls mit einem Kontaktmann zu sprechen. Ich gebe Ihnen rechtzeitig Bescheid.«

Er brach ab, als erneut das Telefon klingelte. »Irgendwann ziehe ich noch mal den Stecker raus«, brummte er, als Paula abnahm. Sie legte die eine Hand auf die Sprechmuschel und sah ihn an.

»René Lasalle von der französischen DST möchte Sie sprechen …«

»Tweed hier. Wie geht's Ihnen, alter Knabe?«

»Gut. Ich weiß nicht, ob ich mich an die richtige Person wende …« Lasalle zögerte kurz, und Tweed stellte sich vor, wie der Franzose mit den Schultern zuckte. »Es handelt sich um eine etwas delikate Angelegenheit, die einen gewissen Takt erfordert …«

»René«, erwiderte Tweed. »Beruhigt es Sie, wenn ich Ihnen sage, daß ich zeitweise zu Scotland Yard versetzt wurde? Ich gehöre zu einer Spezialeinheit für die Terroristenbekämpfung und nehme dort den Rang eines Commanders ein.«

»Ach! Wie in alten Zeiten, was? Und …«

»Und gleichzeitig arbeite ich für unseren Verein. Ist die Leitung sicher?«

»Selbstverständlich …«

»Einen Augenblick!« Tweed betätigte eine Taste und schaltete damit die Codierungsvorrichtung seines eigenen Apparats ein. »So, jetzt kann uns niemand mehr zuhören. Worum geht's?«

»Um einige Gerüchte, die in Frankreich die Runde machen. Es heißt, es werde irgendeine große Aktion geplant.«

»Ich weiß. Hören Sie: Zufälligerweise fliege ich morgen nach Paris – können wir uns dort treffen? Ich steige im üblichen Hotel ab. Glaube ich jedenfalls. Paula – meine neue

Assistentin, die Monica bei ihrer Arbeit unterstützt – ruft Sie später an und bestätigt die Buchung.«

»Gut. Wir haben eine Menge zu besprechen. Da wäre noch etwas. Lara Seagrave, eine junge Engländerin …«

»Bitte warten Sie einige Sekunden …« Tweed sah Paula an. »Ich brauche Informationen über Lara Seagrave. Den Namen habe ich schon einmal gehört …«

»Lara Seagrave. Stieftochter Lady Windermeres. Alter Adel. Aber Lara scheint ziemlich aufsässig zu sein. Will manchmal mit dem Kopf durch die Wand. Versteht sich nicht besonders gut mit Lady Windermere. In den Gesellschaftsspalten der Zeitungen wurde des öfteren über sie berichtet. Wenn sie Bälle und Partys besuchte. Soweit ich weiß, hat sie sich in der letzten Zeit rar gemacht. Recht hübsch, nach den Bildern zu schließen.«

»Ein Wildfang also, hm? Drogen? Alkohol?«

»Nein. Von solchen Dingen hält Lara offenbar nichts …«

»Danke.« Tweed hob den Hörer. »Ich habe gerade einige Angaben über sie bekommen. Was ist mit ihr?«

»Ich erzähle Ihnen alles, wenn Sie hier sind. Sie scheinen ziemlich beschäftigt zu sein. Lara wird Tag und Nacht überwacht. Wohnt im Ritz. Wahrscheinlich pflegt sie Umgang mit den falschen Leuten. Könnte eine Spur sein. Aber vielleicht steckt überhaupt nichts dahinter. Bis morgen, Tweed. *Au revoir.*«

»Und das«, sagte Tweed, als er wieder auflegte, »macht die Reise nach Paris noch wichtiger. Doch bis dahin … Versuchen Sie, Lady Windermere zu erreichen und einen Termin mit ihr zu vereinbaren. Wenn sie sich überhaupt in London aufhält …«

»Eaton Square«, sagte Paula. »Das stand jedenfalls im *Tatler*. Als wen soll ich Sie vorstellen?«

»Als den Beamten einer Sonderabteilung der Polizei. Lassen Sie Lara unerwähnt.«

»In Ordnung. Glauben Sie noch immer, Zarow sei nur ein Phantom?«

»Ja, wahrscheinlich. Aber wir sollten unsere Nachforschungen trotzdem fortsetzen...«

Klein rief Lara vom Georges Cinq an. Es war das erstemal, daß er in diesem Pariser Luxushotel wohnte: Einer seiner Grundsätze lautete, nie zweimal im gleichen Hotel abzusteigen. Er hatte gerade gefrühstückt, und als das Telefon in Laras Zimmer klingelte, nahm sie fast sofort ab.

»Hör mir gut zu, Lara. Mir ist eingefallen, wie wir deinen Mann reinlegen können...« Diese Bemerkung diente dazu, die Vermittlerin zu täuschen, die vielleicht mithörte. »Zuerst stimmen wir unsere Uhren ab. Bei mir ist es neun Uhr zwölf.«

»Einen Augenblick. Ich stelle meine. Fertig.«

»Mein Volvo mit der Nummer... parkt um 9.30 Uhr in der Rue de Rivoli, in der Nähe der Place de la Concorde. Kannst du das Hotel einige Minuten früher verlassen? Gut. Geh durch die Rue de Rivoli. Sieh dir die Schaufenster an. Sorg dafür, daß du mich genau um halb zehn erreichst. Du nimmst rasch auf dem Beifahrersitz Platz, und wenn dir dein Mann gefolgt ist, geht's ab wie der Blitz. Alles klar?«

»Ja. Ich mache mich jetzt besser fertig. Bis gleich.«

Unmittelbar nach dem Telefongespräch verließ Klein das Hotel. Er trug bereits einen dunklen Mantel samt Hut und brauchte deshalb keine Vorbereitungen zu treffen. Er hatte keinen Grund zu der Vermutung, daß Lara beschattet wurde. Warum auch? Andererseits aber hielt er es für angeraten, jedes Risiko zu vermeiden. Immer das Schlimmste annehmen – so lautete eine weitere seiner Maximen.

Lara griff nach einem Gucci-Kopftuch und bedeckte damit ihr kastanienfarbenes Haar. Als sie anschließend in den Spiegel blickte, stellte sie zufrieden fest, daß sich ihr Erscheinungsbild völlig verändert hatte.

Sie war ebenfalls ziemlich sicher, daß ihr niemand folgte, doch Klein hatte sie mehrfach aufgefordert, besondere Vorsicht walten zu lassen. Außerdem hatte sie während ihres Aufenthaltes in Le Havre jemanden gesehen, der ihr vage vertraut erschien, einen kleinen Mann mit schnabelförmiger Nase: erst im Schnellzug und später im Hafen.

Sie verließ das Ritz durch den Seitenausgang, durch den man auf die Place Vendome gelangen konnte, blieb am Rande des achtseitigen Platzes stehen und sah sich um. In der Nähe des Hotels stand ein Motorrad am Straßenrand. Ein kleiner Mann – er trug einen Sturzhelm und eine dicke Schutzbrille – beugte sich über die Maschine und drehte den Benzinhahn auf.

Lara runzelte die Stirn. Der Motorradfahrer erinnerte sie an irgend jemanden. Sie setzte sich wieder in Bewegung, schlenderte am Rande des Platzes vorbei, überquerte die Rue St. Honoré und erreichte kurz darauf die Rue Castiglione. Dort wandte sie sich nach rechts in die Rue de Rivoli, die Fifth Avenue von Paris. Sie schritt langsamer aus, blieb kurz an einem Schaufenster stehen, sah sich die Auslagen an und warf einen Blick auf die Uhr.

Einige Dutzend Meter hinter ihr fluchte der Papagei. Als Lara Seagrave aus dem Hotel kam, hätte er sie beinah übersehen. Er war daran gewöhnt, sie an ihrem langen und kastanienfarbenen Haar zu erkennen. Außerdem trug sie andere Kleider, ein blaues Kostüm.

Der Papagei war der Erschöpfung nahe. Die Hälfte seiner Kollegen aus der Rue des Saussaies lag mit Grippe im Bett. Er wagte nicht daran zu denken, seit wann er keinen Schlaf mehr bekommen hatte. Lasalle war kein sturer Vorgesetzter. Ihm lag etwas an seinen Mitarbeitern, und er war höchstpersönlich zur Place Vendome gekommen, um Valmy zu fragen, ob er die Überwachung der Engländerin noch eine Zeitlang fortsetzen konnte.

»Natürlich«, hatte der Papagei erwidert – und verfluchte gleich darauf seine voreilige Antwort.

Er schob das Motorrad über die Rue St. Honoré, schwang

sich in einer ruhigeren Nebenstraße in den Sattel und trat den Kickstarter durch. Weiter voraus sah er das bunte Kopftuch der jungen Frau. Er fuhr langsam los und bog in die Rue de Rivoli. Offenbar wollte die Engländerin einige Einkäufe machen. Der Papagei seufzte und dachte daran, daß Lasalle versprochen hatte, ihn gegen Mittag abzulösen.

Ein gewisses Unbehagen regte sich in Valmy, als er sich an den Vortag erinnerte. Er war der jungen Frau nach Le Havre gefolgt, aber aufgrund der Übermüdung ließen seine Reflexe bereits zu wünschen übrig, und zweimal hatte er befürchtet, Lara könne auf ihn aufmerksam geworden sein.

Es herrschte ziemlich dichter Verkehr, und Valmy blieb nahe am Straßenrand. Er hielt hinter einem geparkten Wagen und beobachtete, wie die junge Frau weiterging und sich der Place de la Concorde näherte.

Links von ihm bewegte sich eine lange Blechschlange in Richtung des Platzes, und die Ampel an der Zufahrt der weiten Place de la Concorde zeigte grünes Licht. Der Papagei zwinkerte und rieb sich die geröteten Augen. Die Engländerin ging nun schneller, und sicher war es nur der Erschöpfung Valmys zuzuschreiben, daß er keinen Verdacht schöpfte.

Die Ampel war noch immer grün, als Lara sich plötzlich zur Seite wandte, in ein wartendes Auto sprang und rasch die Tür schloß. Ein Volvo. Valmy versuchte, seine Maschine auf den nächsten Fahrstreifen zu lenken, doch dort reihte sich ein Wagen an den anderen. Er konnte nicht einmal das Nummernschild des Volvo sehen. Die Ampel sprang auf Gelb um, und der Papagei seufzte erleichtert…

Der Volvo raste mit quietschenden Reifen los und bog nach links auf den Platz. Valmy gab Gas, aber genau in diesem Augenblick sprang die Ampel auf Rot. Er bremste und fluchte halblaut. »*Merde!*« Er hatte die Engländerin verloren, wußte nicht einmal, wer den Volvo fuhr. Außerdem: Lara schien bestrebt gewesen zu sein, einen Verfolger abzuschütteln. »*Merde!*«

Trotz des dichten Verkehrs steuerte Klein den Volvo mit hoher Geschwindigkeit um die Place de la Concorde und fuhr durch die Champs-Élysée. In der Ferne ragte der Arc de Triomphe empor. Der strahlende Sonnenschein weckte einen Hauch von Euphorie in dem Fahrer, und er trat noch fester aufs Gaspedal.

»Hältst du es für möglich, daß dir jemand folgte?«

»Könnte durchaus sein«, erwiderte Lara und schilderte ihm die Ereignisse in Le Havre, erwähnte auch den Motorradfahrer, den sie in der Nähe des Ritz gesehen hatte. Sie schloß den kurzen Bericht mit einem Hinweis auf ihr verändertes Erscheinungsbild.

»Wahrscheinlich hat das alles nichts zu bedeuten«, sagte Klein und lächelte. Er war prächtig gelaunt und genoß es, in der Begleitung eines hübschen Mädchens über die breite Straße zu rasen. Zu schade, daß Lara in seinem Plan eine ganz bestimmte Rolle zukam. Ließ sich leider nicht ändern – der Erfolg des Unternehmens hing davon ab.

Er fuhr in Richtung La Défense – jenes vornehme Viertel, in dem es Niederlassungen vieler multinationaler Konzerne gab. Dort hielt er am Straßenrand und steckte einige Münzen in die Parkuhr, um zu vermeiden, daß ihm irgendein Polizist einen Strafzettel verpaßte und die Nummer des Wagens notierte. Manche berühmten Verbrecher waren nur deshalb hinter Gittern gelandet, weil sie angeblich nebensächliche Dinge übersehen hatten. Klein nahm wieder am Steuer Platz.

»Was meinst du zu Le Havre?«

Lara blickte aus dem Fenster. Zu beiden Seiten der Straße wuchsen Türme aus Glas und Beton gen Himmel. Sie fühlte sich plötzlich nach New York versetzt.

»Der dortige Hafen erscheint mir ebenfalls ungeeignet«, entgegnete sie. »Tut mir leid, daß ich dir nach Marseille schon wieder eine negative Antwort geben muß. Die gleichen Einwände. Das Überwachungsnetz der französischen Polizei ist sehr dicht gespannt. Die Flucht landeinwärts wäre ausgesprochen problematisch. Hier sind die Aufnahmen, die ich dort gemacht habe. Und eine Karte, die von einem Schiffszubehörhändler stammt.«

Sie reichte ihm einen dicken Umschlag, und Klein gab ihr ein kleineres Kuvert. »Noch einmal tausend Pfund in französischer Währung – damit du während der nächsten Tage genug Geld hast. Gib nicht alles in irgendwelchen Boutiquen aus.«

»Wie lautet mein nächster Auftrag?«

»Ich möchte, daß du noch eine Weile in Paris bleibst. Mindestens eine Woche. Die Buchung im Ritz wurde bereits verlängert.«

»Und wie soll ich mir die Zeit vertreiben?«

Womit wir wieder beim zentralen Punkt wären, dachte Klein. Sein eigentliches Problem bestand darin, die Mitglieder der neuen Organisation beschäftigt zu halten. Die Männer in Holland trainierten in einer abgelegenen Region an der nördlichen Küste. Aber was Lara anging ... Sie wurde allmählich unruhig.

»Sieh dir im Laufe der nächsten Woche Cherbourg an. Ist ein ziemlich großer Hafen. Du fährst natürlich mit dem Zug. Warte einige Tage, bevor du dich auf den Weg machst. Gedulde dich jetzt bitte einige Minuten lang; ich muß mit jemandem telefonieren.«

»Ich habe noch immer keine Ahnung, was du später von mir erwartest«, sagte Lara langsam.

»Die anderen ebenfalls nicht. Aus Sicherheitsgründen. Denk an die zweihundertfünfzigtausend Pfund, die ich dir in Aussicht stellte. Dafür kann man wohl ein wenig Langeweile hinnehmen, oder? Bin gleich wieder da.«

Klein verschwand zwischen zwei großen Bürogebäuden, und Lara sah nachdenklich aus dem Fenster. Warum habe ich mich überhaupt auf so etwas eingelassen? überlegte sie. In der einen Hand hielt sie das Kuvert. Noch einmal tausend Pfund. Klein warf geradezu mit Geld um sich.

Es ist die Schuld meiner Stiefmutter, dachte die junge Frau. Sie wollte ihr beweisen, daß sie auch allein zurechtkam. Seit Lady Windermere in das Leben Laras getreten war, hielt sie es nicht mehr in dem Haus am Eaton Square aus. Ihre Stiefmutter hatte alles versucht, um sie loszuwerden – in der Hoffnung, ihren reichen Mann dadurch besser in den Griff zu bekommen. Lara erinnerte sich nur zu gut: Schließlich hatte sie es nicht länger ertragen können und ergriff die Flucht. Später rief sie ihren Vater an und meinte, sie wolle sich auf eigene Faust in der Welt umsehen. Er zeigte Verständnis und begriff, daß seine Tochter ihren eigenen Weg gehen wollte.

Hinzu kam ihre Abenteuerlust. Sie wußte, daß die von Klein geplante Aktion gefährlich war. Außerdem, so fügte sie in Gedanken hinzu, fasziniert er mich. Vielleicht ist das sogar der eigentliche Grund, warum ich hier bin.

Um sich von diesen unerquicklichen Überlegungen abzulenken, sah sie sich in dem Wagen um. Möglicherweise fand sie irgendeinen Hinweis darauf, was Klein beabsichtigte. Auf dem Rücksitz, unter einigen Zeitungen, entdeckte sie eine weiße Schachtel. Nach der Aufschrift zu urteilen, stammte sie von einer Konditorei im belgischen Dinant. Sie war bereits geöffnet worden, und vorsichtig hob Lara den Deckel.

Couques! Harte Pfefferkuchen, in bestimmten Formen gebacken – kleine Kunstwerke. Laras Blick fiel auf die Darstellung winziger Kühe, Häuser, Kirchen und anderer Tiere. Sie wählte zwei der kleinen Häuser, schloß den Deckel wieder und schob die Schachtel unter die Zeitungen zurück. Einige der Fächer waren bereits leer, und bestimmt würde Klein die beiden Kuchen nicht vermissen.

Sie holte ein Päckchen mit Papiertaschentüchern hervor, wickelte die beiden *Couques* ein und legte sie in ihre Handtasche. Es dauerte eine halbe Stunde, bis Klein zurückkehrte. Er stieg ein, schloß die Tür, schlang den einen Arm um Lara und gab ihr einen leidenschaftlichen Kuß. Sie war erneut hingerissen. Doch gleichzeitig verwandelte sich ein winziger Teil ihres Ichs in einen stummen Beobachter.

Am Abend zuvor fuhr Newman den Cortina über die schmale Straße, die nach Cockley Ford führte. Neben ihm saß Butler, gekleidet in Jeans und einen Anorak, der ihn noch stämmiger wirken ließ. Nield folgte ihnen im Mercedes.

Als sie einen Kiesstreifen passierten, der an einem nahen Feld endete, bremste Newman leicht ab, winkte aus dem Fenster und gab wieder Gas. Im Rückspiegel beobachtete er, wie Nield von der Straße abbog und an der Feldzufahrt hielt. Die linke Hand umfaßte weiterhin das Lenkrad, als Newman mit der Rechten den Reißverschluß seines Anoraks zuzog und auf die Tasche klopfte, in der sich das Walkie-talkie befand.

»Das Tor ist geschlossen«, stellte Butler auf seine lakonische Art und Weise fest.

»Tweed hat uns darauf hingewiesen. Angeblich verfügt es über ein elektronisches Kontrollsystem.«

»Ist nicht weiter wild.« Als Newman den Wagen ausrollen ließ und anhielt, holte Butler einen Lederbeutel hervor. »Ich habe etwas mitgebracht, womit sich solche Probleme recht einfach lösen lassen...«

Butler stieg aus, trat ans Tor heran und kontrollierte die Pfosten zu beiden Seiten. Zwei Minuten später schwang er das Gitter weit auf und kehrte zum Wagen zurück.

»Ich habe auch das Alarmsystem ausgeschaltet. Komisch, daß man ausgerechnet auf diese Weise Besucher von Cockley Ford fernhalten will. Man könnte meinen, wir hätten es mit Fort Knox zu tun.«

»Denken Sie daran, daß sich Tweed im Dorf Sneed nannte«, sagte Newman.

Es war noch immer hell, als er durch eine von Rhododendronbüschen gesäumte Kurve fuhr und voraus das Bluebell sah. Er drehte den Cortina um hundertachtzig Grad und parkte vor dem Pub.

»Damit wir schnell verschwinden können, wenn es brenzlig wird«, erklärte er und zog den Zündschlüssel ab. Er stieg aus, verriegelte die Tür und näherte sich dem Eingang. Butler folgte ihm dichtauf.

Vier Personen befanden sich in dem großen und rustikalen Schankraum. Ein Mann mit auffallend breitem Kinn saß am Tisch und trank aus einem Schnapsglas. Eine unfreundlich und abweisend wirkende Frau, die ihr graues Haar zu einem Knoten zusammengesteckt hatte, schien ganz auf ihre Strickarbeit konzentriert zu sein. Der Blick Newmans wanderte weiter, und er musterte einen idiotisch grinsenden jungen Burschen und schließlich den Wirt.

Aufgrund der Beschreibungen Tweeds nahm er an, daß es sich um Ned Grimes, die Postmeisterin Mrs. Sporne und den dummen Eric handelte. Butler wich nicht von seiner Seite, als er mit langen und energischen Schritten an den Tresen herantrat. Hinter ihm kratzten Stuhlbeine über den hölzernen Boden. Newman stützte die Ellenbogen auf die Theke und sah gleichzeitig über die Schulter. Grimes war aufgestanden.

»Wie sind Sie hierhergekommen?« fragte er heiser.

»Mit dem Wagen«, erwiderte Newman scharf. »Was dachten Sie denn?« Er wandte sich an den Wirt. »Zwei einfache Scotch. Mit Wasser oder Eis.«

»Unmöglich.« Der breitschultrige Grimes näherte sich Newman, und seine Lippen zitterten. »Unmöglich«, wiederholte er krächzend. »Das Tor ist geschlossen.«

»Ich sagte: zwei Scotch.« Newman bedachte den Wirt mit einem finsteren Blick. »Bewegung, Bewegung. Wir haben nicht den ganzen Abend Zeit.« Er drehte sich um, lehnte sich mit dem Rücken an die Theke und starrte Grimes an. »He, wollen Sie mich vielleicht als Lügner bezeichnen? Zum Teufel auch, wer sind Sie eigentlich?«

»Ned Grimes. Obwohl Sie das nichts angeht.«

»Werden Sie bloß nicht frech, Mann! Ihr verdammtes Tor

stand weit offen. Warum auch nicht? Dies ist schließlich eine Ortschaft und kein privates Clubgelände, oder?«

»Sie sollten vorsichtig sein, Kumpel«, warf Butler ruhig ein. »Mein Freund geht leicht an die Decke.«

»Schon gut, schon gut...« Grimes wich einige Schritte zurück. »Wollte nur wissen, wie Sie hierhergefunden haben. Es verirren sich nur selten Fremde zu uns.«

Newman bezahlte den Wirt, reichte Butler ein Glas und griff nach dem anderen. »Runter damit.« Dann richtete er den Blick wieder auf Grimes, der zwischen seinem Tisch und dem des dummen Eric stand.

»Ein Bekannter hat uns von diesem Dorf erzählt – ein Typ mit Hornbrille. Heißt Sneed. Sind Sie jetzt zufrieden?«

»Sneed? Ah, der Mann mit dem deutschen Wagen. Tolle Kiste. Ist schon eine Weile her.«

»Na und?« brummte Newman.

»Suchen Sie hier nach ihm? Ja, jetzt erinnere ich mich wieder: Sie gehören zur Armee, zu irgendeiner Spezialeinheit, deren Namen ich vergessen habe. Das stimmt doch, oder?«

Newman stieß sich von dem Tresen ab und schob das Kinn vor. Ruckartig hob er die eine Hand und richtete den Zeigefinger wie den Lauf eines Revolvers auf Grimes.

»Hat Ihnen noch niemand gesagt, daß Sie zu viele Fragen stellen? Sie scheinen ziemlich neugierig zu sein, und wenn Sie's unbedingt wissen wollen: Sir John Leinster war einer meiner Vorfahren. Sneed sagte mir, er sei auf dem hiesigen Friedhof begraben. Deshalb bin ich hier. Sonst noch Fragen?«

Grimes rührte sich nicht von der Stelle, und Newman konnte förmlich sehen, wie es hinter seiner Stirn arbeitete. Einige Sekunden lang war es völlig still, und dann rief der dumme Eric mit sich überschlagender Stimme: »Weitere Leichen? Müssen wir heute abend weitere Leichen zu Grabe tragen?«

»*Halt die Klappe!*« fauchte Grimes, trat an den Schwachsinnigen heran und flüsterte ihm einige Worte ins Ohr. »Jetzt sofort!« fügte er laut hinzu.

»Harry«, sagte Newman, »es wird Zeit, daß wir uns die Kirche ansehen.«

Als er auf die Tür zuhielt, sah er die grauhaarige Frau an, die ihn die ganze Zeit über mit steinerner Miene beobachtet hatte. Sie strickte einen dicken Wollpullover, und die Farbmuster waren schauderhaft. »Ist das Ding für einen kleinen Elefanten bestimmt?« fragte er und grinste anzüglich. In den Augen Mrs. Spornes blitzte es wütend auf, und sie senkte den Kopf. Ihre Stricknadeln klickten und klackten in einem geradezu hektischen Rhythmus. Unterdessen eilte der dumme Eric nach draußen, und als sie das Pub verließen, war er verschwunden – vermutlich in Richtung Dorf, dachte Newman.

Er übernahm die Führung, als sie über eine schmale Holzbrücke gingen, die unweit einer Furt über einen kleinen Fluß führte. Dicht hinter sich hörte er das dumpfe Pochen, das die Gucci-Stiefel Grimes auf den Planken verursachten, aber er sah sich nicht um. Sie kamen an einigen Häusern vorbei, doch weit und breit war niemand zu sehen. Das Dorf wirkte wie ausgestorben.

Sie hatten die Kirche auf der Anhöhe fast erreicht, als sich ihnen ein hochgewachsener Mann von der Ortschaft her näherte. Hinter ihm hüpfte der dumme Eric her und bewegte die Arme so, als seien sie Propeller. Der große Mann beeilte sich, um zu Newman, Butler und Grimes aufzuschließen. Ein schwarzer Hut mit breiter Krempe bedeckte seinen Kopf, und darunter zeigte sich ein schmales Gesicht, in dem eine hakenförmige Nase auffiel. Ein altmodischer Zwicker ruhte darauf. Er trug einen dunklen Mantel, und in dieser Aufmachung sah er aus wie ein Priester.

»Einen Augenblick, bitte!« rief er, als er herankam. »Ich bin Dr. Portch. Ich schätze, im Bluebell kam es zu einem Mißverständnis. Wissen Sie, Sir, die Dorfbewohner sind ein wenig schwer von Begriff. Darf ich Sie fragen, wohin Sie unterwegs sind?«

»Zur Kirche«, erwiderte Newman barsch und öffnete die rechte Hälfte des in der Mauer eingelassenen Gittertors. Er blieb nicht stehen, marschierte über den moosbewachsenen Weg und hielt auf die Rückseite der Kapelle zu. Unauffällig beobachtete er den Boden. Im Tageslicht konnte man deutlich die tiefen Furchen erkennen, die Tweed aufgefallen waren. Breite und Profil der Abdrücke deuteten auf einen schweren Lastwagen hin. Die Spuren führten an der rückwärtigen Front der Kirche vorbei und endeten am Zugang des Mausoleums, in dem man Sir John Leinster bestattet hatte.

»Sir John Leinster«, sagte Newman. »War ein entfernter Verwandter von mir.« Er stützte die Arme auf das geschlossene Tor vor dem großen Steingebäude. Das neue Vorhängeschloß, das Tweed bemerkt hatte, war durch ein altes ersetzt worden.

»Ach, wirklich?« erwiderte Dr. Portch freundlich. »Seltsam. Ich dachte eigentlich, er hätte keine Angehörigen hinterlassen.«

»Mein Stammbaum behauptet etwas anderes. Und er wurde von einem professionellen Genealogen erstellt.«

Ein Teil des Mooses auf den Stufen, die zum Grabgewölbe hinabführten, schien verwelkt und erst nach einer Weile wieder nachgewachsen zu sein. Newman drehte sich abrupt um und starrte Dr. Portch an. Grimes stand hinter dem Arzt.

»Haben Sie jetzt genug gesehen, Sir?« Das Lächeln Portchs sparte seine Augen aus. Er rückte sich den Mantel zurecht und scharrte mit den Füßen.

»Es sind Freunde des Fremden, der vor einiger Zeit hierherkam«, sagte Grimes. »Hieß Sneed oder so ähnlich.«

»Dr. Portch«, brummte Newman. »In dieser Region ein recht ungewöhnlicher Name. Aber ich glaube, ich habe ihn schon einmal gehört. Vor knapp zwei Jahren. Könnte es sein, daß er in der Zeitung stand?«

Die blitzenden Augen Portchs trübten sich plötzlich, und der hochgewachsene Mann wirkte wie erstarrt. Newman zündete sich eine Zigarette an und wartete. Er hatte es nicht eilig. Nach einigen Sekunden lächelte der Arzt wieder und faltete die Hände – was seine Ähnlichkeit mit einem Priester noch vergrößerte. »Ich hoffe, unser kleiner Ort hat Ihnen gefallen.«

»Ich bin begeistert. He, Harry, es wird dunkel. Lassen Sie uns zurückfahren.«

Mit weit ausholenden Schritten ging er in Richtung Pub zurück, und er blickte nicht ein einziges Mal zurück. Butler folgte ihm. Er blieb erst stehen, als sie den Wagen erreichten, schloß auf und nahm am Steuer Platz. Mit einer geübten Bewegung legte er den Sicherheitsgurt an, startete den Motor und fuhr los. Die Kurve mit den Rhododendronbüschen blieb hinter ihnen zurück, dann auch das Tor.

»Sie haben ihm einen schönen Schrecken eingejagt«, sagte Butler.

»Genau das war meine Absicht.«

Als sie sich dem Mercedes an der Feldzufahrt näherten, warf Newman einen kurzen Blick in den Rückspiegel. Die Straße war leer; weit und breit kein anderes Fahrzeug zu sehen. Er kurbelte das Seitenfenster herunter und rief:

»Pete, folgen Sie uns, bis wir die Hauptstraße erreichen. Dann suchen Sie sich eine Stelle, von der aus Sie die Abzweigung im Auge behalten können. Wenn ein Wagen aus der Richtung Cockley Ford kommt, so fahren Sie ihm nach...« Er beschrieb ihm Dr. Portch, und unmittelbar darauf legte er den Gang ein und gab wieder Gas.

Nield öffnete ein Holztor und setzte den Mercedes auf dem Weg zurück. Nach zehn Minuten sah er das Scheinwerferlicht eines Fahrzeuges, das sich von Cockley Ford aus der Hauptstraße näherte. Er hatte die Wartezeit genutzt, um sich die Straßenkarte von Norfolk anzusehen, und erkannte nun alle Wege in dieser Region.

Ein Vauxhall kam heran, bog nach rechts und fuhr mit ziemlich hoher Geschwindigkeit nach Norden. »Ah, unser Freund will nach Swaffham«, murmelte Nield und folgte dem Wagen in großem Abstand. Er ging davon aus, daß Portch auf der Hauptstraße blieb, und wie sich herausstellte, irrte er sich nicht.

In Swaffham hielt der Vauxhall an. Der Fahrer ließ den Motor laufen, als er ausstieg und in ein Pub ging. Nield nickte langsam. Dr. Portch, wie er vermutet hatte. Entsprach genau der Beschreibung. Kurz darauf kehrte der hochgewachsene Mann mit einer kantigen Flasche zurück, nahm wieder am Steuer Platz und trank einen Schluck. »Ich tippe auf Brandy«, flüsterte Nield. »Bist wohl ziemlich durcheinander, was? Tja, diese Sache könnte sich als interessant erweisen...«

Inzwischen war es völlig dunkel geworden, und Nield folgte Portch durch die Nacht nach Fakenham. Dort bog er auf die B 1355. Ein Sportwagen raste heran, überholte den Mercedes und scherte zwischen den beiden Autos ein. Nield nickte zufrieden. Jetzt konnte Portch wohl kaum mehr auf ihn aufmerksam werden. Eine Zeitlang folgten sie dem Verlauf der kurvenreichen Straße, und schließlich wandten sie sich nach Westen und setzten die Fahrt über die A 149 fort. Die Küstenstraße.

Nield erinnerte sich an diese Strecke, denn sie führte nach Blakeney. Er hatte einen ausgezeichneten Orientierungssinn, vergaß keine Straße, über die er einmal gefahren war. Du bist nach Brancaster unterwegs, dachte er und meinte damit den Fahrer des Vauxhall. Mal sehen, wen du dort besuchen willst...

Am Rande von Brancaster standen einige Häuser, und hohe Hecken begrenzten die Grundstücke. Der Sportwagen brauste weiter, als Portch auf einer Zufahrt anhielt. Nield fuhr vorbei, parkte einige Dutzend Meter weiter und ging zu Fuß zurück.

Es fiel ihm nicht leicht, die Anschrift des schief hängenden Schildes vor der Zufahrt zu lesen, auf der Portch seinen Wagen abgestellt hatte. Das Haus wirkte baufällig. Kniehohes Gras wuchs im Garten, und zwischen den Steinen des Weges wucherte Unkraut. Nield holte ein Feuerzeug hervor, und im Licht der kleinen Flamme machte er die Buchstaben auf dem Schild aus. *Crag Cove.*

Ein trübes Glühen filterte durch den zugezogenen Vorhang hinter einem nahen Fenster. Nield kehrte auf die Straße zurück, ging an zwei Häusern vorbei und trat auf die Eingangstür des dritten zu. Dort klopfte er an und wich einige Schritte zurück – für den Fall, daß eine Frau öffnete. Doch kurz darauf fiel sein Blick auf einen Mann in mittleren Jahren, der einen krausen Pullover und eine ungebügelte Hose trug.

»Tut mir leid, daß ich Sie zu dieser späten Stunde störe«, sagte Nield. »Aber allein komme ich nicht weiter. Ich muß jemandem in Brancaster ein Eilpäckchen zustellen, doch die Adresse ist unleserlich. Ich konnte nur so etwas wie ›Crag Cove‹ entziffern.«

»Ach, Sie meinen sicher den Skipper.« In der gleichgültigen Stimme des Mannes ließ sich ein Hauch von Feindseligkeit vernehmen. »Verschrobener Kerl. Lebt ganz zurückgezogen. Crag Cove? Drei Häuser weiter, auf der linken Seite. Kapitän Caleb Fox. Kapiert?«

»Ja, danke«, erwiderte Nield. »Sehr freundlich von Ihnen.«

21

Der Scharfschütze, der den Spitznamen ›Mönch‹ trug, hielt sich streng an die Geschwindigkeitsbeschränkung, als er nach Reims fuhr. Der neben ihm sitzende Klein kochte noch immer, weil Marler darauf bestanden hatte, das Steuer zu übernehmen. Andererseits: Marler stand in dem Ruf, der beste Schütze Westeuropas zu sein. Zu seiner langen Referenzliste gehörte unter anderem die Ermordung Oskar Graf von Krulls, des deutschen Bankiers, der ein ganzes Heer von privaten Informanten finanziert hatte, um die Terroristen der Baader-Meinhoff-Bande ausfindig zu machen.

Darüber hinaus wußte man in einschlägigen Kreisen, daß er für den Tod eines italienischen Polizeichefs verantwortlich war – ein Auftrag der Mafia. An seinem Alibi gab es nie etwas auszusetzen. Wenn er seiner ›Arbeit‹ nachging, hielt er sich offiziell in Frankreich auf. Er verlangte enorme Honorarsummen, aber dafür garantierte er Resultate.

Klein musterte den Engländer, als sie sich Reims näherten. Die Nachforschungen in Hinsicht auf die Vergangenheit Marlers hatten sich als ziemlich schwierig erwiesen: Kleins Unterweltkontakte berichteten ihm zwar von vielen Gerüchten, doch Konkretes ließ sich nicht in Erfahrung bringen. Es wäre Klein lieber gewesen, wesentlich mehr über diesen Mann zu wissen. Aber vielleicht sprach der Umstand, daß es praktisch keine Informationen über ihn gab, *für* den Engländer und sein professionelles Geschick.

Marler mochte gut dreißig Jahre alt sein, war schlank, mittelgroß und sauber rasiert. Er hatte ein schmales Kinn, und des öfteren umspielte ein dünnes Lächeln seine Lippen, das jedoch nie die Augen erreichte. Sein Haar war flachsfarben, und wenn man ihn von hinten beobachtete, konnte man ganz oben auf dem Kopf eine kahle Stelle sehen. Daher der Spitzname ›Mönch‹.

Er sprach langsam und fast völlig akzentfrei, wirkte ständig ruhig und gelassen. Nichts schien seine Selbstsicherheit erschüttern zu können. Einen Aspekt seiner Vergangenheit kannte Klein. In diesem Zusammenhang war von Veruntreuung die Rede, von einer Unterschlagung, die der gerade begonnenen Karriere Marlers als Geschäftsmann ein jähes Ende bereitete.

Sein Vater – vor einigen Jahren durch einen Autounfall ums Leben gekommen – war ein berühmter Rennfahrer gewesen. Über die Nationalität seiner Mutter gab es keine verläßlichen Angaben. Marler wies eine besondere Begabung für Fremdsprachen auf, und das mochte einer der Gründe sein, warum er sich in Frankreich niedergelassen hatte. Doch einen festen Aufenthaltsort in dem Sinne schien er nicht zu haben. Offenbar bevorzugte er ein Leben als Globetrotter.

Klein erinnerte sich an die Auskunft eines Korsen: ›Er ist ein Söldner – jemand, der sich für Geld verdingt. Er führt ein aufwendiges Leben. Und wie ich hörte, liebt er teure Frauen.‹

Bevor er sich an den Mönch wandte, führte Klein einige Ermittlungen durch, fand dabei jedoch nur heraus, daß Marler in Passy – einem besonders vornehmen Viertel von Paris – ein Luxusapartment gemietet hatte. Aber er hielt sich nur selten dort auf.

Klein bezahlte den Korsen und erhielt als Gegenleistung eine Telefonnummer. Als er sie wählte, meldete sich eine junge Frau und stellte eine Menge Fragen. Er sah sich gezwungen, ihr seine gegenwärtige Adresse zu nennen. »Vielleicht ruft er zurück«, sagte das Mädchen und legte auf.

Später meldete sich Marler und verabredete sich mit ihm, in einer seltsam anmutenden *Pension* namens Bernadotte. Niemand sonst war bei dem Treffen zugegen, und Klein schnappte unwillkürlich nach Luft, als er die Summe hörte, die der Mönch verlangte. Fünf Millionen.

»Keinen Franc weniger«, sagte Marler. »Außerdem brauche ich einen Vorschuß von einer Million. In bar. Gebrauchte Scheine, die übliche Sache …«

Klein dachte erneut daran, als sie früh am Morgen durch Reims kamen und er Marler aufforderte, die Fahrt in Richtung Sedan fortzusetzen. Es war zu einer kurzen Auseinandersetzung darüber gekommen, wer fahren sollte. »Schluß damit«, beendete Marler den Streit. »Ich ziehe es vor, Herr der Lage zu sein.«

Diese Bemerkung verstärkte das Unbehagen Kleins. Er zog es vor, Herr der Lage zu sein! Darüber hinaus hatte ihm Marler bereits zu verstehen gegeben, daß er sich ihm nicht unterlegen fühlte. Eine der Angewohnheiten Kleins bestand darin, seine Autorität zu betonen, indem er die Angehörigen der neuen Organisation einschüchterte.

»Sie erwarten doch nicht von mir, in Deutschland tätig zu werden, oder?« fragte Marler.

»Nein, das habe ich Ihnen doch schon gesagt …«

»Gewisse Leute«, fügte Marler in einem freundlichen Tonfall hinzu, »haben versucht, mich reinzulegen. Ich rate Ihnen nicht, sich daran ein Beispiel zu nehmen. Wäre sehr unklug. Wohin fahren wir?«

»Unser Ziel sind die belgischen Ardennen in der Nähe von Luxemburg.«

»Oh, soll mir recht sein. Ich habe es mir zum Prinzip gemacht, in keinem Staat mehr als nur einen Auftrag durchzuführen – und das schließt Deutschland, Italien, Spanien, Griechenland und Ägypten aus. War übrigens nicht leicht, einen Citroën mit einem Dachgepäckträger zu finden. Was hat es damit auf sich? Sie meinen, Sie wollten mich auf die Probe stellen …«

»Warten Sie's ab. Bald können Sie Ihre Schießkünste an einem beweglichen Ziel beweisen.«

»Wir nähern uns der französisch-belgischen Grenze«, sagte Klein. »Haben Sie das Gewehr gut versteckt?«

»Es befindet sich unter dem Wagen. Ist mit Klebeband befestigt.«

»Und die Schaufel?«

»Liegt im Kofferraum.« Er lächelte dünn. »Ich stehe in dem Ruf, tüchtig zu sein und nichts zu vergessen. Dort ist die Grenze. Überlassen Sie das Reden mir«, fügte er auf französisch hinzu. Sie hatten sich die ganze Zeit über in dieser Sprache unterhalten.

Das Licht der Scheinwerfer fiel auf eine Schranke, neben der ein kleines Haus stand. Auf beiden Straßenseiten erstreckten sich niedrige Hecken, an die sich lange Felder anschlossen. Marler hielt an und kurbelte das Fenster herunter. »Geben Sie mir Ihren Paß«, wandte er sich an Klein, als sich ihnen schweren Schrittes ein französischer Zöllner näherte.

»Ihre Papiere ...«

Marler zeigte ihm seinen britischen Paß. Der Beamte winkte ab und gähnte. Als er den deutschen Ausweis Kleins sah, nickte er knapp.

»Was führt Sie nach Belgien?« fragte der Uniformierte gelangweilt.

»Wir möchten dort Urlaub machen«, erwiderte Marler.

»In Ordnung. Fahren Sie weiter.«

»Ich glaube, wir haben den armen Kerl geweckt«, sagte Marler, als der Schlagbaum hinter ihnen zurückblieb.

»Diese Zeit eignet sich gut, um die Grenze zu passieren. Und außerdem wiesen uns die Pässe als EG-Bürger aus. Geradeaus weiter ...«

Nach einer Weile veränderte sich die Landschaft. Aus den Feldern und Äckern wurden Hügel und Wälder, die bis an die Straße heranreichten. Manchmal ragten rechts und links steile Felswände in die Höhe. Klein deutete auf einen Wegweiser.

»Nach Bouillon. Auf dem Rückweg setze ich Sie dort ab.

Im Hotel Panorama ist bereits ein Zimmer auf Ihren Namen gebucht. Ich nehme den Citroën. Mieten Sie sich einen anderen Wagen. Bleiben Sie in Bouillon, bis ich mich melde – oder ein Mann namens Hipper mit Ihnen Kontakt aufnimmt.«

»Was ist mit meinem Vorschuß?«

»Den bekommen Sie, sobald Sie mir gezeigt haben, daß Sie mit einem Gewehr umgehen können.«

In einem besonders einsamen und abgelegenen Bereich der Ardennen hielten sie an. Im ersten und noch grauen Licht des neuen Tages waren weiter vorn die vagen Konturen eines alten Steinbruchs zu erkennen. Auf drei Seiten wurde er von hohen und klippenartigen Felswänden begrenzt, die ihm eine gewisse Ähnlichkeit mit einem Amphitheater verliehen. Steine von unterschiedlicher Größe lagen auf dem sandigen Boden. Die beiden Männer stiegen aus, und Marler sah sich um; in dem diffusen Zwielicht war es nicht leicht, ein bestimmtes Ziel zu treffen. Irgendwo in der Ferne knallte es zweimal kurz hintereinander. Marler drehte ruckartig den Kopf.

»Schüsse.«

»Jäger, die Wildschweinen nachstellen. Aus diesem Grund erregen wir keinen Verdacht, wenn wir hier Schießübungen veranstalten. Machen wir uns ans Werk.«

Klein öffnete den Kofferraum und holte die Schaufel und einen großen Sack hervor, den er anschließend mit Sand und kleinen Steinen füllte. Marler kroch unter den Citroën, löste das Klebeband und nahm sowohl sein modernes Gewehr als auch ein Zielfernrohr an sich. Mit einem seidenen Taschentuch reinigte er die Infrarotoptik und befestigte sie an der Waffe. Dann preßte er den Kolben an die Schulter und blickte durch die Linsen.

Unterdessen stemmte Klein den Sack in die Höhe und stellte ihn auf den Dachgepäckträger des Wagens. Mit einem Seil band er ihn an dem Gestell fest.

»Was haben Sie vor?« fragte Marler.

»Sie klettern hoch, bis Sie den oberen Rand des Steinbruchs erreichen. Nehmen Sie die linke Felswand; dort kommen Sie leichter voran als an den anderen Stellen. Und beeilen Sie sich – es wird bald hell. Geben Sie mir ein Zeichen, wenn Sie bereit sind, Ich fahre den Wagen hin und her, so schnell es eben geht. Ihr Ziel ist der Sack; er wird sich ständig von einer Seite zu anderen neigen. Und denken Sie daran: Ich sitze am Steuer.«

»Machen Sie sich keine Sorgen«, erwiderte Marler ruhig. »Ich verstehe jetzt, auf was Sie aus sind. Bei diesem Licht ist es schon schwer genug, ein stationäres Ziel zu treffen, und von oben gesehen sind im Steinbruch kaum mehr als Schemen auszumachen. Wie viele Schüsse?«

»Sechs müßten eigentlich genügen. Jetzt können Sie mir Ihr Geschick beweisen.«

»Wie Sie meinen. Zuerst aber möchte ich den Sack überprüfen.«

Er holte ein Paar Handschuhe aus dem Wagen und streifte sie über. Nachdem er das Gewehr auf den Kofferraumdeckel gelegt hatte, schlug er mehrmals wie ein Boxer auf den Sack ein. Kurz darauf zog er sich die Handschuhe von den Fingern.

»Scheint alles in Ordnung zu sein. Das Ding ist stramm genug. Wir wollen doch verhindern, daß die Kugeln durchschlagen und häßliche Löcher im Wagendach hinterlassen, nicht wahr?« Er zögerte kurz. »Oder in Ihrem Kopf. Eins muß ich zugeben, Klein: Sie haben Mumm.«

Marler wandte sich um. Klein sah ihm nach und beobachtete, wie er, das Gewehr fest in beiden Händen, über den schmalen Pfad in die Höhe kletterte. Er bewegte sich mit der flinken Eleganz einer Gemse. Oben verharrte er und sah in den Steinbruch herab. In dem grauen Zwielicht zeigte sich nun ein erstes bernsteinfarbenes Glühen. Klein stand neben dem Citroën und wartete.

Marler hob das Gewehr, legte an, blickte durch das Zielfernrohr und justierte die Erfassungsoptik. Er ließ sich Zeit. Hinter ihm bildete der Wald eine dunkle Mauer, und es herrschte völlige Stille. Nach einigen Sekunden vernahm er ein leises Kratzen: Klein wurde ungeduldig und scharrte mit den Füßen. Soll der Kerl ruhig nervös werden, dachte Marler. Er sah erneut durch die Linsen, drehte an einem Rädchen und winkte.

Klein stieg in den Wagen, ließ den Motor an und gab Gas. Dreimal fuhr er in geradezu halsbrecherischem Tempo durch den Steinbruch, und die durchdrehenden Räder wirbelten Sand und Kies auf. Ab und zu hielt er jäh an, beschleunigte wieder und riß das Steuer nach links und rechts. Bei jeder Runde nahm er einen anderen Weg.

Marler machte sich schußbereit, blickte durch das Zielfernrohr und drückte mehrmals hintereinander ab. Trotz des röhrenden Motors vernahm Klein ein dumpfes Pochen, als die großkalibrigen Geschosse den Sack trafen. Er ließ den Citroën herumschleudern, und für einige wenige Sekunden verlor er die Kontrolle über das Fahrzeug. Erneut das Pochen. Als er sechs Schüsse gezählt hatte, hielt er an und wartete, um ganz sicherzugehen. Dann öffnete er die Tür und stieg aus.

Marler kehrte in den Steinbruch zurück, und als er sich dem Wagen näherte, bemerkte er ein mattes Leuchten: Im trüben Schein einer Taschenlampe betrachtete Klein den Sack. Der Mönch klopfte Sand und Staub von seiner Hose und hielt das Gewehr locker in der rechten Hand.

»Nun?« fragte er.

»Sechs Schüsse, sechs Treffer. Ein beeindruckendes Ergebnis. Sie sind wirklich gut.«

»Deshalb haben Sie mich engagiert, nicht wahr? Ein bewegliches Ziel. Und vermutlich befindet sich die Schußposition darüber – aus diesem Grund verlangten Sie von mir, die Felswand zu erklettern. Interessant...«

Seine Stimme klang kühl, und Klein musterte den Mann.

Er war nicht nur ein ausgezeichneter Schütze, sondern auch hochintelligent.

»Ja, Sie haben recht.«

Klein durchtrennte das Seil mit einem Taschenmesser – er hielt es für besser, Marler nichts von der Klinge wissen zu lassen, die in seiner Wadenscheide steckte. Er öffnete den Sack, entleerte ihn, schob den Strick hinein und starrte noch einmal auf die sechs Löcher. »Haben Sie den Benzinkanister mitgebracht?«

»Er liegt im Kofferraum, unter einigen Lappen.«

»Nehmen Sie den Sack und verbrennen Sie ihn am Rande des Steinbruchs. Ich kümmere mich um die Kugeln …«

»Verbrennen Sie ihn selbst.« Marler griff nach dem Kanister und reichte ihn Klein. »Ich suche die Geschosse. Sie sind nicht mein Boß. Und ich bin nicht Ihr Diener.«

Klein preßte die Lippen zusammen, nahm den Behälter mit dem Benzin entgegen und ging los. Marler bückte sich und sammelte die Kugeln ein. Dann näherte er sich dem Wald und warf sie fort, jede in eine andere Richtung.

In der Ferne züngelten kleine Flammen, und dunkler Rauch kräuselte in die Höhe. Marler beobachtete, wie Klein die Schaufel zur Hand nahm und die verkohlten Reste des Sacks unter einer Schicht aus Sand und kleinen Steinen verbarg. Als er das Zielfernrohr erneut im Klebeband unter dem Wagen befestigte, kam Klein heran.

»Was machen Sie da?« fragte er scharf. »Ich habe Ihnen doch gesagt, daß ich mit dem Citroën nach Paris zurückfahre. Was ist mit den Fahrzeugpapieren?«

»Im Handschuhfach.« Marler stand auf. »Das Gewehr liegt auf dem Rücksitz – Sie sagten ja, daß hier Wildschweine gejagt werden. Nun, ich habe auf den Tacho gesehen: Bis nach Bouillon sind es fast achtzig Kilometer. Wenn wir in eine Straßenverkehrskontrolle geraten, wird die Polizei an dem Gewehr wohl kaum Anstoß nehmen. Die Infrarotoptik aber könnte uns in Schwierigkeiten bringen. Darum habe ich sie erneut unter dem Wagen versteckt, ich entferne sie, wenn wir in der Nähe Bouillons sind. Ich möchte jedes Risiko vermeiden, Klein – das verstehen Sie sicher. Übrigens: Ich habe den Citroën unter meinem Namen gemietet. Welche Erklärung wollen Sie dem Autoverleih anbieten?«

»Ich behaupte einfach, Sie seien krank geworden. Man wird sich damit zufriedengeben, daß jemand den Wagen zurückbringt und bezahlt.«

»Und da wir gerade von Bezahlung sprechen: Wie sieht's mit meinem Vorschuß aus? Eine Million ...«

Klein streifte sich zwei leichte Handschuhe über, griff in die Tasche und holte einen Umschlag hervor. »Zwei Inhaberobligationen über jeweils fünfhunderttausend Francs. Ebenso gut wie Bargeld, aber leichter zu transportieren. Außerdem eine kleinere Summe für Ihre Spesen.«

Marler vergewisserte sich, daß das Gewehr sicher hinter dem Koffer auf dem Rücksitz verstaut war. Dann setzte er sich ans Steuer und fuhr in Richtung Bouillon zurück.

»Ich würde gern wissen, was Sie planen«, meinte er nach einer Weile.

»Das kann ich Ihnen noch nicht sagen«, erwiderte Klein. »Die Geheimhaltung dient zu Ihrem eigenen Schutz.« Er dachte kurz nach und fügte hinzu: »Wie hätten Sie reagiert, wenn ich zu dem Schluß gekommen wäre, daß Sie nicht der Mann sind, den ich brauche?«

»Ich hätte Ihnen eine Kugel durch den Kopf gejagt.«

22

Tweed betrat das große Wohnzimmer im ersten Stock des Hauses am Eaton Square und nahm Platz, als Lady Windermere auf ein niedriges Sofa deutete. Sie selbst wählte einen mit hoher Rückenlehne versehenen Stuhl im Régence-Stil. Was bedeutete, daß sie auf ihn herabsehen konnte.

»Ich vermute, Lara ist in Schwierigkeiten, nicht wahr? Sonst würden Sie mich sicher nicht belästigen.«

»Was führt Sie zu dieser Annahme?« fragte Tweed.

Lady Windermere war hochgewachsen, schlank und rund fünfzig Jahre alt. Sie hatte ein schmales Gesicht mit dünnen Lippen und einer aristokratischen Nase. Sie wirkte arrogant und sprach in einem Tonfall, wie sie ihn ihren Dienern gegenüber benutzen mochte.

»Nun, habe ich recht oder nicht? Wissen Sie, dies alles ist mir sehr lästig. Mein Sohn Robin – er stammt aus meiner ersten Ehe – heiratet bald. Ich bin voll und ganz damit ausgelastet, mich um die Vorbereitungen für das Fest zu kümmern.«

»Und wenn ich Ihnen sage, daß Lara in Gefahr sein könnte?«

»Wenn sie in irgendeine dumme Sache geraten ist, so soll sie selbst zusehen, wie sie zurechtkommt. Im Augenblick hat die Hochzeit Robins absolute Priorität, Mr. ... Tweed, nicht wahr? Er heiratet ein standesgemäßes Mädchen, das ihm sicher bald einen Sohn schenken wird, einen Erben und Stammhalter.«

»Ich verstehe.« Tweed war nur für einige wenige Sekunden überrascht. Er hatte schon von solchen Frauen gehört. In gewisser Weise erinnerte ihn das Gebaren Lady Windermeres an seine Frau, die jetzt mit einem griechischen Reeder zusammenlebte, irgendwo in Brasilien. »Ich glaube, ich habe mich nicht deutlich genug ausgedrückt«, sagte er. »Es könnte durchaus sein, daß Ihre Tochter ohne eigenes Verschulden in …«

»*Stief*tochter. Rolly brachte sie mit in die Ehe. Sie wurde mir aufgedrängt …«

»Aber Sie wußten von ihr, als Sie Ihren jetzigen Gatten heirateten.«

»Mr. Tweed, diese Bemerkung erachte ich als eine Unverschämtheit, die ich nicht einfach so hinnehmen werde.«

»Es war nur eine Feststellung«, erwiderte Tweed ruhig.

»Und behaupten Sie nur nicht, Lara treffe keine Schuld. Sie ist verbohrt und aufsässig, pflegt Umgang mit den falschen Leuten. Kein Wunder, daß sie dadurch in Schwierigkeiten gerät. Übrigens: Ist sie schwanger? Sie können es mir ruhig sagen …«

»Das würde ich auch.« Tweed nickte. »Aber soweit ich weiß, hat sie in dieser Hinsicht keine Probleme. Man beschrieb sie mir als ausgesprochen intelligente und unabhängige junge Frau, die ihr Leben selbst bestimmen möchte. Und immerhin ist sie volljährig. Können wir jetzt zur Sache kommen? Wann haben Sie sie zum letztenmal gesehen? Hat sie Ihnen irgendwie zu verstehen gegeben, daß sie beabsichtigte, ins Ausland zu reisen? Vielleicht um irgendeinen Job anzunehmen?«

»Werde ich verhört? Und wenn das der Fall ist: Sollte dann nicht mein Anwalt zugegen sein?«

»Darauf können wir verzichten, denn ich gehöre zu einer Sonderabteilung«, stellte Tweed scharf fest. »Ich brauche Hinweise auf die gegenwärtigen Aktivitäten Ihrer Tochter. Dadurch wäre ich möglicherweise in der Lage, Lara zu schützen …«

»Sie wollen sie schützen? Lieber Himmel, da haben Sie sich einiges vorgenommen …«

»Wieso?« fragte Tweed sofort.

»Weil sie zu den Leuten gehört, die gegen alles rebellieren...«

»Uns liegen keine Informationen vor, die Anlaß zu der Vermutung geben, daß sie sich irgendwann in der letzten Zeit politisch engagiert hat.«

»Wird diese Angelegenheit in der Öffentlichkeit bekannt?« erkundigte sich Lady Windermere. »Angesichts der bevorstehenden Hochzeit meines Sohnes würde mir das gar nicht gefallen.«

»Ich kann nur dann darauf verzichten, mich an die Journalisten zu wenden, wenn Sie endlich damit aufhören, dauernd an die Hochzeit zu denken, und versuchen, mir zu helfen. Gibt es irgendeinen Bekannten, den Lara im Ausland besucht haben könnte? Einen Mann oder eine Frau...«

»Oh, ich bin sicher, es wäre ein Mann...«

»Lady Windermere, ich bitte Sie darum, mir Auskunft zu geben, meine Fragen zu beantworten. Wenn Sie mir auch weiterhin ausweichen, muß ich die Sache anders angehen. Und das könnte ein ausführliches Gespräch mit gewissen Reportern notwendig machen.«

»Ist das eine Drohung?«

»Nur eine weitere Feststellung. Und wenn Sie möchten, daß bei unserer Unterhaltung jemand zugegen ist – warum bitten Sie nicht Ihren Mann darum, uns Gesellschaft zu leisten? Jetzt sofort.«

»Oh, er wäre kaum eine Hilfe. Rolly geht ganz in seiner Arbeit auf. Er muß sich um die Geschäfte seiner Handelsbank kümmern, wissen Sie. Außerdem war er Lara gegenüber immer zu nachgiebig. Stellen Sie Ihre Fragen.«

Zu nachgiebig? Lara ist die Tochter Roland Seagraves, dachte Tweed. Vielleicht hätte ich mich direkt an ihn wenden sollen.

Dann schüttelte er den Kopf.

Nein, es kam ihm darauf an, sich ein Bild von der Haltung Lady Windermeres zu machen.

»Wo hält sich Lara derzeit auf?« Sie sah ihn neugierig an.

»Irgendwo in Frankreich«, erwiderte Tweed vage. »Nun, hatte sie irgendeinen Freund oder eine Freundin, an die sie sich dort wenden konnte?«

»Sie war ganz und gar in einen Ausländer vernarrt. Seinen Namen kenne ich nicht, und auch sonst weiß ich praktisch nichts über ihn. Vielleicht ist er im diplomatischen Dienst tätig. Sie lernte ihn während einer Party kennen. Und er rief sie aus dem Ausland an. Einmal bin ich an den Apparat gegangen, doch der Mann stellte sich mir nicht vor, bat nur darum, mit Lara sprechen zu können.«

»Was ist mit Fotografien, die Lara zusammen mit ihm zeigen?«

»Nein, ich habe nachgesehen...« Lady Windermere zögerte kurz und fügte dann forscher hinzu: »Ich wollte versuchen herauszufinden, was sie anstellt. Das hielt ich für meine Pflicht.«

Mit anderen Worten: Sie hat herumgeschnüffelt, dachte Tweed. Reine Neugier. Und vielleicht steckt noch mehr dahinter. Vielleicht hoffte sie, kompromittierende Bilder zu finden, um Lara bei ihrem Vater anzuschwärzen.

»Nahm sie im Ausland irgendeine Anstellung an? Wie ich hörte, beherrscht Lara mehrere Fremdsprachen.«

»Ja. Und das ist nicht nur ein Vorteil. Es bedeutet, daß sie mit falschen Leuten Bekanntschaft schließen kann. Vor zwei Jahren arbeitete sie in Genf. Bei einer UN-Behörde, glaube ich.«

»Ich würde es begrüßen, wenn Sie etwas deutlicher werden könnten. Bei welcher Behörde?«

»Keine Ahnung. Ich bin zu beschäftigt, um ständig auf eine eigensinnige Stieftochter aufzupassen. Ich weiß nur, daß sie später einen anderen Posten in Luxemburg annahm, ebenfalls bei den UN. Das wär's auch schon. Das heißt... Augenblick. Eine Zeitlang wohnte sie auch in Paris. Fragen Sie mich nicht, bei wem. So, Sie meinten eben, Lara habe Probleme...«

»Nein, Lady Windermere – das vermuteten Sie nur. Und ich antwortete Ihnen, sie könne in Gefahr sein.«

»Bestimmt gelingt es ihr, sich irgendwie aus der Affäre zu ziehen. Ist das alles?«

»Derzeit ja.« Tweed stand auf. »Möglicherweise komme ich auf Sie zurück… wenn sich die Lage zuspitzt.«

»Sie sorgen gewiß dafür, daß es nicht dazu kommt. Schließlich ist Lara eine britische Bürgerin, und Sie gehören zu einer Sonderabteilung…«

»Ich werde mir Mühe geben. Aber ich kann nichts garantieren…«

»Und es darf nichts an die Öffentlichkeit kommen.«

»In diesem Land herrscht Pressefreiheit, Lady Windermere.«

Es blinzelte in ihren Augen. »Wissen Sie, Lara ist ausgesprochen egozentrisch und eigensüchtig. Sie denkt nur an sich selbst und gibt nichts auf die Gefühle anderer Menschen.«

»Auf Wiedersehen.«

Als Tweed die Treppe vor dem Gebäude hinunterging, dachte er daran, daß die letzten Worte eine ausgezeichnete Beschreibung Lady Windermeres darstellten. Er holte tief Luft, betrachtete die Bäume in der Mitte des Eaton Square und empfand es als große Erleichterung, jenes Haus verlassen zu haben.

Zünder. Taucher. Scharfschütze. Lara. Sprengstoff. Bank.

Klein ließ Marler im Hotel Panorama in Bouillon zurück, begab sich ins Hotel de la Poste und rief Hipper an. »Ja, die Lieferung ist jetzt fertig und kann abgeholt werden«, lautete dessen Auskunft.

Daraufhin fuhr Klein nach Larochette und nahm dort einen großen Koffer an sich, in dem Louis Chabot sechzig Zünder und vier Kontrollvorrichtungen verstaut hatte. Anschließend setzte er die Fahrt nach Norden fort, nach Clervaux. In der Nähe des Ortes, wo der Türke gestorben und der Nestlé-Laster in die Schlucht gestürzt war, wandte er sich nach Westen, in Richtung des belgischen Dinant an der Maas. Irgendwo in den Ardennen hielt er an, nahm einen Block zur Hand, schrieb wieder seine Liste, starrte darauf und dachte über die Entwicklungen der letzten Tage nach.

Die Zünder. Im Koffer auf dem Rücksitz – sie konnten jetzt geliefert werden, auf eine Weise, die keinen Verdacht erregen würde und bereits getestet worden war: beim Abtransport des Goldes, das aus den beiden Banken in Basel stammte.

Taucher. Das rekrutierte Team wartete auf zwei holländischen Campingplätzen. Und Grand-Pierre Dubois sorgte mit einem umfangreichen Trainingsprogramm dafür, daß es beschäftigt blieb. Der Einsatzgruppe gehörten nur Leute an, die Französisch sprachen: Belgier, Franzosen und Luxemburger. Das ermöglichte eine gute Zusammenarbeit, wenn das Unternehmen begann.

Scharfschütze. Trotz seiner Arroganz war der Mönch zweifellos der beste Gewehrschütze Westeuropas. Er hielt sich nun in Bouillon auf, nicht allzu weit vom Ziel entfernt.

Lara. Bis zur Rückkehr Kleins nach Paris vertrieb sie sich die Zeit damit, sich den Hafen von Cherbourg anzusehen. Die zusätzlichen tausend Pfund, die sie bekommen hatte, würden sie bei der Stange halten. Aus dieser Richtung waren keine Schwierigkeiten zu erwarten.

Sprengstoff. Lagerte an einem Ort, wo er nicht gefunden und von dem aus er rasch zum Ziel gebracht werden konnte.

Bank. Der wichtigste Punkt des Plans. Klein hatte bereits dafür gesorgt, daß eine riesige Summe zur Verfügung stand. Er entschied, sich nach der Lieferung der Zünder erneut mit dem Bankier in Verbindung zu setzen und die noch ausstehenden Vorbereitungen zu treffen.

In Gedanken hakte er den letzten Punkt auf seiner Liste ab, holte ein Feuerzeug hervor, steckte den Zettel an und ließ die Reste in den Aschenbecher fallen. Er nahm sich vor, ihn später in einem der vielen Bäche auszuwaschen, die in den Ardennen flossen. Ja, er war zufrieden mit den Fortschritten, die er in der letzten Zeit erzielt hatte. Und voller Genugtuung stellte er einmal mehr fest, daß er keine Spuren hinterlassen hatte.

Bis auf den Bankier – das letzte Problem, das gelöst werden mußte, bevor das Unternehmen beginnen konnte.

»Sonderabteilung?«

Jacob Rubinstein, Goldmakler mit Hauptbüro in London, betrachtete den Ausweis. Tweed saß auf der anderen Seite des großen Mahagonitisches und musterte ihn. Ein kleiner Mann mit gepflegtem Äußeren, rund sechzig Jahre alt. Eine hohe Stirn, das braune Haar sorgfältig gekämmt, die Wangen fleischig und rosarot. Ein dünner Bart auf der Oberlippe. Rubinstein wirkte gelöst und entspannt, doch seine Augen blickten wachsam.

»Ihnen ist sicher klar, Mr. Tweed«, sagte er ruhig, »daß mein Beruf eine besondere Diskretion erfordert. Es mag übertrieben klingen, aber die Reputation meiner Firma stellt ihren größten Aktivposten dar.«

»Das verstehe ich durchaus«, bestätigte Tweed. Er hatte geahnt, daß die Begegnung mit Rubinstein nicht unproblematisch sein würde. »Andererseits basiert die Arbeit der Behörde, für die ich tätig bin, auf ähnlichen Prinzipien. Geheimhaltung. Ich brauche Informationen.«

»Das habe ich bereits befürchtet.« Rubinstein reichte den Ausweis zurück, lächelte und wartete.

»Ich suche einen Goldmakler – oder einen Bankier –, der Ihre Grundsätze nicht teilt. Jemanden, der zweifelhafte Geschäfte macht, um besonders hohe Profite zu erzielen.«

»In diesem Land, Mr. Tweed? Erwarten Sie von mir, daß ich einen Kollegen denunziere?«

»Ja, es wäre möglich, daß sich der Betreffende in England aufhält. Ich halte es jedoch für wahrscheinlicher, daß er vom Kontinent aus agiert.«

»Wir haben häufig mit europäischen Geschäftspartnern zu tun.« Rubinsteins Stimme klang fast entschuldigend. »Ohne dabei unsere Maximen zu vergessen.« Er zögerte kurz und rieb sich die Hände – das einzige Anzeichen seiner Nervosität. »Vielleicht aber meinen Sie jemanden, der ausgesprochen kriminelle Tendenzen aufweist.«

Das war ein Wink mit dem Zaunpfahl, und Tweed seufzte innerlich. »Ich muß Sie um die gleiche Diskretion bitten, die Sie bisher in Hinsicht auf Ihre Kollegen bewiesen haben. Niemand darf von unserem Gespräch erfahren. Und ich weiß, daß ich auf Sie zählen kann.«

Rubinstein nickte knapp und faltete die Hände. »Sie können sich auf mich verlassen. Bitte fahren Sie fort.«

»Ich versuche herauszufinden, ob etwas an den Gerüchten dran ist, die besagen, es werde eine große terroristische Aktion geplant. Wir haben es dabei nicht mit den üblichen Leuten zu tun. Möglicherweise ist die Gefahr weitaus größer. Vor einer Weile wurden in Basel zwei Banken überfallen, und die Beute bestand aus Goldbarren. Sie verschwanden spurlos. Vielleicht dienten sie dazu, das Unternehmen zu finanzieren, von dem ich eben sprach. Ich habe nur wenige Anhaltspunkte. Wenn ich einen Hinweis auf den Bankier – oder den Goldmakler – bekommen könnte, der in diesem Zusammenhang die Rolle des Hehlers übernahm, wäre es mir möglich, die Verbrecher zu identifizieren. Das ist meine einzige Hoffnung. Ein Bankier, der bereit wäre, das geraubte Gold für einen Preis zu kaufen, der unter dem eigentlichen Wert liegt... Kennen Sie einen solchen Mann?«

»Vielleicht.« Rubinstein blickte an die Decke, und Tweed schwieg. »Wenn ich Sie richtig verstanden habe, suchen Sie nach dem Zwischenhändler.«

»Genau.«

»Nun, es beruhigt mich, daß Sie sich mit einer solchen Auskunft begnügen, Mr. Tweed.«

Rubinstein öffnete einen kleinen Kasten und holte eine

weiße Karte hervor. Dann griff er nach einem Stift, schürzte die Lippen und schrieb einige Worte. »Hier«, sagte er. »Ich bin sicher, Sie werden niemandem sagen, von wem diese Information stammt. Mehr kann ich nicht für Sie tun.«

Tweed nahm die Karte entgegen. *Peter Brand,* lautete die Aufschrift. *Banque Sambre. Brüssel und Luxemburg.*

»Der Name klingt englisch«, meinte er.

»Er *ist* Engländer. Ein außerordentlich erfolgreicher Bankier, der auch mit Gold handelt. Er heiratete die Tochter des Mannes, der die Bank gründete. Leitet sie schon seit einigen Jahren, obwohl er erst Mitte Dreißig ist. Niemand stellt seine Entscheidungen in Frage, und seit er sich um die Geschäfte kümmert, sind die Bilanzen immer besser geworden.«

»Aber die Bank gehört nach wie vor seiner Frau?«

»Ja. Sie bevorzugt das *dolce vita,* wenn Sie verstehen, was ich meine. Hat nur Vergnügungen im Sinn. Man könnte sie wohl als ein Mitglied des Jet-Set bezeichnen. Verbringt eine Menge Zeit in Übersee.«

»Mit anderen Worten: Brand hat freie Hand, was die Bank angeht.«

»In der Tat – solange er seiner Frau das fürstliche Einkommen sichert, das sie für ihren aufwendigen Lebensstil braucht. Und das ist der Fall. Er und seine Gattin haben eine Übereinkunft getroffen, die beide Seiten zufriedenstellt.«

Rubinstein lächelte schief. »Nun, ich trage Klatsch weiter, und das ist eigentlich nicht meine Art.«

»Manchmal ist solcher Klatsch recht interessant. Und Brand handelt auch mit Gold?«

»Ja. Wie ich schon sagte: Er ist ein sehr erfolgreicher Bankier. Enorm begabt. Beherrscht mehrere Fremdsprachen. Außerdem hat er eine ungewöhnliche Ausstrahlungskraft, insbesondere auf Frauen. Das behauptet man jedenfalls. Zu seinen Kunden gehören unter anderem die Russen.«

»Was keineswegs illegal ist.«

»Allerdings sollte man in diesem Zusammenhang nicht die

Tatsache vergessen, daß die Sowjetunion jede Gelegenheit wahrnimmt, harte Devisen aus dem Westen zu bekommen. Und was wäre besser, als große Mengen Gold zu einem reduzierten Preis zu verkaufen?«

»Ein Umstand, der den Ursprung der Ware automatisch verdächtig macht?«

»Das haben Sie gesagt, nicht ich. Andererseits: Ich widerspreche Ihnen nicht.«

Tweed stand auf und streckte die Hand aus. »Ich bin Ihnen sehr dankbar. Vielleicht haben Sie mir zu dem ersehnten Durchbruch bei meinen Nachforschungen verholfen.«

»Ich hoffe nur, daß mein Ruf nicht darunter leidet.«

»Machen Sie sich keine Sorgen.« Nachdenklich fügte Tweed hinzu: »Ich habe langsam den Eindruck, diese Sache ist ein Wettlauf mit der Zeit.«

»Und glauben Sie, Sie können das Ziel rechtzeitig erreichen?«

Tweed lächelte dünn. »Vielleicht hat der Endspurt bereits begonnen...«

23

Paris, Rue des Saussaies. Das Hauptquartier der französischen Gegenspionage befindet sich in der Nähe des Elysee-Palastes, in einer schmalen Nebenstraße, die von der Rue St. Honoré abzweigt. Ein steinernes Tor bildet den Eingang, und daran schließt sich ein kopfsteingepflasterter Hof an. Das Gebäude selbst wirkt eher unscheinbar.

Tweed und Newman saßen in dem kleinen Büro Lasalles und tranken starken und bitteren Kaffee. Der Chef der DST hörte schweigend zu, als Tweed von seinem Gespräch mit Lady Windermere berichtete.

»Scheint eine echte Kratzbürste zu sein«, meinte er. »Warum haben Sie sich mit ihr unterhalten?«

»Nur aus einem Grund. Ich wollte in Erfahrung bringen, ob sie von dem gegenwärtigen Aufenthaltsort Laras weiß. Das ist nicht der Fall.«

»Warum interessierten Sie sich für diese Information?«

»Sie gehört zu dem allgemeinen Bild von der Lage, das vor meinem inneren Auge allmählich Konturen gewinnt.«

Lasalle bedachte Newman mit einem kurzen Blick, zuckte mit den Schultern und gestikulierte vage. »Seine übliche Geheimniskrämerei.«

»Ist Lara noch im Ritz?« fragte Tweed. »Wenn sie noch dort wohnt, möchte ich eine ›zufällige‹ Begegnung mit ihr arrangieren.«

»Dann wäre es sicher nützlich, daß Sie mit dem Mann sprechen, der sie beschattet hat. Einer meiner besten Leute: Leon Valmy. Wird auch ›Papagei‹ genannt. Der Grund dafür dürfte Ihnen sofort klarwerden, wenn Sie ihn sehen.« Lasalle betätigte eine Taste der Wechselsprechanlage und gab eine kurze Anweisung, und unmittelbar darauf trat der Papagei ein.

»Bitte erzählen Sie diesen beiden Herren aus England alles, was Sie über Lara Seagrave wissen. Sie sprechen beide Französisch …«

»Zunächst einmal möchte ich mich dafür entschuldigen, daß ich den Job verpatzt habe«, sagte Valmy. »Es war reine Unachtsamkeit, daß ich die junge Frau aus den Augen verlor, als sie in der Nähe des Place de la Concorde in einen Volvo stieg …«

»Deswegen macht Ihnen niemand einen Vorwurf«, warf Lasalle ein. »Sie waren völlig übermüdet. Kommen wir jetzt zu Ihrem Bericht. Fangen Sie mit Marseille an …«

Der kleine Mann nahm Platz und begann mit seiner Schilderung. Tweed beugte sich vor und musterte ihn eingehend. Erneut fühlte er sich wie damals, als er für Scotland Yard gearbeitet hatte. Einige Polizisten waren zwanzig Jahre lang im Dienst, ohne aus ihren Erfahrungen zu lernen, aber ganz offensichtlich gehörte der Papagei nicht zu dieser Sorte.

Er sprach ruhig und präzise, vergaß nicht zu erklären, warum er sich auf eine bestimmte Art und Weise verhalten hatte. Bereits seine ersten Worte beeindruckten Tweed. »Mir waren Gerüchte über eine neue Organisation zu Ohren gekommen, die angeblich irgendeinen großen Coup plant. Möglicherweise die Entführung eines Schiffes. Wenn sich irgendein Terrorist den Hafen von Marseille ansehen will, so bietet Notre Dame de la Garde einen besonders geeigneten Aussichtspunkt. Ich hatte so eine Ahnung und hielt dort schon seit fünf Tagen nach Verdächtigen Ausschau, als das Mädchen kam …«

Zum Schluß beschrieb er den beiden Besuchern, wie er die junge Frau an der Place de la Concorde aus den Augen verloren hatte. Ein Kollege löste ihn ab und beobachtete das Ritz. Zwei Stunden später kehrte Lara zum Hotel zurück. Sie kam von der Rue St. Honoré und betrat das Gebäude durch den Haupteingang.

»Eine Frage«, sagte Tweed nach einer Weile. »Wenn man mehrere Jahre lang Erfahrungen beim Beschatten sammeln konnte, entwickelt man einen gewissen Spürsinn. Was halten Sie von Lara Seagrave?«

»Sie ist in höchstem Maße verdächtig. Sie sah sich mehrmals nach möglichen Verfolgern um. Und sie verhielt sich wie ein Profi. Benutzte Schaufensterscheiben als Spiegel. Ging mal langsamer, mal schneller. Das muß ihr jemand beigebracht haben.«

»Weist ihr Tagesablauf irgendwelche Routinen auf?«

»Nur eine. Jeden Nachmittag besucht sie das im ersten Stock gelegene Teezimmer der Bücherei Smith. Sie machte nur eine Ausnahme, als sie nach Cherbourg fuhr. Trifft um Punkt sechzehn Uhr dort ein, trinkt Tee und ißt Kuchen.«

»Danke.« Tweed sah Newman an. »Ich glaube, heute nachmittag um vier genehmige ich mir ebenfalls einen Tee.«

Valmy ging mit aller Vorsicht zu Werke. Als sich das Teezimmer langsam füllte, sah er, wie Lara hereinkam und auf einen Ecktisch zuhielt. Sie zog sich einen Stuhl heran, und im gleichen Augenblick näherte sich Tweed von der anderen Seite und machte ebenfalls Anstalten, Platz zu nehmen. Scheinbar überrascht sah er die junge Frau an und sagte auf englisch:

»Oh, entschuldigen Sie. Ich war ganz in Gedanken versunken und habe Sie nicht bemerkt.«

Lara musterte ihn einige Sekunden lang und lächelte dann. »Setzen Sie sich ruhig. Leisten Sie mir Gesellschaft. Ich bin allein und langweile mich zu Tode. Ich würde gern mal wieder mit einem Engländer plaudern. Seit ich in Frankreich bin, habe ich nur immerzu Französisch gesprochen.«

»Danke. Tja, nach einer Weile bekommt man Heimweh.« Er griff nach der Karte. »Wie ich sehe, beschränkt sich das

Angebot nicht nur auf einige wenige Teesorten. Allerdings mag mein Gaumen keine Experimente …«

»Nehmen Sie Kamillentee. Den trinke ich am liebsten.« Lara lächelte erneut und bot ihm von ihren Zigaretten an. Als er ablehnte, fragte sie ihn höflich, ob er etwas dagegen habe, wenn sie rauche. Tweed schüttelte den Kopf. »Und wenn Sie Hunger haben …« fügte die junge Frau hinzu. »Spezialität des Hauses ist ein besonders leckerer Teekuchen. Übrigens gibt es hier auch englische Marmelade. Man fühlt sich wie zu Hause!«

»Prächtig«, sagte Tweed. »Ich vertraue Ihrem Rat.«

Lara bestellte für sie beide.

»Gefällt es Ihnen in Paris?« erkundigte sich Tweed und achtete darauf, keine direkten Fragen zu stellen. »Da fällt mir ein: Ich habe ganz vergessen, mich vorzustellen. Mein Name ist Tweed.«

»Lara Seagrave.« Sie reichte ihm ihre schmale Hand. »Jetzt sind wir Freunde.«

Sie ist verdammt attraktiv, dachte Tweed, und er betrachtete ihr langes, kastanienfarbenes Haar, ihre ausgezeichnete Figur. In den blauen Augen funkelte es humorvoll, und ihre Züge brachten Selbstsicherheit zum Ausdruck. Eine Frau, die sich nichts aus den steifen Traditionen des alten britischen Adels macht, die modern eingestellt ist und der viel an ihrer Unabhängigkeit liegt, fügte Tweed in Gedanken hinzu.

»Sie sehen aus, als stünden Sie auf der Sonnenseite des Lebens«, bemerkte sie.

»Nun, mir gefällt meine Arbeit. Sie halten sie wahrscheinlich für uninteressant. Ich bin in der Versicherungsbranche tätig.«

»Und was genau machen Sie? Ich möchte Ihnen nicht zu nahe treten, aber … Sie sehen nicht wie jemand aus, der Policen verkauft.«

»Ich bin Revisor. Angenommen, jemand stirbt und hat kurz zuvor eine hohe Lebensversicherung abgeschlossen. Nach der

Statistik ist es recht unwahrscheinlich, daß der betreffende Mann auf eine ganz bestimmte Art und Weise starb – die Chancen stehen eins zu zehntausend. Tja, ich überprüfe die Sache. Ich weiß, daß die Ehefrau das Geld bekommen soll. Und ich stelle fest, daß sie ein Verhältnis mit einem Typen hat, der als Schwindler und Betrüger gilt. In einem solchen Fall leite ich eine umfassende Untersuchung ein.« Er lächelte. »Ich habe natürlich ein extremes Beispiel gewählt.«

»Klingt interessant. Sie sind also eine Art Detektiv.«

»Das war ich früher einmal.«

Sie aßen die Teekuchen, und Tweed dankte Lara dafür, daß sie ihn auf diese Spezialität hingewiesen hatte. Sie schenkte Tee nach, griff dann in ihre Handtasche und holte zwei kleine und in Papiertaschentücher gewickelte Objekte hervor. Eins davon reichte sie ihm.

»Eine besondere Delikatesse – ich hoffe, in Ihrem Magen ist noch ein wenig Platz. *Couques*. Sie stammen aus Dinant an der Maas, unmittelbar hinter der belgischen Grenze.

Tweed wickelte den Gegenstand aus, und sein erstaunter Blick fiel auf ein winziges Pfefferkuchenhaus. »Tolles Ding. Der Bäcker muß ein wahrer Künstler sein.«

»Sie sind einfach köstlich.« Sie schob sich ihr Stück in den Mund, rollte genießerisch mit den Augen und beobachtete, wie Tweed seinen Kuchen einsteckte.

»Wenn Sie nichts dagegen haben, hebe ich mir meinen für später auf«, sagte er. »Früh morgens kriege ich immer Appetit auf was Süßes.« Er sah die junge Frau an. »Arbeiten Sie hier in Paris?«

»Ich *hatte* einen Job.« Lara wich seinem Blick nicht aus. »Ich war Sekretärin, bin jedoch vor einer Weile in eine andere Sparte gewechselt. Hat was mit Nachforschungen zu tun. Bringt einerseits wesentlich mehr Geld und macht mich andererseits unabhängiger. Ich möchte meiner Familie beweisen, daß ich auf eigenen Beinen stehen kann.«

»Eine gute Idee.« Tweed runzelte die Stirn. »Lara Seagrave, ich glaube, ich habe ihren Namen schon einmal gehört. Aber vermutlich irre ich mich ...«

»Wohl kaum«, erwiderte die junge Frau, und für einige Sekunden umspielte ein ironisches Lächeln ihre vollen Lippen. »Wahrscheinlich haben Sie den *Tatler* gelesen. Ich bin die Stieftochter Lady Windermeres. Möge sie der Schlag treffen.«

»Ich nehme an, es ist in erster Linie jene Lady Windermere, der Sie zeigen wollen, daß Sie auch allein zurechtkommen, nicht wahr?« fragte Tweed.

»Stimmt.« Lara zögerte und musterte ihn erneut. »Komisch, ich breite mein ganzes Leben vor Ihnen aus, obwohl ich Sie kaum kenne. Sie sind ein guter Zuhörer. Es wäre mir gar nicht recht, von Ihnen verhört zu werden, wenn ich ein Verbrechen begangen hätte.«

»Es ist keineswegs strafbar zu versuchen, der ungeliebten Stiefmutter eins auszuwischen.«

Lara sah auf die Uhr. »Lieber Himmel! Ich erwarte einen Anruf. Bitte halten Sie es nicht für unhöflich, wenn ich jetzt gehe.«

»Ich wäre nur böse auf Sie, wenn Sie mir nicht erlaubten, die Rechnung zu bezahlen.« Er hob die Hand. »Nein, keine Widerrede. Ich habe mich ebenfalls einsam gefühlt.«

Die junge Frau stand auf und reichte ihm die Hand. »Ich hoffe, wir sehen uns wieder, Mr. Tweed. Während der nächsten Tage können Sie mich um die gleiche Zeit hier antreffen. So, jetzt muß ich wirklich los ...«

Tweed erhob sich ebenfalls. Aus den Augenwinkeln sah er den Papagei, der bereits bezahlt hatte und sich beeilte, den Ausgang vor Lara zu erreichen. Er trug eine Baskenmütze und einen dunklen Mantel, und in dieser Aufmachung war er kaum wiederzuerkennen.

»Erzählen Sie mir erneut von Dr. Portch und Norfolk«, wandte sich Tweed an Newman, als sie in der Empfangshalle des Hotel de France et Choiseul Platz nahmen.

»Um noch einmal ganz von vorn zu beginnen: Im Lesezimmer des Britischen Museums sah ich einige alte Zeitungen durch. In einer Ausgabe, die vor knapp zwei Jahren erschien, fand ich schließlich den Artikel, an den ich mich erinnerte, als Sie mir zum erstenmal den Namen Portch nannten. Er hatte damals eine Praxis in Brighton und war insbesondere bei den älteren Damen beliebt. Viele von ihnen wurden zu seinen Patientinnen. Zwei starben, und ihre Testamente wiesen ihn als Erben aus. Was ihm nette zehntausend Pfund einbrachte. Allerdings kam er dadurch ins Gerede. Bei der nachfolgenden Untersuchung durch den Coroner* stand es auf der Kippe, ob man Anklage wegen Mordes gegen ihn erheben würde. Nun, der Coroner war nicht besonders helle, und etwas später trat er in den Ruhestand. In seinem Bericht sprach er in beiden Fällen von einer natürlichen Todesursache.«

»Trotzdem klingen Sie skeptisch. Warum?«

»Ich ließ Butler und Nield für einen Tag in King's Lynn allein und fuhr nach Brighton. Dort hörte ich mich ein wenig um und sprach auch mit dem Polizeiinspektor, der damals die Ermittlungen leitete. Er ist inzwischen ebenfalls im Ruhestand. War zuerst ziemlich mundfaul, doch einige Scotch lösten ihm die Zunge. Er meinte, Portch gehöre für den Rest seines Lebens hinter Gitter. Ein gewisser Williams. Inspektor Williams. Nach dem Urteil des Coroners mußte er seine Ermittlungen einstellen. Angeblich starben die beiden Omas, weil sie eine Überdosis Beruhigungsmittel schluckten. Williams bezeichnete den Untersuchungsrichter als senil und fügte hinzu, obendrein sei er auch noch ein Frauenhasser. Aber wie dem auch sei: Portch war trotzdem erledigt, zumindest in Brighton.«

»Wieso?«

* Coroner: Untersuchungsrichter in Fällen gewaltsamen oder plötzlichen Todes; Anmerkung des Übersetzers

»Seine anderen Patientinnen stimmten mit den Füßen ab: Keine einzige von ihnen wagte sich noch einmal in seine Praxis. Er mußte sie für einen Hungerlohn verkaufen. Was vermutlich erklärt, warum er sich in einem Nest wie Cockley Ford niederließ. Wahrscheinlich wissen die Leute dort nichts von seiner Vergangenheit. Damals gab es viele internationale Nachrichten, und deshalb erregte der Fall Portch kaum Aufsehen. Nur eine einzige überregionale Tageszeitung berichtete darüber, im Innenteil.«

»Es wäre also möglich, daß jemand in London davon erfuhr – jemand, der einen Mann wie Dr. Portch in Cockley Ford brauchte?«

»Ja. Worauf wollen Sie hinaus?«

»Auf nichts weiter. Freuen Sie sich auf morgen: Lasalle wird uns hier in Paris mit einem Korsen bekannt machen, der der Union Corse angehört.«

»Weshalb?«

»Der Typ weiß etwas über den Mann, den die Unterwelt ›Rekrutierer‹ nennt.«

In der Nähe von Dinant in den belgischen Ardennen, nördlich der französischen Grenze, ragt neben der Maas ein steiles Felsmassiv in die Höhe, auf dem sich die Mauern einer alten Festung erheben. Klein fuhr den Citroën über die Pont de Charles de Gaulle und näherte sich einem Frachtkahn, der weiter stromaufwärts festgemacht hatte.

Joseph Haber, Kapitän und Eigner der *Gargantua*, sah den Wagen kommen und erstarrte förmlich. Haber war gut vierzig Jahre alt, klein und untersetzt. Er hatte schwarzes Haar, trug eine Pudelmütze, eine dicke, blaue Sergehose und eine alte Matrosenjacke. Einige Sekunden lang beobachtete er den Citroën, und dann drehte er sich ruckartig um, betrat das Ruderhaus am Heck des Kahns und zog die Tür hinter sich zu. Klein hielt neben der *Gargantua* an und zog den Zündschlüssel ab.

Er stieg aus, griff nach dem großen Koffer und blickte sich aufmerksam um. Weit und breit war niemand zu sehen. Entschlossen wandte er sich dem Kahn zu und ging über den Laufsteg, der das Deck mit dem Ufer verband. Als er die Tür öffnete und das Ruderhaus betrat, knurrte Haber.

»Ich nehme keine weiteren Aufträge an. Ganz gleich, welche Bezahlung Sie mir in Aussicht stellen.«

»Mit der Summe, die ich Ihnen anbiete, könnten Sie den Rest Ihrer Schulden bezahlen – und hätten noch ein Vermögen auf der Bank.«

»Verschwinden Sie. Ich will Sie nicht noch einmal auf meinem Schiff sehen. Einmal habe ich mich von Ihnen breitschlagen lassen, und das reicht mir. Sie haben mich bezahlt. Damit hat sich's.«

»Ich glaube, da irren Sie sich«, erwiderte Klein freundlich. »Zum Beispiel gibt es da immer noch das Problem der *Gargantua*. In den Frachtkammern könnten Spuren von dem Gold zurückgeblieben sein. Darauf habe ich Sie gleich zu Anfang hingewiesen.«

»Ich lasse sie ausspülen. Und dafür komme ich selbst auf.«

»Offenbar verstehen Sie noch immer nicht ganz.« Klein sprach ruhig und langsam, so als hätte er es mit einem Kind zu tun, das ein wenig schwer von Begriff war. »Die Spezialisten der Polizei könnten in den Frachtkammern selbst mikroskopisch kleine Goldstaubreste entdecken. Ein solches Risiko dürfen wir nicht eingehen. Aus diesem Grund muß der Kahn verschwinden – wie vereinbart. Ich habe übrigens nichts dagegen, wenn Sie auch die Versicherungssumme kassieren. Versenken Sie Ihr Schiff an dem Ort, auf den wir uns einigten. Und was Ihren anderen Kahn angeht, Haber, die *Erika*... Ich habe neue Fracht für Sie. Keine annähernd so schwere und gefährliche wie beim letztenmal. Den Koffer hier. Ich muß darauf bestehen, daß Sie...«

»Kommt überhaupt nicht in Frage«, erwiderte Haber aufgebracht. »Ich sagte doch, daß ich mit Ihnen fertig bin. Hauen Sie endlich ab…«

»Übrigens wird Ihre zweite Reise ein wenig länger dauern als die erste.« Klein stellte den Koffer auf dem Boden ab, lächelte und gab sich nach wie vor liebenswürdig. »Wie ich vorhin gesehen habe, hält sich Ihr Partner, Broucker, an Bord der *Erika* auf, die stromabwärts vor Anker liegt. Er wird uns nach Les Dames de Meuse begleiten. Wenn wir die *Gargantua* auf Grund gelegt haben, fahren wir hierher zurück, und dann nenne ich Ihnen das neue Ziel.«

»Ich sagte: Verschwinden Sie…«

»Tja, Haber, Sie sollten an Ihre Familie denken. An Ihre Frau, die reizende Martine. Und auch an Ihren kleinen Sohn Lucien.« Er holte eine Brosche hervor und legte sie auf den nahen Tisch.

Erschrocken starrte Haber auf das Schmuckstück. Sein Entsetzen verwandelte sich rasch in Zorn, und er sprang vor und packte Klein an der Kehle. »Was haben Sie mit ihnen gemacht, Sie Mistkerl? Wenn Martine oder Lucien irgend etwas zugestoßen ist…«

»Sie sind beide wohlauf und befinden sich an einem sicheren Ort.« Klein griff nach den Handgelenken Habers und zwang ihn dazu, auf dem Stuhl des Kapitäns Platz zu nehmen. Der Mann mit der Pudelmütze hatte das Gefühl, als hätten sich Stahlklammern um seine Unterarme geschlossen. »Beruhigen Sie sich. Ich weiß, daß Sie ehrgeizig sind, und Sie werden eine Menge Geld verdienen. Damit können Sie sich gleich mehrere neue Kähne kaufen, eine ganze Flotte, wenn Sie wollen. Bleiben Sie jetzt bitte still sitzen – wir wollen doch nicht, daß uns jemand bei einem Handgemenge beobachtet, oder? Könnte die Sicherheit Ihrer Familie in Frage stellen…«

Etwas weiter stromaufwärts hatte ein dritter Frachtkahn festgemacht, die *Nantes*. Im Ruderhaus hielten sich zwei Personen auf, Willy Boden und seine Frau Simone. »Ich glaube,

Haber streitet sich mit diesem komischen Typ namens Klein«, meinte Willy. »Nein, steh nicht auf. Sonst sehen sie uns.«

»Dieser Klein gefällt mir nicht«, erwiderte Simone. Sie strich über ihr langes Haar. »Ist mir ein Rätsel, warum sich Haber mit einem solchen Kerl eingelassen hat…«

»Ist seine Sache, geht uns nichts an. Laß uns jetzt essen.«

Eine halbe Stunde später wischte sich Willy mit dem Handrücken den Mund ab und sah aus dem Fenster. »Seltsam«, brummte er. »Die *Gargantua* hat abgelegt und fährt stromaufwärts in Richtung der französischen Grenze und Les Dames de Meuse. Soweit ich weiß, transportiert Haber Kies. Und Broucker hat die Frachtluken der *Erika* geschlossen und befindet sich nun ebenfalls an Bord der *Gargantua*. Eigenartig. Warum steuert Haber stromaufwärts, obwohl er den Kies immer nach Namur gebracht hat?«

»Was ist mit Klein?« fragte Simone.

»Ist wahrscheinlich immer noch an Bord. Jedenfalls steht sein Wagen nach wie vor am Liegeplatz.«

»Da stimmt etwas nicht. Ich habe so eine Ahnung…«

»Wenn wir dieses Schiff allein mit deiner Ahnung steuerten, gerieten wir mindestens zehnmal am Tag aus der Fahrrinne. Wie ich schon sagte: Es geht uns nichts an. Außerdem mag es Haber nicht, wenn sich irgend jemand in seine Angelegenheiten mischt. Vergessen wir's. Viel wichtiger ist: Das Deck muß abgeschrubbt werden…«

Weiter stromaufwärts näherte sich die *Gargantua* Dinant und dem großen Massiv mit der alten Festung. Klein war zufrieden, daß alles nach Plan lief und niemand seine kurze Auseinandersetzung mit Haber bemerkt hatte.

»Das ist Sampiero Calgourli«, stellte Lasalle vor.

Da der Union-Corse-Gangster während der Nennung ihrer Namen sitzengeblieben war, machten Tweed und Newman keine Anstalten, ihm die Hand zu reichen. Sie folgten dem Beispiel des DST-Leiters und nahmen in dem dunklen, mit antik wirkenden Möbeln eingerichteten Raum Platz.

Calgourlis Hauptquartier bestand aus einem Apartment in der Nähe des Fleischmarktes, im Süden von Paris. Der Korse war dunkelhäutig, klein und breitschultrig. Er hatte einen auffallend dicken Hals, dunkles, fettig glänzendes Haar und einen Oberlippenbart, der sich an den Mundwinkeln herabneigte. Tweed fand, daß er auf seine Art und Weise fast ebenso arrogant wirkte wie Lady Windermere.

»Was sind das für Leute?« fragte Calgourli.

»Mr. Tweed hat in England großen Einfluß, und Mr. Newman ist ein Bekannter von ihm. Beide interessieren sich ebenso sehr wie ich für alles, was Sie uns über den sogenannten Rekrutierer erzählen können.«

»Angenommen, ich weiß etwas über jenen Mann – warum sollte ich Ihnen derartige Informationen geben?«

»Hören Sie, Calgourli ...« Lasalle beugte sich vor, und sein Gesichtsausdruck veränderte sich abrupt. Das freundliche Lächeln verschwand von den Lippen, und in seinen Augen blitzte es drohend, als er mit scharf klingender Stimme fortfuhr: »Eines Tages bitten Sie mich vielleicht um einen Gefallen. Ich kann ein guter Freund sein – aber auch ein gnadenloser Feind. Es wäre durchaus möglich, daß ich mit dem Gedanken spiele, Ermittlungen in Hinsicht auf Ihre Verbindungen nach Italien anzustellen.«

»Ich bitte Sie!« Calgourli hob seine knochigen Hände, und sein Lächeln offenbarte kariöse Zähne. »Ich habe doch nur eine Frage gestellt. Um mir ein Bild von meiner Lage zu machen ...«

»Der Rekrutierer«, wiederholte Lasalle.

»Ist nicht gerade ein Mann, mit dem ich gern zu tun hätte. Klein versuchte, mit mir ins Geschäft zu kommen, aber ich lehnte ab.«

»Entschuldigen Sie«, warf Tweed auf französisch ein. »Sie sagten, er hieße Klein?«

»So stellte er sich mir vor. Aber ob das sein richtiger Name ist? Wahrscheinlich wechselt er sie wie seine Hemden. Er kam mit einem Empfehlungsschreiben, das von einem gewissen Mann in Marseille stammte. Hatte offenbar keine Ahnung, daß ich den Typ inzwischen wie die Pest hasse. Perugini scheint einen besonders verschrobenen Sinn für Humor zu haben.« Er winkte ab. »Vermutlich hat er Klein für meine Adresse eine ordentliche Summe abgeknöpft.«

»Was wollte Klein von Ihnen?« hakte Lasalle nach.

»Er bat mich darum, ihm einen meiner Mitarbeiter zu überlassen. Jemanden, der sich mit Sprengstoff und Tauchausrüstungen auskennt. Ich frage Sie, Lasalle: Wo hätte ich einen derartigen Mann auftreiben sollen?«

»Ich bin sicher, ein Anruf von Ihnen würde genügen – und fünf Minuten später stände ein solcher Experte vor Ihrer Tür. Wie lautete Ihre Antwort?«

»Ich sagte ihm, er könne mich mal – etwas in der Art. Vielleicht wäre es besser gewesen, ein wenig diplomatischer zu sein ...«

»Und wie reagierte Klein darauf?« Lasalle ließ nicht locker.

»Er nahm es ganz gelassen hin. Blieb völlig ruhig. Ein eiskalter Bursche. Und ich war wirklich froh, daß zu jenem Zeitpunkt ein Freund bei mir war. Klein ist ein Mann, der eine Leiche ausgraben und aufschneiden würde, wenn er sicher wäre, daß sich in ihrem Bauch eine Perlenkette befindet. Darüber hinaus stellte er für das Honorar geradezu absurde Bedingungen.« Calgourli beugte sich zur Seite und läutete mit einer Glocke, die auf dem kleinen Tisch neben seinem Sessel stand. »Maurice! Bring Wein.«

Ein schlanker junger Mann mit ausdruckslosem Gesicht kam herein und stellte sowohl ein Tablett mit Gläsern als auch eine Flasche Rotwein auf den Tisch. Calgourli schenkte seinen Gästen ein. Tweed trank einen vorsichtigen Schluck. *Vin ordinaire*. Billiges Zeug. Er haßte Rotwein, ließ sich jedoch nichts anmerken. Der Korse wirkte wie ein Mann, der von einem Augenblick zum anderen platzen konnte, und Tweed wollte ihn nicht verärgern.

»Ich hoffe doch«, sagte Lasalle, »daß uns dieser Maurice nicht belauscht, oder?«

»Das wagt er bestimmt nicht. Ich würde ihm die verdammten Ohren abschneiden.«

»Sie sprachen eben von absurden Bedingungen«, erinnerte ihn Tweed.

»Klein meinte, der Mann, den er engagieren wolle, müsse Paris sofort verlassen, ohne irgend jemandem Bescheid zu geben. Nicht einmal mir dürfte er das Ziel seiner Reise mitteilen! Nun, selbst wenn ich in der Lage gewesen wäre, ihm einen solchen Experten zur Verfügung zu stellen – von solchen Vereinbarungen halte ich nichts.«

»Wieviel?« fragte Lasalle lakonisch. Er rührte sein Glas Wein nicht an.

»Bitte?«

»Kommen Sie, Calgourli. Stellen Sie sich nicht dümmer, als Sie sind. Ich verliere langsam die Geduld mit Ihnen. Was für ein Honorar bot Klein Ihnen an?«

»Fünfzigtausend Francs. Und noch einmal die gleiche Summe, nachdem der Mann Paris verlassen hat.«

»Können Sie mir Klein beschreiben?« bat Tweed.

»Etwa hundertachtzig Zentimeter groß und achtzig Kilogramm schwer. Was die Haarfarbe angeht – keine Ahnung. Er trug eine schwarze Baskenmütze und einen seidenen Schal, der den Nacken bedeckte. Sein Blick gefiel mir nicht.«

»Was ist mit der Farbe seiner Augen?« fragte Tweed.

Calgourli zuckte mit den Schultern. »Weiß ich nicht. Die Gläser seiner Brille waren getönt...«

»Wenn Sie seine Augenfarbe nicht erkennen konnten – wieso behaupten Sie dann, sein Blick gefiele Ihnen nicht?«

»Ist der Kerl Polizist?« wandte sich Calgourli an Lasalle.

»Beantworten Sie seine Frage.«

»Aufgrund der getönten Gläser konnte ich seine Augen nur vage ausmachen, doch während er sich in diesem Zimmer aufhielt, starrte er mich die ganze Zeit über an. Und noch etwas: Sein Gesicht war weiß, so blaß wie das einer Leiche.«

»Was sagte Klein, als Sie sein Angebot ablehnten?« fragte Lasalle.

»Er schien amüsiert zu sein.« Calgourli preßte die Lippen aufeinander, als er sich erinnerte. »Er meinte, wenn ich nicht mit ihm zusammenarbeiten wolle, sei die Sache eben erledigt.« Der Korse zögerte kurz und sah den DST-Chef an. »Ich weiß über eine Angelegenheit Bescheid, die Sie sicher interessieren dürfte. Bitte betrachten Sie diese Information als einen Gefallen meinerseits. Verstehen Sie?«

»Heraus damit.«

»Klein hat den Mönch verpflichtet, den besten Scharfschützen Europas.«

»Seltsam«, brummte Lasalle, als er am Steuer seines Wagens Platz nahm. Tweed setzte sich neben ihn, und Newman machte es sich auf dem Rücksitz bequem. »Offenbar fürchtet sich der Korse vor Klein. Das erstemal, daß ihm jemand einen gehörigen Schrecken eingejagt hat.«

»Wenigstens haben wir jetzt einen Namen: Klein«, meinte Tweed. »Übrigens: Einer meiner Kontaktleute in einem anderen Land hat ebenfalls diesen Namen genannt.«

»Das bedeutet weiter nichts.« Lasalle ließ den Motor an und fuhr los. »Haben Sie eine Ahnung, wie viele Kleins es in Frankreich, Belgien, Luxemburg und Deutschland gibt?«

»Ich halte es trotzdem für ratsam, bei Interpol nachzufragen«, erwiderte Tweed. »Es stimmt mich sehr nachdenklich, daß er den Mönch engagiert hat. Ich habe bereits von ihm gehört – ein Killer, der wie ein Blitz aus heiterem Himmel zuschlägt. Ein Phantom.« Schon wieder diese Bezeichnung, dachte Tweed. Und er fügte in Gedanken hinzu: Offenbar befindet sich Zarow – wenn Klein und Zarow ein und dieselbe Person sind – in guter Gesellschaft.

»Ja«, sagte Lasalle. »Ein Phantom. Jemand, der nicht greifbar ist. Bisher gelang es niemandem, ihn festzunageln.« Er zögerte kurz. »Der Umstand, daß Klein ausgerechnet den Mönch beauftragt hat, läßt das Schlimmste befürchten. Ich frage mich, was für eine teuflische Aktion er plant. Geht es dabei wirklich um die Entführung eines Schiffes?«

»Das bezweifle ich«, entgegnete Tweed. »Ich fürchte, es steht ein weitaus umfangreicheres Unternehmen bevor. Irgend etwas besonders Spektakuläres. Aber um was es sich dabei handelt ...« Er schüttelte den Kopf. »Nun, wenigstens in einer Hinsicht hat uns das Gespräch mit Calgourli enorm weitergeholfen.«

»Wie meinen Sie das?« fragte Newman.

»Wir haben endlich etwas *Konkretes* in Erfahrung gebracht. Klein braucht für sein Vorhaben nicht nur Sprengstoff, sondern auch Taucher und einen erstklassigen Scharfschützen. Den Mönch.«

»Sind Sie gekommen, um mich zu kontrollieren?« fragte Marler und lächelte dünn. »Um sich zu vergewissern, daß ich nach wie vor in Bouillon bin?«

»Um sicherzustellen, daß Sie sich an die Anweisungen unseres gemeinsamen Freundes halten«, antwortete Hipper. Sie gingen in dem kleinen Ort spazieren. »Um Ihnen mitzuteilen, daß die Aktion bald beginnt. Es ist sehr wichtig, daß Sie ständig im Hotel Panorama erreichbar sind ...«

»Ich eigne mich nicht zum Stubenhocker, brauche Bewegung. Wenn Sie anrufen und ich unterwegs bin, versuchen Sie es später noch einmal.«

»Mit dieser Regelung bin ich nicht ohne weiteres einverstanden ...«

»Das Leben ist voller Kompromisse.«

»Wir trennen uns hier«, sagte Hipper. »Kehren Sie auf direktem Wege zum Hotel zurück.«

»Sehr wohl, Sir.«

Spöttisch deutete Marler eine Verbeugung an, drehte sich um und verschwand hinter einer Ecke. Als Hipper ihn nicht mehr sehen konnte, lief der Mönch zu dem in der Nähe geparkten Renault, den er vor einer Weile gemietet hatte. Er schloß auf, nahm am Steuer Platz und ließ den Motor an. Gleichzeitig setzte er sich eine Baskenmütze auf und griff nach einer dunklen Brille. Dann fuhr er los, erreichte einige Sekunden später die Kreuzung und beobachtete, wie Hipper in einen Peugeot-Kombi stieg.

Er folgte ihm, vorbei an der Festungsruine, deren Mauern sich auf einer Anhöhe am Rande der kleinen Stadt erhoben; die ganze Zeit über wahrte er vorsichtigen Abstand zu dem Peugeot. Klein hatte ihn mitten im Nichts sich selbst überlassen, und das paßte ihm überhaupt nicht. Er brauchte einen Hinweis darauf, von wo aus Hipper agierte. In seinem Beruf konnte man nie genug über den Auftraggeber wissen.

Hipper fuhr nach Norden durch die Ardennen und wandte sich dann nach Westen. Es gelang Marler, unbemerkt zu bleiben, und nach einer Weile erreichten sie Givet, eine französische Kleinstadt direkt hinter der Grenze, südlich von Dinant.

Marler überquerte eine Brücke, die den Fluß Maas überspannte, setzte die Fahrt in Richtung Quai des Fours fort – und stellte plötzlich fest, daß er Hipper aus den Augen verloren hatte. Er parkte den Renault, betrat ein Café in unmittelbarer Nähe des Ufers und trank einen Kaffee. »Tja, es kann nicht immer klappen«, sagte er leise zu sich selbst und sah aus dem Fenster.

Ein Frachtkahn kam vorbei, passierte die Schleuse und fuhr stromaufwärts weiter. Die *Gargantua*. Marler bedachte das Schiff nur mit einem flüchtigen Blick, trank die Tasse aus und bat um die Rechnung.

Am nächsten Morgen verließ Lara Seagrave eine öffentliche Telefonzelle und machte sich auf den Weg zu Smiths' Teestube. Nachdem sie ihre Bestellung aufgegeben hatte, sah sie sich vergeblich nach Tweed um. Nun, sie war es gewohnt, allein zu frühstücken.

»Ich muß jemanden anrufen«, wandte sich Tweed an Newman, als Lasalle sie am France et Choiseul abgesetzt hatte. »Von der Telefonzelle dort drüben aus. Dauert nur eine Minute.«

»Ich warte hier«, sagte Newman. »Lassen Sie sich Zeit. Es gibt eine Menge, über das ich nachdenken muß. Ich habe das Gefühl, als hätte ich bei meinem Bericht über Cockley Ford irgend etwas vergessen.«

Tweed betrat die Zelle und wählte die Nummer von Park Crescent. Paula meldete sich, und nach einem kurzen Gruß kam sie sofort zur Sache.

»Jacob Rubinstein hat sich gemeldet und meinte, er müsse Ihnen eine wichtige Mitteilung machen. Er möchte nur mit Ihnen persönlich sprechen. Wissen Sie, unter welcher Nummer Sie ihn erreichen können?«

»Ja. Ich bin noch immer in Paris. Ich setze mich mit ihm in Verbindung, sobald wir unser Gespräch beendet haben. Hat jemand angerufen, der sich Olymp nennt, wie der Berg in Griechenland?«

»Vor einer Viertelstunde. Handelt es sich um einen Mann oder eine Frau?«

»Kann ich Ihnen leider nicht sagen«, erwiderte Tweed ungeduldig. »Wie lautete die Nachricht?«

»Die Stimme klang irgendwie dumpf, so als habe die betreffende Person ein Taschentuch auf die Muschel gelegt. Weiß beim besten Willen nicht, ob es ein Mann oder eine Frau war. Ich bat um eine Wiederholung der Botschaft. Sie ist ziemlich kurz: *Es ist die Maas, der Fluß Maas*. Können Sie damit etwas anfangen?«

»Ich denke schon«, sagte Tweed und legte auf. Newman bemerkte den nachdenklichen Gesichtsausdruck seines Begleiters und schwieg auf dem Weg zum Hotelzimmer Tweeds. Erst nachdem ein Kellner den bestellten Kaffee gebracht hatte, sagte er:

»Ich habe mich inzwischen an einige Dinge erinnert, die ich bei meinem Bericht über Cockley Ford unerwähnt ließ. Allerdings werde ich nach wie vor den Eindruck nicht los, daß etwas Wichtiges fehlt. Mir scheint, ich bin ziemlich nachlässig gewesen.«

»Als Sie nach Park Crescent zurückkehrten, blieb Ihnen nicht viel Zeit. Wir fuhren zum Flughafen Heathrow, und die Maschine war so voll, daß wir uns nicht ungestört unterhalten konnten. Anschließend holte uns Lasalle am Charles de Gaulle ab. Um was geht's?«

»Zunächst einmal: Ich habe überprüft, was Dr. Portch unternahm, nachdem er Brighton verließ, und dabei stellte ich fest, daß sechs Monate vergingen, bevor er in Cockley Ford auftauchte. Der Wirt des Pubs an der Uferpromenade in Blakeney erzählte mir, Portch sei zwar mit seinem ganzen Hausrat eingetroffen, habe sich jedoch kurz darauf auf den Weg nach Holland gemacht. Und dort blieb er ein halbes Jahr lang.«

»Wahrscheinlich übernahm er eine Vertretung.« Tweed hatte in Smiths' Buchladen eine Straßenkarte gekauft und betrachtete den Lauf der Maas. »Gibt es sonst noch etwas?«

»Sie meinten, auf dem Friedhof hätten Sie sechs Gräber gesehen – Leute, die während der angeblichen Meningitis-Epidemie ums Leben kamen. Ich konnte mich nur flüchtig umsehen, weil mir Portch und der andere Kerl, Grimes, an den Fersen klebten. Aber ich bin sicher, es waren *sieben* Gräber. Haben Sie sich vielleicht verzählt?«

Tweed sah ihn erstaunt an, schürzte die Lippen und versuchte, sich an alle Einzelheiten jenes Abends in Cockley Ford zu entsinnen. Inzwischen war viel geschehen...

»Ich weiß nicht mehr genau«, gestand er ein. »Aber wie dem auch sei: Verschieben wir diese Sache auf später. Wir müssen verschiedene Dinge erledigen, und die Zeit drängt. Ich nehme den Schnellzug nach Brüssel und knöpfe mir dort Peter Brand vor, den Bankier. Und... Verdammt. Ich habe vergessen, Jacob Rubinstein anzurufen. Das hole ich unterwegs nach, wenn wir einen Happen essen. Ich will hier nicht länger aufgehalten werden. Wir müssen sofort los.«

»Sie sprachen von verschiedenen Dingen...«

»Ja. Ich möchte, daß Sie einen Wagen mieten und in das belgische Dinant an der Maas fahren, direkt hinter der Grenze. Vielleicht hat Klein den Fehler gemacht, den ich mir die ganze Zeit über erhoffte.«

»Was denn für einen?«

»Diesen hier.« Tweed zog eine Schublade auf, holte ein Objekt hervor, das in ein Papiertaschentuch gewickelt war, und reichte es Newman. Der Auslandskorrespondent nahm es entgegen, sah ein winziges Pfefferkuchenhäuschen und hob fragend den Kopf.

»Ein *Couque*«, sagte Tweed. »Eine besondere Spezialität, die von den Bäckern in Dinant hergestellt wird. Wenden Sie sich in dem Ort an einen Kahnfahrer und stellen Sie fest, ob Klein sich dort irgendwann blicken ließ. Wenn sich irgend etwas ergibt – Sie haben freie Hand. Und rufen Sie diese Nummer an, falls Sie sich mit mir in Verbindung setzen wollen.« Er schrieb rasch einige Zahlen auf einen Zettel. »Das Polizeipräsidium in Brüssel wird sich melden. Chefinspektor Victor Benoit ist ein alter Bekannter von mir. Ein recht fähiger Typ. So, und jetzt sollten wir uns auf den Weg machen.«

»Einen Augenblick. Warum Ihr plötzliches Interesse an Frachtkähnen?«

»Ist nur so eine Vermutung. Gestern abend kurz vor dem Einschlafen fiel mir eine Bemerkung Paulas ein. In Basel, im Hotel Drei Könige, erwähnte sie, daß sie einmal Urlaub auf einem solchen Schiff gemacht hat. Das Gold, das aus den beiden Banken geraubt wurde... vielleicht hat die Schweizer Polizei in bezug auf den Abtransport eine Möglichkeit außer acht gelassen. Vielleicht befand es sich an Bord eines Frachtkahns, der erst über den Rhein und dann durch den Canal de Haut Rhin in Richtung Dinant fuhr.«

»Das scheint mir ziemlich weit hergeholt zu sein«, sagte Newman, als sie aufstanden, um das Zimmer zu verlassen.

Tweed lächelte schief. »Möglicherweise stehen uns noch weitaus größere Überraschungen bevor...«

Tweed betrat die Telefonzelle, von der aus er Paula angerufen hatte, und wählte die Nummer Jacob Rubinsteins. Er nannte seinen Namen, als der Goldmakler abnahm.

»Würden Sie mir bitte sagen, wie Sie gekleidet waren, als Sie mich in meinem Büro besuchten? Nehmen Sie es mir bitte nicht übel...«

»Keineswegs. Ich weiß Ihre Vorsicht zu schätzen. Ich trug einen marineblauen Anzug, ein weißes Hemd, eine Krawatte mit Punktmuster und einen Burberry...«

»Ich möchte am Telefon keine Namen nennen, Mr. Tweed. Es geht um die Person, über die wir bei unserer Begegnung sprachen. Verstehen Sie?«

»Ja. Fahren Sie fort.«

»Mein Beruf bringt es mit sich, daß einem gewisse Dinge zu Ohren kommen. Praktisch täglich stehe ich in telefonischer Verbindung mit den verschiedenen Finanzzentren der Welt. Dabei kommt es häufig vor, daß Gerüchte an mich herangetragen werden – manchmal sehr ungewöhnliche. Mit der Zeit lernt man es, die Spreu vom Weizen zu trennen und leeres Gerede als solches zu erkennen. Was den Mann angeht, über den wir uns unterhielten... Wie ich vor kurzem hörte, hat er dafür gesorgt, daß bei der Deutschen Bank in Frankfurt eine riesige Summe in Gold für einen unverzüglichen Transfer bereitgehalten wird. Angeblich handelt es sich um einen Kredit, der für einen ungenannten südamerikanischen Staat bestimmt ist. Eine seltsame Sache: Es geschieht nicht alle Tage, daß man ein solches Vermögen auf Abruf disponiert.«

»Wieviel Gold?«

»Es ist zweihundert Millionen Pfund wert.«

»Ich danke Ihnen für diese Information, Mr. Rubinstein. Vielleicht hilft sie mir weiter. Auf Wiederhören.«

Tweed verließ die Telefonzelle. »Zurück zum Hotel«, wandte er sich an Newman. »Sie können später essen. Ich besorge mir etwas im Zug nach Brüssel.« Er ging mit weit ausholenden Schritten über den Bürgersteig und sah auf seine Armbanduhr.

»Hat sich etwas Neues ergeben?« fragte Newman.

»Peter Brand, der zwielichtige Bankier, hat gerade veranlaßt, daß bei der Deutschen Bank in Frankfurt Gold im Wert von zweihundert Millionen Pfund auf Abruf bereitgehalten wird. Das könnte die Summe sein, die Klein – beziehungsweise Zarow – vom Westen erpressen will. Mit der Drohung, eine Katastrophe auszulösen. Lysenko sagte mir, Zarow wolle noch in jungen Jahren ein Vermögen machen. Wenn ich mit meiner Vermutung richtig liege, könnte die Zeit knapp werden. Vielleicht steht das Unternehmen unmittelbar bevor. Fahren Sie so schnell wie möglich nach Dinant.«

Sie näherten sich dem Eingang des Hotels, als Tweed mit einer Bemerkung bewies, daß er Newman zuvor *tatsächlich* zugehört hatte.

»Wenn Sie recht haben, so frage ich mich, wer auf dem Friedhof in Cockley Ford im siebenten Grab bestattet wurde...«

24

Achtzig Meilen östlich von Paris, mitten im Nirgendwo, hatte Newman eine Panne. Es herrschte völlige Finsternis, und weit und breit waren keine anderen Fahrzeuge zu sehen. Die Entfernung zum nächsten Ort betrug mehr als zwanzig Kilometer. Er trank Wasser aus einem Plastikkanister, den er bei längeren Fahrten ständig bei sich führte, machte es sich auf dem Rücksitz des Peugeot so bequem wie möglich und schlief.

Am folgenden Morgen versprach der Fahrer eines vorbeikommenden Wagens, der nächsten Filiale des Autoverleihs Bescheid zu geben. Doch erst gegen Mittag trafen ein Abschlepplaster und ein Citroën ein. Mit dem Ersatzwagen fuhr Newman in die nächste Stadt und nahm dort eine gemütliche Mahlzeit ein – gemütlich deshalb, weil sich der Kellner eine Menge Zeit ließ.

Er erreichte Dinant erst am frühen Abend. Nachdem er den Citroën geparkt hatte, wanderte Newman durch den Ort und beobachtete das Felsmassiv mit der alten Festung. Er wählte ein schlichtes Hotel in einer Nebenstraße, das Hotel de la Gare.

Nach Einbruch der Dunkelheit setzte er seinen Streifzug fort und besuchte mehrere Bars. Dort sprach er mit den Wirten, die für gewöhnlich gut informiert waren, was die Geschehnisse im Ort anging. In der Nähe der Pont de Charles de Gaulle fand er eine Bäckerei, die *Couques* anbot.

Er führte seine übliche Reporter-Routine durch, orientierte sich in der kleinen Stadt und machte sich mit dem Alltagsleben in Dinant vertraut. In jener Nacht schlief er tief und fest. Am nächsten Morgen stand er früh auf, trank einen Kaffee und schritt anschließend an der Uferpromenade der Maas entlang. Nach einer Weile sah er einen Frachtkahn, der in der Nähe festgemacht hatte: die *Nantes*.

»Guten Morgen!« rief er einem schmalgesichtigen Mann mit dunklen Augen zu, der im heckwärtigen Ruderhaus stand und ihn beobachtete. »Darf ich an Bord kommen? Ich würde Sie gern etwas fragen...«

Der Kahnfahrer zögerte einige Sekunden lang und deutete dann auf den Laufsteg. Newman ging langsam an Deck. Ihm war klar, daß er nur eine Gelegenheit hatte, Informationen von dem Mann zu gewinnen, und er fragte sich, auf welche Weise er das Gespräch beginnen sollte. Der Zufall erwies sich als ein unerwarteter Helfer.

Eine Frau kam die kurze Treppe hoch, die zur Kajüte hinabführte. Sie mochte etwa vierzig Jahre alt sein, war schlank, hatte langes schwarzes Haar und schien an harte Arbeit gewöhnt zu sein. Darüber hinaus wirkte sie besorgt. Auf der letzten Stufe blieb sie stehen, und Newman bedachte sie mit einem freundlichen Lächeln.

Er erklärte ihr, er schreibe für die Brüsseler Zeitung *Le Soir* und verfasse eine Artikelserie, in der es um die Flüsse und Kanäle Belgiens ginge, ihre Bedeutung als Teil der allgemeinen Infrastruktur. Insbesondere, so fügte er hinzu, ginge es ihm darum zu verdeutlichen, wie sehr die belgische Regierung dieses wichtige Transportsystem vernachlässige.

»Erzähl ihm alles, Willy«, wandte sich die Frau an den Mann im Ruderhaus. »Du willst dich doch nicht an die Behörden wenden, oder? Sag es ihm. Und stell dich ihm vor. Wo bleiben deine guten Manieren?«

»Ich bin Willy Boden. Das ist meine Frau Simone.« Der Kahnfahrer streckte eine sehnige Hand aus und musterte Newman aufmerksam. »Bitte nennen Sie nicht meinen Namen. Die Behörden können Leute wie uns das Leben ziemlich schwermachen, wenn sie glauben, wir mischen uns in ihre Angelegenheiten.«

»Keine Namen«, versprach Newman. »Ich verzichte sogar auf eine Erwähnung Dinants, schreibe einfach nur von einem Ort an der Maas. Niemand wird erfahren, daß ich mit Ihnen gesprochen habe.«

»Ich nehme Sie beim Wort, Mr. Newman. Übrigens: Warum arbeitet ein Engländer für eine Brüsseler Zeitung?«

»Man könnte mich als eine Art Austauschjournalisten bezeichnen«, sagte Newman und fuhr improvisierend fort: »Einer der Reporter des *Le Soir* verbringt sechs Monate in der Londoner Redaktion meines Blattes, und ich vertrete ihn hier.« Er fügte hinzu: »Ihre Frau scheint sich über irgend etwas Sorgen zu machen. Warum?«

Willy Boden winkte ab. »Der Eindruck täuscht. Warum sollte sie besorgt sein? Ich glaube, wir gehen besser in die Kajüte. Dort können wir uns ungestört unterhalten.«

Die Wohnkammer war recht klein, und sie nahmen auf schmalen Sitzbänken an einem länglichen Tisch Platz. Simone wandte sich erneut an ihren Mann. Sie hatte ein Gesicht mit scharfgeschnittenen Zügen, und Newman bemerkte ihren wachsamen Blick.

»Wenn du es ihm nicht erzählen willst, schildere ich ihm alles. Ich spüre, daß wir Mr. Newman vertrauen können ...«

»Du und deine weibliche Intuition ...«

»Wie du meinst: Dann sag' ich es ihm.«

»Schon gut, schon gut. Überlaß die Sache mir. Schließlich hab' ich es gesehen. Da fällt mir ein: Unser Gast hätte bestimmt nichts gegen einen Kaffee. Und ich möchte auch einen ...« Simone betrat die kleine Kombüse, die sich an die Kajüte anschloß, und Willy wandte sich an Newman. »Nun, an jenem Morgen war ich schon um fünf auf den Beinen ...« begann er. Newman saß so, daß er dem Ufer den Rücken zuwandte; durch ein Bullauge sah er einen großen Frachtkahn, der gerade an der *Nantes* vorbeiglitt und stromaufwärts fuhr. Boden folgte seinem Blick.

»Das meinte Simone ...« Offenbar fiel es ihm schwer, einen

Anfang zu finden. Kahnführer leben in einer geschlossenen Gemeinschaft, dachte Newman. Wahrscheinlich sprechen sie nicht gern mit Außenstehenden.

»Ich verstehe«, log er.

»Sag ihm endlich, was los ist!« rief Simone aus der Kombüse. »Erzähl ihm von Haber und der *Gargantua*. Und vergiß nicht die *Erika*.«

»Joseph Haber ist ein Freund von uns«, brummte Boden. »Besser gesagt: ein Bekannter. Ist ziemlich verschlossen. Und auch ehrgeizig. Aber ich schätze, deswegen kann man ihm wohl kaum einen Vorwurf machen.«

»Manchmal führt Ehrgeiz zu Problemen«, warf Newman ein.

»Genau das habe ich ihm auch gesagt. Immer wieder. Aber er wollte nicht auf mich hören. Er will unbedingt zum König der Maas werden. Das sind seine eigenen Worte. Klingt komisch – aber er meint es ernst. Er möchte die größte Frachtkahnflotte der ganzen Maas besitzen. Drei Schiffe gehören ihm bereits.«

»Unsinn!« widersprach Simone. Sie kehrte in die Kajüte zurück und stellte große Becher mit heißem Kaffee auf den Tisch. »Er besitzt nur ein einziges, die *Gargantua*. Die beiden anderen sind Eigentum der Bank. Und wenn ich genauer darüber nachdenke: Ich glaube, der Kredit für die *Gargantua* ist auch noch nicht ganz getilgt.«

»Wo befindet er sich jetzt?« fragte Newman, als sich Simone neben ihren Mann setzte.

»Das ist es ja gerade«, erwiderte sie. »Vor zwei Tagen nahm er mit der *Gargantua* Kies auf. Die Fracht war für Liège bestimmt. Doch als er ablegte, fuhr er in die andere Richtung, stromaufwärts, zu der französischen Grenze und nach Les Dames de Meuse.«

Newman trank einen Schluck und sah die Frau fragend an.

»Das ist ein abgelegener Teil des Flusses, tief in den Ardennen. Dort windet sich der Strom wie eine Schlange hin und her, und die Berge reichen direkt bis ans Ufer. Les Dames de Meuse, hinter der französischen Grenze, jenseits von Givet, wo die Zollkontrolle stattfindet.«

»Ich verstehe noch immer nicht, worauf Sie hinauswollen«, entgegnete Newman, der allmählich zu dem Schluß kam, daß er nur seine Zeit vergeudete.

»Haber hat einen sonderbaren Mann kennengelernt«, fuhr Simone fort. »Er behauptet ebenfalls zu schreiben, stellte sich ihm als Buchautor vor. Und als Geschäftsmann. Er heißt Klein …«

Newmans Gesicht blieb ausdruckslos, und erneut setzte er den Becher an die Lippen und trank einen Schluck. Er hatte bereits darüber nachgedacht, wie er das Gespräch möglichst schnell beenden konnte, um nicht noch mehr Zeit zu verlieren und den Kahn zu verlassen. Nun, vielleicht war es nur ein Zufall. Lasalle hatte deutlich genug auf die Häufigkeit des Namens Klein hingewiesen.

»Könnten Sie ihn mir beschreiben?« fragte er. »Ich kenne jemanden, der so heißt.«

»Er hat die Statur Willys und dürfte ebenso groß sein«, sagte Simone. »Sechs Fuß etwa. Ist wie ein Jäger gekleidet. Hat rötliche Wangen.«

Das klingt nicht nach unserem Mann, dachte Newman. In Paris hatte der Korse Calgourli von einem kalkweißen Gesicht gesprochen. Er versuchte, sich seine Enttäuschung nicht anmerken zu lassen. Unterdessen fuhr Simone fort:

»Und die Augen … Sein Blick bereitete mir Unbehagen. Ich begegnete ihm vor ein paar Wochen, als ich am Ufer spazierenging. Er war zu dem Kahn Habers unterwegs. Er starrte mich an, und ich hatte das sonderbare Gefühl, als reiche sein Blick bis in mein Innerstes …«

»Blödsinn«, knurrte Boden.

»Er macht mir angst«, beharrte Simone. »Er ist irgendwie … kalt und grausam. Und Willy beobachtete seinen heftigen Streit mit Haber, kurz bevor die *Gargantua* stromaufwärts fuhr.«

»Was für einen Streit?«

Das Interesse Newmans war erneut erwacht, und er hörte aufmerksam zu, als Boden schilderte, wie Klein und Haber im Ruderhaus der *Gargantua* aneinandergeraten waren. Das kurze Gerangel. Gefolgt von einem längeren Gespräch, nach dem Haber die Leinen löste und die Fahrt in Richtung französische Grenze begann.

»Sie meinen, Klein blieb an Bord, als der Kahn ablegte?« fragte Newman.

»Ja. Und Broucker gesellte sich zu ihnen. Das erschien mir besonders seltsam.«

»Wer ist Broucker?«

»Habers Angestellter. Er steuert den zweiten Kahn, die *Erika*. Sie blieb hier zurück, als sie losfuhren. Und das ist noch nie zuvor geschehen.«

»Sag ihm, was später passierte«, drängte Simone.

»Eigentlich geht uns das nichts an...«

»Sag es ihm! Oder ich erzähle ihm alles.«

Boden meinte, normalerweise sei es ganz und gar nicht ungewöhnlich, daß Haber mit seinem Kahn stromaufwärts fahre. Des öfteren überquerte er die französische Grenze und lief direkt dahinter eine Anlegestelle in der Nähe von Fumay an, um dort Kies aufzunehmen. Anschließend kehrte er flußabwärts zurück, tuckerte an Dinant vorbei und entlud seine Fracht in Liège oder anderen Orten.

»Diesmal aber hatte er bereits Kies an Bord«, erklärte Boden. »Warum also fuhr er erneut stromaufwärts? Warum nahm er Broucker mit, der sich um die *Erika* hätte kümmern müssen? Und warum leistete ihm Klein Gesellschaft? Sonderbar...«

»Und das ist noch nicht alles«, fügte Simone hinzu. »Spät am nächsten Tag, kurz vor Einbruch der Dunkelheit, sah Willy, wie die *Erika* ablegte. Wir waren in der Stadt, um einige Einkäufe zu erledigen. Willy kehrte als erster hierher zurück – gerade noch rechtzeitig, um zu beobachten, wie die *Erika* stromabwärts verschwand, in Richtung Namur und Liège.«

»Und?«

Newman hatte bereits einige Minuten zuvor seine Karte von der Maas entfaltet und machte sich Notizen. Dann und wann schrieb er einige Stichworte, die ihn später an die Einzelheiten der Ereignisse erinnern sollten, von denen ihm Boden berichtete.

»Die *Gargantua* kam nicht von ihrer Reise nach Süden zurück. Man könnte meinen, der Kahn habe sich in Luft aufgelöst.«

»Vielleicht fuhr er stromabwärts nach Namur, während Sie sich in der Stadt aufhielten«, vermutete Newman.

»Unmöglich«, widersprach Simone sofort. »Wir sind doch nicht blöd. Einer von uns beiden hätte das Schiff bestimmt gesehen.«

»Aber eben sagten Sie, Sie hätten einige Einkäufe erledigt...«

»In Läden, die sich direkt an der Uferpromenade befinden. Die *Gargantua* wäre unserer Aufmerksamkeit bestimmt nicht entgangen«

»Und wenn sie diesen Bereich des Flusses nach Sonnenuntergang passierte?«

»Alle Frachtkähne legen kurz vor der Abenddämmerung an«, sagte Willy. »Nein, Habers Schiff kehrte nicht zurück.«

»Und wenn es zu einer Panne kam? Zu einem Maschinenschaden vielleicht?«

»In dem Fall wäre Broucker sicher an Bord geblieben, um bei der Reparatur zu helfen«, erwiderte Simone. »Aber wie wir vorhin schon sagten: Die *Erika* fuhr stromabwärts. Der Kahn Brouckers...« Sie sah Willy an, als er den Kopf zur Seite neigte. Eine Schiffssirene heulte. Boden stand auf und ging an Deck, gefolgt von Simone und Newman.

Newman begrüßte die Unterbrechung des Gespräches, sah darin eine Chance, sich verabschieden und das Schiff verlassen zu können. Nach wie vor hielt er die Auskünfte des Ehepaars für wenig hilfreich; er war sicher, daß sie sich nicht auf den Mann bezogen, den Tweed suchte. Er dankte Simone für den Kaffee und wollte gerade ans Ufer zurückkehren, als Willy nach seinem Arm griff. »Warten Sie.«

Erneut erklang die Sirene, und kurz darauf sahen sie eine große, cremefarbene Yacht, die flußabwärts glitt. Ein kleiner und untersetzter Mann – er trug eine marineblaue Jacke und eine weite graue Hose – stand an Deck und beobachtete den Kahn durch einen Feldstecher. Er winkte, als die Yacht das Schiff passierte und das Ufer ansteuerte.

»Der Typ kennt Klein ebenfalls«, sagte Willy. »Ist Engländer wie Sie. Ein gewisser Colonel Ralston. Lebt auf dem Boot, zusammen mit seiner Freundin. Fährt ständig durch die Kanäle. Und die meiste Zeit über ist er total betrunken.«

Newman beobachtete, wie Besatzungsmitglieder an Land sprangen und die Yacht festmachten. Ein kleiner und drahtiger Mann wartete, bis der Laufsteg zurechtgerückt worden war, rollte ein Fahrrad über die Planke und radelte an dem Frachtkahn vorbei in Richtung Dinant.

»Vielleicht wäre es angebracht, wenn ich einige Worte mit dem Kapitän wechsle«, sagte Newman.

Der Eigentümer der *Evening Star* stand am anderen Ende des Laufstegs, und als Newman an die Yacht herantrat, musterte er ihn. Der Colonel hatte ziegelsteinrote Wangen, eisengraues Haar und einen bleifarbenen Schnurrbart. Er schob beide Hände in die Taschen der Jacke, und nur die Daumen ragten daraus hervor.

»Wer sind Sie, zum Teufel?« begrüßte er seinen Besucher.

»Robert Newman. Ich interessiere mich für die Maas. Ich schätze, Sie kennen den Fluß ziemlich gut, nicht wahr?«

»Nun, stehen Sie nicht einfach so herum. Kommen Sie an Bord!«

Ein Akzent, wie man ihn in den Chefetagen britischer Unternehmen hören konnte. Der Tonfall militärisch scharf. Offenbar handelte es sich um jemanden, der daran gewöhnt war, Befehle zu erteilen. Newman kam der Aufforderung des Colonels nach und begleitete ihn in die geräumige Kajüte der Yacht. Die Wände bestanden aus massivem Mahagoni, und die Stühle und Sessel waren mit echtem Leder bezogen. An einem Ende des großen Raums erstreckte sich eine bestens ausgestattete Bar.

Ralston legte eine breite und fleischige Hand auf den Tresen, drehte sich um und sah Newman aus blauen Augen an. Auf der dicken Nase zeigten sich dünne rote Adern – deutliches Anzeichen für einen hohen Alkoholkonsum.

»Setzen Sie sich. Wie wär's mit einem Dämmerschoppen?«

»Es dauert noch eine Weile, bis es dämmert«, erwiderte Newman. »Aber gegen einen Kaffee hätte ich nichts einzuwenden...«

»Alfredo!« donnerte die Stimme des Colonels. »Kaffee für unseren Gast. Und zwar fix!«

Ein schlanker und dunkelhäutiger Mann kam in die Kajüte, trat hinter die Theke und verschwand durch eine schmale Tür. Newman beobachtete Ralston und schätzte ihn auf gut sechzig Jahre. Trotz seiner kleinen Gestalt wirkte er recht beeindruckend. Eine dominierende Persönlichkeit, dachte der Auslandskorrespondent. Er kam fast der Karikatur eines Offiziers gleich – wenn nicht die aufmerksam blikkenden Augen gewesen wären. Der Colonel schenkte sich einen Whisky ein, gab einen Schuß Soda aus einer Karaffe hinzu, nahm einen großen Schluck und leckte sich die Lippen.

»Ah, das tat gut. Sie sind Schriftsteller, nicht wahr? Habe das Foto auf dem Buchrücken Ihres letzten Werkes gesehen. Was machen Sie hier?«

»Wie ich schon sagte: Ich interessiere mich für die Maas...«

»Und Sie sind gekommen, um selbst festzustellen, wie's

hier zugeht? Möchten Sie sich den Fluß ansehen und eine Koje an Bord der *Evening Star?* Kostet Sie 'n paar Scheine – bin schließlich nicht von der Wohlfahrt.«

»Wieviel?«

»Zwölftausend belgische Francs.«

Newman nahm auf einer der Sitzbänke an den Wänden der Kajüte Platz. Er beugte sich vor, entnahm seiner Brieftasche einige Banknoten, deponierte sie auf dem glänzenden Mahagonitisch und ließ die Hand darauf liegen. Zwölftausend belgische Francs: etwa zweihundert Pfund.

»Was bekomme ich dafür?« fragte er. Ralston stand noch immer an der Bar – vermutlich sein Lieblingsplatz.

»Eine große Kreuzfahrt bis runter nach Namur und Liège. Und unterwegs bekommen Sie vielleicht Gelegenheit, einen Landsmann kennenzulernen, einen erfolgreichen Bankier. Kennen Sie sich in Belgien aus?«

»Nicht besonders«, log Newman.

»Da kommt Ihr Kaffee. Wurde auch Zeit, Alfredo. Hopphopp....« Seine Stimme klang weiterhin scharf, als er fortfuhr: »Jedes Jahr im Sommer schwärmen die Franzosen wie Lemminge nach Süden, zur französischen Riviera. Was die Belgier angeht, wissen nur wenige Leute Bescheid. Sie haben ihre eigene Riviera, ebenfalls im Süden. An der Maas. Millionaireville liegt nördlich von hier...«

»Millionaireville?«

»Die Villen der Reichen, direkt am Fluß. Die Anwesen grenzen an die Maas. In der Nähe von Profondeville – dort wohnt der Bankier – und weiter nördlich, bei Wepion.«

»Wie heißt jener Bankier?«

»Peter Brand...«

Newman zog die Hand von den Banknoten zurück und blieb äußerlich ruhig und gelassen. Ralston ließ ihn die ganze Zeit über nicht aus den Augen, und der Auslandskorrespondent gewann den Eindruck, daß der Colonel abgesehen vom Alkohol auch noch eine andere Leidenschaft hatte: Geld.

Die *Evening Star* fuhr langsam stromabwärts, und die bewaldeten Hänge der Ardennen reichten bis an die Ufer der Maas heran.

Newman saß noch immer in der Kajüte und trank Kaffee. Inzwischen wußte er mehr über den Mann mit dem wettergegerbten Gesicht, der an dem Frachtkahn der Bodens vorbeigeradelt war.

»Mein ehemaliger Offiziersbursche, Sergeant Bradley«, stellte Ralston ihn vor. »Sorgt dafür, daß die Bande an Bord auf Trab bleibt. Behält die Mannschaft im Auge und so. Läßt den Kerlen nichts durchgehen. Stimmt's, Sergeant?«

»In der Tat, Sir«, erwiderte Bradley. »Mache ihnen dauernd Dampf.« Er drehte sich zu Newman um. »Wie in der Armee. Man muß den Jungs ständig auf die Füße treten. Schlaffen sonst ab. Ist überall auf der Welt das gleiche.«

»Sie haben sicher einiges von der Welt gesehen«, wandte sich Newman an Ralston, der sich erneut einen Whisky einschenkte. Er griff nach einem Silberpokal und betrachtete die Gravur. »Ihre Einheit?«

»Seventh Highlanders.* Das beste Regiment der ganzen Armee. Wenn ich an unsere Zeit in Indien, Ägypten und Italien zurückdenke ...« Ralston blickte verträumt in die Ferne. »Scheint eine Ewigkeit her zu sein. Jetzt kreuzen wir im Kanalsystem Europas. Sind immer unterwegs. Wie in den guten alten Zeiten.«

»Kehren Sie häufig nach England zurück?« fragte Newman.

»Nie! Zahle nirgends Steuern, nicht einen einzigen Penny. Das ist der Vorteil, wenn man ein schwimmendes Heim hat. Halte mich maximal fünf Monate in einem Land auf. Bradley führt das Logbuch und ist jederzeit bereit, es einem herumschnüffelnden Beamten vom Finanzamt unter die Nase zu halten. Am liebsten würde ich den Kerlen ins Gesicht

* Das siebente schottische Hochländerregiment; Anmerkung des Übersetzers

spucken – bin manchmal wirklich nahe dran, der Versuchung nachzugeben. Entschuldigen Sie mich jetzt bitte. Wir nähern uns einer Schleuse. Ab und zu hat die Navigation auf der Maas ihre Tücken. Ziehe es vor, mich selbst darum zu kümmern ...«

Newman blieb allein in dem großen Raum zurück und lächelte unwillkürlich. In gewisser Weise schien Ralston seiner Vergangenheit nachzutrauern; er verhielt sich so, als sei er Kommandant eines Kanonenbootes.

Nach einer Weile kam eine hochgewachsene und schlanke junge Frau herein und nahm neben Newman Platz. Sie trug ein rotes Kleid, das ihre auffallend gute Figur betonte.

»Ich bin Josette. Seine Lordschaft hielt es nicht für nötig, mich Ihnen vorzustellen, und deshalb übernehme ich das selbst.«

»Verbringen Sie viel Zeit an Bord?« fragte Newman.

»Ich lebe auf der Yacht. Genügt das als Antwort? Übrigens: Wissen Sie, warum Ralston Sie einlud?«

»Nein. Aber Sie werden es mir sicher gleich sagen.«

»Um Sie im Auge zu behalten. Er fragte sich, was Sie im Schilde führen.« Flüsternd fügte sie hinzu: »Brand hat ihn darum gebeten, auf Fremde zu achten. Er bezahlt ihn natürlich dafür. Tja, der Colonel ist ziemlich geldgierig. Und trinkt auch eine Menge. Er ist nie nüchtern – aber auch nie richtig weggetreten. Ich glaube, ich verlasse ihn bald.« Sie zupfte an ihrem dunklen Haar und musterte Newman eingehend. »Brauchen Sie eine Freundin?«

»Ein interessanter Vorschlag. Lassen Sie mich eine Zeitlang darüber nachdenken.« Newman zögerte. Handelte es sich um eine Falle? Hatte Ralston die junge Frau geschickt, um herauszufinden, was er beabsichtigte? Er bezweifelte es.

Inzwischen befanden sie sich im Innern der Schleuse. Durch die Bullaugen waren hohe Betonwände zu sehen.

»Kennen Sie einen Mann namens Klein?« fragte er.

»Ja. Ein Freund von Ihnen?«

»Hab' ihn nie gesehen.«

»Ein unheimlicher Typ. War mehrmals mit uns unterwegs. Interessierte sich sehr für Kahnführer – und auch für ihre Schiffe. Stellte dem Colonel viele Fragen. Insbesondere über einen Mann namens Joseph Haber. Ob er verheiratet sei. Wie viele Kinder er habe.«

»Ist er verheiratet? Und hat er Kinder?«

»Ja. Seine Frau wohnt in der Nähe von Celle, einem kleinen Ort in den Ardennen. Sie haben einen Sohn namens Lucien. Es erschien mir seltsam, daß sich Klein für solche Dinge interessiert.«

»War jener Klein ständig an Bord?«

»Nein, nicht immer. Einmal verbrachte er mehrere Tage in der Villa des Bankiers und Millionärs Peter Brand...«

»Wechseln Sie das Thema«, raunte Newman, als Sergeant Bradley durch die Tür hinter dem Tresen kam.

In dem wohlgeformten Gesicht Josettes zeigte sich ein nachdenklicher und fast verträumter Ausdruck, aber ganz offensichtlich hatte sie den Hinweis Newmans gehört, und sie reagierte sofort. »Ich halte die Maas für den schönsten aller Flüsse«, sagte sie laut. »Sie sollten den Abschnitt in Frankreich sehen, den man Les Dames de Meuse nennt...«

»Der Colonel bittet Sie, an Deck zu kommen«, wandte sich Bradley an sie. »Er hat gerade gemerkt, daß Sie ihm keine Gesellschaft leisten.« Er schenkte Newman Kaffee nach. »Bald erreichen wir Profondeville, Sir. Dort legen wir an und statten Mr. Brand einen Besuch ab.«

25

Eigentlich wollte Tweed den Schnellzug nach Brüssel nehmen, aber ein Telefongespräch mit Lasalle hielt ihn davon ab. Er beabsichtigte, dem DST-Leiter mitzuteilen, daß er Paris verließ, doch der Franzose meinte, er habe weitere Informationen für ihn. Er bat um ein Treffen.

Tweed saß im Büro Lasalles und trank Kaffee, als der DST-Chef begann:

»Nach unserer Begegnung mit dem korsischen Gangster Calgourli habe ich in den Polizeizentralen verschiedener Länder nachgefragt und Angaben über ungewöhnliche Ereignisse angefordert. Vielleicht hat sich etwas in Marseille ergeben...«

»Liegt ziemlich weit im Süden...«

»Mag sein. Aber Sie erinnern sich bestimmt daran, daß Calgourli seinen Rivalen in Marseille erwähnte, einen gewissen Emilio Perugini. Was ich Ihnen jetzt sage, ist streng vertraulich: Wir haben einen Spitzel in der Organisation Peruginis. Ein Mann namens Klein besuchte den Unterweltboß in seiner Villa in Cassis. Die hohen Tiere von der Union Corse lieben den Luxus. Nun, mit der Hilfe Peruginis engagierte Klein einen gewieften Burschen namens Louis Chabot. Ein Selbständiger...«

»Was ist er für ein Typ?« fragte Tweed.

»Leibwächter, Killer und so weiter. Die Polizei von Marseille berichtet, daß Chabot aus der Stadt verschwunden ist. Scheint sich einfach in Luft aufgelöst zu haben. Er gilt als Sprengstoffexperte und erfahrener Taucher, entspricht damit genau den Qualifikationen, die Klein Calgourli gegenüber nannte.«

»Klingt so, als sei er inzwischen zu einem Mitglied der Organisation Kleins geworden.«

»Warten Sie!« sagte Lasalle. »Das ist noch nicht alles. Chabot hatte eine Freundin, eine junge und einschlägig bekannte Frau namens Cecile Lamont. Ihre Leiche wurde aus dem Meer gefischt. In der Mitte zerrissen von der Schraube eines großen Kreuzfahrtschiffes, das nach Oran unterwegs war...«

»Glauben Sie, Chabot...«

»Nein. Er mochte das Mädchen – und seine Akte beweist, daß er niemals Aktionen gegen Frauen unternahm. Bei der Autopsie wurde festgestellt, auf welche Weise Cecile starb, bevor man sie ins Meer warf. Ihr Hals war von einem Ohr zum anderen aufgeschlitzt.«

Tweed seufzte. »Langsam gewöhne ich mich daran. Die Handschrift Kleins.« Er fluchte leise und fügte hinzu: »Der verdammte Kerl hat offenbar überhaupt keine Skrupel. Inzwischen ergeben seine Handlungen ein gewisses Muster. Er bringt all die Leute um, die uns irgendeinen Hinweis geben könnten. Haben Sie bei Interpol nach Informationen über einen Mann namens Klein gefragt?«

»Ja. Ergebnis: negativ. Ich bat meinen dortigen Kollegen um Angaben über andere Mordfälle in der jüngsten Zeit. Ich weiß nicht, ob es in diesem Zusammenhang eine Rolle spielt, aber... Nun, in der Nähe von Clervaux wurde in den Ardennen der Fahrer eines Nestlé-Lasters tot aufgefunden. Es handelte sich um einen Türken, der nach Brüssel unterwegs war, mit einer Lieferung, die aus einem Ort namens Broc stammte...« Lasalle unterbrach sich, als er den verblüfften Gesichtsausdruck Tweeds sah. »Stimmt etwas nicht?«

»Klein scheint sich alle Mühe gegeben zu haben, seine Spuren zu verwischen, aber vielleicht war er dabei zu vorsichtig.« Er zog eine Karte Westeuropas aus der Tasche und legte sie auf den Tisch. »Ich glaube, wir sollten uns das mal genauer ansehen. Möglicherweise gelingt es uns, seinen Weg zu verfolgen.«

Tweed sprach weiter, während er einzelne Stellen der Karte mit kleinen Kreuzen markierte. Er begann bei Broc in der Schweiz, deutete dann auf Genf, Basel und Clervaux. Er schilderte die jeweiligen Ereignisse, erinnerte noch einmal an die Ermordung Gaston Blancs und den Goldraub in Basel.

Er kennzeichnete auch Marseille und Paris. Dann verband er die einzelnen Kreuze miteinander, stand auf und klopfte mit seinem Filzstift auf die Karte.

»Sehen Sie?«

»Er scheint nach Norden unterwegs zu sein, immerzu nach Norden. Zum Teufel auch: Welches Ziel hat er? Und warum das Kreuz bei Dinant? Jene Stadt liegt in Belgien ...«

»Ich bin Ihnen zu besonderem Dank verpflichtet. Dafür, daß Sie mich auf Lara Seagrave aufmerksam machten.« Tweed holte ein kleines Objekt hervor, das in ein Papiertaschentuch gewickelt war, und er zeigte Lasalle das winzige Pfefferkuchenhaus. »Das gab mir Lara in Smith' Teestube. Eine Spezialität, die aus Dinant stammt. Ich glaube, Klein hat die Maas erreicht, und ich habe Bob Newman beauftragt, sich dort umzusehen. Außerdem: Ich gehe von der Annahme aus, daß das in Basel geraubte Gold an Bord eines Frachtkahns fortgebracht wurde ...« Er beschrieb die entsprechende Route: südlich von Basel durch den Canal de la Marne et Haut Rhin, anschließend durch den Canal de L'Est bis zu dem belgischen Dinant.

»Und was das Gold angeht ...« fuhr Tweed fort. »Ich bin überzeugt, es diente zur Finanzierung des Unternehmens, das Klein plant. Sie haben ja gehört, welche Summe er Calgourli anbot. Nun, ich brauche den Namen des Hehlers, der die Beute kaufte und Klein Bargeld zur Verfügung stellte. Vielleicht weiß ich bereits, um wen es sich handelt. Wenn meine Vermutung stimmt, kommt es darauf an, die Verbindungskanäle zwischen ihm und Klein ausfindig zu machen.«

»Was hat es mit den Nestlé-Laster und dem türkischen Fahrer auf sich? Die belgische Polizei geht von Mord aus.

Man hat Chefinspektor Benoit aus Brüssel um Unterstützung gebeten, weil die Lieferung in der Hauptstadt Belgiens erwartet wurde.«

»Benoit ist genau wie Sie – er gibt nie auf«, brummte Tweed und betrachtete weiterhin die Karte. »Haben Sie eine Ahnung, wo sich Lara Seagrave derzeit befindet?«

»In Antwerpen«, lautete die Antwort Lasalles. »Während sie hier in Paris war, folgte ihr der Papagei nach Cherbourg. Die gleiche Sache wie in Marseille und Le Havre: Sie machte eine Menge Aufnahmen vom Hafenbereich. Wäre nicht Ihre Bitte gewesen, sie weiterhin nur zu beobachten, hätte ich sie längst verhaften und verhören lassen.«

»Danke. Vielleicht ermöglicht sie es uns, Klein zu finden. Woher wissen Sie, daß sie in Antwerpen ist? Schon wieder nach Norden. Es scheint alles darauf hinzudeuten, daß sich das Ziel in Belgien befindet.«

»Der Papagei folgte ihr, als sie einen Zug nach Brüssel nahm, dort umstieg und nach Antwerpen weiterreiste. Ich habe Benoit schon Bescheid gegeben. Immerhin agiert Valmy nun im Ausland. Benoit war sofort zur Zusammenarbeit bereit und gab dem Papagei die Genehmigung, Lara Seagrave weiterhin zu beschatten. Er hat ihm einige Männer als Hilfe zugewiesen. Lieber Himmel, ich frage mich ständig, worauf es Klein abgesehen haben könnte... Was ist mit den Gerüchten über die bevorstehende Entführung eines Schiffes?«

»Wie man mir mitteilte, könnte Klein eine besondere Taktik anwenden. Vielleicht will er uns mit einem Ablenkungsmanöver auf eine falsche Fährte locken. Wir sollten eine solche Möglichkeit berücksichtigen. Wenn Lara die Aufgabe hat, uns in die Irre zu führen...«

»Ich verstehe nicht ganz...«

»Es wäre durchaus denkbar, daß sie das Ziel bereits in Augenschein genommen hat. Irgendwo in Frankreich. Und wenn das stimmt, so lenkt sie uns jetzt davon ab, führt uns weiter nach Norden.«

Lasalle nickte langsam und nachdenklich. »Im Vertrauen gesagt: Ich habe inzwischen alle Häfen alarmiert, sowohl Marseille als auch die an der Atlantikküste, bis nach Cherbourg. Nun, es liegen mir noch zwei andere Informationen vor, die Ihnen nützlich sein könnten. Erstens: Lara Seagrave wohnt im Hotel Plaza Antwerpens. Und zweitens: Nach der Auskunft Interpols sind einige hartgesottene Typen aus Luxemburg verschwunden.«

»Hm«, machte Tweed. »Wissen Sie, welche Sportart sich in Luxemburg besonderer Beliebtheit erfreut?«

»Keine Ahnung.«

»Das Tauchen. Und von Luxemburg ist es nicht weit bis zur Maas.«

Sie nahmen ein ausgezeichnetes Abendessen an Bord der *Evening Star* ein; zu den Delikatessen, die auf den Tisch kamen, gehörte auch köstlicher Lachs. Newman machte sich nach und nach ein Bild von der allgemeinen Situation. Alfredo fungierte als Mädchen für alles: Er war sowohl Koch als auch Barmixer, und außerdem nahm er noch einige weitere Aufgaben wahr. Sergeant Bradleys Rolle beschränkte sich darauf, der Mannschaft Befehle zu erteilen. Josette war einfach nur hübsch und hörte sich die Monologe Ralstons an.

Newman spürte eine gewisse Anspannung, über die auch noch so viele freundliche Worte nicht hinwegtäuschen konnten. Er machte die plötzlichen cholerischen Anfälle des Colonels dafür verantwortlich: Ralston begann sofort zu brüllen, wenn ihm irgend etwas nicht paßte. Er saß am oberen Ende des Tisches, beendete das Essen mit zwei großen Cognacs und war in recht guter Stimmung, als er aufstand und Newman mit einem Wink aufforderte, ihm zu folgen.

Auf dem Oberdeck deutete er in Richtung rechtes Ufer. Die Yacht hatte inzwischen den Kurs geändert und glitt schräg über die Maas. Immer wieder ließ der Steuermann die Sirene aufheulen, um andere Schiffe hinter der nahen Flußbiegung zu warnen.

»Brands Anwesen in der Nähe von Profondeville«, verkündete Ralston volltönend. »Zehn Morgen – obgleich in diesem Bereich astronomische Preise für Grundstücke verlangt werden.«

»Vielleicht hat er mit Gold bezahlt«, bemerkte Newman wie beiläufig.

»Was sagten Sie? Womit soll er bezahlt haben?«

»Mit Gold. Sie meinten doch, er sei Bankier.«

»Habe nicht die geringste Ahnung von seinen Geschäften. Ich weiß nur, daß sich die Hauptniederlassung seiner Bank in Brüssel befindet, mit einer Zweigstelle in Luxemburg. In der Avenue Franklin Roosevelt hat er ein prächtiges Haus. Ein wahrer Palast. Ah, da sind wir schon ...«

Der Himmel war unbewölkt, und das Licht der Sonne spiegelte sich auf dem Fluß, als Bradley rasch einige Anweisungen gab. Die Yacht hielt auf eine Anlegestelle am Rande einer langen und sanft geneigten Rasenfläche zu. Hier und dort wuchsen Büsche, die so beschnitten waren, daß sie verschiedenen Tieren ähnelten. Newman sah die Darstellungen von Ebern, Hirschen, Leoparden und Löwen. Ein hochgewachsener und schlanker Mann stand am Ufer und wartete. Er trug eine weiße Flanellhose und hielt einen Tennisschläger in der Hand.

»Da trifft mich doch der Schlag!« entfuhr es Ralston. »Der Steuermann hat wohl nicht mehr alle Tassen im Schrank! Wir nähern uns von der falschen Seite ...«

Er sprang die Treppe zur Brücke hoch. Newman beobachtete, wie der Colonel den Steuermann zur Seite stieß und das Ruder selbst übernahm. Während des Essens hatte er eine ganze Flasche Rotwein geleert, ganz zu schweigen von den beiden Scotch vorher und den Cognacs ›zur Verdauung‹. Er vertrug enorm viel.

Die Yacht wurde langsamer, und der Kurs veränderte sich erneut um einige Grad. Dann war sie heran und stieß leicht gegen die Pfosten der Anlegestelle. Einige Besatzungsmitglieder sprangen an Land und schlangen die bug- und heckwärtigen Halteseile um zwei Poller. Der Mann in der Flanellhose blieb ruhig stehen, rührte sich nicht von der Stelle.

Ralston wartete, bis die Laufplanke in Position gebracht worden war, und dann verließ er sein Schiff, reichte dem Bankier die Hand und stellte seinen Gast vor.

»Ich habe einen Passagier mitgebracht, Peter. Robert Newman. Auslandskorrespondent und Schriftsteller.«

»Normalerweise dulde ich hier keine Reporter.«

Brand verzog das Gesicht, und seine Stimme klang ein wenig zynisch. Er hatte dichte, dunkle Brauen, und die grauen Augen darunter blickten wachsam. Newman fand den Bankier sofort unsympathisch. Er mochte gut dreißig Jahre alt sein, hatte ein schmales und hohlwangiges Gesicht, eine hakenförmige Nase und dünne Lippen – ganz der Typ Mann, auf den gewisse Frauen stehen. Wenn er sprach, schien er jede einzelne Silbe in die Länge zu ziehen, und seine Bewegungen waren langsam, ohne daß er dadurch schwerfällig wirkte.

Ein überaus intelligenter Bursche, dachte Newman. Selbstbewußt, arrogant. Und vielleicht auch eingebildet. Was eine Schwäche wäre, die man ausnutzen könnte.

»Haben Sie unangenehme Erfahrungen gemacht?« fragte Newman. »Mit einem Interview, das nicht wunschgemäß lief?«

»Etwas in der Art. Am schlimmsten sind die Frauen. Nun, da Sie schon einmal hier sind … Kommen Sie auf einen Drink mit ins Haus.«

»Nur wenn ich willkommen bin«, erwiderte Newman vorsichtig.

»Sonst hätte ich Sie nicht dazu aufgefordert.« Sie wandten sich von der Anlegestelle ab, wanderten über einen Kiespfad und näherten sich der weißen, zweistöckigen Villa. Der Weg war recht breit, aber zu beiden Seiten bemerkte Newman tiefe Furchen, die offenbar von Rädern stammten.

»Irgend etwas hat Ihren Rasen ruiniert«, meinte er. Er ging neben Brand. Ralston hatte die Spitze übernommen und hielt geradewegs auf das Haus zu; offenbar brauchte er eine neue Stärkung in Form eines doppelten Whiskys.

»Das meinte ich eben«, erwiderte Brand ruhig und leise. »Reporter beobachten dauernd alles und kommentieren ständig die Dinge, die sie sehen.«

»Muß ein ziemlich schweres Fahrzeug gewesen sein«, sagte Newman.

»Himmel!« Brand schlug sich mit dem Tennisschläger ans Bein. »Die Spuren hat ein Apparat hinterlassen, der dazu dient, den Kies zu planieren. Der Achsstand ist zu groß. Die Lösung des Problems liegt auf der Hand: eine Verbreiterung des Pfades. Das wird in Kürze erledigt. Noch weitere Fragen?«

»Kennen Sie einen Mann namens Klein?«

»Nicht nur einen, sondern mehrere. Genausogut könnte man sich in England nach jemandem erkundigen, der Smith heißt. Wie lautet sein Vorname?«

»Oscar«, improvisierte Newman.

»Nein. Ein Freund von Ihnen?«

»Ich bin beauftragt, ihn zu interviewen. Soll ein Experte sein, was die Maas angeht.«

»Ach? Ich glaube, wir setzen uns auf die Terrasse. Wie Sie sehen, fühlt sich der Colonel bereits wie zu Hause.«

In der Mitte führte eine breite Treppe zur hohen Terrasse, die sich entlang der ganzen Vorderfront der Villa erstreckte und zu der auch ein großer und mit blauen Fliesen eingefaßter Swimmingpool gehörte. Weiter links sah Newman einen Tennisplatz. Sie näherten sich einem Tisch mit mehreren Gartenstühlen. Ralston hatte bereits Platz genommen und griff nach einer Karaffe, neben der einige Flaschen und Gläser standen.

»Möchten Sie etwas trinken?« fragte Brand gelangweilt und warf den Tennisschläger auf die Sitzfläche einer nahen Hollywoodschaukel.

»Scotch. Mit Wasser. Ohne Eis.« Newman sah sich um. »Ein nettes Plätzchen.«

Brand bedachte ihn mit einem kurzen Blick, als er ein Glas zur Hand nahm. Die Feindseligkeit zwischen den beiden Männern war so deutlich spürbar wie statische Elektrizität. Newman war nicht geneigt, sich von der Ironie Brands einschüchtern zu lassen. Ganz im Gegenteil: Er nahm sich vor, ihn weiterhin unter Druck zu setzen. Vielleicht ließ sich der Bankier dadurch zu einer Bemerkung hinreißen, die er später bereute.

»Freut mich, daß Ihnen mein bescheidenes Heim gefällt«, erwiderte Brand, als er Whisky einschenkte und einen großen Krug mit Wasser neben das Glas stellte. Wie Newman bemerkte, bestand er aus teurem Kristall. »Andernfalls hätten Sie mich enttäuscht«, fügte der Bankier hinzu und genehmigte sich ebenfalls einen Drink. »Immerhin hat das Haus mit allem Drum und Dran vier Millionen gekostet.«

»Francs?« fragte Newman unschuldig.

»Himmel, nein! Pfund Sterling!«

Ralston schlug seine dicklichen Beine übereinander und sah auf. Er spürte die gegenseitige Antipathie der beiden Männer und musterte Newman, der auf einem der Gartenstühle Platz nahm.

»Newman«, wandte er sich an Brand, »möchte gern wissen, ob Ihre Bank mit Gold handelt.«

»Was Sie nicht sagen…« Brand trank einen großen Schluck, bevor er antwortete: »Darf ich mich nach dem Grund für Ihr Interesse erkundigen? Spielen Sie mit dem Gedanken, einen Teil Ihrer Buchtantiemen in Goldbarren anzulegen, die Sie bei der nächsten Steuererklärung ›vergessen‹?«

»Oh, Geschäfte mit Gold haben mich schon immer fasziniert«, gab Newman zurück. Und doppeldeutig fügte er hinzu: »Insbesondere dann, wenn es um große Summen geht. Hätten Sie etwas dagegen, wenn ich Ihre Toilette benutze?«

»Auf der anderen Seite des Hauses. Die zweite Tür links

und dann geradeaus. Ist ganz leicht zu finden. Selbst für jemanden, der sich hier nicht auskennt.«

Die letzten Worte kamen fast einer Warnung gleich, aber Newman lächelte freundlich, schritt am Swimmingpool entlang und ging um die Villa herum. Aufmerksam beobachtete er den Boden. Die Radspuren führten am Haus vorbei und über die vordere Zufahrt hinweg. Sie hörten erst dort auf, wo sich eine asphaltierte Straße an den Kiesweg anschloß. In einiger Entfernung erhoben sich weitere Millionärsvillen hinter hohen und sorgfältig beschnittenen Hecken.

Rasch kehrte Newman zum Haus zurück und blickte durch die in der Mitte unterteilten Fenster. Nirgendwo rührte sich etwas. Nichts deutete darauf hin, daß ihn jemand gesehen hatte. Er betrat das Haus und machte sich auf die Suche nach der Toilette. Eine hochgewachsene und schlanke junge Frau – sie war gut zwanzig Jahre alt, und ihr Haar glänzte in der Tönung reifen Korns – kam ihm durch den Flur entgegen. Sie trug weiße Shorts und eine Tennisbluse.

»Ich suche das Bad«, sagte Newman.

»Die Tür am Ende des Korridors.«

Die junge Frau zupfte an einer Strähne ihres langen Haars und strich sich damit über die Lippen. Sie blieb stehen und sah Newman neugierig an. »Sie sehen wie ein Engländer aus. Täuscht dieser Eindruck?«

»Nein. Sie haben völlig recht. Ich heiße Robert Newman.«

»Gott sei Dank. Ich habe es satt, dauernd Französisch zu sprechen. Peter besteht darauf. Er hält so etwas für höflich. Ist ein armseliger Tennisspieler: Er verliert nicht gern, erst recht nicht, wenn er mit einer Frau spielt. Tja, offenbar legen Bankiers großen Wert auf Sport. Aber er ist nicht gerade das, was man als eine Kanone bezeichnen würde. Lieber Himmel, manchmal können die Reichen unglaublich langweilig sein. Ich glaube, ich verlasse ihn bald und mache mich auf und davon.«

»Müssen Sie wissen«, erwiderte Newman munter.

Sie verharrte und musterte ihn erneut. Die Tür hinter ihr stand halb offen, und Newman sah in ein Arbeitszimmer. Ein Fernschreiber surrte beständig vor sich hin und spuckte einen langen Papierstreifen aus.

»Ich bin Carole Browne«, stellte sich die junge Frau vor. »Vielleicht können wir uns irgendwann einmal in Brüssel treffen. Oder woanders …«

Newman holte eine Visitenkarte hervor und schob sie in die Blusentasche Caroles. Dabei spürte er die Festigkeit ihrer Brüste.

»Kennen Sie einen Mann namens Klein?«

»Ja. Ist ein Freund von Peter. Was man so Freund nennt. Verbrachte hier einige Tage. Schloß sich mit dem Bankier im Büro ein …«

Carole unterbrach sich, als sie das Geräusch naher Schritte vernahmen. Draußen knirschte der Kies. Newman wandte sich an die junge Frau und sagte laut: »Ich bin ganz Ihrer Meinung. Die Gegend hier ist wirklich herrlich. Ich halte die Bezeichnung Riviera für durchaus angemessen …«

»Was zum Teufel machen Sie hier?« erklang hinter ihm die Stimme Brands. »Ich dachte, Sie seien auf dem Weg zur Toilette.«

»Das bin ich auch.« Newman drehte den Kopf. »Diese junge Frau hat mir weitergeholfen. Man braucht eine Karte, um sich in Ihrem riesigen Haus zurechtzufinden.«

»Und wer, wenn ich fragen darf, hat die Tür dort offengelassen?«

»Ich wollte sie gerade schließen, als ich deinem Gast begegnete«, erwiderte Carole scharf. »Hier ist die Zeitung, die ich holen sollte.« Sie griff in ihre Tennistasche und reichte ihm eine Ausgabe der *Times*. Newman warf einen kurzen Blick auf die Titelseite und stellte fest, daß das Blatt einen seiner Artikel enthielt, in dem es um revolutionäre Methoden für die Bewältigung des Terroristenproblems ging. Auch sein Bild war abgedruckt. Carole gab sich weiterhin betont selbstbewußt und stolz, als sie Newman ansah und hinzufügte:

»Wenn Ihnen diese Region so gut gefällt, sollten Sie zum Tennisplatz auf der anderen Seite der Villa gehen. Von dort aus haben Sie einen wundervollen Blick auf die Maas.«

»Und ich«, sagte Brand geziert, »würde es sehr begrüßen, wenn sich alle meine Gäste auf der Terrasse einfinden könnten.« Er warf die Bürotür zu, und ein leises Klicken wies Newman auf ein automatisches Schloß hin. »Der Schlüssel«, forderte Brand und streckte die Hand aus. Kein *Bitte,* bemerkte der Auslandskorrespondent. Carole langte in ihre Tasche und gab ihm den Schlüssel. »Bestimmt kennen Sie jetzt den Weg«, sagte er zu Newman. Und an Carole gerichtet: »Komm mit.«

Nachdem Newman die Toilette benutzt hatte, kehrte er auf den Flur zurück, hielt mit langen Schritten auf den Ausgang zu, wandte sich nach links und wanderte an der Vorderfront des Hauses entlang. Kurz darauf erreichte er den Tennisplatz, der sich auf einer kleinen Anhöhe befand. An einem der beiden Netzpfosten hing ein Feldstecher.

Er griff danach und sah durch die Linsen. Carole hatte nicht übertrieben: Der Ausblick auf die sich dahinwindende Maas war tatsächlich spektakulär. Wie er mit besonderem Interesse feststellte, war der Feldstecher so eingestellt, daß man die Anlegestelle und den sich daran anschließenden Flußbereich klar erkennen konnte.

Schlußfolgerung: Brand hatte die Yacht Ralstons beobachtet und ihn, Newman, an Deck gesehen. Deshalb die *Times* – um den Besucher anhand des Bildes zu identifizieren.

Als er zum Pool zurückkehrte, fiel ihm auf, daß sich die Stimmung Brands verändert hatte. Der Bankier begrüßte Newman mit einem betont freundlichen Lächeln, reichte ihm ein neues Glas und forderte ihn auf, neben Carole in der Hollywoodschaukel Platz zu nehmen.

»Er zeigt sich jetzt von seiner besten Seite«, flüsterte die junge Frau, als Brand sich auf einen der Gartenstühle setzte. »Seien Sie auf der Hut.«

»Wie ich hörte, fährt Ralston mit Ihnen nach Namur«, sagte Brand. »Wenn Sie sich wirklich für den Fluß interessieren, sollten Sie sich auch den unteren Lauf ansehen und nach Süden reisen, in Richtung französische Grenze und Les Dames de Meuse. Ein wundervoller Abschnitt der Maas.«

»Vielleicht morgen. Was hat es mit jener Bezeichnung auf sich?«

»Es gibt da eine Legende: Angeblich wurden in der betreffenden Region vor Jahrhunderten drei untreue Frauen in Stein verwandelt – eine Strafe Gottes. Meine Güte, wenn die himmlischen Mächte alle treulosen Weibsbilder auf diese Weise zur Rechenschaft gezogen hätten, müßte es in Les Dames de Meuse heute von steinernen Statuen geradezu wimmeln. Und unter ihnen befände sich bestimmt auch die meiner werten Gattin …«

»Mußt du schon wieder *damit* anfangen?« fragte Carole.

»Solange du dich hier bewirten läßt, Schätzchen, wirst du hübsch brav sein und still zuhören, während ich über all die Themen spreche, die mir interessant erscheinen.« Er wandte sich an Newman. »Lilyane hält sich derzeit in New York auf und treibt's dort mit einem Börsenmakler von der Wall Street. Das ist einer der Vorteile, wenn man Zugang zu einem weltweiten und bestens funktionierenden Kommunikationsnetz hat. Wär' das nichts für Ihre Zeitung?«

»Ich bin kein Klatschspaltenjournalist«, erwiderte Newman ruhig.

»Oh, und ich dachte, ihr Schreiberlinge nutzt jede Gelegenheit, um schnelle Kohle zu machen …«

»Ich glaube, wir sollten jetzt besser zur Yacht zurückkehren«, ließ sich Ralston vernehmen.

Er stand ungelenk auf und bewegte sich dabei ruckartig und abrupt. Seine Stimme war inzwischen ziemlich heiser, doch er schwankte nicht, als er sich der Treppe näherte.

Newman verabschiedete sich von Carole und folgte dem Colonel.

»Ich melde mich bei Ihnen, Peter!« rief Ralston, als er die Stufen hinter sich gebracht hatte.

»Klingeln Sie einfach kurz durch.«

»Danke für Ihre Gastfreundschaft«, sagte Newman liebenswürdig.

Brand gab keine Antwort, und als er dem Auslandskorrespondenten nachsah, blitzte für einige Sekunden Haß in seinen Augen.

Brand schloß die Bürotür auf, die an der Innenseite eine schalldichte Polsterung aufwies. Er ließ sie hinter sich zufallen, nahm am Schreibtisch Platz und wählte die Nummer des Hotel de la Montagne in Larochette. Klein nahm ab und sagte:

»Hotel de la Montagne. Es tut mir leid, aber wir haben wegen Renovierungsarbeiten geschlossen.«

»Hier spricht Peter. Es ist etwas geschehen, was ein sofortiges Eingreifen unsererseits erfordert.«

»Ich höre.«

»Ein gewisser Robert Newman stattete mir in meiner Villa am Fluß einen Besuch ab. *Der* Newman – Auslandskorrespondent und Schriftsteller. Er nannte Ihren Namen. Und er sprach von Gold.«

Diese Auskunft verschlug Klein für einige Sekunden den Atem. Er erinnerte sich, dachte an die Ereignisse der vergangenen Wochen und Monate zurück. Nirgends hatte er irgendeine Spur hinterlassen. Aus welchem Grund vermutete ausgerechnet Newman, zwischen ihm, Klein, und bestimmten Geschehnissen im Bereich der Maas existiere eine Verbindung?

»Mein Bekannter, der Colonel, brachte ihn an Bord seiner Yacht mit. Ich gab Newman den Rat, sich Les Dames de Meuse anzusehen, und ich glaube, er wird morgen dorthin fahren. Ich habe ein Bild von ihm; es erschien in der Times. Können Sie jemanden schicken, der sich um diese Sache kümmert? Der Geschäftsabschluß steht kurz bevor, und wir sollten jedes Risiko vermeiden.«

»Hipper wird heute nachmittag zu Ihnen kommen und das Bild abholen. Außerdem sorge ich dafür, daß sich jemand des Problems namens Newman annimmt. Bleiben Sie in der Villa, bis Hipper bei Ihnen eintrifft.«

Klein legte auf. Bei eingeschaltetem Licht saß er in einem Zimmer im ersten Stock des Hotels; die Fensterläden waren geschlossen. Eine Zeitlang überlegte er und klopfte mit den Fingerspitzen auf den Tisch. Dann rief er das Hotel de la Poste in Bouillon an. Er hatte einen Auftrag für Marler.

Der Engländer zögerte, bevor er den Hörer abnahm. Eine neuerliche Kontrolle Hippers? Er legte sich einige deftige Worte zurecht.

»Marler.«

»Sicher erkennen Sie meine Stimme. Im Laufe des Tages wird man Ihnen ein Bild bringen, das aus einer Zeitung stammt. Kennen Sie den Flußbereich der Maas, den man Les Dames de Meuse nennt?«

»Ja.«

»Begeben Sie sich morgen dorthin. Machen Sie Gebrauch von Ihrem professionellen Geschick, um ein Problem zu lösen. Der Mann heißt Robert Newman. Auslandskorrespondent. Ich wiederhole noch einmal. Das Problem muß *gelöst* werden.«

»Verstanden. Ihnen dürfte doch wohl klar sein, daß der Hinweis Les Dames de Meuse ziemlich vage ist. Er beschreibt eine recht große Region.«

»Ich verlasse mich auf Sie. Haben Sie begriffen, um was es geht?«

»Sind Sie schwerhörig? Ich sagte: Verstanden …«

26

Am späten Nachmittag flog Tweed nach Heathrow zurück. Nach dem Treffen mit Lasalle sah er zunächst davon ab, nach Brüssel zu fahren. Bevor er Paris verließ, telefonierte er mit Paula und bat sie darum, einen ›Kriegsrat‹ einzuberufen.

Harry Butler holte ihn am Flughafen Heathrow ab und fuhr ihn auf direktem Wege nach Downing Street 10. »Die Premierministerin hat Paula angerufen«, teilte er Tweed mit. »Als sie hörte, daß Sie zurückkehren, meinte die PM, Sie sollten sofort zu ihr kommen ...«

Die Besprechung dauerte eine knappe halbe Stunde, und als Tweed auf die Straße trat, wirkte er sehr ernst. Er forderte Butler auf, ihn so schnell wie möglich nach Park Crescent zu bringen. Unterwegs berichtete Butler von den Ereignissen in Norfolk.

»Ich habe Nield dort zurückgelassen; er behält alles im Auge. Als ich in Ihrem Büro anrief und erfuhr, daß Sie bereits auf dem Rückweg sind, hielt ich es für besser, persönlich mit Ihnen zu sprechen. Dr. Portch ist nach Cockley Ford zurückgekehrt. Nield übernachtet im Duke's Head von King's Lynn – um keinen Verdacht zu erregen. Tagsüber hält er sich in Blakeney auf und verbringt die meiste Zeit im Pub an der Uferpromenade. Inzwischen dürfte er bereits in dem Ruf stehen, ein hartgesottener Schluckie zu sein ...«

Tweed hörte den Ausführungen Butlers still und aufmerksam zu, und kurz darauf erreichten sie Park Crescent. Er lief die Treppe hoch, und als er ins Büro eilte, sah Paula erleichtert auf.

»Dem Himmel sei Dank, daß Sie endlich zurück sind. Newman hat von Namur in Belgien angerufen. Er meinte, er habe festgestellt, daß es zwischen Klein und einem Bankier namens Peter Brand eine direkte Beziehung gibt ...«

»Wo befindet er sich jetzt?«

»In seinem Hotel in Namur. Morgen fährt er nach Les Dames de Meuse, einer Region an der Maas. Ich war selbst einmal dort. Wundervolle Gegend – aber sehr abgelegen und einsam ...«

»Was will er dort?«

»Keine Ahnung. Offenbar gab ihm Brand den Rat, jene Region aufzusuchen ...«

»Haben Sie die Telefonnummer Newmans?«

»Ja.«

»Setzen Sie sich mit ihm in Verbindung. Sagen Sie ihm, er soll Namur sofort verlassen und irgendwo in Liége unterkommen. Bitten Sie ihn darum, Ihnen Adresse und Telefonnummer des neuen Hotels zu nennen. Er soll dort bleiben, bis er von mir hört. Das ist eine Order. Sagen Sie ihm das. Und teilen Sie ihm mit, daß ich morgen nach Brüssel fliege.«

»Eine Order?«

»Ich glaube, jemand hat ihm eine Falle gestellt. Klein bringt alle um, die uns irgendeinen Hinweis auf seine Pläne geben könnten. Vielleicht hat er vor, auch Newman aus dem Verkehr zu ziehen.«

»Da wäre noch etwas anderes ...«

»Heraus damit. Ich gebe Ihnen fünf Minuten Zeit. Anschließend rufen Sie Newman an.«

Tweed holte die mit Kreuzen markierte Karte hervor, die er in Paris Lasalle gezeigt hatte. Er befestigte sie an der Wand und kennzeichnete auch Antwerpen, den gegenwärtigen Aufenthaltsort Lara Seagraves. Unterdessen berichtete Paula:

»Howard wartet in seinem Büro auf den Beginn des Kriegsrates. Und Commander Bellenger vom Marinenachrichtendienst hat sich gemeldet. Möchte Sie dringend sprechen. Inzwischen liegen die Ergebnisse der Analyse des Sprengstoffs vor, mit dem die Tresorkammern der beiden Banken in Basel aufgesprengt wurden. Darüber hinaus erwähnte er eine Untersuchung der Konstruktionsunterlagen, die uns Arthur Beck zur Verfügung stellte. Ich meine die Fotokopien, die man im Safe Gaston Blancs fand.«

»In Ordnung. Telefonieren Sie zuerst mit Bellenger. Bitten Sie ihn darum, unverzüglich hierherzukommen. Er sollte an unserer Beratung teilnehmen. Anschließend Newman. Ich möchte, daß die Besprechung in einer halben Stunde beginnt...«

»Ich gebe allen Bescheid. Ist irgend etwas geschehen?«

»Ich glaube, uns steht eine ziemlich üble Sache bevor.«

Fünf Personen saßen am Tisch: Tweed, Howard, Bellenger, Butler und Paula. Die Premierministerin hatte Tweed die Erlaubnis gegeben, alle Einzelheiten zu nennen – und dazu gehörten natürlich auch ihr Gespräch mit Gorbatschow und das geheime Treffen Tweeds mit Lysenko. Bellenger schilderte die Untersuchungsergebnisse, und die anderen Anwesenden hörten ihm ernst zu.

»Die Proben, die aus den Tresorkammern der überfallenen Banken in Basel stammen, wurden sorgfältig analysiert. Es kann kein Zweifel daran bestehen: Die Verbrecher verwendeten Triton Drei – den gleichen Sprengstoff, den auch die Seemine enthielt, die wir aus der Sowjetunion schmuggeln konnten. Und den wir in der Bombe fanden, die jemand in Blakeney vor die Haustür Miß Greys legte. Tweed, Sie nannten mir neulich einige Zahlen, die Sie als Beispiel bezeichneten – dreißig Seeminen und fünfundzwanzig Bomben. Ich habe den Verdacht, es steckt mehr dahinter...«

»Und da irren Sie sich nicht. Sie wurden aus einem sowjetischen Depot gestohlen und in den Westen gebracht.«

Bellenger ächzte. »Und wo befinden sie sich jetzt?«

»Das versuchen wir herauszufinden – bevor man sie zum Einsatz bringt.«

»Ich habe die Experten um eine entsprechende Berechnung

gebeten, ohne ihnen mitzuteilen, woher die Angaben stammen: Mit einer derartigen Menge Sprengstoff könnte eine ganze Großstadt dem Erdboden gleichgemacht werden. Ich hoffe, die verdammten Dinger sind nicht irgendwo in Großbritannien versteckt…« Bellenger hob fragend die Augenbrauen.

»Keine Ahnung.«

Das Telefon klingelte. Paula streckte die Hand nach dem Apparat aus, und Tweed runzelte die Stirn. »Ich habe doch gesagt, daß ich keine Anrufe entgegennehme.«

»Vielleicht ändern Sie in diesem Fall Ihre Meinung«, erwiderte Paula, nachdem sie einige Sekunden lang gelauscht hatte. Sie reichte Tweed den Hörer.

»Ja?«

»Lysenko. Ist die Leitung sicher?«

»Selbstverständlich. Um was geht's?«

»Es wurde auf höchster Ebene entschieden…« – der General zögerte kurz – »…Ihnen weitere Informationen zukommen zu lassen, falls es Ihnen noch nicht gelungen ist, Zarow zu finden. Sind Sie mit Ihren Ermittlungen weitergekommen?«

»Wir treten auf der Stelle. Es wäre sicher besser gewesen, Sie hätten mir gleich zu Anfang alles gesagt.«

»Politische Erwägungen, Sie wissen schon…« Lysenko klang nervös. »Ich muß Ihnen folgendes mitteilen: Kurz bevor Zarow in die DDR reiste, berichtete sein Vorgesetzter von gewissen Verhaltensmustern, die auf Streß hindeuteten. Zarow erhielt die Anweisung, sich im Serbsky Institut untersuchen zu lassen.«

»Und das Ergebnis?« fragte Tweed scharf.

»Drei Psychiater meinten, er sei völlig gesund, und zwei andere diagnostizierten erste Symptome eines beginnenden Größenwahns. Es kam zu einer bürokratischen Verzögerung bei der Übermittlung dieser Informationen. Ich erfuhr erst davon, nachdem er die Sowjetunion verlassen hatte.«

»Gibt es sonst noch irgend etwas, das Sie mir verschwiegen haben?«

»Nein. Es tut mir leid, daß ich Sie nicht sofort davon in Kenntnis gesetzt habe ...«

»Das sollte es auch, verdammt!«

Tweed knallte den Hörer auf die Gabel und ließ den Blick über die anderen Personen am Tisch schweifen. Vier Gesichter starrten ihn erwartungsvoll an.

»Es ist ein Wettlauf mit der Zeit – und vielleicht ist es für den Endspurt schon zu spät«, sagte Tweed langsam. »Ich habe gerade erfahren, daß Igor Zarow von einem Augenblick zum anderen überschnappen könnte.«

»Herr im Himmel!« entfuhr es Bellenger. »Und er hat den Sprengstoff?«

»Ja. Das vermute ich jedenfalls. Glücklicherweise hat die PM aufgrund meines Berichts entschieden, eine SAS-Einsatzgruppe in ständiger Bereitschaft zu halten. Die Spezialeinheit kann praktisch jederzeit den Einsatzbefehl erhalten.«

Es war bereits dunkel, als Hipper in Bouillon eintraf, und Marler – im Hotel Panorama benutzte er einen typisch belgischen Namen: Lambert – sah sich gezwungen, das Abendessen zu unterbrechen.

»Was ist denn los?« fragte er, nachdem sie in den Wagen Hippers gestiegen waren und den Ort verlassen hatten. Sie fuhren über leere Straßen, die an dunklen Wäldern vorbeiführten. »Sie haben mir das Bild Newmans gegeben. Genügt das nicht?« Er hob den Umschlag, den er von Hipper erhalten hatte.

»Sie müssen bald weiterreisen«, erwiderte der teiggesichtige Luxemburger. Er drückte sich betont vage aus, was den Engländer einmal mehr nervte. »Bleiben Sie ständig aufbruchbereit.«

»Wohin?« fragte Marler knapp.

»Das teile ich Ihnen mit, wenn es soweit ist.«

»Meinen Sie?« Der Mönch drehte den Kopf und bedachte den kleinen Mann mit einem spöttischen und abfälligen Blick. »Sie werden es mir jetzt sagen. Klein weiß, daß er mit mir nicht so umspringen kann wie mit den anderen. Ich brauche einige Informationen. Und wenn er nicht bereit ist, Zugeständnisse zu machen, gebe ich ihm den Vorschuß zurück – abzüglich der Spesen.«

»Er meinte, Sie würden allmählich unruhig …«

»Das ist eine Untertreibung. Ich habe die Schnauze voll. ertrage es nicht mehr, in dem Kaff herumzuhängen und mich als Jäger auszugeben. Nun, es liegt bei Ihnen. Außerdem halte ich nichts davon, beim Essen gestört zu werden. Machen Sie kehrt und fahren Sie in die Stadt zurück. Sagen Sie Klein, er soll sich einen anderen Scharfschützen suchen.«

»Brüssel«, entgegnete Hipper rasch, drehte auf einer Kreuzung und fuhr wieder in Richtung Bouillon. »Wenn Sie den morgigen Auftrag in Les Dames de Meuse ausgeführt haben.«

»Das ist schon besser. Beim nächsten Mal sollten Sie sich nicht soviel Zeit lassen. Wenn ich eine Frage stelle, erwarte ich sofortige Antwort.«

Hipper griff in die Tasche und reichte Marler ein zweites Kuvert. »Ihre Reservierung im Hilton, am Boulevard de Waterloo. Das Zimmer wird bis zu Ihrer Ankunft freigehalten. Die beste Suite im ganzen Hotel.« Er lachte leise und bedachte den Mann auf dem Beifahrersitz mit einem kurzen Blick. »Sie scheinen an ein gutes Leben gewöhnt zu sein.«

»Sehen Sie auf die Straße – oder ich fahre.«

Lara nahm den Hörer ab. »Seagrave.«

»Du erkennst sicher meine Stimme«, sagte Klein. »Notier dir folgende Adresse: Boekstraat 198. Verstanden? Gut. Hast du eine Karte von Antwerpen? In Ordnung. Such die Straße und mach dich unmittelbar nach unserem Gespräch auf den Weg. Laß dich von der dortigen Umgebung nicht abschrekken. Frag im Empfang nach Mr. Knaap ...« Er buchstabierte den Namen. »Ich warte auf dich.«

Ein leises Klicken machte deutlich, daß Klein aufgelegt hatte. Lara sah im Straßenverzeichnis der Karte nach und fand die Boekstraat. Vom Hotel Plaza aus war sie in fünf Minuten zu erreichen. Die junge Frau schlang sich einen Schal um den Hals, verließ das Hotel und ging los.

Die Boekstraat wirkte ziemlich düster. Ein betrunkener Matrose taumelte aus einer Spelunke und starrte Lara groß an. Sie schritt rascher aus, und der Papagei – er war ebenfalls wie ein Seemann gekleidet – folgte ihr vorsichtig.

Das Gebäude Nummer 198 gefiel der jungen Frau überhaupt nicht – ein kleines Hotel mit einer staubigen Neonlampe über der Tür. Lara trat ein und gelangte in eine halbdunkle und schmutzige Lobby. Die rothaarige und übertrieben geschminkte Frau hinter dem Tresen sah aus wie eine Puffmutter. Lieber Himmel, dachte Lara, dies ist eine billige Absteige, ein Stundenhotel für Dirnen und ihre Freier.

»Ein Herr Knaap erwartet mich«, sagte sie fest.

»Oh, da bin ich sicher, Schätzchen.« Die Frau sprach Französisch mit einem unüberhörbaren flämischen Akzent. »Bist wohl eine von den Edelnutten, was?«

»Ich sagte, Herr Knaap.«

»Zimmer vierzehn. Die Treppe hoch. Im ersten Stock, auf der linken Seite. Und du brauchst gar nicht so geziert tun, Süße ...«

»Ach, hören Sie schon auf«, sagte Lara und eilte die schmierigen Stufen hoch.

Klein öffnete die Tür, deutete eine Verbeugung an und forderte sie mit einem Wink zum Eintreten auf. Er schloß hinter ihr ab und vollführte eine ausladende Geste. Das Zimmer wirkte schäbig.

»Entschuldige bitte, daß ich dich ausgerechnet hier empfange. Ich wollte auf Nummer sicher gehen. Das Hotel hat einen Hinterausgang. Aus naheliegenden Gründen. In Brüssel erwartet dich eine standesgemäße Unterkunft.«

»Brüssel?«

»Dein nächstes Ziel. Leider habe ich nicht viel Zeit. Sag mir rasch: Was ist mit dem hiesigen Hafen?«

Eine Vierzig-Watt-Birne, die in der Einfassung einer Nachttischlampe steckte, erhellte das Zimmer. Der rosafarbene Lampenschirm war an einigen Stellen zerrissen. Lara blieb stehen, denn sie spürte, daß es Klein sehr eilig hatte.

»Der Hafen von Antwerpen gefällt mir noch weniger als die anderen, die ich mir bisher angesehen habe«, berichtete sie. »Er befindet sich nicht direkt an der Küste, sondern im Binnenland, an der Scheide. Die Nordsee ist ein ganzes Stück entfernt. Ich konnte keinen sicheren Fluchtweg finden – die Stadt kommt einem Labyrinth gleich, und die meisten Straßen sind kaum mehr als schmale Gassen. Antwerpen ist keine Alternative, sondern eine potentielle Falle.« Lara entnahm ihrer Tasche einen dicken Umschlag und reichte ihn Klein. »Die Fotos vom Hafenbereich. Es tut mir leid, daß ich schon wieder zu einer negativen Einschätzung gelangt bin. Einige der französischen Häfen wären für dein Vorhaben weitaus geeigneter. Soll ich mir demnächst auch Hamburg ansehen?«

»Nein. Ich möchte, daß du noch heute abend mit dem Zug nach Brüssel fährst. Im Mayfair in der Avenue Louise ist bereits ein Zimmer für dich reserviert. Bestimmt gefällt es dir dort. Ist ein ausgesprochen gutes Hotel...« Er reichte ihr einige Banknoten. »Für deine Auslagen. Ich melde mich bei dir. Und jetzt muß ich fort.«

Er berührte sie an den Schultern und zog sie zu sich heran. Eine kurze Umarmung – und dann wich Klein zurück. »Nicht in einer solchen Umgebung. Wenn ich gegangen bin, wartest du fünf Minuten, bevor du diese Absteige verläßt. Und wenn dich irgend jemand in der Boekstraat belästigen sollte, dann mach hiervon Gebrauch. Ziel auf die Augen.«

Er gab ihr eine Sprühdose, hauchte ihr einen Kuß auf die

Wange und ging. Lara wartete fünf Minuten; anschließend eilte sie die Treppe hinunter und marschierte an der rothaarigen Frau hinter dem Tresen vorbei, ohne sie eines Blickes zu würdigen. Als sie auf die Straße trat, runzelte der Papagei, der in einem dunklen Hauseingang wartete, verwundert die Stirn. Er gewann den Eindruck, daß er irgend etwas übersehen hatte.

Die Besprechung in Park Crescent war noch nicht zu Ende, und es herrschte eine fast körperlich spürbare Anspannung. Tweed hatte in voller Absicht dafür gesorgt, daß eine solche Atmosphäre entstand – um die Teilnehmer des ›Kriegsrates‹ vom Ernst der Lage zu überzeugen. Das Telefon klingelte erneut. Paula nahm ab, sah Tweed an und gab ihm den Hörer.

»Olymp«, sagte sie nur.

»Tweed. Irgendwelche Neuigkeiten? Wir könnten in Zeitnot geraten ...«

Er hörte eine Weile zu. »Was? Würden Sie das bitte wiederholen?« Er schwieg einige Sekunden lang. »Danke.«

Tweed reichte den Hörer zurück, griff nach einem Kugelschreiber und klopfte damit auf den Tisch. Seine neue Assistentin verstand es bereits, sein Gebaren zu deuten: Er war nachdenklich und besorgt.

»Fragen Sie mich nicht, wie ich darauf komme«, sagte er nach einer Weile und hob den Kopf. »Ich glaube, Kleins Unternehmen wird irgendwo in Belgien stattfinden. Möglicherweise in Brüssel. Vielleicht will er einen Anschlag auf das Hauptquartier der NATO verüben.«

»Das ergibt doch keinen Sinn«, warf Bellenger ein. »Sie sprachen vorhin von einer riesigen Menge Sprengstoff.«

»Ich weiß. Und ich bin ganz Ihrer Meinung.« Tweed sah auf die Karte an der Wand. »Vielleicht kommt auch Antwerpen in Frage – die Pistole, die auf das Herz Europas zielt, wie sich Churchill einmal während des Ersten Weltkriegs ausdrückte.«

»Klingt schon logischer.« Bellenger nickte. »Sie meinten eben, wir könnten in Zeitnot geraten. Wie soll ich das verstehen?«

»Rasches Handeln ist erforderlich.«

Howard beugte sich vor. »Was ich gern wissen würde: Wer oder was ist Olymp?«

Er hatte sich bisher sehr zurückgehalten und immer nur zugehört, anstatt selbst einen Diskussionsbeitrag zu leisten – ein für ihn völlig untypisches Verhalten. Paula senkte den Kopf, kritzelte auf ihrem Block herum und fragte sich, wie Tweed auf die Frage seines Vorgesetzten reagieren würde.

»Ach, das ist nur ein Codewort«, erwiderte Tweed leichthin. »Damit ich weiß, von wem der Bericht stammt. Es wird täglich geändert.«

»Ich bin nach wie vor ziemlich durcheinander«, meinte Bellenger. »Könnten Sie noch einmal alles zusammenfassen und schildern, welche Fortschritte bisher bei den Ermittlungen erzielt wurden?«

»Hört, hört!« brummte Howard und rückte sich die Krawatte zurecht.

»Ich werde mich möglichst kurz fassen«, begann Tweed. »In Blakeney legte jemand eine Bombe vor die Haustür Miß Greys. Die Spezialisten, die sie entschärften, kamen nur deshalb mit dem Leben davon, weil Commander Bellenger sie zuvor über den Sprengstoff Triton Drei informiert hat.«

»Was ist mit den dreißig Seeminen?« fragte Howard.

»Wir müssen davon ausgehen, daß sie ebenfalls Triton Drei enthalten. Die Gefahr ist enorm. Hinzu kommen fünfundzwanzig Bomben ...«

»Inzwischen dürften es nur noch vierundzwanzig sein«, ließ sich Bellenger vernehmen. »Wenn wir die in Blakeney abziehen.«

»Und sie stammen alle aus der Sowjetunion«, fuhr Tweed fort. »Igor Zarow, genialer Stratege und Taktiker, Experte für Täuschungsmanöver, setzte sich aus Rußland ab und brachte sie in den Westen. Ist alles andere als ein gewöhnlicher Überläufer. Ein Einzelgänger. Möchte ein Vermögen machen, solange er noch jung ist.«

»Möchten wir das nicht alle?« sagte Howard, aber niemand lachte.

»Vielleicht benutzt Zarow den Namen Klein. Er beauftragte einen Schweizer Uhrentechniker mit der Herstellung besonderer Zünder und Kontrollvorrichtungen ...«

»Der einzige schwache Punkt der Seemine, die wir untersuchten«, bemerkte Bellenger.

»Zarow bekam die Zünder und Steuerungseinheiten – und ermordete den Schweizer. Der türkische Fahrer eines Nestlé-Lasters transportierte die Instrumente von der Schweiz zu einem unbekannten Ort. Der arme Kerl wurde ebenfalls ins Jenseits befördert, und der Lkw stürzte in eine tiefe Schlucht. Erneut das Werk Kleins. Er läßt niemanden am Leben, der uns irgendeinen Hinweis geben könnte.«

»Der Goldraub in Basel«, warf Paula ein.

»Darauf wollte ich gerade zu sprechen kommen. Bevor Klein die Zünder erhielt, plante er einen Überfall auf zwei Banken in Basel, wobei Triton Drei verwendet wurde, um die Tresorkammern aufzusprengen – das bestätigten die Experten Bellengers, die eine entsprechende Analyse durchführten. Das Gold wurde an einen Hehler verkauft – das ist bisher nur eine Vermutung –, um mit dem Bargeld die Gangster zu bezahlen, aus denen Klein eine neue Organisation gebildet hat.«

»Haben Sie eine Ahnung, wie viele Leute ihr angehören?« fragte Butler.

»Nach den Angaben Lasalles gehören zu den Rekruten Kleins Franzosen, Luxemburger und vielleicht auch noch Halunken aus anderen Staaten. Ich kann nur raten und würde auf eine Anzahl von zwanzig bis dreißig Personen tippen ...«

»Mein Gott!« Howard hob ruckartig den Kopf. »Ich

ahnte nicht, daß wir es mit einer halben Armee zu tun haben …«

»Es deutet also alles darauf hin, daß die Aktion Kleins einem Ziel von nicht unerheblicher Bedeutung gilt«, betonte Tweed. »Aber wo befindet es sich? Eine Frage, die zweihundert Millionen Pfund wert sein könnte …« Er deutete auf die Karte an der Wand. »Wie Sie sehen, erweckt Klein den *Anschein*, ständig nach Norden unterwegs zu sein. Er hat den Mönch engagiert – den besten Scharfschützen Westeuropas. Und Bellenger wies bereits darauf hin, daß ihm eine kolossale Menge Sprengstoff zur Verfügung steht. Des weiteren sind für die Durchführung seines Unternehmens offenbar Taucher erforderlich. Eine seltsame Mischung. Nun, hat irgend jemand von Ihnen eine Idee, wo die Aktion stattfinden könnte?«

»Warum ausgerechnet zweihundert Millionen Pfund?« fragte Howard. »Das ist eine gewaltige Summe, mehr als nur ein Vermögen …«

»Ein zwielichtiger Bankier – dessen Namen ich hier nicht nennen möchte – hat dafür gesorgt, daß jener Betrag in Form von Goldbarren bei einer deutschen Bank zur Disposition steht. Angeblich handelt es sich um einen Kredit für einen südamerikanischen Staat. Aber das bezweifle ich. Der Goldraub in Basel beweist, daß unser Freund Klein eine Vorliebe für das gelbe Metall hat.«

Howard schüttelte verwirrt den Kopf. »Aber auf welche Weise will Klein irgend jemanden dazu bringen, ihm eine solche Summe auszuhändigen?« fragte er skeptisch.

»Indem er eine Katastrophe androht«, sagte Tweed. »Und er ist nicht nur ein guter Organisator, sondern auch skrupellos und vermutlich kurz davor, den Verstand zu verlieren.«

»Haben Sie sich schon etwas einfallen lassen, um dieser schrecklichen Gefahr zu begegnen?«

»Ja. Erstens: Ich möchte, daß Commander Bellenger mit seinen Experten zum SAS-Hauptquartier in Hereford fliegt, wo die Spezialeinheit wartet. Er kann die dortigen Sprengstoffspezialisten über die Minen und Bomben mit der Codebezeichnung Cossack informieren.«

»Dazu bin ich gern bereit«, sagte Bellenger. »Wir sind in spätestens einer Stunde fertig. Ist die Transportfrage schon geklärt?«

»Ja. In Heathrow stehen zwei Hubschrauber für Sie bereit.« Noch ernster fügte Tweed hinzu: »Ich muß noch einmal alle Anwesenden darauf hiweisen, wie wichtig strengste Geheimhaltung ist. Niemand darf etwas von dem erfahren, was wir hier besprochen haben.« Er sah Bellenger an. »Der SAS-Kommandeur in Hereford hat keine Ahnung, worum es geht. Und so soll es auch bleiben.«

»Sie sagten ›erstens‹«, erinnerte ihn Howard. »Was planen Sie sonst noch?«

»Morgen fliege ich nach Belgien, um dort Bob Newman zu treffen. Im Augenblick ist er untergetaucht und hält sich versteckt...«

»Wo?« fragte Howard und blickte auf die Karte.

»Wenn ich den betreffenden Ort in der Gegenwart von vier Personen nennen würde, könnte man wohl kaum mehr von einem Versteck sprechen.« Tweed stand auf, trat an die Karte heran und deutete auf eine bestimmte Stelle. »Bob und ich fahren zu einem Bereich des Flusses, der Les Dames de Meuse genannt wird. Vielleicht kommt es dort zu einigen interessanten Entwicklungen.«

»Von welcher Art?« hakte Howard nach. »Vorhin meinten Sie, die Zeit werde knapp. Ich verstehe nicht, was Sie sich von einem Ausflug nach Les Dames de Meuse erhoffen.«

»Es kommt mir darauf an«, erklärte Tweed geduldig, »die Verbindung zwischen Klein und dem Bankier zu finden, der das aus den beiden Banken in Basel geraubte Gold aufkaufte. Vielleicht entdecke ich an der Maas irgendwelche Hinweise.«

»Was führt Sie zu dieser Annahme?«

»Wenn meine Vermutung stimmt, hat der gleiche Bankier für die Bereitstellung der zweihundert Millionen Pfund gesorgt. Darüber hinaus bin ich inzwischen davon überzeugt, daß das geraubte Gold auf dem Wasserwege abtransportiert wurde – durch das Kanalsystem von Basel bis zur Maas. An Bord eines Frachtkahns. Möglicherweise trifft das auch auf die Zünder und Kontrollvorrichtungen zu.«

»Klingt eher nach einer Vergnügungsreise«, brummte Howard abfällig.

»Vielleicht erwartet uns das genaue Gegenteil.«

27

Nach dem kurzen Gespräch mit Lara verließ Klein Antwerpen und fuhr nach Norden. In der Nähe von Roosendaal überquerte er die Grenze, erreichte das holländische Flachland und setzte die nächtliche Fahrt über die Route D fort. Noch in Antwerpen hatte er den Wagen gewechselt und mit falschen Papieren, die auf den Namen Meyer ausgestellt waren, einen Audi gemietet.

Es war noch immer dunkel, als er Rotterdam passierte und nach Norden weiterfuhr, in Richtung Delft. Als am östlichen Horizont ein trübes Grau den neuen Tag ankündigte, rollte der Audi über schmale und kopfsteingepflasterte Straßen, vorbei an Kanälen und gewölbten Brücken. Zu dieser frühen Stunde herrschte in der Stadt überhaupt kein Verkehr. Klein fuhr noch einige Kilometer weiter und hielt auf einem großen Campingplatz.

Dutzende von Wohnwagen reihten sich aneinander, und hinter vielen Fenstern schimmerte bereits Licht: Die Holländer waren daran gewöhnt, zeitig aufzustehen, und die meisten von ihnen frühstückten bereits. Grand-Pierre erwartete ihn schon – Klein hatte ihn noch von Antwerpen aus angerufen – und geleitete ihn in einen besonders großen Wohnwagen.

»Kaffee?« fragte er auf französisch.

»Einen Liter. Ich bin die ganze Nacht durchgefahren. Wie weit sind Sie mit dem Training?«

»Oh, von mir aus kann es losgehen. Ich brauche nur einen Tag, um die ganze Gruppe hier in Delft zu versammeln.«

»Warum?«

Grand-Pierre, ehemaliger Angehöriger der französischen

Fremdenlegion, sah nicht einmal auf, als sich Klein über den Kaffeefilter beugte. Mit seinen sechs Fuß war der Franzose ein Hüne, und er hatte eine athletische Statur und dichtes, pechschwarzes Haar. Er galt als erfahrener Safeknacker, als ein Spezialist für besonders schwierige Fälle. Und er war nie erwischt worden. Seine großen Hände müssen erstaunlich feinfühlig sein, dachte Klein, als er neben dem schmalen Tisch stehenblieb. Er trug nach wie vor seinen dunklen Mantel, und die begrenzte Bewegungsfreiheit im Camper machte ihn nervös.

Genau die richtigen Hände für den Umgang mit den Zündern, fügte er in Gedanken hinzu.

»Warum?« wiederholte Grand-Pierre. »Weil sich derzeit über zwanzig meiner Leute im Norden Hollands aufhalten, in einer abgelegenen Region bei Groningen. Sie machen Dauerläufe am Strand, schwimmen in der Nordsee.«

»Sie meinen, sie *tauchen*.«

»Ja. Sie haben die Minenattrappe, die sie uns zur Verfügung stellten, am Kiel eines Kutters befestigt...«

»War das nicht gefährlich?« entgegnete Klein, zog die Hände aus den Taschen und schob sie unmittelbar darauf wieder hinein.

Grand-Pierre bemerkte diese Geste, als er seinem Besucher einen Becher mit heißem Kaffee reichte. Unruhiger Typ, dachte er. Ein Energiebündel; kaum ist er irgendwo angekommen, will er schon wieder weiter. Er musterte das kalkweiße Gesicht, als Klein einen Schluck trank. Über den persönlichen Hintergrund seines Auftraggebers war ihm so gut wie nichts bekannt, aber eins wußte er: Klein war hochintelligent.

Grand-Pierre zuckte andeutungsweise mit den breiten Schultern. Es konnte ihm gleich sein, wer Klein war und woher er kam – solange er in barer Münze bezahlte. Der Besucher schien seine Gedanken gelesen zu haben, denn er griff in die Tasche und holte einen Umschlag hervor. Er trug nach wie vor dünne Handschuhe.

»Damit Ihnen nicht das Geld ausgeht. Für Ihre Spesen. Und zusätzliche zwanzigtausend Francs in holländischer Währung, als Honorarvorschuß.«

»Es war nicht weiter gefährlich« kam Grand-Pierre auf die vorherige Frage Kleins zurück. »Machen Sie sich keine Sorgen. Ich habe den Männern Gesellschaft geleistet und bin ebenfalls getaucht, als sie das Experiment durchführten. Sie befestigten die Mine am Kiel und schwammen fort – und die Besatzung des Kutters schöpfte überhaupt keinen Verdacht. Sie sagten, ich solle die Leute trainieren, und jetzt sind sie topfit. Wie weit ist das Ziel entfernt? Ich denke da an das Transportproblem ...«

»Nicht sehr weit. Sind die Einheimischen auf Ihre Gruppe aufmerksam geworden?«

»Nein. Meine Leute sind auf mehrere Campingplätze verteilt, und offiziell heißt es, sie machen Urlaub.«

»Hat es irgendwelche Schwierigkeiten mit den Vorräten gegeben? Ich meine, was Lebensmittel angeht. Die Männer essen doch nicht auswärts, oder?«

»Das hatten Sie verboten. Und ich halte mich an die Anweisungen. Ich schicke immer jemanden zum Einkaufen, der Flämisch spricht. Keiner meiner Leute trinkt. Einer war ungehorsam. Habe ihn persönlich aus einer Bar geholt.«

»Wurde er bestraft?«

»Selbstverständlich.« Grand-Pierre sah Klein überrascht an. »Ich fuhr ihn zu einem abgelegenen Bereich der Küste, erwürgte ihn, beschwerte ihn mit Ketten, die sich im Kofferraum meines Wagens befanden – und warf ihn ins Meer. Möchten Sie noch etwas Kaffee?«

Klein kehrte nach Rotterdam zurück und fuhr durch breite Straßen, vorbei an Türmen aus Glas und Beton. In der Nähe des Hilton parkte er und wanderte über den Bürgersteig, bis er eine Telefonzelle fand. Er wählte die am Ende einer Kabinenreihe. Das Gespräch mit London würde eine Weile dauern.

Er hatte sich die Nummer fest ins Gedächtnis eingeprägt, wählte sie, fragte nach David Ballard-Smythe und wartete. Im Londoner Büro der Versicherungsgesellschaft Lloyds verließ der betreffende Mann seinen Schreibtisch, um den Anruf entgegenzunehmen.

»Ballard-Smythe. Wer spricht dort?«

»Sie erinnern sich bestimmt an mich. Notieren Sie sich die folgende Telefonnummer. Rufen Sie mich innerhalb von fünf Minuten zurück. Ich habe es sehr eilig. Wiederholen Sie die Zahlen. Es ist ein holländischer Anschluß...«

Ballard-Smythe legte auf und bat einen Kollegen darum, ihn eine halbe Stunde lang zu vertreten. »Ein körperbehinderter Klient. Kann nicht hierherkommen.«

»Geht klar.« Der andere Mann sah auf. »Stimmt irgend etwas nicht? Sie sehen aus, als müßten Sie sich gleich übergeben.«

»Könnte durchaus sein. Habe heute morgen ein Ei gegessen, das nicht mehr ganz in Ordnung war. Bin bald zurück...«

Ballard-Smythe – ein hagerer, nervös wirkender und gut dreißig Jahre alter Mann – eilte aus dem Gebäude. Er hatte bereits eine großzügig bemessene Summe für die Information bekommen, die sein Auftraggeber nun von ihm verlangte. Und er brauchte das Geld, denn er mußte nicht nur eine Ehefrau unterhalten, sondern auch eine kostspielige Freundin. Jetzt aber war der entscheidende Augenblick gekommen, und plötzlich wünschte er sich, er hätte sich nicht darauf eingelassen. Er fluchte leise, als er daran dachte, daß von dem Vorschuß, den er vor zwei Monaten von Klein erhalten hatte, nichts übriggeblieben war.

Er betrat eine Telefonzelle und entnahm seiner Jackentasche ein dickes Lederportemonnaie. Daraus holte er mehr als ein Dutzend Münzen hervor und legte sie auf den Apparat. Das Gespräch würde sicher mehr als nur ein oder zwei Minuten in Anspruch nehmen...

Er brauchte nicht nachzuschlagen, um die Vorwahl für Holland in Erfahrung zu bringen. In seinem Beruf setzte er sich praktisch täglich mit Rotterdam in Verbindung. Er hatte sich die Nummer auf einem kleinen Zettel notiert, wählte sie und wartete.

»Wer ist dort?« fragte jemand auf Englisch – eine charakteristische Stimme, die er sofort wiedererkannte.

»Sind Sie das, Klein?«

»Hören Sie gut zu. Haben Sie die Schiffsbewegungen in dem Bereich kontrolliert, den ich Ihnen nannte?«

»Jeden Tag. Jeweils unmittelbar nach Arbeitsbeginn.«

»Wie sieht's am nächsten Donnerstag aus?«

»Nun«, begann Ballard-Smythe, »ganz oben auf der Liste steht ein fünfzigtausend Tonnen großes deutsches Kreuzfahrtschiff, die *Adenauer*. Kommt von Hamburg und macht einen Zwischenstopp vor der Küste, um weitere Passagiere aufzunehmen. Sie setzen mit Fähren von Europort über, kurz vor Sonnenuntergang…«

»In Ordnung. Weiter. Ich habe nicht viel Zeit. Was ist mit den anderen Schiffen?«

»Zwei Supertanker aus dem Süden. Anschließend die übliche Sealink-Fähre von Harwich. Oh, und ein Zehntausend-Tonnen-Frachter von Genua, die *Otranto*. Und drei große Containerpötte aus Afrika. Eine ganze Flotte wird Europort anlaufen. Die *Adenauer* muß ungefähr eine Meile Abstand zur Küste halten, um den anderen Kähnen genug Manövrierspielraum zu geben.«

»Danke«, sagte Klein.

»Ist das alles?« fragte Ballard-Smythe überrascht.

»Nicht ganz«, erwiderte Klein. »Ich habe Ihnen den Schlüssel zu einem Bankschließfach gegeben. Aber Sie wissen nicht, wo es sich befindet.«

»In der Tat. Es enthält die zweite Hälfte meines Honorars. In bar.«

»Schreiben Sie mit…«

Klein nannte ihm Namen und Adresse der Bank, und wie sich herausstellte, war sie nicht weit von der Telefonzelle Ballard-Smythes entfernt. Er notierte die Angaben auf der Rückseite des Zettels.

»Der Rest des Betrages, den ich Ihnen versprach – die größte Summe – erhalten Sie in zehn Tagen per Einschreiben …«

»Sie wollen mir das Geld doch nicht etwa nach Hause schicken, oder?« fragte Ballard-Smythe erschrocken.

»Natürlich nicht. In Ihr Büro. In dem Bankschließfach finden Sie drei numerierte Päckchen. Nehmen Sie das erste und zweite an sich, und lassen Sie das dritte zurück.«

»Was enthält es?«

»Wertlose Aktien. Das Schließfach wurde für ein Jahr im voraus bezahlt, und damit niemand Verdacht schöpft, sollte es nicht leer sein. Auf Wiederhören.«

Klein unterbrach die Verbindung, und Ballard-Smythe sah auf die Uhr. Bevor er bei Lloyds zurückerwartet wurde, blieb ihm noch Zeit genug, die Bank aufzusuchen und die beiden Päckchen an sich zu nehmen. Aufgeregt fragte er sich, was darin sein mochte.

In der Bank wies er sich mit seinem Führerschein aus, und ein Angestellter begleitete ihn in die Tresorkammer, zu dem Fach, das auf seinen Namen registriert war. Dort hielt er sich an die Anweisungen Kleins, nahm die ersten beiden Päckchen an sich und rührte das dritte nicht an.

Dann machte er sich auf den Rückweg in sein Büro, suchte die Toilette auf und schloß sich in der letzten Kabine ein. Im ersten Umschlag fand er hundert 20-Pfund-Noten – insgesamt zweitausend Pfund. Das zweite und größere Päckchen enthielt eine Flasche Napoleon. Ballard-Smythe lächelte unwillkürlich. Ein komischer Typ, dieser Klein. Er erinnerte sich daran, daß sie vor zwei Monaten in einem Pub über verschiedene Getränke gesprochen hatten. Daher wußte Klein, daß Davids Frau nur Wein trank, wohingegen er guten Cognac vorzog.

Während der Mittagspause rief er seine Freundin Peggy an, die als Sekretärin für eine andere Versicherungsgesellschaft arbeitete. Sie trafen sich in einem kleinen Restaurant, in dem keine Gefahr bestand, daß er Kollegen begegnete. Als ihnen die Bedienung Kaffee gebracht hatte, reichte er Peggy ein zugeklebtes Kuvert mit dem Geld.

»Versteck es in deiner Wohnung«, sagte er. »Am üblichen Platz – unter dem losen Bodenbrett neben der Frisierkommode.«

Ballard-Smythe wagte es nicht, die zweitausend Dollar mit nach Hause zu nehmen. Seine Frau Sue hatte die Angewohnheit, in den Taschen nachzusehen, bevor sie den Anzug bügelte. Er befürchtete, daß sie das Geld früher oder später fand, wenn er es irgendwo im Haus verbarg.

Als er an jenem Abend nach Walton-on-Thames zurückkehrte, war er ziemlich nervös. Um darüber hinwegzutäuschen, schlug er Sue vor, sie sollten sich die Zeit bis zum Abendessen mit einem Drink vertreiben. Er schenkte ihr ein Glas Wein ein und holte dann die Flasche Napoleon hervor.

»Hat sicher eine Menge gekostet«, meinte seine Frau und strich sich eine Strähne ihres kastanienbraunen Haars aus der Stirn.

»Ein Geschenk von einem zufriedenen Klienten.«

Er füllte einen kleinen Cognacschwenker, setzte ihn an die Lippen und trank einen großzügigen Schluck. Nach einigen wenigen Sekunden ließ er das Glas fallen, gab ein unartikuliertes Krächzen von sich und sank zu Boden. Der Arzt konnte später nur den Tod Ballard-Smythes feststellen: Zyankali-Vergiftung.

In Rotterdam betrat Klein eine Bar und bestellte Kaffee. Er trank niemals Alkohol, denn er verabscheute alles, was ihn benommen machte. Er wollte unter allen Umständen einen klaren Kopf bewahren. Aufmerksam sah er sich im Schankraum um und ließ seinen Blick über polierte Holztische schweifen, die Bodenkacheln, die sauberen Gardinen. Typisch holländisch. Und während er den Kaffee trank, ging er in Gedanken noch einmal seine Liste durch.

Zünder. Taucher. Scharfschütze. Lara. Sprengstoff. Bank.

Zünder. Sie waren im Kies an Bord des Frachtkahns *Erika* versteckt und mußten in einigen Stunden eintreffen. Haber würde in Waalhaven festmachen, nur einige wenige Autominuten von der Bar entfernt. Klein nahm sich vor, ihn an der Anlegestelle zu empfangen.

Taucher. Die ganze Gruppe wartete nördlich von Rotterdam, in Delft. Mit dem Zug in zehn Minuten zu erreichen. Und Grand-Pierre sorgte dafür, daß die Männer nicht auf der faulen Haut lagen. Er trainierte sie nicht nur, sondern hielt sie auch beschäftigt.

Scharfschütze. Im Augenblick hatte der Mönch sicher genug zu tun. Inzwischen war er bestimmt auf dem Weg nach Les Dames de Meuse, und seine dortige Mission mochte eine gute Übung für den späteren Einsatz darstellen: Sein Auftrag bestand darin, Newman umzubringen.

Lara. Ihr kam die Funktion des Opferlamms zu, und vermutlich genoß sie den Luxus des Hotels Mayfair in Brüssel. Zweifellos vertrieb sie sich die Zeit damit, in den teuren Geschäften der Avenue Louise einzukaufen.

Sprengstoff. An einem besonders sicheren Ort verstaut. Und er konnte innerhalb weniger Stunden zum Zielbereich transportiert werden.

Bank. Es blieb Klein gerade noch Zeit genug, um zu Peter Brand zu fliegen und mit ihm zu sprechen. Die von dem Bankier getroffenen Arrangements waren unabdingbar, wenn das Unternehmen erfolgreich sein sollte.

Klein trank die Tasse aus und dachte an die Information, die Ballard-Smythe am Telefon bestätigt hatte. Alles klappte wie am Schnürchen. Das deutsche Schiff, die *Adenauer,* war das wichtigste Element der geplanten Aktion. An Bord befanden sich mehr als tausend Passagiere, die eine Kreuzfahrt im Mittelmeer gebucht hatten. Im ägyptischen Alexandrien wartete ein Raddampfer: Als krönender Abschluß des Urlaubs war ein Nilausflug vorgesehen.

Bei einem Großteil der Passagiere handelte es sich um amerikanische Staatsangehörige, die von New York aus nach Hamburg geflogen waren. Sie machten sich keine Sorgen: Die deutsche Reisegesellschaft hatte die amerikanische Sicherheitsagentur Brinks beauftragt, sowohl das Schiff als auch alle Personen an Bord zu überprüfen.

Wenn die Seeminen erst einmal am Rumpf der *Adenauer* befestigt waren – ihre Sprengkraft genügt, um das Schiff in Fetzen zu reißen –, würde Washington sicher zu Vorsicht mahnen und die Zahlung des Lösegeldes befürworten. Immerhin stand das Leben von über fünfhundert Amerikanern auf dem Spiel.

Natürlich mußten die Behörden davon überzeugt werden, daß er nicht bluffte. Das erforderte eine Demonstration mit einer großen Zahl von Opfern. Klein dachte so über das Unternehmen nach, als sei es eine kriegsartige Operation. Er nahm Verluste an Menschenleben nicht nur in Kauf, sondern zielte darauf ab.

Er nickte zufrieden, stand auf und verließ die Bar, um sich das Ziel noch einmal genauer anzusehen.

Klein fuhr durch den Tunnel, der unter dem Fluß hinwegführte. Am Südufer wandte er sich nach Westen und setzte die Fahrt in Richtung Hafen fort, den die Holländer ›Europort‹ nannten.

Europort. Der größte Hafen der Welt. Dort trafen die Waren ein, die gebraucht wurden, um die Bewohner eines ganzen Kontinents zu ernähren.

Und außerdem die Rohstoffe und Halbfertigprodukte, ohne die Tausende von Industriebetrieben die Produktion hätten einstellen müssen. Es war nicht übertrieben, ihn ›Tor Europas‹ zu nennen.

Wenn jener Hafen irgendwie blockiert wurde, herrschte innerhalb kurzer Zeit das Chaos. Für die betroffenen Staaten gab es natürlich die Möglichkeit, Luftbrücken einzurichten, ähnlich der, die im Jahre 1948 Berlin mit Nachschub versorgt hatte. Doch damals war es nur um eine einzelne Stadt gegangen. Ein isolierter *Kontinent* konnte unmöglich alle benötigten Waren auf dem Luftwege bekommen.

Klein fuhr über die Autobahn, und Rotterdam blieb rasch hinter ihm zurück. Die Entfernung von der Stadtmitte bis Europort betrug zwanzig Kilometer, und dreißig waren es bis zur Nordsee.

Nach einer Weile kam er an den ersten Zielen vorbei. Die Shell-Mex-Ölraffinerien Nummer eins und zwei. Der große Esso-Komplex. Dort sollten die Bomben plaziert werden. Öl – der Lebenssaft Europas.

Jenseits von Rotterdam erstreckt sich eine recht öde und fast wüstenartige Region – flaches und sandiges Land. Weit und breit kein einziger Baum. Klein setzte die Fahrt über die Autobahn fort, auf der nur geringer Verkehr herrschte. Der steife Wind trug den salzigen Geruch der nahen Nordsee mit sich. Rechts führten schmalere Straßen zu den Dockanlagen. Vierundzwanzig Stunden vor Beginn der Aktion würde die Einsatzgruppe von Grand-Pierre genaue Karten erhalten, mit einer Kennzeichnung der einzelnen Ziele.

Bestimmte Lieferwagen kleiner Gewerbetreibender sollten gestohlen werden und als Transportmittel dienen. In dieser Hinsicht waren gewiß keine Schwierigkeiten zu erwarten: Es lagen exakte Informationen über den Standort der Fahrzeuge und die Angewohnheiten der Eigentümer vor.

Klein bog von der Autobahn ab und fuhr über einen schmalen Weg, neben dem einfaches Gestrüpp wuchs. Er hielt auf einen großen Wellenbrecher aus Beton zu und parkte dort, wo er den Wagen schon einmal abgestellt hatte. Dann knöpfte er die Jacke zu, setzte einen schwarzen Hut mit breiter Krempe auf und stieg aus.

Als er den großen Betonklotz erkletterte, sah er sich aufmerksam um und stellte fest, daß er allein war. Sein Blick glitt über die grauen Fluten der Nordsee, und er beobachtete ein ganz bestimmtes Schiff: einen großen Bagger.

Er holte ein Fernglas hervor und starrte durch die Linse. Der Bagger war riesig, wies einen gewaltigen Kran auf; seine breite Schleppschaufel sorgte dafür, daß die Hafenzufahrt frei blieb.

Klein hielt eine ganze Zeitlang Ausschau, ließ dann sein Fernglas sinken, nickte zufrieden und ging zum Wagen zurück. Jenes Schiff war das erste Ziel auf der Aktionsliste…

28

Am folgenden Morgen landete die Maschine Tweeds auf dem Brüsseler Flughafen. Harry Butler und Paula begleiteten ihn. Monica hatte sich inzwischen von ihrer Grippe erholt und war ins Büro zurückgekehrt.

Tweed erinnerte sich an die Begegnung mit ihr …

»Halten Sie hier die Stellung, Monica«, sagte er. Er nahm sich eine halbe Stunde Zeit, um ihr von den jüngsten Ereignissen und dem neuesten Stand der Ermittlungen zu berichten. Paula bewunderte die Fähigkeit Tweeds, alles mit wenigen Worten zu erklären. Und es verblüffte sie geradezu, daß Monica nicht die geringsten Probleme zu haben schien, eine derartige Informationsmenge zu verarbeiten.

»Monica sorgt dafür, daß der Laden läuft«, erwiderte Monica, als Tweed seinen Vortrag beendete. Sie wandte sich an Paula »Ich glaube, Ihnen steht jetzt die Feuertaufe bevor …«

In Tweed regte sich ein Gefühl, das ihm bereits vertraut war. Er spürte, daß sich die Geschehnisse zu überstürzen begannen, und aus diesem Grund hielt er es für besser, Verstärkung mitzunehmen. Rasch verließ er das Flugzeug. Am Abend zuvor hatte er Chefinspektor Benoit angerufen und ihn darum gebeten, gewisse Vorbereitungen zu treffen.

Benoit war ein gemütlich wirkender und gut vierzig Jahre alter Mann mit schiefer Nase, hellbraunem Haar und einem messerscharfen Verstand. Er führte seine Besucher in ein Zimmer, das normalerweise den Sicherheitsbeamten des Flughafens zur Verfügung stand. Seinem Gesichtsausdruck entnahm Tweed, daß der Belgier sofort Gefallen an Paula fand.

»Wie ertragen Sie es nur, für einen solchen Sklaventreiber zu arbeiten?« fragte er auf englisch.

»Oh, ich habe ein dickes Fell.«

Tweed konnte die Reaktion Benoits gut verstehen. Paula trug eine knapp sitzende Veloursjacke, einen Rock aus dem gleichen Stoff und bis zu den Knien reichende Lederstiefel. Jemand brachte schwarzen und sehr starken Kaffee, und als sie wieder allein waren, kam Benoit sofort auf den Kern der Sache zu sprechen.

»Draußen steht ein Hubschrauber vom Typ Alouette bereit – wie von Ihnen gewünscht.« Er öffnete eine Aktentasche, holte einige Karten hervor und legte sie vor Tweed auf den Tisch. »Sie stammen vom Nautischen Institut und zeigen alle Einzelheiten des Laufs der Maas, bis hin nach Frankreich. Übrigens: Ich habe Ihren Rat beherzigt und Lasalle angerufen.«

»Wie reagierte er?«

»Überrascht. Horchte auf, als ich Ihren Namen nannte. Er macht sich auf den Weg nach Givet, einem Ort südlich von Dinant. Außerdem haben wir die Erlaubnis, die Grenze zu überfliegen, falls das notwendig werden sollte. Wonach suchen wir?«

»Einem verschwundenen belgischen Frachtkahn, der *Gargantua*. Sie fuhr von Dinant aus stromabwärts nach Les Dames de Meuse, und seitdem hat sie niemand mehr gesehen. Ich möchte sie finden.«

»Les Dames de Meuse«, wiederholte Benoit nachdenklich. »Könnte ein Problem werden. Der Pilot des Helikopters warnte mich bereits. In jenem Bereich muß mit dichtem Nebel gerechnet werden. Die Ardennen sind bis zu siebenhundert Meter hoch. Auf beiden Seiten des Flusses. Denken Sie daran, welches Risiko der Pilot eingeht, wenn Sie sich bestimmte Stellen aus der Nähe ansehen wollen.«

Tweed wandte sich an Paula. »Ich glaube, Sie sollten besser hierbleiben.«

Seine Assistentin stützte die Ellenbogen auf den Tisch, faltete die Hände und hielt sich betont gerade, als sie dem Blick Tweeds begegnete. »Ich bin nicht hierhergekommen, um in einem Flughafen stundenlang Kaffee zu trinken. Erinnern Sie sich an die Worte Monicas? Sie meinte, mir stünde die Feuertaufe bevor. Wann brechen wir auf?«

Tweed sah Butler an, der daraufhin mit den Schultern zuckte. »Geben Sie nach. Paula ist keine Mimose. Und sie hat scharfe Augen. Was uns von Nutzen sein könnte.«

»Danke für Ihr Vertrauen, Harry«, sagte Paula und bedachte ihn mit einem strahlenden Lächeln.

Das Telefon klingelte, und Benoit nahm ab. »Ich habe Grand' Place gesagt, daß ich hier zu erreichen bin«, erklärte er Tweed. Er hörte einige Sekunden lang zu, sprach einige Worte auf französisch und reichte Tweed den Hörer.

»Lasalle. Für Sie. Er hat in London angerufen und dort die Auskunft erhalten, daß Sie hier sind…«

»Tweed.«

»Der Papagei gibt nie auf«, vernahm er die Stimme des DST-Leiters. »Er ist der jungen Engländerin gefolgt. Ich habe eine Überraschung für Sie. Lara Seagrave wohnt direkt nebenan.«

»Wie meinen Sie das?«

»Sie hat ein Zimmer im Brüsseler Hotel Mayfair, in der Avenue Louise. Sie ist aus Antwerpen zurückgekehrt. Verhielt sich dort auf die gleiche Weise wie in den anderen Städten. Machte eine Menge Fotografien vom Hafenbereich. Und beobachtete Schiffe, mit einem Feldstecher. In einem Punkt ist Valmy ziemlich sauer. Lara verließ ihr Hotel in Antwerpen und suchte einen recht verrufenen Ort auf, die Boekstraat. Der Papagei glaubt, sie habe dort jemanden getroffen. Aber er weiß nicht, um wen es sich handelte – die Absteige hatte einen Hinterausgang. Ist es Ihnen bereits gelungen, Klein ausfindig zu machen?«

»Nein, leider nicht.«

»Ich habe auch noch andere Neuigkeiten. Weiß allerdings nicht, ob sie in diesem Zusammenhang eine Rolle spielen. Sie stammen aus der allgemeinen Gerüchteküche; und Calgourli war so freundlich, mir einen Tip zu geben. Ein Kommunikationsspezialist namens Legaud, Jean Legaud, wurde von einem Fremden engagiert. Und wie ich vor kurzem erfuhr, wird ein CRS-Gerätewagen vermißt. Könnte gestern abend die Grenze nach Luxemburg passiert haben. So lautet jedenfalls der Bericht des Zollbeamten. Es handelte sich um den gleichen Fahrzeugtyp, einen schwarzen Citroën-Laster.«

»Legaud?« fragte Tweed.

»Hat bis vor zwei Jahren für ein großes Telekommunikationsunternehmen gearbeitet. Wurde der Unterschlagung verdächtigt. Es gab jedoch keine Beweise, und deshalb blieb eine Anzeige aus. Legaud ist Spezialist für Telefone, Funkkommunikation ...«

»Sagten Sie *Funk?«*

»Ja. Hilft Ihnen das weiter?«

»Vielleicht. Ist das alles?«

»Im Augenblick ja. Wir sehen uns an der Maas.«

Tweed hatte gerade aufgelegt, als es an der Tür klopfte. Benoit rief »Herein!«, und ein uniformierter Sicherheitsbeamter kam ins Zimmer.

»Ein gewisser Robert Newman ist eingetroffen und möchte Mr. Tweed sprechen.«

»Führen Sie ihn hierher.«

Tweed war erleichtert. Er hatte Newman noch von London aus in seinem Hotel in Liège angerufen und ein Treffen in Grand' Place mit ihm vereinbart. Als Newman eintrat, stand er auf und stellte ihn Benoit vor. Dann wandte sich der Auslandskorrespondent an seinen Bekannten.

»Ich muß Sie dringend sprechen. Unter vier Augen ...«

»Sie können das Büro nebenan benutzen«, sagte Benoit und öffnete die Tür.

Tweed hörte ruhig zu, und Newman berichtete ihm mit

knappen Worten von seinem Gespräch mit dem Kahnführer Willy Boden, seiner Begegnung mit dem bärbeißigen Colonel Ralston – und schließlich dem Besuch bei Peter Brand in Profondeville.

»Die junge Frau, die Sie eben erwähnten, Carole Browne ...« meinte Tweed. »War sie ganz sicher, daß der Mann, der einige Tage im Palast Brands verbrachte, Klein hieß?«

»Sie erwähnte den Namen mehrmals. Das schließt jeden Zweifel aus.«

»Und Sie haben den Bankier auf Gold angesprochen?«

»Um ihn in Unruhe zu versetzen. Und ich glaube, das ist mir auch gelungen.«

»Ist Ihnen klar, daß es sich bei dem Hinweis Brands auf Les Dames de Meuse um eine Falle handeln könnte?« fragte Tweed.

»Na klar. Ich bin doch nicht blöd. Und gerade deshalb möchte ich mir jenen Flußbereich genauer ansehen – um festzustellen, was mich dort erwartet.«

»Das hätte ich mir denken können. Bob, wir machen uns gemeinsam auf den Weg. Benoit hat uns einen Hubschrauber zur Verfügung gestellt. Das bedeutet, wir können uns den Fluß aus der Luft ansehen. Nun, inzwischen deutet alles darauf hin, daß ich mit meinen Vermutungen genau ins Schwarze getroffen habe. Wir wissen jetzt, daß es eine direkte Verbindung zwischen Klein und dem Bankier Peter Brand gibt. Mehr noch: Die Radspuren, die von der Anlegestelle der Villa Brands bis zur Straße führen ... Vielleicht stammen sie von dem Fahrzeug, mit dem die gestohlenen Barren fortgebracht wurden, um sie irgendwo einzuschmelzen.«

»Das nehme ich ebenfalls an.«

»Um so wichtiger ist es, den Frachtkahn zu finden, die *Gargantua*. Ich bin sicher, sie transportierte das Gold von Basel durch das Kanalsystem bis nach Profondeville. Und dort wurde sie nachts entladen.«

»Ein schlauer Bursche, dieser Klein.«

»Und ein ausgezeichneter Organisator. Ich würde gern mit Haber sprechen, dem Eigentümer des Kahns. Nur er kann uns sagen, was geschehen ist. Vielleicht befinden sich an Bord seines Schiffes die Zünder und Kontrollvorrichtungen, die der ermordete Schweizer herstellte.«

Es klopfte an der Tür. Benoit sah ins Zimmer und teilte ihnen mit, nach Auskunft des Piloten müßten sie sich noch eine Zeitlang gedulden. Die Sicht sei ziemlich schlecht. Dichter Nebel. Könne sich aber bald lichten. Er hielte sie auf dem laufenden.

»Ich stecke in einem Dilemma«, gestand Tweed ein, als sie Platz nahmen. »Lara Seagrave hält sich hier in Brüssel auf und wohnt im Hotel Mayfair. Sind mit dem Auto nur zwanzig Minuten von hier. Sie kommt aus Antwerpen, und dort hat sie den Hafenbereich fotografiert, wie schon in den anderen Städten.«

»Ich weiß nicht...« erwiderte Newman und schüttelte den Kopf. »Ich kann mir einfach nicht vorstellen, daß an den Gerüchten über die bevorstehende Entführung eines Schiffes etwas dran ist. Klein hat ein ganzes Arsenal aus Seeminen und Bomben. Warum sollte er irgendeinen Kahn in seine Gewalt bringen?«

»Tja, warum? Übrigens, für den Fall, daß mir etwas zustoßen sollte: Einer meiner Informanten gehört zur Organisation Kleins. Codename Olymp. War reiner Zufall, daß sich unser russischer Freund an ihn wandte. In unregelmäßigen Abständen bekomme ich Berichte. Andererseits: Klein hat die Gruppe nach dem Zellenprinzip organisiert, und er teilt seinen Leuten nur das Notwendigste mit.«

»Olymp...« wiederholte Newman. »Ist das ein Mann oder eine Frau?«

»Das kann ich nicht einmal Ihnen sagen. Ich darf Olymp nicht in Gefahr bringen. Er muß unbedingt geschützt bleiben. Sein Leben wäre keinen Pfifferling mehr wert, wenn Klein auch nur den geringsten Verdacht schöpfte. Sie wissen ja, wie es den Leuten erging, die uns einen Hinweis hätten geben können.« Düster fügte Tweed hinzu: »Ich habe so eine Ahnung, was er plant...«

»Irgendein verdammt dickes Ding.«

»Eine Katastrophe, die alle bisherigen Terroristenaktionen weit in den Schatten stellt.«

An dem Morgen, als Tweed auf dem Flughafen eintraf, buchte Klein unter dem Namen Dupont ein Zimmer im Brüsseler Hilton, am Boulevard de Waterloo. Er nahm den Schlüssel entgegen, betrat den Lift und erreichte kurz darauf die Suite Nummer 1914. Es handelte sich um den Raum, der bald als Quartier Marlers dienen würde.

Klein trat ans Fenster heran und beobachtete das riesige, kathedralenartige Gebäude des Palais de Justice. Es hatte eine breite Dachkuppel und war eins der größten Bauwerke Europas – größer noch als die Peterskirche in Rom. Als das Telefon klingelte, wandte er sich um und nahm ab.

»Dupont.«

»Hier spricht Legaud. Ich habe bereits zweimal angerufen, aber es meldete sich niemand.«

»Ich bin gerade erst angekommen. Wo sind Sie?«

»In Maastricht. Die Instrumente sind in bester Ordnung. Ich liefere sie heute nachmittag.«

»Wir bleiben in Verbindung. Bis dann.«

Klein legte auf, holte eine Karte hervor, entfaltete sie und legte sie auf eins der Betten. Zwar war in diesem Zusammenhang auf sein Gedächtnis ebenso Verlaß wie auf den Speicher eines Computers, aber es konnte nicht schaden, noch einmal alles zu überprüfen...

Der Kommunikationsspezialist Legaud hatte eine begrüßenswerte Entscheidung getroffen. Er befand sich bereits in Holland, und von Maastricht aus war es nicht weit bis zur belgischen Grenze. Er hatte den Auftrag, den Wagen zu dem mit Grand-Pierre vereinbarten Treffpunkt zu fahren – und dort sollte das schwarze Fahrzeug sowohl cremefarben lackiert als auch mit niederländischem Kennzeichen versehen werden.

Also konnte auch dieser Punkt abgehakt werden. Ausgezeichnet. Auf der mentalen Liste Kleins stand ein weiterer Termin: Peter Brand erwartete ihn in seinem Haus an der Avenue Franklin Roosevelt. Es galt, einige Vorbereitungen in Hinsicht auf die Goldbarren im Werte von zweihundert Millionen Pfund zu treffen, die derzeit bei der Deutschen Bank in Frankfurt auf Abruf gehalten wurden.

Bald kann das Unternehmen beginnen, dachte Klein.

Kurz nach Mittag stiegen Tweed, Newman, Butler, Paula und Benoit in den Hubschrauber; der Pilot startete und flog nach Südosten, in Richtung Namur. Dort sollte die Suche nach dem verschwundenen Frachtkahn beginnen.

Als sie die Stadt erreichten, blickte Tweed nach unten und beobachtete sowohl die Burg als auch die Stelle, an der ein anderer Fluß in die Maas mündete. Der Pilot steuerte den Helikopter in einer Höhe von etwa dreißig Metern über den sich dahinwindenden Strom. Die Sicht war gut. Tweed saß auf der linken Seite, blickte durch die Linsen eines Feldstechers und las die Namen aller Kähne, die flußabwärts unterwegs waren. Benoit verfügte ebenfalls über ein Fernglas, hatte rechts Platz genommen und kontrollierte die Schiffe, die stromaufwärts fuhren.

Kurz darauf passierten sie Dinant, und Tweed bemerkte eine weitere Burg, deren Mauern sich auf einem hohen Felsmassiv erhoben. Sie näherten sich Givet, als der Copilot eine Nachricht von Chefinspektor Lasalle empfing. Der DST-Chef fragte, ob sie in Givet – auf der französischen Seite der Grenze – landen und ihn an Bord nehmen könnten.

Der Pilot ging tiefer, und der Hubschrauber geriet in einige Turbulenzen. Paula wandte sich besorgt an Tweed. »Geht es Ihnen nicht gut? Sie sind ganz blaß.«

»Ich hasse Schiffe und ihr dauerndes Schwanken. In diesem verdammten Ding ist es noch schlimmer. Ich sollte ein Dramamin* nehmen.«

»Und am besten gleich. Versuchen Sie, nicht auf das Schaukeln zu achten.«

Tweed entnahm dem Röhrchen, das er ständig bei sich führte, eine braune Tablette und schluckte sie. »Das Zeug wirkt in einer knappen halben Stunde«, meinte er. »Bis dahin haben wir es vielleicht schon überstanden. Hoffentlich. Wenn ich an den Flug durch die Felstäler der Ardennen denke…« Seine Wangen verfärbten sich.

Als Lasalle einstieg, wurde er von einem Inspektor namens Sonnet begleitet. Der Polizist wirkte sehr ernst und stammte aus Civet. Benoit begrüßte Lasalle wie einen alten Freund, und dann startete der Helikopter wieder und gewann rasch an Höhe. Tweed überließ es Newman, den beiden Neuankömmlingen die Situation zu erklären. Er betrat die Pilotenkanzel, als die Maschine plötzlich vertikal aufstieg und sich heftig von einer Seite zur anderen neigte. Rasch hielt er sich fest, verzog das Gesicht und blickte starr geradeaus.

»Oh, oh!« machte der Pilot. »Wir sind in Schwierigkeiten.«

Darauf brauchte er nicht extra hinzuweisen. Sie näherten sich Les Dames de Meuse, und der Nebel voraus schien eine massive weiße Mauer zu bilden. Faseriger Dunst glitt an den Plexiglasscheiben vorbei. Schon nach wenigen Sekunden war der Fluß nicht mehr zu sehen.

Sie flogen blind.

»Wir müssen höher«, sagte der Pilot. »Die Berge sind bis zu siebenhundert Meter hoch…«

Tweed wandte den Kopf, und für einen Sekundenbruchteil sah er durch das Seitenfenster einen schroffen Felsen, der nur

* Dramamin: Mittel gegen See- und Luftkrankheit; Anmerkung des Übersetzers

wenige Meter entfernt zu sein schien. Er schluckte und ließ den Feldstecher sinken. Der Nebel machte es völlig unmöglich, den Frachtkahn zu finden. Tweed wünschte sich plötzlich, er hätte darauf bestanden, daß Paula am Flughafen auf sie wartete. Er sah in die Passagierkabine zurück und begegnete dem Blick seiner Assistentin. Paula zwinkerte ihm aufmunternd zu. Hat echt Mumm, dachte er.

Er starrte auf den Höhenmesser und beobachtete, wie die Nadel über die Siebenhundert-Meter-Markierung kletterte. Zwar drohte ihnen jetzt keine unmittelbare Gefahr mehr, aber angesichts des Nebels war der Flug sinnlos geworden. Nach einer Weile kniff Tweed die Augen zusammen und beugte sich ein wenig vor. Voraus schien sich der graue Dunst zu lichten.

»Haben Sie irgendeine Ahnung, wo wir jetzt sind?« fragte er.

»Direkt über Les Dames de Meuse«, antwortete der Pilot. »Neben uns ragen steile Felswände in die Höhe. Besser gesagt: unter uns.«

Tweed achtete kaum auf die Worte. Konzentriert blickte er durch den Nebel und gewann den Eindruck, als bilde sich eine Art Loch in dem gestaltlosen Weiß. Er sah nach unten: Deutlich war die Maas zu erkennen. Bewaldete Hänge reichten direkt bis an die schilfbewachsenen Ufer des Flusses. Gischt sprühte auf den Wellen. In diesem Bereich verkehrten keine Schiffe, und der Strom wirkte irgendwie leer, sich selbst überlassen. Tweed bemerkte einen Schatten und hielt unwillkürlich den Atem an.

»Pilot!« stieß er hervor. »Können Sie hier landen? Auf dem Treidelpfad dort unten?«

»Ist ziemlich riskant.«

»Die Sicht ist jetzt gut.«

»In Ordnung, ich versuch's.«

Tweed drehte den Kopf, als er spürte, daß ihn jemand am Arm berührte. Benoit stand neben ihm und hatte den kurzen

Wortwechsel mit dem Piloten gehört. Hinter dem Belgier warteten Newman und Lasalle. Der Helikopter ging langsam tiefer, und Dunststreifen glitten wie geisterhafte Wesenheiten am Rumpf entlang.

Tweed hatte das flaue Gefühl in seinem Magen vergessen. Sein Blick war starr auf eine bestimmte Stelle am linken Ufer gerichtet. Die Halme von Riedgras und Schilf ragten dort aus dem Wasser, und der betreffende Bereich wirkte wie ein Sumpf, der sich entlang der Flußbiegung erstreckte. Er sah kurz nach rechts. Etwas Dunkles schien direkt neben dem Hubschrauber in die Höhe zu kriechen: die Wipfel von Bäumen an einem nahen Hang.

»Was ist denn?« fragte Benoit.

»Ich glaube, ich habe etwas gesehen. Im Schilf.«

»Und was?«

»Warten Sie, bis wir gelandet sind.«

Der Pilot blickte immer wieder von einer Seite zur anderen. Weitere Nebelschwaden drifteten dem Helikopter entgegen, und auch von unten wallte Dunst heran. Die Sicht wurde zunehmend schlechter. Wenn es so weitergeht, stürzen wir noch in den Fluß, dachte er. Aber er gab keinen Ton von sich, behielt die Kontrollen im Auge und hoffte, daß der Treidelpfad genau unter ihnen war, als die Maschine in die Tiefe sank.

»Wenn ich mich recht entsinne«, brummte Lasalle, »gibt es hier die höchsten Berge der Ardennen. Die Maas fließt praktisch durch eine von Felsen und Wald begrenzte Schlucht. Vielleicht haben Sie sich getäuscht, Tweed.«

»Vielleicht auch nicht.«

Paula hatte sich ebenfalls erhoben und beobachtete Tweed fasziniert. Er stand vornübergebeugt, wie ein Jagdhund, der darauf wartete, daß der Fuchs seinen Bau verließ, und er achtete gar nicht mehr auf das Schwanken des Hubschraubers. Er rührte sich nicht, hielt den Blick auf die Stelle des Flusses gerichtet, an der hohes Riedgras wuchs.

Paula zuckte unwillkürlich zusammen, als der Hubschrauber irgend etwas berührte und aufsetzte. Der Pilot betätigte einige Tasten und schaltete das Triebwerk aus. Die Rotorblätter drehten sich langsamer.

Sie waren auf dem Treidelpfad gelandet.

»Das ist doch lächerlich. Begreifen Sie das nicht?« Der am Steuer sitzende Marler drehte kurz den Kopf und musterte Hipper, der auf dem Beifahrersitz Platz genommen hatte. In dem dichten Nebel reichte das Scheinwerferlicht des Wagens nur wenige Meter weit.

Inzwischen hatten sie Les Dames de Meuse erreicht. Die Straße wand sich kurvenreich an den Berghängen entlang, und die Maas floß tief unter ihnen. Mal lichtete sich der weißgraue Dunst, und dann wieder wurde er noch dichter. Der Umstand, daß ihn der teiggesichtige Luxemburger begleitete, trug nicht gerade dazu bei, die Stimmung Marlers zu verbessern.

Hipper hatte ihm früh am Morgen einen überraschenden Besuch im Panorama abgestattet und erklärt, ihr ›gemeinsamer Bekannter‹ habe ihn beauftragt, den Mönch bei seiner Mission zu begleiten. Marler hätte ihm am liebsten geantwortet, er solle sich zum Teufel scheren – aber er hielt es für besser, in der Emfpangshalle des Hotels keine unnötige Aufmerksamkeit zu erregen. Als sie im Wagen saßen, zeigte ihm Hipper eine teure Leica-Kamera mit langem Teleobjektiv.

»Wieso?« fragte Hipper.

»Wieso was?«

»Wieso ist es lächerlich?«

»Herr im Himmel.« Marler schüttelte spöttisch den Kopf und seufzte resigniert. »Unser Vorhaben ist lächerlich, weil ich in diesem Nebel nicht die geringste Möglichkeit habe, Newman ausfindig zu machen. Vorausgesetzt, er hat sich überhaupt hierher auf den Weg gemacht.«

»Vielleicht entdecken wir seinen Wagen. Sie erkennen ihn anhand des Bildes, das ich Ihnen gab. Er kommt bestimmt.«

»Warum sind Sie da so sicher?«

»Ein Freund unseres Freundes machte ihn auf Les Dames de Meuse aufmerksam. Und Newman meinte, er wolle sich diesen Flußbereich heute ansehen.«

»Warum sagen Sie nicht Klein? Ihr sogenannter Freund ist doch Klein? Antworten Sie mir. Oder ich schmeiße Sie raus und lasse Sie hier zurück.«

»Ja. Aber wissen Sie ...« – diese langsame und so pedantisch klingende Stimme; Marler hätte seinen Begleiter erwürgen können – »... ich habe es mir angewöhnt, nie seinen Namen zu nennen. Aus Sicherheitsgründen.«

»Halten Sie die Klappe!« Der Mönch horchte. »Hören Sie das? Ein Motor.«

»Vielleicht der Wagen, mit dem Newman kommt.«

»Ich sagte, Sie sollen die Klappe halten, verdammt!« Marler hielt dort an, wo die Straße am Hang in Richtung Fluß hinabführte.

Er kurbelte das Fenster herunter, beugte sich zur Seite und lauschte. Da war es wieder: ein dumpfes *Pock-pock,* das langsam lauter wurde. Irgendwo in dem dichten Weiß *über* ihnen.

»Was ...« setzte Hipper an.

Ein Blick Marlers brachte ihn zum Schweigen. Das rhythmische Pochen wurde lauter. Der Mönch schob den Kopf aus dem Fenster und blickte nach oben. Der Nebel lichtete sich, und ein Glanz filterte durch das Grau: Sonnenlicht, das bis zum Fluß herabschimmerte und auf den Wellen glänzte.

»Ein Hubschrauber«, sagte Marler. »Setzt zur Landung an. Bei diesen Sichtverhältnissen geht der Pilot ein enormes Risiko ein.« Er streckte den Arm aus und deutete auf einen großen Schatten.

Hipper riß die Augen auf. »Ein Helikopter der Polizei«, ächzte er. »Auch das noch. Jetzt – müssen – wir – sehr – vorsichtig – sein.« Er zog die einzelnen Worte in die Länge, wie ein Kind, das Schwierigkeiten mit der Aussprache hatte. »Glauben Sie, man kann uns hier sehen?«

»In diesem Nebel?« entgegnete Marler verächtlich. »Und falls Sie es vergessen haben sollten: Unser Wagen ist grau. Die Antwort auf Ihre Frage lautet also: Nein, solange wir uns nicht von der Stelle rühren, wird uns niemand entdecken. Außerdem haben wir von hier aus einen guten Blick.«

Weiter unten am Hang verbreiterte sich die Lücke im Weiß. Marler hatte dort angehalten, wo die Straße neben einem großen Felsvorsprung herabführte; weiter unten wurde nun die Maas sichtbar. Träge floß sie durch die Schlucht, das Wasser eine glatte Fläche. Sie war in diesem Bereich recht breit, und an einem Ufer bemerkte Marler einen Treidelpfad. Auf der anderen Seite wuchsen Schilf und hohes Riedgras.

»O nein!« stöhnte Hipper. »Nicht ausgerechnet hier…«

Marler seufzte. Hipper wimmerte und schien den letzten Rest Selbstbeherrschung zu verlieren. Im blassen Sonnenschein glänzte Feuchtigkeit am Rumpf des großen Hubschraubers, als die Alouette langsam tiefer sank, nur einige hundert Meter von der Stelle entfernt, wo der Wagen parkte. Marler konnte deutlich den Piloten sehen, der nervös wirkte. Aus gutem Grund: Am gegenüberliegenden Hang ragte ebenfalls ein Felsvorsprung über den Fluß.

Marler rechnete jeden Augenblick damit, das laute Knakken splitternden Metalls zu hören – Rotorblätter, die auf harten Granit trafen und zerfetzten. Aber der Helikopter schwebte wie ein stählernes Insekt über der Maas und landete auf dem Schleppweg, der ihm gerade genug Platz bot. Der Mönch drehte sich um und zog das Gewehr unter der Reisedecke auf dem Rücksitz hervor. Anschließend griff er nach dem Zielfernrohr, das mit Klebeband unter dem Beifahrersitz befestigt war… Er schraubte es auf die Waffe und drehte die kleinen Justierungsräder.

»Könnte sich Newman an Bord des Hubschraubers befinden?« fragte er.

»Keine Ahnung...«

»Und warum zittern Sie wie Espenlaub? Nur deswegen, weil der Helikopter auf dieser Seite des Flusses landete?«

»Ach, es ist nichts weiter.« Hipper holte tief Luft, bevor er hinzufügte: »Meine Nerven...«

Marler sah ihn scharf an. »Reißen Sie sich endlich zusammen, damit ich mich konzentrieren kann.«

Der Mönch stieg aus und näherte sich langsam dem Rand des Felsvorsprungs. Er befürchtete keine Entdeckung: Die Leute in der gelandeten Maschine sahen sich zwar aufmerksam um, blickten aber nicht nach *oben*. Er stellte die Optik ein und zielte auf die Passagiere, die nun aus dem Hubschrauber kletterten. Hipper verließ den Wagen ebenfalls, trat an den Engländer heran und hielt die Kamera bereit.

»Ich habe Newman erkannt«, sagte Marler.

»Können Sie ihn von hier aus treffen?«

Hipper klang aufgeregt, und seine Hände waren dauernd in Bewegung. Er hob die Kamera und beobachtete die Personen am Flußufer.

»Sprechen Sie leiser«, flüsterte Marler. »In diesem Nebel trägt die Stimme ziemlich weit.« Er ließ das Gewehr sinken und starrte den Luxemburger an. »Kann ihn nicht mehr sehen; Nebelschwaden treiben vorbei. Verschwinden Sie, Hipper. Steigen Sie am Hang auf der anderen Straßenseite hoch. Sie stören meine Konzentration. Und überhaupt: Was haben Sie eigentlich mit dem Ding vor?« Er deutete auf die Kamera.

»Ich warte darauf, daß Sie Newman erschießen. Unser Freund hat mich beauftragt, die Leiche zu fotografieren.«

Tweed stand auf dem Treidelpfad und atmete feuchte Luft. Kühle Nässe klebte an seinen Wangen, und die träge dahingleitenden Dunstschwaden waren wie die unförmigen Finger einer geisterhaften Entität. Stille herrschte, und in dem diffusen Grau ließen sich nur schemenhafte Konturen ausmachen. Die Szenerie am Ufer der Maas hatte etwas Unheimliches. Auf der anderen Seite des Flusses glitzerte ein Sonnenstrahl, und die winzigen Tropfen des Nebels schimmerten wie kleine Kristalle. Klamme Kälte durchdrang die Kleidung, und Tweed rückte sich den breiten Hut zurecht und deutete auf den Sumpfbereich, der sich am gegenüberliegenden Ufer erstreckte.

»Die Stelle dort möchte ich mir näher ansehen.«

»Wie denn?« erwiderte Newman. »Wollen Sie rüberschwimmen?«

»Sieht gräßlich aus«, meinte Paula und knöpfte sich ihren Regenmantel zu. »Sind Sie sicher, daß Sie sich nicht getäuscht haben, Tweed?«

»Ja. Irgend etwas befindet sich dort. Oh, was haben wir denn da?«

Der so ernst wirkende Inspektor Sonnet war über den Treidelpfad davongegangen und hinter einer Biegung verschwunden. Ein dumpfes Rattern erklang, gefolgt von einem gleichmäßigen Brummen, und kurz darauf kehrte der Polizist zurück. Er hielt die Steuerstange eines Außenbordmotors, der am Heck eines großen Schlauchbootes befestigt war, näherte sich dem Ufer, schaltete den Motor wieder aus und warf ihnen eine Leine zu.

»Ich habe das Ding an einer alten und halb verrotteten Anlegestelle gefunden«, sagte Sonnet. »Gehört vermutlich einem Angler. Es heißt, hier beißen die Fische besonders leicht an.«

»Und Sie haben das Boot gerade für eine polizeiliche Ermittlung beschlagnahmt«, stellte Lasalle munter fest. »Wie kommen wir von hier fort, wenn sich der Nebel nicht lichtet? Der Pilot ist bestimmt erst dann zum Start bereit, wenn sich die Sichtverhältnisse entscheidend verbessert haben.«

»Es wurden bereits einige Vorbereitungen getroffen«, erwiderte Sonnet. »Zwei meiner Leute sind mit dem Wagen von Civet aus unterwegs. Sie kennen sich hier gut aus. Die Fahrzeuge haben Allradantrieb. Es besteht also nicht die Gefahr, daß sie irgendwo im Schlamm am Rande des Schleppweges steckenbleiben. Da sie nicht wußten, wo wir landen, beginnen sie am Ende des Pfades mit der Suche nach uns. Sie müßten bald eintreffen.«

Tweed musterte den schmalgesichtigen Inspektor anerkennend. Er schien zu wissen, worauf es ankam, entsprach ganz und gar nicht der Vorstellung von einem typischen Provinzpolizisten. Er tastete nach der Taschenlampe und zog sich den Mantel enger um die Schultern. Es war ziemlich kalt.

»Nun, wer begleitet mich zum anderen Flußufer? Ich würde gern Newman mitnehmen – wenn niemand Einwände hat.«

»Ich komme ebenfalls mit«, sagte Paula fest. Als sie den abweisenden Gesichtsausdruck Tweeds sah, fügte sie rasch hinzu: »Auch auf die Gefahr hin, mich zu wiederholen: Ich glaube, irgend jemand sprach von einer Feuertaufe …«

»In Ordnung, damit sind wir schon drei«, entgegnete Tweed. »Es ist ein recht großes Schlauchboot. Wie vielen Personen bietet es Platz?«

»Fünf«, sagte Lasalle. »Benoit, setzen Sie ebenfalls über. Sonnet steuert das Ding. Ich halte hier die Stellung und mache auf dem Schleppweg einen kleinen Spaziergang. Bin ganz steif. Waidmannsheil, Tweed. Ich bin sicher, Sie finden dort drüben nur Schilf und Riedgras …«

Als Tweed in das hin und her schaukelnde Boot kletterte, beglückwünschte er sich dazu, daß er noch an Bord des Hubschraubers eine Dramamintablette eingenommen hatte. Er reichte Paula die Hand und half ihr beim Einsteigen. Dann nahmen sie alle Platz und beobachteten den Sumpf.

Sonnet warf den Außenbordmotor an, steuerte das Schlauchboot über den Fluß und hielt auf die Stelle zu, die Tweed ihm zeigte. Als sie sich dem Ufer näherten, ließ die Strömung nach. Schilf strich mit einem leisen Knistern und Rascheln an den Flanken ihres Gefährts entlang, und der Inspektor schaltete den Motor wieder aus, um zu vermeiden, daß die Halme im Wasser die Schraube blockierten.

Nicht weit entfernt ragte ein steiler Hang in die Höhe, und in dem Grau des Dunstes wirkte der nahe Wald finster. Paula blickte zur anderen Seite des Flusses zurück, und Tweed sah, wie sie sich plötzlich versteifte.

»Was ist denn?«

»Dort drüben hat sich kurz der Nebel gelichtet. Ich hätte schwören können, daß jemand auf dem Felsvorsprung dort oben hockte.«

»Das bezweifle ich«, sagte Benoit. »Manchmal glaubt man, in den Dunstschwaden Dinge zu erkennen, die überhaupt nicht existieren.«

»Wahrscheinlich haben Sie recht...« Paula klang nicht sonderlich überzeugt. Sie hob ruckartig den Kopf, als Tweed seine Taschenlampe hervorholte, aufstand und über den Rand des Schlauchbootes hinwegtrat. »Lieber Himmel!« entfuhr es ihr. »Was machen Sie da?«

Sie fürchtete ganz offensichtlich, Tweed könne im Sumpf versinken. Doch der Boden unter seinen Füßen gab nicht nach. Er streckte den Arm aus, zog ein dichtes Geflecht aus abgeknickten Schilfhalmen beiseite und starrte auf die obere Hälfte eines Ruderhauses.

Das Licht der Taschenlampe fiel auf eine Messingplatte, die an der Seite des Ruderhauses befestigt war: *Gargantua*. Tweed strich einige weitere Halmbündel beiseite und leuchtete ins Innere der Kabine. Leer. Das Steuerrad war stark zur Seite geneigt.

»Meine Güte, Sie hatten recht«, brachte Newman hervor, der neben Paula stand. »Der Frachtkahn wurde versenkt.«

»Kleins Werk«, sagte Tweed. »Und in einem Punkt bin ich

ganz sicher: Wenn die Spezialisten von der Spurensicherung die Frachtkammern untersuchen, finden sie bestimmt Goldspuren. Aus diesem Grund mußte das Schiff verschwinden. Sie sollten besser im Schlauchboot bleiben; das Deck ist so glatt wie Eis.«

Vorsichtig schob er sich weiter und nutzte jeden Halt. Das schlammige Wasser bildete eine schlüpfrige Schicht auf dem schiefen Deck des halbversunkenen Kahns. Tweed duckte sich, setzte den Weg an der Steuerbordseite fort und hielt sich an der Reling fest. Das Licht der Taschenlampe fiel auf Ölflecken, auf fransige Seile, die im trüben Wasser schwammen. Offenbar war die Backbordseite im Morast eingesunken, und dadurch ragte die andere nach oben.

Nach einigen weiteren Metern rutschte Tweed aus, fand das Gleichgewicht wieder und näherte sich dem Bug. Paula folgte ihm und beobachtete erstaunt, mit welchem Geschick sich der Mann vor ihr bewegte. Er setzte einen Fuß vor den anderen, tastete umher und ließ den Lichtkegel der Taschenlampe über feucht glänzendes Holz gleiten.

Paula wußte, daß irgend etwas nicht stimmte, als Tweed dicht vor dem Bug stehenblieb und erstarrte. Nach einigen Sekunden schaltete er die Taschenlampe aus, wandte sich um und sagte schroff.

»Gehen Sie zurück, Paula.«

»Was haben Sie entdeckt?« fragte sie. »Verdammt, ich bin kein kleines Mädchen mehr. Dort vorn befindet sich irgend etwas, nicht wahr? Was ist es? Ich will es ebenfalls sehen.«

»Bleiben Sie bei mir«, sagte Newman sanft.

»Ach, hören Sie auf, Bob. Kehren Sie ruhig zum Schlauchboot zurück. Aber ohne mich!«

»Wie Sie wollen«, brummte Tweed. »Vielleicht haben Sie recht. Kommen Sie.«

Er schaltete die Taschenlampe wieder ein und richtete den Strahl auf eine bestimmte Stelle des Sumpfes. Paula riß die Augen auf und fühlte sich plötzlich elend. Sie biß die Zähne zusammen, hielt sich mit der einen Hand an der Reling fest, holte tief Luft und zwang sich zur Ruhe.

»Lieber Himmel!« hauchte sie und ließ zischend den Atem entweichen. Als sie den besorgten Blick Tweeds bemerkte, fügte sie hinzu: »Ich bin in Ordnung.«

Im hellen Schein waren Kopf und Schultern einer halb im Morast steckenden Leiche zu erkennen. Der Tote schien zu grinsen, und die blassen Lippen entblößten grauweiße Zähne. Unter seinem Kinn zeigte sich ein breiter, roter Striemen, der von einem Ohr bis zum anderen reichte. Das Blut war längst geronnen, und dadurch wirkte die klaffende Wunde eher wie eine Narbe. Das schwarze Haar war zerzaust, und die Augen starrten mit einem gebrochenen Blick ins Leere. Der Körper unmittelbar unterhalb der Wasseroberfläche war einem gräßlichen Ballon gleich aufgebläht.

»Haber«, sagte Tweed. »Klein hat Haber ermordet und seinen Kahn versenkt.«

Inspektor Sonnet trat zu Newman und blickte über die Schulter des Auslandskorrespondenten. Paula hörte, wie der Polizist nach Luft schnappte.

»Das ist nicht Haber, sondern Broucker. Der Kahnführer, der die *Erika* steuerte.«

29

Marler blickte durch das Zielfernrohr. Der Nebel hatte sich erneut gelichtet, und er beobachtete, wie das Schlauchboot zum Treidelpfad zurückkehrte. Durch die Linsen sah er das Gesicht Newmans und dann auch die Züge eines anderen Mannes: Tweed. Der Zeigefinger des Mönchs krümmte sich gerade in dem Augenblick um den Abzug, als weitere Dunstschwaden heranwallten.

Er ließ das Gewehr sinken und starrte hinab. Unter dem Felsvorsprung verdichtete sich der Nebel wieder und verwehrte den Blick auf die Maas. Er wartete geduldig und sah sich kurz um. Hipper war am Hang auf der anderen Straßenseite emporgeklettert und hockte in einer Felsspalte. Der Luxemburger senkte seine Kamera, machte sich an den Abstieg und wankte auf Marler zu.

»Warum haben Sie nicht geschossen? Ich konnte ihn ganz deutlich durch den Sucher sehen…«

»Hipper…« Marler streckte die Hand aus und schloß sie um die Schulter des teiggesichtigen Mannes. »Wollen Sie mir etwa sagen, wie ich meine Arbeit zu machen habe?« Er drückte noch fester zu. »Vergessen Sie nicht, mit wem Sie es zu tun haben. Sonst könnte ich mich dazu hinreißen lassen, Sie von diesem Felsvorsprung zu stoßen.« Er wandte den Blick nicht von ihm ab. »Ich brauche klare Sicht, um das Ziel zu treffen, und das war angesichts des Nebels nicht der Fall. Sie denken wohl nie nach, was?«

»Was meinen Sie damit?« Hipper wand sich hin und her. »Sie tun mir weh.«

»Hipper«, sagte Marler leise, »wenn ich den Auftrag durchgeführt habe, müssen wir so schnell wie möglich von hier verschwinden. Das dort unten sind Polizisten – und sie haben einen Hubschrauber. Wir brauchen also zwei Dinge. Einerseits muß der Nebel weiter oben dicht genug sein, um einen Start des Helikopters zu verhindern. Aus der Luft könnte man uns viel zu leicht ausfindig machen. Andererseits aber kann ich Newman keine Kugel durch den Kopf jagen, solange sich der Dunst nicht lichtet. Eine sehr schwierige Situation.«

»Und was wollen Sie unternehmen?«

»Ah, jetzt heißt es nicht mehr ›wir‹, sondern ›Sie‹. Das ist schon besser. Verkriechen Sie sich wieder.« Sein Tonfall veränderte sich, wurde eisig. »Und bleiben Sie mir vom Hals, bis ich den Job erledigt habe.«

Er drehte sich um und legte den Kopf in den Nacken. Über der Maas war der Nebel so dicht, daß die Sichtweite höchstens einige Meter betrug. Wenn der Pilot unter solchen Bedingungen startete, flog er völlig blind; Marler nickte langsam und strich mit der einen Hand über eine ganz bestimmte Stelle auf seinem Kopf. In gewisser Weise war sie sein Markenzeichen, und normalerweise sorgte er mit Hilfe eines Rasierapparats dafür, daß sie kahl blieb. Inzwischen aber hatte sich ein dünner Flaum auf ihr gebildet – was seine Identifizierung als ›der Mönch‹ erschweren würde.

Er senkte den Blick und versteifte sich unwillkürlich. Der Uferbereich war deutlich zu erkennen. Vier Männer und eine Frau standen auf dem Schleppweg und sprachen miteinander. Der fünfte Mann fuhr über den Fluß, offenbar in der Absicht, das Schlauchboot zurückzubringen.

Marler hob das Gewehr, spähte durchs Zielfernrohr und sah im Fadenkreuz das Gesicht Newmans. Dicht neben ihm stand ein anderer Mann. Tweed. Der Mönch zielte sorgfältig und hielt den Atem an, bevor er abdrückte. Im gleichen Augenblick trat Newman einen Schritt zur Seite, und Tweed bückte sich.

Das Knallen des Schusses hallte seltsam laut durch die

Schlucht. Marler blickte noch einige Sekunden lang durch die Linsen und wich dann von dem Felsvorsprung zurück. Hipper erreichte ihn in Rekordzeit und starrte ihn groß an.

»Hab' ihn verfehlt. Bewegte sich, als ich den Abzug betätigte. Verschwinden wir von hier.«

»Das war ziemlich knapp.«

Tweed hob seinen Hut: Die Kugel hatte ein kleines Loch in der Krempe hinterlassen. Er sah am Hang hoch, doch die Konturen der Felsen verschwanden einmal mehr im Nebel. Lasalle reagierte als erster.

»Irgend jemand dort oben hat versucht, einen von uns umzubringen. Hören Sie das? Ein Wagen fährt los. Der Hubschrauber muß sofort starten...« Er lief zum Helikopter und wechselte einige rasche Worte mit dem Piloten, der daraufhin die Tür schloß. Die Rotorblätter begannen sich zu drehen, und schon nach wenigen Sekunden hob die Maschine ab.

»Ich nehme an, es war der Mönch«, meinte Tweed.

»Ist das nicht viel zu gefährlich?« fragte Benoit und deutete auf die Alouette.

»Der Pilot sagte, es sei alles in Ordnung«, erwiderte Lasalle. »Es kommt nur darauf an, von der Landestelle aus senkrecht aufzusteigen. Wenn er sich über der Nebelbank befindet, nimmt er die Verfolgung des Wagens auf.«

»Himmel«, stöhnte Paula und betrachtete den Hut Tweeds. »Es hätte Sie fast erwischt.« Sie schauderte.

»Knapp daneben ist auch vorbei«, antwortete Tweed und lächelte schief. Dann runzelte er die Stirn. »Wer kommt denn dort?«

Zwei orangefarben lackierte Wagen vom Typ Deux-Chevaux rollten langsam über den Schleppweg und näherten sich ihnen. Sonnet saß im vorderen Auto neben dem Fahrer. Lasalle drehte sich um, eilte den Fahrzeugen entgegen, sprach kurz mit dem Inspektor und gestikulierte ausladend. Sonnet nickte, stieg aus und wandte sich an den zweiten Fahrer, der daraufhin kehrtmachte. Tweed beobachtete ihn aufmerksam und befürchtete, daß der Wagen jeden Augenblick in den Fluß stürzte.

Doch seine düsteren Ahnungen erfüllten sich nicht. Nach einigen Dutzend Metern drehte der Mann das Lenkrad, und der Deux-Chevaux verschwand im Wald. Sonnet kam heran.

»Ich habe ihm gesagt, er soll sich auf die Suche nach dem Auto des Schützen machen. Er fährt jetzt über einen Weg, der zur Straße weiter oben führt. Außerdem ist er mit einem Funkgerät ausgerüstet und kann sich mit dem Piloten des Hubschraubers verständigen. Er hat bereits Verstärkung angefordert.«

Lasalle blickte am Hang hoch. Der Nebel lichtete sich wieder, und deutlich war der breite Felsvorsprung zu sehen. Der DST-Leiter zog eine Automatik aus seinem Achselhalfter, zielte und schoß in rascher Folge. Querschläger surrten davon. Anschließend holte er ein neues Magazin hervor, ließ es einrasten und steckte die Waffe fort.

»Wozu sollte das denn gut sein?« fragte Newman. »Der Schütze ist längst geflohen …«

»So hat es den *Anschein«,* erwiderte Lasalle. »Vielleicht war er nicht allein. Möglicherweise wurde der Wagen, den wir vorhin hörten, von einem Begleiter gelenkt. Und wenn das der Fall ist, wenn sich der Unbekannte nach wie vor dort oben versteckt hält, dürften ihn meine Schüsse ziemlich verschreckt haben. Ich frage mich, auf wen er es abgesehen hatte? Woher wußte er überhaupt, daß wir hier sind?«

»Ich glaube, er wollte Newman erledigen«, sagte Tweed. »Ein gewisser Peter Brand forderte ihn auf, sich heute diesen Bereich der Maas anzusehen. Ich glaube, wir sollten später ein Wörtchen mit dem Bankier reden.« Er wandte sich an Inspektor Sonnet. »Ich möchte mit Newman sprechen. Unter vier Augen. Können wir uns in den Wagen dort setzen?«

»Natürlich, Sir. Ich habe ihn hierbehalten, so daß uns ein

Transportmittel zur Verfügung steht. Ein weiteres Fahrzeug ist bereits unterwegs.«

»Kommen Sie, Bob«, sagte Tweed und ging los. »Ich glaube, wir sollten einige Dinge klären.«

»Können Sie nicht schneller fahren?« wimmerte Hipper.

»Sie haben sich geirrt, was den Helikopter anging. Die verdammte Maschine ist doch gestartet. Himmel, warum biegen Sie jetzt von der Hauptstraße ab? Auf diesem Weg kommen wir nur sehr langsam voran...«

»Halten Sie endlich das Maul, Hipper. Gehen Sie mir nicht auf die Nerven.«

Der Mönch steuerte den Wagen über eine schmale und kurvenreiche Nebenstraße. Hohe Bäume wuchsen zu beiden Seiten; ihre Wipfel trafen sich oben und bildeten ein dichtes Dach aus Blättern und Zweigen. Nach einer Weile nahm Marler Gas weg und hielt an. Hipper hielt seine Kamera umklammert und rutschte nervös hin und her.

»Fahren Sie weiter. So schnell wie möglich...«

»Sie sind wirklich eine echte Nervensäge, Hipper.« In aller Ruhe zündete sich Marler eine Zigarette an. »Genau das erwartet die Polizei von uns. Daß wir wie die Irren über die Hauptstraße davonrasen. Seien Sie jetzt still.«

Er horchte und vernahm das *Pock-pock* eines sich nähernden Helikopters. Hipper holte ein fleckiges Taschentuch hervor und wischte sich damit den Schweiß von der fetten Stirn. Der Hubschrauber flog weiter, und das rhythmische Pochen verklang in der Ferne.

»Zufrieden?« Marler gähnte. »Wir warten hier, bis sich die Aufregung gelegt hat. Die Kerle können wohl kaum alle Straßen und Wege in den Ardennen kontrollieren. Es ist also nur eine Frage der Geduld.«

Im letzten Augenblick entschied Tweed, auch Butler an dem Gespräch im Wagen teilnehmen zu lassen. Der Fahrer des

Deux-Chevaux gesellte sich zu Sonnet und den anderen, die auf dem Treidelpfad standen. Während der Fahrt über den Fluß hatte Harry geschwiegen, aber vielleicht war ihm etwas Wichtiges aufgefallen.

»Bob«, sagte Tweed, als sie im Auto saßen, »bitte wiederholen Sie das, was Sie mir über die Begegnung mit Boden, Ralston und Brand berichtet haben. Insbesondere interessiert mich Ihr Gespräch mit dem Kahnführer…«

Er hörte gespannt zu, als Newman noch einmal alles schilderte. Er erwähnte den Besuch bei Willy Boden und Simone, beschrieb das Verhalten Colonel Ralstons an Bord der *Evening Star.* Als er auf Josette zu sprechen kam, die Freundin Ralstons, unterbrach ihn Tweed.

»Josette hat Ihnen also erzählt, Habers Familie wohne in einem kleinen Ort namens Celle…«

»Ja. Ist sicher nicht weiter von Bedeutung.«

»Meinen Sie? Ich glaube, wir haben die Sache von der falschen Seite angefaßt. Klein hat sich erneut als verdammt schlau erwiesen. Bisher dachte ich, die von Gaston Blanc hergestellten Zünder und Kontrollvorrichtungen seien ebenso wie das Gold an Bord der *Gargantua* fortgebracht worden. Aber es war die *Erika,* der andere Kahn, den Boden und seine Frau sahen, als er stromabwärts nach Namur fuhr.«

»Stimmt.«

»Wir sollten Lasalle und Benoit Bescheid geben. Möglicherweise bleibt uns weniger Zeit, als ich bis jetzt annahm.«

»Eine Sache gibt mir zu denken.« Butler meldete sich zum erstenmal zu Wort. »Aus welchem Grund hat Haber sein eigenes Schiff versenkt? Ist er dafür bezahlt worden? Das kann ich kaum glauben…«

»Genau das ist der springende Punkt.« Tweed nickte langsam.

»Inspektor Sonnet«, sagte Tweed, als sie die auf dem Treidelpfad wartende Gruppe erreicht hatten. »Sie haben auf den ersten Blick erkannt, daß es sich bei der Leiche nicht um Haber handelte, sondern um Broucker. Daher nehme ich an, daß Sie Haber kennen.«

»Sogar sehr gut.« Die Stimme des hageren Franzosen klang scharf. »Zwar verläuft hinter Givet eine Staatsgrenze, aber das bedeutet weiter nichts. Die Maas ist unsere Heimat – die Lebensader in diesem Bereich von Frankreich und Belgien.«

»Wie würden Sie Haber einschätzen? Ist er geldgierig?«

»Ehrgeizig, das ja. In bezug auf seine Familie, seinen Sohn Lucien. Deshalb wünscht er sich eine ganze Flotte von Frachtkähnen. Und in diesem Zusammenhang könnte man ihn durchaus als geldgierig bezeichnen, ja.«

»Was hat eine noch größere Bedeutung für ihn?«

»Seine Familie«, erwiderte Sonnet sofort. »Frau und Kind kommen bei ihm an erster Stelle.«

»Angenommen, ein ausgesprochen skrupelloser Mann will ihm seinen Willen aufzwingen... Womit würde er Haber unter Druck setzen?«

»O mein Gott, Sie glauben doch nicht etwa...«

Sonnet brach ab. Sonnenlicht glänzte durch den Nebel und löste den Dunst auf. Das Pochen eines sich nähernden Hubschraubers wurde lauter. Tweed legte den Kopf in den Nacken und beobachtete die Alouette, die diesmal wesentlich schneller tiefer sank und nur knapp über dem Boden verharrte, bevor sie aufsetzte.

»Ich habe den Piloten gebeten, uns abzuholen, wenn er den Wagen nicht findet«, erklärte Lasalle. »Sonnet hat das Funkgerät benutzt und die Errichtung von Straßensperren veranlaßt. Es werden alle Fahrzeuge angehalten und kontrolliert.«

Die Rotorblätter des Helikopters kamen zum Stillstand; Lasalle eilte an die Maschine heran und sprach kurz mit dem Piloten. Als er zurückkehrte, sagte er:

»Der Pilot berichtet, er habe die Hauptstraßen beobachtet. Doch er konnte keinen einzigen Wagen entdecken. Wegen des Nebels ist niemand unterwegs. Er wies jedoch darauf hin, daß es Dutzende von Nebenwegen gibt, die durch den Wald führen. Dem unbekannten Schützen bieten sich also genügend Versteckmöglichkeiten.«

»Meine Herren …« Tweed wandte sich an Benoit und Lasalle. »Meiner Ansicht nach kommt es jetzt auf zwei Dinge an. Auf dem Flughafen von Brüssel erhielt ich einige Karten über den Lauf der Maas. Ich nehme an, die Schleusenwärter stehen untereinander in telefonischer Verbindung, nicht wahr? Führen sie Buch über alle Schiffe, die die Schleusen passieren?«

»Das stimmt«, bestätigte Sonnet.

»Dann sollten wir uns sofort mit den Wärtern in Verbindung setzen und versuchen, die *Erika* ausfindig zu machen. Das hat absolute Priorität. Wenn sie entdeckt wird, muß sie mit besonderer Vorsicht untersucht werden – von Bewaffneten. Ich halte nicht nur ein Verhör Habers für notwendig, sondern auch eine umfassende Kontrolle der Kiesfracht.«

»Sonnet«, sagte Lasalle, »geben Sie die Anweisung mit dem Funkgerät im Wagen dort drüben weiter.« Er sah Tweed an. »Könnte eine Weile dauern. Wie viele Schleusen gibt es von hier bis nach Namur?« fragte er den Inspektor.

»Insgesamt sechzehn zwischen der Grenze und Liège, siebzehn von hier bis zur Grenze. Hinzu kommen die Tunnel …«

»Tunnel?« Tweed hob jäh den Kopf. »Die Frachtkähne fahren auch durch Tunnel? Wo befindet sich der nächste, stromabwärts gesehen?«

»Bei Revin, nur wenige Kilometer entfernt.«

»Ich bin sicher, dort hat Klein Broucker die Kehle durchgeschnitten. Während Haber die *Erika* durch den Tunnel steuerte. Es kam mir schon komisch vor, daß er es riskierte, sich bei einem weiteren Mord beobachten zu lassen. In einem Tunnel brauchte er sich über mögliche Zeugen keine Sorgen zu machen.«

»Wer ist dieser Klein?« fragte Sonnet. »Haber hätte auf

keinen Fall tatenlos zugesehen, wenn Broucker in seiner Gegenwart ermordet worden wäre.«

»Vielleicht blieb ihm gar keine andere Wahl – wenn seine Familie entführt wurde.« Tweed sah Benoit und Lasalle an. »Mein zweites Anliegen ist folgendes: Kann mich der Hubschrauber nach Celle bringen, jenem kleinen Ort, in dem die Familie Habers wohnt? Wären Sie bereit, mich zu begleiten, Inspektor Sonnet?«

»Natürlich.«

»Also gut.«

Sonnet entschuldigte sich, lief zum Wagen, schaltete das Funkgerät ein und veranlaßte, daß bei den Schleusenwärtern nach dem Verbleib der *Erika* gefragt wurde. Tweed sah auf die Uhr und ging unruhig auf und ab.

»Befürchten Sie, es bleibt uns nicht mehr genug Zeit?« fragte Paula.

»Ja. Da fällt mir ein – ich habe noch eine weitere Frage, Lasalle: Sie erwähnten einen CRS-Wagen, der verschwand ... Welche Ausrüstung transportierte er? Irgendwelche speziellen Instrumente?«

»Er diente als Ersatzfahrzeug bei Demonstrationen und so weiter. Abgesehen von den normalen Apparaturen war er auch mit neuartigen Sende- und Empfangsgeräten ausgestattet, die wir vor kurzem aus Amerika erhielten. Sie lassen sich auf verschiedene Wellenlängen justieren und haben eine Reichweite von über dreißig Meilen.«

»Ein Kommandowagen«, preßte Newman hervor. »Genau das, was Klein braucht, um sein teufliches Unternehmen zu leiten.«

»Zum Teufel auch, was machen Sie da?«

Die entrüstet und aufgebracht klingende Stimme einer Frau, die sich auf französisch an sie wandte, als sich Tweed, Newman, Benoit, Sonnet und Paula dem vorderen Eingang eines kleinen Hauses in Celle näherten. Verwundert drehten sie sich um. Butler warf nur einen kurzen Blick über ihre Schulter und beobachtete dann wieder das Gebäude. Er spürte, daß sich niemand darin aufhielt.

Paula setzte ein freundliches Lächeln auf und trat vor. Die Frau war recht dick und gut fünfzig Jahre alt. In ihrem Gesicht fielen eine hakenförmige Nase und ein hervorstehendes Kinn auf. Sie hatte die Arme verschränkt; in ihren Augen blitzten Empörung und Argwohn.

»Ich bin Madame Joris«, sagte sie. »Und ich gebe auf das Haus acht, während die Eigentümer fort sind. Wer sind Sie?«

»Wir machen uns Sorgen um Martine Haber und ihren Sohn Lucien«, erwiderte Paula. »Sie meinten, sie seien fort. Können Sie uns sagen, wohin sie gefahren sind?«

»Das geht Sie nichts an.«

»Da irren Sie sich gewaltig.« Benoit schritt an Paula vorbei und schnitt ein grimmiges Gesicht. »Polizei.« Er zeigte seinen Dienstausweis. »Beantworten Sie die Fragen der jungen Frau.«

»Sie machen Urlaub, was denn sonst? Martine Haber rief mich an, kurz bevor sie aufbrachen. Sie bat mich, das Haus im Auge zu behalten.«

»Wie klang sie? Wann telefonierte sie mit Ihnen? Fahren die Habers des öfteren in die Ferien?«

»Langsam, langsam. Dies ist doch kein Verhör, oder? Nein, sie sind noch nie in die Ferien gefahren. Blieben immer zu Hause. Und Martines Stimme klang komisch – so als ob sie einen Urlaub dringend nötig hätte.«

»Komisch?« wiederholte Benoit. »Sie meinen: nervös?«

»Wenn ich jetzt genauer darüber nachdenke … Ja. War ein nur kurzes Gespräch. Hatte es offenbar eilig, sich auf den Weg nach Mallorca zu machen. Vor zwei Tagen.«

»Hat Martine Ihnen den Schlüssel gegeben? Haben Sie sie *gesehen*, bevor sie Celle verließ?«

»Nein! Wie ich schon sagte: Sie rief mich an. Als ich später hierher kam, war sie schon fort. Sie gab mir keinen

Schlüssel.« Joris kniff die Augen zusammen. »Was soll das alles?«

»Die Tür läßt sich ganz einfach aufdrücken«, stellte Sonnet fest. »Newman hat sich die rückwärtige Seite des Hauses angesehen. Sieht verlassen aus. Und er meinte, in der Küche herrsche ein großes Durcheinander ...«

»Wie können Sie so etwas behaupten!« Madame Joris kam wie ein lebendes Bollwerk heran. »Martine ist eine gute Hausfrau und legt großen Wert auf Sauberkeit und Ordnung.«

»In der Spüle stapeln sich schmutzige Teller«, flüsterte Newman dem Inspektor zu.

»Dieses Schloß hat nur Schmuckwert. Jeder Einbrecher würde es für einen Witz halten.«

Er preßte sich mit der Schulter an die Tür. Ein dumpfes Knirschen war zu hören, und dann schwang sie auf. Sonnet taumelte und hielt sich kurz fest, um nicht das Gleichgewicht zu verlieren.

»Sie können doch nicht einfach die Tür aufbrechen!« keifte Madame Joris.

»Ich habe ganz den Eindruck«, erwiderte Benoit und lächelte freundlich, »das ist bereits geschehen.«

»Ich begleite Sie ins Haus.«

»Darum wollte ich Sie gerade bitten.«

Paula folgte Sonnet auf den Zehenspitzen und deutete auf den schief liegenden Läufer im Flur. Madame Joris schob sich schnaufend an ihr vorbei, wankte hinter dem Inspektor her und ging in die Küche. Aus großen Augen starrte sie auf das schmierige Geschirr in der Spüle.

»Irgend etwas stimmt nicht.« Sie klang nun zum erstenmal besorgt. »Martine würde nicht einmal das Haus verlassen, um einkaufen zu gehen, solange hier ein solches Durcheinander herrscht.«

»Wären Sie so nett, die Kleider Ihrer Bekannten zu kontrollieren?« fragte Benoit.

Eine knappe Minute später eilte Madame Joris die schmale Treppe herunter. Sie wirkte sehr aufgeregt und hielt ein Paar Schuhe in der Hand.

»Ihre besten Schuhe. Stammen aus einem Ausverkauf. Martine hätte sie auf keinen Fall hiergelassen. Nein, nicht ausgerechnet ihre Sonntagsschuhe. Ihr muß irgend etwas zugestoßen sein. Ist Ihnen das klar?«

Sie gab sich ganz so, als sei sie die einzige, die sich Sorgen machte. Tweed schob die Hände in die Manteltaschen und beobachtete sie. Dabei fühlte er sich erneut an die alten Zeiten bei Scotland Yard erinnert: Der Kommissar in ihm erwachte und versuchte, eine Zeugin einzuschätzen und herauszufinden, wie man ihr am besten begegnete.

»Madame Joris«, begann er, »ich möchte Ihnen zu Ihrer ausgezeichneten Beobachtungsgabe gratulieren.«

Sie holte tief Luft, wodurch ihre vollen Brüste noch weiter anschwollen. »Ich übersehe nur selten etwas«, bestätigte sie stolz. »Das kann ich Ihnen versichern.«

»Davon bin ich überzeugt. Sie kennen dieses Haus. Würden Sie mich bitte herumführen? Vielleicht fallen Ihnen dabei noch andere Dinge auf.«

»Gern.« Ganz offensichtlich genoß sie die Schmeicheleien Tweeds und freute sich, im Mittelpunkt der allgemeinen Aufmerksamkeit zu stehen. »Sollen wir oben beginnen?«

Tweed folgte ihr über die schmale Treppe, die der ziemlich korpulenten Joris gerade Platz genug bot, um sich zwischen Wand und Geländer hindurchzuquetschen. Kurz darauf betraten sie ein kleines Schlafzimmer. Während die dicke Frau einige Schubladen aufzog, sagte sie über die Schulter: »Normalerweise stecke ich meine Nase nicht in fremde Angelegenheiten.«

»Natürlich nicht.« Tweed nickte. »Ich bin Ihnen sehr dankbar für Ihre Hilfe. Martine könnte in großer Gefahr sein.« Er ließ sich nichts vormachen: Innerlich jubelte Joris über die Gelegenheit, in den Sachen ihrer Nachbarin herumzustöbern.

Tweed betrachtete den aufgeräumten Frisiertisch Martines, die gepflegten Topfblumen am Fenster. Das Laken auf dem bezogenen Bett war zerknittert.

»Hätte Martine so das Bett gemacht?« fragte er.

»Auf keinen Fall! Ich nenne so etwas Schlamperei. Und wie ich schon sagte: Martine ist sehr ordentlich.«

Ein weiteres Zeichen, das die Frau Habers für ihre Freundin hinterlassen hatte – vielleicht in der Hoffnung, daß sie die Polizei verständigte. Sie ist nicht auf den Kopf gefallen, dachte Tweed anerkennend. Und bestimmt war sie von Angst um ihren Sohn und sich selbst außer sich gewesen. Sie mußte gewußt haben, daß es sich um eine Entführung handelte. Die Steppdecke rutschte zu Boden, und Tweed bemerkte einen Zettel, der darunter hervorragte. Er sah sich um und stellte fest, daß Joris noch immer in den Schubladen kramte und ihm ihr breites Hinterteil zuwandte. Rasch bückte er sich und griff nach dem Zettel, der sich als ein bunter Prospekt erwies.

Luxair. Die Fluggesellschaft Luxemburgs. Das Werbeblatt war dreimal geknickt und so zusammengefaltet, daß auf der ersten Seite Cargolux stand. Dabei handelte es sich um die Frachtabteilung der Fluglinie. Und mit einem schwarzen Stift hatte jemand drei kaum zu entziffernde Buchstaben auf den unteren Rand gekritzelt: Rio. Tweed schob den Prospekt in die Manteltasche.

»Was ist mit der Garderobe?« fragte er.

»Die Schubladen sind soweit in Ordnung.« Joris richtete sich auf, näherte sich der Garderobe und öffnete die Doppeltür. Tweed trat an ihre Seite, als die korpulente Frau die Arme verschränkte und den Inhalt des Schranks beobachtete.

»Sie hat ihr bestes Kleid zurückgelassen, das Kostüm, das sie nur sonntags trägt, wie ihre guten Schuhe.« Ruckartig senkte sie den Kopf, wodurch ihr Doppelkinn bebte. »Und der Reisekoffer ist weg. Hat ihn nie benutzt. Blieb immer im Ort. Aber sie hoffte, daß sie eines Tages genug Geld hätten, um eine Weltreise zu machen. Deshalb der Koffer. War wohl kaum mehr als eine Art Talisman.«

»Versuchen Sie's mit dem Frisiertisch«, schlug Tweed vor.

»Wenn Sie meinen. Aber ich möchte Sie noch einmal daran erinnern, daß ich mich nur an die Anweisungen der Polizei halte.« Sie sah auf, als Paula in die Tür trat. »Wußte gar nicht, daß es auch so hübsche belgische Polizistinnen gibt. Ich nehme an, Sie kommen aus Brüssel, nicht wahr?«

»Ins Schwarze getroffen«, erwiderte Paula.

Sie bedachte Tweed mit einem kurzen Blick, als sich Joris dem Frisiertisch zuwandte. Paula war nicht nur ausgesprochen begabt, was Fremdsprachen anging; sie hatte auch ein gutes Ohr für örtliche Dialekte und Mundarten. Ihr wurde nun zum erstenmal klar, daß man sie für eine Belgierin halten konnte.

»Oh, oh«, machte Joris und nickte fast zufrieden. Sie genoß den Hauch von Dramatik, obgleich er auf Kosten ihrer Freundin ging. »Sie ließ ihre beste Unterwäsche zurück«, fuhr sie fort. »Und ich frage Sie: Welche Frau, die in Urlaub fährt, würde auf so etwas verzichten?« Sie hob einen rosaroten Büstenhalter. »Dort habe ich bereits nachgesehen«, sagte Joris scharf, als Paula die Kleider in der Garderobe beiseite schob und sich anschließend die Schubladen der Kommode vornahm.

Die junge Frau gab Tweed ein unauffälliges Zeichen. Er trat an sie heran, und Paula deutete auf die Schrankwand hinter den Kleiderbügeln. »Martine hat einen Lippenstift benutzt«, flüsterte sie. Einige rote und krakelige Buchstaben bildeten zwei unvollständige Worte: *Peug. Jaun.*

»Der oder die Entführer kamen mit einem gelben Peugeot«, erwiderte Tweed leise. »Himmel, wir müssen Martine und ihren Sohn retten.«

»Wenn sie noch leben«, raunte Paula ernst.

»Was hat Sie auf die Rückwand des Schranks aufmerksam gemacht?«

»Gar nichts. Ich habe mir einfach nur überlegt, wie ich mich bei einer Entführung verhalten hätte. Vielleicht versteckte sie den Lippenstift in ihrer Hand. Und während sie einige Sachen einpackte, hat sie rasch eine Nachricht dort geschrieben.«

»Nichts weiter«, wandte sich Joris an Tweed. »Ist alles in Ordnung mit Ihnen?«

Tweed war wie in Trance, starrte ins Leere und dachte konzentriert nach. Nach einigen Sekunden zwinkerte er und sah Joris lächelnd an. »Übermüdung, weiter nichts. Übrigens: Müßte Lucien nicht in der Schule sein?«

»Ich sprach Martine darauf an, als sie mit mir telefonierte. Sie meinte, sie wolle anrufen und ihren Sohn krank melden.«

Es dauerte nur wenige Minuten, die Suche im ersten Stock zu beenden, und anschließend kehrten sie ins Erdgeschoß zurück. Joris platzte geradezu vor Stolz und wandte sich triumphierend an Benoit. Er hörte schweigend zu, schürzte die Lippen und gab sich alle Mühe, seine Skepsis angesichts ihres Gebarens nicht zu deutlich zu zeigen. Tweed wartete, bis die korpulente Frau ihren Bericht abgeschlossen hatte.

»Ist Ihnen ein Wagen aufgefallen, der an Ihrem Haus vorbeifuhr?« fragte er dann. »Sie wohnen an der gleichen Straße, nicht wahr? Ich meine den Tag, als Martine Ihnen Bescheid gab. Hörten Sie ein Auto, vielleicht eine halbe Stunde vor dem Anruf Ihrer Freundin?«

»Ja. Aber ich konnte nicht...« Joris brach ab und sah sich fast verlegen um. ... *schnell genug ans Fenster gelangen, bevor der Wagen die Kuppe des Hügels erreichte,* vervollständigte Tweed in Gedanken den angefangenen Satz. Joris *hatte* die Angewohnheit, ihre Nase in Dinge zu stecken, die sie nichts angingen.

»Und kam nach einer weiteren halben Stunde erneut ein Wagen an Ihrem Haus vorbei?« erkundigte sich Tweed.

»Nein! Und hier herrscht den ganzen Tag über nur wenig Verkehr.«

»Entschuldigen Sie mich einen Augenblick.« Tweed griff nach dem Arm Benoits, der sich leise mit Paula unterhielt, und er führte ihn ins vordere Zimmer und bedeutete seiner Assistentin mit einem knappen Nicken, ihnen zu folgen. »Benoit, wir suchen nach einem gelben Peugeot...« Er schilderte ihm, was Paula im Schrank entdeckt hatte. »Und als der Wagen mit Martine und Lucien wegfuhr, entfernte er sich vom Dorf. Sonst hätte Frau Neugierig ihn gesehen. Offenbar achtet sie auf alles, was im Ort geschieht. Sie *hörte* das Auto nicht einmal, als es Martine und Lucien fortbrachte.«

»Klingt logisch.« Benoit blickte aus dem Fenster und beobachtete den Streifenwagen, der vor dem Haus hielt. Drei Uniformierte stiegen aus. »Die hiesige Polizei ist eingetroffen. Sie kann gleich mit der Suche beginnen.«

Paula hatte die rechte Hand gehoben und betrachtete ihre Fingernägel. Tweed kannte diese Verhaltensweise: Seine Assistentin war nachdenklich geworden. Paula runzelte die Stirn, als sie sich daran erinnerte, vor einem anderen Haus Celles das *A Vendre*-Schild eines Immobilienmaklers gesehen zu haben. Sie blickte Tweed an, der daraufhin erneut nickte.

»Entschuldigen Sie«, sagte sie, »aber ich überlegte gerade, wohin man Martine und ihren Sohn gebracht haben könnte. Wahrscheinlich befindet sich das Versteck nicht allzu weit entfernt, damit die beiden während des Transports nicht von Einheimischen entdeckt würden.«

»Ich weiß, was Sie meinen«, sagte Benoit. »Fahren Sie fort.«

»Ich habe mir schon oft gedacht, daß ein zum Verkauf stehendes Haus das ideale Quartier für eine entführte Person wäre. Der Kidnapper sucht sich ein geeignetes Gebäude, ruft den Makler an und meint, er sei mit dem Preis einverstanden. Er macht eine Anzahlung und betont, es würde eine Weile dauern, es eingehend zu inspizieren. Auf diese Weise steht es ganz zu seiner Verfügung.«

»Interessant.« Benoit musterte Paula mit einem anerkennenden Blick und sah dann Tweed an »Wenn Miß Grey einmal einen Tapetenwechsel braucht und bei uns in Belgien arbeiten möchte: Sie ist jederzeit willkommen.«

»Vielen Dank«, erwiderte Paula. »Nun, um den Gedanken weiterzuführen: Das Haus müßte gewissen Erfordernissen genügen. Mit anderen Worten: Das entsprechende Anwesen sollte nicht direkt an die Straße grenzen und bereits Einrichtungen aufweisen, die es erleichtern, einen Teil des Gebäudes in eine Art Gefängnis zu verwandeln. Vielleicht ein Kinderhort, mit Zimmern, dessen Fenster vergittert sind. Es käme auch eine ehemalige Bewahranstalt in Frage.«

»Das klingt immer faszinierender.« Benoit rieb sich die Hände. »Ich gehe nach draußen und unterrichte die Polizisten. Bin gleich wieder da.«

Tweed wartete, bis sie allein waren. »Sagen Sie Newman, er soll zu mir kommen«, wandte er sich leise an Paula. »Und ich wäre Butler sehr dankbar, wenn er die Joris ablenken könnte. Bestimmt versteht sie kein Englisch. Rasch ...«

Sonnet war Lasalle in den Garten gefolgt, und dort unterhielten sie sich mit den Uniformierten. Als Paula mit Newman zurückkehrte, zeigte Tweed ihm die Luxair-Broschüre. »Die habe ich oben im Schlafzimmer gefunden. Ich glaube, sie ist dem Entführer aus der Tasche gefallen. Martine sah sie und schob sie unters Bett. In einem Punkt bin ich ganz sicher: Es waren Handlanger Kleins, die sowohl die Frau als auch den Sohn Habers verschleppten.«

»Wie kommen Sie darauf?« fragte Newman und betrachtete den Prospekt.

»Klein hätte dieses Haus niemals verlassen, ohne die Spuren zu beseitigen, die Martine zurückließ. Das schmutzige Geschirr in der Spüle, das krause Bettlaken, die Broschüre. Er hat einen messerscharfen Verstand ...« Bei den letzten Worten verzog er das Gesicht und fügte dumpf hinzu: »Sie wissen bestimmt, woran ich bei dem Wort ›Messer‹ denke.«

»Dieser Prospekt deutet auf Luxemburg hin.«

»Und dort gibt es eine Zweigstelle der von Peter Brand geleiteten Banque Sambre. Die Zeit ist zwar sehr knapp, aber ich glaube, wir sollten uns trotzdem auf den Weg machen. Vielleicht leiht uns Lasalle die Alouette.«

Benoit kehrte ins Zimmer zurück und breitete die Arme aus. »Gute und schlechte Nachrichten. Sonnet hat über Funk gerade die Mitteilung bekommen, daß einige Spezialisten vom Erkennungsdienst eingetroffen sind und die *Gargantua* untersuchen. Es könnte allerdings einige Tage dauern, bis ich den Bericht erhalte. Brouckers Leiche steckt im Sumpf, und es dürfte nicht leicht werden, sie aus dem Schlamm zu holen. Nun, wie dem auch sei: Zumindest haben die Ermittlungen begonnen.«

»Und die schlechten Nachrichten?«

»Hier in Belgien streikten die Telefonisten. Es geht dabei um die Abschaffung von Überstunden. Das bedeutet: Die telefonische Nachfrage bei den Schleusenwärtern und die Suche nach der *Erika* könnte problematisch werden. Ich habe dafür gesorgt, daß einige Polizisten mit Fahrrädern über die Treidelpfade radeln, aber das kostet natürlich Zeit.«

»Warum beginnen Sie nicht am anderen Ende?« schlug Tweed vor.

»Und wo befindet sich das ›andere Ende‹? Wohin war die *Erika* unterwegs?«

»Ich verstehe.« Tweed nickte langsam. »Ich möchte Sie um einen Gefallen bitten: Können wir uns den Hubschrauber ausleihen, um nach Luxemburg zu fliegen?«

»Ah, Sie haben irgendeinen Anhaltspunkt gefunden, nicht wahr? Ja, Sie bekommen die Alouette. Unter einer Bedingung: Ich begleite Sie. Die luxemburgische Polizei arbeitet eng mit der belgischen zusammen. Ich könnte Ihnen also durchaus von Nutzen sein.«

»Ich nehme Ihr Angebot gern an. Hat die Suche nach Martine und ihrem Sohn Lucien begonnen?« Als Benoit nickte, fügte Tweed hinzu: »Allmählich ergibt sich ein einheitliches

Bild. Haber führte irgendeinen Auftrag Kleins durch, bei dem es vermutlich um den Transport des gestohlenen Goldes ging. Doch als Klein ihn anschließend aufforderte, die Zünder und Kontrollvorrichtungen an Bord zu nehmen, lehnte er ab. Aber der Meisterplaner hatte bereits mit einer solchen Möglichkeit gerechnet, und aus diesem Grund veranlaßte er sicherheitshalber die Entführung Martines und Luciens, um Druck auf Haber auszuüben. Dem Kahnführer blieb somit gar nichts anderes übrig, als sich an die Anweisungen Kleins zu halten. Und er konnte nichts unternehmen, als sein Angestellter ermordet wurde. Es mußte erneut eine Spur beseitigt werden, und diesmal hieß sie Broucker. Wir wissen bereits, wie Klein mit den Leuten umspringt, die er nicht mehr braucht.«

»Scheint der leibhaftige Teufel zu sein«, brummte Benoit.

»In der Tat. Sollen wir jetzt los? Einer der Wagen könnte uns nach Dinant zurückbringen, wo der Helikopter auf uns wartet.«

Klein war außer sich. Er hatte gerade die Brüsseler Niederlassung der Banque Sambre besucht, um mit Peter Brand ein Gespräch zu führen.

»Leider kann ich keinen Termin für Sie vereinbaren«, teilte ihm die attraktive Empfangsdame mit. »Mr. Brand ist heute morgen mit seinem Privatjet nach Luxemburg geflogen. Wenn Sie irgendeine Nachricht für ihn hinterlassen möchten ...«

»Wann kommt er zurück?«

»Er hat einige wichtige Besprechungen in Luxemburg, die sicher den ganzen Tag dauern werden. Ich bin gern bereit, Ihnen seine Telefonnummer zu geben ...«

»Aber aufgrund des Streiks kann ich ihn nicht erreichen«, erwiderte Klein scharf.

»Es tut mir sehr leid, Sir. Wenn ich Ihnen sonst irgendwie behilflich sein könnte ...?«

Die letzten Worte hörte Klein schon nicht mehr. Der in einen unauffälligen grauen Anzug gekleidete Besucher hielt mit langen Schritten auf den Ausgang zu. Klein trug nun nicht mehr die schwarze Kleidung und den dunklen Hut mit der breiten Krempe; in jener Aufmachung hatte man ihn in Frankreich des öfteren für einen Priester gehalten. Was ihm durchaus gelegen kam, denn auf diese Weise erregte er nicht die geringste Aufmerksamkeit – und erst recht keinen Verdacht. In der Avenue Louise winkte er ein Taxi heran und bat den Fahrer darum, ihn zum Hauptbahnhof Brüssels zu bringen. Er versuchte, sich zu entspannen. Klein hatte ein nachgerade phänomenales Gedächtnis, und er rief sich den Fahrplan ins Gedächtnis zurück: Wenn das Taxi unterwegs nicht aufgehalten wurde, erreichte er den Bahnhof gerade noch rechtzeitig genug, um in den Schnellzug zu steigen, der bis nach Basel fuhr.

Kurz darauf betrat er das große Gebäude, eilte an den Schalter, löste eine Fahrkarte für die erste Klasse und lief zum Bahnsteig. Einige Minuten später saß er in einem leeren Abteil, und der Zug setzte sich in Bewegung.

Eine seiner Angewohnheiten bestand darin, sich niemals fest mit jemandem zu verabreden. Solche Vereinbarungen waren gefährlich, denn sie machten sein Verhalten vorhersehbar. Andererseits: Brand hatte ihm zu verstehen gegeben, daß er ihn in der Banque Sambre treffen konnte. Bisher war es Klein nicht in den Sinn gekommen, daß der Bankier damit die Zweigstelle in Luxemburg meinte. Außerdem fragte er sich, was Brand zu der Reise bewogen hatte. Jene Stadt war nach wie vor ein heißes Pflaster, und es behagte ihm gar nicht, ausgerechnet dorthin zurückzukehren.

30

Der Himmel war unbewölkt, und in hellem Sonnenschein flog die Alouette nach Südosten, in Richtung Luxemburg. Tweed saß neben Newman, und sie betrachteten eine aufgeschlagene Karte. Weiter vorn unterhielt sich Benoit mit Butler, der aus dem Fenster sah und auf die hügelige Landschaft herabsah, auf die bewaldeten Hänge und Täler der Ardennen.

»Nach Ihren Markierungen auf der Karte zu urteilen, fliegen wir in die falsche Richtung«, bemerkte Newman.

»So scheint es«, bestätigte Tweed.

Auf der entfalteten Karte waren einige Kreuze und Striche zu sehen, und mehrere dicke Pfeile deuteten nach Norden, immer nach Norden.

Eine Route begann in Marseille – wo Klein den Sprengstoffexperten Chabot engagiert und seine Freundin Cecile Lamont umgebracht hatte – und führte nach Paris.

Die zweite reichte von Genf über Basel und Dinant bis nach Namur an der Maas. Zwischen Namur und Antwerpen erstreckte sich eine gestrichelte Linie. Newman tippte mit dem Zeigefinger darauf.

»Was hat es damit auf sich?«

»Es sieht ganz nach Antwerpen aus. Was die Fakten angeht… Lara Seagrave beendete dort ihre Fototour, und nach einigen Aufnahmen vom Hafenbereich kehrte sie nach Brüssel zurück – mit dem Zug kaum mehr als ein Katzensprung. Darüber hinaus bin ich davon überzeugt, daß der vermißte Frachtkahn die Zünder zum Ziel bringt. Sehen Sie sich den Lauf der Maas an. Nördlich von Liège zweigt der Albert Canal ab. Und er führt direkt nach Antwerpen.«

»Weshalb fliegen wir dann nach Süden, fort vom mutmaßlichen Ziel?«

»Wegen der Broschüre, die ich im Haus Martines fand. Sie war so zusammengefaltet, daß man auf der ersten Seite ›Cargolux‹ lesen konnte. Nun, bei der Deutschen Bank in Frankfurt wird eine riesige Summe in Gold auf Abruf bereitgehalten. Und von dort aus kann man Findel innerhalb kurzer Zeit mit dem Flugzeug erreichen.«

»Findel?«

»Der Flughafen, zu dem wir unterwegs sind, nur sechs Kilometer von Luxemburg entfernt. Außerdem stand Rio auf dem Prospekt. Rio de Janeiro in Brasilien. Ein Land, das nicht ausliefert. Bevor sich Lasalle auf den Rückweg nach Paris machte, bat ich ihn darum, bei Interpol in Brasilien nachzufragen. Ist nur so eine vage Ahnung...«

»Was vermuten Sie? Hören Sie endlich mit der Geheimniskrämerei auf!«

»Ich mußte an Ronald Biggs denken, den berühmt-berüchtigten Posträuber. Der brasilianischen Regierung wurden eindeutige Beweise vorgelegt, aber sie weigerte sich trotzdem, Biggs auszuliefern. Warum? Weil er eine Brasilianerin geschwängert hatte. Derzeit versucht Interpol festzustellen, ob es irgendeinen Mann mit einem deutsch klingenden Namen wie zum Beispiel Klein gibt, der mit einer Brasilianerin ein Kind zeugte. Dann brauchte er nichts mehr zu befürchten – ganz gleich, welche Verbrechen er im Ausland begeht.«

»Und Sie glauben, Klein wolle sich von Findel aus nach Südamerika absetzen?« fragte Newman.

»Ich vermute, auf diese Weise möchte er das Gold in Sicherheit bringen, das er mit der Androhung einer Katastrophe erpressen will.«

»Ziemlich vage, in der Tat.« Newman dachte kurz nach.

»Ebenso wie Ihre Angaben in Hinsicht auf das Ziel. Antwerpen ist eine Möglichkeit von vielen.«

Tweed nickte langsam. »Ich zerbreche mir dauernd den Kopf über den Sprengstoff. Ich kann mir einfach nicht vorstellen, daß er ebenfalls an Bord eines Kahns transportiert wurde. Die Fracht wäre nicht nur zu groß, sondern auch viel zu gefährlich gewesen.«

»Und jedesmal, wenn Sie darauf zu sprechen kommen, habe ich das Gefühl, als hätte ich vergessen, Ihnen etwas Wichtiges mitzuteilen. Übrigens: Warum kommt Butler mit uns?«

»Um die Banque Sambre in Luxemburg zu beobachten. Wenn wir Findel erreichen, geben Sie ihm eine Beschreibung Peter Brands. Dann mietet er einen Wagen, parkt in der Avenue de la Liberté und behält die Bank im Auge.«

Der Luxus des Hotels Mayfair in Brüssel begann Lara Seagrave zu langweilen. Sie hatte bereits alle Geschäfte besucht und sich auch auf dem Grand' Place umgesehen, auf jenem Platz, der von altehrwürdigen Gebäuden mit barokken Fassaden gesäumt wurde. Sie wußte auch, wo sich das Polizeipräsidium befand, kannte sich in der Stadt fast so gut aus wie ein Einheimischer.

Sie saß vor dem Frisiertisch und kämmte sich das lange Haar. Eine Zeitlang beobachtete sie sich im Spiegel, und dann griff sie nach dem Umschlag, den ihr der Empfangschef bei ihrer Ankunft ausgehändigt hatte. Auf dem Kuvert stand nur ihr Name, mit Maschine geschrieben, und es enthielt eine knappe Botschaft:

Es wird jetzt nicht mehr lange dauern. Warte noch ein wenig. Und unternimm keine allzu langen Ausflüge. Bleib im Mayfair. K.

Klein hatte damit gerechnet, daß auch die Geduld Lara Seagraves nicht über Gebühr strapaziert werden konnte. Die kurze Mitteilung sollte sie beruhigen und bei der Stange halten.

Lara betrachtete den Umschlag nachdenklich. Daß Klein

an Antwerpen kein offensichtliches Interesse zeigte, überzeugte sie nicht sonderlich. Sie hielt den Umstand für bedeutsam, daß er ihr keinen neuen Auftrag gegeben hatte.

Sie sah noch einmal in den Spiegel und überprüfte ihr Erscheinungsbild, bevor sie das Hotel verließ.

Hipper ließ seinen Blick über die Landstraße schweifen und sah auch in den Rückspiegel, um sich zu vergewissern, daß ihm niemand folgte. Dann bog er ab und setzte die Fahrt über einen schmalen Nebenweg fort. Die alte Windmühle – die schon vor vielen Jahren, während des Umbaus zu einem Wohnhaus, ihre Flügel eingebüßt hate – ragte wie ein deformierter Martelloturm hinter den Bäumen in die Höhe.

Er parkte den Wagen im kleinen Gehölz, zog den Karton vom Rücksitz (er enthielt Konservendosen, Kekse, Butter und Milch) und näherte sich der massiven Holztür. Dort schob er einen großen und fast antik anmutenden Schlüssel ins Schloß und trat ein.

Das Gebäude hatte lange Zeit leer gestanden, und Hipper nahm einen muffigen Geruch wahr, als er die Wendeltreppe hochstieg. Im ersten Stock blieb er vor einer Tür stehen und holte einen weiteren großen Schlüssel hervor.

Er klemmte sich den Karton unter den linken Arm, hielt den Schlüssel in der linken Hand und zog mit der rechten eine entsicherte Walther-Automatik aus der Tasche. Dann entriegelte er das Schloß und stieß die Tür weit auf.

Martine Haber saß an einem einfachen Holztisch, die eine Hand auf dem Rücken. Von Lucien keine Spur. Hipper schürzte die Lippen und hob die Waffe.

»Sagen Sie dem Jungen, er soll hinter der Tür hervorkommen. Wenn er nicht innerhalb der nächsten zehn Sekunden am Tisch steht, erschieße ich Sie.«

Enttäuscht trat Lucien vor. Er wirkte niedergeschlagen und hoffnungslos, als er sein Versteck hinter der Tür verließ, das Stuhlbein beiseite legte, das er wie einen Knüppel in der Hand gehalten hatte, und neben seiner Mutter stehenblieb.

»Versuch das nicht noch einmal«, warnte ihn Hipper. »Und Sie, Martine... Legen Sie die andere Hand in den Schoß.«

Die Frau seufzte, hob den Arm und stellte einen schweren Pfefferstreuer auf den Tisch. Sie hätte den Versuch riskiert, den Luxemburger damit außer Gefecht zu setzen, aber sie war nicht bereit, das Leben ihres Sohnes zu gefährden.

Hipper kam näher und richtete die Automatik auf Lucien. Martine rührte sich nicht, als er den Karton auf den Tisch stellte. Während er nach wie vor auf den Jungen zielte, prüfte er das dicke Vorhängeschloß, das die zugeklappten Fensterläden sicherte.

»Der Abortbehälter muß geleert werden«, sagte Martine.

»Beim nächstenmal.«

»Wie lange wollen Sie uns noch...« Die Frau brach ab und senkte den Blick.

Hipper war auf den Korridor zurückgewichen und zog die Tür zu. Am Fuß der Wendeltreppe starrte er auf das Telefonkabel, das er von der Steckdose gelöst hatte. Im Zimmer Martines gab es einen Nebenanschluß.

Klein erwartete, daß Haber irgendwann auf einem Beweis dafür bestehen würde, daß seine Familie noch lebte, daß seine Frau und Lucien wohlauf waren. Aus diesem Grund hatte er das Hotel de la Montagne angerufen und Hipper angewiesen, zu einem bestimmten Zeitpunkt die Mühle aufzusuchen und Haber ein kurzes Telefongespräch mit Martine zu gestatten.

Hipper hatte die Frau und ihren Jungen entführt. Als er nach Larochette zurückfuhr, dachte er an Chabot, den Sprengstoffexperten aus Marseille. Er ging ihm immer mehr auf den Wecker. Wurde zu nervös, zu unruhig.

Um sich von diesen unerquicklichen Überlegungen abzulenken, erinnerte er sich an die Entführung und stellte zufrieden fest, daß er der Polizei nicht die geringsten Hinweise hinterlassen hatte.

Hipper hielt neben der steil in die Höhe ragenden Felswand an und stieg aus. Als er das leerstehende Hotel de la Montagne betrat, packte ihn jemand von hinten, und er spürte die Klinge eines Messers an seiner Kehle. Er erstarrte. Auf dem Tisch sah er eine fast leere Flasche Rotwein, und Chabot lallte.

O Gott! dachte Hipper. Der verdammte Kerl ist betrunken!

»Ich habe endgültig die Schnauze voll«, knurrte Chabot dumpf. »Ich will wissen, wo sich das Ziel befindet. Jetzt, auf der Stelle. Oder ich schlitze Sie auf wie ein Mastschwein.«

Die Gedanken des Luxemburgers rasten. »Antwerpen«, brachte er hervor. »Sind Sie übergeschnappt?«

»Nein, ich habe es nur satt, hier herumzuhängen.«

Chabot ließ Hipper los, und seine Stimme klang nun wieder völlig normal. Der Hurensohn hat mich reingelegt! fuhr es Hipper durch den Sinn. Wütend starrte er den Franzosen an, der das Messer mit einer fließenden Bewegung davonschleuderte. Mit einem verhaltenen Pochen bohrte sich die Spitze direkt neben der Flasche in den Tisch.

»Ich gehe jetzt nach draußen und mache einen Spaziergang. In diesem verfluchten Hotel fühle ich mich wie im Gefängnis. Und Ihre Gesellschaft macht mir den Aufenthalt keineswegs angenehmer.«

»Es ist noch nicht ganz dunkel«, wandte Hipper ein.

»Es ist noch nicht ganz dunkel«, wiederholte Chabot und ahmte den Tonfall des Luxemburgers nach. Er rieb sich das spitze Kinn. »Ich vertrete mir trotzdem die Beine. Bis später, Winzling.«

Hipper wartete, bis Chabot das Gebäude verlassen hatte. Er begriff, daß sich ihm nun eine ausgezeichnete Gelegenheit bot, den wichtigen Anruf zu erledigen, mit dem Klein ihn beauftragt hatte. Er zog einen zerknitterten Block aus der Tasche, suchte die Nummer des Hotels Panorama in Bouillon, wählte sie und fragte nach Monsieur Dubois. Marlers Deckname.

»Wer spricht dort?« meldete sich kurz darauf die scharfe Stimme des Mönchs.

»Ihr Bekannter. Bestimmt erkennen Sie meine Stimme ...«

»Ja. Was ist los?«

»Morgen findet das Treffen in Brüssel statt. Wir hoffen, das Geschäft abschließen zu können. Seien Sie um drei Uhr nachmittags zugegen.«

»Auf Wiederhören.«

Marler legte auf, sah durchs Fenster seines Schlafzimmers und überlegte. Morgen, dachte er, genieße ich den Aufenthalt im Hilton, in der Luxussuite, die Klein für mich reserviert hat. Er holte eine Karte hervor, breitete sie auf dem Bett aus, betrachtete sie einige Minuten lang und pfiff leise vor sich hin. Dann faltete er sie wieder zusammen, schob sie in die Tasche und verließ das Hotel.

»Keine Neuigkeiten. Es rührt sich nichts.«

Monica sah von ihrem Schreibtisch im Büro Tweeds auf und musterte Howard. Bereits zum zehnten Mal gab sie ihm die gleiche Antwort. Der SAS-Leiter ging auf und ab, zupfte an seinem Ärmel seiner tadellos sitzenden Anzugjacke und entfernte ein Staubkorn, das nur in seiner Einbildung existierte.

Verschwinde endlich! hallte es hinter der Stirn Monicas. Howard blieb am Fenster stehen und sah zum Regent Park hinaus. Ein Häufchen Elend, dachte sie. Weil er sich nicht mehr mit Tweed herumstreiten kann.

»Die Premierministerin hat ebenfalls nachgefragt«, sagte Howard nach einer Weile. »Rief höchstpersönlich an.«

»Zehnmal?« fragte Monica.

»Nun, eigentlich nicht. Nur einmal.«

»Und was hielt sie von der ganzen Sache?«

»Sie meinte, es sei völlig in Ordnung, wenn sich Tweed Zeit für seinen Bericht nehme«, gestand Howard widerstrebend ein. »Ich sollte jetzt besser in mein Büro zurückkehren. Im Eingangskorb stapelt sich die Post bis an die Decke. Seien Sie ein braves Mädchen und machen Sie weiter wie bisher, Monica...«

Zu Befehl, Herr Arrogant, dachte die Sekretärin Tweeds. Howard hatte das Zimmer gerade verlassen, als das Telefon klingelte. Monica nahm ab und rechnete damit, daß sich Tweed meldete. Statt dessen vernahm sie eine dumpfe Stimme, die nach ihrem Chef fragte.

»Er ist nicht da. Ich bin Monica. Kann ich Ihnen weiterhelfen?«

»Hier spricht Olymp. Das Ziel ist Antwerpen. Glaube ich jedenfalls.«

»Würden Sie das bitte wiederholen? Die Verbindung ist sehr schlecht.« Es hörte sich so an, als habe der oder die Unbekannte ein Tuch auf die Muschel gelegt. »Ich habe nur ›Olymp‹ verstanden...«

»Ich glaube, das Ziel ist Antwerpen.«

»Danke. Diesmal habe ich alles...«

Monica sprach den Satz nicht zu Ende, denn ein leises Klicken deutete darauf hin, daß die Verbindung unterbrochen war. Langsam legte sie den Hörer auf die Gabel zurück. Tweed hatte ihr eingeschärft, daß alle Nachrichten von Olymp besonders wichtig und nur für ihre Ohren bestimmt waren. Jetzt mußte sie irgendeine Möglichkeit finden, die Mitteilung an ihn weiterzugeben.

Sie fragte sich, ob sie mit einem Mann oder einer Frau gesprochen hatte. Es gab nicht die geringsten Hinweise auf Geschlecht, Alter oder Nationalität Olymps. Er – oder sie – sprach Englisch, das war alles. Monica seufzte und entschied, Chefinspektor Benoit in Brüssel anzurufen. Vielleicht konnte er Auskunft über den gegenwärtigen Aufenthaltsort Tweeds geben.

31

»Das ist die Avenue de la Liberté, in der sich die Banque Sambre befindet«, wandte sich Tweed an Butler. »Sie reicht bis zum Place de la Gare mit dem Bahnhof. Sehen Sie? Gerade trifft ein Zug ein...«

»Eine seltsame Stadt«, bemerkte Newman, der über die Schulter Tweeds blickte. »Beeindruckend.«

Die Alouette flog in einer Höhe von knapp hundert Metern; unter ihnen erstreckte sich die Stadt Luxemburg. Nach wie vor schien hell die Sonne, und ihr Licht spiegelte sich auf den vielen Dächern wider. Der Pilot hatte sich bereits mit dem Kontrollturm des Flughafens Findel in Verbindung gesetzt und bat um Landeerlaubnis.

Aus der Luft gesehen sieht die Landschaft, in der sich das Häusermeer Luxemburgs erstreckt, so aus, als habe irgendein heidnischer Gott mit einer gewaltigen Axt ausgeholt und sie in den Leib der Erde gerammt. Eine breite und tiefe Schlucht durchzieht die Stadt, wie eine kleinere Ausführung des Grand Canyons. Stellenweise ist die Klamm fast einen halben Kilometer breit und über dreißig Meter tief.

Vermutlich ist Luxemburg die größte Festungsstadt Europas. Die steilen Schluchtwände stellten einen natürlichen Verteidigungswall gegen die Armeen und Heere dar, die diesen Teil des alten Kontinents verwüsteten – eine von der Natur geschaffene Bastion, die unter Ludwig dem Vierzehnten von dem berühmten Festungsarchitekten Vauban erweitert wurde. Der Hubschrauber drehte nach Osten ab und flog über die breite Autobahn, die die Metropole mit dem Flughafen verbindet. Er landete in unmittelbarer Nähe des modernen Gebäudes, das alle Einrichtungen aufwies, die für den

Betrieb eines internationalen Flughafens erforderlich sind – eines Komplexes, dessen Wände aus Glas zu bestehen schienen.

»Ich wende mich an Cargolux«, sagte Tweed zu dem Piloten, als sie aus der Maschine kletterten. »Wenn Sie sich erfrischen möchten ... Derzeit brauchen wir Sie nicht.«

Harry Butler verabschiedete sich von ihnen und betrat das Gebäude, um einen Wagen zu mieten. Er betrachtete kurz eine Fotokopie der Phantomzeichnung Igor Zarows. Tweed hatte ihm nur mitgeteilt, es sei ein Bild Kleins.

»Ich brauche dringend ein Auto«, beantwortete er die höfliche Frage der jungen Frau hinter dem Tresen. »Das Modell spielt keine Rolle.«

»Wie wäre es mit einem Citroën?« fragte die Angestellte auf englisch. »Einer unserer Kunden hat den Wagen gerade hier zurückgelassen.«

»In Ordnung.« Während Butler das Formular ausfüllte, fügte er hinzu: »Wie lange braucht man von hier bis zur Avenue de la Liberté?«

»Um diese Tageszeit sicher nicht mehr als zwanzig Minuten. Ich gebe Ihnen eine Straßenkarte und kennzeichne den Weg für Sie ...«

Klein saß am Fenster des Abteils, sah hinaus und legte den Kopf in den Nacken. Der Schnellzug von Brüssel näherte sich Luxemburg, und er wurde auf einen Helikopter aufmerksam, der knapp hundert Meter über den Geleisen und fast parallel dazu flog. Er holte ein kleines Fernglas hervor – es ähnelte dem, das er Lara gegeben hatte –, richtete es auf den Hubschrauber und stützte die Ellenbogen auf die Ablage vor dem Fenster. Eine Maschine der Polizei. Das Wort war deutlich am Rumpf zu lesen. Belgische Hoheitszeichen.

Sie schien dem Zug zu folgen. Wahrscheinlich eine Verkehrskontrolle, dachte Klein, und er schob das Fernglas in die Tasche zurück. Dann runzelte er die Stirn. Nein, es mußte einen anderen Grund für den Flug des Hubschraubers geben. Immerhin handelte es sich um eine belgische Maschine, und dies war Luxemburg.

Der Schnellzug wurde langsamer, fuhr ein und hielt am Bahnsteig an. Klein griff nach seiner leichten Reisetasche, stand auf und verließ das Abteil. Seine Absicht war, auf direktem Wege die Banque Sambre aufzusuchen und festzustellen, was Brand dazu veranlaßt hatte, Brüssel zu verlassen. Vom Bahnhof aus ließ sich die Zweigstelle der Bank in kurzer Zeit zu Fuß erreichen.

Zwei Minuten später trat Klein auf den Bürgersteig und kniff im hellen Sonnenschein die Augen zusammen.

Bevor Tweed in Dinant in den Hubschrauber stieg, bat ihn Paula um ein kurzes Gespräch unter vier Augen. Sie schlenderten am Ufer entlang, während die anderen bei der Maschine warteten.

»Ich mache mir Sorgen um Martine und Lucien«, sagte die junge Frau. »Erlauben Sie mir, hierzubleiben und nach den Entführten zu suchen? Wenn es mir gelingt, sie zu finden, gibt es für Haber keinen Grund mehr, sich an die Anweisungen Kleins zu halten.«

»Rhein theoretisch eine gute Idee«, pflichtete Tweed ihr bei. »Aber in die Praxis umgesetzt... Wie wollen Sie vorgehen?«

»Ich besuche alle lokalen Immobilienmakler und prüfe die Häuser, die auf ihren Verkaufslisten stehen. Insbesondere diejenigen, die erst kürzlich gekauft wurden. Mit einer Anzahlung. Ich halte nach einem Gebäude Ausschau, das einerseits nicht allzu weit von hier entfernt, andererseits aber recht abgelegen ist und schon seit einer ganzen Weile leerstand.« Sie runzelte die Stirn. »Ich weiß nicht, wie ich Ihnen das erklären soll, aber... Nun, ich glaube, wenn ich das Anwesen sehe, das Klein für diesen Zweck gewählt hat, so erkenne ich es sofort.«

»Ein Versuch kann nicht schaden. Nach meinen Ermittlungen in Luxemburg fliegen wir hierher zurück. Legen Sie los, Detektiv Grey; ich verlasse mich auf Ihre Intuition.«

»Da fällt mir ein: In dem Haus, das wir suchen, müßte es auch ein betriebsbereites Telefon geben.«

»Was meinen Sie damit?«

»Was geschieht für gewöhnlich nach einer Entführung? Der Erpreßte – in diesem Fall Haber – verlangt vom Kidnapper einen Beweis dafür, daß seine Familie noch lebt. Ein kurzes Telefongespräch genügt völlig. Doch dazu muß ein funktionsfähiger Apparat zur Verfügung stehen. Verstehen Sie jetzt, worauf ich hinauswill?«

»Das hätte mir eigentlich selbst einfallen müssen.«

»Sie sind ziemlich beschäftigt«, sagte Paula.

»Kommen Sie. Bevor wir starten, bitte ich Benoit darum, sich mit der hiesigen Polizei in Verbindung zu setzen. Wenn Sie den Maklern Fragen stellen, sollten Sie von einem Uniformierten begleitet werden...«

Und so blieb Paula in Dinant zurück. Während der Hubschrauber nach Luxemburg flog, machte sich Paula zusammen mit einem Polizisten auf den Weg und besuchte die verschiedenen Immobilienmakler. Dabei entdeckte sie mehrere interessante Gebäude, die sie sich nacheinander ansah.

Es wurde bereits dunkel, als sie sich von einem Anwesen in den Ardennen abwandten und zum Wagen gingen. Paula sah noch einmal zurück und beobachtete das große und leere Haus, das einmal als psychiatrische Klinik für Geisteskranke gedient hatte und dessen Fenster vergittert waren. Enttäuschung regte sich in ihr.

»Schade«, sagte sie zu dem jungen Polizisten namens Pierre, der sich in ihrer Gesellschaft offenbar sehr wohl fühlte. »Gerade auf dieses Gebäude habe ich große Hoffnungen gesetzt.«

»Machen Sie sich nichts draus, Miß Grey. Morgen setzen wir die Suche fort. Wir haben noch nicht alle überprüft.« Er blickte sich um. »Wir sollten vor Einbruch der Nacht nach Dinant zurückkehren.«

»Ich bin ziemlich müde«, gestand Paula. Sie betrachtete eine Broschüre, bevor sie ins Auto stieg. »Diese alte Mühle ... Sie ist recht abgelegen und stand mehrere Monate lang auf der Angebotsliste, bevor sie von einem gewissen Hipper gekauft wurde. Außerdem gibt es dort einen Telefonanschluß. Wie weit ist sie entfernt?«

Pierre sah auf der Karte nach. »Etwa fünfzehn Meilen von Celle. Ein kleiner Nebenweg führt dorthin. Wir können morgen früh damit beginnen.«

»Einverstanden. Und jetzt zurück nach Dinant.«

Der stellvertretende Geschäftsführer im Cargolux-Büro des Flughafens Findel weigerte sich zunächst, Auskunft zu geben. Benoit verlor die Geduld, schob sich an Tweed vorbei und zeigte seinen Dienstausweis.

»Es handelt sich um einen Notfall. Rufen Sie den Polizeichef von Luxemburg an, Ferdinand Gansen. Lassen Sie mich mit ihm sprechen.«

Tweed blickte sich in der leeren Empfangshalle um, deren Boden wie Glas glitzerte. Stille herrschte. Er mochte kleine Flughäfen. Durch das Fenster sah er eine Luxair-Maschine; das blaue Heck war mit einem großen weißen L markiert. Die Grasfläche erstreckte sich in die Ferne. In diesem Bereich hatte man überhaupt nicht das Gefühl, sich in unmittelbarer Nähe einer großen Stadt zu befinden.

Benoit unterhielt sich kurz mit seinem Kollegen, den er offenbar gut kannte, dann forderte er den Cargolux-Repräsentanten auf, den Hörer entgegenzunehmen. »Hören Sie sich an, was Gansen zu sagen hat«, brummte er unfreundlich. Der stellvertretende Geschäftsführer lauschte kurz, sagte einige wenige Worte und legte auf.

»Ich bin befugt, Ihre Fragen zu beantworten«, meinte er und wirkte dabei alles andere als begeistert.

»Ich möchte wissen, ob Sie während der nächsten Tage eine große Transportmaschine erwarten, die vermutlich von Frankfurt kommt«, ließ sich Tweed vernehmen. »Und möglicherweise ist die Fracht für Rio de Janeiro bestimmt.«

»Ich sehe in den Unterlagen nach.«

Der Mann öffnete einen großen Aktenordner mit ausgefüllten Formularen und blätterte. »Nichts für Rio«, erwiderte er knapp. Tweed spürte, daß der Spediteur eingeschnappt war, und aus den Augenwinkeln sah er, daß Benoit zu kochen begann.

»Hören Sie.« Er beugte sich vor. »Gansen hat Ihnen eindeutige Anweisungen gegeben. Verschwenden Sie nicht unsere Zeit. Beantworten Sie die Frage meines Kollegen. Erwarten Sie irgendein großes Transportflugzeug?«

»Mehrere ...«

»Darunter eins aus Frankfurt?«

»Ja. Eine Herkules. Im Verlauf der nächsten drei Tage. Ein detaillierter Flugplan wird uns noch zugestellt ...«

Die Aufgabe, an die einzelnen Informationen zu gelangen, war mindestens ebenso schwierig wie das Unterfangen, einen Geizhals zu Gewährung eines Darlehens zu bewegen. Tweed spürte, daß Benoit sich kaum mehr beherrschen konnte. Er gab ihm einen sanften Stoß, sah den Cargolux-Repräsentanten an und sagte höflich:

»Ach, eine Herkules. Ziemlich großes Ding, was? Bekommen Sie es hier des öfteren mit Fracht von solchen Ausmaßen zu tun?«

»Nein.

»Ich nehme an, Sie haben zumindest eine gewisse Vorstellung vom Bestimmungsort, nicht wahr?«

»Südamerika. Einzelheiten folgen später.«

»Und wie lautet der Name des Kommissionärs?«

Tweed wandte den Blick nicht von seinem Gegenüber ab. Als der Mann zögerte, fügte er hinzu: »Es geht um eine polizeiliche Ermittlung.«

»Die Züricher Kreditbank in Basel.«

Sicherheitshalber hielt Butler nach Streifenwagen Ausschau, als er Gas gab, die Höchstgeschwindigkeit überschritt und über die breite Autobahn raste. Schon nach wenigen Minuten erreichte er die Stadt, überquerte eine Brücke, die auf die andere Seite der Schlucht führte, und wandte sich nach links. Er kam an alten Festungsmauern vorbei.

Innerhalb der Stadt fuhr er wesentlich langsamer; die Ampeln zeigten ständig grünes Licht. Nach einer Weile erreichte er die hohe Pont Adolphe und überquerte die Schlucht zum zweitenmal. An dieser Stelle war sie wesentlich breiter; die granitenen Wände ragten steil empor.

Anschließend rollte der Wagen langsam durch die Avenue de la Liberté, und Butler beobachtete die Fassaden vieler luxemburgischer Banken. Er passierte die Niederlassung der Banque Sambre und parkte. Nachdem er die Parkuhr mit einigen Münzen gefüttert hatte, setzte er sich wieder ans Steuer und ließ den Motor laufen.

Butler stellte den Rückspiegel so ein, daß er den Eingang der Bank im Auge behalten konnte. Dann betrachtete er noch einmal die Fotokopie des gezeichneten Bildes, das Klein zeigte, faltete es zusammen und schob es in die Jackentasche. Er zweifelte nicht daran, daß er Peter Brand anhand der Beschreibung Newmans erkennen würde; Journalisten waren gute Beobachter.

Butler konnte nun alle Personen sehen, die die Banque Sambre betraten oder verließen. Durch die Windschutzscheibe reichte sein Blick bis zur Place de la Gare vor dem Hauptbahnhof. Er gab vor, die Zeitung zu lesen, die er sich am Flughafen gekauft hatte, und erweckte ganz den Eindruck, als sei er gekommen, um jemanden abzuholen.

Klein stand vor dem Bahnhof am Rande der Place de la Gare – und zum erstenmal seit vielen Monaten empfand er so etwas wie Unschlüssigkeit. Um nicht von der Sonne geblendet zu werden, wandte er dem langen Taxistand den Rücken zu. In einem Café auf der anderen Straßenseite hatte er gerade ein Sandwich *au jambon* gegessen und einen ausgezeichneten Kaffee getrunken.

Er fühlte sich angespannt, ahnte eine Gefahr und versuchte festzustellen, was ihn alarmiert hatte. Der belgische Polizei-Hubschrauber? Nein, diese Art von Unruhe war ihm bereits vertraut: Er empfand sie immer dann, wenn ein wichtiges Unternehmen bevorstand.

Er überlegte und kam einmal mehr zu dem Schluß, daß er keine Spuren hinterlassen hatte. Weder in der seltsamen Uhrenstadt im Jura-Gebirge noch in Genf. In Marseille und Paris ebensowenig wie an der Maas.

Bestimmt ist es die Aktion, die bald beginnt, dachte er. In einem solchen Stadium wurde er noch vorsichtiger, als er es ohnehin schon war. Er hatte beabsichtigt, über die Avenue de la Liberté zu gehen und Brand in der Banque Sambre zu überraschen, doch nun änderte er seinen Plan.

Er betrat eine Telefonzelle, rief sich die Nummer der Bank in Erinnerung zurück – es war gefährlich, sich solche Dinge zu notieren – und wählte sie. Die Vermittlerin meldete sich, und es dauerte nur einige Sekunden, bis die Verbindung zu Brand hergestellt war. Der Bankier war überrascht, wie Klein voller Genugtuung bemerkte. Seine Stimme klang erstaunt, als er fragte: »Klein? Wo sind Sie?«

»In Luxemburg.«

»Sie hätten mir rechtzeitig Bescheid geben können.«

»Dazu bestand kein Grund. Wir treffen uns in einer halben Stunde. Im Hotel Cravat. Fragen Sie nach meinem Bekannten Max Volpe. Und sorgen Sie dafür, daß eine Ihrer Sekretärinnen – eine besonders vertrauenswürdige – ebenfalls hierher kommt, eine Viertelstunde nach Beendigung unseres Gesprächs. Auch sie soll nach Max Volpe fragen und das Zimmer meines Bekannten aufsuchen. Bis gleich …«

»Einen Augenblick!« Das Vibrieren in der sonst so ruhigen Stimme Brands deutete auf Verärgerung hin. »Ich habe einen vollen Terminkalender. Aber vielleicht kann ich es irgendwie arrangieren, daß...«

»Seien Sie pünktlich. Ich erwarte Sie in genau dreißig Minuten.«

Klein legte auf. Disziplin, sofortiger Gehorsam – die einzige Möglichkeit, um die Oberhand zu behalten. Außerdem *glaubte* Brand zumindest, ein Vermögen machen zu können...

Er verließ die Telefonzelle und stieg in ein Taxi.

»Fahren Sie mich bitte zum Hotel Cravat.«

Klein verlangte ein Doppelzimmer und trug sich als Max Volpe ein – ein weiterer Vorteil der EG. In Hinsicht auf Hotelregistrierungen waren die Schweizer sehr gewissenhaft (pedantisch, wie Klein meinte), und häufig baten sie um den Paß.

Kurz darauf betrat er einen Raum, von dem aus er einen guten Blick auf die Place de la Constitution und die Schlucht jenseits davon hatte. Er schloß die Tür, stellte die Reisetasche aufs Bett, holte den Make-up-Kasten hervor und ging ins Bad.

Dort trat er ans Waschbecken heran und trug sowohl Tagescreme als auch hellen Puder auf. Das Gesicht, das er kurz darauf im Spiegel sah, war kalkweiß. Klein kehrte ins Schlafzimmer zurück, entnahm der Reisetasche eine schwarze Baskenmütze und stülpte sie sich so auf den Kopf, daß sie sein dunkles Haar vollständig bedeckte.

Im Anschluß daran holte er eine Hornbrille hervor und setzte sie auf. Der letzte Gegenstand, der sein neues Erscheinungsbild komplett machte, war eine Pfeife, die er noch im Schnellzug gestopft hatte.

Dann entkleidete er sich rasch, zog eine weite graue Hose an und streifte sich eine abgenutzte Sportjacke über die Schultern. Die anderen Sachen verstaute er in der Tasche und zog ihren Reißverschluß zu. Er öffnete seine Brieftasche, nahm einen Aufkleber zur Hand, schrieb darauf in Großbuchstaben den Namen, den er im Hotel Cravat benutzte, und befestigte ihn an der einen Seite der Reisetasche. Den Make-up-Kasten ließ er unter dem Regenmantel verschwinden.

Einige Sekunden lang blieb Klein ruhig stehen und dachte über seine Pläne für die unmittelbare Zukunft nach. Ja, es schien alles in Ordnung zu sein. Er suchte noch einmal das Badezimmer auf und prüfte seine Aufmachung. Der unauffällig-elegant gekleidete Geschäftsmann, der vor kurzer Zeit ins Cravat gekommen war, hatte sich in eine völlig andere Person verwandelt.

In diesem Zusammenhang brauchte er nicht mit Schwierigkeiten zu rechnen, wenn er abreiste. Noch bei der Anmeldung hatte er darauf bestanden, das Zimmer für zwei Tage im voraus zu bezahlen – mit der Erklärung, er könne zu einem raschen Aufbruch gezwungen sein, um an einer wichtigen Konferenz teilzunehmen.

Klein stand am runden Eckfenster und blickte auf die Rue Chimay hinab, als das Telefon klingelte. Der Empfangschef teilte ihm mit, ein Mr. Brand sei gerade eingetroffen und wünsche Mr. Volpe zu sprechen.

Im Rückspiegel beobachtete Butler, wie ein Mann, der genau der Beschreibung Newmans von Peter Brand entsprach, die Banque Sambre verließ und in einen roten Lamborghini stieg. Er legte die Zeitung beiseite und wartete; Brand mußte an ihm vorbeifahren. Die Avenue de la Liberté war eine Einbahnstraße. Nur Busse konnten in beiden Richtungen verkehren.

Brand trug einen karierten Anzug und einen Jagdhut. Geschmackloser Typ. Und dann der Wagen. Ein Angeber und Frauenheld. Butler machte sich innerhalb weniger Sekunden ein Bild von ihm. Er legte den ersten Gang ein und folgte dem Lamborghini.

Am Ende der Avenue, kurz vor der Place de la Gare, bog der Bankier nach links ab. Butler erinnerte sich an die Karte, die von der jungen Frau im Flughafen stammte; er hatte sich das Straßennetz Luxemburgs fest eingeprägt. Offenbar fuhr Brand in die Richtung, aus der Butler zuvor gekommen war. Wollte er nach Findel?

Brand lenkte seinen roten Sportwagen über den Viadukt, der auf die andere Seite der breiten Schlucht führte, und passierte die britische Botschaft, ein Gebäude, das auf einem hohen und massiven Felsvorsprung stand. Kurz hinter der Kathedrale zeigte eine Ampel rotes Licht, und er hielt an, was Butler die Möglichkeit gab, zu ihm aufzuschließen.

Brand setzte die Fahrt durch die Rue Chimay fort, trat jäh auf die Bremse und gab einer jungen Frau die Möglichkeit, ihre Parklücke zu verlassen. Butler fuhr langsam an ihm vorbei, entdeckte einen anderen freien Parkplatz und stellte den Citroën ab. Zu Fuß folgte er dem Bankier über den Bürgersteig.

Brand ging an dem Restaurant des Hotels Cravat vorbei und verschwand durch den Haupteingang. Butler wartete einige Sekunden, trat ebenfalls ein und sah, wie sich der Bankier vom Tresen des Empfangs abwandte und auf den Lift zuhielt.

Es handelte sich um eine mittelgroße Halle, und sie wies einen Sitzbereich auf, von dem aus man sowohl den Aufzug als auch die Treppe beobachten konnte. Butler nahm in einem bequemen Sessel Platz, holte die Zeitung hervor und behielt unauffällig die Anzeige über der Lifttür im Auge. Brands Ziel befand sich im ersten Stock. Traf er sich dort mit jemandem?

Langsam blätterte er um und ließ dabei seinen Blick durch die Halle schweifen. Auf der anderen Seite der Treppe befand sich der Zugang zum Restaurant. Noch in der Rue Chimay hatte Butler bemerkt, daß man es auch direkt von der Straße betreten konnte. Offenbar stand es nicht nur den Hotelgästen zur Verfügung, sondern wurde auch von den Einheimischen geschätzt. Er schlug die Beine übereinander und bereitete sich darauf vor, längere Zeit zu warten. Harry Butler war ein sehr geduldiger Mann…

»Da stimmt doch irgend etwas nicht«, brummte Newman.

»Wie meinen Sie das?« fragte Benoit.

Zusammen mit Tweed hatten sie sich in die Kantine des Flughafens Findel begeben und dort an einem Tisch Platz genommen. Niemand sonst hielt sich in dem Raum auf, und so konnten sie sich ungestört unterhalten.

»Die Züricher Kreditbank – der Kommissionär für die Fracht, die an Bord einer großen Herkules-Maschine hierher transportiert wird – ist eine der beiden Schweizer Banken in Basel, die vor einigen Monaten überfallen wurden«, sagte Tweed. »Der Goldraub. Erinnern Sie sich?«

Benoit schlug sich mit der flachen Hand an die Stirn. »Natürlich! Das hatte ich ganz vergessen. Seltsam…«

»In der Tat.« Newman nickte. »Sonderbar. Ich glaube, wir haben etwas sehr Interessantes festgestellt. Ich frage mich nur, was das zu bedeuten hat.«

»Vermutlich hat uns Colonel Romer, der Direktor der Züricher Kreditbank, nicht alles gesagt«, überlegte Tweed laut. »Vermutlich ist er nicht ganz astrein. Die Sache mit dem Goldraub kam mir von Anfang an komisch vor.«

Benoit sah ihn fragend an.

»Es war mir ein Rätsel, wie die Gang Goldbarren im Werte von mehr als zehn Millionen Pfund aus zwei Banken im Stadtzentrum von Basel stehlen und die sicher nicht leicht zu handhabende Beute fortschaffen konnte. Später nahm ich an, einer der Frachtkähne Habers sei für den Transport benutzt worden. Dann wäre es nur notwendig gewesen, das gelbe Metall mit Lastwagen bis zum Rhein zu bringen. Trotzdem eine riskante Angelegenheit. Es sei denn, die Verbrecher konnten auf die Unterstützung eines einflußreichen Komplizen zurückgreifen. Wir sollten sofort etwas untenehmen, und dazu brauchen wir erneut den Hubschrauber, Benoit. Lassen Sie uns nach Brüssel zurückfliegen. Von dort aus rufe ich Arthur Beck an, den Leiter der Kantonspolizei. Es wird ihn sicher interessieren, von unserem Verdacht in Hinsicht auf Colonel Romer zu erfahren. Außerdem befürchte ich, daß die Aktion Kleins unmittelbar bevorsteht.«

»Und das Ziel?« fragte Newman.

»Ich wünschte, darauf könnte ich Ihnen eine Antwort geben.«

»Was ist mit Harry Butler?«

»Während des Fluges hierher habe ich mit ihm vereinbart, daß er mit dem Zug nach Brüssel zurückkehrt. Oder mit einem gemieteten Wagen. Hängt ganz davon ab, was er in bezug auf die Banque Sambre herausfindet. Ich frage mich, ob er schon etwas entdeckt hat. Nun, wie dem auch sei: Butler kommt gut allein zurecht.« Er trank seine Tasse Kaffee aus und stand auf.

»Können wir los?«

»Die Alouette steht Ihnen zur Verfügung«, erwiderte Benoit.

Butler näherte sich der Tür, und der Pförtner meinte: »Prächtiges Wetter, nicht wahr, Sir?« Er war ein gemütlich wirkender und dicklicher Mann, der offenbar ein wenig plaudern wollte.

»Kann man wohl sagen«, entgegnete Butler.

Eine gut dreißig Jahre alte Frau mit pechschwarzem Haar kam durch den Haupteingang, eilte an den leeren Empfangstresen und sah sich um. Der Pförtner trat an sie heran und fragte, ob er ihr behilflich sein könne.

»Ich möchte Mr. Max Volpe sprechen. Er erwartet mich.«

»Bitte gedulden Sie sich einen Augenblick. Ich gebe ihm Bescheid.«

Butler musterte die Frau, während der Pförtner nach dem

Telefon griff. Sie trug eine dunkle Hose, ein weißes Hemd und eine schwarze Jacke samt Fliege – eher die Aufmachung eines Mannes, dachte er. Der uniformierte Hotelbedienstete legte den Hörer wieder auf die Gabel und richtete einige Worte an die Frau, die sich daraufhin umdrehte und in Richtung Lift ging. Butler stellte fest, daß sie den Aufzug im ersten Stock verließ.

»Komische Kleidung«, sagte er, als sich der Pförtner erneut zu ihm gesellte.

»Unter uns gesagt, Sir: Ich mag diesen Typ Frau nicht besonders. Sie kommt von der Banque Sambre. Ich habe sie neulich dort gesehen, als ich einige Überweisungen in Auftrag gab. Soweit ich weiß, ist sie die Privatsekretärin Mr. Brands.«

»Ach?« machte Butler wie beiläufig.

»Um was geht es?« fragte Brand scharf, als Klein hinter ihm die Tür abschloß. Diesmal war er entschlossen, sich nicht einschüchtern zu lassen. »Es gibt gute Gründe für meinen Aufenthalt hier in Luxemburg.«

»Und worin bestehen sie?«

Vor dem Öffnen der Tür hatte Klein die Hornbrille abgenommen; die Pfeife steckte in seiner Jackentasche. Seine Stimme klang betont kühl, und er bedachte den Bankier mit einem durchdringenden Blick.

»Ich bin hierhergekommen, um die Vorbereitungen für den Transfer des Goldes zu überprüfen, das derzeit in Frankfurt auf Abruf bereitgehalten wird. Die Deutsche Bank hat bereits einige Anfragen an mich gerichtet. Sie möchte wissen, welche Bürgschaft geplant ist, um den Transport abzusichern.«

»Beabsichtigen Sie nicht, zu diesem Zweck eine Art Bankenkonsortium zu bilden und selbst einen kleinen Beitrag zu leisten?«

»Dabei haben sich inzwischen einige Schwierigkeiten ergeben …«

»Mit anderen Worten: Sie sind knapp bei Kasse. Sie verjubeln Ihr Geld in irgendwelchen Spielcasinos. Und um die Zinsen für Ihre Kredite zu bezahlen, greifen Sie auf das Grundkapital der Banque Sambre zurück – wie in den dreißiger Jahren der berühmte schwedische Betrüger Kreuger.«

»Woher wissen Sie das?« Brands Gesicht war aschfahl.

»Ich überprüfe die Personen, mit denen ich zusammenarbeite – bevor ich mich an sie wende. Kommen wir jetzt zur Sache. Wie ist der gegenwärtige Stand?«

»Die Deutsche Bank hält das Gold noch für zehn weitere Tage bereit. Wann beginnt das Unternehmen?«

Klein ignorierte diese Frage, und seine Stimme klang noch schärfer, als er sich erkundigte: »Was ist mit dem Transport?«

»Die C-25-Maschine wurde bereits reserviert. Und die Besatzung?«

»Sie wird auf dem Weg nach Findel durch meine Leute ersetzt.«

Klein hielt es für unklug, Brand mitzuteilen, daß sein Plan die Erschießung des Piloten und der anderen Personen an Bord vorsah; die Leichen sollten über dem Atlantik abgeworfen werden. Er durfte es nicht riskieren, daß der Engländer im letzten Augenblick einen Rückzieher machte.

»Ich möchte, daß Sie so schnell wie möglich nach Brüssel zurückkehren«, fuhr er fort. »Wie lange haben Sie hier zu tun?«

»Bis heute nachmittag. Anschließend mache ich mich mit meinem Privatjet auf den Rückweg.«

»Sorgen Sie dafür, daß ich Sie in der Avenue Louise erreichen kann. So, und jetzt will ich Sie nicht länger aufhalten. Immerhin haben Sie einen vollen Terminkalender, nicht wahr?«

»Weiß sonst noch jemand von den Krediten?« fragte Brand, als er auf die Tür zuhielt.

»Nein. Und niemand hat eine Ahnung, daß Sie Bankkapital verwenden, um Ihrer Frau in New York Geld zu schikken, jener Belgierin, die glaubt, es handle sich dabei um die Zinsen ihres Vermögens. Die Sie für einen überaus erfolgreichen Bankier hält und von einem Bett ins andere hüpft. Was Ihnen wohl klar sein dürfte.«

Nachdem Brand gegangen war, schloß Klein die Tür ab und lächelte zufrieden. Es waren natürlich gerade die finanziellen Schwierigkeiten des Bankiers, die ihm den gewünschten Ansatzpunkt boten. Brand brauchte größere Summen, wenn die Kapitalkrise der Banque Sambre nicht zu einem Fiasko werden sollte. Dieser Umstand machte ihn zu einem willigen Werkzeug Kleins.

Angst und Geld – die beiden Hauptfaktoren, mit denen sich das Verhalten von Menschen beeinflussen ließ. Die Basis für die Planungen Kleins: Zuckerbrot und Peitsche, wie die Deutschen sagten. Jemand klopfte an die Tür. Als er öffnete, sah er eine Frau, die in der Art eines Mannes gekleidet war.

»Auf dem Weg hierher bin ich Mr. Brand begegnet. Er meinte, ich solle zu Ihnen kommen.«

»Treten Sie ein.« Klein schloß die Tür wieder, und als er den Gesichtsausdruck der Frau sah, schüttelte er den Kopf. »Machen Sie sich keine Sorgen. Ich will Ihnen nicht an die Wäsche. Hören Sie mir gut zu: Bringen Sie diese Reisetasche ins Restaurant unten im Erdgeschoß. Geben Sie sie der Oberkellnerin. Sie soll die Tasche für mich aufbewahren. Ich hole sie dann später wieder ab. Anschließend kehren Sie in die Bank zurück. Verstanden?«

»Ja. Kann ich Ihren Namen nennen?«

»Warum nicht? Er steht auf dem Aufkleber.«

Als er allein war, setzte Klein die Brille auf und holte sowohl die Pfeife als auch die schwarze Baskenmütze hervor. Dann warf er einen Blick auf die Uhr.

Perfektes Timing – es entsprach genau seiner Planung. Er würde rechtzeitig in Findel eintreffen, um die Maschine nach Brüssel zu erreichen.

Irgend etwas ging vor. Butler saß nach wie vor in der Empfangshalle, und während er das Glas Bier austrank, das ihm der Pförtner gebracht hatte, dachte er noch einmal über die jüngsten Ereignisse nach.

Die Frau mit der Fliege – vermutlich die Privatsekretärin Peter Brands – hatte ein im ersten Stock des Hotels Cravat gelegenes Zimmer aufgesucht. Kurz darauf war der Bankier zurückgekehrt, und als er aus dem Lift trat, wirkte er ziemlich aufgebracht. Butler traf eine rasche Entscheidung.

Er stand auf, folgt Peter Brand auf die Straße und blieb im hellen Sonnenschein stehen. Der Bankier kehrte mit langen Schritten zu seinem geparkten Lamborghini zurück. Soll ich ihm nachfahren? überlegte Butler. Tweeds Anweisung bestand darin, Brand zu überwachen.

Andererseits: Tweed gewährte seinen Mitarbeitern einen großen Bewegungsspielraum und erwartete von ihnen, daß sie sich den Umständen entsprechend verhielten. Butler dachte erneut an die Frau mit der Fliege. Brand hatte im Hotel vermutlich jemanden besucht. Butler hielt Miß Fliege nicht für die Art von Frau, die Brand einem Freund für eine schnelle Nummer auslieh. Er ging in die Empfangshalle zurück, nahm wieder Platz und runzelte die Stirn. Mit wem hatte sich der Bankier im ersten Stock getroffen?

Kurz darauf öffnete sich die Lifttür. Miß Fliege kam aus der Kabine und trug eine Reisetasche, an der ein Aufkleber befestigt war. Butler beobachtete sie, als sie das Restaurant betrat. Die Sache wird immer seltsamer, fuhr es ihm durch den Sinn. Schon nach wenigen Sekunden kehrte die Frau zurück und verließ das Hotel durch den breiten Zugang. Butler schlenderte ihr nach, blieb ein weiteres Mal auf dem Bürgersteig stehen und gab sich den Anschein, den warmen Sonnenschein zu genießen.

Er sah, wie Miß Fliege ein Taxi herbeiwinkte, und deutlich hörte er ihre Stimme, als sie zum Fahrer sagte: »Banque Sambre.« In der Empfangshalle griff Butler nach dem leeren Bierglas und brachte es ins Restaurant. Als er es auf den Tresen stellte, dankte ihm eine Kellnerin in mittleren Jahren. Neben dem Glas stand die kleine Reisetasche. Max Volpe lautete die Aufschrift des Etiketts. Butler begab sich wieder in die Halle, nahm Platz und erweckte den Anschein, sich in die Zeitung zu vertiefen.

Inzwischen hatte er Verdacht geschöpft. Aus welchem Grund kam eine junge Frau von der Avenue de la Liberté ins Hotel Cravat, um eine Reisetasche in Empfang zu nehmen, sie ins Restaurant zu bringen und anschließend zur Bank zurückzufahren?

Butler sah auf, als er das Geräusch von Schritten hörte. Jemand kam die Treppe zwischen den beiden Aufzügen herab. Ein vornübergeneigt gehender Mann – er trug eine schwarze Baskenmütze und rauchte eine Pfeife – schritt geradewegs ins Restaurant.

Butler runzelte die Stirn. Ein kalkweißes Gesicht – was nicht der Beschreibung Kleins entsprach. Tweed hatte von fleckigen Wangen gesprochen. Er rief sich das fotokopierte Bild in Erinnerung zurück. Butler hatte es nicht nur betrachtet, sondern sich auch Erweiterungen in Form eines Bartes und anderer Accessoires vorgestellt. Es gab viele Möglichkeiten, das Aussehen zu verändern. Der Mann mit der Baskenmütze wirkte irgendwie vertraut.

Er stand auf, verabschiedete sich von dem Pförtner und begab sich ebenfalls ins Restaurant. Dort fiel ihm sofort auf, daß die Reisetasche vom Tresen verschwunden war. Wie beiläufig blickte er sich um. Der Mann mit dem bleichen Gesicht saß in einer Ecke, und die Tasche stand unterm Tisch.

Butler setzte sich, bestellte Kaffee und bezahlte sofort, als ihm die Kellnerin eine Tasse brachte. Er las in der Zeitung und beobachtete, wie der Mann in der Ecke auf die Uhr sah, seine Rechnung beglich, nach der Reisetasche griff und das Restaurant wieder verließ. Butler folgte ihm.

Volpe wanderte über den Bürgersteig, in Richtung Place

d'Armes. Butler erreichte seinen Wagen, setzte sich ans Steuer und fuhr langsam durch die Rue Chimay. Der Mann mit der Baskenmütze stieg in ein Taxi, und Butler ließ das Auto nicht aus den Augen, als er Gas gab und beschleunigte. Schon nach wenigen Minuten ahnte er das Ziel Volpes: der Flughafen Findel.

Die Luxair-Maschine startete. Volpe sah aus dem Fenster und beobachtete die im Sonnenschein glitzernden Dächer Luxemburgs. Sein Platz befand sich ganz in der Nähe der Pilotenkanzel, und Butler saß acht Reihen hinter ihm. Am Schalter im Flughafen hatten sie direkt nebeneinander gestanden, doch Volpe schenkte dem Mann an seiner Seite keine Beachtung.

Butler hielt es dennoch für ratsam, gewisse Vorsichtsmaßnahmen zu treffen und sein Erscheinungsbild zu verändern. Vor dem Abflug eilte er zu dem gemieteten Wagen zurück, holte eine Tasche aus dem Kofferraum, wechselte seine Jacke und setzte einen breiten Filzhut auf. Unmittelbar im Anschluß daran ging er an Bord des Flugzeuges. Ziel: Brüssel.

32

Nachdem die Alouette gestartet war, änderte Tweed seinen Plan. Er dachte noch einmal gründlich über den Bericht Newmans nach, drehte den Kopf, wandte sich an Benoit und sprach in das Mikrofon seines Kopfhörers. Das Dröhnen der Rotorblätter machte eine normale Verständigung unmöglich.

»Ich habe Ihnen doch von Colonel Ralston erzählt, den Bob an Bord der Motorjacht *Evening Star* kennengelernt hat.«

»Ja. Ein komischer Typ.«

»Könnten wir auf dem Rückweg nach Brüssel versuchen, sein Schiff ausfindig zu machen? Ich würde gern mit dem Colonel sprechen.«

»Hoffen wir nur, daß er sich noch in belgischen Gewässern aufhält. Dann kann ich mit meiner Dienstautorität Druck auf ihn ausüben, wenn es notwendig werden sollte.«

Benoit wies den Piloten an, den Kurs zu ändern. Newman tauschte seinen Platz mit Tweed und blickte aus dem Fenster. Er zweifelte nicht daran, daß er die Motorjacht erkennen würde, wenn er sie sah. Nach einer Weile erreichten sie die Maas, und Newman preßte unwillkürlich die Lippen zusammen, als sie über Les Dames de Meuse hinwegflogen. Vor seinem inneren Auge sah er noch einmal die Leiche Brouckers, die halb im Schlamm steckte, die Kehle von einem Ohr zum anderen aufgeschlitzt.

»An Bord des Bergungsschiffes, das die *Gargantua* hob, befand sich ein großer Kran«, sagte Newman später zu Tweed. Auf dem Deck wimmelte es geradezu von Leuten, und auf dem Treidelpfad reihte sich ein Wagen an den anderen.

»Vermutlich die Spezialisten vom Erkennungsdienst«, erwiderte Tweed geistesabwesend. Er dachte darüber nach, welche Fragen er Colonel Ralston stellen sollte – vorausgesetzt, sie fanden seine Jacht. »Die Untersuchung des Frachtkahns wird bestimmt einige Tage dauern. Und ich fürchte, soviel Zeit bleibt uns nicht mehr.«

»Sie glauben also, Klein will bald losschlagen, nicht wahr?«

»Der gestohlene CRS-Übertragungswagen macht mir Sorgen. Ein derartiges Fahrzeug läßt sich nicht so einfach verstecken. Das weiß auch Klein. Außerdem hat Lasalle mir mitgeteilt, daß die darin installierten Funkgeräte eine große Reichweite haben. Das ermöglicht einige Rückschlüsse auf den Umfang der geplanten Aktion.« Tweed zögerte kurz und starrte in die Ferne. »Wo zum Teufel könnte der aus dem russischen Depot stammende Sprengstoff versteckt sein? Wenn wir eine Antwort auf diese Frage fänden, hätten wir Klein am Kragen. Da bin ich ganz sicher.«

»Vielleicht wissen wir die Antwort bereits – ohne es zu ahnen«, sagte Newman und blickte nach wie vor aus dem Fenster.

Tweed runzelte die Stirn, als er diese Worte vernahm. Irgendwo in den dunklen Gewölben seines Gedächtnisses regte sich etwas, aber er sah sich außerstande festzustellen, worum es sich handelte.

»Eine ziemlich mysteriöse Bemerkung.«

»Ich frage mich, wie Paula zurechtkommt«, überlegte Newman laut. »Sie scheint nicht auf den Kopf gefallen zu sein. Ihre Theorie klang einleuchtend.«

»Aber es bleibt eine Theorie. Stimmt etwas nicht?«

Newman hatte sich vorgebeugt. »Der Pilot soll tiefergehen. Jetzt sofort!«

Sie flogen über Dinant, und aus der gegenwärtigen Höhe

betrachtet wirkte die Festung auf dem Felsmassiv wie eine Spielzeugburg. Über die interne Kommunikation hörte der Pilot die Worte Newmans, und er reagierte sofort. Er hatte bereits die Flughöhe reduziert, nachdem die Berge im Bereich von Les Dames de Meuse hinter ihnen zurückgeblieben waren.

»Dort ist die *Evening Star.* Sie hat eine Schleuse nördlich von Dinant erreicht. Die Jacht Ralstons. Warten Sie ab, bis wir näher heran sind.«

»Fährt sie stromauf- oder stromabwärts?« fragte Tweed.

»Stromabwärts, in Richtung Namur. Merkwürdig. Als ich in Namur an Bord ging, meinte Ralston, er wolle weiter nach Liège. Man könnte fast meinen, er patrouilliert auf der Maas...«

»Gibt es hier in der Nähe irgendeine Landemöglichkeit?« wandte sich Benoit an den Piloten.

»Der Fußballplatz dort unten. Wird im Augenblick nicht benutzt.«

»Dann gehen Sie dort nieder.«

»Gerade ist eine Nachricht für Sie eingetroffen. Sie werden gebeten, sich mit dem Präsidium in Verbindung zu setzen.«

Benoit seufzte. »Zum Teufel mit Grand' Place. Offenbar brauchen meine Kollegen dauernd jemanden, der Ordnung in das Chaos bringt.«

Marler fuhr durch den Boulevard de Waterloo und war froh, wieder in Brüssel zu sein. Er passierte das Hilton auf der gegenüberliegenden Straßenseite, wartete einige hundert Meter weiter an der Ampel und bog ab, als sie auf Grün sprang. Eine schmale Nebenstraße führte direkt zum Hotel.

Die Stadt stellte eine faszinierende Mischung aus alten und modernen Gebäuden dar. Gegenüber dem Hilton erhoben sich die Mauern einer barocken Kirche, und direkt daneben lud ein bistroartiges Restaurant zu einem Imbiß ein. Als sich Marler der Zufahrt zur Tiefgarage des Hotels näherte, erinnerte er sich daran, daß es in seinem Beruf nicht ratsam war, den Wagen dort zu parken, wo man wohnte.

Er stellte das Auto in einem nahen Parkhaus ab, und zehn Minuten später betrat er die große Aufenthaltshalle des Hilton. Er hielt sofort auf den Empfang zu, in der einen Hand eine Sporttasche, in der anderen einen Koffer.

»Dupont«, stellte er sich auf französisch der dunkelhaarigen Frau hinter dem Tresen vor. »Zimmer 1914.«

»Das ist ein Luxusapartment, Sir. Die Anmeldung erfolgt im achtzehnten Stock.«

»Oh, natürlich.« Marler grinste. »Wie konnte ich das nur vergessen?«

Ein Hausdiener nahm ihm den Koffer ab, doch von der Sporttasche trennte er sich nicht. Im achtzehnten Stock betrat er ein elegant eingerichtetes Zimmer und näherte sich einer Blondine, die an einem breiten Schreibtisch saß. Sah verdammt gut aus.

»Dupont«, wiederholte er, als sie ihm einen Platz angeboten hatte. »Zimmer 1914. Die Suite wurde schon vor einer Weile für mich reserviert.«

Die junge Frau wirkte ein wenig verwirrt, als sie ihm ein Anmeldeformular reichte. »Ein Mann, der ebenfalls diesen Namen nannte, hielt sich einige Stunden lang in dem Apartment auf. Ich hoffe, das ist in Ordnung...«

Marler lächelte breit, als er das Formular ausfüllte. »Seien Sie unbesorgt. Das war mein Bruder.« Er nickte in Richtung Fenster. »Von hier aus hat man einen prächtigen Blick.« Der Abend dämmerte, und die Lichter Brüssels begannen zu glänzen – wie Sterne, die vom Himmel gefallen waren. Als er die französische Paßnummer aufschrieb, hielt er das Dokument so, daß die Blondine nicht die Einträge lesen konnte.

»Ihr Schlüssel, Sir. Ich hoffe, Sie genießen den Aufenthalt bei uns.«

»Da bin ich ganz sicher – immerhin sind wir hier in Brüssel.«

Er bedachte sie erneut mit einem strahlenden Lächeln und stand auf. Die junge Frau musterte ihn nachdenklich. Marler zwinkerte, kehrte in den Lift zurück und betätigte eine Taste.

Kurz darauf betrat er seine Suite und sah sich um. Ein luxuriöses Apartment, in der Tat. Eine Menge Platz. Durch das Fenster sah er den geradezu gewaltigen Palais de Justice – ein Anblick, der ihm ein süffisantes Grinsen entlockte. Er durchsuchte die Zimmer, entdeckte einen großen und abschließbaren Schrank, öffnete ihn und legte die Sporttasche in ein Fach.

Sie enthielt die demontierten Einzelteile seines Gewehrs, das Zielfernrohr und Munition. Sorgfältig prägte er sich die Position der Tasche ein, nahm einen Schreibstift zur Hand und kennzeichnete eine bestimmte Stelle des Fachs. Auf diese Weise konnte er sofort feststellen, ob sich während seiner Abwesenheit jemand an dem Gepäck zu schaffen gemacht hatte. Dann klappte er die Schranktür zu, schloß ab und steckte den Schlüssel ein.

Auf dem Tisch stand ein Korb mit Obst, auf der Karte daneben las er: *Mit den besten Empfehlungen des Direktors.* Marler fand auch einen Umschlag, der an ›M. Dupont‹ adressiert war. Er zog das Blatt daraus hervor.

Abendessen im Sky Room, um 21.00 Uhr. K. Er schob den Zettel in die Tasche und griff nach einer Broschüre des Hotels. Hochglanzdruck. Im Hilton gab es drei Restaurants. *Sky Room, im siebenundzwanzigsten Stock. Musik und Tanz bis zum Morgengrauen. Maison de Bœuf, im ersten Stock.* Und das *Café d'Egmont, im elften Stock.* Dort wurde auch das Frühstück serviert.

Marler blätterte in dem Prospekt, und das *Maison de Boeuf* weckte sein Interesse. Zum Teufel mit Klein und seinem Sky Room, dachte er. Soll er nach mir suchen. Er packte den Koffer aus und ging ins Bad, um sich zu erfrischen. Marler trug einen hellblauen Nadelstreifenanzug, ein ebenfalls blaues, gestreiftes Hemd und eine schlichte Krawatte – Kleidung, die er in Bouillon, während des Wartens auf Godot, nicht benutzt hatte. Er prüfte sein Erscheinungsbild im Spiegel, nickte zufrieden und verließ die Suite. Es gab viele hübsche Frauen in Brüssel.

Einige von ihnen sahen ihm nach, als er durch die Empfangshalle schritt, durch den Ausgang trat und über den Bürgersteig ging.

Lara Seagrave kehrte durch die Avenue Louise ins Hotel Mayfair zurück, nahm den Lift und suchte ihr Zimmer auf. Der Schlüssel befand sich in ihrer Handtasche – dadurch hatte sie im Notfall mehr Bewegungsspielraum.

Sie schloß die Tür, zündete sich eine Zigarette an und wanderte unruhig auf und ab. Keine Nachricht von Klein. Der Mistkerl soll bloß nicht glauben, ich würde jeden Abend hier herumhocken und darauf warten, daß das verdammte Telefon klingelt, dachte sie zornig. Sie traf eine rasche Entscheidung, nahm sich vor, auszugehen und den einen oder anderen interessanten Mann kennenzulernen. Um einige nette Stunden zu verbringen. Nichts Ernstes, um Himmels willen!

Lara hatte es sich bereits zur Angewohnheit gemacht, einen einmal gefaßten Beschluß sofort in die Tat umzusetzen. Sie verlor keine Zeit, nahm ein nur zehnminütiges Bad, zog ein marineblaues Gabardine-Kostüm und eine weiße Rüschenbluse an. Sie wählte Halbschuhe mit *mittelhohen* Absätzen – für den Fall, daß sie sich schnell aus dem Staub machen mußte.

Nach zwei weiteren Minuten vor dem Spiegel – für Puder, Lippenstift und Lidschatten – war sie für alles (und jeden) bereit. Für heute abend kommt nur etwas ganz Besonderes in Frage, dachte sie. Eine elegante Umgebung, nicht allzu weit von hier entfernt. Wie wär's mit dem Hilton …

Chabot saß am Steuer eines Renault-Kombi und fuhr nach Brüssel. Neben ihm hockte ein schweigsamer und mürrischer

Hipper. Es war zu einem kurzen Streit gekommen, als der Luxemburger Chabot von einem Augenblick zum anderen mitteilte, daß sie Larochette unverzüglich verlassen und sich auf den Weg zur belgischen Hauptstadt machen mußten.

»Ich fahre«, sagte der athletisch gebaute Franzose.

»Nein!« widersprach Hipper schrill und blieb in der Küchentür des Hotel de la Montagne stehen. »Sie haben sich an die Anweisungen zu halten.«

»Aber nicht an *Ihre*. Klein bezahlt mich. *Er* ist mein Boß. Und wenn er mich mit irgendwelchen Dingen beauftragt, die mir nicht passen, so nehme ich kein Blatt vor den Mund. Schluß mit dem Gerede. Ich fahre, und damit hat sich's. Klar? Ich bin verdammt froh, dieses Gefängnis endlich verlassen zu können.«

Als er den ersten Gang einlegte, blickte er noch einmal zu dem leerstehenden Hotel mit den geschlossenen Fensterläden zurück. Ja, er war wirklich froh. Und obgleich Hipper sich erneut ausgesprochen mundfaul gab, vermutete Chabot, daß die Aktion Kleins bald begann. Mit dem Messer an der Kehle hatte er dem Franzosen die Auskunft abgerungen, das Ziel sei Antwerpen. Jetzt waren sie nach Brüssel unterwegs – und von dort aus konnte man Antwerpen innerhalb kurzer Zeit mit dem Zug erreichen.

In Brüssel wies Hipper ihm den Weg. Chabot fuhr durch den Boulevard de Waterloo und folgte der gleichen Route wie einige Stunden zuvor der Mönch. An der Ampel bog er ab, lenkte den Wagen über eine Nebenstraße und näherte sich dem Hilton.

»Wo wohnen wir hier?« fragte er. »Und wenn Sie nicht sofort antworten, kurve ich bis morgen früh kreuz und quer durch die Stadt.«

»In einem Viertel, das man ›Marolles‹ nennt«, erwiderte der dicke und kleine Mann auf dem Beifahrersitz. »Ein recht heruntergekommener Bereich der Stadt, der gerade renoviert wird. Hinter dem Palais de Justice nach rechts. Wir kommen im Café de Manuel unter. Der Eigentümer vermietet Zimmer, ohne das Ausfüllen von Anmeldeformularen zu verlangen.«

Als sie den riesigen Justizpalast passiert hatten, ging die Fahrt durch das Gassenlabyrinth der Altstadt weiter. Ab und zu blickte der Franzose zu den vierstöckigen und verlassen wirkenden Gebäuden hinauf. Vorhängeschlösser hingen an den Türen. Dächer waren halb eingestürzt, und die Stützbalken sahen aus wie braune Knochen. Andere Bauwerke hingegen schienen gerade erst errichtet worden zu sein: sieben- und achtstöckige Mietskasernen, die die Einfallslosigkeit ihrer Architekten bewiesen. Chabot verzog das Gesicht.

»Das verstehen Sie unter Renovierung?« wandte er sich an Hipper. »Die alten Häuser, in denen man sich wohl fühlen kann, werden einfach abgerissen und weichen anonymen Betonklötzen.« Er deutete nach vorn. »Dort ist das Café Manuel.«

»Parken Sie auf der Rückseite.«

Chabot fragte nicht, wie lange sie in jener Bruchbude warten mußten. Der Umstand, daß sie das Versteck in Larochette verlassen hatten, deutete darauf hin, daß es bald losging.

Auf dem Flughafen von Brüssel verließ Butler die Luxair-Maschine, folgte Klein durch die Paß- und Zollkontrolle und beobachtete, wie der Mann mit dem kalkweißen Gesicht in ein Taxi stieg. Rasch winkte er ein anderes herbei und nahm auf dem Rücksitz Platz.

»Folgen Sie dem Taxi dort. Und verlieren Sie es bitte nicht aus den Augen. Ich bin sicher, der Kerl ist zu einem Treffen mit meiner Frau unterwegs. Und ich möchte sie *in flagranti* erwischen.«

»Verstehe.« Der Fahrer sah in den Rückspiegel und nickte mitfühlend. »Ohne Probleme wäre das Leben ziemlich langweilig, nicht wahr?«

»Auf dieses eine kann ich durchaus verzichten«, erwiderte Butler und schwieg.

Eine gute halbe Stunde später parkte das Taxi Kleins vor dem Sheraton, und der Wagen, in dem Butler unterwegs war, hielt einige Meter dahinter an. Butler gab dem Fahrer ein großzügiges Trinkgeld und folgte Klein ins Hotel. Inzwischen hatte er den Filzhut abgenommen, und er trat nahe genug an den Anmeldetresen heran, um zu hören, daß für den Mann mit dem kalkweißen Gesicht bereits ein Zimmer reserviert war. Der Empfangschef sprach ihn mit ›Mr. Andersen‹ an.

Als der Hausdiener nach dem Koffer griff, sah sich Klein um. Butler blätterte in einer Broschüre, die er aus einem Ständer auf dem Tresen genommen hatte. Er glaubte nicht, daß der Mann neben ihm Verdacht geschöpft hatte: Vier weitere Taxis waren vorgefahren, und es herrschte ein ständiges Kommen und Gehen. Er wartete, bis sich die Lifttür geschlossen hatte, schlenderte dann durch die Halle und beobachtete die Liftanzeige. Klein verließ den Aufzug im zwölften Stock.

Butler kehrte auf die Straße zurück, betrat eine Telefonzelle und rief Park Crescent an.

Klein saß in seinem Zimmer und trank Mineralwasser. Den Koffer hatte er nicht einmal geöffnet. Sein Aufenthalt im Sheraton würde sich auf wenige Stunden beschränken. In Gedanken ging er noch einmal die Planungsliste durch.

Chabot und Hipper. Sie trafen bald in Brüssel ein und wohnten im Café de Manuel, im Viertel Marolles. Er hoffte nur, daß es Hipper gelang, Chabot unter Kontrolle zu halten. Nach dem langweiligen Aufenthalt in Larochette brannte der Franzose vermutlich darauf, einen Streifzug durch die Stadt zu machen und mit irgendeiner Frau ins Bett zu steigen.

Der Mönch. Wahrscheinlich wartete er bereits im Hilton. Was Marler anging, brauchte er nicht mit Schwierigkeiten zu rechnen. Er konnte mit jeder Situation fertig werden. Ein ausgesprochen unabhängiger Typ. Für den Geschmack Kleins sogar zu unabhängig.

Legaud und der gestohlene CRS-Übertragungswagen. In Holland, am vereinbarten Treffpunkt außerhalb von Delft. Vermutlich war er schon neu lackiert und mit niederländischen Nummernschildern ausgestattet worden, die von einem anderen, ebenfalls gestohlenen Wagen stammten. Der Eigentümer jenes Fahrzeugs befand sich auf einer Geschäftsreise, ahnte nichts und konnte somit auch keine Anzeige erstatten.

Das Team Grand-Pierres. Die Taucher kehrten von der Nordküste Hollands nach Delft zurück und erwarteten die Einsatzorder.

Über Wochen und Monate hinweg waren die Mitglieder der neuen Organisation über den ganzen Kontinent verteilt gewesen, doch jetzt konzentrierte Klein seine Streitmacht in der Nähe des Ziels: Europort.

33

Auf dem Hamburger Flughafen landete ein Jumbojet nach dem anderen; an Bord befanden sich auch amerikanische Passagiere, die sich auf eine Kreuzfahrt mit der *Adenauer* freuten. Im Vergleich zu dem stattlichen Fünfzigtausend-Tonnen-Schiff wirkten die Dockanlagen des Hafens winzig. An den Anlegestellen hielten ständig Taxis. Dutzende von Frauen, Männern und Kindern stiegen aus, versessen darauf, das Abenteuer zu beginnen.

Im Gegensatz zu anderen Kreuzfahrtschiffen, die auf allen Weltmeeren verkehrten, gab es an Bord der *Adenauer* nicht nur eine Klasse. Sie ähnelte in seiner Bauart den transatlantischen Monstren vor dem Zweiten Weltkrieg: die besten Quartiere in der *De-Luxe*-Klasse. Darunter folgten die Kabinen der ersten Klasse, dann die der zweiten. Jedes Deck war von den anderen getrennt und wies ein eigenes Restaurant auf.

Texanische Millionäre mit Stetson-Hüten standen an der Reling und beobachteten die an Bord kommenden Passagiere. Der Kapitän hatte seinen Ersten Offizier davon unterrichtet, daß auch Vertreter des ›geheimen Finanzadels‹ von Philadelphia an Bord weilten. Einige von ihnen wurde die Ehre zuteil, an seinem Tisch speisen zu können.

Doch als das majestätische Schiff ablegte und die Elbe hinunterglitt in Richtung Nordsee, hielten sich noch nicht alle Teilnehmer der Kreuzfahrt an Bord auf. Es war vorgesehen, daß die *Adenauer* auf hoher See weitere Passagiere aufnahm, die mit Leichtern von Rotterdam kamen.

Der Fünfhunderttausend-Tonnen-Tanker *Cayman Conquerer* hatte die afrikanische Küste schon weit hinter sich zurückgelassen und näherte sich Europa. Er hielt auf den Ärmelkanal zu, die Tanks voller Rohöl.

Man hatte den Kapitän Homer Grivas darauf hingewiesen, daß zum Zeitpunkt seines Eintreffens die *Adenauer* vor Rotterdam die Anker setzte, um zusätzliche Passagiere aufzunehmen. Sicher waren einige schwierige Manöver notwendig, um das riesige Schiff in den Hafen zu steuern, aber ansonsten rechnete Grivas mit keinen Problemen. Er zweifelte nicht daran, daß er Europort zeitplanmäßig erreichte.

Zwanzig Meilen hinter der *Cayman Conquerer* steuerte der Dreihundertfünfzigtausend-Tonnen-Tanker *Easter Island* dem Ärmelkanal entgegen. Kapitän Williams hatte seinen Leuten den Befehl gegeben, die Anzeigen des hochmodernen Radarsystems im Auge zu behalten.

Er wußte nicht nur über die *Adenauer* Bescheid, sondern auch über die *Conquerer.* Aus Sicherheitsgründen durfte sich die Entfernung zwischen den beiden Tankern auf keinen Fall weiter verringern. Abgesehen davon war Williams sicher, daß ihn nichts weiter als Routine erwartete. Europort konnte mit vielen großen Schiffen gleichzeitig fertig werden.

Luigi Salvi, Kapitän des Zehntausend-Tonnen-Frachters *Otranto* aus Genua, schwitzte vor Aufregung. Die *Easter Island* war deutlich auf dem Radarschirm zu erkennen, durchpflügte das Meer dicht vor seinem Schiff. Er wußte, daß ihm keine andere Wahl blieb, als hinter dem Tanker zu bleiben und der *Island* zu gestatten, vor ihm in den Kanal zu fahren. Das bedeutete allerdings eine gewisse Verzögerung in Hinsicht auf seine planmäßige Ankunftszeit. Er hatte die holländischen Hafenbehörden bereits verständigt.

Es kam nun darauf an, die Entfernung zum Tanker so gering zu halten, wie es die internationalen Bestimmungen zuließen – um die Verspätung auf ein Minimum zu reduzieren. Der Transportvertrag für die Fracht der *Otranto* beinhaltete eine entsprechende Strafklausel; jede Stunde kostete Geld.

Darüber hinaus reisten an Bord des Frachters auch noch zehn Passagiere, zu denen auch der Reeder und seine Gattin gehörten. Ständig mußte jemand der Frau Gesellschaft leisten. Aus diesem Grund eilte Salvi dauernd zwischen dem Radargerät auf der Brücke und seinem Tisch im Speisesaal hin und her. Du mußt einen kühlen Kopf bewahren, sagte er sich. Wenn er Europort erreichte, betrug die Verspätung wahrscheinlich nur einige Stunden, mehr nicht. Dann erinnerte er sich an das verdammte Kreuzfahrtschiff, die *Adenauer.* Diese Reise würde ihn noch einige Nerven kosten.

Hinter der *Otranto* fuhren drei große Container-Schiffe, die von Afrika kamen und ebenfalls Europort zum Ziel hatten. Es herrschten gute Wetterverhältnisse, und die Entfernung der drei Transporter war so gering, daß sie sich in Sichtweite zueinander befanden. Ihre Fracht bestand aus Sojabohnenmehl, und jeder Kapitän war bestrebt, die Kais vor den beiden Kollegen zu erreichen. Aus diesem Grund ärgerten sie sich über den großen Tanker vor der *Otranto*. Wenn sich nichts änderte, mußte der Hafenmeister entscheiden, wer als erster anlegen konnte.

Wie üblich verkehrten Fähren zwischen Harwich und Hoek van Holland, dem Hafen am südwestlichen Landvorsprung Südhollands. Die Anzahl der Passagiere, die sich an Bord befanden, war von Fähre zu Fähre verschieden. Es nahmen jedoch nie weniger als zweihundert an der Überfahrt teil. Manchmal wurden sogar bis zu dreihundert befördert.

Für Sealink war es ein Tag wie jeder andere.

Die Hafenkontrolleure von Europort – und auch die von Hoek van Holland – waren über alle Schiffe vor der Küste informiert. Mit jedem einzelnen standen sie in ständiger Funkverbindung. Sie zweifelten nicht daran, daß sie alles fest im Griff hatten. Dies war Europort – das Tor Europas.

34

Butler eilte über den Bürgersteig, und erst nach einigen Minuten fand er eine Telefonzelle und wählte die Nummer von Park Crescent. Monica meldete sich. Ihre Stimme vibrierte vor Aufregung.

»Harry, wo ist Tweed? Ich muß dringend mit ihm sprechen.«

»Keine Ahnung. Ich rufe von einer Telefonzelle in Brüssel an. Zum letztenmal sah ich ihn in Luxemburg. Auf dem Flughafen Findel, um ganz genau zu sein. Zusammen mit Newman und Benoit.«

»Ich habe versucht, Benoit zu erreichen. Ohne Erfolg. Es sind zwei wichtige Nachrichten für Tweed eingetroffen.«

»Sie können mir sagen, worum es geht. Übrigens: Ich weiß, wo sich Klein aufhält.«

»Ausgezeichnet! An dieser Information dürfte Tweed ebenfalls interessiert sein. Lassen Sie mich einen Augenblick nachdenken. Haben Sie Geld genug für das Gespräch?«

»Vor mir liegt ein ganzer Berg Münzen.«

Dumme Frage, dachte Monica. Butler war klug genug, auf alles vorbereitet zu sein. Sein ruhiges und eher zurückhaltendes Wesen kam einer Maske gleich, hinter der sich ein analytischer Verstand verbarg, der ständig alle Möglichkeiten berücksichtigte.

»Ich werde Sie nicht enttäuschen«, sagte er.

Das gab den Ausschlag. Zwar hatte Monica die Stimme Butlers erkannt, aber sie hielt es dennoch für angeraten, vorsichtig zu sein. Sie brauchte einen eindeutigen Beweis für die Identität des Mannes, mit dem sie sich unterhielt. Während sie überlegte, schienen sich ihre Gedanken wie durch eine zähe Masse zu bewegen: Schon seit vierundzwanzig Stunden hatte sie nicht mehr geschlafen und im Büro Tweeds die Stellung gehalten.

»Wer ist Ihr Partner, der Mann, mit dem Sie für gewöhnlich zusammenarbeiten? Und wie kleidet er sich?«

»Pete Nield. Legt Wert auf elegante Kleidung. Tadellos sitzende Anzüge. Hat dunkles Haar und einen gepflegten Bart.«

»In Ordnung, Harry. Ich war ohnehin sicher, daß Sie es sind. Nun, ich habe heute zwei Anrufe bekommen, die darauf hinweisen, daß sich das Ziel in Antwerpen befindet. Beim erstenmal fügte der unbekannte Informant ein einschränkendes ›glaube ich jedenfalls‹ hinzu. Beim zweitenmal nicht. Ich setze mich gleich noch einmal mit Grand' Place in Verbindung. Vielleicht weiß man dort inzwischen, wo sich Benoit aufhält. Und Tweed.«

»Ich gebe Grand' Place von hier aus Bescheid. Wenn sich Tweed bei Ihnen melden sollte: Sagen Sie, Klein ist im Sheraton. Glaube ich.«

»Fangen Sie nicht auch noch damit an«, stöhnte Monica. Und sie fügte hinzu: »Er ist gefährlich, Harry. Seien Sie vorsichtig.«

Butler griff nach seiner Tasche und kehrte rasch zum Sheraton zurück. Er bedauerte es, das Hotel verlassen zu haben – aber er konnte es nicht riskieren, Park Crescent von hier aus anzurufen; das Risiko, daß die Vermittlung im Hotel mithörte, war zu groß. Er nahm in der Empfangshalle Platz und wartete eine Zeitlang. Butler konnte nicht ahnen, daß Klein gerade gegangen war...

Nachdem der Hubschrauber auf dem leeren Fußballplatz gelandet war, kam es zu einer ärgerlichen Verzögerung. Tweed und seine Begleiter brauchten einen Wagen, und aus diesem Grund mußte der Copilot mit der Polizei in Dinant Kontakt aufnehmen.

»Zu Fuß dauert es eine Weile, den Fluß zu erreichen«, erklärte Benoit. »Und Ralston wartet nicht auf uns. Inzwischen hat seine Jacht sicher schon die Schleuse passiert.«

Sie sahen das Schiff, als sie am Ufer hielten. Der Fahrer trat auf die Anlegestelle und hob ein Megaphon.

»Polizei! Machen Sie hier fest. Wir kommen an Bord.«

»Das dürfte ihm einen gehörigen Schrecken einjagen«, meinte Tweed. »Und damit wäre der komische Colonel genau in der richtigen Stimmung für ein Verhör.«

»Wieso ›komisch‹?« fragte Benoit.

»Oh, der Kerl ist alles andere als astrein«, erwiderte Newman. »Ich hatte ausreichend Gelegenheit, ihn kennenzulernen, und ich bin sicher, er hat Dreck am Stecken.«

Der Steuermann änderte den Kurs der Jacht und lenkte das Schiff in Richtung Anlegestelle. Ralston stand auf dem Oberdeck, die Hände um die Stange der Reling geschlossen. Newman beobachtete ihn aufmerksam und stellte fest, daß die Wangen des Colonels noch rötlicher wirkten. Als die Jacht heran war, verzog Ralston wütend das Gesicht.

»Zum Teufel auch, was ist denn los?« knurrte er aufgebracht. »Aus welchem Grund halten Sie mich auf?«

Besatzungsmitglieder sprangen an Land und machten das Schiff mit Tauen fest. Zwei Männer trugen einen Laufsteg herbei und brachten ihn in Position. Newman sah Sergeant Bradley, der einige Schritte hinter dem Colonel stand. Josette schlenderte über Deck, und als Ralston sie sah, drehte er den Kopf.

»Verzieh dich in die Kajüte!« donnerte er.

Alfredo, Koch und Mädchen für alles, spähte durch ein Bullauge und verschwand wieder. »Die Bande ist komplett«, flüsterte Newman ironisch.

Ralston stand am Ende des Laufsteges und versperrte Tweed und seinen Begleitern den Weg. Er stemmte die Hände in die Hüften und starrte die Männer am Ufer zornig an. Als Benoit, gefolgt von Tweed und Newman, auf ihn zutrat, hob er den einen Arm.

»Ich habe Sie gefragt, was das alles soll. Ich verweigere Ihnen die Erlaubnis, an Bord zu kommen. Sagen Sie von dort aus Ihr Sprüchlein auf.«

»Kriminalpolizei von Brüssel«, erwiderte Benoit knapp und zeigte seinen Dienstausweis. »Machen Sie Platz. Oder wir verschaffen uns gewaltsam Zutritt.«

»Was fällt Ihnen ein?« ereiferte sich der Colonel. Er wich zurück. »Ich hoffe, Sie haben einen Durchsuchungsbefehl ...«

»Brauche ich einen?« fragte Benoit.

Sie standen nun alle auf dem Deck. Josette wartete am unteren Ende der Kajütentreppe und sah hoch. Newman zwinkerte ihr zu und nickte in Richtung Ralston, der sich an Tweed wandte. »Und wer sind Sie, wenn ich fragen darf?«

»Tweed. Superintendent einer Spezialeinheit zur Terroristenbekämpfung.« Er zeigte ebenfalls seinen Ausweis. »Ich schlage ein Gespräch in gemütlicher Umgebung vor«, fügte er hinzu. »Wie wäre es mit dem Bordsalon?«

»Sehr freundlich von Ihnen. Sie fühlen sich bereits ganz wie zu Hause, wie? Dies ist mein Schiff, vergessen Sie das nicht.«

»Ich möchte Ihnen einige Fragen stellen.«

»Aber vielleicht bin ich nicht bereit, Ihnen darauf Antwort zu geben. Falls es Ihnen entgangen sein sollte: Sie befinden sich in Belgien. Von mir aus können Sie in England den großen Mann spielen, aber hier ...«

»Die belgischen Behörden wären sicher sofort bereit, einem Auslieferungsgesuch stattzugeben und mir zu erlauben, Sie nach London zu bringen. Die Anklage? Komplizenschaft mit Terroristen.«

»Außerdem«, sagte Benoit, »könnte ich mich dazu gezwungen sehen, Sie zu verhaften und im Polizeipräsidium Brüssels zu verhören – bevor Sie ausgeliefert werden.«

»Die Kajüte«, sagte Tweed fest. »Gehen Sie voraus.«

Newman bildete den Abschluß, und als sie den Bordsalon betraten, beobachtete er die Bar am anderen Ende des Raumes. Auf dem Tresen standen eine zu drei Vierteln geleerte

Flasche Whisky und ein halbvolles Glas. Offenbar hatte der Colonel bereits einiges intus. Deshalb seine schroffe Reaktion. Newman wechselte einen kurzen Blick mit Tweed, der daraufhin ein Nicken andeutete. Der Colonel trat steifbeinig hinter die Theke und drehte sich um.

»Da Sie schon einmal hier sind... Setzen Sie sich. Und sagen Sie mir, was der Unsinn mit den Terroristen soll.«

»Kennen Sie einen Mann namens Klein?« begann Tweed. »Denken Sie gründlich nach, bevor Sie antworten. Sie haben bereits die Bekanntschaft Bob Newmans gemacht, nicht wahr? Er kam als Passagier an Bord Ihrer Jacht.«

»Als Spion, meinen Sie wohl!« entgegnete Ralston scharf. »Hat er hinter meinem Rücken Fragen gestellt? Wem? Ist wohl kaum das Verhalten eines Gentlemans und Gastes.«

»Eines *zahlenden* Gastes«, erinnerte ihn Newman ruhig. »Sie haben mir ziemlich viel Geld abgeknöpft. Und Ihre Mannschaft ist recht schwatzhaft«, fügte er hinzu, um Josette zu schützen. Die junge Frau saß ihm gegenüber, direkt neben der Tür, die Hände sittsam im Schoß gefaltet.

Das Verhalten eines Gentlemans... Lieber Himmel, dachte Tweed. Offenbar ist bei dem Typen mehr als nur eine Schraube locker. Er beugte sich vor und ließ den Colonel nicht aus den Augen.

»Ich erwähnte eben einen Mann namens Klein. Hat er sich an Bord aufgehalten?«

»Ich glaube, ich erinnere mich vage an jemanden, der so hieß.« Ralston strich sich mit der einen Hand übers Haar, griff mit der anderen nach dem Glas Whisky und trank es aus.

»Das genügt mir nicht.« Tweed stand auf, ging am Tisch vorbei und blieb dicht vor Ralston stehen. »Ich glaube, Klein war mehr als nur einmal mit Ihnen unterwegs. Er ist ein sehr gefährlicher Terrorist, und das Leben vieler Menschen steht auf dem Spiel. Bitte beschreiben Sie ihn mir. Wo kam er an Bord? Wo verließ er das Schiff?«

»Es fällt mir schwer, mich an Einzelheiten zu erinnern...«

Benoit schüttelte den Kopf. »Es ist sinnlos. Ich fliege mit ihm nach Grand' Place und sorge dafür, daß die Auslieferungspapiere vorbereitet werden.«

»Langsam, langsam«, ächzte Ralston. »Jetzt fällt mir wieder alles ein.« Er streckte die Hand nach der Whiskyflasche aus, und Tweed glaubte, der Colonel wolle sein Glas füllen. Statt dessen ging er um den Tresen herum, stellte sie ins Regal und griff nach einer Flasche Mineralwasser. Er setzte sie an die Lippen und trank einen Schluck. Seine Bewegungen wirkten plötzlich geschmeidig und sicher, und Tweed begriff, daß Ralston ihnen bisher etwas vorgemacht hatte.

»Gräßliches Zeug.« Mit einem Taschentuch wischte sich der Colonel den Mund ab. »Nun, was den Mistkerl Klein angeht ... Sechs Fuß groß, schlank, das Gesicht kalkweiß. Hat seltsame Augen.«

Tweed holte eine Fotokopie des Phantombildes hervor und reichte sie Ralston. »Ist er das?«

»Ja. Klein. Die Darstellung wird ihm nicht ganz gerecht, aber die Augen kommen gut zur Geltung.« Er trat mit einigen Schritten an Josette heran. »Er war dir ebenfalls von Anfang an unsympathisch, nicht wahr? Erkennst du ihn wieder?«

»Ja. Unheimlicher Typ. Hab' mich in seiner Nähe sehr unwohl gefühlt.«

Sie gab das Blatt Tweed zurück. Ralston stand kerzengerade, die eine Hand in der Jackentasche. Nur der Daumen ragte daraus hervor. Tweed gewann den Eindruck, daß sich der Colonel zu einer Entscheidung durchgerungen hatte.

»Ich nahm ihn in Dinant an Bord. Auf die Bitte eines Freundes hin. Hatte keine Ahnung, daß er ein Halunke ist.«

»Niemand macht Ihnen einen Vorwurf.« Tweed wählte eine andere Taktik, um sich der veränderten Verhaltensweise des Colonels anzupassen. Schon damals bei Scotland Yard war er häufig in die Rolle des Chamäleons geschlüpft. »Wie heißt jener Freund? Die Antwort auf diese Frage ist sehr wichtig, das versichere ich Ihnen.«

»Brand, der Bankier. Peter Brand. Hat eine Villa weiter unten am Fluß, in der Nähe von Profondevilla. Einen Palast, der sogar einen König vor Neid erblassen ließe. Newman weiß Bescheid. Er begleitete mich, als ich Brand einen Besuch abstattete.«

»Wieviel hat Ihnen Brand für diesen Gefallen bezahlt?« fragte Benoit barsch.

Ralston starrte ihn an, und es blitzte in seinen graugrünen Augen. »Es gefällt mir gar nicht, ins Kreuzverhör genommen zu werden. Für gewöhnlich mag ich Belgier, aber ich glaube, in Ihrem Fall mache ich eine Ausnahme.«

Newman sah überrascht auf und lächelte dünn. Offenbar hatte er Ralston unterschätzt; seine bissige Ironie erstaunte ihn. Benoit, so spürte Tweed, war kurz davor zu platzen. Rasch wandte er sich an den Colonel.

»Was wissen Sie über einen Kahnführer namens Joseph Haber? Er wird vermißt.«

»Ach, tatsächlich? Ich habe ihn mit Klein zusammen gesehen – an Bord seines Schiffes, der *Gargantua*. In Dinant. Zweimal, wenn ich mich recht entsinne. Das erste Mal vor einigen Monaten, dann wieder vor einigen Tagen. Kein sehr umgänglicher Typ, dieser Haber. Eigensinnig und verschlossen. Nun, Sie bezeichneten Klein eben als Terroristen. Ich konnte nicht feststellen, woher er kommt. Sprach fast perfekt Englisch. Ich hielt ihn zunächst für einen Briten – bis er einen Fehler machte. Komische Sache.«

»Was meinen Sie damit?«

»Er sagte irgend etwas, dem ich nicht beipflichten konnte. Ich weiß nicht mehr, um was es bei seiner Bemerkung ging. Spielt auch keine Rolle. Ich antwortete ihm auf englisch, er rede ›Double Dutch‹*. Daraufhin starrten mich seine merkwürdigen Augen einige Sekunden lang an, bevor er auf mich

* Double Dutch: in der Bedeutung von ›Kauderwelsch‹, ›dummes Zeug‹; Anmerkung des Übersetzers

losging und fragte, ob ich ihn beleidigen wolle. Als Sergeant Bradley hereinkam und sich vor ihm aufbaute, regte er sich wieder ab.«

»Können Sie sich daran erinnern«, warf Benoit ein, »ob Klein von jemandem begleitet wurde, als er Joseph Haber auf seinem Frachtkahn besuchte?«

»Er war immer allein. Scheint ein Einzelgänger zu sein ...«

»Vor einigen Minuten«, fügte Benoit hinzu, »nannten Sie Klein einen Mistkerl. Und außerdem deuteten Sie an, daß er Ihnen unsympathisch war. Warum?«

»Weil er sich so verhielt, als gehöre ihm die *Evening Star*. Strotzte vor Arroganz. Befahl Bradley, ihm Kaffee zu bringen – kleine Dinge, die fast genügt hätten, um das Faß zum Überlaufen zu bringen. Er war alles andere als beliebt.« Ralston sah Tweed an. »Hilft Ihnen das weiter?«

»Ja. Ich halte es eigentlich für unwahrscheinlich, aber vielleicht wird es doch noch einmal notwendig, daß wir auf Sie zurückkommen müssen. Würden Sie uns bitte sagen, wo wir Sie in einem solchen Fall erreichen können?«

»Gern. Nach dem, was Sie mir mitteilten, will ich nichts mehr mit Peter Brand zu tun haben. Sobald sich eine Gelegenheit ergibt, fahre ich stromaufwärts zurück und passiere die französische Grenze. Anschließend mache ich eine Tour durch den Canal d'Est. Irgendwelche Einwände?«

»Meinerseits nicht«, erwiderte Tweed.

Ralston bot ihnen Tee und Cognac an, aber die Besucher lehnten ab, verließen die Jacht, stiegen in den wartenden Wagen und fuhren zum Fußballplatz, auf dem der Hubschrauber stand. Tweed wandte sich an Benoit und meinte, er wolle so schnell wie möglich nach Brüssel. Die Krise, so fügte er hinzu, habe bereits begonnen.

35

Klein hielt seine Reisetasche fest in der einen Hand, verließ das Sheraton und ging in Richtung Porte Louise. Inzwischen war es dunkel. Das Scheinwerferlicht der Autos tanzte über den Boulevard de Waterloo, und die Neonleuchten der Läden flackerten bunt. Nach einigen Dutzend Metern erreichte der Mann mit dem kalkweißen Gesicht eine Telefonzelle, trat ein und wählte die Nummer eines Anschlusses in Deutschland.

Er rief das Hotel Hessischer Hof in Frankfurt an. Man verband ihn weiter, und kurz darauf meldete sich Kurt Saur, der österreichische Hubschrauberpilot. Klein sprach auf deutsch.

»Klein. Sind Sie für die Lieferung bereit?«

»Wir erwarten Ihre Anweisungen. Beide Maschinen stehen zur Verfügung.«

»Fliegen Sie sofort zum Flughafen Schiphol. Dort holt Sie einer meiner Mitarbeiter ab, Grand-Pierre. Haben Sie den Namen verstanden?«

»Grand-Pierre. Wir sind in zwei, höchstens drei Stunden in Amsterdam.«

Klein drückte die Gabel nieder, ließ sie wieder los, rief Delft an und instruierte Grand-Pierre. Die Piloten sprechen Französisch, teilte er ihm mit. Grand-Pierre antwortete, er mache sich unverzüglich auf den Weg nach Schiphol.

Der Franzose erfuhr erst jetzt von den beiden großen Sikorsky-Maschinen; auch in diesem Fall hatte sich Klein an das Zellenprinzip gehalten und dafür gesorgt, daß die einzelnen Mitglieder seiner Organisation nichts voneinander wußten. Nach der Ankunft in Amsterdam würde sich Saur an die Flughafenbehörden wenden und behaupten, die beiden Helikopter müßten gewartet werden. Auf diese Weise standen sie so lange in Schiphol bereit, bis sie gebraucht wurden.

Klein blieb vor dem Schaufenster stehen und dachte an die beiden Helikopter. Im Gegensatz zum CRS-Übertragungswagen – er hatte gestohlen werden müssen, weil es auf dem freien Markt keine entsprechenden Angebote gab – hatten seine Mittelsmänner die Sikorsky-Maschinen gekauft und bar bezahlt. Außerdem konnte er sich auf Saur verlassen, der das vierköpfige Hubschrauberteam leitete.

Kurt Saur stammte aus Graz in der Steiermark und war vierzig Jahre alt. Schon seit einer ganzen Weile verdiente er sich seinen Lebensunterhalt, indem er seine Dienste Schmugglergruppen anbot. Bisher war er noch nicht gefaßt worden. Aber er spürte, daß seine Glückssträhne langsam zu Ende ging, und deshalb wollte er einen großen Coup landen, um sein Auskommen zu sichern. Klein hatte ihm eine Möglichkeit dazu geboten.

Klein fühlte eine zunehmende Anspannung, und er wußte auch, was der Grund dafür war. Einige Mitglieder seiner Organisation befanden sich in Brüssel. Die Konzentration von Leuten, die auf seine Einsatzorder warteten, ließ sich leider nicht vermeiden – sie mußten das Ziel schnell erreichen können.

Andererseits aber machte ihm dieser Umstand erhebliche Sorgen, denn er stellte ein gewisses Sicherheitsrisiko dar. Von seinem gegenwärtigen Aufenthaltsort war es nicht weit bis zum Mayfair, in dem Lara Seagrave wohnte. Klein entschied, zu ihr zu gehen und mit ihr zu sprechen, um festzustellen, ob sie bereits nervös wurde.

Doch zuerst fuhr er mit einem Taxi zum Bahnhof Midi. Dort verstaute er sein Gepäck in einem Schließfach – was ihn an seine Reisetasche erinnerte, die er im Genfer Bahnhof

Cornavin zurückgelassen hatte, nach der Ermordung des Schweizers Gaston Blanc. Inzwischen schien eine halbe Ewigkeit vergangen zu sein.

Mit einem anderen Taxi kehrte er nach Porte Louise zurück, bezahlte den Fahrer und schritt an der Avenue Louise entlang, in Richtung des Hotels Mayfair. Eine Zeitlang blieb er hinter einigen geparkten Wagen stehen und überlegte, welche Worte er an Lara richten sollte.

Er versteifte sich unwillkürlich, als er beobachtete, wie die Engländerin das Mayfair verließ. Sie trug ein piekfeines Gabardine-Kostüm und hatte sich mächtig herausgeputzt. Wohin ging sie um diese Zeit? Ihre Anweisungen lauteten, das Mayfair nicht zu verlassen und im Hotelzimmer auf eine Nachricht zu warten.

Auf der anderen Straßenseite schritt sie über den Bürgersteig, näherte sich der Porte Louise und rückte den Schulterriemen der Handtasche zurecht. Als die Ampel auf Grün umsprang, überquerte sie den Boulevard de Waterloo. Dort wandte sie sich nach rechts, betrachtete kurz die Auslagen in einem Schaufenster, ging weiter und betrat das Hilton.

Lara wanderte durch die weite Halle und achtete dabei kaum auf ihre Umgebung. Sie kochte innerlich. Klein hatte noch immer nichts von sich hören lassen. Zum Teufel mit ihm, dachte sie zornig und nahm sich vor, ihm bei der nächsten Gelegenheit eine Abfuhr zu erteilen. Dann fragte sie sich, ob er sie sitzengelassen hatte, ob er beabsichtigte, bei der geplanten Aktion auf sie zu verzichten. Wut vermischte sich mit Besorgnis, als sie die Taste für den ersten Stock betätigte.

Als sich die Lifttüren öffneten, blieb ein hochgewachsener Amerikaner neben ihr stehen. »Bitte nach Ihnen.« Der Mann lächelte freundlich. »Ziemlich warm heute, was?« Lara erwiderte das Lächeln und kam der Aufforderung des Mannes nach. Der Amerikaner folgte ihr, und kurz bevor sich die Tür schloß, gesellte sich ihnen Klein hinzu.

Lara starrte ihn überrascht an und wandte dann den Blick

von ihm ab. Sie wurde blaß, als sie begriff, daß er ihr gefolgt war. Der Aufzug hielt im ersten Stock, und der Amerikaner ließ ihr erneut den Vortritt. Klein schloß zu ihr auf, als sie das Restaurant *Maison de Bœuf* erreichte – einen großen, luxuriös eingerichteten und stillen Raum, in dem nur einige wenige Tisch besetzt waren. Hinter einem nahen Tresen drehte der Küchenchef das auf einem offenen Grill brutzelnde Fleisch.

»Was machst du hier, verdammt?« raunte Klein.

Er griff nach dem Arm Laras und machte Anstalten, sie auf den Korridor zurückzuziehen. Er wollte sie zurechtweisen, ohne daß jemand ihre Auseinandersetzung beobachten konnte. Disziplin, Kontrolle…

»Was wohl?« erwiderte Lara spitz. »Ich bin gekommen, um zu Abend zu essen.«

»Mit wem?«

»Laß – meinen – Arm – los«, verlangte sie und verbarg ihren Zorn nicht länger. »Hältst du mich etwa für deine Dienerin?«

»Wir kehren ins Mayfair zurück.«

»Nein!« Lara verglich das Verhalten Kleins mit dem ihrer Stiefmutter Lady Windermere. »Ich esse hier. Brauche etwas Abwechslung.«

Marler saß an einem Tisch in unmittelbarer Nähe des Grills, rauchte eine Zigarette und beobachtete die beiden Personen am Eingang aus halbgeschlossenen Augen. Er hatte ganz und gar nicht damit gerechnet, Klein so bald zu sehen. Immerhin war es erst acht Uhr. Und die junge Frau? Sie schien sich mit ihm zu streiten.

Lara bedachte Klein mit einem spöttischen Lächeln. »Wenn du mich nicht sofort losläßt, sorge ich für eine Szene, die du so schnell nicht vergißt.«

Klein preßte kurz die Lippen zusammen. »Dann bis später. Im Mayfair.«

Er ließ sie los, wollte unbedingt vermeiden, daß sie Aufmerksamkeit erweckten. Abrupt drehte er sich um und ging in Richtung Lift davon.

Marler stand auf und trat an Lara heran, bevor ihr der Oberkellner einen Platz anbieten konnte. Er lächelte und hielt noch immer die Serviette in der Hand.

»Entschuldigen Sie«, sagte er. »Ich speise allein, und das hat mir noch nie sonderlich gefallen. Bitte leisten Sie mir Gesellschaft; das würde mich sehr freuen. Vorausgesetzt natürlich, es erwartet Sie niemand.« Er deutete eine Verbeugung an. »David Ashley. Eine Plauderei beim Essen. Weiter nichts.«

Die junge Frau war ganz offensichtlich Engländerin, und aus diesem Grund hatte er sich in ihrer Muttersprache an sie gewandt. Er achtete darauf, sie nicht zu berühren, als er auf seinen Tisch deutete. »Ich sitze dort drüben, in der Ecke. Ein guter Platz.«

»Wieso?« fragte Lara und musterte den Mann. Er gefiel ihr.

»Direkt neben dem Grill. Wenn Sie ein Steak bestellen, können Sie zusehen, wie es gebraten wird. Und ›Halt!‹ rufen, wenn Sie es blutig mögen und der Koch unaufmerksam ist.«

»Ich mag es knusprig.«

Sie folgte ihm zum Tisch in der Ecke. Ein bemerkenswerter und attraktiver Mann. Außerdem rückte er den Stuhl auf der Außenseite für sie zurecht – um ihr die Möglichkeit zu geben, jederzeit zu gehen. Sie nahmen Platz, und er griff nach einer Flasche, die in einem silbernen Kübel steckte.

»Wie ich hörte, bevorzugen junge Damen Champagner. Möchten Sie einen Schluck, während Sie sich die Karte ansehen?«

»Danke, gern. Beruhigt mich bestimmt.«

»Genießen Sie den Abend. Ich bin ein guter Plauderer. Und ich kann auch zuhören …«

Klein betrat die Bar, die an den großen Aufenthaltsraum des Hilton grenzte. Es brannten nur wenige Lampen, und das

Halbdunkel kam ihm gelegen. Er ließ sich in einen bequemen Sessel sinken, bestellte Mineralwasser und beobachtete sicherheitshalber die anderen Gäste.

Laras Zornesausbruch konfrontierte ihn mit einem neuen Problem. Er war so darauf konzentriert gewesen, eine Szene zu vermeiden, daß er den Mönch übersehen hatte – ein Fehler, der ihm unter normalen Umständen sicher nicht unterlaufen wäre.

Er trank einen Schluck Perrier, dachte noch einmal an das bevorstehende Unternehmen und beschloß, seinen Leuten die Anweisung zu geben, Brüssel sofort zu verlassen. Die Aktion selbst konnte er nicht verschieben – sie stand in unmittelbarem Zusammenhang mit den Schiffen, die Europort anliefen.

Er entschied sich dagegen, das Café Manuel aufzusuchen und dort mit Chabot und Hipper zu sprechen. Wahrscheinlich wußte niemand, daß er in der belgischen Hauptstadt weilte, aber er hielt es dennoch für besser, seine Fahrten durch die Stadt auf ein notwendiges Minimum zu beschränken.

Klein hatte nicht die Absicht, sich in dieser Nacht in irgendein Quartier zurückzuziehen und zu schlafen. Ohne eine Hotelregistrierung existierte er überhaupt nicht. Er nahm sich vor, im Café Henry am Boulevard eine rasche Mahlzeit einzunehmen, anschließend Marler im Sky Room zu treffen und nach dem Gespräch in irgendeinem Nachtclub auf den Morgen zu warten.

In der Nähe saß eine attraktive Frau; sie schlug die Beine übereinander und sah ihn an. Klein lächelte kurz und wandte den Blick von ihr ab. Für solche Dinge gab es später noch Zeit genug. Er dachte an die Sikorsky-Hubschrauber, die gerade auf dem Flug von Frankfurt nach Schiphol waren. Sie spielten eine bedeutende Rolle bei dem bald beginnenden Unternehmen.

Die Frau wippte mit dem einen Bein und signalisierte damit ihre Bereitschaft. Später, wiederholte Klein in Gedanken. Wenn alles vorbei ist. Wenn ich in Brasilien bin, in Sicherheit.

Marler beobachtete die junge Frau unauffällig, während er sein Steak aß. Welche Funktion kam ihr bei der von Klein geplanten Aktion zu? Er bezweifelte, daß sie seine Freundin war. Vorsichtig fragte der Mönch:

»Welcher Arbeit gehen Sie nach? Oder ist das zu persönlich?«

»Keineswegs. Meine Güte, das Steak schmeckt köstlich. Dieses Restaurant gefällt mir. Es ist gemütlich; man fühlt sich wohl.«

Zwischen den einzelnen Tischen gab es ausreichend Platz, und die Decken wiesen dezente, braune und beigefarbene Muster auf. Das Licht stammte von einer indirekten Beleuchtung, aber es war hell genug, um zu sehen, was man verspeiste.

»Ich bin Verlagsscout«, beantwortete Lara die Frage des Mannes, den sie für David Ashley hielt. Sie erinnerte sich an einen Job, von dem ihr eine Freundin erzählt hatte.

»Und was bedeutet das?«

»Oh, ich vertrete verschiedene Verlage, in Dänemark, Deutschland, Frankreich und Schweden. In diesem Zusammenhang erweisen sich meine Sprachkenntnisse als sehr nützlich, und außerdem lese ich viel. Ich halte ständig nach Büchern Ausschau, die das Interesse meiner Arbeitgeber finden könnten. Es kommt darauf an, als erster zuzufassen, den Konkurrenten ein Schnippchen zu schlagen.«

»Vermutlich reisen Sie viel«, sagte Marler und beobachtete die junge Frau über den Rand seines Glases hinweg.

»Ja, Sie haben recht. Das ist einer der großen Vorteile meiner Arbeit. Ich komme gerade aus Frankreich, von Marseille und Paris.«

»Und was führt Sie nach Brüssel?«

»Ich möchte mich hier ein wenig entspannen.« Lara lächelte schelmisch und war offenbar auf einen Flirt aus.

»Bald fliege ich zurück. Derzeit warte ich auf neue Anweisungen. Aus London«, fügte sie hinzu.

»Welche Firmen vertreten Sie?«

Lara erinnerte sich an die Schilderungen ihrer Freundin und nannte einige Verlage. Marler nickte, winkte den Kellner herbei und bestellte den Nachtisch. Natürlich glaubte er nicht ein Wort von dem, was ihm die junge Frau vorlog. Wozu braucht Klein sie? fragte er sich. Was für eine Aktion könnte ihre Dienste erforderlich machen? Sein Auftraggeber durfte nicht erfahren, daß sie sich begegnet waren. Glücklicherweise hatte er der jungen Frau nicht seinen richtigen Namen genannt. Nein, es ist kein Glücksfall, verbesserte er sich in Gedanken, sondern Vorsicht. Schließlich wußte er, daß es zwischen ihr und Klein irgendeine Beziehung gab. Der kurze Streit... Nervosität? Anspannung? Stand der Beginn des Unternehmens kurz bevor?

Marler zog die Unterhaltung mit Lara noch ein wenig in die Länge, bevor er darauf bestand, die Rechnung zu bezahlen. Die Engländerin war erleichtert, daß der Mann keinen Versuch machte, ein neuerliches Treffen mit ihr zu vereinbaren, daß er sich nicht einmal danach erkundigte, wo sie wohnte. Sie ging um genau zehn Minuten vor neun und kehrte ins Mayfair zurück.

Marler sagte dem Kellner, er erwarte noch jemanden, und daraufhin wurde der Tisch abgeräumt und neues Geschirr und Besteck aufgetragen – was alle Spuren beseitigte, die Lara hinterlassen hatte. Um 21.15 Uhr kam Klein ins Restaurant, blickte sich um, sah Marler und nahm neben ihm Platz.

»Guten Abend«, sagte der Mönch. In der einen Hand hielt er ein Glas Cognac.

»Ich habe nach Ihnen gesucht. Sie sollten um neun Uhr im Sky Room sein.«

»Ich weiß.« Marler lächelte freundlich. »Dieses Restaurant gefällt mir besser. Und ich war sicher, Sie würden mich früher oder später finden.«

»Meine Anweisungen sind strikt zu befolgen.«

»Und solange sie die Aktion betreffen«, sagte Marler, »halte ich mich streng daran. Dafür werde ich schließlich bezahlt. Aber ich bin nicht bereit, mich wie ein treues Hündchen zu verhalten, das Sie an der Leine führen. Ich esse dort, wo es mir gefällt.« Seine Stimme klang nun wesentlich schärfer. »Ich glaube, dieser Punkt mußte geklärt werden. Und nun: Was haben Sie auf dem Herzen?«

Klein sagte dem Kellner, er habe bereits im Sky Room eine Mahlzeit eingenommen – eine Lüge. Dann bestellte er Kaffee, und als sie wieder allein waren, sagte er:

»Seien Sie bereit, das Hotel jeden Moment zu verlassen. Ich rufe Sie bald an. Haben Sie einen Wagen?«

»Ja. Einen neuen. Gerade erst gemietet.«

»Und steht er in der Tiefgarage des Hilton?«

»Natürlich nicht.« Er teilte Klein nicht mit, wo er ihn geparkt hatte. »Wohin soll ich fahren? Befindet sich das Ziel in der Nähe?«

»Ja. Den Bestimmungsort nenne ich Ihnen später.« Er stand auf und griff nach seinem Mantel, den er nicht etwa am Kleiderständer aufgehängt, sondern auf einen nahen Stuhl gelegt hatte – um keine Zeit zu verlieren, wenn ein rascher Aufbruch notwendig wurde. »Wenn der Kellner den Kaffee bringt, so sagen Sie ihm bitte, daß ich los mußte. Es ist bereits sehr spät.«

Marler sah ihm nach, als er mit hocherhobenem Kopf das Restaurant verließ. »Auf dich, mein Junge«, prostete er sich selbst zu und trank den restlichen Cognac.

36

Pete Nield hatte es satt, dauernd in Blakeney herumzulungern, der kleinen Hafenstadt Norfolks. Jeden Tag hockte er stundenlang im Pub an der Uferpromenade, beobachtete das Haus Paula Greys und dachte an die Bombe, die ihr jemand vor die Tür gelegt hatte.

Inzwischen war er zu einem Stammkunden der Kneipe geworden und hatte Freundschaft mit dem Wirt geschlossen. Er trug eine weite Jacke und eine Kordhose, trank ein Bier und saß an dem Tisch, von dem aus man die Kaianlagen sehen konnte. Der Wirt nahm ein Tuch zur Hand, reinigte ein Glas und schlenderte auf ihn zu.

»Wie ich sehe, nimmt Caleb Fox' Kutter diesmal andere Fracht auf.«

»Ja. Und Dr. Portch treibt sich schon wieder im Hafen herum. Caleb und er scheinen dicke Kumpel zu sein.«

Nield erinnerte sich an den Abend, als er Portchs Wagen über die Küstenstraße gefolgt war. Später hielt der Arzt aus Cockley Ford vor dem Haus von Caleb Fox und ging hinein.

»Portch interessiert sich für alles, was mit dem Meer zu tun hat. Ist ein guter Freund des hiesigen Hafenmeisters. Kennt die Jungs vom Zoll. Die Fracht, die dort verladen wird – es sind die Sachen Portchs, sein Hausrat aus Cockley Ford. Tja, der gute Doktor kehrt nach Holland zurück.«

»Hat er sich dort schon einmal aufgehalten?« fragte Nield.

Er rutschte unruhig hin und her und fühlte sich in seiner gegenwärtigen Aufmachung alles andere als wohl. Aber in seinen Nadelstreifenanzügen wäre er in einem kleinen Ort wie Blakeney bestimmt schon am ersten Tag aufgefallen. Es kam darauf an, sich den örtlichen Gepflogenheiten anzupassen, sich wie ein Einheimischer zu geben. Die Sachen, die er jetzt trug, stammten aus King's Lynn, wo er nach wie vor im Duke's Head wohnte. Auch das diente dazu, keine Aufmerksamkeit zu erregen.

Bevor Butler nach London zurückkehrte, hatte er sich kurz mit Nield beraten. »Bleiben Sie hier«, erinnerte sich Nield an die Worte seines Kollegen. »Sehen Sie sich weiterhin in Blakeney um.«

»Weshalb?«

»Denken Sie an die Bombe vor der Haustür Paula Greys. Sie enthielt Triton Drei, den neuen Sprengstoff.«

»Und was hat das mit dem Teepreis in China zu tun?« fragte Nield.

»Keine Ahnung«, gestand Butler. »Halten Sie aber die Augen auf.«

Und so fuhr Nield jeden Tag nach Blakeney und schüttete literweise Norfolk-Bier in sich hinein. Bisher war ihm nichts weiter aufgefallen, doch die letzte Bemerkung des Wirts weckte sein Interesse.

»O ja«, beantwortete er die Frage Nields. »Als Portch zum erstenmal nach Cockley Ford kam, war die dortige Praxis noch nicht frei. Irgendein Mißverständnis, was die Übergabe anging. Deshalb nahm Portch einen Vertretungsjob in Holland an. War vermutlich knapp bei Kasse und brauchte das Geld. Tja, und er nahm seine Sachen mit. Meinte, er brauche sie, um sich heimischer zu fühlen. Später kehrte er erneut mit seinem Hausrat zurück, um sich in Cockley Ford niederzulassen. Wie ich hörte, hat er jetzt eine Dauerstellung in Amsterdam gefunden. Er mag die Holländer. Und deshalb wird sein Kram schon wieder verladen.«

»Ich glaube, ich könnte ein wenig frische Luft vertragen.«

Nield stand auf und meinte, er sei gleich wieder zurück. Er trat auf die Straße und schlenderte über die Uferpromenade. Es waren keine weiteren Passanten unterwegs, und nur an der Anlegestelle, wo Fox' Kutter festgemacht hatte, herrschte reger Betrieb. Der Abend dämmerte, und das Licht hinter den Fenstern der nahen Häuser wirkte seltsam trüb. In der Ferne war ein dumpfes Rauschen zu vernehmen: Die Flut setzte ein. Es klang, als hätte jemand einen großen Wasserhahn geöffnet.

Eine kühle Brise wehte über den nahen Sumpf. Nield schlug den Kragen seiner Wolljacke hoch, schob die Hände tief in die Tasche und wanderte am Ufer entlang. Er war nur noch etwa zwanzig Meter von dem Kutter entfernt, als der Kran ein Ladenetz vom Kai hob, in dem sich eine rechteckkige Kiste befand. Die Fracht neigte sich von einer Seite zur anderen, und plötzlich knackte etwas: Die Klappe der Kiste sprang auf. Die Arbeiter an der Anlegestelle winkten aufgeregt und riefen dem Kranführer etwas zu, der daraufhin einige Hebel betätigte. Das Netz kam wieder herab.

Nield schritt rascher aus, ohne dabei den Eindruck zu erwecken, es besonders eilig zu haben. Im Licht des Scheinwerfers, der am Kran befestigt war, sah er, daß die Kiste einen altmodisch wirkenden Kleiderschrank enthielt. Beide Türen standen offen und gewährten den Blick ins leere Innere. Taugt nur noch als Feuerholz, überlegte Nield und dachte an die Leute, die auf Müllplätzen nach geeigneten Dingen suchen. Sie hätten einen solchen Schrank wahrscheinlich für einen Schatz gehalten.

Drei Männer, die in der Nähe des Möbelwagens standen, schlossen die Kiste wieder und verriegelten die Klappe. Dr. Portch trat vor, beobachtete sie und schüttelte den Kopf

»Tut mir leid, Jungs. Ich hätte den Schrank abschließen sollen. Ist allein meine Schuld.«

Nield hatte ein gutes Ohr, und in der fast schrill klingenden Stimme des Arztes hörte er so etwas wie Selbstzufriedenheit. Hinter der Gruppe, die sich am Ladenetz eingefunden hatte, kennzeichnete ein Zollbeamter weitere Kisten. Er benutzte einen dicken Kreidestift.

»Inzwischen kenne ich Ihre Sachen bereits, Dr. Portch.

Scheinen dauernd zwischen hier und Holland unterwegs zu sein. Sie sind ein richtiger Pendler. Und ich bin sicher, wir sehen Sie bald wieder.«

»Würde mich überhaupt nicht überraschen«, bestätigte Portch.

Nield blieb jäh stehen, und seine Gedanken rasten. Die letzten Worte Butlers fielen ihm wieder ein: *Die Bombe vor der Haustür Paula Greys ... enthielt Triton Drei, den neuen Sprengstoff ...* Dann der Bericht Newmans über das, was er in Cockley Ford gesehen hatte, insbesondere bei der Kirche.

Und schließlich die Worte des Zollbeamten. *Inzwischen kenne ich Ihre Sachen bereits ...* Er schlenderte an den Kisten vorbei, markierte sie mit dem Kreidestift – ohne den Inhalt zu prüfen. Er war nicht einmal herbeigekommen, um einen Blick in die offene Kiste zu werfen.

Kurz darauf machte einer der Männer, die den Frachtbehälter verschnürten, eine Bemerkung, die Nield als Bestätigung seines Verdachts interpretierte.

»Verstehe überhaupt nicht, wie sich die Schrauben lösen konnten. Um die anderen Kisten haben Sie sich gekümmert, Dr. Portch, aber diese hier habe *ich* gesichert.«

»Geschah wahrscheinlich während der Fahrt von Cockley Ford über die holprige Nebenstraße«, erwiderte Portch schlicht. Als der Mann die Schrauben anzog, fügte er fast hastig hinzu: »Am besten, ich gebe Ihnen Ihr Trinkgeld schon jetzt. Sonst vergesse ich es noch, wenn ich bis zum letzten Augenblick damit warte ...«

Er holte seine Brieftasche hervor, entnahm ihr einige Banknoten und reichte sie dem Mann. »Sie haben ausgezeichnete Arbeit geleistet.«

»Vielen Dank, Doktor. Sehr großzügig von Ihnen. Nun, wir sind noch nicht fertig. Es muß auch noch der Rest verladen werden.«

Es lief Nield kalt über den Rücken: Portch hatte die Aufmerksamkeit der anderen Männer geschickt von den losen

Schrauben abgelenkt. Es war geplant gewesen daß sich die Kiste öffnete – eine Vorsichtsmaßnahme, die demonstrieren sollte, daß es sich um normales Umzugsgut handelte.

Plötzlich bemerkte er, daß Portch auf ihn aufmerksam geworden war. Der Arzt starrte ihn mißtrauisch an.

»Reichlich spät für einen Spaziergang, Sir.«

»Mußte dringend an die frische Luft«, erwiderte Nield sofort. »Hab' offenbar ein Glas zuviel getrunken…« Er rülpste.

Portch lachte leise. Es klang so, als rasselten Kieselsteine in einem eisernen Rohr. »Voll wie eine Strandhaubitze.«

Die Arbeiter grinsten, und als einer von ihnen die Hand hob, begann der Motor des Krans zu brummen. Das Ladenetz wurde hochgezogen und schwang den Frachtluken des Kutters entgegen.

Nield konnte die Anspannung kaum mehr ertragen. Er mußte sofort telefonieren, Park Crescent Bescheid geben. Er drehte sich um, stolperte über einen Stein, verlor das Gleichgewicht und kippte zur Seite. Mit dem Kopf prallte er an eine nahe Hauswand. Sofort begann sich um ihn herum alles zu drehen; er verlor das Bewußtsein.

Der Wirt hatte den Zwischenfall vom Fenster aus beobachtet und eilte herbei, als sich Dr. Portch über Nield beugte und seinen Puls prüfte. Der zu Boden gesunkene Mann rührte sich und tastete mit der einen Hand über die Mauer. Der Wirt blieb schweigend stehen und schnappte nach Luft.

»Er ist betrunken«, sagte Portch. »Hat es praktisch zugegeben.«

»So ein Unsinn.« Der Wirt schüttelte heftig den Kopf. »Ich achte ständig darauf, daß sich in meinem Pub niemand ganz vollaufen läßt. Ich hab' alles gesehen: Er stolperte und prallte mit dem Kopf an die Wand.«

»Nun, sein Puls ist normal.«

»Er sollte ins Krankenhaus gebracht werden«, fügte der Wirt hinzu. »Ich fahre ihn.«

»Wäre vielleicht besser«, pflichtete ihm Portch gleichgültig bei. »Ich muß mich um andere Dinge kümmern.« Er deutete auf den Kutter.

Nield stöhnte. Der Wirt bückte sich, schob die Hände unter seine Achseln und half ihm in die Höhe. Dann warf er Portch einen kurzen Blick zu, der sich den Zwicker zurechtrückte und ihn musterte.

Komischer Arzt, dachte der Eigentümer des Pubs. Sehe ihn zum erstenmal aus der Nähe.

Gefällt mir überhaupt nicht. Komische Augen – kalt wie die einer Eidechse.

»Es ist ... alles in Ordnung«, brachte Nield hervor.

»Stützen Sie sich auf mich.«

Der Wirt begleitete Nield vorsichtig zum Pub zurück, hielt ihn fest und verhinderte, daß er erneut das Gleichgewicht verlor.

Im Schankraum ließ er seinen Stammgast auf einen Stuhl neben der Tür sinken und rief der Aushilfe zu: »Mick, vertreten Sie mich. Ich komme später zurück.« Er wandte sich wieder an Nield.

»Haben Sie Ihren Wagen an der Straße abgestellt? Am üblichen Platz? Gut. Geben Sie mir die Schlüssel.«

Nield hob die Hand, tastete unsicher über den Mantel und suchte nach der Tasche. Der Wirt griff hinein und holte den Schlüsselbund hervor. Als er kurz darauf mit dem Wagen zurückkehrte und das Pub betrat, war Nield noch immer bei Bewußtsein und nippte an einem Glas Mineralwasser, das Mick ihm gebracht hatte.

Plötzlich entfiel es seiner zitternden Hand, fiel zu Boden und rollte unter den Tisch.

»Macht nichts, Sir. Ist heil geblieben. Der Wagen steht draußen.«

»Fahren Sie mich nach ... King's Lynn ... zum Duke's Head«, ächzte Nield. Sein Gesicht war aschfahl.

»Sie müssen ins Krankenhaus. Kommen Sie.«

Der Wirt stützte ihn erneut, als Nield aufstand und in Richtung Tür wankte. Draußen wäre er fast zusammengebrochen, doch der untersetzte Mann an seiner Seite bewahrte ihn vor einem neuerlichen Sturz. Als der Wagen anfuhr, fiel Nields Blick ein letztes Mal auf den Kutter. Der Kran schwang herum, und eine weitere Kiste verschwand in der Frachtkammer.

Nield lehnte sich auf dem Rücksitz zurück, und seine Gedanken verflüchtigten sich langsam im dunklen Dunst der Bewußtlosigkeit.

37

»Es sind einige wichtige Nachrichten für Sie eingetroffen, Tweed«, sagte Benoit. Sie betraten sein Büro im Präsidium von Grand' Place, und nachdem sie Platz genommen hatten, schob der Chefinspektor einige mit Schreibmaschine beschriebene Blätter über den Tisch.

Newman saß in der Ecke; von seinem Platz aus konnte er das ganze Zimmer beobachten. Er zündete sich eine Zigarette an, während Tweed rasch die Unterlagen durchging und sie in einer bestimmten Reihenfolge ordnete.

Sie waren erst vor kurzer Zeit mit der Alouette auf dem Brüsseler Flughafen gelandet, und Benoit hatte dafür gesorgt, daß dort ein Polizeiwagen auf sie wartete, um sie abzuholen.

Seit Stunden hatte niemand von ihnen etwas gegessen, und Newman fühlte sich sehr müde. Auch Tweed offenbarte deutliche Anzeichen der Erschöpfung. Sein Gesicht wirkte hohlwangig und eingefallen, doch die Augen hinter der Brille blickten nach wie vor aufmerksam. Er sah Benoit an.

»Haben Sie ein Telefon mit einer Codierungsvorrichtung? Ich muß Lasalle in Paris anrufen.«

Der Chefinspektor wandte sich einem der beiden Telefone auf seinem Schreibtisch zu und betätigte eine rote Taste. »Dieser Apparat wurde installiert, als die terroristischen Anschläge zunahmen. Bitte, bedienen Sie sich. Wissen Sie die Nummer?«

»Ja.« Tweed erinnerte sich daran, wählte sie und fragte sich, ob sich Lasalle um diese Zeit noch in der Rue des Saussaies befand. Es war neun Uhr abends. Der Franzose nahm selbst ab.

»Tweed? Ich versuche schon seit Stunden, Sie zu erreichen. Ich habe bei Interpol nachgefragt, ob es irgendeinen Deutschen gibt, der in Brasilien eine Einheimische schwängerte. Eigentlich rechnete ich nicht mit einer raschen Auskunft, aber erstaunlicherweise traf schon kurze Zeit später die Antwort ein. Ist eine Art Skandal – die betroffene Frau gehört zur besseren Gesellschaft. Vor einigen Monaten gebar sie einem Mann namens Kuhn einen Sohn. Sie wollen heiraten. Über den gegenwärtigen Aufenthaltsort dieses Kuhn ist nichts bekannt. Mehr kann ich Ihnen leider nicht anbieten ...«

»Vielen Dank.«

»Haben Sie etwas Neues in Erfahrung gebracht?«

»Nichts Konkretes. Bis später.« Tweed legte auf und sah die beiden anderen Männer an. »Ein Mann namens Kuhn hatte eine Affäre mit einer Brasilianerin, die zur besseren Gesellschaft gehört. Das Ergebnis: ein Sohn. Die beiden wollen bald heiraten, aber der Mann ist verschwunden. Kuhn. Klein. Die Namen klingen ähnlich.«

»Das hat weiter nichts zu bedeuten«, wandte Newman ein. »Was ist mit einer Beschreibung jenes Mannes?«

»Nichts. Es grenzt bereits an ein Wunder, daß Interpol so viele Informationen vorlagen.«

»Angenommen, Klein ist mit Kuhn identisch«, sagte Benoit. »Dann hätte er einen Schlupfwinkel, in dem ihm niemand etwas anhaben kann. Wenn er mit einer Brasilianerin ein Kind zeugte – selbst unehelich –, braucht er keine Auslieferung zu befürchten.«

»Klingt ziemlich weit hergeholt«, meinte Newman. »Liegen uns Beweise vor, irgendwelche konkreten Anhaltspunkte? Nein. Wenn ich mich recht erinnere, wurde Klein von jemandem ›Phantom‹ genannt. Diese Bezeichnung erscheint mir angemessener als jemals zuvor.«

»Jetzt kommt Monica an die Reihe«, sagte Tweed.

Er griff nach dem Telefon, als es an der Tür klopfte. Ein uniformierter Beamter trat ein und flüsterte Benoit etwas ins Ohr. Der belgische Polizeichef richtete seinen Blick auf Tweed.

»Harry Butler wartet draußen.« Und zu dem Beamten: »Führen Sie ihn herein.«

»Ich habe Klein gesehen, da bin ich ganz sicher«, sagte Butler und ließ sich auf einen Stuhl sinken. »Und dann verlor ich ihn wieder aus den Augen«, fügte er kleinlaut hinzu.

»Wo?« entfuhr es Tweed. Rote Flecken der Aufregung bildeten sich auf seinen Wangen.

»Hier in Brüssel…«

Er schilderte seine jüngsten Erlebnisse und begann damit, wie er Peter Brand zum Hotel Cravat in Luxemburg gefolgt war, erklärte seinen Beschluß, den vornübergeneigt gehenden Mann mit der Pfeife zu beschatten, und berichtete, daß Klein im Sheraton abgestiegen und kurz darauf verschwunden war.

»Ist er dort noch immer registriert?« fragte Tweed.

»Offiziell ja, für zwei weitere Tage. Aber ich bezweifle, ob er noch einmal zurückkehrt. Das Zimmer wurde im voraus bezahlt. Ich habe kurz mit einer der Hotelangestellten geplaudert: Sie sah, wie er das Sheraton mit seiner Reisetasche verließ. Während ich London anrief und versuchte, Kontakt mit Ihnen aufzunehmen. Ich habe die Sache versaut.«

»Das glaube ich eigentlich nicht«, widersprach Tweed. »Und Sie sind ganz sicher, daß es Klein war – trotz des veränderten Erscheinungsbildes?«

»Dafür würde ich meine Pension verwetten.«

Tweed sah sich im Zimmer um. »Uns liegen *doch* einige klare Anhaltspunkte vor. Colonel Ralston bestätigte, daß Klein einem gewissen Peter Brand mehrere Besuche abstattete. Das bedeutet: Brand ist der Bankier, der für das geplante Unternehmen gebraucht wird. Darüber hinaus wissen wir jetzt, daß sich Klein in Brüssel befand, sich vielleicht noch immer hier aufhält. Während der letzten Tage sind wir ihm immer näher gekommen…«

»Und das Ziel?« fragte Newman.

»Ich rufe London an. Vielleicht kann mir Park Crescent eine Antwort auf diese Frage geben.«

Tweed telefonierte, und die im Zimmer herrschende Anspannung wuchs weiter, genährt von Müdigkeit und Erschöpfung. Benoit war normalerweise ruhig und gemütlich, doch jetzt klopfte er nervös mit den Fingern auf den Schreibtisch. Die Nachricht, daß sich Klein in Brüssel herumtrieb, beunruhigte ihn sehr. Newman rutschte auf seinem Stuhl hin und her und starrte auf eine Wandkarte, die Belgien zeigte. Nur Butler rührte sich nicht und wartete ab.

Tweed führte ein nur kurzes Gespräch mit Monica, und die meiste Zeit über hörte er zu. Nach einer Weile fragte er, ob es Neuigkeiten von Nield in King's Lynn gebe, und dann legte er auf.

»Ein in der Regel recht zuverlässiger Informant teilte meiner Sekretärin mit, das Ziel sei Antwerpen.«

»Lieber Himmel!« Benoit versteifte sich.

»Aber das glaube ich nicht«, fuhr Tweed fort. »Klein ist geradezu teuflisch schlau. Ich habe es mir zur Angewohnheit gemacht, sein Phantombild an die Wand zu hängen und eingehend zu betrachten, wenn ich mich in ein Hotelzimmer zurückziehe. Ich folge damit einem berühmten Beispiel: Montgomery hat das mit einem Bild Rommels gemacht, vor Alamein ...«

»Ich hoffe nur«, warf Benoit ein, »Sie wollen damit nicht andeuten, uns könne ein neues Alamein bevorstehen.«

»Die große Menge Sprengstoff, die Klein zur Verfügung steht, deutet auf eine Aktion von enormen Ausmaßen hin – und auf viele potentielle Opfer. Der Mann, den wir suchen, ist vollkommen skrupellos – und vielleicht kurz davor, den Verstand zu verlieren.«

»Warum glauben Sie, Antwerpen käme nicht in Frage?« fragte Benoit.

»Weil Klein es bestens versteht, von seinen wahren Absichten abzulenken. Ich habe gründlich über seine bisherige Strategie nachgedacht und bin dabei zu folgendem Schluß gelangt: Bestimmt weiß er, daß seine Vorbereitungen nicht unbemerkt bleiben konnten. Er ist viel zu intelligent, um nicht zu begreifen, daß er mit dem Rekrutieren so vieler Spezialisten aus der Unterwelt zumindest eine gewisse Aufmerksamkeit erregte.«

»Sie sprachen eben von einem ›in der Regel recht zuverlässigen Informanten‹«, erinnerte ihn Benoit. »Und seine Auskunft ist eindeutig: Antwerpen.«

»Das *glaubt* mein Tipgeber jedenfalls. Ich hatte auf einen eindeutigen Hinweis gehofft, doch der blieb bisher aus.« Tweed beugte sich vor. »Klein ist so gerissen, daß er wahrscheinlich seine eigenen Leute in die Irre führte – nur für den Fall, daß jemand etwas ausplaudert.«

»Ein solches Risiko kann ich nicht eingehen.« Benoit stand auf. »Ich werde den Minister in Kenntnis setzen. Wir müssen Antwerpen warnen und sofort umfangreiche Sicherheitsmaßnahmen für den großen Hafen ergreifen.« Er wandte sich an Butler. »Sie sagten eben, Klein befände sich in Brüssel. Und ich bin sicher, in Hinsicht auf die Identität jenes Mannes haben Sie sich nicht getäuscht.« Er schüttelte den Kopf. »Nein, meine Herren, ich kann nichts riskieren. Was wollen Sie jetzt unternehmen? Heute abend, meine ich.«

»Ich werde eine leichte Mahlzeit einnehmen und anschließend für einige Stunden an der Matratze horchen«, entgegnete Tweed. »Müdigkeit verkleistert das Hirn, und wir sind alle ziemlich erledigt. Außerdem möchte ich die ganze Angelegenheit noch einmal mit Newman besprechen. Vor einer Weile meinte er, wir hätten vielleicht einen wichtigen Punkt übersehen. Vielleicht stimmt das. Und wenn ich gründlich nachdenke, gelingt es mir möglicherweise herauszufinden, worauf es Klein wirklich abgesehen hat.«

Klein betrat eine Telefonzelle und führte drei Gespräche: das erste mit Lara, das zweite mit Marler und das dritte mit Hipper. Bei allen drei Anrufen ging es um die gleiche Sache.

»Die Konferenz ist nun anberaumt. Bitte verlassen Sie Brüssel auf der Stelle und fahren Sie nach Antwerpen. Es wurde bereits ein Zimmer für Sie reserviert…« Er nannte jeweils verschiedene Namen. »Sie wohnen im Hotel…« Den drei Personen wurden unterschiedliche Quartiere zugeteilt. »Ich setze mich dort mit Ihnen in Verbindung, kurz nach ihrer Ankunft. Bitte verlassen Sie das Hotel nicht. Bevor die Konferenz beginnen kann, müssen noch andere Leute benachrichtigt werden.«

Es war der sechste Sinn Kleins, der ihn zu dieser Entscheidung veranlaßt hatte. Irgend etwas in Brüssel machte ihn mißtrauisch. Darüber hinaus würde der angeordnete Ortswechsel dafür sorgen, daß seine Leute beschäftigt blieben und nicht auf dumme Gedanken kamen.

Lara nahm einen Nachtzug. Marler fuhr mit seinem Wagen nach Antwerpen. Hipper und Chabot sollten sich ebenfalls mit dem Auto auf den Weg machen. Klein suchte den Bahnhof auf und nahm dort die Tasche an sich, die er zuvor in einem Schließfach untergebracht hatte. Er seufzte erleichtert, als er in einem leeren Erster-Klasse-Abteil Platz nahm und sich der Zug in Bewegung setzte. Das Ziel: Antwerpen. In einem anderen Waggon saß Lara Seagrave…

Hipper nahm den Anruf im Café Manuel entgegen, als Chabot gerade gehen wollte. Rasch bedeutete er dem Franzosen mit einem Wink, noch etwas zu warten. Nach einer knappen Minute legte er auf und griff sofort nach seinem Koffer.

»Packen Sie Ihre Sachen«, sagte Hipper. »Wir müssen los.«

»Mist!« fluchte Chabot. »Und ich wollte gerade einen Streifzug durch die Stadt machen. Seit Wochen die erste Gelegenheit, mich ein bißchen zu vergnügen. Wohin geht's diesmal, verdammt?«

»Nach Antwerpen. Beeilen Sie sich.«

»Zum Ziel?« fragte Chabot, der sich an die erzwungene

Auskunft des Luxemburgers erinnerte. Er faltete seine Hemden und Hosen zusammen und verstaute sie in einer Tasche. Ein kompletter Idiot, dachte er, als er Hipper beobachtete. Ordnung scheint ein Fremdwort für ihn zu sein. Stopft seine Kleidung in den Koffer, als handele es sich dabei um schmutzige Wäsche.

»Keine Ahnung«, beantwortete Hipper die Frage des Franzosen. »Unser nächster Bestimmungsort. Und dort warten wir.«

Zehn Minuten später zahlte Hipper dem Eigentümer des Café Manuel eine großzügig bemessene Summe für das Zimmer, das er ihnen zur Verfügung gestellt hatte. Sie gingen auf die Straße, stiegen in den Wagen und fuhren los.

Chabot saß am Steuer. Sie verließen Brüssel.

Hipper hatte auf dem Beifahrersitz Platz genommen, ließ die Schultern hängen und war in Gedanken versunken. Die plötzliche Anweisung Kleins überraschte ihn überhaupt nicht. Martine und Lucien Haber fielen ihm ein. Bei seinem letzten Besuch hatte er den beiden Entführten in der alten Mühle, abgesehen von Konservendosen und anderen Lebensmitteln, auch die übliche Thermoskanne gebracht.

Doch diesmal enthielt sie nicht nur starken Kaffee, sondern auch eine große Dosis Schlafmittel. Eine weitere Order Kleins. Die beiden Gefangenen würden bald schlafen – für immer.

DRITTER TEIL

Ausweglose Lage

38

»Noch immer keine Nachricht von Nield?« fragte Butler.

Drei Männer saßen in Tweeds Zimmer, in einem kleinen Hotel in der Nähe von Grand' Place: Tweed, Newman und Butler. Vor einer Weile hatten sie in einem einfachen Restaurant eine späte und leichte Mahlzeit eingenommen. Keiner von ihnen verspürte sonderlichen Appetit.

Tweed trank eine Tasse Kaffee nach der anderen, um seiner Müdigkeit Herr zu werden. Inzwischen war es zwei Uhr nachts. Er sah Butler an und schüttelte den Kopf.

»Monica meinte, Nield rufe normalerweise täglich an, um Bericht zu erstatten. Er hat sich einen Haufen Bücher gekauft und sie so auf den Rücksitz seines Wagens gelegt, daß man sie sofort sieht. Er gibt sich als Verlagsvertreter aus und behält Blakeney im Auge.«

»Sie sagten ›normalerweise‹. Ist das nicht mehr der Fall?«

»Nein. Schon seit vierundzwanzig Stunden hat er nichts mehr von sich hören lassen. Vermutlich gibt es gute Gründe dafür. Wie dem auch sei: Ich möchte, daß Sie mir helfen, Bob. Erinnern Sie sich noch einmal an alles, was geschah, seit wir die Suche nach Klein begannen. Ich habe das komische Gefühl, als hätten wir etwas übersehen. Unklar ist nach wie vor, wo der Sprengstoff versteckt ist, der aus dem sowjetischen Depot stammt und in die Türkei gebracht wurde. Später ermordete jemand den türkischen Fahrer namens Dikoyan. Auf die übliche Art und Weise. Man schlitzte ihm den Hals von einem Ohr zum anderen auf. Und warf ihn ins Meer.«

»Was ist mit Klein?« fragte Butler. »Ich habe ihn zwar aus den Augen verloren, aber vielleicht gelingt es mir, ihn irgendwo zu entdecken...«

»Lassen Sie nur, Harry. Benoit hat seine Leute überall in Brüssel auf Streife geschickt und ihnen Kopien des Phantombildes mitgegeben. Sie durchkämmen die ganze Stadt und nehmen sich alle Hotels vor, auch die Absteigen im Viertel Marolles. Benoit wird vermutlich bis zum Morgen auf den Beinen bleiben und die Suchaktion leiten. Des weiteren hat er die unangenehme Aufgabe, dem Minister Bescheid zu geben. Er will ihn dazu überreden, umfangreiche Sicherheitsmaßnahmen für Antwerpen zu ergreifen – obwohl ich ihn darauf hingewiesen habe, daß die geplante Aktion Kleins aller Wahrscheinlichkeit nach einem anderen Ziel gilt.« Tweed seufzte. »Und nun ... Beginnen Sie, Bob. Ich höre Ihnen aufmerksam zu.«

Eine Viertelstunde lang schwieg er und beobachtete Newman, der in der knappen Art eines Reporters noch einmal alles rekapitulierte. Dann und wann lehnte sich Tweed zurück und schloß die Augen, um sich die Geschehnisse besser vorzustellen. In Gedanken kehrte er noch einmal in das Dorf Cockley Ford zurück. Als Newman den Bericht über seinen Besuch bei Peter Brand beendete, hob Tweed ruckartig den Kopf.

»Einen Augenblick. Die Wagenspuren, die irgendein schweres Fahrzeug im Rasen vor der Villa des Bankiers zurückließ ... sie erinnern mich an etwas. Ja, ähnliche Spuren habe ich in Cockley Ford gesehen, auf dem Platz vor der Kirche. Sie führten zum Mausoleum von Sir John Leinster.«

»Und jetzt fällt mir auch ein, was mich die ganze Zeit über nicht zur Ruhe kommen ließ«, entfuhr es Newman aufgeregt. »Wie begann alles? Der Sprengstoff – Seeminen und Bomben – wurde aus einem sowjetischen Depot in Sewastopol gestohlen. In Ordnung. Später fischte man Dikoyan mit durchgeschnittener Kehle aus dem Bosporus. Doch zwischen diesen beiden Ereignissen geschah noch etwas anderes. Sie erzählten mir davon. Es ging dabei um irgendein griechisches Schiff, das den Hafen Istanbuls verließ und spurlos verschwand.«

»Ja. Bisher bin ich davon ausgegangen, daß der Sprengstoff an Bord jenes Schiffes transportiert wurde.«

»Der Name! Der Name!« Newman gestikulierte ausladend. »Der Name des verschwundenen Frachters... Können Sie sich an ihn erinnern?«

»Er hieß *Lesbos*...«

Newman wandte sich an Butler. »Entsinnen Sie sich an den Nachmittag, an dem wir nach Brancaster fuhren, um die Adresse von Caleb Fox in Erfahrung zu bringen? Es regnete und stürmte. Unterwegs trafen wir einen älteren Mann mit einem Spazierstock. War ein ziemlich schwatzhafter Typ. Er riet uns davon ab, durch das Watt zu gehen, zu den beiden Wracks auf den Sandbänken vor der Küste.«

Butler nickte und fragte sich, worauf Newman hinauswollte.

»Er meinte, der Name eines der beiden Schiffe sei nachträglich geändert worden. Machte mehrere Fotos von dem Wrack. Und er sagte, es sei vor rund einem halben Jahr auf Grund gelaufen. Meine Güte! Ich glaube, ich habe noch immer die Karte, die er mir gab. Mit seiner Adresse und der Telefonnummer. Timms! So lautet sein Name. Und hier ist die Karte...«

»Was haben Sie vor?« fragte Tweed.

»Ronald Timms.« Newman sprang auf, trat ans Bett heran und griff nach dem Telefon. »Ich rufe ihn an«, erwiderte er, als er die Nummer wählte.

»Um diese Zeit?« Tweed klang skeptisch. »Es wird ihn nicht gerade freuen, mitten in der Nacht aus dem Schlaf gerissen zu werden.«

»Er lebt allein. Glaube ich jedenfalls. Und er ist ganz der Typ, der nicht viel schläft.« Er hob den Hörer und lauschte, als es in Norfolk klingelte. Schon nach wenigen Sekunden nahm jemand ab.

»Mr. Ronald Timms?« fragte Newman. »Es tut mir leid, Sie so spät zu stören. Hoffentlich habe ich Sie nicht geweckt.

Hier spricht Robert Newman. Wahrscheinlich erinnern Sie sich nicht mehr an mich ...«

»O doch. Der Reporter und Schriftsteller, den ich davor warnte, das Watt zu betreten. Sie haben mich nicht gestört. Ich war gerade dabei, mir Tee zu kochen. Was kann ich für Sie tun?«

Zum Glück erwies sich Timms als nicht annähernd so redselig wie während ihrer Begegnung in der Nähe von Brancaster, und somit dauerte das Gespräch nicht lange. Newman bedankte sich und versprach, bei ihm vorbeizuschauen, wenn er in der Gegend sei. Dann legte er auf und sah Tweed an.

»Das Wrack vor der Küste, das Schiff, dessen Namen nachträglich geändert wurde ... Timms holte seine Fotos hervor, und mit einer Lupe konnte er die ursprüngliche Bezeichnung lesen. Der Frachter hieß *Lesbos.*«

Nield schlug die Augen auf und starrte an eine weiße Decke, die indirekt beleuchtet wurde. Er lag in einem Bett. Als er den Kopf hob, stellte er fest, daß das Licht durch ein schmales Fenster über einer geschlossenen Tür fiel. Lieber Himmel, dachte er. Wo bin ich?

Vorsichtig schlug er die Decke zurück und verzog das Gesicht, als hinter seiner Stirn Schmerz zu pochen begann. Mit der einen Hand tastete er nach seinem Kopf und spürte dicke Verbände. Langsam kehrte die Erinnerung zurück. Der Kutter, der in Blakeney beladen wurde. Dr. Portch, der sich über ihn beugte und ihn durch seinen Zwicker beobachtete, kühl und berechnend. Ich muß nach Park Crescent zurück und so schnell wie möglich Bericht erstatten, fuhr es ihm durch den Sinn.

Er stemmte sich behutsam in die Höhe und merkte, daß er einen Schlafanzug trug. Ihm schwindelte, und das Hämmern hinter seiner Stirn wiederholte sich. Er sah seine Armbanduhr, die auf dem Nachttisch lag, griff danach. Zwei Uhr. Nield blickte aus dem Fenster. Draußen war es völlig finster. Er schnallte sich die Uhr am Handgelenk fest.

Als er aufstand, verschwamm das Bild vor seinen Augen, und er hielt sich am Bettrand fest, um nicht das Gleichgewicht zu verlieren. Unsicher wankte er auf das Fenster zu. Ein Parkplatz erstreckte sich vor dem Gebäude, und er entdeckte seinen Wagen. Mehrmals atmete er tief durch. Schon besser. Wo mochte seine Kleidung untergebracht sein?

Nield stolperte auf den Schrank zu, öffnete ihn und fand seine Sachen. Er lehnte sich an die Wand, streifte den Schlafanzug ab, zog erst die Unterwäsche und dann die Hose an. Irgendwie schaffte er es, das Hemd zuzuknöpfen, stopfte die Krawatte in die Tasche, ließ sich auf einen Stuhl sinken und schob die Füße in Socken und Schuhe. Einige Sekunden später stürmte die Nachtschwester herein.

»Mr. Nield! Was *machen* Sie denn da? Legen Sie sich sofort wieder ins Bett.«

»Ich verlasse diesen reizenden Ort.«

Ein Mann in einem weißen Kittel betrat das Zimmer und hörte die Antwort seines Patienten. Er trat an ihn heran und griff nach dem einen Arm Nields.

»Ich bin Dr. Nicholson. Sie leiden an den Folgen einer leichten – ich meine: schweren – Gehirnerschütterung. Sie müssen ...«

»Wo bin ich hier?«

»Dies ist das Krankenhaus Queen Elizabeth in King's Lynn.«

»Und ... welchen Tag haben wir heute? Mittwoch?«

»Donnerstag. Zwei Uhr nachts.«

»Ich ... verstehe. Wie lange war ich ...«

»Sie wurden vor einigen Stunden eingeliefert. Ich muß wirklich darauf bestehen, daß Sie ins Bett zurückkehren. Ich interpretiere Ihr Verhalten als direkte Auswirkung der Gehirnerschütterung. Sie wissen nicht, was Sie tun.«

»Da bin ich anderer Meinung.«

Nield rang sich ein Lächeln ab, was ihm überraschend schwerfiel. Er setzte seine ganze Willenskraft ein, um sich auf den Beinen zu halten. Von hier aus konnte er sich nicht mit Park Crescent in Verbindung setzen. Es bestand die Gefahr, daß jemand mithörte. Als er die Jacke angezogen hatte, faßte er neuen Mut. Er war sicher, es schaffen zu können. Und bestimmt wurde er auch mit dem Arzt und der Krankenschwester fertig.

»Meine persönlichen Dinge. Die Brieftasche. Die Schlüssel...«

»Unten bei der Anmeldung. Sind sicher verstaut.«

»Das will ich auch hoffen.«

Der Arzt sah ihn groß an. »Wie soll ich das verstehen?«

Ein bißchen steif, dachte Nield. Ein eher altmodischer Typ, dieser Nicholson. Andererseits: Er machte nur seine Arbeit. Nields Kehle war wie ausgedörrt. Er sah sich um und bemerkte einen zugedeckten Krug, neben dem ein Glas stand.

»Ich sterbe vor Durst...«

Langsam näherte er sich dem Tisch, und seine Hoffnungen wurden nicht enttäuscht: Die Nachtschwester eilte an ihm vorbei. Er hätte vermutlich den größten Teil des Wassers verschüttet. Sie füllte ihm das Glas, reichte es ihm und musterte ihn ernst. Nield setzte viermal an, trank es aus, dankte der Schwester und sah Nicholson an.

»Wie komme ich zur Anmeldung?«

»Ich zeige Ihnen den Weg.« Nicholson unternahm einen letzten Versuch, als sie durch einen stillen Korridor schritten. »Es ist sehr unvernünftig von Ihnen, jetzt zu gehen. Sie sind krank.«

»Aber Sie können mich nicht gegen meinen Willen hierbehalten. Ich übernehme die Verantwortung.«

»Ich würde sie auch ablehnen«, erwiderte Nicholson trokken. »Da sind wir schon. Schwester, Mr. Nield möchte seine persönlichen Dinge abholen. Achten Sie darauf, daß er die Empfangsbescheinigung unterschreibt.« Er sah Nield an. »Ich bin nicht bereit, ein Taxi für Sie zu bestellen. Machen Sie das selbst, wenn Sie unbedingt auf stur schalten müssen.

Und legen Sie die Verbände nicht ab. Wenden Sie sich sofort an Ihren Hausarzt, wenn Sie wieder daheim sind.«

»Vielen Dank. Ich wünsche Ihnen noch eine gute Nacht.« Nield wandte sich an die Schwester.

Er sagte ihr, er wolle ein wenig frische Luft schnappen, bevor er den Taxidienst anrief, und die Frau nickte nur. Draußen hatte er einige Schwierigkeiten damit, den Parkplatz zu finden. Niemand beobachtete ihn, als er sich ans Steuer seines Wagens setzte, sich anschnallte und den Motor anließ.

Er fuhr durch King's Lynn, orientierte sich und setzte die Fahrt über die Straße nach London fort. Nield fühlte sich irgendwie sonderbar. Manchmal wurde ihm schwindelig. Um diese Zeit herrschte kaum Verkehr, aber wenn er in der Ferne das Scheinwerferlicht eines Wagens ausmachte, der sich ihm näherte, nahm er den Fuß vom Gas. Er machte sich keine Sorgen um sich selbst, aber er mußte sicherstellen, daß er keine anderen Personen in Gefahr brachte.

Als er Woburn hinter sich zurückgelassen hatte, häuften sich die Schwächeanfälle. Es fiel ihm immer schwerer, sich zu konzentrieren. Er hielt es für sinnlos, eine öffentliche Telefonzelle zu suchen und von dort aus Park Crescent anzurufen. Nield biß die Zähne zusammen und fuhr weiter, denn er wußte, daß er das Büro Tweeds noch vor dem Morgengrauen erreichen konnte, wenn er unterwegs nicht aufgehalten wurde. Wenn er sich weiterhin zusammenriß. Und nicht die Kontrolle über den Wagen verlor.

»*Lesbos*«, wiederholte Tweed. »Der Frachter, der vor der Küste Norfolks Schiffbruch erlitt – ich bin sicher, an Bord befand sich der Sprengstoff. Als mir Bellenger von der Admiralität erklärte, daß die Bombe vor der Haustür Paulas eine sowjetische Neuentwicklung sei, hätte ich gleich Verdacht schöpfen müssen. Irgendwie wurde die gefährliche Fracht an Land gebracht und dann versteckt, direkt vor unserer Nase.«

»Und wir wissen jetzt auch, wo«, fügte Newman hinzu.

»Ja. In Cockley Ford. Die Radspuren, die an der Kapelle vorbeiführen und vor dem Mausoleum Sir John Leinsters enden...«

»Ein schlauer Fuchs, dieser Klein«, meinte Newman. »Versteckte das Zeug dort, wo niemand danach suchen würde. Was ist mit dem Ziel? Kommt nach wie vor Antwerpen in Frage?«

»Nein«, erwiderte Tweed fest. »Ich mußte gerade an den seltsamen Zwischenfall an Bord der *Evening Star* denken. Colonel Ralston erzählte uns davon, erinnern Sie sich? Er meinte, das Englisch Kleins sei nicht perfekt gewesen. Ralston warf ihm vor, er rede ›Double Dutch‹. Daraufhin geriet Klein ganz außer sich. Sergeant Bradley mußte die beiden Streithähne voneinander trennen.«

»Ich verstehe nicht ganz...« sagte Butler.

»Double Dutch«, wiederholte Tweed. »Diese Redensart hörte Klein zum erstenmal. Die Bemerkung des Colonels machte ihn mißtrauisch, denn er hielt sie für eine Anspielung auf die Holländer.* Und das regte ihn deshalb auf, weil sich das Ziel in Holland befindet und nicht in Belgien. Wir hätten von Anfang an daran denken sollen. Klein hat es auf Europort abgesehen, das Tor Europas.«

»Und wie will er den Sprengstoff über die Nordsee transportieren?«

»Vielleicht weiß Nield eine Antwort auf diese Frage. Ich rufe noch einmal Monica an, was eine Rückkehr nach Grand' Place nötig macht, denn nur dort gibt es ein Telefon mit Codiervorrichtung.« Tweed stand auf. »Möglicherweise hat Nield das fehlende Mosaikstück gefunden, nach dem wir bisher vergeblich Ausschau hielten.«

»Für gewöhnlich«, sagte Butler ruhig, »ist Nield zur rechten Zeit am rechten Ort.«

* ›Dutch‹ = Holländer, holländisch; Anmerkung des Übersetzers

39

Das Wetter entsprach den Vorhersagen der Meteorologen, und das Meer war spiegelglatt. Caleb Fox und Dr. Portch standen auf der Brücke des Kutters und betrachteten eine Karte.

Mit abgeschalteten Maschinen trieb der Frachter in der Strömung, und andere Schiffe waren nicht in Sicht.

»Wir haben den Treffpunkt erreicht und warten hier auf das Signal«, sagte Fox. »Anschließend gebe ich dem Ersten Offizier Bescheid.«

»Rechnen Sie mit irgendwelchen Problemen?«

»Ich bin der Kapitän dieses Schiffes«, erwiderte Fox fest und sah aus dem Fenster. »Da kommen sie…«

Auf der Backbordseite blitzte in der dunklen und mondlosen Nacht ein Licht auf. Dreimal lang, dreimal kurz, zweimal lang. Der Erste Offizier kam auf die Brücke und bedachte Fox mit einem verwirrten Blick.

»Warum warten wir hier, Skipper?«

»Wir nehmen eine Gruppe Stauer an Bord. Anweisung von oben. Geheime Sache. Die Besatzung braucht den eigentlichen Grund nicht zu erfahren.«

»Und der wäre?«

»Nachdem wir den Kram von Dr. Portch in Europort entladen haben, fahren wir nach Hamburg. Dort wird bei einer Werft gestreikt. Die Geschäftsführer haben neue Stauer angefordert, um den Streik zu brechen. Wir bekommen eine Menge Geld dafür. Für Sie ist ein Zuschlag drin, Sadler. Sagen Sie der Mannschaft, es kämen einige Passagiere an Bord. Diese Auskunft dürfte genügen.«

»Nun, ich sollte besser gleich mit den Vorbereitungen beginnen. Wie viele Stauer sind es?«

»Ein Dutzend, sagte man mir. Wird sich gleich herausstellen.«

Eine halbe Stunde später legten vier Leichter auf der Backbordseite an. Zwei Strickleitern wurden herabgelassen, und der erste Mann, der an Bord kam, war Grand-Pierre. Er führte einen Schlafsack und einen kleinen Koffer bei sich. Die anderen Taucher der Einsatzgruppe – wie Seeleute gekleidet – folgten ihm. Grand-Pierre machte sich sofort auf den Weg zum Maschinenraum, zog die Stahltür hinter sich zu und blickte von einer metallenen Plattform hinab. Er roch Öl und Treibstoff.

Man hatte ihm mitgeteilt, daß sich im Maschinenraum zwei Besatzungsmitglieder aufhielten, und er beobachtete, wie sie zu ihm aufsahen. Er stellte den Koffer ab, klemmte sich den zusammengerollten Schlafsack unter den muskulösen Arm und ging die Treppe hinab. Unten wandte er sich an die beiden Männer, die an einem großen Schaltpult mit Dutzenden von Anzeigen standen.

Mit der rechten Hand griff er in den Schlafsack, holte eine Pistole vom Typ Luger hervor und erschoß die beiden Maschinisten. Laut hallte das Knallen der Schüsse durch den großen Raum. Grand-Pierre trat an den ersten zu Boden gesunkenen Körper heran, hielt den Lauf der Luger dicht an den Kopf des Reglosen und drückte erneut ab. Die gleiche Prozedur wiederholte er bei dem anderen Mann.

Dann eilte er die Leiter hoch, und für einen Mann seiner Größe bewegte er sich dabei erstaunlich flink. Als sich das Schott am Rande der Plattform öffnete, versteckte er die Luger hinter seinem Rücken. Sadler stand im Gang und musterte den Mann vor ihm mißtrauisch. Irgend etwas, spürte er, ging nicht mit rechten Dingen zu. Die Körpermasse Grand-Pierres verwehrte ihm den Blick in den Maschinenraum.

»Zum Teufel auch, was machen Sie hier?« fragte der Erste Offizier scharf.

Der Franzose beugte sich kurz vor und blickte durch den Korridor. Weit und breit niemand zu sehen. Ruckartig legte er mit der Luger an und drückte den Abzug. Das großkalibrige Geschoß traf Sadler mitten auf der Brust und schleuderte ihn an die gegenüberliegende Wand.

Merde, dachte Grand-Pierre. Warum mußte der Kerl ausgerechnet jetzt hier auftauchen? Er warf sich die Leiche über die Schulter, trat auf die Plattform und zog die Tür zu. Dann näherte er sich der Brüstung und ließ seine Last los. Sadler fiel rund sieben Meter tief, bevor er mit einem dumpfen Pochen auf den Stahlboden prallte. Bei ihm kann ich mir die zweite Kugel sparen, fuhr es Grand-Pierre durch den Sinn.

Er öffnete das Schott wieder, sah auf den Gang und stellte fest, daß einer seiner Leute mit einem weiteren Besatzungsmitglied herankam. Am anderen Ende des Korridors ertönte eine laute Stimme. Ein Matrose eilte auf den Mann zu, der einen seiner Kollegen trug.

»Das ist Couzens«, sagte er überrascht. »Was ist denn mit ihm los?«

Grand-Pierre wartete, bis er nahe genug heran war, richtete die Pistole auf ihn und jagte ihm zwei Kugeln in den Kopf. Er winkte seinen Komplizen heran, deutete auf die Plattform, hob dann die vierte Leiche hoch und warf sie ebenfalls über die Brüstung.

Nachdem der Taucher aus seiner Gruppe fortgeeilt war, holte er einen schmutzigen Zettel hervor. Von der neunköpfigen Besatzung waren bereits vier aus dem Verkehr gezogen. Ein zusätzlicher Name stand auf der Liste. Grand-Pierre nickte zufrieden. Nichts weiter als eine Übung für sein Team, eine gute Vorbereitung auf das, was seine Leute in Europort und Rotterdam erwartete.

»Ich habe versucht, mich mit Nield in Verbindung zu setzen«, beantwortete Monica die telefonische Anfrage. Zum zweitenmal in dieser Nacht saß Tweed im Büro Benoits. »Als er sich nicht meldete, rief ich im Duke's Head an. Das war um halb zwölf heute abend. Dort erhielt ich die Auskunft, daß Nields Schlüssel nach wie vor am Kasten hing. Er ist noch nicht zurückgekehrt, und ich mache mir langsam Sorgen um ihn.«

»Dazu besteht kein Anlaß«, erwiderte Tweed. »Pete kommt gut allein zurecht. Vielleicht muß ich in Kürze Brüssel verlassen, aber ich gebe den Leuten hier Bescheid, wo ich zu erreichen bin. Identifizieren Sie sich mit dem Codewort *Gent*. Verstanden?«

»Ja. *Gent*. Ist alles in Ordnung mit Ihnen? Sie sprechen ziemlich hastig – wie immer, wenn Sie müde sind.«

»Es geht mir prächtig. Zum nächsten Punkt. Ich möchte, daß Commander Bellenger von der Admiralität sofort hierherfliegt. Er macht sich bestimmt unverzüglich auf den Weg, wenn Sie ihm meinen Namen nennen. Sagen Sie ihm, er soll nach Grand' Place kommen. Und rufen Sie auch in Downing Street 10 an. Die SAS-Einheit soll sofort aufbrechen und auf dem Flughafen von Amsterdam auf weitere Instruktionen warten. Ich habe bereits von hier aus versucht, mit der PM zu sprechen, bin aber nicht durchgekommen.«

»Versuchen Sie es noch einmal. Sie hat gerade vor ein paar Minuten angerufen und sich nach dem neuesten Stand der Dinge erkundigt. Ich mache jetzt besser Schluß, damit die Leitung frei ist. Ich gebe Ihnen Bescheid, wenn ich etwas von Nield höre. Aber ich bin sicher, er hat nichts Interessantes zu berichten. In Norfolk scheint sich nicht viel zu rühren.«

»Vielleicht täuscht dieser Eindruck«, sagte Tweed düster und legte auf.

Er sah Newman und Butler an und erklärte ihnen, daß er die Premierministerin anrufen mußte. Daraufhin standen sie auf und gingen ins Nebenzimmer. In der phlegmatischen Fassade Butlers hatten sich erste Risse gebildet: Er war nervös geworden und bat Newman um eine Zigarette, obwohl er nur selten rauchte.

»Das mit Nield gefällt mir überhaupt nicht«, sagte er. »Ich war es, der ihn dazu aufforderte, in Norfolk zu bleiben und sich in Blakeney umzusehen.«

»Sie haben doch gehört, daß Tweed sagte, Pete käme gut allein zurecht.«

»Das stimmt schon. Aber normalerweise arbeiten wir als Team...«

»Das ist auch jetzt der Fall«, versicherte ihm Newman. »Sie sind nur an verschiedenen Orten tätig.«

Einige Minuten später forderte Tweed sie auf, ins Büro Benoits zurückzukehren. Er wirkte sehr ernst, doch bevor er ihnen von seinem Gespräch mit der PM berichten konnte, kam Benoit ins Zimmer. Der Chefinspektor warf die Tür zu und nahm an seinem Schreibtisch Platz.

»Kaffee ist unterwegs. Wird eine lange Nacht. Wie läuft's, Tweed?«

»Das, was ich jetzt sage, ist streng vertraulich. Ich habe gerade mit der Premierministerin gesprochen. Sie pflichtet meinen Überlegungen bei und geht ebenfalls davon aus, daß es Klein auf Europort abgesehen hat. Allerdings steht sie vor einem Problem: Sie braucht Beweise, um die holländische Regierung zu überzeugen. Was wir bisher in der Hand haben, genügt ihr nicht...« Mit knappen Worten erläuterte er Benoit das Gespräch, das er in seinem Hotelzimmer mit Newman und Butler geführt hatte. Der Chefinspektor schüttelte den Kopf.

»Ich kenne Sie, Tweed. Und ich glaube, Sie haben recht. Andererseits wäre es durchaus möglich, daß sich das Ziel in Antwerpen befindet. Die Frage ist nur, auf welche Weise ich mich an den Minister wende. Wird gewiß nicht leicht... Bestimmt verlangt er ebenfalls hieb- und stichfeste Beweise, bevor er Antwerpen alarmiert. Vermutlich kann ich ihn nur dazu bewegen, den Hafenbehörden die Anweisung zu geben, die üblichen Sicherheitsmaßnahmen zu erweitern. Was bedeutet, daß einige zusätzliche Leute auf Streife geschickt werden.«

»Was ist mit dem SAS-Team?« fragte Newman.

»Ich dachte mir schon, daß Sie darauf zu sprechen kommen«, bemerkte Tweed. »Immerhin gehörten Sie für kurze Zeit zu der Gruppe.«

»Tatsächlich?« Benoit wirkte überrascht. »Wann denn?«

»Als ich den Auftrag erhielt, eine Artikelserie über jene Spezialeinheit zu verfassen. Um Erfahrungen aus erster Hand zu machen, bat ich darum, an einem Ausbildungskurs teilnehmen zu können. War eine unerhörte Schinderei, aber ich überstand die Sache. Ich hielt in erster Linie deshalb durch, weil mich der Commander immer wieder anstachelte. Hieß Blade. War natürlich nicht sein richtiger Name.«

»Blade leitet das Team, das noch in dieser Nacht nach Schiphol fliegt«, sagte Tweed.

»Es erhielt also den Einsatzbefehl?«

»Die Entscheidung der PM. Sie informiert die holländische Regierung, wenn die SAS-Maschine gestartet ist. Wenn es ihr nicht gelingt, Den Haag davon zu überzeugen, daß eine erhebliche Gefahr droht, kann sie das Team jederzeit zurückbeordern. Was mich übrigens daran erinnert, daß ich eine Anfrage an Sie richten wollte...« Tweed wandte sich an Benoit. »Könnten Sie Newman, Butler und mir erneut die Alouette leihen? Für einen Flug nach Rotterdam? Ich hoffe doch, es steht ein anderer Pilot zur Verfügung, oder?«

»Sie brauchen jemanden, der mit dem Hubschrauber bestens umzugehen versteht. Und Sie bekommen den Typ, den Sie bereits kennen: Georges Quintin. Als Sie den gesunkenen Frachtkahn entdeckten, gelang es ihm trotz des Nebels, am Ufer der Maas zu landen. Wenn es in Rotterdam Schwierigkeiten gibt, ist er genau der richtige Mann für Sie. Er hat am Flughafen eine Mahlzeit eingenommen und legte sich schlafen, dürfte also ausgeruht sein. Im Gegensatz zu uns.«

»Uns?« wiederholte Tweed.

»Ich begleite Sie natürlich. Kennen Sie van Gorp, den Polizeichef von Den Haag?«

»Ja. Hat ziemlich unorthodoxe Methoden. Wäre einige

Male fast gefeuert worden, weil er zu hart durchgriff und in Notfällen drastische Entscheidungen traf.«

»Er ist ein guter Freund von mir. Vielleicht können wir ihn überzeugen. Und wenn uns das gelingt, wird er nicht zögern, aktiv zu werden.«

»Sie erwähnten eben den gesunkenen Frachtkahn, die *Gargantua*. Dabei fällt mir ein, daß es nach wie vor darum geht, sowohl die *Erika* als auch ihren Eigentümer Joseph Haber zu finden. Ich glaube noch immer, daß an Bord jenes Schiffes die Zünder und Kontrollvorrichtungen transportiert werden. Wenn wir Haber ausfindig machen, wissen wir auch, wo sich das Ziel befindet.«

»Ich fürchte, in dieser Hinsicht tappen wir weiterhin im dunkeln. Ich habe telefonisch nachgefragt: Zum letztenmal wurde der Kahn südlich von Liège gesehen. Eine Information, die uns nicht viel weiterbringt.«

Tweed hob seine Aktentasche, entnahm ihr die Karte vom Kanalsystem und betrachtete sie einige Sekunden lang. »Südlich von Liège«, wiederholte er nachdenklich. »Vielleicht ist Haber über die Maas weitergefahren, nach Norden. Er könnte bereits die holländische Grenze passiert und den Albert Canal erreicht haben ...«

»Der direkt nach Antwerpen führt«, stellte Benoit fest.

»Ich bin nach wie vor sicher, das Ziel ist Europort«, beharrte Tweed. »Und da wir gerade von Haber sprechen: Wir haben Paula in Dinant zurückgelassen. Sie versucht, die entführte Familie Habers zu finden. Können wir uns irgendwie mit ihr in Verbindung setzen?«

»Ganz einfach«, sagte Benoit. »Überlassen Sie das mir. Sie arbeitet mit einem erfahrenen Polizisten namens Pierre zusammen. Ich rufe das Polizeipräsidium in Dinant an und hinterlasse dort eine Nachricht, mit der ich Paula um einen Rückruf bitte. Sagen Sie mir einfach, was ihr mitgeteilt werden soll.«

Newman beugte sich vor. »Sie hat bereits eine ziemlich harte Zeit hinter sich«, gab er zu bedenken.

»In der Tat«, erwiderte Tweed und nickte. »Und jetzt kann sie beweisen, was in ihr steckt.« Er sah Benoit an. »Wo kommen wir in Rotterdam unter?«

»Im Hilton. Liegt zentral.« Er stand auf. »Ich gebe einem meiner Assistenten Bescheid und sorge dafür, daß Zimmer für uns reserviert werden. Auch eins für Paula. Außerdem informiere ich den Polizeichef van Gorp darüber, daß wir auf dem Weg sind.«

Er ging hinaus; Tweed nahm einen Zettel zur Hand und schrieb eine kurze Nachricht für Paula. Newman schüttelte skeptisch den Kopf, als er aufsah. »Ich weiß, Bob«, sagte Tweed. »Sie mögen sie. Ich auch. Sie würde es mir nie verzeihen, wenn sie nicht das Ende miterleben könnte.«

»Fragt sich nur, *wessen* Ende damit gemeint ist«, brummte Newman.

Im Hauptbahnhof von Antwerpen verließ Klein den Nachtzug. Noch von Brüssel aus hatte er einen Autoverleih angerufen, und der Wagen stand für ihn bereit: ein schwarzer BMW. Mit einem gefälschten Führerschein wies er sich als Peter Conway aus, bezahlte die Gebühr für den zusätzlichen Service, setzte sich ans Steuer und fuhr zum Hotel Plaza.

Er parkte einige Dutzend Meter davon entfernt, an einer Stelle, von der aus er den Eingang beobachten konnte. Im Bahnhof von Brüssel hatte er gesehen, wie Lara Seagrave in einen anderen Waggon des Zuges gestiegen war. Er wartete, davon überzeugt, daß sie bald eintreffen mußte. Zwar verkehrten zu dieser späten Stunde nur wenige Taxis, aber er zweifelte nicht daran, daß die Engländerin eines finden würde. Und wenn sie das Hotel erreichte, kam es auf rasches Handeln an.

»Mir ist gerade noch etwas eingefallen«, sagte Benoit, als er in sein Büro zurückkehrte. »Der Franzose, den man Papagei nennt... Er berichtete vor einer Weile, daß Lara Seagrave das

Hotel Mayfair verlassen hat. Sie speiste im Hilton. In einem Restaurant namens *Maison de Bœuf*. Glaubt er jedenfalls. Er hätte sie fast aus den Augen verloren. Lara ging zu Fuß, und der Papagei mußte erst sein Motorrad abstellen. Als er in die Empfangshalle kam, sah er gerade noch, wie sie einen Lift betrat. Der Aufzug hielt im ersten Stock und kehrte leer zurück. Und jenes Restaurant befindet sich im ersten Stock. Er wartete im Aufenthaltsraum und folgte ihr später zum Mayfair.«

»Der Kerl läßt wohl nie locker, was?« fragte Tweed.

»Nein. Wir haben ihm angeboten, ihn abzulösen und einen unserer Leute auf die Engländerin anzusetzen. Er war auch damit einverstanden. Doch nachdem er sich einige Stunden ausgeruht hat, ist er wieder zur Stelle. Höchst ungewöhnlich – ein französischer Einsatzagent, der hier bei uns tätig wird. Doch seine Hartnäckigkeit hat uns alle sehr beeindruckt. Es heißt, er habe Lara Seagrave schon während ihres Aufenthaltes in Marseille beschattet und sei ihr bis hierher gefolgt! Stimmt das?«

»Ja«, bestätigte Tweed. »Der Papagei gibt nicht auf. Ein überaus fähiger Mann. Nun, bevor wir aufbrechen, sollte ich mich noch einmal mit Park Crescent in Verbindung setzen.«

»Ist bereits alles arrangiert. Wenn Ihre Sekretärin Monica anruft, nennen wir ihr Ihre Zimmernummer im Hilton von Rotterdam. Darüber hinaus kann sie auch während des Fluges Kontakt mit uns aufnehmen.«

»Die Alouette steht bereit?«

»Der Pilot namens Quintin hat sich bei mir gemeldet. Er erwartet uns auf dem Flughafen von Brüssel.«

Klein beobachtete, wie Lara vor dem Plaza aus einem Taxi stieg. Während sie den Fahrer bezahlte, sah er im Rückspiegel einen zweiten Wagen, der sich langsam näherte und etwa dreißig Meter hinter ihm hielt. Überraschenderweise blieben die Türen geschlossen.

Klein fluchte lautlos, als Lara das Hotel durch den Haupteingang betrat. Jemand beschattete sie. Wie zum Teufel konnte das geschehen? fuhr es ihm durch den Sinn. Er behielt den Rückspiegel im Auge, und nach einigen Minuten stieg ein kleiner Mann aus dem zweiten Taxi und schlenderte über den Bürgersteig.

Der Papagei schob die Hände tief in die Taschen und wanderte an dem BMW vorbei. Als er sich auf einer Höhe mit dem schwarzen Wagen befand, sah er kurz zur Seite. Der Mann am Steuer hatte den Kopf zur Seite geneigt und die Augen geschlossen. Schläft wahrscheinlich seinen Rausch aus, dachte Valmy. Er ging ins Hotel und wandte sich dort auf englisch an den Empfangschef.

»Ich habe eine Nachricht für die junge Frau, die eben eintraf, eine gewisse Miß Smith.«

Der Mann hinter dem Tresen bedachte ihn mit einem durchdringenden Blick und schüttelte den Kopf. »Eine Frau dieses Namens ist bei uns nicht gemeldet.«

»Aber ich sah eben, wie sie das Hotel betrat«, beharrte der Papagei.

»Da müssen Sie sich getäuscht haben. Bei uns wohnt keine Miß Smith.«

Valmy kehrte zu seinem Taxi zurück. Er hatte gehofft, den Namen in Erfahrung zu bringen, den Lara im Plaza benutzte. Er stieg wieder ein, lehnte sich zurück und bereitete sich auf eine längere Wartezeit vor. Ich beginne, Fehler zu machen, dachte er. Er war völlig ausgelaugt. Seine Augen brannten, und seine Glieder fühlten sich schlaff an. Es fiel ihm immer schwerer, konzentriert nachzudenken.

Klein beobachtete das zweite Taxi im Rückspiegel und fluchte erneut. Er überlegte kurz, traf eine rasche Entscheidung, drehte den Zündschlüssel und gab mehrmals Gas, so als habe er Probleme damit, den Motor auf die richtige Drehzahl zu bringen. Was erklären sollte, warum er mitten in der Nacht am Straßenrand parkte. Dann fuhr er los.

Kurz darauf erreichte er die Boekstraat und stellte den Wagen vor dem Eingang des Stundenhotels ab, in dem er Lara während ihres vorherigen Aufenthaltes in Antwerpen getroffen hatte. Er setzte eine dunkle Brille auf und betrat die heruntergekommene Absteige, in der jetzt Chabot und Hipper warteten.

Hinter dem Tresen saß eine rothaarige, übertrieben geschminkte Frau. Klein nannte ihr die Namen, die seine beiden Mitarbeiter benutzten, fragte nach den Zimmernummern und ging die Treppe hoch, um Chabot und Hipper zu wecken. Dem Luxemburger reichte er eine einfache Karte von Delft, der alten holländischen Stadt einige Kilometer nördlich von Rotterdam. Mit dem Zeigefinger deutete er auf die Stelle, an der sich der Campingplatz befand.

»In der Nähe von Delft-Noord«, erklärte er. »Ziehen Sie sich sofort an und fahren Sie dorthin. Ein Mann namens Legaud wird Sie empfangen. Was ist mit Habers Familie in der Mühle?«

»Martine und Lucien müßten inzwischen tot sein.«

Anschließend begab sich Klein in das Hotel, in dem Marler unter einem falschen Namen wohnte. Im Gegensatz zu Chabot und Hipper war er wach und angekleidet.

»Ich hatte so eine Ahnung, daß Sie heute nacht hier auftauchen würden«, sagte er und grinste.

»Wieso?« fragte Klein scharf. Mißtrauisch kniff er die Augen zusammen.

»Nachdem Sie mich eine Ewigkeit lang in Bouillon warten ließen, schicken Sie mich plötzlich von einem Ort zum anderen. Die Schlußfolgerung liegt auf der Hand: Der Beginn des Unternehmens steht unmittelbar bevor. Wohin geht's jetzt?«

»Sie brechen sofort auf. Und sie sollten sich nicht so viele Gedanken machen.«

»Fürchten Sie, ich könnte etwas herausfinden?«

»Ich bezahle Sie für einen bestimmten Job. Und damit hat

sich's. Fahren Sie nach Rotterdam. Im Hilton wurde ein Zimmer für Sie reserviert auf den Namen Harvey Miller. Ich möchte, daß Sie morgen früh dort sind.«

»Kein Problem.«

Innerlich kochte Klein noch immer, als er das Hotel verließ und in Richtung Plaza zurückfuhr. Irgendwie gelang es Marler ständig, ihn zu reizen. Während der Fahrt beobachtete er aufmerksam die Umgebung, bis er schließlich eine Einbahnstraße bemerkte. Leer erstreckte sie sich vor ihm: Um diese Zeit herrschte dort überhaupt kein Verkehr. Er holte noch einmal die Karte hervor, betrachtete sie und nickte langsam. Der ideale Ort, um den Mann abzuhängen, der Lara beschattete.

Er hielt an einer Telefonzelle, stieg aus, wählte die Nummer des Plaza und nannte den Namen, mit dem sich Lara angemeldet hatte. Sie klang überraschend munter. Klein plauderte ein wenig mit ihr, gab sich wie jemand, der mit seiner Freundin sprach. Nach einigen Minuten kam es in seinem Tonfall zu einer jähen Veränderung.

»Hören Sie auf damit, unser Gespräch zu belauschen. Wenn Sie nicht sofort aus der Leitung gehen, beschwere ich mich beim Direktor.«

Er vernahm ein leises Klicken. Im Hotel fluchte der gelangweilte Vermittler und fragte sich, woher der Anrufer wußte, daß er mitgehört hatte.

Klein gab Lara genaue Anweisungen, legte auf und stieg wieder in seinen Wagen.

Er erreichte das Plaza rascher als erwartet und hielt am Straßenrand, einige Meter hinter dem Taxi, das noch immer an der gleichen Stelle parkte.

Als Lara mit ihrem Koffer aus dem Hotel kam, kniff er die Augen zusammen. Die Engländerin wanderte über den Bürgersteig, drehte sich um und kehrte ins Hotel zurück. Klein sah auf die Uhr und stellte fest, daß er fünf Minuten zu früh war. Was hatte Lara dazu bewogen, schon jetzt ihr Zimmer zu verlassen?

Genau fünf Minuten später trat Lara erneut auf die Straße, wandte sich nach rechts und ging davon. Das Taxi setzte sich in Bewegung und folgte ihr langsam. Klein klopfte mit den Fingern aufs Lenkrad und wartete. Als die Engländerin fast außer Sicht war, ließ er den Motor an und gab Gas.

Der Papagei sah, wie sich der schwarze BMW mit hoher Geschwindigkeit näherte. Direkt neben Lara hielt er mit quietschenden Reifen an. Die junge Frau riß die Tür auf, und nachdem sie auf dem Beifahrersitz Platz genommen hatte, raste der Wagen davon. »Verlieren Sie ihn bloß nicht!« rief Valmy dem Fahrer zu.

»Er hält sich nicht an die Geschwindigkeitsbegrenzung.«

»Ich gebe Ihnen ein paar Scheine extra, wenn Sie ihm folgen.«

Der Mann am Steuer beschleunigte. Weiter vorn spiegelte sich das Licht der Straßenlampen auf dem schwarzen Lack des BMW. Der Wagen bremste plötzlich und bog nach links. Als das Taxi die Zufahrt erreichte, hielt der Fahrer an.

»Endstation«, sagte er schlicht. »Das ist eine Einbahnstraße…«

»Treten Sie aufs Gas, verdammt! Hier…« Der Papagei reichte ihm einige Banknoten. »Soviel verdienen Sie nicht einmal in einer ganzen Woche…«

»Aber das nützt mir überhaupt nichts, wenn ich meine Lizenz verliere. Ein Streifenwagen, und ich bin erledigt…« Er nickte in Richtung der Nebenstraße. »Außerdem ist der Wagen bereits verschwunden.«

Valmy starrte durch die Windschutzscheibe und fluchte. Der BMW schien sich in Luft aufgelöst zu haben.

Kurze Zeit vorher klingelte in Park Crescent das Telefon. Mitten in der Nacht. Monica hatte das Feldbett Tweeds aus dem Schrank geholt, es auseinandergeklappt und bezogen. Aber sie kam nicht mehr dazu, sich darauf auszustrecken.

Sie schaltete die Schreibtischlampe ein, nahm ab, lehnte sich zurück und gähnte herzhaft. Als sie den Namen des Anrufers hörte, beugte sie sich ruckartig vor. Olymp war am Apparat.

»Monica? Gut. Ich habe es sehr eilig. Antwerpen ist *nicht* das Ziel. Es könnte Europort sein, der Hafen Rotterdams. *Vielleicht*. Verstanden?«

Dann unterbrach er – oder sie; Monica wußte noch immer nicht, ob es sich um einen Mann oder eine Frau handelte – die Verbindung. Tweeds Sekretärin drückte auf die Gabel und ließ sie wieder los. Sie mußte ein dringendes Gespräch mit Grand' Place in Brüssel führen.

Portch, Caleb Fox und Grand-Pierre standen auf der Brücke des Kutters. Acht Besatzungsmitglieder waren tot; ihre Leichen befanden sich im Maschinenraum. Der Franzose blickte durch das Fenster auf der Backbordseite und beobachtete einen Mann aus seiner Gruppe, der gerade die Deckwinde betätigte. Am langen Ausleger hing ein Netz, und der wartende Leichter nahm die letzte Ladung auf.

Die beiden anderen Schiffe waren bereits mit ihrer explosiven Fracht unterwegs zur holländischen Küste. Grand-Pierre wischte sich den Schweiß von der Stirn. Eine anstrengende Nacht lag hinter ihm, und er erinnerte sich an die Ereignisse vor dem Aufbruch mit den Leichtern …

Von Delft aus fuhr er nach Schiphol, um dort Kurt Saur in Empfang zu nehmen, den österreichischen Piloten. Die beiden Sikorksy-Helikopter standen nun an der Peripherie des Flughafens bereit. Saur, sein Copilot und die beiden Männer der zweiten Maschine schliefen in einem Hotel in der Nähe Amsterdams.

Anschließend machte sich Grand-Pierre auf den Weg nach Rotterdam und ging dort an Bord eines Leichters. Die drei Schiffe stachen sofort in See. Bevor Fox' Kutter entladen wurde, suchte der Franzose die große Frachtkammer auf, nahm eine Taschenlampe zur Hand und suchte nach einer bestimmten Kiste, die an einer Ecke mit einem kleinen blauen

Kreuz markiert war. Während Portch auf der Brücke mit Caleb Fox sprach, trug Grand-Pierre den Behälter in den Maschinenraum.

Dort stieg er über die Leichen am Fußende der Treppe hinweg und löste den Deckel mit Hilfe eines Schraubenziehers. Die Kiste enthielt Stroh – und eine Bombe.

Er legte den Sprengkörper frei und betätigte eine Taste, die den Zünder auf eine vorgesehene Frequenz justierte. Die Kontrollvorrichtung, die er in der Anoraktasche bei sich führte, war bereits entsprechend vorbereitet.

»Ein Kinderspiel, wenn man dies mit der *Lesbos* vergleicht«, wandte er sich später an Portch.

»Da haben Sie recht«, erwiderte der Arzt auf französisch. »Das mit dem griechischen Frachter war eine ziemlich ... blutige Angelegenheit ...«

Auch damals hatten sie den Sprengstoff mitten in der Nacht über die Nordsee transportiert. Noch in Rotterdam gab Portch ein Sedativ in die Flaschen, die für die britische Besatzung bestimmt waren. Die Dosis genügte, um alle Männer tief schlafen zu lassen. Er diagnostizierte eine Lebensmittelvergiftung, und daraufhin wurden die Leute in einer Matrosenherberge untergebracht.

Unter dem Befehl Grand-Pierres ging eine aus Algeriern bestehende Ersatzmannschaft an Bord des Kutters, der nach Blakeney fuhr. Das Rendezvous mit der *Lesbos* fand auf hoher See statt. Die griechischen Besatzungsmitglieder hatten die Bomben bereits in die leeren Kisten gepackt, die angeblich den Hausrat Dr. Portchs enthielten – und es bestand nicht die Gefahr, daß irgend jemand Verdacht schöpfte.

Grand-Pierre erschoß die Griechen an Bord, beschwerte die Leichen mit eisernen Ketten und warf sie an einer besonders tiefen Stelle der Nordsee ins Meer. Dann schlang er sich ein Seil um die Hüfte, kletterte aus der einen Flanke der *Lesbos* hinab und änderte den Namen des Schiffes. Unmittelbar darauf öffnete er die Fluthähne.

Nur in einem Punkt funktionierte der Plan nicht wie vorgesehen: Ein plötzlicher Sturm kam auf und trieb den griechischen Frachter auf die Küste zu. Er ging nicht etwa unter, sondern lief in der Nähe von Brancaster auf eine Sandbank.

Klein bewies einmal mehr seine überragende Intelligenz und gab Grand-Pierre die Anweisung, alle Rettungsboote zu Wasser zu lassen – und zu versenken. Auf diese Weise sollte der Eindruck erweckt werden, daß die Mannschaft bei dem Versuch ums Leben gekommen war, das während des Sturms havarierte Schiff zu verlassen.

»Was geschah mit den arbeitsscheuen Algeriern?« fragte Fox. »Die Behörden glaubten uns, als wir behaupteten, die ursprüngliche Besatzung sei erkrankt. Dr. Portch bestätigte das, und niemand stellte seine Autorität als Arzt in Frage.«

»Was glauben Sie wohl?« Grand-Pierre zündete sich einen Zigarillo an. »Sie kehrten nach Marseille zurück.« Er neigte den Kopf und blies Rauch von sich. »Vor Cassis liegen sie in einer Tiefe von zwanzig Faden auf dem Grund des Meeres, mit Betonklötzen, die verhindern, daß sie an die Oberfläche steigen. Wir konnten den verdammten Kerlen nicht trauen.«

»Und nun ...« meinte Dr. Portch, als der dritte Leichter beladen war. »Ich glaube, es wird Zeit, daß wir den Kutter verlassen. Zum letztenmal.« Hinter dem Rücken Fox' wechselte er einen kurzen Blick mit Grand-Pierre.

»Wohin ziehen Sie sich zurück, wenn alles vorbei ist, Doktor?« fragte Fox. »Vielleicht nach Buenos Aires? Oder sollte ich Ihnen keine solche ...«

Er brach abrupt ab, als er am linken Schulterblatt einen harten Gegenstand spürte. Grand-Pierre hatte seine Luger hervorgeholt und drückte ab. Fox wurde gegen den Kartentisch geschleudert, sank zu Boden und blieb reglos liegen.

»Er hat tatsächlich geglaubt, er würde uns begleiten«, sagte Portch und lachte leise.

»Es dürfen keine Spuren zurückbleiben«, sagte Grand-Pierre, der sich damit ein Prinzip Kleins zu eigen machte.

»Verschwinden wir von hier. Nach Ihnen, Doktor. Das heißt… Helfen Sie mir vorher, die Leiche Fox' in den Maschinenraum zu bringen.«

»Muß das unbedingt sein? Immerhin…«

»Kleins Order sind eindeutig. Die Toten sollen im Maschinenraum zurückgelassen werden, in unmittelbarer Nähe der Bombe. Klein ist ein sehr vorsichtiger Mann.« Grand-Pierre musterte den Arzt. »Sie wirken recht nachdenklich.«

Portch deutete auf Fox. »Er erinnert mich an den Amerikaner Ed Foley, der die Bewohner Cockley Fords erledigte, die nicht mit unserem Plan einverstanden waren – ganz gleich, wieviel Geld wir ihnen anboten. Später mußte natürlich auch Mr. Foley beseitigt werden. Ich frage mich, ob es irgendwann jemandem gelingen wird, das Rätsel des siebenten Grabes auf dem Friedhof hinter der Kirche zu lösen.«

»Helfen Sie mir, die Leiche fortzuschaffen«, sagte der große Franzose ungeduldig.

Grand-Pierre griff nach den Schultern des Toten, und Portch hielt die Beine. Der Franzose war froh, daß er Fox nicht allein zu tragen brauchte. Nach der langen Nacht fühlte er sich ziemlich erschöpft. Auf der Plattform am oberen Ende der Treppe blieben sie stehen, schwangen die Leiche einige Male hin und her und ließen sie fallen. Weiter unten blieb sie auf den anderen liegen.

»Das hätten wir hinter uns«, seufzte Portch erleichtert. »Erstaunlich, wie schwer eine Leiche sein kann.«

»Das stimmt«, bestätigte Grand-Pierre. »Und ich habe es satt, dauernd Tote zu schleppen.«

Er hob die Luger, rammte Portch den Lauf in die Seite und zog den Abzug zweimal durch. Der Arzt ächzte dumpf, krümmte sich zusammen und stürzte von der Plattform.

Grand-Pierre wartete, bis der Leichter zwei Seemeilen von dem Kutter entfernt war. Noch immer herrschte pechschwarze Finsternis, aber inzwischen hatten sich seine Augen an die Dunkelheit der Nacht gewöhnt. Er holte die Kontrollvorrichtung hervor, und einige Sekunden lang verharrte sein Daumen über der Auslösetaste. War die Distanz groß genug? Die Erschöpfung weckte Zweifel in ihm. Mürrisch schüttelte er den Kopf und betätigte die Taste.

Ein dumpfes Donnern ertönte. Es klang nicht sonderlich dramatisch. Es hörte sich eher an wie ein Zug, der sich in einem Tunnel näherte. Dann schien die ganze Welt zu explodieren. Der Kutter platzte wie eine überreife Frucht auseinander, und eine rote Flamme raste gen Himmel, gefolgt von einer Fontäne aus schäumender Gischt. Dort, wo sich eben noch Fox' Schiff befunden hatte, kochte das Meer. Die Druckwelle traf den Leichter. Grand-Pierre hielt sich an der Reling fest, als sich eine hohe Welle am Rumpf brach, und für einige Sekunden fürchtete er, der Leichter könne kentern.

Stille schloß sich an, und die Besatzung starrte tief beeindruckt in die Nacht. Einige Männer blickten sich bedeutungsvoll an, dankbar dafür, daß sie mit dem Leben davongekommen waren. Grand-Pierre nickte langsam. Er dachte daran, daß er nur die kleinste Bombe des Arsenals gezündet hatte.

40

Als Lara neben Klein auf dem Beifahrersitz des BMW saß, spürte sie plötzlich, daß sie nicht mehr das geringste Interesse an ihm hatte. Das Feuer der Leidenschaft – erloschen. Sie empfand es als sonderbar, wie rasch sich Gefühle verausgaben konnten und dann nichts als emotionale Leere hinterließen. Im Falle Kleins aber war sie dankbar dafür. Die neu entdeckte Gleichgültigkeit ihm gegenüber machte sie unabhängiger.

Es kam jetzt nur darauf an, ihm nicht zu verraten, was in ihr vor sich ging. Nachdenklich blickte sie durch die Windschutzscheibe, und im Licht der Scheinwerfer beobachtete sie die Ebene, die sich vor ihnen erstreckte. Sie hatten die holländische Grenze ohne Probleme passiert, waren bereits an Roosendaal vorbeigefahren und unterwegs nach Rotterdam. Klein schien die Gedanken der Engländerin zu erraten, drehte kurz den Kopf und musterte sie. Sein kalkweißes Gesicht stieß sie ab.

»Wenn wir Rotterdam erreichen, setze ich dich am Hotel Central in der Kruiskade ab, nicht weit vom Hilton entfernt. Es liegt zentral, wie der Name schon sagt. Ganz in der Nähe befindet sich das Polizeipräsidium.«

»Hältst du das für eine gute Idee?«

»Ja. Wenn die Polizei Verdächtige sucht, so rechnet sie bestimmt nicht damit, solche Personen in unmittelbarer Nähe zu finden. Übrigens: Dein Zimmer ist auf den Namen Miß Eva Winter reserviert.«

Klein lächelte dünn, als sie einen Polder überquerten. Miß *Winter.* Dieser Name entsprach der Rolle, die der jungen Frau in seinem Plan zukam.

Die Alouette überflog gerade die holländische Grenze, als Benoit aus der Pilotenkabine zurückkehrte. Tweed saß am Fenster, neben Newman und hinter Butler. Er wurde immer nervöser. Was Newman nicht entging, obgleich er sich nichts anmerken ließ. Tweed sah auf, als Benoit stehenblieb und ihm einige Zettel reichte.

»Verschiedene Funkmeldungen. Van Gorp, der Polizeichef von Den Haag, heißt Sie in Holland willkommen. Er wartet im Hilton auf uns. Wenn Sie kommen, so meinte er, müsse es um irgendein dickes Ding gehen. Außerdem wurde uns eine große Explosion auf dem Meer gemeldet, zwischen Norfolk und Europort.«

Tweed wechselte einen raschen Blick mit Newman. »Was für eine Art von Explosion?«

»Das weiß man noch nicht genau. Eine Nimrod-Maschine war auf Patrouillenflug und beobachtete sie aus der Ferne. Der Pilot änderte sofort den Kurs, doch als er die entsprechende Stelle erreichte, konnte er nichts entdecken. Nirgends Wrackteile. Seltsame Sache. Die Leute an Bord des Flugzeugs dachten zunächst, die Kessel eines Schiffes seien hochgegangen.

Benoit wandte sich um und ging erneut in die Pilotenkanzel. Tweed sah die Meldungen durch und gab sie Newman.

»Das gefällt mir gar nicht«, sagte er. »Bei einer normalen Explosion hätten Trümmer zurückbleiben müssen ...«

»Wohingegen Triton Drei keine Spuren hinterläßt?« fragte Newman.

»Genau. Ich wünschte, wir hätten eine Nachricht von Nield. Hoffentlich ist ihm nichts zugestoßen. Außerdem wissen wir noch immer nicht, wo der Kahnführer Haber steckt.« Er seufzte. »Es bleibt uns nichts anderes übrig, als weiterhin abzuwarten.«

Nield war mit seinen Nerven fast am Ende, als er in London eintraf und durch leere Straßen fuhr. Zum Glück hatte er die große Stadt erreicht, bevor der morgendliche Berufsverkehr begann. Hinter seiner Stirn pochte heftiger Schmerz, und immer wieder verschwamm das Bild vor seinen Augen. Erleichtert stöhnte er auf, als er vor Park Crescent parkte.

George, der Nachtwächter, schloß auf und starrte erschrocken auf die Kopfverbände Nields. »Lieber Himmel, Sir – haben Sie einen Krieg hinter sich?«

»Etwas in der Art.«

Er stieg die Treppe hoch, sah Licht unter der Tür von Tweeds Büro und trat ein. Monica war bereits voll angekleidet und riß unwillkürlich die Augen auf, als sie ihn sah. Nield ließ sich in den Sessel Tweeds sinken und erstattete Bericht, während die junge Frau Kaffee kochte. Nach einigen Minuten reichte sie ihm eine Tasse und forderte ihn auf, eine Zeitlang zu schweigen und in Ruhe zu trinken. Anschließend hörte sie ihm wieder zu.

»Das wär's«, sagte Nield nach einer Weile. »Wissen Sie, wo sich Tweed aufhält?«

»Gestern abend war er in Brüssel. Ich setze mich mit dem dortigen Polizeipräsidium in Verbindung und hinterlasse eine Nachricht für ihn. Nachdem ich den Arzt angerufen habe …«

»Es ist sehr wichtig«, drängte Nield.

»Zuerst der Arzt«, erwiderte Monica fest.

Als der Hubschrauber landete, kam Benoit mit weiteren Meldungen aus der Pilotenkanzel. Er reichte sie Tweed, der sie rasch überflog. Er schürzte die Lippen, sah aus dem Fenster und beobachtete die Polizeiwagen, die in der Nähe des Helikopters hielten.

»Van Gorp hat sie geschickt, um uns abholen zu lassen«, erklärte Benoit.

»Was ist los?« fragte Newman.

»Ich glaube, wir lagen richtig mit unserer Vermutung, was die Explosion auf dem Meer angeht. Nield ist die ganze

Nacht durchgefahren und traf heute morgen in Park Crescent ein. Gestern abend beobachtete er in Blakeney, wie der Kutter von Caleb Fox beladen wurde – angeblich mit dem Hausrat Dr. Portchs. Portch hat Norfolk verlassen, um hier in Holland zu arbeiten.«

»Glauben Sie, es kam zu einem Unglück? Vielleicht transportierte der Kutter das ganze Triton-Drei-Arsenal – und flog in die Luft.«

»Nein. Ich bin sicher, die Explosion war von Klein geplant. Die Seeminen und Bomben wurden umgeladen, aber eine blieb an Bord des Kutters zurück. Und um sicherzustellen, daß die Besatzungsmitglieder des Schiffes nichts ausplaudern, brachte er sie einfach um. Ein Massaker. Klein ist ein wirklicher Teufel. Sein Verhalten offenbart gewisse Muster. Es begann mit Marseille und Genf: Er zieht alle Leute aus dem Verkehr, die irgendwelche Angaben über ihn machen könnten. Bestimmt wurden die Bomben und Seeminen an Bord anderer Schiffe nach Holland gebracht.« Düster fügte Tweed hinzu: »Ich mache mir große Sorgen, Bob.«

Newman musterte ihn erstaunt. Selten hatte er seinen Bekannten so ernst wie jetzt erlebt. »Ist das alles?« fragte er.

»Nein. Van Gorp berichtet, daß man Haber gefunden hat. Der Tonfall dieser Meldung gefällt mir ebenfalls nicht besonders. Er wurde ›gefunden‹ – mehr teilt man uns nicht mit.«

»Ich verstehe.«

»Und noch etwas: Monica berichtet von einer weiteren kurzen Nachricht Olymps.« Er sprach ganz leise, flüsterte fast. »Mein Spitzel in der Organisation Kleins. Er meint, nicht etwa Antwerpen sei das Ziel, sondern vermutlich Europort.«

»Olymp scheint nie ganz sicher zu sein.«

»Was meiner Ansicht nach beweist, daß Klein seine Gruppe nach dem Zellenprinzip gegliedert hat. Wahrscheinlich kennen sich nur jeweils zwei oder drei Mitglieder seiner

Organisation. Und bis zum letzten Augenblick weiß nur Klein, wo sich das Ziel befindet. Er ist nicht nur verdammt gerissen, sondern ein echter Profi. Was mich angesichts seiner Ausbildung auch nicht überrascht. Außerdem: Ich nehme an, wir bekommen keine weiteren Nachrichten von Olymp. Ich fürchte um das Leben meines Informanten.«

»Warum?«

»Wegen der verfluchten Schläue Kleins. Olymp ist jetzt in großer Gefahr.«

Klein hielt vor der Zufahrt zur Kruiskade an, in unmittelbarer Nähe des Hilton. Lara Seagrave stieg aus und hielt auf das Hotel Central zu – ein fünfstöckiges Gebäude, dessen Fassade die Bombardements während des Krieges ohne Schaden überstanden hatte.

Der Mann hinter dem Empfangstresen nickte, als sie sich als Eva Winter vorstellte. Sie füllte das Anmeldeformular aus und begab sich in ihr Zimmer im zweiten Stock. Als sich die Tür hinter dem Hausdiener schloß, ließ sie sich aufs Bett sinken und fragte sich, ob sie das Ziel erreicht hatten.

Sie war keineswegs sicher und dachte in diesem Zusammenhang an ihre vorherigen Aufträge. Weiter im Norden gab es noch andere Häfen, die in Frage kamen, zum Beispiel Bremen und Hamburg. Lara erinnerte sich an die jüngsten Anweisungen Kleins.

Sie sollte einen Wagen mieten und sich Europort ansehen, sich ein Bild von den dortigen Sicherheitsroutinen machen und feststellen, ob es einen – oder mehrere – geeignete Fluchtwege gab.

Lara sah auf die Uhr: sieben Uhr dreißig morgens. Ich sollte gleich beginnen, überlegte sie, klappte den Koffer auf und löste die Riemen, damit die zusammengefaltete Kleidung nicht zerknitterte. Dann holte sie sowohl die Kamera als auch den Feldstecher hervor, ging nach unten und frühstückte im Speisesaal.

Sie trug ihr elegantes Gabardine-Kostüm – sie hatte sich ganz bewußt dafür entschieden, bevor sie das Hotel in Antwerpen verließ. Lara fühlte sich ausgesprochen gut in dieser Aufmachung; sie verlieh ihr ein wenig mehr Selbstsicherheit, was ihr dabei half, nicht dauernd an Klein zu denken.

Anschließend entschied sie, einen kleinen Spaziergang zu machen, sich nach der langen Fahrt im BMW die Beine zu vertreten. Draußen wandte sie sich nach links und erreichte kurz darauf ein großes Einkaufsviertel.

Rotterdam entsprach ganz und gar nicht ihren Erwartungen. Lara hatte mit einem gewaltigen Konglomerat aus Betonklötzen und Glastürmen gerechnet. Solche modernen Gebäude gab es auch, aber der Bereich mit den Einkaufsstraßen war herrlich. Dort verkehrten keine Autos, und das Pflaster bestand aus farbigen Schmucksteinen. Immergrüne Pflanzen wuchsen in großen Blumenkübeln. Zwischen den einzelnen Geschäften erstreckten sich Laubengänge, und die geöffneten Blüten verströmten einen aromatischen Duft. Lara nahm auf einer Bank Platz und beobachtete die Szenerie. Hat es Klein auf Europort abgesehen? fragte sie sich erneut. Nach zehn Minuten stand sie wieder auf, entfaltete die Karte, die sie vom Empfangschef erhalten hatte, orientierte sich und machte sich auf den Weg zum Büro des Autoverleihs. In unmittelbarer Nähe der Agentur standen einige öffentliche Telefonzellen.

»Dort ist der Kahn, die *Erika*«, sagte van Gorp. »Kommen Sie. Ich zeige Ihnen, was aus Joseph Haber wurde.«

Mit ausdrucksloser Miene ging Tweed an Bord des Schiffes, gefolgt von Newman und Butler. Nach einem kurzen Aufenthalt im Hilton – sie hatten dort ihr Gepäck zurückgelassen – waren sie sofort wieder aufgebrochen. Ziel der Fahrt: die Kaianlagen in Waalhaven.

Im Innern des Frachtkahns erwartete Tweed ein ähnlicher Anblick wie bei Les Dames de Meuse, und vor seinem inneren Auge sah er noch einmal die Leiche Brouckers, die bis zur Brust im Schlamm steckte. Die Frachtkammer der *Erika* war noch immer mit Kies gefüllt. In der Nähe des Bugs lagen Schaufeln, mit denen zwei Männer in der Ladung gegraben hatten – bis sie das fanden, was Tweed nun beobachtete.

Der Kies reichte Haber bis zur Brust. Der Kopf des Toten war zur einen Seite geneigt, und am Hals konnte man deutlich einen roten Striemen sehen, der vom einen Ohr bis zum anderen reichte. Der Mund stand offen, was den Eindruck erweckte, als grinse der ermordete Kahnführer. Die Haut war weißgrau, völlig farblos.

»Meine Leute fanden ihn vor einigen Stunden«, sagte van Gorp. »Benoit hatte mich angerufen, und daraufhin wurde die Suche auf den Grenzbereich ausgedehnt. Schließlich erhielten wir die Meldung, daß der Kahn in Waalhaven angelegt hatte.«

»Hm«, machte Tweed. »Klein besitzt nun auch die letzten Instrumente, die er für sein geplantes Unternehmen braucht: die Zünder und Kontrollvorrichtungen, um die Bomben und Seeminen zur Explosion zu bringen. Haben Sie bereits allgemeinen Alarm gegeben?«

»Nein.«

Van Gorp war ein beeindruckender Mann. Er überragte Tweed, maß fast einsneunzig und mochte gut vierzig Jahre alt sein. Er trug einen gepflegten Bart, und in seinem dunklen Haar zeigten sich bereits einige graue Strähnen. Er schien daran gewöhnt zu sein, Befehle zu geben, doch das humorvolle Funkeln in seinen Augen schwächte diesen autoritären Eindruck ein wenig ab. Ein grauer Mantel umhüllte seine schlanke Gestalt. Mit der einen Hand rückte er sich den Filzhut zurecht.

»Um Himmels willen – warum denn nicht?« entfuhr es Tweed. »Klein war hier. Die aufgeschnittene Kehle Habers genügt als Beweis. Ich bin sicher, er holte die Zünder ab und brachte sie fort.«

»Ich habe mit dem Innenminister in Den Haag gesprochen«,

sagte van Gorp. »Benoit setzte sich über Funk mit mir in Verbindung und erläuterte mir den gegenwärtigen Stand der Dinge.«

»Und was meinte der Minister?«

»Er ist skeptisch.«

»Das gleiche Problem ergab sich auch in Brüssel«, warf Benoit ein. »Uns fehlen handfeste Beweise.«

»Brauchen wir noch mehr?« Tweed deutete auf den Toten, drehte dann den Kopf.

»Der Minister nimmt heute morgen an einer Sitzung des Kabinetts teil«, fuhr van Gorp fort. »Er versicherte mir, er wolle seinen Kollegen unser Anliegen vortragen. Wahrscheinlich unter dem Tagesordnungspunkt ›Sonstiges‹.«

Tweed glaubte, in diesen Worten einen gewissen Spott zu vernehmen, und er musterte den hochgewachsenen Mann. Van Gorp erwiderte seinen Blick und preßte kurz die Lippen zusammen.

»Die holländische Regierung wäre nur in einem echten Notfall bereit, Europort abzuriegeln.«

»Und ich bin sicher, Klein wird genau dafür sorgen. Haben Sie überhaupt nichts unternommen?«

In den Augen des Holländers funkelte es belustigt. »Wenn der Innenminister die Hände in den Schoß legt, so ist das seine Sache. Ich glaube Ihnen, Tweed. Und deshalb habe ich auf eigene Faust entsprechende Anweisungen gegeben. Die Leute aus meiner Truppe, die eigentlich in Urlaub gehen wollten, bleiben vorerst weiterhin im Dienst. Darüber hinaus kommt Verstärkung aus Den Haag. Wir durchkämmen die ganze Stadt und halten dabei nach ungewöhnlichen Aktivitäten Ausschau. Das Problem ist: Sie gehören zum britischen Geheimdienst. Gerade daran nahm der Innenminister Anstoß. Er meinte, normale Polizeiarbeit falle nicht in Ihren Zuständigkeitsbereich. Es sei nicht Ihre Aufgabe, irgendwelchen Banditen nachzujagen.«

»Das habe ich ganz vergessen«, brummte Tweed und zeigte

seinen Ausweis. »Ich bin vorübergehend Scotland Yard zugeteilt worden, gehöre einer Spezialeinheit zur Terroristenbekämpfung an und stehe dort im Rang eines Superintendenten.«

Van Gorp lächelte. »Danke. Mit dieser Auskunft kann ich dem Innenminister den Wind aus den Segeln nehmen. Lassen Sie uns jetzt so schnell wie möglich zum Hilton zurückkehren.« Er wandte sich an die Polizisten, die am Heck des Frachtkahns warteten. »Schaffen Sie die verdammte Leiche fort. Und beeilen Sie sich.«

Sie gingen an dem weißen Tuch vorbei, das sich zwischen zwei hohen Pfählen spannte und verhindern sollte, daß Neugierige beobachteten, was sich auf dem Schiff abspielte. Auf dem Weg zum Wagen dachte Tweed an Paula und fragte sich, ob es ihr inzwischen gelungen war, Martine und Lucien Haber zu finden.

Der Wagen hielt vor einer alten Mühle in den Ardennen. Paula stieg aus, und Pierre, ihr Begleiter von der belgischen Polizei, trat an ihre Seite. Sie betrachtete den steinernen Turm, die gesplitterten Fensterscheiben, wanderte langsam um das Gebäude herum.

»Der ideale Ort, um Entführte zu verstecken«, sagte sie nach einer Weile. »Haben Sie die Zweitschlüssel mitgebracht, die Ihnen der Makler gab?«

»Ja.« Pierre schürzte nachdenklich die Lippen. »Eigentlich brauche ich einen Durchsuchungsbefehl ...«

»Wieso? Gestern haben wir uns bereits andere Häuser angesehen.«

»Aber dies ist gekauft und vollständig bezahlt worden.«

»Und wenn Martine und Lucien hier gefangen sind? Wenn sie Hilfe brauchen?«

»Sie klingen sehr überzeugend.« Pierre lächelte und fügte scherzhaft hinzu: »Außerdem kann ich nur meine Pension verlieren, mehr nicht.«

Die schwere Holztür öffnete sich knarrend. Paula folgte dem Polizisten ins Innere der Mühle, sah sich um und schauderte unwillkürlich. Ein geradezu unheimlicher Ort. Pierre schaltete seine Taschenlampe ein. Die junge Frau setzte sich in Bewegung und stieg die Wendeltreppe zum ersten Stock hoch. Dort holte sie tief Luft, während Pierre die Anhänger betrachtete und einen Schlüssel auswählte. Er schob ihn ins Schloß der Tür vor ihnen, und ein leises Klikken ertönte.

Er griff nach dem Knauf, zögerte kurz, drehte ihn dann rasch und trat ein, die Automatik schußbereit in der Hand. Paula folgte ihm. An der gegenüberliegenden Wand stand eine Frau mit zerzaustem Haar und schlang die Arme um einen Jungen.

»Martine Haber?« fragte Paula.

»Ja. Gott sei Dank. Wer sind Sie?«

»Paula Grey. Pierre und ich haben nach Ihnen gesucht. Wir besorgten uns Listen von den hiesigen Immobilienmaklern und kontrollierten die leerstehenden Gebäude. Ist alles in Ordnung mit Ihnen?«

»Ja. Vielleicht deshalb, weil wir darauf verzichten, das Zeug dort zu trinken.« Sie deutete auf eine Thermoskanne, die auf einem einfachen Holztisch stand. »Der Entführer brachte sie uns. Doch der Kaffee darin schmeckt sonderbar. Wir haben nur einen Schluck davon getrunken ...«

Pierre griff nach der Kanne. »Ich nehme sie mit und lasse ihren Inhalt im Labor analysieren.«

»Mein Mann ... Joseph. Ist er wohlauf? Wissen Sie, wo er sich befindet? Warum entführte man uns?«

»Wir kehren besser jetzt nach Dinant zurück«, sagte Paula. »Vielleicht sind dort inzwischen Nachrichten eingetroffen, die Ihre Fragen beantworten.«

Als Tweed das Hilton betrat, kam ihm der Empfangschef entgegen und meinte, im Frühstücksraum warte ein Herr auf ihn, ein gewisser Commander Bellenger. Tweed schritt rasch aus und betrat das Zimmer.

»Hallo, Tweed. Ich habe die Wartezeit genutzt, um einen Happen zu essen. Bin sofort losgeflogen, als ich die Meldung erhielt. Zum Glück haben wir in Brüssel nachgefragt, bevor meine Maschine startete. Man sagte uns, Sie seien auf dem Weg hierher. Sind Sie allein?«

»Nein«, erwiderte Tweed mit gedämpfter Stimme. »Der holländische Polizeichef wartet in meinem Zimmer. Wenn Sie mit dem Frühstück fertig sind...«

»Das bin ich bereits. Die Pflicht ruft.« Bellenger stand auf, wischte sich den Mund mit einer Serviette ab und ließ zwei Scheiben Schinken auf seinem Teller zurück. »In der Marine gewöhnt man sich schnell daran, ganz plötzlich zum Dienst beordert zu werden«, führ er fort, als sie zum Lift gingen. »Zwischen den Wachen schiebt man sich was zwischen die Zähne, und kaum hat man einen Bissen geschluckt, wird Alarm gegeben. Worum geht's?«

»Ich halte es für besser, wir warten mit der Erörterung des gegenwärtigen Problems, bis wir bei den anderen sind. Besten Dank übrigens, daß Sie sich sofort auf den Weg hierher gemacht haben. Ich möchte mit Ihrer Hilfe die Leute beeindrucken, die Sie gleich kennenlernen werden. Ich bin davon überzeugt, daß die Bomben und Seeminen – das Triton-Drei-Arsenal – irgendwo hier in der Nähe versteckt sind. Und das Ziel ist Europort.«

»Lieber Himmel!« ächzte Bellenger, als sie aus dem Lift traten. »Das Tor Europas. Wenn es blockiert wird...«

Van Gorp, Newman, Butler und Benoit sahen auf, als sie hereinkamen. Tweed stellte sie vor und bot dem untersetzten, ernst dreinblickenden Bellenger eine Tasse Kaffee an.

»Ich glaube, wir können beginnen«, sagte Tweed. Er sah van Gorp an, der am Fenster stand. »Zuerst sollten Sie wissen, daß aus einem sowjetischen Depot eine große Menge hochexplosiven Sprengstoffs gestohlen wurde...«

Sorgfältig überlegte er seine nächsten Worte und erinnerte sich an sein Versprechen Lysenko gegenüber, alles streng vertraulich zu behandeln. Aus diesem Grund ließ er den Namen Igor Zarow unerwähnt.

»Klein organisierte den Diebstahl von dreißig Seeminen und fünfundzwanzig Bomben. Es handelt sich dabei um hochmoderne Neuentwicklungen. Unterstützt wurde er dabei von der Bewegung für ein Freies Armenien und anderen Leuten, die er bestach. Die Waffen wurden an Bord des griechischen Schiffes *Lesbos* forttransportiert. Der Frachter verschwand spurlos. Erst kürzlich stellten wir fest, daß er vor einigen Monaten im Küstenbereich Norfolks auf eine Sandbank lief. Man brachte den Sprengstoff an Land und versteckte ihn in einer alten Gruft. Das ganze Unternehmen war hervorragend geplant, und Klein ist nicht nur ein ausgezeichneter Organisator, sondern auch der skrupelloseste Mann, mit dem ich es je zu tun hatte. Eigenhändig ermordete er mehrere Personen, um sicherzustellen, daß niemand Auskunft über ihn geben kann, und viele andere Leute wurden auf seine Anweisung hin umgebracht.« Tweed wandte sich an Bellenger. »Ich habe gerade sein letztes Opfer gesehen – einen aus Dinant stammenden Kahnführer namens Joseph Haber. Es erwischte ihn an Bord seines eigenen Schiffes, das in Waalhaven festgemacht hat. Man fand ihn im Kies, die Kehle vom einen Ohr bis zum anderen aufgeschlitzt. Jenes Schiff brachte die von einem Schweizer konstruierten Zünder und Kontrollvorrichtungen nach Holland. Das ist der neueste Stand der Ermittlungen.«

»Ziemlich üble Nachrichten«, meinte Bellenger. »Ich meine insbesondere die Sache mit den Zündern, die von einem Schweizer hergestellt wurden.« Er sah van Gorp an. »Ich kann Ihnen leider nicht sagen, wieso ich so sicher bin, aber eins steht fest: Was die Technik der sowjetischen Bomben und Seeminen anging, gab es nur einen schwachen Punkt: die Zünder.«

»Die Sprengkörper sind bestimmt recht groß«, sagte van

Gorp. »Und das bedeutet, eine derartige Menge läßt sich nur schwer verstecken.«

»Da irren Sie sich. Wir haben es mit einem technischen Durchbruch zu tun – der vermutlich mit Hilfe ostdeutscher Wissenschaftler erzielt wurde. Sowohl die Bomben als auch die Seeminen sind sehr leicht und ausgesprochen klein.« Er hielt die Hände aneinander. »Ein Sprengkörper von der Größe einer Ananas würde genügen, um ein Schiff zu zerstören.«

»Auch einen Siebenhundert-Tonnen-Kutter?« warf Newman ein.

»Unbedingt. Es blieben nur Fetzen übrig. Sie hätten vermutlich Schwierigkeiten, irgendwelche Trümmer zu finden.« Bellenger sah Tweed an. »Ich habe gehört, daß es gestern nacht vor der holländischen Küste zu einer geheimnisvollen und ziemlich großen Explosion kam...«

»Der Kutter, der die Sprengkörper hierherbrachte. Wir glauben, die Bomben und Minen wurden auf See in kleinere Schiffe umgeladen, etwa auf halber Strecke zwischen Norfolk und Holland. Anschließend jagte man den Frachter in die Luft.«

»Wäre durchaus möglich.« Bellenger nickte langsam und wandte sich erneut an van Gorp. »Nicht gerade rosige Aussichten für Sie.«

»Was läßt sich mit einem solchen Arsenal anstellen?« fragte der Holländer. »Ich brauche eine ungefähre Vorstellung von der Sprengkraft jener Neuentwicklungen.«

»Um es ganz einfach auszudrücken: Sie liegt irgendwo zwischen der von TNT und der verheerenden Wirkung einer Atombombe.«

»Ich verstehe.« Van Gorp erbleichte. »Wie Sie eben schon sagten: Die Aussichten sind nicht besonders gut. Wo fangen wir an?« fragte er Tweed. »Sie fahnden schon seit einer ganzen Weile nach Klein, kennen ihn wahrscheinlich besser als wir. Da fällt mir ein: Ich habe den Innenminister informiert, daß Sie einer Spezialeinheit zur Terroristenbekämpfung angehören. Haben Sie eine Ahnung, was er daraufhin erwiderte? ›Nun, das gibt ihm eine rechtliche Grundlage‹. Mehr nicht ...«

Er unterbrach sich, als das Telefon klingelte, nahm ab und sagte einige Worte auf englisch, bevor er Tweed den Hörer reichte. »Für Sie. Eine gewisse Paula Grey. Ruft aus Dinant an.«

»Wie läuft's, Paula?«

»Prächtig. Ich habe gute Neuigkeiten für Sie!« Ihre Stimme klang triumphierend. »Es ist uns gelungen, Martine und ihren Sohn Lucien zu finden.« Sie zögerte kurz und fügte hinzu: »Ich bin hier im Polizeipräsidium von Dinant. Die Leitung ist nicht geschützt.«

»Verstehe.«

»Sie sind beide wohlauf. Wir haben sie in einer alten Mühle entdeckt, und die Anspannung der vergangenen Tage ist natürlich nicht spurlos an ihnen vorübergegangen. Ich fahre mit dem Zug nach Namur, von dort aus weiter nach Brüssel und nehme die erste Maschine nach Rotterdam. Wir sehen uns im Hilton.« Ihr Tonfall veränderte sich erneut. »Was ist mit Joseph Haber?«

Tweed holte tief Luft. »Sind Martine und Lucien bei Ihnen im Zimmer?«

»Nein, ich bin allein. Warum fragen Sie?«

»Schlechte Nachrichten, Paula.«

»O nein. Ist er ...?«

»Tot, ja. Die holländische Polizei fand ihn gestern nacht in Waalhaven, an Bord seines Kahns *Erika*. Mit aufgeschlitzter Kehle. Ohne Zweifel das Werk Kleins.«

»Das muß ich ihnen sagen. Martine und ihrem Sohn, meine ich.«

»Überlassen Sie das Pierre. Polizisten sind an solche Dinge gewöhnt.«

»Ich übernehme es selbst«, erwiderte Paula fest. »Ohne die durchgeschnittene Kehle zu erwähnen. Nein, versuchen Sie nicht, mir das auszureden. Bis später im Hilton. Ich mache mich jetzt auf den Weg.«

Ein leises Klicken deutete darauf hin, daß sie die Verbindung unterbrochen hatte. Tweed legte auf. Hat echt was drauf, dachte er anerkennend. Als er den anderen Bericht erstattete, schüttelte Newman den Kopf.

»Sie sollte nicht nach Rotterdam kommen«, betonte er noch einmal. »Sie hat bereits genug hinter sich. Und hier wird bald die Hölle losbrechen.«

»Das fürchte ich auch«, entgegnete Tweed ernst. Er öffnete seine Aktentasche, holte das Phantombild Igor Zarows hervor und gab es van Gorp.

»Das ist Klein. Vielleicht wäre es angebracht, Kopien davon anzufertigen und an Ihre Leute zu verteilen. Nun, bevor Paula anrief, fragten Sie mich, wo wir anfangen sollen. Wenn Sie uns ein Transportmittel zur Verfügung stellen können, würde ich gern zusammen mit Newman nach Europort fahren. Wollen Sie uns begleiten, Benoit?«

Der Belgier nickte zustimmend, und Tweed fuhr fort:

»Ich gewöhne mich immer besser an die Denkweise Kleins. Vielleicht entdecke ich unterwegs etwas, was uns weiterbringt. Wie dem auch sei...« Er lächelte schief. »Es kann nicht schaden, sich das Schlachtfeld anzusehen, bevor der Krieg beginnt. Übrigens...« Er sah van Gorp an. »Was ist mit dem SAS-Team, das von der britischen PM nach Schiphol geschickt wurde?«

»Das wollte ich Ihnen gerade sagen. Die Gruppe ist eingetroffen. Ich bot den Leuten ein Zimmer im Flughafen an, um ihnen die Möglichkeit zu geben, sich auszuruhen und zu schlafen. Doch der Commander, ein Typ namens Blade, hielt nichts davon. Er bestand darauf, das Team aufzuteilen, so daß nur jeweils zwei oder drei Männer zusammen sind. Ihre Ausrüstung haben sie in der gecharterten Maschine gelassen, mit der sie nach Holland flogen. Sie sind wie Touristen gekleidet, und einige von ihnen sitzen in der Wartehalle der Abflugsektion und machen dort ein Nickerchen.

»Typisch für Blade«, meinte Newman. »Scheint sich nicht verändert zu haben. Sicherheit steht bei ihm an erster Stelle. Der Rest interessiert ihn weniger.«

»Blade bittet Sie dringend um ein Gespräch, Tweed«, fügte van Gorp hinzu. »Von hier bis nach Europort sind es zwanzig Kilometer. Und dann noch einmal zehn, wenn Sie bis zur Küste wollen.«

Tweed nickte.

»Sie können Blade in drei Stunden hier treffen.«

»Bitte vereinbaren Sie einen Termin für mich.«

»In Ordnung...« Van Gorp zögerte und wirkte fast verlegen. »Der Innenminister dankt der britischen PM für die Entsendung des SAS-Teams. Gleichzeitig aber wies er darauf hin, daß bei einem echten Notfall auch holländische Marinesoldaten zum Einsatz kämen. Sie sind bereits alarmiert, haben Ausgehverbot erhalten und warten in den Kasernen. Vermutlich aber gebe es keinen Grund zur Besorgnis, schloß er.«

»Er ist noch immer skeptisch?«

»Wahrscheinlich hält er uns für Spinner, für Leute, die daran gewöhnt sind, den Teufel an die Wand zu malen. Ich bezweifle, ob er sich bei der derzeit stattfindenden Kabinettssitzung für umfangreiche Sicherheitsmaßnahmen stark machen wird. Ich habe alles versucht, ihn zu überzeugen.« Van Gorp zuckte mit den Schultern und betrachtete das Phantombild. »Das mit den Kopien ist eine gute Idee. Ich sorge dafür, daß meine Leute sofort welche bekommen. Entschuldigen Sie bitte...« Er telefonierte, und kurz darauf kam ein in Zivil gekleideter Mann ins Zimmer. Van Gorp sprach einige Worte auf flämisch und gab ihm das Bild. Als der Mann das Zimmer verlassen hatte, griff der holländische Polizeichef nach seinem Filzhut.

»Es kann losgehen. Die Autos stehen bereit. Die Fotokopien sind uns sicher eine große Hilfe: Wenn sich Klein irgendwo in Rotterdam herumtreibt und einer Streife über den Weg läuft, können ihn meine Leute erkennen.«

41

Marler saß im Zimmer 904 des Hilton in Rotterdam und las die *Times*, als das Telefon klingelte. Die Rezeption informierte ihn, daß sein Wagen bereitstand und der Chauffeur in der Empfangshalle wartete. Der Mönch bedankte sich und legte auf.

Sein Wagen? Der Chauffeur? Was zum Teufel hatte das zu bedeuten? Er zog seinen Mantel an, öffnete den Kleiderschrank und griff nach der Reisetasche, in der sich sowohl das demontierte Gewehr als auch Munition befand. Er hielt es für besser, diese Dinge an sich zu nehmen – falls ein rascher Aufbruch notwendig werden sollte.

Im ersten Stock verließ er den Lift und ging die nahe gelegene Treppe herunter, die ins Erdgeschoß führte. Dabei ließ er seinen Blick wachsam durch die Empfangshalle schweifen. Ein hochgewachsener und hagerer Mann – er trug eine dunkle Uniform und eine Dienstmütze – stand an der Tür und sah auf die Straße. Die Hände hatte er auf den Rücken gelegt.

Marler runzelte die Stirn, trat an die Rezeption und fragte die junge Frau dahinter, was es mit dem Anruf auf sich habe. Sie deutete auf den Mann an der Tür.

»Das ist Ihr Chauffeur, Sir.«

»Wie dumm von mir.« Marler bedachte sie mit einem strahlenden Lächeln. »Hab' ihn glatt übersehen. Vielen Dank.«

Als er sich dem Uniformierten näherte, drehte sich der Chauffeur um und musterte ihn durch die getönten Gläser einer Brille. Marler blieb verwirrt stehen.

»Wenn Sie jetzt los möchten, Sir …« sagte der hochgewachsene Mann auf englisch. »Der Wagen steht draußen.«

Erst dann begriff Marler, daß er es mit Klein zu tun hatte. Gerissener Bursche, dachte er. Wer achtet schon auf einen Chauffeur? Klein wich beiseite, um Marler den Vortritt zu lassen, folgte ihm nach draußen und führte ihn zu einem in der Nähe geparkten BMW.

Der Mönch nahm auf dem Rücksitz Platz und hob den Kopf. »Vielen Dank, mein Bester«, sagte er spöttisch. Für einen Sekundenbruchteil sah er, wie es in den Augen hinter den getönten Gläsern zornig aufblitzte. Dann setzte sich Klein ans Steuer, fuhr los und beobachtete ihn im Rückspiegel.

»Wir machen eine Tour durch die Stadt«, teilte er ihm mit. »Und dabei geht es uns um die *strategischen* Sehenswürdigkeiten.«

»Wir sind also endlich am Ziel?«

»Vorausgesetzt, ich bekomme gewisse Informationen. Andernfalls machen wir uns wieder auf den Weg.«

»Wollen Sie mich auf den Arm nehmen, Klein? Sie benutzten das Wort ›strategisch‹. Ich muß wissen, ob es nun ernst wird oder nicht. Wenn Sie es vergessen haben sollten: Ich bin Profi. Ich brauche eine Möglichkeit, mich vorzubereiten.«

»Der erste Punkt auf unserer Liste heißt Euromast*. Holland ist eine erstaunliche Nation. Einige Bauwerke in diesem Land sind beispiellos. Befindet sich Ihr Gewehr in der Tasche?«

»Dachten Sie etwa, ich lasse es im Hotel zurück, wenn das Risiko besteht, daß ein neugieriges Zimmermädchen mit einem Zweitschlüssel den Schrank öffnet und in meinen Sachen herumschnüffelt?« entgegnete Marler.

Im Anschluß an diese sarkastische Bemerkung schwiegen die beiden Männer. Marler holte eine Straßenkarte hervor,

* Euromast: Wahrzeichen des Hafens von Rotterdam, ein 185 Meter hoher Turm; Anmerkung des Übersetzers

betrachtete sie eingehend und orientierte sich. Es war in jedem Fall wichtig, sich einen Überblick zu verschaffen. Nach kurzer Zeit fuhren sie an einem breiten Kanal entlang, an dessen Ufern sich endlose Dockanlagen erstreckten. Der Mönch beobachtete Dutzende von Frachtern und Kähnen, die an den Kais festgemacht hatten. Er sah erneut auf die Karte und stellte fest, daß es sich bei dem breiten Wasserlauf um die sogenannte Neue Maas handelte, die den Hafen Rotterdams mit dem Rhein und somit dem weitverzweigten Binnenschiffahrtssystem Europas verband.

Schiffssirenen heulten, und auffallend große Kähne tukkerten dahin. Weiter entfernt drehten sich Kräne, und an ihren Auslegern baumelten große Netze mit Kisten und Containern. Klein nahm Gas weg, als sie auf der landeinwärts gelegenen Seite an einem großen Park vorbeikamen. An einer Stelle bog er ab und lenkte den BMW über die Straße, die direkt am Hafenbecken entlangführte. Marler beugte sich vor. Einige hundert Meter entfernt sah er mehrere Schnellboote der Polizei. Klein hielt den Wagen an.

»Da wären wir«, sagte er. »Dieser Bereich spielt bei der geplanten Aktion eine ganz besondere Rolle.«

Marler stieg aus, griff nach seiner Tasche und legte den Kopf in den Nacken. Euromast – ein gewaltiger Turm aus Beton, der sich nach oben hin verjüngte, eine kolossale Nadel, die bis zum Blau des wolkenlosen Himmels emporzuragen schien. Weit oben machte der Mönch eine breite Beobachtungsplattform aus, und einige Dutzend Meter darüber, fast an der Spitze, befand sich ein weiterer Aussichtspunkt.

»Der berühmte Euromast«, sagte Klein. »Wir sehen ihn uns von innen an. Kommen Sie. Ich bin nach wie vor der Chauffeur, von dem Sie sich begleiten und alles erklären lassen. Sehen Sie sich aufmerksam um. Dies ist Ihr Einsatzort.«

Zwei Polizeiwagen – sie waren nicht als solche gekennzeichnet – fuhren durch den Maastunnel unter dem Fluß, nur einen Steinwurf vom Euromast entfernt. Van Gorp steuerte den ersten Wagen, und neben ihm saß Tweed. Im Fond hockten Newman und Bellenger. Der Marinecommander war sofort bereit gewesen, an der Fahrt teilzunehmen.

»Ich möchte die Gelegenheit nutzen, mir den größten Hafen der Welt anzusehen«, meinte er. »Das vervollständigt meine Allgemeinbildung.«

Der zweite Wagen beförderte Benoit und Butler. Der belgische Chefinspektor stellte dem Fahrer viele Fragen. Butler schwieg, hörte stumm zu und sah aufmerksam aus dem Fenster.

Sie hatten die große Stadt bereits hinter sich gelassen, und Tweed sah nach rechts, in Richtung Fluß. Sie fuhren nun am südlichen Ufer entlang.

Links erstreckte sich eine monotone und wüstenartige Landschaft: bis hin zum Horizont nichts weiter als Sand und Gestrüpp.

Tweeds Gesicht wurde zu einer ausdruckslosen und starren Maske, als sie das Industriegebiet außerhalb Rotterdams erreichten, und er ließ seinen Blick über die Raffinerien und Verarbeitungsanlagen an der Neuen Maas schweifen. Sie kamen an Shell-Mex Eins vorbei, kurz darauf an Shell-Mex Zwei, Esso, Mobil und Gulf.

Die einzelnen Komplexe bestanden aus riesigen Öltanks, die aussahen wie gewaltige weiße Kuchen; zwischen ihnen erstreckte sich ein wirr wirkendes Gespinst aus Hunderten von Röhren. Sie sahen aus wie industrielle Kolonien: Zwischen den Niederlassungen der jeweiligen Unternehmen gab es ausgedehnte freie Bereiche. Als sie die Gulf-Raffinerie erreichten, sagte van Gorp, daß sie sich dem Meer näherten. Kurz darauf passierten sie ein weiteres Esso-Depot.

»Was halten Sie davon, Bellenger?« fragte Tweed.

»Ein Paradies für jemanden, der Bombenanschläge verüben will«, erwiderte der Commander mit gepreßt klingender Stimme.

»Möchten Sie sich auch an der Küste umsehen?« erkundigte sich van Gorp.

»Ja.«

Der Holländer bog von der Brücke ab und lenkte den Wagen über eine schmale Brücke, die den Kanal überspannte. Auf der anderen Seite wandte er sich nach rechts und folgte dem Verlauf eines kleinen Weges. Sie befanden sich nun in einer Art Niemandsland jenseits von Europort, und einige hundert Meter weiter vorn sah Tweed mehrere große Wellenbrecher. Dahinter glitzerte die Nordsee im hellen Schein der Sonne wie eine Fläche aus blauem Glas. Weit und breit war niemand zu sehen, und durch das offene Fenster nahm Tweed den salzigen Geruch des Meeres wahr.

»Es scheint mir unmöglich, das ganze Industriegebiet abzusichern«, sagte Newman. »Außerdem habe ich keinen einzigen Streifenwagen gesehen, seit wir Rotterdam verließen.«

»Oh!« machte van Gorp und lächelte zufrieden. »Das verstehe ich als Kompliment. Meine Leute sind hier, aber Sie können sie nicht sehen. Und ich hoffe, daß sie auch der Aufmerksamkeit der Banditen entgehen.«

»Banditen? Eine seltsame Bezeichnung.«

»Der Begriff ›Terrorist‹ hat seine einstige Bedeutung verloren«, entgegnete der Holländer. »Er ist fast salonfähig geworden. Und davon halte ich überhaupt nichts. Irgendwelche Halunken behaupten einfach, es ginge ihnen um diese oder jene Sache – obgleich sie von Politik überhaupt keine Ahnung haben und nur auf Geld aus sind. Was Klein und seine Gruppe angeht: Es sind skrupellose Mörder und Banditen, weiter nichts. So, ich glaube, hier können wir anhalten, Tweed. Ein kleiner Spaziergang wäre jetzt sicher nicht schlecht.«

Es war völlig windstill, als van Gorp seine Begleiter in Richtung eines Leuchtturms führte. Tweed kletterte auf einen der Wellenbrecher und blickte über die spiegelglatte Nordsee. Auf der Seeseite eines nahen Betonklotzes saß ein

Mann in einem großen Schlauchboot und angelte. Van Gorp trat an die Seite Tweeds und streckte den Arm aus.

»Eine bei uns Holländern sehr beliebte Freizeitbeschäftigung: das Angeln. Und dort draußen macht er bestimmt einen guten Fang.«

Tweed beobachtete die Zufahrt zur Neuen Maas und sah einen großen Bagger mit breiter Schleppschaufel. Er hob seinen Feldstecher und blickte durch die Linsen. Das Schiff war noch größer, als er zunächst angenommen hatte, kam einer riesigen, schwimmenden Plattform gleich.

»Vor dem Kanal sammelt sich Schlick an, der ständig entfernt werden muß, um die Zufahrt freizuhalten«, erklärte van Gorp. »Die Männer dort sind dauernd im Einsatz. Haben Sie jetzt genug gesehen?«

»Ich glaube schon.«

Zusammen mit Bellenger und Newman kehrte Tweed zu den beiden geparkten Wagen zurück. Van Gorp eilte mit langen Schritten voraus, und Benoit und Butler folgten ihm.

»Was meinen Sie zu den Sicherheitsmaßnahmen, die er trotz allem angeordnet hat?« fragte Tweed.

»Zweifellos hat er sich große Mühe gegeben«, erwiderte Bellenger. »Und mehr können wir nicht von ihm erwarten.« Der Commander zögerte kurz. »Aber nach dem, was Sie mir von Klein erzählt haben... Die Sache gefällt mir überhaupt nicht.«

Auf dem Rückweg nach Rotterdam kam ihnen ein BMW entgegen, der von einem Chauffeur gefahren wurde. Tweed warf einen kurzen Blick auf den Mann, der im Fond saß und den Hut tief in die Stirn gezogen hatte. Offenbar schlief er. Vielleicht der Direktor irgendeiner Ölgesellschaft.

Klein hingegen achtete nicht auf die beiden Wagen, und der im Fond sitzende Marler starrte aus halbgeschlossenen Augen auf die gewaltigen Industrieanlagen. Zehn Minuten später fuhr Klein über die Brücke, setzte die Fahrt über den schmalen Nebenweg fort und näherte sich den Wellenbrechern.

»Haben Sie einen Überblick gewonnen?« fragte er.

»Diese Region ist ziemlich groß.«

Als Marler feststellte, daß sich keine weiteren Autos vor ihnen befanden, richtete er sich auf, schob den Hut zurück und gähnte. Klein beobachtete ihn im Rückspiegel, und in den Augen hinter der dunklen Brille blitzte es erneut. Daraus schloß der Mönch, daß seine Antwort den Mann am Steuer verärgert hatte.

»Das größte Ziel auf dem europäischen Festland«, betonte Klein. »Und wir haben die Möglichkeit, es vollständig zu vernichten.«

»Wie schön für Sie. Übrigens: Was halten Sie davon, wenn wir uns ein wenig die Beine vertreten?«

»Genau das hatte ich vor.«

Klein steuerte den Wagen vom Weg hinunter, hielt dicht am Ufer an, drehte den Zündschlüssel herum, stieg aus und öffnete die Tür zum Fond. »Nur für den Fall, daß uns jemand beobachtet«, erklärte er. »Obgleich das unwahrscheinlich ist.«

»Vielen Dank, Teuerster«, sagte Marler und grinste anzüglich.

Er schob die Hände tief in die Taschen, erkletterte flink den Wellenbrecher und blieb an der Stelle stehen, von der aus Tweed eine knappe Viertelstunde vorher übers Meer gesehen hatte. Klein holte einen Feldstecher aus dem Kofferraum und trat an seine Seite. Er nickte kurz in Richtung des Anglers im Schlauchboot.

»Die reinste Zeitverschwendung. Manchmal frage ich mich, wie es die Holländer geschafft haben, zu einer Industrienation zu werden.«

Er sah durch die Linsen und betrachtete eine Zeitlang den großen Bagger. Dann reichte er Marler den Feldstecher. »Ich kehre kurz zum Wagen zurück. Werfen Sie inzwischen einen Blick auf das Ding da draußen.«

Er ging zum BMW, öffnete den Kofferraum, schob eine Kanevasplane beiseite und griff nach einem Seil, das er in Rotterdam gekauft hatte. Dicht daneben lag ein zweiter Strick. Das Seil, das Klein nun in der Hand hielt, wies am Ende eine Schlinge auf, gerade groß genug für einen menschlichen Hals. Rasch überprüfte er den Knoten und vergewisserte sich, daß er nicht zu fest saß.

Zufrieden legte er den Strick zurück, streifte die Plane darüber und schloß die Klappe des Kofferraums. Er wartete neben dem Wagen, und nach einigen Minuten kletterte Marler von dem Wellenbrecher herunter und schlenderte auf ihn zu.

»Ein ziemlich großer Bagger«, sagte der Mönch und gab den Feldstecher zurück.

»Das erste Ziel unserer Operation – um die Kanalzufahrt zu blockieren.«

»Wie viele Besatzungsmitglieder befinden sich an Bord? Ich nehme an, sie gehen dabei drauf, oder?«

Klein nickte. »Insgesamt achtzehn.«

Marler zuckte mit den Schultern. »Einige Tote mehr oder weniger spielen wohl keine Rolle. Ich finde es erstaunlich, daß Sie alle Einzelheiten Ihres Plans im Kopf haben. Was geschieht, wenn wir auf dem Rückweg nach Rotterdam bei einem Autounfall ums Leben kommen?«

»Das Unternehmen wird trotzdem durchgeführt.« Klein lächelte dünn. »Es gibt noch einen anderen Mann, der ebensoviel weiß wie ich. Einen sehr fähigen Franzosen, den Sie noch nicht kennengelernt haben. Nun, Sie wissen jetzt, wo die Aktion stattfinden soll. Ich schlage Ihnen vor, wir fahren zurück.«

»Warum sollte ich mich hier umsehen?« fragte Marler. Er zündete sich eine Zigarette an, als Klein zögerte. »Kommen Sie: Es ist an der Zeit, daß Sie mir sagen, worum es geht.«

»Es könnte sich eine Situation ergeben, die Ihren Einsatz an diesem Ort erforderlich macht. Das ist zwar unwahrscheinlich, doch nicht ganz ausgeschlossen.« Klein gestikulierte ungeduldig. »Los jetzt. Wir essen auf dem Rückweg. Zwar steht nicht gerade Cordon bleu auf dem Speisezettel, aber die Mahlzeit dürfte genügen, um Ihnen und mir den Magen zu füllen.«

»Und wann beginnt die Aktion?«

»Bald«, versicherte ihm Klein. »Bald ...«

Das fünfzigtausend Tonnen große Kreuzfahrtschiff *Adenauer* passierte die Westfriesischen Inseln und fuhr weiter nach Süden, in Richtung Europort. Kurz vor dem Verlassen des Hamburger Hafens kam es bei den an der Reling stehenden Passagieren zu einiger Aufregung.

Ein langer, schwarzer Mercedes fuhr am Kai entlang, begleitet von einer Polizeieskorte. Die große Limousine hielt an, und ein Mann in mittleren Jahren stieg aus, gefolgt von einer elegant gekleideten Frau. Als sie an Bord gingen, wandte sich ein an der Gangway stehender Amerikaner an seine Gattin.

»Lieber Himmel, Ann! Das ist Waldo Schulzberger, der US-Staatssekretär.«

»Donnerwetter!« erwiderte Ann in einem ehrfürchtigen Tonfall.

Der Kapitän höchstpersönlich führte den amerikanischen Staatssekretär in die beste Kabine an Bord. An der Anlegestelle stand ein aufmerksamer deutscher Journalist, der Schulzberger ebenfalls erkannte und sofort eine Telefonzelle aufsuchte, um seiner Zeitung Bericht zu erstatten.

Der Fünfhunderttausend-Tonnen-Tanker, der sich Europort von Süden näherte, bekam von der Schiffahrtskontrolle in Rotterdam die Meldung, daß es zu einer weiteren Verzögerung kommen würde, bevor er den Hafen anlaufen konnte. Der Kapitän der *Cayman Conquerer* bestätigte den Empfang der Nachricht und gab dem Steuermann die Anweisung, die Fahrt mit verringerter Geschwindigkeit fortzusetzen.

Zwanzig Meilen achtern erhielt der Dreihundertfünfzigtausend-Tonner-Tanker *Easter Island* die gleiche Warnung, und Kapitän Williams gab ebenfalls den Befehl, das Tempo zu drosseln. Er zuckte mit den Schultern, sah seinen Ersten Offizier an und lächelte schief. »Sieht so aus, als träfen wir genau während des Stoßverkehrs ein. Die übliche Sache. Behalten Sie den Frachter hinter uns im Auge…«

Kapitän Salvi an Bord des Zehntausend-Tonnen-Frachters *Otranto* schüttelte deprimiert den Kopf, als die Meldung eintraf. Eine weitere Verzögerung – die aufgrund der Strafklausel des Frachtvertrages noch mehr Geld kosten würde. Nun, das war nicht sein Problem. Sollten sich zum gegebenen Zeitpunkt die Rechtsanwälte damit befassen. Dafür wurden sie schließlich bezahlt. Ein uniformierter Steward eilte auf die Brücke und blieb unsicher stehen.

»Was ist denn nun schon wieder los?« fragte Salvi.

»Die Frau des Direktors hat sich nach Ihnen erkundigt. Sie möchte, daß Sie ihr im Speisesaal Gesellschaft leisten.«

»Hat sich die fette Kuh etwa in mich verknallt?« Er seufzte. »Na schön. Sagen Sie ihr, ich käme gleich…«

Der *Otranto* folgten die drei von Afrika kommenden Containerschiffe, und noch immer versuchte jedes von ihnen, Europort vor den anderen zu erreichen – um den besten Preis für die aus Sojabohnenmehl bestehende Fracht zu erzielen. Die Meldung von der Schiffahrtskontrolle in Rotterdam veranlaßte die Kapitäne dazu, verärgert zu fluchen. Nur widerstrebend ordneten sie eine Verringerung der Geschwindigkeit und damit das Ende der Wettfahrt an.

Klein fuhr durch den Maastunnel zurück; nachdem er Rotterdam passiert hatte, beschleunigte er und setzte die Fahrt in Richtung Delft fort. Nach einer Weile blickte er kurz zur Seite und musterte Marler, der die ganze Zeit über geschwiegen hatte. Der Engländer sah aus dem Fenster.

»Irgendwelche Anzeichen für ungewöhnliche Aktivitäten?« fragte Klein.

»Genau danach habe ich Ausschau gehalten. Die Antwort lautet: nein.« Er drehte den Kopf. »Wollten wir nicht irgendwo essen?«

»Ja.« Klein lächelte zufrieden. »Niemand weiß, daß wir hier sind.«

»Das will ich auch stark hoffen.«

Der Mann am Steuer sah auf die Uhr und stellte fest, daß er bis zum vereinbarten Treffen mit Grand-Pierre noch mehr als genug Zeit hatte. Daraufhin wählte er eine andere Route. Er entschied sich nicht etwa für die breite Umgehungsstraße, sondern fuhr in die Stadt, durch ein Labyrinth aus schmalen und kopfsteingepflasterten Straßen neben kleinen Kanälen. Der Weg führte über mehrere Brücken; nach einer guten Viertelstunde erreichten sie den nördlichen Stadtrand und kamen an einigen Campingplätzen mit Wohnwagen vorbei. Vor einem einstöckigen Gebäude mit schiefem Dach hielt Klein an. Durch die Fenster konnte man die Tische eines einfachen Restaurants sehen.

»Hier nehmen wir eine Mahlzeit ein.«

»Wurde auch Zeit.«

Sie waren gerade beim Hauptgang, als ein großer und athletisch gebauter Mann in Jeans und Anorak am Fenster vorbeischlenderte. Klein sagte, er käme gleich zurück, stand auf und ging nach draußen. Grand-Pierre stand neben dem Eingang und zündete sich eine Zigarette an.

Auf der Straße herrschte kein Verkehr. Jenseits des Restaurants gab es einige kleine Geschäfte, in denen die Urlauber von den nahen Campingplätzen Konserven und andere Dinge kaufen konnten. Die Sonne schien von einem wolkenlosen Himmel herab.

»Läuft alles nach Plan?« fragte Klein. »Sind Ihre Leute bereit?«

»Die Taucher warten in ihren Schlauchbooten und werden die Minen zum vorgesehenen Zeitpunkt an den Rümpfen der Schiffe befestigen.«

»Ich habe einen gesehen, der im Bereich der Kanalzufahrt in der Nähe des Baggers angelte. Ich nehme an, die anderen stoßen später zu ihm?«

»Ja. Ich meine nach wie vor, wir sollten Unterwasserschlitten benutzen, um sowohl die Taucher als auch die Minen zu den Zielen zu bringen. Das ginge wesentlich schneller, und außerdem wäre dadurch das Risiko einer Entdeckung weitaus geringer.«

»Darüber haben wir bereits gesprochen«, erwiderte Klein kühl.

Grand-Pierre sah ihn an, und in seinen Zügen kam eine Spur von Aufregung zum Ausdruck. »Sie kennen den Zeitungsbericht sicher, nicht wahr? Steht direkt auf der ersten Seite, mit einer dicken Schlagzeile. Der amerikanische Staatssekretär Schulzberger und seine Frau befinden sich an Bord der *Adenauer.*«

»Eine Nachricht, die nicht nur positive Aspekte hat.«

»Wie meinen Sie das?«

»Einerseits sorgt die Anwesenheit Schulzbergers dafür, daß sich die Verantwortlichen in den USA hüten werden, voreilige Entscheidungen zu treffen. Andererseits aber müssen wir mit umfangreicheren Sicherheitsmaßnahmen an Bord des Kreuzfahrtschiffes rechnen. Bestimmt wird der Staatssekretär von Agenten des amerikanischen Geheimdienstes begleitet. Das sind gewiefte Typen – und vielleicht setzen sie Sonarorter ein. Was beweist, daß es richtig war, auf Unterwasserschlitten zu verzichten. Es würde sofort Alarm gegeben werden. Schlauchboote hingegen können mit Sonargeräten nicht aufgespürt werden. Was ist mit den Kuttern?«

»Wir haben zwei ausgewählt, und in beiden Fällen ist es uns gelungen festzustellen, wo sich die Ehefrauen der Kapitäne aufhalten. Bevor es losgeht, schnappen wir sie uns und bringen sie an Bord. Wenn wir ihnen ein Messer an die Kehle halten, werden die Skipper wohl kaum Widerstand leisten. Das eine Schiff soll die Schlauchboote in unmittelbare Nähe der *Adenauer* bringen, wo wir sie dann zu Wasser lassen. Später steuert es den Tanker *Cayman Conquerer* an. Das andere dient als Ausgangsbasis für die restlichen Ziele.«

»Befinden sich die Seeminen schon an Bord der Schlauchboote?«

Grand-Pierre sah kurz auf die Uhr. »Das wird in einer Stunde der Fall sein.«

»Was ist mit dem CRS-Übertragungswagen Legauds?«

»Steht in einer Garage bereit, die wir in Rotterdam gemietet haben.«

»Und die Gruppe, die sich den Euromast vornimmt?«

»Wartet auf dem Campingplatz, in einem anderen und ebenfalls neu lackierten Lieferwagen. Das Team macht sich in Kürze auf den Weg.«

Klein runzelte die Stirn. »Es ist noch recht früh«, sagte er skeptisch.

»Meine Idee. Der Wagen parkt in der Nähe des Turms, und der Fahrer und ein Mann aus der Gruppe verbringen den Rest der Zeit damit, ein Rad zu wechseln.«

»Kein schlechter Einfall«, gab Klein widerstrebend zu. »Sind sie bewaffnet? Haben sie genug Munition mitgenommen?«

»Ihre Ausrüstung besteht aus den Maschinenpistolen, Handgranaten und automatischen Gewehren, die wir vor einigen Tagen bei dem Überfall auf das Waffendepot im belgischen Herstal erbeutet haben.« Bevor Klein irgendwelche Einwände erheben konnte, fügte Grand-Pierre hinzu: »Wir haben dort einen Zettel zurückgelassen, auf dem Einzelheiten eines geplanten Banküberfalls vermerkt sind.«

»Nun, das wär's wohl. Ich kehre jetzt besser ins Restaurant zurück.«

»Dort wartet jemand auf Sie, nicht wahr? Der Mann an Ihrem Tisch...«

»Sie haben bestimmt schon von ihm gehört. Er kommt aus Paris. Der Mönch.«

»Er hat sich bereit erklärt, an dem Unternehmen teilzunehmen?« Grand-Pierre wirkte überrascht. »Meine Güte! Bestimmt zahlen Sie ihm ein Vermögen dafür.«

»Bei der bevorstehenden Aktion spielt er eine besonders wichtige Rolle.« Klein ignorierte die indirekte Frage Grand-Pierres nach dem Honorar Marlers. Über die Schulter des Franzosen hinweg sah er durchs Fenster und beobachtete den Mönch, der ganz auf sein Essen konzentriert zu sein schien.

»Ich fahre jetzt los«, sagte Grand-Pierre.

»In Ordnung.« Klein klopfte ihm auf den Rücken. »Ehe ich's vergesse: Was ist mit den Bomben für die Raffinerien?«

Grand-Pierre war bereits an diese Taktik gewöhnt. Klein hatte die Angewohnheit, ein Gespräch erst zu beenden und dann noch eine wichtige Frage zu stellen.

»Die Gruppe ist bereits an Ort und Stelle. Sie drang während des Wachwechsels in den Bereich der Verarbeitungsanlagen vor. Der Angriff auf die neuen Wächter erfolgte, bevor sie die Tore erreichten. Meine Leute streiften sich ihre Uniformen über und sagten den Leuten, die auf Ablösung warteten, ihre Kollegen seien an Grippe erkrankt. Im Hafen herrscht eine regelrechte Epidemie, und deshalb hat niemand Verdacht geschöpft.« Er lächelte verschlagen.

»Und die Kennworte?«

»Die Wächter waren sofort bereit, uns Auskunft zu geben – als sie Messerspitzen an den Kehlen fühlten. Das bewahrte sie natürlich nicht vor dem Tod. Ihre Leichen brachten wir in den bereitstehenden Lieferwagen und warfen sie später ins Meer. Mit Ketten beschwert, wie Sie es verlangt haben.«

»Was ist mit den beiden Sikorsky-Hubschraubern?«

»Ich habe mit Kurt Saur gesprochen, dem österreichischen Piloten. Er hat die Maschinen zum Flughafen von Rotterdam geflogen. Dort stehen sie angeblich für einige Aufsichtsratsmitglieder von Royal-Dutch Shell bereit.« Grand-Pierre hob den Zeigefinger an die Lippen. »Höchst geheime Sache.«

An seinem Tisch im Restaurant stopfte sich Marler mit

Nudeln voll. Der Mann, mit dem sich Klein draußen unterhielt, wandte ihm den Rücken zu. Ein ziemlich großer und muskulöser Typ. Der ›sehr fähige‹ Franzose, den Klein kurz erwähnt hatte? Vielleicht. Vielleicht auch nicht. Marler aß weiter.

»Im Restaurant«, sagte Klein unterdessen, »hörte ich vorhin, wie einige Soldaten davon sprachen, daß die Marineinfanteristen in Rotterdam alarmiert wurden und in den Kasernen warten.«

»Ja. Nur eine Vorsichtsmaßnahme. Wahrscheinlich wegen der geheimnisvollen Explosion auf hoher See. Wir haben nichts zu befürchten. Es ist alles in bester Ordnung. Die Aktion gegen die Kasernen wird zur gleichen Zeit stattfinden wie der Überfall auf den Euromast. Auf die Sekunde genau.«

»Es gibt also keine Probleme?« fragte Klein.

»Nur eins: Chabot.« Grand-Pierre zuckte mit den Schultern. »Als ich zurückkehrte, verließ er gerade den Campingplatz. Hipper versuchte, ihn daran zu hindern – mit der Waffe in der Hand. Chabot nahm ihm die Kanone ab und machte anschließend einen einstündigen Spaziergang. Hipper meinte, er sei auch in Larochette des öfteren unterwegs gewesen. Offenbar brennt er darauf, endlich aktiv werden zu können. Wie wir alle. Aber nun geht es ja bald los.« Er lächelte erneut.

»Hüten Sie sich vor übertriebener Zuversicht«, sagte Klein scharf. »Unser Vorteil ist das Überraschungsmoment. Niemand weiß, daß wir hier zuschlagen werden.«

42

»Ich bin gefeuert«, sagte van Gorp, als er Tweeds Zimmer im Hilton betrat. »Besser gesagt: Man hat mich für die Dauer des Untersuchungsverfahrens vom Dienst suspendiert.«

Diese Bemerkung trug nicht gerade dazu bei, die anwesenden Männer heiterer zu stimmen. Tweed, Bellenger, Butler, Newman und Benoit saßen am Tisch und wirkten abgespannt und deprimiert. Der Grund für ihre Niedergeschlagenheit war eine telefonische Mitteilung des Stellvertreters van Gorps. Dutzende von Sonderstreifen hatten sowohl die Stadt als auch Europort durchkämmt, ohne irgend etwas Ungewöhnliches zu entdecken. Sie traten auf der Stelle.

»Nun«, fügte der holländische Polizeichef mit gespielter Fröhlichkeit hinzu, »man hat mich bereits zweimal rausgeschmissen – und anschließend wieder auf die Gehaltsliste gesetzt.«

»Was ist diesmal der Grund?« fragte Tweed.

»Der Innenminister stellte fest, daß ich den Urlaub für meine Leute gestrichen habe. Und ganz besonders regte er sich darüber auf, daß ich dem SAS-Team die Erlaubnis gab, in Schiphol zu landen. Er war völlig außer sich und verlangte von mir, die Genehmigung rückgängig zu machen. Ich hatte das Vergnügen, ihm zu antworten, daß die Spezialeinheit Blades bereits eingetroffen ist.«

»Meine Schuld«, sagte Tweed. »Ich hätte Sie nicht unter Zugzwang setzen sollen.«

»Ich lasse mich zu nichts zwingen, mein Freund«, widersprach van Gorp. Sein Lächeln verflüchtigte sich, und für einige wenige Sekunden offenbarten seine Züge, was wirklich in ihm vorging. Er wirkte sehr nachdenklich, als er sich einen kleinen Drink genehmigte. »Ich traf die Entscheidung, weil ich sie für richtig hielt. Und diese Ansicht vertrete ich nach wie vor.«

Er glaubt, diesmal nicht mit einem blauen Auge davonzukommen, dachte Tweed. Er ist sicher, daß es bei der Entlassung bleibt. Und vielleicht liegt er mit dieser Vermutung gar nicht so falsch. Der Innenminister kann ihn nicht ausstehen.

»Warum traten Sie für eine Verlegung des SAS-Teams nach Rotterdam ein?« fragte Newman. »Immerhin sind hier mehrere Kompanien Marinesoldaten stationiert...«

»Sechster Sinn«, sagte van Gorp knapp. »Kann es nicht genau erklären...«

Er unterbrach sich, als erneut das Telefon klingelte, nahm ab und reichte Tweed den Hörer. »Für Sie.«

Tweed nannte seinen Namen, hörte einige Sekunden lang schweigend zu, bat den Anrufer darum, in drei Minuten zu ihm zu kommen, und legte wieder auf.

»Bitte halten Sie mich nicht für unhöflich, aber ich würde es begrüßen, wenn Sie mich eine Zeitlang allein lassen könnten. Sie bleiben hier, Newman.« Als van Gorp und die anderen das Zimmer verlassen hatten, sagte Tweed: »Der Commander der SAS-Gruppe ist auf dem Weg hierher, Bob. Welchen Rang hat er?«

»Major.« Newman lächelte schief. »Ihnen steht eine interessante Begegnung bevor.«

Kurz darauf klopfte es an der Tür. Tweed öffnete und bat den Besucher herein. Blade war etwa eins achtzig groß und gut dreißig Jahre alt. Er hatte ein schmales und knochiges Gesicht, kühl blickende Augen und eine krumme Adlernase. Er erinnerte Tweed an einen Jagdfalken.

Das braune Haar Blades war dicht und kurz geschnitten. Er trug eine graue Sportjacke und eine sorgfältig gebügelte Hose in der gleichen Farbe. In der einen Armbeuge hielt er einen zusammengefalteten Regenmantel.

Tweed sah Newman an. »Ich vermute, es bestehen keine Zweifel an Major Blades Identität?«

»Nicht die geringsten. Es gibt nur einen.« Newman verzog das Gesicht. »Zum Glück.«

»Seine übliche Ironie«, sagte Blade. »Genau deshalb habe ich ihn durch die Mangel gedreht.« Tweed deutete auf einen Stuhl, und der Major nahm Platz. »Immerhin hat er es überstanden«, fuhr Blade in seiner militärisch knappen Ausdrucksweise fort. »Was durchaus anerkennend gemeint ist. Können wir sofort zur Sache kommen?«

»Gern. Es bleibt uns ohnehin nur wenig Zeit.«

»Ich dachte eigentlich, bei einem Notfall würde die holländische Regierung ihre Marineinfanteristen in den Einsatz schicken.«

»Das wird sie auch.«

»Gute Soldaten. Verstehen ihr Handwerk. Andererseits: Meine Leute sind daran gewöhnt, allein vorzugehen. Übrigens: Worin besteht das Problem?«

Innerhalb von fünf Minuten beschrieb ihm Tweed die Situation. Er ließ alle überflüssigen Einzelheiten weg, beschränkte sich auf die wichtigen Details und begann mit seiner Ankunft in der Schweiz. Blade saß kerzengerade und beobachtete ihn die ganze Zeit über.

»Das wär's«, sagte Tweed schließlich.

»Der beste Lagebericht, der mir seit langer Zeit zu Ohren gekommen ist. Haben Sie Armee-Erfahrung?«

»Ja. Ich gehörte dem militärischen Abschirmdienst an.«

»Dachte ich mir schon. Dieser Klein scheint ein wirklich gefährlicher Bursche zu sein. Die Angaben, die Sie eben über ihn machten, deuten darauf hin, daß er eine professionelle Ausbildung hinter sich hat.«

»Das stimmt«, bestätigte Tweed.

»Allerdings kann ich Ihnen nicht sagen, wo er ausgebildet wurde.«

»Ich tippe auf Frankreich. Ich kenne einige verdammt

hartgesottene Franzosen. Aber es hat wohl keinen Sinn, zu spekulieren. Irgendwelche Fragen?«

»Wo befindet sich Ihre Einheit? Wie schnell können die Leute mobilisiert werden und hier eintreffen?«

»Ich habe sie in kleinere Grupen aufgeteilt, die aus jeweils zwei bis drei Männern bestehen. Warten am Flughafen. Kamen mit einer gecharterten Maschine hierher und sind wie Fußballfans gekleidet – wie die Schlachtenbummler, die nicht ihre guten Manieren vergessen. Unsere Ausrüstung – Uniformen und Waffen – liegt im Flugzeug bereit, das von zwei Männern bewacht wird. Van Gorp stellte uns vier unauffällige Lieferwagen zur Verfügung; sie stehen am Flughafen bereit. Ein Anruf von mir genügt. Meine Leute brauchen acht Minuten für die Vorbereitung, dann noch einmal zwölf Minuten, um hierherzufahren. Insgesamt zwanzig – als Antwort auf Ihre Frage. Wenn nichts schiefgeht. Offenbar wissen Sie noch nicht genau, wann und wo Klein zuschlagen will. Es bleibt uns also nichts anderes übrig, als auf seinen ersten Schachzug zu warten. Wenn es soweit ist, machen wir ihm die Hölle heiß, das versichere ich Ihnen.«

»Was Ihre Ausrüstung angeht«, sagte Tweed. »Ich bin ziemlich sicher, daß Klein Taucher einsetzen wird.«

»Meine Männer haben eine solche Möglichkeit berücksichtigt, keine Sorge. Was machen wir jetzt? Auf dem Weg hierher hatte ich Gelegenheit, mir eine Karte von Rotterdam und Europort anzusehen. Und während des Fluges konnten wir die Region aus der Vogelperspektive beobachten. Ist recht dicht besiedelt. Vielleicht stehen uns Straßenkämpfe bevor.«

»Da wir gerade von der Vogelperspektive sprechen«, meinte Tweed. »Ich glaube, es wäre ganz nützlich, wenn wir uns den Euromast ansehen. Während der ersten Erkundungstour fiel mir der Turm immer wieder auf. Begleiten Sie uns?« fragte er Blade. »Ich stelle Sie als meinen Mitarbeiter vor.«

»Geht in Ordnung. Braucht niemand zu wissen, wer ich wirklich bin ...«

Er unterbrach sich, als das Telefon klingelte. Tweed nahm ab, und unmittelbar darauf erhellte sich sein Gesicht.

»Kommen Sie hoch«, sagte er erfreut und legte wieder auf.

»Paula ist angekommen.« Er wandte sich an Blade. »Meine neue Assistentin. Sie ist ganz versessen darauf, ihre Feuertaufe zu bestehen.«

»Und dabei könnte sie sich mehr als nur ihre Finger verbrennen«, brummte Newman.

Paula trat ein, stellte ihren Koffer ab und strahlte. Sie wirkte frisch und ausgeruht. Tweed machte sie mit Mr. Blade bekannt. Sofort veränderte sich ihr Verhalten: Sie wurde ernst. »Habe ich Sie bei einer wichtigen Besprechung gestört?«

»Nein. Aber nach der langen Reise sind Sie gewiß müde, und ...«

»Ganz und gar nicht. Ich konnte mich während des Fluges von Brüssel hierher ein wenig ausruhen. Eigentlich wollte ich duschen und mich umziehen, aber das kann warten ... Ich spüre, daß etwas geschehen ist.« Sie bedachte Blade mit einem kurzen Blick, und Tweed versicherte ihr, sie könne offen sprechen. Er bot ihr eine Tasse mit starkem Kaffee an und berichtete ihr vom neuesten Stand der Dinge. Paula nahm Platz, schlug die wohlgeformten Beine übereinander, hörte schweigend zu und trank die Tasse innerhalb weniger Minuten aus.

»Nach dem, was Sie mir über den armen Joseph Haber erzählten, ahnte ich schon, daß es Klein auf Rotterdam abgesehen hat«, sagte sie. »Der Kahnführer transportierte die Zünder und Kontrollvorrichtungen. Klein brauchte ihn nicht mehr, und da er zuviel wußte, brachte er ihn einfach um, wie die anderen vor ihm. Was hat es mit dem Euromast auf sich?«

»Keine Ahnung«, gestand Tweed ein. »Vielleicht kann ich Ihnen diese Frage beantworten, nachdem wir ihn uns angesehen haben.«

»Wo sind Sie gewesen?« fragte Klein. Er saß noch immer in dem kleinen Restaurant nördlich von Delft und hob den Kopf, als Marler Platz nahm.

Der Mönch sah sich mit ausdruckslosem Gesicht um. Die Tische in ihrer unmittelbaren Nähe waren unbesetzt, und die wenigen anderen Gäste befanden sich außer Hörweite. Er beugte sich vor.

»Ich war auf dem Klo. Eine Sache möchte ich ein für allemal klarstellen. Sie bezahlen mich für einen bestimmten Job. Ich stehe in dem Ruf, gute Arbeit zu leisten, und was meinen Auftrag angeht, halte ich mich streng an Ihre Anweisungen. Aber Sie irren sich gewaltig, wenn Sie glauben, Sie könnten mir selbst dann über die Schulter sehen, wenn ich eine Stange Wasser in die Ecke stellen muß.«

»Das ist noch lange kein Grund, sich so aufzuregen ...«

»Nach dem Ausdruck in Ihrem leichenweißen Gesicht zu urteilen, bin ich wesentlich ruhiger als Sie. Schluß damit. Was jetzt?«

»Sie haben Ihr Gepäck mitgebracht«, sagte Klein und deutete auf die Tasche, die Marler zwischen seinen Stuhl und der Wand abgestellt hatte. »Enthält sie alle Dinge, die Sie für Ihre Arbeit brauchen?«

»Ja.«

»Was ist mit Ihrer Kleidung im Hilton? Können Sie Ihre Sachen dort zurücklassen? Oder wäre das ein Risiko? Das Zimmer wurde im voraus bezahlt. Und ich nehme an, die Rechnungen für Ihre Mahlzeiten haben Sie sofort beglichen.«

»In der Tat. Und was die Kleidung angeht: Darauf kann ich verzichten. Ich habe die Herstelleretiketten entfernt. Und zwei Anzüge sind einige Nummern zu groß und zerknittert, so daß sie den Anschein erwecken, als seien sie getragen worden. Sie lassen also keine Rückschlüsse auf meine wirkliche Statur zu. Wieso fragen Sie?«

»Weil wir uns gleich auf den Weg machen. Die Aktion beginnt.«

»Würde es Ihr Sicherheitsempfinden zu sehr belasten, mir Auskunft darüber zu geben, wohin wir fahren?«

»Sparen Sie sich Ihren Sarkasmus für eine bessere Gelegenheit.«

Marler reagierte auf diese Worte, indem er sich den Mund abwischte, die Serviette auf den Tisch fallen ließ und Klein ruhig musterte. Mistkerl, dachte Klein. Du bist mir eine Spur zu unabhängig. Doch andererseits: Das professionelle Geschick des Mönchs war einzigartig; und gerade deshalb brauchte er ihn.

»Wir übernehmen den Euromast«, sagte er.

Kurz bevor sie das Hotelzimmer verließen, um zum Euromast zu fahren, bekam Tweed einen Anruf aus Paris. Paula unterhielt sich mit Newman und schilderte ihm, wie sie Martine Haber vom Tod ihres Mannes unterrichtet hatte. »War alles andere als leicht«, sagte sie. »Aber ich habe mir große Mühe gegeben, es ihr so schonend wie möglich beizubringen ...«

Benoit sprach mit van Gorp und Butler. Blade stand ein wenig abseits am Fenster und beobachtete den Verkehr auf der großen Straßenkreuzung vor dem Hotel.

»Lasalle«, meldete sich der Anrufer. »Ich war so frei, einige Nachforschungen in bezug auf den gegenwärtigen Aufenthaltsort des Mönchs anzustellen. Hab' Kontaktleute in verschiedenen Ländern angerufen und mir den Finger wund gewählt. Aber wenigstens weiß ich jetzt, wo er ist. Besser gesagt: wo er angeblich sein soll.«

Tweeds Hand schloß sich fester um den Hörer. »Wo, René?«

»In einer Schweizer Klinik, in Luzern. Es heißt, der Kerl habe einen sehr ernsten Nervenzusammenbruch erlitten. Besucher werden abgewiesen. Gerade eben hat sich Beck bei mir gemeldet, der Leiter der Kantonspolizei. Einem seiner Leute gelang es, eine Beschreibung von dem Patienten zu bekommen: ein hochgewachsener, blonder Mann mit einer kahlen Stelle auf dem Kopf.«

»Also hat er sich wieder ein Alibi besorgt. Der Mönch steckt irgendwo in Rotterdam, ist vielleicht nicht einmal eine Meile von dem Hotel entfernt, in dem ich wohne. Wenn er mir durch die Lappen geht, kommt er erneut ungeschoren davon. Vielen Dank, René. Ich muß jetzt weg.«

Er legte auf, hob den Kopf und sah die anderen an. Erneut spürte Tweed die allgemeine Niedergeschlagenheit. Er breitete die Arme aus, lächelte und sagte fröhlich:

»Angeblich wird der Mönch in einer Schweizer Klinik behandelt.«

»Aber Sie meinten, er hält sich hier in Rotterdam auf«, erwiderte Blade. »Der gefährlichste Scharfschütze ganz Europas ...«

»Die Mitteilung Lasalles *beweist* mir, daß er hier ist. Bevor er irgendeinen Auftrag durchführt, besorgt sich Marler immer ein hieb- und stichfestes Alibi. Kommen Sie mit uns, van Gorp? Auch wenn Sie vom Dienst suspendiert sind?«

Der Polizeichef winkte ab. »Ich habe dem Innenminister geantwortet, ich könne die Anweisung erst dann akzeptieren, wenn sie mir schriftlich vorliegt. Die Holländer legen großen Wert auf Förmlichkeiten, wußten Sie das nicht? Manchmal hat mich das fast zum Wahnsinn getrieben. Doch diesmal gibt mir unsere bürokratische Tradition einen Vorteil. Die Wagen stehen bereit. Von mir aus können wir los.«

»Bevor wir fahren ...« Tweed strahlte plötzlich. »Vielleicht ist Ihnen nicht klar, daß wir ein dickes As im Ärmel haben.«

Newman und die anderen starrten ihn verwirrt an.

»Klein hat keine Ahnung, daß wir hier sind, daß wir wissen, welches Ziel er für seine Aktion gewählt hat.«

Als sie draußen in die drei wartenden Wagen stiegen, merkte Tweed, daß sich die Stimmung seiner Begleiter deutlich gehoben hatte.

Für Tweed war es wie ein Alptraum, aus dem er nicht erwachen konnte.

Zusammen mit den anderen stand er am Fuß der Treppe, die zum Eingang emporführte. Er legte den Kopf in den Nakken und sah an dem gewaltigen Turm hoch, der ihm wie das größte Periskop der ganzen Welt erschien. Eine riesige Nadel aus Beton und weit oben eine breite Beobachtungsplattform. Darüber setzte sich der Turm fort, ragte noch weiter in die Höhe. Und dicht unterhalb der Spitze eine winzige Verdikkung, eine kleine Kapsel: der zweite Aussichtspunkt.

Schwindel.

Es fiel nur Paula auf, daß sich Tweed plötzlich versteifte, daß er geradezu erstarrte, wie hypnotisiert von den enormen Ausmaßen des Turms. O mein Gott, dachte sie. Das hatte ich ganz vergessen. Seine Höhenangst. Er ist nicht schwindelfrei...

Sie berührte ihn am Arm, und Tweed schüttelte den Kopf, bevor sie eine Bemerkung machen konnte. Er begriff, daß sie wußte, was er in diesen Augenblicken empfand. Er holte tief Luft, als van Gorp durch die Tür kam, ihnen zuwinkte und fragte, ob sie noch auf jemanden warteten.

Auf Blade, erwiderte Paula. Der Commander ging um den Turm herum und sah ihn sich von allen Seiten an. Offenbar hielt Tweed den Euromast für wichtig, und deshalb beobachtete er ihn kritisch. Nach einer Weile kehrte er zu van Gorp und den anderen zurück, ging die Treppe hoch und trat ein.

»Ich habe uns Karten besorgt«, sagte der holländische Polizeichef lebhaft. »Der Lift ist dort drüben. Wenn wir zusammenrücken, finden wir alle darin Platz...«

Die Kabine des Aufzugs gestattete keinen Blick nach draußen und bewegte sich wesentlich schneller, als Paula erwartet hatte. Sie preßten sich hinein, und Tweed war hinter der großen Gestalt Blades verborgen. Paula neigte den Kopf zur Seite und musterte ihren Chef besorgt, woraufhin ihr Tweed beruhigend zuzwinkerte. Zwischen Newman und van Gorp gab es eine schmale Lücke, durch die er das Kontrollfeld sehen konnte, das mehrere Tasten aufwies. Neben einer stand der Hinweis: ›Restaurant‹. Lieber Himmel, dachte er, wer bringt es fertig, dort oben eine Mahlzeit einzunehmen – und das Essen im Magen zu behalten?

Die Tür des Lifts öffnete sich, und van Gorp ging voraus. »Jetzt sind wir auf der Beobachtungsplattform«, sagte er heiter.

Als Tweed die Kabine verließ, wehte ihm kühle Luft entgegen. Er zögerte kurz und mußte sich dazu zwingen, die Beine zu bewegen. Die offene Plattform führte ganz um den Turm herum; begrenzt wurde sie von einer Brüstung, die Tweed nur bis zur Hüfte reichte. Er ächzte leise. Paula griff wie beiläufig nach seinem Ellenbogen. Er ging steifbeinig weiter, schloß beide Hände um die Geländerstange und starrte in die Tiefe. Plötzlich gewann er den Eindruck, als blickte er in einen bodenlosen Abgrund, in eine gewaltige Schlucht, die sich direkt vor ihm öffnete. Paula stand dicht neben ihm, van Gorp auf der anderen Seite. Die Frachtkähne, die an den Kaianlagen des Hafenbeckens festgemacht hatten, sahen aus wie winzige Spielzeuge. Tweed hielt die Stange so fest umklammert, daß die Fingerknöchel weiß hervortraten. Er holte mehrmals tief Luft und versuchte, sich zu entspannen. Dann konzentrierte er sich auf die allgemeine Szenerie.

An der Innenseite des Hafenbeckens machte er einige Schnellboote der Polizei aus. Ganz langsam hob er den Blick. Das glitzernde Band der Maas erstreckte sich bis zum Horizont, in Richtung Nordsee. Dutzende von Schiffen fuhren stromauf- und stromabwärts. Kähne und Touristenboote, die mit ihrer lebenden Fracht zurückkehrten.

Es war später Nachmittag, fast Abend, und der Sonnenuntergang stand unmittelbar bevor. Der Horizont schien in Flammen gehüllt. In der Stadt blitzten die ersten Lichter auf. Tweed schwankte und hatte das gräßliche Gefühl, als trachte irgend etwas danach, ihn über die Brüstung zu zerren. Rasch sah er auf.

»Tolle Aussicht«, sagte van Gorp. »Die beste in ganz Holland.«

»Bestimmt«, erwiderte Tweed. »Ich glaube, ich gehe einmal um den Turm herum. Sie bleiben hier, Paula.«

Er setzte sich in Bewegung, bevor seine Assistentin irgendwelche Einwände erheben konnte. Tweed spürte das seltsame Verlangen, sich möglichst dicht an der Wand zu halten, fern von der Brüstung. Erneut zwang er sich dazu, einen Fuß vor den anderen zu setzen und in die Tiefe zu blicken.

Blade war verschwunden. Tweed ging weiter, und kurz darauf sah er den holländischen Polizeichef. Er beugte sich weit übers Geländer, beobachtete die Außenfläche des Turms und versuchte offenbar festzustellen, ob man an ihm hochklettern konnte. Gott, wenn er den Halt verliert... Tweed blieb nicht stehen. Außer ihnen hielt sich niemand auf der Plattform auf. Nach einer Weile trat er an die Brüstung heran und starrte hinab.

Sein Blick fiel auf die große, grüne Fläche eines Parks, in dem Miniaturbäume zu wachsen schienen. Wieder entstand das Gefühl in ihm, als zöge ihn irgend etwas in die Tiefe. Tweed gab sich einen Ruck und schlenderte weiter. Ihm war, als dehne sich die Plattform, als dauere es eine Ewigkeit, zu seinen Begleitern zurückzukehren. Butler, Newman, Benoit und van Gorp standen am Geländer, und Paula drehte den Kopf, sah ihn an und lächelte aufmunternd.

»Ein fantastischer Turm«, sagte van Gorp bewundernd.

»Wie hoch sind wir hier?« fragte Tweed.

»Hundertvier Meter – dreihundertvierzig Fuß. Das Restaurant befindet sich direkt unter uns.« Er deutete in die Höhe. »Dort oben ist das Krähennest, von Glas umschlossen...«

Umschlossen! Warum haben Sie uns dann nicht dorthin gebracht? dachte Paula. Dies ist die reinste Qual für Tweed, obgleich er versucht, sich nichts anmerken zu lassen. Und ich kann ihm nicht einmal helfen.

»Sehen Sie nach oben«, fuhr van Gorp fort. »Über dem zweiten Aussichtspunkt ragt die Spitze des Turms noch weiter in die Höhe. Ein spektakuläres Bauwerk.«

»Ja, wirklich großartig.«

Tweed legte den Kopf in den Nacken, und sofort verstärkte sich das Schwindelgefühl. Er schwankte, als er in die Höhe sah, bis hinauf zur Spitze. Nach einigen Sekunden senkte er den Blick wieder. Der Holländer streckte den Arm aus.

»Möchten Sie sich den Space Tower ansehen, Tweed? Von dort oben aus ist das Panorama noch weitaus besser. In der Kanzel befindet man sich fast an der Spitze des Turms. Ist alles im Preis inbegriffen. Kommen Sie, ich bringe Sie zum Lift…«

»Bleibt uns denn noch genug Zeit?« fragte Paula.

»Oh, es dauert nur einige Minuten. Vom zweiten Aussichtspunkt kann man halb Holland beobachten. Und die Nordsee. Das muß man erlebt haben.«

»Ich habe ziemlichen Durst«, beharrte Paula.

»Wir gehen ins Restaurant, während Tweed nach oben fährt. Der Lift ist wesentlich kleiner. Betrachten Sie nur den Durchmesser des Turms weiter oben. Er verjüngt sich immer mehr. Hier entlang, Tweed.«

»Der krönende Abschluß der Rundreise«, scherzte Tweed.

Er folgte van Gorp, der ihn zu einem anderen Aufzug führte und eine Taste betätigte. Paulas Besorgnis nahm immer mehr zu, doch als Tweed ihren Gesichtsausdruck sah, schüttelte er den Kopf.

»Machen Sie es sich im Restaurant gemütlich. Ich bin gleich zurück.«

Newman blieb neben Paula stehen, als Tweed den Lift betrat. Sie beobachteten, wie sich die Tür hinter ihm schloß. »Sie gedankenloser Narr – warum haben Sie nicht vorgeschlagen, ihn nach oben zu begleiten?« fauchte die junge

Frau leise. »Er wird schrecklich leiden. Sie wissen doch, daß er nicht schwindelfrei ist.«

»Meine Güte, das hatte ich ganz vergessen! Ich war viel zu sehr auf die prächtige Aussicht konzentriert...«

»Wahrscheinlich wissen Sie nicht, wie es ist, Höhenangst zu haben.«

»Eine solche Phobie hat unterschiedliche Erscheinungsformen, Paula«, hielt ihr Newman leise entgegen. »Vor Jahren, während eines Aufenthaltes in Mailand, sah ich mir den *Duomo* an. Fuhr mit dem Lift hoch und befand mich nur dreißig Meter über dem Boden. Als ich die Kabine verließ und eine Treppe hinuntertrat, stellte ich fest, daß ich durch die Säulen der Balustrade auf die Straße hinuntersehen konnte. Ich erstarrte förmlich. Zum Glück war niemand in der Nähe; ich *kroch* über die Stufen zurück.« Er wandte sich an van Gorp, der darauf wartete, sie ins Restaurant zu führen. »Wie hoch ist der Space Tower?«

»Hundertfünfundachtzig Meter – sechshundert Fuß.«

»Entzückend«, sagte Newman.

»Und falls Sie es nicht wissen sollten: Beim Space Tower über dem zweiten Aussichtspunkt, dem sogenannten Krähennest, handelt es sich um eine gläserne Kanzel, die sich ständig dreht.«

»Auch das noch!« brummte Newman. Und er flüsterte Paula zu: »Vielleicht sollte ich ihm nach oben folgen...«

»Dazu ist es jetzt zu spät«, erwiderte die junge Frau scharf. »Die anderen würden Verdacht schöpfen. Bestimmt kommt Tweed zurecht. Irgendwie.«

Tweed stand in der kleinen Liftkabine und war versucht, den Knopf für das Krähennest zu drücken. Er zögerte kurz, betätigte dann die oberste Taste und stand völlig reglos.

Der Aufzug raste wie eine Rakete los, und das flaue Gefühl in Tweeds Magengrube breitete sich rasch aus. Innerhalb weniger Sekunden brachte er noch einmal rund achtzig

Meter hinter sich. In dieser Höhe ist es bestimmt besser, dachte er. So als sähe man aus dem Fenster eines Flugzeugs. Und im Flugzeug ist mir noch nie schwindelig geworden. Die Tür öffnete sich, und er trat aus der Kabine.

Es war nicht etwa besser, sondern schlimmer. Hinter ihm glitt die Tür wieder zu, und erschrocken sah sich Tweed in einem kleinen Käfig mit gläsernen Wänden um. Grelles Licht blendete ihn. Er klemmte den getönten Aufsatz an seine Brille und näherte sich den Scheiben.

Die Sonne ging hinter einem fernen Horizont unter, eine rote Scheibe, die langsam verschwand. Rot wie Blut. Warum fällt mir ausgerechnet dieser Vergleich ein? Kurze Zeit später verblaßte der helle Glanz, und Tweed steckte den Brillenaufsatz wieder in die Tasche. Er sah nach unten und schauderte. Aus der Vogelperspektive starrte er auf den gewaltigen Turm hinab, auf die Plattform, die nun wie ein winziger Auswuchs an den Flanken der riesigen Betonnadel wirkte. Er zwinkerte und fühlte sich desorientiert. Nach einigen weiteren Sekunden gewann er plötzlich den Eindruck, als bewege sich der Boden unter ihm. Bestimmt nur eine Illusion … Himmel, nein! Tweed hob den Kopf und stellte fest, daß sich das Panorama verändert hatte. Die Kanzel drehte sich langsam!

Erneut schwankte er, und das Bild vor seinen Augen verschwamm. An seinen Schläfen pochte es dumpf, und die Schwärze einer drohenden Ohnmacht wallte heran. *Gib ihr nicht nach!* Er holte ein Pfefferminzbonbon hervor und schob es sich in den Mund. Der bittere Geschmack schien ihn mit neuer Kraft zu erfüllen. Ich habe hier etwas zu erledigen, erinnerte er sich. Bin aus einem ganz bestimmten Grund hierhergekommen.

Tweed hob den Feldstecher, drehte an dem Einstellrad und beobachtete die Maas. Die Schleppschaufel des großen Baggers war nach wie vor in Bewegung und holte Schlick vom Grund des Mündungsbereichs. Nach einer Weile ließ Tweed seinen Blick übers Meer schweifen.

Von Norden her näherte sich ein großes Kreuzfahrtschiff. Es kam nur ganz langsam heran, und an Bord funkelten Dutzende von Lichtern. Als er nach Süden sah, machte er ein weiteres Schiff aus, das wesentlich größer war. Aufgrund der Silhouette schloß Tweed, daß es sich um einen Supertanker handelte. Direkt gegenüber der Flußmündung entdeckte er einen winzigen Fleck. Die Sealink-Fähre von Harwich? Irgendeine vage Vermutung regte sich in ihm, eine Ahnung, die diffus blieb, obgleich er sich darauf zu konzentrieren versuchte.

Er stand wie erstarrt, die Muskeln angespannt, die Knie butterweich. Schweiß perlte auf seiner Stirn. Wenn die verdammte Kanzel sich wenigstens nicht drehen würde! Vorsichtig dreht sich Tweed um. Zwei große Helikopter flogen in Richtung Zestienhoven, des Flughafens von Rotterdam. Sikorsky-Maschinen. Er sah ihnen nach, bis sich ihre Konturen im Dunst verloren.

In der Ferne konnte er sogar die Wolkenkratzer von Den Haag erkennen, und er dachte an den holländischen Innenminister, der nach dem Motto handelte: Was nicht sein darf, kann nicht sein. Nun, fügte Tweed in Gedanken hinzu, solche Typen gibt es nicht nur in den Niederlanden, sondern auch in Großbritannien. Inzwischen verspürte er das seltsame Verlangen, in der Kanzel zu verweilen, sich nicht von der Stelle zu rühren. Von der langsamen Drehung ging eine fast hypnotische Wirkung aus.

Er kaute ein zweites Pfefferminzbonbon und warf einen letzten Blick auf die Stadt tief unten. Rotterdam hatte sich in einen Lichterteppich verwandelt. Tweed versuchte vergeblich, sich auf das zu besinnen, was ihm vor einigen Minuten durch den Kopf gegangen war. Nachdenklich schürzte er die Lippen, kehrte in den Lift zurück und betätigte eine Taste.

»Ist alles in Ordnung mit Ihnen?«

Paula näherte sich ihm, als er aus der Kabine trat. Sie hatte ihn auf der Beobachtungsplattform erwartet, gab sich den Anschein, weiterhin die Aussicht genießen zu wollen. Niemand befand sich in der Nähe, als sie nach Tweeds Arm griff.

»Ich bin soweit okay. Wie hoch war ich?«

»Hundertfünfundachtzig Meter – sechshundert Fuß!«

»So fühlte es sich auch an. Außerdem drehte sich das verfluchte Ding. Doch nach einiger Zeit gewöhnt man sich daran…«

»Sie sind ziemlich blaß. Die anderen warten im Restaurant, aber lassen Sie sich ruhig noch ein wenig Zeit. Atmen Sie tief durch. Die frische Luft hier wirkt Wunder.«

Ein oder zwei Minuten blieben sie auf der Plattform stehen, und Tweed kam allmählich wieder zur Ruhe. Schon nach kurzer Zeit fühlte er sich besser, fast wieder normal. Er hob das eine Bein, dann auch das andere: Seine Knie zitterten nicht mehr. Er dankte Paula und meinte, er könne nun eine Tasse Kaffee vertragen.

Das Restaurant hatte zwei Ebenen; die oberen Tische waren weiter von den Fenstern entfernt. Van Gorp hatte direkt an einer der breiten Scheiben Platz genommen; Butler saß neben ihm und winkte. Die anderen Tische in der Nähe waren unbesetzt.

Tweed starrte auf die großen Fenster und stellte fest, daß sie sich nach *außen* neigten. Erneut hätte er fast das Gleichgewicht verloren. Paula spürte seine Reaktion. »Warum setzen wir uns nicht an einen der Tische dort oben?« schlug sie lächelnd vor.

»Ich werde schon damit fertig«, behauptete Tweed und setzte sich in Bewegung.

Paula ging voraus und wählte den Stuhl am Fenster. Tweed setzte sich neben sie, bestellte Kaffee für sie beide und sah hinaus. Sowohl in den einzelnen Hafenbecken als auch auf der Maas herrschte dichter Schiffsverkehr.

»Na, wie war der Aufenthalt in der Turmspitze?« fragte van Gorp lebhaft.

»Einzigartig. Im wahrsten Sinne des Wortes.« Tweed beugte sich vor. »Ich glaube, wir sollten diesen Ort im Auge behalten.«

»Der Meinung bin ich ebenfalls«, sagte Butler.

Der holländische Polizeichef lächelte. »Sehen Sie die beiden Männer, die am Tisch dort drüben sitzen?« fragte er leise. »Gehören zu meiner Truppe. Sie sind bewaffnet. Ich konnte leider nur zwei entbehren. Die anderen werden gebraucht, um den Fluß und die Docks zu überwachen.«

»Wo sind Blade, Newman und Benoit?« fragte Tweed.

»Machen einen Streifzug. Ihr Kollege Blade meinte, er wolle sich alles genau ansehen, kontrollierte sogar die Toiletten. Ist er eine Art Spezialist?«

»In gewisser Weise«, erwiderte Tweed ausweichend. Nachdenklich und etwas leiser fügte er hinzu: »Seeminen. Insgesamt dreißig, wie ich schon sagte. Was will Klein damit anstellen?«

»Vermutlich beabsichtigt er, die Maas zu blockieren. Meine Leute sind im Bereich der Kaianlagen auf Streife und halten nach ungewöhnlichen Dingen Ausschau. Darüber hinaus werden die Raffinerien beobachtet. Bisher hat sich nichts ergeben. Soweit ich weiß.« Er griff nach seinem dicken Regenmantel, zog eine Tasche auf und zeigte Tweed das kleine Gerät darin. Ein Walkie-talkie.

»Ich habe es langsam satt, dauernd zu warten«, brummte Tweed.

»Wenn Blade, Newman und Benoit zurückkehren, brechen wir wieder auf und fahren an der Maas entlang. Vielleicht rührt sich dort irgend etwas. Ah, da kommen sie schon…«

Tweed trank seine zweite Tasse Kaffee aus. Der innere Kampf gegen das Schwindelgefühl schien ihn ausgelaugt zu haben. Seine Kehle war völlig trocken, und er schenkte sich nach, als Blade und Newman an den Tisch herantraten. Benoit folgte einige Meter hinter ihnen.

»Die Herren haben bereits etwas getrunken, während Sie sich in der Kanzel aufhielten, Tweed«, sagte van Gorp. Er schien es eilig damit zu haben, den Euromast zu verlassen. »Abgesehen von Mr. Blade‹, fügte er hinzu. »Möchten Sie einen Kaffee, bevor wir gehen?«

»Nein, danke«, antwortete der Commander.

Tweed musterte ihn kurz. Der SAS-Major wirkte sehr nachdenklich. Er nahm nicht am Tisch Platz, sondern blieb am Fenster stehen und sah hinaus.

Wenig später traten sie aus dem Lift, hielten auf die geparkten Wagen zu und stiegen ein. Tweed nahm neben Butler im Fond des Autos Platz, das von van Gorp gesteuert wurde. Ein orangefarbener Hubschrauber flog in einer Höhe von rund dreißig Metern über die Maas.

»Eigentlich sollten wir in der Lage sein herauszufinden, wie Klein seine Aktion geplant hat«, sagte Tweed und kam damit erneut auf das zentrale Problem zu sprechen. »Wie würden *wir* vorgehen? Und wozu dienen die Taucher in seiner Gruppe?«

»Ich glaube, die Antwort auf diese Fragen kennen wir bereits«, erwiderte van Gorp. »Die Taucher sollen die Minen in der Maas zum Einsatz bringen – um die Hafenzufahrt zu blockieren. Haben Sie eben den Helikopter gesehen? Die Maschine wies keine Polizei-Kennungen auf, aber an Bord befinden sich meine Leute. Wir überwachen den Fluß auch aus der Luft.«

»Aber Unterwasser-Patrouillen gibt es nicht?« fragte Paula, die auf dem Beifahrersitz Platz genommen hatte. Es klang fast wie ein Scherz.

»Es ist wohl kaum möglich, ständig Taucher im Fluß herumschwimmen zu lassen«, entgegnete van Gorp nachsichtig.

»Ein Punkt ist mir nach wie vor ein Rätsel«, sagte Paula. »Kleins Leute brauchen Sauerstoffflaschen und andere Dinge, um die Minen zu plazieren, aber wo können sie diese

Ausrüstung anlegen, ohne das Risiko einzugehen, dabei beobachtet zu werden?«

»Keine Ahnung.« Van Gorp ließ den Motor an. »Los geht's. Diesmal fahren wir am nördlichen Ufer entlang, Tweed, in Richtung Hoek van Holland.« Er sah in den Rückspiegel. »Was ist mit Ihnen?«

Tweed dachte über die Bemerkungen Paulas nach, und erst nach wenigen Sekunden begriff er, daß man ihn angesprochen hatte. »Nichts weiter«, antwortete er. »Nach Hoek van Holland, wie Sie sagten. Als ich im Space Tower war, sah ich fern am Horizont einen Fleck. Könnte die Sealink-Fähre gewesen sein.«

Van Gorp sah auf die Uhr und schaltete das Abendlicht ein. »Wäre durchaus möglich. Sie müßte bald eintreffen. Ist immer pünktlich.«

Als er losfuhr, drehte sich Butler um und sah durch das hintere Fenster zum Euromast zurück. Der Wagen mit Newman und den anderen folgte ihnen. Tweed wandte sich ebenfalls um und beobachtete das riesige Bauwerk.

»Irgendwie beunruhigt mich der Turm«, sagte Butler. »Wenn ich ihn sehe, regen sich dunkle Ahnungen in mir.«

»In mir ebenfalls«, erwiderte Tweed dumpf.

43

Der holländische Fischkutter *Utrecht,* der schon seit Stunden im Heimathafen erwartet wurde, trieb in der Strömung – eine Viertelmeile hinter den bunten Lichtern der *Adenauer.*

Das große Kreuzfahrtschiff wartete mehr als einen Kilometer vor der Küste entfernt auf die Leichter, die weitere Passagiere bringen sollten. Zwei mit Außenbordmotoren ausgestattete Schlauchboote glitten zwischen den beiden Schiffen durch die Nacht. Sie waren schwarz, nichts weiter als vage Schemen in der Finsternis.

Ein Boot hielt geradewegs auf das Heck der *Adenauer* zu und war nur vierhundert Meter davon entfernt. Das andere, das zuvor von Bord der *Utrecht* zu Wasser gelassen worden war, befand sich eine Viertelmeile vor dem Kreuzfahrtschiff. Mit ausgeschaltetem Motor tanzte es sanft auf den Wellen.

Die vier Taucher im ersten Schlauchboot setzten die Masken auf, sprangen ins Meer, traten Wasser und nahmen zwei spezielle Netze entgegen, eins für jeweils zwei Männer.

Jedes Netz enthielt zwei Seeminen, deren Zünder bereits auf eine bestimmte Frequenz eingestellt waren. Angesichts des nur geringen Gewichts war die Beförderung der eiförmigen Sprengkörper völlig unproblematisch. Der graue Stahlmantel reflektierte kein Licht, und dicke Klammern ragten Saugnäpfen gleich daraus hervor.

Das erste Team erreichte die *Adenauer,* tauchte tiefer und schwamm unter dem breiten Rumpf hinweg. Mittschiffs verharrten die beiden Männer und betrachteten den dunklen Schatten weiter oben. Mit einigen geübten Griffen öffneten sie das Netz und gaben die Minen frei, die sich sofort in Bewegung setzten, als die Sensoren auf die Infrarotemissionen des Maschinenraums reagierten.

Die Taucher folgten den beiden Sprengkörpern, und als sie den Kiel berührten, betätigten sie eine bestimmte Taste. Die Klammern rasteten ein und verbanden die Minen untrennbar mit der Hülle.

Das zweite Team schwamm unter den beiden großen Schiffsschrauben hinweg und brachte die zwei anderen Minen dicht dahinter an.

Als sie ihre Aufgabe erfüllt hatten, kehrten sie um und schwammen dicht am Rumpf der *Adenauer* entlang. Sie trugen Kombinationen aus dunklem Gummi, und die kurzen Sauerstoffflaschen auf ihren Rücken wirkten wie seltsame Stummel. Wenn sie ausatmeten, stiegen perlenartige Blasen in die Höhe.

Als sie die breite Masse des Kiels hinter sich zurückgelassen hatten, blickte der Taucher an der Spitze auf den an seinem Handgelenk befestigten Kompaß und gab seinen Begleitern ein Zeichen. Die anderen Männer folgten ihm, als er auf das zweite Schlauchboot zuhielt.

Nach einigen Dutzend Metern tauchte er kurz auf und orientierte sich. In der Ferne machte er ein schwaches, grünes Licht aus, das man nur sehen konnte, wenn man sich auf einer Höhe mit der Wasseroberfläche befand. Er tauchte erneut und schwamm weiter. Zehn Minuten später kletterten die Männer an Bord des wartenden Schlauchbootes. Sie hatten vier Seeminen plaziert, deren Sprengkraft völlig ausreichte, um das Fünfzigtausend-Tonnen-Schiff zu zerstören.

Klein brauchte auf seiner Kontrollvorrichtung nur einen bestimmten Knopf zu drücken, um alle vier Minen gleichzeitig zu zünden. Die Druckwelle der Explosion würde die meisten der an Bord befindlichen Personen sofort töten – tausend Passagiere und fünfhundert Besatzungsmitglieder. Der Anführer des Taucherteams stellte sich vor, wie der Schiffsrumpf platzte und die Wucht der Detonation sowohl den

Maschinenraum als auch die fünf Decks darüber verheerte. Die wenigen Überlebenden würden einige Sekunden später in einem flammenden, mehr als tausend Grad heißen Inferno sterben.

Der Kapitän der *Adenauer,* ein Mann namens Brunner, stand auf der Backbordseite der großen Brücke. Er hob einen Feldstecher, der mit einem Restlichtverstärker ausgestattet war, und beobachtete den Fischkutter, der eine Viertelmeile hinter dem Kreuzfahrtschiff in der Strömung trieb. Auf seine Anweisung hin benutzte der Erste Offizier eine Signallampe, um der *Utrecht* eine Nachricht zu übermitteln.

»Sind Sie in Schwierigkeiten? Vergrößern Sie die Entfernung zu meinem Schiff. Nehmen Sie Fahrt auf. Wir erwarten eine unverzügliche Antwort.«

Der Skipper der *Utrecht,* Kapitän Sailer, beobachtete das große Kreuzfahrtschiff. Hinter ihm stand Grand-Pierre, eine Maschinenpistole im Anschlag. Einige Meter weiter hinten lag Ansje, die Frau des Skippers, gefesselt auf dem Boden. Neben ihr kniete ein Mann, der eine Wollmütze trug und ein Messer an ihre Kehle hielt.

Nachdem die Netze mit den Seeminen an Bord der Schlauchboote verstaut worden waren, hatten sie den Kutter angelaufen. Grand-Pierre rief dem Kapitän auf englisch zu, die Außenbordmotoren seien defekt. Er trug eine dunkle Brille und einen Rollkragenpullover, als er an Bord kletterte und seine Maschinenpistole hervorholte.

Unmittelbar darauf sah Sailer einen zweiten Mann, der Ansje aufs Deck brachte, und daraufhin geriet er so außer sich, daß er sich fast dazu hinreißen ließ, Grand-Pierre anzugreifen. Dann bemerkte er das Messer, mit dem seine Frau bedroht wurde. Und fügte sich.

Als die Schlauchboote mit den Tauchern an Bord geholt waren, bekam der Kapitän die Anweisung, Kurs auf die *Adenauer* zu nehmen.

Grand-Pierre dachte kurz an diese Ereignisse zurück, während er das blitzende Licht der Signallampe beobachtete.

»Wie lautet die Botschaft?« fragte er einen dritten Mann, der ebenfalls eine Wollmütze trug.

»Man fragt uns, ob wir in Schwierigkeiten sind. Wir werden aufgefordert, die Entfernung zum Kreuzfahrtschiff zu vergrößern und sofort zu antworten.«

»Hören Sie mir gut zu, Sailer«, wandte sich Grand-Pierre an den Skipper und rammte ihm den Lauf seiner Waffe in die Seite. »Mein Kumpel ist ehemaliger Seemann und kennt den Signalcode. Teilen Sie der *Adenauer* mit, Sie lägen mit einem Maschinenschaden fest. Fügen Sie hinzu, die Reparaturarbeiten könnten zwar bald beendet werden, aber es sei ein Mann über Bord gegangen, nach dem noch gesucht wird. Los!«

Die Sache mit dem vermißten Besatzungsmitglied diente dazu, einen möglichen Verdacht auszuräumen – für den unwahrscheinlichen Fall, daß man die beiden Schlauchboote gesehen hatte. Sailer nahm die Lampe entgegen, die ihm sein Erster Offizier reichte, und richtete sie auf die *Adenauer*.

Zur gleichen Zeit wandte sich Kapitän Brunner verärgert um. Es kam jemand auf ihn zu, der seiner Meinung nach nichts auf der Brücke seines Schiffes zu suchen hatte: Carl Dexter, Leiter der amerikanischen Sicherheitsgruppe, deren Aufgabe darin bestand, den Staatssekretär zu schützen. Die Besorgnis des großen und schlanken Mannes war verständlich.

»Was macht der verdammte Kutter dort draußen, Käpt'n? Warum nimmt er nicht endlich Fahrt auf und verschwindet?«

»Das wird sich gleich herausstellen, Mr. Dexter«, erwiderte Brunner auf englisch. »Ich rechne jeden Augenblick mit einer Antwort auf meine Anfrage. Wenn Sie mich jetzt entschuldigen würden.«

»Da ist doch irgend etwas faul!«

»Vielleicht der Fisch in den Ladekammern des Kutters«,

entgegnete Brunner mit unüberhörbarer Ironie. »Ah, da kommt die Antwort. Überhitzter Kessel. Reparaturarbeiten werden in Kürze beendet. Man sucht noch nach einem Mann, der über Bord ging. Wenn er gefunden ist, nimmt der Kutter Fahrt auf und läuft den Heimathafen an. Ende der Nachricht.«

Er ließ den Feldstecher sinken und trat ans Fenster heran. Dexter folgte ihm.

»Und wo ist das holländische Schiff, das uns eskortieren wollte, während wir die restlichen Passagiere an Bord nehmen?« fragte er scharf.

»Technische Probleme. Konnte den Hafen bisher noch nicht verlassen. Und nun, Mr. Dexter: Sie können gern auf der Brücke bleiben – vorausgesetzt, Sie stören mich nicht. Ich möchte weiterhin den Kutter beobachten.«

Technische Probleme. Das holländische Küstenschutzboot befand sich tatsächlich noch immer im Hafen. Als der Motor gestartet wurde, erklang ein mahlendes Geräusch. Die Schiffsschraube vollführte einige Drehungen – und rührte sich dann nicht mehr von der Stelle. Taucher wurden mit einer Untersuchung beauftragt.

Sie würden bald feststellen, daß sich die Schraube in einer Mischung aus Sand und speziellem Fett festgefressen hatte. Für Klein war es ein Kinderspiel gewesen, das Boot ausfindig zu machen. Ein Zeitungsreporter hatte in Erfahrung gebracht, welches Schiff die *Adenauer* bei der Aufnahme weiterer Passagiere eskortieren sollte. Das Blatt berichtete deshalb davon, weil das Kreuzfahrtschiff in dem Augenblick interessant geworden war, als der amerikanische Staatssekretär in Hamburg an Bord ging.

Andere Küstenschutzboote standen nicht zur Verfügung, denn die holländischen Marineeinheiten nahmen an einem NATO-Manöver vor den Küsten Islands teil. Die Schifffahrtskontrolle in Rotterdam entschied schließlich, einige Schnellboote der Polizei anzufordern und zur *Adenauer* zu schicken.

Die Taucher der zweiten Einsatzgruppe hatten nicht die geringsten Schwierigkeiten, die zur Zündung vorbereiteten Seeminen am Rumpf des Supertankers *Cayman Conquerer* anzubringen, der etwa eine Meile hinter der *Adenauer* auf die Erlaubnis wartete, Europort anzulaufen. Die Männer benutzten die gleiche Technik wie zuvor beim Kreuzfahrtschiff. Sie befestigten gleich fünf Sprengkörper am Kiel, denn immerhin war der Tanker fast vierhundert Meter lang.

Nur einmal kam es zu einem kritischen Augenblick. Ein Matrose ging in der Mitte des Schiffes über einen Laufsteg, der an dicken Rohrleitungen vorbeiführte, und er blieb abrupt stehen, als er auf der Steuerbordseite in der Ferne ein blinkendes, grünes Licht zu sehen glaubte. Er rieb sich die brennenden Augen und hielt erneut Ausschau, aber es blieb alles dunkel.

Der Seemann war müde und sehnte sich danach, unter die Bettdecke kriechen zu können. Außerdem dauerte seine Wache nur noch eine knappe Viertelstunde. In der sicheren Überzeugung, sich getäuscht zu haben, setzte er seine endlose Wanderung fort. Er achtete nicht weiter auf die dunkle Silhouette des Fischkutters, der eine gute Viertelmeile entfernt sein mochte. Ein Boot, das den Heimathafen ansteuerte …

Kapitän Williams stand auf der Brücke des Tankers *Easter Island,* und aufmerksam beobachtete er den Kutter, der in der Strömung zu treiben schien. Williams wahrte eine sichere Distanz zur *Cayman Conquerer* und wartete ebenfalls auf die Genehmigung, Europort anzulaufen.

Der Kapitän hob erneut seinen Feldstecher, und als er durch die Linsen blickte, konnte er deutlich den Namen des Kutters lesen: *Drenthe.*

Williams stand im Ruf, ein sehr vorsichtiger Mann zu sein. Seine Neugier wurde insbesondere dann geweckt, wenn etwas *Ungewöhnliches* geschah. Und ein Fischkutter, der sich einige Stunden nach Einbruch der Dunkelheit noch immer auf hoher See befand, war ungewöhnlich. Er sah nach wie vor durch das Fernglas, als er seinen Ersten Offizier zu sich rief.

»Parker, richten Sie folgende Anfrage an das Schiff dort drüben ...«

Seine Nachricht hatte fast den gleichen Wortlaut wie die, die Kapitän Brunner einige Minuten zuvor der *Utrecht* übermittelte. Williams stützte die Ellenbogen auf den Fenstersims und wartete.

In dem kleinen Ruderhaus am Heck der *Drenthe* verhielt sich Hipper auf ähnliche Weise wie Grand-Pierre an Bord der *Utrecht*. Mit einer Luger in der rechten Hand zielte er auf den Rücken des Skippers. Er trug eine dunkle Brille, und die untere Hälfte seines Gesichts verbarg sich unter einem Tuch. Hinter ihm auf dem Boden lag der gefesselte zehnjährige Sohn des Kapitäns, und ein anderer Luxemburger bedrohte ihn mit einem Messer.

»Antworten Sie, wir hätten ein Feuer an Bord, könnten den Brand aber selbst unter Kontrolle bringen«, befahl Hipper auf englisch.

Er fügte den gleichen Hinweis hinzu, mit dem Grand-Pierre Sailer gewarnt hatte.

Als der Skipper die Signallampe zur Hand nahm, holte Hipper ein Walkie-talkie hervor, zog die Antenne heraus und setzte sich mit einem seiner Männer auf Deck in Verbindung.

»Mosar, das Feuer. Jetzt!«

Er gab die Anweisung auf Letzeburgesch, jener seltsamen Mischung aus Französisch und Deutsch, die nur Luxemburger verstehen.

Anschließend steckte er das kleine Funkgerät wieder ein und zog sich die Mütze tiefer in die Stirn, so daß sie sein Haar ganz bedeckte.

Unter dem sternenübersäten Himmel erstreckte sich ein spiegelglattes Meer, und das Deck unter den Füßen Mosars bewegte sich kaum. Der große Mann mit dem scharfgeschnittenen Gesicht war wie ein Matrose gekleidet und stellte den vorbereiteten Eimer an einer ganz bestimmten Stelle ab, so daß sich das Feuer von Bord des Supertankers aus gut beobachten ließ.

Der große Behälter war zu zwei Dritteln mit terpentingetränkten Lappen und Benzin gefüllt. Mosar trat hinter das Ruderhaus zurück, holte eine zusammengerollte Zeitung hervor, zündete sie an, ließ sie in den Eimer fallen und brachte sich dann rasch in Sicherheit.

Eine Flamme züngelte empor, und dichter, schwarzer Rauch wallte in die Höhe.

An Bord der *Easter Island* hatte Kapitän Williams gerade die Antwort von der *Drenthe* erhalten. Er sah die Glut und den Qualm.

»Ein Brand an Bord«, wandte er sich an Parker. »Aber sie werden selbst damit fertig, brauchen keine Hilfe. Wir sollten den Kutter trotzdem im Auge behalten – falls sich das Feuer ausbreitet.«

Williams starrte auf das Gleißen und Lodern, und er hatte nicht die geringste Ahnung, daß genau in diesem Augenblick fünf Seeminen am Rumpf seines mit Rohöl beladenen Tankers befestigt wurden.

Auf die Anweisung Kleins hin, der sich eingehend mit den Konstruktionsmerkmalen dieses besonderen Tankertyps befaßt hatte, mieden die Taucher die Nähe des Kofferdamms. Es handelte sich dabei um den Bereich, der den Maschinenraum von den Frachtkammern trennte.

Die Männer aus der Einsatzgruppe Hippers schwammen zu dem Schlauchboot zurück, das hinter der *Easter Island* auf den Wellen dümpelte.

Niemand sah sie.

An Bord der *Drenthe* griff Mosar nach einem der mit Wasser gefüllten Eimer, die auf dem Deck bereitstanden, und löschte damit das Feuer.

Zufrieden stellte er fest, daß weiterhin Rauch in die Höhe

kräuselte, und mit Hilfe des Walkie-talkie teilte er Hipper mit, daß er alles erledigt hatte.

»Jetzt können wir los«, sagte Hipper zu dem Kapitän.

»Starten Sie den Motor. Unser nächstes Ziel: die *Otranto*. Der Frachter ist nicht allzuweit entfernt. Anschließend kommen die drei Containerschiffe an die Reihe.« In seinem leisen und näselnden Tonfall fügte er hinzu: »Wenn wir damit fertig sind, geht's ab nach Hause.«

Die *Drenthe* setzte sich langsam in Bewegung, und die *Easter Island* blieb hinter dem Kutter zurück, ein weiteres Schiff, das vom Tod begleitet wurde.

44

»Wir sollten besser in die Stadt zurückkehren«, sagte van Gorp und wendete den Wagen. »Hier rührt sich überhaupt nichts. Keine Berichte von ungewöhnlichen Aktivitäten. Alles scheint in bester Ordnung zu sein.«

Er klang niedergeschlagen. Mehrmals hatten sich über Funk die Streifen gemeldet, die in Rotterdam und an den Ufern der Maas unterwegs waren. Keine besonderen Vorkommnisse. Der im Fond sitzende Tweed beugte sich vor, und sein Blick ging in die Ferne.

»Irgend etwas stimmt nicht«, sagte Paula. »Ich bin sicher, wir haben einen wichtigen Punkt übersehen. Vielleicht gilt die Aktion Kleins überhaupt nicht dem Hafenbereich.«

»Da muß ich Ihnen widersprechen«, ließ sich van Gorp vernehmen. »Habers Leiche wurde in seinem Frachtkahn gefunden. Tweed ist davon überzeugt, daß der Kahnführer die Zünder und Kontrollvorrichtungen transportierte. Schlußfolgerung: Die Docks sind das Ziel des geplanten Anschlags.

»Warum sind Sie da so sicher?« wandte Paula ein.

»Oh, das habe ich ganz vergessen, Ihnen zu berichten: In der Nähe von Habers Kahn haben meine Leute einen Taucheranzug gefunden, was darauf hindeutet, daß...«

Tweed hob jäh den Kopf. »Wo genau fand man ihn?«

»Auf dem Deck des Frachtkahns neben dem Schiff Habers. Wies an einer Stelle einen langen Riß auf. War dadurch nicht mehr zu gebrauchen. Und deshalb wurde er einfach zurückgelassen. Ich halte das für einen eindeutigen Beweis dafür, daß die Taucher in der Maas zum Einsatz kommen sollen.«

»Auf dem Deck?« wiederholte Tweed skeptisch. »So daß er Ihren Leuten sofort auffiel?«

»Ja. Worauf wollen Sie hinaus?« Tweed holte tief Luft. »Begreifen Sie denn nicht? Klein geht bei seinen Planungen mit äußerster Sorgfalt zu Werke. Ich mußte eben gerade daran denken, wie seltsam es ist, daß der Mörder Habers die Leiche seines Opfers nicht besser verbarg. Ein paar Schaufeln Kies hätten sie vollständig bedeckt. Ein derart eklatanter Fehler wäre Klein niemals unterlaufen. Mit anderen Worten: Sowohl die Leiche als auch der beschädigte Taucheranzug wurden mit voller Absicht so zurückgelassen, daß wir sofort darauf aufmerksam wurden.« Er nickte langsam. »Klein versteht es meisterlich, von seinen wirklichen Absichten abzulenken.«

»Da kann ich Ihnen nicht ganz folgen«, sagte van Gorp verwirrt.

»Er hat auf jeden Fall den Vorteil. Erste Möglichkeit: Unsere Ermittlungen führen uns nicht einmal in die Nähe von Rotterdam. Habers Leiche wird gefunden – ein weiterer Toter, der nicht mit den anderen Morden in Verbindung gebracht wird. Zweite Möglichkeit: Durch irgendeinen Zufall kommen wir ihm auf die Spur und verfolgen seinen Weg bis hierher …«

»Das ist *Ihnen* gelungen«, warf van Gorp ein. »Obwohl es kaum Anhaltspunkte gab. Eine anerkennenswerte Leistung.«

»Wir folgen ihm bis nach Rotterdam«, fuhr Tweed fort, »und finden Habers Leiche. In der Nähe entdeckt man einen beschädigten Taucheranzug. Die auf der Hand liegende Schlußfolgerung? Auf die Maas achten. Das ist zu offensichtlich. Bestimmt handelt es sich um einen Trick Kleins.«

»Sind die Hotels in der Stadt überprüft worden?« wandte sich Paula an den Polizeichef. »Ihre Leute haben doch Kopien des Phantombildes, nicht wahr?«

»Darum kümmert sich eine große Gruppe, schon seit Stunden«, antwortete van Gorp. »Das Bild wird insbesondere den Portiers gezeigt, die für gewöhnlich gute Beobachter sind. Bisher blieb die Suche ohne Ergebnis. Was nun?«

»Lassen Sie uns zum Euromast zurückfahren«, schlug Tweed vor. »Wie weit sind wir davon entfernt?«

»Ein ganzes Stück.«

Der Luxemburger Prussen stand auf dem flachen Dach eines hohen Gebäudes und blickte durch einen Feldstecher. Er war allein. Nur im Hochsommer begaben sich die Bewohner des Apartmenthauses aufs Dach, um sich dort zu sonnen.

Klein hatte ihn persönlich für diese Aufgabe ausgewählt. Prussen beobachtete, wie sich ein großer Lieferwagen der Zufahrt vor den Kasernen näherte, in denen die holländischen Marineinfanteristen untergebracht waren. Der Fahrer transportierte Wäsche, und es blieb ihm nichts anderes übrig, als die Anweisungen Prussens zu befolgen. Er hing an seiner Mutter, die sich nun in der Gewalt von Kleins Leuten befand. Prussen hatte ihn gewarnt: Wenn er sich nicht strikt an die Order hielt und die Soldaten irgendwie argwöhnisch machte, würde seine Mutter auf der Stelle sterben.

Prussen – ein untersetzter Mann mit auffallend großem Kopf – warf einen nervösen Blick auf seine Armbanduhr. Das Timing war außerordentlich wichtig. Der Fahrer hatte seine Uhr zuvor mit der des Luxemburgers abgestimmt. Er mußte das Depot genau im richtigen Augenblick erreichen. Prussen griff in die Tasche seines Anoraks, holte die Kontrollvorrichtung hervor und wartete. In der anderen Hand hielt er nach wie vor den Feldstecher. Nur noch wenige Minuten bis zur Betätigung einer bestimmten Taste. Der Fahrer des Lieferwagens hatte natürlich keine Ahnung, daß er nicht nur Wäsche transportierte, sondern auch eine Bombe ...

Im Park Crescent klingelte das Telefon. Monica nahm ab und hörte eine gedämpfte Stimme, die sie bereits gut kannte. Offenbar hatte der unbekannte Anrufer erneut ein Tuch auf die Muschel gelegt.

»Ja, hier ist Monica ...«

»Olymp«, sagte die Stimme. »Das Ziel ist Rotterdam. Ich bin jetzt ganz sicher. Verstanden?«

»Ja. Ich gebe die Nachricht weiter...«

Die junge Frau vernahm ein leises Klicken – der Informant Tweeds hatte bereits die Verbindung unterbrochen. Erneut vermochte Monica nicht zu bestimmen, ob es sich um einen Mann oder eine Frau handelte. Sie glaubte, die Andeutung eines ausländischen Akzents gehört zu haben, doch das war vielleicht nur Einbildung. Sie griff erneut nach dem Hörer und wählte die Nummer von Grand' Place.

»Das Polizeipräsidium hat eine Mitteilung für Sie, Tweed«, sagte van Gorp und legte auf. »Ist sehr wichtig.«

Tweed zögerte. Einerseits wollte er so schnell wie möglich zum Euromast, doch andererseits: Vielleicht warteten wichtige Informationen auf ihn. Van Gorp beobachtete ihn im Rückspiegel.

»Der Umweg kostet uns nur einige Minuten«, fügte der Holländer hinzu.

»Also gut. Zum Präsidium.«

Die beiden Fischkutter *Utrecht* und *Drenthe* wurden in unmittelbarer Nähe der Küste zurückgelassen. Grand-Pierre und Hipper sahen zu, wie ihre Leute die Besatzungsmitglieder fesselten.

Klein hatte die Anweisung gegeben, sie am Leben zu lassen, aber Mitleid oder Erbarmen spielten bei dieser Entscheidung überhaupt keine Rolle. Es war nur eine Frage der Zeit, bis ein Boot der Küstenwache auf die beiden Kutter aufmerksam wurde, und anschließend konnten die Männer an Bord berichten, was sich auf hoher See zugetragen hatte. Auf diese Weise erhielten die Behörden eindeutige Beweise dafür, daß an den Rümpfen sowohl der *Adenauer* als auch der anderen Schiffe Minen befestigt worden waren.

Mit den Schlauchbooten fuhren die Taucher der Einsatzgruppe an eine abgelegene Stelle des Ufers, wo Chabot mit drei Lastern auf sie wartete. Nachdem die Boote versenkt worden waren, stiegen die Männer ein. Die großen und mit Allradantrieb versehenen Fahrzeuge setzten sich sofort in Bewegung.

Chabot saß am Steuer des ersten Lkws und steuerte ihn an Büschen und niedrigen Dünen vorbei. Kurz darauf erreichte er die Hauptstraße, trat aufs Gas und fuhr in Richtung Rotterdam.

Klein kam am Hilton vorbei und lenkte den Wagen durch die Kruiskade. Marler saß neben ihm auf dem Beifahrersitz. Nach einer Weile nahm er das Gas weg und beobachtete eine junge Frau, die aus dem Einkaufsviertel kam und sich eiligen Schrittes dem Eingang des Hotel Central näherte. Im Licht einer nahen Straßenlampe erkannte er sie: Lara Seagrave.

Klein hielt am Straßenrand an, ließ den Motor laufen und stieg aus. Rasch näherte er sich Lara und hielt sie am Arm fest, bevor sie das Hotel betreten konnte. Verwirrt starrte sie auf seine Uniform, die dunkle Brille. Sie wollte sich gerade umwenden, als sie die Stimme des Mannes hörte – und begriff, daß sie es mit Klein zu tun hatte.

»Sie sollten im Hotel bleiben. Wo sind Sie gewesen?«

»Ich habe einen kleinen Spaziergang gemacht«, erwiderte sie scharf. »Es gefällt mir nicht, dauernd in meinem Zimmer herumzuhocken und an die Wände zu starren …«

»Ihre Rechnung wurde im voraus bezahlt. Kommen Sie mit.«

»Wenn Sie nichts dagegen haben«, sagte Lara spitz, »gehe ich zuerst auf die Toilette.«

Klein schüttelte den Kopf. »Warten Sie, bis wir das Ziel unserer kleinen Reise erreicht haben. Sie können das dortige Bad benutzen.«

»Ich sagte, ich gehe zuerst aufs Klo. Bin gleich wieder zurück.« Sie stieß die Hand Kleins beiseite, und in ihren Augen blitzte es. »Mein Koffer ist bereits gepackt. Soll ich ihn mitbringen?«

»Nein. Lassen Sie ihn hier…«

Lara gab ihm keine Möglichkeit, noch etwas hinzuzufügen: Fast hastig betrat sie das Hotel und ging mit langen Schritten durch die Empfangshalle. Klein blieb draußen zurück, kochte und verfluchte die eigensinnige Engländerin. Er beherrschte sich, wanderte vor dem Hotel auf und ab und gab sich ganz wie ein wartender Chauffeur. Zweimal blickte er auf die Uhr. Als Lara zurückkehrte, trug sie einen Kamelhaarmantel, und Klein führte sie zum BMW, öffnete die Tür zum Fond und wartete, bis sie Platz genommen hatte.

Marler musterte sie, als sie sich dem Wagen näherte, und er erkannte sie sofort als die junge Frau, die ihm beim Abendessen im Brüsseler Maison de Bœuf Gesellschaft geleistet hatte. Er hielt es für besser, sich nicht anmerken zu lassen, daß er sie kannte. Als Lara den BMW erreichte, sah sie ihn kurz an und wandte dann den Blick von ihm ab.

Klein ließ die Tür zufallen und vergewisserte sich, daß der Kofferraum geschlossen war – der nach wie vor die beiden Seile enthielt. Dann nahm er am Steuer Platz und zögerte, bevor er losfuhr.

»Das ist Martin Shand«, stellte er Lara den Mann auf dem Beifahrersitz vor. »Martin – Lara. Einfach nur Lara.«

Er legte den ersten Gang ein und gab Gas. Es war bereits recht spät, und um diese Zeit herrschte nur noch geringer Verkehr. In der Ferne ragte der Euromast in die Höhe…

In der Garage, die Klein gemietet hatte, saß Legaud am Steuer des neu lackierten CRS-Wagens. Zum drittenmal seit einer halben Stunde sah er auf die Uhr. Neben ihm hockte ein Luxemburger, der in Anorak und Jeans gekleidet war. Auf seinem Schoß lag ein Tuch, unter dem sich eine Maschinenpistole vom Typ Uzi verbarg. Die Uzi kann bis zu sechshundert Schuß pro Minute abfeuern.

Legaud war schlank und hatte ein schmales Gesicht mit spitz zulaufendem, fuchsartigem Kinn. Er trug eine Brille mit runden Gläsern, die ihm einen intellektuellen Eindruck verlieh. Im Transportabteil hinter ihm befanden sich hochmoderne Geräte mit Dutzenden von Tasten, Knöpfen und Schiebereglern, die dazu dienten, Frequenzen einzustellen und die Sendeleistung zu bestimmen. Vier Männer warteten an den Instrumenten, und sie waren ebenso gekleidet wie der Wächter neben Legaud. Ihre Ausrüstung bestand aus automatischen Gewehren und Browning-Pistolen.

Erneut sah Legaud auf die Uhr und nickte dem Mann auf dem Beifahrersitz zu, der daraufhin ausstieg. Dann streckte er die Hand durchs offene Seitenfenster und betätigte die Taste an der Wand. Die Garagentür öffnete sich mit einem leisen Summen. Legaud lenkte den Übertragungswagen auf die leere Straße und fuhr in Richtung des Einsatzortes: Euromast.

»Wie lange bleibt der Turm geöffnet?« fragte Butler und sah über die nahe Maas. Der Wagen rollte über die Uferstraße.

»Bis zweiundzwanzig Uhr. Viele Leute nehmen im Restaurant unter der Beobachtungsplattform das Abendessen ein und genießen den Ausblick auf die nächtliche Stadt.«

»War nur so ein Gedanke«, murmelte Butler, lehnte sich zurück und schwieg wieder.

Tweed starrte aus dem Fenster, ließ seine Gedanken treiben und achtete überhaupt nicht auf die Umgebung. Dieses Verhalten war Butler bereits vertraut. Paula drehte sich einmal um und musterte ihren Chef kurz, hütete sich aber, ihn anzusprechen.

»Anhalten!« entfuhr es Tweed plötzlich. »Meine Güte, was bin ich doch für ein Idiot gewesen!«

»Was ist denn?« fragte van Gorp überrascht und trat auf die Bremse.

»Wenn es Ihnen darum ginge, Ihren Kollegen eine wichtige Nachricht zu übermitteln: Würden Sie das Funkgerät im Wagen benutzen, oder wäre es besser, zum Präsidium zu fahren?«

»Die zweite Möglichkeit. Es gibt immer wieder Amateurfunker, die die Polizeifrequenzen abhören. Wieso fragen Sie?«

»Als ich im Space Tower war, konnte ich im wahrsten Sinne des Wortes sehen, worauf es Klein abgesehen hatte. Aber ich begriff nicht die Bedeutung dessen, was sich meinen Blicken darbot.« Der Schwindel, fügte er in Geanken hinzu. Das Gefühl der Desorientierung hat mich an der Erkenntnis gehindert. »Paula hatte recht. Kleins Aktion gilt nicht in erster Linie der Maas...«

»Ich kann Ihnen noch immer nicht ganz folgen«, sagte van Gorp.

»Dreißig Seeminen. Seeminen! Wozu werden solche Sprengkörper im Krieg eingesetzt?«

»Um Schiffe zu versenken.«

»Genau. Und vom Space Tower aus sah ich gleich mehrere große Pötte, die sich Europort näherten, unter anderem ein Kreuzfahrtschiff.«

»Die *Adenauer. Sie* nimmt hier weitere Passagiere auf, bevor sie die Fahrt in Richtung Mittelmeer fortsetzt. An Bord befindet sich auch der amerikanische Staatssekretär und seine Frau.«

»Gott steh uns bei! Verstehen Sie denn nicht? Klein hat es vor allen Dingen auf jene Schiffe abgesehen. Und er wird damit drohen, sie in die Luft zu jagen, um ein Lösegeld von zweihundert Millionen Pfund in Gold zu erpressen. Ich habe mich die ganze Zeit über gefragt, wie er seiner Forderung nach einer derart großen Summe Nachdruck verleihen will. Die Schiffe müssen sofort gewarnt werden. Sie sind in großer Gefahr.«

»Sofort zum Präsidium«, sagte van Gorp, trat aufs Gas und beschleunigte.

Hipper hatte seinen Laster an einem abgelegenen Ort zurückgelassen, fuhr nun einen Fiat und hielt vor dem Flughafen von Rotterdam an. Er trug jetzt einen unauffälligen grauen Anzug und führte eine Aktentasche mit sich.

Er betrat die weite Empfangshalle, sah sich um und näherte sich einem kleinen Mann, dessen schwarzes Haar am Kopf festzukleben schien. Die Beschreibung paßte auf ihn. Er war wie ein Pilot gekleidet, lehnte an einem Bücherstand und blätterte in einem Paperback.

»Entschuldigen Sie bitte«, sagte Hipper auf deutsch. »Heißen Sie zufällig Kurt Saur?«

»Zufällig ja. Und wer sind Sie?«

Die braunen und kühl blickenden Augen des Österreichers sahen aus wie Murmeln und musterten Hipper aufmerksam. Im einen Mundwinkel Saurs steckte eine Zigarette.

»Hipper. Ist alles für meinen Flug nach Brüssel bereit?«

»Benny fliegt Sie. Der Typ im Overall, der dort drüben einen Orangensaft trinkt.«

»Vielen Dank.«

Komischer Kerl, dachte Saur, als er Hipper nachsah, der sich an Benny wandte – einen stämmigen Mann, der einige Zentimeter kleiner war als der Österreicher. Ein kurzer Wortwechsel folgte, und unmittelbar darauf schritten sie davon. Saur ging nach draußen und blickte zum Nachthimmel hoch. Einige Minuten später stieg hinter dem Flughafengebäude ein großer Sikorsky-Helikopter in die Höhe, drehte sich halb um die eigene Achse und flog in Richtung Brüssel davon. Saur sah auf die Uhr. Alles lief genau nach Plan.

Und der Plan sah den Tod vieler Menschen vor.

Prussen hockte noch immer auf dem Dach des hohen Gebäudes, beobachtete die Kasernen und warf ebenfalls einen Blick auf die Uhr. Durch den Feldstecher sah er, wie sich der Fahrer des Lieferwagens auswies und anschließend das Tor passieren konnte. Er fuhr auf den Exerzierplatz und näherte sich dem Hauptgebäude.

Prussen nahm die Kontrollvorrichtung zur Hand und ließ den Wagen nicht aus den Augen. Das Fahrzeug wurde langsamer, und der Luxemburger spürte, wie ihm Schweißtropfen an den Schläfen herunterrannen. Er atmete stoßweise und befeuchtete sich die Lippen.

Dann fiel ihm die Brille ein. Panik zitterte in ihm, aber er zwang sich zur Ruhe, legte sowohl den Feldstecher als auch die Kontrollvorrichtung auf die Mauer, holte die Brille mit den getönten Gläsern hervor und setzte sie auf. Dann griff er wieder nach dem Fernglas. Der Lieferwagen hatte gerade vor dem Eingang des Hauptgebäudes gehalten.

Prussen nahm das kleine Gerät an sich, mit dem die Bombe gezündet werden konnte, und sein Daumen verharrte dicht über der Auslösetaste. Er holte tief Luft, als er einen Marinesoldaten sah, der an den Lieferwagen herantrat, um die Wäsche abzuholen. Der entscheidende Augenblick war gekommen. Er drückte auf den Knopf und hielt unwillkürlich den Atem an.

Irgend etwas blitzte grell auf, und für wenige Sekunden wurde die Nacht zum Tag. Ein ohrenbetäubendes Donnern ertönte, und dichter Qualm wallte, verwehrte den Blick auf die Kasernen. Als sich der Rauch verzog, stellte Prussen fest, daß das Hauptgebäude verschwunden war. Schutt bedeckte den Exerzierplatz. Der Lieferwagen existierte nicht mehr, und dort, wo er eben noch gestanden hatte, zeigte sich ein tiefer Krater im Boden, so als sei ein großer Meteorit eingeschlagen.

Prussen wandte sich um und ging die nahe Treppe hinunter. Als er zu dem Motorrad zurückkehrte, das er am Straßenrand abgestellt hatte, merkte er plötzlich, daß er am ganzen Leib zitterte.

45

In der Begleitung Newmans begab sich Tweed in ein Zimmer des Polizeipräsidiums und benutzte das mit einem Codiermechanismus ausgestattete Telefon, um Park Crescent anzurufen. Monica gab die Nachricht an ihn weiter, die sie von Olymp erhalten hatte.

»Wie läuft's bei Ihnen?« fragte sie.

»Nicht besonders gut. Es ist uns noch immer nicht gelungen, Klein zu finden. Aber ich fürchte, er wird uns bald auf sich aufmerksam machen.«

»Da wäre noch etwas. Cord Dillon von Washington ist eingetroffen. Da Sie nicht zugegen waren, sprach er mit Howard. Ich glaube, der Empfang gefiel ihm nicht besonders. Er fliegt nach Rotterdam, um Sie dort zu treffen. Es tut mir leid: Howard nannte ihm Ihren gegenwärtigen Aufenthaltsort.«

»Schon gut. Ich werde schon irgendwie mit ihm fertig. Bis dann.«

Tweed erklärte Newman, daß sein Informant das Ziel bestätigt hatte. »Rotterdam«, sagte er. »Und diesmal ist Olymp ganz sicher. Ich schätze, das war die letzte Mitteilung von ihm – bevor die Sache steigt. Ich mache mir große Sorgen um ihn.«

»Ihr Tipgeber gehört zur Organisation Kleins. Deshalb die Auskunft.«

»Sie haben's erfaßt. Und wenn Klein Verdacht schöpft, geht es Olymp an den Kragen. Ich kann nichts tun, um seine Lage zu verbessern; mir sind die Hände gebunden.« Tweed zögerte kurz. »Übrigens: Cord Dillon, der stellvertretende Direktor der CIA, ist hierher unterwegs. Vermutlich hat er gerüchteweise gehört, daß ein Amerikaner an der Verschwörung beteiligt sein soll. Der Kerl hat mir gerade noch gefehlt.«

»Ist ein ziemlich unangenehmer Typ«, meinte Newman.

»Das kann man wohl sagen.«

Van Gorp trat ein und schnitt eine Grimasse. Seufzend ließ er sich auf einen Stuhl sinken und gestikulierte verärgert.

»Ich habe gerade mit der Schiffahrtskontrolle gesprochen. Die Jungs dort weigern sich, die Schiffe zu warnen. Das könne erst geschehen, wenn die Meldung von höchster Stelle bestätigt wird – und der Innenminister befindet sich derzeit in einer Konferenz. Aber ganz abgesehen davon: Ich glaube, er würde sich ohnehin weigern, eine entsprechende Anweisung zu geben.«

»Warum?« fragte Tweed.

»Aus dem üblichen Grund: Mangel an konkreten Beweisen. Der Bursche, der meinen Anruf entgegennahm, schien die ganze Sache für einen Scherz zu halten. Konnte ihn nicht vom Gegenteil überzeugen.«

»Jesus!« entfuhr es Newman.

Van Gorp nickte langsam. »Genau. Vielleicht brauchen wir bald seine Hilfe.«

Es klopfte an der Tür; der Holländer sah auf und rief: »Herein!« Eine uniformierte Polizistin kam mit einigen Papieren ins Zimmer. Tweed sah, daß ihre Hände zitterten.

»Sie werden dringend gebraucht, Sir.«

»Entschuldigen Sie mich. Ich bin gleich zurück.«

»Bin gespannt, was jetzt schon wieder los ist«, wandte sich Tweed an Newman. »Haben Sie gesehen? Die Frau war völlig mit den Nerven fertig.«

»Vielleicht ist van Gorp ein weitaus strengerer Boß, als wir bisher annahmen«, sagte Newman, lächelte schief und zündete sich eine Zigarette an, um sich von seiner zunehmenden Unruhe abzulenken. Einige Sekunden später kehrte ein blasser van Gorp zurück. Vorsichtig schloß er die Tür.

Tweed sah ihn fragend an.

»Es ist etwas Schreckliches geschehen«, brachte der Holländer leise hervor. »Sie erinnern sich bestimmt daran, daß sich auf meinen Befehl hin die Marineinfanteristen in Bereitschaft hielten, in ihren Kasernen?«

»Ja.« Tweed stand auf. »Und?«

»Vor einigen Minuten kam es dort zu einer gewaltigen Explosion. Dutzende von Soldaten sind tot, viele andere schwer verletzt. Eine ganze Kompanie wurde ausgelöscht. Offenbar sind mehrere große Bomben detoniert...«

»Nein, nur eine«, widersprach Tweed. »Der erste Schachzug Kleins. Teuflisch schlau. Er hat die Leute außer Gefecht gesetzt, die eine potentielle Gefahr für ihn hätten darstellen können – die Gruppe, die er für die einzige Einsatzeinheit hielt. Ich bedaure diese Nachricht sehr. Es ist eine Tragödie. Andererseits aber macht uns der Anschlag klar, womit wir es zu tun haben.«

Die uniformierte Polizistin kam erneut herein. »Den Haag für Sie am Apparat«, sagte sie zu van Gorp.

Bevor der Holländer ging, wandte er sich noch einmal an Tweed.

»Ich bin noch immer ganz durcheinander. Was meinten Sie eben, als Sie von der ›einzigen Einsatzeinheit‹ sprachen?«

»Klein hat keine Ahnung, daß auf dem Flughafen von Rotterdam eine SAS-Kommandogruppe wartet.«

»Ich glaube, daran sollte ich auch den Innenminister erinnern, wenn ich gleich mit ihm spreche...«

Diesmal blieb er länger fort. Tweed entfaltete eine Karte, die nicht nur Rotterdam zeigte, sondern auch Europort und das Küstengebiet. Newman beobachtete, wie er einen Filzstift zur Hand nahm und den Euromast mit einem Kreis markierte.

»Wir sollten sofort einige Leute dorthin schicken«, sagte Tweed. Kurz darauf kam van Gorp zurück.

Der Holländer hatte sich inzwischen von dem Schock erholt, stand kerzengerade und zupfte an seinem Bart. Er wirkte wesentlich energischer, als er sagte:

»Wissen Sie was? Ich bin wieder voll im Dienst. Der Innenminister hat das Untersuchungsverfahren gegen mich eingestellt.« Er lächelte spöttisch und wurde dann wieder ernst. »Den Haag hat sich auch mit der Hafenkontrolle in Verbindung gesetzt: In diesem Augenblick werden die vor der Küste wartenden Schiffe gewarnt.«

»Vielleicht ist es schon zu spät«, sagte Tweed dumpf.

»Daran können wir jetzt nichts mehr ändern. Weitaus wichtiger ist folgendes: Der holländische Ministerpräsident ruft die britische PM an und bittet sie um die Erlaubnis, nötigenfalls auf die Hilfe des SAS-Teams zurückzugreifen. Ich vermute, der Innenminister hat den allgemeinen Alarm, den ich vor einer Weile auslöste, seinem Konto gutgeschrieben. Politiker denken in erster Linie daran, ihren Ruf zu verbessern – selbst dann, wenn die Situation besonders kritisch ist.«

»Nun«, antwortete Tweed, »wenn das so ist, würde ich gern mit Blade sprechen, unter vier Augen. Ich beauftrage ihn, den SAS-Leuten auf dem Flughafen Bescheid zu geben.«

»In Ordnung. Er wartet unten, bei den anderen.«

Tweed und Blade suchten ein kleines Zimmer auf und erörterten die Lage. Als der Commander von dem verheerenden Bombenanschlag auf die Kasernen der Marineinfanteristen erfuhr, preßte er die Lippen zusammen.

»Dieser Klein kennt kein Erbarmen«, stieß er hervor. »Aber wie dem auch sei: Ich glaube, wir haben noch eine nette Überraschung für ihn parat. Es wird ein bitterböses Erwachen für ihn geben, wenn er es mit meinen Jungs zu tun bekommt. Ich fahre sofort zum Flughafen und sorge dafür, daß sich die Männer in der gecharterten Maschine vorbereiten. Wir brauchen drei Wagen, die an das Flugzeug heranfahren sollen. Auf diese Weise können wir uns unbeobachtet auf den Weg machen. Sie brauchen mir nur das Ziel zu nennen.«

Van Gorp klopfte an und trat ein. »Wir haben die Erlaubnis, das SAS-Team einzusetzen. Die britische Premierministerin stellt nur eine Bedingung, die bereits akzeptiert wurde. Ab sofort wird die Gruppe von Ihnen befehligt, Tweed.«

»Ich unterrichte den Commander davon«, sagte Blade und ging.

»Im Bereich der Kasernen sieht es aus wie auf einem Schlachtfeld«, wandte sich van Gorp an Tweed. »Überall Tote und Verletzte. Unvorstellbar. Dauernd treffen Berichte ein, und einer ist schlimmer als der andere.«

»Wir sollten uns sofort auf den Weg zum Euromast machen. Mit einer ganzen Streitmacht, wenn das möglich ist. Ich möchte, daß Newman und Butler uns begleiten. Und vermutlich will auch Benoit mitkommen...«

Auf dem Brüsseler Flughafen stieg Hipper aus dem Sikorsky-Hubschrauber und bat den Piloten, auf ihn zu warten.

Noch von Rotterdam aus hatte er einen Autoverleih angerufen: Der Mietwagen stand bereit. Er fuhr zu Peter Brands Villa in der Avenue Franklin Roosevelt.

Er meldete sich über die Wechselsprechanlage am Eingang, und als Brands Sekretärin Nicole – eine belgische Brünette – die Tür öffnete, starrte sie erschrocken auf einen dicklichen Mann, der seinen Filzhut tief in die Stirn gezogen hatte, ohne sein rötliches Haar ganz verbergen zu können. Er trug eine auffallend große Sonnenbrille, und die Züge seines Gesichts verbargen sich unter einem Tuch, das bis zur Nasenwurzel reichte. In der rechten Hand hielt er eine Luger.

»O mein Gott! Ich dachte, Sie seien Mr. Hipper...«

»Mein schauspielerisches Talent«, erwiderte er rauh.

Hipper stieß der jungen Frau den Lauf der Pistole in die Seite, und Nicole wich auf den prächtigen Marmorboden des Flurs zurück. Mit dem rechten Fuß stieß der Mann die Tür zu.

»Wer befindet sich sonst noch im Haus?« fragte Hipper. »Wenn Sie versuchen, mir etwas vorzumachen, jage ich Ihnen eine Kugel in den Leib.«

»N-niemand. Die Bediensteten haben frei.« – »Also nur Peter Brand. Bringen Sie mich zu ihm.«

Er folgte ihr die breite Treppe hoch und blieb vor einer Tür aus massivem Mahagoni stehen. Mit zittriger Hand klopfte Nicole an. Eine männliche Stimme rief: »Herein!«

Sie öffnete, und Hipper gab ihr einen plötzlichen Stoß, der sie taumeln ließ. Peter Brand saß an einem breiten Schreibtisch, auf dem drei Telefone in unterschiedlichen Farben standen.

»Dieser Gentleman …« Nicole schluckte und kam sich närrisch vor, den vermummten Mann mit einer solchen Bezeichnung zu versehen. »… zwang mich dazu, ihn hierherzuführen. Ich dachte, es sei Mr. Hipper.«

Brand kam mit einem Ruck in die Höhe.

»Was zum Teufel hat das zu bedeuten?«

Mit der rechten Hand tastete er nach einem Alarmknopf unter dem Schreibtisch. Hipper preßte der jungen Frau den Lauf seiner Luger an die Schläfe.

»Irgendeine falsche Bewegung, und Ihre Sekretärin stirbt. So ist es schon besser.« Er griff in die Manteltasche, holte einen zusammengerollten Strick hervor und warf ihn auf den Schreibtisch. »Sie legen sich bäuchlings auf den Boden«, wandte er sich an Nicole. Und zu Brand: »Binden Sie ihr die Hände auf den Rücken. Und anschließend kommen die Beine an die Reihe. Keine Tricks, wenn Ihnen etwas am Leben des Püppchens liegt.«

»Es tut mir leid, Nicole«, sagte Brand, als er um den Schreibtisch herumtrat. »Ich glaube, wir sollten uns besser fügen.«

»Was ist mit Ihnen?« brachte seine Sekretärin weinerlich hervor.

»Machen Sie sich keine Sorgen. Mir droht keine Gefahr. Es ist eine Entführung, und später wird man sicher ein Lösegeld für mich verlangen.«

Brand ging neben Nicole in die Knie und fesselte sie. Die

ganze Zeit über hielt Hipper seine Luger auf die junge Frau gerichtet.

Brand hob den Kopf. »Und jetzt?«

»Öffnen Sie die Tür dort drüben.«

»Sie führt in mein privates Bad...«

»Schließen Sie sie auf, verdammt! Gut. Tragen Sie Nicole hinein und legen Sie sie auf den Boden. Los! Ich habe nicht den ganzen Abend Zeit.«

Brand hob seine Sekretärin in die Höhe, brachte sie ins Bad und ließ sie vorsichtig auf die Kacheln sinken. Rasch rollte er eine Fußmatte zusammen und schob sie ihr unter den Kopf.

»Beeilen Sie sich!« rief Hipper. »So, und jetzt schließen Sie die Tür.«

Kaum war Brand der Aufforderung nachgekommen, steckte Hipper die Pistole ein und zog das Tuch vor seinem Gesicht herunter. Er trat an den Bankier heran. »Kann sie uns hören?« flüsterte er.

»Auf keinen Fall. Die Tür ist mehrere Zentimeter dick. Ich habe den Strick nicht zu fest angezogen, und das bedeutet, sie wird sich in rund einer Stunde befreien können. Sie ist nun Zeugin meiner Entführung. Wie läuft's in Rotterdam?«

»Inzwischen sind wie vorgesehen die Kasernen der Marineinfanteristen in die Luft gejagt worden. Wie ich im Flughafen von Rotterdam hörte, ist der Anschlag in aller Munde. Die Soldaten sind entweder tot oder schwer verletzt. Sie stellen keine Gefahr mehr für uns dar.«

Brand starrte ihn entsetzt an. »Davon wußte ich nichts. Klein meinte, die Anzahl der Opfer solle so gering wie möglich gehalten werden. Diese Sache gefällt mir überhaupt nicht.«

»Jetzt ist es zu spät für Gewissensbisse. Die Aktion läuft; es gibt kein Zurück mehr. Ich glaube, wir sollten uns jetzt aus dem Staub machen. Übrigens: Wie sind Sie die Bediensteten losgeworden?«

»Ich habe ihnen den Abend freigegeben…« Brand wirkte nervös. »Ich behauptete, eine wichtige Konferenz einberufen zu haben.«

»Und stimmt das?«

»Natürlich. Muß mich schließlich absichern. Keine Sorge: Die Bankiers treffen nicht vor einer Stunde ein. Wir haben schon des öfteren solche späten Besprechungen veranstaltet, um unnötiges Aufsehen zu vermeiden. Ich bin fertig. Sind Sie mit einem Wagen hier?«

»Ja. Kommen Sie.«

Bevor er am Brüsseler Flughafen ausstieg, setzte Hipper erneut die dunkle Brille auf und schlug den Kragen seines Regenmantels hoch. Er verzichtete auf das Tuch; damit wäre er sofort aufgefallen.

Er hielt sich dicht an der Seite Brands, als sie sich auf den Weg zum Hubschrauber machten und durch die Empfangshalle schritten – und vor Schreck wäre er fast zusammengezuckt, als er zwei patrouillierende Polizisten sah, die sich ihnen näherten.

»Guten Abend, Sir«, wandte sich einer von ihnen an den Bankier. »Schon wieder unterwegs?«

Brand rauchte nur selten, aber jetzt steckte er sich eine Zigarette zwischen die Lippen und zündete sie an. Hipper stand unmittelbar neben ihm. Bestimmt würden sich die beiden Beamten bei ihrer späteren Aussage an jene Zigarette erinnern, die seine Nervosität beweisen sollte. Und Nicole konnte bestätigen, daß er nur dann rauchte, wenn er sehr angespannt war.

»Sie haben recht«, erwiderte er auf französisch. »Mir scheint, inzwischen verbringe ich mehr Zeit in der Luft als auf dem Boden.«

Sie gingen weiter, und Hipper ließ zischend den Atem entweichen. Der Pilot wartete bereits auf sie und ließ die Trittleiter herab. Kurz darauf startete die Maschine. Das Ziel des Fluges: Findel, der Flughafen Luxemburgs.

»Wie viele Soldaten kamen ums Leben?« fragte Brand, zündete sich eine zweite Zigarette an und starrte in die Nacht hinaus. Die Positionslichter des Hubschraubers blitzten rot und grün.

»Keine Ahnung.« Gleichgültig zuckte Hipper mit den Schultern. »Ich habe das hier vorbereitet. Wir können es an der Tür Ihrer Bank in der Avenue de la Liberté aushängen.«

Das hier war eine Mitteilung auf französisch, deutsch und englisch. Sie gab bekannt, daß die Banque Sambre aufgrund eines Kurzschlusses in der Verkabelung geschlossen bleiben mußte. Man bemühe sich, die Reparatur so schnell wie möglich durchzuführen.

»Klein läßt keinen Trick aus«, sagte Brand, nachdem er sich das Blatt kurz angesehen hatte.

»Er ist ein großartiger Organisator«, pflichtete ihm Hipper in seinem näselnden Tonfall bei.

Brand atmete Rauch aus. Der Helikopter geriet in eine Turbulenz, neigte sich plötzlich zur Seite und sackte einige Meter durch. Der Bankier fühlte, wie ihm der Schweiß ausbrach. Er dachte an die holländischen Soldaten, die bei der Explosion zerfetzt worden waren, und er fragte sich, ob ihm Brasilien nach dem Abschluß des Unternehmens ein ausreichendes Maß an Sicherheit bot. Seine belgische Frau, der die Banque Sambre gehörte und die in New York das *dolce vita* genoß, war ihm völlig gleichgültig. Die Hure hüpfte ständig von einem Bett ins andere, und die Vorstellung, sie endlich loszuwerden, bereitete ihm sogar eine gewisse Genugtuung. Aber die Soldaten in Rotterdam… Übelkeit regte sich in Brand, und eine Zeitlang kämpfte er gegen den Brechreiz an. Vielleicht war es die zweite Zigarette, dachte er später.

Hipper schien zu ahnen, was in ihm vorging. »Es gibt kein Zurück mehr, Mr. Brand«, wiederholte er. »Die Aktion hat begonnen, und wir machen weiter wie geplant. Sie werden bald sehr reich sein.«

»Halten Sie die Klappe, und lassen Sie mich nachdenken.«

Chabot saß am Steuer seines geparkten Lieferwagens und gab vor, in der Zeitung zu lesen. In Wirklichkeit aber beobachtete er die Leute auf der Treppe weiter vorn. Der Euromast ragte wie ein Himmelspfeiler empor, und in einer Höhe von gut hundert Metern schimmerte Licht hinter den Fenstern des Restaurants. Chabot trug einen Overall, die Art von Kleidung, wie sie von Klempnern und Elektrikern bevorzugt wurde. Neben ihm auf dem Beifahrersitz stand eine große Tasche, und neugierige Passanten mochten zu dem Schluß gelangen, daß sie sein Werkzeug enthielt.

»Wie ist die Lage?«

Chabot versteifte sich unwillkürlich, sah durchs Seitenfenster und erblickte Klein, der jetzt in einen Ledermantel mit militärischem Schnitt gekleidet war. Sein dunkles Haar verbarg sich unter einer Schirmmütze. Klein hatte sich in einer Nebenstraße umgezogen.

»Noch zwei Minuten«, sagte Chabot. »Hier ist alles ruhig. Einige Leute speisen im Restaurant, und von Polizei ist weit und breit nichts zu sehen. Abgesehen von den Schnellbooten im Hafenbecken; ihre Besatzungen befinden sich noch an Bord. Dürften nicht mehr als sechs Beamte sein. Und sie schenken dem Euromast keine Beachtung.«

»Sind Ihre Männer bereit?« fragte er Chabot. »Auch die in den anderen Wagen, die in der Nähe parken? Was ist mit Legaud und seinem CRS-Fahrzeug?«

»Er hält gerade hinter mir an«, erwiderte Chabot und sah in den Rückspiegel. »Es kann losgehen.«

»Weiß Faltz, was er zu tun hat, wenn Ihre Gruppe das Restaurant erreicht?«

»Ich habe es ihm oft genug gesagt. Er ist wie ein Amerikaner gekleidet. Sitzt hinter mir im Laderaum.«

Einige Besucher traten durch den breiten Ausgang des Turms. Einer von ihnen klopfte sich auf den Bauch, und die anderen lachten, als sie langsam die breite Treppe hinuntergingen. Klein blickte sich noch ein letztesmal um.

»Jetzt!« sagte er. »Übernehmen Sie den Turm.« – »Mit dem größten Vergnügen ...«

Klein schloß die rechte Hand fester um den Griff seiner Aktentasche und trat zurück. Chabot stieg aus, ging an dem Lieferwagen vorbei und klopfte kurz auf die Heckklappe. Die Tür schwang auf, und die Männer, die im Laderaum gewartet hatten, sprangen auf die Straße. Sie waren ebenfalls in Overalls gekleidet und führten große Taschen mit sich.

Der Fahrer des Wagens, der hinter dem Chabots parkte, drehte sich halb um und pochte einige Male an die Rückwand. Die Heckklappe öffnete sich; fünf sportlich gekleidete Männer stiegen aus und griffen nach kleineren Koffern.

Die Leute hielten auf die Treppe vor dem Eingang zu; unterdessen stiegen aus einem dritten Fahrzeug weitere Männer. Marler ging neben Klein und hielt seine Reisetasche in der Hand. Lara folgte ihnen dichtauf. Vor der Treppe wurden sie kurz aufgehalten, bevor die fröhliche Gruppe, die den Turm gerade verlassen hatte, Platz machte und zur Seite wich.

Als sie sich in der Eingangshalle befanden, ging ein Luxemburger um den Kartenschalter herum und rammte dem Mann dahinter den Lauf seiner Automatik in die Seite. Er hielt die Waffe unterhalb des Tresens, so daß die Besucher, die gerade den Lift verließen, keinen Verdacht schöpften.

»Ganz ruhig«, sagte der Luxemburger. »Sie werden nicht dafür bezahlt, Ihr Leben zu riskieren. Blicken Sie weiterhin auf den Tisch, und fahren Sie damit fort, die Tageseinnahmen zu zählen. Wenn Sie sich normal verhalten, geschieht Ihnen nichts.«

Faltz – er trug eine bunte, karierte Jacke und eine khakifarbene Hose; die typische Aufmachung geschmackloser Amerikaner – klemmte sich eine große Tasche unter den Arm und betrat den Aufzug. Er war recht stämmig gebaut und drückte sich dicht neben der Schalttafel an die Wand, um Klein, Marler, Lara, Chabot und drei anderen Männern genügend Platz zu lassen. Er drückte die Taste fürs Restaurant, verließ den Lift als erster und sah sich im luxuriös ausgestatteten Speisesaal um.

Die Hälfte der Tische war mit späten Gästen besetzt, die einen guten Tropfen genossen und staunend aus den Fenstern sahen. Faltz durchquerte den großen Raum und wählte einen Tisch auf der anderen Seite, einen Platz, von dem aus er das ganze Restaurant überblicken konnte. Er stellte die Tasche auf einen Stuhl und zog den Reißverschluß auf.

Drei maskierte Männer stürmten herein, die Uzi-Maschinenpistolen im Anschlag. Einer von ihnen wandte sich an die Gäste und rief auf englisch:

»Dies ist ein Überfall. Wenn Sie sich ruhig verhalten, haben Sie nichts zu befürchten. Stehen Sie langsam auf, und heben Sie die Hände ...«

Einige Sekunden lang war es völlig still, und die Männer und Frauen an den Tischen starrten die Bewaffneten verwirrt an. Irgend jemand ließ eine Gabel fallen. Es klapperte laut, und einige Gäste zuckten zusammen.

»Bewegung!« rief der Anführer der dreiköpfigen Gruppe. »Zum Lift! Los!«

Ein dumpfes Kratzen, als Stühle zurückgeschoben wurden, das Scharren von Füßen, als die Leute aufstanden und die Hände hoben. Zwei an einem Tisch auf der oberen Ebene sitzende Männer sprangen plötzlich auf, zückten Revolver und legten damit auf die Eindringlinge an.

Faltz riß seine Maschinenpistole aus der Tasche und drückte den Abzug durch. Ein kurzes, hämmerndes Rattern. Die Kugeln trafen die beiden Männer im Rücken. Einer fiel auf den Tisch; Glas und Porzellan splitterten. Der andere wurde zu Boden geschleudert und blieb reglos liegen. Eine Frau schrie, und alle wandten sich zu Faltz um. Der Anführer des Trios an der Tür rief:

»Wenn Sie sich an unsere Anweisungen halten, geschieht Ihnen nichts. Bewegung! Gehen Sie in den Flur, der zum Lift führt!«

»Keine weiteren Opfer«, flüsterte der maskierte Klein. »Die Leute sollen bloß verschwinden, das Gebäude verlassen.«

Die Gäste stolperten mit hocherhobenen Händen los und schoben sich verängstigt an den Tischen vorbei. Frauen umklammerten ihre Handtaschen. Die drei vermummten Männer an der Tür wichen nach rechts und links, die Waffen nach wie vor im Anschlag. Klein kehrte in den Korridor zurück, rückte sich das schwarze Tuch vor dem Gesicht zurecht und ließ seinen Blick über die Menge schweifen. Unten in der Eingangshalle befanden sich weitere Männer. Einer von ihnen – in einen Overall gekleidet – stand am Portal, wies Besucher zurück und behauptete, der Aufzug sei defekt. Seine Begleiter warteten weiter hinten, so daß man sie vom Eingang her nicht sehen konnte. Ihre Aufgabe bestand darin, die Leute in Empfang zu nehmen, die aus dem Lift traten.

Klein ging wieder ins Restaurant und stellte fest, daß sich seine Männer an alle Einzelheiten des Plans erinnerten. Einer der Maskierten führte die Kellner und das Küchenpersonal in Richtung Flur. Faltz hielt noch immer seine Uzi bereit, als er sich Klein näherte.

»Was die beiden Toten angeht ... Ich habe in ihren Taschen nachgesehen. Es waren Polizisten. Sollen wir die Leichen wegschaffen?«

»Später«, erwiderte Klein schroff. »Vielleicht können wir sie noch gebrauchen.«

Unterdessen hatte Marler den Saal verlassen und die Beobachtungsplattform betreten. Mit der Tasche in der Hand ging er um den Turm herum, hielt sich dabei dicht an der Brüstung und blickte in die Tiefe. Weit und breit keine Streifenwagen zu sehen – noch nicht. Und was die Schnellboote im Hafenbecken betraf: Angesichts der Höhe des Restaurants und der dicken Fenster konnte man die Schüsse dort kaum gehört haben.

Marler wußte natürlich nicht, daß die Beamten der Wasserschutzpolizei vor ihrer nächsten Patrouillenfahrt über die Maas eine rasche Mahlzeit einnahmen. Er schritt weiter, bis er eine dunkle Stelle erreichte, die ihm Sichtschutz bot. Dort öffnete er die Tasche, setzte das Gewehr zusammen, schraubte das Infrarot-Zielfernrohr fest, hob die Waffe und preßte den Kolben fest an die Schulter.

Er sah in den verlassenen Park hinab. Durch die Linsen betrachtet, schienen die Büsche und Bäume so nahe zu sein, daß er nur die Hand auszustrecken brauchte, um sie zu berühren. Er hielt sowohl das Gewehr als auch die Tasche unterhalb des Geländerniveaus, beendete seinen Rundgang und blieb neben der Tür des Aufzugs stehen.

Die ersten Gäste waren bereits in die Eingangshalle hinuntergefahren, und als sich auf der Höhe des Restaurants erneut die Lifttüren öffneten, traten weitere Männer und Frauen in die Kabine. Sie bewegten sich langsam und in aller Stille, sahen sich immer wieder furchtsam um.

Klein blickte auf die Uhr und nickte. Inzwischen waren sicher die Kasernen der Marineinfanteristen zerstört. Ein weiterer Punkt, den er auf seiner gedanklichen Liste abhaken konnte. Vermutlich fuhr Prussen gerade zum Euromast, und es konnte nicht mehr lange dauern, bis Alarm gegeben wurde. Die Gäste, die den Turm verließen und über die Straße davoneilten: irgend jemand würde die Polizei verständigen.

Klein trat auf die Plattform, ging an Marler vorbei und blickte übers Geländer. Tief unten sah er einen Mann, der aus dem Übertragungswagen Legauds stieg und ein Kabel ausrollte. Nach wenigen Sekunden erreichte er die Treppe und verschwand im Gebäude. Bald waren die Kommunikationsverbindungen hergestellt. Das Kabel sollte mit dem internen Telefonsystem des Euromasts verbunden werden, und Legaud hatte den Auftrag, zum geeigneten Zeitpunkt eine Taste zu betätigen und die Antennen auszufahren. Um sich der bald eintreffenden Polizei mitzuteilen, würde Klein die Lautsprecher des Wagens benutzen; und die Verständigung über größere Distanzen erfolgte per Funk.

Faltz kam auf die Beobachtungsplattform.

»Die Leichen der beiden Polizisten – sollen sie im Restaurant bleiben?«

»Nein. Bringen Sie sie hierher. Legen Sie sie dicht vor die Brüstung. Sie geben uns eine weitere Möglichkeit, den Behörden zu beweisen, daß wir es ernst meinen.«

46

Tweed saß neben van Gorp im Wagen; Paula und Newman hatten im Fond Platz genommen. Sie waren unterwegs zum Euromast. Paula bemerkte, daß sich Tweed immer wieder übers Haar strich – ein sicheres Zeichen für seine wachsende Unruhe.

»Stimmt etwas nicht?« fragte sie.

»Ich bin sicher, Klein hat alle Einzelaspekte seiner Aktion zeitlich aufeinander abgestimmt. Er hat bereits bewiesen, daß er ein teuflisch schlauer Meisterorganisator ist, der keinen Punkt übersieht.«

»Was meinen Sie damit?« Paula beugte sich vor.

»Der gräßliche Bombenanschlag auf die Kasernen... Bestimmt ist unterdessen auch noch etwas anderes geschehen. Der Schrecken hat gerade erst begonnen.«

Das Autotelefon summte, und van Gorp nahm den Hörer ab. Einige Sekunden lang hörte er schweigend zu, und dann bestätigte er, sie seien bereits auf dem Weg. Im Rückspiegel konnte Paula sein überaus ernstes Gesicht sehen. Der Holländer beschleunigte, als er sich an seine Begleiter wandte.

»Sie hatten recht, Tweed. Irgend jemand hat den Euromast unter seine Kontrolle gebracht.«

»Zweifellos Klein. Wurden Ihnen Einzelheiten berichtet?«

»Die Meldung war ziemlich allgemein gehalten – der Überfall hat gerade erst stattgefunden. Eine große Gruppe, der auch eine Frau angehört, drang in den Turm ein. Es heißt, die Leute seien mit Maschinenpistolen bewaffnet. Die Gäste, die sich im Restaurant befanden, wurden fortgeschickt...«

»Wenn ich mich recht entsinne, hielten sich im Restaurant zwei Männer von Ihnen auf«, sagte Tweed.

Van Gorp preßte kurz die Lippen zusammen. »Als sie eingriffen, wurden sie hinterrücks erschossen.«

»Seltsam«, warf Newman ein. »Warum hielt man die Gäste nicht als Geiseln fest – als Sicherheitsgarantie für die Gruppe, die den Überfall durchführte? Das wäre übliche Terroristenroutine ...«

»Klein ist nicht normal«, erwiderte Tweed düster. »Vermutlich werden wir bald feststellen, daß er bereits Hunderte von Geiseln hat. An Bord der Schiffe, die vor der Küste warten. Ich befürchte das Schlimmste.«

Van Gorp nahm erneut den Hörer des Autotelefons ab, wählte eine Nummer und formulierte einige Fragen auf flämisch. Das Gespräch dauerte einige Minuten. Schließlich legte er auf, nahm das Gas weg, sah kurz in den Rückspiegel und hielt am Straßenrand.

»Es ist jetzt nicht mehr weit bis zum Euromast, und den Rest der Strecke sollten wir zu Fuß zurücklegen. Das ganze Gebiet wurde abgeriegelt. Es ist zu gefährlich, die Fahrt mit dem Wagen fortzusetzen.«

Als sie losgingen und über die Promenade am Ufer der Maas schritten, fiel Tweed zunächst die merkwürdige Stille auf. Es herrschte überhaupt kein Verkehr. Einige Männer und Frauen kamen ihnen entgegen und eilten rasch weiter. Niemand von ihnen gab einen Ton von sich. Sie bedachten Tweed und seine Begleiter mit scheuen Blicken. Ein Mann blieb kurz stehen und erweckte den Anschein, als wolle er van Gorp ansprechen. Doch die Frau neben ihm zupfte an seinem Ärmel; daraufhin schwieg er und hastete weiter.

Auf dem Fluß waren drei Frachtkähne zu sehen, die mitten in der Fahrtrinne wendeten. Tweed beobachtete, wie sie in Richtung des großen Hafenbeckens am gegenüberliegenden Ufer tuckerten. Mit blitzendem Blaulicht näherte sich hinter ihnen ein Schnellboot der Wasserschutzpolizei. Kurz darauf schaltete der Steuermann das Triebwerk aus und ließ das Boot in der Strömung treiben.

Weit und breit war niemand zu sehen, als sie den großen Park vor dem Euromast erreichten. Auf den breiten Pfaden waren keine Fußgänger mehr unterwegs, und jenseits der Promenade erstreckte sich die leere Wasserfläche der Maas. Die Stille erschien Tweed noch unheimlicher als zuvor. In der Ferne sah er ein rotweißgestreiftes Band, das sich sowohl über die Straße als auch den Bürgersteig spannte.

»Was hat das zu bedeuten?« fragte er leise.

»Es wurden zwei Absperrungen errichtet – die eine vor uns und die andere eine halbe Meile weiter hinten. Der ganze Bereich ist abgeriegelt. Auch der Fluß. Zivile Helikopter dürfen sich nicht dem Turm nähern.« Er deutete nach vorn. »Wir befinden uns nun in einer völlig isolierten Zone.«

»Wie ist die Lage, Inspektor?« wandte sich van Gorp an einen kleinen und drahtigen Mann, der das Einsatzkommando der Polizei an der Absperrung zu leiten schien.

»Eine große Gruppe bewaffneter Männer hat den Euromast unter Kontrolle gebracht. Sie sollen sich dem Turm nicht weiter nähern. In West Zeedijk, am Rande von Parkhaven, wurde ein provisorisches Hauptquartier eingerichtet.«

»Parkhaven?« wiederholte Tweed.

Der Inspektor sah van Gorp fragend an. »Alles in Ordnung«, sagte der Holländer. »Das ist Tweed, Commander einer britischen Spezialeinheit zur Terroristenbekämpfung. Wahrscheinlich weiß er mehr über die Leute im Euromast als wir alle zusammen.«

»Parkhaven – so nennt man den Dockbereich dort drüben.« Er streckte den Arm aus und deutete in Richtung Fluß.

»Und warum raten Sie uns davon ab, an den Turm heranzugehen?« fragte Tweed. »Ist bereits irgend etwas passiert?«

»Zwei meiner Leute näherten sich der Treppe, und daraufhin feuerte ein Mann in der Eingangshalle seine Maschinenpistole ab. Wollte uns vermutlich nur warnen. Hätte die beiden Beamten bestimmt nicht verfehlen können, wenn es seine Absicht gewesen wäre, sie voll Blei zu pumpen. Seit jenem Zwischenfall herrscht eine geradezu entnervende Ruhe.«

»Kleins Taktik«, flüsterte Tweed van Gorp zu.

»Wir müssen so schnell wie möglich zu dem Hauptquartier, das Sie eben erwähnten«, sagte van Gorp fest. »Beschreiben Sie uns den kürzesten Weg – selbst wenn er riskant sein sollte.«

»Der Pfad dort, der durch den Park führt, an der Kirche vorbei. Aber behalten Sie den Turm im Auge. Vielleicht sind auf der Plattform Scharfschützen postiert.«

»Man sagte mir, sowohl die Gäste im Restaurant als auch die Kellner und das Küchenpersonal wurden nach draußen geschickt. Stimmt das?«

»Ja. Komische Sache. Man könnte fast meinen, die Gangster wollten das Schiff – den Euromast – klar zum Gefecht machen.«

»Ich bin sicher, genau das ist die Absicht Kleins«, brummte Tweed.

»Zwei meiner Leute befanden sich im Restaurant«, brachte van Gorp mit gepreßt klingender Stimme hervor. »Ich weiß, daß sie erschossen wurden. Konnten Sie sonst noch etwas in Erfahrung bringen?«

»So gut wie nichts. Wir haben einige der Gäste befragt, die den Euromast verließen. Zufälligerweise kam ein Streifenwagen vorbei, und die Beamten merkten sofort, daß etwas nicht in Ordnung war. Die Beschreibungen der benutzten Waffen sind unterschiedlich. Wir gehen jedoch davon aus, daß die Ausrüstung der Verbrecher aus Maschinenpistolen vom Typ Heckler & Koch oder Uzi besteht, Kaliber neun Millimeter.«

»Ich verstehe«, erwiderte van Gorp knapp. Er sah Tweed an. »Himmel, ich vergesse meine guten Manieren. Dies ist Inspektor Jansen. So, und nun machen wir uns besser auf den Weg.«

»Ich begleite Sie und bringe Sie zum HQ«, sagte Jansen. »Zwar kommen wir dem Turm nicht allzu nahe, doch von der Plattform aus wird man uns sehen können. Insbesondere durch ein Zielfernrohr.«

Tweed nickte langsam. »Und ich kann mir denken, wer dort oben durch die Linsen blickt – Marler. Der Mönch.« Er wandte sich an van Gorp. »Von mir aus kann es losgehen.«

»Wir haben einige Gewehre«, fügte Jansen hinzu. »Aber die Scharfschützen sind noch nicht eingetroffen.«

»Ich könnte eine Waffe brauchen«, sagte Newman.

»Er hat eine militärische Ausbildung hinter sich«, erklärte Tweed. »Und er war einer der besten Schützen seiner Einheit.«

»Geben Sie ihm eine Knarre«, sagte van Gorp. »Ich übernehme die Verantwortung. Wir haben es mit einem echten Notfall zu tun...«

Sie warteten kurz. Jansen trat an einen in der Nähe stehenden Wagen heran, nahm eins der Gewehre und reichte es Newman, der es im Licht einer Straßenlampe betrachtete. Er prüfte die Waffe und stellte fest, daß sie nicht geladen war. Als Jansen ihm ein Magazin gab, ließ er es einrasten und nickte.

»Ich bin bereit.«

Sie folgten dem Verlauf des Pfades, der sich schlangengleich durch den Park wand, schlichen durch eine gespenstische Stille. Jansen ging voran, und Tweed schritt hinter Paula, bereit, sie sofort zu Boden zu reißen, wenn er einen Schuß hörte. Der Euromast war ein ganzes Stück entfernt, und doch schien es, als rage er direkt vor ihnen in die Höhe. Weit oben schimmerte Licht hinter den Fenstern des Restaurants. Auf der Aussichtsplattform darüber rührte sich nichts.

Newman hielt sich ein wenig abseits der Gruppe, war dem

Turm näher und wanderte durchs Gras. Er hielt das Gewehr quer vor der Brust, so daß der Lauf schräg nach oben zeigte. Dann und wann richtete er den Blick nach vorn, aber die meiste Zeit über beobachtete er das gewaltige Bauwerk. Er erwartete nicht, ein Ziel zu treffen, wenn es hart auf hart ging, aber er konnte gut genug schießen, um den Scharfschützen auf der Plattform zu zwingen, sich unter die Brüstung zu dukken.

Der Pfad schien endlos zu sein, und Newman empfand die Stille als immer bedrückender. Nach einer Weile stellte er erleichtert fest, daß sich seine Augen an die Finsternis zu gewöhnen begannen. Er glaubte, weiter vorn eine Bewegung ausgemacht zu haben, blieb abrupt stehen, preßte sich den Kolben des Gewehrs an die Schulter und krümmte den Zeigefinger um den Abzug. Dann jedoch kam er zu dem Schluß, sich getäuscht zu haben, ließ die Waffe wieder sinken und ging weiter.

Sie verließen den Park, überquerten eine breite Straße, kamen an einer Kirche vorbei und eilten weiter. Das Geräusch ihrer Schritte hallte unnatürlich laut vom Pflaster wider. Kurz darauf führte sie Jansen an die rückwärtige Mauer eines Gebäudes heran. Ein uniformierter Polizist hielt an der Tür Wache und salutierte, als er van Gorp erkannte. Tweed und seine Begleiter traten ein.

Als sie eine steinerne Treppe hochstiegen, wandte er sich an Jansen.

»Gehörte auch eine Frau zu der Gruppe, die den Turm überfiel?«

»Ja. Eine ziemlich junge. Gut zwanzig. Verbarg ihr Gesicht hinter einem bunten Tuch. Auch in diesem Fall unterschieden sich die Beschreibungen der Gäste so sehr, daß wir kaum etwas mit den Aussagen anfangen konnten.«

»War sie bewaffnet?«

»Danach hat sich niemand erkundigt. Die Leute, die den Euromast kurz nach dem Überfall verließen, erwähnten nur die Maschinenpistolen der Männer. Und wunderten sich anscheinend darüber, daß eine Frau zu den Gangstern gehörte. Unbewußter Chauvinismus, wenn Sie mich fragen.«

»Wäre es möglich, daß sie gezwungen wurde, die Verbrecher zu begleiten?«

»Ich weiß nicht... Eine Zeugenaussage – natürlich die einer Frau! – lautete, sie sei ausgesprochen arrogant gewesen, so als habe sie erwartet, daß alle Leute vor ihr auf die Füße sinken.«

»Worauf wollen Sie hinaus?« fragte Newman.

Er schloß zu Tweed auf, während Paula und Jansen jeweils zwei Stufen auf einmal nahmen.

»Ich denke an Lara Seagrave, die junge Frau, mit der ich mich in Smith's Teestube in Paris unterhielt. In London hatte ich Gelegenheit, ihre Mutter kennenzulernen, Lady Windermere. Alter Adel. Ebenso hochmütig wie oberflächlich. Ich meine die Frau, die Valmy, der Papagei, seit Marseille verfolgte und dabei beobachtete, wie sie sich verschiedene Häfen ansah. Wahrscheinlich hielt sie das Unternehmen Kleins bisher nur für ein aufregendes Abenteuer. Ich frage mich, wozu er sie jetzt noch braucht.«

Jansen blieb vor einer aus Stahl bestehenden feuersicheren Tür stehen, an der ein weiterer Polizist Wache hielt. Er wartete, bis van Gorp und die anderen heran waren.

»Wir begeben uns jetzt aufs Dach«, sagte er. »Ducken Sie sich. Und bewegen sie sich möglichst langsam. Wir wollen vermeiden, daß man im Euromast auf uns aufmerksam wird. Vielleicht benutzt jemand einen Feldstecher, um die Umgebung zu beobachten.«

Das Dach war eine ebene Betonfläche, die von hüfthohen Mauern begrenzt wurde. Tweed bückte sich, und während er Jansen folgte, machte er an verschiedenen Stellen die Konturen von Männern aus, die an den Brüstungen hockten. Die meisten von ihnen warteten an der niedrigen Wand, von der aus man auf Parkhaven hinabblicken konnte.

Jansen führte ihn zu einem Dreibein, auf dem ein Teleskop befestigt war. Etwas weiter entfernt stand ein zweites Gerüst mit einer Filmkamera. Ein Polizist blickte durchs Objektiv und betätigte den Auslöser. Ein leises Surren erklang.

»Leider können wir nicht näher an den Euromast heran«, erklärte Jansen leise. »Aber durch das Teleskop läßt sich die Aussichtsplattform gut beobachten.«

»Haben sich die Leute im Turm bereits mit Ihnen in Verbindung gesetzt?« fragte Tweed und ging in die Hocke.

»Nein«, erwiderte Jansen. Er klang enttäuscht. »Bisher bestand ihre einzige Reaktion aus einer Warnsalve, als sich zwei meiner Männer dem Eingang näherten. Seitdem hat sich nichts gerührt.«

»Eine überlegte Taktik Kleins«, wiederholte Tweed und wandte sich an van Gorp, der sich neben ihm hinter die Mauer duckte. »Es ist nur der Auftakt – um uns zu zermürben.«

»Wir haben einen Lautsprecherwagen hierherbeordert«, fuhr Jansen fort. »Er parkt hinter einem leeren Fahrzeug, das ihn vom Turm abschirmt. Auch darauf erfolgte keine Reaktion.«

Tweed musterte van Gorp und sah, wie er die Hände zu Fäusten ballte. »Ich glaube, ich sollte versuchen, mich mit den Gangstern in Verbindung zu setzen – und mit Klein zu sprechen. Falls er dort oben ist.«

»Daran zweifle ich nicht«, entgegnete Tweed sofort. »Überlassen Sie die Verhandlungen mir. Ich beginne allmählich die Denkweise Kleins zu verstehen. Außerdem wurden mir detaillierte Informationen übermittelt, die sowohl seinen Charakter als auch den persönlichen Werdegang Kleins betreffen. Doch bevor ich gehe, würde ich gern mit meinem Kollegen Blade sprechen und ihm den Auftrag geben, das SAS-Team hierherzubringen. Die Männer der Spezialeinheit brauchen eine separate Unterkunft.«

»Vielleicht haben wir genau das, was Sie brauchen«, sagte Jansen. »Ich zeige Ihnen die Zimmer...«

Er wartete, während Tweed durch das Teleskop sah. Die Aussichtsplattform schien verlassen zu sein. Vorsichtig drehte er ein Einstellrad, und daraufhin konnte er das Restaurant erkennen. Das Licht brannte noch immer, doch hinter einigen Fenstern waren die Vorhänge zugezogen. Hier und dort bewegten sich schattenhafte Gestalten.

»Gehen Sie nicht«, sagte Paula. »Sie dürfen kein Risiko eingehen. Klein ist verrückt.«

»Das mag stimmen. Aber ich spreche trotzdem mit ihm.«

»Ich begleite Sie«, sagte Newman, der noch immer das Gewehr bereithielt. Er nickte Paula beruhigend zu.

Das Quartier, das Jansen der SAS-Gruppe zur Verfügung stellen wollte, befand sich ein Stockwerk unter ihnen, im rückwärtigen Teil des Gebäudes. Es bestand aus vier Zimmern – und einem Bad –, die von den anderen Räumlichkeiten getrennt waren. Rolljalousien verwehrten den Blick nach draußen. Tweed sah sich zufrieden um, und Jansen holte eine Straßenkarte hervor, kennzeichnete den Weg für das Team und meinte, er schicke einen Motorradfahrer, um die SAS-Männer zu eskortieren. Dann ging er, und Tweed griff nach dem Telefon, das auf einem einfachen Holztisch stand.

»Blade«, sagte er, als die Verbindung hergestellt war, »die Situation hier am Euromast ist sehr ernst. Eine bewaffnete Gruppe hat den Turm unter ihre Kontrolle gebracht. Nein, es gibt keine Geiseln. Die Leute, die sich im Restaurant aufhielten, wurden einfach nach draußen geschickt. In Kürze trifft ein Motorradfahrer bei Ihnen ein, der Sie und Ihr Team hierherbringen soll. Ich habe ihm eine von mir unterschriebene Nachricht mitgegeben. Sie enthält das Wort ›Olymp‹.«

»Ich sorge sofort dafür, daß sich meine Jungs fertigmachen. Gibt es irgendeinen Ort, an dem wir auf den Einsatz warten können, ohne gestört zu werden?«

»Es ist alles vorbereitet.«

»Gut. Bis gleich …«

Einige Sekunden lang blieb Tweed reglos am Tisch sitzen

und überlegte, wie er sich verhalten sollte, wenn er den Turm erreichte. Dann verdrängte er diese Gedanken. Er hielt es für besser, aus dem Stegreif zu handeln, auf Planungen zu verzichten. Tweed stand auf und ging nach draußen. Newman wartete bereits auf ihn.

Mit gleichmäßigen Schritten näherte sich Tweed dem Euromast. Das rotweißgestreifte Band der Absperrung hatte er bereits hinter sich gelassen. Er wußte nicht mehr, wann er zum letztenmal geschlafen hatte, aber er fühlte sich nicht müde, spürte sogar, wie ihn neue Kraft durchströmte. Kleins Unternehmen hatte begonnen, und ein Adrenalinschub verdrängte die Mattigkeit aus Tweed.

Er trug keinen Hut und verzichtete darauf, die Hände in die Taschen des Mantels zu schieben – um zu zeigen, daß er unbewaffnet war. Doch er hob nicht die Arme, gab sich ruhig und selbstbewußt. Als er den Lautsprecherwagen der Polizei erreichte, der hinter einem anderen Fahrzeug parkte, blieb er kurz stehen und sah sich um.

Am nahen Ufer der Maas lagen noch immer die Frachtkähne, die er bereits von der Plattform aus gesehen hatte. Nichts bewegte sich dort; die Zone der unheimlichen Stille erstreckte sich auch über den Fluß. Kein Verkehr, weder auf der Maas noch auf den Straßen in der Nähe. Einige Sekunden lang beobachtete Tweed die drei Schnellboote der Wasserschutzpolizei, die an der gegenüberliegenden Seite des Hafenbeckens festgemacht hatten. Hinter den Fenstern standen einige reglose Gestalten. Er ging weiter und erreichte den Lautsprecherwagen.

Ein Uniformierter saß am Steuer des Fahrzeugs und starrte in Richtung Turm. Tweed stützte die Arme auf den Rand des geöffneten Seitenfensters.

»Geben Sie mir das Mikrofon«, sagte er. »Inspektor Jansen hat mich autorisiert ...«

»Er hat sich eben per Funk gemeldet. Ich weiß, wer Sie

sind.« Er reichte ihm das Mikrofon, und Tweed stellte fest, daß es über ein langes Kabel verfügte. Gut. Er nahm es zur Hand, trat an das untere Ende der Treppe heran und legte den Kopf in den Nacken. Zwei Personen standen auf der Aussichtsplattform, beugten sich übers Geländer und starrten zu ihm herab. Beide waren maskiert, und der eine von ihnen hielt ein Gewehr im Anschlag.

Newman war jenseits der Absperrung zurückgeblieben, lehnte sich an eine Hauswand und zielte mit seiner Waffe auf die beiden Männer, die Tweed aus einer Höhe von einhundertvier Metern beobachteten.

Marler stand vor der Brüstung und blickte durchs Zielfernrohr seines Gewehrs. Dicht neben ihm wartete Klein und sah durch einen Feldstecher, der mit einem Restlichtverstärker ausgestattet war. Ganz deutlich konnte er das Gesicht des Mannes vor dem Turm erkennen, und unwillkürlich hielt er den Atem an.

»Himmel!« brachte er dann hervor. »Was macht er denn hier? Wie konnte er so schnell zur Stelle sein?«

»Wen meinen Sie?« fragte Marler in einem gleichgültigen Tonfall.

»Tweed. Ich hätte nie gedacht, ausgerechnet mit *ihm* konfrontiert zu werden!«

»Tweed? Was hat es mit ihm auf sich?«

»Er ist stellvertretender Direktor des britischen Geheimdienstes. Einer der gerissensten und gefährlichsten Männer ganz Europas. Wird Zeit, dem Kerl einen gehörigen Schrekken einzujagen.« Klein schaltete das Kehlkopfmikrofon ein, das es ihm erlaubte, sich mit dem Fahrzeug Legauds in Verbindung zu setzen.

»Wer sind Sie?« fragte er auf englisch.

Seine Stimme dröhnte aus den Lautsprechern des Übertragungswagens. Sie klang verzerrt und hatte einen sonderbaren, gespenstisch anmutenden Widerhall. Sie war deutlich zu hören, aber Newman ließ sich nicht davon ablenken. Er behielt weiterhin die beiden Männer auf der Plattform im Auge.

»Mein Name ist Tweed. Die holländische Polizei hat mich beauftragt, mit Ihnen zu sprechen. Ich verlange, daß Sie und Ihre Leute unverzüglich den Euromast verlassen. Wenn der Scharfschütze neben Ihnen abdrückt, sind Sie eine Sekunde später tot.«

Seine Stimme wurde von den Lautsprechern auf dem Dach des Polizeiwagens verstärkt, und sie klang ruhig und gelassen, so als sei er völlig Herr der Lage.

»Drohen Sie mir nicht. Das Leben vieler tausend Menschen steht auf dem Spiel.«

Klein schien sich sehr sicher zu fühlen – wie ein Kommandeur zu Beginn einer Schlacht, die er bereits gewonnen glaubt, dachte Tweed.

Der Mann neben Marler hob ein kleines Instrument über die Brüstung.

»Wissen Sie, was ich hier in der Hand halte? Die Kontrollvorrichtung, mit der ich alle Personen an Bord der Schiffe töten kann, die vor der Küste warten. Selbst wenn Sie mich erschießen: Mir bliebe noch Zeit genug, eine bestimmte Taste zu betätigen und die Seeminen zu zünden.«

»Dummes Gerede«, entgegnete Tweed. Wenn es ihm gelang, Klein zu verärgern, ließ er sich vielleicht zu einer unvorsichtigen Bemerkung hinreißen.

»Eine aus Tauchern bestehende Einsatzgruppe hat an mehreren Schiffen Sprengkörper angebracht. An den beiden Supertankern *Cayman Conquerer* und *Easter Island*. An der *Otranto*, dem Frachter aus Genua. An den drei Containerschiffen.« Eine kurze Pause. Tweed hörte, wie Klein tief Luft holte, bevor er hinzufügte: »Und auch an der *Adenauer*.«

»Wenn Sie meinen ...«

»*Tweed!*« Kleins Stimme klang schneidend. »Ich möchte Ihnen erklären, wozu ich in der Lage bin. Diese Kontrollvorrichtung wurde von einem Experten aus der Schweiz konstruiert. Jene Leute sind sehr geschickt, wenn es um komplizierte Mechanismen geht. Sie haben doch schon von den berühmten Schweizer Uhrenherstellern gehört, nicht wahr?« In den letzten Worten kam unüberhörbarer Spott zum Ausdruck.

»Ich glaube schon.«

Es war ein regelrechter Nervenkrieg. Das wurde Newman sofort klar, während er die beiden Männer auf der Aussichtsplattform beobachtete. Klein trug einen dunklen Ledermantel mit breiten Schulterklappen – militärischer Schnitt. Und das schwarze Haar wirkte wie eine Kappe auf seinem Kopf. Er schien entschlossen zu sein, seinen vor dem Turm stehenden Gesprächspartner einzuschüchtern, sich ihm gegenüber durchzusetzen. Er hielt alle Trümpfe in der Hand, und Newman fragte sich, ob Tweed – der sich vor Müdigkeit vermutlich kaum mehr auf den Beinen halten konnte – dem verbalen Duell gewachsen war.

»Das Instrument hier – das ich von jetzt an ständig einsatzbereit halte – weist mehrere Knöpfe auf. Jeder Schaltkreis ist auf eine bestimmte Frequenz justiert, auf die die Zünder in den plazierten Seeminen reagieren. Nehmen Sie die Hand aus der Tasche!«

Die rechte Hand Tweeds hielt nach wie vor das Mikrofon umschlossen, doch die linke hatte er gerade in die Manteltasche geschoben.

»Ich bin nicht gekommen, um nach Ihrer Pfeife zu tanzen«, erwiderte er. »Wenn Sie mir noch etwas sagen wollen, so haben Sie jetzt Gelegenheit dazu.«

»Nun, wenn ich zum Beispiel die erste Taste betätige, fliegt die *Otranto* in die Luft. Im wahrsten Sinne des Wortes. Die Explosion zerfetzt den Frachter, läßt überhaupt nichts von ihm übrig. Ein anderer Knopf für die *Cayman Conquerer*… Und so weiter. Verstehen Sie jetzt?«

»Sehr geistreich.«

»Tweed, ich rate Ihnen, mich ernst zu nehmen...« – »Oh, das mache ich, bestimmt. Andererseits sollten Sie sich darüber klarwerden, in welcher Lage Sie sich befinden. Sie sind völlig isoliert, und die Polizei ist bereits in Stellung gegangen. Der Euromast kann jederzeit gestürmt werden.«

»Ich glaube, Sie haben noch immer nicht begriffen. Die Kontrollvorrichtung weist auch noch eine rote Taste auf, über die ich gerade den Daumen halte. Der dazugehörige Schaltkreis ist auf eine andere Frequenz eingestellt. Wenn ich diesen Knopf drücke, wird ein Signal ausgestrahlt, auf das alle Sprengkörper gleichzeitig reagieren. Was die sofortige Zerstörung der verminten Schiffe zur Folge hätte, unter anderem auch die Vernichtung der *Adenauer.*«

»Nicht schlecht.«

»Ich verlange zweihundert Millionen Pfund in Gold. Soweit ich weiß, wird derzeit eine solche Summe bei der Deutschen Bank in Frankfurt auf Abruf bereitgehalten. Sie ist als Kredit für einen südamerikanischen Staat bestimmt. Sorgen Sie dafür, daß die Barren an Bord der Herkules-Maschine gebracht werden, die auf dem Frankfurter Flughafen steht. Das Flugziel nenne ich Ihnen später. Die Besatzung wartet bereits. Haben Sie mich verstanden, Tweed?«

»Wir brauchen die Genehmigung der deutschen Regierung...«

Es kratzte in den Lautsprechern des Übertragungswagens, und erneut donnerte die scharfe Stimme Kleins über den Platz.

»Das ist noch nicht alles.«

»Ich habe keine Lust, die ganze Nacht hier herumzuhängen«, sagte Tweed.

»Hängen? Ja, das gehört zu dem Szenario, das für Sie vorbereitet wurde.«

Tweed spürte, wie sich seine Nackenhaare aufrichteten. Klein war zu allem fähig. Aber was meinte er mit diesem rätselhaften Hinweis?

»Ich warne Sie«, fuhr Klein fort. »Die meisten Leute meiner Gruppe halten sich nicht im Turm auf, sondern beobachten die Schiffe. Versuchen Sie nicht, sie zu finden. Ich stehe die ganze Zeit über in Funkverbindung mit ihnen. Unternehmen Sie keinen Versuch, Besatzungsmitglieder oder Passagiere der betreffenden Schiffe in Sicherheit zu bringen. Hüten Sie sich davor, Bombenspezialisten der Marine den Auftrag zu geben, die Seeminen zu entfernen oder zu entschärfen. Verzichten Sie darauf, Störsender einzurichten. Niemand darf sich dem weißen Übertragungswagen nähern, der einige Meter von Ihnen entfernt geparkt ist. Unterbrechen Sie nicht die Stromversorgung des Euromasts. Wenn Sie auch nur einer dieser Anweisungen zuwiderhandeln, betätige ich die rote Taste.«

»Haben Sie noch weitere Wünsche?« fragte Tweed ironisch.

»Sagen Sie den Holländern, sie sollen nach den beiden Fischkuttern *Utrecht* und *Drenthe* suchen. Sie treiben vor der Küste in der Strömung, westlich der Maasmündung. Die Männer an Bord werden meine Angaben von vorhin bestätigen. Der Vermittler, der sich um den Transport des Goldes kümmern soll, ist Peter Brand, der Direktor der Banque Sambre. Verstanden?«

»Ja.«

»Sie kehren in genau vier Stunden zurück, Tweed. Um drei Uhr. Dann erfahren Sie, wohin die C 123 das Gold bringen soll.«

»Zunächst müssen wir Kontakt mit verschiedenen Regierungsbehörden aufnehmen.«

»Und noch etwas«, unterbrach ihn die eisige Stimme Kleins. »Die britische Sealink-Fähre wurde von dem regen Schiffsverkehr vor der Küste aufgehalten und konnte Hoek van Holland noch nicht anlaufen. Sie wartet vor der Küste. Und wurde ebenfalls mit Sprengsätzen versehen. Sie darf ihre gegenwärtige Position nicht verlassen.«

»Als Pokerspieler könnten Sie ein Vermögen machen. Sie bluffen ziemlich gut.«

Tweed sprach noch immer in einem gelassenen und beiläufigen Tonfall, hoffte nach wie vor, daß er Klein dazu bringen konnte, ihm einen wichtigen Hinweis zu geben. Endlich schien seine Taktik zu einem ersten Erfolg zu führen.

»Tweed! Sie scheinen noch immer nicht zu begreifen, wie ernst die Lage ist, mit der Sie es zu tun haben. Aber ich glaube, es gibt eine Möglichkeit, Sie zu überzeugen...«

Klein trat vom Geländer zurück und nickte den beiden Männern zu, die an der Brüstung hockten. Sie hoben die Leichen der beiden erschossenen Polizisten in die Höhe, schoben sie über die Stange und ließen sie in die Tiefe fallen.

Der erste Leichnam stürzte ein Dutzend Meter vor Tweed auf die Treppe, prallte mit einem dumpfen Pochen auf die Stufen.

Der zweite Körper fiel mit dem Kopf voran, und Tweed konnte deutlich das Knacken hören, als der Schädel auseinanderplatzte.

Übelkeit stieg in ihm empor, und irgendwo tief in ihm brannte das kalte Feuer kaum zu bezähmender Wut.

Wieder erklang die Stimme Kleins. »Und um zu beweisen, daß die Seeminen *kein* Bluff sind...«

Im hellen Licht starker Scheinwerfer hatte die Crew des Baggers *Ameland* die Arbeit fortgesetzt. Auf den Ladeflächen lagen mehrere Tonnen Schlick, die vom Grund der Maasmündung stammten. Inzwischen war die Tagschicht beendet, und während das große Schiff in Richtung Anlegestelle zurückkehrte, nahmen die Besatzungsmitglieder ein rasches Abendessen ein.

Der gewaltige Bagger bewegte sich nur sehr langsam, und eine Meile entfernt saßen zwei Männer in einem Schlauchboot.

Einer von ihnen beobachtete die *Ameland* durch ein Fernglas mit Infrarotoptik, und der andere bediente ein leistungsstarkes Sende- und Empfangsgerät. Beide stammten aus Luxemburg und waren wie Seeleute gekleidet. Jenseits des Wellenbrechers am Strand parkte ein Saab neben den niedrigen Dünen. Der Mann am Funkgerät warf einen kurzen Blick auf die Uhr und stieß seinen Begleiter an.

»Dauert jetzt nicht mehr lange. Jeden Augenblick …«

Er kam nicht mehr dazu, den Satz zu beenden. Unter dem Rumpf der *Ameland* war eine der kleineren Seeminen befestigt, und ihre Explosion verursachte nur ein dumpfes Grollen.

Es blitzte auf, und schon nach wenigen Sekunden verblaßte der grelle Lichtschein.

Der Bagger erbebte, so als sei er von einem riesigen Hammer getroffen worden, und wie in Zeitlupe neigte er sich zur Seite. Die breite Schleppschaufel kam aus dem trüben Wasser und wurde zu einem stählernen Arm, der gen Himmel deutete. Für kurze Zeit verharrte das große Schiff in dieser Position, und dann brach es krachend auseinander und sank.

Seit der Zündung der Bombe waren dreißig Sekunden vergangen.

Niemand an Bord hatte überlebt.

»Das sollte genügen«, sagte Klein. »Ich habe gerade den Bagger *Ameland* versenkt, in der Fahrrinne vor der Maasmündung.«

Er löste den Daumen von der zweiten Taste und hielt ihn wieder über den roten Knopf.

Tweed stand stocksteif und starrte nach oben. Er erinnerte sich daran, den Bagger gesehen zu haben, als er mit van Gorp zur Küste gefahren war.

Er hob das Mikrofon dicht an die Lippen. »Was ist mit der Mannschaft?«

»Ich schätze, sie leistet jetzt den Fischen Gesellschaft – in einer Tiefe von zwanzig Faden.« Kleins Stimme wurde noch schneidender, als er hinzufügte: »Die Hafenzufahrt ist nun zumindest teilweise blockiert. Nötigenfalls werden weitere Schiffe gesprengt, die sich diesseits der Mündung befinden. Das Tor Europas ist geschlossen. Sie haben bis drei Uhr morgens Zeit, Tweed. Noch weitere Fragen?«

Tweed trat an den Polizeiwagen heran, reichte dem Fahrer das Mikrofon und kehrte dann mit langen Schritten zu Newman zurück, der noch immer auf die Aussichtsplattform des Turms zielte.

47

»Er hat uns nichts vorgemacht«, wandte sich van Gorp an Tweed. »Die *Ameland* ist tatsächlich gesunken, mitten in der Fahrrinne. Und das bedeutet, größere Schiffe können Europort nicht mehr erreichen.«

Sie saßen an einem großen Tisch im Hauptquartier: Newman, Paula, Butler, Jansen und Benoit. Das Zimmer war nicht sonderlich gemütlich und wies nur wenige Einrichtungsgegenstände auf. Van Gorp hatte ihnen erklärt, das Gebäude werde gerade renoviert. Jemand brachte Kaffee. »Wie viele Besatzungsmitglieder waren an Bord?« fragte Tweed.

»Achtzehn. Alle tot.«

»Und die beiden Leichen, die auf der Treppe vor dem Euromast liegen?«

»Die Polizisten, die im Restaurant erschossen wurden. Während Sie auf dem Rückweg hierher waren, habe ich das Autotelefon benutzt und um Erlaubnis gebeten, die beiden Toten fortzuschaffen. Der verdammte Mistkerl lehnte ab.«

»Aus taktischen Gründen«, sagte Tweed. »Die Denkweise Kleins wird mir immer vertrauter. Er will uns zeigen, daß er keine Gnade kennt.«

»Außerdem hat er versucht, Ihnen Angst einzujagen«, warf Newman ein.

»Ja, er gab sich alle Mühe. Ich habe ihn deshalb mit gleichgültig klingenden Antworten gereizt, um ihn zornig zu machen, ihn zu einer unvorsichtigen Bemerkung zu veranlassen. Wir müssen mehr in Erfahrung bringen, um zu entscheiden, wie wir gegen ihn vorgehen sollen. Jetzt wissen wir wenigstens, daß er über eine Kontrollvorrichtung verfügt, mit der er alle Seeminen zünden kann. Wir dürfen also keine offene Aktion einleiten. Zumindest *jetzt* noch nicht.«

»Das SAS-Team wird bald hier eintreffen«, erinnerte ihn van Gorp. »Wie sollen sich die Leute verhalten?«

»Zunächst einmal beziehen sie das Quartier, das hier für sie vorbereitet wurde. Blade kann weiterhin als unser Verbindungsmann fungieren«, sagte Tweed, um die Identität des Commanders zu schützen. »Sie werden weder die Gesichter der Männer noch das ihres Anführers sehen.«

»Sie kennen Klein von uns allen am besten«, sagte van Gorp. »Was unternehmen wir?«

»Wir geben nach. Akzeptieren seine Forderungen. Sagen ihm, er bekommt das Gold.« Tweed breitete die Arme aus. »Es bleibt uns wohl kaum etwas anderes übrig. Vielleicht entschließt er sich bald dazu, die *Otranto* in die Luft zu jagen, um zu zeigen, daß er es ernst meint. Die PM wird mir sicher beipflichten.«

»Ich dachte, die Eiserne Lady gibt *nie* nach«, bemerkte van Gorp.

»Sie haben doch gehört, was Klein sagte. Er kann ganz Europa isolieren, braucht dazu nur weitere Schiffe im Mündungsbereich zu versenken. Denken Sie nur an den enormen Warenumschlag von Europort – oder an die Fracht, die über den Rhein weitertransportiert wird. Durch eine Unterbrechung des Nachschubs an Rohstoffen und Halbfertigprodukten geriete der deutsche Wirtschaftsgigant schnell ins Wanken. Und die Folgen für Österreich und die Schweiz wären ebenfalls katastrophal. Auch die holländische Ökonomie käme nicht ungeschoren davon. Außerdem läuft der Verkehr in beide Richtungen. Stellen Sie sich nur einmal vor, wie viele Exportgüter in Europort verschifft werden. Und dann die Tanker, die Rotterdam anlaufen – Öl ist der Lebenssaft Europas. Antwerpen könnte mit der zusätzlichen Belastung nicht fertig werden; die Kapazitäten des dortigen Hafens sind bereits voll ausgeschöpft.«

»Was ist, wenn wir eine Luftbrücke einrichten?« schlug Jansen vor. »Wie im Jahre 1948 zur Versorgung Berlins.«

»Damals ging es nur um eine einzelne Stadt. Und es hat nur gerade so geklappt. In diesem Fall aber haben wir es mit einem halben Kontinent zu tun. Ganz zu schweigen von den Personen an Bord der Schiffe vor der Küste. Nein.« Tweed schüttelte nachdrücklich den Kopf. »Wir geben nach. Ich sollte Klein besser Bescheid geben, damit er nicht nervös wird. Gibt es hier ein Telefon, das mit dem Polizeiwagen am Turm verbunden ist?«

»Im Nebenzimmer. Nehmen Sie einfach den Hörer ab; Sie haben sofort den Fahrer des Wagens am Apparat. Er sorgt dafür, daß Ihre Mitteilung vom Lautsprechersystem übertragen wird. Übrigens: Während Sie vorhin mit Klein sprachen, habe ich Bonn, Den Haag, Bern und Paris angerufen. Die Regierungen sind informiert und erwägen derzeit die Möglichkeit, eine Konferenz einzuberufen.«

»Dafür reicht die Zeit nicht aus«, wandte Tweed ein und stand auf. »Klein ist bestimmt nicht bereit zu warten. Und wenn ich ihm gesagt habe, daß wir auf seine Forderungen eingehen, müssen sofort wichtige Entscheidungen getroffen werden.«

Er verließ das Zimmer, betrat den Nebenraum und benutzte das Telefon. Newman zündete sich eine Zigarette an. Van Gorp ›lieh‹ sich eine von ihm aus.

»Tweed ist jetzt voll in Fahrt«, sagte Paula nach einer Weile. »Er sagte, er wolle nachgeben, aber das nehme ich ihm nicht ab. Er läßt sich nicht so einfach manipulieren, wartet nur auf eine günstige Gelegenheit.« Sie sah van Gorp an. »Haben Sie vorhin nichts bemerkt? Er meinte, wir dürfen keine ›offene Aktion‹ einleiten. Und er fügte hinzu: ›Zumindest *jetzt* noch nicht.‹«

»Trotzdem: Was können wir schon unternehmen? Die Regierungen sind bestimmt nicht bereit, auf die Forderungen

Kleins einzugehen. Und das bedeutet, Klein wird das Tor Europas schließen. Es ist eine ausweglose Lage.«

»Klein weiß jetzt, daß wir einverstanden sind«, sagte Tweed, als er zurückkehrte und am Tisch Platz nahm. »Er betonte erneut, wir hätten uns strikt an seine Anweisungen zu halten – scheint sich ein wenig wie Napoleon zu fühlen. Ich hörte ihm einfach nur ruhig zu und bestätigte seine Bedingungen. Er hat mich noch einmal dazu aufgefordert, um drei Uhr morgens zum Euromast zurückzukehren. Stimmt was nicht?« Verwundert musterte er van Gorp, der noch ernster wirkte als zuvor.

»Eben ist schon wieder eine schlechte Nachricht eingetroffen«, antwortete Benoit anstelle des Holländers. »Brüssel hat sich gemeldet. Peter Brand wurde heute abend entführt. Ich habe kurz mit seiner Sekretärin gesprochen; sie ist einem Nervenzusammenbruch nahe. Einer der Polizisten in der Villa Brands sagte mir, man habe den Bankier auf dem Flughafen gesehen, als er an Bord eines Hubschraubers ging. Die Maschine flog in südöstliche Richtung.«

»Findel. Die Banque Sambre in Luxemburg.« Tweed sah Newman an. »Entführt! Ein neuerliches Täuschungsmanöver Kleins – um Brand in Sicherheit zu wiegen. Er bezeichnete ihn als Vermittler, und jetzt will er uns glauben machen, Brand handle unter Zwang. Der Bankier soll zur Stelle sein, wenn die mit dem Gold beladene Herkules auf dem Flughafen Findel landet.«

»Was schlagen Sie vor?« fragte Benoit.

»Ich möchte, daß Newman und Butler unverzüglich nach Luxemburg fliegen. Bob kennt Brand, ist ihm schon einmal begegnet. Ihre Erlaubnis vorausgesetzt, Benoit, gebe ich Newman die unbeschränkte Vollmacht, so zu agieren, wie er es für richtig hält.«

»Ich würde gern das Gewehr mitnehmen, wenn Sie gestatten«, bat Newman.

»In Ordnung«, sagte van Gorp.

Er griff nach einem der Blöcke, die auf dem Tisch lagen, kritzelte einige Worte aufs Papier, unterschrieb und gab den Zettel Newman.

»Ist genausogut wie ein Waffenschein und gilt für ganz Holland. Ich bin sicher, Benoit wird Ihnen später ebenfalls eine Genehmigung geben.«

»Selbstverständlich«, bestätigte der belgische Chefinspektor. Er sah auf die Uhr. »Es ist schon nach Mitternacht, und was den Flug nach Luxemburg betrifft...«

»Ich kenne einen Direktor von Royal Dutch Shell, der einen Privatjet hat«, erwiderte van Gorp. »Die Maschine steht auf dem Rotterdamer Flughafen bereit. Ich rufe ihn an, während Sie sich auf den Weg machen.«

»Ich könnte eine Pistole gebrauchen«, sagte Butler.

»Wie wäre es mit einer Browning-Automatik?« fragte van Gorp. »Gut. Ich bitte einen meiner Leute darum, Ihnen seine Dienstwaffe zu borgen.« Erneut schrieb er einige Worte, riß das Blatt ab und gab es Butler. Newman bekam einen weiteren Zettel. »Das ist die Telefonnummer, unter der Sie Tweed erreichen können. Ich glaube, damit hat es sich. Oder gibt es sonst noch etwas?«

»Ja«, sagte Tweed. »Sie sollten nicht nur nach den Fischkuttern suchen, wie Klein vorschlug, sondern sich auch streng an seine Anweisungen halten. Mit anderen Worten: Fahnden Sie nicht nach seinen Männern, die die Schiffe vor der Küste beobachten. Und setzen Sie keine Taucher ein, um die Seeminen zu entfernen oder zu entschärfen. Klein hat gewiß nicht geblufft. Warten Sie einfach ab.« Nachdenklich fügte Tweed hinzu: »Eine Sache beunruhigt mich sehr.«

»Was denn?« fragte Paula.

»Sein Hinweis aufs Hängen. Er sagte, das gehöre zum vorbereiteten Szenario. Ich frage mich, was er damit meinte. Gefällt mir überhaupt nicht. Nun, wie dem auch sei: Ich brauche ein Telefon, das mit einer Codiervorrichtung ausgestattet ist. Um die PM anzurufen.«

»Ein solcher Apparat wurde gerade angeschlossen. Heute nacht laufen bestimmt die Leitungen nach Den Haag heiß. Ganz zu schweigen von denen nach Bonn und den anderen europäischen Hauptstädten. Durch die Tür dort. In dem Vorzimmer, von dem aus man das Quartier der SAS-Gruppe erreichen kann. Vergessen Sie nicht, den roten Knopf zu drücken, nachdem Sie die Nummer gewählt haben …«

Tweed schloß die Tür hinter sich, als ein in Zivil gekleideter Beamter den Raum betrat und sich auf flämisch an van Gorp wandte. Kurz darauf ging er wieder. In dem provisorischen Hauptquartier herrschte rege Aktivität, und die gute Organisation beeindruckte Newman. Alles schien unter Kontrolle zu sein. Nirgends Anzeichen von Panik. Van Gorp nahm den Hörer des auf dem Tisch stehenden Telefons ab, führte ein kurzes Gespräch, legte wieder auf und sah Newman an.

»Der Privatjet des Direktors steht uns zur Verfügung. Der Pilot wird Sie auf dem Flughafen erwarten, wenn Sie dort eintreffen. Draußen steht ein Wagen für Sie. Einer der Polizisten im Erdgeschoß wird Ihnen ein Futteral geben, in dem Sie das Gewehr verstauen können. Für Sie, Butler, hat er eine Browning samt Hüfthalfter. Ist das okay?«

»Bestens. Die Dinger sind mir lieber. Dauert viel zu lange, eine Knarre aus dem Schulterhalfter zu ziehen.«

»Da wäre noch etwas«, sagte Benoit, als Newman und Butler aufstanden. »Ich würde gern einen Abstecher nach Brüssel machen, bevor wir nach Luxemburg weiterfliegen. Erstens: Dort wurde Brand in Begleitung eines anderen Mannes gesehen, als er an Bord eines Hubschraubers ging; ich möchte einen Bericht aus erster Hand. Zweitens: Von Brüssel aus rufe ich den Polizeichef Luxemburgs an und gebe ihm Bescheid.«

»Der Pilot hat die Anweisung, das Ziel anzufliegen, das Sie ihm nennen«, erwiderte van Gorp. Er erhob sich ebenfalls und reichte den drei Männern nacheinander die Hand. »Viel Glück. Wir bleiben in Verbindung. Dieser Alptraum muß ein rasches Ende finden – so oder so …«

Klein begab sich ins Restaurant und vergewisserte sich dort, daß alles genau nach Plan lief. Zufrieden nickte er. Chabot hatte den Auftrag erhalten, die Eingangshalle zu sichern. Während dieser Phase des Unternehmens durfte Klein nicht riskieren, durch einen plötzlichen Stromausfall im Lift festzusitzen, ohne die Möglichkeit, Kontakt mit seinen Leuten aufzunehmen. In der rechten Hand hielt er noch immer die Kontrollvorrichtung.

Die Tür des Aufzugs öffnete sich. Chabot trat aus der Kabine und nickte Klein zu.

»Wenn die Polizei versucht, in den Turm einzudringen, erlebt sie ihr blaues Wunder. Wir haben die Möbel in der Halle benutzt, um Barrieren zu errichten, und mit Maschinenpistolen bewaffnete Schützen bewachen den Zugang.«

»Rechnen Sie mit Schwierigkeiten?« fragte Marler ruhig. Der Mönch war von der Plattform zurückgekehrt, das Gewehr in der Armbeuge.

»Ich möchte nur ganz sichergehen«, erwiderte Klein kühl. »Man wird wohl kaum versuchen, den Turm zu stürmen, solange ich dieses Instrument in der Hand halte.« Er hob die Kontrollvorrichtung, und sein Daumen verharrte dicht über der roten Taste.

»Gehen tatsächlich alle Seeminen hoch, wenn Sie den Knopf drücken?«

»Ja. Dann fliegen nicht nur die Schiffe vor der Küste in die Luft, deren Namen ich Tweed nannte, sondern auch einige Pötte auf der Maas, die ebenfalls mit Sprengsätzen versehen wurden.«

»Nett. Wäre ein hübsches Feuerwerk. Glauben Sie, die Behörden kommen wirklich mit der Kohle rüber?«

»Es bleibt ihnen wohl kaum etwas anderes übrig.« Klein

wandte sich um und sah einen Franzosen an. »Holen Sie Lara. Wird Zeit, sie vorzubereiten.«

»Auf was?« fragte Marler.

»Das werden Sie bald sehen. Wenn es soweit ist. Sollten Sie nicht auf der Plattform sein und Ausschau halten?«

»Um den beiden Burschen Gesellschaft zu leisten, die dort die Stellung halten? Nein, danke. Die Kerle sind reichlich nervös. Befingern dauernd ihre Kanonen. Sagen Sie ihnen, sie sollen sich ein wenig entspannen, wenn Sie wieder rausgehen. Ich halte nichts von Typen, die den Finger zu schnell am Abzug haben. Übrigens: Ich könnte einen Drink gebrauchen.«

»Es gibt nur Mineralwasser oder Kaffee.«

»Ein Glas Wasser genügt mir. Ich kriege immer Durst, wenn mir eine lange Nacht bevorsteht...«

Vor einer Weile hatte Klein dafür gesorgt, daß alle Flaschen mit Hochprozentigem aus der Bar verschwanden und in der Küchenspüle ausgeleert wurden – um zu verhindern, daß sich jemand mit Alkohol betäubte, während die Aktion lief. Mit beiläufigem Interesse beobachtete Marler, wie Chabot und ein Luxemburger Lara Seagrave herbeizerrten. Die Engländerin trat wütend um sich und starrte Klein zornig an.

»Verdammt, was hat das zu bedeuten? Die Mistkerle sollen mich loslassen...«

»Sie befolgen nur meinen Befehl.« Er sah Chabot an. »Fesseln Sie das Mädchen.«

Chabot winkte, und ein zweiter Luxemburger kam heran und packte die junge Frau von hinten. Der Franzose ließ sie los, trat an Klein heran und ballte die großen Hände zu Fäusten.

»Was haben Sie mit ihr vor?« fragte er mit gepreßt klingender Stimme.

»Ich weiß, daß sie Ihnen gefällt. Aber das spielt keine Rolle. Gehen Sie auf die Plattform und beobachten Sie, was sich unten tut. Anschließend kehren Sie zurück und erstatten mir Bericht.«

Klein drehte sich um und sah Lara an, die sich heftig hin und her wand und versuchte, sich aus den Griffen der beiden Männer zu befreien. Marler zündete sich eine Zigarette an und schob sie in den Mundwinkel.

»Ich würde ebenfalls gern wissen, was Sie mit ihr anstellen wollen. Hat sie irgendwie Ihr Mißfallen erregt?«

»Das geht Sie nichts an.«

»Ich frage Sie noch einmal«, fügte Marler in seinem ruhigen und gelassenen Tonfall hinzu, als Chabot das Restaurant verließ: »Hat sie sich falsch verhalten? He, ich rede mit Ihnen, Klein!«

»Begreifen Sie denn nicht?« Klein wandte den Kopf und sah den Mönch an. Er hielt die Kontrollvorrichtung in Höhe seiner Hüfte, und ein grimmiges Lächeln umspielte seine dünnen Lippen. »Sie ist ein Spitzel. Wir haben gesehen, wie sie über den Bürgersteig ging und das Hotel Central betrat. Obgleich sie in ihrem Zimmer warten sollte. Ich glaube, sie hat jemanden angerufen.«

»Das ist doch lächerlich!« rief Lara, als man ihr die Hände auf den Rücken band. »Ich habe alles getan, was Sie von mir verlangten ...«

»Und vielleicht noch ein wenig mehr.«

»Klein«, sagte Marler, »ich bin geneigt, Lara zuzustimmen. Ihre Behauptung ist absurd. Nichts weiter als eine Vermutung.«

»Und wie konnte Tweed so schnell zur Stelle sein?«

»Keine Ahnung. Vielleicht hat er Ihre Spur bis hierher verfolgt.«

»Das ist unmöglich. Ich habe peinlich genau darauf geachtet, nicht die geringsten Hinweise zu hinterlassen. Und ich bin nicht bereit, dieses Thema weiterhin mit Ihnen zu erörtern.« Er maß den Mönch mit einem durchdringenden Blick. »Wollten Sie nicht ein Glas Wasser trinken?«

»Ja.« Marler lächelte. »Danke, daß Sie mich daran erinnern.«

Er drehte sich um und trat an die Bar heran. Unterdessen wurden die Beine Laras gefesselt. Sie versuchte erneut, sich loszureißen, aber die beiden Männer hielten sie fest. Klein wartete, bis sie sich nicht mehr rühren konnte, nickte dann einem dritten Mann zu, der einen Strick bereithielt.

»Binden Sie das Seil um die Taille. Aber nicht zu fest. Sie soll uns schließlich nicht ersticken.«

Der Mann kam der Aufforderung sofort nach, und ein Teil des Zorns, der in Lara brodelte, verwandelte sich in Furcht. Sie biß sich auf die Lippe, um nicht zu zeigen, was sie bewegte. Die Länge des Stricks, den man ihr um die schmale Taille band, betrug etwa vier Meter. Der Luxemburger rollte ihn zusammen und trug die Engländerin zu einer Couch an der Wand.

»Was ist hiermit?« fragte er und griff nach einem weiteren Seil, das am einen Ende eine Schlinge aufwies. Es war ebenfalls vier Meter lang.

»Damit warten wir noch.«

»Wozu dient es?«

»Ist Ihnen noch nie aufgefallen, wie sentimental die Öffentlichkeit reagiert, wenn es um das Schicksal einer einzelnen Person geht? Den Tod vieler tausend Menschen kann der Durchschnittsverstand nur schwer nachvollziehen. Derartige Vorstellungen bleiben ohne emotionale Reaktion. Etwas völlig anderes geschieht, wenn es um ein Einzelschicksal geht. Dann spielt sich plötzlich ein Drama ab. Wir müssen jeden psychologischen Trick benutzen, um die Regierungen zu zwingen, auf unsere Forderungen einzugehen. Und wenn sie sich dennoch weigern, so setzen wir die öffentliche Meinung als ein Werkzeug ein, um Druck auf sie auszuüben.« Er lächelte verschlagen. »Von der Plattform aus stürzt man mehr als hundert Meter tief...«

48

Der Wagen, mit dem Newman, Butler und Benoit zum Flughafen unterwegs waren, folgte der Route eins. Van Gorp hatte diese Strecke auf einer Karte markiert und dafür gesorgt, daß sie von der holländischen Polizei für den normalen Verkehr gesperrt wurde. Nach einigen Minuten kamen ihnen drei Kombiwagen entgegen, die mit hoher Geschwindigkeit in die andere Richtung fuhren.

»Das SAS-Team«, sagte Newman lakonisch. »Zum Glück waren die Jungs bereits hier. Nach dem Bombenanschlag auf die Kasernen sind sie unsere einzige Hoffnung.«

»Glauben Sie, Tweed wird den Einsatzbefehl geben?« erkundigte sich Benoit.

»Bestimmt. Die Frage ist nur: wann? Er wartet darauf, daß Klein einen Fehler macht. Und früher oder später gibt er sich bestimmt eine Blöße. Niemand ist unfehlbar, nicht einmal ein Meisterplaner wie Klein.«

»Wenn wir in Brüssel landen...« warf Butler ein. »Können wir dort feststellen, mit welcher Maschine Brand und sein angeblicher Entführer nach Luxemburg flogen? Vielleicht erweist sich eine solche Information als nützlich.«

»Ja.« Benoit nickte. »Hätte selbst daran denken sollen.«

»Butler spricht nicht viel«, meinte Newman. »Aber wenn er den Mund aufmacht, sollte man besser auf ihn hören.« In einem scherzhaften Ton fügte er hinzu: »Seltsamerweise hat er ein Hobby, das in krassem Gegensatz zu seinem ruhigen Wesen steht: Er liebt es, mit einem Motorrad durch die Gegend zu rasen – zum Schrecken aller Verkehrspolizisten.«

»Jeder hat irgendeine Leidenschaft«, erwiderte Butler.

»Aber nicht unbedingt für den Tod.« Als sie sich dem Flughafen näherten, spürte Newman, daß sich die allgemeine Stimmungslage verändert hatte. Im improvisierten Hauptquartier in der Nähe des Euromasts war er ziemlich deprimiert gewesen, doch jetzt, da er endlich aktiv werden konnte, regte sich neue Zuversicht in ihm. Seine Begleiter schienen ähnlich zu empfinden.

»Van Gorp hat dafür gesorgt, daß wir an Bord des Jets etwas essen können«, sagte Benoit. »Mir knurrt plötzlich der Magen.«

»Ich könnte ebenfalls einen Happen vertragen«, brummte Butler.

»Wir sind da«, stellte Benoit fest, als der uniformierte Fahrer auf die Bremse trat und anhielt. Eine Polizeieskorte brachte sie zu der wartenden Maschine, und niemand fragte Newman nach dem Inhalt des Futterals. Seinen Koffer hatte er unterwegs im Hilton abgeholt. Fünf Minuten später waren sie in der Luft, und die leeren Start- und Landebahnen blieben hinter ihnen zurück, als sie in Richtung Brüssel flogen.

Brand und Hipper trafen in der Avenue de la Liberté ein, und bevor sie die Banque Sambre betraten und das Büro des Direktors aufsuchten, befestigte der Luxemburger die Mitteilung an der Tür, die besagte, die Bank sei vorübergehend geschlossen.

Nachdem der Sikorsky-Helikopter auf dem Flughafen Findel gelandet war, schlüpfte Hipper wieder in die Rolle des Entführers. Er hielt sich dicht an der Seite Brands, als sie sich der wartenden Limousine näherten und der Chauffeur die Tür zum Fond öffnete.

Unmittelbar darauf startete der Hubschrauber wieder und flog nach Rotterdam zurück, wo die andere Maschine Kurt Saurs bereitstand. Sowohl auf der Autobahn, die Findel mit Luxemburg verband, als auch in der Stadt selbst herrschte kaum Verkehr, und es dauerte nur wenige Minuten, bis sie das Ziel der Fahrt erreichten.

Brand nahm in dem bequemen Sessel hinter seinem Schreibtisch Platz. Er hatte gerade den Geschäftsführer der Deutschen Bank in Frankfurt angerufen, der bereits von Bonn benachrichtigt worden war. Seine rechte Hand schloß sich um ein Glas Cognac, und er blickte Hipper an, der sich nervös den Schweiß von der Stirn wischte.

»Sie weigern sich, das Gold in die Herkules zu verladen.«

»Es bleibt ihnen keine Wahl…«

»Entspannen Sie sich, Hipper. Es ist wie bei einem Schachspiel: Die Gegenseite hat nur den erwarteten Eröffnungszug gemacht. Zur gegebenen Zeit wird sie sich fügen und auf unsere Forderungen eingehen.« Brand beugte sich vor. »Sollten Sie jetzt nicht die Polizei anrufen und Ihr Sprüchlein aufsagen? Daß Sie mich hierhergebracht haben und mit einer Pistole bedrohen? Und wenn irgend jemand versucht, hier einzudringen, jagen Sie mir eine Kugel in den Kopf…« Der Bankier lachte leise. »Ausgerechnet Sie…« fügte er mit einem Hauch von Spott hinzu.

»Ich hoffe, es gelingt mir, überzeugend zu klingen…«

»Hängt ganz von Ihnen ab. Geben Sie sich Mühe. Anschließend warten wir, und wenn das Transportflugzeug landet, fahren wir nach Findel, um festzustellen, ob alles in Ordnung ist.« Brand nippte an dem Cognac und deutete auf eine geschlossene Tür. »Was für ein Glück, daß ich eine tüchtige Sekretärin habe. Sie hat den Kühlschrank und das Gefrierfach aufgefüllt. Wir brauchen also nicht zu befürchten, hier zu verhungern oder zu verdursten. Können Sie kochen?«

»Ich habe einmal als Koch in einem Restaurant gearbeitet.«

»Ausgezeichnet! Wir essen drüben im Konferenzzimmer. Ich sehe keinen Grund, warum wir nicht einen gewissen Lebensstil wahren sollten, während Klein ganz Europa in Atem hält. Rufen Sie jetzt die Polizei an…«

Tweed kehrte ins Zimmer zurück. Paula dachte an seine Übermüdung und musterte ihn besorgt, als er Platz nahm und die Hände faltete.

»Die PM hat mich bevollmächtigt, zusammen mit Ihnen alle notwendigen Entscheidungen zu treffen, van Gorp. Die Nachricht, daß auch die Sealink-Fähre mit Sprengsätzen versehen wurde, hat sie verständlicherweise sehr beunruhigt. Sie läßt uns freie Hand, hat sich bereits mit dem deutschen Bundeskanzler in Verbindung gesetzt und vorgeschlagen, er solle so bald wie möglich die Genehmigung zum Transport des Goldes geben.«

»Wann?« fragte van Gorp knapp.

»Keine Ahnung. Außerdem habe ich Commander Bellenger aufgefordert, das Hilton zu verlassen und hierherzukommen. Nachdem er in London angerufen und dafür gesorgt hat, daß sich einige Bombenspezialisten auf den Weg machen. Leute, die sich mit den neuen Seeminen und Bomben auskennen.«

»Sie haben uns doch geraten, uns an die Anweisungen Kleins zu halten und keine derartigen Experten zu den Schiffen zu schicken«, wandte Jansen ein.

»Stimmt. Aber wenn wir Klein erledigt haben, müssen die Sprengkörper sofort entfernt werden.«

»Sie klingen ziemlich optimistisch«, sagte Paula vorsichtig.

»Klein ist größenwahnsinnig – und davon überzeugt, daß wir nichts gegen ihn unternehmen können. Derzeit hat er uns tatsächlich in der Hand. Aber irgendwann wird er einen Fehler machen, weil er sich zu sicher fühlt. Und dann schlagen wir zu. Da wir gerade dabei sind: Als ich telefonierte, glaubte ich zu hören, wie jemand das Nebenzimmer betrat.«

»Die SAS-Männer kletterten über die Feuerleiter an der rückwärtigen Gebäudefront. Sie richten sich jetzt in dem Quartier ein, das wir für sie vorbereiteten. Durch die andere Tür des Nebenzimmers gelangt man in ihre Unterkunft...«

Blade kam herein. Er war in Zivil gekleidet und wandte sich ernst an Tweed.

»Der Commander möchte seine Leute aufs Dach führen, damit sie sich von dort aus den Euromast ansehen und ein Bild von der Lage machen können. Wenn Sie nichts dagegen haben, van Gorp, sollten sich die Polizisten für einige Minuten zurückziehen. Es wäre nicht schlecht, wenn Sie sich zu der Gruppe gesellen würden, Tweed – um die Situation zu erklären.«

»Ich gebe meinen Leuten rasch Bescheid«, sagte van Gorp.

Er stand auf und ging die Treppe zum Dach hoch. Schon nach kurzer Zeit kehrte er wieder zurück. »Alles klar. Weisen Sie die Männer darauf hin, sich zu ducken – vermutlich hat Klein auf der Plattform Beobachter mit Feldstechern postiert, die die Umgebung im Auge behalten.«

»Sie werden die nötige Vorsicht walten lassen«, erwiderte Blade. »Man hat mich gebeten, im Quartier der Spezialeinheit zu bleiben und auf gewisse Ausrüstungsgegenstände zu achten.«

Er bedachte Tweed mit einem kurzen Blick, bevor er das Nebenzimmer betrat und die Tür hinter sich schloß.

»Warten wir hier?« fragte Jansen. »Ich dachte, niemand solle die Gesichter jener Leute sehen …«

»Ich bezweifle, ob sich für Sie die Gelegenheit ergibt, die Männer später wiederzuerkennen«, sagte Tweed und deutete ein Lächeln an. »Bleiben Sie also ruhig hier und trinken Sie noch einen Kaffee.«

Einige Minuten verstrichen, und nur Tweed begriff, daß sich Blade umzog, bevor er seine Gruppe aufs Dach führte. Abrupt öffnete sich die Tür zum Nebenzimmer. Paula schnappte unwillkürlich nach Luft und hob fast erschrocken die Hand.

Einige Männer kamen herein und schritten am Tisch vorbei. Auf Paula wirkten sie geradezu unheimlich. Sie bewegten sich völlig geräuschlos. Jeder trug eine dunkle Wollmütze mit einer Stoffmaske, die nur die Augen freiließ. Manche von ihnen hatten mehrere Kanevastaschen in Hüfthöhe an ihren Kampfanzügen befestigt. Die meisten waren mit kurzläufigen Maschinenpistolen bewaffnet, und drei führten Präzisionsgewehre mit sich. Wie Phantome huschten sie durchs Zimmer, und Tweed begleitete sie die Treppe hoch.

»Lieber Himmel«, stieß Paula hervor. »Bin froh, daß sie nicht hinter mir her sind. Noch nie zuvor habe ich solche Waffen gesehen ...«

»Neun Millimeter Ingram MAC 11. Reichweite mehr als hundert Meter. Die Dinger sind mit zusammenklappbaren Schäften ausgestattet, und die Feuergeschwindigkeit beträgt maximal sechshundert Schuß pro Minute. Die Magazine lassen sich innerhalb weniger Sekunden auswechseln.«

»Beeindruckend.«

»In der Tat. Außerdem trugen drei von ihnen Gewehre mit einer Reichweite von rund hundertfünfzig Metern. Damit holen sie die Leute Kleins von der Aussichtsplattform, wenn es hart auf hart geht. Die Jungs scheinen bestens vorbereitet zu sein.«

»Ich habe insgesamt fünfzehn gezählt.«

»Eine ausgesprochen schlagkräftige Gruppe ...«

Tweed duckte sich, als sie das Dach erreichten, und flink eilte er in Richtung Mauer. Der ebenfalls in einen Kampfanzug gekleidete Blade folgte ihm dichtauf. Hinter der Brüstung gingen sie in die Hocke, und der Commander orientierte sich rasch. Rechts von ihm wartete Tweed, und auf der linken Seite war der stellvertretende Leiter der Spezialeinheit in Stellung gegangen.

»Machen Sie sich ein Bild von der Lage, Harry«, sagte Blade leise. »Übrigens: Wenn mir etwas zustoßen sollte, nehmen Sie Ihre Befehle von Tweed entgegen. Ohne seine ausdrückliche Genehmigung wird nichts unternommen. Nun, das Ziel befindet sich dort vorn. Was halten Sie davon?«

Harry blickte durch das auf dem Dreibein befestigte Teleskop, betätigte den Schärferegler und schwang das Instrument ganz langsam herum. Anschließend beobachtete er auch den Eingang des Turms.

»Es hätte schlimmer sein können«, erwiderte er nach einer Weile. »Das Hauptproblem besteht darin, daß der Euromast isoliert ist. Es befindet sich kein Gebäude in der Nähe, von dem aus wir angreifen könnten. Und es wäre zu gefährlich, an der Außenwand des Turms in die Höhe zu klettern.«

»Wie würden Sie vorgehen?«

»Sie haben uns die innere Struktur des Bauwerks erklärt. Ich schlage vor, wir teilen das Team. Eine Einsatzgruppe stürmt durch den Eingang und bringt das Erdgeschoß unter Kontrolle. Zwei weitere fahren sofort mit dem Lift hoch und nehmen sich sowohl die Plattform als auch das Restaurant vor. Wie groß ist die Aufzugskabine?«

»Knapp drei Meter breit und zwei Meter tief. Ich habe sie mir gestern genau angesehen.«

»Sie bietet also Platz genug für sechs Männer. Drei pressen sich an die eine Wand, drei weitere an die andere. Sie setzen Betäubungsgranaten ein.«

»Und das wär's?« fragte Blade scharf.

»Der kritische Faktor heißt Klein. Wir müssen unbedingt verhindern, daß er die Gelegenheit bekommt, den roten Knopf auf seiner Kontrollvorrichtung zu drücken.«

Tweed nickte. »Solange er das Instrument in der Hand hält, dürfen wir keine direkte Aktion wagen. Wir können nur hoffen, daß er sich irgendwann eine Blöße gibt.«

»Noch etwas«, fügte Harry hinzu. Er rückte das Teleskop zurecht, blickte erneut durch die Linse und beobachtete das Restaurant. Hinter den Fenstern brannte nach wie vor Licht. »Wir sollten hier auf diesem Dach einen Mann postieren, der mit einer Bazooka ausgerüstet ist – und einem Walkie-talkie, das einen Kontakt zu den Männern im Lift ermöglicht. Wie schnell ist der Aufzug?«

»Es dauerte nur wenige Sekunden, das Restaurant zu erreichen«, sagte Tweed.

»Gut. Einer unserer Jungs im Lift gibt dem Mann auf dem Dach Bescheid, wenn sich der Aufzug in Bewegung setzt. Der Schütze zielt aufs Restaurant und feuert seine Bazooka ab – um die Leute Kleins abzulenken. Einige Sekunden genügen, bis die aus sechs Männern bestehende Gruppe eintrifft. Dann kommen die Betäubungsgranaten zum Einsatz. Sorgen für eine allgemeine Desorientierung.« Harry drehte den Kopf. »Eine erste Idee, weiter nichts. Und in diesem Zusammenhang habe ich noch eine wichtige Frage: Gibt es irgendwelche Geiseln?«

»Die Gangster werden von einer jungen Frau namens Lara Seagrave begleitet«, sagte Tweed.

»*Begleitet?*« wiederholte Blade. »Was hat das zu bedeuten? Gehört sie zu ihnen?«

»Ich glaube, sie wußte nicht, was Klein plante. Sie ist die Stieftochter Lady Windermeres, die ich in London kennenlernte. Eine ziemlich unangenehme Person. Ekelte Lara aus dem Haus. Die junge Frau machte sich auf und davon, um zu beweisen, daß sie auf eigenen Beinen stehen kann. Wollte sich die große, weite Welt ansehen, wenn Sie verstehen, was ich meine. Abenteuer erleben und so weiter. Ich vermute, in dem tödlichen Spiel Kleins ist sie nichts weiter als eine Schachfigur.«

»Sind Sie sicher?« fragte Blade. »Sollen wir sie so behandeln, als sei sie eine Geisel?«

»Ja.«

»Aber wenn Sie sich irren ...« flüsterte Harry. »Wenn sie bewaffnet ist, schießen wir. Wir können keine Rücksicht nehmen. Wenn Sie mich jetzt für einige Sekunden entschuldigen würden ... Ich wende mich kurz an die anderen, um festzustellen, ob noch jemand Fragen hat. Bis gleich.«

»Blade«, sagte Tweed leise, »ich habe noch eine wichtige Anweisung für Sie. Bitte denken Sie daran, wenn Sie losschlagen.«

Mit gedämpfter Stimme erklärte er dem Commander, was er meinte. Kurz darauf gesellte sich Harry wieder zu ihnen.

»Alles in Ordnung«, berichtete er. »Die Jungs sind zufrieden.«

Zufrieden? dachte Tweed. Vermutlich wäre nur Newman, der eine Zeitlang zur SAS-Spezialeinheit gehört hatte, in der Lage gewesen, diesen besonderen Ausdruck zu verstehen. Er warf noch einen letzten Blick in Richtung Turm, bevor er sich umdrehte und Blades Leute ins Gebäude zurückführte.

49

Tweed spürte die Anspannung, die in dem fensterlosen Zimmer herrschte, als sich die Tür des Nebenzimmers hinter dem letzten SAS-Mann schloß. Das Warten erwies sich immer mehr als eine große nervliche Belastung. Van Gorp saß steif am Tisch. Jansen kritzelte Strichmännchen auf seinen Block und legte den Stift beiseite, als Tweed eintrat. Paula bedachte ihn mit einem schiefen Lächeln.

»Inzwischen wurden die beiden Fischkutter *Utrecht* und *Drenthe* gefunden«, sagte van Gorp. »Die Besatzungsmitglieder an Bord waren gefesselt und bestätigten die Angaben Kleins. Sie sagten aus, Taucher seien mit Netzen losgeschwommen, in denen sich Minen befanden. Jetzt ist jeder Zweifel ausgeräumt.«

»Ich war von Anfang an sicher, daß Klein nicht blufft«, erwiderte Tweed. »Aber trotzdem vielen Dank für die Bestätigung.« Paula reichte ihm eine Tasse mit dampfendem Kaffee und schob einen Teller mit Schinkenbrötchen heran.

»Essen Sie!« befahl sie.

»Außerdem«, fuhr van Gorp fort, »ist bereits etwas durchgesickert. Die Nachrichtenagentur Reuter berichtete vor kurzer Zeit von einer ›kritischen Situation‹ im Hafen Rotterdams. Was mich eigentlich nicht überrascht. Einige der Personen, die sich während des Überfalls im Restaurant aufhielten, wurden nach Hause geschickt. Wir haben sie so lange verhört, wie es eben möglich war, aber wir konnten sie natürlich nicht die ganze Nacht über festhalten. Wir baten sie eindringlich darum, absolut nichts verlauten zu lassen, wiesen sie darauf hin, daß viele Menschenleben auf dem Spiel stehen. Aber offenbar konnten einige von ihnen trotzdem nicht der Versuchung widerstehen, sich an die Presse zu wenden.«

»Was ist mit Commander Bellenger?«

»Traf ein, während Sie auf dem Dach waren. Er sitzt im Nebenzimmer und benutzt das mit einer Codiervorrichtung ausgestattete Telefon, um die Bombenspezialisten zu alarmieren.« Van Gorp griff nach einem Kugelschreiber und klopfte damit auf den Tisch. »Als Reuter die Meldung herausgab, habe ich sofort reagiert und eine alte Seemine aus dem Zweiten Weltkrieg erwähnt, die vor der Maasmündung entdeckt worden sei und die Schiffahrt gefährde. Das mag als Erklärung genügen. Zumindest für eine Weile.«

»Nicht schlecht«, sagte Tweed. »Sehr einfallsreich …«

Das Telefon klingelte, und der Holländer nahm ab.

»Klein«, sagte er und legte wieder auf. »Er will erneut mit Ihnen reden.«

»Es ist erst zwei Uhr. Hat es offenbar eilig.« Tweed stand auf und zuckte mit den Schultern. »Natürlich steckt Absicht dahinter. Er will uns nicht zur Ruhe kommen lassen.«

»Sagen Sie ihm, der deutsche Bundeskanzler befände sich derzeit in einer Konferenz. Und in Den Haag ginge es drunter und drüber.«

»Wenn mir keine andere Möglichkeit bleibt, ihn hinzuhalten … Ich bin sicher, er hat irgend etwas vor. Und zuerst möchte ich feststellen, um was es diesmal geht.«

»Sie haben kaum etwas gegessen«, wandte Paula ein.

»Lassen Sie den Mistkerl warten. Van Gorp soll ihm antworten, Sie telefonierten gerade mit London.«

»Zu riskant. Klein könnte jeden Augenblick überschnappen.« Tweed zögerte und sah die Anwesenden der Reihe nach an. »Ich glaube, wir haben einen wichtigen Punkt übersehen …«

Van Gorp musterte ihn aufmerksam. »Und der wäre?«

»Die Bomben. Zu dem Arsenal Kleins gehören fünfundzwanzig Bomben, die ebenfalls den neuen Sprengstoff enthalten. Wozu er die Seeminen eingesetzt hat, wissen wir bereits. Aber was ist mit den verdammten Bomben?« Tweed hielt auf die Tür zu. »Vielleicht bekommen wir gleich einen Hinweis darauf...«

Tweed stand vor dem Turm, und in der rechten Hand hielt er das Mikrofon. Die linke hatte er in die Manteltasche geschoben. Mehr als hundert Meter über ihm wartete Klein auf der Aussichtsplattform und starrte in die Tiefe. Marler trat aus der Liftkabine, schlenderte an die Brüstung heran und rückte sich ein Halstuch aus roter Seide zurecht.

»Ziemlich kühl hier draußen«, sagte er und grinste. »Wenn Sie nicht aufpassen, holen Sie sich einen Schnupfen.«

»Ich bezahle Sie nicht dafür, daß Sie sich Sorgen um meine Gesundheit machen. Zielen Sie auf Tweed!«

»Wie Sie meinen.«

Tweed blickte in die Höhe und sah, wie die Gestalt neben Klein ein Gewehr anlegte. Im Schatten des Gebäudes hinter ihm nahmen zwei holländische Scharfschützen Newmans Platz ein.

»Ist das Gold bereits in die Transportmaschine auf dem Frankfurter Flughafen verladen worden?« dröhnte Kleins Stimme aus dem Lautsprecher des Übertragungswagens vor der Treppe. »Wenn nicht, so kann ich Ihnen erneut beweisen, wie ernst ich es meine.«

»Die Regierungen Hollands, Großbritanniens und Deutschlands versuchen derzeit, sich ein Bild von der Lage zu machen. Übrigens: Sie sind eine Stunde zu früh dran. Wir hatten drei Uhr vereinbart.«

»Ich habe es mir anders überlegt...«

»Wie Sie wollen. Aber Ihnen dürfte wohl klar sein, daß sich solche Entscheidungen nicht in fünf Minuten treffen lassen.«

»Vielleicht sollte ich den Regierungen noch einmal verdeutlichen, mit welcher Situation sie es zu tun haben.« Kleins

Stimme klang eisig. »Damit sie sich schneller ›ein Bild‹ machen können. Ich halte die Kontrollvorrichtung in der Hand, Tweed.«

»Das habe ich nicht anders erwartet.«

»Und ich betätige nun die Taste Nummer acht…«

Ungefähr fünfzehn Meilen stromabwärts sah sich ein Polizeibeamter namens Beets im Raffineriekomplex Shell-Mex Zwei um. Er trug einen dunklen Mantel und war mit einer Automatik bewaffnet. Sein Begleiter hielt sich dicht hinter ihm. Van Gorp hatte sie ausgeschickt und vor möglichen Beobachtern gewarnt; lautlos schlichen sie durch die Nacht, nur einige Dutzend Meter vom Ufer entfernt.

Über ihnen erstreckte sich ein weitgespanntes Netzwerk aus Röhren. Links von ihnen zeichneten sich in der Dunkelheit die Konturen einer gewaltigen und futuristisch wirkenden katalytischen Krackanlage ab. Die riesigen Öltanks sahen aus wie überdimensionale weiße Kuchen. Das einzige Geräusch war das leise Plätschern der Wellen an den nahen Kais und Molen.

Vermutlich bekam Beets zuerst die enorme Druckwelle zu spüren, als die Explosion erfolgte, und unmittelbar darauf hörte er ein ohrenbetäubendes Krachen.

Innerhalb weniger Sekunden stand der ganze Komplex in Flammen. Beets und sein Begleiter starben auf der Stelle; später fand man nur verkohlte Leichen, die sich nicht mehr identifizieren ließen. Der unheilvolle Schein des lodernden Feuers war Dutzende von Kilometern weit zu sehen; und das Donnern der Detonation ließ in Rotterdam die Fensterscheiben klirren.

Tweed hörte das Grollen in der Ferne und erstarrte. Er widerstand der Versuchung, sich umzudrehen, blickte weiterhin zur Plattform hoch. Klein beugte sich vor, die linke Hand auf das Geländer gestützt, die rechte mit der Kontrollvorrichtung weit ausgestreckt.

»Gerade ist die erste Raffinerie in die Luft geflogen. Ich schätze, das macht den Regierungen deutlich genug, mit welcher Lage sie konfrontiert sind. Sehen Sie stromabwärts. Ein bemerkenswerter Anblick. Die Sonne geht heute früher auf als sonst – und zwar im Westen.«

Tweed wandte sich langsam um. Am Horizont machte er ein rötliches Glühen aus. Bestimmt ist das Feuer auch von Bord der Schiffe aus zu erkennen, dachte er und richtete seinen Blick wieder auf den Turm.

So ruhig wie möglich fragte er: »Welche Anlage haben Sie gesprengt?«

»Shell-Mex Zwei. Ist völlig zerstört. Gehen Sie jetzt, Tweed! Kehren Sie um drei Uhr zurück. Mit der Nachricht, daß das Gold verladen wurde.«

Ein Neuankömmling begrüßte ihn, als er das Zimmer im HQ betrat. Commander Bellenger – in einen Dufflecoat gekleidet – kam ihm entgegen. Van Gorp und Jansen saßen am Tisch und machten finstere Mienen. Paula musterte ihren Chef aufmerksam.

Bellenger räusperte sich. »War gerade auf dem Dach, als die Raffinerie explodierte«, sagte er rauh. »Hab' alles gehört, was Klein sagte. Nach dem Ausmaß der Detonation zu urteilen, sind in dem Industriekomplex zwei der größeren Bomben hochgegangen. Er meint es verdammt ernst.«

»Kann man wohl sagen.«

Tweed nahm Platz, trank Kaffee und aß ein Schinkenbrötchen. Sein plötzlicher Appetit überraschte ihn. Bellenger trat an den Tisch heran und fuhr fort:

»Die Sprengstoffspezialisten sind auf dem Weg hierher. Die Gruppe wird von einem gewissen Captain Nicholls geleitet. Er meinte, er habe bereits Ihre Bekanntschaft gemacht. In Norfolk.«

Tweed sah Paula an. »Erinnern Sie sich an ihn? Sein Team

entschärfte die Bombe vor Ihrer Haustür.« Er wandte sich an Bellenger. »Hat er bereits Erfahrung mit Unterwassereinsätzen?«

»Nicholls hat echt was auf dem Kasten und scheint eine Art Mädchen für alles zu sein. Die Antwort lautet: ja. Er ist ein ausgezeichneter Taucher und hat schon mehrere Minen entschärft. Der einzige Mann seines Faches, der sowohl im Wasser als auch auf dem Land arbeitet. Bringt ein ganzes Team mit, das nicht nur aus seinen Leuten besteht, sondern dem auch einige meiner Marinejungs angehören. Ich schätze, die Situation ist ziemlich verzwickt.«

»Zum Zeitpunkt der Explosion befanden sich wahrscheinlich zwei meiner Männer im Shell-Komplex«, sagte van Gorp ernst. »Und ein Beobachter am anderen Maasufer hat bestätigt, daß die Anlage in Schutt und Asche liegt.«

»Tut mir leid, das zu hören«, brummte Bellenger. »Kriegsgefallene.« Er wandte sich an Tweed. »Können wir denn überhaupt nichts unternehmen?«

Er hob den Kopf, als sich die Tür öffnete und Blade hereinsah. »Der SAS-Commander möchte einen seiner Männer auf dem Dach postieren. Geht das in Ordnung?«

»Selbstverständlich«, sagte van Gorp. »Tweed sollte ihn besser begleiten. Sonst machen sich meine Leute dort oben vor Schreck in die Hosen.«

Tweed ging voraus, und als sie auf das Dach gelangten, glaubte er, in dem maskierten SAS-Mann Harry zu erkennen, den Stellvertreter Blades. Nach einigen Minuten kehrte er zurück und setzte sich wieder an den Tisch.

»Ich weiß, wer Klein ist«, erklärte er Bellenger. »Er hat eine umfassende militärische Ausbildung hinter sich – ein Meisterplaner, vermutlich der beste in ganz Europa. Er hat jede Möglichkeit berücksichtigt.«

»Ein verdammtes Genie also«, knurrte Bellenger.

»Denken Sie nur daran, wie er diese gewaltige Operation vorbereitet hat«, fuhr Tweed fort. »Er sorgte dafür, daß die von ihm verlangte Summe in Gold zur Verfügung steht und eine ausreichend große Transportmaschine auf dem Frankfurter Flughafen wartet. Er hat mehrere tausend Menschen als Geiseln, um seinen Forderungen Nachdruck zu verleihen. Und er hat das wichtigste strategische Ziel in Europa gewählt und mit Bomben gespickt – Europort.«

»Er erlaubt uns nicht, die Leichen der beiden Polizisten fortzubringen, die von der Plattform geworfen wurden«, stieß van Gorp hervor. »Ich habe ihn um eine entsprechende Genehmigung gebeten. Die Antwort: nein.«

»Gräßlich«, sagte Tweed und nickte. »Auf diese Weise will er uns beweisen, daß er kein Erbarmen kennt.«

»Ich habe mich schon mehrmals gefragt, wie er entkommen will«, warf Paula ein. »Welchen Fluchtweg hat er geplant? Er kann die Kontrollvorrichtung nicht immer als Druckmittel verwenden. Sobald die Entfernung zu den Schiffen und plazierten Bomben zu groß wird, nützt ihm das Instrument nichts mehr. Allerdings wissen wir nicht, wie groß die Sendereichweite jenes Gerätes ist.«

»Fünfundzwanzig bis dreißig Meilen«, sagte Bellenger. »Wir haben uns in London eingehend mit den Blaupausen befaßt, die uns Tweed zur Verfügung stellte...«

»Die Konstruktionsunterlagen, die im Safe des Schweizers Gaston Blanc gefunden wurden und die ich in Genf von Beck erhielt«, fügte Tweed hinzu.

»Auf den Blaupausen waren alle technischen Einzelheiten der Sendegeräte angegeben, mit denen sich die Seeminen und Bomben zünden lassen«, grollte Bellenger. »Daher können wir recht sichere Angaben machen, was die Reichweite angeht...«

»Und die vor der Küste wartenden Schiffe sind nicht annähernd so weit vom Euromast entfernt«, stellte van Gorp düster fest.

»Kleins Fluchtweg...«, murmelte Tweed. »Ein interessanter Punkt. Bestimmt hat er dabei nicht an Autos gedacht. Wie

Paula eben schon andeutete: Wenn er keine Möglichkeit mehr hat, die Seeminen und Bomben zur Explosion zu bringen, hält uns nichts mehr davon ab, ihn zu schnappen. Aus den gleichen Gründen können wir den Fluß ausklammern. Bleibt nur der Luftweg ...«

»Ja«, bestätigte van Gorp. »Und deshalb habe ich einige meiner Leute angewiesen, den Rotterdamer Flughafen zu überprüfen. Dort steht ein großer Sikorsky-Hubschrauber bereit. Der Pilot ist ein Österreicher namens Kurt Saur. Er meinte, er warte auf einige hochrangige Repräsentanten einer Ölgesellschaft. Angeblich stammen seine Order vom Royal-Dutch-Direktor Bouwman. Ich kenne ihn zufälligerweise. Er wird gerade zu Hause angerufen ...« Das Telefon klingelte. »Das könnte er sein.« Er nahm ab.

»Polizeichef van Gorp«, stellte er sich vor. »Es tut mir leid, daß ich Sie um diese Zeit störe. Erinnern Sie sich an mich? Wir haben uns bei einem offiziellen Empfang kennengelernt. Ich muß Ihnen eine wichtige Frage stellen ...«

Bouwman, ein untersetzter und gut vierzig Jahre alter Mann mit dichtem, schwarzem Haar, war noch immer angezogen. Seine Frau saß wie erstarrt im Sessel neben ihm, den Blick entsetzt auf den Maskierten gerichtet, der ihr den Lauf einer Luger an die Schläfe hielt.

»Vielleicht will man bei Ihnen nachfragen, was es mit den beiden Sikorsky-Maschinen auf sich hat«, sagte der Gangster. »Sie wissen ja, was Sie antworten sollen. Keine Tricks. Wenn Sie irgendeinen Versuch machen, die Polizei zu warnen, puste ich Ihrer Frau das Gehirn aus dem Schädel.«

Das Telefon klingelte noch immer. Bouwman holte tief Luft, nahm ab und nannte seinen Namen. Einige Sekunden lang lauschte er, und der Maskierte hob den Hörer des zweiten Apparats.

»Ja, ich erinnere mich an Sie, van Gorp. Wie kommen Sie dazu, mich mitten in der Nacht aus dem Schlaf zu reißen? Sie haben auch meine Frau geweckt ...«

Er schwieg einige Sekunden lang, wandte den Blick dabei nicht von dem Fremden mit derWaffe ab. »Ja, das stimmt«, sagte er schließlich. »Die beiden Hubschrauber warten auf eine Delegation, die an einer wichtigen Konferenz teilnehmen wird. Die Zusammenkunft ist geheim, und deshalb bitte ich Sie, nichts verlauten zu lassen. Einige der beteiligten Personen möchten Publicity vermeiden. Übrigens: Es könnte notwendig werden, daß einer der beiden Hubschrauber als Kuriermaschine für den Transport bestimmter Dokumente eingesetzt wird. Ist das alles? Wenn Sie mich das nächstemal anrufen, sollten Sie einen besseren Zeitpunkt wählen.«

Bouwman unterbrach die Verbindung, und der Maskierte legte vorsichtig den Hörer des zweiten Apparats auf die Gabel zurück. Der Direktor holte ein Taschentuch hervor und wischte sich damit den Schweiß von der Stirn.

»Um Himmels willen – stecken Sie jetzt endlich die Pistole weg. Ich habe getan, was Sie von mir verlangten.

Van Gorp legte ebenfalls auf. »Falscher Alarm. Bouwman hat bestätigt, daß die Maschinen auf seine Anweisung hin startbereit gehalten werden. War ziemlich sauer, daß ich mich um diese Zeit bei ihm gemeldet habe. Eine verständliche Reaktion.«

»Auf welche Weise hofft Klein denn sonst, verschwinden zu können?« fragte Paula. »Er hat bestimmt einen Plan. Darauf würde ich mein Leben verwetten.«

»Das Problem ist, daß bereits zu viele Leben auf dem Spiel stehen«, knurrte van Gorp. »Was ist denn nun schon wieder?« brummte er, als erneut das Telefon klingelte.

Er nahm ab, lauschte kurz und sah Tweed an.

»Für Sie. Eine gewisse Monica aus London. Sie sollen zurückrufen. Meinte, die Nummer sei Ihnen bekannt.«

»Ich benutze den anderen Apparat.«

Tweed ging ins Nebenzimmer, schloß die Tür, nahm Platz und wählte. Monica meldete sich sofort. Die Premierministerin, so sagte sie, habe ihr gerade folgende Mitteilung gemacht: Der deutsche Bundeskanzler sei bereit, den Transport des Goldes zu genehmigen. In Brüssel habe eine Dringlichkeitskonferenz der EG-Beauftragten stattgefunden. Außerdem bitte ihn die PM dazu, sich mit Moskau in Verbindung zu setzen. Tweed bestätigte, legte auf und öffnete die Tür.

»Die deutsche Regierung ist bereit, den Transport des Goldes zu genehmigen. Van Gorp, bitte nehmen Sie Kontakt mit Bonn auf. Sagen Sie den zuständigen Behörden, es sei wichtig, die Verladearbeiten so lange wie möglich hinauszuzögern. Sie sollen jedoch auf der Hut sein: Vielleicht treiben sich dort Beobachter Kleins herum. Eine Wagentür, die klemmt, irgend etwas in der Art. Es ist sehr wichtig, daß wir ein wenig Zeit gewinnen. Ich muß noch jemand anders anrufen. Da fällt mir gerade ein: Ich brauche eine Leuchtpistole. Mit grüner Patrone. Eine andere Farbe kommt nicht in Frage. Versuchen Sie es bei den Leuten von der Küstenwache.«

»Die Schnellboote, die rund zweihundert Meter von hier entfernt am Kai festgemacht haben«, erwiderte van Gorp. »Auf der gegenüberliegenden Seite des Hafenbeckens. Die Polizisten dort können uns bestimmt eine zur Verfügung stellen.«

Tweed schloß die Tür wieder.

»Wozu, um Himmels willen, braucht er eine Leuchtpistole mit grüner Patrone?« fragte Bellenger.

»Ich glaube, es geht bald los«, entgegnete Paula. »Butler hat mir gesagt, wie Tweed in solchen Situationen reagiert. Erst wartet er eine ganze Weile, und dann schlägt er zu.«

»Mit einer Leuchtpistole?« fragte Jansen und lächelte schief.

Tweed nahm wieder am Tisch des Nebenzimmers Platz und wählte die Nummer, die ihm Lysenko während des geheimen Treffens in der Schweiz gegeben hatte. Eine Vermittlerin meldete sich, und er sprach einige Worte auf russisch.

Schon nach wenigen Sekunden hörte er die Stimme des Generals.

»Von wo aus rufen Sie an, Tweed?« fragte Lysenko.

»Von einem Ort in Europa«, lautete die ironische Antwort. »Die Leitung ist sicher. Worum geht's?«

»Es sind gerade einige Berichte eingetroffen, die besagen, daß sich in Rotterdam, Holland, eine ernste Krise anbahnt. Darüber hinaus wurde mir mitgeteilt, daß amerikanische Außenseiter an der Entwicklung beteiligt sind – Leute mit CIA-Ausbildung.«

»Gerüchte, die Sie selbst in Umlauf bringen. Wenn Sie das nicht sofort dementieren, wende ich mich an die Öffentlichkeit. Und dann weiß bald die ganze Welt, wer Igor Zarow ist.«

»Wir haben eine Übereinkunft getroffen...«

»An die ich mich nicht mehr gebunden fühle, wenn Sie Ihre Agitprop-Maschine anlaufen lassen und versuchen, politisches Kapital aus der Situation zu schlagen. Ich habe mich bereit erklärt, Sie zu schützen. Aber ich halte überhaupt nichts davon, wenn Sie jetzt versuchen, den schwarzen Peter den Amerikanern zuzuspielen. Hören Sie auf, getürkte Berichte herauszugeben.«

»Einverstanden. Vorausgesetzt natürlich, Sie halten sich weiterhin an unser Abkommen...«

»Das war meine Absicht. So, und jetzt zur Sache: Warum wollten Sie mit mir sprechen?«

»Ist es Ihnen inzwischen gelungen, Zarow zu lokalisieren? Haben Sie irgendwelche Hinweise auf seinen gegenwärtigen Aufenthaltsort? Was wollen Sie gegen ihn unternehmen?«

Tweed seufzte laut. »Hören Sie mir gut zu, Lysenko. Ich habe eine ganz persönliche Arbeitsmethode. Das sollte Ihnen inzwischen klargeworden sein. Ich bin nicht geneigt, Sie jedesmal in Kenntnis zu setzen, wenn ich eine neue Entscheidung treffe. Pfeifen Sie Ihre Propagandalakaien zurück, wenn Sie Schwierigkeiten vermeiden wollen. Sonst noch etwas?«

»Im Augenblick nicht. Auf Wiederhören…« Tweed legte auf. Paula klopfte an und sah zu ihm herein. Als er nickte, trat sie auf ihn zu und stellte ein Tablett mit Kaffee und belegten Broten auf den Tisch.

»Schließen Sie die Tür«, sagte Tweed. »Endlich sind wir einmal allein und können uns ungestört unterhalten. Setzen Sie sich.«

»Neue Probleme?« fragte Paula. »Oder geht mich das nichts an?« Sie nahm auf der anderen Seite des Tisches Platz, und Tweed griff nach einem Sandwich.

»Im Deutschen gibt es eine Redewendung, mit der man meine derzeitige Lage gut beschreiben könnte: Ich sitze zwischen zwei Stühlen. Der eine gehört den Russen, der andere den Amerikanern.« Tweed kaute. »Jeden Augenblick könnte Cord Dillon, der stellvertretende CIA-Direktor, über mich herfallen. Und Moskau will über den neuesten Stand der Ermittlungen informiert werden. Ich muß mich so verhalten, daß beide Seiten zufrieden sind – oder wenigstens Ruhe geben. Die Besorgnis der Amerikaner kann ich gut verstehen. Und ich glaube, die Verantwortlichen in der sowjetischen Hauptstadt wissen sehr wohl, was auf dem Spiel steht – aber der Mann, mit dem ich dort in Verbindung stehe, geht mir langsam auf die Nerven. Wie ist die Stimmung dort drüben?« Tweed nickte in Richtung Tür.

»Gedrückt. Der nächste Schachzug Kleins, der Transport des Goldes… Das dauernde Warten macht van Gorp und die anderen immer nervöser. Sie wollen endlich losschlagen.«

»Es ist gleich drei Uhr, und ich habe das Gefühl, wir haben die Sache bald ausgestanden. Ein gewaltiger Donnerschlag – und dann ist alles vorbei.«

»Klingt ziemlich unheilvoll.« Etwas leiser fügte Paula hinzu: »Sie machen sich Sorgen um eine bestimmte Person, die sich im Euromast befindet, nicht wahr?«

»Und um die Passagiere und Besatzungsmitglieder der Schiffe, die vor der Küste warten.« Tweed stand auf. »Und da wir gerade dabei sind: ich würde gern wissen, was man in dieser Hinsicht unternommen hat.«

Van Gorp telefonierte schon wieder, als Tweed ins Zimmer zurückkehrte und seinen vorherigen Platz am Tisch einnahm. Einige Minuten lang sprach er auf flämisch, und schließlich legte er auf.

»Das war der holländische EG-Beauftragte in Brüssel«, erklärte van Gorp. »Dort findet ebenfalls eine permanente Konferenz statt. Die Beauftragten weisen darauf hin, daß zweihundert Millionen Pfund in Gold Kleingeld sind im Vergleich mit den enormen Verlusten, zu denen es käme, wenn weitere Industrieanlagen Euroports zerstört werden. Sie sind bereit, auf die Forderungen Kleins einzugehen.«

»Sind inzwischen die Kapitäne der betroffenen Schiffe informiert worden?« fragte Tweed.

»Ja. Wir haben sie von der Lage unterrichtet und es ihnen überlassen, ob sie den Passagieren und Besatzungsmitgliedern reinen Wein einschenken sollen. Des weiteren erhielten sie von der Schiffahrtskontrolle die Order, an Ort und Stelle zu bleiben und nicht zu versuchen, irgendwelche Leute auszuschiffen.« Van Gorp lächelte bitter. »Ich habe eine Kopie der entsprechenden Anweisung gesehen. Sie endet mit dem Satz: ›Die Situation ist völlig unter Kontrolle.‹ Von wegen! Wenn sie jemand unter Kontrolle hat, dann Klein.«

»Darf ich fragen«, wandte Jansen ein, »wieso Newman und Butler nach Luxemburg flogen?«

»Weil sie vielleicht eine wichtige Rolle spielen, wenn sich die Lage zuspitzt«, erwiderte Tweed geheimnisvoll.

50

Der Privatjet, in dem Newman, Butler und Benoit saßen, landete auf dem leeren Flughafen Findel. Als sie ausstiegen, fuhr ein Wagen heran.

»Bestimmt die luxemburgische Polizei«, sagte Benoit. »Bitte lassen Sie mich mit den Beamten reden. Wir sprechen auf französisch, so daß Sie alles verstehen können.«

»Meinetwegen«, erwiderte Newman und schlang sich den Riemen des Gewehrfutterals über die Schulter.

Benoit führte ein kurzes Gespräch mit dem luxemburgischen Polizeiinspektor, der aus dem Wagen stieg, um ihn zu begrüßen. Ja, Peter Brand war mit einem Sikorsky-Hubschrauber gelandet, in Begleitung eines dicklichen Mannes, den er als seinen Leibwächter vorstellte. Ja, anschließend hatte er den Flughafen mit einem Wagen verlassen, der von einem Chauffeur gesteuert wurde. Kurze Zeit später der Anruf des Entführers. Angeblich wurde Brand in seiner Banque festgehalten, in der Avenue de la Liberté...

»Was ist mit dem Sikorsky-Piloten und seiner Maschine?« fragte Benoit.

»Wir hörten erst von ihm, nachdem die Limousine die Banque Sambre erreicht hatte«, erklärte der Inspektor. »Auf dem Weg von Rotterdam ist der Pilot von dem so genannten Leibwächter Brands – seinem Entführer – zum Start gezwungen worden. Man hat ihn gewarnt, sich nicht vor Ablauf von zwanzig Minuten mit der Polizei in Verbindung zu setzen. Irgendein Versuch, den Wagen Brands aufzuhalten, hätte den Tod des Bankiers zur Folge.«

»Natürlich!« bemerkte Newman ironisch.

»Fahren Sie fort«, wandte sich Benoit an den Inspektor. »Was geschah in bezug auf den Piloten?«

»Er meinte, er müsse unverzüglich nach Rotterdam zurückkehren, um dort einige sehr wichtige Passagiere abzuholen und zu einem geheimen Ziel zu fliegen. Hat irgend etwas mit Royal Dutch Shell zu tun.«

»Und die Banque Sambre?«

»Wir fahren Sie dorthin, damit Sie sich selbst ein Bild von der Situation machen können.«

»Die Sache stinkt gewaltig«, sagte Butler, als Newman ihm den Wortwechsel zwischen Benoit und dem Inspektor übersetzte. Sie folgten dem Belgier und seinem luxemburgischen Begleiter in Richtung des Flughafengebäudes.

»In der Tat«, erwiderte Newman flüsternd. »Ein weiteres Täuschungsmanöver Kleins. Nun, sehen wir uns die Sache einmal an...«

In der Avenue de la Liberté, in der sich so spät in der Nacht normalerweise überhaupt nichts rührte, herrschte rege Aktivität. Der ganze Bereich, selbst die nahen Nebenstraßen, war mit Sperren und quergestellten Polizeiwagen abgeriegelt. Bewaffnete Beamte patrouillierten ziellos umher.

»Das dort vorn ist die Banque Sambre«, sagte der Inspektor und deutete auf die geschlossene Tür eines Gebäudes. Hinter einem Fenster im ersten Stock brannte Licht. »Und dort oben befindet sich Brands Büro.«

»Was geht hier eigentlich vor?« fragte Newman.

»Nun, wir haben es mit einer Art Belagerungszustand zu tun...«

»Wieso?«

»Der Entführer rief das Präsidium an und meinte, er habe Brand nach wie vor in seiner Gewalt. Er drohte damit, ihn auf der Stelle zu erschießen, wenn wir den Versuch machen sollten, das Gebäude zu stürmen. Außerdem teilte er uns mit, der Bankier werde festgehalten, um einen Goldtransport zu überprüfen, der in Kürze auf dem Flughafen Findel eintreffe. Verstehe nicht, was das bedeuten soll.«

»Wir schon«, erwiderte Newman. »Hängt mit den Ereignissen in Rotterdam zusammen. Gibt es für Butler und mich irgendeine Möglichkeit, unbemerkt in die Bank einzudringen, vielleicht übers Dach?«

»Das ist völlig ausgeschlossen!« Der Inspektor starrte ihn fassungslos an und schien an dem Verstand Newmans zu zweifeln. »Peter Brands Leben steht auf dem Spiel. Haben Sie denn nicht verstanden, was ich eben sagte? Er ist ein höchst wichtiger Mann.«

»Und ob!«

»Bitte?«

»Schon gut. Hat der Entführer noch weitere Bedingungen gestellt?«

»Ja. Er warnte uns davor, die Telefonverbindungen zu unterbrechen oder die Leitungen anzuzapfen. Rotterdam meinte, es sei besser, wenn wir uns an diese Anweisungen hielten. Ich sprach mit einem gewissen Tweed.«

»Wir kennen ihn«, sagte Newman. »Ich glaube, wir bleiben eine Weile hier«, wandte er sich an Benoit. Und auf französisch fügte er hinzu: »Ich brauche einen sehr schnellen Wagen.«

»Der Porsche Brands steht in einer nahen Garage«, entgegnete der Inspektor. »Aber ich weiß nicht, ob es dem Bankier recht wäre, wenn Sie ihn benutzen.«

»Er ist in der Gewalt eines Verbrechers«, sagte Newman scharf. »Was ihm gefällt oder nicht, spielt derzeit keine Rolle. Übrigens: Was ist mit der Limousine, die von einem Chauffeur gefahren wurde?«

»Sie steht in einer Nebenstraße, in unmittelbarer Nähe der Bank. Der Chauffeur wurde von Brand beauftragt, beim Wagen zu warten.«

»Gut. Sorgen Sie bitte dafür, daß der Porsche hierhergebracht wird. Er soll in der Nähe der Straße, die über die

Brücke zum Flughafen führt, abgestellt und von einem Beamten bewacht werden. Lassen Sie den Zündschlüssel stekken.«

»Was haben Sie vor?« fragte Benoit.

»Früher oder später wird Brand nach Findel zurückfahren, um den Goldtransport zu überprüfen. Wenn es soweit ist, möchte ich den Flughafen vor ihm erreichen. Zusammen mit Butler.«

»Ich habe einen zusätzlichen Vorschlag«, sagte Butler. Er beobachtete einen Polizisten, der auf einer schweren Honda saß. »Das Motorrad dort ...« Er sah Newman an. »Wir wären wesentlich flexibler, wenn Sie den Porsche nähmen und ich die Maschine. Allerdings brauche ich noch einen passenden Helm.«

»Keine schlechte Idee«, sagte Newman.

Innerhalb weniger Minuten hatte Butler seine Honda. Er probierte mehrere Helme, die sich der Inspektor von anderen Motorradfahrern auslieh, und schließlich fand er einen, der ihm paßte, setzte ihn auf und ließ den Kinnverschluß offen.

»Haben Sie einen bestimmten Plan?« erkundigte sich Benoit. »Ahnen Sie, was bald geschehen wird?«

»Vielleicht. Hoffentlich irre ich mich nicht.«

An Bord der *Adenauer* ließen sich die Passagiere Zeit mit dem Abendessen – um in Gesellschaft zu bleiben und sich noch nicht in die Kabinen zurückzuziehen. Die Schiffahrtskontrolle in Rotterdam hatte Brunner von den Seeminen informiert, und daraufhin traf der Kapitän eine mutige Entscheidung: Er beabsichtigte, alle Personen an Bord zu unterrichten und dabei kein Blatt vor den Mund zu nehmen.

Der amerikanische Staatssekretär Waldo Schulzberger war der erste, der von den Sprengsätzen erfuhr. Er befand sich in seinem luxuriösen Quartier, zusammen mit seiner Frau und dem hageren Sicherheitschef Cal Dexter.

»Ich setze mich sofort mit Washington in Verbindung«, sagte Dexter. »Wir müssen irgendeine Möglichkeit finden, Sie in Sicherheit zu bringen.«

»Kommt überhaupt nicht in Frage«, erwiderte Schulzberger fest. »Ich habe nichts dagegen, daß Sie sich mit Washington beraten, aber wir bleiben an Bord.« Er wandte sich an Kapitän Brunner. »Sie sagten, Sie wollten den Passagieren alles erklären?«

»Ja, Sir.«

»Gut. Dann nehmen wir das Essen nicht hier in der Kabine ein, sondern speisen im Restaurant der ersten Klasse ...«

Niemand wußte, wie das Gerücht entstand, aber innerhalb kurzer Zeit munkelte man, sowohl der Staatssekretär als auch seine Gattin sollten insgeheim von Bord gebracht werden. An einigen Tischen blieb er stehen, um kurz mit den anderen Gästen zu sprechen.

»Es ist nichts weiter als dummes Gerede, daß Lucy und ich das Schiff verlassen wollen«, beantwortete er die Frage eines Industriellen. »Wir haben für die Reise ebenso bezahlt wie alle anderen. Und wir sind entschlossen, die Kreuzfahrt zu genießen, sobald die Leute in Rotterdam diese Sache in Ordnung gebracht haben. Und ich bin sicher, das wird in Kürze der Fall sein ...«

Er lehnte es ab, am Tisch des Kapitäns Platz zu nehmen, leistete statt dessen einigen anderen Passagieren Gesellschaft. Die Neuigkeit verbreitete sich wie ein Lauffeuer, und innerhalb kurzer Zeit erfuhren auch die Besatzungsmitglieder vom Entschluß Waldos. Die Stimmung an Bord verbesserte sich rapide. Wenn Schulzberger blieb, konnte die Gefahr nicht allzu groß sein. Eine Frau machte dem Kapitän gegenüber eine entsprechende Bemerkung, und Brunner lächelte.

»Gott steh uns bei«, sagte er später zu seinem Ersten Offizier. »Ich habe zwischen den Zeilen der Nachrichten gelesen, die uns von der Schiffahrtskontrolle übermittelt wurden.

Und daher glaube ich, daß die Lage weitaus ernster ist, als es den Anschein haben mag…«

Im Nebenzimmer führte Tweed mit Blade ein Gespräch unter vier Augen.

»Wann wollen Sie Ihre Leute in Angriffsposition bringen? Die Situation könnte sich jetzt von einem Augenblick zum anderen zuspitzen. Auf dem Frankfurter Flughafen wird das Gold in eine bereitstehende Transportmaschine verladen. Sie startet bald, um Findel anzufliegen.«

»Meine Männer sind bereit. Ich möchte vermeiden, daß sie noch länger hier festsitzen. Sie sollten das Gebäude verlassen und im angrenzenden Gelände in Stellung gehen. Begleiten Sie uns?«

»Ja. Wir nehmen die hintere Treppe. Van Gorp hat seine Leute alarmiert. Da wäre noch etwas: Ich habe vor, eins der Schnellboote im Hafenbecken aufzusuchen – um den Euromast aus einer anderen Perspektive zu beobachten. Was auch immer geschieht: Sie schlagen erst los, wenn ich das grüne Leuchtsignal gebe.« Ernst fügte Tweed hinzu: »Ganz gleich, was geschieht.«

Fünf Minuten später eilten sie über eine Nebenstraße auf die Gebäude am Rande des Platzes zu, auf dem sich der Turm erhob. Es war zwei Uhr fünfundvierzig. In einer Viertelstunde mußte Tweed erneut mit Klein sprechen.

Im Restaurant des Euromasts sah Klein, wie sich die Lifttür öffnete. Chabot kehrte aus dem Space Tower zurück und hielt einen Feldstecher mit Restlichtverstärker in der Hand. Klein hatte ihn in regelmäßigen Abständen in die Turmspitze geschickt. Er selbst wartete ständig auf der Ebene der Aussichtsplattform, um nicht von seinen Leuten und dem allgemeinen Geschehen isoliert zu werden.

»Wie ist die Lage?« fragte Klein.

»Unverändert. Die Schiffe befinden sich noch immer vor

der Küste; ihre Lichter sind deutlich zu erkennen. Die *Adenauer* leuchtet wie ein Fanal und nimmt die gleiche Position ein.«

»Gut. Fahren Sie in zehn Minuten noch einmal hoch.« Klein sah auf die Uhr. »Kurz bevor Tweed kommt, um erneut mit mir zu reden. Sehen Sie sich rasch um, und kehren Sie nach höchstens zwei Minuten hierher zurück, um mir Bericht zu erstatten. Bevor ich mit Tweed spreche.«

»Klein...« Chabot trat einige Schritte näher und schnitt ein grimmiges Gesicht. »Einige von uns wollen wissen, welchen Fluchtweg Sie geplant haben, wie wir von hier verschwinden sollen, wenn das Gold in Luxemburg eingetroffen ist.«

»Und ich habe Ihnen schon des öfteren gesagt, daß ich später alles erklären werde. Sie sind bestimmt überrascht, wenn Sie erfahren, wie einfach es ist, der Polizei zu entwischen.«

»Überraschen Sie mich *jetzt*...«

Chabot unterbrach sich, als Marler das Restaurant betrat, das Gewehr locker in der rechten Hand. Die anderen offenbarten bereits deutliche Anzeichen von Nervosität, doch der Engländer wirkte nach wie vor ruhig und gelassen.

»Draußen geht irgend etwas vor«, sagte der Mönch. »Auf der gegenüberliegenden Seite des Hafenbeckens, bei den Schnellbooten der Wasserschutzpolizei.«

»Zeigen Sie mir, was Sie meinen.«

Kleins Finger schlossen sich fester um die Kontrollvorrichtung, und in dem grauen Ledermantel sah er aus wie ein General, als er Marler auf die Plattform folgte und ans Geländer herantrat. Der Mönch legte mit dem Gewehr an.

Klein hob sein Fernglas und blickte in die Tiefe. Hinter den Schnellbooten bewegte sich etwas in der Dunkelheit. Für einen Sekundenbruchteil sah er Tweed, der geduckt dahinhuschte und hinter einem Ruderhaus verschwand.

»Das war doch Tweed, oder?« fragte Marler.

»Ja. Unternehmen Sie nichts gegen ihn. Wir brauchen ihn

noch für die Verhandlungen.« Kleins Stimme klang fast schrill, als er hinzufügte: »Sie stellen unsere Entschlossenheit auf die Probe. Ich habe ausdrücklich betont, daß sich im Bereich des Euromasts nichts rühren darf. Die Polizisten dort... Erschießen Sie sie. Das dürfte beweisen, daß wir nicht scherzen.«

»Wie viele soll ich erledigen?« fragte Marler.

»Alle Beamten, die sich bewegen. Legen Sie sie um.«

Tweed hastete über das Deck des Schnellbootes und ging in Deckung. Hinter dem Ruderhaus trat der Befehlshaber der Flottille auf ihn zu, ein Mann namens Spanjersberg. Er gab ihm einige Anweisungen, während er sich an die Wand lehnte und durch sein Fernglas die Plattform beobachtete.

Deutlich war die in einen ledernen Mantel gehüllte Gestalt Kleins zu erkennen. Einige Meter neben ihm stand ein Mann, der mit einem Gewehr zielte. Marler.

»Hier ist die Leuchtpistole, um die Sie baten«, sagte Spanjersberg. »Mit einer grünen Patrone geladen. Ich gebe jetzt meinen Leuten Bescheid...«

Schon seit Stunden saßen sie in der Enge des Bootes fest. Spanjersberg trat nacheinander zu den vier Männern, die an verschiedenen Stellen hockten, unterhielt sich leise mit ihnen, kehrte dann in die Sicherheit hinter dem Ruderhaus zurück und winkte abrupt.

Die vier Beamten sprangen gleichzeitig auf, rannten im Zickzack übers Deck und hielten auf das Heck zu. Einige Sekunden lang war in der stillen Nacht nur das dumpfe Pochen zu hören, das die schweren Stiefel auf dem Deck verursachten. Dann vernahm Tweed noch etwas anderes.

Das Knallen eines abgefeuerten Gewehrs. Mehrere Schüsse, so schnell hintereinander, daß sie kaum voneinander zu unterscheiden waren. Marler betätigte den Abzug seiner Waffe, schwang den Lauf ein wenig herum und drückte erneut ab.

Blade stand dicht neben einem Gebäude und beobachtete alles. Vier Männer, die über die Planken liefen, ohne jede Deckung. Der erste fiel, rollte über den Boden und blieb reglos liegen. Der zweite gab einen kurzen Schrei von sich, stürzte und prallte an die Reling. Der dritte Beamte schaffte es bis zu Ruderhaus, warf dann plötzlich die Arme hoch und sank aufs Deck. Der vierte sprang, erreichte die Kajütentreppe und geriet außer Sicht.

»Dieser Mistkerl!« brachte Blade gepreßt hervor.

»Unternehmen wir nichts?« fragte Harry, der sich dicht an seiner Seite hielt.

»Erst dann, wenn Tweed das grüne Leuchtsignal gibt. Das wissen Sie doch. Meine Güte, ich bin sicher, er ist außer sich vor Wut.«

»Jetzt verstehe ich, warum Sie meine Fähigkeiten in Hinsicht auf ein bewegliches Ziel überprüften«, sagte Marler. »Nun, ich glaube, ich bin ein bißchen aus der Übung.«

»Wie meinen Sie das?« fragte Klein überrascht.

»Ich habe nur drei erwischt und hätte auch den vierten treffen müssen. Wie dem auch sei: Beim nächstenmal kommt niemand davon.«

»Wir haben den Leuten dort unten gezeigt, daß wir es ernst meinen«, erwiderte Klein scharf. »Lassen Sie Tweed ruhig zurückkehren. Ich bin sicher, unsere kleine Demonstration hat ihn ziemlich erschüttert.«

»Sie verfolgen eine ganze bestimmte Strategie, nicht wahr?«

»Ja.« Klein nickte. »Es geht mir darum, den Gegner nicht zur Ruhe kommen zu lassen, ihn ständig zu überraschen und zu entsetzen.«

Sie verließen die Plattform, und Marler zündete sich eine Zigarette an.

»Die riesige Goldmenge, die Sie mehrmals erwähnten«, sagte der Mönch dann. »Wann trifft sie ein?«

»Brand befindet sich in Luxemburg und wird von einem meiner Leute begleitet. Er hat mich angerufen und mir mitgeteilt, daß Bonn bereit zu sein scheint, auf meine Forderungen einzugehen. Ich rechne in Kürze mit einer Bestätigung dieser Nachricht. Haben alle gegessen?« wandte sich Klein an Chabot, der auf ihn zutrat und von einem Sandwich abbiß. »Mit vollem Magen marschieren Soldaten besser, sagte Napoleon.«

»Die Männer haben sich abgewechselt, um eine Mahlzeit einzunehmen«, berichtete Chabot. »Sie bestand natürlich aus Lebensmitteln, die wir mitbrachten. Und bevor Sie fragen: Niemand hat etwas anderes getrunken als Mineralwasser oder Kaffee.«

Klein nickte. Ihm war natürlich klar gewesen, daß es im Restaurant genügend Nahrungsmittel und Getränke gab, doch zwei der Koffer, die seine Männer mitgebracht hatten, enthielten Konserven, Butter, Brot, Thermoskannen mit Kaffee, Büchsenmilch und Flaschen mit Mineralwasser. Klein verließ sich in erster Linie auf seine eigenen Vorräte und verbot seinen Männern, Leitungswasser zu trinken. Vielleicht kamen die Holländer auf die Idee, es zu vergiften.

»Und jetzt«, sagte er zufrieden, »bereiten wir die nächste Überraschung für Tweed vor. Eine, die ihm noch weniger gefallen wird als die anderen.«

»Vielleicht dauert es noch eine Weile«, sagte Tweed zu Blade, als er den maskierten Mann erreichte, der hinter einer Mauer hockte.

Kurz darauf stieg er die hintere Treppe hoch und betrat das Hauptquartier, in dem van Gorp bereits auf ihn wartete. Der Holländer stand auf, und sein Gesicht war ungewöhnlich blaß. Er wartete, bis Tweed Platz genommen hatte.

»Ich war auf dem Dach, als die Schüsse knallten. Drei meiner Männer sind tot. Oder zumindest schwer verletzt...«

»Tot. Spanjersberg zweifelt nicht daran. Er wartet im Schnellboot.«

»Ich kann nicht einfach dabei zusehen, wie der verfluchte Hurensohn meine Leute abknallt. Was ist geschehen?«

»Spanjersberg meinte, die Beamten seiner Gruppe wollten das Boot verlassen. Wir glaubten, es wären zu viele Ziele, wenn alle gleichzeitig losliefen. Aber der Scharfschütze auf der Plattform ist noch besser, als ich vermutete. Schlimme Sache.« Tweed wandte den Blick von van Gorp ab. »Wenn Sie die Leitung der Operation übernehmen möchten – ich hätte nichts dagegen. Immerhin sind wir hier in Holland.«

Der Holländer ließ sich langsam auf einen Stuhl sinken und breitete die Arme aus. »Erneut die Taktik Kleins, nicht wahr? Er will uns verunsichern. Himmel, es ist wirklich nicht leicht, mit einem Größenwahnsinnigen fertig zu werden. Nun, Sie kennen ihn besser als sonst jemand. Machen Sie weiter wie bisher, Tweed.« Er deutete auf die Leuchtpistole. »Wie ich sehe, haben Sie bekommen, was Sie wollten.«

Tweed legte sie auf den Tisch, und dabei sah er einige Tropfen Blut auf dem Rücken seiner rechten Hand. Er holte ein Taschentuch hervor und preßte es kurz auf die Wunde.

»Sie sind verletzt«, entfuhr es Paula.

»Eine der Kugeln traf die Planken und riß einen Holzsplitter los, der mir in die Haut drang. Ist nicht der Rede wert.«

»Von wegen!« widersprach seine Assistentin. »Die Wunde muß gereinigt werden. Und anschließend ... Ich habe Heftpflaster in meiner Handtasche.«

Sie machte sich sofort ans Werk, und Tweed wandte sich erneut an van Gorp. »Wie lautet der letzte Wetterbericht? Gibt es bereits eine neue Vorhersage?«

Der Holländer reichte ihm schweigend einige beschriftete Blätter. Auf den Vorschlag Tweeds hin wurden seit einiger Zeit in regelmäßigen Abständen die neusten meteorologischen Daten angefordert. Er las den Bericht, und Paula merkte, wie er sich versteifte.

»Was ist denn?« fragte sie.

»Schlechte Nachrichten«, sagte van Gorp. – »Oder auch nicht.« Tweed deutete auf eins der Blätter.

»Ein Wetterumschwung steht unmittelbar bevor. Man rechnet mit dichtem Nebel und leichtem Nieselregen. Und das ist ein neuer Faktor, den wir berücksichtigen sollten.«

»Sie meinen, Klein könnte dann nicht mehr die Schiffe von der Küste beobachten und feststellen, ob sie ihre Position verändern?« Van Gorp sah ihn fragend an.

»Bestimmt hat Klein jemanden im Space Tower postiert, und Nebel bedeutet in jedem Fall, daß die Sichtweite eingeschränkt ist. Was die Schiffe angeht: Es wäre zu gefährlich, ihnen die Anweisung zu geben, die Entfernung zur Küste zu vergrößern. Klein meinte, ihre Position werde ständig kontrolliert, von anderen Leuten, die mit ihm in Funkverbindung stehen. Und wenn sie Meldung machen, drückt er den roten Knopf.« Tweed sah Paula an. »Danke«, sagte er, als sie die Blutung gestillt hatte. Nach einigen Sekunden fügte er hinzu: »Nein, das Problem muß hier im Bereich des Euromasts gelöst werden. Es heißt Klein und nicht etwa *Adenauer* oder *Cayman Conquerer.*«

Das Telefon klingelte. Van Gorp nahm ab, führte ein kurzes Gespräch auf flämisch und fluchte, als er auflegte.

»Bald weiß die ganze Welt, was hier geschieht. Es begann natürlich mit dem Bericht der Nachrichtenagentur Reuter. Jetzt sind Reporter und Fernsehteams eingetroffen, und sie versuchen, die Absperrungen zu überwinden und sich dem Turm zu nähern. Einigen von ihnen wird das bestimmt gelingen. Was ist denn nun schon wieder?« Er nahm erneut ab, lauschte kurz und reichte Tweed den Hörer.

»Für Sie. Newman ist am Apparat...«

»Tweed? Die Leitung ist nicht geschützt. Ich benutze den Anschluß eines Cafés in der Nähe einer bestimmten Bank...« Die Stimme Newmans klang heiser und brüchig. Er ist erschöpft, dachte Tweed. Braucht ebenso dringend Ruhe wie ich. »Wir warten darauf, daß der Bankier das Gebäude verläßt und zum Flughafen fährt. Er wird bedroht – wenn Sie verstehen, was ich meine.«

»Ja. Die Lieferung ist bereits unterwegs. Geben Sie mir die Nummer, so daß ich Sie anrufen kann. Was haben Sie vor?«

»Wenn es soweit ist, treffen Butler und ich zuerst am Flughafen ein. Vor dem Mann, den Sie kennen. Anschließend bleibt mir nichts anderes übrig, als zu improvisieren.«

»Bob, wenn Sie an Ort und Stelle sind, so sprechen Sie bitte mit Benoit. Er soll sich bei mir melden und eine Leitung freihalten. Ich muß unbedingt wissen, was bei Ihnen geschieht.«

»In Ordnung. Bis dann …«

Van Gorp stellte seine Kaffeetasse ab. »Warum wollen Sie auf dem laufenden gehalten werden, was die Ereignisse in Luxemburg betrifft?«

»Ich nehme mir ein Beispiel an Klein: Bestimmt hat er die Operation in Findel mit dem abgestimmt, was hier passiert. Wir müssen ihn irgendwie überlisten. Und vielleicht kommt es dabei auf wenige Sekunden an.«

Das Telefon klingelte schon wieder. Van Gorp hörte zu, sagte mehrmals ›Ja‹ und ›Nein‹ und legte auf. Unmittelbar darauf nahm er noch einmal den Hörer ab, formulierte einige Worte auf flämisch und beendete das Gespräch rasch.

»Der erste Anruf kam von Frankfurt. Das Gold wird gerade in die Transportmaschine verladen. Brand kann die Lieferung kontrollieren, wenn sie in Findel eintrifft – aber der Pilot ist angewiesen, kein anderes Ziel anzufliegen, solange Klein nicht die Kontrollvorrichtung aus der Hand legt.«

»Bin gespannt, wie Klein auf diese Bindung reagiert«, sagte Tweed nachdenklich und blickte ins Leere.

»Wird bestimmt nicht davon begeistert sein. Der andere Anruf stammte von einem meiner Männer. Die Leute von der Funküberwachung haben mehrere Nachrichten empfangen, aber sie können die Sprache nicht verstehen. Soll ich Kontakt mit ihnen aufnehmen und sie darum bitten, eine Aufzeichnung abzuspielen?«

»Ja. Und zwar sofort. Diese neue Entwicklung gefällt mir überhaupt nicht.«

»Klein macht seinen Männern Dampf«, sagte Paula.

»Um weiterhin Druck auf uns auszuüben«, pflichtete Tweed ihr bei. »Um uns keine Gelegenheit zu geben, etwas gegen ihn auszuhecken.«

Van Gorp schob das Telefon auf ihn zu, und Tweed hörte sich aufmerksam die Aufzeichnung an. Es klang wie Kauderwelsch. Nach einer Weile legte er auf.

»Klein hat einmal mehr seine Schläue bewiesen«, sagte er leise. »Ich glaube, ich weiß, um welche Sprache es sich handelt: Letzeburgesch. Eine Mischung aus Französisch und Deutsch. Ist nur in Luxemburg gebräuchlich. Wenn Sie wissen wollen, worum es bei den Mitteilungen geht, brauchen Sie einen Luxemburger. Kennen Sie einen, der hier in der Nähe wohnt?«

»Nein. Aber ich werde nachfragen und dafür sorgen, daß sich jemand das Band anhört, der jene Mundart versteht. Nun, ich habe mir Gedanken über die beiden Sikorsky-Maschinen auf dem Rotterdamer Flughafen gemacht. In diesem Zusammenhang macht mich irgend etwas argwöhnisch. Was meinen Sie: Soll ich sie bewachen lassen?«

»Nein«, erwiderte Tweed sofort. »Auf keinen Fall.« Als er den neugierigen Blick van Gorps bemerkte, fügte er hinzu: »Bitte vertrauen Sie mir.« Er sah auf die Uhr. »Klein läßt sich Zeit, und ich hätte einen psychologischen Nachteil, wenn ich ohne eine Aufforderung versuchte, mich mit ihm in Verbindung zu setzen. Ich mache einen Abstecher aufs Dach, um festzustellen, was vor sich geht.«

»Kann ich Sie begleiten?« fragte Paula.

»Meinetwegen. Eine gute Gelegenheit für Sie, frische Luft zu schnappen.«

Als sie aufs Dach traten, nieselte es, und erste Dunstschwaden zogen träge dahin. Nach der Auskunft van Gorps hatte es seit Wochen nicht mehr geregnet. Tweed duckte sich hinter die Mauer; durch das auf dem Dreibein befestigte Teleskop beobachtete er die großen Frachtkähne, die an den diesseitigen Kaianlagen des Hafenbeckens festgemacht hatten. Es waren insgesamt neun, jeweils drei nebeneinander.

Der Wetterumschwung hatte die Atmosphäre verändert. Im Licht der Straßenlampen glänzte Nässe auf den Straßen und den Planken der Frachtkähne, und die ruhig strömenden Fluten der Maas schienen mit der diffusen Gräue zu verschmelzen. Zu diesem Zeitpunkt konnte Tweed noch nicht wissen, daß ausgerechnet das Wetter die bedeutendste Rolle spielen sollte, wenn die Krise ihren Höhepunkt erreichte.

51

»Wir haben uns durchgesetzt«, sagte Klein und wanderte in dem Raum auf und ab, von dem aus man die Aussichtsplattform erreichen konnte. »Das Gold wird gerade an Bord der Transportmaschine gebracht.«

Er wirkt so frisch wie eh und jeh, dachte Marler. Hat sich nach wie vor völlig in der Gewalt. Und seine Stimme klingt noch immer so kalt wie sonst.

»Woher wissen Sie das?« fragte der Mönch.

»Der Anruf, den ich eben erhielt. Er stammte von einem Mann, den ich beauftragte, den Frankfurter Flughafen im Auge zu behalten. Die Meldung erreichte den Übertragungswagen und wurde dann an mich weitergeleitet. Übrigens: Legaud hört den Polizeifunk ab und berichtete von einer zunehmenden Kommunikationsaktivität. Aber es ist nur Routine. Irgendwelche Vagabunden, die hier und dort gesehen wurden. Nachtschwärmer und so weiter.«

»Gibt es Bedingungen für die Übergabe des Goldes?« erkundigte sich Marler.

Klein lächelte hintergründig. »Brand wird von einem Bewaffneten begleitet und soll die Barren überprüfen. Wenn er meint, es sei alles in Ordnung, erwartet die Polizei von mir, daß ich ihr die Kontrollvorrichtung aushändige.«

»Wozu Sie natürlich nicht bereit sind«, vermutete der Mönch.

»Nur wir wissen, daß sich an Bord des Transportflugzeuges einige meiner Leute befinden, die die reguläre Besatzung außer Gefecht setzen und die Maschine übernehmen werden. Es ist immer besser, noch einen letzten Trumpf im Ärmel zu haben, Marler. So, und jetzt die nächste Überraschung für

Tweed ...« Er wandte sich an zwei Maskierte. »Sie wissen ja, was Sie mit ihr machen sollen. Los!«

Die beiden Männer hoben die gefesselte Lara von der Couch und trugen sie in Richtung Plattform. Es war keine leichte Aufgabe. Die Engländerin setzte sich nach wie vor zur Wehr, zog die aneinandergebundenen Beine an, trat zu und traf einen der Maskierten am Bauch. *»Merde!«* stöhnte er und griff fester zu. Lara fühlte, wie sie in die Höhe gestemmt wurde, und sie schwang die Beine von einer Seite zur anderen, beugte die Knie und wand sich hin und her. Nur um einige Zentimeter verfehlten die Absätze ihrer Schuhe die Lenden des Mannes rechts von ihr.

»Du hast mich nur benutzt, du verdammter Scheißkerl!« rief sie Klein zu.

»Du solltest dich entspannen und es dir dadurch leichter machen.«

»Was zum Teufel hast du mit mir vor, du Schwein?«

»Ich möchte Mr. Tweed einmal mehr zeigen, daß wir nicht scherzen. Es geht darum, weiterhin Druck auf ihn auszuüben, nicht lockerzulassen.« Sein Tonfall veränderte sich. »Auf was warten Sie noch?« wandte er sich mit eisiger Stimme an die Maskierten. »Bringen Sie sie auf die Plattform.«

In Luxemburg eilte Benoit in das Café in der Nähe der Bank, das der Inhaber auf die Bitte der Polizei hin geöffnet hatte. Polizisten kamen und gingen, tranken Espresso und aßen belegte Brote. Newman und Butler schütteten schwarzen Kaffee in sich hinein und saßen an einem Fenster, um weiterhin beobachten zu können, was draußen geschah.

»Ein Anruf von Tweed«, sagte Benoit. »Das Transportflugzeug in Frankfurt nimmt gerade das Gold auf. Es wird in Kürze hier eintreffen.«

»Rührt sich was in der Bank?« fragte Newman.

»Nichts. Jemand, den wir nicht erkennen konnten, zog die

Vorhänge am Bürofenster zu.« Benoit seufzte. »Vielleicht müssen Sie bald los.«

»Ich habe mir bereits den Porsche angesehen«, sagte Newman. »Begleiten Sie mich. Butler fährt mit dem Motorrad voraus. Ich möchte vermeiden, ihn hinter mir zu haben.«

»Der Neid eines Mannes, der nicht mit einer solchen Maschine umgehen kann«, erwiderte Butler ironisch. »Kriegt schon das Flattern, wenn er nur eine sieht.«

»Sie sollten nicht vergessen, daß das Ding auch Bremsen hat.«

Benoit ließ sie allein zurück, um sich an den Inspektor zu wenden und den neuesten Lagebericht von ihm entgegenzunehmen. Newman trank eine weitere Tasse Kaffee. Um sich wachzuhalten. Seine Lider waren so schwer wie Blei.

»Angenommen, die Entführung ist tatsächlich nichts weiter als ein Trick«, brummte Butler nach einer Weile. »Was ich nicht verstehe, ist folgendes: Warum wirft Brand alles weg? Er ist ein angesehener Bankier. Besitzt ein großes Anwesen an der Maas und eine luxuriöse Villa in Brüssel. Er hat doch alles, was man sich wünschen kann.«

»Eben nicht. Benoit meinte, Brand wirft mit Geld geradezu um sich. Die Polizei in Brüssel ermittelt schon seit geraumer Zeit gegen ihn und wartet nur auf eine günstige Gelegenheit, um ihn wegen Betrugs und Unterschlagung zu verhaften. Tja, der liebe Brand bezahlt Darlehenszinsen aus dem Grundkapital der Banque Sambre. Und aus der gleichen Quelle stammen die Moneten für seine lebenshungrige Frau in New York. Außerdem: Sie könnte jederzeit zurückkehren. Brands Problem besteht darin, daß sie eine Bilanz überprüfen kann. Das hat sie von ihrem Vater gelernt. Wenn Benoit recht hat, steht der Bankier dicht vor einem Konkurs. Deshalb braucht er einen Anteil des Goldes – und einen sicheren Unterschlupf.«

»Und möglicherweise bekommt er auch, was er will – wenn alles glattgeht. Klein hat uns in der Mangel.«

»Vielleicht können wir uns irgendwie rauswinden.«

»Ist denn das zu fassen?« ereiferte sich van Gorp. »Ein Fernsehteam hat die Absperrung durchbrochen und Kameras auf dem Dach eines Gebäudes aufgestellt, von dem aus man den ganzen Euromast überblicken kann. Westlich von hier. Ich würde die Kerle am liebsten davonjagen. Aber dann geht das übliche Geschrei wieder los: Die Polizei ignoriert das Recht der Öffentlichkeit auf Information und so weiter. Sie kennen das Geseiere ja. Wie dem auch sei: In Tokio haben die Tageszeitungen bereits von den hiesigen Ereignissen berichtet. Es wird nicht mehr lange dauern, bis die ganze Welt Bescheid weiß.«

»Vielleicht hat Klein etwas gegen die Anwesenheit der Journalisten«, entgegnete Tweed. »Wenn das der Fall ist, müssen sie fortgeschickt werden. Grund? Sie gefährden das Leben vieler Menschen…«

Das Telefon klingelte. Van Gorp nahm ab, hörte kurz zu und antwortete auf flämisch. Dann legte er wieder auf und sah Tweed an.

»Ich fürchte, es geht wieder los. Klein will Sie sprechen…«

Einige Minuten später näherte sich Tweed der Treppe vor dem Turm. Unterwegs hatte er sich kurz mit Blade unterhalten, dessen Spezialeinheit inzwischen in drei Gruppen aufgeteilt worden war. »Meine Jungs sind zum Angriff bereit«, versicherte er Tweed. »Ein Mann befindet sich nun auf dem Dach des HQ-Gebäudes. Auf Ihren Befehl hin feuert er eine Bazooka auf das Restaurant ab…«

Tweeds rechte Hand schloß sich fest um das Mikrofon, als er dicht vor dem Euromast stehenblieb. Die Nässe machte das Pflaster recht schlüpfrig. Er fühlte Feuchtigkeit auf den Wangen und war froh, daß er einen Hut aufgesetzt hatte.

»Bevor wir erneut verhandeln«, sagte Tweed fest und blickte empor, »verlange ich, daß Sie…«

»Sie haben nichts zu verlangen.«

»Schweigen Sie und hören Sie mir zu. Ihrem Erfolg steht praktisch nichts mehr im Wege. Einige Ärzte warten darauf, die beiden hier auf den Stufen liegenden Toten wegzubringen. Gekleidet sind sie in Hemden und kurze Hosen. Sie können also deutlich sehen, daß sie keine Waffen bei sich tragen. Wenn Sie nicht bereit sind, den Abtransport der Leichen zu genehmigen, sehen Sie mich nicht wieder. Dann ernennen die hiesigen Behörden einen Holländer zum Verhandlungsführer.«

»Meinetwegen. Ich erlaube Ihnen, die Toten fortzuschaffen. Bieten bestimmt keinen angenehmen Anblick.«

Erstaunt sah Tweed zur Plattform hoch. Warum jetzt dieser plötzliche Stimmungswechsel? Mehr als Mißtrauen regte sich in ihm, ein dumpfes Unbehagen. Die aus dem Lautsprecher tönende Stimme Kleins klang fast heiter.

»Ich gebe den Ärzten jetzt das Zeichen, hierherzukommen und die Toten zu holen«, sagte Tweed. »Versuchen Sie keine Tricks, wenn Sie wollen, daß ich weiterhin mit Ihnen rede.«

»So etwas würde ich nie wagen«, lautete die ironische Antwort. »Schicken Sie die Leute los.«

Tweed beobachtete die winzige Gestalt weit oben: Die eine Hand Kleins war aufs Geländer gestützt, die andere befand sich unterhalb der Brüstung. Bestimmt hat er nach wie vor die Kontrollvorrichtung bei sich, dachte Tweed. Neben ihm stand Marler; man konnte seinen blonden Haarschopf erkennen. Der Mönch blickte durch die Infrarotoptik des Gewehrs und zielte auf den Mann vor der Treppe.

Langsam hob Tweed die linke Hand. Vier in weiße Hemden und Shorts gekleidete Ärzte traten aus den Schatten der nahen Gebäude und kamen mit Bahren heraus. Kaum eine Minute später zogen sie sich wieder zurück, und jeweils zwei von ihnen trugen einen der beiden erschossenen und von der Plattform heruntergestürzten Polizisten. Tweed fragte sich erneut, warum Klein so schnell bereit gewesen war, den Abtransport der Leichen zu genehmigen.

»Und nun«, sagte Klein, »folgt eine neue Demonstration,

die einmal mehr zeigt, daß wir zu allem fähig sind.« Er drehte den Kopf und rief: »Bringt sie her. Die Fernsehtypen dort unten sollen etwas bekommen, worüber es wirklich zu berichten lohnt.«

Tweed erstarrte unwillkürlich, als er sah, wie eine junge Frau übers Geländer geschoben wurde. Mit der linken Hand hob er seinen Feldstecher und blickte durch die Linsen. Großer Gott! In seiner Magengrube krampfte sich etwas zusammen, und irgend etwas schien ihm den Hals zuzuschnüren. Kalte Wut brodelte in ihm. Wenn sich ihm eine entsprechende Möglichkeit geboten hätte, wäre er fähig gewesen, Klein mit bloßen Händen umzubringen.

Lara Seagrave war an Händen und Füßen gefesselt, und nur das Seil, das man ihr um die Taille geschlungen hatte, verhinderte, daß sie in die Tiefe fiel. Langsam baumelten ihre Beine hin und her. Tweed starrte durch das Fernglas, unfähig dazu, irgendeinen Ton hervorzubringen. Das Grauen hatte gerade erst begonnen…

Ein Maskierter beugte sich vor und band der jungen Frau einen zweiten Strick um den Hals. Lara rührte sich nicht, hatte die Augen weit aufgerissen. Das Seil an ihrer Taille reichte übers Geländer hinweg bis in den Turm; das andere Ende des Strickes, der an ihrem Hals eine lockere Schlinge bildete, ebenfalls. Tweed hatte das Gefühl, einen Alptraum zu erleben.

Kleins Stimme erklang erneut. Er sprach ganz ruhig und wie beiläufig, so als beschreibe er eine alltägliche Sache.

»Dies ist Lara Seagrave, die Tochter Lady Windermeres. Haben Sie den Namen verstanden? Lady Windermere. Gehört zum alten britischen Adel und dürfte Ihnen bekannt sein. Derzeit hat Lara nichts zu befürchten: Das Seil an ihrer Taille ist am Bein eines schweren Tisches befestigt, ebenso wie das andere, das um ihren Hals geschlungen ist. Doch wenn wir den ersten Strick durchschneiden, wird sich die

Schlinge zuziehen und sie langsam erdrosseln. Ich rate Ihnen also von jedem Versuch ab, den Euromast zu stürmen. Sollte es dennoch zu einem Angriff auf uns kommen, wird einer meiner Leute das erste Seil durchtrennen. Lara ist unsere Geisel – unsere Garantie dafür, daß Sie nichts gegen uns unternehmen, Tweed. Verstehen sie jetzt, in welcher Lage Sie sich befinden?«

Tweed ließ den Feldstecher sinken; er konnte es nicht mehr ertragen, das Gesicht Laras zu betrachten. Ihre Miene war eine Fratze des Entsetzens, der panischen Angst. In seinem Hals schien sich ein Kloß gebildet zu haben, und er schluckte, schloß die Finger krampfhaft fest um das Mikrofon, darum bemüht, nicht die Beherrschung zu verlieren. Lara ...

»Ich habe Sie etwas gefragt«, sagte Klein.

Tweed blickte erneut in die Höhe, sah die unter der Brüstung hängende Gestalt und schloß die Augen. Herr im Himmel! Er konnte es kaum fassen. Nach einigen Sekunden wurde er sich bewußt, daß völlige Stille herrschte. Die Ärzte hatten die beiden Leichen längst fortgebracht. Nichts rührte sich, und er konnte nur das leise Plätschern der Wellen vernehmen, die an den Rümpfen der Frachtkähne entlangspülten. Tweed holte tief Luft und räusperte sich.

»Wir möchten uns auch um die Toten im Schnellboot kümmern«, brachte er schließlich hervor.

»Nein! Ich hatte es ihnen ausdrücklich verboten, sich zu bewegen. Die Leichen bleiben, wo sie sind. Und ich frage Sie noch einmal, ob ...«

»Klein! Wenn Sie die junge Frau nicht sofort auf die Plattform zurückziehen, sind Sie erledigt. Ein holländischer Beamter wird meinen Platz einnehmen ...«

»Gut. Dann spreche ich eben mit ihm. Gehen Sie nur. Wir warten darauf, daß das Gold auf dem Luxemburger Flughafen eintrifft. Wenn es soweit ist, gebe ich weitere Anweisungen.«

Tweed sah rasch auf. Klein hatte sich von der Brüstung abgewandt. Nur Marler stand noch am Geländer, das Gewehr nach wie vor im Anschlag. Langsam drehte sich Tweed um, gab das Mikrofon dem Fahrer des Polizeiwagens zurück und setzte benommen einen Fuß vor den anderen.

Als er die Nebenstraße erreichte, glitt er auf dem schlüpfrigen Kopfsteinpflaster aus. Jemand griff nach seinem Arm und hielt ihn fest. Eine Stimme. Blade. »Ich freue mich schon darauf, den verdammten Kerl voll Blei zu pumpen und ins Jenseits zu schicken.«

»Damit müssen wir noch etwas warten …«

Als Tweed die Treppe hochstieg, spürte er die Erschöpfung wie ein schweres Gewicht auf seinen Schultern. Oben wartete Paula, und sie schlang den einen Arm um ihn. »Kommen Sie, setzen Sie sich. Schreckliche Sache. Ich habe alles gesehen, vom Dach aus …«

Tweed betrat das Zimmer, ließ sich auf einen Stuhl sinken und atmete tief durch. Bellenger, Jansen und van Gorp saßen am Tisch und musterten ihn still und betreten. Nach einer Weile brach Tweed das Schweigen.

»Ich kenne Lara Seagrave. Habe in Paris mit ihr gesprochen. Sie wurde dabei beobachtet, wie sie verschiedene Häfen fotografierte. Ich mochte sie auf Anhieb, fand sie sofort sympathisch. Sie ist die Stieftochter Lady Windermeres. Was Klein natürlich weiß. Aber ›Tochter‹ klingt besser. Die Schuld an ihrer gegenwärtigen Lage trägt allein Lady Windermere. Ekelte sie aus dem Haus.« Er zögerte kurz. »Wir müssen jetzt genau überlegen. Wenn das Gold eintrifft, wird Klein den Turm verlassen. Bestimmt hat er seinen Fluchtweg ebenso gut geplant wie den Rest des Unternehmens. Und ich glaube, ich weiß, auf welche Weise er entkommen will.«

»Wie denn?« fragte van Gorp.

»Warten wir's ab. Es wird sich bald herausstellen.«

»Und bis es soweit ist, sind uns die Hände gebunden«, warf Commander Bellenger ein. »Lara muß einfach durchhalten …«

»Wieso sind Sie so verdammt kaltblütig und gefühllos?« entfuhr es Paula.

»Ich betrachte die Angelegenheit nur aus der richtigen Perspektive. Ich habe selbst eine Tochter, und ich darf Ihnen versichern, daß ich alles andere als gefühllos bin.«

»Er hat recht«, sagte Tweed. »Es bleibt uns nichts anderes übrig, als zu warten.«

»Der Mistkerl hat uns die Schlinge um den Hals gelegt...« Bellenger unterbrach sich. »Tut mir leid. Hätte wohl besser einen anderen Ausdruck wählen sollen.«

»Haben Sie einen Plan, Tweed?« fragte van Gorp.

»Nicht in dem Sinne. Ich hoffe darauf, daß Kleins Glückssträhne zu Ende geht. Irgendwann macht er bestimmt einen Fehler. Er ist auch nur ein Mensch – und größenwahnsinnig noch dazu. Ja, er wird sich eine Blöße geben. Und dann geht es ihm an den Kragen.«

52

»Sorgen Sie dafür, daß Lara Seagrave ins Restaurant zurückgebracht wird.«

Chabot trat an Klein heran, in der rechten Hand eine Walther P 38 Automatik, den Lauf nach unten gerichtet. Der Franzose wirkte übernächtigt, und seine Wangen waren blaß.

Hinter ihm stand Marler auf der Plattform und hielt das Gewehr schußbereit.

»Lara bleibt selbstverständlich draußen, Sie Narr!« erwiderte Klein scharf.

Er hob die Kontrollvorrichtung, und sein roter Daumen verharrte dicht über dem roten Knopf. »Stecken Sie Ihre Waffe ins Halfter zurück. Jetzt sofort!«

»Ich habe gesagt, Sie ...«

»Halten Sie die Klappe und hören Sie mir gut zu!« Klein bemühte sich, möglichst sachlich zu sprechen. »Sie haben nicht die geringste Ahnung von Massenpsychologie. Inzwischen wurden unten Kameras aufgestellt. Bald haben wir ein Publikum, das in die Millionen geht.«

»Was hat das alles mit Lara zu tun?«

Die grimmige Miene Kleins, der Daumen über dem roten Knopf, seine eisige Stimme – das alles erschreckte Chabot zutiefst.

Er zögerte kurz, bevor er die Pistole ins Halfter zurückschob. Unterdessen fuhr Klein fort:

»Gewöhnliche Menschen sind dumm und ausgesprochen sentimental. Wir bieten ihnen etwas an, was sie leicht verstehen können: eine junge Frau, die in einer Höhe von mehr als hundert Metern an der Aussichtsplattform eines Turms hängt, nur von einem Strick gehalten. Ein Schnitt, und sie fällt einige Meter, wodurch sich die Schlinge am Hals zuzieht und sie erdrosselt. Das Schicksal einzelner Personen ist der Öffentlichkeit schon immer nahegegangen. Die Vorstellung, daß auf den Schiffen vor der Küste rund zweitausend Besatzungsmitgliedern und Passagieren der Tod droht, bleibt für den normalen Verstand abstrakt. Es ist geradezu genial, Lara Seagrave als Geisel zu benutzen. Sie werden es erleben.«

»Die Sache gefällt mir trotzdem nicht«, erwiderte Chabot eigensinnig.

»Dann begeben Sie sich in die Eingangshalle, und bleiben Sie dort. Jemand anders kann den Space Tower aufsuchen und Ausschau halten. Sie sind von jetzt an für die Verteidigung des Turmzugangs verantwortlich. Und denken Sie daran, Chabot: Wenn die Polizisten angreifen, werden sie alle niederschießen, die sich ihnen in den Weg stellen – vorausgesetzt, sie gelangen in den Euromast. Wenn das geschieht, so überleben nur diejenigen, die den Finger schneller am Drücker haben. Es liegt also in Ihrem eigenen Interesse, darauf zu achten, daß niemand dem Turm zu nahe kommt. So, gehen Sie jetzt zum Lift. Und kehren Sie nicht hierher zurück.«

»Wenn es um Frauen geht, drehen manche Männer durch«, bemerkte Klein, als Chabot in die Aufzugskabine trat.

»Ich halte ebenfalls nicht sonderlich viel davon, Lara dort draußen hängen zu lassen«, sagte Marler, der die Plattform verlassen hatte. »Vielleicht sind Sie jetzt einen Schritt zu weit gegangen.«

»Ah, Sie meinen, was Tweed und die anderen betrifft? Ich weiß: Auch die Geduld britischer Gentlemen hat ihre Grenzen. Nun, ich glaube, in diesem Fall sind meine psychologischen Kenntnisse besser als die Ihren.« Er sah sich kurz um. »Wir sind allein. Eine gute Gelegenheit, um Ihnen zu erklären, welche Rolle Ihnen in meinem Fluchtplan zukommen soll.«

»Ich höre.«

»Einer der beiden Sikorsky-Hubschrauber, die auf dem Rotterdamer Flughafen warten, wird sofort starten, wenn ich das Signal gebe. Er landet auf einem der Frachtkähne, die dort unten an den Kaianlagen festgemacht haben. Zusammen mit einigen Männern verlasse ich den Euromast und gehe an Bord des Helikopters – wobei ich nach wie vor die Kontrollvorrichtung in der Hand halte. Ihre Aufgabe besteht darin, mich von der Plattform aus zu decken. Sie haben bewiesen, daß Sie mit dem Gewehr umzugehen verstehen, und von der Brüstung aus bietet sich Ihnen ein gutes Schußfeld. Es dürfte Ihnen also nicht schwerfallen, die Leute zu erledigen, die so dumm sein sollten zu versuchen, mich an der Flucht zu hindern.«

Marler schüttelte skeptisch den Kopf. »Wenn Sie sich von den Schiffen vor der Küste entfernen, nützt Ihnen die Kontrollvorrichtung bald nichts mehr. Und dann haben Sie sofort die Bullen am Hals.«

»Mein lieber Marler: Daran habe ich natürlich gedacht. Die Maschine fliegt stromabwärts – den Schiffen *entgegen*. Die Entfernung wird sich verringern.«

»Nicht übel.« Der Mönch lehnte sich an die Wand. »Und weiter?«

»Der Hubschrauber setzt den Flug nach Norden fort, so dicht über dem Meer, daß er nicht vom Radar erfaßt werden kann. Er passiert die *Adenauer* und landet auf einer bestimmten friesischen Insel. Dort wartet eine Motorjacht auf uns. Damit steuern wir ein weiteres Etappenziel an, und wenn wir es erreichen, steigen wir in einen Privatjet um. Irgendwelche Fragen?«

»Und während Sie sich auf und davon machen, muß ich hier den Kopf hinhalten.«

»Ganz und gar nicht.«

Klein trat an die Couch heran, auf der zuvor die gefesselte Lara Seagrave gelegen hatte, zog eine Aktentasche dahinter hervor, klappte sie auf und deutete auf den Inhalt.

Marler zwinkerte. Er hielt das Gewehr in der rechten Hand, den Finger noch immer am Abzug, als er sich über den Koffer beugte.

Er enthielt Dutzende von Banknotenbündeln.

Der Mönch griff nach einem davon – 50-Pfund-Scheine. Rasch begann er zu rechnen.

»Es sind insgesamt hunderttausend Pfund«, sagte Klein trocken.

Marler zog einen Schein hervor, betrachtete ihn im Licht und untersuchte ihn sorgfältig, bevor er ihn in der Brusttasche seiner Jacke verschwinden ließ. Er schloß die Aktentasche, schob sie hinter die Couch zurück und richtete sich auf.

»Ich hoffe, Sie haben sie nicht selbst gedruckt. Wenn Sie mich reinlegen wollen: Ich finde Sie bestimmt. Was ist mit dem Rest?«

»Den bekommen Sie später, in Form von Inhaberobligationen, die Sie bei einer beliebigen Bank einlösen können.« Klein klopfte auf seine Tasche. »Sie erhalten sie, wenn der Helikopter gelandet ist.«

»Wie Sie meinen. Was allerdings nichts daran ändert, daß ich hier die Suppe auslöffeln muß.«

»Der zweite Sikorsky-Hubschrauber holt Sie fünf Minuten später ab. Der Pilot kennt die Route. Er wird dem Verlauf der Maas folgen und Sie zu einer anderen Motorjacht bringen. Die restlichen Männer begleiten Sie. Und Sie haben nichts zu befürchten: Ich halte die Polizei mit Hilfe der Kontrollvorrichtung in Schach.«

»Und wenn es Schwierigkeiten geben sollte? Wie können wir uns mit Ihnen in Verbindung setzen?«

»Der Mann, der den zweiten Helikopter fliegt, hält ständigen Kontakt mit dem Piloten meiner Maschine. Wenn irgend etwas passieren sollte, drücke ich den roten Knopf. Erklären Sie Tweed, worauf er sich einläßt, wenn er es wagt, etwas gegen Sie zu unternehmen. Ich bin sicher, er wird sich die Konsequenzen vorstellen können.«

»Auf was warten Sie jetzt?«

»Auf eine Nachricht von Brand. Auf seine Bestätigung, daß die Goldlieferung eingetroffen und in Ordnung ist. Kurz darauf kommt der erste Hubschrauber hierher.«

»Gut geplant«, brummte Marler anerkennend. »Es kann wohl kaum etwas schiefgehen.«

53

Newman saß zusammen mit Butler im Café, von dem aus man einen guten Blick auf die Avenue de la Liberté hatte, und er betrachtete kurz den Fernseher, der auf dem nahen Tresen stand. Ein dumpfes Rauschen drang aus dem Lautsprecher, und die Mattscheibe zeigte nur gestaltloses Grau.

»Die Leute haben sich so an das Ding gewöhnt«, sagte er, »daß sie es selbst nach Sendeschluß eingeschaltet lassen...« Er unterbrach sich, griff nach dem Arm Butlers und starrte weiterhin auf den Bildschirm. Ein Nachrichtensprecher war plötzlich zu sehen. »Die Krise in Rotterdam...« sagte der Mann. Das Bild wechselte, und Newman sah den Euromast.

»O mein Gott!« brachte er heiser hervor.

»Entsetzlich«, sagte Butler leise.

In einer Nahaufnahme wurde Lara Seagrave gezeigt, die von der Plattform herabhing, nur von einem Seil gehalten. Ihr Gesicht war eine Fratze des Grauens, und die Augen schienen ihr aus den Höhlen zu treten. Kurz darauf schwenkte die Kamera herum.

Der Nachrichtensprecher erklärte alle Details der Situation. Er erwähnte die beiden Stricke, sowohl den an der Taille Laras als auch den anderen, der an ihrem Hals eine Schlinge bildete. Newman fluchte, trat ans Telefon heran und sagte dem Inhaber des Cafés, er müsse ein vertrauliches Gespräch führen. Der Mann ging fort, und Newman wählte die Nummer, die Tweed ihm gegeben hatte.

»Tweed.«

»Hier ist Bob. Wir haben gerade den Fernsehbericht gesehen. Die junge Frau, die an der Plattform hängt. Klein ist ein verdammter Sadist...«

»Und ein guter Psychologe. Ich wollte Sie gerade anrufen. Es ist fast soweit. Das Gold befindet sich an Bord des Transportflugzeugs, das bald starten wird. Vielleicht ist es bereits auf dem Weg. Vergessen Sie nicht, Benoit mitzuteilen, daß er eine Leitung freihalten soll, um Ihnen sofort Bescheid zu geben. Das Codewort für den Beginn der Aktion lautet *Flashpoint*. Wenn Sie eine entsprechende Meldung erhalten, müssen Sie mit allen Mitteln versuchen, die Maschine daran zu hindern, den Luxemburger Flughafen zu verlassen.«

»Und die zeitliche Abstimmung?«

»Das Timing ist der kritische Faktor. Ich kann nur hoffen, daß alles gutgeht.«

»Flashpoint«, wiederholte Newman.

Eaton Square. Lady Windermere war aufgebracht und zornig, als sie die Bettdecke zurückschlug, aufstand und sich einen Morgenmantel überstreifte.

»Warum hast du mich mitten in der Nacht geweckt?« fuhr sie das spanische Dienstmädchen an. »Und was meintest du eben mit dem Hinweis auf eine ›schreckliche Nachricht‹? Was soll der ganze Unfug, Anita?«

»Bitte kommen Sie. Im Fernsehen ...«

»Fernsehen? Bist du übergeschnappt? Es wird überhaupt nichts gesendet ...«

»Doch, Euer Ladyschaft. Sehen Sie es sich selbst an. Bitte.«

Lady Windermere preßte die dünnen Lippen zusammen, folgte dem Dienstmädchen die Treppe hinunter und betrat den Salon. In der Tür blieb sie überrascht stehen. Der Fernseher war eingeschaltet, und die Mattscheibe zeigte einen hohen Turm.

»Es ist Lara«, stieß Anita schluchzend hervor. »Sehen Sie nur.«

»Wo geschieht das?«

»In Rotterdam, Holland.«

Mit steinerner Miene nahm Lady Windermere in einem

Sessel Platz. Während der Nachrichtensprecher die Situation erklärte, wechselten die Bilder rasch und zeigten den Euromast von allen Seiten. Kurz darauf folgte eine weitere Nahaufnahme Laras, die nach wie vor an der Aussichtsplattform hing. Lady Windermere ballte eine Hand zur Faust.

»Verdammte Närrin. Ich wußte, daß sie in irgendeine Klemme geraten würde. Die schlimmste Publicity, die man sich denken kann – und für den kommenden Sonntag ist Robins Hochzeit geplant. Wirklich schlimm. Lara könnte alles verderben. Was für ein abscheuliches Spektakel.«

»Euer Ladyschaft...« sagte das Dienstmädchen unsicher. »Sollten wir nicht besser Ihren Gatten benachrichtigen?«

»Kommt überhaupt nicht in Frage. Er ist in Manchester, aus geschäftlichen Gründen. Um diese Zeit schläft er bestimmt.« Gott sei Dank, fügte sie in Gedanken hinzu. Wenn Rolly Bescheid wüßte, riefe er sicher sofort an, um ein Riesentheater zu machen.

»Du wirst ihm auf keinen Fall Bescheid geben!« befahl sie. »Es genügt völlig, daß du mich aus dem Schlaf gerissen hast. Schalt das verdammte Ding aus. Ich will nichts mehr davon hören. Diese Angelegenheit könnte ein schlechtes Licht auf die Hochzeit Robins werfen. Vielleicht wird sie dadurch sogar aus den Schlagzeilen verdrängt.« Lady Windermere stand auf. »Ich gehe jetzt wieder ins Bett.«

Zum Teufel mir dir, Lara, dachte sie, als sie die Treppe hochging.

»Ein Amerikaner namens Cord Dillon wartet auf Sie in einem Wagen, der in der Nebenstraße dort drüben parkt«, wandte sich van Gorp an Tweed. »Er wollte selbst hierherkommen, aber die Polizisten wiesen ihn zurück.«

»Ich sollte mich besser auf den Weg machen und mit ihm reden«, erwiderte Tweed und stand auf. »Schicken Sie sofort jemanden zu mir, wenn sich etwas tut.« Er sah Paula an. »Möchten Sie mitkommen?«

Ein roter Cadillac stand am Straßenrand. Der uniformierte Chauffeur öffnete die Tür zum Fond, und Tweed stieg ein, gefolgt von Paula. Der stellvertretende Direktor des CIA war ein hochgewachsener, stämmiger und gut fünfzig Jahre alter Mann. Tiefe Falten zeigten sich in seinem scharfgeschnittenen Gesicht. Er hatte dichtes, braunes Haar, eine auffallend große Nase und hervorstehende Jochbeine. Die blauen Augen blickten kühl und abschätzend.

»Wer ist das?« fragte Dillon scharf und deutete auf Paula.

»Meine persönliche Assistentin Paula Grey. Über jeden Zweifel erhaben. Paula, das ist Cord Dillon.«

»Ich wollte mit Ihnen allein sprechen.«

»Paula bleibt hier. Ich glaube, Sie wollen ein ganz bestimmtes Thema erörtern, und in dieser Hinsicht könnte Ihnen Paula einige wichtige Auskünfte geben.« Tweed sah sich demonstrativ in dem geräumigen Wagen um. Paula saß in der einen Ecke, Dillon in der anderen. Tweed hatte zwischen ihnen Platz genommen. »Woher stammt dieser Palast auf Rädern?«

»Ein Beauftragter der US-Botschaft in Den Haag holte mich am Flughafen ab. So, wenn wir jetzt zur Sache kommen könnten ....«

»Einen Augenblick«, unterbrach ihn Tweed. »Das, was wir Ihnen mitzuteilen haben, ist nur für Ihre Ohren bestimmt. Schalten Sie also den Recorder ab.«

Dillon beugte sich vor, griff unter den Sitz und betätigte eine Taste. »Alles klar. Ich habe es eilig, und Sie wollen vermutlich ebenfalls keine Zeit verlieren. Verzichten wir auf Förmlichkeiten.« Er holte tief Luft. »Einige Gerüchte besagen, daß ein ehemaliger CIA-Agent in das verwickelt ist, was im Augenblick hier in Rotterdam geschieht. Ich nehme an, jene Berichte stammen aus der Propagandaküche Moskaus. Ich fürchte jedoch, daß an diesen Behauptungen etwas dran sein könnte. Erinnern Sie sich an Lee Foley?«

»Ein Spitzenmann, der Ihren Verein verließ, sich selbständig machte und die CIDA gründete – die Continental Detective Agency in New York. Ich bin ihm zum letztenmal in der Schweiz begegnet ...«

»Er wird vermißt.«

Zwar gab sich Dillon ruhig und beherrscht, aber Tweed spürte, daß es sich bei diesem Gebaren nur um eine Maske handelte. Der stellvertretende CIA-Direktor machte sich große Sorgen, und innerhalb weniger Sekunden herrschte im Innern des Cadillac eine ähnliche Anspannung wie im HQ-Zimmer.

»Seit wann?«

»Seit sechs Monaten. Er flog nach London, verließ Heathrow – und verschwand spurlos. Er versteht sich darauf unterzutauchen. Wir haben die besten Agenturen damit beauftragt, ihn aufzuspüren. Ohne Erfolg. Was mir zu denken gibt: Jemand, der solchen Erfolg hat wie Foley, schmeißt nicht einfach alles hin.«

»Hm.« Tweed wandte sich an Paula. »Erzählen Sie ihm, was in Blakeney und auf dem Weg nach Cockley Ford geschah.«

Er hörte ruhig zu und sah mehrmals auf die Uhr, während Paula in knappen Sätzen ihre Erlebnisse schilderte. Sie erwähnte auch die Bombe vor ihrer Haustür. Dillon brummte, als sie ihren Bericht beendete.

»Tweed«, begann er, »wenn Foley an dieser Sache beteiligt ist, so möchte ich Sie um einen Gefallen bitten. Es ist mir gleich, wie Sie es bewerkstelligen. Sorgen Sie nur dafür, daß die Öffentlichkeit nichts von Foleys Rolle erfährt. Die Russen würden uns in Stücke reißen. Einverstanden? Ich stehe dann in Ihrer Schuld ...«

»Ich werde es zumindest versuchen. Fliegen Sie jetzt nach London zurück, und warten Sie in der dortigen US-Botschaft. Ich setze mich mit Ihnen in Verbindung, wenn sich eine Gelegenheit dazu ergibt.«

»Ich habe noch ein anderes Problem. Cal Dexter, der Sicherheitschef an Bord der *Adenauer*, teilte mir mit, Schulzberger sei nicht bereit, das Schiff zu verlassen.«

»Das würde ich ihm auch nicht raten. Machen Sie sich keine Sorgen: In dieser Hinsicht ist soweit alles in Ordnung. Beherzigen Sie meinen Rat: Fliegen Sie nach London. Ich muß jetzt zurück.«

»Was ist geschehen?« fragte Dillon, als Paula Anstalten machte, die Tür zu öffnen. »Mit Foley, meine ich.«

»Er hat dem Teufel guten Tag gesagt.«

»Das Gold ist auf dem Weg nach Findel«, sagte van Gorp. als Tweed und Paula an ihn herantraten. »Die Regierungen wälzen alles auf Sie ab. Man geht davon aus, daß Sie irgendeine Möglichkeit finden, die Barren in Sicherheit zu bringen. Zum Glück haben die Reporter keine Ahnung, daß wir kapitulieren und auf Kleins Forderungen eingehen.« Düster fügte er hinzu: »Zumindest *noch* nicht.«

»Vermutlich weiß Klein ebenfalls Bescheid. Ich bin sicher, er ließ den Frankfurter Flughafen von einem seiner Männer beobachten. Meine Herren ...« Tweed griff nach der Leuchtpistole. »Der entscheidende Augenblick steht unmittelbar bevor.« Er sah van Gorp an. »Denken Sie an Benoit – und Flashpoint. Haben Sie jemanden aufs Dach beordert?«

»Ja. Der Mann ist mit einem Walkie-talkie ausgerüstet und hält ständigen Kontakt mit mir.« Er deutete auf das kleine Funkgerät, das auf dem Tisch lag. »Ich kümmere mich selbst darum, Benoit Bescheid zu geben.« Etwas leiser fügte er hinzu: »Allerdings weiß ich noch immer nicht, was Sie planen ...«

»Benoit wird Sie anrufen und bitten, eine Leitung freizuhalten.«

»Was beabsichtigen Sie?« fragte Bellenger und reagierte damit auf die letzte Bemerkung van Gorps. »Übrigens: ich habe eine gute Nachricht für Sie. Die Bombenspezialisten sind gerade auf dem Amsterdamer Flughafen Schiphol eingetroffen. Sollen sie hierherkommen?«

»Noch nicht. Und was meine Absichten angeht ... Einen Plan in dem Sinne habe ich nicht. Ich kann nur auf das Verhalten Kleins reagieren – und hoffen, daß er einen Fehler macht. Da fällt mir gerade ein: Bestimmt hat er mit Hilfe des CRS-Wagens den Polizeifunk überwacht.«

»Das ist nicht weiter schlimm«, sagte van Gorp und lächelte dünn. »Ich habe einen neuen Code entwickelt. Vielleicht wundert sich Klein darüber, daß diesmal besonders viele Vagabunden und Nachtschwärmer in Rotterdam unterwegs zu sein scheinen.«

»Was ist mit Lara?« fragte Tweed leise.

»Hängt noch immer am Seil. Klein ist ein Teufel.«

»Und verteufelt schlau. Die ganze Zeit über hat er uns in Schach gehalten, eine Art Gleichgewicht des Schreckens zwischen uns geschaffen. Er versenkte den Bagger *Ameland*, jagte den Ölkomplex Shell-Mex Zwei in die Luft und brachte fünf Polizisten um. Dann die Sache mit Lara. Er entsetzt uns immer wieder und hält uns dadurch davon ab, direkt gegen ihn vorzugehen. Andererseits aber weiß er genau, wo seine Grenzen sind. Er vermeidet es, einen Schritt zu weit zu gehen. Wenn zum Beispiel die *Adenauer* gesprengt worden wäre, hätten wir uns sofort zum Eingreifen entschlossen. Ein Meisterplaner, wie ich schon sagte.«

»Was nun?«

»Ich glaube, derzeit hängt alles von Newman ab.«

Benoit stürmte ins Café und eilte an den Tisch heran, an dem Newman und Butler saßen. Er atmete schwer, schnappte mehrmals nach Luft und brachte schließlich hervor:

»Brand hat um Erlaubnis gebeten, zum Flughafen gefahren zu werden. Die Transportmaschine mit dem Gold trifft in Kürze ein. Er wies uns darauf hin, daß ihn der Entführer erschießen wird, wenn wir versuchen, den Wagen aufzuhalten.«

»Haben Sie den hiesigen Inspektor dazu überreden können, keine Männer auf dem Flughafen zu postieren?« fragte Newman, stand auf und schlang sich den Riemen des Gewehrfutterals über die Schulter.

»Ja. War nicht gerade leicht.«

»Dann los. Und zwar fix. Wir müssen Findel vor Brand und seinem sogenannten Entführer erreichen.«

Fünf Minuten später steuerte Newman den roten Porsche über die Brücke. Benoit saß neben ihm auf dem Beifahrersitz. Es herrschte praktisch kein Verkehr. Der Auslandskorrespondent gab Gas, und in den engen Kurven quietschten die Reifen. Auf der Autobahn, die zum Flughafen führte, trat er das Gaspedal ganz durch, Benoit versteifte sich unwillkürlich und versuchte, sich seine Angst nicht anmerken zu lassen.

Der Sportwagen wurde immer schneller, und aus geweiteten Augen starrte der belgische Inspektor auf die Tachonadel. Hundertsechzig. Hundertachtzig. Zweihundert. Irgend etwas raste an ihnen vorbei. Ein Motorrad. Der Fahrer duckte sich hinter die Verkleidung.

»Lieber Himmel!« entfuhr es Benoit.

»Das war Butler. Hat die Honda voll aufgedreht. Haben Sie jemals ein Motorrad gesehen, das sich in eine Rakete verwandelt? Ist sicher eine ganz neue Erfahrung für Sie.«

»Auf Erfahrungen dieser Art kann ich verzichten«, erwiderte Benoit und sah wieder auf die Tachonadel. Seine Wangen waren ungewöhnlich blaß.

Am Flughafen rührte sich nichts. Licht brannte im Hauptgebäude. Newman fuhr daran vorbei und parkte den Porsche hinter einem Schuppen. Brand durfte ihn nicht sehen, wenn er eintraf. Benoit seufzte und versuchte, sich zu entspannen, als er ausstieg und eine große Taschenlampe hervorholte.

»Warum sollte ich das Ding hier mitbringen?«

»Wenn das Flugzeug landet, bin ich irgendwo dort draußen auf dem Rollfeld. Ich möchte, daß Sie mit dem Telefonhörer in der Hand an einem Fenster warten, von dem aus Sie die Start- und Landebahnen beobachten können. Wenn Rotterdam das Codewort nennt – Flashpoint –, geben Sie mir ein Zeichen mit der Lampe. Schalten Sie sie zehnmal ein und aus. Das ist sehr wichtig. Butler und ich können erst dann etwas unternehmen, wenn sich Tweed meldet...«

Butler wartete neben einem Gebäude, das in unmittelbarer Nähe des Rollfelds stand. Er hockte noch immer auf der Honda und überprüfte gerade seine Walther Automatik, als Newman und Benoit auf ihn zutraten.

»Hören Sie die Maschine bereits?« fragte Butler.

»Ich kann sie sehen«, sagte Newman.

»Ich kehre jetzt besser zurück, besorge mir ein Telefon und halte mich in Bereitschaft«, brummte Benoit.

Die Nacht war klar, und Sterne funkelten am dunklen Himmel. Zwei Punkte bewegten sich und blinkten regelmäßig – grün und rot. Aus dem Osten vernahmen sie das dumpfe Brummen des Transportflugzeugs, das nun zur Landung ansetzte.

Die Tür der Banque Sambre öffnete sich, und Brand trat nach draußen, die Arme hocherhoben. Hipper hatte sich seinen Schlapphut tief in die Stirn gezogen; seine Gesichtszüge verbarg er hinter einem Tuch. Er folgte dicht hinter dem Bankier und hielt ihm den Lauf der Luger an den Kopf.

Langsam gingen sie an der Avenue de la Liberté entlang. Ein auf dem Dach postierter Scharfschütze der Polizei zielte auf Hipper. Kurz darauf erreichten die beiden Männer die Nebenstraße und näherten sich der wartenden Limousine. Der Chauffeur öffnete die Tür zum Fond.

Der luxemburgische Inspektor stand in einem dunklen Hauszugang und hob sein Walkie-talkie an die Lippen. »Schießen Sie nicht«, wies er den Scharfschützen an. »Dem Entführer bliebe noch Zeit genug abzudrücken. Brand muß lebend auf dem Flughafen eintreffen...«

Die Limousine fuhr an den Straßensperren vorbei, die vor

einer Weile zur Seite gerückt worden waren. Auf der in Richtung Brücke führenden Straße beschleunigte der Fahrer und behielt die hohe Geschwindigkeit bis zum Flughafen bei. Brand und Hipper stiegen in dem Augenblick aus, als die von Frankfurt kommende Transportmaschine landete.

»Das Flugzeug ist in Findel«, sagte Klein und legte auf. »Brand ebenfalls. Er hat mich gerade vom Sicherheitsbüro aus angerufen. In einigen Minuten prüft er das Gold, und anschließend benutzt er das Funkgerät der Maschine, um sich erneut zu melden.« Er sprach noch immer ruhig und gelassen.

»Wann wollen Sie dem Piloten des ersten Hubschraubers den Startbefehl geben?« fragte Marler.

»Wenn Brand bestätigt hat, daß mit dem Gold alles in Ordnung ist. Der Helikopter braucht nur wenige Minuten, um hierherzugelangen. Legaud sorgt mit seinen Geräten dafür, daß wir in Verbindung bleiben.«

Der im CRS-Übertragungswagen sitzende Legaud hatte einem seiner vier Begleiter die Anweisung gegeben, durch die schmale Luke in der Trennwand zu klettern und am Steuer des Fahrzeugs Platz zu nehmen. Er fühlte sich recht sicher, als er die Anzeigen der Instrumente beobachtete und den Polizeifunk abhörte.

In dem Kombi, der hinter dem CRS-Wagen parkte, warteten drei weitere Bewaffnete. Das Auto war gepanzert, und die wenigen Fenster bestanden aus kugelsicherem Glas. Neben Legaud stand ein Telefon, das es ihm erlaubte, sich jederzeit mit Klein zu verständigen. Der Kommunikationsspezialist redete sich ein, daß der Erfolg des Unternehmens in erster Linie von seiner beruflichen Erfahrung abhing.

Unterdessen saß Tweed im HQ-Zimmer und hielt die Leuchtpistole bereit. Van Gorp sprach mit Benoit, und nach einigen Sekunden legte er den Hörer beiseite.

»Wir sind jetzt mit Findel verbunden. Benoit meldet, das Flugzeug sei gerade gelandet. Brand ist ebenfalls eingetroffen und geht an Bord der Transportmaschine. Wie lange dauert die Überprüfung des Goldes?«

»Keine Ahnung. Warten wir's ab.«

»Hier«, sagte Paula. »Trinken Sie noch einen Kaffee.«

»Ich schwimme bereits in dem Zeug. Aber trotzdem vielen Dank.«

»Es geht jetzt bald los, nicht wahr?« fragte Inspektor Jansen. – »Ja, bald«, bestätigte Tweed und griff nach der Tasse.

»Da stimmt doch was nicht«, wandte sich Newman an Butler, der auf der Honda saß.

Sie warteten auf dem Rollfeld, am Ende der Startbahn, und Newman kontrollierte erneut sein Gewehr, vergewisserte sich, daß es schußbereit war. Butler musterte ihn fragend.

»Ich verstehe nicht ganz ...«

»Das Flugzeug. Nachdem es landete, rollte es bis zum Ende der Bahn und drehte dort um hundertachtzig Grad.«

»Was ist daran so seltsam?«

»Der Kontrollturm hat die Maschine bestimmt aufgefordert, eine der Wartebuchten anzusteuern. Statt dessen aber lenkte der Pilot das Flugzeug in eine Position, von der aus er sofort starten kann. Gefällt mir nicht. Irgend etwas geht nicht mit rechten Dingen zu ...«

Brand kletterte die Trittleiter hoch, die ein Besatzungsmitglied herabgelassen hatte. Hipper folgte ihm und hielt die Luger weiterhin auf ihn gerichtet. Als der Bankier an Bord kam, zog ihn der Pilot beiseite.

»Wenn Sie bestätigen, daß die Fracht in Ordnung ist, können wir sofort los. Die Leute, die in Frankfurt mit der Maschine starteten, haben wir inzwischen erledigt.«

»Erledigt?«

»Erschossen. Wenn wir über dem Atlantik sind, werfen wir die Leichen ins Meer. Die Zeit wird knapp; beeilen wir uns. Kommen Sie.«

Er führte Brand in den Frachtraum, in dem mehrere lange Holzkisten lagerten. Einige waren bereits offen. Der Pilot meinte, wenn sie als Team arbeiteten, ginge alles schneller. Er selbst wollte die Kisten schließen und sichern, deren Inhalt Brand bereits überprüft hatte, während der Copilot die Dekkel der anderen öffnete. Der Funker saß im Cockpit und hielt die Verbindung mit der Gruppe im Euromast.

Brand holte ein ledernes Etui hervor, klappte es auf und entnahm ihm eine kleine Glaspipette, die eine klare Flüssigkeit enthielt. Dann trat er an eine der offenen Kisten heran, betrachtete die mit deutschen Gravurstempeln versehenen Barren und ließ einige Tropfen auf das gelb glänzende Metall fallen. Es zischte leise.

»Gold«, sagte Brand. »In Ordnung. Der nächste Behälter …«

»Klein möchte erneut mit Ihnen sprechen. Bitte warten Sie. Ich stelle rasch fest, ob alles bereit ist.«

Van Gorp legte den Hörer ab, griff nach dem anderen, der auf dem Tisch lag, und sprach kurz mit Benoit. Dann nickte er Tweed zu. »Benoit wartet. Brand ist noch immer dabei, das Gold zu prüfen.« Er nahm das Walkie-talkie zur Hand, dessen Antenne bereits herausgezogen war, und richtete eine kurze Anfrage an den holländischen Beobachter auf dem Dach. »Kommunikation in Ordnung.«

»Und Ihr Mann kennt das Signal, das er erhalten wird, wenn mein Plan funktioniert? Das Zeichen, das ich Ihnen beschrieb?«

»Ich weiß noch immer nicht, was es damit auf sich hat, aber … Nun, er wird das Signal erkennen und mir sofort Bescheid geben. Anschließend nenne ich Benoit das Codewort. Viel Glück.«

Drei Minuten später bat Tweed Blade darum, die Leuchtpistole entgegenzunehmen. Der Commander und die Männer seiner Spezialeinheit waren nach wie vor in Bereitschaft.

»Bewahren Sie das Ding für mich auf«, sagte Tweed. »Ich nehme es wieder an mich, wenn ich zurückkehre.«

Mit dem Mikrofon in der Hand trat Tweed an die Treppe vor dem Turm heran. Fast sofort dröhnte Kleins Stimme aus dem Lautsprecher.

»Das Gold ist überprüft worden. Sehr vernünftig von Ihnen, sich an meine Anweisungen zu halten. Hören Sie jetzt gut zu, und unterbrechen Sie mich nicht. Ein Sikorsky-Hubschrauber ist auf dem Weg hierher. Er wird auf einem der Frachtkähne hinter Ihnen landen. Ich verlasse den Euromast und werde von einigen Männern begleitet. Während ich zum Helikopter gehe, halte ich die Kontrollvorrichtung in der Hand, den Daumen dicht über dem roten Knopf. Und wenn es jemand wagen sollte, auf mich zu schießen… Mir bliebe in jedem Fall Zeit genug, die Taste zu betätigen. Und dann gehen alle Minen und Bomben hoch. In Kürze wird eine zweite Sikorsky-Maschine hier eintreffen – um meine restlichen Leute abzuholen. Ich fliege stromabwärts – in Richtung der schwimmenden Todesfallen vor der Küste. Wenn Sie versuchen sollten, mich aufzuhalten, zünde ich die Sprengsätze. Übrigens: Beide Hubschrauber stehen ständig miteinander in Verbindung.«

»Das entspricht nicht der Vereinbarung.«

»Ich sagte, Sie sollen mich nicht unterbrechen. Meine Entscheidungen stehen nicht zur Debatte. Denken Sie daran: Es geht um das Leben von mehr als zweitausend Menschen. Ich bleibe in Kontakt mit Findel. Die Transportmaschine soll Starterlaubnis erhalten. Wenn ihr Abflug behindert wird – die Konsequenzen dürften Ihnen inzwischen klar sein. Und falls Sie daran zweifeln, ob ich fähig bin, das Chaos auszulösen…«

Klein hob den einen Fuß und ließ die lederne Schuhsohle zweimal über den Boden kratzen. Marler stand einige Meter abseits und zielte auf Tweed. Im Zugang zur Plattform wartete ein Luxemburger, der auf Kleins Zeichen hin ein Messer hervorholte und ein bestimmtes Seil durchtrennte.

Lara fiel einige Meter, und jäh zog sich die Schlinge um ihren Hals zu. Langsam baumelte sie hin und her. Die Fernsehschirme zeigten eine Nahaufnahme der jungen Frau, und Millionen von Zuschauern beobachteten entsetzt, wie ihr die Augen aus den Höhlen quollen, wie sie vergeblich nach Luft schnappte – und starb.

Fassungslos starrte Tweed nach oben. Es lief ihm eiskalt über den Rücken. Sein Blick klebte an der winzigen Gestalt, die leblos von der Plattform herunterhing. Er war zutiefst erschüttert, und erst nach einigen Sekunden spürte er, daß sich seine rechte Hand krampfartig um das Mikrofon geschlossen hatte. Er konnte sich nicht von der Stelle rühren, war wie gelähmt. Selbst das Atmen fiel ihm schwer. Er traute seinen Augen nicht…

54

Blade reichte ihm die Leuchtpistole; Tweed steckte sie ein und lehnte sich neben dem Commander an die Wand. Ein oder zwei Minuten lang schwieg er und vermied es, in Richtung Turm zu blicken. Es nieselte noch immer. Die Straßen glänzten feucht, und auf den Planken der Frachtkähne an den nahen Kaianlagen schien sich eine glänzende Patina gebildet zu haben.

»Ihre Sachen sind völlig durchnäßt«, sagte Blade.

»Ein bißchen klamm, nichts weiter. Wozu dient das?«

Er betrachtete das Telefon, das neben Blade auf dem Boden stand. Das Kabel verschwand irgendwo in der Dunkelheit.

»Die Holländer brachten mir den Apparat, während Sie mit Klein sprachen. Die Jungs haben echt was auf dem Kasten.« Tweed zuckte unwillkürlich zusammen, als das Telefon klingelte. »Keine Panik«, sagte Blade. »Ist bestimmt für Sie ...«

»Hier Tweed.«

»Van Gorp. Schreckliche Sache ...«

»Schocktaktik. Mit perfektem Timing. Für Kleins Unternehmen beginnt nun die Endphase. Der Mistkerl will sich absetzen. Und der Tod Laras soll uns beweisen, daß seine Drohungen, den roten Knopf zu drücken, ernst gemeint sind.«

»An der allgemeinen Lage hat sich also nichts geändert. Wir warten noch immer. Ebenso Newman und Butler auf dem Luxemburger Flughafen.«

»Ich muß jetzt Schluß machen. Irgend etwas rührt sich.«

Blade griff nach seinem Arm. In der Ferne ertönte das dumpfe *Pock-pock* eines sich nähernden Hubschraubers. Die

Sikorsky-Maschine wirkte geradezu riesig, als sie über den Fluß hinwegflog. Tweed schloß die Hand um den Kolben der Leuchtpistole. »Ein Fehler, Klein, nur ein einziger...« flüsterte er.

Klein stand auf der Plattform, beobachtete die Maschine eine Zeitlang und sah dann Marler an. »Ich fahre jetzt mit dem Lift runter. Decken Sie mich.«

»In Ordnung.«

Klein ließ sich von fünf Männern begleiten und hielt die Kontrollvorrichtung fest in der rechten Hand. In der Eingangshalle verließ er die Kabine, schob sich an der Wand entlang und blickte aus einem Fenster. Der große Helikopter hatte das Hafenbecken erreicht und schwebte über einem breiten Frachtkahn. Langsam ging er nieder und landete auf dem Deck; die Rotorblätter drehten sich nach wie vor. Die linke Seite der Maschine war den Gebäuden zugewandt, zwischen denen sich Blades Männer versteckt hatten.

Klein trat durch die Tür und streckte die Hand aus, so daß die Kontrollvorrichtung deutlich zu sehen war. Die anderen Männer folgten ihm und hielten ihre Uzi-Maschinenpistole schußbereit. Sie brachten die Treppe vor dem Eingang hinter sich und gingen über den Bürgersteig weiter. Nach einigen Minuten wandte sich Klein nach rechts. Noch ein Dutzend Meter – dann befand sich der startbereite Hubschrauber zwischen ihm und der Polizei.

Marler schritt über die Aussichtsplattform und begab sich auf die andere Seite des Turms. Von jener Stelle aus konnte er nicht mehr die Gebäude sehen, zwischen denen die SAS-Männer auf der Lauer lagen. Er hob das Gewehr, preßte den Kolben an die Schulter, blickte durch das Zielfernrohr und wartete.

Klein betrat das Deck des Frachtkahns. Die Nässe bildete eine schlüpfrige Schicht auf den Planken. Tweed hockte hinter einer Mauer, hob vorsichtig den Kopf und beobachtete ihn, als er sich der offenen Tür der Sikorsky-Maschine näherte. Dicht davor verloren seine ledernen Sohlen den Halt auf dem glatten Untergrund. Klein rutschte aus und stürzte der Länge nach zu Boden. Die Kontrollvorrichtung fiel ihm aus der Hand und glitt unter den Rumpf des Helikopters. Sofort versuchte er, danach zu greifen. Er stemmte sich in die Höhe und streckte den einen Arm aus.

Durch die Infrarotoptik konnte Marler alles sehen: die Hand, die nach dem kleinen Instrument tastete. Der Zeigefinger des Mönchs krümmte sich um den Abzug. Ein Schuß knallte, und die Kugel bohrte sich in Kleins ausgestreckte Hand. In einem Schmerzreflex zuckte der Arm zurück.

Der noch immer auf den Planken liegende Mann rollte sich herum, näher an die Kontrollvorrichtung heran. Mit der unverletzten Hand versuchte er, das Gerät zu ergreifen. Marler sah sie so deutlich, als sei sie nur wenige Zentimeter entfernt. Die langen Finger bewegten sich wie dicke Spinnenbeine. Er zielte auf den Handrücken, und der zweite Schuß verwandelte ihn in eine blutige Masse. Erneut zuckte der Arm zurück, und Kleins Gesicht wurde zu einer schmerzverzerrten Fratze. Marler schwang den Lauf ein wenig herum, und als er durch das Zielfernrohr den verlängerten Rücken sah, drückte er zum drittenmal ab. Klein krümmte sich zusammen und blieb reglos liegen. Der Mönch legte auf eine Stelle dicht unterhalb des linken Schulterblatts an und feuerte noch einmal. Die Wucht des Geschosses ließ Klein erzittern, und dann rührte er sich nicht mehr. In der Tür des Hubschraubers bewegte sich etwas, und jemand sprang aufs Deck. Marler erschoß ihn. Die Kugel drang dem Mann tief in den Brustkasten und schleuderte ihn zurück. Der an den Kontrollen des Helikopters sitzende Pilot, Kurt Saur, war verwirrt. Er hatte keine Ahnung, daß Klein nicht mehr lebte. Ein zweiter Mann erschien in der Luke, sah seinen toten Kumpan und wich rasch ins Innere der Maschine zurück. »Von Klein ist weit und breit noch nichts zu sehen«, berichtete er.

Marler drehte sich um, als ein Luxemburger auf die Plattform trat. Er hob das Gewehr und zog den Abzug durch. Der Mann starb auf der Stelle. Der Mönch wandte sich sofort wieder zur Brüstung um, beugte sich vor, hielt das Gewehr senkrecht und schwang es dreimal nach rechts und links.

Tweed sah das Signal und feuerte die Leuchtpistole ab. Über Parkhaven flammte es grün auf. Blades in drei Gruppen eingeteilte Männer liefen geduckt los und stürmten in Richtung Euromast.

Der Beobachter auf dem Dach des HQ-Gebäudes hob sein Walkie-talkie und betätigte die Sendetaste.

»*Flashpoint.*«

Ein Stockwerk unter ihm griff van Gorp nach dem Hörer des Telefons, das ihn mit Firdel verband.

»Benoit? *Flashpoint! Flashpoint!*«

Die SAS-Männer erreichten den Eingang des Turms, und einige von ihnen warfen Lärmgranaten über die aus Möbeln errichteten Barrieren. Es krachte donnernd. In Kampfanzüge gekleidete Gestalten sprangen über die Hindernisse hinweg, die Gesichter unter Wollmützen verborgen. Mit ihren Ingram-Maschinenpistolen schossen sie auf alles, was sich bewegte.

Die Explosion der Granaten hatte die von Klein zurückgelassenen Wächter desorientiert. Sie taumelten umher und versuchten, ihre Uzis auf die Eindringlinge zu richten. Die ratternden Salven der Angreifer schickten sie nacheinander zu Boden. Niemand von ihnen überlebte.

Der Mann, den Blade auf dem Dach des HQ-Gebäudes postiert hatte, zielte sorgfältig mit seiner Bazooka und betätigte den Auslöser. In einer Höhe von mehr als hundert Metern zertrümmerte das Geschoß die Fensterscheiben und explodierte im Restaurant.

Marler befand sich noch immer auf der Aussichtsplattform, und als er das dumpfe Fauchen hörte, mit dem die Rakete herankam, duckte er sich rasch hinter die Brüstung. Unmittelbar darauf grollte es, und der Boden unter ihm zitterte.

Die meisten Männer Kleins hatten sich im Restaurant aufgehalten. Der Mönch holte ein rotes Tuch hervor, band es sich um den Hals und riskierte einen Blick übers Geländer. Der Hubschrauber stand auf dem Frachtkahn, und die Rotorblätter drehten sich nach wie vor.

Tweed stand neben dem Gebäude, von dem aus das SAS-Team angegriffen hatte, und er beobachtete ebenfalls den wartenden Helikopter. Jemand trat von hinten an ihn heran und legte ihm die Hand auf die Schulter. Unmittelbar darauf hörte er eine vertraute Stimme. Captain Nicholls, den er bereits von Blakeney her kannte.

»Bellenger hat mich zu Ihnen geschickt. Bin gerade angekommen. Hier geht's ziemlich heiß her ...«

»Klein ist vermutlich tot. Ich mache mir Sorgen wegen der Kontrollvorrichtung, die er bei sich trug. Damit können die Seeminen und Bomben ...«

»Ich weiß. Bellenger hat mir alles erklärt. Warum gehen wir nicht einfach rüber?«

Kurt Saur, der Pilot, geriet in Panik und zog den Steuerknüppel zu sich heran. Als die Maschine abhob und rasch an Höhe gewann, sah Tweed zwei Leichen, die auf dem Deck des Kahns lagen.

»Los«, sagte er.

Mit langsamen Schritten näherten sie sich dem Kai, und vom Euromast her ertönte dann und wann das Rattern von Maschinenpistolen. Einige kurze Salven. Tweed achtete nicht weiter darauf. Leer erstreckte sich das Ufer vor ihnen, und er behielt den Hubschrauber im Auge. Die Maschine drehte, flog übers Hafenbecken und hielt auf die Maas zu.

Marler hockte hinter der Plattformbrüstung und hörte, wie der Helikopter startete. Sofort stand er auf, hob das Gewehr und zielte sorgfältig auf die Stelle des Rumpfes, hinter der sich der Kerosintank befand. Er wartete: Tief unten wanderte Tweed in Begleitung eines anderen Mannes am Kai entlang. Als der Sikorsky die andere Seite des Hafenbeckens erreichte und den Flug über die Maas fortsetzte, drückte Marler dreimal schnell hintereinander ab.

Zunächst geschah überhaupt nichts. Der Mönch schätzte, daß die Maschine in einer Höhe von gut zehn Metern übers Wasser hinwegglitt. Einige Sekunden später donnerte etwas, und rote Feuerzungen leckten durch die Nacht. Als Saur feststellte, daß sein Hubschrauber brannte, wandte er sich von den Kontrollen ab und hechtete durch die Luke. Prasselnde Glut umhüllte ihn, während er in den Fluß stürzte. Der Helikopter explodierte, platzte in einem Feuerball auseinander. Hunderte von Trümmern fielen in die Maas. Wasser spritzte und schäumte. Der zweite Kerosintank detonierte, und ein mehrere Meter hoher Geysir raste in die Höhe. Dann verblaßte das Lodern, und kurze Zeit später flossen die Fluten ebenso dunkel und träge dahin wie zuvor.

Marler lud nach und hielt die Waffe schußbereit in der Hand, als er ins Restaurant zurückkehrte und sich umsah. Hier und dort lagen Tote auf dem Boden. Er beobachtete den Lift: Die Anzeige über der geschlossenen Tür wies darauf hin, daß jemand den Aufzug benutzte und bald die Plattformebene erreichen würde. Marler nahm hinter einem umgestürzten Tisch Platz, der ihm teilweise Deckung bot, und holte einen Beutel mit Baumwolltupfern hervor, die er benutzte, wenn er sich mit Eau-de-Cologne erfrischen wollte. Zwei davon befeuchtete er mit der Zunge und schob sie sich in die Ohren.

Dann ließ er das Gewehr zu Boden sinken, beugte sich vor, stützte die Ellenbogen auf den Tisch und wartete. Die Kabine des Aufzugs hielt an.

Zwei Männer standen darin, Blade und sein Stellvertreter Harry. Sie preßten sich an die Rückwand, und als die Tür aufglitt, schleuderten sie Lärmgranaten. Das donnernde Krachen war ohrenbetäubend – trotz der Baumwollpfropfen. Blade und sein Begleiter stürmten los, die Ingram-Maschinenpistolen im Anschlag. Harry entdeckte Marler und schwang den Lauf seiner Waffe herum.

»Nein!« rief Blade gerade noch rechtzeitig, bevor sein Stellvertreter abdrücken konnte. »Rotes Halstuch ...«

Harry hielt sofort auf die Plattform zu, während Blade – er trug noch immer seine Wollmütze, die nur zwei schmale Augenschlitze aufwies – an Marler herantrat. Er nahm den Finger nicht vom Abzug der Ingram. Der Mönch deutete auf den britischen Paß, der vor ihm lag.

»Schießen Sie nicht auf den Pianisten«, sagte er und verzog das Gesicht. »Er hat sich alle Mühe gegeben.«

Blade klappte den Paß auf und verglich das Foto mit dem Mann am Tisch. »Diesmal hätte es Sie fast erwischt«, erwiderte er.

»Aber eben nur fast. Hören Sie: Ich muß zum Kai runter. Vielleicht braucht Tweed Hilfe. Alles klar? Ich würde gern mein Gewehr mitnehmen. Geben Sie Ihren Jungs unten per Telefon Bescheid, daß ich komme. Übrigens: Oben im Space Tower hockt noch immer einer von Kleins Typen.«

Aus der Richtung, in die Harry fortgegangen war, erklang das kurze Rattern einer Maschinenpistole. »Offenbar hat die Bazooka nicht alle erledigt«, meinte Marler. Er deutete auf die Anzeige über der Aufzugstür. »Wir bekommen Besuch.«

»Weitere Männer aus meiner Gruppe«, knurrte Blade. »Einer von ihnen begleitet Sie nach unten. Wir haben keine Zeit für Telefongespräche ...«

Einer der Komplizen Kleins erschien wie aus dem Nichts. Marler nickte, aber Blade hatte ihn bereits gesehen und drehte sich halb um. Das Gesicht des Mannes war bleich, und furchtsam hob er die Hände. Blade jagte ihm zwei Kugeln in den Leib.

Tweed stand am Ufer und winkte. Die drei Polizisten, die Marler ›erschossen‹ hatte, erhoben sich, eilten übers Deck des Schnellbootes und sprangen an Land.

Tweed und Nicholls kletterten vorsichtig an Bord des Frachtkahns. Es nieselte noch immer, und die Nässe bildete eine schmierige und glatte Schicht auf den Planken. Nach einigen Metern blieben die beiden Männer abrupt stehen. Gerade war der Hubschrauber über dem Fluß explodiert.

»Dort liegt die Kontrollvorrichtung«, sagte Tweed und streckte die Hand aus.

»Ich sehe sie. Warten Sie hier. Ich weiß, wie das Ding funktioniert. Die Kerle von der Marine zeigten mir die aus der Schweiz stammenden Blaupausen. Bellengers Bombenspezialisten warten noch immer auf dem Flughafen Schiphol. Ich habe mich vor ihnen auf den Weg gemacht, weil ich mir dachte, Sie könnten vielleicht Hilfe gebrauchen ...«

Eine verdammt gute Idee, fuhr es Tweed durch den Sinn. Nicholls war in Zivil gekleidet, trug einen dunklen Anzug und darüber einen Regenmantel. In der einen Hand hielt er eine Aktentasche. Er legte sie aufs Deck, ging in die Hocke, öffnete den Koffer und holte ein Lederetui hervor.

»Seien Sie unbesorgt«, sagte er zu Tweed.

»Wenn irgend etwas schiefgeht... Rund zweitausend Menschen befinden sich auf den Schiffen vor der Küste.«

»Ich weiß. Wie ich schon sagte: Warten Sie hier.«

Er ging übers Deck, das sich sanft auf und ab neigte. Dann und wann stieß die eine Seite des Frachters an den Kai, und die andere prallte schwer an die Flanke des zweiten Kahns, der direkt neben dem ersten festgemacht hatte. Nicholls schaltete eine Taschenlampe ein, tastete kurz nach den Halsschlagadern der beiden Toten und wandte sich anschließend der Kontrollvorrichtung zu, die etwa einen Meter vor den zerfetzten Händen Kleins lag. Er bückte sich, preßte das Gerät zwischen Daumen und Zeigefinger und hob es hoch. Dann kehrte er zu Tweed zurück und bat ihn darum, die Taschenlampe zu halten.

»Sie werden überrascht sein, wie einfach es ist ...«

Tweed betrachtete die numerierten Tasten und starrte auf

den roten Knopf. Mit der linken Hand klappte Nicholls das Lederetui auf und wählte einen kleinen Schraubenzieher. Damit löste er die Schrauben an den Ecken der Kontrollvorrichtung und schob sie sich in die Tasche. Auf der hohen Plattform des Euromasts knallten einige Schüsse. Nicholls achtete nicht darauf, nahm den oberen Teil des Instruments ab und legte ihn beiseite. Das Gerät enthielt eine Batterie, von der einige dünne Drähte ausgingen. Mit einer kleinen Zange durchtrennte Nicholls mehrere davon, unter anderem auch einen roten. Kurze Zeit später nahm er die Batterie heraus und reichte Tweed den Kasten.

»Jetzt können Sie ruhigen Gewissens irgendeine Taste drücken. Es wird nichts geschehen. Mit diesem Ding lassen sich die Minen und Bomben nicht mehr zünden.«

»Ich glaube Ihnen zwar, aber... Nein, danke.« Tweed gab ihm die Kontrollvorrichtung zurück.

Er hob den Kopf, als er etwas hörte. Jemand hielt mit raschen Schritten auf sie zu. Marler. Das Gewehr locker in der Hand.

»Ich frage mich, wie das geschehen konnte«, sagte Tweed und deutete auf Kleins Leiche.

»Er rutschte auf den schlüpfrigen Planken aus. Machte den Fehler, Schuhe mit Ledersohlen zu tragen. Meine bestehen aus Gummi. Wenn es nicht zu dem Wetterumschwung gekommen wäre...« Marler zuckte mit den Schultern. »Er hätte uns alle am Wickel gehabt. So aber bekam ich die Gelegenheit, auf die ich die ganze Zeit wartete. Er stürzte zu Boden, und die Kontrollvorrichtung fiel ihm aus der Hand. Ich nutzte die Chance und erschoß ihn.«

»In diesem Zusammenhang gibt es noch ein weiteres Problem. Wir müssen verhindern, daß Klein identifiziert wird.«

»Vielleicht weiß ich eine Lösung...«

Marler sah sich um und trat dann an die andere Seite des Kahns heran. In regelmäßigen Abständen stießen die beiden Frachter aneinander, und unmittelbar darauf bildete sich eine Lücke zwischen ihnen, die rund einen Meter breit sein mochte und sich rasch wieder schloß. Marler wandte sich um und beobachtete den Euromast. Nichts rührte sich auf dem Platz. Niemand befand sich in der Nähe. Er stieß die Leiche Kleins mit dem Fuß an und rollte sie übers Deck – was aufgrund der glatten Planken nicht weiter schwer war. Als der Tote am Dollbord lag, hob Marler erneut den Kopf. Tweed kam auf ihn zu. Der Mönch legte sein Gewehr beiseite, wartete, bis erneut eine Lücke zwischen den beiden Kähnen entstand, und gab der Leiche einen Stoß.

Sie fiel ins Wasser, und wenige Sekunden später bewegten sich die beiden Schiffe wieder aufeinander zu. Ein dumpfes Knirschen ertönte – Knochen, die in dem improvisierten Schraubstock splitterten. Marler blickte über die Reling, als die beiden Frachtkähne wieder auseinandertrieben.

»Der Kopf ist völlig zerquetscht, so flach wie ein Teller.«

Tweed begnügte sich mit dieser Auskunft, und Marler griff nach seinem Gewehr. In der Ferne hörten sie das gedämpfte Pochen eines sich nähernden Helikopters. Als die drei Männer ans Ufer zurückkehrten, stießen die beiden Frachtkähne einmal mehr aneinander.

»Von Klein wird nichts übrigbleiben, was sich irgendwie identifizieren ließe«, sagte Marler. »Ich habe noch eine andere Aufgabe.«

»Und die wäre?«

»Der zweite Sikorsky, der vom Rotterdamer Flughafen hierher unterwegs ist. Um mich abzuholen, wie Klein behauptete. Aber vermutlich hätte mich an Bord eine Kugel erwartet. Und anschließend die Maas als nasses Grab. Da kommt die Maschine ...«

Marler zielte aufs Cockpit, als der Hubschrauber über den Fluß flog und tiefer ging. Er drückte dreimal rasch hintereinander ab. Der Helikopter neigte sich zur Seite. Die Rotorblätter drehten sich noch immer, als er ins Wasser stürzte. Der Rumpf verschwand in den dunklen und schäumenden Fluten, und eine seltsame Stille folgte. Später wurde der Sikorsky geborgen, und dabei stellte man fest, daß sich dem Piloten genau zwischen den Augen eine Kugel in den Schädel gebohrt hatte.

Sie schritten am Ufer entlang, und Tweed sah zum Turm hoch. Irgend jemand hatte den Leichnam Lara Seagraves auf die Plattform zurückgezogen.

»Flashpoint!«

Ganz deutlich konnte Benoit die Stimme van Gorps verstehen, und als er das Codewort hörte, legte er den Telefonhörer beiseite, griff nach der Taschenlampe, wandte sich dem Fenster zu und schaltete sie zehnmal ein und aus.

Newman wartete nach wie vor auf dem Rollfeld, zwischen dem Ende der Startbahn und der großen Herkules. Die Motoren des Transportflugzeugs dröhnten. Er beobachtete die Maschine eine Zeitlang, und dann wandte er sich von der Betonfläche ab und wich auf die daran angrenzende Rasenfläche zurück.

Es war noch immer dunkel, doch inzwischen hatten sich Newmans Augen an die Finsternis gewöhnt. Seine Befürchtungen wurden bestätigt, als das dumpfe Brummen noch lauter wurde und sich das Flugzeug in Bewegung setzte. Ganz langsam rollte es los, wurde jedoch rasch schneller. Newman holte tief Luft, preßte den Kolben des Gewehrs an die Schulter und zielte auf die Reifen.

Als die Maschine herankam, öffnete sich eine Luke; darin stand ein Mann, mit einer langläufigen Maschinenpistole im Anschlag. Vermutlich handelte es sich um eine 9-mm-Uzi. Vierzig Schuß im Magazin. Das Donnern der Triebwerke schien den Boden erzittern zu lassen. Newman ignorierte den Schützen und behielt die dicken Reifen im Auge. Der Mann in der Luke eröffnete das Feuer. Einige Meter vor Newman prallten die Kugeln auf den harten Boden und sirrten als Querschläger davon. Nur noch wenige Sekunden, bevor ihn eins der Geschosse treffen mußte…

Das laute Dröhnen übertönte das Röhren des Motorrads, mit dem Butler heranraste und zu der Herkules aufschloß. Seine rechte Hand war um den Gasgriff geschlossen, und in der linken hielt er die Browning Automatik. Er duckte sich hinter die Verkleidung, und innerhalb weniger Sekunden befand er sich auf einer Höhe mit der Maschine. Er zielte auf die offene Luke, drückte ab...

Hipper fiel aus dem Flugzeug und blieb auf der Betonfläche liegen. Newman schoß mehrmals. Die Herkules sauste an ihm vorbei. Der linke Reifen platzte; Metall knirschte und kratzte durch zerfetztes Gummi. Das andere Rad blieb unbeschädigt, und dadurch drehte sich die Maschine ruckartig um neunzig Grad nach links, rutschte übers Gras und blieb stehen. Butler hielt einige Meter hinter der geöffneten Luke an, schob ein volles Magazin in seine Waffe und hob die Browning. Eine Trittleiter wurde heruntergelassen, als sich Benoit in einem Jeep näherte, den ein Sicherheitsbeamter steuerte. Brand stieg als erster aus dem Flugzeug und kletterte zögernd und unsicher herab. Der belgische Inspektor erwartete ihn. Bevor Brand sich umdrehen konnte, griff Benoit nach seinen Armen und legte ihm Handschellen an.

»Peter Brand, Sie sind verhaftet...«

Epilog

Zwei Wochen später. Drei Männer befanden sich in Tweeds Büro. Newman hatte es sich in einem Sessel bequem gemacht; Marler saß am Fenster, und Tweed nahm den Platz hinter seinem Schreibtisch ein.

»Haben Sie Cord Dillon bereits nach Hause geschickt?« fragte Newman.

»Er flog gestern nach Washington zurück«, sagte Tweed. »Wir sind zusammen nach Cockley Ford gefahren, mit der Genehmigung, das siebente Grab auf dem Friedhof zu öffnen. Wie sich herausstellte, lagen darin die sterblichen Überreste Lee Foleys. Dillon ließ sich seine Überraschung nicht anmerken und meinte, er wisse nicht, um wen es sich handle. Später sagte er mir, er habe den Siegelring am rechten Mittelfinger des Toten wiedererkannt. Ich frage mich allerdings, warum Klein ihn nicht verschwinden ließ. Vielleicht konnte er den Ring nicht vom Finger lösen.«

»Und unser lieber Freund Ned Grimes hat inzwischen gestanden?«

»Redete ununterbrochen. Als Foley den Dorfbewohnern alles erklärte, waren auch Klein und Dr. Portch anwesend. Sie versprachen ihnen den Himmel auf Erden, wenn sie zur Zusammenarbeit bereit seien. Sir John Leinsters Gruft sollte als Versteck für eine geheime Fracht benutzt werden – die Seeminen und Bomben, die von der *Lesbos* transportiert worden waren.«

»Aber es gingen nicht alle auf den Vorschlag ein.«

»Nein. Eine scheußliche Sache. Sechs Bewohner von Cockley Ford – unter ihnen auch die Postmeisterin Mrs. Rout – wollten nichts davon wissen. Sie drohten sogar damit, sich an die Polizei zu wenden. Die anderen warteten auf eine günstige Gelegenheit, und als sich die sechs Querköpfe eines Abends im Bluebell trafen, wurde Foley aktiv. Mit einer Wollmütze maskiert, betrat er das Pub und mähte sie mit einer Maschinenpistole nieder. Nur der dumme Eric kam mit dem Leben davon. Er galt als ungefährlich. Klein und die anderen waren sicher, daß ihm niemand glauben würde, wenn er von den Geschehnissen erzählte.«

»Und aus welchem Grund entschieden sich die anderen Dorfbewohner dafür, mit Klein gemeinsame Sache zu machen?«

»Aus reiner Habgier. Foley stellte ihnen ein Vermögen in Aussicht, gab ihnen kostbare Geschenke. Selbst der dumme Eric erhielt eins – eine teure Rolex. Sie hatten natürlich keine Ahnung, was in der Gruft versteckt werden sollte. Wahrscheinlich interessierten sie sich auch gar nicht dafür. Zu jenem Zeitpunkt hatte Portch sie bereits fest in der Hand. Gelegentlich flog er mit ihnen zu fernen Urlaubszielen – damit sie nicht auf dumme Gedanken kamen.«

»Nachdem sie die Leichen ihrer Nachbarn begraben hatten«, brummte Newman und schüttelte den Kopf. »Makaber.«

»Den Aussagen Grimes konnte ich entnehmen, daß es in Cockley Ford schon lange vor dem Eintreffen Foleys und Portchs zwei Fraktionen gab. Was in den abgelegenen und isolierten Orten Norfolks nicht ungewöhnlich ist«, fügte Tweed hinzu.

»Und anschließend hielt Portch sie praktisch in Quarantäne. Verbot ihnen Kontakt mit dem Rest der Welt.«

»Ja. Allerdings war das für die Leute von Cockley Ford kein allzu großes Opfer. Die meisten von ihnen verließen das Dorf nur sehr selten.« Tweed verzog kurz das Gesicht. »Die Bewohner des Brecklands ziehen es vor, unter sich zu bleiben. Nun, wenn sie unruhig wurden, machte Portch mit ihnen einen Ausflug zu irgendeiner einsamen Insel im Pazifik.«

»Und was geschah mit Foley?« fragte Newman interessiert.

»Er schoß einen Bock. Geriet in Panik, als Paula ihm folgte. Er hielt es für besser, sie aus dem Verkehr zu ziehen. Und aus diesem Grund legte er ihr eine mit Triton Drei gefüllte Bombe vor die Tür. Klein war außer sich, stellte ihn in Cockley Ford zur Rede, betäubte ihn irgendwie und schnitt ihm anschließend die Kehle durch. Grimes half ihm dabei, die Leiche im siebenten Grab verschwinden zu lassen. Ich nehme an, Klein hat Foley kennengelernt, während er sich als angeblicher UN-Beauftragter in New York aufhielt. Gleich und gleich gesellt sich gern. Dillon sagte mir, Foley habe Kontakte zu europäischen Waffenhändlern unterhalten; aus dieser Quelle stammen vermutlich die Maschinenpistolen und anderen Waffen. Ich bin sicher, früher oder später hätte Klein ihn ohnehin umgebracht.«

»Und jetzt sind alle tot«, sagte Marler. »Eine Ironie des Schicksals, daß sie ausgerechnet an Milzbrand starben, einer recht seltenen Krankheit.«

»Ein Arzt der Sonderkommission untersuchte den Fall«, erklärte Tweed. »Er kam zu dem Schluß, daß die Infektion von der Gruft ausging. Nach dem Abtransport der Sprengkörper benutzte Grimes das Mausoleum als Unterstand für Vieh. Dr. Portch hätte das sicher untersagt – wenn er im Dorf geblieben und nicht ums Leben gekommen wäre, als der Kutter in die Luft flog. Ich kann mich nur wiederholen: Es ist makaber.«

»Und damit noch nicht genug«, warf Marler ein. »Als Dr. Portch die Totenscheine für die sechs ermordeten Dorfbewohner ausstellte, gab er als Todesursache Meningitis an. Deshalb die Isolation. Und nun steht der Ort erneut unter Quarantäne – nachdem die Leute, die das Massaker vertuschten, an Milzbrand starben.«

»Alle bis auf den dummen Eric«, erinnerte ihn Tweed. »Er überlebte – ein schwacher Geist, aber ein starker Körper. Er wohnt jetzt in Cockley Cley. Eine Frau hat ihn bei sich aufgenommen.«

»Gab es Schwierigkeiten mit dem Untersuchungsrichter?« erkundigte sich Newman.

»Überhaupt keine. Die Sonderkommission hat sich eingeschaltet. Eine Sache der Staatssicherheit. Und wenn der dumme Eric etwas ausplaudert... Bestimmt glaubt ihm niemand.«

»Als für Kleins Unternehmen die kritische Phase begann, dachte ich, hinter dem Codenamen Olymp verberge sich Lara Seagrave«, meinte Newman. »Marler wäre mir nie in den Sinn gekommen.«

»Ziemlich verzwickte Sache, als ich die drei Polizisten auf dem Schnellboot ›erschießen‹ mußte«, sagte Marler. »Ich zielte an ihnen vorbei und konnte nur hoffen, das Tweed sie aufgefordert hatte, sich totzustellen. Glücklicherweise war das der Fall. Auf diese Weise schöpfte Klein keinen Verdacht. Bei Les Dames de Meuse habe ich Newman mit voller Absicht verfehlt. Aber fast hätte es Tweed erwischt. Er bewegte sich genau in dem Augenblick, als ich abdrückte.«

»Ein Zufall, der uns zu Hilfe kam«, kommentierte Tweed und lächelte hintergründig, als ihn Newman fragend ansah. »Inzwischen dürfte Ihnen klar sein, daß Marler zu unserem Verein gehört. Wir verwendeten große Mühe darauf, den ›Mönch‹ zu schaffen. Mit der Hilfe einiger Freunde auf dem Kontinent statteten wir ihn mit einer ganz bestimmten Reputation aus. Er ist tatsächlich ein ausgezeichneter Scharfschütze, Bob. Aber den deutschen Bankier hat er nicht umgelegt. Wir brachten nur an den richtigen Stellen das Gerücht in Umlauf, jener Mord ginge auf das Konto des Mönchs. Der Bankier wollte einen längeren Urlaub in Honolulu verbringen – inkognito, ohne von der Presse belästigt zu werden. Er erklärte sich bereit, mit der deutschen Polizei zusammenzuarbeiten. Ähnliches gilt auch für den italienischen Polizeichef, der *tatsächlich* erschossen wurde. Aber nicht von Marler. Die Gerüchte entstanden hier, an diesem Schreibtisch.«

»Wozu das alles?« fragte Newman.

»Wir glaubten, irgendwann würde sich jemand mit Marler in Verbindung setzen – um ihm den Auftrag zu geben, irgendeinen wichtigen Staatsmann umzupusten. Vielleicht auch einen Geheimdienstdirektor. In einem solchen Fall hätte uns Marler wichtige Informationen liefern können. Wie ich eben schon sagte: Es war reiner Zufall, daß sich Klein ausgerechnet an den Mönch wandte.«

»Das Problem bestand nur darin, daß ich Tweed kaum etwas mitteilen konnte«, sagte Marler. »Aus einem ganz einfachen Grund: Ich erfuhr erst sehr spät, worauf Klein es abgesehen hatte. Anschließend wich er praktisch nicht von meiner Seite. Als mir alle Einzelheiten seines entsetzlichen Plans bekannt wurden, hätte ich ihn am liebsten auf der Stelle erschossen – wenn nicht die verdammte Kontrollvorrichtung gewesen wäre, die er ständig in der Hand hielt. Das Herz ist mir fast in die Hose gerutscht, als ich sah, wie das arme Mädchen übers Geländer geschoben wurde.«

»Ich werde an der Beerdigung teilnehmen«, meinte Tweed. »Unmittelbar nach meiner Rückkehr habe ich Lady Windermere angerufen. Eine unglaubliche Frau. Sie machte mich für die Verschiebung der Hochzeit ihres Sohnes Robin verantwortlich. Der Bursche kann einem nur leid tun. Nun, die bezaubernde Lady wußte nicht, daß ihr Mann Rolly – ein bekannter Bankier – im Nebenzimmer war und das Gespräch mithörte. Er kam herein und verkündete, er wolle sie verlassen. Dafür gab sie mir die Schuld.«

»Und was haben Sie darauf geantwortet?« fragte Newman.

»Ich brachte meine Genugtuung zum Ausdruck«, erwiderte Tweed. »Benutzte dabei einige recht deftige Worte, die ich hier nicht wiederholen möchte. Manchmal reißt auch mir der Geduldsfaden ...«

Er unterbrach sich, als das Telefon klingelte. Moskau. Lysenko meldete sich und fragte, ob es gelungen sei, Zarow aufzuspüren.

»Vergessen Sie einfach, daß es ihn jemals gab. Er weilt nicht mehr unter den Lebenden. Keine Fragen. Sie waren bereit, die Sache mir zu überlassen. Das Problem existiert nicht mehr.«

Lächelnd legte er auf. »Ich hätte so etwas nicht für möglich gehalten. Washington *und* Moskau zufriedenzustellen, meine ich. Es war ein außergewöhnlicher Fall.« Er lehnte sich zurück und verschränkte die Arme. »Sowohl die Russen als auch die Amerikaner saßen mir im Nacken. Eine ziemlich unangenehme Situation. Oh, ehe ich's vergesse, Bob: Marler ist von jetzt an Sektionsleiter in Deutschland. Er beherrscht mehrere Fremdsprachen. Hat nie eine Universität besucht. Autodidakt – der neue Typ.«

»Herzlichen Glückwunsch«, brummte Newman.

Er reichte ihm nicht die Hand. Sie können sich nicht ausstehen, dachte Tweed. Wenn man ein Problem löst, schafft man ein anderes … Als Newman aufstand, griff er nach dem vor ihm liegenden Aktendeckel. »Howard hat mir bereits einen neuen Fall zugewiesen, und dabei brauche ich die Hilfe von Ihnen beiden. Er weist nicht nur kriminelle, sondern auch politische Aspekte auf. Ein Haufen Ermittlungsarbeit.«

»Ich verschwinde jetzt und lade Paula zum Abendessen ein«, sagte Newman. »Bis später.«

Tweed musterte ihn mit ausdrucksloser Miene, als der Auslandskorrespondent grinste, kurz winkte und das Zimmer verließ.

»Ein Schlag unter die Gürtellinie, was?« meinte Marler.

»Nun, eigentlich nicht. Ich habe mich bereits mit Paula verabredet. In einem gemütlichen, kleinen Restaurant.«

Nachdem Marler gegangen war, kam Monica herein. Sie nahm an ihrem Schreibtisch Platz und ordnete einige Akten. Nach einer Weile sah sie auf.

»Eine Sache verstehe ich noch immer nicht. Klein muß erstaunlich habgierig gewesen sein. Das Gold, das aus den beiden Banken in Basel gestohlen wurde, war zwölf Millionen Schweizer Francs wert. Mehr als genug, um ein Leben in Luxus zu führen. Warum machte er weiter und führte ein riskantes Unternehmen durch, um noch mehr Geld zu bekommen? Ich weiß, daß es dabei um eine riesige Summe ging...«

Tweed zögerte, blickte zur Tür und vergewisserte sich, daß sie geschlossen war. Er überlegte einige Sekunden lang, bevor er begann:

»Was ich Ihnen jetzt sage, muß unter uns bleiben. Für immer. Erst als alles ausgestanden war, teilte mir die Premierministerin mit, um was es wirklich ging. Die Informationen stammen vom Generalsekretär der KPdSU. In der Sowjetunion gibt es eine einflußreiche Gruppe, die nicht mit dem Reformkurs einverstanden ist. Die russischen Falken wollen Gorbatschow stürzen und die Macht übernehmen. Die Rote Armee ist darin verwickelt, teilweise auch der KGB. Die Namen der Betreffenden sind nicht einmal dem Generalsekretär bekannt. Eins aber steht fest: Zarow war ihr Mittelsmann.«

»Ich kann Ihnen nicht ganz folgen.«

»Alles war verteufelt gut geplant. Die Verschwörer wußten, daß sie in der Sowjetunion keinen Staatsstreich organisieren konnten. Deshalb entschieden sie, *außerhalb* der UdSSR eine geheime Basis einzurichten – in Südamerika. Von dort aus wollten sie den Putsch vorbereiten, wahrscheinlich mit Hilfe von Sympathisanten in verschiedenen Sowjetbotschaften. Für die Durchführung eines derartigen Plans braucht man Geld, eine Menge Geld. Deshalb die Aktion in Rotterdam. Nach dem erfolgreichen Staatsstreich wäre Zarow vermutlich zum Leiter des KGB ernannt worden. Vielleicht hätte er sogar einen Sitz im Politbüro bekommen. Ich glaube, er sah eine Möglichkeit, innerhalb kurzer Zeit zum Generalsekretär aufzusteigen. Stellen Sie sich einen solchen Mann an der Spitze der sowjetischen Hierarchie vor! Sein Hauptmotiv war Machtgier. Nun, von all dem erfuhr ich erst gestern abend. Ich nehme an, die PM erzählte mir nur deshalb davon, weil es uns gelang, Zarow einen Strich durch die Rechnung zu machen. Jeder Nachfolger Gorbatschows stellt eine Gefahr für den Westen dar. Aus diesem Grund entschied die Eiserne Lady, ihm zu helfen.«

»Ein schrecklicher Gedanke – ein Mann wie Zarow, der den politischen Kurs der Sowjetunion bestimmt.«

»Bekommen Sie deswegen keine Alpträume. Jetzt ist alles vorbei. Hoffe ich jedenfalls.«

Monate vergingen. Die Behörden sperrten die Nebenstraße ab, die nach Cockley Ford führte. Niemand näherte sich dem Ort. Und langsam eroberte die Natur des Brecklands das zurück, was man ihr genommen hatte.

Efeu und andere Kletterpflanzen wucherten in dem verlassenen Dorf. Sie wuchsen an den Wänden und Mauern empor, drangen durch zerbrochene Fensterscheiben in die Häuser, wanden sich durch die Zimmer. Das Dickicht der ehemaligen Gärten vereinte sich mit dem vorrückenden Wald. Die kleine Brücke neben der Furt stürzte ein, und die durchs Dorf führende Straße verschwand unter dicken Ranken.

Ein kleiner Junge verschwand spurlos. Der Besatzung eines Suchhubschraubers fiel es sehr schwer, Cockley Ford zu finden, doch schließlich entdeckte sie den Ort. Aus der Luft konnte man nur bucklige Hügel sehen, umgeben von dichter Vegetation. Es hatte den Anschein, als habe die Natur das Dorf zu Grabe getragen, in dem soviel Unheil entstanden war.

Weltbild Buchverlag –Originalausgaben–
Genehmigte Taschenbuch-Lizenzausgabe 2006 für
Verlagsgruppe Weltbild GmbH,
Steinerne Furt 67, 86167 Augsburg

Projektleitung: Almut Seikel
Übersetzung *Hinterhalt*: Thomas Pape
Übersetzung *Cossack*: Andreas Brandhorst
Umschlaggestaltung: Hauptmann und Kompanie
Werbeagentur GmbH, München
Umschlagabbildung: © Altrendo / Getty Images
Satz: Uhl und Massopust GmbH, Aalen
Druck und Bindung: Clausen & Bosse GmbH,
Birkstraße 10, 25917 Leck

Gedruckt auf chlorfrei gebleichtem Papier

ISBN 3-89897-377-8